브로츠와프의 쥐들

철창

The original Polish edition was published as "Szczury Wrocławia: Kraty"

© Robert J. Szmidt, 2019
All rights reserved.

This work was originally published in Poland by Insignis Media.
Korean copyright © 2025 Dasan Books, through Greenbook Agency, South Korea
ⓒ 2025 Dasan Books.

이 책의 한국어판 저작권과 판권은 그린북 에이전시를 통한 권리자와의 독점 계약으로 (주)다산북스에 있습니다.
저작권법에 의해 한국 내에서 보호를 받는 저작물이므로 무단 전재와 무단 복제, 전송, 배포 등을 금합니다.

Szczury Wrocławia:
Kraty

브로츠와프의
쥐들

철창

로베르트 J. 슈미트 지음
정보라 옮김

다산
책방

지난 이야기

    1963년 8월 9일 저녁 프시에 폴레 격리병동을 지키는 경찰들은 피가 얼어붙을 듯한 사건들의 목격자가 된다. 격리된 민간인 일부가 피에 굶주린 짐승으로 변한다. 상관들은 죽었다 되살아난 시체들에 대해 첫 보고가 들어왔을 때 무시하지만 다른 격리 장소에서도 신고가 흘러넘치기 시작하자 불운한 주말에 중요한 최고위직들을 대리하던 비에드지츠키 소령, 니에시토 서기, 브레메르 서기, 우카시 브란디스 대위가 어쩔 수 없이 결정적인 활동에 나서게 된다. 그러나 일반 경찰뿐 아니라 엘리트 무장차량 특공대까지 동원했는데도 불구하고 시내 상황은 걷잡을 수 없는 방향으로 흘러간다.
    결정권자들은 상황이 절망적임을 깨닫고, 좀비 떼와의 싸움은 '젊은 늑대들'에게 남겨두고 차례차례 후퇴한다. 그러나 비에드지츠키와 동료들은 포기하지 않는다. 그리하여 군대가 소환되어 전투에 투입되지만 수천이나 되는 되살아난 시체들의 무리를 막지 못한다. 게다가 그 이전에 시행한 선제적인 대응책으로 걸어 다니는 시체들을 처치한 후 소각한 것이 살아 있는 사람들에게 치명적인 위협이 된다는 사실이 드러난다. 도시를 뒤덮은 연기가 이제까지 안전하다고 여겨졌던 지역까지 전염병을 퍼뜨린 것이다.
    그리하여 학살이 벌어진다. 군중이 꽉 들어찬 기차역은 도시에서 탈출하려던 사람들의 공동묘지로 변한다. 군대의 활동을 지휘하던 지역본부도 함락된다. 지휘본부를 잃은 군인들은 수십 명씩 탈주한다. 이제 아무런 희망이 없는 것처럼 보인다.
    시내에 마지막으로 남은 폴란드 통일노동자당 고위직 중에서 상황을 보고받은 자틸니 서기장은, 우선 중앙정부에 허가를 받은 뒤, 소련에 형제국가로서 시내에 수소폭탄을 투하해 줄 것을 요청하는데, 이 무시무시한 전염병을 막으려면 그 방법밖에 없다고 생각했기 때문이다. 전투기 출격은 다음 날 새벽 6시 30분으로 정해지고, 그리하여 살아남은 브로츠와프 주민들뿐 아니라 자기 목숨을 희생해서라도 혼란을 통제하고자 노력했던 수천 명의 군인과 경찰들까지 실질적인 사형선고를 받게 된다.

한편 시내에서는 고위직들의 대피 작전이 진행된다. 공산당 고위 간부들은 수소폭탄의 위협을 피해 폴란드 통일노동자당 지역본부 건물 지하에 있는 방공호로 향하지만, 이미 피에 굶주린 '좀비'들이 떼를 지어 수많은 구역을 확보하고 있으므로 고위 간부들조차 장애물에 가로막히게 된다.

자틸니가 도시 전체를 파멸시키는 엄청난 범행을 저지르는 것을 막으려는 비에드지츠키 소령의 시도는 효과를 거두지 못했지만, 수소폭탄 공격도 결국 일어나지 않는다. 브로츠와프에서 시작된 좀비 아포칼립스가 몇 시간 사이에 세계 전체로 퍼졌기 때문이다. 이후 밝혀진 바, 출혈성 천연두 바이러스가 브로츠와프에서 일어난 사건들이 빠르게 진행되도록 촉진한 촉매 역할을 하기는 했지만 이 문제는 모든 대륙에 퍼져 있었다.

고립되어 버려진 군인과 경찰들은 임박한 패배를 앞두고 다시 힘을 모아 인구밀도가 희박한 '큰 섬'으로 일단 후퇴한 후 계속 방어하고 반격할 계획을 준비하기로 결정한다. 좀비와의 전투에 투입된 수천 명의 군인과 경찰 중 '큰 섬' 동물원에 살아서 도달한 숫자는 한 줌뿐이지만 이것은 생존 투쟁의 시작에 불과하다.

그리하여 강 건너 시내에는 여전히 구조를 기다리는 민간인들만 남았다……

일러두기
본문의 주는 '지은이 주'로 기재한 것을 제외하고는 모두 옮긴이 주입니다.

차례

지난 이야기
0 0 4

브로츠와프의 쥐들: 철창
0 0 9

에필로그
9 0 2

1

1963년 8월 10일 토요일 04시 04분
1호 교도소, 클렝치코프스카 거리 35번지

 "그 창문 좀 닫아요, 젠장." 보이치에흐 오크루트니 대위*가 앞에 놓인 서류에서 시선을 떼지 않고 내뱉었다.
 "그게 무슨 말씀이세요, 소장님." 벽 뒤에 가려진 비서가 가느다란 목소리로 항의했다. "그랬다간 크리스마스에 먹으려고 욕조에 재워놓은 잉어들처럼 우리 숨 막혀서 다 죽어요……."
 "쿠비시오바 비서!" 교도소장 대리 오크루트니는 짜증이 잔뜩 나서 언성을 더욱 높였다. "그런 종교적인 미신을 자꾸 들이대도 나한테는 안 통합니다. 여긴 소년단 캠프가 아니라 교도소 행정국이오. 내가 창문을 닫으라고 하면 닫고, 그걸로 끝인 거요!"
 그가 비서 아가타에게 의도와 달리 거칠게 말한 이유는 상황이 점점 더 신경에 거슬렸기 때문이다. 게다가 그는 체격이 상당히 좋은 사내로 두 명분의 땀을 흘리고 있었다. 그날 밤은 전례 없이 더웠고, 가벼운 바람이 방향을 바꿔 교도소 부지 위로 무시무시하게 악취 나는 짙은 연기를 몰고 오면서 조금이라도 숨을 돌릴 기회는

---

* 한국으로 치면 5급 교정관이다.

사라져 버렸다.

비서실 쪽에서 처음에는 커다랗게 문 닫는 소리가 들렸고 그 뒤로 알아듣기는 힘들지만 분명히 불만 가득한 비서의 중얼거리는 목소리가 흘러나왔다. 거의 즉시 공기가 더욱 답답해졌는데, 마치 그들이 마지막 밤을 보내며 지켜야만 하는 이 커다란 독일식 벽돌 건물 아래 누군가 용접기라도 켜놓은 것 같았다.

오크루트니는 아가타의 불평에 비슷하게 불분명한 웅얼거리는 소리로 대답하고 속기로 점 찍듯 받아쓴 녹취록에서 시선을 들어 한 줄로 서서 기다리는 부하들을 바라보았다. 그의 앞에 남자 세 명과 여자 한 명이 서 있었다.

"방법은 하나뿐이다." 그는 자신이 적어놓은 계산식을 손가락으로 두드리며 말했다. "시간을 맞추려면 사동 전체를 운동장으로 데리고 나와야 한다."

"하지만 그러면 300명이 넘습니다." 셍칼라가 반대했다. 그는 마르고 머리가 거의 다 벗겨지고 안경을 쓴 남자로, 서 있어도 그 앞에 앉아 있는 서기관보다 별로 크지 않았다. 원사* 계급장이 달린 구겨진 제복 상의가 마치 옷걸이에 건 듯 그의 상체에 걸쳐 있었고 바지도 보급품 중에서 찾을 수 있는 가장 작은 것을 주었지만 그런데도 너무 헐렁했다. "그에 비해 우리는 경비교도대와 여자들까지 합쳐도 교대조에 24명뿐입니다."

"저희들만으로는 그렇게 많은 숫자를 감당할 수가 없습니다. 만약에 무슨 일이라도 생기면……." 아그니에슈카 메디그라우 상사**

---

* 한국으로 치면 7급 교위다.
** 한국으로 치면 8급 교사다.

가 셍칼라를 거들었다. 메디그라우는 여성 전용인 D동 책임자였다. 셍칼라보다도 키가 작았고 청소년처럼 몸이 가늘었으며 커다랗고 푸른 눈으로 사람을 쳐다보면 당장이라도 그의 심장을 녹일 수 있었지만, 메디그라우에게 구애했던 남자들 여럿이 아픈 꼴을 당하고 그녀에게 지분거리는 건 좋은 생각이 아니라는 사실을 배웠다. 만약 무슨 일이 일어난다면 교도관 중에 메디그라우보다 더 날카로운 칼날은 없었다.

"아무 일도 안 생긴다. 내 말 믿어도 좋다." 대위가 그녀의 말을 끊었다.

"수형자들이 우세하다는 걸 눈치채면 어떡합니까……." 메디그라우는 물러서지 않았다.

"다 생각이 있으니 날 믿어." 오크루트니가 다시 한번 메디그라우의 말을 잘랐다. "계획은 다음과 같다. D동에서 시작해서 여자들부터 끝낸 뒤에 임시 수용자와 형기가 가장 짧은 자들이 있는 C동을 비운다. 이쪽 수형자들은 문제없을 테니 작업의 절반은 누워서 떡 먹기다. 그 후에 B동으로 간다. 그쪽은 상습범이 많지만 대부분이 소매치기, 동네 깡패나 주정꾼들이다. 담장 밖으로 나가게 하는데 그다지 큰 문제가 있으리라고는 생각하지 않는다. A동은 마지막 작업으로 남겨둔다."

"거기서부터 일이 복잡해지겠군요." 셍칼라 원사가 내뱉었다.

"원사님 말이 맞습니다." 이제까지 침묵을 지킨 토마시 라빈스키 상사가 입을 열었다. 그는 방금 언급된 A동 교대조 조장으로 셍칼라보다 머리 반 개는 더 크고 체격이 떡 벌어진 바르샤바 출신, 게다가 가장 번화한 프라가 지역 토박이인데, 바르샤바 한가운데 흐르는 비수와 강의 양쪽 세상을 다 겪어본 뒤에 남부 실롱스크에

와서 교도관이 되었다. "여자나 소매치기는 걱정 없습니다. 그 말씀엔 완전히 동의합니다만 A동은 전혀 다릅니다. 담장 밖에서 무슨 일이 벌어지고 있다는 걸 수형자들이 벌써 눈치챘습니다. 정확히 무슨 일인지 모르는 건 사실입니다만, 밤새 총소리가 울려 퍼지니 수형자들도 자기 나름대로 생각을 할 겁니다. 제가 보고받은 바로는 대략 자정 무렵부터 감방 사이에 반혁명 사태가 터졌다는 소문도 돌았다고 합니다. 그래서 감방 문이 열리자마자 수형자들이 뭔가 시도할지도 모른다고 애들이 걱정합니다."

"만약에 수형자들에게 당 중앙이 무조건 사면을 선포했다고 알린다면?"

"사형수들한테 말입니까?" 라빈스키가 웃음을 터뜨렸다. "죽을 날 기다리는 입장에서 그렇게 충격적인 소식을 믿겠습니까, 대위 동무? 저라면 절대 안 믿습니다."

"합당한 생각입니다." 솅칼라는 라빈스키가 말을 마치기 무섭게 거들었다.

사형선고를 받은 범죄자들은 사면 약속을 불신할 것이었다. 집행일이 며칠밖에 안 남은 자들도 있었다. 그들은 술집에서 술 몇 병 훔치거나 남의 집 지하실을 털었다가 잡혀 들어온 병아리 범죄자들처럼 순진하지 않았다.

"그럼 자네는 이 모든 일을 어떻게 생각하나, 파트리크?" 오크루트니가 앞에 선 부하들 중 마지막인 로예프스키 준위*에게 시선을 돌렸다. 로예프스키는 솅칼라 원사만큼 말랐지만 남자 세 명 중에서 가장 키가 컸고 뻣뻣하게 튀어나온 머리카락과 턱수염이 긴 얼

---

* 한국으로 치면 6급 교감이다.

굴을 둘러싸고 있었으며 C동 담당자였다.

"제 생각엔 위험한 작업입니다." 파트리크 로예프스키가 잠시 생각한 후에 대답했다. "지나치게 위험하다는 생각도 듭니다. 상습범들은 기회의 냄새를 맡기만 하면 달려들 겁니다. 반면 우리 애들은 단련된 범죄자를 상대하기엔 너무 겁을 먹었고, 수형자들이 점호 광장에 나왔을 때 그걸 눈치채면 더 대담해질지도 모릅니다."

"그렇다면 엄청난 문제다." 대위가 의자를 밀어내며 무거운 의자 다리가 바닥을 긁는 끔찍한 소리와 함께 일어섰다. "자틸니가 무슨 꿍꿍이인지는 모르겠지만 5시 30분까지 대피가 다 끝나야 한다고 늙은이한테 말하는 걸 베드나레크가 자기 귀로 분명히 들었다. 그 말인즉 우리에게 남은 시간은……." 대위는 시계를 보았다. "……80분, 어쩌면 한 시간 반 정도. 하지만 확실히 그게 최대한이다. 내가 여러 가지로 시간을 계산해 보았다." 그는 책상 위에 놓인 공책을 손가락으로 가리켰다. "교도소 비우는 작업을 지금 당장 시작해서 수형자 전체를 운동장으로 데리고 나오거나, 아니면 여러분 가족에게 작별 인사를 하는 게 좋다……." 대위는 부하들의 얼굴을 훑어보았다. "저들이 한 치라도 자비심을 보일 거라는 기대는 하지 말 것."

부하들은 고개를 숙였다. 자틸니 서기장에게 도움을 요청받은 소련인들이 도시로 들어온다면 무슨 짓을 할지 그들은 알고 있었다. 소련인들은 앞에 나타난 사람이 감염되었는지 절대로 묻지 않을 것이다. 제거 작업이 가장 활발한 처음 몇 시간 동안이라도 그들의 가족에게 그나마 상대적인 안전을 보장할 수 있는 것은 오로지 교도소 담벼락뿐이다.

"여자들과 형기가 짧은 수감자들만 내보내고 나머지 놈들은 방에 잡아두면 어떻습니까?" 라빈스키가 잠시 침묵했다가 제안했다.

"자네 아내와 아이들이 살인자, 강도, 강간범과 같은 곳에 머무르는 걸 원하나?" 오크루트니가 믿을 수 없다는 듯 물었다. "게다가 대체 어떤 방식으로 그렇게 하겠다는 건가?"

"그 사동만 따로 고립시켜서……." 셍칼라가 말을 시작했다.

"아니면 수형자들을 여자 사동으로 옮기면 됩니다." 메디그라우가 셍칼라의 말을 잘랐다. "그런 뒤에 상황이 정리되고 나면 기관총으로 감시하면서 한 방씩 집어넣으면 됩니다."

대위는 천천히 고개를 저었다. 부하들이 내놓은 해결책을 숙고해 보았지만 길게 생각할수록 위험 요소만 더 크게 보였다. A동에는 최악의 범죄자들이 모여 있는데, 그런 자들일수록 상황이 어떤지 금세 알아채게 마련이다. 대위는 바로 그런 자들에게서 가족과 부하, 그리고 남은 동료들을 보호하려는 것이었다.

"안 돼." 오크루트니가 단호하게 대답했다. "그건 실행 불가능하다."

"해결책이 아직 하나 더 있습니다, 대위 동무." 라빈스키가 목소리를 낮추어 말했다.

오크루트니는 무겁게 한숨을 쉬었다.

그렇다. 그 방법도 아주 짧은 시간이지만 생각해 보았다. 왜냐하면 그는 부하들과는 달리 상황을 더 잘 이해하고 있었기 때문이다. 그러나 그는 2호 교도소 소장이자 얼마 전 지역본부에서 일어난 일을 직접 목격한 친구의 말을 여전히 믿을 수 없었다. 브란트 소령과 그렇게 친하지 않았다면—그리고 30분 뒤에 2호 교도소와 통신이 끊어지지 않았다면—그는 크시슈토프 브란트가 뭔가 멍청한 장난을 친다고 생각했을 것이다. 되살아난 시체? 죽여도 죽지 않는 사람들? 대피 계획의 성패가 달려 있는 이 정보를 부하들에게 과연 알려야 할지 그는 오랫동안 고민했으나 결국 말하지 말아야겠다고 결정했다.

"한 시간 반 안에 200명을 사형시킬 수 있는 사람을 아나?" 그가 부하들의 눈을 똑바로 바라보며 물었다.

다들 시선을 내리깔고 대답하지 않았다. 교도관들도 이 질문의 대답을 듣기 위해 굳이 부하들에게 물어볼 필요는 없었다. 이 방법을 택한다면 최악의 범죄자들을 처치하는 역할은 그들 자신에게 돌아올 것이었다.

"어쩌면 200명까지는……." 라빈스키가 잠시 후에 중얼거렸다.

"그러면 자네 의견으로는 사망자 100명과 200명 사이에 어떤 차이가 있나?" 대위가 쏘아붙였다.

"사형수는 다 합쳐도 20명이 조금 넘습니다." 셍칼라가 모인 사람들 모두에게 알렸다.

"그리고 그놈들보다 별로 나을 것도 없고 한 사람의 평생보다 더 긴 형을 받은 상습범은 사형수 수보다 세 배는 많다." 대위가 바로 반박했다. "그리고 말할 필요도 없지만 총구에서 총알이 나가는 순간 A동 손님들 전부 미쳐 날뛸 거다."

"그래도 사형장이 세 개 있습니다." 메디그라우가 불확실한 어조로 끼어들었다.

"시간은 90분밖에 없다, 정확히……." 오크루트니가 시계를 바라보았다.

"지원 병력이 오기 전에 폭동이 일어날 위험을 감수하는 것보단 낫습니다."

이후에 오간 논쟁은 오랫동안 입을 다물고 있던 로예프스키가 던진 질문으로 중단되었다.

"무기는 얼마나 있습니까?"

"무슨 뜻인가?" 오크루트니 대위는 놀란 것 같았다.

"우리가 가진 전체 무기가 얼마나 되느냐는 뜻이었습니다."

"무기고 안에 있는 전체 다 합치면……." 대위는 재빨리 기억을 더듬어 계산했다. "내 마카로프 권총 빼면 권총 마흔네 정, 기관단총 여덟 정이 있다."

"모자랍니다." 셍칼라가 한숨을 쉬었다. "너무 모자라지 말입니다."

"이렇게 작은 공간에 수형자가 300명인 걸 감안하면 절대적으로 모자랍니다." 라빈스키가 예상대로 셍칼라의 말에 동의했다.

"어쩔 수 없어. 그것뿐이다." 오크루트니가 한마디로 그들의 말을 잘랐다.

"탄약은 있습니까?" 로예프스키는 물러서지 않았다.

그들은 서로 쳐다보았다. 공산 정부는 위험을 감수하는 것을 좋아하지 않았고 그러므로 무장이 필요하지 않은 곳에는 무기를 주지 않았다. 사회주의 조국의 안보와 치안을 담당하는 모든 제복 공무원과 마찬가지로 교도관도 실제로 총기를 소지했으나 탄약 지급 상황은 때에 따라 달랐다. A동과 B동에서 근무하는 교도관들은 탄창에 여섯 발씩 가지고 다녔고 그중 첫 세 발은 공포탄이었다. 감시탑 위의 경비교도대는 실탄을 소지했지만 최대 열두 발까지 든 탄창이 지급되었다. 그게 전부였다. 무기고에 예비 탄약은 전혀 갖춰두지 않았다. 인민정부의 현명한 추론에 따르면 교도관들의 사기를 북돋우고 수형자 한두 명 혹은 심지어 몇 명이 한꺼번에 탈주하는 만약의 사태를 막기에 이 정도로 충분하다는 것이었다. 왜냐하면 담장 밖의 상황이 나쁜 쪽으로 진행되면 그때는 내무부 보안대가 투입되기 때문이었다.

"탄약이 병아리 눈물만큼 있군요······." 라빈스키가 모두의 불안을 입 밖에 내어 표현했다.

로예프스키가 다른 사람들을 훑어보고 수수께끼 같은 미소를 지었다.

"어떻게 해결해야 할지 알 것 같습니다."

* * *

준위의 계획은 성공적이었다. 여성 사동을 비우는 작업은 빠르고 원활하게 아무 일 없이 끝났다. C동과 심지어 B동도 마찬가지였다. 로예프스키의 계획은 단순해서 천재적이었다. '공포는 커다란 눈을 가졌다······.' 이 오래된 속담은 뼛속까지 물든 범죄자에게도 해당된다는 사실이 입증되었는데, 클렝치코프스카* 거리 1호 교도소에는 그런 닳고 닳은 범죄자들이 정말로 많았다.

"기상!" 곤봉으로 감방 문을 때리자 얼마 전부터 사동 안을 지배하던 혼란이 더욱 가중되었다. 교도관들은 걸쇠를 올리는 소리와 자물쇠 구멍 안에서 열쇠가 돌아가는 쇳소리가 마찬가지로 위협적으로 들리게 하려고 노력했다.

수형자들은 침상에서 벌떡 일어나 창살 박힌 창문 아래로 물러

---

* 1971년 4월 26일 브로츠와프 시립 측량소는 해당 거리 이름이 '클렝치코프스카(Klęczkowska)'가 아니라 '클레치코프스카(Kleczkowska)'라고 시 언론과 다른 관련 기관에 알렸다. 브로츠와프 지도에 클레치코프스카 거리는 1972년에 나타난다. (Zygmunt Antkowiak, *Stare i nowe osiedla Wrocławia*, Zakład Narodowy im. Ossolińskich, 1973)—지은이 주.

나서 억압자들에게 저항하기 위해 손에 닿는 것이라면 아무거나 움켜쥐었다. 자기를 겨눈 권총과 기관단총의 총구를 보면 공포를 느낄 수밖에 없었다. 그리고 그것이 목적이었다. 더 많이 겁낼수록 그들은 더 쉽게 시키는 대로 따랐다.

"시발, 혁명이다! 당이 수형자를 전부 해방시키라는 명령을 내렸다!" 선별된 교도관들이 무장한 동료와 수형자 사이에 서서 소리쳤다. "내뺄 수 있을 때 빨리 내빼, 새끼들아!" 교도관은 빨리 나가기 위해 감방 문턱으로 물러나면서 이렇게 덧붙였다. "움직여, 시발, 움직이라고! 소련 놈들과 보안대가 오기 전에 열 수 있는 방을 다 열어야 한다!"

이런 순간에 사람은 생각을 포기한다. 목숨에 관계된 일이니 속담에서처럼 물에 빠진 사람이 지푸라기라도 움켜쥐는 것이다. 그리고 여기에 지긋지긋한 철창에서 잠시라도 벗어날 수 있다는 가능성이 더해지면…….

오크루트니는 양쪽으로 활짝 열린 교도소의 푸른 정문으로 수형자들이 끊임없이 흘러나가 어둠 속으로 사라지는 모습을 사무실 창문으로 관찰했다. 아무도 멈추지 않았고 아무도 돌아보지 않았다. 자기 행운을 믿을 수 없다는 듯 다들 있는 힘껏 앞으로 달려 나갔다. 공포는 커다란 눈을 가졌고, 특히 오늘은 그 공포에 전에 없이 불이 붙었다. 교도관들은 한편으로는 밤새 들려온 총성을 들으며 수형자들이 불안과 긴장 속에 기다렸던 시간들을 이용했다. 다른 한편으로는 2차 세계대전 당시 독일 게슈타포가, 그다음에는 소련 비밀경찰이 대규모 처형을 자행했던 창고 건물 앞에 불을 켜고, 시체를 실어 내던 단순한 상자를 가득 채운 트럭을 몰고 돌아다니며 어수선한 분위기를 만드는 등 시각적인 효과를 능숙하게 사용해서 분위기를 돋우었다.

십자형 사동을 나가 행정관 건물 앞의 조그만 반원형 마당에 나가면 이 모든 일을 직접 눈으로 볼 수 있었고, 그러므로 누구든 조금이라도 의심하던 사람도 이 순간 그 의심을 완전히 버렸다.

이 교도소는 어두운 평판을 가지고 있었다. 처음에는 독일군, 그 뒤에는 히틀러의 고문실이었고 그보다 더 뒤에는 새로운 사회주의 정권에 의해 같은 용도로 사용되었다. 단두형, 교수형, 총살형, 때로는 대규모로. 수형자들은 처형당한 사람들에 대해 전부 알고 있었다. 왜냐하면 교도소장이 처형할 때마다 본래보다 훨씬 더 큰 소리가 울려 퍼지도록 신경 썼는데, 그의 의견에 따르면 목숨의 위협만큼 사람들을 얌전하게 만드는 것도 없기 때문이다.

바로 그런 두려움 때문에 오늘 도둑, 강간범, 흔한 깡패와 모든 종류의 반사회적 분자들은 넋이 나갔다. 오로지 그 공포 덕분에 작업을 시작한 지 한 시간이 채 지나지 않아 교도관들은 1000명이 넘는 수형자들을 담장 밖으로 내보내는 데 성공했다. 예상했던 것보다 훨씬 더 빨랐다.

남은 것은 가장 힘든 마지막 단계뿐이다. 흔한 범죄자들을 실제로는 어떨지 몰라도 다들 자유롭다고 하는 바깥세상에 풀어주는 일과, 사형을 앞둔 최악의 범죄자들을 그것도 200명이 넘게 감옥에서 내보내는 것은 완전히 다른 일이다. 특히 법을 신성하게 여기는 사람에게는 말이다. 다른 교도관들은 그런 위험을 감수할 준비가 되어 있었지만 오크루트니는 아니었다. 그래서 그는 명확하게 결심했다. 1호 교도소에서 가장 긴 형을 살고 있는 84명의 수형자는 아무도 저 문밖으로 나가지 못한다. 설령 예견된 대규모 숙청이 30분 뒤에 시작된다 해도 말이다. 짧고 열띤 토론 중에 사형선고를 받은 수형자들을 총살하는 방안이 다시 한번 논의되었고, 그 뒤에 메디그라우가 어떤 해결책을 제안했다. 그것 또한 절반의 해결책이었지만 대위는 만족했다.

이제 어둑어둑한 방 안에 선 보이치에흐 오크루트니는 창문으로 두 개 층 아래 연기에 덮인 마당에서 남자들이 불안하게 사방을 둘러보며 달려가는 모습을 바라보았다. 무장 교도관들이 전부 집합하기 전에 본관으로 그를 불러내는 신호인 날카로운 전화벨 소리를 기다리고 있었다. 잠시 후 교도소 부지에 속한 사택에서 기다리던 교도관 가족들이 담장 안으로 들어올 수 있을 것이고 서기장 동지, 하, 그놈이 보낸 똘마니들을 피해 은신할 것이다. 잠시만 더······.

비서실 전화기가 울리기 시작했다.

* * *

대위가 육각형 포석으로 포장한 마당으로 채 달려 나가기도 전에 대피해 온 첫 교도관 가족들이 감옥 문턱을 넘었다. 그래서 대위는 말 없는 여자와 아이들에게 둘러싸인 채 함께 걸었다. 그들은 배정된 사택을 나가라는 갑작스러운 명령에 풀려난 범죄자들보다 훨씬 더 겁먹고 있었다. 이 순간 오크루트니의 귀에 들리는 소리는—닳은 신발 바닥이 포석 위를 걷는 끊임없는 소리 외에—멈춤 없이 들려오는 기침 소리뿐이었는데, 이 무시무시한 연기 속에서는 이상한 일도 아니었다. 가끔씩 숨죽인 흐느낌 소리도 들려왔다.

이 사람들도 그 나름대로 겪을 만큼 겪었다. 처음에는 시간이 갈수록 커지는 총소리를 견뎌야 했는데, 그것도 바로 창밖에서 사람들이 총을 쏘는 소리였다. 그런 뒤에는 짐을 싸서 살던 곳을 떠나야 했고 클렝치코프스카 거리로 나와 19세기 끝 무렵에 지어진 감옥 부지 안에 있는 3층짜리 건물 세 동에 처넣어졌다. 그곳에 도착한 교도관 가족들은 좁은 감방에서, 심지어 계단에 앉아서 정해진 신호를 기다렸는데, 이렇게 많은 사람을 수용할 공간이 없었기 때문이다. 다행히 그런 상황은 오래가지 않았지만 이 답답한 한 시간만으로도 대피한 교도관 가족들이 우울감과 공포로 가득 차기에 충분했다.

"대위 동무!" 오크루트니는 익숙한 목소리를 듣고 걸음을 멈추었다.

그는 주위를 둘러보았고, 거의 2미터에 가까운 키 덕분에 마당에 흘러넘치는 도망자들 위로 솟아나 있어서 오크루트니는 자신에게 손짓하는 검은 머리 상병을 어렵지 않게 발견했다.

"소장 사모님과 아이들을 지역본부로 모셔다드렸나?" 그는 베드나레크가 간신히 도망자들을 밀치고 다가오자 물었다.

"예, 그렇습니다, 대위 동무." 젊은 교도관의 말소리에서 특징적인 남부 억양을 살짝 들을 수 있었는데, 파베우 베드나레크가 폴란드 남쪽 국경에 면한 노비 송치 지방 출신인 것을 생각하면 이상한 일도 아니었다. "방공호 문 앞까지 전원 다 모셔다드렸습니다."

"상황이 어떤가?"

"아주 평온합니다, 대위 동무." 베드나레크가 손가락으로 안경을 고쳐 썼다. "동브로프슈차쿠프 광장 앞에 길이 엄청나게 막힙니다. 그쪽으로 고위 간부 가족들 전부 다 대피하고 있습니다."

사실 예상했지만 그래도 마음이 불안해지는 이 소식을 듣고 오크루트니는 본능적으로 십자 모양으로 건설된 건물 쪽으로 다시 성큼성큼 걸음을 옮겼다.

"구체적인 얘기 뭐 들었나?"

"딱히 없습니다. 간부들 다 입을 꾹 다물고 있습니다. 운전수들도 아무것도 모릅니다. 그리고 입을 여는 사람들은 들을 가치도 없는 이야기만 합니다." 상병이 손을 저었다.

"예를 들면?"

"예를 들면 우리한테도 폭탄을, 저기 그, 히로시마처럼, 떨어뜨린다고 합니다."

"브로츠와프에 핵폭탄을 떨어뜨린다고?" 대위가 웃음을 터뜨렸다. 그러나 정말로 웃겨서 웃는 것은 아니었다. 오크루트니는 뱃속에 누군가 돌을 던져 넣은 듯한 익숙한 압박감과 함께 등골을 따라 서늘하고도 매우 불쾌한 소름이 아주 천천히 퍼져나가는 것을 느꼈다. 자틸니는 모스크바에 있는 동지들에게 도시를 완전히 파괴해 달라고 요청할 정도로 엄청난 괴물이었던 것이다. "헛소리." 대위는 목소리가 떨리지 않게 조심하며 덧붙였다. "그런 멍청한 뜬소문 다른 데 가서 말하지 마. 애들 이미 충분히 신경 곤두서 있으니까."

"물론입니다, 대위 동무."

오크루트니는 속으로 부르르 떨었다. 이것이 사실이라면 감옥 담장 안에 숨는다 해서 생존 가능성이 커지지 않는다고 결론지었다. 그리고 자기도 모르게 바짝 마른 입술을 핥았다. 이런 상황에서 어떻게 해야 할까……? 그때 번뜩 생각이 떠올랐다. 전쟁 시기의 방공호! 공습을 피하기 위한 방공호가 교도소에도 몇 군데 있었다. 다만 설비가 약하고 상당히 좁은데, 그곳은 지금보다 훨씬 적은 인원이 공습만 피해서 최대 몇 시간 정도만 머무르는 경우를 상정하고 만들었기 때문이다. 가구도 화장실도 지하수 펌프도 없다…….

대위는 깊이 생각에 잠긴 탓에 A동 안에 들어서며 문 앞에서 경례하는 교도관들에게 대답하는 것도 잊었다. 그는 식량과 물을 조금이라도 방공호로 옮길 방법을 궁리하고 있었다. 100퍼센트 보장은 없지만 방공호 안은 파괴적인 폭발을 아마 견딜 수 있을 것이기 때문이다. 어떻게 해야 외부에 남게 될 수형자들의 의심을 불러일으키지 않으면서 옮길 수 있을까? 그것이 문제다…….

"베드나레크!" 대위가 갑자기 상병을 불렀다. "빨리 위층 가서 솅칼라 원사한테 내가 갈 때까지 작업 시작하지 말고 기다리라고 해. 내가 좋은 생각이 떠올랐지만 확인 먼저 해야 된다고 말했다고 전해."

"예, 알씀다."

베드나레크 상병이 서둘러 계단을 달려 올라갔다.

* * *

"무슨 문제가 있습니까?" 대위가 마침내 A동에 도착했을 때 라빈스키가 물었다.

"베드나레크가 얘기 안 했나?" 오크루트니는 놀란 척했다.

"뭐라고 떠들었습니다만 횡설수설했습니다. 대위님께서 뭔가 좋은 생각이 떠올랐다고 기다리라고 한 것 같습니다?" 원사가 대답했다.

"유감스럽게도 그 좋은 생각은 포기하기로 했다." 대위는 이렇게 얼버무리고 불편한 대화를 피하기 위해 곧바로 덧붙였다. "작업 시작하지. 로예프스키 덕분에 앞의 작업들이 빨리 지나가긴 했지만 이제 남은 시간은 30분이 채 안 돼. 수송대 애들이 길거리에서 소련군 놈들한테 인사하는 꼴을 보고 싶진 않겠지?" 그런 상황은 아무도 원하지 않았으므로 그들은 작업의 다음 단계로 부드럽게 넘어갈 수 있었다. "좋다, 제군. 차량이 네 대 있으니 한 대에 사형수 스물한 명씩 태운다. 우리 인원도 충분하니 두 조로 나누어 동시에 작업한다. 각 조마다 세 명은 기관단총, 네 명은 권총으로 무장한다. 나머지는 여기, 여기, 여기 통과 시 동선 확보한다." 대위는 설치된 검문소를 가리켰다. "감방 열고, 수갑 채우고, 총구멍 겨눈 채로 꺼내서 차량에 태우고, 자물쇠 잠그고, 열쇠 내던지고 시내로 간다." 교도관들은 순서대로 지시가 내려올 때마다 고개를 끄덕였다. "공포탄 다 뺐나?" 오크루트니가 나가기 전에 물었다.

"예, 글쎕다!"

"조금이라도 아니다 싶으면 즉시 벽이나 바닥에 쏴서 놈들이 총알 나가는 걸 보게 한다. 그러면 확실히 자기들도 생각을 하겠지. 하지만 기억해. 무슨 일이 있어도 절대로 사람한테 쏘면 안 된다."

"죽었다 살아난 시체 얘기 정말 믿으시는 겁니까, 대위 동무?" 셍칼라가 완전히 진지한 어조로 물었다.

오크루트니는 깜짝 놀랐다.

"그 얘긴 어디서 들었나?" 몇 초가 지난 뒤에야 오크루트니가 고함치듯 물었다.

"다들 들은 데서 들었습니다." 원사가 웃었다. "수형자들 대피시킨 애들이 그럽니다. 사람들 하는 말이 지어낸 이야기 같지 않다고 말입니다. 개새끼들이 죽여도 죽지 않는다고 합니다……."

"헛소리." 교도관 중 누군가 내뱉었다.

"겁먹은 민간인들이 지어낸 겁니다." 다른 누군가 낄낄거리며 덧붙였다.

"아닐 수도 있지." 오크루트니가 쏘아붙였다. "내가 전적으로 신뢰하는 어떤 장교가 지역본부에 있으면서 우리 편이 학살당하는 걸 봤다."

"무슨 학살 말입니까?" 라빈스키가 눈을 크게 떴다.

대위는 브란트 소령과의 대화를 요약해서 말하려고 입을 열었다가 그만두었다. 쓸데없는 잡담에 허비할 시간이 없었다. 셍칼라가 즉각 이 순간을 이용해서 자기 생각을 말했다.

"제가 알기로 이 감염병이 사람을 피에 굶주린 데다 저항력도 강하고 고통도 느끼지 않는 짐승으로 만든다고 합니다만, 놈들을 절대로 죽일 수 없다는 얘기는 전 안 믿습니다."

"원사, 이게 별일 아니었으면 인민정부가 뒷일은 소련 놈들한테 맡기고 방공호로 내빼겠나?"

"제 말씀은 그러니까 감염자가……."

"원사, 여기서 우리가 헛소리 길게 떠들수록 그만큼 호송대 애들이 안전하게 돌아올 가능성이 낮아진다. 당장 그 입 닥치지 않으면 원사가 직접 가서 과부들에게 남편이 살아날 수도 있었지만 원사가 여기서 생명의 비밀에 대해 논하는 바람에 우리 모두 말뚝처럼 서서 아무것도 못 했다고 전해야 할 거다!"

셍칼라는 대답하지 않았다. 바로 뒤돌아서 앞에 선 사람들에게 손을 휘두르며 복도를 달려갔다. 라빈스키도 명백하게 대답을 피하는 상관의 태도에 실망해 맞은편 복도로 2조를 이끌고 갔다. 기관단총과 권총으로 무장한 나머지 교도관들은 계단과 출구에 배치되었는데, 만약 사형수들이 마당에 세워둔 호송 차량에서 도망치려

한다면 발포해 부상을 입히기 위해서였다.

위층 첫 번째 문이 쇠 긁히는 소리를 내며 열렸고 그 굉음은 바로 교도관들의 고함 소리에 잠겨버렸다. 몇 초 뒤 총소리가 한 발, 또 한 발 울렸다. 그 메아리가 커다랗고 텅 빈 사동 건물 안에 울려 퍼지기도 전에 계단 꼭대기에 남자들이 무리 지어 나타났다. 그들은 양손을 뒤통수에서 맞잡고 한 줄로 서 있었다. 그 줄 뒤에는 발사할 태세로 권총을 든 교도관이 따라갔다. 사형수들은 등 뒤를 다급히 찌르는 총구에 독촉받으며 더 빨리 걸었다. 다음 감방이 열렸을 때 아무도 총을 쏘지 않았고, 네 번째 감방이 비워진 뒤에야 총기를 사용할 필요성이 발생했다.

이번에는 굉음과 함께 총소리가 난 뒤에도 침묵이 따르지 않았다. 1층에 있던 오크루트니 대위는 비인간적인 비명 소리를 들었는데 이것은 문제의 징조였다. 그래서 대위는 문가의 자기 위치를 떠나 최대한 빨리 계단을 달려 올라갔다. 오른쪽으로 끝에서 네 번째 감방이다. 사형을 기다리는 살인범들을 가리키는 은어인 '더러운 열두 명' 중에서 세 명이 그 방에서 지내고 있었다.

"수형자한테 발사하지 말라고 했지?!" 대위가 문가에 서 있는 교도관들 사이로 밀고 들어가며 화난 목소리로 씩씩거렸다.

"저 새끼가 올키에비치한테서 총을 뺏으려고 했습니다." 백지장처럼 창백한 라도스와프 레나르트 교도관이 여전히 연기가 피어오르는 권총을 가리키며 호소했다.

오크루트니는 감방 안을 훑어보았다. 겁에 질린 범죄자 셋은 유일한 창문 아래 조그만 탁자 주위에 모여 있었고 교도관은 고통에 몸부림치고 있었다.

크라우스 교도관은 피에 흠뻑 젖은 종아리를 양손으로 붙잡고 비명을 멈추지 않았다.

"수형자가 올키에비치 권총을 빼앗으려고 해서 자네가 크라우스한테 총을 쐈다고?" 오크루트니는 총을 든 채 겁에 질려 있는 교도관을 밟아 죽일 듯한 눈초리로 노려보았다.

"총알이 튀었습니다, 대위 동무." 생칼라가 둥근 문틀 위쪽의 파인 자국을 가리켰다. "그냥 운이 나빴던 겁니다."

"자네하고 자네." 오크루트니가 가장 가까이 있는 교도관들을 가리켰다. "부상자를 의무실로 데려가. 과다 출혈 되기 전에 빨리. 내가 교대한다." 그리고 오크루트니는 수형자들을 훑어보며 불길한 어조로 물었다. "총을 뺏어가려 한 게 누구인가?" 그는 올키에비치를 돌아보았다.

"보, 보, 보고드립니다, 마…… 마……." 아직도 충격에 빠진 토마시 올키에비치가 키 크고 목에 문신이 있는 턱수염 난 수형자를 가리키면서 더듬거렸다.

"마그지아레크 동무." 오크루트니는 링에 나가기 전에 권투선수가 목근육을 푸는 것과 같은 동작으로 고개를 좌우로 움직였다. 그리고 마그지아레크에게서 눈을 떼지 않고 명령했다. "나머지 데리고 나가. 작업 계속한다. 내가 상황 정리하겠다."

이름을 불린 수형자는 경멸의 눈초리로 대위를 바라보았다. 이상할 일도 아닌 것이, 미성년자인 두 자녀를 포함해 자기 가족을 망치로 때려죽인 사람이니 웬만한 상황에 무너지지 않았다. 저주받을 전염병만 아니었으면 마그지아레크는 2주 뒤에 멀지 않은 창고에서 삼으로 꼰 밧줄에 매달려 세상에서 그 존재가 조용히 사라졌을 것이다. 이제는 유감스럽게도 여러 가지 이해할 수 있는 정황들 때문에 마그지아레크를 죽일 수는 없게 되었지만 그렇다고 혼내주면 안 된다는 명령은 받은 적이 없었다.

"얘기 좀 해볼까, 캉가세이루?" 대위가 매우 다정한 어조로 주먹을 꽉 쥐면서 물었다.

마그지아레크는 입술을 말아 올려 이를 드러냈다. 그는 감옥에서 자기보다 더한 흉악범들이 붙여준, 포르투갈어로 '도적'이라는 뜻의 이 기묘한 별명을 좋아했다. 마그지아레크의 얼굴에서 그 미소를 사라지게 하는 것은 대위에게 큰 즐거움이었고 노골적으로 저항하는 지금 같은 경우에는 더욱 그러했다. 몇 초 지나지 않아 마그지아레크의 다리 힘이 이상하게 풀려 쓰러지기 전까지 말이다.

* * *

오크루트니는 호송 차량에 두 줄로 앉은 수형자들 발밑에 기절한 마그지아레크를 감자 자루처럼 아무렇게나 던져 넣었다. 대위가 망치잡이의 거친 행실을 고쳐주는 데 사용한 몇 분 동안 교도관들은 나머지 감방을 전부 다 비웠다. 그래서 캉가세이루는 본래 예상했던 것과는 다른 차량에 태워졌지만 그게 별 의미는 없을 것이었다. 숙청 작전 시작 시간까지 12분도 채 남지 않았고, 그러므로 폭탄 투하는—자틸니가 그렇게까지 범죄적인 계획을 실제로 세웠다면—최소한 30분 뒤에 일어날 것이다. 자틸니 서기장 동무는 쓸데없이 위험을 감수하지 않을 테니 분명히 자신을 위해 최소 15분 정도는 여유 시간을 남겨두었을 것이다. 이것만은 대위는 의심하지 않았다.

호송 차량들이 정해진 장소에 도착했다가 운전수들이 교도소 부지로 돌아올 때까지 30분이면 충분하다. 그 뒤로 무슨 일이 벌어질지, 그건 완전히 다른 얘기다.

"무섭게 잔혹하시군요, 대위 동무."* 호송 차량 안쪽, 땀에 절은 악취가 풍기는 어둠 속에서 누군가 내뱉었다.

오크루트니는 움직이다 말고 멈추어 천천히 몸을 돌리고 눈을 가늘게 떴다. 왼쪽 줄 가장 안쪽 끝 어둠 속에 창백한 얼굴로 미소 짓는 청년이 앉아 있었는데, 모르는 사람이 언뜻 보면 청소년으로 알 만큼 어려 보였다.

"천성이 이렇지. 그런데 자네 앉은 곳이 참 멀군, 예쁜 아가씨." 대위가 치밀어 오르는 화를 참으며 대답했다.

"칭찬으로 알겠습니다." 수형자가 고른 이를 드러내며 웃었다.

그 매력적인 미소로 아마 지역 협동조합 매점의 여성 판매원 최소 열네 명 정도는 충분히 사로잡을 수 있을 것 같았다. 수사관들은 이 수형자가 최소한 그만큼 살인을 저질렀다고 의심했다. 유감스럽게도 범죄자는 일관되게 범행을 부인했고 수사관들에게는 증거가 부족했다. 불쌍한 여자들이 이 남자에게 사로잡혔고—비록 피해자들이 남몰래 꿈꾸었던 방식은 아니었지만—관계가 절정에 이르렀을 때 살아서 빠져나온 피해자는 거의 없었다. 시신은 수사기관이 피해자가 존재한다는 사실을 인지할 만큼 남아 있었지만 어떻게 해도 신원을 확인할 수 없었다.

파비안 스프리하는 얌전한 드워프 토끼 사육사였으며 또한 재판이 시작되기도 전에 폴란드 전체에, 심지어 외국 언론에도 알려진 별명대로 '인스크의 식인종'으로 10년에 걸쳐 폴란드 전역을 누비고 다녔다. 그 친절한 소년 같은 외모는 대단히 기만적인 것이었

---

* 폴란드어로 '오크루트니(okrutny)'는 잔혹하다는 뜻이다.

다. 좀 더 가까이서 보았을 때에야 어린아이처럼 가느다란 앞머리에 가려진 좀 지나치게 넓은 이마와 희끗희끗해진 옆머리가 그의 실제 나이를 알려주었다.

"자네가 좋아하는 개새끼를 보고 싶어 할지도 모른다고 생각했지." 잠시 뒤에 대위가 덧붙였다. "그래서 데려왔다. 감사합니다, 하고 그걸로 끝내지."

스프리하의 얼굴에서 웃음이 사라졌다. 그는 쓰러진 마그지아레크를 쳐다보지도 않았다.

"그렇게 무리하지 마십시오, 대위 동무. 그리고 술은 적당히 드시는 게 좋겠네요. 우리가 다시 만나기 전에 대위님 간이 상해버리면 안 되니까요."

오크루트니는 소리 내어 웃고 호송 차량 문을 닫은 뒤 손바닥으로 차 옆쪽을 세 번 쳐서 운전수에게 출발 신호를 보냈다. '깜짝 놀랄 거다, 쓰레기야. 네가 다음번에 누굴 죽여서 먹으려 들면 놈들이 널 어떻게 대하는지 두고 보자.' 회색 호송 차량이 정문으로 나가는 모습을 보며 대위는 생각했다. '불행히도, 아니면 다행히도, 넌 그때까지 살아남지 못하겠지. 소련군이 들어오거나 폭탄이 떨어지면 당장 네 동료들과 함께 뒈질 테니까.'

"저 짐승 새끼 맨손으로 목 졸라 죽이면 좋겠습니다." 바로 옆에서 셍칼라가 중얼거렸다.

"그런 짓 하면 저놈하고 똑같게 돼." 오크루트니가 생각에 잠겨 대답했다.

"그러니까 제 말씀은, 저렇게 담장 바깥으로 내보내는 건 정말 아닌 것 같습니다." 셍칼라가 한숨을 쉬었다.

"저런 쓰레기를 죽였다고 처벌받아선 안 됩니다." 상황을 전부 지켜본 라빈스키도 셍칼라를 거들었다.

"자네들이 결정할 일이 아니야." 오크루트니가 잘라 말했다. "우리 쪽 대피 상황은?"

"안에 529명이 있습니다. 아직 38명이 안 왔지만 연락받은 바로는 아마 당장이라……."

클렝치코프스카 거리 쪽에서 익숙한 엔진 소리가 들려왔다. 다음 순간 교도관들은 날카로운 자동차 경적 소리를 들었다.

"호랑이도 제 말 하면."

푸른 정문이 다시 열렸다. 이번에는 버스에 실려 온 사람들이 교도소 부지 안으로 들어올 수 있도록 2미터 정도만 벌어졌다. 마지막 민간인이 부지 내로 들어오자 거대한 철 구조물이 다시 삐걱삐걱 소리를 내며 원래 위치대로 단단히 닫혔다.

"성공한 것 같습니다." 셍칼라가 짐을 잔뜩 든 여자와 아이들에게 손을 흔들었다.

1호 교도소에는 모든 보직을 다 합치면 근무자가 거의 400명 정도 있었으나 오크루트니의 계획은 앞으로의 작전에 대해 알려도 되는 교도관 직계가족만 담장 안으로 대피시킨다는 것이었다. 실제로 민간인 근무자들도 교도소 인근에 살았지만 이 상황에서는 즉시 연락을 취할 수가 없었는데, 왜냐하면 일반인은 군용 전화라는 사치품을 꿈도 꿀 수 없었기 때문이다. 밤교대 조 경비교도대가 아직 남아 있으니 밖으로 보내서 연락할 수도 있었으나 대위는 경비교도대 인력이 교도소 안에 필요했기 때문에 내보내서 연락한다는 생각은 포기했다.

알고 보니 이것은 현명한 결정이었다. 대피 인원 숫자를 제한했는데도 모든 일을 마무리 지을 시간이 아슬아슬했다. 마지막 행운

아들, 대부분 가장 가까운 시내에 거주하는 교도관 가족들이 바로 지금 그의 곁을 지나 기운 없이 본관으로 향하고 있었다. 그곳이 앞으로 며칠, 어쩌면 몇 주 동안 임시로 그들의 집이 될 것이었다. '혹은 공동묘지가 될지도 모르지. 베드나레크가 들은 소문에 조금이라도 진실이 숨어 있다면.' 오크루트니는 생각했다.

그는 A동 입구에 서서 다리를 질질 끄는 여자들, 우는 아이들과 음울한 남자들을 바라보았다. 남자들 중에서 단지 몇 명만 제대로 제복을 갖춰 입고 있었다. 짐을 잔뜩 든 채 말이 없는 사람들은 전쟁 때 습격당한 도시를 떠나는 난민들의 행렬과도 조금 비슷했다. 그들은 가끔 기침 소리만이 간간이 들리는 침묵 속에 마당을 가득 채우더니, 방금 전에 수형자들을 내보낸 그 문 안으로 들어가 사라졌다.

"대위님!" 교도소 의무실이 있는 본부 건물 쪽에서 하얀 가운을 입은 남자가 빠른 걸음으로 다가왔다.

"예, 베그네르 선생님." 오크루트니는 시계를 흘끗 보고 시간이 얼마나 남았는지 확인했다. 그는 대화할 기분이 아니었다. 지금은 아니다. "부상당한 동무는 상태가 어떻습니까?"

"피를 많이 흘렸습니다." 의사가 대위 앞에 멈추어 서서 대답했다. 의사도 거의 같은 고향 출신인 셍칼라 원사처럼 대머리였지만 원사보다 키가 머리 반 개는 더 컸고 체격도 더 좋았다. 누구는 염소수염이라고 하고 누구는 스페인 수염이라고 하는 고르게 다듬은 턱수염 때문에 지적인 인상을 풍겼고, 변두리의 감옥에서 의사 노릇을 하고 있지만 고지식하고 오만했다. 공산당은 싸움꾼을 처리하는 방법을 알고 있었다. 진짜 병원으로 빨리 옮겨가고 싶다면 의사는 위에 아첨해서 빠져나갈 길을 마련해야 했다.

교도소 의무실은 담당 의사가 진단을 내리거나 붕대를 감아주는 정도의 업무만 수행하면 되었으므로 최신식 혹은 최고 수준의 장비를 갖추지 못했다. 부상 정도가 생각보다 심할 경우 수형자는 적절한 민간 시설로 이송되었다.

"그건 좀 문제가 될 것 같습니다, 선생님." 오크루트니가 말했다. "지금 시내에서 무슨 일이 벌어지는지 선생님도 아마 아시겠지요."

"네, 압니다." 베그네르가 고개를 끄덕였다. "저도 그룬발트 광장 선별진료소로 갈 뻔했어요. 불행히도 소장님이 차출에 동의하지 않으셨지요."

"불행히도?" 셍칼라가 놀랐다.

"뭐가 됐든 이 냄새나는 감옥에 처박혀 썩는 것보단 낫지요." 의사가 셍칼라를 비뚜름하게 쳐다보았다.

의사와 셍칼라는 같은 지역 출신이지만 사이가 좋지 않았다. 베그네르는 원래 실롱스크 북부 비톰 시 변두리에 살았고 반면 원사는 십수 킬로미터 떨어진 소스노비에츠 태생이었다. 축구팀 '실롱스크' 대 '자구웽비에.' 북부 실롱스크 지역 사람들이 스스로 가리키는 말 '하니스'와 나머지 폴란드 사람들을 뜻하는 '고롤레.' 같은 지역이지만 두 개의 서로 다른 세상이다. 분할 점령이 남긴 또 하나의 지역감정은 그토록 세월이 지났는데도 뿌리 뽑기 어려운 것이다.*

"거기 지금 시끄럽습니다." 오크루트니가 말했다.

시내 쪽에서 계속 총소리가 들려왔다. 자정이 지난 직후처럼 심하지는 않지만 열띤 전투가 벌어지고 있다는 사실을 증명했다.

* 1772년에서 1795년에 걸쳐 바르샤바를 포함한 폴란드 동북부는 러시아제국이, 북부 실롱스크는 독일이, 남부는 오스트리아-헝가리제국이 분할 점령했다. 1918년 폴란드가 독립할 때까지 약 120년간 분할 점령과 식민지 시대가 이어졌다.

"여기보다 시끄러울지 몰라도, 살 가치도 없는 범죄자를 돌보는 대신 최소한 사람을 살리고 있었겠지요. 어쩌겠습니까, 당이 제일 잘 알겠죠……."

이런 말버릇 때문에 로베르트 M. 베그네르 의사는 처우가 좋은 공립 병원 일자리를 잃고 유배당했다. 그래도 자기 분야에서 정말 실력은 있었는지 안보국은 그를 영구히 내쫓은 게 아니라 그저 몇 년 동안 좀 더 현명해지도록, 아니면 좀 더 기가 죽도록 재교육을 보낸 것이다.

"지금부터는 불평하시면 안 됩니다." 라빈스키가 웃음을 터뜨렸다. "이제는 환자가 거의 600명이나 되는데 전부 다 죄 없이 여기 끌려왔으니까요."

"이게 좋게 끝날 리 없다는 건 확실히 알고 계실 겁니다." 베그네르가 주변의 교도관들 얼굴을 훑어보며 한숨을 쉬었다. "저 흉악범들을 놓아줬으니 여러분 전부 교수대로 가거나 총살부대 앞에 서게 될 겁니다. 인민정부가 가만두지 않을 거요……."

"그런 건 오늘 밤을 무사히 넘긴 다음에 걱정합시다." 오크루트니는 부하들에게 시선을 돌렸다. "수형자들 호송 작업 시작하기 전에 전화를 받았다. 바르샤바에 사는 매형이 전화해서 뭐가 어떻게 된 건지 물었는데……." 오크루트니는 아주 극적인 효과를 위해 잠시 말을 끊었다. "감염병이 바르샤바까지 퍼졌다. 방금 도시에서 대피하라는 명령이 떨어졌다고 한다. 저기 그것들을…… 중화하기 위해서……."

"좀비 말이죠." 베그네르가 끼어들었다. "조금 전 의료위원회 공식 지침에서 그렇게 이름을 붙였습니다. 그 단어 어원은 모르겠습니다만…… 전에 들어본 적도 없어요."

"저기 그것들, 좀비는 정말로 죽일 수 없습니까?" 셍칼라가 조금 전 대화 주제를 다시 상기하며 물었다.

"거의 불가능하다는 얘기겠죠." 이번에도 베그네르는 목소리에 온기라고는 없이 원사에게 대꾸했다.

"거의?" 대위가 놀란 목소리로 되물었다.

"총을 쏘는 건 별 소용이 없지만 제가 들은 바로는 불에 태우면 탄다고 합니다. 보통 사람처럼." 의사가 우월감을 드러내며 대위에게 확답했다. "재가 되겠죠. 지금 보이고 들리고 냄새나는 것처럼요." 의사는 발밑에 줄곧 짙은 띠처럼 휘감긴 연기를 가리키며 덧붙였다.

"하지만 총 쏘는 건 소용이 없다고요?" 셍칼라가 캐물었다.

베그네르가 부정적인 의미로 고개를 움직였다.

"안 된다는 것 같습니다."

"헛소리."

"심지어 머리에 총을 쏴도 소용이 없다던데요." 이 말을 듣고 교도관 모두 얼굴이 창백해졌다. "예, 이 말이 어떻게 들리는지 저도 압니다만 아렌지코프스키 박사하고, 참 그리고 아가타 쿠비시오바 비서가 정중하게 보내주신 덕분에 영광스럽게도 보게 된 공식 지침에 바로 그렇게 적혀 있습니다. 대위님, 제가 대위님 비서에게 딱 한 번 교도소장님 텔레타이프를 볼 수 있게 해달라고 부탁했다고 저를 미워하진 않으시겠죠?" 베그네르는 잠시 입을 다물었으나 그 이유는 다른 질문이 떠올랐기 때문이었다. "그런데 그 얘기가 나와서 생각이 났는데요. 조금 전에 대위님 사모님을 봤습니다. 쿠비시오바와 다른 여자분들 몇 명과 함께 본부 건물 아래층 방공호로 무슨 꾸러미를 가져가시던데요. 무슨 일입니까?"

"아, 잊어버릴 뻔했습니다……!" 오크루트니는 갑자기 뭔가 깨달은 듯 손바닥으로 이마를 쳤다.

그는 시간을 벌어보려 했지만 어떻게 해도 말이 되는 대답을 꾸며낼 수 없다는 사실을 즉각 깨달았다. 마그지아레크 때문에 조만간 나올 수밖에 없는 이 질문을 완전히 잊어버리고 있었던 것이다. 아내 루치나에게 물과 식량 일부를 가능한 한 조용히 옛 방공호로 옮겨달라고 부탁했지만 누군가는 눈치챌 수밖에 없는 일이었다.

대위로서는 다행히도, 다시 입을 열기 전에 누군가 주먹으로 정문을 때리기 시작했다. 쇠로 만든 거대하고 편편한 구조물이 종처럼 울렸다. 굉음에 귀가 먹먹해질 정도였다.

"뭡니까?" 라빈스키가 가장 처음 반응했고 혼자서 입구 쪽으로 걸어갔다.

"확인하자." 그 뒤를 이어 오크루트니가 예상하지 못한 구원에 마음속으로 기뻐하며 말했다.

그는 시간을 확인했다. 5시 26분. 잠시 후에 1미터 두께의 지역 본부 벙커 문이 잠길 것이다. 대위는 이제 막 밝아오는 하늘을 반사적으로 바라보았다. 여유 시간 15분에 대한 자신의 추정이 틀리지 않기를 바랐다. 만약 자틸니가 생각만큼 그렇게 조심스럽지 않다면……. 그는 다시 소름이 끼쳤다. 뭣 때문에 죽는지 아무도 느낄 새조차 없으리라는 것이 그나마 다행이었다. 최소한 폭탄 중 가장 강력하다는 수소폭탄에 대해 도는 소문에 따르면 그랬다.

"무슨 일입니까?" 라빈스키가 정문에 먼저 도달한 대위 옆에 쫓아와서 물었다.

"수형자 몇 명이 돌아왔습니다." B동 책임자가 보고했다.

"무슨 말이야, 돌아왔다니?"

"시내에 무슨 일이 벌어지는지 보고 감방에 있는 쪽이 낫겠다고 생각한 모양입니다."

"총 맞는 쪽이 낫겠다는 건가?"

"교도관 가족들을 들여보내는 걸 보고 자기들을 내보낸 이유가 뭔지 알아챘나 봅니다……." 상사가 양팔을 벌렸다. "어떻게 합니까? 정문 엽니까?"

"절대 안 된다. 꺼지라고 해."

"말 안 들을 겁니다."

마치 이 말을 확인이라도 하듯이 정문 밖에서 기다리던 사람들이 다시 문을 두드리기 시작했다.

"운전수들이 지금 당장이라도 돌아올 겁니다." 라빈스키와 오크루트니 옆에 언제 왔는지 모르게 나타난 솅칼라가 말했다.

"빌어먹을!" 오크루트니가 식빵 덩어리만큼 큰 주먹을 꽉 쥐었다. 베드나레크가 호송 차량 운전수들을 태우고 돌아오면 당장 정문을 열어야 할 텐데, 그렇지 않으면……. "꺼지지 않으면 발포한다고 말해."

"어떻게 발포합니까?" 라빈스키가 항의했다.

그가 옳았다. 감시탑에 경비대가 없었으나 설령 작전 시간을 앞두고 퇴각시키지 않았다고 해도 정문 앞에 선 남자들에게 위협적으로 보이지 않았을 것이다. 그렇다고 마당에서 허공으로 총을 쏘는 것은 이 상황에서 값을 매길 수 없이 소중한 탄약을 낭비하는 짓일 뿐이다.

"밖에 몇 명이나 있습니까?" 의사가 물었다.

"여덟 명 정도입니다. 최대 열 명입니다." 라빈스키가 대답했다.

"중범죄자입니까?"

"제가 보기엔 단기수형자들뿐입니다. 저희 사동 수형자들은 안 보이는데요……."

"자리는 많이 있습니다." 베그네르가 오크루트니를 쳐다보았다. "그리고 노는 손이 더 있으면 일을 시킬 수 있습니다. 하다못해 돼지우리 청소하는 일이라도요." 의사는 대위의 일그러진 얼굴을 보고 덧붙였다.

독일인들은 이 감옥을 처음 설계할 때 완전히 자급자족이 가능하도록 최선을 다했다. 그래서 교도소 부지 안에 돼지우리도 있었고 그 안에서 모범적인 수형 생활을 하는 수감자들을 위한 상으로 거의 80마리에 이르는 보기 좋게 살찐 돼지를 선별해서 키우고 있었다. 불행히도 오드라강 쪽에 면해 있던 텃밭은 전쟁 전에는 수형자와 교도관들의 식단을 풍성하게 해주던 채소가 자랐으나 지금은 흔적조차 남지 않았다. 새 정권은 점령자의 관행을 지속하는 것이 의미 없다고 여겼다. 최소한 공식적인 노선은 그랬다.

"그럼 어떻게 합니까?"

"흉악범들이 쫓아와서 문 두드리기 전에 저들을 들여보냅시다." 베그네르가 제안했다.

큰 소리가 나면, 근처에서 계속 배회하며 어쩔 줄 모르던 수형자들의 이목을 끌 것이다. 이 단기 수형자 몇 명이 시작한 귀환은 금방 규모가 커질 수 있었다.

"좋습니다. 셍칼라, 자네 애들 몇 명 모아 와. 그리고 기억해, 수갑 필요하다. 저 새끼들이 우리 여자와 애들 사이를 맘대로 휘젓고 다니게 둘 수는 없어."

"예, 알겠습니다." 원사가 사동 쪽으로 서둘러 달려갔다.

"자네는 저놈들 조용히 시켜!" 대위가 라빈스키에게 말했다. "문 바깥에서 한마디만 더 들리면, 아니면 누가 또 두드리기 시작하면 내가 밖으로 나가서 시내로 돌아가는 쪽이 훨씬 낫다고 생각할 정도로 큰 소리를 내주지."

"대위님이 너네 들여보내라신다." 라빈스키가 정문 문짝에 달린 감시용 구멍 뚜껑을 몇 센티미터만 열었다. "금방 경비대가 와서 너희를 데리고 들어오겠지만 조용히 해라. 누가 됐든 찍 소리라도 내면 길에 버린다. 알겠나?"

소음이 물 뿌린 듯 조용해졌다.

"해결됐군."

오크루트니는 교도소 본관 건물 쪽을 바라보았다. 계단으로 이어지는 문이 지금 열리고 있었다. 셍칼라가 교도관 여섯 명을 데리고 나왔다. 급하게 불러낼 수 있는 최대 인원이었다.

어찌 됐든 그 정도면 충분할 것이다.

"정문 열……." 오크루트니는 말을 시작했으나 밖의 소음에 가로막혔고, 이번에 그 소음은 훨씬 더 시끄럽고 더욱 고집스러웠다.

"시발 새끼들!" 라빈스키가 빗장에 손을 뻗는 경비 담당자를 막고 대위를 쳐다보았으나, 대위는 정문 쪽이 아니라 달려오는 교도관들을 보고 있었다. 교도관들 절반 정도는 손에 기관단총을 들고 있었다.

"열어!" 오크루트니는 권총집을 풀고 복무용 마카로프 권총을 꺼냈다. "내 명령을 듣지 않는 자는 쏴도 좋다!" 대위는 주변에 둘러선 셍칼라의 부하들에게 외쳤다. "조심해서 다리만 쏴!"

소음은 수그러들지 않았고 오히려 더 강해지는 것 같았다. 쇠 울타리 너머에서 점점 더 큰 비명 소리도 들려왔다.

"대체 무슨 일이야?" 베그네르가 중얼거렸지만 대위가 그를 자기 뒤로 끌어당겼다.

정문이 양쪽으로 벌어지자마자 틈새로 손이 하나, 둘…… 다섯 개가 나타났다. 바깥 사람들이 정문에 너무 세게 매달려서 라빈스키와 그의 부하 두 명의 힘으로는 도저히 버틸 수 없었다.

"경고사격!" 상황이 걷잡을 수 없이 돌아가는 것을 알고 오크루트니가 외쳤다.

고르지 않은 일제사격 소리가 다른 모든 소리를 뒤덮었지만 정문을 덮치는 수형자들을 멈추게 할 수는 없었다. 교도관 세 명이 정문을 붙들고 있었지만 문이 순식간에 1미터 정도 벌어졌고 그 정도면 사복을 입은 남자 두 명이 한꺼번에 들어오기에는 충분했다. 아직 죄수복을 지급받지도 못한 걸 보면 이들은 정말로 단기 수감자들이 분명했다.

"엎드려!" 오크루트니가 외쳤고 다른 교도관들이 뒤따라 고함쳤다. "땅에 처박으라고, 안 들려!"

다시 총소리가 울렸고 교도소 부지 안에 들어온 수형자들은 멈추어 섰지만 명령대로 엎드리지는 않았다. 그러나 그것은 공격성의 표현이 아니었다. 그들은 겁먹었던 것이다—너무나 겁에 질려서 어떻게 해야 할지 몰랐던 것이다. 대위 자신도 패닉 상태에 가까웠기 때문에 이 사실을 곧바로 알아채지 못했다.

"잡아!" 대위가 고함치며 가장 가까운 데 있는 수형자에게 덤벼들었고 등을 때려서 바닥에 쓰러뜨렸다. "수갑 채워! 빨리!"

교도관들이 어리둥절해하는 남자들에게 덤벼들어 차례로 제압했다. 라빈스키의 예측은 대체로 맞았다. 정문이 다시 닫히기 전에 부지 안에 들어온 수형자는 열두 명이 넘지 않았다.

열 명은 이미 수갑이 채워졌고, 나머지 두 명은 아주 조용히 휘청거리는 걸음으로 몸부림치는 수형자와 그들을 붙잡은 교도관 쪽으로 걸어갔다.

"좀비!" 이 장면을 지켜보던 베그네르가 예상치 못하게 외쳤다.

"뭐?! 어디?!"

"저 두 명 감염됐습니다!" 의사가 아직도 서 있는 두 명을 가리켰다.

라빈스키가 그중 하나를 향해 달려가고 있었다. 누가 반응하기도 전에 튀어나와 걸어가는 수형자의 등에 달려들었다. 라빈스키가 수형자보다 훨씬 더 무거웠으므로 둘은 나무토막처럼 쓰러져 함께 땅에 뒹굴었다.

"안 돼!" 베그네르가 양손을 저으며 마치 라빈스키를 끌어당기려는 듯 앞으로 불안한 한 걸음을 내디뎠으나 마지막 순간에 단념했다. "다가가지 마! 가까이 가지 마, 저…… 저…… 잡아먹는다!"

의사가 너무나 공포에 질려 외쳤기 때문에 그의 말을 이해하지 못한 사람들도 자기도 모르게 물러섰다.

한편 라빈스키는 일어서서 넋 나간 수형자에게 수갑을 채우는 대신 갑자기 기운이 빠진 듯 수형자 위에 엎드려 있었다. 그러나 라빈스키가 너무 무거워서 그 아래 깔린 좀비는 빠져나올 수 없었다. 다른 감염자가 충격의 순간을 틈타 이 장면을 바라보는 사람들을 향해 곧장 걸어갔다. 가장 가까운 교도관은 그에게서 세 걸음도 떨어져 있지 않았다.

"저 새끼 쓰러뜨려!" 오크루트니가 권총을 치켜들며 소리쳤다.

그 말을 들은 교도관이 몇 명이나 되는지는 알 수 없으나 결과적으로 손에 무기를 든 사람은 모두 다 발사했다. 다가오던 남자는 총알에 맞을 때마다 우스꽝스럽게 펄쩍 뛰었다. 그가 입은, 한

때 흰색이었던 줄무늬 셔츠와 심지어는 바지에도 점점 더 많은 구멍이 생겨났지만 남자는 멈추지 않고 마치 교도관들이 실탄을 사용하는 게 아니라 그에게 곡식이라도 던지는 것처럼 계속해서 다가갔다. 오크루트니는 정확히 조준했다. 5미터 거리에서 빗맞힐 수 없었고 정확히 맞혔다. 역대 단거리 총기 중에서 총알의 속도가 가장 빠른 권총 중 하나인 마카로프 권총에서 발사된 9.25밀리미터 구경 총알이 종이를 뚫듯 되살아난 시체의 두개골을 뚫으며 마당의 포석으로 피부, 뼈, 그리고 핏줄기와 뒤섞인 걸쭉한 두뇌 일부를 흩뿌렸다. 총상이 주먹만큼 크게 난 것을 모두 다 봤으며, 총알이 명중했을 때의 타격이 너무 강해서 좀비가 한 바퀴 빙글 돌았는데, 그런 뒤…… 그 뒤가 문제다. 쓰러져야 했는데 쓰러지지 않았기 때문이다.

이것을 보고 대부분의 교도관이 뒤로 물러났다. 몇 년이나 전쟁과 점령의 악몽을 경험했기에 그들은 마치 누군가 안전핀 뽑은 수류탄을 입에 처넣은 것처럼 공포에 질렸다. 수형자들 또한 이 혼란의 순간을 활용해 교도관들 뒤쪽 본관을 향해 도망쳤다. 그러나 등 뒤로 손에 수갑을 차고 있어 균형을 잡는 데 문제가 있었다. 그들은 넘어지고 구르고 아무리 아파도 기어코 일어나서 그저 최대한 빨리 은신처를 찾고 최대한 멀리 저 멈출 수도 죽일 수도 없는 존재에게서 도망치려 했다.

1~2초 뒤에 마당에 남은 사람은 오크루트니, 셍칼라, 베그네르와 정문을 지키던 경비대 두 명뿐이었는데, 경비교도관들은 총알이 지나가는 범위 안에 있었으므로 총격이 시작되자마자 땅에 엎드려 있었다.

"토마시!" 셍칼라가 가장 처음 정신을 차리고 구멍투성이가 되어 휘청거리는 좀비를 멀리 피해 돌아서 다른 괴물에게 잡힌 동료를 구하기 위해 달려갔다.

"안 돼!" 베그네르가 비명을 질렀다. "그놈 만지지 마, 소스노비에츠 머저리야!"

원사는 듣지 않았다. 의사는 망설이다가 해야 할 일을 해야 한다는 듯 고개를 젓고는 사이 나쁜 동향 사람을 향해 달려갔다. 그리고 금방 셍칼라를 따라잡아 온 힘을 다해 밀었다. 깜짝 놀란 셍칼라는 그대로 넘어지면서 총을 놓쳤다. 권총은 정문 앞까지 날아가서 그 앞에 어리둥절한 채 엎드려 있던 경비교도관들 사이에 떨어졌다.

"저놈들 건드리면 안 돼!" 베그네르가 셍칼라 원사의 등에 몸을 던지며 귀에 대고 고함쳤다. 셍칼라는 듣지 않고 상처 입은 짐승처럼 포효하며 몸부림쳤고 체격의 차이에도 불구하고 등에 매달린 베그네르가 성인 남성이 아니라 어린아이인 듯 쉽게 뿌리쳤다. 로베르트 베그네르는 약간 넋이 나간 채 땅에 쓰러졌지만 완전히 정신을 잃지는 않았다. "무릎을 쏴, 무릎!" 베그네르는 이제 일어서려는 경비교도관들 쪽으로 움직이기 시작하는 감염자를 가리키며 목쉰 소리로 외쳤다.

정문 앞에 엎드려 있던 경비교도관 한 명이 셍칼라의 권총을 집었다. 그리고 왼팔로 몸을 받치고 조준해서 방아쇠를 당겼다. 완전한 정적 속에 금속이 부딪치는 철컥 소리가 울렸다. 탄창이 비어 있었다.

"빌어먹을." 경비교도관이 신음하고 권총을 내던졌다.

그는 손으로 허리춤을 더듬었지만 권총집에서 권총을 꺼내기 전에 살아 있는 시체가 먼저 그의 상관을 붙잡았다. 그래서 그는 머리 절반이 사라진 사람이 놀란 원사를 덮쳐서 손톱으로 제복을 할

퀴어 바지를 찢고 살을 드러내는 모습을 바라볼 수밖에 없었다.

셍칼라는 싸우지 않고 항복했다. 바람 빠진 풍선처럼 그는 즉시 축 늘어졌다.

"어떻게든 해요, 빌어먹을!" 베그네르가 죽지 않은 시체와 그 피해자에게서 어떻게든 멀어지려 뒷걸음질하며 비명을 질렀다.

이 순간 굳어 있던 오크루트니의 눈에 문득 라빈스키 상사가 들어왔다. 라빈스키는 움직이기 시작했고 한 번, 두 번 몸을 떨며 정신을 차리는 것 같았다. 다행이다…….

"라빈스키?"

"이미 좀비예요!" 베그네르가 대위의 다리를 붙잡았다. "보십쇼!"

몸부림치며 땅에서 일어서는 라빈스키의 눈이 뒤집혀 눈동자가 머릿속으로 깊이 들어가 버린 듯 새하얬다. 얼굴빛은 기묘하게 회색이었다. 그리고 앞의 두 명처럼 어색하게 움직였다.

"이런 십……." 오크루트니는 성호를 그었다. 평소 그의 신념을 고려하면 이것은 죽일 수 없는 사람들이 존재한다는 사실보다도 더욱 이상한 일이었을 것이다.

"도망쳐!" 베그네르가 여전히 정문 앞을 지키고 있는 교도관들에게 다급하게 손을 흔들었다. "저쪽, 옆으로, 피해요! 물러서요……." 그는 눈을 들어 오크루트니를 바라보았다. "내부 철문을 닫아야 합니다. 저놈들이 또 다른 사람한테 덤비기 전에 길을 막아야 해요!"

"안 돼!" 대위는 차가운 물을 뒤집어쓴 것처럼 순식간에 정신을 차렸다. "그럴 순 없어요. 우리 애들이 곧 돌아옵니다. 바깥에 두면 뜯어 먹힐 겁니다. 저, 저……."

"좀비." 의사가 다시 알려주었다.

"……괴물 새끼들." 여전히 충격에 빠진 대위가 말을 마쳤다.

"괴물 새끼들을 어떻게 막으실 겁니까. 총을 쏴도 소용이 없는데요?" 의사가 위협적인 어조로 물었다.

한편 경비교도관들은 의사의 조언대로 되살아난 시체들과 되살아나는 죽은 교도관들을 멀찍이 피해 정문 아래로 물러났다.

"상자." 대위가 소리쳤다.

"무슨 상자요?"

오크루트니는 의기양양하게 웃었다.

"드보르치크!" 대위가 오른쪽 경비교도관을 불렀다. "창고에 가서 사람들 불러오고 시체 상자 네 개 가져와. 그리고 뭔가 무거운 것도, 작업장 고철이나 각목이나 뭐든. 그렇게 멍청하게 서 있지 말고 가서 장비 가져와! 카밀, 잠깐만!" 카밀 드보르치크가 이전에 여성 사동이었던 건물들로 이어지는 내부 철문 쪽으로 가려고 할 때 대위가 다시 불렀다. "권총 줘."

대위는 젊은 경비교도관이 던진 권총을 잡아채어 장전했다.

"무릎에 쏘란 말입니까?" 대위가 묻자 베그네르가 깜짝 놀랐다. "그럼 뭐가 됩니까?"

"속도가 느려질 겁니다." 의사가 대답했다.

"브조스테크, 거기 서!" 대위가 손을 들어 다른 경비교도관을 멈춰 세웠다. "한 걸음만 더 가면 내가 널 쏜다!" 대위는 겁에 질린 경비교도관이 A동으로 가는 입구 쪽으로 계속 물러서는 것을 보고 경고했다. "떨어진 권총 주워. 우린 무기가 최대한 필요하다."

오크루트니는 자신에게 천천히 다가오는 라빈스키에게 총을 겨누었다.

"용서해라, 라빈스키." 방아쇠를 당기며 그가 속삭였다.

첫 탄환은 깨끗하게 오른쪽 무릎에 맞았다. 변질된 상사는 균형을 잃고 넘어지며 땅에 얼굴을 처박았다. 너무 세게 넘어지는 바람에 뼈가 부러지는 소리를 모두 다 들었다. 그런데도 라빈스키는 신음조차 하지 않았고, 총에 맞아 쓰러진 게 아니라 잠시 발이라도 걸린 듯 즉각 몸부림쳐 도로 일어나기 시작했다.

"어깨, 어깨를 쏘시오!" 베그네르가 고함쳤다.

오크루트니는 앞으로 한 걸음 나아가 조준하고 발사한 뒤, 탄창이 비어버린 마카로프 권총을 권총집에 넣고 드보르치크의 권총을 오른손으로 옮겨 쥐었다. 그리고 누워 있는 죽지 않은 시체의 오른쪽 어깨 관절을 겨냥해서 세 번째로 발사했다. 라빈스키는 움직임을 멈추었는데, 그러니까 오른팔로 몸을 세우려는 움직임은 멈추었지만 다치지 않은 쪽 다리를 계속 휘두르며 몸을 일으키려 했고 체중 때문에 한쪽 다리로는 일어설 수 없을 뿐이었다.

"총 이리 줘, 브조스테크!" 대위가 야네크 브조스테크 교도관 쪽으로 손을 내밀었다.

교도관은 상관의 침착함에 차분해져서 명령대로 권총을 건넨 뒤 동료들이 내던진 총기를 다시 주워 모으기 시작했다.

"의사 선생님도 하나 드려." 오크루트니가 머리에 총을 맞았는데도 되살아난 시체 쪽으로 걸어가며 덧붙였다. 되살아난 시체는 방금 살해당한 원사에게서 물러선 참이었다. 머리 절반이 날아간 좀비는 어찌 된 영문인지 첫 집중사격 때도 어깨만은 무사했으므로, 대위는 우선 그의 양쪽 어깨에 발사한 뒤 마지막인 세 번째 탄환을 왼쪽 무릎에 박아 넣었다.

"나한테 권총은 왜요?" 베그네르가 놀라서 항의했다.

"만약을 위해서입니다." 대위가 더 이상 움직이지 않는 셍칼라에게서 두 걸음 떨어진 곳에 서서 고함쳤다.

"난 의사요, 살인자가 아니라." 흥분한 의사가 내뱉었지만 브조스테크 교도관이 땅에 던져진 권총 중 하나를 그의 손에 쥐어주자 뿌리치지 않았다.

"의사가 살인을 제일 많이 하지요." 대위가 총에 탄약이 들어 있는지 확인하며 웃음을 터뜨렸다. "야네크!" 그가 경비교도관을 불렀다. "탄약 가져와서 총 전부 장전해. 빨리!" 셍칼라는 계속 쓰러진 자리에 누워 있었는데, 반면 라빈스키를 덮친 좀비는 이미 일어섰다. 오크루트니는 옆으로 비켜서 일어서려는 좀비의 이목을 끌면서 베그네르가 쏠 수 있도록 시야를 확보해 주었다. 그러나 의사는 방아쇠를 당기지 않았다. 손이 너무 떨려서 설령 손가락을 움직여 방아쇠를 당겼다 하더라도 빗나갔을 것이다.

실탄 여덟 개가 든 탄창이 오크루트니의 권총에 들어간 순간 셍칼라가 일어섰다. 여섯 발이 연달아 커다란 메아리 소리를 울리며 발사되었다. 탕, 탕, 탕, 탕, 탕, 탕! 트럭에서 내린 시체 상자와 작업장 고철을 들고 온 사람들이 정문에 나타났을 때 되살아난 시체들은 모두 제압된 후였다. 좀비들은 정문에서 몇 미터 떨어진 피웅덩이 속에 누워 소나기가 쏟아진 뒤 진흙 웅덩이에서 기어 나온 지렁이처럼 꿈틀거리고 있었다.

이 광경을 지켜보던 교도관들은 여전히 땅에 앉아 있는 의사 뒤에서 불안한 듯 멈추어 서 있었다.

"뚜껑 벗겨서 상자를 거꾸로 뒤집어 저들에게 씌워!" 오크루트니가 한 걸음 물러서면서 명령했다. "시작해!"

"하지만 계속 숨 쉽니다." 라빈스키 조 소속으로 바르샤바 출신이며 아마도 같은 프라가에서 이웃이었던 듯한 고참 교도관 후베르트 크루크가 항의했다.

"그냥 그렇게 보이는 거야." 대위가 쏘아붙였다.

"감염된 자들이에요." 베그네르가 권총을 땅에 내려놓으며 중얼거렸다.

"무슨 말입니까, 감염이라니?" 달려온 다른 교도관이 숨을 몰아쉬었다. "이분은 우리 원사님인데……."

"이보게, 우리가 이유 없이 자네를 대피시킨 줄 알아?" 오크루트니는 날카로운 눈으로 교도관을 노려보았다. "나도 무슨 일인지는 모르겠지만 한 가지는 확실하다. 감염되는 자는 모두 순식간에 이성을 잃고 피에 굶주린 짐승으로 변한다. 바로 저렇게." 대위는 손가락을 딱 튀겼다. "그러니 절대로 닿지 않게 조심하는 게 좋아."

"다리를 저렇게 쩍 벌리고 있는데 어떻게 상자로 덮습니까?" 크루크가 머리에 총 맞은 시체를 가리키며 물었다.

"뚜껑으로 다리를 밀어요." 베그네르가 이제는 일어서서 조언했다.

"의사 선생님 말씀 들었나?"

교도관들은 고개를 끄덕이고 매우 불안한 걸음으로 움직이기 시작했다. 그들은 천천히 조심스럽게, 병이 폐를 통해 전염될까 겁내는 듯 숨을 참고 되살아난 시체들에게 접근했다. 둘씩 짝지어 일했고 그 덕에 순조롭게 명령을 수행할 수 있었다. 소나무 판자로 만든 단순한 상자가 수형자들을 덮었고 그 위를 고철과 교도관들이 가까운 작업장에서 끌고 온 나머지 잔해들로 덮었다.

"이 정도면 됩니까?" 오크루트니가 가운을 털어내는 의사 쪽을 바라보았다.

"제가 어떻게 압니까?" 베그네르가 퉁명스럽게 대답했다.

"여기 있는 사람들 중에서 의과대학 나온 건 선생님뿐입니다."

"의대에서는 되살아난 시체에 대해선 가르치지 않습니다. 하지만……." 베그네르가 생각에 잠겼다. "처리하는 쪽이 좋을 겁니다."

"어떻게요?"

"정문 밖에 내놓읍시다."

"전 저 상자 건드리지 않을 겁니다. 절대 싫습니다!" 야네크 브조스테크가 항의했다.

"저도 싫습니다." 카밀 드보르치크가 동의했다.

나머지 교도관들도 의미심장한 중얼거림으로 이들의 의견을 지지했다.

"태우죠." 마침내 의사가 어색한 침묵을 깨고 제안했다. "석유 몇 리터와 보일러실에서 가져온 장작 조금이면 끝날 겁니다."

2

1963년 8월 10일 토요일 05시 25분
스워비안스키 광장

호송 행렬은 선두에서 가던 차량이 보낸 신호에 멈추었다. 베드나레크는 처음에는 왼팔을 들었고 잠시 후에 조심스럽게 차를 세우기 시작했다. 수형자들을 호송하는 각진 '스타르 21' 모델 트럭은 지휘관용 지프차보다 훨씬 무거웠다. 스워비안스카 거리, 노보비에이스카 거리, 그리고 민족단합대로, 즉 옛날 스탈린 거리를 따라 이어진 철로 한가운데 트럭이 멈추려면 제동거리가 거의 80미터 정도는 필요했다.

이 작전의 성공을 위한 열쇠는 정밀함이었다. 오크루트니 대위는 수형자들 중에서 최악의 범죄자들을 스워비안스키 광장으로 데리고 나가라고 명령하면서 두 번째 명령도 같이 내렸는데, 호송대가 늦어도 5시 25분까지는 광장에 정차해야 한다는 것이었다. 그래야 그 뒤에 자틸니 동지가 지정한 시간에 붉은 군대가 시내로 진입하기 전까지 교도소 부지 내로 돌아올 수 있기 때문이다. 마찬가지로 이런 이유 때문에 베드나레크는 움직일 때마다 조수석에 놓인 시계를 바라보다가 정해진 목적지 20미터 앞에서 수형자들을 내려주는 편이 도시를 진압하러 온 소련군을 마주칠 위험을 감수하는 것보다 낫겠다고 결정했다. 특히 소비에트인들은 분명 오드라강 강변을 따라 이쪽에 병력을 집중할 테고 선두 부대는 첫 명령이 떨어지면 1분 내에 교도소 부지에 도착할 것이기 때문이었다.

"귀환!" 그는 어깨 너머로 고함치고 후진기어를 넣었다.

'스타르' 트럭 운전수들이 회송 차량에 타기 위해 운전석에서 뛰어나왔고, 선두의 지프차가 방향을 확 돌려 호송대를 따라 지나가며 운전수들을 하나씩 태웠다. 트럭들이 시동을 끄고 30초 뒤에 지붕을 연 지휘관용 지프차는 갑자기 속도를 내기 시작했다. 예상하지 못한 일이 벌어지지만 않는다면 남은 4분 30초 안에 충분히 교도소 정문에 도착할 수 있다.

대위의 계획은 단순해서 천재적이었다. 오크루트니는 문제를 없애야 했고 그것도 빨리, 거의 즉시 없애야 했으며 처형은 다들 알 만한 이유로 선택지에 넣을 수 없었다. 다른 한편으로 대위는 닳고 닳은 상습범들을 자유롭게 놓아줄 수 없었다. 그 쓰레기들이 감옥 정문을 나가는 순간부터 소련군에게 피할 수 없이 처분될 때까지 끼칠 피해가 그의 양심에 걸렸기 때문이다. 그래서 오크루트니는 중도를 택했다. 교도소에서 최악의 폭력배들을 치우면서 동시에 자유롭게 놓아주지는 않는 것이다. 수갑을 찬 채로 갇힌 이들은 호송차 안에서 붉은 군대가 올 때까지…… 아니면 폭탄이 떨어질 때까지 기다려야 할 것이었다.

단 한 가지, 1호 교도소 임시 소장이 예견하지 못한 것이 있었다……

* * *

마지막 '스타르' 트럭 안은 견딜 수 없이 답답했다. 찌는 듯한 낮과 끓는 듯한 밤이 지난 뒤에 호송차로 개조된 트럭 짐칸의 금속이 최대로 달아오른 것이다. 저녁 일찍 마치 다가오는 파멸을 예고하듯이 도시를 덮쳐온 돌풍조차 상황을 변화시키지 못했다.

안에 꽉 들어찬 남자들은—계속해서 의식이 없는 마그지아레크까지 포함해서 스물 두 명이었다—그러므로 땀에 흠뻑 젖어 있었고 숨도 쉬기 어려운 것은 말할 필요도 없었다. 짐칸 천장 바로 아래에 줄지어 있는, 손바닥보다 조금 더 큰 창문을 전부 열었는데도 공기가 들어오지 않았다. 바람이 전혀 불지 않으니 공기의 흐름도 없었던 것이다. 어쨌든 안에 흘러들어 온 약간의 산소 덕분에 호송차 안에 갇힌 남자들이 숨 막혀 죽지는 않았다.

"아가리 닥쳐!" 트럭 안의 남자들 중 누군가 또다시 불평하기 시작하자 어둠 속에 숨은 스프리하가 고함쳤다.

가느다란 체격에도 불구하고 파비안 스프리하는 범죄자들 사이에서 대단히 높은 평판을 얻고 있었다. 감옥 안의 위계질서에서 실제로 아주 높은 자리에 있었고, 골레니오프 출신의 유명한 칼잡이 알렉산드르 보이다, 가명 '코나르'가 죽은 뒤로 스프리하가 성문화되지 않은 권력 1순위를 차지했다. 그는 범죄자치고 보기 좋은 외모에 상상할 수 없이 잔혹했는데, 어느 수형자는 교도소 관행에 대해 알지 못하는 스프리하가 감방에 들어온 첫날 확실히 알게 되었다고 비밀 편지에 썼다. 갓 투옥된 스프리하가 함께 감방 생활을 하게 된 세 명의 범죄자 중에서 가장 힘세고 체격이 좋은 자가 보송보송한 하룻강아지 앞에 서서 철장 안을 지배하던 관습대로 취침 등이 꺼진 직후 그들 사이에 실제로 싸움이 벌어질 것이라 예고했다. 맨주먹으로 규칙 없이, 심지어 그들 중 누군가 죽어도 상관없다고. 스프리하는 수사관들에게 감옥 안에서는 잘해야 신참 취급일 것이고 어쩌면 강간을 당할지도 모른다고 들었으며, 그래서 방장의 위협을 유례없이 진지하게 받아들였다.

두 시간 뒤에 그의 싸움 상대가 될 뻔했던 수형자는 이미 숨이 끊어졌다. 신참은 대부분의 오래 묵은 범죄자들보다 더욱 잔혹하고 더 교활했던 것이다. 그의 손에 들어오는 물건은 무엇이든 잠재적인 살인 무기가 되었으며 전혀 거리낌이 없었기 때문에 모두 다, 같은 수형자뿐 아니라 교도관들도 그를 두려워했다. 담장 안에서 중요한 것은 겉모습이다. 많은 경우 수형자들은 24시간 어떤 모습을 연기한다. 소설이나 영화에서 묘사되는 선과 악의 결투가 아니다.

아무것도 예상하지 못한 상대방이 감방 구석에서 화장실 역할을 하는 요강 위에 앉아 있을 때 눈을 파내는 것으로 시작한 무자비한 살인 덕분에 이 조용하고 몸집 작은 남자는 심지어 가장 거친 범죄꾼들 사이에서도 굉장한 존경과 권위를 얻게 되었다. 가장 중요한 것은 스프리하가 이런 무자비함과 잔혹함 때문에 며칠 전까지는 점점 더 커지는 두려움을 안고 처형까지 남은 날짜를 세고 있었지만, 이제는 희망을 가지고 미래를 바라볼 수 있게 되었다는 사실이다.

다시 밤의 정적이 내렸을 때 스프리하는 거리에서 들려오는 소리에 귀를 기울였다. 호송차 환기창들이 열려 있어 별 어려움 없이 서두르는 발걸음의 메아리, 호송차 옆을 지나가는 지프차 엔진 소리, 심지어 바깥에서 하는 말소리까지 구분할 수 있었다.

"앉아!" 문에 가까운 자리에 앉아 있던 수형자가 갑자기 움직이자 스프리하가 내뱉었다.

멀어지는 지프차 엔진 소리가 천천히 사라졌다. 스프리하는 머릿속으로 시간을 계산했다. 좋아, 앞으로 5초 더…….

"지금!" 그가 외쳤다.

오른쪽 뒤, 문 바로 옆에 울피크가 앉아 있었다. 몸통 전체가 문신으로 뒤덮인 긴 머리의 말라깽이로 루다 실롱스카 출신이며 폴란드 북부 브론키 감옥에서 10년이나 지내고도 깨달음을 얻지 못했고 재사회화의 혜택에 굴복하지 않았다. 그는 감옥 문을 나서자마자 정상적인 삶이 아니라 이전의 전문 분야로 돌아갔다. 언제나 자동차와 잘 익힌 밀주를 좋아했고 그러므로 원하는 차를 손에 넣기 위해 일자리를 구하다가 폴란드 북부 범죄 세계에서 잘 알려진 밀주업자인 마리올라 부인이라는 사람의 해결사로 취직했다. 그녀의 남편 마르친과 울피크는 3년 동안 같이 밀주 사업을 했던 사이였다. 어려운 시기였고 많은 고객이 외상으로 물건을 가져갔으며 누군가 약정된 빚을 기한 내에 갚지 않으면 마리올라 부인이 그 고객의 집으로 다레크 울피크를 보냈다. 이런 일은 드물었는데, 왜냐하면 음식점 주인들이 재빨리 깨달은 바, 마리올라 부인도 부인이지만 경찰이 그녀에게 두둑하게 받아 챙긴 뒤에는 그녀의 가족 사업에 끼어들지 않았다. 심지어 그녀가 프라이팬으로 남편 얼굴을 때려도 상관하지 않더라는 것인데, 그런 일은 반대로 꽤 자주 있었다. 그렇게 해서 경찰은 기분 좋게 취했고 마르친은 너무 마셔서 맛이 갔다고, 울피크는 좋았던 옛날을 회상하면서 자주 말하곤 했다.

새끼손가락을 전지가위로 자르는 것은—수많은 문신과 마찬가지로—일본 조직폭력배에게서 배운 처벌이다. 이 폴란드 야쿠자는 감옥에 있을 때 오래된 주간지 《세상 이야기》의 기사에서 읽었는데, 정말로 효율적인 채권추심 방법이었다. 그러나 운 나쁘게도 성공에 취한 다레크 울피크는 자기 힘을 과신해서 하지 말았어야 할 작업을 한 것이다. 마지막으로 고향에 갔을 때 지나친 짓을 저질러 버렸다. 루다 실롱스카에서 유명한 소매치기인 그의 사촌을 추격하다가 쏘아 죽인 지나치게 열성적인 신임 경찰관에게 교훈을 좀 주고 싶었던 것이다. 이번에는 관행대로 새끼손가락이 아니라 젊은 경찰관의 양쪽 엄지손가락을 잘랐는데, 나머지 경찰관 전원에게도 수사하면서 너무 열심히 총을 뽑지 않는 게 좋다고 경고하려는 의도도 있었다.

유감스럽게도 이 숨은 뜻은 잘못 받아들여졌고 법집행자들은 얌전해지기는커녕 즉각 수사에 착수했다. 수사에 가속이 붙어서 울피크 하나만 붙잡힌 게 아니라 그와 관계를 맺고 있던 마리올라 부인이 운영하던 밀주 양조장과 판매 네트워크 전체가 무너졌다. '야쿠자'가 잡혀 들어갔다는 소식이 퍼지자 이전에 손가락을 잃은 음식점 주인들의 꾹 닫힌 입이 무서운 속도로 열리기 시작했다. 그 결과 마리올라 부인은 무직자 남편, 현지에서 일어난 정육 스캔들의 다른 주인공들과 함께 포즈난의 교도소에서 교수대에 매달렸고 울피크는 한 달 뒤 다른 재판에서 형을 선고받아 바로 이곳에서 비슷한 집행을 기다리고 있었다. 이전 고용주와 저세상에서 만나기까지 말 그대로 사흘 앞둔 시점이었다.

울피크에게 밀린 문짝은 윤활유를 제대로 바르지 않은 경첩에서 찢어지는 쇳소리를 내며 틈을 벌렸다.

스프리하는 혼자 웃음 지었다. 그는 안심했는데, 호송 차량 안이 조금 밝아지면서 즉각적으로 숨 쉴 만해졌기 때문만은 아니었다.

나이 든 여성 수형자의 동료 중 자유롭게 지내는 사람들의 도움으로 몇몇 교도관들에게 아주 은근하게 압력을 넣은 것이 예상하지 못한 결과를 가져왔다. 애초에 그의 목적은 철창 안에서 특별 대우를 받는 것이었지만, 그 대신 전혀 뜻밖에도 자유를 되찾을 기회를 얻게 된 것이다. 외동딸을 살해하겠다는 위협 때문에 강제로 협조하게 된 교도관은 일을 아주 잘 처리했다. 오크루트니 대위가 짠 계획을 미리 알려주었을 뿐만 아니라 스프리하가 탄 호송 차량 문이 제대로 잠기지 않도록 신경 썼던 것이다.

수형자들은 차례로 호송차에서 뛰어내려 흥미롭게 주위를 둘러보았다. 몇몇은 곧바로 도망쳤다. 다섯 명은 멀리 보이는 광장 쪽으로 달려갔고 다른 두 명은 가까운 골목길을 택했으며 세 명은 이유는 알 수 없지만 호송대가 왔던 방향으로 걸어가기 시작했다. 잠시 후 호송 차량에는 사형수들만 남았다.

"여기 시발 대체 어디야?" 미론 수이카가 큰 소리로 물었다. 스칼미에지체 출신 이발사로, '중이 제 머리 못 깎는다'의 살아 있는 증거 같은 인물이었다.

선고를 받은 순간부터 그는 면도날을 싫어하기 시작했는데, 아마도 면도날로 목을 가르다가 감옥에 들어앉게 되었기 때문일 것이다. 입증된 사건은 열세 건이었다. 이 교도소에 들어온 것은 백주에 자기 차례를 기다리던 손님들이 보는 앞에서 마지막 살인을 저지른 뒤였다. 그 전까지 사람들은 떼를 지어 그에게 몰려왔고 특히 토요일이 바빴는데, 그는 인근에서 가장 실력 좋은 이발사에 속했기 때문이다. 어째서 살인을 저질렀는가? 복수를 위해서라는 이유도 있었지만 무엇보다도 수이카가 역겨워했던 것은 사람들의 뻔뻔함이었다. 이들은 처음에는 그의 돈을 훔치고 나중에는 머리를 깎고 면도를 한 뒤에 명백히 이전에 그에게서 훔친 돈으로 넉넉한 팁을 주고는 눈을 빤히 보며 비웃더라는 것이다.

이것을 참을 수가 없어서 미론 수이카는 이웃에게 덤벼들었다. 그 이웃이 유명한 게으름뱅이에 술주정꾼이며 도둑들과 가까운 관계를 맺은 것으로 의심되기 때문이었다. 그리고 이웃은 달리 도리가 없었는지 목이 한번 그어지자마자 사실을 시인했다. 면도날 처리를 당한 술꾼은 공범자를 전부 불었다. 쿠펠 바에서 일하는 나이든 주방 아줌마, 주방 아줌마의 시동생인 인쇄공, 둘의 공통된 지인인 굴뚝 수리 장인, 그리고 마지막으로 음모를 꾸민 당사자인 동네 사진사였다. 수이카는 차례로 공범자들의 아파트와 집으로 찾아가 덮쳤다. 소리를 지르거나 정의 구현을 피하는 사람이 없도록 목격자를 남기지 않으려 했으므로 필요할 경우 가족 전체를 베어 죽이기도 했다. 그런 뒤에 아무 일도 없었다는 듯 출근했다. 그는 음모의 주범이 매주 토요일에 스스로 나타나, 한 달 전 평생 모은 돈을 도둑맞은 피해자에게 속을 털어놓고 다정하게 말을 걸며 피해자인 자신을 비웃으러 올 것을 알고 있었기 때문이다.

수이카는 으레 하듯이 가죽 허리띠에 면도날을 갈고 손님의 목에 비누 거품을 칠한 뒤, 단번에 넓게 움직여 귀에서 귀까지 도둑놈의 목을 그었다. 그리고 문으로 몰려나가는 손님들의 비명에도 아랑곳하지 않고 도살장의 돼지처럼 피를 뺐다. 이발소에는 기절한 여성 두 명만 빼면 아무도 남아 있지 않았다. 그는 구석의 직원용 탁자 옆 동그란 의자에 앉아 차게 식은 커피를 마시며 그보다 더 빠르게 식어가는 사진사의 모습을 음미했다. 바로 그곳에서 누군가 부른 경찰이 그를 발견했다.

이후 재판 과정에서 그에게 살해당한 사람들이 아무 죄도 없다는 사실이 반박 불가능하게 밝혀졌다. 이 이발사가 아껴 모은 돈은 기발하게도 가족이 사는 집 굴뚝에 숨겨놓았는데, 그것을 신실하지 못한 아내가 빼냈던 것이다. 주정뱅이 이웃은 자기 마음에 들지 않는 사람들을 열거했던 것이고, 그 이유는 정신 나간 이발사가 자기 목숨도 살려주고 못마땅한 사람들에게 복수도 해줄 것이라 기대했기 때문이었다.

"나라고 뭘 더 알겠냐." 스프리하가 대답하고 호송차에서 뛰어내려 몇 번 심호흡을 했다. "여기 출신인 사람 있나?" 그가 뒤따라 나오는 수형자들을 돌아보며 물었다.

"여기 있소." 스프리하가 알지 못하는, 가까이 있던 남자가 대답했다. 권투선수 같은 체격에 외모나 성정으로 보아 중범죄자가 분명했다. 그렇지 않다면 애초에 이 호송차에 탔을 리 없다.

"이름이 뭐요?"

"토마시 카치마레크요, 스프리하 씨. 10호 방에 있었소……."

"좋아요, 됐소." 스프리하가 그를 안심시켰다. "여기 어딘지 알아요?"

"트램 차고지 앞이오."

"말도 안 돼……."

그들은 넓은 철문 건너편에 있었는데, 철문 뒤에는 커다란 건물이 있고 그 앞에 빨간색 트램이 열대여섯 대 서 있었다.

"차가 금방 섰으니 여긴 분명 스위비안스카 거리요." 반박당한 카치마레크가 중얼거렸다.

"여기서 숨기 제일 좋은 데가 어딜까……." 스프리하가 반대편에 있는 광장을 바라보며 소리 내어 궁리했다.

광장에는 이른 시간치고는 놀라울 정도로 많은 사람이 돌아다니고 있었다. 스위비안스키 광장 쪽으로 도망친 남자들은 연기가 가장 짙은 곳을 멀리 피해 달아나려 했으나 그러면서 이목을 끌었다. 광장을 헤매는 사람 중 일부 행인이 처음에는 불확실하게 휘청거리는 걸음으로, 마치 술에 취한 듯이 그 뒤를 따랐다. 한 명은 곧 넘어졌고 다른 두 명이 그에게 걸려서 역시 장작처럼 쓰러졌다. 그 순간 들려온 말이 아니었다면 파비안 스프리하는 그 광경에 놀랐을 것이다.

"차고지 뒤에 전차 선로가 있소. 그 길 따라 장 보러 다녀서 내가 잘 알아요. 그리고 거기 식료품점 창고가 큰 게 있소."

다들 고개를 끄덕였다. '선로'와 '식료품점 창고'만 듣고도 모두 동료의 말뜻을 알아들었다. 열차 절도는 수익이 아주 짭짤했지만 정부는 국가 재산이 손실되므로 이런 범죄를 특별히 엄격하게 처벌했다. 그러므로 전차나 열차에 뛰어드는 사람은 특별한 바보이거나 아니면…… 특이하게 용맹하고 잘 조직된 이들이었다. 지금 같은 경우 수형자들은 두 번째 부류에 속한다고 할 것이다.

"거기서 오래 버틸 수가 있소? 식료품점 창고면 물과 식량은 분명히 안에 있겠지."

"당연히." 카치마레크가 미소를 지었다.

"잘됐군." 스프리하는 말하면서도 광장에 있는 사람들에게서 눈을 떼지 않았다.

도망자 다섯 명 중 두 명이 마침 돌아왔는데, 뒤에 따라오는 사람들을 두려운 눈으로 계속 돌아보았다. 그들은 이미 목적 없이 배회하는 행인이 아니라 수십 명 규모의 군중이었다. 다음 순간 수형자 두 명이 도망쳐 들어갔던 옆 골목에서 마치 누군가를 산 채로 살가죽이라도 벗기는 듯 무시무시한 단말마의 비명이 들려왔다.

파비안 스프리하가 바로 그런 연상을 했는데, 그는 가죽이 벗겨진 사람이 어떻게 몸부림치는지 아주 잘 알고 있었기 때문이다. 여기서도 비슷한 소리가 들렸는데 그의 귀에는 달콤한 음악이었다. 심지어 팔뚝에는 소름이 돋았지만 전혀 공포 때문은 아니었다……

그때 또다시, 더욱 무시무시한 소리가 들려왔다.

"뭐야?" 올라프 페레크가 중얼거렸다. 그는 그니에즈노 출신의 소박한 약사이자 동시에 유명한 독살자였으며 돈을 목적으로 최소한 다섯 명의 할머니에게 지병에 치명적인 혼합물을 먹여 살해했다.

그의 방식은 단순하고 효과적이었다. 자신이 일하던 약국의 손님 중 옷 잘 차려입은 여자들에게 말을 걸어 친해진 뒤 희생자를—언제나 혼자 살고 아주 나이 많은 여성들이었다—충분히 잘 홀렸다고 생각하면, 그들의 병을 낫게 해줄 기적의 약을 서방에서 공수했다며 물건을 들고 집에 찾아갔다. 여성들이 그를 믿고 눈앞에서 약을 먹은 뒤 의식을 잃으면 집 안에서 가장 값나가는 물건, 대체로 보석과 현금을 훔치고 집주인은 그대로 죽게 내버려두었다. 그가 붙잡힌 이유는 오로지 그의 마지막 희생자가 아주 심한 인지능력 저하 증상을 앓고 있어서 교통경찰로 근무하는 자기 딸의 존재조차 기억하지 못했기 때문이다. 페레크로서는 운 나쁘게도 딸은 매주 일요일에 그랬듯 근무를 마치고 바로 어머니를 찾아왔다. 경찰관 딸은 사랑하는 어머니의 시체 앞에서 보석을 손에 든 웬 남자와 마주쳤고 그렇게 약사 선생의 짧지만 아주 보람찼던 범죄 행각은 끝이 났다.

페레크가 모퉁이를 돌아 달려갔으나 사라졌던 것만큼 빠르게 다시 돌아왔다. 광장 쪽에서 달려온 두 명보다도 훨씬 더 겁먹은 것처럼 보였다.

"거기 무슨 일이 벌어지는 거요?" 페레크의 창백한 얼굴을 보고 불안해진 스프리하가 물었다.

뭔가 잘못되었다. 아주 잘못되었다.

"저 사람들…… 사람들이…….” 독약사는 힘겹게 숨을 몰아쉬며 허리를 숙인 채 씩씩거렸다. "사람들이 그 애를 찢어발겼어!"

"누구를?" 최소 세 명의 수형자가 동시에 물었다.

"아…… 아르투레크…… 아르투르 프원카. 같은 방에서 가족들이 뭘 보내주면 항상 나눠 먹었는데." 페레크가 이상하게 가느다란 목소리로 비명처럼 말했다.

"사람들이라는 게 누구야?" 스프리하가 항상 하듯이 곧장 본론으로 들어갔다.

"그러니까 저기 그…….” 페레크는 광장에서 돌아오는 도망자들을 뒤따라오는 군중을 가리켰다.

'그쪽으로 다섯 명이 달아났는데.' 스프리하가 상기한 순간 어딘가 멀리서, 조금 전에 들었던 것과 마찬가지로 그의 귀에 즐겁게 들리는 비명 소리가 울려 퍼졌다.

"가자!" 그들 중에서 가장 몸집이 거대한 우카시 슈치그워가 외쳤다. 슈치그워는 전직 나무꾼인데 술을 너무 많이 마셔서 비에슈차디의 벌목장에서 해고되었고, 뭐 그런 일도 일어나는 법이니까, 그래서 예정보다 2주 빨리 집에 돌아와서 젊은 아내의 품에 안기는 대신 학창 시절 가장 친했던 친구에게 달라붙은 아내를 떼어내야 했다. 그는 거의 석 달 동안 쓰러진 나무를 자르는 데 썼던 바로 그 도끼로 아내가 보는 앞에서 불륜남을 찍었고, 그런 뒤에 정조를 깬 배우자에게 덤벼들었다. 그를 신문했던 수사관들은 그런 학살은 이전에 본 적이 없다고 말했다. 여기서 주목할 점은 그중 한 수사관은 이전에 칼리시에서 벌어졌던 유명한 강도 사건도 수사했다는 사실이다.

"안 돼!" 스프리하의 낭랑한 외침에 모두 멈추어 섰다. "어디로 도망간다는 거요? 저기?" 그는 호송차가 지나온 방향을 손가락으로 가리켰다. 그쪽에서도 마찬가지로 도망자 중 한 명이 돌아오고 있었는데 최소한 100명쯤 되는 남자, 여자, 심지어 아이들에게 쫓기고 있었다.

이 도시에서 이상한 일이, 폴란드가 키워낸 식인종의 비뚤어진 눈으로 봐도 아주 나쁜 일이 벌어지고 있었다.

"그럼 어떡하자는 거요?" 겁에 질린 수이카가 물었다.

"차고지로 들어가죠." 스프리하가 턱짓으로 가까운 건물을 가리켰다.

"스프리하 씨 말이 맞소!" 페레크가 정문 쪽으로 가면서 소리쳤다. 나머지 사람들도 그의 뒤를 따랐으나 카치마레크만 망설였.

"그럼 나머지 우리 사람들은 어떡합니까?"

스프리하는 걸음을 멈추었다. 실제로 남은 호송 차량 안에 60여 명의 수형자가 갇혀 있었다. 그러나 다가오는 군중을 흘끗 보고 그는 생각을 바꾸었다. 남은 사람들을 풀어주려 해도 시간이 없었다. 철갑 문을 열려면 철제 공구나…… 외부 조력자가 필요했다. 지금 이 순간에는 양쪽 다 없었다.

"어떻게 풀어주자는 거요?" 스프리하가 등 뒤의 수갑 찬 손을 보여주며 물었다. "당장은 우리끼리 알아서 해야 해요."

"저쪽은요?" 카치마레크가 의식을 잃은 마그지아레크를 가리켰다.

스프리하는 두 걸음 걸어가서 문제의 남자를 살펴보았다. 그는 몸을 돌려 카치마레크를 훑어보았다. 캉가세이루는 스프리하가 혼자서 차고지 안으로 옮기기는커녕 일으켜 세우기에도 너무 무거웠다. 호송트럭 앞에는 그와 카치마레크 둘만 남았고 나머지 범죄자들은 이미 보이지 않거나 움직이지 않는 트램들 사이로 막 사라져 가고 있었다. 이쪽으로 사람을 불러온다면…… 아니, 이미 그럴 시간이 없다.

"마그지아레크 들 수 있어요?"

"어떻게?" 카치마레크도 등 뒤로 수갑 찬 손을 보여주었다.

"그럼 끌고 가는 건?"

카치마레크는 의식 없는 마그지아레크를 훑어보았다.

"여기서 저기까진 되죠." 그가 고갯짓으로 차고지 건물을 가리키며 대답했다.

"그럼 가죠."

둘은 무릎을 꿇고 앉아 수갑 찬 손을 뒤로 뻗어 마그지아레크의 바지춤을 잡은 뒤 장애물이 없는 차고지 정문 쪽으로 끌고 가기 시작했다. 두 사람이 차고지 안에 들어갔을 때 교도소 쪽으로 도망갔던 수형자들이 달려왔다. 견디기 힘든 듯 숨을 몰아쉬며 그들 바로 뒤로 쫓아와 트램 철로 위에 쓰러졌다.

모여 선 군중에 쫓기며 광장 쪽에서 달려온 사람들은 결과적으로 치명적인 실수를 저지른 것이었다. 그들이 추측하기로는, 보이지 않는 각도에 있는 입구를 찾아 공원 울타리를 따라 달려가는 위험을 감수하기보다 골목으로 꺾어지는 편이 쉬울 것 같았다. 게다가 광장에서 공원으로 이어지는 차로는 단단한 철문으로 막혀 있어 기어오를 수도 밑을 파고 들어갈 수도 없었다. 그렇게 모퉁이를 돌아 들어간 골목에 구원이 없다는 사실을 알았을 때 생각을 바꾸기는 이미 늦었다. 군중이 세 방향에서 몰려와 호송대 차량까지 왔다. 울타리로 가려는 절박한 시도는 그렇게 실패로 끝났다. 두 도망자가 있는 곳에서 공원 울타리까지는 사실 멀지 않았지만 가서 닿았다 하더라도 넘을 수 없었을 것이다. 왜냐하면 나머지 수형자들 모두와 마찬가지로 손이 등 뒤에서 수갑으로 묶여 있었기 때문이다.

붙잡힌 사람들의 비명이 이상하게 빠르게 조용해졌다. 스프리하는 동료가 마그지아레크를 트램 사이로 끌고 들어오는 동안 이 점을 잘 기억해 두었다. 그리고 자신도 가장 가까운 빨간 트램에 뛰어올랐다. 필요할 경우 당장 도망칠 준비를 하고 운전석 옆에 쭈그리고 앉아 있다가, 조심스럽게 몸을 조금 일으켜 트램 앞 창문으로 거리를 바라보았다.

말 없는 군중은 누구나 예상하듯 열린 정문으로 들어오지 않았다. 그 대신 지금까지도 도망자들을 쫓아가는 사람들은 꽉 찬 호송 차량 세 대 주변에 몰려들었다. 그러나 스프리하는 군중이 자물쇠를 부수려 하거나 경첩에서 문짝을 떼어내려 하지 않는 것을 눈치챘다. 이 괴상한 무리는 차량을 둘러싼 다음…… 움직이지 않았다. 게다가 흥미로운 것은 살해당한 도망자들의 비명 소리가 그친 뒤에 1분도 채 지나지 않아 울타리 밖에서 뭔가 움직였다는 점이었다.

습격당한 죄수들 중 하나가 일어서는 모습을 스프리하는 숨을 멈추고 지켜보았다. 남자의 얼굴은 푸르스름해서 거의 보라색이었고 관절에서 빠진 아래턱이 이상한 각도로 매달려 있었다. 죄수복이 너무나 피에 흠뻑 젖어 그 피를 다 짜내면 선짓국을 열 그릇은

끓일 수 있을 것 같았지만 남자는 마치 아무 일도 없다는 양 몸을 일으켜 휘청거리면서 자기 발로 서 있었다! 다음 순간 시야에 그의 동료인 부갈스키라는 남자가 나타났다. 눈 하나 깜짝하지 않고 희생자의 팔다리를 뜯어내고 산 채로 가죽을 벗기던 사람인데 지금의 모습은 장난 아니게 충격적이었다. 사람이 배가 찢어진 뒤에도 몇 미터나 되는 내장과 다른 부속기관들을 땅에 끌면서 걸어다닐 수는 없는데, 폴란드 북부 시비에치에 출신 도공 옝제이 부갈스키가 바로 그렇게 하고 있었던 것이다. 부갈스키는 여성 고객을 살해해서 감옥에 갇혔다. 내화벽돌로 피해자를 때려죽인 이유는 숙취 때문이었고, 미리 받은 돈은 술 마시는 데 다 써버렸으니 해장술을 살 돈이 없었던 것이다……. 고객을 죽이고 빼앗은 고작 5즈워티를 그는 가까운 가게에서 맥주 사는 데 써버렸지만 그를 괴롭히는 목마름을 가라앉히지는 못했는데, 황금빛 액체를 세 모금 마시기도 전에 체포되었기 때문이다.

스프리하는 그를 알아보았다. 어째서인지 두 달 내내 산책 시간에 그와 함께 운동했기 때문이다. 그때는 서로 한마디도 하지 않았다. 둘 다 살인자였지만 서로 다른 세상을 살고 있었다. 부갈스키 같은 성격의 사람들을 스프리하는 역겹게 생각했다. 예측 불가능하고 충동적이고 계획을 세우는 능력이 없었다.

그러나 지금, 움직이기는커녕 살아 있지도 않아야 할 부갈스키를 지켜보면서 스프리하는 자신의 피해자들이 느꼈을 바로 그 감정을 맛보았다. 조금 전까지 조그만 토끼를 함께 쓰다듬던 다정한 소년이 양심이라고는 없는 살인자라는 사실을 깨달았을 때 이런 느낌을 받았겠지.

가슴부터 사타구니까지 찢어진 채 부갈스키는 말 없는 군중에 합류하여 이웃들이 하는 대로 가장 가까운 호송 차량의 짐칸을 향해 손을 뻗었다.

"환장하겠네, 씨……." 스프리하는 식은땀이 등줄기를 따라 흐르는 것을 느끼며 중얼거렸다. "저럴 수가 없는데."

그는 더 잘 살펴보기 위해 트램에서 내려 가까운 울타리로 달려갔다. 여러 사람을 차례로 살펴보았지만 어디에나 이상한 광경뿐이었다. 피에 젖은 옷, 벌어진 상처, 푸르스름한 얼굴빛. 저 사람들 모두, 죽었다 살아난 것처럼 보였다…….

대위가 거짓말했나?

스프리하는 울타리와 건물 사이 절반 정도 지점, 찜통처럼 달아오른 호송 차량 안에 갇혀 운명의 손아귀에 맡겨진 수형자들의 외침 소리가 들리지 않는 곳에 이르러 동료들과 합류했다. 그곳에는 의식 없는 캉가세이루, 카치마레크, 개처럼 헐떡거리는 마루트라는 사람이 있었다. 이 마루트는—누가 물어보면 늘상 대답하는 버릇에 따르면—사장과 다툰 공로로 인민정부에서 모자를 받은 사람이었다. 다툼은 사장의 갑작스러운 사망으로 끝을 맺었는데 절대로 자연사는 아니었다. 사장의 목을 졸라서 더 많은 월급을 짜낸다는 것이 다비트 마루트가 계획했던 대로 진행되지 않았기 때문이었다.

"우리를 쫓아오나?" 카치마레크가 물었다.

"아니오." 스프리하가 할 수 있는 한 침착하게 대답했다.

"잘됐군." 도망자 중에서 유일하게 살아남은 마루트가 기뻐했다. "저건 사람이 아니라 무슨 짐승들이오. 굶주린 개가 뼈를 물어뜯듯이 야쿠프 피아세츠키한테 떼 지어 덤벼들었소. 야쿠프는 그저 길을 물어보려고 했을 뿐인데. 말 한마디 꺼내기 전에 그냥……." 상황을 떠올리며 마루트는 창백해졌다. "같은 방에서 반년을 살았소." 그는 자신이 왜 침울한지 더 설명이 필요하다고 생각했는지 이렇게 덧붙였다.

"하지만 어떻게? 야쿠프도 산 채로 뜯어 먹었나?" 카치마레크가 놀랐다. "그냥 보통 사람들이?"

"그 사람들 절대 그냥 보통이 아니오." 마루트가 다시 입을 열기 전에 스프리하가 대답했다. "이 감염병은 아마 검은 두창보다 훨씬 독한 것 같소."

3

1963년 8월 10일 토요일 05시 27분
1호 교도소, 클렝치코프스카 35번지

미리 받은 지시에 따라 베드나레크는 정문 앞, 교도소 버스 옆에 마지막 대피자들을 싣고 온 차를 세웠다. 그는 호송차 운전수들이 전부 정문 안으로 들어갈 때까지 지프차 옆에서 몇 초 기다린 뒤에 자신도 담장과 철문 사이에 벌어진 좁은 틈으로 능숙하게 몸을 집어넣었다. 그가 본 광경은, 멀리서부터 눈에 띄었던 감옥 담 안쪽에서 피어오르는 까맣고 짙은 연기 기둥보다도 더욱 그를 놀라게 했다. 반원형 마당 한가운데 두 개의 커다란 모닥불, 더 정확히는 무더기가 불타고 있었다. 베드나레크는 불타는 시체의 악취를 맡고 얼굴을 찡그렸다. 불어오는 바람 속에 숨을 한 번 들이쉬자마자 내장이 전부 목구멍으로 올라왔다.

"해결됐나?" 오크루트니 대위가 마치 땅에서 솟아난 듯 그의 앞에 나타났다.

파베우 베드나레크는 힘겹게 침을 삼켰다. 대위는 베드나레크가 더 이상 악취를 참을 수 없는 모양이라 짐작하고 그를 의무실로 데리고 갔다. 바람이 드나들어 숨 쉬기 그나마 쉬운 공간이었다. 창백해진 교도관이 숨을 고르기를 기다렸다가 대위가 물었다.

"내가 지시한 대로 했나?"

"예, 글쎄다."

"스위비안스키 광장에 두고 왔나?"

"거의 그렇습니다. 트램 차고지 옆에……." 베드나레크는 대위의 벌레 씹은 표정을 보았다. "시간이 없었습니다. 위험을 감수하지 말라고 하셨지 말입니다, 대위 동무."

오크루트니는 시계를 보았다. 5시 28분, 즉 돌아올 때 베드나레크가 미친 듯이 속도를 냈다는 뜻이다. 그가 소문에 겁을 먹지만 않았다면 최악의 범죄자들을 태운 호송 차량은 계획대로 광장 한가운데에 남겨졌을 것인데 그게 아니라니…….

발아래에서 땅이 갑자기 꺼지는 듯, 마치 단단한 포석이 아니라 카펫 위에 서 있는데 장난꾼이 그 카펫을 확 잡아당긴 듯한 느낌이 났다. 레이몬트 거리 쪽에서 하늘이 밝아졌고 핏빛 노을이 점점 더 넓고 높게 번졌다. 다음 순간 의무실에 있는 두 남자 귓가에 다른 모든 소리를 뒤덮는 어마어마한 굉음이 들려왔다. 레이몬트 거리 반대편 폐건물들에서 수많은 유리창이 순식간에 산산조각 났고, 충격파에 떨어져 나온 지붕 기왓장들이 수백 개의 총에서 발사된 총알처럼 넓은 포물선을 그리며 땅으로 날아왔다. 부서진 유리와 기와 조각들이 거리와 보도와 담장 위를 넘어 교도소 부지까지 쏟아져 들어왔다. 작은 파편들은 심지어 마당까지 날아들어 어리둥절해진 교도관들 사이로 쏟아지고 몸에 상처를 냈다.

폭발 때문에 멍해진 오크루트니는 흐릿한 눈으로 주위를 둘러보았다. 머릿속이 울리고, 눈에서 눈물이 나며 타는 듯 뜨겁고, 오른쪽 옆구리가 점점 더 아파왔지만 이 모든 것이 어디 멀리서 일어나는 일 같았다. 그는 이를 악물고 핏빛 노을에 비친 폐건물 쪽을,

으깨진 지붕 위, 하늘을 바라보았다.

'개새끼들이 예정보다 일찍 폭탄을 떨어뜨렸어.' 대위는 생각했으나 곧 의심이 밀려왔다. 핏빛 노을을 배경으로 보이는 괴물 같은 크기의 버섯구름은 피어나야 할 곳에서 생기지 않았다. 폭탄은 교도소 남쪽, 브로츠와프 시내 중심가에 떨어질 예정이었지 변두리 어딘가에 던져질 계획은 아니었다……. 그사이 폭발은 부두 주변과 심지어 오소보비츠키 묘지까지 이르렀다.

누군가 그의 어깨를 세게 흔들었다. 아마 계속 흔들고 있었던 것 같았다.

"원폭입니까?" 베드나레크가 백지장처럼 새하얀 얼굴로 마치 성화라도 바라보듯 대위를 쳐다보았다.

그의 이마에는 조그만 기왓장 조각이 여전히 박혀 있었고 상처에서 피가 흘렀다. 오크루트니는 자기가 하는 말이 어딘가 뚜껑을 덮은 우물 안쪽 깊은 곳에서 울리는 것처럼 들렸다.

"아냐. 아마 아닐 거다." 대위가 정신을 차리며 대답했다. 열복사의 뜨거움도 느껴지지 않고 폭발 강도도 비교적 크지 않다는 사실을 그는 비로소 깨달은 것이다. 아마 소련인들이 일을 망쳐서 목적지에서 십수 킬로미터 떨어진 곳에 폭탄을 투하했는지도 모른다. 아니면 폭탄이 뭔가 문제가 있어 불발됐을 수도 있다. "이건 뭔가 다른 거야."

"다르다면 뭡니까?"

"내가 어떻게 아나?" 오크루트니가 짜증을 냈다. 대위는 갑자기 모든 일이 거슬리기 시작했다.

아드레날린 수치가 내려가자 통증과 눈의 쓰라림과 어지러움이 급속히 고통스러워졌다. 공기압 차이 때문에 바람이 불며 연기 덩어리가 그들 쪽으로 몰려오자 대위는 거의 토할 뻔했다.

"방금 그거 뭐였죠?" 사무실 건물에서 넋 나간 베그네르 의사가 굴러떨어지듯 나왔다.

그의 볼에 생긴 수많은 멍은 건물 안이라도 최소한 위층은 야외보다 전혀 안전하지 않다는 뜻이었다. 대위의 아내 루치나와 쿠비시오바 비서는 다행히 미리 방공호로 내려갔다. 오크루트니는 마치 차가운 바람에 휩싸이기리도 한 듯 자기도 모르게 몸을 떨었다. 만약 저게 원자폭탄이었다면……. 그런 생각은 계속하지 않는 쪽이 나았다. 아내가 기다리는 방공호에 들어가기 아마 30초 전에 그는 끝났을 것이다.

"뭔가 폭발했습니다만……." 대위는 말하기 시작했다가 클렝치코프스카 거리 쪽에서 뭔가 갈라지는 듯한 굉음이 들려와서 입을 다물었다.

마당에 있던 모든 사람이 그 이상한 소리가 들린 쪽을 쳐다보았다. 레이몬트 거리 모퉁이에 있던 건물 벽 한쪽이 그들의 눈앞에서 무너지기 시작했다. 천천히, 고르지 못하게, 마치 완성된 기념비의 덮개를 벗기듯이. 다음 순간 거리 다른 쪽 건물이 이 재난으로 인해 피어오른 짙은 먼지구름 속으로 사라졌다.

'그러니까 폭발이 그렇게까지 약했던 건 아니군.' 대위는 인정했다. 멀리서 레이몬트 거리와 클렝치코프스카 거리 양쪽에 비슷한 먼지구름들이 솟아올랐다. 이어지는 먼지구름들이 체처럼 구멍이 뻥뻥 뚫린 지붕 너머로 보였다. 2차 세계대전의 위험 이후 아직도 다시 일어서지 못한 도시가 이제 또 하나의 재난을 겪고 있었다.

"저건 또 뭡니까?" 베드나레크의 질문에 오크루트니는 생각에서 깨어났다.

그리고 귀를 기울였다.

나머지 사람들도 점점 커지는 '피잉' 소리를 들었는데, 마치 뭔가 떨어지는 것 같았다…….

대위는 고개를 들어 다시 어두워지는 하늘,이라기보다 먼지구름에 가리지 않은 부분 부분을 훑어보려 했으나 눈꺼풀 아래에서 눈물이 자꾸 솟아 전혀 자세히 관찰할 수 없었다. 한편 새된 소리는 계속 커졌다. 전방에서 얻은 경험을 바탕으로 오크루트니는 이 정도 소리를 내는 탄두는 이미 멀리 있으며 직접적인 위협이 되지 않을 것이라 짐작했다. 그러나 폭탄의 경우에도 마찬가지일까?

오크루트니는 갑자기 깨달았다. 방금 경험한 그런 후폭풍을 몰고 온 폭발은 마지막이 아닐 것이다. 이게 그저 나머지 폭탄을 터뜨리려는 자리에 대한 표시이면 어떻게 할 것인가? 만약 소련인들이 브로츠와프에 원자폭탄을 떨어뜨릴 생각은 없고 대신 첫 번째 폭발과 같은 위력을 가진 지독한 폭탄들로 융단폭격을 해서 싹 밀어버릴 계획이라면?

땅이 다시 흔들려서 그는 본능적으로 몸을 움츠렸으나 이번에는 진동이 눈에 띄게 가벼웠다. 굉음도 조금은 덜했고 충격에 이어 귀가 찢어질 듯한 폭발이 일어나지도 않았다. 그러나 가장 중요한 점은 엄청난 불덩어리 속에 전부 날아가 버리지 않았다는 사실이었다. 뭔가 교회 건물 위에 떨어졌고 뭔가 큰 것이었지만 확실히 폭탄은 아니었다.

그러는 동안에도 새된 소리는 멎지 않았고 이상한 물건들이 하늘에서 날아왔다. 확실히 충격파로 인해 부서진 건물 조각은 아니었다. 그중 많은 수가 불타면서 뒤로 깃털 같은 짙은 연기 자국을 남겼다. 하나가 마당 한가운데에 떨어졌고, 포석에 수많은 흠집을 남기고 튀어 올라 약간 수그러든 새된 휘파람 소리를 내며 담장 위로 날아올랐다. 그 과정에서 가시 철망을 뚫고 담장 꼭대기에 지름이 1미터는 될 구멍을 냈다.

"이런 시발……." 깜짝 놀란 대위가 중얼거리며 일어서려 했다.

그러나 설 수 없었던 그는 네 발로 기어서 사무실 건물 입구에 앉아 있는 의사에게로 갔다.

"지하실!" 그가 거대한 문손잡이를 잡으며 고함쳤다. "지하실에 숨어야 해! 빨리!"

그는 베그네르의 멱살을 잡아끌었다. 베드나레크 쪽은 돌아보지도 않았다.

* * *

"저기로 돌아가야 해요!"

베그네르의 눈이 지하실로 내려가는 계단을 뒤덮은 어둠 속에서 누군가 불이라도 켠 듯 번쩍거렸다. 최소한 대위는 자신을 붙잡는 의사를 쳐다보았을 때 그런 인상을 받았다.

"대체 왜요?" 그는 불확실한 손아귀에서 팔을 잡아 빼며 소리쳤다.

"만약에 저게…… 한 사람이라도 죽인다면……." 베그네르가 의미심장하게 목소리를 낮추었다.

"빌어먹을!" 오크루트니는 마지막에서 두 번째 단에 멈추어 섰다. 의사가 옳았다. 지금 교도소 부지에 떨어지는 저것이 만약 한 사람이라도 죽음으로 몰고 간다면 정말로 심각한 사태가 시작될 것이다. 위원회 보고서에 따르면 죽은 사람은 모두 다 되살아날 수 있고, 그런 일이 벌어질 경우 그를 구조하려 시도하는 사람들도 전부 변질되기 시작할 것이었다. "빌어먹을." 대위가 돌아서며 다시 말했다.

층계를 두 단 더 올라가다 그는 베드나레크와 부딪쳤으며, 베그네르가 재빨리 붙잡지 않았다면 아마 함께 계단에서 굴러떨어졌을 것이다. 대위는 얼른 균형을 되찾고 넋 나간 베드나레크를 떼어낸 뒤 계속 달려 올라갔다.

문에 도달한 대위는 그대로 서서 문틀을 붙잡고 귀를 세워 주위를 조심스럽게 둘러보았다. 바깥에서는 양쪽 모닥불이 불타는 타닥타닥 소리와 교도소 안과 밖에서 들리는 사람들의 고함 소리밖에 들리지 않았다.

"폭탄 투하가 끝난 것 같습니다." 그는 뒤를 돌아보며 내뱉고 대답도 기다리지 않은 채 마당으로 나갔다.

누군가 나중에 오크루트니 대위에게 뭔가 보거나 느꼈냐고 묻는다면 그는 아니라고 하거나 거짓말을 해야 했을 것이다. 그가 살아남은 이유는 오로지 지독하게 운이 좋았기 때문이다. 무성영화에 나오는 어느 코미디 배우가 머리 위로 오두막집 벽이 무너졌는데 빠져나오는 그 장면처럼 말이다. 안경을 쓰고 절대로 웃지 않는 그 말라깽이 코미디언 말이다.* 오크루트니가 그 순간에서 기억하는 것은 금속이 부딪치는 귀가 터질 듯한 굉음과…… 갑작스러운 어둠이다. 칠흑 같은 어둠이 순식간에 그를 감쌌다가 마찬가지로 빠르게 사라졌다. 웅크린 대위가 본능적으로 감았던 눈을 떠보니 지름이 3미터, 어쩌면 4미터는 되고 높이도 그만큼 높은 검은 금속

---

* 버스터 키튼(Buster Keaton, 1895~1966), 미국의 배우. 1928년 작 무성영화 「스팀보트 빌 주니어」에서 벽이 무너지는 장면이 나온다.

고리가 정문 쪽으로 천천히 굴러가고 있었다. 이 물건이 거대한 쥐덫처럼 오크루트니 대위 위로 곧바로 떨어졌다가 튀어 올랐고, 그러면서 대위를 건드리지도 않았다는 사실은 기적에 가까웠다.

똑같은 금속 물체가 교도소의 여성 사동들과 마당 사이에 있는 담장 바깥 어딘가에서 세차게 땅을 때렸다. 그리고 굉음을 내며 그쪽 포석을 때렸고, 그 직후 더더욱 공포에 질린 비명과 고함 소리가 울렸다.

"십……." 오크루트니는 입을 열어 욕설로 자신의 기적적인 생존과 내부 담벽 너머에 모인 사람들의 불운에 대해 동시에 감정 표현을 하려다 의사의 목소리를 듣고 단어 중간에 말을 멈추었다.

"철모를 쓰고 태어나셨나 봅니다!" 창백해진 베그네르가 대위를 자기 등 뒤로 끌어당기며 외쳤다.

"예?" 대위는 여전히 귀가 울렸기 때문에 잘 알아듣지 못했다. "창문을 써요?"

의사는 재미있는 농담이라도 들은 듯 웃음을 터뜨렸지만 대위를 놓지도 않았고 대답도 하지 않았다. 그래서 대위는 물에 들어갔다 나온 개처럼 몸을 흔들고 나서야 의사의 손을 뿌리친 뒤에 계속 자신의 행운을 믿을 수 없어 하며 의사를 따라갔다. '반걸음 차이로 이 세상 하직할 뻔했는데…… 아니, 하직했다 끔찍하게 돌아와서 저 정신 나간 짐승들 무리에 낄 뻔했지…….'

그는 내부 철문 쪽으로 가면서 마당에 남아 있을 사람들을 다 불러보았다. 모닥불을 지키던 교도관 여덟 명 중에서 일곱 명이 아주 무사히 폭격에서 살아남았다. 다만 한 명, A동에서 근무하던 고참 교도관 고진스키가 모닥불에서 약 2미터 떨어진 곳에 양팔을 넓게 펼친 채 누워 있었다. 그의 몸통 주변에 피 웅덩이가 보였는데, 이미 상당히 피가 많이 났는데도 웅덩이는 점점 더 커지고 있었다.

오크루트니는 고진스키에게서 한 걸음 떨어진 곳에 멈추어 서서 대체 어떻게 해야 할지 생각했다. 이 사람이 아직 살아 있다면 분명히 도움이 필요하겠지만, 만약 이미 저세상에 가 있거나 사망하는 중이라면 그를 건드리는 자는 모두 감염되어 '변할' 것이다. 대위는 그 상태를 뭐라고 말해야 할지 아직도 알지 못했다.

그럼에도 바로 지금 여기서, 즉시, 결정을 해야만 했다. 담장 너머에서 이 비극의 다음 장면이 펼쳐지고 있었고 옆 마당에서 들려오는 비명 소리의 절박함으로 볼 때 훨씬 더 참혹한 규모일 수도 있었기 때문이다.

"저 사람 돌봐주시오." 그가 베그네르에게 말했다.

"그게 무슨 의미가 있습니까?" 의사가 내뱉었다. "아직 살아 있다고 해도 저는 도울 방법이 없습니다."

"저렇게 내버려둘 수는 없지 않습니까." 대위가 고집했다. "저대로 치료받지 못한 채 변해버리면……."

"그럼 수갑이라도 채우시든가요."

"피에트쿤! 피야우코프스키!" 오크루트니는 가장 가까이 있는 교도관 두 명을 불렀다. "수갑 있나?"

"예, 있슴다!" 두 명 중 하나가 갈라진 목소리로 대답했다.

"고진스키 손목하고 발목에 수갑 채워. 맨손이 몸에 닿지 않게 조심하고."

"대위 동무, 설마 그럼 토메크가……." 토메크 고진스키와 같은 사동에서 근무하는 피에트쿤이 말을 시작했다가 곧 입을 다물고 무거운 안경을 고쳐 썼다.

"의사 선생 말씀 듣지 않았나." 대위가 어깨를 으쓱하고 나머지 교도관들에게 말했다. "가자!"

"들었습니다." 피에트쿤이 대중음악 밴드의 어느 콘서트 사진에서 본 제국주의적 몸짓을 흉내 내어 손을 들어 가운데 손가락을 세웠다.

당연히 이런 행동은 지휘관이 시야에서 사라진 뒤에 한 것이었다.

"크시슈, 너 그러다 언젠가 호되게 걸린다." 피야우코프스키가 중얼거렸다.

"대위 동무야말로 저러다 엿이나 먹으라지, 그것도 난데없이." 거대한 몸집의 피에트쿤이 다시 안경을 고쳐 쓰며 코웃음 쳤다. 그는 전날 밤새 세 명분의 땀을 흘렸는데, 더위 때문이기도 했지만 그보다는 신경이 곤두섰기 때문이었고, 그래서 미끄러워진 코에서 뿔테 안경이 움직일 때마다 흘러내렸다.

"그럼 어떡해?" 카츠페르 피야우코프스키가 물었다.

"불쌍한 고진스키한테 수갑을 채워야지." 크시슈토프 피에트쿤이 내뱉고는 점점 더 넓게 퍼지는 피 웅덩이에 침을 뱉은 뒤 동료에게 길이라도 비켜주듯 두 걸음 물러섰다.

피야우코프스키는 못마땅하다는 듯 피에트쿤을 쳐다보고는 쓰러진 동료의 다리 쪽으로 다가갔다.

그리고 조심스럽게 무릎을 꿇고 왼손으로 균형을 잡으며 몸을 기울였고 오른손으로 열린 수갑을 고진스키의 발목 쪽으로 밀어 넣었다. 금속 톱니가 정강이 위 몇 센티미터 위치에 올라가자 그는 단호한 몸짓으로 수갑을 채우려 했다. 금속이 시멘트에 부딪치며 짤그랑 소리를 냈으나 고리는 계획처럼 닫히지 않았다. 좀 더 대담한 두 번째 시도도 실패로 끝났다.

"이렇게는 안 돼." 피야우코프스키가 중얼거렸다. "다리를 들어 올려야 돼."

"포기해. 저 괴물들이 원사님 어떻게 했는지 봤잖아."

"다리 말고 바지를 잡으면 돼." 피야우코프스키가 스스로를 설득하려는 듯 말했으나 아무래도 확신은 없었다. 그도 역시 오크루트니의 명령대로 하고 싶은 생각이 별로 없었기 때문이다.

"포기하라니까, 내 말……." 피에트쿤은 말하다 말고 멈추었다.

고진스키가 몸을 떨고, 마치 감각이 있는지 확인하는 듯 처음에는 머리를, 그다음으로 왼손 손가락을 움직였다.

두 교도관은 본능적으로 물러섰으며 피야우코프스키의 수갑은 시멘트 포석 위에 시끄러운 소리를 내며 떨어졌다. 피야우코프스키도 엉덩방아를 찧은 채 그저 그대로 앉아 있었다.

"설마 저…… 저……." 피에트쿤이 떨리는 손가락으로 여전히 누워 있는 동료를 가리키며 신음했다.

고진스키가 일어나 앉았다. 아무 징조도 없이 갑자기 수직으로 몸을 세웠다. 곡예사나 운동선수처럼, 땅에서 바로 등을 뻣뻣하게 세웠다. 그런 뒤에 고개를 들자 두 교도관은 그의 눈을 보았는데, 눈동자가 없이 완전히 흰색이었다.

"튀자." 피야우코프스키가 어색한 동작으로 서둘러 몸을 일으킨 다음 벌써 뒤도 돌아보지 않고 본관으로 달려가고 있었다.

"여기다 이렇게 놓고 갈 순 없어!" 피에트쿤이 그의 등에 대고 외쳤다. "대위가 우릴 가만 안 둘걸!"

결국 그는 쿨한 척을 그만두었다. 동료들 앞에서는 뺀들거리는 척했지만 사실 그는 상관들을 존경했으며 특히 '잔혹한'이라는 적절한 성을 가진 대위에게는 더욱 그랬다. 피에트쿤은 대위의 분노를 무척 두려워했고 지금 같은 경우 명령을 이행하지 않으면 보통 때 혼나는 것보다 훨씬 더한 결과가 기다리고 있다는 사실을 아주 잘 알았다. 그러나 피야우코프스키는 죽었다 되살아난 고진스키를 보고 너무나 겁을 먹은 나머지 논리적으로 생각할 수 없게 되었다. 피야우코프스키는 이제 문 안으로 들어선 다음에 문을 닫아버렸다.

"너 이 비겁한 새끼!" 피에트쿤이 내뱉고는 시선을 들어 일어나려 하는 시체를 바라보았다.

저 짐승들이 셍칼라와 라빈스키를 덮쳤을 때 그도 마당에 있었고, 죽지 않는 시체들을 제압할 수 없어 다른 교도관들이 얼마나 애를 먹는지도 보았다. 그래서 그는 자기 혼자서는 고진스키를 절대로 감당할 수 없다는 것을 알았다. 그렇다고 저 비겁자 피야우코프스키처럼 도망칠 생각도 없었다. 이놈의 콤비인지 좀비인지…… 어쨌든 개새끼보다 대위의 분노가 더 무서웠다.

바로 그때 되살아난 시체는 옆으로 몸을 기울이더니 배를 땅에 대고는 쓰러졌다. 다시 움직이지 않게 되었지만 잠시뿐이었고, 그러다 양손으로 몸을 받치고 일어나기 시작했다. '일어나려고 하고 있어. 내가 막지 않으면 진짜로 일어설 거야.' 피에트쿤은 불안하게 주위를 둘러보며 생각했다. 안경이 또 코에서 흘러내려 손가락으로 붙잡고 있어야 했다.

고철!

피에트쿤은 싱긋 웃었다. 되살아난 시체를 어떻게 막을지 알 것 같았다. 그는 오래된 트럭 구동축 위로 몸을 숙이고 근육에 힘을 주고 신음하다가 거의 즉각 포기했다. 고철 더미 속에서 그가 끄집어낸 구동축은 땅에 굴렀지만, 들어 올릴 수가 없으니 소용없었다. '저 망할 쇳덩어리 1톤은 나가겠어.' 그는 다시 눈으로 고철 더미를 훑었다. 용수철! 구동축만큼 크지 않고 무게는 거의 절반밖에 안 되겠지만 트럭용 용수철이라면 사용할 수 있을 것이다. 그는 구부러진 쇠의 한쪽 끝을 잡았다. '그래, 이쪽이 단연 훨씬 낫다.'

그는 뒤를 돌아보았다. 고진스키, 정확히 말하면 그의 시체는 계속 일어서려 하고 있었다. 그러나 그다지 성공적이지는 않았는데 피에트쿤에게는 아주 기쁜 일이었다. 그래도 어쨌든 시간이 촉박했다. 피에트쿤이 몸을 숙인 채 고철 더미 쪽으로 고개를 획 돌렸고 그 바람에 안경이 어둠 속으로 날아갔다. 양손으로 무거운 용수철 끝을 잡고 있지 않았다면 분명히 안경을 붙잡았을 것이다……. 유리 깨지는 소리에 그는 피가 얼어붙는 것 같았다. '젠장.' 안경이 없으면 그는 거의 볼 수 없었고, 특히 이런 어둠 속에서는 더욱 그랬다. '제발, 박살 난 게 아니라 금만 갔으면.' 그는 네 발로 엎드려 자기 목숨이 달린 물건을 더듬어 찾으면서 속으로 기도했다.

다음 순간 그는 불안하게 뒤를 돌아보았다. 깊이와 형체를 분간할 수 없는 어스름 속에서 막무가내로 움직이며 이상하게 떨리는 커다란 얼룩이 보였다. 모닥불의 불꽃이 너무나 밝아서 다른 건 아무것도 보이지 않는 것이다. 그래서 그는 양손으로 무작정 시멘트 바닥을 훑었고 1초, 2초가 흘러갈수록 점점 더 빨리, 점점 덜 체계적으로 움직였다. 땀방울이 코를 타고 흘러내리고 눈물 고인 눈으로 흘러들었다. 공포가 엄청난 아드레날린을 혈관 속으로 뿜어냈으나 바로 그 때문에 원하는 성과는 거두지 못했다. 어쩌면 시간도 느리게 흘러가는 것 같았지만 그렇다고 해서 눈이 좋아질 리는 없었고, 그것이 지금 피에트쿤에게 가장 큰 걱정거리였다.

'찾았다!' 상처 입은 손가락이 마침내 익숙한 형체에 닿았다. 안경은 즉시 자기 자리로 돌아갔다.

"빌어먹을……." 그가 신음했다.

오른쪽 안경알은 없어졌고 왼쪽은 너무 심하게 금이 가서 간신히 테에 매달려 있었다. 그래도 피에트쿤은 이번에는 안경테만이 아니라 하나 남은 알까지 붙잡고 급하게 몸을 돌렸다. 그때 그는 이미 끝났음을 깨달았다. 왼쪽 안경알을 통해 보는 세상은 깨진 거울을 들여다보는 것과 비슷했다. 앞에서 뭔가 움직였고 부서진 안경알 금을 통해 여러 개로 보였는데, 이것이 모닥불 불꽃이 튀는 건지 되살아난 시체가 다가오는 건지 피에트쿤은 전혀 알 수 없었다.

'도망쳐야겠다.' 피에트쿤은 결심하고 힘껏 달리기 시작했다. 어디로 달려야 할지 정확히 방향을 잡을 수 없었지만, 문으로 가려면 모닥불이 오른쪽 뒤에 있어야 한다는 사실을 기억했다. 그러나 운 나쁘게도 고철 더미에서 굴러 나온 구동축이 그와 건물 입구 사이에 있었다. 그는 당연히 발이 걸려 나무토막처럼 넘어졌고 다시 안경을 잃어버렸다. 피에트쿤은 겁에 질려 벌떡 일어서서 오로지 죽었다 되살아난 고진스키에게서 할 수 있는 한 멀어지기만을 바라며 앞으로 달려갔다.

그러나 더 이상 그에게 운은 없었다. 넘어졌다 일어나면서 그는 가능한 방향 중 최악의 선택을 해서 되살아난 시체를 향해 곧바로 뛰어든 것이다. 만약 누군가 맥락을 알지 못한 채 옆에서 그 광경을 지켜보았다면 이 두 사람이 서로 껴안는다고 생각했을 것이다.

* * *

혼돈.

교도소의 여성 사동, 그러니까 오크루트니가 시내에서 처음 대피해 온 교도관 가족들을 임시로 정착시킨 그곳의 상황은 이 단어로밖에 표현할 수 없었다. 대위는 사람들을 이끌고 예배당 건물 모퉁이를 돌았는데, 여기서 사람들은 예상하지 못한 장애물과 맞닥뜨렸다. 이 건물 지붕은 불타는 폭발물 하나가 뚫고 들어와 부서져 있었다. 클렝치코프스카 거리 쪽에서 마당으로 들어가는 통행로가 거의 완전히 막혀 있었다. 무너진 예배당 남동쪽 벽과 그 위로 흩어진 불타는 조각들이 교도소 사동과 행정관 건물 사이의 좁은 길을 뒤덮고 있었던 것이다. 불길이 휘어진 금속 조각 위를 휩쓸었고, 무너진 건물을 핏빛 불꽃으로 비추며 이제야 밝아지기 시작한 하늘로 높이 솟아올랐다.

"이게 대체 뭐야?" 오크루트니는 불꽃의 벽을 조심스럽게 훑어보았다. 그 뒤에는 겁에 질린 아이들의 외침과 여자들의 비명이 들려왔다.

"기차 같습니다……." 드보르치크가 그을음으로 뒤덮인 격자 모양 물건을 가리키며 말했다. 그 물체에서는 뭔가 휘어진 축 같은 것이 튀어나와 있었고 끝에는 바퀴가 두꺼운 접시처럼 달려 있었다.

대위는 자신을 거의 죽일 뻔했던 그 이상한 금속 고리를 즉시 떠올렸다. 기차…… 탱크…… 폭발. 이 모든 것이 논리적으로 한데 맞추어졌다. 연료나 가스를 운송하던 화물열차의 탱크나 혹은 열차 전체가 폭발한 것이다. 부두 주변에는 포즈난으로 향하는 기찻길을 제외하더라도 열차 선로가 굉장히 많았다.

오크루트니는 이런 사실들을 어딘가 머리 뒤쪽에서 연결 지으면서 무엇보다도 눈앞의 장애물을 어떻게 넘어갈 것인지 궁리했다. 불꽃 옆을 지나가는 것은 현실적으로 불가능해 보였다. 뿜어져 나오는 열기가 너무 심해서 가까운 유리창이 차례로 터질 정도였고, 게다가 불타는 탱크 잔해들과 행정관 건물 벽 사이에 틈이 고작해야 2, 3미터 정도밖에 없었다. 공간이 너무 작으니 패닉에 빠진 사람이 그곳을 통해 도망칠 엄두를 내지 못할 것이다. 혹시나 그러다가 감염자들과 맞닥뜨린다면 불길보다 더 큰 위험에 부닥칠지도 모른다…….

길의 이쪽 편에는 시체가 한 구도 없었으므로 폭발의 피해자들은 지금도 예배당 안에 있거나 아니면 장애물 뒤, 비명이 들려오는 쪽에 있을 것이었다. 아니면 잔해 아래 깔려 있을 수도 있었다.

"반대쪽으로 돌아가야 해." 대위는 뒤에 서 있는 교도관들에게 말했다. "드보르치크, 탄약 있나?"

"무슨 탄약 말씀입니까?" 카밀 드보르치크는 화가 난 것 같았다. "저기 정문 앞에서 대위님이 제 권총 가져가셨습니다."

"맞다." 오크루트니가 나머지 교도관들을 바라보았다. "비시니에프스키, 그라보프스키." 그가 셍칼라 원사 조 소속 교도관 두 명을 불렀다. 이들은 정문 앞에서 일어난 상황에 직접 참여하지 않았고 고철을 옮길 때부터 마당으로 나왔다. "두 명은 여기 남는다. 그라보프스키가 지휘한다." 대위가 마르친 그라보프스키를 가리켰다. "행정관 건물과 불길 사이로 아무도 넘어오지 못하게 지켜라. 알겠나?"

"하지만……." 그라보프스키가 신음했다.

"하지만 따위 없다. 살아 있는 사람은 허공에 발포해서 쫓아내고, 감염자는…… 뭐든 사용해서 불길 속으로 몰아넣는다." 가까운 곳에 삽과 갈퀴가 놓여 있었는데, 바로 하루 전에 여성 수형자들이 이 구역을 정화할 때 쓴 것이었다.

"이렇게 뜨거우면 어차피 아무도 넘어오지 않습니다." 마르친 그라보프스키가 고집스럽게 말했다.

"지금은 아니겠지만 불은 금방 꺼진다, 내 말 믿어. 그리고 그렇게 되면……."

"그러면 일이 더러워질 겁니다." 마치에크 비시니에프스키가 중얼거렸다. "열이 만약에 식으면 저희 둘만으로 힘들 겁니다."

오크루트니는 반원형 마당으로 나가는, 지금 살짝 열린 철문 쪽을 바라보았다.

"그러니까 쓸데없는 토론할 시간이 없다. 이제 곧 피에트쿤과 피야우코프스키가 여기로 올 거다. 너희들과 함께 여기서 지키라고 내가 명령했다고 전해."

두 교도관은 안심한 듯 고개를 끄덕였다. 총 네 자루가 두 자루보다는 낫고, 손 여덟 개가 네 개보다 낫다. 지원이 오면 길을 막고 지키는 데 별문제가 없을 것이다.

"예, 알겠습니다!"

대위는 나머지 교도관 세 명을 불러 살펴보았다. 여기 남는 인원을 빼면 남은 사람이 다섯 명이었는데, 그중 자신과 베드나레크만 총을 가지고 있었다. 의사 베그네르와 나머지 교도관들은 무슨 일이 생기면 무서운 표정을 짓거나 소리를 질러서 대응하는 수밖에 없었다.

남성 사동과 교도소 동쪽 부분을 갈라놓는 울타리와 담장 사이 공간은 조명이 약하고 완전히 비어 있었다. 그러나 오크루트니가 폭발로 손상된 예배당 건물을 지나기도 전, 교도소 내부를 둘로 가르는 담장 문으로 겁에 질린 사람들이 도망쳐 나왔다. 대부분 졸음에 겨워 울고 있는 아이들을 끌고 있는 여성들이었다. 서른 명이 넘는 사람들 사이에서 대위가 본 남자는 겨우 몇 명뿐이었다. 남자들 모두 정복을 갖춰 입었는데 이것은 좋은 징조였다. 몇 초 뒤 대위가 이끄는 교도관들과 도망쳐 온 사람들이 서로 다가서자 오크루트니는 남자들의 얼굴을 알아보았다. 그들은 중범죄자 호송 차량을 내보낸 직후 오크루트니가 교도관 가족들이 자리 잡도록 안내하라고 보낸 경비교도관들이었다.

"대오 정비!" 대위는 뒤에 따라오는 교도관들에게 명령하고 자신도 즉시 걸음을 늦추었다. "베드나레크, 발포 준비!" 그는 드보르치크에게서 가져온 총을 권총집에서 꺼내 손에 쥐고 있다가⋯⋯ 놀라는 드보르치크에게 돌려주었다.

베드나레크도 자기 권총을 꺼내며 불안한 듯 대위를 쳐다보았다.

"막을 수 없으면 내 신호에 따라 공중으로 발포한다." 오크루트니가 말했다. "각자 한 번씩, 동시에 쏘지 않는다. 효과를 극대화해야 한다."

"예, 알겠습니다!" 교도관들은 대위의 의도를 완전히 이해하지는 못했지만 그래도 한목소리로 대답했다.

대위는 부하들이 모두 필요한 위치에 있는지 확인한 뒤 양손을 높이 들고 달려오는 사람들 쪽으로 움직였다.

"서! 서라!" 그가 외쳤다. "멈춰! 겁낼 이유가 없다! 부두에서 화물열차 연료탱크가 폭발했다! 보이나, 들리나?" 그는 연기와 먼지로 덮인, 그러나 그 너머는 텅 빈 하늘을 가리키며 계속 소리쳤다. "전혀 아무 위험도 없다!"

그의 목소리는 잘 울렸고 게다가 정신없는 섬광 속에서도 시각적으로 그를 못 볼 수는 없었다. 뛰어오던 여자들이 걸음을 늦추었으나 대위가 바랐듯이 멈추지는 않았다. 그래서 대위는 교도관 가족과 함께 달려오던 경비교도관 한 명을 손가락으로 겨냥하고 그 뒤에 손을 뻗어 다음, 또 다음 교도관을 한 명씩 가리켰다. 효과가 있었다. 경비교도관들은 순식간에 정신을 차리고 옆에서 달려가던 어머니, 아내, 아이들을 멈춰 세우기 시작했다. 연쇄 효과가 언제나처럼 작동했다. 군중은 한 명씩 동력을 잃었다. 몇 초 뒤에 대위와 교도관들을 향해 여전히 달려오는 것은 가장 겁에 질린 여자들 몇 명뿐이었다.

"총 넣어!" 오크루트니가 뒤를 돌아보며 명령했다. "그리고 저 사람들 잡아." 그는 도망치려는 여자들을 보며 덧붙였다. "살살 달래!"

이렇게 말하고 대위는 경비교도관들을 향했다. 그들 등 뒤의 철문으로 대피해 온 가족 중 또 다른, 분명히 마지막은 아닌 그룹이 달려 나오고 있었다. 상황을 통제하려면 대위는 빠르고 단호하게 움직여야 했다.

"레나르트, 그로노프스키, 크루크!" 그는 주변에 사람이 가장 없는 교도관들을 불렀다. "나머지 애들 데리고 빨리 가서 저 사람들 막아." 그는 달려오는 사람들을 가리켰다. "파베웨크, 자네는 여기 남아!" 그는 자기보다 머리 두 개 정도 키가 작은 교도소 사무실 행정관 야쿠프 파베웨크를 붙잡았다. "자네는 따로 해줄 일이 있어." 대위가 말했다. "연료탱크 잔해가 벽을 무너뜨리지 않았는지 확인해야 해. 교도소 서쪽에서 시작하게. 정문부터 돼지우리까지 다 점검해. 우리는 그동안 우리 쪽 담장을 확인할 테니까. 번개같이 움직여, 빨리."

"예, 알겠습니다!" 행정관은 푸른 철문을 향해 달려갔다.

먼저 보내진 교도관들은 이어서 달려오는 사람들의 흐름을 진정시켰다. 도망쳐 오던 군중 안에는 교도관들도 있었는데, 시내에서 가족과 있다가 갑자기 대피했기 때문에 대부분 사복 차림이었다. 모두 힘을 합쳐 그들은 금세 질서를 잡는 데 성공했다.

"대위님!" 자신을 부르는 의사의 목소리에서 오크루트니 대위는 불안한 기색을 느꼈다.

돌아서서 보니 베그네르는 흐느끼고 있는, 머리가 짧고 얼굴이 둥근 여자 옆에 서 있었다. 모습을 보니 아마 아는 사이 같았다.

"나 바쁜 거 안 보입니까?" 대위는 이렇게 내뱉으면서도 베그네르의 겁먹은 목소리에 불안해져서 그들에게 다가갔다.

"이분은 알리치아 즈브루크 씨입니다." 베그네르가 설명했다. "인사행정실 소속입니다. 예배당에 있었는데 뭔가…… 그러니까 그 불붙은 연료탱크가 지붕을 부쉈다고 합니다."

"알겠습니다." 오크루트니는 충격에서 벗어나지 못한 여성에게 몸을 기울였다. "어떻게 된 겁니까?" 그는 할 수 있는 한 가장 부드러운 어조로 물었다.

"대위님…… 그게…… 그게 벼락 같았어요……. 맑은 하늘에서 벼락 떨어진 것처럼……." 즈브루크는 울면서 더듬거렸다. "우리는 기도하러 갔어요. 그러니까 인사행정실 여자들, 저하고, 요아시아 쿠니츠카-콤파, 요아시아 딸 사라, 카롤리나 시치에신스카, 올라 카치마르스카……"

"이름은 필요 없습니다!" 대위가 건조하게 상대의 말을 끊었다가 즈브루크의 눈에 떠오른 두려움을 보고 즉시 머릿속으로 자신을 꾸짖었다. "죄송합니다, 즈브루크 씨. 말이 거칠었습니다. 상황이 급박하니 자세한 얘기는 넘어가면 좋겠습니다. 시간이 없고 할 일이 많으니 요점만 말씀해 주십시오."

즈브루크는 대위의 말을 듣고 조금 진정했다.

"예배당에 사람이 많이 모여 있었어요." 그녀가 눈물을 닦으며 이야기를 계속했다. "거의 여자들이에요. 자리가 거의 다 차 있었어요……. 우리 사무실 애들은 마침 누가 기도를 마치고 나가서 오른쪽 첫 줄에 앉았고, 저는 자리가 없어서 더 앞으로 가서 고해실 바로 앞까지 갔어요……."

"요약해 주시면 좋겠습니다." 오크루트니는 목소리를 낮추어 거의 속삭이듯 말했으나 결과적으로 불길하게 들릴 뿐이었다.

"즈브루크 씨, 지금 최대한 빨리 구조 작업을 시작해야 합니다." 베그네르가 옆에서 대위를 도왔다. 베그네르는 의사와 성직자만 할 수 있는 달래는 목소리로 말했을 뿐만 아니라 즈브루크의 팔을 살그머니 토닥였는데, 즈브루크는 분명 그런 위로가 필요한 것 같았다.

"제가 자리를 찾고 나서 몇 초 뒤에 그 불타는 폭탄이 떨어졌어요." 즈브루크가 이제는 조리 있고 단호하게 말하기 시작했다. "한순간, 눈 깜짝할 사이였어요. 오른쪽 앞줄 전체가, 거기 앉아 있던 사람들까지 모두 다 날아갔어요. 바닥하고 벽에 구멍만 남았어요. 마치 처음부터 아무것도 없었던 것처럼……."

"즈브루크 씨, 잘 생각해 주십시오. 이건 저희에게 아주 중요한 정보입니다." 대위가 즈브루크의 어깨를 잡았다. "예배당 안에 시신이 남아 있습니까?"

즈브루크는 고개를 저었다. 처음에는 불확실하게, 그다음에는 좀 더 단호하게.

"우리 애들…… 전부 다 없어졌어요……. 저를 쳐다보고 웃고 있었는데 그다음 순간 쾅, 하더니 구멍만 남았어요. 올라, 요아시아……"

"부상자는요?" 베그네르가 말을 가로막았다. "부상자가 있었습니까?"

"모르겠어요…… 기억 안 나요." 알리치아 즈브루크는 다시 흐느끼기 시작했다. "너무 무서웠어요. 도망쳤어요. 살아 있는 사람은 다 도망쳤어요. 세상에!" 갑자기 그녀의 얼굴이 창백해졌다.

"무슨 일입니까?"

"내 카드…….

"무슨 카드요?"

"엽서요……." 그녀의 얼굴이 더욱 창백해졌다. "거기, 예배당에 두고 왔어요."

"엽서?"

"제 수집품이에요……. 수집품 전체를……." 즈브루크는 이제 통곡하기 시작했다.

대위는 몸을 일으켰다. 더 이상 즈브루크의 말을 들을 필요도, 시간도 없었다.

"저희에게 큰 도움이 되어주셨습니다, 즈브루크 씨." 대위는 온 힘을 다해 중립적인 어조를 유지하려 애쓰며 말했다. 베그네르 의사가 즈브루크를 다시 달래기 시작하자 대위는 손을 입에 대고 외쳤다. "주목! 여성과 아이들은 오른쪽, 내 오른쪽, D동 벽 앞으로 모입니다. 교도관과 직원들은 왼쪽 내부 담장 아래로 집합한다."

도망쳐 온 사람들 중에는 교도소 민간인 상근자들이 십수 명 있었는데 이들은 집에 전화를 가지고 있는 행운아들이었다. 당연히 대부분이 사복을 입고 도착했는데 지금 상황에서 그것은 별 의미가 없었다. 그보다 훨씬 중요한 것은 교도소 내부구조를 알고 훈련을 받았다는 사실이었다. 오크루트니는 모인 직원들의 숫자를 세고 나서 여성 교도관 세 명을—직원 중 여성은 그들뿐이었다—민간인들을 보호하라는 명령과 함께 보냈다. 그가 지금부터 진행하려는 작전은 힘과 강철 같은 신경을 요구했다. 그러므로 그는 여성 교도관들이 다른 어떤 남성보다도 잘할 수 있는 일, 즉 겁에 질린 여성과 아이들을 진정시키는 역할을 맡기를 원했다.

"좋아, 이렇게 한다……." 대위는 남자 직원들이 앞에 두 줄로 늘어서자 말하기 시작했다.

* * *

파베웨크 상병은 살짝 열린 철문 사이로 능숙하게 빠져나갔다. 명령을 수행하려면 반원형 마당 반대편 철문으로 가야 했다. 그 뒤로 순찰로가 있었는데 이 길을 따라가면 오드라강 쪽 건물까지 도달할 수 있었다. 명령받은 과업은 쉬운 것 같았고 그래서 파베웨크는 화톳불 두 개 중 가까운 쪽에서 퍼져 나오는 불꽃을 가볍게 피해 앞으로 나아갔다. 그 화톳불 안에서는 감염자와 그들이 죽인 교도관 시체 조각들이 불타고 있었다.

파베웨크의 시야에는 피에트쿤과 고진스키만 보였는데, 피에트쿤은 층은 달라도 같은 시간에 근무했고 고진스키는 이름만 알고 식당에서 몇 번 지나치면서 인사한 정도였다. 그들에게 가까이 가면서 파베웨크는 인사하는 몸짓으로 손을 들었으나 두 사람은 일이 너무 바쁜지 그를 보지 못하는 것 같았다. 이유가 어찌 됐든 두 명 모두 반응하지 않았다.

악취 나는 연기가 눈을 찔렀고 불타는 시체 냄새에 숨이 막혔으며 그래서 파베웨크는 이런 불편함과 싸우느라 그들이 유달리 무관심한 데 신경 쓰지 않았다. 피에트쿤이 안경을 쓰지 않은 것조차 이상하게 여기지 않았지만, 그는 사실 이상하게 여겼어야 했다. 파베웨크는 명령을 수행하는 데만 집중했다. 어렸을 때부터 어쩔 수 없는 몽상가였던 관계로 단순한 과업조차도 그의 머릿속에서는 교도소 담장 안에 몸을 숨긴 사람들 모두의 운명이 달린 세상에 다시없는 중요 임무의 수준으로 부풀어 올랐다.

"이봐, 기적적으로 시력이 좋아졌나?" 그는 피에트쿤 옆을 지나며 농담했다. 그리고 자신을 향해 천천히 돌아서는 동료의 어깨에 손을 올렸다. 그것은 한 번의 접촉, 친구로서 평범한 몸짓이었고 그 뒤에 파베웨크는 걸음조차 늦추지 않고 다음 발길을 옮겼는데······. 그리고 비틀거렸다. 눈앞이 캄캄해졌다. 무릎이 뼈와 근육이 아니라 솜으로 이루어진 것처럼 저절로 휘어졌다. 다시 한 걸음 내딛고 실질적으로 균형을 잃었다. 어지럼증을 떨쳐내기 위해 멈춰 서야 했다. 이상하다. 마치 십수 킬로미터 거리를 뛰어온 것처럼 굉장히 지친 느낌이었다.

"별일 아냐. 그냥 머리가 어지러운 거야. 분명히 저 악취 때문이 겠지." 그는 피에트쿤이 자신을 도와주기 위해 양손을 뻗은 채 다가오는 모습을 곁눈으로 보았다. "나 괜찮아." 그는 동료를 향해 고개를 돌리며 덧붙였다.

그는 여기서 뭔가 잘못되었다는 사실을 깨달았다. 피에트쿤이 안경을 쓰지 않고 말을 하지 않는다는 사실이 처음에 가볍게 넘겼던 것보다 더 큰 의미가 있었다.

그러나 되살아난 시체의 너덜너덜한 손가락이 이미 그의 얼굴에서 고작 몇 센티미터 떨어져 있었다. 게다가 그는 너무 지쳐서 도망칠 기운이 없었다.

    도망쳐서 어쩌겠단 말인가. 그는 아주 간단한 명령조차 수행하지 못했던 것이다.

4

1963년 8월 10일 토요일 05시 27분
트램 차고지 2호, 스워비안스카 거리 16-30번지

"되살아났다고?" 수이카가 믿을 수 없다는 듯 고개를 흔들며 중얼거렸다. "그게 무슨 말이오?"

"나한테 묻지 마시오, 친구. 어떻게 된 일인지 나도 모르니까." 스프리하가 마치 벌레를 바라보는 새처럼, 저걸 먹을 수는 있지만 꼭 먹어야 하는 건 아니라는 표정으로 그를 곁눈질하며 말했다. "내가 본 것만 얘기하는 거요. 부갈스키, 알지? 34호실 도공."

"그 5즈워티?" 수이카는 부갈스키가 희생자에게서 강탈한 동전을 떠올리고 물었다.

"바로 그 사람이오."

"알지."

"그럼 가서 직접 보시오. 호송차 옆에 서서 자기 내장 파먹는 게 맞는지." 스프리하가 그들과 스워비안스카 거리 사이를 가로막은 트램을 손가락으로 가리켰다.

카치마레크는 거리 쪽으로 돌아간다는 생각에 얼굴을 찡그리고 잇새로 침을 뱉었다.

"내가 어디서 읽었는데 바이킹들이 그런 관습이 있었다던데……." 울피크가 머뭇거리며 말을 시작했다.

"누구?" 켕지에진-코질레 출신의 목수 네린크가 그의 말을 가로막았다. 그는 자기 일과 배구 경기 외에는 세상일을 아무것도 모르는 사람이었다.

네린크는 배구와 자기 팀을 너무나 사랑해서 어느 중요한 연합 경기 전에 '스탈 미엘레츠' 팀 주전 선수에게 덤벼들었다. 4강 방어전 하루 전날 그는 주전 선수를 외딴곳으로 유인해서 공격했다. 나중에 재판정에서 진술한 바, 그는 주전 선수에게 고작해야 뇌진탕을 일으켜서 경기를 못 하게 하려는 의도였지만 금세 너무 화가 났고 상대방은 운동선수인 데다 호전적이라 네린크를 놓아주려 하지 않았다……. 결말은 예상한 대로였다. 목수는 칼을 어떻게 쓰는지 잘 아는 사람이고 언제나 공구 통에 어떤 도구를 가지고 다니는데, 다들 아는 대로 사람 몸은 대부분의 나무보다 부드럽다.

파베우 네린크가 이 한 번의 살인에서 그쳤더라면 아마 20년 형 정도 받았거나 좀 더 운 나쁜 경우 무기징역이었을 것이다. 그러나 문제는 술에 취해 미쳐버린 상태에서 그가 싸움의 목격자까지 공격했다는 것이다. 이 목격자는 시청 주택과 청소부로 근무를 마치고 집에 돌아가던 여덟 아이의 어머니인데 운 나쁘게도 밤 근무를 마치고 언제나 그랬듯 지름길인 그 기찻길로 건너가고 있었던 것이다. 불쌍한 여성이 칼 든 남자와 대적해서 이길 리 없었으나 네린크가 그녀의 목을 벤 것은 정말로 최악의 선택이었다. 피해자의 피를 뒤집어쓴 네린크는 시내로 돌아갈 수 없게 되었고 인근에서 숨을 곳을 찾다가 결국 망해버렸다. 다른 행인이 시신 하나를 발견하고 30분 뒤에 철도경비대 순찰대가 두 번째 시신을 발견했다. 그렇게 해서 짧지만 기억에 남을 추적이 시작되었고 이 사건은 지역

신문에 세세하게 보도되었으며 심지어, 4면에 간단하게 언급되긴 했지만, 《인민일보》에도 났다. 포위된 네린크는 세 명에게 부상을 입힌 뒤에야 제압되어 체포되었고 형식적인 재판 끝에 사형을 선고받았다.

"바이킹 말이야." 교양 없는 동료의 무지함에 짜증이 난 울피크가 되풀이했다. "그 왜……."

"역사 강의는 그만둬, 야쿠자." 이번에는 스프리하가 그의 말을 가로막았다. 스프리하는 바이킹이 누구인지 알고 있었다.

울피크는 침을 삼켰다. 다시 생각을 모으기까지 잠시 시간이 필요했다.

"그놈들이 가장 좋아하는 고문 방법 중 하나가 죄수의 뱃가죽을 자르고 내장 끝을 꺼내서 말뚝에 박는 거야. 그런 다음에 원을 그리며 횃불을 들고 엉덩이를 태울 듯이 죄수를 뒤쫓으면 죄수는 자기 스스로 창자를 전부 꺼내놓게 되는 거지, 히히히……." 그는 특유의 웃음소리로 마무리했다.

"그리고 그 믿을 수 없게 매력적인 이야기를 우리한테 지금 하는 이유는?" 스프리하가 질문하듯 그를 바라보았다.

"그 이야기를 하는 이유는, 왜냐하면……." 울피크가 말을 더듬었다. "결론적으로 사람은 창자를 다 꺼내도 살 수 있단 말이지. 그것 때문에 당장 죽지는 않는다고. 그러니까 저 부갈스키도 그냥 살아 있을지도 몰라. 아직은."

"흠." 스프리하가 중얼거렸다. 자신이 상황을 약간 성급하게 판단한 게 아닐까 하는 생각이 떠올랐으나 곧 몇 가지 세부 사항을 기억해 내고 그런 가능성을 지워버렸다. "창자는 그러니까 내장을 말하는 거요?" 그가 물었다.

"그렇지."

"그러면 심장, 간, 나머지 기관은?"

울피크는 어깨를 으쓱해 보였다.

"《세상 이야기》에는 창자밖에 안 나왔소."

"의학 교과서에는 사람이 주요 기관을 대부분 잃으면 생존할 수 없다고 명확하게 나와 있소. 우리의 부갈스키는 깡패들이 손톱으로 파내서 몸 안에 있던 게 전부 다 빠져나왔소. 전부 다라고, 알겠소? 성탄절 잉어처럼 뱃속을 다 발라냈단 말이오."

차고지 담장 아래 긴 침묵이 깔렸고 쭈그려 앉은 남자들 귀에 가끔씩 남은 세 대의 트럭 안에 갇힌 수형자들의 비명이 멀리서 들려왔다.

"하지만 그건 하나님의 뜻이 아니잖소." 마침내 수이카가 말했다.

"뭐가 하나님의 뜻이 아닌데?" 모두 다 수이카를 바라보았으나 스프리하만이 입을 열었다.

"죽은 사람이 다시 살아나는 것 말이오……." 미론 수이카의 눈이 갑자기 번쩍였다. "아마 이거 그, 저거, 아마게콘인 거요. 있잖아, 최후의 심판."

이런 설명이 마음에 든 사람은 아무도 없었지만 한두 명씩 고개를 끄덕였다.

"그게 가능해요?" 페레크가 관심을 보였다.

"최후의 심판이 닥치는 게 가능하냐고?" 스프리하가 되물었다.

"그래요."

"아닌 것 같소."

이런 확답을 듣고 모두 조금 안심했다. 그때까지 그들은 이번 주 아니면 이번 달에 사형당할 것이라는 사실을 의식하며 살아야만 했으나 죽은 뒤에 또다시, 이번에는 신의 재판이 기다리고 있는지, 그 재판 뒤에 불타는 역청으로 가득한 욕조에서 영겁의 시간 동안 목욕을 해야 하는 영원한 형벌을 받아야 하는지 깊이 생각해 본 적이 없었다.

사실 그들은 모두 세례를 받긴 했지만 특별히 신앙을 가진 자는 없었다. 그러나 이런 상황에서, 죽은 사람들이 실제로 부활한다는 사실을 눈앞에 대하면 그들 모두 의심의 여지 없는 강력범죄자임에도 불구하고 당황하기 마련이었다.

"그렇다면 부갈스키는 무슨 기적이 일어나서 되살아났지?" 카치마레크가 갑자기 물었다.

"나도 알고 싶소." 스프리하가 맞장구쳤다. "분명히 어떤 논리적인 설명이 존재할 거요. 물론 그 종교적인 헛소리 말고."

"아마가존이라니까, 틀림없다고." 백지장처럼 창백해진 수이카가 중얼거렸다.

양손이 등 뒤에 수갑으로 묶여 있지 않았다면 분명 성호도 그었을 것이다.

"그보다는 현대 의학에 알려지지 않은 어떤 감염병이나 아니면 더 가능성이 있는 건 생화학 무기요." 스프리하가 즉시 반박했다. 그는 미신을 믿는 것은 지금 그들에게 한 발 한 발 다가오는 소비에트 군대의 개입만큼이나 커다란 위협이 될 수 있다는 사실을 알고 있었다. "이게 아마겟돈이면 하늘이 갈라지고 땅이 마른 낙엽더미처럼 불타올라야 해요." 그는 동료들의 머릿속에 자라나는 공포심을 자신의 냉소로 꺼버릴 수 있기를 바라며 말을 이었다.

수형자들이 스프리하를 무척 두려워할 뿐만 아니라 그의 폭넓은 지식과 세간의 평판 때문에 존경하기도 했으므로 이 대화는 충분히 성공을 거둘 수도 있었을 것이다. 그러나 운 나쁘게도 스프리하가 입을 다문 바로 직후에 그의 노력을 전부 짓밟는 일이 일어났다.

땅이 흔들렸고, 사실 진동이 강하지는 않았으나 발작적이라 모두 균형을 잃고 쓰러졌다. 그들이 쭈그리고 앉아 있던 곳 옆의 오래된 담장에서 해묵은 회색 회반죽 가루가 쏟아졌다. 어딘가 멀지 않은 곳에서 유리 깨지는 소리가 들렸다. 북동쪽 하늘에 핏빛 노을이 번쩍여 마치 두 번째 태양이 떠오른 것 같았다.

그 뒤에 지옥이 펼쳐졌다.

조금 전에 가라앉았던 공포가 두 배로 격렬하게 되돌아왔다. 모두 한꺼번에 고함치고 계속해서 떨리는 땅에서 몸부림치며 심지어 울기 시작했다. 스프리하도 충격을 받아 무슨 일인지 이해할 때까지—아니 최소한 이해하려고 시도할 때까지—시간이 걸렸다. 그가 쓰러진 자리에서 하늘로 빠르게 솟아나는 거대한 버섯 모양의 불기둥이 보였다. 특이한 점은 그 모습을 보고 스프리하가 더욱 겁에 질리지 않고 반대로 침착해졌다는 사실이다.

"다들 입 닥쳐!" 그는 나머지 사람들보다 더 큰 소리를 내기 위해 온 힘을 다해 고함쳤다. "이건 최후의 심판이 아냐, 머저리들아. 그냥 폭발이다!"

카치마레크, 울피크, 페레크는 그의 말을 듣고 조용해졌지만 나머지는 계속 어쩔 줄 몰랐고 그중에서도 수이카는 갑자기 신앙심이 두 배로 되살아나서 가장 크게 소란을 피웠다.

파비안 스프리하는 배를 땅에 대고 기어서 철로 옆의 역청으로 젖은 땅바닥에 가 이마를 대고 다리를 세게 움직여 무릎을 꿇은 뒤 마침내 일어섰다. 두 걸음에 성큼성큼 수이카에게 다가가서 자기보다 두 배는 더 몸집이 큰 거한에게 발차기를 제대로 한 방 먹였다. 어디를 차는지 보지도 않았다. 수이카를 실제로 때려눕히는지 마는지는 상관하지 않았고 이 순간 그에게 중요한 것은 단 하나, 살아남으려면 이 사람들을 통제해야 한다는 사실뿐이었다. 수이카를 죽이는 한이 있어도 나머지 사람들을 조용히 시켜야 한다…….

그는 혼잣말로 욕을 하며 펄쩍 뛰어 수이카에게서 떨어졌다. 아니, 이승에서, 이 현실에서 살인은 아마 좋은 생각이 아닐 것이다. 그런 원칙이 모두에게 적용되는지 스프리하는 확신할 수 없었지만 괜한 위험은 감수할 수 없었다.

"아가리 닥치라고 내가 말했지!" 그는 피투성이가 되어 계속 신음하는 수이카 위로 몸을 굽히고 한 번 더 고함쳤다. "소련 놈들이 온다! 그놈들이 한 짓이지, 아마겟돈이 아니라고! 봐, 연기가 벌써 흩어지는데 다들 살아서 굴러다니며 소리 지르고 있잖아. 종말이 아니란 말이다!"

이 말이 끝나자 차고지 담장 아래는 다시 비교적 조용해졌다. 수이카만이 몸을 둥글게 웅크린 채 흐느꼈고 마루트는 사시나무처럼 떨었지만 침묵을 지켰으며 페레크는 천천히 하얗게 바래가는 노을을 먹이를 쳐다보는 까마귀처럼 바라보고 있었다. '이 셋은 갱스터가 될 재목이 아니야.' 파비안 스프리하는 깨달았다. '목숨을 보전하려면 이 셋을 조심하거나 아니면…… 어떻게든 없애버려야 해. 물론 내가 죽이지는 말아야지.'

"그럼 어떻게 하지?" 네린크의 질문에 스프리하는 현실로 돌아왔다.

"수갑을 풀 도구를 찾아내야지. 그리고 몸을 잘 숨길 곳도 있으면 좋을 거야. 소비에트 놈들이 이렇게 가까이 왔으니……." 그는 네린크가 아니라 카치마레크를 뚫어지게 쳐다보며 언성을 낮추어 대답했다.

"여긴 어쨌든 차고지잖아, 히히히." 울피크가 카치마레크보다 먼저 특유의 웃음을 터뜨렸다. "다른 건 몰라도 여기 도구는 모자라지 않을걸." 그는 자기가 기대앉은 벽을 고갯짓으로 가리켰다.

카치마레크가 이어받았다. "그리고 팔찌 풀고 나면 울타리 넘어서 기찻길로 들어갑시다. 거기는 사람이 많았던 적이 한 번도 없으니까 지금도 비어 있을 거요." 카치마레크는 되살아난 시체 무리와 마주쳤던 것을 떠올리고 한 번 더 침을 뱉었다. "식료품 창고는 여기서 몇 걸음밖에 안 떨어져 있으니까, 옛날 가스공장 건물 옆이오. 거기 자리 잡고 상황이 다 가라앉을 때까지 기다립시다."

"이 친구 말 잘하네." 공구를 좋아하는 울피크가 동의했다. "잘 둘러봐야 해요. 여기 기계가 잘 갖춰진 수리소가 있을 거요. 금속 절단기나 철사 조각 같은 걸 찾아내면 내가 팔찌 다 열어주지."

"그렇다면 문제 해결이군." 스프리하가 결론지었다. "야쿠자, 당신은 그 도구를 찾아보시오. 신참도 데려가시오." 그가 턱짓으로 카치마레크를 가리켰다. "여기 출신이라 지리를 잘 알 거요."

"난……." 카치마레크가 불확실하게 말을 시작했으나 끝맺지 못했다.

스프리하는 카치마레크가 쳐다보는 쪽으로 시선을 돌렸다가 마찬가지로 얼어붙었다. 철로에 가까운 쪽 건물 귀퉁이, 건물 벽과 지선 옆에 세워둔 트램들 사이에서 움직이는 기척이 보였다. 뭔가 그들에게 다가오고 있었다.

뭔가가 아니라…… 누군가였다.

5

1963년 8월 10일 토요일 05시 45분
1호 교도소, 클렝치코프스카 거리 35번지

여성 사동에서 도망쳐 나온 사람들을 진정시키는 일은 대위가 예상했던 것보다 쉽게 끝났다. 이제 연기가 깔린 하늘에서 폭발한 연료탱크 조각이 더 이상 떨어지지 않았고, 다시 주위가 조용해지자 겁에 질렸던 사람들도 진정하기 시작했다. 눈앞에 제복 입은 교도관들이 나타나자 별 소란 없이 지시를 따랐다. 몇 분이 지나자 D동과 내부 담벽 사이 통로에 눈에 보이게 질서가 잡혔다.

오크루트니는 짧게 인원 점검을 마쳤고 의사 베그네르는 그 기회를 이용해서 사동 벽 아래 앉아 있는 사람들을 가리키며 물었다.

"저 사람들 왜 여기 잡아둔 겁니까?"

대위는 무겁게 한숨을 쉬었다.

"첫째로, 파베웨크 교도관이 돌아오지 않는 한 저쪽 담장이 무너졌는지 아닌지 확실히 알 수 없소. 담이 무너진 경우 사람들을 저쪽으로 보내면 또다시 다들 겁에 질려 전보다 더 통제하기 어려운 소란이 벌어질 수 있소. 두 번째로 이쪽 건물들에 사람들을 배치하면 되는데 도대체 뭐 하러 저 불쌍한 사람들을 이리저리 몰고 다닌단 말이오?" 그는 예배당 쪽을 고갯짓으로 가리켰다. "세 번째로 로예프스키가 X동에서 질서유지 하기 충분히 힘들 텐데 수형자도 아닌 대피자들을 또 떠맡길 수는 없소."

'X'는 교도소 은어로 남성 수형자들을 수감한 사동을 말했다. 이름의 유래는 간단했다. 남성 사동은 포드발레 거리에 있는 2호 교도소와 마찬가지로 십자 모양으로 건설되었기 때문이다.

"여기 머물게 할 생각입니까?" 베그네르가 몇 센티미터밖에 안 되는 턱수염을 지금보다 더 곧게 펴려는 듯 기계적으로 턱을 쓰다듬으며 놀랐다. "어째서요?" 그는 교도소 본관을 고갯짓으로 가리켰다. "저기에 전부 다 넣을 수 있을 텐데요……."

"안 될 겁니다." 대위가 그의 말을 가로막았다. "사실 우리 숫자가 수형자보다 훨씬 적지만 한 가족에 감방을 하나씩 배당하면 대부분의 방에 이제 다섯 명이 아니라 세 명이나 적은 경우 두 명이 들어간다는 뜻입니다. 저 불운한 사람들에게 이제 곧 다른 장소로 옮겨서 더 좁은 곳에서 모르는 사람들하고 같이 지내야 한다고 얘기하고 싶습니까?"

"아니, 그건 아니지만……."

"그러면 선생님은 가장 잘하시는 치료에만 집중하시고 저는 제가 할 일을 하게 놔두십시오."

의사는 고분고분 길을 비켰다.

철문에서 마침 또 다른 민간인들이 달려 나왔지만 많아 봐야 몇 명밖에 되지 않았는데, 분명 교도관 가족들이 주변의 소란을 보고 배정된 방에서 나와 도망자들의 흐름에 합류한 것이 분명했다. 반대쪽으로 가던 교도관들이 대위의 지시를 전달하여 부지 안쪽에서 기다리는 사람들과 합류하라고 명령했고 그 덕에 오크루트니는 이미 갈라져 버린 목을 더 혹사하지 않아도 되었다.

예배당 옆문은 불행히도 더 이상 사용할 수 없었다. 지붕을 뚫은 연료탱크 파편이 건물 위층 일부를 부수었고 수많은 다른 피해도 일으켰으며 마룻바닥이 조각나서 아래로 쏟아졌다. 그 결과 건물 사이 연결 통로와 건물 반대편에 있는 산책장과 마당으로 나가는 길이 파편과 잔해 무더기에 깔려버렸다. 남은 해결책은 단 하나, D동 한가운데를 지나가는 것뿐이었다.

* * *

교도관들이 내부 마당을 구분한 담장 문 양쪽에 서 있었다. 이쪽에서 나갈 수 있는 마지막 열린 문이다. 그들은 그곳에 참을성 있게 서서 오크루트니가 조금 전에 정찰하라고 보낸 그로노프스키와 크루크가 돌아오기를 기다렸다. 건물 안으로는 아무도 들어가려 하지 않았는데, 그곳에는 되살아난 시체 혹은 베그네르 의사가 말하는 대로 '좀비'들이 있을지 모르기 때문이었다. 교도관 중에서 정문 앞에서 일어난 사건을 자기 눈으로 본 사람은 몇 명 되지 않았지만 소문은 직원과 대피해 온 일반인들 사이에 번개보다 더 빨리 퍼져나갔다.

사람들은 소문을 한번 되풀이할 때마다 사실을 마구 부풀리고 변형했으므로 얼마 전에 일어난 충돌이 거의 신화적인 규모로 묘사된 것도 놀라운 일은 아니었다. 이야기 속에서 감염자들은 여러 가지 초인간적인 능력을 얻었다―죽었다가 살아났다는 사실 자체만으로 충분히 충격적이지 않다는 듯 말이다. 게다가 친하게 지내며 존경하던 동료 직원, 조금 전까지 가까이 있던 사람들의 비극적인 죽음은 남은 교도관들의 사기를 여러모로 꺾어놓았다. 교도관들이 너무 충격을 받아서, 대위는 예상하지 못한 폭발 뒤에 많은 시체가 되살아날 텐데 부하들이 우리보다 숫자가 많은 좀비들과 마주치면 어떻게 행동해야 할지 확신하지 못할 정도였다.

교도관들은 질서정연한 준비 태세로 서 있었으나 암울한 표정은 대단히 자신 없어 보였고, 하얀 회반죽을 바른 담장 너머에 있는 좀비들이 벌써 그들의 피와 에너지를 전부 빨아먹은 듯 얼굴빛도 창백했다.

계획에 따르면 선두에 보내진 교도관들이 2층으로 통하는 철문을 닫아 작전이 시행되는 동안 위층을 막아버려야 했다. 최우선 목표는 가장 빨리 그리고 안전하게 건물 반대편으로 나가는 것이었다. 그러려면 산책장이 있는 마당을 지나야 했다. 도망치던 일반인들 나머지가 그곳으로 달려갔는데, 비명 소리로 보아 현재 가장 위험한 곳은 산책장이었다.

마침내 정찰 나갔던 교도관 중 한 명이 문가에 나타났다.

"주변 안전합니다." 그로노프스키가 간단하게 보고했다.

"좋아." 오크루트니는 서슴없이 그로노프스키 쪽으로 가기 시작했다. 나머지 부하들에게 모범을 보여야 했다. "빨리 움직여!"

감옥 건물 안은 유례 없이 조용했다. 교도관들이 걷는 발소리만 머리 위 몇 미터나 높이 달린 천장에 이리저리 부딪치며 울렸다. 교도관들은 더더욱 불안해졌다. 다행히 그들이 향하는 출구까지 거리는 20미터도 남지 않았다.

"거기 여러분!" 대위가 갑자기 고개를 쳐들고 외쳤다. 교도관 몇 명이 시선을 들어 3층 난간 앞에 서 있는 한 무리의 사람들을 보았다. "예배당으로 가는 통로를 전부 막아요! 빨리!"

"뭘로 막아요?" 어떤 노파가 되물었다.

노인은 폴란드의 자기 세대 시민들이 모두 그렇듯이 1, 2차 세계대전의 악몽과 그 사이의 정치적 혼란을 보았고 지금보다 훨씬 더 힘든 상황도 경험했지만 일견 차분한 그 목소리에 두려운 기색이 섞여 있었다.

"보이는 것, 쓸 수 있는 것을 쓰십시오. 그리고 막은 걸 풀 때도 쉽고 빠르게 치울 수 있도록 작업하십시오." 대위는 선두의 교도관들이 이미 바깥으로 나가고 있는 가운데 노인에게 안내했다. "통로 끝 철문은 허리띠나 신발 끈, 헌 걸레라도 좋으니 아무거나 찢어 묶으십시오."

"그러면 도움이 돼요?" 아이 둘을 끌어안은 젊은 여성이 물었다.

"예. 감염자들은 힘이 세고 고통을 느끼지 않지만 조직적으로 움직이지 못합니다. 문을 묶으면 최소한 저희가 돌아올 때까지는 놈들을 막아줄 겁니다." 오크루트니는 이렇게 대답하고 문밖으로 사라졌다.

동쪽 마당은 안마당보다 훨씬 더 컸다. 한가운데 네 개의 사각형 산책장이 있고 그 너머 교도소 모퉁이에 창고와 돼지우리 건물 등이 있었으며—그날 아침에는 꼭꼭 잠겨 있었다—그 뒤로 좁은 순찰로가 이어졌다.

대위는 서로 바짝 붙어 모인 교도관들 사이로 들어가 사방을 주의 깊게 둘러보았다. 동이 터서 하늘이 밝아졌으므로 길이 70미터, 넓이 45미터의 운동장 사방 구석을 다 볼 수 있었다. 눈이 닿는 곳에 의심스러운 인물은 전혀 보이지 않았다. 그러나 그쪽으로 도망쳐 나와 겁을 먹고 움츠린 일반인들을 대위는 일일이 세어볼 생각도 없고 그럴 시간도 없었다. 그보다는 이 상황에서 가장 실현 가능한 계획을 세우는 쪽이 더 중요했다.

주변 사람들은 비교적 평온한 상태였다. 이쪽으로 도망치는 것을 택한 일반인들은 오른쪽에 모여 있었는데, 대부분이 예배당 건물 쪽에서 계속 들려오는 비명 소리에서 최대한 멀리 떨어지려고 산책장 건너편 구석에 가 있었다. 오크루트니의 부하들은 재난의 장소인 예배당 건물 반대편에 있었다.

"저 사람들 전부 건물 너머 저쪽으로 데려가야 한다. 여기 있으면 되살아난 시체들을 다수 마주쳤을 경우 우리에게 방해만 될 것이다." 대위는 잠시 생각한 뒤 결정했다. "선생님." 그는 바로 뒤에 서 있는 베그네르를 쳐다보지도 않고 말했다. "대피한 민간인들을 건물 안으로 데리고 들어가는 일을 맡으십시오. 드보르치크, 자네는 모퉁이 돌아가서 반대쪽 상황 어떤지 보고 와. 나머지는 날 따라온다!"

그들은 감염자와 대치할 때 사용할 만한 갈고리 등 공구를 가지러 창고 쪽으로 향했다. 대위는 민간인들을 대피시키고 상황을 정리하기 전에 미리 무기를 더 장비해 둬야겠다고 결정했다. 이 싸움에서 총기는 쓸모가 없었으므로 좀 더 고전적인 도구에 의존하기로 했다. 산책장을 둘러싼 울타리를 따라 달리다가 대위는 또 다른 발상을 떠올렸다.

"운동장 열쇠 누가 가지고 있나?" 그는 걸음을 늦추지 않고 물었다.

"지우코프스카 상사가 가지고 있습니다!" 건물에서 나온 뒤에 합류한 두 여성 교도관 중에서 한 명이 소리쳐 대답했다.

"지우코프스카 상사 어디 있나?"

"저쪽에 남아 있습니다, 대위 동무."

"가서 데려와, 빨리!" 대위는 왼쪽 첫 번째 문 앞에 멈춰 서서 명령했다.

그 문 열쇠는 그가 작전을 시작하기 전에 신경 써서 미리 사무실에서 가지고 나왔다. 대위는 예상할 수 있는 모든 사태에 언제나 대비하는 사람이었기 때문이다. 지금의 경우 그는 필요한 자원에 빨리 접근하는 것이 가장 핵심이라고 생각했다. 그리고 그 생각은 옳았다.

5분 뒤에 대위는 만족감을 숨기지 않고 고개를 끄덕였다. 소방기구가 충분히 많아서 소방대의 도움 없이 직원들끼리도 충분히 감당할 수 있을 정도였다. 이곳을 처음 사용했던 독일인들은 그 저주받을 지도자의 전쟁 계획만 빼고 다른 모든 것에 대해 무척 주의 깊게 대비해 놓았던 것이 명백했다.

"다시 한번 말할 테니 모두 잘 기억해라." 오크루트니가 한 줄로 나란히 선 부하들을 훑어보며 입을 열었다. "원칙 하나, 절대 물리적으로 접촉하지 않는다. 놈들이 자네들과 접촉해도 안 된다. 한번 스치기만 해도 끝장이다. 정문 앞에 있었던 사람들은 라빈스키와 셍칼라가 어떻게 됐는지 봤을 것이다. 그들의 실수를 되풀이하지 말고 되살아난 감염자들을 붙잡으려 하지 말 것. 원칙 둘, 감염자들은 대단히 끈질기고 실질적으로 죽지 않는다. 어째서 그런지 설명이 불가능하고 나 자신도 이해를 못 하지만 가진 실탄을 다 사용해도 죽일 수 없으니 내 말을 믿어라. 심지어 베그네르 의사도 되살아난 감염자들이 대체 무슨 술수를 써서 심장이나 머리에 총을 맞고도 살아 움직이는지 알지 못하지만, 다행히 훌륭한 전문가라서 우리한테 도움이 될 만한 것을 알아냈다. 되살아난 시체들은 물리적으로 아주 둔하고 지적으로 제한돼 있으니 우리는 두 가지 중요한 강점을 가지고 있다. 바로 민첩함과 지성이다. 그러니

할 수 있는 한 이 두 가지 우위를 활용해라. 요약하면…… 어떤 행동이든 하기 전에 생각하고, 직접 접촉을 피한다. 필요할 경우 후퇴해도 좋지만……." 그는 목소리를 낮추고 마치 어린 학생들에게 하듯 손가락을 위협적으로 움직였다. "조직적으로 퇴각할 것. 겁먹고 흩어지면 안 된다. 그리고 이제 가장 중요한 사안이다. 되살아난 감염자들을 불태울 수가 없는 경우 응급 작전을 가동한다." 그는 몸을 돌려 손가락으로 울타리가 둘러쳐진 산책장을 가리켰다. "놈들을 저기로 몰아넣고 문을 잠그고 열쇠를 버린다. 어떻게 할지 생각하는 동안은 쇠 울타리가 충분히 버텨줄 것이다."

이전까지 그의 말에 고개를 끄덕이며 귀를 기울이던 교도관들의 얼굴이, 운동장 절반을 가로질러 좀비들을 몰고 와서 이 울타리 안에 집어넣어야 한다는 말에 표정이 굳어졌다.

"그게 정말 좋은 방법입니까, 대위 동무?" 누군가 떨리는 목소리로 물었다.

"이미 말했듯이 이건 응급 작전이다. 놈들을 태워버릴 수 없으면 격리시켜야 한다. 임시라도. 그리고 교도소 이쪽 부분에서는 산책장이 격리하기에 가장 좋은 장소. 아니면 감방으로 모시고 가든지." 대위는 손에 잡힐 듯 느껴지는 긴장을 풀기 위해 농담을 했으나 의도했던 성과를 거두지 못했다.

드보르치크가 숨을 헐떡이며 달려와 앞에 섰고 대위는 말을 멈추었다.

"보고드립니다." 카밀 드보르치크가 숨을 몰아쉬며 힘겹게 말했다. "문제가 있습니다. 클렝치코프스카 거리 쪽 마당에 그, 되살아난 놈들이 열댓 명 있습니다. 스무 명이 넘을지도 모릅니다. 사람들이 본능적으로 행동해서, 부상자를 구호하려고 달려가서……."

그가 말을 마치기도 전에 모두 다 상황이 어떻게 됐는지 이해했다.

"그럼 그 비명 소리는?" 오크루트니가 물었다.

"안 그래도 그걸 말씀드리려고 했습니다. 전에 보고드렸던 그 문제입니다. 사람들이 무슨 일이 일어나는지 깨닫고 도망치기 시작했습니다. 그런데 여자 몇 명이 나머지 사람들처럼 예배당 뒤쪽으로 가지 않고 연결 통로 앞에 숨었습니다. 그 여자들이 비명을 지르는 겁니다. 옴짝달싹 못 하게 됐지 말입니다. 부상자들을 화단으로 옮기는 바람에 감염자들이 화단 전체를 차지해서 여자들이 도망칠 유일한 길을 막아버렸습니다."

"잠깐." 대위가 숨을 헐떡이는 교도관에게 몸을 기울였다. "좀비가 여자들을 공격하지 않는다고 말하려는 건가?"

"직접 목격한 사람들 말이 되살아난 시체들은 죽었다 살아난 자리에 붙어 있다고 합니다."

"도망치는 민간인들 쫓아가던 놈들은?"

"어느 순간 멈췄습니다……. 마치 길을 잃은 것 같았습니다."

"그럼 그 여자들은 왜 감염자들을 피해서 달아나지 않지?"

"한 여자가 말씀대로 그렇게 했습니다. 대위님도 아실 겁니다. 자네트카, 우리 교대조 소속입니다……." 드보르치크는 자네트카의 성을 떠올리려 기억을 더듬었다.

"크라프추고?"

"예. 감염자를 피해서 가려고 했는데 몇 걸음 거리 정도 가까워지니까 놈들이 갑자기 그쪽으로 덤벼들었습니다. 마치 자네트카를 보았거나 냄새를 맡은 것 같았습니다."

"그래서……?"

드보르치크는 이후에 일어난 일이 너무 자명해서 굳이 늘어놓을 필요가 없다는 듯 어깨를 으쓱해 보였다. 그러나 대위의 날카로운 눈빛을 보고 드보르치크는 다시 입을 열었다.

"그래서 자네트카가 깜짝 놀랐습니다. 처음에는 겁먹었다가 싸우기 시작했습니다. 놈들이 저기에서, 담장 아래에서 자네트카를 덮쳐서……." 드보르치크는 고개를 숙였다. "이제는 자네트카도 그렇게 됐습니다. 하지만 사람들이 자네트카라고 말해주지 않았다면 저는 알아보지 못했을 겁니다. 놈들이 여길 다 물어뜯어놔서……." 드보르치크는 양손으로 얼굴, 가슴, 배를 쓸어 보였다. "다른 여자들도 다 봤으니까 당연히 아무도 연결 통로 아래에서 움직이려 하지 않는 겁니다. 그런데 저 망할 놈들은 점점 더 팔팔하게 살아나는 것 같습니다, 이렇게 말해도 되는지 모르겠습니다만. 몇몇은 몸이 무너져 떨어지기 시작했습니다. 당장이라도 아무나 너무 가까이 가면……."

"여기 있게." 대위가 그에게 명령했다. "지우코프스카 상사를 기다렸다가 상사가 오면 가장 가까운 산책장을 열어달라고 해."

"산책장 말입니까?" 드보르치크는 응급 작전에 대해 듣지 못했기 때문에 눈을 크게 떴다.

"그래. 놈들을 태워버릴 수 없다면 철문 안에 가둬둔다." 오크루트니가 말하고 모퉁이 쪽으로 걸음을 옮겼다. 모퉁이 너머 감옥 안에는 여자 수형자들이 기다리고 있었다.

6

1963년 8월 10일 토요일 05시 45분
트램 차고지 2호, 스워비안스카 거리 16-30번지

그들은 셋이었다. 마치 죽음처럼 조용히 그들은 벽 모퉁이 뒤에서 차례로 빠져나왔다. 스프리하는 사람들이 어색하게 움직이는 모습을 보고 굳어졌지만 동료들이 도망치려고 땅에서 일어서기 전에 앞을 가로막고 외쳤다.

"멈춰!"

스프리하는 뭔가 눈치챘는데, 나머지 사람들은 확실히 못 보고 지나친 것이다. 가까이 다가오는 남자들은 그들처럼 등 뒤에서 양손에 수갑을 차고 있었다. 그들은 트럭을 둘러싼 자들과 같은 살아 있는 시체가 아니었다. 같은 감방 동료들이었다. 차고지 반대편으로 도망쳤거나 커다란 차고 안에 숨었던 사람들이다. 나머지 탈주자들은 두목의 날카로운 목소리를 듣고 멈추었다. 다가온 남자들은 땅에 박힌 듯 우뚝 섰는데, 스프리하에게 이것은 그들이 살아 있다는 또 하나의 증거였다.

"봤지?" 그가 불안감을 감추며 야비하게 웃음을 터뜨렸다. "우리 편이다!"

스프리하는 십수 미터 거리에서 얼어붙은 듯 멈추어 선 남자들을 불렀다. 그들이 가까이 다가오자 어렵지 않게 얼굴을 알아볼 수 있었다. 선두에 선 것은 크시슈토프 그젤라크라는 인물인데 한때 운전사, 즉 택시 기사였다. 돈은 잘 벌었지만 씀씀이가 커서 언제나 돈이 부족했다. 그래서 돈을 더 벌고자 했는데 택시 일로는 한계가 있어서 손님들을 털기로 했다. 그는 독버섯즙을 바른 박하사탕을 준비해서 밤에 시내에서 타는 손님들에게 나눠주었다. 지갑이 두둑한 숙녀들, 주머니가 가득한 아저씨들에게 말이다. 시체는 금품을 털고 나서 교외에 버렸는데 주로 다리 위에서 던지는 일이 많았다. 그렇게 최소한 일곱 명을 저승으로 보냈는데 굉장히 멍청하게 걸려버렸다. 그의 아내가 피해자에게서 뺏은 목걸이를 발견하고는 언제나 얼굴을 찡그린 자신의 남편이 외도를 하고 있는 게 분명하다고 믿었다. 같은 건물에서 유일하게 자동차를 소유한 (그리고 남편이 밤에 택시 운행을 하러 나갔을 때 자주 어울렸던) 이웃에게 며칠만 저녁에 따라다니면서 간통 현장을 잡아달라고 부탁한 것이다. 이웃 남자는 연인이 이혼하고 자기한테 오면 좋으니까 미행에 착수했으나 그젤라크 씨의 밀회 현장이 아니라 다음 피해자의 시신을 유기하는 장면을 발견해 버렸다. 그 뒤가 어떻게 됐는지 짐작하기는 어렵지 않다.

"다들 어디 있었소?" 스프리하가 물었다.

"우리가 뭘 찾았는지 물어보는 게 나을걸." 그젤라크가 이를 드러내고 웃으며 대답했다.

미소는 그의 권투선수 같은 얼굴에 딱히 어울리지 않았다. 최소한 스프리하의 의견은 그랬다.

"괜한 추측은 안 하겠소." 스프리하가 조용히 대답했다.

"밀주라도 찾아냈나?" 마루트가 관심을 보였으나 스프리하의 무서운 눈초리를 맞고 곧 조용해졌다.

"또 누가 상상의 나래를 펼치기 전에 빨리 말하시오." 스프리하가 그젤라크에게 말했다.

"저기 왼쪽, 울타리가 휘어지는 곳 뒤에 옆문으로 나가면 작은 건물이 있는데 아마 사무실 같소." 그젤라크가 말하기 시작했다. "작지만 제법 높고 창문은 전부 쇠창살이 달려 있소. 문은 내가 본 곳 딱 한 군데요. 숨어 있기에 제일 좋은데 불행히도 선점당했지. 안에 누가 있소. 창문 한두 개에 계속 불이 켜져 있소. 천장에 어른거리는 그림자도 봤고."

"팔찌 풀 도구부터 찾아내고, 5분이면 놈들 다 내쫓을 수 있소." 그젤라크 등 뒤에 서 있던 바르테크 야니체크가 말했다. 그는 아이들을 치료하는 재활치료사였는데 이상한 취미가 있었다. 불을 좋아했던 것이다.

근무 시간이 끝나고 그가 스트레스를 푸는 방법은 교외를 돌아다니며 헛간이나 다른 농업용 건물에 불을 지르는 것이었다. 운 나쁘게도 여덟 번째인지 아홉 번째로 눈에 띄지 않는 작은 건물을 골랐는데 불 지르기 전에 안에 사람이 없는지 확인하지 않았다. 그렇게 그는 낡은 돼지우리뿐 아니라 직업학교에서 실습하러 온 젊은 사람 네 명까지 잿더미로 만들어버렸다. 이 젊은이들은 싸구려 포도주를 실컷 마시고 동네 미혼 여성 두 명과 놀다가 그곳에서 밤을 지내려 했던 것이다. 경찰은 버려진 시골 움막 방화 사건 같은 기물 파괴에 대해선 대체로 민첩하지 않은 편이었는데 이번만은 신속하게 수사해서 브로츠와프로 돌아가는 야간 시외버스를 탄, 이상한 웃음을 짓던 승객의 몽타주를 상당히 빠르게 제작했다. 그리고 그 뒤로는 모든 게 일사천리였다……

"진정하시오." 스프리하가 그를 막았다. "그자들이 당신을 봤소?"

"내가 보기엔 아니오." 그젤라크가 두 번 생각하지 않고 대답했다.

"문이 잠겨 있는지 확인하진 않았소?"

"그럴 필요가 없었소. 안에 방범창이 있었소. 쇠살대가 단단하고 빗장이 아니라 자물쇠로 잠그는 그런 거 말이오."

"알겠소." 스프리하는 생각에 잠겨 아랫입술을 지그시 깨물었다. "그거 분명 여기 직원들이오. 무슨 일이 벌어지는지 알아채고 제일 안전한 곳으로 도망친 거요. 여기로 들어오는 정문에 경비 초소가 있지만 비어 있었지, 맞소?" 그것은 그저 형식적인 질문이었다.

"정문 반대쪽에도 아무도 없소." 피오트르 즈고젤스키가 입을 열었다. 새로 온 남자들 중 세 번째였는데 나이는 가장 많았고 머리를 짧게 깎고 턱수염은 허옇게 세고 안경을 꼈다. 바로 얼마 전까지도 자기 가게를 경영하며 불법 밀주를 팔아 소박한 노후 자금을 마련하던 사람이었다.

그와 협동하던 일당은 피오트르보다 훨씬 더 양심이 없는 집단이라 한번은 아무것도 모르는 피오트르가 고객에게 진짜보다도 훨씬 더 품질이 조악한 발틱* 보드카를 팔았다. 이것은 그 자체로도 큰일이었지만 피오트르가 잡힌 이유는 가짜 보드카의 흉악한 맛 때문이 아니라 그 안에 든 메탄올로 인해 열한 명이 실명하고 세 명이 보드카를 마신 바로 그날 밤에 사망했기 때문이다. 게다가 피해자들이 변두리의 약자들이 아니었기 때문에—그중에는 심지어 유명한 변호사도 한 명 있었다—욕심 많은 가게 주인의 운명은 정

---

* 공산 폴란드 시대를 풍미했던 보드카 상표다. 석유 맛이 난다는 등 악평 일색이었다.

해진 것이었다.

스프리하는 북서쪽에서 차고지에 접근할 수 있는 문이 하나 더 존재한다는 사실을 마지못해 받아들였다. 그 문이 없다 쳐도 차고지가 그렇게까지 안전해 보이지는 않았기 때문이다. 접근 경로가 너무 많고 바로 옆에 큰 주거용 건물이 맞닿아 있었다……. 그는 짧은 순간 사무실 건물 안에 있는 사람들을 당장 처치할까 궁리했으나, 생각 끝에 이전 계획대로 카치마레크가 말한 식료품 창고에 최대한 빨리 가는 쪽이 낫겠다는 결론을 내렸다.

"차량 수리소 같은 건 못 봤소?"

"차고지 건물 저 안쪽에 기계가 몇 대 서 있던데, 왜?" 그들 중에서 오직 그젤라크 혼자만이 나머지 사람들처럼 옆으로 빠져나가는 대신 곧바로 건물 안으로 도망쳐 들어갔었다.

"잘 됐군." 야니체크가 기뻐했다. "팔찌 끊고 사무실 점거하러 갑시다."

"안 돼!" 스프리하가 한마디로 그를 제자리에 도로 앉혔다. "수갑 벗고 원래 계획대로 철로 너머에 있는 식료품 창고로 갈 거요. 여기는 내가 보기엔 너무 열려 있소."

"사무실도 철로에 가까워요." 그젤라크가 자기 생각을 옹호했다. "문도 하나고 창문에는 창살도 있소. 확실한 은신처요."

"확실할지 몰라도 거기서 일주일 넘게 버텨야 한다면 대체 뭘 먹고 살 거요? 자기 오줌이라도 마실 거요? 이보쇼, 여기 우리……." 스프리하는 여전히 의식이 없는 마그지아레크까지 전부 합쳐서 세었다. "……열세 명이오. 그 사무실에 이 인원이 다 버틸 만한 음식은 절대 없을 거요."

'내가 먹을 음식도 없겠지.' 그는 죽은 사람이 다시 살아난다는 사실을 떠올리고 조금 슬프게 생각했다.

나머지 사람들도 말없이 고개를 끄덕였다. 당장은 아무도 배가 고프지 않았는데, 교도소에서 아침 식사를 한 뒤로 시간이 많이 지나지 않았고 설령 아침에 아무것도 먹지 않았다 해도 그대로 오후나 심지어 저녁까지도 버틸 수 있을 것이었다. 다음 날도 그렇게까지 배가 고프지 않을 수도 있지만 그 뒤에는……. 그들 모두 원할 때마다 자기 마음대로 음식을 먹을 수 없었던 시기를 생생히 기억하고 있었고, 그것은 즐거운 기억이 아니었다.

"절단기를 찾지." 스프리하가 내뱉었다. "아니면 금속용 줄칼이라도 찾아서 수갑을 해결합시다."

그들은 잠시 논의한 뒤에 뒷길을 택했는데, 근처 거리로 돌아가서 여전히 나머지 호송차 세 대에 갇혀 도움을 기다리는 동료들을 도와주겠다는 사람이 스프리하밖에 없었기 때문이다. 그러나 스프리하도 이미 달갑지 않은 상황을 더 악화시키지 않기 위해 다수의 뜻을 따랐다. 이 사람들이 얼마나 쉽게 무너지는지 그는 알고 있었고, 그래서 그런 상황은 피하고 싶었다. 특히 진짜 자유가 눈앞에 있는 지금은 더욱 그러했다. 그래서 그는 고집부리지 않고 그젤라크의 말에 따라 줄 끝에 서서 여전히 의식이 없는 마그지아레크를 끌고 가는 카치마레크 바로 뒤에서 담장을 따라 걸었다. 마그지아레크 혼자만 수갑을 차지 않았으므로, 만약에 깨어난다면…….

캉가세이루의 상처투성이 얼굴을 한 번 보고 스프리하 대위에게 얻어맞은 마그지아레크가 부어오른 눈을 뜨고 무슨 일인지 이해하려면 아직도 시간이 한참 더 지나야 한다는 사실을 알았다.

차고지 건물 뒤쪽 담에는 철문이 있어서 수리가 필요한 트램 차량들이 두 개의 크지 않은 수리소로 나갈 수 있었다. 그 문을 통해 그들은 수리소로 나갔고 깊은 어둠에도 불구하고 상당히 빠르게 별관으로 통하는 길을 찾아냈으며, 그 별관 1층에 그젤라크가 말한 기계공들의 작업장이 있었다. 그곳에 공구가 다 있었다. 선반, 축융기, 드릴 등 갖가지 사회주의 기술의 결정체들이 늘어서 있었는데 스프리하는 그 이름은 고사하고 용도조차 알 수 없었다.

금속 절단기는 컸고, 무쇠 받침대로 보아 아마 독일인들이 남기고 간 물건 같았으며, 다양한 공구 세트 전체가 놓인 작업대 가장 구석에 있었다. 남자들은 그 앞에 반원형으로 모여 서서 마치 비웃듯이 튀어나온 레버 손잡이를 바라보면서 표정이 점점 식어갔다. 이런 절단기는 정말로 단순한 도구였다. 주둥이에 절단하려는 쇠를 물리고 50센티미터 길이의 레버를 당기면…… 끝이다.

그러나 등 뒤로 양손에 수갑을 찬 사람이 아무리 몸을 구부려도 손을 허리 위로 올릴 수 없는데 대체 어떻게 이 절단기를 사용한단 말인가?

"이젠 어떻게 합니까, 대장?" 페레크가 울 듯한 목소리로 물었다.

나머지 사람들도 마치 여기서 냉정하게 생각할 줄 아는 사람은 스프리하밖에 없다는 듯 기대에 찬 눈으로 그를 바라보았다. 스프리하는 기분이 좋았지만 동시에 평생 처음으로 그럴듯한 답변을 즉각 내놓을 수 없어서 불안해졌다.

"야쿠자……." 그가 울피크에게 말했다. "당신이 기계공이니까 무슨 말이든 해봐요."

스프리하보다 키가 조금 더 크고 머리부터 발끝까지 문신한 울피크는 어쩔 줄 모르며 입술을 깨물었다.

"해결책은 하나뿐이오." 그가 오랫동안 궁리한 끝에 선언했다. "작업대 위로 올라가서 저 레버 끝에 매달려야 해요. 몸무게 때문에 레버가 넘어가면서 절단기가 작동할 거고 처음 한 명만 수갑을 끊으면 나머지는 쉽겠지, 히히히."

"좋은 생각이오." 스프리하가 주위를 둘러보았다. "저 쇳덩어리를 작업대 쪽으로 밀어서 작업대하고 평행하게 놓읍시다." 그는 가까운 작업대를 가리켰다. "다 같이 하면 어렵지 않을 거요."

"그다음에는?" 언제나 그렇듯이 눈치가 느린 마루트가 물었다.

"카치마레크가 체격이 적당해요." 스프리하가 지명했다. "카치마레크가 작업대 위에 올라가서 몸을 굽혀서 레버 위에 누울 거요. 울피크의 팔찌를 끊고, 그러면 손이 자유로워지니까 나머지 것들은 빨리 열면 되겠지. 괜찮을 것 같소?" 그는 옆에 서 있는 울피크에게 웃음 지어 보였다.

"누워서 떡 먹기지, 대장. 누워서 떡 먹기야. 뭘 하라는 건지 한 번 보고 나면 철사 조각으로도 충분해요. 히히히." 울피크가 신나는 듯 웃었다.

7

1963년 8월 10일 토요일 05시 55분
1호 교도소, 클렝치코프스카 거리 35번지

상황은 나빴다. 오크루트니가 예상한 것보다 훨씬 나빴다.

서른 명이 넘는—확실히 하기 위해 두 번이나 세었다—되살아난 시체들이 화단 전체를 돌아다녔다. 그중 정확히 다섯 명이 지금 외부 담장을 따라 이어진 차로 한가운데 피와 내장 웅덩이 위에 서 있었다. 대위는 자네트카 크라프추고 교도관, 더 정확히는 좀비들이 잡아 뜯고 남은 결과물을 보고 얼굴을 찡그렸다. 자네트카의 얼굴에서 남은 부분은 오른쪽 볼 윗부분과 지금은 완전히 하얗게 변한 한쪽 눈뿐이었다. 나머지 부분은 뜯겨 나온 뼈다귀로 변해 찢어진 제복 상의를 피로 흠뻑 적시며 매달려 있었다. 몸통도 그다지 좋아 보이지 않았다. 죽지 않은 시체 둘이 자네트카의 배를 갈라 곰이 물고기를 먹을 때처럼 내장을 전부 쏟아놓았다. '저놈들 정말로 초인적인 힘을 가졌군.' 오크루트니는 거대한 상처에서 튀어나온 갈비뼈를 보면서 생각했다. '뼈가 아니라 막대기처럼 꺾어버렸어······.' 대위는 몸을 떨고 다시 상황을 검토하기 시작했다.

포위된 여성들에게 접근하는 것은, 특히 대위와 교도관들을 전부 합친 숫자보다도 세 배나 많은 죽지 않은 시체들과 충돌하지 않고 다가간다는 것은 불가능했다. 대위는 자기 뒤에 선 교도관들을 흘끗 돌아보았다. 다들 조금 전 문 옆에 있을 때보다 더 창백했다. 그들의 손이 떨리고 관자놀이에 땀이 흘러내리는 모습을 보면서 대위는 부하들이 얼마나 겁에 질렸는지 깨달았다. 정문 앞에서 공격당했을 때는 불시의 기습이었기 때문에 다들 깊이 생각하지 않고 반사적으로 행동했지만 시간이 가면서 누구를, 아니 무엇을 제압해야 하는지 이해한 것이다.

"우리가 더 빠르고 더 영리하다." 대위는 마음속에서 짜낼 수 있는 단호함을 이 말에 전부 실어서 부하들에게 상기시켰다.

교도관 몇 명이 고개를 끄덕였고 두 명 정도는 뭔가 중얼거렸으며 나머지는 전혀 반응하지 않았다. 좋은 징조가 아니었다. 오크루트니는 그래서 부하들을 둘러보았고 특이한 점을 발견했다. 방금 합류한, 지우코프스카 상사 조에 소속된 여성 교도관 두 명이 다른 남자들보다 훨씬 더 결연한 표정을 짓고 있었던 것이다. 대위는 이를 활용하기로 했다. 게다가 마침 새로운 생각이 떠오른 참이기도 했다.

"니스카와 조신스카, 이리 오게!"

두 명은 망설이지 않고 대위의 양쪽에 서서 되살아난 시체 무리 쪽을 바라보며 갈고리의 나무 손잡이를 콘크리트 바닥에 위협적으로 두드렸다. 그들도 나머지 남자들만큼 겁을 먹었지만 어떻게든 공포심을 극복하고, 어쨌든 확신에 찬 겉모습을 보일 만큼 마음을 다잡았던 것이다. 그러나 여성 교도관 두 명의 눈에는 나머지 부하들에게서 대위가 본 것과 똑같은 두려움이 서려 있었다.

"마그다 니스카 교도관, 소방 교육 완료한 것으로 기억하는데, 맞나?"

"예, 맞습니다!" 니스카가 자랑스럽게 몸을 꼿꼿이 세웠다. "우수 수료증 받았습니다, 대위 동무."

"훌륭하다. 그럼 갈고리를 어떻게 쓰는지 알겠군."

"예, 그렇습니다!"

"이렇게 한다······." 오크루트니는 모두 자기 말을 들을 수 있도록 목소리를 높였다. "내가 되살아난 감염자 하나를 꾀어내 보겠다. 저기 저놈." 그는 가장 가까이에서 비틀거리는 누군지 모를 남자를 가리켰는데, 겉모습은 50대로 보였고 아마 어느 교도관의 아버지일 것으로 짐작되었다. "자네들 둘 다 내 뒤에 바짝 붙는다. 내가 신호하면 자네와 내가 저놈을 갈고리로 움직이지 못하게 하고 엘카 조신스카 교도관이 기름 적신 천을 저자에게 던진다. 화톳불까지 끌고 갈 필요 없이 놈을 태운다!"

"예, 알겠습니다!" 두 명이 한목소리로 대답했다.

"쿠클라, 조신스카가 가진 갈고리 받고 기름걸레 넘겨줘! 누가 횃불 가지고 있지?" 그는 주위를 둘러보았다. "스테치, 우리와 함께 간다."

그들은 창고에다 모아둔 남은 기름에 흠뻑 적신 걸레를 한 아름 가져왔고 그 걸레 중 몇 개는 횃불을 만드는 데 사용했다. 나머지 도구와 벤진 두 깡통도 챙겨 왔는데, 만약의 경우 지정한 곳에 불을 내서 되살아난 시체들이 부지 안쪽에 있는 산책장까지 들이닥치는 것을 막기 위해서였다. 하지만 오크루트니는 부하들의 얼굴에 공포감이 점점 커지는 것을 보고 임기응변하기로 했다. 어떻게든 겁먹은 교도관들을 설득해서 포위된 여자들을 구해낼 수 있을 뿐 아니라 죽지 않은 시체 수십 명도 이길 수 있다고 확신하게 만들어야만 했다.

그들은 조심스럽게 움직였다. 대위가 앞장섰으며 여성 교도관 두 명은 1미터 정도 뒤에서 대위의 움직임을 하나하나 따라 하며 뒤쫓았고 가장 끝에 스테치가 기름걸레를 든 여자들과 안전한 거리를 유지하며 따라갔다.

오크루트니는 한 걸음 걸었다가 멈추어 서서 목표물인 좀비가 자신이 움직일 때 반응하는지 확인했다. 지금으로서는 좀비가 그저 느린 속도로 원을 그리며 휘청거릴 뿐 주변에서 무슨 일이 일어나는지 의식하지 못하는 것 같았다. 마침내 대위가 중년 좀비에게서 10미터 남짓 떨어진 곳까지 갔을 때 좀비는 갑자기 몸을 돌려 팔을 앞으로 뻗고 대위를 향해 곧바로 달려들기 시작했다. 소리를 전혀 내지 않고 잠재적인 먹잇감의 존재를 그제야 느꼈다는 듯 돌연히 활발해졌다. 오크루트니는 부하들과 함께 뒤에서 다가갔으니 확실히 자신들을 볼 수는 없었을 것이므로 혹시 이 괴물들이 냄새나 소리에 의지해서 먹잇감을 찾는 것인지 생각했다.

그러나 깊이 궁리하는 것은 나중으로 미루어야 했다. 되살아난 시체가 다리를 점점 더 빨리 움직였기 때문인데, 그래도 상당히 느려서 니스카와 오크루트니가 갈고리를 준비할 시간은 있었다.

"내가 때릴 테니 넘어지는 즉시 자네가 눌러 잡아." 대위가 지시했다.

"예, 알겠습니다!" 마그다 니스카가 갈고리의 나무 손잡이를 더 높이 들며 즉시 대답했다.

대위가 갈고리를 재빨리 발에 걸자 되살아난 시체는 균형을 잃었다. 얼굴부터 땅에 처박으며 나무토막처럼 넘어졌는데도 좀비는 정문 앞에서 쓰러졌던 감염자 두 명이 그랬듯이 신음 한번 내지 않았다.

"지금!"

니스카가 갈고리 손잡이에 몸무게를 한껏 실어 내리눌러서 엎드린 좀비가 움직이지 못하게 했다.

"조신스카!"

"예!"

"기름걸레를 저놈 등에 던져!"

조신스카는 달려나갔으나 망설였다. 찰나의 순간이었지만 대위는 그 모습을 놓치지 않았다. 그러나 대위가 반응을 보이기 전에 조신스카는 기름으로 흠뻑 젖은 무거운 걸레를 콘크리트 바닥에서 몸부림치는 좀비의 등에 던지고 즉시 펄쩍 뛰어 물러서며 라파우 스테치에게 자리를 내주었다.

"후퇴!" 오크루트니는 니스카 교도관에게 신호하고 뒤로 물러섰다.

스테치가 던진 횃불은 큰 포물선을 그리며 엎드린 좀비의 등에 떨어졌다. 대위는 거센 불길이 하늘로 치솟아 한순간 눈이 보이지 않게 되자 눈을 꽉 감고 얼굴을 가렸다. 얼굴과 제복에 가려지지 않은 팔뚝에 펄럭이는 불꽃의 열기가 느껴졌다.

"잘했네." 대위는 나머지 교도관들에게 돌아가서 작전에 참여한 부하들을 칭찬했다. "다들 보았듯이 어렵지 않다. 한 번에 하나씩 처리하면 될······." 대위는 스테치의 표정을 보고 갑자기 말을 멈추었다.

그리고 뒤로 돌았다. 불타는 좀비가 아무렇지 않게 땅에서 몸을 일으키고 있었다. 불길이 그의 몸통과 머리를 완전히 감쌌다. 허옇게 센 머리카락이 악취 나는 연기로 변했고 얼굴 피부가 지글지글 타오르다 터져 조각조각 떨어지며 피부 조직과 뼈를 드러냈다. 그런데도 이 괴물은 마치 술에 취한 채로 자전거 타다 넘어진 사람처럼 평범하게 비틀거리며 몸을 일으켰다. 그리고 타오르는 불기둥 안에서 이전처럼 휘청거렸다. 그러면서 내내 아무런 소리도 내지 않았다……

오크루트니는 입을 벌린 채 그 모습을 바라보았다. 그리고 몸을 떨었다. 불타는 시체가 사람들이 불을 붙이기 전과 똑같이 천천히 터덜터덜 내딛는 걸음으로 움직이기 시작했다. 게다가 더 끔찍한 것은, 이번에는 그들 쪽으로 오고 있었다.

대위는 몇 초가 지난 뒤에야 정신을 차렸다. 뒤에서 움직이지 못하고 서 있는 교도관들을 보고 그들의 얼굴에 공포보다 더 커다란 어떤 것이 나타났음을 알았다. 이 조그만 분대를 계속 지휘하고 싶다면 대위는 대응해야 했고, 그것도 지금, 빨리, 단호하게 해야만 했다. 무슨 말을 해도 이제는 효과가 없을 것이고, 그러므로 행동하는 수밖에 없었다.

그러나 불조차 두려워하지 않는 이 괴물을 대체 어떻게 해야 한단 말인가?

대위는 혼잣말로 욕설을 내뱉으며 자신을 향해 다가오는 살아 있는—혹은 이미 죽은—기둥을 향해 곧장 걸어갔다. 좀비가 다시 그의 존재를 감지하고 휘청거리는 걸음의 방향을 바꾸며 양팔을 앞으로 뻗었다. 푸르스름한 불길이 타오르는 양팔을 감싸고 춤을 추었다. 짙고 먹물처럼 검은, 견딜 수 없이 심한 악취를 풍기는 연기가 불타는 남자가 움직일 때마다 그 위로 피어올랐다. 오크루트니는 이런 모습도, 부하들의 비명도 신경 쓰지 않았다. 갈고리 손잡이만큼 거리를 두고 다시 다가가서 한 번 더 죽지 않은 시체의 왼쪽 다리를 쳐서 쓰러뜨린 뒤 다리를 넓게 벌리고 서서 갈고리를 쳐들었다가 잘 겨냥해서 강하게 내리쳤다. 처음에는 쓰러진 시체의 어깨 관절 한쪽을, 이어서 다른 쪽을 꿰뚫었다. 되살아난 시체는 정문 앞의 감염자들이 그랬듯이 이제야 비로소 움직이지 않게 되었다. 그러니까 무릎을 공격해서 다리를 꺾는 것은 그저 한 단계일 뿐이었다.

"민첩함과 계획된 행동!" 오크루트니는 교도관들을 향해 돌아섰다. "그렇게 놈들을 해치운다."

박수와 환호는 없었지만 몇몇의 얼굴에 창백한 미소가 떠올랐다. 부하들은 불타는 좀비를 피해 대위 주변에 모였다. 대위는 아직도 죽지 않은 시체들이 돌아다니는 화단 쪽으로 향했으나 곧 방향을 바꾸어 외부 담장을 따라 이어진 차로를 목적지로 삼았다. 자네트카와 그녀의 살인자들이 여전히 그곳에 서 있었다. 스무 명이 넘는 좀비를 전부 처리하려면 시간이 너무 걸릴 터였다. 이 때문에 대위는 이 다섯 명을 따로 떼어내서 처리해 일종의 안전 통로를 만들고, 기다리는 여자들이 그곳을 통해 좀비들이 가장 많이 모여 있는 지점을 피해서 산책장이 있는 운동장으로 넘어가도록 할 계획이었다.

그는 좀비에게 불을 붙여 쓰러뜨리는 조금 전의 작전을 되풀이하려 했으나 이번에는 성공하지 못할 거라는 사실을 빨리 깨달았다. 괴물들이 서로 너무 가까이 서 있어서 한꺼번에 둘씩 혹은 셋씩 움직일 위험이 있었다. 그리고 대위의 생각에 잔디밭에서 빙빙 도는 감염병 피해자들과 대적하라고 겁에 질린 부하들에게 강요하기보다는 새로운 계획을 따르는 쪽이 합리적으로 보였다.

잠시 후 대위의 우려가 현실로 나타났다. 가장 가까이 선 좀비들이 잠재적인 먹잇감의 존재를 느끼고 교도관들 쪽으로 움직이자 다른 좀비 둘도 피와 내장 웅덩이 속에서 돌아다니던 것을 그만두고 그들을 향해 다가오기 시작했다.

"세 팀으로 나눈다!" 오크루트니가 명령했다. "니스카, 스테치, 나와 함께 간다." 그는 주위를 둘러보고 나머지 교도관들이 어쩔 줄 모르고 서 있는 것을 발견했다. "그로노프스키, 브조스테크, 조신스카, 자네들이 선두를 맡는다! 쓰러뜨리고 제압하고, 내가 했던 대로 마지막에 불 지른다! 레나르트, 올키에비치, 베드나레크는 끝을 맡는다! 한쪽 팀에 문제가 생기면 나머지가 지원한다! 실시!"

교도관들은 능숙하게 3인 1조로 나뉘어 대위가 가리킨 목적지 맞은편으로 넘어갔다. 끝의 두 팀이 몇 걸음 물러서서 앞 팀 사람들이 도움이 필요하면 즉시 지원할 수 있는 위치로 갔다. 죽었다 살아난 시체들이 여기저기 흩어져 있어서 교도관들은 자유롭게 활동할 공간이 있었다. 오크루트니는 방금 부하들에게 어떻게 해야 하는지 보여주었으므로 문제가 생길 것이라 생각하지 않았다. 그러나 그가 예상하지 못한 한 가지가 있었다······.

그는 이루 말할 수 없이 더럽고 피를 뒤집어쓴 여성 좀비를 선택했는데, 상처의 모습과 특히 부러진 뼈가 튀어나온 양팔을 볼 때 폭발의 잔해에서 구조대원들이 끄집어낸 피해자 중 하나인 것 같았다. 대위는 손에 든 갈고리 손잡이를 꽉 잡아 치켜들고 본보기로 공격을 개시하려 했으나······ 한 걸음도 나아가지 못했다. 갑자기 땅 밑에서 솟은 듯 그의 앞에 스테치가 나타났다. 창백한 얼굴로 몸을 떨며, 좀비들에게 등을 돌린 채 애원하는 어조로 스테치가 중얼거렸다.

"안 돼······."

"자네 돌았나?!" 오크루트니는 우뚝 멈추어 섰다.

당황한 채로 1초, 어쩌면 2초가 지났고, 그것만으로도 죽었다가 되살아난 여자가 라파우 스테치에게 이르는 몇 미터 거리를 다가오는 데 충분했다. 회색 먼지에 덮인 새하얀 눈동자와 광대뼈가 독특하게 튀어나온, 까맣게 굳은 핏덩어리들로 뒤덮인 얼굴이 부하의 등 뒤에 나타났을 때 대위는 대응할 시간이 없다는 사실을 깨달았다. 다음 순간 스테치가 기운을 잃고 무릎을 꿇었다. 죽었다 살아난 여자가 그의 등에 매달렸고 상처투성이 양팔이 미친 듯이 움직이며 두꺼운 제복을 찢으려 했다. 쫙 벌어진 손가락들이 무릎 꿇은 교도관의 등과 어깨를 훑을 때마다 팔뚝의 열린 상처에서 튀어나온 부서진 뼈끝이 거친 소리를 내며 밀려 나왔다.

오크루트니는 눈을 휘둥그렇게 뜬 채로 이 장면을 지켜보았다. 근육 하나라도 움직이면 자신도 감염자들의 먹이가 된다는 사실을 알았기 때문에 손끝 하나 움직일 수 없었다. 누군가 어깨를 세게 잡아당겼을 때야 그는 정신을 차렸다. 머리 위로 여전히 들고 있던 갈고리를 내리며 그는 뒤로 물러섰다.

"저게 뭐야……." 그는 부하의 행동을 여전히 이해하지 못하며 더듬거렸다.

"저 사람 올라입니다." 백지장처럼 창백한 니스카가 중얼거렸다.

"올라가 대체 누구야?" 대위는 질문을 마치기 전에 스스로 답을 떠올렸다.

스테치의 아내다.

눈앞에 있는 저 되살아난 시체들 모두 직원의 가족이었고, 가까운 혈족이 아니더라도 친구나 지인이었다. 그러니 교도소 부지 안에서 상황을 통제하려 시도한다면 어쩔 수 없이 자기 동료들의 부모, 배우자, 자녀와 형제들에게 손을 대야 한다는 사실을 라파우

스테치의 무의미한 '죽음'을 보고 모두가 깨달은 것이다.

뒷걸음질하는 교도관들의 표정을 보고 오크루트니는 이 방법으로는 연결 통로 앞에 갇힌 여자들을 구할 수 없다는 것을 알았다. 그는 화가 나서 갈라진 콘크리트에 침을 뱉었다. '성공이 눈앞에 있었는데. 저 바보만 아니었으면…….' 그는 입 밖으로 치받쳐 나오려는 욕설을 입안에서 씹어 삼켰다.

"후퇴한다." 대위가 명령했다. "도구 챙겨라. 저들이 우리 쪽으로 기어 오지만 못하게 막는다."

그는 쓰러진 시체들이 다시 일어서기 전에 안전한 거리까지 물러날 수 있을 것이라 예상했다. 왜냐하면 이 세 명을 산책장으로 끌고 가는 것만으로도 그곳으로 도망쳐 웅크리고 있는 사람들 사이에 또다시 공황 상태를 일으킬 것이기 때문이었다.

다행히 계획 중에서 그 부분은 아직 그의 눈앞에서 불타버리지 않았다.

* * *

그들은 보일러실 근처 담장 모퉁이에서 다시 모였다.

"좋은 생각 없나?" 오크루트니는 부하들이 그의 앞에 고르지 못한 열을 지어 섰을 때 물었다.

대답을 기대한 건 아니었다. 부하들이 동료의 '죽음'과 그것이 암시하는 여러 가지 일들 말고 뭐든 다른 것을 생각하게 하려고 물었던 것이다.

"불이 꺼질 때까지 기다렸다가 여자들을 반대편에서 대피시켜 보면 될 거 같습니다." 레나르트가 잠시 후에 제안했다.

그의 목소리는 기름 냄새를 풍기는 손보다도 더 떨렸다.

"연료탱크 잔해가 몇 시간이나 더 타오를지 모르잖아." 대위가 비슷한 의견을 내놓기 전에 브조스테크가 쏘아붙였다.

"그럼 건물 위층에서 구조 시도하는 건?" 레나르트는 물러나지 않았다.

아마 다른 누구보다도 레나르트가 조금 전 겪은 비극에서 생각을 돌리고 싶었던 것인지 모른다.

"위층?" 드보르치크가 코웃음 쳤다. "시체 조각으로 대피시키고 싶어? 예배당 건물에는 창살 안 달린 창문이 없어."

"그럼 예배당 안에는?" 레나르트는 절대로 굽히지 않았다.

대위는 이 대화에 귀를 기울이며 천천히 고개를 끄덕였다. 예배당 벽은 거의 완전히 무너졌다. 무너진 벽 옆 마룻바닥이 어느 정도 안정적이라 치고 안으로 밧줄을 던져 넣을 수 있다면…… 아무리 생각해 봐도 레나르트의 제안이 대위의 머릿속에 떠오른 모든 생각에 비해 실행 가능해 보였다.

"드보르치크, 브조스테크, 조신스카." 대위가 교도관 세 명을 불렀다. "여기 남아서 만약에 되살아난 놈들이 운동장 안으로 들어오려고 하면 막아라."

"하지만……."

"'하지만' 하지 마라. 필요할 경우 갈고리로 때려눕혀. 그거 말고는 할 필요 없다." 이 말에 점점 커지던 항의의 목소리가 가라앉았다. "크루크, 레나르트, 나랑 같이 창고 가서 밧줄 가져온다. 나머지는 D동 입구 앞에서 우리가 돌아올 때까지 기다린다."

8

1963년 8월 10일 토요일 05시 55분
트램 차고지 2호, 스워비안스카 거리 16-30번지

스프리하는 수갑에 쓸린 손목을 문질렀다. 울피크는 금방 자기 수갑에서 손을 뺐고 1, 2분 뒤에 모두가 자유로워졌다. 아무도 단두대에 처형되듯이 절단기에 손목을 밀어 넣을 필요가 없었다. 손재주 좋은 울피크가 자기 수갑을 연결한 고리를 끊자마자 가느다란 철사 조각을 꼬아 열쇠처럼 사용해서 순식간에 모두의 수갑을 풀어준 것이다.

스프리하는 동료들을 훑어보며 인원을 세었다. 눈앞에 열두 명이 있다…….

'12인의 성난 사람들.' 그는 유명한 미국 영화 제목을 떠올렸다.*
'그렇지, 지금부터 우리가 새로운 세상의 재판관이 된다.'

다만 그중 한 명, 그젤라크와 야니체크를 따라온 젊은 남자는 모르는 사람이었다. 스프리하는 젊은 남자를 주의 깊게 살펴보았다. 청년은 그들 중에서 가장 어렸고 달걀형 얼굴에 불그스름한 수염이 돋았고 둔한 표정을 짓고 있었다.

---

* 「Twelve Angry Men」. 1957년 제작된 법정 영화다.

"이름이 뭔가?"

"저……." 청년이 힘겹게 더듬거렸다.

"그래, 너."

"야……레크."

"그건 이름이고, 성은?"

"모…… 모라비에츠."

"말 더듬나?"

"아뇨."

"뭣 때문에 들어왔어?"

"죄 없어야." 당황한 청년이 중얼거렸다.

"우리 모두 죄 없지." 울피크가 끼어들었다.

이 짧은 몇 마디를 주고받은 것만으로 스프리하는 이 청년이 나머지 사람들과 어울리지 않는다고 확신하게 되었다. 그가 보기에 청년은 새로운 갱의 가장 약한 고리였는데, 그들의 세계에서 약한 고리가 설 자리는 없었다. 살아남고 싶으면 이 애송이처럼 더듬거릴 수는 없었다.

"죄목이 뭐야?" 스프리하는 물고 늘어졌다.

"겸들 말이 내 헐망하재를 질디야." 야레크가 고개를 숙이고 웅얼거렸다.

"뭐라고?!"

"괜찮아, 친구. 내가 얘기할게." 울피크가 친밀하게 청년의 어깨를 두드렸다. "이 친구 말은, 할머니하고 삼촌을 죽여서 들어왔다는 거요."

"대체 그게 어느 나라 말이오?"

"우리 말이지." 울피크가 자랑스럽게 어깨를 폈다. "실롱스크 사투리요."

"잘됐군, 잘됐어." 스프리하가 고개를 저었다. "마그지아레크 2호가 들어왔군……." 그는 여전히 의식이 없는 캉가세이루를 바라보았다. 마그지아레크는 술에 취해 세상에서 제일 평범한 망치로 가족 전체를 살해한 혐의로 감옥에 들어왔다. 아내와 두 아이, 장인, 장모와 자기 친조부모까지. 파멸적인 밤에 그의 집에 있던 사람들 전부. 마그지아레크는 평소에도 신경질적인 사람이었고 일자리를 잃고 나서는 보통 때보다 더욱 사나워졌다. 자기 스스로 감방에서 말했듯이 그치들이 푸념하는 걸 더 이상 들어줄 수 없었다. "네가 어떤 범죄를 저지르지 않았는지 기꺼이 들어주겠지만 지금은 시간이 없다. 저 식료품 창고에 가야 해. 누가 비슷한 생각을 하기 전에." 그는 뒷문 쪽으로 갔다. "울피크, 쟤 잘 지켜봐요."

"물론이죠, 대장."

'우리 모두에게 새로운 상황인데도 다들 저렇게 쉽고 빠르게 내 우월함을 인정하다니 놀랄 일인데.' 스프리하는 떠오르는 햇살이 비추는 차량 수리장을 눈에 띄지 않게 빠져나가면서 생각했다. 그룹을 이끄는 카치마레크가 지리를 알았으므로 그는 가까운 위치에 붙어 있으려 했다. 나머지 사람들도 몇 명씩 모인 채 바로 뒤따라왔다. 조용하고 예민하게. 심지어 줄 끝에 서서 계속 의식이 없는 마그지아레크를 끌고 오는 슈치그워도 마찬가지였다. 이 전직 나무꾼은 몇 달 감옥에 들어와 있었는데도 완력은 그대로였고 곰처럼 끈질겼다. 약골은 오지에서 버틸 수 없는 법인데 슈치그워는 비에슈차디 산속에서 세 번이나 작업기간을 채웠다. 하지만 완력만큼 머리가 좋지 못하다는 사실은 나중에 밝혀졌다.

선두에 선 카치마레크가 굵은 쇠사슬과 맹꽁이자물쇠로 단단히 잠긴 철문 옆 시멘트 담벽 아래 쭈그리고 앉았다. 오른쪽에는 나무 몇 그루가 웃자라 있었고 왼쪽은 뭔가 헛간 같은 건물의 벽이었는데 아마 창고인 것 같았다.

"야쿠자!" 스프리하가 울피크에게 자물쇠를 가리켰다.

울피크는 그저 고개만 끄덕였다. 차고지 작업장 서랍에서 찾아낸 금속 절단기가 입을 벌려 쇠사슬을 물었다. 다음 순간 울피크가 거의 1미터 길이의 손잡이에 매달렸고 절단기는 당연히 50밀리미터 굵기의 쇠고리를 쉽게 끊었다.

카치마레크가 놀랄 정도로 조용하고 능숙하게 쇠사슬을 걷어내고 철문을 조심스럽게 열었다. 50센티미터도 안 되는 틈으로 고개만 내밀어 주의 깊게 둘러보더니 뒤를 돌아보지 않고 손짓했다. 길이 열렸다는 신호였다.

스프리하는 차고지 울타리에서 두 번째로 빠져나갔다. 몸을 낮게 숙이고 도둑처럼 기찻길로 달려갔다. 끊임없이 주위를 둘러보았는데, 지리를 전혀 모르면서 이렇게 커다란 열린 공간에 있다는 사실 때문에 계속 등줄기에 소름이 끼쳤기 때문이다. 다행히 시야 안에는 사람의 윤곽이 하나도 보이지 않았고 사실 움직이는 것이 전혀 없었다. 몇 초 더 달려서 그들은 길게 늘어선 갈색 석탄 수송 차량에 닿았다. 그들은 그곳에서 다시 쭈그리고 앉아 카치마레크가 정찰을 마치고 돌아오기를 기다렸다.

카치마레크는 금방 다시 나타났지만 낡아빠진 석탄차들을 연결하는 완충기를 뛰어넘지는 않았다. 차량 반대편에 멈추어 서서 조용히 휘파람을 불며 줄지어 선 석탄차들을 어느 방향으로 돌아서 넘어와야 하는지 손으로 가리켰다. 그들 대부분은 차량 아래 바퀴 사이로 기어서 넘어갈 수 있었지만 그렇게 하면 슈치그워가 마그지아레크와 떨어져 있게 된다. 그렇게 되는 것을 스프리하는 원치 않았다.

철길 뒤쪽은 다시 더 위험해졌다. 이쪽 부분에서 조차장과 창고 시설 사이를 최소한 200미터 거리는 되는 관목숲이 갈라놓고 있었으며 그 뒤로는 왼쪽으로 둥근 지붕의 커다란 건물 두 채가 솟아 있었다. 오른쪽으로는 멀리 독특한 말발굽 모양의 증기기관차 차고가 있는 것을 스프리하는 알아보았다.

"이젠 어디로 가죠?" 화단 앞에 모두 멈추어 서자 카치마레크가 물었다.

그리고 그는 관목숲을 가리켰다.

"식료품 창고는 저기예요. 곧장, 지선 바로 뒤."

"먼저 가시죠." 스프리하가 예의 바르지만 명백하게 강압적인 몸짓으로 팔을 뻗었다.

카치마레크는 침을 꿀꺽 삼켰다. 이제까지는 모든 일이 매끄럽게 진행되었으며 주변에 죽었다 되살아난 짐승은 하나도 없었다. 그러나 웃자란 관목 안으로 들어간다는 것은 잠시 아무것도 못 보게 되는 동시에 부스럭거리는 소리를 많이 내게 된다는 것을 의미했다. 그렇다고 관목숲을 피해 돌아서 가면 시간이 너무 많이 걸리고 철도 근무자들이 자주 오가는 장소에 가까워지는데, 누군가는 감염되었을지도 몰랐다.

카치마레크는 겁쟁이가 아니었다. 심지어 위험을 감수하는 것을 즐겼지만—그래서 결국은 교수대를 눈앞에 두게 되었던 것이다—이날은 저 나뭇잎 사이로 들어가지 않을 수만 있다면 뭐든지 내주었을 것이다. 불행히도 스프리하는 그에게 다른 선택의 여지를 주지 않았다. 그래도 혹시……

"대장, 지리를 아는 건 나밖에 없어요." 카치마레크가 목소리를 낮추어 말했다. "나한테 무슨 일이 생기면 그 식료품 창고를 어디 가서 찾아야 하는지 아무도 모를 거요."

"저기 바로 앞에 있다고 했잖소." 스프리하가 건조하게 대답했다.

"바로 앞이니까. 하지만 문제는 철도 부지 안에 건물이 최소한 스무 채는 있다는 거요. 창고 건물을 찾아낼 때까지 시간을 아주 많이 허비할 거고 그런다고 성공할지도 알 수 없소. 게다가 지나치게 소란 피우지 않고 안으로 들어가려면 어떻게 해야 하는지도 나만 알아요. 대장도 아마 굳이······."

스프리하는 손을 들어 그의 말을 막고 뒤에 있는 나머지 사람들을 돌아보았다.

"너, 무죄." 그가 야레크 모라비에츠에게 시선을 집중하며 말했다.

"나?"

"그래, 너."

청년은 울피크에게 살짝 떠밀려 스프리하에게 갔다.

"이 밑으로 기어서 반대편으로 나가, 천천히 조심해서. 그 걸어 다니는 시체들이 저쪽에 없는지 확인하고 이쪽으로 돌아와라, 알아들어?"

"나."

"그래, 너······."

"대장, 얘가 '네'라고 한 겁니다." 울피크가 친절하게 끼어들었다.

"댁의 고향 말로 '야'가 '나'고 '나'는 '네'인가?" 스프리하가 확인했다.

"나……."

몇 번 더 떠밀려 모라비에츠는 관목숲으로 향했다.

"잘해라, 형제."

청년은 바짝 마른 입술을 핥고 모여 앉은 도망자들을 바라보고는 재빨리 성호를 그은 뒤에 두 개의 관목 덤불 사이로 들어섰다. 상당히 오랫동안 부스럭거리는 소리가 멈추지 않았고 그런 뒤에 잠시 조용해졌다가 또다시 익숙한 소리가 들려왔다.

"어떤가?" 모라비에츠가 관목 사이에서 고개를 내밀자 스프리하가 물었다.

"금물드 혼두 음고 증관차 빈 데 슈."

스프리하는 무기력하게 양팔을 벌렸다.

"누가 알아들을 수 있는 말로 통역해 주시오."

"저쪽에 증기기관차가 있는데 주변에 그 괴물들은 하나도 없다는 거요." 울피크가 당장 설명했다.

"그렇다면 우리 젊은 무죄 살인범한테 내가 감사한다고 전해주시오."

스프리하는 울피크가 쉰 목소리로 자기 고향 말을 몇 마디 내뱉고 청년이 남자들 사이에 도로 들어와 앉을 때까지 기다렸다가 신호했다. 이번에는 네린크와 마루트가 선두에 섰는데, 둘 다 트램 차고지에서 가져온 경비용 손도끼로 무장하고 있었다. 잠시 후 그들은 장엄한 검은 증기기관차에서 한 20미터 정도 떨어진 조용한 지선으로 전부 다 넘어가 있었다.

귀에 들리는 것은 침묵뿐이었다. 이렇게 아름다운 아침에 지저귀고 있어야 할 새들조차 하늘에서 사라지고 없었다. 주위는 완전한 정적이었다.

"어느 건물이지?" 스프리하가 전부 비슷비슷하게 생긴, 창문에는 창살이 있고 거의 편편한 옥상은 지붕용 펠트로 덮인 1층짜리 벽돌 건물들을 둘러보며 물었다.

"저거요." 카치마레크가 크기로는 두 번째 정도 되는 건물을 가리켰다. "하지만 저쪽으로 돌아서 가야 해요……." 그는 손을 왼쪽으로 뻗어 옆 건물 너머를 가리켰다.

"어째서?" 스프리하는 물으면서 화물차에서 내린 화물을 운반하는 경사로와 거기에 이어진 거대한 미닫이문을 바라보았다. 문마다 커다랗고 석탄처럼 까만 맹꽁이자물쇠가 달려 있었다.

"지붕으로 올라가려고." 카치마레크가 설명했다.

"이봐." 스프리하가 반대했다. "야쿠자가 금속 절단기를 가지고 있소. 그걸로 저 자물쇠를 자르면……."

"대장!" 카치마레크가 즉시 그의 말을 가로막았다. "여기를 우리 은신처로 삼으려면 입구가 열린 채로 두지 않는 게 낫소. 안 그러면 저 죽었다 살아난 괴물들이 마음대로 들이닥칠 테니까."

"옳으신 말씀." 계속 겁에 질려 있던 페레크가 맞장구쳤다.

몇몇 다른 도망자들도 고개를 끄덕여 동의하는 뜻을 표했다. "그렇지." 스프리하가 체면을 지키려 애쓰며 비웃는 어조로 대답했다. "하지만 어렵지 않게 저 문을 확보할 수 있는데 어째서 건물 사이로 들어가는 위험을 감수해야 하지?" 그가 덧붙였다. "안에 들어가고 나서 쇠사슬이나 굵은 철사 같은 걸 찾아 문고리를 감아버리면 되잖아." 그는 이와 비슷하게 생긴 철문을 잠그는 기제가 어떻게 생겼는지 알고 있었다. 자기 피해자 몇 명을 가게가 아니라 이곳과 같은 독일식 건물인 시(市)영 도매 창고 안으로 꾀어냈기 때문이다. "야외에서 시간을 보낼수록 저 빌어먹을 괴물들한테 들킬 위험만 커지잖아." 그는 가까운 증기기관차 차고를 가리켰는데, 이제는 그 주변에서 어두운 남색 작업복 차림의 형체들이 돌아다니는 모습이 더 분명하게 보였다.

그의 말에도 도망자들이 고개를 끄덕였으며 그것도 기꺼이 동의하는 모습을 보고 스프리하는 속으로 기뻐하며 어려운 상황에서 빠져나왔다고 확신했다.

"난 아무래도 좋소." 카치마레크가 물러섰지만 어조로 보아 속으로는 자기 의견을 고집하는 것이 분명했다.

스프리하는 그의 어깨에 손을 얹었다.

"당신 의견이 낫겠다고 생각하면 우리도 그렇게 하지." 그는 처음부터 카치마레크의 계획이 더 낫다는 사실을 알면서 이렇게 말했다. 저 자물쇠는 확실하게 되살아난 시체들을 막아주겠지만 철사는 아무리 굵어도 그런 보장이 없었다.

"다 좋은데, 캉가세이루는 어떡하지?" 슈치그워가 계속 의식이 없는 마그지아레크를 가리키며 목소리를 낮추어 물었다.

"창고 안에 밧줄 같은 게 분명히 있을 테니까 자기 힘으로 깨어나지 않으면 그걸로 끌고 들어가야지. 그래도 되겠소, 여러분?"

이번에는 거의 모두 그의 말에 동의했다. 심지어 조그만 목소리로 '나'라고 대답하는 말도 들린 것 같았다.

그들은 전보다 더욱 조심하면서 마지막 기찻길을 넘어갔다. 카치마레크는 그들을 낮은 건물의 회반죽을 입히지 않은 담장 사이 좁은 길로 이끌었으며, 그 끝에 꽉 잠긴 문이 나왔다. 그 뒤로 이어진 길은 2미터 높이에다 꼭대기에 가시철사가 얹힌 철망 울타리로 막혀 있었다. 울피크가 나서서 철망 울타리 몇 군데를 절단기로 잘라내어 이 장애물을 해결했고 그들은 뚫린 구멍을 통해 반대편으로 나갔다. 마지막으로 마그지아레크를 끌고 나와서 그들은 목표물인 창고 건물 뒷벽 앞의 크지 않은 마당에 섰는데, 그곳에는 지붕으로 올라가는 사다리가 갖추어져 있었다.

"열려라, 참깨." 스프리하는 근처에 살아 있든 죽었다 살아났든 사람이 아무도 없다는 것을 확인한 뒤에 만족해서 중얼거렸다.

"참깨는 이쪽 창고가 아니고 건너편에 있을 거요, 대장." 카치마레크가 어리둥절해서 고쳐주었다.

"아이고, 이 친구야!" 스프리하가 고개를 흔들었다. "아무래도 상관없소. 내가 잘못 알았겠지. 난 여기 출신이 아니니까. 우리를 약속의 땅으로 데려가주시오, 친구." 그는 카치마레크의 어깨를 두드린 뒤에 몸을 돌렸다. "여러분은 우리가 들어갈 구멍을 찾을 때까지 여기서 기다리시오." 그가 나머지 도망자들에게 명령했다.

카치마레크는 녹슨 금속 사다리를 능숙하게 올라갔다. 스프리하도 그림자처럼 그를 따라 움직였다. 번들거리는 지붕 공사용 펠트로 덮인 옥상 절반쯤에 가로세로 2미터 크기의 정사각형으로 튀어나온 부분이 있었다. 카치마레크가 곧장 그곳을 향해 움직였다. 자물쇠는 울피크의 금속 절단기로 자르고 둘이 함께 기술자용 출입구 뚜껑을 열고 아래를 내려다보았다.

"시발." 둘이 한목소리로 신음했다.

아래쪽 넓은 선반들은 눈길 닿는 곳마다 전부 텅 비어 있었다.

"대장이 붙잡고 있으쇼." 카치마레크가 지붕용 펠트로 몇 겹이나 감싼 기술자용 출입구의 나무 뚜껑을 받친 각목을 잡으며 부탁했다.

스프리하는 뚜껑 무게에 자기도 모르게 몸을 숙였으나 신음 한번 내지 않았다. 자신이 이끌어야 하는 사람들 앞에서 약한 모습을 보일 수는 없었다. 몇 초 뒤에 그는 다시 숨을 쉴 수 있었다. 그래서 그는 무릎을 꿇고 앉아 고개를 안으로 집어넣었다. 그의 옆에 무릎 꿇은 카치마레크가 트램 차고지에서 가져온 손전등을 비추어 어두컴컴한 창고 안을 훑어보았다. 빛을 비추는 곳 어디나 텅 빈 선반뿐이었다.

"문은 전부 잠겨 있었잖아." 카치마레크는 혼잣말로 중얼거린 뒤 미안한 눈길로 스프리하를 바라보았다. "내 맹세하는데 여긴 항상 식료품이 꽉 차 있었어요. 시영 식료품점의 중앙 창고란 말이오. 화물차가 상품을 싣고 오면 전부 다 여기로 옮겼다고요. 몇 톤이나 되는 음식과 커다란 통에 든 물과……."

"누가 우릴 앞지른 거야." 스프리하가 열기 때문에 끈적끈적해지는 지붕용 펠트 위에 벌렁 누우며 말했다. "무슨 일이 일어나는지 알고 있었던 사람이겠지."

9

1963년 8월 10일 토요일 06시 27분
1호 교도소, 클렝치코프스카 거리 35번지

D동이 대성당 내부를 연상시키는 것은 우연이 아니었다. 좁고 길고 아주 높고 무엇보다도 엄청나게 소리가 잘 울렸다. 어둠침침한 성당 안이 그렇듯이 사동 안에서 크게 말할 때마다 엄청난 메아리가 울려 퍼졌다. 그동안 오크루트니는 이것이 거슬린다고 생각해본 적이 한 번도 없었지만, 운동장에서 돌아온 지금은 무거운 작업화가 바닥을 때리는 소리가 몇 겹이나 메아리쳐 울리는 것을 듣고는 등줄기에 소름이 끼쳤다. 그는 위층으로 올라가는 계단 앞에서 걸음을 멈추었다. 통로를 막은 철문을 열라는 명령을 내리기 위해서는 정신을 가다듬어야만 했다.

"그로노프스키!" 그는 부하들이 자신의 망설임을 눈치챘다는 사실에 짜증을 내며 고함쳤다.

아담 그로노프스키가 손에 든 열쇠는 평소보다 더 심하게 쨍그랑거렸다. 그로노프스키는 맞는 열쇠를 찾기 위해 평소보다 오래 더듬거렸고 열쇠를 찾아내자 별로 작지도 않은 구멍에 힘겹게 집어넣었다. 그러나 대위는 아무 말도 하지 않았다. 모두 신경쇠약 일보 직전이라는 것을 그들의 눈과 행동에서 명백히 알 수 있었다.

그러므로 대위는 부하들이 작전 끝까지 버티기만 한다면 쓸데없이 압박하지 않는 쪽을 택했다. 더 큰 사고에 휘말리지 않고 포위된 여자들을 구해내는 데 성공한다면 전환점을 맞이할 수 있을 것이다. 대위는 이 점에 있어 성공을 확신했으며 기대하고 있었다. 부하들이 다시 자신을 믿어줄 것이고 이전의 자신감을 조금이라도 되찾을 것이며 여기에 힘입어 마당의 상황을 평정할 수 있을 것이다.

'되살아난 시체들을 태워버리는 것보다 더 나은 계획을 생각해 낼 수만 있다면 말이지.' 대위는 통로 문이 열리기를 기다리면서 생각했다.

철문이 귀가 아플 정도로 큰 소리로 삐걱거리며 열렸다. 그 소리를 처음 듣는 게 아닌데도 다들 얼굴을 찡그렸다.

"서두르자, 제군들." 오크루트니가 갈고리와 손도끼로 무장한 교도관 세 명을 먼저 올려 보내며 말했다.

바로 이들이 선봉이 되어 만약의 경우 나타날 적들을 제압해야 했다. 나머지는 두 명씩 대위 뒤를 따랐다. 각자 맡은 임무가 있었고 각자 적절한 도구를 가지고 있었다. 계획은 단순했다. 위층으로 올라가서 연결 통로를 지나 예배당 안으로 가서—가능한 경우—잔해 위로 밧줄을 내려서 불길과 좀비 때문에 갇혀버린 여자들을 한 명씩 끌어 올리는 것이다.

연결 통로를 건너갈 때까지 아무 문제도 없었다. 텅 비어버린 사동 안은 고요했다. 감방을 떠나야 한다는 결단을 내리지 못했던 몇몇 대피자들은 대위가 통로 쪽 철문을 막으라고 명령하자 곧 이 층을 떠났다. 자신이 할 수 있는 방법으로 문제를 해결한 것이다. 철문은 가죽 허리띠 두 개와 감옥에서 사용하는 이불보 하나로 묶어 놓았다. 어찌나 단단히 묶었는지 교도관들이 2분 이상 애쓴 뒤에야 매듭을 풀고 일부 무너진 복도로 들어설 수 있었고 그런 뒤에 다시 통로를 막았다. 이번에는 평범하게 철문 자물쇠로 잠가두었다.

여기서부터는 훨씬 더 조심스럽게 천천히 움직였다. 건물에 연료탱크가 떨어져 부서진 부분에는 빛이 없어서 한동안 그들은 손전등에만 의존해야 했다. 잔해로 뒤덮인 복도는 다행히도 인기척이 없었다. 그 복도를 따라 그들은 활짝 열린 예배당 문에 도달했다. 이제 앞장서서 가는 대위가 멈추어 손을 뒤로 돌려 신호했다. 모두 한순간 숨죽이며 귀를 기울였지만 벽 뒤에서는 거리 때문에 희미하게 들리는 여자들의 흐느낌과 무겁게 타오르는 불길이 내는 굉음만이 전해질 뿐이었다. 바람이 연기를 반대 방향으로 밀어내기는 했지만 벽과 그 앞에 있는 행정관 건물, 예배당에도 불꽃이 날아왔다.

오크루트니는 뒤를 돌아보았다.

"쿠클라, 정찰하게." 그가 목소리를 높이지 않고 말했다.

"싫습니다." 이름을 불린 교도관은 고집스럽게 고개를 저었다.

쿠클라는 창백했고 땀을 흠뻑 흘리고 있었다. 무거운 경비용 손도끼 자루를 꽉 움켜쥔 손은 너무 심하게 떨려서 15센티미터 너비의 도끼날이 마치 작동 중인 기계에 달린 날처럼 그의 앞에서 덜덜 흔들렸다.

"부탁이 아니라 명령이다." 대위가 고함쳤다.

"안 가요……." 보이테크 쿠클라가 중얼거렸다. "전 안 가요……."

나머지는 침묵을 지켰다. 대부분 쿠클라보다 상태가 더 좋지는 않아 보였고, 슬프게도 몇몇은 심지어 더 안 좋아 보인다고 대위는 생각했다. 그는 이 겁쟁이 쿠클라의 낯짝에 한 방 먹이고 싶다는 솔직한 심정을 숨기고 갑작스러운 동작을 하지 않으려 신경 쓰면서 천천히 부하들을 향해 돌아섰다. 그들 모두의 운명이 달린 결정적인 순간이 온 것이다. 그는 이 순간을 해방의 날처럼 기다렸는데 예상치 못한 쿠클라의 망설임이 그의 계획을 망친 것도 모자라 안 그래도 흐트러진 나머지 교도관들의 사기까지 꺾고 있었다.

"저 비명 소리 들리나?" 대위는 침을 삼킨 뒤에 물었다.

쿠클라는 고개를 끄덕였고, 그러면서 손도끼가 더 낮게 내려갔다.

"예……에."

"저 여자들을 구해내지 않으면 다 죽는다."

"하지만 저는…….." 쿠클라는 이 두 마디만 간신히 짜낸 뒤, 마치 나머지 문장이 갑자기 실체를 가지고 그의 목구멍을 막아 숨조차 쉴 수 없게 만든 듯 눈을 크게 떴다.

"예배당으로 들어가라. 문지방을 넘어가서 안에 부상자나 되살아난 시체가 없는지 확인한다."

"왜 접니까?"

"내가 명령했으니까?" 오크루트니는 쿠클라의 눈을 똑바로 바라봤다. 복도의 어스름 속에서 자세히 보이지 않았고 게다가 손전등은 쿠클라 뒤에 있는 세 명이 들고 있었다. 그러나 목소리로 미루어 그의 눈앞에 있는 부하는 당장이라도 완전히 무너질 것 같은 상태였고, 원시적인 무기를 던지고 후방으로 도망쳐서 이후로 점점 커질 눈사태의 첫발을 뗄 수도 있었다. "이게 우리 의무니까? 저 아래쪽에 네 동료들의 어머니, 아내, 여동생 들이 있다. 심지어 네 가족 중 누군가 있을지도 모른다."

쿠클라는 단호하게 고개를 저었다.

"제 가족은 여기 없습니다."

"하지만 네 동료의 가족들이 있다. 지금 네 뒤에 서 있는 저 사람들이다. 내 아내도 저기 있다."

"그럼 직접 가면 되지 않습니까, 대위 동무?" 쿠클라가 풀 죽어 있다가 순식간에 오만한 태도로 변하며 반박했다. 이런 변화는 그가 궁극적으로 무너지기 직전이라는 상태의 예고였다.

"내가 없으면 전부 좆 되기 때문이다." 오크루트니는 양팔을 벌려 넓게 반원을 그렸다. "전부." 그가 되풀이했다. "저 벽 뒤에 몸을 숨긴 사람 모두, 자네들도 마찬가지로, 저런 괴물로 변할 거다……. 여기서 나 혼자만 아직도 냉정하게 생각할 수 있기 때문이다. 내가 없으면 자네가 애들을 지휘할 수 있을 것 같나? 저 여자들을 구해낸 다음에 어떻게 할지 계획을 세울 수 있나?"

"아뇨……." 쿠클라가 내키지 않는 듯 인정했다.

대위는 일부러 교도소장 대리라는 자신의 지위나 대위라는 계급을 언급하지 않았다. 그런 주장은 이런 순간에 정말로 무의미하다는 것을 그는 아주 잘 알고 있었다. 그는 부하들에게 정말로 중요한 사안에만 집중하게 하고 싶었다. 생존. 그것이 절대적인 목표였다. 그것으로 충분하지 않다면, 1호 교도소 부지 내에 이 사람들이 지금까지 목격한 것보다 수백 배나 더 끔찍한 지옥도가 열릴 것이라는 사실.

"그럼 명령대로 수행해라."

"하지만 거기 놈들이 있을지도 모르잖아요……." 쿠클라는 물러나지 않았지만 이미 목소리가 조금 부드러워졌는데, 왜냐하면 바로 그 순간 벽 뒤에서 흙 무너지는 스르륵 소리가 들려왔기 때문이었다.

"자네보고 그놈들하고 싸우라는 게 아니다." 다시 주변이 조용해졌을 때 오크루트니가 쿠클라에게 장담했다. "그냥 재빨리 정찰하고 오면 된다. 예배당 안을, 최소한 멀쩡히 남아 있는 부분만 둘러본다. 죽지 않은 괴물이 보이면 그냥 후퇴한다. 잘 기억해라. 민첩함과 영리함이 너의 강점으로 작용할 거다."

"아뇨!" 시에들체에서 클렝치코프스카 거리까지 밀려온 이 신경쇠약 직전의 젊은 교도관이 부자연스럽게 가느다란 목소리로 째지듯 외쳤다.

쿠클라는 몇 달 이곳에서 실습한 뒤에 고향으로 돌아갈 예정이었다. 2주만 있으면 짐을 싸서 친구들과 한두 잔 마신 뒤에 의기양양하게 가까운 기차역으로 떠날 수 있었다. 그런데 지금 회반죽 가루로 뒤덮인 어두운 복도에 갇혀 땀투성이 손에 쥔 도끼 하나로 총알도 느끼지 못하는 괴물들을 막아내라는 명령을 받은 것이다.

"제가 가겠습니다, 대위 동무." 긴장 가득한 침묵 속에 마그다 니스카 교도관이 자원해서 나섰다.

"실시한다, 니스카 교도관!" 오크루트니는 니스카가 던진 구원의 밧줄을 당장 잡았다.

니스카가 레나르트와 올키에비치를 지나 앞으로 나오며 올키에비치의 손전등을 넘겨받았고 대위는 니스카에게 길을 비켜주었다. 니스카는 단지 몇 초 동안 어둠 속으로 사라졌을 뿐이지만 대위마저도 다시 니스카의 모습이 나타날 때까지 몇 시간이나 지난 것처럼 느꼈다.

"이상 없습니다."

이 말이 떨어지자마자 복도의 긴장감이 물거품처럼 사라졌다. 누군가 웃음을 터뜨렸고, 다 이해한다는 듯 헛기침하는 소리도 뒤따라 울렸다.

'다행이다.' 오크루트니는 생각했다.

"가자." 그는 쿠클라의 어깨를 두드렸다. 친밀하게, 마치 조금 전의 대화가 날씨나 실롱스크 축구팀 경기 결과에 대한 잡담이었다는 듯.

대위는 일부러 이렇게 한 것이다. 나머지 부하들에게 그들을 이해한다는 것, 지금 그들은 대위에게 부하 이상의 존재라는 것을 보여주기 위해서였다. 교도관들의 사기를 북돋아 주어야 했고 이것은 가장 확실한 방법 중 하나였다.

교도소 예배당은 실제로 폭탄을 맞은 것처럼 보였다. 왼쪽 벽은 거의 전부 무너져서 수형자들이 만든 스테인드글라스는 색색의 조각만 남았고 그 뒤로 이 건물의 모든 다른 창문에도 달린 굵은 쇠창살들이 부러져 튀어나와 있었다. 소박한 제단은 심하게 기울어 있었고 전례 용품은 전부 바닥으로 쏟아졌다. 한때 그 위를 장식했던 무거운 십자가는 바닥에 뚫린 커다란 구멍 가장자리에서 아슬아슬하게 균형을 잡으며 당장이라도 몇 미터 깊이의 심연으로 떨어질 것같이 서 있었다. 바로 그 잔해 옆에 몸을 숨긴 여자들의 머리 위로 말이다.

"그로노프스키, 레만스키, 저거 안전 확보해." 대위는 최면이라도 걸듯이 흔들리는 십자가를 가리켰다.

다음으로 그는 금 간 벽을 짚으며 연료탱크 조각이 뚫은 구멍 가장자리까지 다가갔다. 닳아빠지고 녹아버린 리놀륨 아래 나무판자는 구부러져서 불길하게 삐걱거렸다.

"제가 가겠습니다, 대위 동무!" 트시빈스키가 외쳤다. 포즈난 사람으로, 대위가 아는 한 트시빈스키의 꿈은 텔레비전 퀴즈 쇼 「위대한 게임」에 출전하는 것이었다. 피오트르 트시빈스키는 주 정부가 개최하는 모든 잡다한 상식 퀴즈 대회에서 모조리 우승했다. 상장을 너무 많이 받아서 침대맡 벽에 다 늘어놓지 못할 정도였다.
"제가 제일 가볍습니다."

오크루트니는 물러섰다. 그의 부하는 머릿속에 든 것은 많지만 몸무게는 많이 나가지 않았다. 분명히 쉽게 지나갈 것이다.

"요드워프스키, 트시빈스키의 안전 확보하게." 대위는 트시빈스키의 몸에 창고에서 가져온 밧줄 하나를 묶으며 명령했다. "요드워프스키하고 레나르트." 혹시 몰라서 대위는 두 번째 조력자를 지명했다. "제발 무사히 해내야 한다, 트시빈스키." 대위가 말했다. "바닥에서 어디가 가장 안정적인지, 사람들의 몸무게를 오랫동안 버틸 수 있을지 조사해 봐. 그리고 저 여자들을 예배당 안으로 끌어당길 때 방해가 될 만한 장애물이 없는지도."

트시빈스키는 고개를 끄덕인 뒤에 가장자리를 향해 불확실한 첫걸음을 내디뎠다. 그보다 훨씬 무거운 동료 두 명이 밧줄을 더 안정적으로 지지하기 위해 문 옆 쇠창살에 감아서 단단히 붙잡고 있었으므로 무너진 잔해 속으로 떨어질까 걱정할 필요는 없었다. 그러나 부러진 대들보 끝이 거대한 고슴도치 바늘처럼 날카로웠고 만에 하나 바닥이 무너져서 넘어질 경우 심각하게 다칠 위험이 있었으므로 트시빈스키는 쓸데없는 위험을 감수하고 싶지 않았다. 그의 상상력도 기억력만큼 발달해 있었으므로 그는 저 뾰족뾰족한 대들보 조각들이 자기 내장에 무슨 짓을 할지 생각하지 않으려고 애썼다.

"침착하게, 침착하게." 오크루트니는 트시빈스키의 발걸음을 하나하나 지켜보며 말했다.

트시빈스키가 가장자리에 도달했다. 이번에는 나무판자가 전처럼 경고하듯 삐걱거리지 않았고 심지어 트시빈스키가 밧줄 하나에 의지해서 아래를 내려다보려고 몸을 숙였을 때도 조용했다.

"위험 요소 전혀 없습니다, 대위 동무!" 그가 외쳤다.

"여자들 보이나?"

"예, 그렇습니다. 제 바로 아래, 부서진 벽 가장자리에 모여 있습니다."

"자네를 봤나?"

"아직 아닙니다."

"그러면 여자들 부르게. 바로 옆에 밧줄을 던졌을 때 여자들이 놀라면 좋지 않아."

그는 겁먹은 여자들이 무작정 좀비들 속으로 돌진하는 최악의 형태로 반응할까 겁이 났다.

"여보세요, 거기 아래층!" 트시빈스키가 소리쳤지만 마당에서 들려오는 비명 소리는 변하지 않았다. "너무 야단법석이 나서 제 목소리가 안 들리나 봅니다, 대위 동무." 트시빈스키가 보고했다.

"뭐가 던져보면 어때?" 그로노프스키는 제단 아래에서 레만스키와 함께 무거운 십자가를 내린 후 작업 현장을 바라보면서 제안했다.

"지금 뭐라고?" 대위는 처음에는 이 생각이 멍청하다고 여겨서 고함쳤다. "그래 좋다." 잠시 후에 대위가 동의했다. "정말 작은 것, 최대한 부드러운 것을 찾아서 던져라. 다만 여자들에게 바로 던지지 말고 앞의 화단으로 던져, 알겠나?"

그로노프스키는 고개를 끄덕이고 대위가 말한 요건들을 충족하는 물건을 찾아 주위를 둘러보기 시작했다. 신도석 첫 줄 아래서 그는 타다 만 양초를 발견했다. 그는 오크루트니에게 보여주었고 오크루트니는 엄지를 들어 보였다.

그로노프스키는 세 번 겨냥한 뒤에 양초 조각을 아래쪽으로 던졌다.

"이봐요! 이봐요오오오오!" 잠시 후 트시빈스키가 팔을 흔들며 다시 외쳤다. "저 여기 있어요!" 목쉰 고함은 점점 커졌다가 알아듣기 힘든 새된 소리가 되었고 그런 뒤에 갑자기 끊어졌다가 마침내 좀 더 분명함 외침으로 변했다. "여자들이 절 봤습니다!" 트시빈스키가 신난 듯 보고했다.

"훌륭해." 오크루트니가 기뻐했다. "진정하라고 전해. 우리가 밧줄을 내려서 한 명씩 위로 올리겠다고 얘기해. 다들 안전하다고 확실하게 말해줘."

트시빈스키가 몸짓으로 여자들을 안심시키는 데 시간이 조금 걸렸고, 그다음으로 대위가 한 말을 할 수 있는 한 정확히 되풀이했다. 그가 말을 마치자 아래쪽에서 새로운, 그러나 이전처럼 겁에 질리지 않은 외침 소리가 들려왔다.

"무슨 일인가?" 대위가 놀라며 물었다.

"다들 겁먹었습니다." 몸을 거의 45도로 숙인 트시빈스키가 설명했다. "여자들이지 말입니다."

마그다 니스카가 코웃음을 쳤으나 그 정도로 참았다.

"그러면 진행하기 힘들다." 오크루트니가 땀과 그을음으로 덮인 이마를 문질러 닦았다. "그러면……."

"그러면 저를 내려보내 주십시오." 트시빈스키가 대위의 말을 가로막았다. "눈앞에 사람이 있으면 여자들도 더 안전하다고 느낄 것이고 저는 매듭 묶는 법을 잘 아니까 다시 끌어 올릴 때 100퍼센트 안전할 수 있도록 매듭을 묶겠습니다. 물론 아래쪽에서도 안전 확보하겠습니다."

"아래까지 내릴 수 있겠나?" 대위는 밧줄을 붙잡은 교도관들을 쳐다보았다.

"못 할 것 없습니다." 요드워프스키가 대담하게 말했다. "전 오랜 낚시꾼입니다. 한 번은 이만한 메기도 잡았지 말입니다……." 요드워프스키는 메기가 얼마나 컸는지 보여주려 했지만 다행히도 밧줄은 놓지 않았다. "우리 피오트르보다 더 무거웠지만 그래도 제가 놈을 배 위로 끌어 올렸지 말입니다. 저 혼자서 말입니다. 뭐 거의 그랬습니다."

"그럼 내려, 제군. 내려보내!"

오크루트니는 팀에서 유일한 여성 교도관 쪽을 바라보며 혼자 웃었다. 니스카 덕분에 위기를, 최소한 잠시라도 극복할 수 있었다. 사람들은 이성을 되찾았고 심지어 쿠클라도 이제는 전처럼 심하게 떨지 않았다. '구조 작전이 계획대로만 진행되면…… 휴.' 그는 마음속으로나마 액땜을 위해 등 뒤로 침을 뱉었다.

트시빈스키는 그들을 바라보며 돌아서서 2미터 정도 밧줄을 당겨 왼손으로 고리를 몇 개 만들더니 웃음 지어 보이고는…… 뛰어내렸다. 요드워프스키와 레나르트는 버텼고, 트시빈스키의 차분한 목소리가 들려오자 밧줄을 천천히 놓아주기 시작해서 완전히 느슨하게 만들었다.

"올키에비치, 베드나레크!" 대위가 예비용 밧줄을 가지고 있던 교도관 두 명을 불렀다. "자네들이 트시빈스키가 올려 보내는 여자들을 받는다. 몸에 밧줄을 매고……." 대위는 예배당 안을 훑어보았다. "문 옆 쇠창살에 묶어."

"우리하고 같은 높이에 묶으면 안 돼." 두 사람이 작업을 시작하자 요드워프스키가 조언했다. "제일 좋은 건 아래쪽, 저기 옆 부분이야." 두 교도관이 잘 모르겠다는 듯 대위를 쳐다보자 요드워프스키가 덧붙였다.

"요드워프스키 말대로 해!" 오크루트니가 두 사람을 재촉했다. 트시빈스키가 이미 밧줄을 당겨서 첫 번째 대피자가 올라올 준비가 되었다고 신호했기 때문이다. "그리고 자네들은 당겨!" 그는 요드워프스키와 레나르트에게 말했다. "조심해서." 교도관들은 힘을 썼고 엄지손가락 굵기의 밧줄은 팽팽히 당겨졌으나 몇 센티미터 이상 움직이지는 않았다. "크루크, 거기 서 있지 말고 동료들 도와!" 대위가 명령했다.

후베르트 크루크의 도움으로 작업은 일사천리로 진행되었다. 그러나 그들은 트시빈스키의 고함을 듣고 속도를 늦추었다. 대피했던 여성 한 명이 망가진 바닥 바로 아래에 있었다. 다행히 트시빈스키가 리놀륨에 덮인 꽤 큰 나무판자가 매달린 곳으로 뛰어들어서 이 작업은 쉽게 해결되었다.

처음에 그들은 거무스름하게 피로 뒤덮인 손을 보았고, 그런 뒤에 옷소매에 덮이지 않은 마른 팔뚝이 드러났고 마침내 무너진 구멍 가장자리에 머리가 나타났다. 긴 금발은 벼락이라도 맞은 듯 흐트러졌고 벽에서 튀어나온 회반죽 조각도 가득 붙어 있었다. 그을음으로 얼룩진 얼굴은 묘사할 방법이 없지만, 그럼에도 불구하고…….

"꽉 잡아, 실비아!" 니스카 교도관이 동료를 알아보고 외쳤다. "금방 끝날 거야."

"니스카, 이쪽으로!" 대위는 니스카 교도관이야말로 구조한 여자들을 돌보기에 가장 적합한 사람이라는 사실을 그제야 깨닫고 이렇게 불렀다. "가서 저기……." 그는 바닥이 무너져 뚫린 구멍 가장자리에 여전히 매달려 있는 여자를 가리켰다.

"피에트라소바입니다." 니스카가 알려주었다.

"가서 피에트라소바 동무를 돌봐주고 담요를 주게." 그는 대기 상태로 서 있는 쿠클라에게 고개를 끄덕였다. "필요하면 진정시키고 복도로 데리고 간다. 거기서 작전이 끝날 때까지 기다리게 해라. 저항하면 우리가 여자들 전부 한꺼번에 아래층으로 안내할 거라고 말해. 최대한 서둘러, 곧 다음 구조자가 올라올 테니까."

"예, 알겠습니다."

니스카 교도관을 돌봐줄 필요는 없었다. 지금으로서는 그녀가 이 조그만 분대의 가장 강한 고리였다. 여성 교도관이 이토록 뛰어난 활약을 보여줄 것이라고는 전혀 예상하지 못했는데 이제 대위의 눈앞에 그런 일이 벌어지고 있었다.

올키에비치와 베드나레크가 삐걱거리는 바닥에 엎드려서 실비아의 팔을 잡고 당겼다. 실비아는 단단한 바닥 위에 올라서자마자 네발로 기어 예배당 안쪽에서 자신을 기다리는 마그다 니스카에게 곧장 다가갔다.

"우리 딸 어디 있어?" 실비아는 미처 일어서기도 전에 목쉰 소리로 물었다.

"어디에 있었는데?" 니스카가 밧줄 매듭을 풀면서 물었다. 트시빈스키는 매듭을 정말 잘 알아서, 그가 고리 끝의 밧줄을 잡아 세게 당기자 구조받은 여성들이 아주 단단한 안전벨트에서 풀려났다.

"부상자 도와주려고 뛰어나가면서 어떤 할머니한테 맡겼어." 실비아가 울어서 부은 눈으로 동료 교도관을 바라보며 속삭였다. "산책장 옆 운동장에서."

"그러면 무사히 잘 피해 있을 거야." 니스카 교도관이 실비아를 담요로 감싸면서 안심시켰다. "금방 딸한테 데려다줄게, 약속해. 하지만 우선 나머지 사람들을 구해야지……."

오크루트니는 다시 구조 작업에 집중했다.

밧줄이 이전과 같은 자리에 다시 던져졌고 다음 순간 곧 트시빈스키가 두 번째 여성이 올라갈 준비가 끝났다고 보고했다.

이번에 예배당으로 올라온 사람은 조금 더 몸집이 작은 금발 여성으로 먼저 구조된 동료보다도 더 더러웠고, 겁에 질린 커다란 눈은 더욱 부어 있었다. 옷이 몇 군데 찢어지고 그을음이 심하게 묻어 그녀가 신고 있는 빨간 운동화가 두드러져 보였다.

올키에비치와 베드나레크가 그녀에게 손을 뻗을 때 마룻바닥 한 조각이 가장자리에서 무너졌다. 여자는 공포에 질린 비명과 함께 수십 센티미터 넓이의 구멍 속으로 사라졌고 아래쪽으로 잔해가 잔뜩 쏟아져 내렸다. 완전히 예상하지 못한 일에도 불구하고 요드워프스키와 그의 동료 두 명이 밧줄을 붙잡고 버텨내서 그저 놀라는 일로 그칠 수 있었다.

오크루트니는 당장 벽으로 달려갔으나 가장자리에서 세 걸음쯤 떨어진 곳에 멈추었다가 돌아서서 부하들 사이를 지나 제단으로 갔다. 그는 잔해를 더 잘 보기 위해 전에 그로노프스키가 서 있던 곳에 섰다.

새로운 산사태가 높다란 잔해 무더기를 흔들며 짙은 먼지구름을 피워 올렸다. 다행히 트시빈스키는 고립된 세 명의 여자들 중 두 명과 함께 재빨리 뛰어 피했다. 하지만 트시빈스키에게서 가장 멀리 있던 마지막 한 명은 미처 못 본 것인지 아니면 너무 넋이 나갔기 때문인지 중상을 입었다. 세 번째 여성은 이제 절망에 빠진 여성 동료들 사이에 정강이가 부자연스럽게 비뚤어진 모습으로 누워 있었다. 벽돌 조각 같은 것이 무릎을 때렸거나 관절 바로 아래 다리뼈를 부러뜨린 것이 분명했다.

"이런 망할……." 대위는 시선을 들어 전보다 더 큰 소리로 비명을 지르는 금발 여성을 바라보았는데, 여성은 땅바닥 바로 위에 매달려 제자리에서 빙글빙글 돌며 양손으로 구덩이 가장자리 바로 몇 센티미터 앞의 허공을 휘젓고 있었다.

"끌어당겨, 빨리!" 그는 교도관 셋에게 명령했다.

올키에비치와 베드나레크는 전보다는 조금 덜 적극적으로 다시 바닥에 엎드려 훨씬 조심스럽게 무너진 구멍 쪽으로 몸을 움직였다. 다행스럽게도 여성은 약간 진정했고 그 덕에 이 상황에서 단 한 가지 도움이 되는 행동을 할 수 있었다―무너진 마룻바닥 가장자리를 붙잡아 빙글빙글 돌기를 멈춘 것이다. 그래서 여성은 교도관들이 약간 위쪽으로 끌어 올리자 곧바로 자신을 향해 내민 남자들의 팔을 꽉 붙잡았다.

"진정해, 마우고시아, 진정해." 니스카 교도관이 잠시 후 그녀를 맞이했다. "이제 다 끝났어."

대위는 감탄해서 고개를 저었다. 니스카 교도관은 자기 관할 안에 거쳐간 사람은 전부 다 기억하는 것 같았다. 사실 대위가 보아도 구조된 여성의 얼굴이 낯익기는 했지만 아무리 생각해도 어디서 보았는지는 생각나지 않았다.

"우리 직원인가?" 그가 추측했다.

"예, 대위 동무. 행정실 하라시미우크 소대장입니다."

"복도로 안내하고 최대한 빨리 돌아와." 대위는 마우고시아를 어디서 봤는지 떠올리며 니스카에게 지시했다.

대위는 한참 전에 하라시미우크를 불러서 고양이 때문에 야단친 적 있었다. 까맣고 하얀 길고양이로 '체자리'라는 이름이었으며 밤새 그의 당직실 창문 밖에서 울어댔다. 대위는 거친 말로 마구 화를 냈고 하라시미우크는 그 커다랗고 눈물 어린 눈으로 그를 쳐다보기만 했다.

밧줄이 세 번째로 내려졌다.

"이제 부상자 올려 보내!" 오크루트니가 명령했다.

"안 될 것 같습니다, 대위님." 트시빈스키가 소리쳤다. "무릎 관절이 으깨졌습니다. 우선 다리 전체를 고정하지 않으면……." 트시빈스키는 고개를 젓고 양팔을 벌렸다.

"뭐가 필요한가?"

"필요한 건 여기 다 있습니다." 트시빈스키가 셔츠를 벗으면서 자신 있게 대답했다.

그는 여성들에게 부상자를 옮기라고 말했으나 여성들이 다친 동료를 들어 올리려 하자 부상자는 마치 산 채로 가죽이라도 벗겨지는 듯 너무나 고통스러워하며 무시무시하게 울부짖었다. '조금만 움직여도 저렇게 아파하다니.' 대위는 생각했다. '위로 끌어 올려 예배당 안으로 대피시키는 건 불가능할지도 모르겠다. 옮기다가 죽을 수도 있어.'

한편 트시빈스키는 잔해 무더기 위로 올라가서 부서진 건축자재 더미 속에서 판자 조각을 끄집어내 눈대중으로 길이를 가늠한 뒤 화단에 던졌다. '더 긴 게 필요해…….' 몇 초 뒤에 그는 적당한 각목을 찾아냈다. 한동안 그 각목과 씨름하다가 결국은 1미터 길이의 각목을 손에 넣었다. 그러나 그것을 꺼내면서 조그만 산사태가 일어났다. 벽돌이 땅으로 굴러떨어졌으나 다행히도 부상자가 누워 있는 곳으로 날아들지는 않았다.

"다음 사람 올려 보낼 준비부터 하고 부목은 그다음에 대." 오크루트니가 불운한 부상자를 도울 수 없을 것 같다고 생각하며 명령했다.

'하지만 시도는 해봐야지.' 그가 마음속으로 엄숙하게 약속했다.

그는 제단 앞까지 갔다. 그곳에서는 상황 전체를 한눈에 볼 수 있었고 작업 중인 부하들에게 방해되지도 않았다. 그는 트시빈스키가 다섯 여성 중에서 세 번째 사람에게 밧줄을 묶고 잔해 무더기 가장자리로 데려가 피구조자가 천장을 통해 안전하게 당겨 올려질 길을 가리키는 모습을 바라보았다.

"잘 버텨, 이다!" 오크루트니가 손을 입에 대고 외쳤다.

오크루트니는 이다 베드나르스카-보이체호프스카를 잘 알았다. 이다는 타자수였고 오크루트니의 아내와 2년 전부터 같이 일했다. 크시키에서 살았지만 오크루트니의 아내 루치나가 다행히 이다의 이웃집에 사는 발전소 엔지니어 부부의 전화번호를 기억한 덕분에 첫 번째인지 두 번째로 대피할 수 있었다.

이다는 오크루트니의 목소리를 듣고 눈을 가늘게 뜨며 위를 올려다보았다—그때야 대위는 이다가 안경을 잃어버렸음을 알았다. 아마 미소 지은 것처럼 보였다. 완전히 확신할 수는 없지만 이다가 미소 지었다고 대위는 맹세할 수 있었다. 이다는 대위에게 손도 흔들어 보이려 했으나 운 나쁘게도 발을 헛디뎌 겁에 질린 비명만 남기고 잔해 무더기에 넘어져 아래로 굴러떨어져 버렸다. 이것은 아주 작은 산사태였으나 그 때문에 무너진 벽의 가장 커다란 조각, 이다가 오른발로 조금 전까지 딛고 있던 벽 일부분이 쓰러져 거의 잔해 무더기의 기슭까지 미끄러지며 또다시 먼지구름을 일으켰다.

"빨리, 제군들!" 오크루트니가 잠시 아래에서 일어나는 상황에서 눈을 떼고 고함쳤다.

"예, 알겠습니다!"

이다가 이상한 비명을 질렀고, 요드워프스키와 동료들은 밧줄을 당겼을 때 끈질기고 강한 저항을 느꼈다. 이다의 몸무게 치고는 너무 무거웠다―눈대중으로 보았을 때 이제까지 대피시킨 다른 여성들보다 무거워 보였지만 말이다. 그래서 교도관들은 더욱 힘을 주어 당겼고…… 저항이 갑자기 사라져서 모두 엉덩방아를 찧었다.

"이봐!" 대위가 경고의 몸짓을 했다. "조심해, 이건 감자 포대가 아니라 사람이라고!"

그는 잔해 무더기 뒤의 화단을 바라보았다. 트시빈스키는 밧줄을 풀어 무너진 벽의 거대한 조각 주위에 둘러 묶은 뒤 자신은 부상자를 돌보고 있었다. 이제 그는 부상자의 다리를 펴는 작업을 준비하고 있었는데, 잔해에서 꺼낸 각목과 트시빈스키 자신의 셔츠로 부목을 만들어 대려면 부상자의 다리를 반드시 펴야만 했다. 대위는 다음 순간 어떤 일이 일어날지 예측하고 눈을 질끈 감고 이를 악물었다. 그러나 나머지 사람들에게 경고할 시간이 없었다. 아래쪽에서 찢어지는 듯한 단말마의 비명이 들려오자 교도관들은 모두 깜짝 놀라 굳어졌다.

"저거 대체 뭐야?" 요드워프스키가 물었다.

"진정해라, 제군. 트시빈스키가 부상자의 부러진 다리를 폈다."

"어유." 크루크가 부르르 떨었다.

"수다 떨지 말고 당겨라. 움직여, 움직여." 오크루트니는 이미 반쯤 올라온 이다를 바라보았다.

'이다가 겁먹지 않아서 다행이군.' 그는 이다가 양손으로 밧줄을 꽉 잡고 올라오는 광경을 바라보며 생각했다. 몇 번 더 당기자 이다는 예배당에 올라와 있었다. 이전에 구조된 여성들과는 달리 이다는 허겁지겁 마룻바닥 가장자리를 부여잡지 않고 자기 쪽으로 밧줄을 당기며 포복해 오는 교도관들 쪽으로 곧바로 손을 뻗었다.

대위는 트시빈스키가 어떻게 하고 있는지 보려고 잠시 아래를 내려다보았으나 뭔가 다른 것에 눈길이 갔다. 잔해 무더기 꼭대기에 뭔가 움직임이…….

"이런 시발!" 그는 무너진 구멍 가장자리에서 펄쩍 뛰어 물러서며 신음했다. "안 돼……!" 이다가 올키에비치와 베드나레크의 손목을 붙잡기 전에 그는 간신히 이렇게 소리쳤다. "요드워프스키, 밧줄 놔! 당장!"

세 명 모두 동시에 손을 놓았지만 이다는 여전히 마룻바닥 가장자리에 있었다. 완벽하게 조용히 나머지 교도관들을 향해 기어왔다. 그러면서도 올키에비치와 베드나레크의 손은 놓지 않았고, 두 사람은 나무토막처럼 움직이지 않고 누워 있었다.

'그렇지, 한 번 닿은 것으로 충분하지…….' 이런 생각이 낫으로 후려친 듯 오크루트니를 꿰뚫었다.

"대위님, 대체 무슨……." 니스카 교도관이 문가에 서 있었다.

"쿠클라!" 대위가 고함쳤다. "도끼 가져와! 구조 밧줄 둘 다 잘라! 빨리!" 그래봤자 소용없다는 것을 예상했어야 했다. 쿠클라는 어리둥절한 채로 마치 한 대 맞은 듯이 몸을 움츠릴 뿐이었다. "니스카…… 안 돼!"

니스카 교도관은 복도에 있다가 방금 돌아와서 무슨 상황인지 이해하지 못하고 감염된 이다를 돕기 위해 뛰어들었다. 모두가 보는 앞에서 니스카는 이다의 어깨를 잡더니 갑자기 어지러운 듯 휘청거리다가 그대로 올키에비치 옆에 부자연스러운 자세로 쓰러져 움직이지 않게 되었다. 그러자 올키에비치는 전기라도 통한 듯 돌연히 몸을 떨고는 일어서기 시작했다. 다음 순간 베드나레크도 움직였다.

"후퇴한다!" 대위가 외쳤다. "레만스키, 움직여!" 그는 깜짝 놀란 카롤 레만스키를 신도석 뒤 통로 쪽으로 밀었지만 레만스키는 바로 몸을 돌려 대위의 등 뒤에 숨었다. "뭐 하는 거야, 멍청아!" 오크루트니가 화를 냈다. "나가야 돼! 저거 좀비다!"

이 말에 모두 소리치기 시작했다. 가장 처음에 쿠클라가 일어서려는 좀비들에게 담요를 던지며 비명을 질렀고 그 뒤에 요드워프스키가 신음했고 그다음에 나머지 사람들이 제각기 고함을 질렀다. 계속 뒤에 있던 교도관들은 일어나지도 못한 채 물러나기 시작했고, 베드나레크가 철문 쪽으로 움직여 갔기 때문에 그들은 반대편에 있는 제단을 향해 도망쳤으며 제단 앞에서 대위는 있는 힘껏 욕설을 퍼붓고 있었다.

'출구 없는 함정으로 다들 곧장 뛰어들고 있어!'

겨우 십수 초 뒤에 좀비 세 명은 이미 예배당 출구를 막고 있었다. 니스카는 그제야 일어서는 중이었고 그녀 혼자만 무너진 구멍을 향해 서 있었다.

교도관들이 오크루트니 등 뒤로 모여들었으나 대위는 머릿속이 텅 비어 그 어떤 현실적인 대응 방안도 생각해 낼 수 없었다. 그래서 대위는 이다가 겁에 질린 쿠클라에게 천천히 다가가는 광경을 그저 보고 있었다. 대위는 베드나레크가 술 취한 걸음걸이로 비틀비틀 철문 뒤로 돌아 복도로 나가 니스카 교도관이 구조된 여성 두 명을 대피시켜 놓은 곳을 향해 가는 모습을 보았다. 멀리서 여성들의 비명 소리가 흐릿하게 들려왔을 때도, 사동으로 통하는 통로 문이 단단히 잠겼으므로 여성들이 도망칠 길이 없다는 사실을 완벽하게 알면서도 대위는 몸 한번 떨지 않았다. 이것이 끝이다. 자기 부하들뿐 아니라 대피해 온 나머지 민간인들도 전부 죽음으로 몰아넣었다는 생각에 짓눌려 대위는 전혀 움직일 수 없었다.

"대위 동무." 레만스키가 그의 어깨를 흔들었다. "어떻게 해야 합니까?"

"몰라." 그가 중얼거렸다.

"하지만 전 이렇게 죽고 싶지 않습니다." 레나르트가 흐느꼈다.

"어떻게든 하십시오!" 이다가 쿠클라의 몸에 걸려 넘어지며 머리를 신도석 모서리에 부딪치고 힘없이 바닥에 쓰러졌을 때 크루크가 외쳤다.

신도석……

니스카도 이제 완전히 일어서서 비틀거리는 첫걸음을 뗐다……. 바닥의 무너진 구멍을 향해 곧바로 가고 있었다. 다시 한번 휘청거리며 발을 끌고…… 그들의 눈앞에서 사라졌다. 완전히 침묵한 채로 구멍 속으로 떨어졌지만 아래쪽에서는 거의 즉시 새로운 비명 소리들이 들려왔다.

잔해…….

오크루트니는 물속에서 뛰어나오는 개처럼 갑자기 마비 상태를 떨쳐냈다.

'두 가지 강점.' 그는 떠올렸다. '민첩함과 영리함.'

좀비들에게서 눈을 떼지 않으면서 그는 뒤에 있는 사람들에게 외쳤다.

"요드워프스키, 한 명 데려가서 저 십자가 들어 올리고, 할 수 있으면 저 부분을 떼어내." 그는 십자가의 예수를 가리켰다.

"하지만……." 요드워프스키가 깜짝 놀라서 더듬거렸다.

"하지만 하지 말고 명령대로 해." 대위가 고함쳤다. "크루크, 레나르트, 신도석 끌어서 통로를 완전히 막아."

"예, 알겠습니다!" 크루크와 레나르트가 즉시 작업을 시작했다.

눈 깜짝할 사이에 좀비와 남은 교도관들 사이에 나지막한 바리케이드가 솟아올랐다. 사람은 막을 수 없겠지만 저 괴물들은 제대로 움직이지 못하니까…….

오크루트니는 돌아서서 부하들의 얼굴을 훑어보았다. 분대의 반을 잃었지만 살아남은 사람들은 놀랄 만큼 침착하게 행동했다. 눈앞에 닥친 죽음의 그림자와 탈출구 없는 현실이 그들에게 각성제로 작용했다. 이 상태를 잘 활용해야 한다. 그렇지 않으면…….

"요드워프스키, 십자가 들고 여기 서게." 대위는 파괴되지 않은 벽을 가리켰다. "나머지는 저쪽으로 후퇴한다." 그는 무너진 구멍 쪽을 손가락으로 가리켰다.

"하지만…… 저들은 어떻게 합니까?" 크루크가 아래를 내려다보았다. "니스카 동무…… 나머지 사람들…… 저들은 어떻게 됩니까?"

대위는 이 질문에 침묵으로 답변했다. 그는 머릿속에 더 중요한 문제를 안고 있어서 어떻게 해도 도와줄 방법이 없는, 확실히 죽을 운명에 처한 사람들에게 신경 쓸 겨를이 없었다.

"그로노프스키, 제단 움직일 수 있나?"

그로노프스키는 심하게 기울어진 나무 구조물을 밀어보았다.

"혼자서는 못 합니다만 몇 명이 도와주면 될 것 같습니다." 그가 의미심장하게 동료들을 바라보았다.

"다들 움직여!"

두 번 말할 필요는 없었다. 신도석에 부딪쳐 쓰러졌던 이다가 다시 일어나기 전에 커다란 제단은 잔해 무더기 위, 니스카가 부상자를 향해 기어가고 있는 곳에서 대략 2미터 정도 거리에 굉음을 내며 떨어졌다. 떨어지면서 니스카는 양쪽 다리와 한쪽 팔이 부러졌고 꽤 멀리 있는 대위의 눈에 부러진 뼈가 하얗게 튀어나온 것이 보였다. 니스카의 머리는 바람 빠진 공을 연상시켰으나 그럼에도 불구하고 좀비가 된 니스카는 움직이지 못하고 반쯤 의식을 잃은 불운한 부상자를 향해 곧바로 기어가고 있었다. 나머지 사람들, 즉 여성 두 명과 트시빈스키는 할 수 있는 한 뒤로 물러났다. 그들은 이제 무너진 잔해 가장자리에서 약 3미터 정도 떨어진 곳에 바짝 모여 있었다. 아주 조금만 움직여도 가까운 화단을 점령한 좀비들이 그들 셋의 존재를 눈치챌 수 있었다. 오크루트니는 이전에 움직임을 보았던 장소를 바라보았다. 이번에는 다리가 없는 여성의 형체를 확실히 알아보았는데, 여성은 이제 다음 희생자를 향해 기어가면서 뒤로 넓게 피와…… 내장의 흔적을 남기고 있었다.

'용서하시오.' 그는 아래에 남은 세 명에게서 눈을 떼지 않고 마음속으로 말했다. 그보다 두 배 많은 사람을 살리기 위해—혹은 살리지 못할지도 모르지만—대위는 이들을 죽음 앞에 남겨두어야 했다.

"준비됐나?" 그는 부하들을 돌아보았고, 부하들이 고개를 끄덕이자 새로운 계획을 구체적으로 알려주었다. "이렇게 한다. 우리가 미끼가 된다." 대위는 자신과, 조금 전 제단을 무너진 구멍 속으로 밀어 넣은 남자 셋을 가리켰다. "우리가 좀비들을 바리케이드로 유인해서 할 수 있는 최대한 저 무너진 구멍 쪽으로 데려갈 것이다. 좀비들이 스스로 떨어지지 않으면 우리가 저쪽 벽으로 후퇴해서 요드워프스키와 그로노프스키가 십자가로 놈들을 밀어 떨어뜨린다. 질문 있나?"

"대위님, 놈들을 구멍으로 밀어 넣으면……."

"안다." 대위가 가로막았다. "달리 방법이 없다. 더 좋은 생각 있나?"

대답 대신 명령에 따라 지정된 위치로 움직이는 부하들의 작업화가 리놀륨을 밟는 소리만 예배당 안에 울렸다.

이다는 벌써 신도석 앞으로 다가와 그 위로 기어오르고 바리케이드를 밀며 사람들을 향해 활짝 펼친 양손을 내밀었다. 눈은 감염자가 모두 그렇듯 뒤집혔고 머리 오른쪽에서는 관자놀이의 크게 입을 벌린 상처에서 흘러나오는 어두운, 거의 검은색 피로 덮여 있었다. 쿠클라는 2미터 거리에 있었는데 올키에비치보다 한 걸음 앞서서 역시 그들 쪽으로 다가오고 있었다. 이 장면은 거의 완벽한 고요 속에 마치 무성영화를 보는 것처럼 진행되었다. 회색 얼굴들, 기괴하고 뻣뻣한 움직임, 이 모든 것이 영화 「노스페라투」 혹은 「칼리가리 박사의 밀실」의 장면들을 연상시켰다.

좀비들과 가장 가까이 서 있던 오크루트니는 천천히 바닥이 무너진 구멍 쪽으로 움직였다. 세 교도관도 똑같이 했다. 좀비들은 마치 끈에 묶인 듯 그들을 따라갔다. 좀비들은 여러 사람의 존재를 느끼고 약간 활발해진 것 같았다. 그들이 무너진 구멍 가장자리에 가까이 다가갔지만, 구멍에서 아직 거의 1미터 정도 떨어져 있을 때 대위는 제단 옆 벽에 닿았다. 대위는 물러서고 싶었지만 바로 등 뒤에 엄청나게 겁을 먹은 교도관 셋이 서 있었으므로 물러설 공간이 없었다. 좀비들이 덤벼들기 시작했다. 그들의 몸무게가 신도석으로 만든 바리케이드를 몇 센티미터 정도 밀어냈으며 대위의 몸통에서 50센티미터도 안 되는 곳에서 좀비들의 손이 허공을 휘저었다.

"레나르트, 오른쪽으로 조금만 물러서." 대위가 좀비들에게서 눈을 떼지 않고 말했다.

레나르트는 지시대로 움직였으나 쿠클라도 즉시 바닥에 난 구멍에서 물러났다.

"요드워프스키!"

"예, 알겠습니다!"

요드워프스키와 그로노프스키가 힘을 합쳐 십자가를 들어 올렸고, 받침대를 잡고서 불도저처럼 앞으로 밀고 나갔다.

"천천히!" 오크루트니가 명령했다. "좀비들을 치지 말고 밀어내기만 해."

두 사람은 명령에 따랐다. 그들은 쿠클라를 베드나레크에게로 밀어붙였으며 너무 세게 부딪쳐서 베드나레크는 두 걸음 휘청거리며 걷다가 균형을 잃었다. 그는 구멍 안으로 떨어지며 커다란 소리를 냈다.

"1 대 0." 요드워프스키가 중얼거렸다.

"계속해, 계속!"

이어서 쿠클라가 밀려 베드나레크의 뒤를 따랐다. 이다는 조금 더 어려웠으나 교도관들이 무너진 구멍에서 물러서자 이다도 교도관들을 따라가려다가 곧 쿠클라와 베드나레크처럼 구멍으로 떨어졌다.

대위가 예상했던 것보다 더 쉽고 빠르게 예배당 내부가 안전해졌다. 불행히도 아직은 끝이 아니었다. 더욱 끔찍한 일은 위쪽 예배당에 있는 사람들에게 안도의 순간이 아래쪽 땅에 갇힌 사람들에게 사형선고였다는 사실이다.

오크루트니는 구멍 가장자리에 섰다. 아래로 던져진 좀비들은 일어서지 못했다. 니스카는 팔다리가 부러졌고 쿠클라는 아마 목이 부러진 모양이었으나, 다들 계속 움직이면서 최소한 기어다니려 했으므로 그들이 잔해 무더기에서 기어 내려와 트시빈스키를 덮치는 것은 그저 시간문제였다. 니스카는 지금 부상자에게 덤벼들었고 불운한 부상자를 죽이는 데 시간이 걸리겠지만 그것도 길지는 않을 것이었다. 게다가 멀지 않은 곳에 다쳐서 움직이지 못하는 여성이 있었다.

"다들 도망쳐!" 오크루트니가 손을 입에 대고 외쳤다. "지금이 유일한 기회다! 기억해, 지성과 영리함이 우리의 강점이다!"

대위는 자기 부하들에 대해서는 안심했으나 아래에 있는 두 여성이 적절하게 행동할지 전혀 확신할 수 없었다. 그러나 더 이상 어쩔 수가 없었다. 남은 분대원들을 구하려면 아래쪽에 갇힌 사람들이 예배당에 접근하지 못하게 차단해야 했다. 설령 그가 복도로 가는 철문을 잠그고 남은 교도관 다섯 명을 모두 동원한다 하더라도 별 성과는 없을 것이다. 왜냐하면 트시빈스키가 밧줄에 접근할 수 없었기 때문이다—잔해 무더기 위에 좀비가 이제 여섯 명이나 있었다.

트시빈스키도 이해했다. 그는 지금 울고 있는 여성들에게 어느 방향으로 도망쳐야 하는지 가리키는 중이었다. 여자들은 계속 고개를 끄덕였지만, 그러나…… 대위는 뒤를 돌아보았다.

"다들 잘 도망칠 겁니다." 레나르트가 속삭였다.

"도망쳐야만 합니다." 크루크가 동의했다.

트시빈스키는 같은 불운에 처한 여성 동료들에게서 마침내 물러나 마지막으로 위를 한 번 올려다보고 두 손가락으로 경례했고 동료 교도관들은 커다란 격려의 함성으로 대답했다. 다음 순간 그들은 트시빈스키가 어떤 전략을 택했는지 알게 되었다. 트시빈스키는 가장 먼저 나서서 이리저리 움직이며 좀비들을 옆으로 끌어냈고 그 덕에 몇 미터 넓이의 통로가 만들어져 여성들이 화단을 건너 달려갈 수 있었다. 지성과 영리함이다. 트시빈스키는 이 두 가지를 활용하는 법을 알고 있었다. 우선 왼쪽에 있는 좀비 셋의 주의를 끌고 교묘하게 움직여 네 번째 좀비의 팔 아래로 도망친 뒤 전력으로 달려서 벽 가까이로 와 같은 작전을 되풀이했다.

"빌어먹을!"

1분, 잘해야 2분이 모자랐다. 이다가 잔해 무더기에서 떨어져 내렸다. 니스카는 좀비로 변한 희생자를 버리고 여전히 기어다니는 소녀의 굵은 창자를 밟으며 겁에 질린 여자들 쪽으로 다가갔다. 이제 여자들은 좀비들의 잔혹한 손아귀에 떨어지기 전에 도망치는 수밖에 달리 선택의 여지가 없었다. 그러나 문제는 트시빈스키가 경로를 아직 절반밖에 터놓지 못했다는 것이었다. 40미터 정도는 어렵지 않게 도망칠 수 있었으나 최악의 구간은 아직 해결되지 않았다. 관목과 분수가 있는 화단은 자유롭게 움직일 공간이 제한된 데다 가장 많은 좀비가 돌아다니고 있었다. 자기 쪽으로 움직이는 좀비 네 명을 발견한 한 여성이 처음에는 멈춰 섰다가 몸을 웅크리고 땅에 주저앉는 것을 보고 오크루트니는 더 심하게 욕했다. 다른 여성 한 명도 혼자 도망치기 무서운지 그 옆에 그저 서 있었다.

"왜 그러고 있습니까?" 요드워프스키가 고함쳤다. "도망쳐요, 아가씨들!"

"뛰어요! 뛰어!" 다른 교도관들도 목소리를 높여 격려했다.

트시빈스키도 뭔가 소리쳤으나 그들은 듣지 못했다. 여성들이 어떻게 해도 반응하지 않자 트시빈스키는 여자들 쪽으로 가려 했으나 이미 늦었다. 이런 상황에서 1초나 2초 망설일 수는 있지만 5초는 있을 수 없다. 점점 더 많은 좀비가 희생자의 냄새를 맡고 몰려들었다.

"반대쪽으로 가, 멍청아!" 오크루트니가 손을 휘두르며 외쳤다.

트시빈스키는 아직 도망칠 기회가 있었으니 그저 포기하는 것으로 충분했다. 몸부림쳐도 이길 수 없는 운명이라는 사실을 깨닫기만 하면 되었다. 그러나 아니다. 그는 사방에서 몰려드는 좀비들 사이로 미치광이처럼 달려들었다. 결국은 그렇게 해도 아무 소용 없다는 사실을 깨달은 것 같았지만 이미 너무 늦었다—여자들에게도, 트시빈스키에게도. 첫 번째 시체의 손이 닿았을 때 그는 비틀거렸고 중심을 잃었다가 낙법을 하듯이 능숙하게 넘어져 굴렀다. 그리고 일어섰지만 트시빈스키는 조금 전처럼 빠르고 민첩하지 못했다. 좀비와 두 번째 접촉하자 그는 네발로 엎드렸다. 그래도 멈추지 않았으나 그런 자세로는 쫓아오는 좀비들을 따돌릴 수 없었다. 좀비들은 애벌레를 잡아먹는 개미 떼처럼 그를 덮쳤다. 눈 깜짝할 사이에 트시빈스키는 뒤엉킨 시체들 아래로 사라졌다.

대위는 마지막으로 여성 두 명을 보았던 장소를 바라보았다. 그곳에서도 상황은 비슷했다.

"망할……." 그가 고개를 숙였다.

"이제 어떻게 합니까, 대위 동무?" 레나르트의 목소리에서 두려움이 새어 나왔다.

"아무것도 안 한다. 우리는 같은 전략을 써서 사동 안으로 뚫고 들어가야 한다. 복도에 있는 저 불운한 여자 둘을 유인해서 잔해 무더기 위로 떨어뜨린다. 베드나레크도 똑같이 한다."

"저 괴물들을 어떻게 유인합니까?"

"그냥 한다. 내가 저기로 가서 한 명씩, 아니면 한꺼번에 데리고 온다." 그가 어깨를 으쓱했다.

"안 됩니다." 요드워프스키가 항의했다.

"어째서?"

"대위님이 말씀하셨잖습니까. 대위님이 없으면 전부 다⋯⋯."

"내가 잘못 생각했다." 오크루트니가 그의 말을 가로막았다. "보다시피 내가 있어도 별 도움이 안 된다."

"아닙니다." 레나르트가 반대했다. "대위님이 아니었으면⋯⋯."

"내 자리에 누군가 더 합리적이거나 조심스러운 사람이 있었다면 다들 아직도 살아 있었을 거다!" 대위가 소리쳤다.

"저런 지옥에 현자는 없습니다, 대위 동무." 그로노프스키가 대답했다. "제가 가겠습니다."

"저도 갑니다." 레만스키가 나섰다.

"그만해!" 오크루트니가 위협적인 눈길로 그들을 노려보았다. "더 이상 아무도 잃을 수 없다."

"아닙니다, 대위 동무. 저희야말로 대위님을 잃을 수 없습니다."

"명령이다!"

"그런 명령은 수행하지 않겠습니다, 쿠클라처럼요." 레나르트가 반박했다.

대위가 그로노프스키를 붙잡으려 했을 때 레만스키와 요드워프스키가 바리케이드를 뛰어넘어 열린 문 쪽으로 달려갔다.

"돌아와, 머저리들아!" 대위가 그로노프스키를 붙잡고 몸싸움을 하며 외쳤다. "좀 천천히 가든가……."

복도의 어스름 속에서 어떤 움직임을 포착하자 대위는 그대로 목이 막혀버렸다. 레만스키와 요드워프스키는 동료들이 지르는 고함 소리를 듣고 뒤를 돌아보았다. 그것은 그들이 그날 저지른 마지막 실수였다. 다시 철문 쪽으로 돌아서기 전에 그들은 여자의 품에 안겼다……. 아마 피에트라소바인 것 같았다. 이전에 구조된 여성들 중 어느 쪽인지 구분하기 어려웠는데, 머리가 없었기 때문이었다.

"이제는 어떡합니까, 대위 동무?" 무거운 침묵 사이로 레나르트가 속삭였다.

"이제 내가 말한 대로 해라." 오크루트니가 그로노프스키를 놓아주며 내뱉었다. "더 이상은 실수할 수 없다."

10

1963년 8월 10일 토요일 06시 51분
전국식료품공급조합 종합창고,
브로츠와프 오드라 기차역 지선 및 트램 차고지 2호

이른 시간인데도 타오르는 해가 또다시 뜨거운 하루를 예고했으며 푸른 하늘에서 쏟아지는 열기에 얼굴을 내민 스프리하는 이런 사실이 전혀 기쁘지 않았다. 그는 방금 최악의 상황을 버텨낼 자신만의 조그만 은신처, 이 학살의 첫 며칠이나 혹은 몇 주까지도 버텨낼 기회를 줄 장소에 도달할 희망을 잃었다. 식료품 창고는 선반마다 텅 비어 있었다. 약탈당했다…… 아니 잠깐, 다시 생각해 보자. '약탈'은 적합한 표현이 아니다. 이 창고의 물품들은 도둑이 정신없이 빼간 것이 아니다. 누군가 계획적으로, 체계적으로 안에 축적된 식량을 일부러 전부 비운 것이다. 그것도 도시 전체가 저…… 괴물 무리에게 점령당하기 훨씬 전에.

"이젠 어쩌죠?" 카치마레크가 속삭이듯 물어서 스프리하는 깊은 생각에서 깨어났다.

"좀 두고 봐야지." 이 상황에서 뭘 해야 할지 전혀 알 수 없었으므로 그는 직접적인 대답을 회피했다. 그는 창고를 둘러싼 단층 건물들을 훑어보았다. "저 안에는 뭐가 있지?"

"다 쓰레기요." 카치마레크가 대답하고 손가락으로 건물을 하나씩 가리키며 설명하기 시작했다. "4동에는 건축자재가 있소. 시멘트, 석고, 페인트 같은 것들. 6동에는 양동이, 대야, 물통, 강판, 물 뿌리개, 에나멜 화분 같은 게 있소. 8동은 직물류라서 이불잇, 커튼, 수건 같은 거요. 10동은 신발, 12동은 가정용 화학용품이오. 빨랫비누, 세탁 세제, 주방 세제……."

"음식은?" 스프리하가 그의 말을 가로막았다. "다른 데 어디 음식 있는 데 아시오?"

카치마레크는 단호하게 고개를 저었다.

"없어요."

"확실해요?"

"확실해요. 여기 들어오기 전에 수백 번이나 이 창고들을 샅샅이 훑었소."

"그러면……." 스프리하는 지금 있는 곳에서는 보이지 않는 차고지 쪽을 바라보았다. "차고지로 돌아가는 쪽이 낫겠군."

"여기가 더 안전해요." 카치마레크가 반대했다. "거리에서 멀고 단단한 철문 안에 있고, 그 괴물들이 무슨 수를 써도 안으로 못 들어올 거요."

"벽의 회반죽이라도 벗겨 먹잔 말이오?" 한마디로 스프리하는 카치마레크의 열띤 항변을 잘랐다. "아니면 찰리 채플린 영화처럼 6동에서 대야 가져다 신발을 넣고 삶아 먹자는 거요? 한번 보시오……." 스프리하는 양팔을 벌렸다. "여긴 산업단지라서 모든 것이 다 먼데, 차고지는 철문을 다 막으면 꽤 괜찮은 은신처를 만들 수 있소. 옆의 그 사무실 건물도 상당히 안전해 보이고. 창문에 창살도 있고 문도……." 스프리하는 생각에 잠겼다. "주변이 다 일반주택 아니면 상가니까 길만 건너면 가까운 가게, 음식점, 아파트에 들어갈 수 있소. 그리고 도망갈 길도 생각해 놔야지. 차고지에서는 말 그대로 어디든 갈 수 있소. 철로를 따라 도시 외곽으로 가거나 울타리를 넘어 이웃한 건물로 들어가거나 여기로 돌아오거나. 게다가 소련 놈들이 만약에 정말로 브로츠와프에 들어온다고 해도 전차 차고지 따위는 거들떠도 안 볼 거요……." 스프리하가 다시 입을 다물었다.

창고 건물만이 아니라 주변을 완전히 에워싼 정적에 귀를 기울이며 스프리하는 오크루트니가 거짓말을 했다는 사실을 깨달았다. 소련의 개입은 전혀 없었다. 붉은 군대의 공격이 예정된 시간에서 30분 이상 지났는데 모퉁이에서는 불길한 소리가 전혀 들려오지 않았다. 아무도 총을 쏘지 않았고 탱크 바퀴가 돌아가는 소리도 안 들렸으며 폭탄도 떨어지지 않았다. 도시는 저…… 저 죽었다 살아난 괴물들의 손아귀에 넘어갔다. '그리고 우리 손아귀에 넘어왔지.' 스프리하는 이렇게 생각하고 혼자 웃었다. '이런 새로운 조건에서 우리만큼 잘 적응할 사람이 누가 있겠어? 이 뒤틀린 세상을 지배하기에 우리만큼 적당한 사람이 누가 있겠어?'

"그럼 돌아가요?" 카치마레크가 확인했다.

"그래야지."

* * *

나머지 사람들은 스프리하의 의견을 좋아하지 않았다.

"차고지에는 있고 여기엔 없는 게 뭔데요?" 그젤라크가 물었다. 그는 보안이 약하고 좀비들이 들끓는 곳으로 돌아간다는 생각이 마음에 들지 않았다.

스프리하는 마치 자신이 없는 동안 어디에 숨을지 다들 의논이라도 한 듯 그젤라크가 다수 의견을 대표하는 것을 눈치채고, 이런 반란 시도는 싹부터 잘라야겠다고 마음먹었다.

"물이 있지." 그가 대답했다.

반대하던 사람들은 정곡을 찔리고 입을 다물었다. 창고에 남을 경우 음식뿐 아니라 마실 물도 없는 채로 버텨야 했다. 반면 차고지에는 수도가 있으니 물은 충분했다. 물론 분명히 머지않아 수도국 운영이 중단되면 물이 끊어질 테지만, 스프리하는 이런 것을 굳이 말로 하지는 않았다. 그때까지는 마실 물은 충분히 있을 것이었다. 네린크가 차고지 건물 안을 뒤지다가, 차고지 직원들이 전차 수리소에서 차게 마시려고 챙겨놓은 생수병 가득한 상자를 발견한 것이다. 물이 아주 많지는 않았지만 병이 비는 대로 수돗물로 채워놓으면 갱 전체가 몇 주는 버틸 수 있을 것이다. 그것은 이 새로운 현실에서 사느냐 죽느냐의 문제를 뜻했다.

확실히 하기 위해서 그는 이전에 카치마레크에게 했던 말을 다른 사람들에게도 되풀이했다. 모두들 차고지야말로 지금 자신들이 있어야 할 곳이라고 믿기를 원했다. 대부분 동의했지만 그젤라크와 네린크는 표정으로 보아 여전히 반대하는 것 같았다.

"필요한 걸 전부 그쪽으로 옮기면 되잖소." 그젤라크가 동료의 지지를 느끼고 고집을 부렸다.

"짐 덩어리를 들고 몇 번이나 왔다 갔다 하고 싶소?" 스프리하가 웃음을 터뜨렸다. "뻥 뚫린 공간에서? 대낮에? 저 관목숲 사이로 물 상자와 뭐가 됐든 긁어모은 물건들을 다 짊어지고 왔다 갔다 하겠다고? 차라리 창고 건물에 써 붙이면 어때? '파비안 스프리하와 동료들. 누구든 초대합니다. 우리를 죽이는 분들에게 공짜 음식과 물을 드립니다.' 이보쇼, 정신 차려요. 며칠만 있으면 저 괴물들 때문에 수도도 끊어질 거요." 그리고 스프리하는 그젤라크의 눈을 바라보며 날카롭게 말했다. "어떻게 보면 댁이 좋아하는 그 아마겟돈이 맞소." 그리고 그는 창고 앞에서는 보이지 않는 전차 차고를 손가락으로 가리켰다. "오로지 저기에서만 그 아마겟돈이 끝날 때까지 살아남을 기회가 있소."

"여긴 사방이 막혔잖소." 그젤라크가 계속 고집스럽게 말했다. "사방을 둘러봐도 사람도 하나 없고……."

"시체도 없고!" 바로 뒤에 서 있던 네렌크가 끼어들었다.

"그건 맞소." 스프리하가 인정했다. "하지만 몇 시간만 지나면 여기서도 득시글거릴지 몰라. 그런데 창고 안에는 우리가 버티고 살아갈 만한 게 아무것도 없다고. 음식 한 입도, 물 한 방울도. 배가 꼬르륵거리기 시작하면 철로를 건너 먹을 걸 찾으러 나가야 할 거요. 그런데 바로 저기 저 거리……." 스프리하는 거리 이름을 기억해 내려 애쓰며 초조하게 손가락을 튀겼다.

"스위비안스카." 카치마레크가 옆에서 들리게 알려주었다.

"그렇지, 스위비안스카." 스프리하가 다시 말을 이었다. "차고지 바로 건너편에 식료품점만이 아니라 술집 간판도 봤소."

음식도 음식이지만 술은 또 다른 문제다. 술 얘기는 분명히 그들의 상상력을 자극할 것이었다.

"그래서 어쩌라는 거요. 길거리에 저 괴물 새끼들이 수백씩 돌아다니는데." 그젤라크가 코웃음 쳤다.

"없애면 되지." 스프리하가 차분하게 확답했다.

"대체 어떻게?"

"두고 보면 알 거요. 약속하겠소. 차고지로 돌아가면 바로 시작할 테니까. 아니면 두고 보지 말든가. 당신 점점 내 신경 긁기 시작하는데, 나한테 짜증 나게 구는 인간은 대부분 빠르게 헛되이 끝장나는 경향이 있었소. 안 그런가, 여러분?"

그젤라크는 경멸에 찬 콧방귀를 뀌었다. 그는 스스로 대장 역할을 맡은 스프리하보다 몸집이 두 배는 컸고 코 모양을 볼 때 맷집도 보통이 아닌 듯했다. 이번 경우에는 양심 없고 몸집이 작은 이 식인종만이 아니라 그 추종자들까지 처리해야 할 것인데, 그 숫자가…… 열 명은 되었다. 지금 그 열 명이 오른손을 주머니에 계속 넣고 있는 스프리하의 등 뒤에 서 있었다.

'이 주머니 안에 내가 널 불구로 만들거나 심지어 죽일 수도 있는 물건을 가지고 있을까? 직접 확인하지 않는 게 좋을걸.' 암시하는 바는 명확했다. 그젤라크는 큰 소리로 마른침을 삼키고 방어하는 자세로 몸 앞에 양손을 내밀었다.

"난 그저……." 그가 여기까지 말했을 때 동쪽에서 귀가 찢어질 듯한 긁히는 소리와 굉음이 울려 퍼졌다. 또 폭발이 시작된 것 같았다.

하늘에는 이전처럼 불길에 휩싸인 버섯구름이 피어오르지 않았지만 모두 땅에 엎드려 두려움에 찬 눈으로 주위를 둘러보았다.

"여기서 나간다!" 스프리하는 대화를 계속 이어갈 생각이 없었으나 도망치기 전에 상대방에게 의미심장한 눈길을 쏘아 보냈다. 대단히 의미심장한 눈길이었다.

'두 번째 기회는 없어.' 이렇게 말하는 것 같았다. '인스크의 식인종'은 소년 같은 얼굴에 친밀한 웃음을 짓고 있었지만 그것은 수많은 여자를 파멸로 이끈 미소였다.

별다르게 조심하지 않고 그들은 한 명씩 울타리의 구멍을 통해 빠져나왔다. 이제는 속삭이지도 않았고 목소리를 조금 낮춰 떠들면서 단층 건물 사이로 움직였다. 대부분 주위를 둘러보지도 않았고 주위를 살피는 일은 앞장서서 길을 이끄는 카치마레크에게 맡겼다. 카치마레크는 스프리하보다 두 걸음쯤 앞서갔고 스프리하는 나머지 사람들보다 5미터는 더 앞서 있었다.

카치마레크는 철도 지선에 도착해서 멈추어 섰다. 이전에 좀비 몇 명을 보았던 기관차 차고지 쪽을 살펴보고는 마침내—아무 움직임이 없는 데 안심하여—시선을 들어 굴다리와 그 너머에 있는 브로츠와프 오드라 기차역을 바라보았다. 스프리하는 카치마레크가 땅에 엎드리는 것을 보고 멈추었다. 뒤에 오는 사람들에게 작은 소리로 경고신호를 보내고 손을 들어 그 자리에 있으라고 알린 뒤 뒷걸음질하는 카치마레크에게 달려갔다.

"뭐요?"

"저기 있소." 겁에 질린 카치마레크가 씩씩거렸다. "떼로 몰려 있어요!"

스프리하는 카치마레크 옆을 지나 몸을 약간 웅크리고 조심스럽게 지선 가장자리로 나갔다. 한 번 보는 것만으로 상황을 파악하기에 충분했다. 기차역 쪽에서 군중이 몰려들었다—그러나 좀비가 아니라 평범한 사람들이었다. 짐가방을 손에 든 남자들이 겁먹은 듯 뒤를 돌아보았다. 보따리를 등에 진 여자들이 비틀거리는 아이들의 손을 잡아끌었다. 수십 명, 아니 수백 명은 되어 보였다.

이 사람들은 도망치고 있었다. '무엇 때문에 도망치는지 짐작하기는 어렵지 않지.' 스프리하는 생각하고 멈추어 있는 나머지 갱에게 말했다.

"기차역에서 사람들이 몰려나오는 거요. 개미 떼처럼 많소. 왜 도망치는지는 당신들도 알겠지."

"그럼 우린 돌아가요?" 그젤라크가 희망에 찬 목소리로 물었다.

"아니. 최대한 빨리 전차 차고지로 가야지."

"하지만······."

"하지만은 필요 없소. 아직 사람들하고 거리가 꽤 있으니 어렵지 않게 철로를 넘어가 울타리 문을 잠글 수 있을 거요."

이렇게 말하고 그는 그제야 일어서기 시작하는 카치마레크를 끌고 지선 쪽으로 뛰어가기 시작했다. 나머지 사람들이 자기 말을 듣는지 확인할 필요가 없었으므로 그는 뒤를 돌아보지 않았다. 첫 번째 이유는 대장 놀이에 허비할 시간이 없었기 때문이고, 두 번째로는 자기와 맞지 않는 사람들을 이 새로운 조건하에서 죽이는 것이 쉽지 않을 것 같았으므로 마음에 들지 않으면 지금 여기서 작별하는 쪽을 원했다.

그는 관목숲을 헤치고 나가 오른쪽을 보았다. 도망치는 사람들의 무리가 가스 공장 탱크가 있는 곳에 이르렀고 스프리하가 전차 차고지 뒷문까지 가야 하는 거리는 200미터 정도였다. 그러니까 그가 절박하게 도망치는 사람들을 피해 몸을 감출 수 있는 시간은 3, 4분 정도였다. 그 정도면 충분할 것이었다. '꽉 잠긴 옆문을 보면 저 사람들은 우리가 울타리를 따라 스위비안스키 광장으로 나갔다고 생각하고 우리 뒤를 따라서 전차 차고지에 들어오진 않을 거야.' 스프리하가 낙관적으로 추측했다.

그는 몇 걸음 만에 시멘트 담장에 도착해서 재빨리 쇠사슬을 풀고 철문을 밀어 열고서 전차 수리소로 뛰어들었다. 그제야 숨을 몰아쉬며 양손을 무릎 위에 얹은 채 기찻길 쪽을 돌아보았다. 그젤라크가 카치마레크 바로 뒤로 전차 차고지에 들어왔고 그 뒤에 나머지가 따라 들어왔다. 모라비에츠와 여전히 의식이 없는 마그지아레크를 끌고 온 마루트가 울타리 문을 잠그는 중이었다.

"야쿠자!" 스프리하가 철문을 가리켰다.

"하고 있소."

울피크가 통로를 막는 작업을 시작했다.

"잠깐!" 스프리하가 그에게 다가갔다. "겉보기에는 잠긴 것처럼 보이지만 언제든 사람 하나 빠져나갈 만큼 열 수 있게 해놓을 수는 없나?"

"왜 그렇게 해야 하는데요?" 울피크가 놀랐다.

"내가 그렇게 하길 원하니까."

울피크는 생각에 잠겨 쇠사슬을 이리저리 들여다보며 코에 주름을 잡았으나, 곧 그 더러워지고 수염이 자라난 얼굴에 웃음이 피어났다.

"알겠소."

스프리하가 울피크의 어깨를 두드려주었다.

"마루트, 모라비에츠는 캉가세이루를 건물 안에 데려다 놓고, 나머지는 여기 있으시오!" 그는 작업장의 긴 벽을 마루트와 모라비에츠에게 가리켜 보이고 나머지 사람들에게는 울타리 문 너머에서 보이지 않을 만한 장소를 가리켰다.

울피크는 울타리 문의 굵은 쇠살대 사이로 사슬을 네 번 돌려 묶은 뒤, 녹슬고 끝이 휘어진 쇠막대를 사슬 몇 개 안으로 밀어 넣었다. 울피크가 철문을 흔들자 마치 자물쇠로 단단히 잠근 것처럼 꼼짝도 하지 않았다. 그러나 쇠막대를 조금 당기기만 하면 30센티미터 정도 문을 열 수 있었는데 울피크는 동료들에게 이것을 마치 마술 쇼를 하듯 보여주었다. 통로가 다시 잠기자 스프리하는 자기 계획을 설명했다.

"자네, 야쿠자는 울타리 문 옆에 서서 내가 신호할 때까지 기다려. 내가 휘파람을 불면 사슬을 풀어. 그리고 여러분." 그는 나머지 사람들을 가리켰다. "문을 열고 울타리 바깥에서 도망쳐 오는 사람들을 빨리 들여보내시오. 그런 다음에 사람들을 건물 안으로 곧장 데리고 가시오. 다만 소리 지르지 말고 폭력 쓰지 말고, 알겠소? 도망치는 사람들을 도와주는 것처럼 예의 바르고 상냥하게 행동하시오."

"그 사람들이 우리한테 왜 필요한데?" 수이카가 내뱉었다.

"내 말 똑똑히 알아들었소?!" 나머지 사람들은 스프리하의 계획이 수수께끼처럼 여겨졌지만 그래도 고개를 끄덕였다. "두 번째 휘파람을 불면 야쿠자가 사슬을 잠글 거요. 그게 끝이오." 스프리하는 말을 마치고 일당을 둘러보았다. "그리고 그 빌어먹을 죄수복 벗어버리쇼. 몇 미터 바깥에서 봐도 교도소에서 도망친 티가 팍팍 나니까."

그들은 죄수복 상의를 벗어 돌돌 뭉쳐서 울타리 아래 높이 자란 잔디 안으로 던져 넣었다.

'땀에 젖은 러닝셔츠와 통 넓은 데님 바지 차림이면 아주 평범한 노동자들처럼 보이겠지.' 스프리하는 생각했다. '저 찌그러진 낯짝만 아니었으면……'

그러나 얼굴만은 바꿀 수가 없었다. 그리고 어찌 됐든 지금 이 순간에 가장 중요한 것은 계획을 실행에 옮기는 일이었다.

작업장 건물은 그 바로 뒤에 있는 시멘트 울타리 위로 높이 솟아 있었고 스프리하는 조심하기만 한다면 들키지 않고 기찻길을 감시할 수 있을 것이라 여겼다. 그는 피뢰침을 타고 올라가 따뜻한 금속 지붕 위에 누운 뒤, 꼭대기 근처까지 닿았다. 그곳에서 그는 일어서지 않고 상의를 벗어, 던져버리지 않고 자기 모습을 감추기 위해 그것으로 머리와 어깨를 가렸다.

도망친 사람들 무리는 이미 갈라지기 시작했다. 선두에 선 사람들은 지금이라도 스프리하가 숨어 있는 건물 앞에 도달할 것 같았다. 그가 예측한 대로 젊은 남자들이 앞서 달렸다. 젊은 남자들은 지구력이 있고 빨랐다. 그보다 1킬로미터 이상 뒤쪽에 여자들이 따라왔는데, 짐을 졌을 뿐 아니라 겁에 질린 아이들을 끌고 가느라 더욱 처졌다. 도와줄 남편이 없이 홀로된 엄마들이 가장 고생하고 있었다.

'완벽해.' 스프리하는 아래쪽에 강물처럼 쏟아져 들어오는 도망자들을 꼼꼼히 관찰하며 기뻐했다.

그는 왼쪽을 바라보았다. 소리 없는 좀비 떼는 도망치는 사람들보다 훨씬 숫자가 많았지만 지금으로서는 가장 느리게 걷는 아줌마보다 천천히 움직이고 있었는데, 아기 엄마들과는 달리 좀비들은 매번 멈추어 서서 숨을 고르거나 우는 아이를 달래고 쉬게 해줄 필요가 없었다. 그 때문에 좀비와 도망치는 사람들의 거리는 끊임없이 줄어들고 있었다. 앞서가는 남자들과 뒤따르는 좀비들 사이에서 마치 두 개의 불꽃 사이에 낀 것처럼 천천히 움직이는 사람들은 대부분 노인과 방금 말한 혼자 아이를 데리고 가는 엄마들이었다. 이 사람들은 한 걸음 걸을 때마다 멀어지는 사람들의 물결을 온 힘을 다해 따라잡으려 애썼다. 가장 힘이 부족한 사람들은 좀비 떼에게서 겨우 열몇 걸음 떨어져 있었다. 스프리하는 이 사람들이 울타리 문에 가까이 닿지도 못할 것이라고 확신했으나, 가장 활기찬 여성과 아이들 그룹은 성공할 것이라 예측했다.

그는 조용히 엎드려 적절한 순간을 기다렸다. 좀비 떼의 손아귀에 잡힌 사람들이 죽어가며 내지르는 애원과 비명 소리에는 귀 기울이지 않았다. 그는 목표물에만 집중했다. 자신이 고른 사람들만 울타리 문으로 끌어들여야 했다. '아직은 아냐, 조금만 더.' 그는 상황을 평가하며, 거리와 시간을 가늠하며 마음속으로 되풀이했다. '지금이다!'

그는 벌떡 일어나 상의를 휘둘렀다.

"여기!" 그는 울타리 문을 가리키며 외쳤다. "이쪽으로 와요!"

그가 미리 점찍어 두었던 여자들이 거의 전부 그가 부르는 소리를 듣고 한꺼번에 방향을 돌렸다. 두 명만 마치 그의 의도를 꿰뚫어 본 듯 고집스럽게 앞으로 나아갔다. '상관없어.' 그는 울피크에게 신호하며 생각했다. '여섯 명이면 충분할 거야.' 그는 좀비 떼와 느리게 걷는 사람들의 눈길을 피해 따뜻하게 달구어진 피뢰침을 타고 내려갔다.

도망쳐 온 여자들을 울타리 안으로 들여보내는 작업은 오래 걸리지 않았다. 여자들은 죄수 무리를 믿고 차고지 부지 안으로 들어와 안내에 따라 건물 안으로 들어갔다. 그러면서 죄수들의 무리에게 감사했다. 스프리하는 지붕 위에서 이 장면을 관찰하며 혼자 웃음 지었다. 그는 자신이 생각을 잘했다고 뿌듯해했다. 그가 외치는 소리를 어쩌다 들은 남자들이 꽉 잠긴 울타리 문으로 계속 달려오곤 했다. 죄수들은 그들을 그냥 두면 다시 목적 없는 도주를 시작할 수밖에 없을 것이라는 사실을 알고 있었으므로 받아들이지 않았다. 이 절박한 시도는 그들이 생존할 확률을 높이는 게 아니라 최저까지 낮추었다. 무감정한 좀비 무리는 벌써 작업장 모퉁이 바로 맞은편까지 밀려와 있었다.

스프리하는 놀라서 혼자 휘파람을 짧게 불었다. 좀비는 수백이 아니라 수천 명이었다. 넓게 늘어서서 기찻길 전체를 차지하고 걷고 있었는데 지선까지도 뒤덮은 것이 분명했다. 지붕 위에서는 굴다리 아래 줄지어 서 있는 화물차들이 보였지만, 좀비들의 행렬은 끝이 보이지 않았다. 스프리하는 고개를 돌렸다. 도망치는 사람들 중 절대다수가 전차 차고지 바로 뒤에서 기찻길을 비껴 내려갔고 나머지는 스워비안스키 광장에 면한 녹지로 달려갔다. 스프리하는 차고지 건물과 그 뒤에 있는 거리 쪽을 한 번 더 쳐다보았다. '어쩌면 단 몇 명이라도 자기 운을 믿고 방향을 돌려 호송차를 둘러싼 괴물들한테 곧장 달려들지도 몰라⋯⋯.' 아니, 그렇게 운 좋은 일이 일어날 것이라고는 믿을 수 없었다. 그 문제는 스프리하 자신이 직접 해결해야 했다.

그는 다시 고개를 돌려, 점점 더 숫자가 많아지는 느린 사람들을 따라 좀비 떼가 방향을 돌리는 모습을 지켜보았다. 좀비는 단 한 명도 울타리 앞에서 멈추지 않았고 단 한 명도 차고지 쪽을 바라보지 않았다. 피에 대한 욕구가 좀비 떼를 완전히 지배했다.

* * *

차고지 안으로 도망쳐 들어온 여성들은 계속 훌쩍거리는 아이들을 품에 안고 작업장 구석 콘크리트 바닥에 앉아 있었다. 죄수들은 멀찍이 여자들과 거리를 유지했고 그러면서 혹시 모를 도주로와 탈출구를 막고 있었는데, 차고지 안으로 들어온 여자들의 상태를 보면 그다지 도망칠 것 같지 않았다.

'조심해서 나쁠 건 없지.' 스프리하는 이렇게 생각하며 몇 걸음 걸어 여자들에게 다가갔다.

"잘됐습니다!" 그는 기쁨을 숨기지 않고 손뼉을 쳤다. "괴물 무리는 정말 다행스럽게도 여기를 지나서 가버렸습니다. 아뇨, 아뇨. 저에게 고마워하지 마십시오, 숙녀 여러분. 절대로 그러실 필요 없습니다." 그는 한때 피해자들과 대화할 때 썼던 예의 바르고 약간은 유혹하는 어조로 말했다. "누구라도 저처럼 했을 겁니다, 정말로요." 스프리하는 양손을 앞으로 내밀고 소심한 감사의 외침을 진정시킨 뒤에 여자들이 완전히 조용해질 때까지 오랫동안 말을 하지 않고 기다렸다. "아이고, 제가 이렇게 정신이 없네요." 그는 더욱 활짝 웃으며 다시 말했다. "제 이름은 파비안 스프리하고 여기 있는 동료들과 마찬가지로 철도 근로자입니다. 이 모든 일이 시작되었을 때 저희는 저기 저 기관차 차고지에서 야간 근무를 하고 있었습니다. 저희도 간신히 그 괴물들을 피해 도망쳤어요. 하지만 동료들 대다수는 운이 나빴지요……." 그가 목소리를 낮추었다.

공감의 말들이 들려오자 그는 적절하게 슬픈 표정을 지으면서 동시에 누가 그의 계획을 망가뜨릴 말이나 행동을 할까 봐 남자들을 쳐다보았다. 다행히 일당은 스프리하의 속셈을 여전히 전혀 이해하지 못하면서도 그의 말과 행동을 진심으로 흥미로운 듯 바라보며 그저 모든 말에 고개를 끄덕일 뿐이었다.

"솔직히 말씀드리겠습니다." 스프리하는 다시 여자들에게 시선을 집중하며 말하기 시작했다. "여기는 겉보기처럼 그렇게 안전하지 않습니다. 차고지에는 넓은 철문이 세 개 있는데 두 개는 스위비안스카 거리로 연결되고 하나는 저쪽 기찻길로 나갑니다." 그는 손가락으로 가리켰다. "저쪽은 잠글 수도, 막을 수도 없습니다. 그뿐만이 아니라 우리가 은신처로 쓸 수 있는 유일한 건물을 어떤 사람들이 차지하고 우리와는 말도 하려 하지 않습니다."

"그렇게 야비하다니 사람도 아니에요." 여자 한 명이 신음하듯 말했다.

"저는 그 마음이 좀 이해가 됩니다······." 스프리하는 아주 신 것을 깨문 양 얼굴을 찡그렸다. "모르는 남자들이 떼 지어 몰려온 걸 보고 저쪽에서도 겁이 나겠지요. 특히 이런 아마겟돈이 펼쳐지고 있으니 말입니다. 하지만 그 얘기를 하려는 게 아닙니다, 숙녀 여러분. 계획은 이렇습니다. 여기서 몇 시간 기다리면서 상황을 지켜보다가 좀 더 나은 은신처를 찾아봅시다."

"거리로 나가자고요?!" 여러 연령대의 아이 셋을 감싸안은 여자가 새된 소리로 외쳤다.

"어쩔 수 없습니다." 엄숙한 어조로 스프리하가 말했다. "기찻길에 괴물들 숫자가 가장 적어서 그쪽으로 돌아가는 방법도 생각해 보았습니다만 이 상황에서는 좋은 생각이 아닌 것 같습니다. 숙녀 여러분, 어찌 됐든 여기 있을 수는 없습니다. 차고지 앞에 그 괴물들이 백여 명 돌아다니고 있으니 우리가 있는 걸 눈치채기라도 하면 대학살이 벌어질 겁니다. 철문 아래로 어렵지 않게 기어들어 올 수도 있고 자물쇠가 아무리 튼튼해도 수십 명이 밀어대면 이겨내지 못합니다."

이 말을 듣고 여자들 사이에 상당한 소요가 일어났다.

"맙소사!" 어떤 여성이 외쳤다. "난 기찻길로 안 돌아가요! 스프리하 씨, 거기서 무슨 일이 벌어지는지 직접 보셨잖아요."

"물론 봤지요." 스프리하는 시선을 내리깔며 인정했다. "하지만······."

"저쪽 건물 사람들이 여러분을 무서워할지는 몰라도 우리 말은 들을 거예요." 아이 셋을 거느린 엄마가 희망을 담은 목소리로 말을 막았다.

스프리하는 비판적인 눈으로 여자를 바라보았다. 푸른색 원피스는 적당히 닳았고 얼굴도 딱 알맞게 더러웠다. 땀에 젖은 머리카락을 땋아 내린 것이 아쉬웠는데, 산발이면 더 효과가 좋을 것 같았기 때문이다. 스프리하는 아이들을 바라보았다. 가장 나이가 많은 남자아이는 열한 살 정도 되어 보였고 여동생은 아마 일곱 살, 많게 잡아도 여덟 살, 그리고 가장 어린 아기는 고작 몇 달 전에 태어난 것으로 보였다.

"안 될 겁니다, 어머님." 스프리하는 체념한 듯 손을 흔들었다. "아무에게도 문을 열어주지 않을 거예요. 공포는 힘이 센 법이고 오늘은 나치가 점령했을 때만큼 상황이 나쁩니다."

"시도해 봐서 나쁠 건 없잖아요. 안 그러면 돌아가야 하는데…… 저기로." 여자가 건물 뒷문을 가리켰다.

"그 말씀은 맞습니다만……." 스프리하는 계속 반대하는 척하며 마지못해 동의했다.

"아저씨들이 저희를 위해서 어떻게 해줬는지 가서 얘기할게요. 그러면 분명 마음이 바뀔 거예요." 아주 예쁘고 날씬한 금발 여성이 옆에 그만큼 귀여운 여자아이를 데리고 대화에 끼어들었다.

스프리하는 입술을 깨물었다. 여자는 그의 입맛에 딱 맞았다. 이런 정황이 아니었다면 아마……. '안 돼.' 그는 마음을 다잡았다. '재미 보는 건 끝났어. 최소한 한동안은 참아야 돼. 이제는 아무 뒤탈 없이 여자를 거꾸로 매달아 놓고 가죽을 벗기면서 눈을 들여다보고 그 황홀한 애원 소리를 들을 수 없어. 조금만 잘못하면 희생물이 날 잡아먹으려 들 테니까…….'

"그런 걸 부탁드릴 수는 없습니다." 그는 여자들을 더욱더 부추기기 위해서 결정을 내리지 못하고 망설이는 척했다.

"필요하다면 우리 다 같이 갈게요." 가장 처음 반응했던 여성이 당당하게 외쳤고 품에 아기를 안은 다른, 더 어두운 금발의 여성도 동의했다.

조금 더 나이가 많은 여자 두 명이 적극적으로 고개를 끄덕이며 이 말을 지지했다. 단지 가장 몸집이 작고, 길고 마른 얼굴에 헝클어진 검은 머리 여성만 품에─눈대중으로 열 살 전후로 보이는─여자아이 둘을 껴안고 계속 흐느끼기만 했다. 이 사람은 여성들 중에서도 행색이 가장 초라했고 얼굴에 심하게 할퀸 상처가 있었다. 찢어진 이마와 볼에 말라붙은 피 때문에 여자는 특히 고통스러워 보였다. 스프리하에게 가장 필요한 사람이 바로 이 여성이었다.

"그렇게 해주시면 정말 진심으로 감사하겠습니다." 스프리하는 여성들의 용기에 감탄하는 척하며 큰 소리로 말했다. "저희도 저 괴물들 앞에 다시 나서는 건 절대로 달갑지 않습니다. 괴물들이 무슨 짓을 하는지 저희도 지나치게 자세히 보았습니다. 여러분이 붙잡히지 않고 도망칠 수 있었던 건 기적입니다……."

"아저씨들 도움이 없었으면 우린 지금쯤 죽었을 거예요, 스프리하 씨."

"그런 말씀은 하지 마십시오." 스프리하가 부탁했다.

"그러니까 저희가 가서 해결할게요."

"여러분이 그렇게 말씀하신다면…… 하지만 한꺼번에 다 가시진 마십시오. 그러면 저쪽이 더 겁먹을지도 모르니까요."

"그 말씀도 맞겠네요." 아이 셋을 거느린 엄마가 고개를 끄덕였다. "그러면 어떻게 하는 게 좋을까요, 스프리하 씨?"

"어머님을 모시고 가면 좋겠습니다. 죄송하지만 통성명은 하는 게 좋겠지요. 성함이 어떻게 되십니까?" 스프리하가 유혹했다.

"성은 린스카-즈워흐예요. 이름은 도로타구요. 그리고 우리 애들은 마테우시, 레나, 릴리안나예요."

"만나 뵙게 되어 정말 반갑습니다. 그리고 어머님도 우리와 함께 가시면 어떨까요……." 그는 너무나 먹잇감으로 삼고 싶은 금발 여성을 바라보았다.

"요안나 클리메츠카예요." 여성은 스프리하가 어째서 그토록 친밀한 미소를 짓는지 전혀 수상하게 여기지도 않고 자기 이름을 말했다. "아나스타지아, 스프리하 아저씨한테 인사해."

빨간 비옷을 입은 소녀가 예의 바르게 고개를 숙였다.

"안녕하세요, 아저씨." 소녀가 여전히 눈에 눈물이 고인 채 말했다.

"안녕, 아가야." 스프리하는 할 수 있는 한 가장 부드럽게 아이의 머리를 쓰다듬었다. "아, 그리고 어머님. 어머님도 우리와 함께 가시면 좋겠네요." 그가 바짝 마른 여성에게 말했다.

"꼭 가야 하나요?" 여성이 중얼거렸다.

"그럴 리가요! 하지만 저 사람들 마음속의 얼음을 깨려면 어머님께서 같이 가주시면 정말 좋을 것 같습니다. 우리 조그만 사절단에 합류하시지요. 어머님을 보면 얼마나 고생해서 여기까지 오셨는지 잘 알 수 있을 것입니다. 예외적으로 잔혹한 사람이 아니라면 누구나 어머님의 고통에 공감할 겁니다. 어머님 성함이……."

"루치나예요. 성은 지엘린스카구요." 여성은 이렇게만 말하고 아이들 이름은 말하지 않았다.

"저희와 함께 가시죠, 지엘린스카 씨." 요안나 클리메츠카가 몸을 내밀고 말했다. "스프리하 씨 말이 맞아요."

"저쪽 사람들을 설득해야 해요. 그렇지 않으면 우리는 또 끔찍한 상황에 내몰린다고요!" 조금 나이 든 여성들 중에서 아이 둘을 데리고 있는 어머니가 크게 고개를 끄덕였다.

"하지만 전 그럴 기운이 없어요." 지엘린스카가 속삭였고 눈에서 다시 커다란 눈물방울이 흘러내리기 시작했다.

"그러니 더더욱 저희를 도와주십시오." 스프리하가 여성을 향해 손을 뻗었다. "저기 바깥 상황은 점점 더 나빠질 겁니다."

"첼리나, 올리비아, 가자." 지엘린스카가 힘겹게 몸을 일으켰다.

지엘린스카의 무릎은 까져 있었고 입을 벌린 상처에 아직도 피와 재가 뭉친 덩어리가 박혀 있었다. '여기 오기 전에 정말로 지옥 같은 일을 겪은 모양인데.' 스프리하는 지엘린스카를 상냥하게 안내하며 속으로 생각했다. 지엘린스카는 스프리하의 친절한 몸짓에 아랑곳하지도, 아무런 반응도 보이지 않았다. 그저 저 괴물들이 하듯이 휘청거리며 걸었다. 지엘린스카 뒤를 따르며, 다른 여성 두 명 옆에 서서 걷는 스프리하는 차고지 옆 사무실에 문을 닫고 들어앉은 사람들이 설득에 넘어갈 것이라 확신하며 혼자 웃음 지었다. 거리에 좀비들이 흘러넘치지 않던 시절이었다 해도 그의 일당 중엔 그들을 설득해서 문을 열게 할 가능성의 그림자라도 있는 사람은 아무도 없었고, 지금은 더더욱 말할 것도 없었다. 그가 이 문제를 해결할 방책을 찾은 것이 천만다행이었다.

'이젠 내 세상과 내 시대가 될 거야. 여기서 내 치세를 시작해야지……'

그때 어딘가 멀지 않은 곳에서 소총 소리가 울렸다. 스프리하는 본능적으로 양팔을 들어 머리를 감쌌다. 누군가 전투 중이었고, 그것도 한두 사람이 아니라 부대 전체가 싸우고 있었다. 설마 오크루트니가 거짓말한 게 아닌가? 소련 놈들이 교도관들이 알고 있던 예정 시각보다 한참 늦게 도시에 들어온 건가?

스프리하는 총소리에 귀를 기울였다. 저건 소총 열몇 대, 심지어 수십 대일 수도 있었다. 기차역에서 도망친 사람들과 그 뒤를 쫓는 좀비 떼가 향한 방향에서 메아리가 들려오고 있었다. 그러니까 분명 누군가 그들에게 발포하는 것이다. 한 방씩 쏘는 총소리가 그치고 기관총 특유의 격발음이 연달아 울리기 시작하자 여자들이 한탄하기 시작했다. 차고지에서 멀지 않은 어딘가에서 명백히 전투가 벌어지고 있었다.

"빨리!" 그는 목소리를 높였다.

그가 그 말을 두 번 되풀이할 필요는 없었다. 사람들이 차고지 건물을 나서자마자 거대한 폭발이 일어났고, 사방에 폭음이 울려 퍼졌다. 세 여성 모두 당장 땅에 납작 엎드렸고 그런 뒤에는…… 침묵이 덮쳐왔다.

***

"거기 누구 있어요?!" 린스카-즈워흐가 꽉 잠기고 단단한 쇠살대로 보호된 문을 두드리기를 멈추고 외쳤다. "저기요!"

"제가 이미 말씀드렸죠?" 스프리하가 여성들 뒤에서 부추기면서 체념한 어조로 중얼거렸다. "저 양아치들은 괴물하고 다를 게 하나도 없습니다."

주위를 뒤덮은 완벽한 침묵이 스프리하는 이상하게 느껴졌다.

군인들이 이렇게 짧은 시간에 그 많던 괴물 떼를 전부 죽였을 것 같지는 않고, 그렇다면 뭔가 다른 일이 분명했다. 그럼 대체 어떤 일인가? 스프리하는 불확실한 상태에 잡혀 있는 것을 아주 싫어했고 언제나 사건을 통제하는 입장이어야 직성이 풀렸다. 그래서 저 의심스러운 총격전이 계속 마음에 걸렸다.

"저기요, 동정심이라도 좀 가지세요!" 지엘린스카가 호소하는 소리로 외쳤다. "하다못해 우리 아이들만이라도 구해주세요!"

위층 창문 커튼이 벌써 몇 번째 흔들렸다. 스프리하는 이것을 눈치챘으나 일부러 고개를 들지도 않고 옆에 있는 여성들에게 이 사실을 언급하지도 않았다. 이 작전은 정말로 조심스럽게 진행해야 했다. 그는 사무실 건물 안에 숨어 있는 사람들을 몇 번이나 거듭해서 설득해야 할 것이라 예상했다. 그래서 이 드라마를 몇 장면으로 나누어 기획했던 것이다. 절박한 호소, 위협, 여성들의 외침과 겁에 질린 아이들의 울음소리, 여기에 함께 울려 퍼지는 공포에 찬 애원....... 건물 안에 누군가 정상적인 사람이 있다면 조만간 무너지게 될 것이었다.

"진정하세요, 요안나 씨." 그가 클리메츠카의 어깨를 두드리며 부탁했다. "괴물들을 이쪽으로 부르게 될지 모르니까요."

린스카-즈워흐가 불안하게 주위를 둘러보았고 아이들은 즉시 엄마의 다리에 매달렸다. 지엘린스카의 딸들도 어머니를 껴안으며 흐느끼기 시작했다.

"너희들은 자식도 없냐, 이놈들아!" 클리메츠카가 겁먹기보다는 화가 나서 씩씩거렸다.

문 뒤 복도에서 뭔가 움직였다. 소리 죽인 발걸음이 울리더니 자물쇠가 돌아가는 쳇소리가 나고 빗장이 움직이는 삐걱삐걱 소리가 들려왔다. '제발, 제발.' 스프리하가 이렇게 생각하고 있을 때 쇠살대로 덮인 철문이 열리더니 세 명…… 아니 네 명이 나타났다. 계속 닫혀 있던 철문 뒤에 서 있는 것은 키가 크고 턱수염을 기른 형클어진 새까만 머리카락의 남자였는데, 이 남자가 문을 연 것 같았다. 약간 멀리, 현관 안쪽에 여자 세 명의 형체가 보였다. 그중 가장 키 큰 여자 뒤에 아이도 두 명도 있는 것을 스프리하는 알아챘다.

'잘됐군, 아주 훌륭해.' 그는 속으로 기뻐했다. 성공할 확률이 점점 커졌다. 그는 반걸음 뒤로 물러섰는데, 이제는 모든 일이 그가 데려온 여성들의 설득력에 달려 있기 때문이었다.

"세상에, 하나님 감사합니다!" 지엘린스카가 거의 연극적으로 성호를 그었다. "들어가자, 얘들아."

"잠깐, 잠깐!" 철문 뒤의 남자가 즉각 지엘린스카를 막았다. "어딜 들어온다는 거요?"

"우리 안 숨겨주시나요?" 린스카-즈위흐가 놀랐다.

"숨겨줄 수 없소. 가시오, 정중히 말씀드리는 거요."

"어디로 가라는 거예요?"

"모르죠. 어디든 원하는 곳이나 댁들이 떠나온 곳으로 가시오. 여긴 댁들 위한 자리가 없소."

"아니 대체 어떻게……." 백지장처럼 창백한 지엘린스카가 속삭였다. "부끄럽지도 않나요…… 아이들을 죽음으로 내몰겠다니."

"여기까지 왔으니 다른 곳으로 갈 수도 있을 거요. 데리고 나가시오."

"사람답게 구세요!" 클리메츠카가 맨 앞으로 나섰다. "우리가 어떤 일을 겪고 살아남았는지 아세요? 우린 갈 데가 없어요. 기차역에선 학살이 벌어지고 있어요. 기차가 탈선했다고요. 수많은 사람들이 죽었고 그다음에는 저 괴물들이……." 클리메츠카의 목소리가 갈라졌다. "사방에서 기어 나왔어요. 개미 떼만큼 많았다고요, 개미 떼."

"우린 돌아갈 곳도 없어요." 지엘린스카가 놀랄 만큼 강한 목소리로 덧붙였다. "도시 전체가 감염자들로 뒤덮였어요. 라디오 공지 못 들으셨어요? 사람들한테 집에 있으라고 했어요."

"그럼 집에 있지 그랬소." 남자가 내뱉었다.

"저도 그러고 싶었어요." 대답하는 지엘린스카의 목소리가 점점 더 날카로워졌다. "하지만 그 공지를 처음 들은 게 기차역 공용 라디오 앞이었다고요. 거기서 어떻게 미실리프스카 거리로 돌아가요? 어떻게요?"

"걸어서 가시오. 바로 옆에 있지 않소."

"하지만 길거리에 그 괴물이 수백 마리씩 돌아다닌다고요! 심지어 여기 스위비안스카 거리도 그놈들로 가득 찼어요!"

"이 철문은 안 열어준다고 이미 말했소. 그걸로 끝이오!"

스프리하는 자기가 끼어들 때가 되었다고 결정했다.

"갑시다, 어머님들. 여기선 더 이상 어쩔 도리가 없습니다. 다른 걸 뭔가 생각해 봅시다. 저 괴물들한테서 어머님들을 구해냈으니 어쩌면 우리가 또 운이……."

"저 괴물들이 우릴 잡아먹는 걸 바라는 거죠, 그렇죠?" 린스카-즈워흐는 스프리하가 바랐던 그대로 그의 말을 가로막고 외쳤다. "아이들이 불쌍하다는 마음도 없죠! 저 걸어 다니는 시체들보다 하나 나을 게 없어요!" 린스카-즈워흐는 남자가 아니라 그 뒤에 서 있는 여자들에게 외치고 있었다. "우리를 숨겨주는 게 뭐가 그렇게 손해죠? 하루나 이틀만 기다리면 군대가 다시 질서를 회복할 거예요. 저기 그, 라디오에 나온 소령이 그저 시간문제라고 했어요."

"비에드지츠키는 항상 말이 많지." 남자가 린스카-즈워흐의 말을 가로막았다. "아침이 오기 전에 질서를 회복한다고 약속했는데 어떻게 됐소? 개소리."

"입조심해요, 마친스키 씨." 남자 뒤에 서 있던 여자들 중 가장 키가 큰 여자가 야단쳤다. "애들이 들어요."

"그게 사실인데 어떻게 하라는 겁니까?" 남자는 이 핀잔에 마음이 상해 반박했다. 그리고 자기 입장을 지키려 했다. "저 사람들 여기 들어오면 절대로 안 나갈 겁니다. 다른 데로 가는 게 무서우면 차고지 건물 안 사무실에라도 들어가서 숨어 있으라고 해요."

"하지만 거기 문은 없는 거나 마찬가지라고요. 합판 몇 장에, 나머지는 유리란 말이에요." 키 큰 여자도 물러나지 않았다. "스위비안스카 거리로 난 문도 마찬가지예요."

"고집스러운 사람은 보일러실 철문도 뚫고 들어올 수 있어요."

"고집스러운 사람은 당신이에요, 마친스키 씨!"

"우리가 안 먹고 남겨둔 음식도 저 사람들이 다 먹어치우고 다 같이 굶어 죽게 될 거라고요!" 남자가 궁극의 주장을 던졌다.

"우리가 가져온 식량이 있어요!" 지엘린스카가 꽉 찬 보따리를 두고 온 차고지 건물을 가리켰다. "빵, 소금에 절인 고기, 치즈. 며칠 동안 모두가 충분히 먹을 수 있어요. 남의 음식 뺏어 먹지 않아요."

"물이 언제 끊어질지 모른다고요." 마친스키는 지엘린스카의 말이 들리지 않는 듯 계속해서 주장을 펼쳤다.

"사실 물이야말로 넘치게 많이 있습니다." 스프리하가 다시 끼어들었다. "차고지 안 작업장에서 물병이 든 상자를 서른 개 정도 찾아냈어요. 수돗물로 꽉꽉 채워놨습니다. 마지막 한 병까지요. 여러분과 우리까지 합쳐서 2주나 그 이상 버틸 수 있을 겁니다."

"마친스키 씨……." 현관 안쪽에서 아이를 데리고 있는 여성이 한 걸음 철문 쪽으로 나왔다.

"마친스키 씨더러 어쩌란 겁니까?" 남자가 씩씩거렸다. "모르는 사람들을 들여보내라고요? 이 사람들 대체 누군지 알기나 합니까?"

"분명히 저 괴물들보다 나쁜 사람은 아니겠지요." 다른 여성이 조용히 말했다.

"스프리하 씨와 동료들이 우리를 구하려고 목숨을 걸었어요!" 지엘린스카가 재빨리 말했고 다른 여성들이 열렬히 동의했다.

"우리하고 똑같은 그냥 사람이라고요, 모르시겠어요?"

스프리하는 속으로 웃음을 터뜨렸다. 현관의 여자들은 이미 그의 편이었다. 불행히도 문 앞의 남자는 너무 흥분했거나 아니면 지나치게 겁먹은 것 같았다.

"최악의 상황만 버티게 해주세요." 지엘린스카가 부탁했다.

"어림없소!"

"그럼 아이들만이라도 숨겨주세요." 스프리하가 애원하는 목소리로 제안했다. 절반의 타협안이니 저들이 받아들이기에 훨씬 쉬울 것이었다.

사방이 고요해져서 스프리하는 마음을 놓았다. 총소리나 폭음이 더 이상 들리지 않았으므로, 기차역에서 좀비 떼를 막은 게 누구든 확실히 소련군은 아니라고 그는 점점 더 확신하게 되었다. '즉 우리에겐 시간이 있다는 뜻이지. 여자들이 이 마친스키라는 남자를 계속 설득하게 두면 되겠지. 15분, 최대 30분 뒤에는 남자도 기가 꺾일 거고, 그러면……'

"마친스키 씨……." 이번에 남자는 세 여성들에게 동시에 공격 당했다. "아이들만이라도 받아주세요. 내일, 길어봤자 월요일에는 모든 일이 끝날 거예요."

"안 된다고 했잖아요!"

"말 좀 들으세요!" 지금까지 가장 조용했던 여성이 고함쳐서 마친스키를 깜짝 놀라게 했다. "이런 일을 신부님한테 어떻게 고해한단 말이에요?"

여자들은 이런 식으로 잠시 더 그를 닦달했고 마침내 남자가 항복의 뜻으로 손을 들었다. 남자는 건물 앞에 선 여자들을 노려보고는 뭔가 알아듣지 못할 말을 중얼거리더니 전차 역무원 제복 상의 주머니를 뒤지기 시작했다.

"나중에 이 일을 반드시 후회할 겁니다." 그는 열쇠를 찾으며 여자들에게 중얼거린 뒤에 스프리하를 위협적으로 노려보았다. "아이들만이오! 나머지는 저쪽 전차 차량까지 물러나시오!" 그는 문 앞에 있는 계단에서 50미터 이상 떨어진 차고지 건물 앞에 서 있는 전차 차량들을 가리켰다. "안 그러면 중국 대륙을 준다고 해도 안 열어줘요!"

* * *

스프리하는 기뻐하는 여성들 뒤를 따라 차고지 건물 안으로 들어갔다. 그는 여성들이 협상 이야기를 하도록 내버려두었다가 어머니들이 서로 가져온 음식을 나누고 아이들을 달래며 떠날 준비를 시작하자 몰래 울피크를 찾으러 나갔다.

그들은 정문에 서 있었는데, 나머지 사람들의 시야에 들어오지만 거리가 멀어서 무슨 말을 하는지 들리지는 않았다.

"우리 애들 세 명 데려가시오." 스프리하가 마치 좋은 소식이라도 전하는 양 활짝 웃으며 야쿠자의 어깨를 두드렸다. "자네가 보기에 제일 단단하고 확실한 애들로. 저 집으로 아무도 모르게 숨어들어야 되니까……." 그는 고갯짓으로 가리켰다.

"그건 어렵겠는데요." 울피크가 눈물처럼 맑은 하늘을 향해 시선을 들며 말했다.

"그건 걱정하지 마시오." 스프리하가 안심시켰다. "와 보시오." 그들은 건물에서 열몇 걸음 더 떨어진 수리장으로 나가서 거의 100미터 정도 떨어진 사무실 건물이 보이는 지점에 가서 섰다. "잘 살펴보시오. 자세하게 기억해서 전부 애들한테 얘기해 주시오." 스프리하가 대화 내용을 감추기 위해 반대편에 있는 울타리 문을 일부러 가리키면서 덧붙였다.

야쿠자는 고개를 끄덕였다. 울타리를 바라보면서 서 있는 척했지만 곁눈질로 사무실 건물을 둘러싼 지형을 살펴보았다.

"저 집에 몰래 들어갈 수는 없어요." 잠시 후에 울피크가 확실하게 말했다.

"있지, 왜 없어. 울타리 밖으로 나가기면 하면 되는데."

"뭐요?" 울피크가 기분 나빠 했다. "아니 저기에는……."

"이미 아무도 없소." 스프리하가 말을 잘랐다. "설령 기찻길에 괴물이 혹시 남아 있다고 하더라도 처리할 수 있을 거요. 도끼 가지고 있는 거 잊어버렸소?"

"대장……."

"내 말 잘 들으시오, 야쿠자. 반드시 저 다른 건물 뒤로 넘어가야 해요. 울타리 문에서 채 50미터도 안 된단 말이오. 30초면 건너갈 거요. 저쪽 건물들은 뒤로 돌아갈 수도 있소. 건물 벽과 울타리 사이에 공간이 넓어요. 내가 지붕 위에서 분명히 봤소."

"좋소. 하지만 저쪽에 다른 울타리 문이 없는데 차고지로 대체 어떻게 돌아오란 말이오?"

"전차 기술자들이 전기장치 고칠 때 쓰는 그 철제 사다리 하나 가져가시오."

야쿠자는 고개를 끄덕였으나 표정은 여전히 씁쓸해 보였다.

"남은 평생 저 감염된 개새끼들한테 쫓기면서 살기 싫으면 이걸 꼭 해야 하오."

"정말로 다른 방법은 없는 거요?"

"옆 건물 전차 직원은 철문을 열면 계단 위로 나와서 차고지 전체를 둘러보거나 아니면 여자들 중 누군가를 보내서 둘러보게 할 거요. 그 남자가 멍청이는 아닌 것 같으니 다른 여자에게도 창밖을 보고 있으라고 하겠지만, 위층에서 내려다본다고 해도 옆문 쪽은 아마 안 볼 거요." 울피크가 다시 뭔가 반대 의견을 내밀려고 하는 것을 알고 스프리하는 만약을 대비해서 아예 울피크에게 입을 열 기회를 주지 않았다. "이렇게 하는 거요. 울타리 문을 열고 밖으로 나가시오. 전차 차량들이 울타리 문을 가리고 있으니까 사무실 건물 쪽에서는 아무도 못 볼 거요. 다른 건물로 달려갔다가 사다리를 타고 이쪽으로 돌아오시오. 뒷길을 따라 옆문 근처로 가서 관목숲에 몸을 가리고 건물에 다가간 뒤 모퉁이에 숨어서 내 신호를 기다리시오. 내가 모자를 벗으면……."

"무슨 모자?" 울피크가 되물었다.

"저 작업장에 굴러다니는 더러운 모자 하나를 쓸 거요."

"아하."

"내가 모자를 벗어 던지면 빨리 움직이시오. 처음 도착한 사람이 철문을 붙잡고 몸으로 막는 거요. 이게 제일 중요하니까 잘 기억해요. 철문이 다시 잠기게 그냥 두면 안 되니까."

"알겠소."

"내가 작별 인사 하듯이 모자를 흔들기 시작하면 처음 도착한 사람이 계단 위에 서 있는 전차 직원을 공격하시오."

"모자 내리면 1번이 제자리에서 철문을 붙잡는다. 모자 흔들면 1번이 전차 직원을 공격한다."

"바로 그거요. 2번은 1번을 상황에 맞게 돕고."

"2번은 돕는다. 알겠소. 그럼 나머지는?"

"나머지…… 나머지는 1번과 2번을 보호한다."

"아니. 보시오, 대장. 둘이서 할 수 있는 일인데 뭐 하러 넷이나 간단 말이오?"

스프리하는 의미심장하게 울피크를 쳐다보았다. 스프리하는 울타리 바깥에 좀비가 더 이상 안 남아 있는지 확신할 수 없었으므로 성공할 가능성을 높이기 위해 필요한 인원의 두 배를 일부러 보내기로 한 것이다.

눈치 빠른 야쿠자도 몇 초 동안 의미심장한 침묵이 흐른 뒤에 무슨 의미인지 이해했다.

* * *

　이어서 스프리하는 여성들에게 자신이 어떤 계획을 세웠는지 설명했다. 공격의 순간 여성들의 위치를 고려하면 누군가는 사무실 건물 근처에 일당들이 서 있는 것을 볼 수밖에 없고, 그때 표정이나 몸짓으로 놀란 기색을 드러내지 않도록 반드시 설명해야만 했다. 설명 끝에 그는, 아무에게도 해를 끼치지 않고 평화롭게 안전한 장소를 확보하기를 원하며, 최악의 경우에 마친스키가 심하게 고집을 부린다면 낯짝에 한 방 먹이는 정도만 허용하겠다고 엄숙하게 선언했다. 스프리하가 예측한 대로 여성들은 굳이 마친스키를 방어하려 나서지 않았고, 오히려 남자의 얼굴에 한 방 먹여준다는 발상이 마음에 든 것 같았다. 조금 전에 협상을 하면서 그들이 어떤 취급을 받았는지 생각하면 놀랄 일도 아니라고 스프리하는 생각했다.
　지금으로서는 모든 일이 그가 계획한 대로 흘러갔다. 어머니들은 그가 지시한 전차 차량 옆에 모여 섰다. 나머지 일당들은 꼼꼼하게 지시를 받은 뒤 울타리 모퉁이 뒤에 숨었다. 단지 즈고젤스키만 건물 안에 남아 여전히 의식이 없는 캉가세이루를 지켰다. 즈고젤스키는 완력을 쓰기에 그럭저럭 적절한 체격이었기 때문이다.
　작별 인사가 끝없이 늘어지는 것 같았지만 스프리하는 여성들을 재촉하지 않았다. 엄마들이 과장되게 호들갑을 떨어서 이 장면이 옆의 사무실 건물에서 보기에 더욱 진정성 있고 인간적인 감정이 넘쳐나는 것처럼 느껴질 것이기 때문이었다. 결국 마친스키는 초조해져서 문을 열고 계단으로 나왔다. 그러나 계속 한 손으로 철문을 잡고 조금이라도 불안한 기미가 보이면 당장 도로 들어가서 철문을 닫아버릴 기세였다. 마친스키는 또한 자꾸 몸을 내밀어 차고지 안쪽과 벽 아래 짓밟힌 잔디밭을 훑어보았다. 마치 육감이라도 가진 것 같았다.

아이들이 마침내 움직이기 시작했다. 스프리하가 부탁한 대로 무리 지어 있었다. 아이들의 임무는 계단 앞에 최대한 뭉쳐 있는 것이었다. 이렇게 되면 마친스키가 제때 위협을 눈치채더라도 느려질 수밖에 없었다. 마친스키가 상황을 눈치챌 위험은 언제나 있었던 것이, 글자 그대로 1초마다 몸을 내밀고 주위를 둘러보았기 때문이었다.

작업장에서 가져온 모자가 더러워서 머리에 달라붙고 기름 냄새를 심하게 풍겼지만 스프리하는 자제력을 가지고 기다렸다. 아이들은 이제 문지방을 넘어섰고, 마친스키를 따라 현관 안으로 들어가면 즉시 걸음을 늦추기로 되어 있었다. 그때 마친스키가 다시 몸을 내밀고 불안한 눈초리로 주위를 둘러보았고, 그가 안으로 들어가기 시작하자 스프리하가 모자를 벗어 높이 들어 건물 안으로 사라지는 아이들을 향해 흔들었다.

카치마레크가 쏜살같이 모퉁이에서 튀어나왔다. 몸을 푹 숙이고 담장을 따라 마루트 한 걸음 앞에서 재빨리 나아갔고, 마루트 뒤로는 울피크와 슈치그워가 따라왔다. 스프리하는 현관 안을 바라보았다. 마친스키가 등 뒤로 밀려서 한탄하는 어머니들을 돌아보면서 아이들을 안으로 밀어 넣었다. 바깥에 아직 어린이 네 명이 남아 있었고 마친스키는 다시 계단 난간 바깥으로 몸을 기울이고 내다보기 시작했다. 마친스키가 동작을 완전히 마치기 전에 카치마레크가 낮은 담벽 뒤에서 뛰어나와 양손으로 마친스키의 목덜미를 붙잡았다. 깜짝 놀란 마친스키는 찍소리도 내지 못했다. 카치마레크가 온 힘을 다해 당기자 마친스키는 휙 돌아 커다랗게 쿵 소리를 내며 잔디밭에 떨어졌다. 현관 안에 있던 여자들이 미친 듯이 소리치기 시작했지만 이미 늦었다. 여자들이 현관에 모여 선 아이들 사이를 뚫고 문가로 나오기 전에 마루트가 현관으로 뛰어올라 이를 드러내고 웃으며 양손으로 철문을 붙잡았다.

"감사합니다, 숙녀 여러분!" 기쁨에 찬 스프리하가 계속 몸을 떠는 지엘린스카의 어깨를 껴안았다. 사람들이 차례로 사무실 건물 안으로 들어갔다. 선봉대로 뽑힌 네 명은 훌륭하게 제 역할을 해냈다. "이제 자녀분들한테 가세요. 마음껏 드시고 몸도 씻고 무엇보다 푹 쉬십시오. 아직 여러분한테 한 가지 더 조그만 부탁을 드려야 하시만, 그건 나중에 해도 됩니다. 아니 나중에 해야 되겠지요."

11

1963년 8월 10일 토요일 06시 54분
1호 교도소, 클렝치코프스카 거리 35번지

음울한 시선이 그들을 맞이했다. 갈 때는 그렇게 많았는데 돌아온 사람은 한 줌이었다. 그뿐만이 아니라 여성들을 한 명도 구조하지 못했다.

"대위 동무……." 오크루트니가 산책장을 둘러싼 담벼락에 몸을 기대자 지우코프스카가 뭔가 말하려 했다.

"지금은 말고." 오크루트니는 의도했던 것보다 더 날카롭게 말해버렸다.

그는 예배당 상황을 정리했고 감염자를 유인해서 차례로 잔해 무더기 위로 떨어뜨려 처리했으나 문제를 해결하지는 못했다. 잔디밭에는 이제 구조 작전을 시작했을 때보다 훨씬 더 많은 좀비가 있었다. 상황을 개선하기는커녕 위기를 더욱 심화시켰을 뿐이었고, 더욱 나쁜 일은 저 좀비들을 막기 위한 아이디어도 다 떨어졌다는 점이었다.

"이건 분명 마음에 들어 하실 겁니다." 카타지나 지우코프스카는 포기하지 않았다.

"그래?" 대위는 함께 돌아온, 자신처럼 음울한 교도관 세 명을 가리켰다. "뭘 어떻게 해도 우리 편이 파리 떼처럼 죽던데."

"정말로 마음에 들어 하실 겁니다." 지우코프스카는 대위의 눈을 들여다보려 했으나 대위는 키가 너무 커서 고개를 숙여도 마치 돌멩이 위로 솟아오른 시계탑처럼 지우코프스카보다 한참 더 컸기 때문에 쉬운 일은 아니었다. "대위 동무, 제 사촌이 전쟁 전부터 개장수였습니다."

"직업에는 귀천이 없지." 오크루트니는 하필 이런 정보가 어떻게 도움이 된다는 건지 이해하지 못한 채로 내뱉었다.

"그렇습니다." 지우코프스카는 이렇게만 대답하고 다시 자기가 하려던 얘기로 돌아갔다. "가끔 휴가 때 사촌 일을 도와준 적 있습니다. 붙잡은 개들을 돌봐줬습니다, 그런 다음에……." 지우코프스카는 샛길로 빠지지 않기 위해 잠시 말을 멈추었다. "여하간 사촌이 일하는 걸 많이 봤기 때문에 지금 뭐가 필요한지 알 것 같습니다."

"진심인가?" 오크루트니는 너무 우울하고 지쳐서 부하의 말을 제대로 귀담아듣지 못했다.

"진심입니다." 지우코프스카는 점점 더 열띠게 말했다. "가장 위험한 개들을 어떻게 잡는지 아십니까, 대위님? 예를 들어 광견병에 걸린 놈들한테는 절대로 가까이 가면 안 되는데 말입니다."

"바보 같은 질문 그만하고 본론으로 들어가주겠나?" 대위는 지우코프스카의 끈질긴 태도에 짜증이 나서 이렇게 중얼거렸다.

"예, 대위 동무. 포획기가 있습니다. 기다란 막대기 끝에 고리가 달린 겁니다. 그걸로 확 걸기만 하면……."

"아, 잠깐!" 대위는 좀 더 정신을 차리고 지우코프스카를 쳐다보았다.

대위는 어렸을 때 개장수가 주인 없는 개들을 붙잡는 광경을 많이 보았다. 그래서 지우코프스카가 말한 포획기가 어떻게 생겼는지 기억했다. 지우코프스카가 옳았다. 개장수들은 광견병에 걸린 개를 완벽하게 잘 다루었다. 심지어 그 무시무시한 질병의 말기에 한 번만 물리적으로 접촉하면 사람이나 개나 감염될 위험이 똑같을 때도 말이다. 대위는 혼자 웃었다. 지금 그가 보는 터널 끝의 불빛이 맞은편에서 다가오는 장갑 열차의 빛이 아닐 가능성이 존재했다. 그의 두뇌가 최고 속도로 회전하기 시작했다. 갈고리. 가장 긴 것으로는 장대 길이 4미터 짜리도 있다. 밧줄도 넉넉하게 있었다. 그러니 포획기를 만드는 일이 그렇게까지 어렵지는 않을 것이다. 장대 끝에 가죽 혁대를 감고 그 매듭 안으로 밧줄을 넣어 고리를 만들면 원시적이기는 해도 효율적인 도구를 장비하게 된다. 교도관 한 명, 아니 안전을 위해서 두 명이 감염자를 붙잡아 끌고 가서……

"아주 훌륭해." 대위는 밝은 전망 속 첫 번째 장애물에 맞닥뜨려 다시 음울해졌다. "하지만 그렇게 붙잡아서 감염자들을 어떻게 하자는 건가?"

지우코프스카는 손에 쥔 열쇠를 흔들어 짤랑짤랑 소리를 내며 환하게 웃었다.

"단단한 네 벽으로 둘러싸인 산책장이 있지요!"

"산책장……." 대위는 벽돌을 쌓고 하얗게 칠한, 2미터가 넘는 담장을 돌아보았다.

"저는 이 생각이 곧바로 마음에 들었습니다, 대위 동무. 대위님이 잘 생각하셨습니다. 우리가 포획기만 제대로 만들 수 있으면……"

"그로노프스키!" 대위는 단숨에 기운을 차렸다. "크루크와 함께 창고로 가게. 거기 있는 갈고리 장대 남은 거 전부 가져와. 밧줄도.

그 굵고 질긴 걸로! 그리고…… 용접용 앞치마도!" 대위는 두꺼운 가죽으로 만든 보호용 의복을 떠올렸다. "물품 전부 작업장으로 가져간다. 거기서 지우코프스카 교도관이 어떻게 할지 말해줄 거다."

"예, 알겠습니다!" 그로노프스키와 크루크가 가까운 창고 건물을 향해 출발했고 대위는 아무 말 없이 반대쪽으로 향했다.

'이 계획이 성공할 확률을 높이려면 사람을 더 많이 데려와야 해. 새로운 사람들, 겁먹거나 당황하지 않을 사람들을.'

* * *

"그래서 그 지원 병력은 어디 있는 거야?" 비시니에프스키는 이미 오래전에 피에트쿤과 피야우코프스키가 나타났어야 하는 철문 쪽을 점점 더 초조하게 바라보았다.

"몰라." 비시니에프스키보다 더 겁먹은 그라보프스키가 중얼거렸다.

불타는 화톳불을 지키는 것이 어느 순간까지는 그들에게 비교적 안전한 임무로 여겨졌으나 반대편에서 불꽃 사이로 공포에 질린 비명이 들려오자 둘 다 권총을 꽉 움켜쥐고 하늘에서 터지는 불기둥에서 몇 미터씩 계속 물러났다. 저 소리의 원인이 무엇인지 둘 다 깊이 생각하고 싶지 않았다.

"내가 가서 재촉할까?" 비시니에프스키가 제안했다.

그라보프스키가 당장 그에게 화난 눈빛을 쏘아 보냈다.

"그럼 나는? 여기 있으라고?" 그가 공포감을 숨기지 않고 씩씩거렸다.

"그럼 같이 불러볼까?"

그라보프스키는 동료에게 박수를 보내는 척했다. 두 사람은 피에트쿤과 피야우코프스키를 돌아가며 미친 듯이 불러보았지만 아무 결과도 얻지 못했다. 그들 뒤의 열린 철문으로 두 교도관 중 아무도 나타나지 않았다.

"겁쟁이들." 그라보프스키가 잠시 후에 결론지었다. "대위가 둘 다 혼꾸멍을 내주면 좋겠군."

"너 하지만 만약에 그들이……." 비시니에프스키는 말을 마치지 못했다.

"아냐, 무슨 소리야." 그라보프스키는 권총을 내리고 두려운 표정으로 뒤를 둘러보았다. "저쪽은 상황 정리됐어."

"그럼 어쨌든 내가 가서 다들 왜 안 오는지 확인할게." 비시니에프스키가 자원했다. "겁내지 마. 아무 데도 안 가. 그냥 철문 너머를 좀 보겠다고."

그라보프스키는 마른 입술을 핥았다. 얼굴은 땀에 흠뻑 젖어 있었는데 두려움 때문만은 아니었다. 가까운 화톳불에서 뿜어져 나오는 열기 때문에 근처가 대장간 화로 속처럼 뜨거웠다.

"좋아!" 그라보프스키가 마침내 말했다. "하지만 내 시야에서 벗어나지 마, 알겠어?"

"그냥 내다보고 온다니까!" 비시니에프스키가 약속하고, 둥글게 이어진 내부 담벼락 쪽으로 조심스럽게 걸음을 옮겼다.

그는 열린 철문으로 다가가서 틈 사이로 고개를, 처음에는 조금만, 그다음에는 깊이 집어넣었다. 그렇게 잠시 서 있다가 갑자기 몸을 한 번, 두 번 흔들었는데, 마치 누군가와 싸우는 것처럼 보였다. 어느 순간 비시니에프스키는 열린 문틈으로 몸을 거의 완전히 내밀고는…… 시야에서 사라져 버렸다.

'귀신이 잡아간 거야, 뭐야?'

"비시니에프스키!" 공포에 질린 그라보프스키가 외쳤다. "비시니에프스키, 대답해!" 침묵. 불길이 타오르는 소리만 들릴 뿐이었다. "비시니에프스키!" 계속 아무 대답도 없었다.

그라보프스키는 권총 자루를 더 힘주어 붙잡았으나 별 소용은 없었다. 땀에 젖은 손가락이 잘 손질한 권총 표면에서 미끄러졌다. 그래서 그는 권총을 들어 올린 채 한 걸음 뒤로 물러섰다. 그런 뒤에 발을 한 걸음 더 뒤로 옮기고, 한 번 더, 죽음을 뒤에 숨긴 철문과의 거리를 더욱 넓혔다. 등 뒤의 화톳불 열기가 견디기 어려울 정도로 강해졌지만 좀비에 대한 두려움이 고통보다 강했으므로 그라보프스키는 말없이 뜨거움을 참았다.

"놀랐지!" 비시니에프스키가 감염자처럼 양손을 펼치고 철문에서 뛰어나왔다.

그라보프스키는 패닉에 빠졌다. 동료가 예상치 못하게 사라진 데 너무 놀랐기 때문에 그는 이 장면에 본능적으로 반응했다. 한 걸음 더 뒤로 물러나려 했으나 돌 조각에 발을 헛디뎠고 균형을 되찾으려다가 몸을 빙그르 돌렸다. 그라보프스키가 넘어지지 않으려고 그렇게 절박하게 애쓰지만 않았다면 그저 시멘트 바닥에 쓰러져 최악의 경우라도 멍이 들고 긁힌 정도로 끝났겠지만, 그는 공포에 질려 있었으므로 두 발로 서기 위해 최대한 몸부림쳤다.

한순간의 일이었다. 그라보프스키는 무의식적으로 불꽃의 벽에 들어섰다. 불길 속으로 넘어지지는 않았지만 불에 너무 가까이 갔기 때문에 숨을 들이쉬자마자 기도와 폐가 탔다. 섬세한 점막이 한순간에 말라붙어 화상으로 뒤덮였고 손으로 목을 붙잡자 손의 피부도 마찬가지로 타들어 갔다. 살아 꿈틀거리는 불길과 맞붙어 이

길 확률은 없었다. 그라보프스키는 끔찍하게 숨을 몰아쉬며 잠시 몸을 움찔거리다 땅에 고꾸라져 움직이지 않게 되었다.

"그라보프스키!" 비시니에프스키는 굳어졌다. "너 대체 왜……."

그는 동료에게 이 비슷한 장난을 몇 번이나 쳤지만 야간 당직과 순찰 때는 그렇게 재미있고 긴장을 풀어주던 행동이 지금은 그라보프스키의 목숨을 앗아가 버렸다. 그것도 이토록 잔혹한 방법으로.

잔혹하다……. 비시니에프스키는 대위와 대위가 내린 명령을 떠올리고 몸을 웅크렸다. 돌연히 사방을 둘러보았다. 가까운 감시탑에는 아무도 없었다. 이전에 예배당에서 도망쳐 나왔다가 대위에게 붙잡힌 사람들은 여기서 무슨 일이 벌어졌는지 자세히 보기엔 너무 멀리 있었다. 거짓말해서 넘어갈 가능성은 있었지만, 그 뒤는 어떻게 할 것인가? '대위가 당장이라도 돌아올지 모르는데.' 그는 철문 쪽을 바라보았다. 마당에서 파베웨크가 피에트쿤과 이야기하는 것을 보았고, 한 명 더 있었는데 아마 피야우코프스키 같았지만 화톳불의 불길에 가려 확실히 보지는 못했다. '대위가 말한 대로 저 세 명을 여기로 데려와야겠다.' 그는 생각했다. '그라보프스키가 가서 데려오라고 했다고 말해야지. 그건 일부는 사실이니까. 그리고 우리가 돌아왔을 때 그는 이미…….'

비시니에프스키는 뒤를 돌아보고 불에 덴 듯 펄쩍 뛰었다. 그리고 안심했다. 평생 다시없을 만큼 안심했다. 그라보프스키는 살아있었다! 저 열기 때문에, 아니면 겁을 먹어서 잠깐 의식을 잃었던 게 틀림없다. 그는 벌써 다시 깨어났고, 무릎을 꿇은 자세로 양손으로 몸을 받치고 어느새 힘겹게 일어서고 있었다. 비시니에프스키는 그에게 달려가고 싶었지만 화톳불 열기가 너무 괴물같이 뜨거워서 저도 모르게 멈추어 섰다가 세 걸음 앞으로 나아갔다.

'대체 어떻게……?' 여기까지 생각했을 때 그는 잔혹한 진실을 깨달았다.

그는 재빨리 뒤로 물러났다. 저건 이미 그라보프스키가 아니었다. 좀비들과 접촉하지 않았는데도 감염병이 그를 덮쳤다. '하지만 어쩌면…….' 비시니에프스키는 다시 한 걸음 앞으로 걸어나가 잔해가 흩어져 있는 땅바닥을 주의 깊게 살펴보았다. '분명히 다 타지 않은 감염자 시체 조각 위로 넘어져서 저 빌어먹을 전염병에 걸린 거야.'

그러는 동안 그라보프스키는 일어섰다. 그리고 즉시 술에 취한 듯 비틀거렸는데 그 때문에 불길에 더욱 가까워졌다. 얼굴 피부가 타서 그을리고 살점이 뼈에서 떨어지는데도 아무런 소리도 내지 않고 피하려는 노력도 하지 않았다. 그뿐만 아니라 그라보프스키는 계속 걸음을 옮겨 연료탱크 조각이 놓여 있는 잔해 무더기 쪽으로 향했다. 이번에는 자기 발에 걸려 세게 넘어졌다. 허리부터 위쪽으로 상체가 미친 듯이 타오르는 불길 속으로 사라졌는데도 그의 다리는 계속 기어가려는 듯 규칙적으로 움직이고 있었다.

비시니에프스키는 등에 차가운 뭔가가 닿는 것을 느끼고 몸을 떨었다. 그러나 그것은 철문이었다. 예배당에서 도망친 사람들이 모여 있는 D동 마당을 재빨리 들여다보고 비시니에프스키는 결단을 내렸다. 그는 날렵하게 열린 철문으로 들어가서 손에 권총을 쥐고 그라보프스키를 삼킨 것보다 훨씬 작은 화톳불 쪽으로 향했다.

"너희들 여기서 수다나 떠는데 저기서는……." 파베웨크, 더 정확히는 그 남은 형체를 보고 비시니에프스키의 목소리가 목구멍 안에서 막혀버렸다.

이전에 피부가 있던 곳에 너덜너덜해진 남은 근육과 부서진 뼈가 보였다. 파베웨크는 마치 누군가에게 눈, 코, 아니 이마에서 열린 입까지 전부 뜯어 먹힌 것처럼 보였다. 파베웨크의 아래턱은 한쪽 관절에만 매달려 축 늘어져 있었는데도 마치 아무 일도 없는 듯 서 있었고, 그 때문에 언뜻 보면…… 피에트쿤과 대화하는 것처럼 보였지만 피에트쿤도 똑같이 죽어 있었다. 이전에 불길 때문에 가려서 보이지 않던 세 번째 형체가 고진스키임을 비시니에프스키는 알아보았다.

"하지만……." 그는 좀비들이 차례로 그를 향해 소리 없이, 그가 바로 조금 전에 흉내 냈던 그 특유의 뻣뻣한 걸음으로 움직이는 것을 보고 더듬거렸다.

그는 끔찍한 몰골의 파베웨크와 그 괴물 같은 상처에서 눈을 뗄 수가 없었다. 뭔가 축축하고 부드러운 것에 발이 미끄러졌을 때에야 그는 정신을 차렸다. 비시니에프스키는 반사적으로 아래를 내려다보았다. 그것은 파베웨크의 뜯어진 얼굴이었다. 바로 옆에 재투성이가 된 눈알이 뒹굴고 있었다.

비시니에프스키는 적들에게 권총을 겨눈 채 뒷걸음질하기 시작했지만 좀비에게 총알이 소용없다는 사실을 곧 깨달았다. 이 상황에서 그가 할 수 있는 유일한 일은 도망치는 것이었고, 그래서 그는 도망쳤다.

* * *

"대위님, 얘기 좀 하시죠!"

베그네르 의사가 오크루트니에게 달려와 그가 내부 마당을 갈라놓은 담장에 난 문으로 나가기 전에 붙잡았다.

"또 뭡니까?"

"의무실로 돌아가고 싶습니다." 베그네르가 성큼성큼 걷는 대위를 힘겹게 따라잡으며 말했다.

"그럼 저 사람들은 어떻게 합니까?" 대위가 도망쳐 나와 담장 아래 앉아 있는 사람들을 가리켰다.

"저분들은 의료적인 처치보다 안정이 필요합니다." 베그네르가 확고하게 말했다.

"선생님이 여기, 가까운 곳에 계시면 좋겠습니다. 잠시 후에 저희가 부지 반대편 정화를 시작할 겁니다."

"그건 알겠습니다만……."

"더 이상 왈가왈부하지 마십시오." 오크루트니가 그의 말을 잘랐다. "여기서 선생님 일이 끝났으면 산책장으로 함께 가시면 좋겠습니다." 대위는 잠시 말을 멈추었다. "그리고 마침 이렇게 뵈었으니 말인데 파베웨크 교도관 혹시 못 보셨습니까?"

베그네르는 잠시 생각하다가 고개를 저었다.

"아뇨, 파베웨크 교도관을 특별히 눈여겨볼 시간이 없었습니다만 못 본 것 같습니다."

"어디로 기어간 거야?" 오크루트니는 옆에서 따라오는 의사를 아랑곳하지 않고 부지를 몇 번이나 넓게 훑어보았다. "벌써 갔다 왔어야 하는데."

"의무실에 들르는 걸 허락해 주십시오. 그냥 잠깐만 가서 확인만 하고 오겠……."

"비시니에프스키!" 오크루트니가 철문을 꽉 붙잡고 겁에 질려 있는 교도관을 보고 고함쳤다. "대체 무슨 짓을 하고 있는 건가?!"

"저기 있습니다!" 비시니에프스키가 새된 소리로 대답했다.

"뭐가 저기 있다는 거야?" 대위가 되물었다.

"그놈들 말입니다. 피에트쿤, 파베웨크 말입니다."

"호랑이도 제 말 하면 온다더니." 대위의 입에 미소가 떠올랐다. "멍청한 장난 그만하게, 비시니에프스키. 이리 들여보내!"

"하지만 벌써 갔지 말입니다!" 철문 반대편에서 누군가 하늘색 문짝에 부딪치자 비시니에프스키는 더 세게 문을 막으며 신음했다.

"대체 무슨 헛소리인가?"

"좀비입니다!"

오크루트니가 갑자기 걸음을 멈춰서 옆에서 따라 걷던 베그네르는 그의 다리에 부딪쳤다.

"뭐라고?"

"보고드립니다. 파베웨크, 피에트쿤, 고진스키 교도관 모두 감염되었습니다!"

대위는 땀에 젖은 머리카락을 손가락으로 빗었다.

"그라보프스키는 어디 있나?" 그가 주위를 둘러보며 물었다.

"모르겠습니다. 저보고 피야우코프스키와 피에트쿤을 데려오라고 했는데 돌아와 봤더니 불타고 있었습니다."

"뭘 하고 있었다고?!"

"그러니까 제가 돌아갔더니 쓰러져서 죽어 있었는데 그러더니 일어서서 불 속으로 들어갔습니다." 겁에 질린 비시니에프스키가 더듬거렸다.

"술 마셨나?" 오크루트니가 가까이 다가갔다.

"맹세코 어제 아침부터 한 모금도 입에 댄 적 없지 말입니다, 대위 동무." 비시니에프스키가 장담했다.

"그럼 다시 처음부터 말해 봐. 이번에는 조리 있게 순서대로."

"예, 그러니까 그게…… 그라보프스키가 가서 그 친구들, 대위님이 저희 지원하라고 보낸 교도관들 불러오라고 했습니다. 시간이 지나도 오질 않아서 말입니다. 제가 잠깐 마당에 가서 봤는데, 1분 정도 가 있었을 겁니다. 그런데 돌아갔더니 그라보프스키가 땅에 쓰러져 있고, 그러니까 저기 있었습니다." 비시니에프스키는 계속 흔들리는 철문을 양손으로 붙잡고 있었으므로 고갯짓으로 가리켰다. "죽은 줄 알았는데, 제 눈앞에서 일어서더니, 일어서서는…… 불 속으로 곧장 기어갔습니다. 저기 아직도 다리가 보입니다."

베그네르가 타오르는 불길의 벽으로 다가갔으나 곧 물러섰다.

"끔찍하군." 의사는 규칙적으로 움직이는 불타는 다리를 보고 중얼거렸다. 다리와 함께 눈에 들어온 것은 까맣게 변한 척추뼈 몇 조각뿐이었다.

"그럼 저 사람들은?" 오크루트니가 철문을 가리켰다.

"절 쫓아서 기어왔습니다, 대위 동무."

"젠장."

"도와주시면 안 됩니까?" 비시니에프스키가 숨을 몰아쉬었다. "전 더 이상 못 하겠습니다!"

대위는 대답하지 않고 깊이 생각에 잠겼다.

"저쪽에 몇 명이나 있나?" 마침내 대위가 물었다.

"세 명입니다, 대위 동무."

"확실한가?"

"마당에 그 세 명밖에 없었습니다."

"좋아……."

"좋지 않습니다." 비시니에프스키가 애원하는 어조로 호소하며 고개를 저었다. "도와주십시오. 더 이상 못 버티겠습니다."

오크루트니는 푸른 금속 문짝을 어깨로 세게 밀어 단번에 닫아 버리고 아래쪽에 달린 빗장을 발로 밟아 문을 잠갔다. 비시니에프스키는 한숨을 돌렸으나 곧바로 손을 놓지 않았다.

"저쪽에 놈들이 셋뿐이면 우리가 어떻게든 할 수 있다." 대위가 확고하게 말했다. "조금 있으면 포획기가 올 거다. 개장수들이 쓰는 물건 말이다. 놈들을 마당에서 잡아내서 산책장 안이나 아니면 불 속으로 밀어 넣는다."

"대위 동무!" 베그네르가 불이 붙은 채로 계속 움직이는 다리에서 시선을 돌렸다. "제발 제 말 좀 들으십시오! 저는 의무실로 빨리 가야 합니다. 거기 크라우스를 두고 왔어요!" 마지막 문장을 의사는 거의 비명처럼 외쳤다.

오크루트니는 철문이 불에 달궈져 있기라도 한 듯 펄쩍 뛰어 물러났다. 담장 뒤로 보이는 행정관 건물 위층을 올려다보았다. 그곳에 그의 사무실뿐 아니라 의사가 말한 의무실도 있었다. 그리고 다리에 총을 맞고 그곳에 누워 있는 교도관은 부상을 급히 치료하기는 했지만 진짜 병원에 보내지 않는 한 살아날 확률이 희박했다. 더욱 걱정되는 것은 대위가 쿠비시오바와 아내 루치나에게 그곳에 숨으라고 했다는 점이었다.

"따라오시오!" 대위는 목쉰 소리로 외치고 상대의 반응을 기다리지도 않고 남성 사동으로 이어지는, 십수 미터 떨어져 있는 내부 담벼락의 철문 쪽으로 달려갔다. 조금 시간이 걸렸지만 대위는 올바른 열쇠를 찾아내서 자물쇠를 열고 무거운 철문을 단번에 당겨 열었다.

"비시니에프스키!" 그가 고함쳤다.

비시니에프스키는 비록 무시무시하게 겁을 먹기는 했지만 명령에 따라 철문 안으로 고개를 내밀었다.

"이상 없습니다!" 비시니에프스키는 거의 즉시 보고했다.

오크루트니는 그를 철문 안으로 밀어 넣고 자신도 뒤를 따라 사라졌다. 베그네르는 원하든 원하지 않든 그들을 따라가야 했다. 이전에 남성 수형인들을 X동으로 데리고 들어가던 입구를 지나면서 대위는 잠시 걸음을 멈추고 반원형 마당의 상황은 어떤지, 좀비가 따라오지는 않는지 확인했다. 그는 이 철문과 순찰로에 곧바로 연결되는 마지막 옆문 사이에서 선택할 수 있었다. 그는 빗장으로 잠근 철문 주변에 여전히 모여 서 있는 감염자들에게서 가장 멀리 있기 때문에 순찰로로 나가는 옆문을 선택했다. 떨리는 손으로 그는 올바른 열쇠를 찾으려 애쓰다가, 자물쇠에 열쇠를 넣고 돌리기 전에 비시니에프스키를 돌아보았다.

"이쪽 담장 무사한지 빨리 확인하고 여기로 돌아와!" 그가 명령했다. "마당이 아니고 이쪽으로!" 대위가 강조했다.

"하지만……." 비시니에프스키는 마치 대위가 감시탑에서 맨몸으로 뛰어내리라고 명령하기라도 한 것 같은 표정을 지었으나 상관의 날카로운 눈길을 견디지 못하고 순찰로로 터덜터덜 들어갔다.

"빨리 확인하라고!"

오크루트니는 부하가 반응하는지 기다리거나 확인하지 않았다. 지금 이 순간 가장 중요한 것은 그의 아내였다. 그는 성큼성큼 걸어서 행정관 건물 문을 활짝 열어젖히고 문지방에 서서 귀를 기울였다.

조용하다. 완벽하게 조용하다. 불길한 징조였다.

"루치나!" 그는 자리에서 움직이지 않고 불렀다. "루치나!" 잠시 후에 그는 훨씬 더 큰 소리로 반복했다. 좀비들은 소리에 반응하지 않았고 그 점을 대위는 이미 확실히 알고 있었다.

지하로 내려가는 계단 쪽에서 부스럭거리는 소리가 들렸다.

"당신이에요?"

대위는 아내의 목소리를 알아들었다.

"나야. 빨리 이쪽으로 나와!" 그는 어둠이 깔린 층계참을 살펴보기 위해 문지방 안으로 몸을 들이밀고 외쳤다.

"무슨 일 있어요?" 루치나는 계단으로 나오면서 물었다.

오크루트니는 아내의 등 뒤를 살펴보았다.

"쿠비시오바는 어디 있어?"

"위층으로 올라갔어요. 의무실에서 누가 도와달라고 소리쳐서."

"오래됐나?"

"한참 돼서 무슨 일인지 나도 올라가 볼까 생각하던 중이에요." 아내가 잠시 생각한 뒤에 대답했다. "솔직히 말해서 지금 올라가려고 했어요."

대위가 아내를 너무 세게 껴안아서 아내는 놀라서 조그맣게 비명을 질렀다. 대위는 아내가 몸을 비틀 때까지 놓아주지 않았다.

"대체 무슨 일이에요?" 아내가 놀라서 숨을 몰아쉬었다. "숨 막힐 뻔했잖아요."

"미안해……." 대위는 아내를 자기 등 뒤로 밀었다. "베그네르 선생님하고 같이 있어. 난 뭣 좀 확인해야 돼."

* * *

대위는 최대한 신경을 곤두세우고 계단을 올라갔다. 지금의 경우 침묵은 바로 위협을 예고하는 신호일 수 있었다. 의무실이 있는 층에서 전혀 아무런 소리도 들리지 않아서 마치 그 층이 존재하지 않거나 그 층만 잘려나가 다른 장소로 옮겨진 것 같았다.

계단은 넓은 복도로 이어졌고, 오른쪽으로 1미터도 못 가서 대위가 찾는 의무실 문이 있었다. 문이 살짝 열려 있어서 대위는 신발 끝으로 밀어 열고 조금씩 커지는 문틈으로 조심스럽게 안을 들여다보았다.

대기실에는 아무도 없었고 대위는 이 점을 꼼꼼히 확인한 뒤에 안으로 들어섰다. 의무실은 문을 열지 않고도 문에 달린 창문으로 안을 들여다볼 수 있었는데 경비교도관들이 밤마다 입원한 수형자들을, 예를 들어 탈주라든가 그런 멍청한 짓을 시도하지 않는지 확인할 때 사용했다.

오크루트니는 입원실과 창문 사이 벽에 몸을 붙였다. 1초도 안 되는 순간 몸을 기울여 크지 않은 입원실 안을 훑어보았는데 안에는 현재 비어 있는 철제 침대 네 개가 있었다. 하나는 침대보가 구겨지고 담요도 뭉쳐진 채 젖혀져 있어 누군가 안에서 일어서려고 한 것 같았다. 다시 한번, 이번에는 좀 더 몸을 기울여 더 오래 살펴본 대위는 깜짝 놀랐다.

의무실 안에는 크라우스 교도관이 아가타 쿠비시오바 비서 옆에 서 있었다. 두 명 다 이상한 자세로 굳어져 있었다―더 가까이 몸을 기울여 들여다보고야 오크루트니는 무엇이 이상한지 깨달았다. 부상당한 크라우스가 피투성이 손을 쿠비시오바 비서 바지 허리띠 바로 위, 등에 올리고 있었는데 마치 쿠비시오바를 안으려 했지만 마음의 결정을 내리지 못한 것 같았다. 문제는 그 손이 쿠비시오바의 배를 통해 밖으로 나와 있고 손가락에 묻은 피는 절대로 크라우스 교도관의 것이 아니라는 사실이었다.

  몇 분 전에 여기서 무슨 일이 일어났을지 짐작하기는 어렵지 않았다. 홀로 남겨져 죽어가던 크라우스 교도관이 도와달라고 소리쳤고, 쿠비시오바 비서는 무슨 상황인지 전혀 알지 못했으므로 크라우스를 돌보기 위해 위층으로 올라갔다. 크라우스가 일어나도록 도와주던 시점에 그는 이미 죽어 있었던 것이 분명했다. 쿠비시오바가 너무 가까이 있었기 때문에 크라우스는 어렵지 않게 그녀의 간과 췌장 사이에 뻣뻣한 손가락을 집어넣었을 것이다. 그래서 이제 두 사람은 마치 함께 나이 든 아주 기운 없는 노부부처럼 일그러진 채 붙어 있는 것이다. 두 사람은 대위의 존재를 알아채었으나 목적 있는 움직임을 수행할 수 없었다. 대위가 서둘러 계단으로 다시 달려 나간 뒤에 의무실 안에서 두 좀비의 몸이 리놀륨 위로 넘어지는 둔탁한 소리가 들려왔다.

12

1963년 8월 10일 토요일 06시 51분
트램 차고지 2호, 스워비안스카 거리 16-30번지

"작업반장님!" 원두커피를 마시던 스프리하가 대답하지 않았으므로 울피크는 다시 재빨리 불렀다. "대장!"
 스프리하는 흠칫 놀랐고, 실수를 깨닫고 방 안에 있는 여성들을 쳐다보았으나 아무도 이 실책을 눈치채지 못했으므로 야쿠자가 불러서 깊은 생각에서 깨어난 척했다.
 "뭐요?" 그는 조금 정신이 다른 데 팔린 듯 주위를 둘러보았다. "응?"
 "작업반장님, 보십시오. 일이 좀 있습니다." 울피크가 문에서 비켜서서 스프리하에게 길을 내주었다.
 그들은 스프리하가 달리 지시하지 않는 한 철도 근무자 행세를 하기로 약속했다. 스프리하의 계획도 이 철도 근무자 행세의 성공에 달려 있었다. 그리고 모든 여성을 예의 바르게 대하는 것도 중요했다. 단지 마친스키만 고깃덩어리처럼 줄에 묶여 당분간 지하실에 갇혀 있었는데, 흥미롭게도 여성들은 아무도 여기에 반대하지 않았다.
 "뭔데?" 복도로 나와서 스프리하가 물었다.

"마그지아레크가 깨어났소." 울피크가 보고했다.

"잘됐군."

"별로 안 그렇소. 몸부림치고 얼굴을 바닥에 박아대고. 대장이 조심스럽게 다루라고 했으니까 어떻게 해야 될지 모르겠소."

"가보지." 스프리하가 걸음을 서둘렀다. 수갑에 묶인 캉가세이루는 범죄자들의 은신처에서 붙잡힌 범죄자 대표처럼 보였기 때문에, 스프리하는 여성들이 그를 보는 것을 원하지 않았다. 마그지아레크의 부어오른 얼굴에 난 멍은 무지개의 모든 색깔을 띠고 있었으나 물론 보라색이 가장 강했다. 한쪽 눈은 사라지고, 부어오른 볼에 그저 금이 하나 가고 거기서 속눈썹 끝이 조금 비어져 나온 듯 보였다. 스프리하는 이런 상태를 설명할 만한 그럴 듯한 핑계를 지어내기보다는 호기심 어린 눈초리에서 멀리 떨어진 곳에 그를 숨겨두고 싶었다. 스프리하는 여성들이 너무 일찍 사실을 눈치채지 못하도록 최선을 다했다. 여성들은 그에게 반드시 필요했다. '그러니 지금은 저 아줌마들이 지하실에서 마친스키와 함께 썩는 대신 각자 배정된 방에서 쉬도록 내버려둬야지.'

그는 뒷문으로 건물 안에 들어섰다. 줄지어 선 빨간 트램들을 지나 시끄러운 소리가 들려오는 쪽으로 향했는데, 소음의 원천을 특정하기는 어렵지 않았다. 평범하고 오래된 전차를 개조해서 만든 기술용 차량은 첫눈에 보았을 때보다 훨씬 단단해 보였다. 마치 바로 지금 같은 혼란 사태를 대비한 것처럼 대부분의 창문에 유리 대신 철판을 볼트로 박아놓았다.

"비켜." 그는 문을 붙잡고 있는 즈고젤스키에게 내뱉었다. "그리고 넌 입 닥쳐!" 그가 들개처럼 울부짖는 마그지아레크를 손가락으로 가리켰다.

마그지아레크는 입을 다물고, 아무 효과 없이 부딪치고 있던 문에서도 물러섰다.

"여기가 어디야?" 마그지아레크는 한번에 사방을 훑어보며 중얼거렸다.

"천국이다."

"뭐?"

"앉아!" 스프리하가 가장 가까운 벤치를 가리켰다. "앉으라고 하잖아!"

마그지아레크는 움직일 때마다 씩씩거리며 벤치 위에 엉덩이를 내려놓았다. 흥분된 순간이 지나간 지금 그는 대위에게 맞섰던 후폭풍을 느끼고 있었다.

"천국?" 마그지아레크는 이 단어를 욕설인 것 같은 어조로 내뱉었다.

"너한텐 그렇지. 들어봐……." 스프리하는 그의 옆에 앉아 감기지 않은 한쪽 눈을 바라보았는데, 그 눈도 상태가 좋아 보이지는 않았다. "내가 약속한 대로 호송차에서 빠져나왔지만 시내에 있는 어디 빌어먹을 전차 차고지에 들어와 버렸어. 당분간 여기서 안전하겠지만 그래도……." 스프리하는 말을 끊고 숨을 돌렸다. "상황이 좋지 않고 사방이 감염자로 들끓는다고." 그는 마그지아레크가 감염병에 대해 생각만 해도 굳어지는 모습을 보고 말을 또 잠시 멈추었다. "이건 천연두가 아니야, 형제. 뭔가 훨씬 더 나쁜 거야. 사람들이 너처럼 변한다고, 진짜로." 그는 마그지아레크의 얼굴을 보고 웃음을 터뜨렸다. "저 바깥에서, 길거리에서 감염자들이 손댈 수 있는 사람은 다 죽이고 있어. 맨손으로."

"잡지에서 흔히 보는 '피어보지도 못한 젊음이 꺾였다…… 갈기

갈기' 뭐 이런 거지. 히히히." 대화를 엿듣고 있던 울피크가 끼어들었다.

"말하자면." 스프리하가 야쿠자에게 날카로운 눈길을 쏘아 보내며 고개를 끄덕였다. "진지하게 하는 말이야. 사람들이 떼를 지어 이성도 없고 피에 굶주린 괴물로 변하고 있어. 너보다 더 심해. 왜냐하면 죽일 방법이 없거든."

"대체 어떻게 그렇게 됐어?" 놀란 마그지아레크가 할 수 있는 한 눈을 휘둥그렇게 떴다.

"빌어먹게 된 거지." 스프리하가 대답했다. "개자식들 창자를 꺼내도 새끼들이 계속 달려드는 거야."

"헛소리!"

"이봐들……." 스프리하가 자세를 더 편하게 고쳐 앉았다.

"대장이 진짜 사실대로 말하는 거야." 울피크가 맞장구쳤다.

"종말의 날이 온 거라고." 페레크가 과장된 목소리로 속삭였다.

"네가 종말이다." 슈치그위가 코웃음 쳤다. "감염병이 도시를 뒤덮은 거야, 그뿐이야."

"시체들이 거리를 걸어 다닌다고, 성경에 나오는 것처럼!" 페레크가 기분이 상해서 반박했다.

"그만해!" 스프리하가 그들의 입을 막고 수갑에 묶인 마그지아레크에게 다시 몸을 기울였다. "우리가 아는 것도 그게 전부야. 여기 처박혀서 예쁘게 색칠한 낯짝 내밀지 마." 그는 마그지아레크의 부어오른 얼굴을 가리켰다. "내가 허락할 때까지. 너 때문에 내 여자들이 겁먹으면 안 돼."

"여자가 있어?" 마그지아레크가 관심을 보였다.

"내 여자들이야." 스프리하가 다시 말했다. "그리고 난 그 여자들이 필요하니까 지금은 네가 건드리게 해줄 수 없어, 알았어?" 마그지아레크는 웃으려 했으나 입술을 일그러뜨릴 뿐이었다. "알겠어?!" 스프리하가 불길한 어조로 다시 물었다.

"그래." 마그지아레크는 한참 뒤에야 이렇게 대답했다.

"야쿠자……." 스프리하는 전차 발받침 위에 서 있는 울피크에게 몸을 돌렸다. "이 시발새끼가 전차 바깥으로 한 걸음이라도 나가면 때려죽여도 돼. 하지만 저쪽 사무실 건물에서 찍소리도 들리게 하면 안 돼! 내 말 똑똑히 알아들어?"

"알았다고 했잖소." 마그지아레크가 부루퉁하게 대답했다.

"넌 말과 행동이 다른 경우가 많아서 사형선고를 받았으니까." 스프리하가 일어서며 말했다. "빵에서는 여러 가지로 너한테 좋게 넘어갔을지 몰라도 여기서 내 말 거스르면 두 번째 기회는 없어."

"대장한테는 거짓말한 적 없소." 마그지아레크가 중얼거렸다.

"그 덕분에 네가 아직 살아 있는 거야."

13

1963년 8월 10일 토요일 08시 12분
1호 교도소, 클렝치코프스카 거리 35번지

"파트리크!" 오크루트니는 X동 문간에 서서 불렀다.

그의 외침은 몇 겹의 메아리가 되어 텅 빈 사동 안에 울려 퍼졌다. 층 사이에 펼쳐진 그물망은 소리를 죽이는 기능이 없었고, 바닥부터 천장까지 다른 장애물도 없었다.

파트리크 로예프스키 준위가 이 외침을 듣지 않을 수는 없었고 부름을 무시할 생각도 없었다. 계속되는 방 배치 작업을 꼭대기 층에 위치한 경비실에서 감독하고 있었던 그는 길게 줄 서서 기다리는 사람들 옆을 지나 가장 가까운 계단으로 갔다. 그리고 계단을 달려 1층으로 내려가서 대위 앞에 서서 경례했다.

"보고드립니다……." 로예프스키가 말을 시작했으나 오크루트니는 끝까지 듣지 않았다.

"머저리 같은 의전에 낭비할 시간 없다." 오크루트니가 내뱉었다. "특이 사항 있었나?"

"보고함……." 로예프스키는 말하다 말고 멈추었다. "아닙니다. 조용하고 평온했습니다, 대위 동무. 대략 30분 뒤에는 대피해 온 가족들 방 배치가 끝납니다."

"왜 이렇게 오래 걸리나?" 오크루트니가 놀랐다.

"수형자 사물을 감방에서 들어내야 합니다." 로예프스키가 복도 사이 연결 공간에 임시로 쌓아놓은 잡동사니 무더기를 가리켰다.

"알겠네. 그리고 일이 생겨서 사람이 몇 명 더 필요해졌어."

로예프스키는 주의 깊게 대위를 바라보았다. 오크루트니는 지치고 짜증 나고 우울해 보였지만 충혈된 눈에 뭔가 더 깃들어 있었다. 로예프스키가 이전에 한 번도 본 적이 없는 어떤 것이었다. 공포다. 가장 순수한 형태의 두려움. 그래서 로예프스키는 X동 인력이 줄어드는 데 항의하는 대신 머릿속에 떠오르는 유일한 질문을 했다.

"몇 명 필요하십니까?"

"여섯 명 정도." 대위가 바로 대답했다. "그리고 여기에 가족이나 친지가 아무도 없는 사람을 골라주기 바란다. 할 수 있나?"

로예프스키는 깊이 생각했다.

"실습생도 됩니까?"

"경험이 좀 많은 사람이었으면 좋겠다." 오크루트니가 확고하게 대답했다.

"그렇게 상황이 나쁩니까?"

"더 나빠졌다. 연료탱크 파편이······." 오크루트니는 설명하기 시작했으나 로예프스키에게 자잘한 일들을 다 얘기하려면 시간이 너무 많이 걸린다는 사실을 거의 즉시 깨달았다. "예배당 벽과 지붕이 무너졌다. 거기서 최소한 열두 명이 죽었다. 잔해 아래 또 수많은 피해자가 깔려 있어서 정확히 사망자가 몇 명인지는 말할 수 없지만, 재해 상황 당시 신도석이 가득 차 있었다고 목격자들이 일관되게 증언했다. 하지만 최악의 상황은 그 뒤에 일어났다. 되살아난 시체들과 접촉하면 어떤 위험이 닥치는지 사람들이 전혀 몰랐기 때문에 다들 도와주러 달려갔다."

"하느님 맙소사……." 로예프스키는 전혀 신앙심이 없는데도 이렇게 신음했다.

"뭐가 문제인지 이해하기도 전에 구조하러 간 사람들도 또 그만큼 더 사망했다. 그걸 알고 있었지만 우리도 특별히 운이 좋지는 못했다. 그 괴물들 때문에 고립된 여성들을 구조하려고 몇 번 시도했다가 우리 애들 절반 정도를 잃었다. 어쩌면 절반 이상일지도……." 대위는 말을 멈추었다가 화난 듯 콘크리트 바닥에 침을 뱉었다. "예배당에서 자칫 잘못했으면, 정말 조금만 더 운이 나빴으면 통제를 완전히 잃을 뻔했다."

"다섯 명으로도 됩니까?" 로예프스키가 사무적으로 물었다.

"좋다. 더 안전한 새 전략을 세웠다."

"그런데 어째서 여기 가족이 없는 애들을 원하십니까?"

"우리가 처리해야 하는 좀비들이 누군가의 가족이기 때문이다. 사람들이 자기 가족과 마주치면 어떻게 반응하는지 봤기 때문에 가족이 없는 사람이 낫다."

"여기서 기다리십시오, 대위 동무." 로예프스키가 말하고 계단을 향해 갔다. "한숨 돌리십시오. 제가 적절한 후보자들을 데리고 곧 오겠습니다."

"한 가지 더……." 오크루트니가 그의 팔을 잡았다. "여기 자네한테 루치나를 맡기겠네. 전혀 따로 공간을 마련해주지 않아도 돼. 자네와 경비실에 같이 앉아 있든지 아니면 방 배치를 돕게 하면 되네."

"사모님께서 혼자 계시는 게 불안하시면 제가 애들 몇 명 보내서……."

"크라우스……." 대위가 그의 말을 막고 체념한 듯 고개를 흔들었다.

더 이상 아무 말도 할 필요가 없었다.

* * *

그들은 조심스럽게 작전을 시작했다. 드보르치크와 브조스테크가 선두에 섰는데 이들은 좀비를 하나씩 유인해서 포획기를 든 교도관들에게 이끄는 역할이었다. 작전에서 이 부분은 쉬운 쪽이었고, 살아 있는 시체의 목에 고리를 걸고 나면 그때부터 진짜 힘든 과정이 시작된다. 정해진 장소로 좀비들을 끌고 가는 것이 얼마나 어려운지는 오크루트니가 지명한 교도관들이 이미 첫 시도에서 확실히 경험했다. 감염자들은 포획기를 잡은 사람들이 현실적으로 가장 가까이 있었으므로 이들을 향해 곧바로 걸어갔다. 장대를 밀거나 당기면 좀비가 쓰러졌고 그러면 더욱 큰 혼란이 이어졌다.

로예프스키가 대위에게 차출해 준 레나르트와 로샤크가 이전 작전에서 그토록 많은 문제를 일으켰던 그 불탄 시신들을 향해 가는 것을 보고 대위는 이 방법이 잘못되었다는 것을 깨달았다. 나이 든 남자는 너무 심하게 타버려서 얼굴을 알아볼 수 없었는데, 두 교도관의 밧줄 고리가 목에 걸린 채 지금 땅에 뒹굴고 있었다. 레나르트와 로샤크는 힘에서 우세한데도 산책장이 있는 운동장과 다른 부분을 갈라놓는 철문으로 불탄 남자를 어렵게 끌고 가고 있었다.

"그 사람 일어나게 해." 멀리서 보고 있던 조신스카가 말했다.

"그래 봤자 소용없어." 세바스티안 로샤크가 씩씩거렸다.

"괜히 힘 빼지 말고, 세바스티안. 일어나게 해!" 조신스카가 좀 더 분명하게 말했다.

"그래, 원하는 대로 할게. 밧줄 느슨하게 하자!"

로샤크는 레나르트와 함께 붙잡은 좀비가 좀 더 자유롭게 움직일 수 있게 해주었으나 좀비는 두 사람에게 다가가려는 첫 시도가 실패하자 도로 몸을 길게 펴고 쓰러진 자세로 돌아갔다. 그리고 네 발로 엎드려서 상황이 이렇게 전개되는 데 깜짝 놀란 레나르트를 향해 곧바로 기어갔다. 멀리 가지는 못했고, 로샤크가 즉시 밧줄을 당기고 4미터 길이의 장대를 잡고 버텼다.

"직접 봤지?" 로샤크가 조신스카에게 양손을 벌려 보였다.

"너야말로 직접 봐!" 조신스카가 딱 한 걸음만 다가오며 대답했으나 그것만으로도 충분했다.

좀비가 즉시 새로운 희생자의 냄새를 맡고 목에 걸린 고리도, 포획기를 붙잡은 남자들도 아랑곳하지 않고 조신스카를 향해 움직였다. 그러나 조신스카는 마치 아무 일도 없는 듯 몸을 돌려 평온한 걸음으로 좀비를 산책장 방향으로 이끌었다. 둘 사이에 거리가 너무 벌어져서 좀비가 흥미를 잃자 조신스카는 걸음을 늦추었으나 이런 일은 산책장까지 가는 동안 세 번 이상 일어나지 않았다. 한때 독방에 수감된 여성 수형자를 운동시키러 데리고 나오던, 2미터 높이의 담장으로 둘러싸인 운동장으로 들어가는 철문 앞에서야 조신스카는 걸음을 멈추었다.

담장으로 막힌 운동장은 네 부분으로 고르게 나누어져 있었고 평소에는 한가운데 위치한 감시탑에 있는 경비교도관들이 이곳을 지켰다. 오늘은 당연히 아무도 산책장을 감시하지 않았다. 각 산책장에는 단 하나의, 아주 단단한 문을 통해서만 들어갈 수 있었다.

"이렇게 하자." 조신스카가 자신을 덮치려는 좀비를 힘겹게 붙잡고 있는 두 동료에게 몸을 돌려 말했다. "내가 산책장으로 들어가서 그 자식을 저 안쪽 벽까지 데리고 갈게. 거기서 너희들이 그 놈을 붙잡고 내가 도망치게 해주고, 내가 너희들 등 뒤로 나가면 고리를 풀면서 뒷걸음쳐서 나오는 거야."

두 사람은 서로 쳐다보았으나 조신스카가 이미 안으로 들어갔으므로 오래 생각할 시간이 없었다. 그래서 레나르트와 로샤크는 조신스카가 시키는 대로 했는데, 좀비는 겁먹은 인간에 비해 정말로 천천히 움직였기 때문에 전혀 어려운 일이 아니었다. 교도관들이 모두 나오자 지우코프스카가 불탄 남자가 세 걸음 옮기기 전에 헐떡이는 로샤크의 등 뒤로 문을 닫았다.

"그래서 어때?" 조신스카가 코웃음 쳤다. "할 만해?"

"할 만하다." 그들의 성과를 지켜보고 있던 오크루트니가 인정했다. "하지만 한 번 되풀이할 때마다 자네 작전은 점점 더 힘들어질 거다."

"그건 어째서입니까?"

"좀비가 40명 혹은 그 이상 되니까……." 대위는 좀비 떼를 막고 있는 철문을 가리켰다. "저 안에 예를 들어 좀비 열 명을 집어넣고 나면 덤벼드는 놈들을 어떻게 피할 건가?"

"그게……." 조신스카는 풀이 죽었다.

좀비가 몇 명이나 산책장 안에서 돌아다니고 있다면 조신스카가 저 담장 밖으로 무사히 걸어 나올 확률은 없을 것이다. 몇 번인가 하다 보면 좀비들이 너무 빨리 그녀의 냄새를 맡고 덤벼들 것이다.

"그러면 이렇게 하면……." 지우코프스카 교도관이 왼손 집게손가락으로 아랫입술을 쓰다듬으며 말했다. "새로 데려온 놈들을 집어넣을 때 누군가 그들의 주의를 끌면 어떻습니까?"

"예를 들면 어떻게?" 대위가 관심을 보였다.

"예를 들면 감시탑으로 유인하는 겁니다." 지우코프스카가 계속 아랫입술에 집중하면서 구체적으로 말했다. 갑자기 지우코프스카의 눈이 반짝였다. "예. 저 괴물들이 우리 냄새를 맡거나 기척을 느끼는 건 대략 10미터 거리입니다. 누군가 감시탑 난간에 나와 서 있으면 땅에서 최대 4미터 정도 높이가 됩니다." 지우코프스카는 감시탑의 편편한 지붕을 가리켰는데, 내부 벽 위에 달린 좁은 받침대를 이용하면 그 지붕으로 나갈 수 있었다.

"그러면 될 것 같습니다." 조신스카도 즉시 동료를 지지했다.

대위는 경비교도관들이 바깥 공기를 즐기는 수형자들을 감시하러 탑에 오를 때 사용하는 금속 사다리를 타고 올라갔다. 감시탑 위에서는 산책장 네 개를 전부 샅샅이 내려다볼 수 있을 뿐 아니라 시설 전체를 덮은 그물망도 볼 수 있었다. 대위는 잠시 생각하다가 아래에서 기다리는 교도관들에게 시선을 돌렸다.

"조신스카 올라와!" 대위가 명령했고, 조신스카 교도관이 옆에 서자 텅 빈 네모난 산책장을 덮은 그물망을 가리켰다. "난간 넘어 내려가서 그물망이 자네 몸무게를 감당하는지 보게."

조신스카는 눈을 크게 떴으나 별말 없이 지시에 따랐다. 산책장 위에 설치된 그물망은 알루미늄으로 만들어졌으나 보기에 아주 단단해서 가벼운 여성의 몸무게 정도는 문제없이 버틸 것 같았다. 문제는 연결 부위였는데, 설치할 때 이런 추가적인 무게를 염두에 두지 않았기 때문에 어떻게 될지 오크루트니는 확신할 수 없었다.

조신스카는 난간을 넘어 내려가서 조심스럽게 걸음을 옮겼다. 철제 격자 위에 연결된 그물망의 모든 철사가 잘 버텼고, 단지 몇 군데에서만 오크루트니가 바랐던 것보다 좀 더 심하게 늘어졌다.

"돌아와." 조신스카가 대략 네모난 그물망 지붕 중간에 도달하자 대위가 지시했다.

조신스카는 이때까지 아주 천천히 움직이다가 대위의 지시를 듣고 좀 더 대담하게 몇 걸음 옮겼는데, 그러자 그물망 전체가 흔들리기 시작했다. 갑자기 날카롭게 탁, 하는 소리가 울렸고 이어서 또 한 번, 계속해서 스타카토로 끊어지는 소리가 났다. 조신스카가 균형을 잃으며 양팔을 휘젓더니 아래로 떨어졌다. 그러나 추락한 것이 아니라 기울어진 그물망을 타고 산책장 잔디 위로 굴러 내려갔다. 그리고 즉시 두 발로 일어섰다. 그물망 위에서 마구 굴러 겁을 먹었지만 그 외에는 다친 데 없이 무사했다. 오크루트니가 아래로 내려오기 전에 지우코프스카가 산책장 문을 열어 조신스카를 내보냈다.

"저 안에 좀비를 몇 놈이라도 잡아놓으려면 그물망을 수리해야 한다." 대위가 확고하게 말했다. "그리고 추가로 철사를 덧붙여 연결 부위를 강화하면 그물망 위에서 산책해도 버틸 거다." 오크루트니는 조신스카의 겁먹은 눈초리를 무시하고 덧붙였다. "작업장에 저 연결 부위를 세 배로 강화할 만큼 재료가 충분히 많다."

"저는 다시 저 위에 안 올라갑니다." 충격에서 벗어나지 못한 조신스카가 얼른 말했다.

"자네가 우리 중에서 가장 가볍다." 대위가 조신스카의 눈을 똑바로 들여다보았다. "꼭 해야 한다."

"안 됩니다……." 조신스카의 아랫입술이 떨리기 시작했다. "못해요. 놈들이 만약에 저 안에 있었다면……."

"꼭 그럴 필요는 없을지도 모릅니다." 지우코프스카는 대위가 다시 입을 열기 전에 끼어들었다. "제가 뭐 하나 확인하게 해주십시오, 대위 동무. 한 번만 더 위에 올라가셔서 저기 갇힌 좀비가 어떻게 행동하는지 봐주십시오."

그리고 지우코프스카는 허리춤에 달린 열쇠 뭉치를 큰 소리로 짤랑거리며 가장 가까운 모퉁이로 걸어갔다. 그동안 오크루트니는 다시 금속 사다리를 타고 난간에 올라서 몸을 내밀고 멀리 있는 좀비를 주의 깊게 바라보았다. 잠시 아무 일도 일어나지 않았으나, 그러다가 반쯤 타버린 좀비가 갑자기 생기 있게 움직였다. 자갈이 깔린 산책로를 뻣뻣하게 휘청거리며 걸어 하얀 회반죽을 바른 벽으로 다가갔다. 벽에 달라붙기 전에 잠시 서서 제자리에서 비틀거리다가 왼쪽으로 돌더니 몇 걸음 걷고는 방향을 바꾸어 이번에는 담장 모서리까지 갔다. 벽의 하얀 표면에 번들거리는 새빨갛고 검은 흔적이 남았다. 마침내 좀비는 길을 잃은 듯 양팔을 늘어뜨리고 움직이지 않게 되었다.

오크루트니는 아래로 내려와서 헐떡이며 돌아오는 지우코프스카 상사를 기다렸다.

"반응이 있었습니까?" 지우코프스카가 대위 앞에 서서 숨을 몰아쉬었다.

"그렇다. 처음에는 왼쪽으로 가더니 방향을 돌려 담벽에 붙어서 모서리까지 갔다."

지우코프스카가 활짝 웃으며 고개를 끄덕였다.

"그렇다면 더 안전한 해결책을 찾은 것 같습니다, 대위 동무." 지우코프스카가 말했다. "저놈이 담장 뒤에 있는 제 기척을 느낀 겁니다. 담장 뒤로 교도관을 몇 명 보내기만 하면 좀비들을 계속 산책장에 들여보내도 문제없을 겁니다."

* * *

 그들은 여섯 명이 조를 짜서 철문 밖으로 나왔다. 선두의 유인책들이 가장 가까이 서 있는 좀비들을 꼬여서 포획기를 든 교도관들 쪽으로 향하게 했고 포획자들이 잠시 좀비들을 붙잡아 두면 이전에 조신스카가 했듯이 앞장서서 좀비들을 지우코프스카가 지정한 산책장으로 데려갔다. 나머지 분대는 그동안 담장 뒤에 서서 미끼 노릇을 했다. 지우코프스카가 철문을 열면 유인하는 교도관이 안으로 들어가 산책장을 넷으로 나누는 담장에 최대한 가까이 붙었고 그러면 포획자들의 임무는 끌고 들어간 좀비를 옆으로 강하게 당겨 돌려서 땅에 쓰러뜨린 뒤 동료가 안전하게 밖으로 나오면 좀비를 풀어주는 것이었다. 괴물이 다시 일어서기 전에 교도관들은 철문 밖에 나와 있었다. 그동안 미리 지정된 교도관이 바깥에서 담장을 따라 걸으며 새롭게 붙잡힌 좀비를 나머지 좀비 떼에게 이끌었다.
 네 시간 뒤에 잔디밭 전체가 정화되었고 손실은 전혀 없었다. 아무도 죽지 않았고 또한 아무도 부상당하지 않았다. 작업이 끝날 때쯤 어쩔 수 없이 조그만 사고가 일어나도, 예를 들어 발을 헛디디거나 손에 땀이 차고 지쳐서 포획기를 놓치는 일이 일어나도, 사람들은 당황하지 않고 웃었다. 오크루트니는 높은 감시탑에서 부하들의 작업을 지켜보며 더 일찍 이런 생각을 해내지 못한 것을 진심으로 아쉬워했다. 얼마나 많은 사람의 목숨을 구할 수 있었을까. 도망쳐 나와서 지금까지 사동 반대편에 숨어 있는 민간인들도 얼마나 더 안전하게 지낼 수 있었을 것인가…….
 불행히도 대위는 그저 사람이었고 아무리 애를 써도 사람이므로 실수할 수밖에 없었다. 다행히 그는 이 악몽도 끝나간다고 느꼈다. 브조스테크가 조금 전에 불길이 약해진다고 보고했다. 불은 삼킬 수 있는 것을 이미 전부 삼켰고 연료탱크 내용물도 이제 다 타버렸다. 한두 시간만 더 있으면 무너진 예배당 아래 십수 명의 죽었다 되살아난 피해자들이 깔려 있는 잔해를 복구하는 작업도 시작할 수 있을 것이다.

그러나 그것은 복구한다기보다 좀비들을 묻어버리는 작업이라 해야 맞을 것이다.

14

1963년 8월 10일 토요일 09시 00분
시립동물원, 브루블레프스키 거리 1-5번지

비에드지츠키 소령은 등이 뻐걱거릴 정도로 힘껏 기지개를 켰다. 단 한 시간이라도 잘 수 있다면 뭐든지 내줄 것 같았지만 이 밤, 실제로는 이 아침에 그는 눈을 붙일 수 없었다. 영화 제작소와 거기서 수백 미터 떨어진 곳에 위치한 인민회관 부지를 정화, 아니 샅샅이 수색하는 작업은 한 시간 이상 걸렸다. 유명한 산책로인 프로메나드, 그리고 옛 시청 앞 가로수길인 페르골라에서 좀비 열여섯을 마주쳤고 이들은 지시대로 제압당해 차례로 동물원 안으로 이송되었으며 이 과정에서 아군 손실은 물론 없었다.

지휘관이 이 좀비들을 동물원 안에 끌어들이라고 명령했다는 사실을 많은 군인이 탐탁지 않게 여겼지만 비에드지츠키는 저항의 싹을 애초에 잘라버렸다. 아렌지코프스키 박사는 새로운 연구 대상이 필요했다. 왜냐하면 오우빈스카 거리에서 데리고 나올 수 있었던 것은 프시에 폴레 격리병동 출신으로 소령이 불행히도 이름을 잊어버린 그 간호사 한 명뿐이었기 때문이다.

"짧게 말하겠다." 그는 미리 비워둔 동물원 우리 안으로 첫 번째 좀비가 들어온 직후 부하들이 보낸 협상단에게 말했다. "우리가 알고 있고, 할 수 있는 방법으로 이 감염병과 싸우는 데 동의하든지 아니면 떠나라." 소령은 정문을 가리킨 뒤 좀 더 부드러운 어조로 덧붙였다. "우리는 이 작전의 목적을 알고 있다. 아렌지코프스키 박사에게 연구 대상이 필요하다. 좀 더 단단한 철장을 확보하기만 하면 감염자들은 그 안으로 들어가 여러분 눈앞에서 사라질 것이다."

부하들은 얼굴을 찡그리고 중얼거렸고 겉보기에도 낙담했다는 사실이 보였지만 그래도 조용히 흩어져 더 이상 이 문제를 거론하지 않았다. 그 덕에 비에드지츠키는 다음 문제에 집중할 수 있었는데, 그것은 엄청난 피해를 입은 공병대가 도착한다는 것이었다. 공병대 현 지휘관 마테우시 베르나치아크 대위와 잠시 대화한 뒤 알게 된 점은 공병대에서 동물원까지 수십 킬로미터 거리가 이 군인들에게는 말로 할 수 없는 고통의 행군이었다는 사실이었다. 특히 초기에 자신들의 적이 제국주의 침략자가 아니라 아주 평범한 사람들이고—좀비들이 멀리서는 그렇게 보였기 때문이다—여자와 아이들도 그 안에 있다는 현실을 받아들여야만 했을 때 더욱 그랬다.

자신을 향해 아장아장 걸어오는 아기에게 총을 쏘는 것은 충격적인 경험이며, 여기에 대해서는 2차 세계대전 당시 살아 있는 사람들을 방패 삼아 선두에서 독일군을 공격했던 바르샤바 봉기 참가자들조차 인정했다. 그러므로 길을 막은 좀비 떼를 뚫고 가야 하는 상황에서 명령을 거부하거나 심지어 탈영한 군인들도 한두 명이 아니었다는 건 놀랄 일이 아니었다.

부대를 지휘하던 대령은 마음의 압박을 이기지 못하고 자신이 이전에 살았던 마을을 둘러싼 도로를 뚫고 나가려는 시도 끝에 자기 머리를 쏘아 자살했다. 이런 절망의 행위는 당연히 짐작할 수 있듯이 부대 인원을 심각하게 감소시키는 결과를 낳았다. 왜냐하면 남은 장교들이 부하들이 총을 쏘게 만들려고 정신이 없는 통에 상황을 곧바로 파악하지 못하고 있다가, 죽었다 살아난 대령에게 희생되었기 때문이다. 그런 여러 가지 이유로 500명의 병력을 자랑하던 완편된 대대가 출발했으나 브로츠와프에 도달한 것은 불완전한 3개 중대뿐이었고 하늘과 땅의 모든 징후로 미루어 보아 이들만이 예측 가능한 미래에 비에드지츠키가 의존할 수 있는 유일한 지원군이었다.

군인 225명, 그리고 이들을 이끄는 86명의 부사관. 이들이 50만 인구가 사는 도시에서 죽일 수도, 심지어 건드릴 수도 없는 좀비 떼를 소탕하는 임무를 맡은 군대였다. 인민회관을 확보하는 공병대를 바라보면서 소령은 자신의 유일한 희망은 아렌지코프스키 박사뿐이라는 것을 깨달았다.

'아렌지코프스키가 감염병을 막을 방법을 찾아내지 못한다면……. 의학이 실패했을 때 어떻게 될지 생각하기도 무섭군.'

"소령 동무!" 그는 등 뒤에서 부르는 소리를 들었다. "니에시토 서기 동무 전화입니다!"

그는 중앙 통신실 당직자의 경례에 가볍게 답례한 뒤 그의 뒤를 따라 파충류실 앞에 있는 천막에 설치된 통신실로 향했다. 천막에 들어서기 전에 그는 보급품 이송 문제를 떠올렸는데, 시간상으론 벌써 15분 전에 인민회관에서 하역 작업이 끝났어야 했다. 보급품 수송차 도착에 대해 아무도 그에게 보고하지 않았고 소령 자신도 구조대대가 들어오는 것을 알리는 익숙한 엔진 소리를 듣지 못했다.

소령은 아무 말 없이 당직자가 건네주는 수화기를 들었다.

"무슨 일인지 말해 봐."

"나도 목소리 들으니 반갑네, 친구." 그의 귓가에 친숙하고 비교적 명랑한 목소리가 들려왔다.

"보급품 어디 있나?" 그는 자신의 무뚝뚝함을 농담처럼 비꼬는 상대의 말을 무시하고 내뱉었다.

"당장은 우리 쪽에 있어."

"뭐?"

"진정해, 비에드지츠키. 내가 다 설명해 줄게." 니에시토의 목소리가 진지해졌다. "자네가 알려준 식료품 창고 일곱 군데 중에서 여섯 군데를 전부 비웠네. 단지 그라빈스카 거리에 있는 그 창고는 포기해야 했지만 모아둔 것만 해도 우리 쪽과 자네 쪽까지 몇 주는 버틸 수 있을……."

"훌륭하군." 비에드지츠키가 그의 말을 가로막았다. "그럼 왜 수송 트럭이 인민회관 앞에 서 있는 모습이 보이지 않는지 설명해 주겠나? 바로 지금 그쪽을 보고 있는데." 소령은 거짓말로 덧붙였다.

"느긋하게 생각해, 친구. 제발 좀!" 니에시토가 흥분했다. "자네 계획을 몇 군데 수정해야만 했어. 그룬발트 다리가 막혔다고. 상상이 가나? 보안대 멍청이들이 밤새 보도블록을 다 벗기고 차도를 가로질러 포장을 전부 들어냈다고. 격리병동 접근을 막기 위해서 다리 상판을 거의 5미터 정도 벗겨냈어. 내 말 무슨 뜻인지 알겠어?"

"우리 몰래 이동 경로를 파괴했다고?" 비에드지츠키가 놀랐다.

"그놈들은 신이 존재하지 않으니까 아무한테도 책임질 필요가 없다고 생각했나 보지. 어, 자틸니만 빼고."

"그 쓰레기 이름은 꺼내지도 마."

"원하시는 대로. 그럼 원래 하던 얘기로 돌아와서…… 지금 평화다리 건너편에 좀비가 수천 마리 떼 지어 서 있네. 마치 누가 성당에서 전부 불러내기라도 한 것처럼."

"그게 누구 덕분인지 알 것 같군." 비에드지츠키가 중얼거렸다.

"응?"

"아냐. 계속 말해봐."

"그쪽으로 수송차를 보내려고 해봤지만 감염자가 너무 많아서 트럭이 뚫고 나갈 수가 없었어. 애들한테 트럭 두 대로 막아두고 이쪽 강변으로 후퇴하라고 했어. 그 지저분한 떼거리가 본부 사무실까지 기어들어 오지 않게."

"이 문제를 어떻게 해결할 생각인가?" 비에드지츠키가 목소리를 낮추어 물었다.

상황은 겉보기만큼 절망적이지만은 않았다. 소령의 책상 위에는 보급 담당자의 보고서가 있었다. 그리고 공병대가 자기들 보급창고에서 군용식량을 충분히 가져왔으니 당분간은 아무도 굶을 위험이 없다는 사실도 소령은 알고 있었지만, 여기에는 군인만 있는 게 아니었다. 소령은 민간인을 구조해서 섬에 대피시킬 생각이었고 보급품은 그들에게도 필요했다. 구조된 사람들은 곧 수백 명, 최대 수천 명에 이를 것이었다.

"이미 해결됐어." 니에시토가 가벼운 어조로 장담했다. "거의 대부분 자네의 그 니즈네르 덕분이지. 어떻게 하면 좋을 지 그 친구가 알려줬거든."

"그래? 그래서 우리 생존 전문가가 자네한테 어떤 조언을 했나?"

"바지선."

"뭐?"

"화물용 배 말이야. 경찰용 모터보트에 우리 애들을 태워서 시영 부두로 보내 거기서 한 대 '빌렸어'. 아주 깔끔하고 멋진 새 물건이야. 뭐 거의 새것이라고 할 수 있지. 하여간 그래서 거기다 보급품 대부분 다 실었네. 바로 지금 그 기적의 바지선을 눈앞에 보고 있지. 평화 다리와 그룬발트 다리 사이에 정박해 있어. 그 개새끼들이 절대로 이 배에는 올라오지 못할 거야. 그러니까 좀비 말이야, 당연히 알겠지만."

"그러면 우리는 그 배에 어떻게 올라가지?" 소령이 약간 더 조급한 어조로 물었다.

"간단하지. 자네가 신호하면 내가 바지선을 강 상류 동물원 근처로 보내고, 그러면 자네들이 보급품을 필요한 만큼 내려서 옮기면 되지. 게다가 그동안은 좀비들의 위협을 걱정 안 해도 되고 말이야."

비에드지츠키는 중앙 통신실로 쓰는 천막 안쪽에 걸린 지도를 바라보았다. 동물원 뒤편으로 그가 숙소로 쓰고 있는 주택에서 멀지 않은 곳에 뒷문처럼 보이는 것이 있었다. 그쪽에서는 순찰대가 좀비를 마주친 적이 없는데, 아마 주변 지역에 사는 사람이 별로 없기 때문일 것이었다. 가장 가까운 마을은 동쪽으로 한참 더 가야 하므로 그 점을 이용하면 오드라강에서 군경의 활동이 많아져도 아무도 눈치채지 못할 것이고 더구나 좀비들의 이목을 끌지는 않을 것이다. 보급품을 바지선에서 내려서 동물원 부지로 옮기는 작업은 별 어려움 없이 끝날 가능성이 컸다. 풀밭에 인간 띠를 만들거나 공병대의 소형 수송차를 보낼 수도 있었으며, 공병대 수송차는 동물원 뒤로 돌아 한 번에 최대 2톤까지 식량을 수송할 수 있었다.

"좋아." 비에드지츠키가 결론지었다. "우리 천재 생존 전문가 선생이 또 한 건 했군, 보아하니."

"그 친구 이런 일에 재능이 있어." 니에시토가 동의했다. "그럼 몇 시까지 그쪽으로 배를 보내면 되나?"

소령은 길게 생각하지 않았다.

"하역은 나중에 하도록 하지." 그가 제안했다. "자네가 보기에 보급품이 안전하면 잠시 바지선에 두도록 해. 최소한 섬 전체 정화 작업을 시작할 때까지. 우리 애들은 지금 가지고 있는 걸로 먹일 테니까."

"먹는다니 말인데……." 니에시토가 말꼬리를 잡았다.

"동물은 최대한 건드리지 않겠어." 비에드지츠키가 그의 말을 잘랐다. "죽었다 살아난 맹수들이 여기서 떼 지어 돌아다니는 건 원치 않아."

"동물도 좀비로 변하는지 확인해야 할걸." 니에시토가 말했다.

"나도 알아." 비에드지츠키가 동의했다. "오늘 할 생각이야."

"내가 자네라면 질질 끌지 않겠네. 그건 아주 중요한 일이야, 어쩌면 이 상황에서 가장 중요한 일일지도 몰라. 좀비로 변한 인간은 우리가 어떻게든 상대할 수 있을지 몰라도 감염병이 동물한테도 똑같은 현상을 일으키면……."

"나한테 그걸 굳이 상기시킬 필요는 없어. 이상!" 비에드지츠키가 통신병에게 수화기를 돌려주었다.

통화를 끝낸 뒤에도 그는 천막 안에 남았다. 하던 일로 돌아가기 전에 몇 가지 사안들을 해결하고 싶었다. 지난밤에 사건들이 벌어진 속도가 너무 빨라서 모든 일을 차분히 생각할 시간이 없었다. 가장 먼저 그는 위협을 제거하는 데 집중했고 위협이 그의 대처

역량을 넘어서자 그는 부하들을 구조하는 일에 뛰어들어 동물원을 사수하고 움직이지 않도록 명령했다. 그렇게 하면 최소한 잠시라도 살아남을 수 있기 때문이었다. 그런데 이제 니에시토가 그에게 그런 계획에는 한 가지 아주 중대한 결함이 있다는 점을 일깨워 주었다. 만약 동물들도 죽은 뒤에 다시 살아나기 시작한다면—그렇게 되지 않을 이유도 없지 않은가?—좀비들과 계속 싸우는 것은 의미가 없다. 야외에서 덤벼드는 새 떼나 밤에 출몰하는 좀비 쥐 떼는 어떻게 막을 것이며, 사방에 존재하는 벌레들은 또 어떻게 한단 말인가?

그는 먹다 남은 양배추가 담긴 접시 위를 맴도는 파리 한 마리를 보았다. 손으로 때려잡으려 했으나 파리가 더 빨랐다. 소령은 혼잣말로 욕을 한 뒤에 천막 바깥으로 나갔다.

"니즈네르!" 소령이 고함치자 가까운 우리 안에 있던 영양들이 겁을 먹고 도망쳤다.

***

비에드지츠키, 의사 아렌지코프스키, 니즈네르와 마베트. 그들 네 명은 동물원 원장실에 자리 잡고 앉았다. 소령은 패닉을 막기 위해 다른 사람에게 뭔가를 숨길 생각이 더는 없었다. 진실이 아주 괴로운 경우에도 이 세 사람만은 믿을 수 있다는 점을 그는 알고 있었다.

"죽었다 살아난 동물을 이전에 본 사람 있나?" 그가 500밀리리터 술병 마개를 손바닥으로 쳐서 열었고, 내용물은 술잔으로 쓰는 소스 병 네 개에 골고루 따랐다.

"빌어먹을!" 아렌지코프스키가 창백해졌다.

왜 그런 질문이 나왔는지를 의사에게 설명할 필요는 없었다. 나머지 사람들은 잠시 후에야 깜짝 놀랐다. 술잔 네 개가 전부 비었고 보드카는 마치 무한히 넓은 사막을 가로지른 끝에 도달한 먼 오아시스의 물인 양 뜨끈하게 목구멍을 태우며 넘어갔다.

"마베트?" 비에드지츠키는 입을 문질러 닦는 경찰관에게 시선을 집중했다. 마베트는 혼자서 시내의 난장판을 뚫고 나와 얼마 전에 그들과 합류했다.

마베트 경위는 바로 대답하지 않았다. 자기도 모르게 붕대 감은 허벅지를 문지르며 그는 허공을 바라보았다.

"그런 기억은 없습니다." 마침내 그가 대답했다. "운하에 시궁쥐와 다른 짐승들이 떼로 몰려다녔지만 살아 있는지 죽었다가 살아났는지 확인할 방법이 없었습니다. 그리고 바깥에 나왔을 때는 죽었다 살아난 인간만 해도 충분히 문제가 많았습니다. 쓸데없는 것들에 신경 쓸 여유가 없었습니다."

"쓸데없는 게 아닙니다." 우박 떨어지는 하늘의 먹구름처럼 음울한 니즈네르가 내뱉었다. 소령의 우려가 사실로 확인된다면 어떤 상황에 맞닥뜨리게 될지 니즈네르도 의사만큼이나 잘 알고 있었다.

"지금은 나도 알고 있어." 마베트가 담배에 불을 붙이며 대답했다.

"나도 여기 오는 길에 죽은 동물을 본 기억은 없어." 아렌지코프스키가 대답했다. "만약에 좀비 떼가 길에서 고양이나 개나 말한테 덤볐다면……." 의사는 말을 하다 말고 벌떡 일어섰다. "확인해야 해. 지금 당장!"

모두 고개를 끄덕였다. 비에드지츠키만 끝까지 눈에 띄게 망설였다.

"뭔가 문제가 있습니까?" 마베트가 물었다.

"그렇게 되면 사육사들이 반대할 테고, 사육사들이 없으면……." 그는 고갯짓으로 창밖에 보이는 우리들을 가리켰다.

"그건 너무 걱정하지 마십시오. 필요하다면 제가 전부 처리하겠습니다. 저희는 저런 사람들 한두 번 제압해 본 게 아닙니다." 마베트가 자랑스럽게 덧붙였다.

"'저희'라면 경감님 말씀입니까, 아니면 무장 차량부대를 말씀하시는 겁니까?" 니즈네르가 비꼬았다. "무장 차량부대는 이미 없어졌지 말입니다." 그가 빈정거리는 말투로 상기시켰다.

"나 혼자서 너 같은 애송이 다섯 명은 상대할 수 있어, 니즈네르!" 짜증 난 경위가 으르렁거렸.

"진정하시오, 경위. 단번에 모든 사람을 다 제압할 수는 없소." 비에드지츠키가 말다툼을 종결시켰다. "그리고 저들의 도움이 없으면 이 난장판을 정리할 수 없소."

"사육사들을 어느 한 건물에 다 몰아넣고 문을 잠그고 나머지는 제가 처리하게 해주십시오." 마베트가 제안했다.

"여긴 창살이 하나도 없습니다. 그러니까 창문에 말입니다." 다시 니즈네르가 반대했다. "게다가 사육사들이 부지를 더 잘 압니다. 우리가 헤매는 사이에 따돌리고 도망칠 겁니다. 그리고 말이 나왔으니 말인데, 사육사들이 지금 어디 있는지 아시는 분 있습니까?"

아무도 알지 못했다. 그들이 즉시 나가서 당직 장교를 붙잡고 물었으나 당직 장교조차 알지 못했다. 한 가지는 의심의 여지 없이 확실했다. 사육사들은 그 어떤 문으로도 나가지 않았으며 모든 출입문은 철저하게 경비되고 있었다. 다른 한편으로 생각하면, 동물원을 둘러싼 담장은 길이가 1.5킬로미터 정도 되어 그 전체를 다 경비할 수 없었고, 특히 상대방이 이곳의 모든 돌과 덤불 하나하나를 다 아는 사람들인 경우에는 불가능했다.

"사육사들 의견은 중요하지 않아요." 아렌지코프스키가 잠시 생각한 뒤에 입을 열었다. "지금 당장 확인해야 합니다. 우리 모두의 생사가 걸린 일입니다. 사육사들의 생명도 마찬가지입니다. 사육사들이 그 점을 당연히 이해하기를 바랄 뿐입니다."

"그러면 어떻게 하자는 건가?" 소령이 물었다.

"어떤 동물 하나를 격리해서 사살해야지. 달리 방법이 없어."

"여기 동물은 충분히 많지." 비에드지츠키가 한숨을 쉬었다.

아렌지코프스키가 한참 동안 생각에 잠겼다.

"우리와 가장 가까운 동물은 원숭이겠지, 하지만……" 그가 망설였다. "자네는 괜히 사육사들을 도발하면 좋지 않다고 생각하니까, 더 합리적인 방안은 설치류나 새나 물고기에서 시작하는 것이겠지……"

"먹을 수 있는 동물을 쏘면 어떻습니까?" 마베트가 의사의 말을 가로막았다. "죽여서 도로 살아나지 않으면 구워 먹으면 되니 일거양득 아닙니까."

"여기엔 뱀도 있습니다." 니즈네르가 마치 커다란 비밀이라도 폭로하는 듯한 어조로 말했다.

"부대에서 그거 한번 먹어본 적 있네." 마베트가 경멸에 찬 어조로 내뱉었다. "권하고 싶지 않아."

"그런 뜻이 아닙니다." 니즈네르 소위가 반박했다. "뱀을 키우려면 뭔가 먹여야 하지 않습니까. 예를 들면 생쥐 같은 것 말입니다."

"그럼 대체 어디다 보관할 것 같나?" 소령이 우리에서 어느 사육사라도 눈에 띄기를 바라며 주위를 둘러보았다. 방 안에 있는 동료들에게 다시 시선을 돌리기 전에 그는 등 뒤에서 총소리를 듣고 본능적으로 몸을 웅크렸다. "돌았나, 마베트?" 그가 고함쳤다.

경위는 마카로프 권총을 권총집에 넣고 마치 허공에 총을 쏜 것이 어째서 잘못인지 이해할 수 없다는 듯 어깨를 으쓱했다.

"이 털북숭이들을 그렇게 소중하게 여긴다면 누군가 놀라서 달려올 겁니다." 마베트가 장담했고, 그 말이 옳았다.

* * *

생쥐는 살아나지 않았다. 들쥐도 마찬가지였다. 그것은 좋은 징조였지만 더 큰 동물들에게도 같은 원칙이 적용되는지 확신할 수 없었다. 특히 아렌지코프스키 박사는 더 걱정스러운 표정이 되었다. 그들 중에서 오직 아렌지코프스키만이 여러 시간 전에 이 도시와 세상을 덮친 감염 현상을 최소한 이론적이나마 이해할 수 있는 지식을 가지고 있었다. 그는 폭넓은 경험 덕분에 바로 얼마 전에 출혈성 천연두를 올바르게 진단하여 수많은 사람의 목숨을 구할 수 있었지만, 이 좀비 질병의 경우에는 마치 안개 속의 어린아이처럼 계속 헤매고만 있었다. 지난밤에 그가 확정할 수 있었던 사실은 단 한 가지, 즉 좀비 현상의 원인은 바이러스도 아니고 그가 아는 어떤 미생물체도 아니라는 것이었다. 불행히도 이런 결론은 그가 핵심 질문에 대한 해답에 1밀리미터라도 다가가는 데 전혀 도움이 되지 않았다. 반대로 더 많은 질문만 생겨났다. 셀 수 없이 많은 의심도 함께.

아렌지코프스키가 오우빈스카 거리에 있는 병원에서 므워치츠카 간호사의 시신을 검시할 때 본 것은 일반 논리뿐 아니라 그가 이전에 배운 모든 것에 어긋났다. 므워치츠카는 모든 면에서 사망한 상태였는데도 움직였고, 살아 있는 사람이 가까이 있으면 반드시 반응했다. 므워치츠카의 시신을 볼 때마다 그는 소름이 끼쳤다. 그 현상을 설명할 수 있는 유일한 단어는…… '초자연적'이라는 것이었지만, 뼛속까지 합리주의자인 그로서는 도저히 받아들일 수가 없었다.

그리고 지금 여기, 냄새나는 동물원 별관에서 그는 이전에 의심했던 점을 확인해 줄 수 있을 것 같은 무언가를 발견한 것이다. 동물이 죽은 뒤에 좀비로 변하지 않는다면—그리고 마베트의 권총 손잡이에 맞아 죽은 설치류는 확실히 살아 있을 수가 없었다—인간은 그저 육체만이 아니며 뭔가 더 있다는 발상을 받아들여만 했다. 어쩌면 훨씬 더 큰 뭔가…….

"마르친 씨!" 아렌지코프스키는 육지 동물 사육사인 체격이 좋고 턱수염을 기른 남자를 불렀다. "이건 희망적인 시작입니다만 정말로 어디가 경계선인지 확인해야만 합니다. 동물원 근로자 여러분들께는 힘든 일인 걸 압니다만 달리 방법이 없습니다. 반드시 계속 테스트를 해야만 합니다……." 그는 등 뒤에 있는 뱀처럼 말을 비비 꼬면서 어떻게든 요점을 바로 말하지 않으려 애쓰는 자신이 멍청하게 느껴졌다.

"마르친 코니에츠니 씨." 마베트가 말문이 막힌 사육사와 아렌지코프스키 사이에 끼어들었다. "변죽 그만 울리고 똑바로 말씀드리자면 여기 동물들을 더 죽여야만 하는데 그것도 큰 동물이 필요합니다."

"뱀을 죽이자고요?" 충격에 빠진 코니에츠니가 중얼거렸다.

"뱀을 죽입니까?" 마베트가 아렌지코프스키를 향해 같은 질문을 되풀이했다.

"뱀은 됐습니다." 아렌지코프스키가 고개를 저었다. "우리에게 필요한 건 고양이과, 개과…… 그리고 새들입니다."

아렌지코프스키는 군인들이 도시 정화 작전 중에 마주칠 수 있는 동물들을 골라서 언급했다.

"그리고 사슴류도!" 마베트가 날카로운 어조로 덧붙였다.

"사슴류는 아닙니다." 아렌지코프스키가 즉시 반박했다.

"왜 아닙니까?"

"마베트!" 비에드지츠키가 마베트에게 문을 가리켜 보였다. "한 마디만 더 하면 정문 밖으로 내보낼 줄 알게!"

"저는 그저……."

"나가!"

셋만 남게 되자 아렌지코프스키는 초상 치르는 사람처럼 음울해진 코니에츠니에게 어째서 반드시 실험을 해야만 하는지 설명했다.

"만약에 제가 언급한 동물들이 감염될 수 있다고 증명된다면 우리 전부 다 위험해집니다." 그는 코니에츠니 사육사를 설득했다. "여기 선생님 가족이 있습니까?"

"아니오. 난 슈체친 출신입니다." 코니에츠니는 약간 밝아진 어조로 대답했다.

"나라면 그렇게 기뻐하지 않을 겁니다." 비에드지츠키가 끼어들었다. "우리가 아는 바에 따르면 좀비는 남부 실롱스크에만 나타난 게 아닙니다. 글자 그대로 사방에 있습니다. 폴란드에도, 외국에도."

코니에츠니는 창백해졌다.

"사방이라니 어떻게요?"

"말 그대로입니다. 모스크바, 부다페스트, 프라하. 세계 각국의 수도와 대도시들이 지금 브로츠와프와 똑같은 모습이오. 여기보다 훨씬 남쪽인 브제그에서 출발한 대대가 여기까지 오기 위해서 마을 하나하나를 다 뚫고 지나와야 했소. 전방위적으로 지옥도란 말이오, 사육사 선생!"

"팬데믹이야." 아렌지코프스키가 반사적으로 고쳐주었다.

"내 말이." 소령이 어깨를 으쓱한 뒤에 다시 사육사에게 시선을 집중했다. "이렇게 합시다. 의사가 지목하는 동물들 몇 마리만, 당연히 사육사 선생의 조언과 도움을 받아 실험하는 데 동의하면 맹수 사살을 한시적으로 취소하겠소."

"한시적?"

"그렇소. 이게 군인 경찰이 괜한 심술을 부리는 게 아니라 정말 필요한 일이라는 사실을 근무자 여러분 스스로 이해할 때까지 말이오." 비에드지츠키가 약속했다. "가서 동료들에게 말하시오. 5분 주겠소!" 그는 멀어지는 코니에츠니 사육사의 등에 대고 외쳤다.

15

1963년 8월 10일 토요일 09시 40분
1호 교도소, 클렝치코프스카 거리 35번지

"아, 망할." 브조스테크는 의무실 창문 안에 펼쳐진 광경을 힐끗 들여다보자마자 신음했다.

크라우스는 이전에 오크루트니가 보았던 곳, 의무실 한가운데 쿠비시오바의 내장에 한 팔을 팔꿈치까지 쑤셔 넣은 채 여전히 그대로 서 있었다.

"여기선 표준 업무 절차는 별 도움이 안 되겠습니다." 지우코프스카가 동료와 함께 다시 복도로 나와 기다리고 있던 대위에게 보고했다.

"어째서 그렇게 생각하지?"

"저 두 명을 단번에 붙잡아 이 문을 통해 계단으로 끌고 나와야 합니다." 그리고 지우코프스카는 좁은 문을 가리켰다. "하지만 대위님도 보시듯이 잘 안될 것 같습니다."

의무실 안으로 교도관 네 명이 들어가는 것까지는 가능할지 몰라도 동시에 모두 나오려 하는 데서는 문제가 생길 수 있었다. 그러나 오크루트니는 어쨌든 이 의무실을 정리해야 했다. 첫째로 의무실 안에 있는 약과 의료용품이 필요했다. 둘째로 저 괴물들이 점거한 건물에서 지낼 생각은 전혀 없었다. 베그네르 의사는 말할 것도 없고 오크루트니 자신과 그의 아내까지 여기서 묵어야 했으니 더욱 그랬다. 그런데 불운하게도 교도관 아내들이 바로 이 층, 그것도 의무실 맞은편에 짐을 풀었던 것이다.

"좋은 생각 없나?" 잠시 의미심장한 침묵 뒤에 오크루트니가 물었다.

"놈들을 복도나 아니면 계단으로 유인하면……." 그로노프스키가 소심하게 말을 시작했다.

"그건 안 돼, 아담." 크루크가 말을 막았다. "좀비들이 어떻게 움직이는지 너도 봤잖아. 유인하려는 사람 머리를 물어뜯으려고 곧바로 덤벼들 거다."

"얼른 피하면 되잖아." 그로노프스키가 그를 진정시켰다. "저놈들은 제대로 기어다니지도 못하니까. 놈들이 나와서……."

"놈들이 나와서 계단에 엎어지면 층계참에 쿠비시오바 비서 창자가 활짝 펼쳐질 텐데." 크루크가 역겹다는 듯 내뱉었다. "그건 누가 치울 거냐고. 네가 할래?"

그로노프스키는 어깨를 으쓱해 보였다.

"대위님이 좋은 생각 없냐고 하셔서 내 생각을 말한 거야."

"발상 자체는 나쁘지 않다." 오크루트니가 잠시 궁리한 뒤에 인정했다. "하지만 위험을 무릅쓰지 않는 편이 낫다. 이렇게 하지……. 그로노프스키, 의무실의 저 두 명을 복도로 유인하고, 거기서 크루크와 내가 크라우스를 붙잡으면 자네는 지우코프스카와 함께 쿠비시오바를 잡는다. 우리 넷이면 저 둘을 제압할 수 있을 테니……." 대위의 창의력은 여기서 끝났다.

"둘을 갈라놓을 수도 있을 겁니다." 지우코프스카가 제안했다.

"하나씩 서로 반대 방향으로 끌어내면······." 지우코프스카 자신도 자기 제안에 확신이 없는 것이 분명했지만 그녀가 몇 분이나 생각에 잠긴 사이에 나머지 교도관 중 아무도 끼어들지 못했다.

"좋다." 오크루트니가 길게 이어지는 침묵을 깨고 결론을 내렸다. "내 계획대로 한다. 그로노프스키, 자네가 저 둘을 복도로 유인한다. 나와 크루크가 크라우스를 붙잡고 자네와 지우코프스카가 쿠비시오바를 맡는다. 우리 넷이 함께 놈들을 제압해야만 한다."

"대위님, 발언해도 됩니까?" 지우코프스카가 마치 학교에서 선생님의 질문에 답하듯이 한 손을 들었다.

"말해보게."

"놈들을 돌려세우는 쪽이 낫지 않을까요? 할퀴지 못하게 말입니다. 여기는 그나마 약간 더 공간이 있습니다만 포획기 손잡이 때문에 움직임이 제한될 수밖에 없습니다. 누군가 피가 날 정도로 다치거나, 절대로 그러면 안 되겠습니다만 좀비 중 하나라도 우리 손을 빠져나갈지 모르니까요······." 지우코프스카가 목소리를 낮추었다.

그녀가 옳았다. 손잡이 길이 2미터짜리 포획기밖에 없었으므로 이 작전을 수행하기 위해 훨씬 더 짧은 포획기를 만들었지만 이 건물 복도는 너비가 4미터가 채 안 되었으므로 좀비 둘을 한꺼번에 포획하는 도중에 누군가 손잡이 끝이 벽이나 계단 난간에 걸릴 수도 있었다.

"괜찮군." 오크루트니가 말했다. "놈들이 의무실 문을 통과하자마자 돌려세운다. 내가 놈들 다리를 공격하고, 놈들이 넘어지면 자네들이 포획기 고리를 던진다. 다들 알겠나?"

교도관들은 마른 입술에 침을 바르며 차례로 고개를 끄덕였고, 땀에 젖은 손으로 포획기 손잡이를 더욱 꽉 잡았다. 포획기로 그들은 최소한 야외에서는 좀비들을 제압할 수 있었다. 이제 처음으로 그들은 포획기를 들고 닫힌 실내에서 좀비들과 맞서게 되었다. 여기서는 언제나 제때 뛰어 물러나거나 몸을 피할 수 없을 것이었다. 게다가 상황이 아주 특이했다. 크라우스는 배고픈 사람이 음식에 이를 파묻듯이 쿠비시오바의 뱃속에 팔을 파묻고 있었기 때문에 행정관 건물에서 좀비들을 끌어내는 작전이 더욱 어려워질 것으로 보였다.

'시행착오는 허용되지 않는다. 첫 시도에 성공하거나 아니면……' 대위는 또 희생자가 발생할지 모른다는 생각에 몸을 떨었다. 예배당의 실패한 구조 작전 이후로 그는 교도관을 한 명도 잃지 않았다. 부하들의 사기를 다시 북돋웠고 교도소 부지 거의 전체를 확보했다. 이것은 오래 기다린 휴식을 맞이하기 전에 남은 마지막 작업이었다. 그가 신앙을 가졌더라면 성공하게 해달라고 기도했을 것이다.

"그로노프스키!" 그가 고함치고 고갯짓으로 대기실 문을 가리켰다.

그로노프스키는 작업화 뒤축을 마주쳐 대답을 대신하고 입술을 끌어당겨 미소를 지었으나 몸을 돌리자마자 목이 꽉 막히는 느낌이 들어 힘겹게 침을 삼켰다. 산책장에서 그는 좀비 여덟을 잡았고, 그러니까 크루크보다 두 명이나 더 잡았지만, 대위의 칭찬에 피어올랐던 기쁨은 눈 깜짝할 사이에 비누 거품처럼 사라졌다. 죽어가던 동료와 상관들의 모습이 다시 떠올랐다. 그의 마음 한구석에는 죽음에 대한 극심한 공포와, 자신도 좀비로 변할지 모른다는 그보다 더욱 큰 공포가 항상 모습을 숨기고 있었다.

그러나 이제 돌아갈 수는 없었고 그는 명령을 수행해야만 했다.

그래서 그는 한 걸음 나아갈 때마다 의무실 상황도 예배당 뒤 잔디밭이나 철문 근처 운동장과 비슷할 것이라고 자기 자신을 설득했다.

의무실의 좀비 두 명은 그가 문에 다가가기도 전에 그의 기척을 감지했으나 그로노프스키는 두 좀비가 그를 향해 어색한 첫걸음을 떼기 직전에 재빨리 문을 열었다. 두 좀비는 대단히 난잡한 파티에서 춤추는 두 주정뱅이처럼 흉측해 보였다. 쿠비시오바의 끔찍한 상처를 보면 두 사람 모두 피바다 속에서 헤엄치고 있어야 하겠지만 다행히 두 사람이 서 있는 곳의 리놀륨은 피로 덮여 있지 않았다. 그러나 그로노프스키는 극도로 스트레스를 받아 이런 세부 사항을 눈치채지 못했다.

"좀 더…… 좀 더……." 그는 대기실을 가로질러 뒷걸음질하면서 중얼거렸다.

크라우스와 쿠비시오바는 힘겹게 문 안으로 들어와 팔을—최소한 뱃속에 처넣지 않은 팔을—뻗고 둘이 동시에 문을 지나 바로 앞에 있는 살아 있는 사람에게 가려 했다.

오크루트니는 복도로 나가는 문에 서 있었다. 그로노프스키를 멀리서 지켜보면서 필요할 경우에 지원할 만반의 준비를 갖추고 있었다. 그러나 지금으로서는 모든 일이 계획대로 흘러가고 있었다. 크라우스와 쿠비시오바는 마침내 문을 빠져나와 대기실로 밀고 나와서 이제 대기실 문보다 별로 더 넓지 않은 복도 문으로 나가려는 중이었다. 두 걸음 더, 한 걸음 더……. 그로노프스키는 민첩하게 복도로 빠져나왔다. 이제 더 이상 미끼 노릇을 할 필요가 없었다. 좀비들은 이제 교도관 네 명의 기척을 전부 감지했고 푸르스름한 손으로 허공을 휘저으며 바로 몇 미터 앞에 서 있는 희생물을 붙잡으려 했다.

"조심해!" 대위는 포획기 끝을 크라우스의 발밑으로 밀어 넣었다. 그것만으로도 크라우스는 중심을 잃고 얼굴부터 땅에 부딪치며 쿠비시오바를 함께 끌고 넘어졌다. 흩어져 선 교도관 네 명 사이에 두 좀비가 쭉 뻗어 쓰러졌다. "지금이다!"

포획기 두 개의 고리가 쓰러져 있는 좀비들의 목에 걸렸다. 다른 두 개가 그들의 다리를 무릎에서 묶었다. 교도관들은 몸부림치는 좀비들을 서로 떼어놓으려고 힘을 주었지만 전혀 성과가 없었다. 크라우스의 한쪽 팔이 마치 쿠비시오바의 배에서 솟아난 것처럼 보였다.

"붙잡아!" 오크루트니는 자기 포획기를 늦추어 좀비의 목에서 고리를 벗겨낸 뒤 좀 더 좋은 위치에 서서 포획기 끝을 쿠비시오바의 배에 뻗었다. 몇 번 시도한 끝에 그는 피투성이 블라우스를 걷어 올려 쿠비시오바의 배를 드러냈다.

교도관들 모두 한꺼번에 신음했고 신에게 호소하는 말과 욕설이 뒤섞여 튀어나왔다. 쿠비시오바의 몸에는 상처가 전혀 없었고 크라우스의 팔은 마치 쿠비시오바의 신체에 원래부터 있던 기관인 듯 그 안에서 자라 나온 것처럼 보였다.

"뭐야?" 대위가 깜짝 놀라 순간적으로 긴장하며 중얼거렸다.

벌써 한참 전에 그는 좀비들이 재생을 위해 산 사람을 죽인다는 것을 이해했다. 그런 광경을 이 아침에 본 것이 벌써 한두 번이 아니지만 이건…… 쿠비시오바 비서는 의무실에서 사망해서 산 사람과 접촉할 기회가 전혀 없었는데 대체 어떻게 이런 일이 가능하단 말인가…….

크루크 뒤에 있는 문이 삐걱거렸고, 누군가 복도로 나오기 위해 그 문을 밀고 있었다. 대기실에서 또 다른 좀비가 뛰어나와 아무것도 예상하지 못했던 교도관들에게 곧장 덤벼들었다. 오크루트니는 한눈에 그 윤곽과 얼굴을 알아보았다. 그것은 그가 예배당 상황을 파악하기 위해 질문했던 여성, 알리치아 뭐였던가. 베그네르 의사가 약품을 가져오라고 그녀를 의무실로 보냈거나 아니면…….

그 이상 추측하고 있을 시간이 없었다. 알리치아 즈브루크, 아마 그런 이름이었던 여성은 겁에 질린 크루크에게 덤비고 있었다. 대위는 알리치아의 피투성이 손가락이 크루크의 볼에 파묻히고 휘둥그렇게 뜬 눈 아래 살이 뼈에서 뜯겨 나가는 모습을 보았다. 다음 순간 알리치아와 크루크는 함께 바닥에 쓰러졌으나 운 나쁘게도 둘은 크라우스와 쿠비시오바를 향해 넘어진 게 아니라 옆으로 굴러가서 나머지 교도관들과 계단 사이를 가로막았다.

오크루트니는 반응할 시간이 몇 초밖에 없다는 사실을 알았다. 새로운 전략을, 당장 짜내야만 했다. 사람이 압박을 받으면 더 기민하게 움직일 때도 있지만 이 경우에는 반대였다. 패닉의 가장자리에 선 대위의 마음속에 커다랗고 검은 구멍이 생겨났고 상상력을 자극하는 모든 것이 그 안으로 사라졌다. 그래서 대위는 자신의 무기력함에 분개하여 고함쳤다. 주먹으로 벽을 너무 세게 쳐서 상처 입은 손목의 통증에 한순간 눈앞이 깜깜해졌다.

성공이 바로 눈앞에 있었는데!

"후퇴한다!" 그는 여전히 쿠비시오바를 붙잡고 있는 그로노프스키와 지우코프스카를 불렀다. 실제로 두 사람은 쿠비시오바만이 아니라 쿠비시오바의 배에 연결된 크라우스까지 붙잡고 있어 점점 기운이 빠지는 중이었다. 대위는 본능적으로 팔을 휘둘러서 크라우스의 목에 포획기 고리를 걸려 했으나 놓쳤다. 경련하듯 몸을 던져 덤벼드는 좀비를 단번에 붙잡으려면 강철 같은 신경이 필요했는데 대위는 이제 점점 더 큰 패닉에 빠지고 있었다. 알리치아가 몸을 떨었는데 이것은 당장이라도 일어나기 시작한다는 의미였고 그보다 더 불길하게는 대위를 향해 기어 올 수도 있었다. 대위는 포획기 고리를 두 배로 늘려 다시 크라우스의 얼굴 앞에 포획기를 던졌다. 이번에는 크라우스가 고리에 걸렸다. 대위가 강하게 당기자 크라우스는 절박하게 안간힘을 쓰는 지우코프스카에게서 떨어졌지만 쿠비시오바가 닻처럼 아래에서 잡아당겨 크라우스의 움직임을 절반쯤에서 막았고, 크라우스는 쿠비시오바와 함께 몸을 옆으로 돌려 그로노프스키와 그가 들고 있는 포획기를 향했다.

그로노프스키와 고리에 걸린 좀비들 사이의 거리를 유지해 주던 나무 손잡이가 땀에 젖은 손에서 미끄러졌다. 끝이 뭉툭하고 굵기가 5센티미터 이상 되는 막대가 갈비뼈 아래, 간과 위장 사이로 파고들자 그로노프스키는 큰 소리로 신음했다.

"아담!" 지우코프스카는 욕설을 퍼붓는 오크루트니를 제외하면 자신이 마지막 남은 살아 있는 사람이라는 사실을 갑자기 깨닫고 날카롭게 외쳤다.

"거기서 나와!" 대위는 총집에서 권총을 꺼냈다. 안에는 마지막 실탄 다섯 발이 들어 있었다. 저 좀비들의 관절을 모두 쏘아 잠시만이라도 움직일 수 없게 만들기에는 탄약이 너무 적었다. 그래서 그는 잠깐 망설인 뒤에 총을 총집에 집어넣고 의무실 입구 쪽으로 물러서서 지우코프스카를 향해 고개를 돌렸다. "여기!" 대위는 문을 가리켰다.

지우코프스카는 옆에서 몸부림치는 좀비를 지나, 크라우스가 부상당한 그로노프스키에게 덤벼드는 데 골몰하는 틈을 이용해 대기실 안으로 사라졌다.

"가지 마세요······." 그로노프스키는 오크루트니가 문을 닫기 전에 쥐어짜듯 말했다. "가지······ 마······ 세······ 요!" 그는 계단 앞에 혼자 남게 되었다는 것을 알고 신음했다.

"벽으로!" 대위는 지우코프스카에게 대기실 가장 안쪽 구석을 가리켰고 그녀가 반응하지 않자 직접 끌고 갔다.

대위가 제대로 계산했다면 이제 적과 그들 사이에 벽뿐만 아니라 직선으로 10미터 넘는 거리가 있었고 그것은 즉—그가 착각하지 않았다면—좀비들이 그로노프스키에게만 집중할 것이라는 뜻이었다.

"아담······ 아담······." 지우코프스카가 대위의 소매를 잡아당기며 중얼거렸다.

"그로노프스키는 이제 우리가 도와줄 수 없어." 대위가 지우코프스카의 어깨를 붙잡고 말했다. "하지만 그가 우리를 도와줄 수는 있지."

"어떻게요?"

"두고 보게. 하지만 지금은 들어봐······." 그는 문을 가리켰다. "조용히!" 지우코프스카가 입을 열려 하자 대위가 날카롭게 말했다. "잘 들어!"

복도에서 들려오는 신음 소리가 점차 강해졌다. 그로노프스키는 크라우스와 그를 가로막은 쿠비시오바만이 아니라 언제라도 그에게 덤벼들지 모를 알리치아와 크루크까지 모두의 목표물이 되었다.

"아니야! 안 돼!" 신음 소리가 겁에 질린 비명으로 변했다.

"지금!" 오크루트니가 지우코프스카를 잡아당겨 문 쪽으로 달려갔다.

그가 문을 열기 전에 복도가 갑자기 무덤 속처럼 조용해졌다. 그는 지우코프스카의 손을 꽉 잡고 밖으로 뛰어나가 멈추지 않고 그대로 계단 쪽으로 꺾었다.

대위는 운이 좋았다. 알리치아는 그가 예상한 대로 그로노프스키에게 덤벼들었으며 크루크는 복도 안쪽으로 너무 멀리 들어가 있어서 대위와 지우코프스카의 기척을 눈치채고 휘청거리며 몸을 돌리기 전에 두 사람은 이미 층계참으로 가는 길의 절반쯤에 닿아 있었다.

대위와 지우코프스카는 계단 아래에 멈추어 숨을 몰아쉬며 땀에 젖은 채 이제 어떻게 해야 할지 모르는 듯 서 있었다. 상황은 즐겁지 않았다. 위에는 좀비 둘이 아니라 이제 다섯이 점령해서 의무실만이 아니라 숙직실도 막고 있었다. 그뿐만 아니라 대위는 교도관 두 명을 더 잃었다.

"이렇게 하자." 대위가 지우코프스카를 불렀다. "내가 놈들을 아래쪽으로 유인할 테니 자네는 먼저 나가서 로예프스키에게 여기서 무슨 일이 있었는지 얘기하고 교도관 여섯이나 여덟 명쯤 차출해서 포획기 들고 운동장으로 나오게 해. 알아듣겠나?" 지우코프스카가 고개를 끄덕이자 그는 부하의 어깨를 두드려 주고 아래층으로 내려가는 계단을 향해 가볍게 떠밀었다.

대위는 난간 바로 옆 층계에 섰다. 그곳에서 대위에게는 크루크만 보였으며 크루크는 이미 첫 층계에 거의 다가와 있었다. 대위는 또한 이제 나머지 좀비들도 그로노프스키를 죽였으니 자신의 기척을 감지했으리라는 사실을 알고 있었다. 그러므로 그냥 기다리다가 좀비들이 계단에서 떨어지기 시작하면 앞질러 가서 아래쪽에서 기다리기만 하면 된다. 위험이 물론 있었으나 오크루트니 대위는 이제 더 이상 아무도 자기 때문에 죽게 하지 않겠다고 혼자서 맹세했다.

* * *

그는 1층까지 좀비 셋을 유인했다. 크라우스와 쿠비시오바는 포획기 손잡이가 계단 난간에 걸려 전혀 움직일 수 없게 되는 바람에 계단 중간에 남았다. '운이 좋았군.' 오크루트니는 생각했다. '최소한 로예프스키의 부하들이 좀비 다섯을 한꺼번에 상대할 일은 없겠어.' 수적으로 우세하고 야외에는 자유롭게 움직일 공간이 있었던 덕에 교도관들은 좀비들을 하나씩 밖으로 끌어내어 좀비 하나에 포획기 고리를 두 개씩 걸어 이전에 증명된 방식으로 그들을 예배당 뒤 산책장으로 데려갔다. 예배당 잔해와 그 아래 깔려 있는 최소한 열 명의 좀비 주변에 바리케이드를 세우도록 보냈던 교도관들은 아직 할 일이 많았다. 그 덕에 포획기에 좀비를 매단 교도관들은 이미 정화해 놓은 잔디밭을 가로질러 더 짧은 경로를 택할 수 있었다.

오크루트니는 행정관 건물 앞에 남아 작전의 마지막 단계를 감독했다. 이제 직접적인 위험은 사라졌으나 핏줄에는 여전히 아드레날린이 남아 있었고 머릿속이 맑아졌으며 여러 가지 아이디어가 떠올랐다.

"갈고리 가져오게!" 그는 운동장에 남은 교도관들에게 말했다.

그는 포획기가 아닌 그냥 보통의 4미터짜리 갈고리를 받았다. 남은 게 그것밖에 없었다. 지우코프스카가 작업장을 맡아서 갈고리가 있는 쪽이 아니라 손잡이 쪽에 고리를 건 포획기를 만들었다. 그 덕에 손잡이를 짧게 자르지 않은 포획기는 일반 갈고리로도 사용할 수 있었다. 반대쪽으로 바꿔 잡기만 하면 되었으므로 대위는 그렇게 잡고 다시 계단으로 올라갔다.

그는 계단 중간에서, 좀비들의 손이 닿지 않는 곳에 멈추어 갈고리를 활용해서 좀비들의 목을 조이는 고리를 풀었다. 포획기에서 풀려난 좀비들은 즉시 기어 내려오려고 했다. 좀비들은 여전히 서로 한데 뭉쳐 있다는 사실에 아랑곳하지 않았고 대략 1분쯤 아무렇게나 팔다리를 휘두른 뒤에 콘크리트 계단을 기어 내려오기 시작했다. 오크루트니는 서둘러 물러섰고 크라우스와 쿠비시오바가 그의 눈앞에서 1층으로 내려오기 시작하자 쿠비시오바의 배에서 튀어나온 크라우스의 팔꿈치에 갈고리를 찍어 두 좀비를 밖으로 끌어냈다.

이 무시무시한 광경을 보고 모두 숨을 죽였다. 쿠비시오바의 블라우스가 닳아 떨어져 상체를 거의 전부 드러내고 있었으나 지금 젊은 남자 교도관들의 시선을 끈 것은 드러난 가슴이 아니라 크라우스의 팔뚝 거의 전체가 그녀의 배에 박혀 있는 모습이었다. 강렬한 햇빛이 두 사람의 피부가 마치 태어날 때부터 그렇게 붙어 있던 쌍둥이처럼 하나로 연결돼 있는 것을 선명하게 드러냈다.

"저게 대체 뭐야, 빌어먹을." 교도관들이 좀비들을 제압해서 일으켜 세우자 로예프스키가 중얼거렸다.

"우리 의사한테 물어보게." 대위가 베그네르를 찾아 주위를 둘러보며 대답했다. 그는 X동 철문에서 의사를 발견했다. "이리 오시오!" 대위는 손가락으로 자기 앞의 콘크리트 포석을 가리키며 고함쳤다. "당장!"

의사는 불안한 걸음걸이로 대위와 한데 붙은 두 좀비를 번갈아 쳐다보며 다가왔다.

"저런 건 어떻게 설명해야 되는지 저도……." 의사가 갈라지는 목소리로 말하기 시작했다.

"압니다." 오크루트니가 그의 말을 막았다. "그보다 다른 질문에 대답해 주시오. 대체 그 알리치아…… 그 사람은 어디서 나타난 거요?" 이 혼란을 일으킨 좀비의 성을 대위는 또 잊어버렸다.

"전혀 모르겠습니다." 베그네르가 대위의 눈을 똑바로 쳐다보았다. "예배당 앞에서 이야기한 뒤로 전혀 못 봤습니다."

"선생이 의무실로 보낸 거 아니오?"

"아닙니다, 맹세합니다." 의사가 한 손을 심장에 댔다. "저도 바보가 아닙니다. 뭔가 조금이라도 의심스러웠으면 대위님께 말씀드렸을 겁니다."

의사의 말은 솔직하게 들렸고 설득력이 있었다. 베그네르는 대위의 꿰뚫는 듯한 시선을 마주하고도 눈길을 돌리지 않았다.

"그렇다면……." 대위가 말을 시작했다가 입을 다물었다.

여기 있는 사람 중 누구도 그가 하려는 질문에 대답해 주지 않을 것이다. 알리치아가 어째서 질서가 회복될 때까지 운동장에 남아 기다리지 않고 의무실에 들어갔는지 아는 사람은 교도소 전체에 한 명도 없을지도 모른다. 그래서 대위는 이 질문을 더 이상 파고들지 않고 작전을 끝마쳐서 살아남은 사람들이 마침내 감방에 마련한 숙소에 들어가 정상적인 생활을 할 수 있게 하는 데만 집중하기로 했다.

여기까지 생각하고 그는 웃음을 터뜨렸다. 교도소 감방 안에서 정상적인 생활……. 그러나 그는 금세 다시 진지해졌다. 새로운 현실에서 '정상'이란 바로 그런 모습일 수도 있었다. 그는 시선을 들어 교도소 담장 너머 멀리 보이는 석조 건물들을 바라보았다. 그 주위에는 인간이 이제까지 맞닥뜨렸던 것 중 가장 무시무시한 감염병이 들끓고 있었다. '사람들이 파리 떼처럼 죽어가고 앞으로도 계속 죽어서, 이 도시만이 아니라 세상 전체에 오로지 생존을 위해 싸우는 개인만이 남게 되겠지. 1년이나 2년 뒤에 감옥의 쇠창살이 우리에겐 안전을 의미하게 될 수도 있으니까, 평범한 시민에게 감옥에서 지낸다는 게 최악의 형벌만은 아닐 거야.'

16

1963년 8월 10일 토요일 10시 00분
시립동물원, 브루블레프스키 거리 1-5번지

"동물들이 우리보다 시간이 많이 걸리는 거면 어떻게 하지?" 비에드지츠키가 물었다.

그들은 육지 동물 사육장 앞에 서 있었고, 안에는 두꺼운 유리 너머 마베트가 쏘아 죽인 동물의 시체들이 놓여 있었다. 들고양이 한 마리, 하이에나 한 마리, 까마귀 두 마리와 플라밍고 한 마리다.

"아니, 그런 식으로 되는 게 아냐." 아렌지코프스키가 생각에 잠긴 어조로 대답했다.

"오늘은 제대로 되는 일이 하나도 없잖아." 비에드지츠키 소령이 일깨워 주었다.

"그건 맞아." 아렌지코프스키가 동의했다. "어쨌든 간에 사람들이 죽었다가 다시 살아난다는 설명할 수 없는 사실만 제외하면 지금 우리가 마주한 건 새롭긴 해도 모든 것이 아주 일관성 있는 현실이야. 모든 시신은 생명 기능이 정지되고 몇 초 뒤에 다시 살아나. 이것은 좀비의 희생물이 되었든 살해당했든 자연사했든 상관이 없어. 자연사의 경우는 위원회 본부와 오우빈스카 거리에서 대피하기 바로 전에 몇 시간 동안 들어온 병원 보고서에서만 알게 됐을 뿐이지만. 되살아난 시신들은 제한된 운동 기능을 유지하지만 다른 모든 방면에서는 사망한 상태로 보아야 하지. 뇌, 심장, 폐, 아무것도 기능하지 않아. 내가 1번 실험체를 주의 깊게 모니터링했어."

"1번 실험체?"

"항공학교에서 온 그 간호사." 아렌지코프스키가 설명했다. "이나 므워치츠카 말이야. 마지막 순간까지 최신식 의료장비에 연결돼 있었어. 모든 수치를 볼 때 분명 차가운 시체였다고. 그런데······." 아렌지코프스키는 보통 때 마취시킨 동물들을 운반할 때 사용하지만 오늘 아침부터는 좀비들을 붙잡아 가둬놓는 데 사용하는 컨테이너를 가리켰다. "내가 이 정도는 말해주지, 비에드지츠키. 현대 과학은 자네가 한 질문에 대한 답변을 알지 못해. 어쩌면······." 그는 마치 편두통이 덮치는 것을 느끼는 듯 눈을 질끈 감고 손가락으로 미간을 눌렀다. "어쩌면 우리가 배웠던 것을 전부 내던지고, 우리 인간이 근육과 체액과 내장과 뼈 외에도 뭔가 더 많은 것으로 이루어졌다는 사실을 받아들일 수밖에 없을지도 몰라."

비에드지츠키가 의심스러운 눈초리로 그를 바라보았다.

"그러니까 자네 말은······." 비에드지츠키는 손가락으로 천장을 가리켰다.

"신이 존재한다고?" 아렌지코프스키가 그의 말을 가로막고 반응을 기다리지 않은 채 덧붙였다. "꼭 그런 건 아니야. 내 말은 일반 상식과는 달리 화학과 물리가 전부가 아니라는 거야. 인간이 가지고 있는 기기들로는 이제까지 발견할 수 없었던 어떤 다른 생명의 영역이 있다는 거지."

"영혼?"

"그건 그저 종교적인 필요에서 만들어진 명칭이지만 그래, 영혼이라고도 할 수 있는 뭔가에 대해 말하고 있는 거야. 다만 내 합리주의적 관점에서 보자면 꼭 초자연적인 특성을 가질 필요는 없다는 거지. 저 여자를 봐." 아렌지코프스키는 자신을 향해 팔을 뻗은 좀비 간호사를 가리켰다. "우리가 가진 지식의 관점에서 보자면 저런 건 불가능하지, 절대로 있을 수 없어. 그렇다면 우리는 기적을 목격하고 있는 거야."

"나도 대략 그렇게 이해하네." 비에드지츠키가 인정했다.

"그런데 만약 내가, 저건 절대 기적이 아니라 그저 또 하나의 변이이거나 아니면 더 넓은 정의에서 본 생명 진화의 다음 단계일 뿐이고, 과학적으로는 지금부터 그 새로운 관념을 만들어가야만 할 것이라고 말한다면 어쩌겠나?" 아렌지코프스키는 점점 더 이 주제에 열중했다. "우리가 죽는 순간에 몸무게에서 21그램이 사라진다고 하지. 그 전설의 21그램이 일종의 생명 에너지이고 우리가 지금으로서는 그것을 발견하거나 측정할 능력이 없다고 주장하지 못할 건 뭔가? 그리고 그 에너지가 지금 우리가 알지 못하는 이유로 인해서 죽은 신체를 떠나지 못하는 것이라면?"

"영매들의 강령회 사진에 나오는 아우라 같은 거 말인가?"

"꼭 그런 건 아니지만 자네 표현도 괜찮군."

"내 기억엔 동물들의 사진에도 비슷한 방사물이 나왔어." 소위가 다시 죽은 짐승들에게 시선을 돌리며 논평했다.

"나도 알아. 그래서 꼭 그런 건 아니라고 말한 거야. 우리가 마주하고 있는 건 뭔가 좀 다른, 훨씬 더 복잡한 어떤 것이야……." 아렌지코프스키는 잠시 말을 멈추었다가 손가락으로 동물들의 주검을 가리켰다. "저게 바로 우리 인간이 그저 지적인 동물을 넘어선 더 큰 뭔가라는 명백한 증거야. 동물들은 그냥 죽은 채 생명 에너지를 잃어버리는데 우리는…… 우리는 무슨 이유에서인지 죽은 뒤에도 그 에너지를 간직하고 있다고. 엄청난 일이야!"

"내가 보기에 이건 진화의 다음 단계라기보다는 퇴보야." 소위가 간호사의 부자연스럽게 일그러진 시퍼런 얼굴을 비판적인 시선으로 보면서 확고하게 말했다.

"자연은 자주 막다른 골목으로 잘못 들어가곤 하지." 아렌지코프스키가 동의했다. "거……." 그는 갑자기 신음하더니 뭔가 불현듯 깨달은 양 눈을 크게 떴다. "대멸종! 오르도비스기, 데본기, 페름기, 트라이아스기, 백악기." 그는 난데없이 웃음을 터뜨렸다. "이봐! 이건 우리가 생각했던 것처럼 그렇게 특이한 현상이 전혀 아닐지도 몰라."

"뭐?"

"지구의 역사에서 거의 모든 생명체가 절멸할 뻔했던 일이 여러 번 있었네. 만약에 고대의 동물군이 지금 우리가 보는 것과 비슷한 어떤 것과 접촉했다면……?" 그러나 그의 열정은 순식간에 가라앉았다. "그건 말이 안 돼."

"어째서?"

"왜냐하면 그게 사실이면 우리들 전부 골로 간다는 뜻이니까. 원시적인 표현을 써서 미안하네. 그렇게 되면 우리 행성은 또 한 번 완전히 초기화될 거야. 한때 공룡들이 우리에게 자리를 내주어야 했고 지금은 우리가 앞으로 이 감염병을 이겨내고 생존할 생물종에게 이 지구를 내주어야 한다고. 그 생물종이 바퀴벌레라고 해도 말이야. 바로 그렇게 순환의 고리가 돌아가는 거야."

아렌지코프스키는 의자에 털썩 주저앉았다.

"우리는 전혀 승산이 없다는 말을 하고 싶은 건가?" 비에드지츠키가 물었다. "인류라는 종 전체가? 그건 아니지. 개개인이라면? 그 점은 논쟁의 여지가 있지."

"좀 더 알기 쉽게 말해 보겠나?" 소령이 부탁했다.

"이렇게 말해보지. 저 날개 달린 것들 말이야." 아렌지코프스키는 죽은 새들을 가리켰다. "저건 공룡들의 직계 후손이고, 그것은 즉 저들 중에서 몇몇은 백악기의 이른바 대멸종이라는 것을 이겨내고 살아남아 다른 생물종들과 함께 진화했다는 뜻이야. 우리 경우도 비슷할 거야. 인간은 새로운 세계에서 살아갈 자리를 얻기 위해 여기저기서 싸우겠지만 장기적으로는 더 이상 세계의 주인이 아니게 될 거야. 짧게 말해 브로츠와프를 구해내는 데 성공한다면 자네는 미래의 어떤 더 우월하고 진화된 인간종, 혹은 퇴보해서 괴물이 돼버린 종의 선조가 될 수도 있다는 거야. 후자의 가능성이 더 크다고 보네만."

* * *

그날은 일정이 바빴으므로 비에드지츠키는 아렌지코프스키의 임시 실험실을 나와 곧장 파충류 사육실 앞에 설치된 지휘통제실로 첫 브리핑을 진행하러 갔다. 그는 동료들에게 알릴 좋은 소식을 품고 있었다―모든 증거로 볼 때 동물들은 죽었다가 되살아나지 않으며 그러므로 인간이 생존할 가능성이 훨씬 커졌다는 사실이었다. 또다시 다가왔을지 모르는 대멸종이라는 나쁜 소식을 소령은 자기만 알고 있기로 했다. 만약 아렌지코프스키가 옳다면―그러나 소령은 아렌지코프스키와 논쟁할 만한 배경지식을 가지고 있지 못했다—파멸의 과정은 몇 세대, 혹은 심지어 몇 세기에 걸쳐 서서히 이루어질 것이며 그러므로 소령은 지금 당장 그런 예측을 내놓아야 할 이유가 없다고 여겼다. 좀비들의 손에서 도시를 구해내려면 그는 부하들의 전적인 지지를 얻어야만 했다. 이 상황에서 아무리 먼 미래의 일이라도 필연적으로 닥칠 멸망을 예언해서 부하들의 사기를 꺾는 것은 소령에게 별로 현명하게 보이지 않았다.

"쉬어." 소령은 거의 100년 전에 세워진 건물 앞의 아스팔트로 포장한 조그만 광장에 세워진 천막에 들어서며 말했다.

이번에 그는 좀 더 넓은 범위의 동료들을 브리핑에 불렀다. 작전의 다음 단계를 성공적으로 수행하려면 이제까지 일어난 대학살에서 살아남은 모든 사병과 장교들의 무조건적인 복종이 필요했다. 그래서 지금 이 작전에 얼마나 많은 것이 걸려 있는지 모두가 이해하고, 겉보기와는 달리 그들이 패배하는 입장에 있지 않다는 사실을 모두가 직접 보지 않는 한 그들의 전적인 지지를 기대할 수 없었다.

"소령 동무……." 뎁투흐 소위가 간이 의자에서 벌떡 일어났으나 소령이 즉시 그에게 조용히 하라고 시켰다.

"제군!" 비에드지츠키는 모여 선 사람들의 얼굴을 훑어보았다. "시작하기 전에 제군 중 누군가에게는 민감할 수도 있는 어떤 문제를 먼저 제기하고자 한다……." 소령은 말을 멈추고 숨을 들이쉬었다. "사회주의, 자본주의 혹은 지금까지 우리의 삶을 규정한 다른 모든 종류의 커다란 '주의'들도 마찬가지로, 더 이상 존재하지 않는다. 이것은 최종적인 결론이다. 우리 통신병들이 지난밤 전 세계에서 구조 요청을 받았다. 감염병은 모든 대륙으로 퍼졌다.

각국 정부와 정당들이 무너졌다. 이제는 국경도 군대도 국가도 없다." 소령은 얼마 전 7215부대와 나누었던 대화를 회상하고 몸을 떨었다. "그 말인즉 지금 이 순간부터 우리는 전적으로 우리 자신의 책임하에 움직인다는 뜻이다. 오늘은 새 시대, 새로운 세계 질서의 첫날이고, 그렇기 때문에 우리가 소련식 계급 호칭을 버리고 좀 더 자연스러운 의사소통 방식으로 돌아가기를 제안한다. 짧게 말하자면 '동무'는 이제 끝이다. 공산당식 정치질도 끝이다. 나는 폴란드군 소령 비에드지츠키이고 지금부터 제군은 나를 그렇게 부르면 된다."

군인들은 잠시 침묵하다가 한 명씩 군화 뒤꿈치를 부딪치며 그에게 경례하기 시작했다. 그의 왼쪽에 서 있던 마베트도 다른 모두와 똑같이 경례하자 소령은 미소를 지었다. 그는 베르나치아크 대위나 최소한 마베트만은 확실히 어떤 저항, 하다못해 상징적인 항의라도 할 것이라 예상했다. 그런데 그 예상은 기분 좋게 빗나갔다.

그는 뎁투흐 소위에게 시선을 돌렸다.

"동……." 계속 차렷 자세로 서 있던 파베우 뎁투흐가 신음하듯 말을 끊었다. "아니 소령님, 명령대로 수행했음을 보고합니다."

"좋다. 손실은?"

"사망자 일곱 명입니다. 제 말씀은 그러니까…… 어…….”

"무슨 뜻인지 안다." 비에드지츠키가 그의 말을 끊었다. "보급품은 얼마나 확보했나?"

"트럭을 전부 가득 채웠습니다. 합산하면…….” 소위는 머릿속으로 계산했다. "……20톤 정도입니다."

"식량이 많이 남아 있었나?" 소령이 물었다.

"충분히 남아 있습니다. 통조림과 건조식량뿐입니다."

"탄약고는 어떤가?"

"이상 없었습니다만 소령님께서 명령을……."

"그냥 묻는 걸세." 비에드지츠키가 무뚝뚝하게 말했다. "보급품은 다 인민회관으로 옮겼나?"

"예, 그렇습니다! 그리고 다른……."

"그 얘기는 나중에 하지." 소령은 한 손을 들어 소위의 말을 막았다. "세부 사항으로 넘어가도록." 소령은 책상 전체를 뒤덮은 지도 앞에 섰다. "상황은 다음과 같다. 우리는 이른바 '큰 섬'에 들어와 있다. 다른 섬들, 도시 외곽 지역과 '큰 섬'은 다섯 개의 다리로 연결되어 있다. 그중 세 개는 북쪽과 남동쪽에 위치해 있다. 두 개는 서쪽에서 운하 위를 지나는데, 당연히 근처에 있는 슈치트니츠키 다리와 즈비에지니에츠키 다리를 말한다. 여기에 더하여 만약의 경우 강 굽이를 건널 수 있는 둑이 두 군데 있고 수문도 몇 군데 있다." 소령은 교량과 구조물을 전부 차례차례 가리키며 말했다. "작전의 첫 단계는 이 교두보들을 확보하거나 파괴하는 것이다. 베르나치아크 대위?"

이름을 불린 공병대 지휘관은 손으로 쓴 메모를 지도 가장자리에 늘어놓았다.

"공유된 정보를 숙지한 후 다음과 같은 해결책을 제안하고자 합니다. 우리에게 가장 가까운 교량, 즉 즈비에지니에츠키 다리가 시내로 나가는 주요 탈출 경로가 될 것이므로 바리케이드로 막습니다." 대위는 손가락으로 지도를 두드렸다. "여기 슈치트니츠키 다리는 폭파해야 합니다. 너무 쉽게 접근 가능하고 지나치게 넓어서 막기 힘들고 만약의 경우 방어하기도 어렵습니다. 교각 세 개 중에서 당연히 그룬발트 광장 쪽 첫 번째 교각을 폭파할 것을 제안합니다. 그렇게 하면 강물 흐름을 막지 않게 됩니다. 다음 교량은 야겔론스키에 다리입니다. 여기서 상황이 복잡해집니다. 야겔론스키에 다리는 홍수용과 항로용의 두 운하 위를 지나는 두 개의 교량이 연결된 형태입니다. 제 생각에는 규모와 위치상 방어하기 어려울 수 있으므로 야겔론스키에 다리도 폭파해야 합니다. 동물원과 야겔론스키에 다리 사이에 큰 주택단지가 두 개 위치해 있습니다. 자치셰 마을과 잘레시에 마을인데 이 마을들은 현재 좀비가 우글거리고 있습니다. 그러므로 이곳에 경비 초소를 상시 운영하면 최소한 '큰 섬'의 우리 쪽을 전부 정화할 때까지 필연적으로 병력에 손실을 입게 됩니다." 대위는 말을 멈추고 소령의 논평을 기다렸다.

"우선 보고를 끝내게. 토론은 그 뒤에 하지." 비에드지츠키가 말했다.

"예, 소령님. 스보이치츠키 다리가 북부 교량의 역할을 수행할 수 있는데 이 다리는 약 3킬로미터 거리에 있으며 큰 섬의 북쪽 강변 절반 지점에 위치해 있습니다. 여기까지 가는 것도 마찬가지로 쉽습니다만, 솅폴노 마을 입구는 그쪽 교두보에서 코발레 마을의 경우에 비해 상당히 멀리 떨어져 있습니다. 마지막 교량인 바르토쇼비츠키 다리는 너무 외진 곳에 뚝 떨어져 있어 그대로 둬도 됩니다. 게다가 이 다리는 아주 좁아서 어렵지 않게 막을 수 있으며 만약의 경우 인적이 드문 지역으로 대피하는 경로로도 활용할 수 있습니다."

"둑과 수문은?" 소령이 물었다.

"둑은 쉽게 막을 수 있습니다. 둑을 열고 선창을 끊고 교두보를 강화하면 됩니다. 수문의 경우에도 유사하게 처리하면 됩니다만, 홍수가 나거나 유속이 빨라지거나 운하 수위가 낮아지는 결과를 막기 위해 수문 자체는 열지 않습니다. 이러한 시설들은 고립되어 있어 접근하기 어렵고 인적이 드문 곳에 설치되어 있으므로 근방에서 좀비를 그다지 마주치지 않을 것이라고 저는 확신합니다. 울타리를 강화하고 선창을 막고 전방에 지뢰를 설치할 것을 제안합니다. 또한 계획 중에 화물선 이용이 포함되어 있으므로 항해용 기간시설은 반드시 보존해야 할 것으로 보입니다."

"니즈네르?" 소령이 지금까지 침묵을 지키는 소위 쪽을 가리켰다.

"이 섬에서 좀비들을 소탕하려면 반드시 화물선에 접근할 수 있어야 합니다." 소위가 확신에 찬 어조로 말하기 시작했다. "가장 가까운 철도는 오드라강 너머 브로후프와 스보이치체에 있습니다……." 소위는 대체로 섬의 남쪽과 북쪽 강변을 따라 이어진 까만 선을 가리켰다. "그러므로 좀비들을 기차에 바로 태울 수가 없고 주기적으로 강을 건너, 예를 들어 코발레 지역을 경유해서 버리러 가야 할 것 같습니다만 그건 아무도 하고 싶어 하지 않을 겁니다."

모여 선 사람들은 긍정하는 고갯짓으로 니즈네르의 말에 동의했다. 마베트는 기분 나쁜 이름을 두 번째 듣고 입속으로 욕설을 씹어 뱉었다. 코발레, 프시에 폴레 동남부, 오드라강에 접한 조선소 바로 뒤 중심가에서 그는 처음으로 부하들을 잃었다.

"주제에서 벗어나는 얘기는 하지 말게." 소령이 무슨 일이 일어나는지 눈치채고 주의를 주었다.

"그러므로 남은 것은 화물선뿐입니다." 소위가 말을 이었다. "화물선은 야겔론스키에 다리 옆 조선소에 있으며…… 만약에 너무 적으면…… 시영 부두에도 있고, 거기까지는 홍수용 운하와 항로용 운하를 통해 접근할 수 있습니다." 소위는 손가락 두 개로 지도를 훑다가 브로츠와프 중심가 건너편에서 멈추었다.

"잠깐!" 마베트가 갑자기 말했다. "빌어먹을 화물선을 몰 줄 아는 사람을 어디서 데려온단 말이오?"

"제가 내륙 부대에서 복무하지만 배를 잘 아는 사람들을 몇 명 차출했습니다." 공병대 지휘관 베르나치아크 대위가 즉시 확답했다. "그 사람들이 자원자를 뽑아 필요한 교육을 해줄 겁니다. 그러면 분명히 시간이 걸리겠지만 아무리 길어도 2주 뒤에는 정비사와 조타수를 적정한 숫자로 갖추게 될 것입니다."

"2주?" 소령이 말꼬리를 잡았다.

"3주가 될 수도 있습니다." 베르나치아크 대위가 조심스럽게 수정했다.

"그렇게 짧은 시간 안에 화물선을 조종해서 수문을 빠져나가 강변까지 갈 수 있다고?" 마베트는 여전히 의심에 차 있었다.

"육상 경찰이 보기엔 어려울지 모르지만 우리 애들은 무난히 해낸다고 확실히 말할 수 있소." 성난 베르나치아크가 말했다. "주교(舟橋) 훈련장에 모터보트도 있다는 걸 기억하시오."

"조각배겠지. 화물선에 비하면 찻숟가락이잖소." 마베트가 상대방의 모욕을 무시하고 동시에 정곡을 찌르는 말을 내뱉으며 웃음을 터뜨렸다. "세발자전거에서 떨어진 적이 없으니 선수용 자전거도 무난히 탈 수 있다는 말과 똑같소."

"잘못 생각하는 거요. 배의 크기는 그렇게까지 중요하지 않소. 양쪽 경우에서 항해의 기본은 동일하오." 대위가 으르렁거렸다.

"그러면 설명해 보시오, 대체 항해사 학교를 어째서 졸업……."

"그만!" 비에드지츠키가 점점 더 짜증 나는 이 말다툼을 끊었다. "해야 한다면 하는 거다. 가지고 있는 걸 최대한 활용할 수밖에 없다. 계속하게, 니즈네르."

"이 계획을 구현하기 위해서는 말입니다." 니즈네르 소위가 의미심장한 어조로 말을 이으며 베르나치아크를 쳐다보았다. "야겔론스키에 다리 어느 지점도 폭파해서는 안 됩니다. 두 다리 중에서 한쪽이 저편 수문의 하부 문 바로 위를 지나가기 때문이기도 합니다."

베르나치아크가 항의했다. "야겔론스키에 다리 양쪽을 다 열어두면 나중에 결국은 그쪽 방향을 방어할 때 큰 문제가 생길 걸세. 바로 등 뒤에 주택 단지가 수없이 많은 데다 강 건너에는 코발레 마을이 있어. 거기에 경계초소를 상시로 운영하려면 상당히 무리해야 해. 너무 많은……."

마베트가 다시 끼어들었다. "내 기억에 그 다리에는 경비 초소가 세워져 있었소. 당신네 탱크들이 코발레 쪽 차로를 양쪽 다 막고 있었지. 아직도 거기 있지 않소?"

마베트는 자기 부대가 전멸한 뒤에 그 방향에서 시내로 들어왔던 것이다.

"확인하지." 비에드지츠키가 약속했다. "어찌 됐든 자틸니가 배반한 뒤에 우리 애들이 지정된 위치로 복귀했는지 나는 솔직히 확신할 수 없네. 소련 놈들 비행기가 날아오기 전에 애들한테 시 경계 바깥으로 대피하라고 명령했네."

"그렇게 말씀하신다면……." 마베트는 가슴 주머니를 뒤져 구겨진 담뱃갑을 꺼냈다.

"이미 다 대피하고 없다고 가정하도록 하지." 소령이 결론지었다. "그쪽이 더 안전하겠지. 계속하게, 니즈네르."

그러나 소위는 곧바로 답변하지 않았다. 대신 지도 위로 몸을 숙이고 시내에 가까운 지역을 주의 깊게 살펴보았다.

"그 문제를 어떻게 해결할지 알 것 같습니다." 니즈네르는 비에드지츠키가 다시 재촉하기 전에 이렇게 선언했다. "야겔론스키에 다리를 폭파할 필요는 없습니다. 다리 표면을 몇 미터 정도만 끊으면 됩니다. 보안부가 그룬발트 다리에서 했던 것처럼 말입니다."

"그렇게 쉽게 될 거라고 생각하나?" 베르나치아크가 코웃음쳤다.

"보안부 멍청이들도 해냈으니 할 수 있다고 생각합니다." 니즈네르가 대답했다.

"잘 생각해 보게, 대위." 비에드지츠키는 이 둘이 모두 신경에 거슬리기 시작했지만 차분하게 대답했다. "그리고 전문가로서 단순한 질문 하나만 대답해 주게. 그런 작전은 얼마나 힘들고 오래 걸릴 것 같은가?"

"야겔론스키에 다리의 구조를 제가 상세히 알지 못합니다." 베르나치아크가 조심스럽게 대답했다. "그리고 그걸 모르면 구체적인 말씀을 드릴 수가 없습니다. 폭파하는 데 폭발물이 얼마나 필요한지 물으신다면 그건 또 다른 문제이겠습니다만……."

니즈네르가 반대했다. "항해용 운하를 막으면 물길을 이용해서 시내에 접근할 가능성을 잃게 됩니다. 그런데 향후에 브로츠와프 시내를 정화하는 작전을 수행하려면 수로 접근이 핵심적일 수 있습니다."

"어째서 다리를 영구적으로 막지 않습니까?" 뎁투흐 소위가 소심하게 제안했다. "애들 수십 명쯤 도끼와 삽을 들려 보내서……."

"어디로?" 대위와 소령이 동시에 물었다.

"스보이치츠키 다리로 말입니다."

"생폴노에 호송대를 보내자고?" 비에드지츠키가 놀랐다. "거기엔 좀비 수천이 우글대고 있어! 우리 병력을 재건하고 점령지를 제대로 확보하기 전에는 그 시한폭탄 지역을 건드릴 수 없네."

"이쪽 방향 민간인 거주지역은 전부 피할 수 있습니다." 뎁투흐가 확고하게 대답한 뒤에 책상 위로 몸을 굽혔다. "장갑 호송차가 미츠키에비치 거리를 따라가다 생폴노 앞에서 올림픽 대로로 꺾어서 경기장을 통해 강둑으로 가면 됩니다."

"그거 아주 좋은 생각이군. 게다가 격리병동으로 곧장 들어갈 수 있으니 말이야. 거기엔……."

"격리병동!" 뎁투흐 소위가 얼굴을 찡그렸다. "그렇다면 그 전에 마르스 공원에서 꺾여져서 수영장을 통해 가까운 다리로 가면 됩니다……" 말하면서 뎁투흐는 손가락으로 섬에서 가장 큰 주택단지가 있는, 건물이 가득 늘어선 거리와 올림픽 경기장 사이에 녹색으로 표시된 마르스 공원을 손가락으로 훑었다. "이쪽 주거 건물에는 몇백 미터 안쪽으로 접근하지 않습니다."

"그건 실행 가능합니다." 니즈네르가 말했다.

비에드지츠키는 아랫입술을 씹으며 이 제안을 검토했다. 다리를 최대한 보존하면 먼 미래에 여러 가지로 유리하게 활용할 수 있었고, 마찬가지로 항해용 운하를 유지하면 좀비들과 접촉할 위험을 무릅쓰지 않고도 도시의 더 멀리 떨어진 구역에 접근할 기회를 갖게 된다.

"다리를 어떻게 막으려는 건가?" 소령이 뎁투흐 소위에게 물었다.

"주교용 차폐물로 막을 방법이 있습니까?" 뎁투흐가 베르나치아크 대위에게 물었다.

"주교 훈련장에 차폐물은 몇 대밖에 없네. 불행히도 최근에 우리 훈련장이 크게 손상돼서." 베르나치아크가 벌레 씹은 표정으로 찡그리며 설명했다. "그걸로 배다리는 확실히 만들 수 없어."

"하지만 도로나 다리 위에 그런 차폐물을 걸쳐놓을 수는 있습니까?"

"당연하지!" 베르나치아크가 즉시 이해했다. "그런 차폐물은 무게가 6톤이 넘어. 게다가 너비는 거의 7미터나 돼. 바리케이드로 쓰기에 안성맞춤이지. 그런 차폐물로 사람은 막을 수 없어. 특히 중장비를 가진 사람이라면." 대위가 주의했다. "하지만 좀비들은 넘을 수 없지. 수백 마리나 수천 마리가 몰려오더라도."

"훌륭해. '큰 섬'을 어떻게 방어할지 이제 확실해졌으니 이제 다음 논점으로 넘어가서 생존자를 어떻게 배치할지 얘기해 보지. 니즈네르?"

"우리 입장에서 가장 좋은 해결책은 극영화제작소 단지를 활용하는 것입니다. 단지 입구에 탄탄한 건물 두 동이 있고 이전에 전시장으로 사용했던 건물도 있어 필요할 경우 수백 명은 수용할 수 있습니다. 제 생각에는 전시장에 임시 캠프를 설치하면 될 것 같습니다. 안쪽 부지에 천막을 칠 공간이 있으니 말입니다. 그곳에서 생존자들이 격리 기간을 거쳐 이웃한 건물 두 동 중 하나로 옮겨 가면 됩니다. 이쪽 가까운 건물에는 우리 군을 도와줄 후보자들을 수용하고 나머지 사람들은 전부 다른 건물로 보내면 되겠습니다. 이 두 건물은 서로 가까우면서 단지 전체가 고립돼 있어 가장 알

맞은 위치입니다. 가장 가까운 건물, 즉 상업 건물이 아니라 민간인 주택단지에서 거의 100미터 정도 떨어져 있습니다."

"또 다른 제안은 없나?"

니즈네르는 턱을 쓰다듬었다.

"작전 첫 단계에서 여기가 유일하게 확보하기도 접근하기도 쉽고 많은 사람을 수용할 수 있는 충분히 큰 건물입니다. 그다음 순서로는…… 동물원과 슈치트니츠키 다리 사이에 있는 지역에서 정화 작업을 시작할 것이라고 가정하면 말입니다……. 로센베르구프 거리의 고등학교 건물을 우리 필요에 맞게 수용할 수 있습니다. 여기는 영화 제작소에서 약 500미터 정도 떨어진 커다란 학교입니다. 영화 제작소와 학교 양쪽을 활용한다면 최소한 1000명을 안전하게 수용할 수 있습니다. 영화 제작소에는 그보다 더 많이 수용할 수도 있습니다."

"그 정도면 충분하겠지." 비에드지츠키가 고개를 끄덕였다. "특히 첫 단계에서는. 정화 작전이 진행되는 데 맞추어 주거 단지들 전체에 접근할 수 있게 되면 생존자들을 이주시키도록 하지……."

지도를 바라보면서 그는 쉽게 그 이후 단계들을 계획할 수 있었다. 선별된 교량을 폭파하거나 차단한다. 공원과 슈치트니키 지역에서 좀비들을 소탕한다. 다음으로 상업 건물 없는 주택가 중심의 자치셰와 잘레시에 마을을 점령한다. 그 뒤에 올림픽 경기장과 녹지대를 진압한다. 그리고 마지막으로 '큰 섬' 동쪽, 인구가 가장 많은 주요 지역인 셍폴노와 비스쿠핀 방향으로 천천히 행군한다. 이 비극의 가장 중요한 장면이 여기에서 펼쳐질 것이다. 소령은 강 건너 서쪽을 바라보았다. 건강한 성인 남녀를 충분히 많이 살릴 수 있다면 향후 이들에게 다른 지역들로 보내 정화 작업을 맡길 수 있을 것이다……. 그건 확실한 사형선고나 다름없다. 아니, 사형선고가 아니라 그보다 훨씬 더 나쁜 형벌이다. 뭐가 됐든 영혼 비슷한 것을 죽은 신체 안에 가둬놓는 것이다. 어쩌면 몇백 년이나, 혹은 영원히. 그러나 소령에게 다른 선택지가 남아 있던가?

"이게 전부다, 제군. 그럼 이제……."

마베트가 소령의 말을 막았다.

"노력해 볼 만한 사람이 있는지부터 먼저 확인하는 게 좋을 것 같습니다, 소령님."

"그게 무슨 뜻인가?" 소령은 화내지 않고 그저 놀랐다.

"지금 우리가 수천 명을 구조할 작전을 세우고 있지만 실제로 누가 저기서 살아 숨 쉬고 있는지 알지도 못하지 않습니까." 마베트가 지독한 담배 연기를 구름처럼 내뿜으며 대답했다.

"빌어먹을, 대체 무슨 말을 하고 싶은 건가?"

"내가 시발, 이 벽돌과 시멘트 공동묘지를 몇 시간이나 헤매고 돌아다녔는데, 처음에는 브로후프부터 시내까지 기어가서 그다음에는 여기 도시 전체를 다 돌아봤지만 길에서 살아 있는 사람을 단 한 명도 못 봤단 말이오!"

비에드지츠키는 고개를 숙였다. 마베트가 옳았다. 감염병이 브로츠와프의 모든 주민을 휩쓸었을 가능성을 염두에 두지 않고, 어쩌면 완전히 잘못된 계획을 세웠던 것이다. 정반대로 그는 저기 어딘가, 오드라강 너머에 개인 한두 명 정도가 아니라 더 많은 사람이 모여 구조를 기다리고 있을 거라고 가정했던 것이다. 아니, 가장 최근 조사에 따르면 이 도시 인구는 거의 50만 명에 육박했다! 누군가는 지난밤에 분명히 살아남았을 것이다.

"좋은 의견이네." 비에드지츠키는 목구멍까지 차오르는 짜증을 여전히 내보이지 않고 말했다. "작전에 나서기 전에 확인하는 게 좋겠지."

"어떻게 확인하실 겁니까?"

"사실 그건 간단합니다." 니즈네르가 웃었다. "오래된 원주민 방식을 쓰면 됩니다."

"자네는 단 한 번이라도 할 말을 곧바로 할 수는 없나?" 비에드지츠키가 드디어 짜증을 터뜨렸다.

"원거리에 있는 부대와 무선 연락이 가능합니다." 니즈네르가 설명했다. "인민회관이 있습니다. 그리고 지금으로서는 브로츠와프 거의 전체에 전력 공급이 유지됩니다." 니즈네르는 한순간도 미소를 잃지 않고 어리둥절한 사람들의 얼굴을 훑어보았다. "생존자들이 우리에게 생존 사실을 알리도록 예의 바르게 부탁하면 됩니다." 그가 의기양양하게 말했다. "가장 쉽고 가장 안전하고 동시에 이런 상황에서 가장 효과적인 방법으로 말입니다……."

17

1963년 8월 10일 토요일 10시 12분
1호 교도소, 클렝치코프스카 거리 35번지

대위는 비서실 문턱에 섰다. 완벽한 고요가 그를 맞이했다. 쿠비시오바는 이제 더 이상 그에게 안부를 묻지도, 차 한잔 마시라고 제안하지도,《인민일보》를 가져다주지도 못할 것이다. 그날 아침 쿠비시오바는 73명의 다른 사람들과 함께 이 담장 안에서 죽었다. 부상당한 교도관들을 도우려고 애쓰다가 목숨을 바쳤다. '아니, 아니야. 오늘 쿠비시오바에게 일어난 일은 죽음보다 수백 배나 더 끔찍하다. 걸어 다니는 시체가 됐어. 처치할 방법이 없는 역겨운 괴물이 되어버렸다. 총알도 먹히지 않아······.' 오크루트니는 마카로프 총알을 정면으로 맞고 머리가 날아간 좀비의 뇌와 피가 줄줄이 땅에 흘러내리던 광경을 생각했다. '불조차도······.' 그의 눈앞에 그라보프스키의 다리가 마치 허리 위부터 재가 되어버린 상체에 여전히 붙어 있는 듯 움직이던 모습이 떠올랐다.

잠시 숨을 돌릴 여유가 찾아온 지금에야 비로소 스트레스가 그를 짓눌렀다. 비교적 평온한 순간을 맞이하자마자 최근에 겪은 일들이 악몽처럼, 미치광이의 꿈에 나타난 귀신처럼 느껴지기 시작했다. 만약 며칠 전에 누군가 대위에게 수형자들을 전부 내보내고 그 자리에 교도관 가족들을 데리고 들어와야 할 것이라 말했다면 대위는 가서 술 깨고 오라고 말했을 것이다. 혹은 취해서 근무하러 온 대가를 톡톡히 치르게 해줬을 것이다. 그런데 지금은 바로 그런 결정을 내렸을 뿐 아니라 피에 굶주린 좀비 떼에 맞서게 되었다. 과학과 건강한 이성에 따르면 애초에 존재할 수가 없는 되살아난 시체들 말이다.

'문제는 저것들이 존재할 뿐 아니라 살아 있는 사람들 모두에게 계속해서 엄청난 위협이 된다는 거다.'

희생자 74명은 사실 아주 적은 대가라고, 마침내 피해 상황을 전체적으로 점검할 수 있게 되었을 때 로예프스키가 말했다. 이 말을 들었을 때 오크루트니의 첫 반응은 준위가 아무 말도 못 하게 반박하고 혼내주어야겠다고 생각했지만 잠시 뒤에 그는 준위가 옳다고 인정했다. 희생자의 3분의 1이 사망한 이유는—그런 상태를 여전히 '사망'이라 할 수 있다면—폭발한 탱크 잔해의 폭격 때문이었다. 아니, 부상자를 도우려 달려갔던 사람들도 포함해야 하니 3분의 1이 아니라 절반 혹은 그 이상이다. 어쨌든 대위는 그 성실한 여성과 남성들에게 일어난 일에 영향을 끼치지 않았고, 지난밤 도시에서 일어난 참사도 마찬가지로 그의 책임이 아니었다.

그러나 잔디밭과 예배당과 운동장에서 그가 작전에 투입해서 사망하고 좀비로 변해버린 사람들 모두에 대한 책임은 그에게 있었다. 전부 합하면 몇 명일까? 20명? 30명? 계산하려면 할 수도 있었지만 그는 자기 손에 몇 명의 피를 묻혔는지 생각조차 하고 싶지 않았다. 로예프스키의 관점을 받아들여 작전의 긍정적인 결과만을 계산해야 할까? 대위는 520명의 목숨을 구했고, 그중 450명은 여성과 아이들이었다. 현재 이 도시 관리자들의 관점에서 본다면 전혀 나쁘지 않은 결과다. 베그네르 의사에 따르면 위원회의 가장 최근 보고는 위급한 정도를 넘어섰다고 했다. 감염병은 무시무시한 속도로 퍼지고 있었다. 동이 트기 훨씬 전에 경찰이, 그 뒤에는 군대가 대부분의 구역에서 통제력을 잃었다. 희생자 숫자는 이제 수백 명을 넘어 수천 명대로 가고 있었다! 베그네르의 말이 사실이라면 수만 명일 수도 있었다. 교도소 담장 밖에서 한동안 이어지고 있는 침묵, 그리고 감시탑을 점검하면서 조금 전에 직접 목격한, 거리에서 떼 지어 헤매는 좀비들의 모습이 최악의 예측을 뒷받침해 주는 것 같았다.

바로 이 때문에 자틸니 동무가 당 최고위층에게 대피 명령을 내린 게 아닐까? 다만 소련 놈들이 아직도 도시에 진입하지 않은 게 이상할 뿐이다. 오크루트니는 귀를 기울였으나 창문을 열어두었는데도 바깥에서는 아무런 소리가 들려오지 않았다. '소련 놈들도 자기들이 물리치겠다던 감염병에 무릎 꿇은 걸까? 불가능한 일은 아니다. 질병은 희생자를 선별하지 않고 닥치는 대로 덮치니까 한순간이라도 그것들과 닿으면…… 그…… 그…….' 그렇다, 대체 '무엇'과 닿는단 말인가? 죽은 사람은 모두 좀비로 변했다. 그렇지만 크라우스는 좀비와 전혀 접촉하지 않았다. 그의 죽음은—너무나 불필요했고 오크루트니의 마음에 더욱 커다란 가책으로 남아 있다—과다출혈 때문이었다. 그런데도 우카시 크라우스는 맨손으로 사람을 찢어발기는 저 짐승들과 똑같은 모습으로 변했다.

'이런 생각은 하지 말자.' 대위는 문턱을 넘어가며 스스로 일깨웠다. 그러나 평소 하던 대로 사무실로 걸음을 옮기는 대신 교도소장실로 들어가는 왼쪽 문을 열었다. 소장실은 그의 사무실보다 깔끔했다. 보고서 무더기도 개인 서류철도 없다. 이곳은 자질구레한 세부 사항이 아니라 큰 그림이 결정되는 곳이었다. 자질구레한 일을 맡기기 위해서 교도소장인 대령에게는 부소장인 대위가 있으니 말이다.

오크루트니는 편안한 의자에 앉았다. 이제까지는 공항처럼 널찍한 마호가니 책상 반대편에서만 이 의자를 바라보았다. 그는 상관—지금은 '전'이 붙지만—이 언제나 하듯이 매끈하게 광을 낸, 그러나 이미 약간 닳은 책상 표면에 손을 올려놓았다. 눈을 감았다. 그렇게 그는 한동안 앉아 있었지만 교도소장의 생각은 읽을 수 없었다. 그와 대령은 너무 달랐다. 그 양아치의 사고방식은 대위에게 완전히 이해할 수 없는 것이었다. 그는 오른쪽에 있는 거대한 서랍장을 바라보았다—전부 쓰레기다. 두 번째 서랍에서도 흥미를 가질 가치가 있는 것은 아무것도 발견하지 못했다. 세 번째 서랍은 근무용 칼을 쑤셔 넣어 따야 했으며 대위는 전혀 망설이지 않았다. 소장실 주인이 만약에 언젠가 돌아올 수 있다 쳐도 잠긴 서랍을 허락 없이 연 것 정도는 대위에게 쏟아질 혐의 중에서 가장 하찮았다.

그는 타인의 눈을 피해 깊이 숨겨진 서류들을 훑어보는데, 대부분 밀고와 무기명 보고서였으며 즉시 휴지통으로 던져 넣었다. 다른 서류철에 대령은 자기 교도소에서 집행된 사형에 관련된 당중앙의 명령서를 모아놓았다. 대령은 사형 집행 명령을 기꺼이 받아들였으며 그것도 당사자가 실제로 양심의 가책을 받을 만한 일을 저질렀는지 그저 인민정부의 신경을 건드렸을 뿐인지 상관하지 않았다. 더 깊은 곳에, 이제는 너무 오래돼 버린 전화번호부 아래에서 오크루트니는 열쇠 하나를 찾아냈다. 커다랗고 무거운 철제 양날 열쇠다. 대위는 열쇠를 손에 쥐고 시선을 들어 사무실 맞은편에 놓인 철제 금고를 바라보았다. 금고는 이 교도소만큼 오래됐고 마치 값진 골동품처럼 장식이 새겨져 있었다.

'존경하옵는 대령님께서 5센티미터 두께의 철판 뒤에 대체 뭘 숨겨놓으셨을까……?' 열쇠를 넣고 두 번 재빨리 돌리자 돌덩이같이 무거운 철문이 금고에서 튀어나오듯 열렸다. 마치 방금 윤활유를 칠한 듯 금고 문은 소리 없이 열렸고 안에는 선반마다 유리병이, 물론 술이 가득 든 채 놓여 있었다. 그러나 맨 아래 선반에서 오크루트니는 대단히 흥미로운 것을 발견했다. 익숙한 글자가 찍혀 있는 골판지 상자다. '필메트 철물 공장. 7.62구경 탄약 15발.' 그런 상자가 약 스무 개 있었다. 게다가 그 옆에는 소련 글자가 찍힌, 옆구리가 튀어나올 정도로 가득 찬 다른 상자도 몇 개 있었다. 그중 하나를 열자 그의 심장이 좀 더 활기차게 뛰기 시작했다. 그렇다, 9밀리미터 탄약이었다. '개새끼가 무기고에 있는 것보다 더 많은 탄약을 이 금고에 숨겨놓고 있었어. 어째서? 그 이유는 이제 아무도 알 수 없겠지…….'

오크루트니는 전리품을 책상 위에 늘어놓았다. 전부 한 번 더 세어보았다. 교도관들이 쓰는 토카레프 권총 탄알이 360발, 그의 마카로프 권총 탄알이 75발이다. '이 탄약이 있었으면 부하들을 죽음으로 내몰지 않아도 되었는데.' 그는 마음속에서 분노가 치솟는 것을 느끼며 생각했다.

"대위 동무?" 로예프스키의 목소리에 그는 생각에서 깨어났.

오크루트니는 순식간에 정신을 차렸다. 그가 이곳에 온 이유는 또 브리핑을 소집했기 때문이다. 조용한 곳에서 전체적으로 정리하려고 일부러 일찍 왔는데 소장실에 들어왔다가 정신이 팔려서 15분이 흘러가 버린 것도 깨닫지 못했다.

"이거 보게." 그는 앞에 놓인 탄약을 가리키며 말했다. "이렇게 많은 총알이 어디서 나왔습니까?" 소장실 문 앞에 선 준위가 물었다.

"십새끼가 내내 여기에다 가지고 있었어!" 오크루트니는 금고를 가리켰다.

"대령 말입니까?"

"그럼 누구겠나."

"젠장……." 로예프스키가 대위 옆으로 다가왔다. "몇 개나 있습니까?"

"처음에 잔디밭에서도, 그다음 예배당에서도 목숨을 걸 필요가 없었을 만큼 충분히 많아."

"그 빌어먹을 개새끼가!" 교도소장에 대한 평가에 있어 대위와 준위의 의견은 예외적으로 일치했다.

"그놈이 좀비한테 물리지 않고 벙커에서 기어 나오면 내가 직접 쏴 죽인다." 오크루트니가 이를 악문 채로 내뱉었다. "맹세하지."

"그런 쓰레기에게 총알도 아깝습니다." 로예프스키가 목을 길게 빼고 금고 안을 들여다보며 말했다. "대령이 총알만 꼬불쳐 놓은 건 아닌 모양입니다."

"이젠 숨길 수 없지."

"제가 한번 보겠습니다, 술!" 준위가 먼지 앉은 술병을 하나 끄집어낸 뒤 놀랐다.

"대령님이 밀주도 마셨습니까?"

"물론이지. 하지만 흔한 아무 밀주는 아냐." 대위는 술병을 알아보았다. "이건 진짜 스보이치츠키 보드카인데!"

'스보이치츠키' 상표는 모두가 알았지만 대부분 소문으로 들었을 뿐이었다. '폴모스' 보드카 최상품과도 품질을 겨룬다는 이 희귀품을 실제로 맛보는 행운을 가졌던 사람은 찾기 힘들었다. 그런데 여기, 이 금고 안에, 특징적인 상표 라벨을 붙인 반들반들한 1리터짜리 진짜 유리병 열 병이 들어 있는 것이다.

"오늘 작전 성공을 이걸로 축하하면 되겠군." 대위도 미소를 지었다. "하지만 브리핑부터 끝내고." 그는 금고로 다가가 문을 닫고 열쇠를 돌려 잠갔으나 로예프스키가 이미 가져간 유리병을 도로 뺏지는 않았다.

두 사람은 맞은편 사무실로 가서 나머지 사람들, 즉 지우코프스카 교도관과 베그네르 의사가 나타나기를 기다렸다. 이전 인원에서 이제 그들 네 명만 남았지만 팀에 새로운 얼굴을 영입할 생각은 당분간 없었다. 상황은 급격하게 변했고, 정문 앞에 돌아온 한두 명의 임시 수감자를 제외하면 건물 안에 이제 수형자는 없었으며, 그 한두 명 때문에 솅칼라와 라빈스키가 죽었다.

지우코프스카가 먼저 나타나고 바로 뒤에 베그네르가 들어왔다. 베그네르는 늦게 온 것을 사과하지 않았다. 그는 대단히 풀이 죽은 채, 어깨를 축 늘어뜨리고 시선은 바닥을 향해 내리깐 채 회의실로 들어왔다.

"무슨 일 있소?" 대위가 물었다.

"아니오. 저는 그저……." 의사가 원망하듯 대위를 쳐다보았다. "마음에 걸립니다. 인간적으로. 할 일이 있을 때는 생각할 시간이 없었는데 지금은……."

오크루트니는 의사의 말을 지나칠 정도로 잘 이해했다. 자신도 지난 경험과 또한 앞으로 일어날 수 있는 사건의 암울한 광경들이 머릿속으로 밀고 들어오는 것을 막지 못했다. 그 사실을 대놓고 인정할 수 없었으므로 대위는 언제나 하듯이 똑같은 대응책을 썼다.

"패배주의를 들이대지 마시오. 우리는 문제에 대응했소. 상황은 정리되었소."

"하지만 엄청난 대가를 치르지 않았습니까?"

오크루트니는 로예프스키를 쳐다보았다.

"상대적으로 희생이 적은 편입니다, 저 담장 밖에서 경찰과 군대가 겪은 손실에 비하면 말입니다." 로예프스키가 이전에 대위를 위로하려 할 때와 같은 이론을 내세웠다. "감염병이 도시에 들어온 모든 부대를 산산조각 냈습니다. 베드나레크가 보고한 바에 따르면 군경 100명 중 한 명 이상 살아남지 못했다고 합니다. 잘해야 100명 중 두 명 정도입니다. 상황이 이러니 우리는 정말로 적은 희생으로 빠져나온 겁니다."

"사람 70명이 적은 희생이오?" 베그네르가 분개하며 씩씩거렸다.

"74명입니다." 로예프스키가 차분하게 그의 말을 고쳐주었다. "그리고 우리가 목숨을 걸고 520명을 구해냈다는 사실도 잊지 마십시오."

"이 논쟁은 여기서 끝냅시다." 오크루트니가 낡아빠진 안락의자에서 자세를 고쳐 앉았다. "더 급한 사안들을 의논해야 합니다." 대위는 책상 맞은편에 하나 남은 빈자리를 가리켰다. "여러분 모두 최악의 상황을 이기고 살아남았지만 승리의 영광 속에 쉴 수는 없습니다. 시내 상황이 어떤지조차 지금 알 수 없고……."

"죄송합니다, 대위 동무." 지우코프스카가 자리에서 벌떡 일어나며 끼어들었다. "여기 라디오는 없습니까?"

"라디오는 대체 왜 필요하다는 거야?"

"그러면 대위님, 전혀 못 들으셨습니까?" 지우코프스카가 놀랐다.

"뭘?" 로예프스키와 오크루트니가 동시에 물었다.

베그네르 의사는 이 대화에 전혀 관심이 없는 것 같았다.

"브로츠와프 라디오방송국이 계속 안내 방송을 내보내고 있습니다." 지우코프스카가 보고했다.

"그래, 안다. 미리 녹음해 둔 그 선전용 쓰레기는 허공으로 날려 버려도 돼."

"미리 녹음해 둔 정부 공식 연설 같은 게 아닙니다!" 지우코프스카는 너무 흥분한 나머지 목청을 높였다. "얼마 전부터 새로운 소식을 내보내기 시작했습니다. 그리고 일정한 시간마다 갱신도 합니다!"

"자네는 그런 걸 어떻게 아나?" 오크루트니는 놀라움을 숨기지 않았다. "폭격 때문에 교도소에 전기가 끊어지지 않았나."

하늘에서 떨어지는 탱크 파편들이 교도소로 들어오는 전력이나 아니면 근방 어딘가의 전력선을 손상시킨 것이 분명했다. 땅의 진동이 멈추기 전에 구역 전체의 불이 꺼졌다.

"당직실에 트랜지스터가 있습니다." 지우코프스카가 설명했다.

"그런 중요한 얘기를 왜 지금에야 하나?" 대위는 흥분을 숨기지 않았다.

"저는 대위님도 들으시는 줄 알고……." 지우코프스카는 말하던 주제에서 벗어나자 당황해서 중얼거렸다. "원하시면 제 라디오를 가져오겠습니다."

"빨리 가져오게, 지우코프스카!" 로예프스키가 대위를 앞질러 말했다.

로예프스키도 무척 관심 있어 보였다. 지우코프스카가 복도로 사라지자마자 그는 대위를 의미심장한 눈으로 바라보았다.

"군대가 방송을 하는 걸 보면 상황이 우리가 지금까지 생각했던 것만큼 그렇게 나쁘지는 않은 모양입니다."

오크루트니는 턱을 쓰다듬었다. 아래턱에 뾰족뾰족한 수염이 느껴졌다. 어제 오후부터 그는 자신을 돌볼 시간을 전혀 갖지 못했다.

"생존률이 100명 중 한 명이란 말이죠, 로예프스키 준위." 베그네르가 입맛이 쓰다는 듯 내뱉었다. "많아야 두 명."

"베드나레크 상병이 그렇게 말했습니다." 준위는 이 발언에 전혀 상처받지 않은 것 같았다. "베드나레크가 꾸며낸 게 아닙니다. 저희가 요청해서 당과 본부의 제일 높은 분들 중에서도 높은 분들이 자문을 해주었습니다."

"그분들의 풍부하신 상상력을 고려하면 자문해 준 내용은 10분의 1만 들어야 할 거요." 베그네르는 포기하지 않았다.

"그렇게 했습니다." 로예프스키가 확답했다.

"그만하시오!" 대위가 손바닥으로 책상을 내리쳐 두 명 모두 깜짝 놀랐다.

대위는 불안해지고 있었다. 군대가 방송을 하고 정보를 갱신한다는 것은 시내 상황이 전혀 비극적이지 않다는 의미였다. 더 잘 계획된 새로운 공격이 지금이라도 시작될 가능성도 배제할 수 없었다. 어쩌면 소련 놈들이 어찌 됐든 들어올 예정인데 그저 자틸니의 계획보다 늦게 올 뿐이고, 그래서 담장 밖이 조용한지도 모른다……. 폭풍 전야의 고요처럼.

만약 군대가 도시를 정화한다면, 만약 감염병이 폴란드 전체로 퍼졌다는 소식이 그저 뜬소문으로 밝혀진다면……. 오크루트니는 대령이 벙커를 나와 다시 클렝치코프스카 거리로 돌아왔을 때 어떻게 될지 생각도 하고 싶지 않았다. 모두 다 이 교도소에 수감되거나 재판을 받거나 아니면 바로 형장으로 가서 교수대에 매달릴 것이다.

'그때 그 정문 앞에서 베그네르의 말이 옳았어. 범죄자를 거의 1500명이나 담 밖에 풀어줬는데, 그중에는 위험한 상습범들도 많았어. 인민정부는 그런 일을 용서해 주지 않겠지. 설령 우리가 모든 일을 좋은 의도에서 했다고 해도, 죄 없는 사람들을 구해냈다고 하더라도.' 이런 생각에 이어 또 다른, 더욱 충격적인 생각이 바로 이어졌다. '전문 범죄꾼, 폴란드 역사상 최악의 범죄자를 거의 80명 태운 트럭을 시내로 보냈지. 소련군이 도시에 진입하면 놈들을 그 자리에서 소탕하고 문제를 해결해 줄 거라는 희망을 가지고 그렇게 했는데, 시간이 지나도 붉은 군대는 오드라강을 건너올 기색이 전혀 안 보여. 만약에 그 범죄자들이 호송차에서 어떻게든 빠져나간다면······.'

18

1963년 8월 10일 토요일 10시 12분
시립동물원, 브루블레프스키 거리 1-5번지

"연기?"

"그렇습니다." 니즈네르가 기운차게 고개를 끄덕였다.

"그게 과연 효과가 있겠나?"

"분명히 있을 겁니다, 소령 동…… 소령님."

비에드지츠키는 소위가 또 말실수할 뻔한 것을 무시했다. 소련식 습관을 떨쳐내려면 부하들에게 시간을 더 주어야 한다는 사실을 그는 알고 있었다.

"한 번 더 설명해 주게." 그가 요청했다. "다만 자네도 알다시피 천천히 차근차근."

"예, 알겠습니다!" 소위는 다시 입을 열기 전에 생각을 정리해야 했다. "우리가 아는 바에 따르면 도시 일부에 전기가 끊어졌습니다. 전화도 믿을 수 없습니다. 소령님도 아시겠지만 전화국에 아직도 교환원이 근무할 거라고는 생각할 수 없습니다. 제가 개인적으로 아는 교환원이 몇 명 있습니다만 자살 행위를 좋아하는 사람은 아무도 없었습니다……."

"잡담하지 말고 본론에 집중하게!"

"예, 알겠습니다. 여기 동물원은 시내에서 멀고 이른바 외곽에 있는 데다 지금으로서는 저쪽 강변으로 사람을 보내는 것도 원하지 않으실 겁니다."

"원하지 않아."

"그러면 남은 것은 한 가지 방법뿐입니다. 원시적이지만 증명된 방법입니다. 카를 마이 책* 읽어 보셨습니까? 바로 그겁니다." 소령이 고개를 끄덕이는 것을 보고 니즈네르는 미소를 지었다. "저도 읽었습니다. 아파치 사람들이 서로 먼 거리에서 어떻게 의사소통을 하는지 아십니까? 봉화입니다. 그들의 창의성을 우리도 활용할 것을 제안합니다. 새 방송을 녹음해서, 이 지옥도에서 살아남은 사람들에게 내일 정확히 정오에 천 조각을 석유나 아니면 다른 기름에 적셔서 태우라고 지시하시면 됩니다. 횃불을 밝혀서 마당에 던지든 거리에 던지든, 대걸레 자루나 삽자루로 횃불을 만들든 말입니다. 뭐가 됐든 증기기관차 굴뚝처럼 연기를 내기만 하면 됩니다."

"어째서 하필 내일인가?" 비에드지츠키가 질문했다.

"사람들이 소식을 들을 시간을 주셔야 합니다. 녹음하고 방송하기까지 분명히 몇 시간은 걸릴 겁니다."

"서두르면 되지 않나?"

"소령님은 서두르실 수 있습니다만 사람들이 그 방송을 언제 듣는지는 통제하실 수 없습니다. 오늘은 사람들이 평소보다 걱정할 일이 많을 테니 위기관리본부가 언제 새 방송을 내보내는지 숨죽

---

* 독일 작가 카를 마이(Karl May)의 1893년 작품 『비네토우(Winnetou)』 3부작을 말한다. 독일인 '올드 섀터핸드'가 아파치 원주민 비네토우를 만나 의형제를 맺고 모험하는 이야기다.

이고 기다리지는 않을 겁니다."

"옳은 말이군."

"제 생각에 방송하고 하루 정도 기다리면 충분히 생존자들 대부분 우리 호소에 반응할 거라 봅니다. 특히 사람들이 서로서로 알리도록 부탁하신다면 말입니다. 창밖으로 소리칠 수도 있고 지붕을 넘어 옆에 있는 거리로 나갈 수도 있고, 어떻게든 서로 누가 살아 있는지 알리면 됩니다."

"그러면 소위, 9시에 방송했던 지시 사항은 취소하라는 얘긴가? 자네 제안에 따라 내가 녹음한 지시 사항 말이네."

니즈네르는 바로 대답하지 않았다.

"아닙니다. 연기 신호를 하라는 호소와 번갈아 방송하면 될 겁니다. 우리 주파수를 잡은 사람이 있다면 아마 이 주파수를 계속 들을 겁니다. 그 외에 선택지가 없을 테니까요." 니즈네르는 약간 농담조로 덧붙였다.

"그렇지." 소령이 자기도 모르게 수긍했다.

통신실 당직자들은 한 시간 넘게 새로운 방송을 전혀 잡지 못했다고 보고했다. 폴란드 방송국의 90퍼센트가 영원히 침묵에 빠졌고 그중 크라쿠프와 포즈난 두 곳은 글자 그대로 방금 전에, 그것도 진실로 극적인 상황에서 방송을 중단했다. 나머지 방송국들은 명백히 직원들에게 버림받고 옛 정부의 공식 방송을 반복해서 내보내고 있었는데, 그 내용은 지금 상황에 전혀 걸맞지 않은 것이었다. 그러므로 조금이라도 판단력이 남은 사람이라면 모두 최신 정보를 그런대로 빨리 전달해 주는 단 하나의 방송국에 주파수를 맞출 것이라 예측할 수 있었다. 그렇기 때문에 비에드지츠키는 방송을 담당한 군인들에게 그의 녹음된 안내를 예고하는 생방송을 주기적으로 하라고 명령했다.

"전기가 끊어진 지역에 거주하는 사람들에게는 어떻게 방송을 전달하지?" 그가 잠시 생각한 뒤에 물었다. "도시 일부에 전기가 끊어졌다고 제군들이 방금 말하지 않았나."

"상관없습니다, 소령님!" 니즈네르가 반박했다. "요즘 사람들은 집에 트랜지스터를 다 갖고 있습니다. 우리가 만든 폴란드산입니다. 미국 놈들이 하듯이 산책하면서, 공원에서, 배를 타면서도 좋아하는 방송을 들을 수 있습니다. 바로 기술의 발전이라는 겁니다."

"트랜지스터가 뭔지는 나도 아네." 비에드지츠키가 스스로 그 생각을 하지 못했다는 사실에 불쾌해하며 내뱉었다. "그리고 그게 유일한 방법이란 말이지?"

"도시 전체에 전단을 뿌리거나 포스터를 내걸지 않는 한 그렇습니다."

"그렇게 자신만만해하지 말게, 니즈네르. 그러다 허점이 생기면 한 방에 무너져." 소령이 경고하는 어조로 말했다. "연기 신호는 인민회관 옥상에서 관측할 예정이란 말이지. 내가 제대로 이해했나?"

"예, 근방에서 가장 높아 관찰하기에 가장 좋은 입지입니다. 내일 아침 제가 단파 라디오를 가지고 올라가서…… 예를 들어 11시쯤 가서 차분하게 자리를 잡고 혹시 모를 화재 사건은 배제하고, 그런 뒤에 구조할 사람이 있는지 두고 보겠습니다."

"아냐."

"아니라니 무슨 말씀이십니까?" 소위가 굳어졌다.

"자네는 올라가지 마."

"하지만……."

"내가 간다." 비에드지츠키가 설명했다. "내 눈으로 보고 싶네.

그리고 관찰 얘기가 나왔으니 말인데……." 그는 뎁투흐에게 시선을 돌렸다. "저기 그 체코슬로바키아 동료들이 뭘 짜냈는지 얘기해 보게."

***

체코슬로바키아제 중형 차륜형 장갑차가 국토수복기념탑과 인민회관 중앙 출입구 사이 광장에 한 줄로 서 있었다. 군인들이 그 주위를 빙 둘러싸고 서 있었다. 지금 당직 근무가 없는 사람이라면 누구나 최신식 장갑차를 구경하기 위해 와 있는 듯했다.
"굉장하군." 소령이 여덟 개의 바퀴 위에 날렵한 차체를 뽐내는 군용 차량을 주의 깊게 살펴보며 중얼거렸다.
수륙양용차 앞부분은 높고 날카롭게 빠져 두 부분으로 나누어진 주둥이로 이어졌고 가운데에 납작한 회전식 포탑이 탑재되어 있었다. 낡아빠진 소련제 장갑차에 비하면 이것은 진정 기술의 기적이었다.
"기계화된 군대의 미래가 바로 저런 모습일 겁니다." 이렇게 말하고 뎁투흐는 역겹다는 듯 덧붙였다. "저 망할 좀비 떼만 아니면 말입니다."
군인들은 모두 이 새 장갑차의 세부 사양을 알고 있었고, 단지 마베트만이 먼 미래에는 무장경찰 부대에도 저런 기계가 들어올 것이라 추측할 뿐이었다. 이 신형 체코슬로바키아제 장갑차는 2주쯤 전에 브로츠와프에 들어와 현지 부대원들이 익숙해지도록 훈련받고 있었으며 폴란드 인민군에는 벌써 한두 달 전에 도입된 상태였다. 최소한 공식 발표는 그랬다. 비에드지츠키는 상당히 다른, 그의 생각에 더 진실에 가까운 첩보를 믿는 편이었다. 즉 인민정부가 폴란드와 체코슬로바키아 협력의 결실을 7월에 있을 폴란드 재건의 날 국경일 퍼레이드에서 다른 수많은 신기술의 산물과 함께 자랑하려 한다는 것이었다.

발상은 멋있었지만 장엄한 연례행사를 일주일도 채 남기지 않고 출혈성 천연두 유행으로 인해 격리 명령이 떨어졌고 퍼레이드는 시작도 못했다. 중앙당 고위 간부들이 너무나 히스테리를 부려서, 최고위원회가 브로츠와프 격리 지역에 이렇게 많은 장갑차를 진입시켜 군인들이 운행하게 하는 데 반대하자 국방부 장관은 차마 토론을 해보자는 말조차 꺼내지 못했다. 더 쉽고 안전한 방법은 체코슬로바키아 군수공장에서 더욱 새로운 장갑차를 계속 뽑아내서 바르샤바로 곧장 가져오는 것이었다.

비에드지츠키는 운전석 입구로 올라갔다. 장갑 아래 운전석은 탑승부처럼 답답하지 않았다. 폭 넓은 운전대는 그 유명한 트럭 운전대를 연상시켰다—장갑차 구조는 대체로 슬로바키아 자동차 회사 '타트라'의 가장 큰 차종을 바탕으로 한 것이었다.

"8실린더에 거의 12리터 용량, 180마력입니다." 흥분한 뎁투흐가 읊었다. "강합니다!"

"그래, 그렇군." 마베트가 담배꽁초를 발뒤꿈치로 밟아 껐다. "BTR-60 전차보다 나은 기계야."

"모든 면에서 그렇습니다." 뎁투흐 소위가 동의했다. "아스팔트에서 시속 110킬로, 물에서도 시속 9킬로미터입니다. 지금 미래를 보고 계시는 겁니다."

"정말 그렇군." 비에드지츠키가 동의하고 더 높이 올라가기 시작했다.

그는 운전석 입구 위에 배기구 파이프를 붙잡고 섰다. 이제 눈앞에 평평한 차량 지붕과 거대한 포탑이 보였다.

"14.5밀리미터 블라디미로프 대구경 기관총입니다." 뎁투흐가 옆에서 열심히 보고했다.

"나도 아네."

"이걸로 좀비들을 볏짚처럼 쓸어낼 수 있습니다."

"탄약이 충분하다면 말이지." 비에드지츠키가 약간은 냉소를 담아 소위에게 대답했다.

소위는 조금 기가 꺾였다. 장갑차는 어렵지 않게 도입할 수 있었지만 그 포탑에 달린 주요 무기의 탄약은 벙커 안에 있었다. 벙커에는 접근할 수 없었으며 이전에 지휘부에서 빼내온 탄약은 신형 장갑차가 좀비 떼와 맞서 승리하게 해줄 정도로 많지 않았다.

"거기로 돌아갈 수도 있습니다, 소령 동…… 소령님."

"돌아갈 수 있고 돌아갈 걸세, 내가 약속하지." 비에드지츠키가 콘크리트 바닥으로 뛰어내리며 대답했다. "하지만 그 전에 상황을 완전히 파악하는 게 우선이야."

19

1963년 8월 10일 토요일 10시 18분
1호 교도소, 클렝치코프스카 거리 35번지

"잠깐, 잠시만 기다려 주십시오……." 지우코프스카 교도관이 라디오를 귀에 갖다 댄 채 서 있었다. "됐습니다."

지우코프스카는 라디오를 도로 책상 위에 내려놓고 평평한 윗부분에 달린 분압계를 돌렸다. 오크루트니 대위, 베그네르 의사, 로예프스키 준위 모두 플라스틱으로 만든 조그만 크림색 기계 위로 몸을 기울였다. 라디오 앞부분에는 세로줄 일곱 개로 덮인 스피커가 있었고 오른쪽에는 신형 '바르샤바' 자동차 속도계를 연상시키는 동조기가 있었다. 다만 속도계와는 달리 괴상한 숫자들, 즉 주파수가 연속되어 있었다.

음량을 크게 틀어놓아 스피커가 살짝 지직거리기는 했으나 연설자가 하는 말을 한 마디 한 마디 거의 전부 알아들을 수 있었다.

"여기는 폴란드 라디오 브로츠와프다. 군 비상센터 특별 안내 사항을 방송한다. 비상센터 특수부대 지휘관 비에드지츠키 장군이 말한다."

뭔가 삑삑거리는 것을 보니 스튜디오에서 누군가 기기를 제대로 연결하지 않은 것 같았다. 잠시 백색소음만 들려왔으나 곧 연설문을 펼쳐놓는 바스락 소리가 들리고 그 뒤에 스피커에서 약간 콧소리가 섞인, 놀랄 만큼 침착한 목소리가 흘러나왔다.

신사 숙녀 여러분. 이 방송을 듣고 계시는 브로츠와프와 다른 여러 도시 거주자 여러분. 오늘 아침 이른 시간에 격리 지역에서 작전 수행 중이던 부대들이 퇴각하여 원대 복귀하라는 명령을 받았다. 이것은 작전상 후퇴이며 브로츠와프에서 감염자를 완전히 정화하기 위한 작전이 종료되었음을 의미하지 않는다. 예정된 지원 병력이 도착하기만 하면 우리의 자랑스러운 군인들이 유행병이 남긴 흔적들을 정화하는 작업의 다음 단계에 돌입할 것이다. 그러나 이 감염병은 잘 알려진 출혈성 천연두보다 더 심각한 질병이라는 사실이 밝혀졌으므로 시간이 더 필요하다. 나의 명예를 걸고 말한다. 현재 모든 부대가 자기 위치를 지키고 있으며 곧 예정대로 효율적인 작업에 돌입하여 감염자와 감염병의 위험에서 여러분을 구출할 것이다.
이 방송을 듣는 모든 브로츠와프 시민에게 호소한다. 각별히 조심하고 경계를 늦추지 말라! 이제까지 인류가 알지 못했던, 천연두보다 백배는 더 치명적인 새로운 감염병이 여러분을 위협하고 있다. 그러므로 아직 이 사실을 알지 못했던 시민들께 경고한다. 스쳐 지나가는 정도의 접촉만으로도 감염의 위험이 있으며 그 결과 피해자는 거의 즉시 인간으로서 모든 특성이 사라진 괴물로 변하는데, 과학에서는 이를 '좀비'라 칭한다. 다시 말하지만 이 괴물, 죽지 않는 좀비들은 심지어 가장 가까운 가족구성원을 포함하여 손 닿는 모든 사람에게 덤벼들어 냉혹하게 살해하며, 이 괴물들을 죽이기란 대단히 어렵다. 그러므로 기억하기 바란다.

현재 거리에서 헤매는 수천 명의 불운한 감염자들과 같은 운명에 빠지고 싶지 않다면 군 비상센터의 보구미우 아렌지코프스키 박사 휘하 탁월한 전문가들이 지시하는 사항에 무조건 따라야만 한다. 지시 사항은 다음과 같다.

시민 여러분, 그 어떤 경우에도 현재 안전하게 은신해 있는 아파트 혹은 주택을 떠나서는 안 된다. 거리로 나오거나 격리 지역을 떠나려 시도한 결과 사망에 이를 수 있다! 무슨 일이 있어도 감염자에게 가까이 가서는 안 된다. 감염자들이 산 사람을 감지하면 피를 흘리기 전에는 놓아주지 않는다. 그리고 도주하면서 여러분 자신의 가족도 감염병에 노출될 수 있다. 감염자와 싸울 경우에도 스스로 감염에 노출될 수 있다. 위험한 변이로 인해 감염자들은 고통과 부상에 대단히 저항력이 강하다. 대다수는 심지어 사지가 잘린 뒤에도 여러분을 살해할 수 있다. 한 번 닿는 것만으로도 감염에 이를 수 있다!

아파트와 주택 입구를 철저히 막는다. 근방에 감염자가 없는지 확인한다. 이웃을 불러도 대답이 없으면 문에서 물러난다. 침묵은 즉 감염을 의미할 수 있으며 감염되어 좀비로 변한 이웃은 시민 여러분과 여러분의 가족에게 치명적인 위협이 될 수 있다. 환자와 부상자는 격리하되 절대로 눈을 떼어서는 안 된다. 가능하다면 환자와 부상자가 이동하지 못하도록, 별개의 방에 가두거나 침대에 묶어놓는 것이 좋다. 이것은 잔혹하게 느껴질 수 있으나 정말로 필요한 안전 대책이다. 격리 구역에 있는 사람은 사망 시 누구라도 죽지 않는 좀비로 변할 수 있다. 보이지 않는 곳에서 이런 변화가 일어날 경우, 누군가 대응하기도 전에 좀비가 여러분과 함께 있는 다른 시민들도 살해할 수 있다. 그러므로 경고하건대 사랑하는 어머니나 하나뿐인 자식이라도 절대로 예외를 두어서는 안 된다.

안전을 위해 많은 사람이 모이지 않는 것이 좋다. 필요할 경우 서로 가까이 있되 즉각 격리할 수 있는 가능성을 필히 열어두어야 한다. 1층 거주자는 거리에 좀비들이 들끓을 경우 위층으로 대피하거나 마당이나 거리에서 가장 먼 방으로 옮긴다. 만약 누군가를 돕거나 집에 들일 경우 잠자러 가기 전에 방을 잠그고, 일어나면 언제나 문밖에 있는 사람이 여전히 살아 있는지 확인해야 한다. 사람의 목소리를 반드시 듣고 난 뒤에 문을 열도록 한다. 좀비들은 그 어떤 소리도 내지 못하며 그러므로, 반복한다, 옆방 혹은 옆집의 침묵은 치명적인 위협을 의미할 수 있다.

안전을 확인한 뒤에는 확보한 식량을 전부 가장 높은 층이나 다락으로 옮겨야 한다. 모든 약품과 구급 용품도 음식과 함께 모아둔다. 태울 수 있는 여분의 석탄이나 장작이 손 닿는 곳에 있도록 신경 써야 한다. 모든 욕조, 대야, 양동이, 그리고 다른 커다란 그릇과 용기를 수돗물로 채운다. 우리 군부대가 시 발전소와 수도를 통제하므로 전력과 물은 당분간 모자라지 않을 것이나 국지적 고장은 언제든 일어날 수 있으며 이 경우 수리할 인력이 없다.

필요할 경우에 공격하는 감염자를 밀어내거나 쓰러뜨릴 수 있는 물품으로 무장한다. 반복한다, 밀어내거나 쓰러뜨린다! 좀비와 직접 격투하는 것은, 특히 닫힌 실내라면 곧 죽음과 같다. 최악의 경우 유일한 방법은 도주하는 것이다. 그러므로 현재 은신처에서 대피할 경로를 최소한 두 가지는 마련해 두기 바란다. 야외로 나가야만 하는 상황에 처한다면 최대한 빨리 새로운 은신처를 찾아낸다. 감염자들이 많이 모여 있는 곳은 피한다. 다시 말하지만 한 번만 닿아도 그들과 똑같은 좀비로 변할 수 있다!
계속 방송에 집중하되 전력이 단절된 지역에서는 건전지를 아끼는 것이 좋다. 거기에 목숨이 달려 있을 수 있기 때문이다. 라디오를 통해 여러분께 진행 중인 작전에 대해 24시간 보고하고 주의 사항을 전달하겠다. 이상 군 비상센터 비에드지츠키 장군이다.

몇 초 동안 침묵이 흐른 뒤, 라기보다 소음이 점점 커진 뒤에 같은 방송 내용을 되풀이한다는 예고가 흘러나왔다.
지우코프스카는 대위의 명령에 따라 라디오를 껐다.
오크루트니는 의자에 털썩 주저앉았다. 땀투성이 얼굴을 손으로 문질렀다. 다른 사람들과 마찬가지로 대위도 방금 들은 정보를 곱씹으며 침묵을 지키고 있었는데 로예프스키가 소장실 금고에서 가져온 술병을 책상 위에 놓았다. 꽉 찬 술병이 나무에 닿는 소리에 브리핑하러 모인 나머지 사람들도 잠시 멍한 상태에서 깨어났.
"스보이치츠키네요." 대위가 선반에서 제대로 씻지 않은 유리잔을 몇 개 꺼내기 위해 몸을 기울이자 지우코프스카가 놀랍다는 듯 중얼거렸다. "대체 어디서……."
"신경 쓰지 마!" 대위가 말을 끊고 로예프스키에게 마개를 따게 시켰다.
"술 마실 생각이오?" 베그네르가 화냈다. "세상이 무너지는데 보드카를 따르고 앉았다니!"
"현명한 사람들이 말하듯이, 가끔은 술이 없으면 정리가 안 되는 법이오." 로예프스키가 베그네르의 분노에 웃음을 터뜨리며 불투명한 음료를 유리잔마다 손가락 두 마디 높이로 따랐다. "우리는 생각할 일이 아주 많고, 센 거 한 잔만큼 머리를 맑게 해주는 게 없지요." 로예프스키는 술병 목을 잡고 마지막 유리잔 위로 기울이며 의사를 향해 질문하는 듯한 시선을 던졌다. "용기를 내기 위해 한 잔?"

베그네르는 화낼 가치도 없다는 듯 손을 저었다.

"그런 건 필요 없소."

준위가 유리잔을 나눠주었다. 많이 따르지 않았으므로 베그네르를 제외한 세 명은 단숨에 들이켰다. 마치 방금 들이켠 음료 안에 액체 불길이 들어 있는 듯, 알코올이 기분 좋게 목구멍을 태우고 온기가 뱃속 전체로 퍼졌다.

"이걸 만드는 사람은 진짜 기적의 장인입니다." 로예프스키가 인정한다는 듯 숨을 가쁘게 내쉬었다.

"교향악단에서 일하는 지인이 '양조 마스터'라고 하더라고요." 얼굴이 빨개진 지우코프스카가 거들었다.

"도수가 어떻게 됩니까?" 베그네르가 마치 빈 술잔 바닥에서 유령이라도 본 듯 흘끗거리며 물었다.

"안 적혀 있습니다." 로예프스키가 술병 상표를 다시 들여다보고 입술을 핥은 뒤 대답했다. "하지만 눈대중으로 보기에 120도는 됩니다. 아니면 더 세거나."

오크루트니는 손짓으로 술잔을 치우라고 신호했고 로예프스키가 다시 술병을 잡으려 하자 한 번의 손짓으로 그를 막았다.

"이따가, 파트리크." 강한 술에 약간 목이 타들어 갔는지 대위의 목소리도 조금 쉬어 있었다. "우선 방금 들은 정보에 대해 얘기 좀 하지. 의견 있나?"

"제 생각엔 좋지 않습니다." 로예프스키가 불쑥 말했다. "최악일지도 모릅니다."

"왜 그렇게 생각하지?"

"저 장군이라는…… 이름이 뭡니까…… 비에드지츠키 말입니다. 저 사람 누군지 들어본 적 있습니까?" 로예프스키는 나머지 사람들을 훑어보았다. "의사 선생님은 위원회에 가보셨죠?"

베그네르는 천천히 고개를 저었다.

"위기관리본부에 그 이름이나 아니면 아주 비슷한 이름을 가진 소령이 있었소." 베그네르가 한동안 깊이 생각한 뒤에 대답했다. "하지만…… 말입니다, 전 뭔가 다른 게 이상합니다. 저 군 비상센터라는 곳 말이오. 위원회 통신 어디에서도 저런 이름을 본 적이 한 번도 없고, 마지막 위원회 통신은 대략 새벽 3시 30분이었소."

"저 방송이 무슨 사기라고 생각하는 거요?" 대위가 놀랐다.

"그런 건 아닙니다." 의사가 몸을 사렸다. "하지만 대위님도 생각해 보십시오. 아무도 모르는 장군이 몇 시간 전까지도 아무도 들어본 적 없는 조직을 지휘한다니……."

"그럼 누가 방송국에서 마이크를 차고 앉아 새로운 지도자인 척한다고 생각합니까?" 지우코프스카는 불안한 모습이었다.

"아니야." 로예프스키는 베그네르가 다시 입을 열기 전에 단호하게 반대했다. "저건 어느 정신 나간 방송광이 지어낸 얘기가 아닙니다. 미치광이의 헛소리라고 보기엔 내용이 너무 구체적입니다. 미친 소리도 아니고 자기 자랑도 아니고, 그러기엔 모든 말이 너무 실용적이고 조리에 맞습니다. 만약 저에게 가장 시급한 조언을 목록으로 만들라고 명령하신다면 우리가 방금 들은 내용과 큰 차이 없을 겁니다. 몇 가지는 좀 더 짧게 얘기할 수도 있었을 것 같습니다만."

베그네르가 고개를 끄덕였다.

"일리가 있소."

"내 관심을 끈 게 뭔지 아나?" 오크루트니가 입을 열고는 반응을 기다리지 않고 곧바로 말을 이었다. "저 비에드지츠키 장군이라는 인물이 사람들한테 손에 넣을 수 있는 생필품은 전부 모아두라고 했다는 거야. 전부. 물하고 연료, 장작까지."

"예, 그런 내용이 있었습니다······." 준위가 걱정스럽게 말했다.

"그게 대위님 생각에는 무슨 뜻일 것 같습니까?" 베그네르가 오크루트니 쪽으로 몸을 기울이며 물었다.

"그건 아마 자명할 거요. 도시를 순식간에 정화할 어떤 공격적인 작전이 없을 거라는 뜻이오. 하루나 이틀 버티기 위해 물이 얼마나 필요하겠소? 특히 수도가 잘 작동하고 발전소가 전기를 보내주는데."

"여기로는 안 보냅니다." 준위가 옆에서 일깨워 주었다.

"여기로는 안 오지. 그건 사실이지만 우리가 운이 나빠서 하늘에서 떨어지는 불붙은 연료탱크 아래에 있다 보니 일반 중압, 저압 전력선이 손상된 거요. 도시의 4분의 3은 여전히 전기가 들어올 거요."

"그런데 사람들이 포위될 것을 대비하고 있으면, 그건 즉······." 지우코프스카가 말을 시작했다.

"······소련 놈들은 들어오지 않을 거고, 그놈들도 이렇게 큰 규모로 정화 작업을 진행할 장비도 인력도 충분히 없다는 거지." 오크루트니가 지우코프스카 대신 말을 마쳤다. "이 담장 안에 좀 오래 있을 준비를 해야겠소." 대위는 안도의 한숨을 힘들게 참아냈다.

한순간 대위는 이 방송이 빠른 해방을 예고하며, 그 말인즉 자신과 로예프스키, 지우코프스카, 그리고 어쩌면 의사 베그네르까지 모두에게 신속한 사형선고와 머리에 총알 한 방을 의미한다고 생각했다. 그러나 지금 보니 자틸니는 벙커에서 한동안 꿈지럭거려야 할 모양이었고—거리에서 마지막 좀비가 사라질 때까지 당 고위 간부 중 아무도 본부 건물 지하에서 코빼기도 내밀지 않을 것이라고, 오크루트니는 확신에 가까운 예감을 느꼈다—그것은 이 교도소의 임시 소장이 목숨을 부지할 가능성이 대단히 커졌다는 뜻이었다. 그러나 또 한편으로 그는 앞으로 몇 주나 이 교도소를 감염병으로부터 지켜내야 할 것이고, 그가 부검에서 보고 방금 방송에서 들어 알듯이 감염병도 그 자체로 작은 위험은 아니었다.

"지원 병력이 오기로 예정돼 있다는 얘기가 거짓말이라고 생각하십니까?" 베그네르가 물었다.

"그렇소." 오크루트니가 대답했다. "비에드지츠키는 일부러 그런 말을 해서 민간인들의 사기를 북돋우고 희망의 그림자라도 주려고 하는 거요. 내가 아는 바에 따르면 감염병이 차단선을 넘었소. 이 순간 감염병 진원지는 폴란드 전체라고 할 수 있소. 실롱스크주 안의 다른 도시들도 상황은 전혀 좋지 않소. 존재하는 군부대가 전부 자기 지역에서 살아남으려고 싸우고 있는데 저 군 비상센터가 대체 어디서 지원 병력을 얻는다는 거요?"

"감염병이 사방으로 퍼졌다는 게 확실합니까?" 새로운 정보에 놀란 지우코프스카가 물었다.

대위는 로예프스키에게 빈 술잔을 가리켜 보이고 검지와 중지의 두 손가락을 세워 보였다. 준위에게 그 이상 설명할 필요는 없었다.

"그…… 폭격이 일어나기 바로 전에…….″오크루트니가 설명하기 시작했다. "바르샤바에서 전화를 받았소. 정부에서 일하는 친척이오. 우리 상황은 어떤지, 경찰과 군대가 격리병동 진압 작전을 잘하고 있는지 물었지. 왜냐하면 그 친척의 부대가 곧 바르샤바의 거리에 나가서 수도에서 감염병 진원지를 정화하는 작업을 하게 됐다는 거요…….″대위는 잠시 말을 끊고 준위가 방금 따라준 술을 들이켰다. 숨이 막혔지만 한번 세게 숨을 내쉬자 다시 말을 계속할 수 있었다. "그래서 기왕 나도 폴란드 전국 상황에 대해 뭔가 더 아는 게 있는지 물었소. 친척은 알고 있었고 얘기해 주었소. 당 중앙은 어딘지 모를 빌어먹을 곳으로 대피했소. 새로운 감염병 진원지에 대한 보고서가 내무부에 끊임없이 수백 건씩 쏟아져 들어왔다고 했소. 너무 많아서 6시가 지날 때쯤 전신 타자기 종이가 다 떨어졌소. 친척은 또, 외국도 상황이 별로 더 낫지는 않다고 덧붙였소. 정보부 애들 말이 가장 큰 통신본부들도 하나둘씩 침묵하고 있다는 거요. 우리 쪽도, 저쪽도.″

"그래서 수형자들을 풀어주기로 결정했군요.″베그네르가 고개를 끄덕였다. 그때까지 베그네르 혼자만 술을 마시지 않았지만 지금 그는 술잔을 거의 수직으로 기울여 전부 들이켰다.

"아니오.″대위가 대답했다. "그 결정을 내린 뒤에 이 모든 사실을 알게 됐소.″

"이해가 안 됩니다.″

"지금은 그냥 거기까지만 하겠소.″오크루트니가 내뱉었다. "더 중요한 일들이 남아 있소. 앞으로 어떻게 할지 정해야 합니다.″

"방송에서 장군이 지시한 사항에 따르면…….″로예프스키가 말하기 시작했다.

"그게 말이오, 내 생각엔 그 소령인 것 같소." 살짝 취한 베그네르가 준위의 말을 막았다.

"무슨 말이오?" 대위가 놀랐다.

"저 비에드지츠키라는 사람, 장군이 아니라 소령이란 말이오." 의사는 단어 하나하나를 과장되게 명확히 발음했다. "꽤 드문 성씨 아니오, 그렇지 않소? 그리고 위원회 보고서에 바로 저 이름이 몇 번 언급됐는데 그때는 그냥 소령이라고 했소."

"진급했을 수도 있소." 로몌프스키가 끼어들었다.

"소령에서 바로 장군으로?" 베그네르가 웃음을 터뜨렸다. "못 할 것도 없소. 지난밤 같으면……."

"의사 선생님 말씀이 옳을 수도 있네." 지원은 가장 예상하지 못했던 방향에서 왔다. 오크루트니는 낡아빠진 안락의자에 한껏 몸을 기울였다. "몇 시간 전부터 이젠 정부도 없고 지휘본부도 없는데 누가 그 사람을 진급시키겠나? 내 생각엔 방송 내용이 권위 있게 들리게 하려고 자기 스스로 장군이 돼서 저 군 비상센터라는 데를 지어냈을 거야. 아무도 모르는 소령이 하는 말을 누가 진지하게 듣겠나? 그렇지만 장군은 높은 계급이고 멋지게 들리지. 장군이 뭔가 명령하면 사람들이 깊이 생각하지 않고 그대로 따르지 않겠나."

"군 비상센터도 허풍인 것 같습니다." 준위가 말했다.

"설령 그냥 허풍이라 하더라도 그 장군이 방송한 내용은 여러 사람의 목숨을 구할 겁니다." 지우코프스카가 끼어들었다.

"바로 그게 핵심이야." 대위가 이어받았다. "어딘가에 도시 정화 작전 첫 단계에서 살아남은 군인들이 있을 거요. 어쩔 수 없이 후퇴했지만 포기하지 않고 다시 시도하려고 할 거고. 다만 지금은 냉정하게, 천천히, 침착하게, 결국은 우리가 했듯이 할 거란 말이오. 그러니까 생필품을 모아놓으라고 하는 거요. 이 단계에서는 작전이 하루이틀이 아니라 몇 주씩 이어질 수도 있으니까. 우리가 구조를 기다리려면 이 담장 안에서 최소한 한 달은 기다려야 할 거요. 그럴 준비가 돼 있소?"

대위가 회의 전에 그들에게 각자 비품 재고 파악을 하라고 명령했지만 사람들은 곧바로 대답하지 않았다.

"제가 말씀드리겠습니다……." 로예프스키가 첫 번째로 입을 열었다. "교도소 내에 520명이 있습니다. 현재 창고 비축 상태로 보아 밀가루와 감자는 이 인원이 대략 20일 정도 먹을 수 있습니다. 당장 오늘부터 아껴서 1인당 배급량을 나누기 시작하면 한 달까지 버틸 수도 있습니다."

"돼지는 어떡합니까?" 베그네르가 물었다.

"그건 모르겠습니다."

"모른다니 무슨 말이오?"

"부지 내에 죽었다 살아난 돼지 떼가 돌아다니는 건 원치 않는다는 말입니다." 준위가 쏘아붙였다. "도축당한 돼지가 돈가스가 되기 전에 먼저 도축 담당자들을 엿 먹이지 않는다는 보장이 있습니까?"

의사는 고개를 숙였다.

"지금 생각났습니다." 무겁게 깔린 침묵을 잠시 후에 지우코프스카가 뚫고 말했다. "한 30분 정도 전에 제가 신선한 소시지를 먹었습니다."

"난 빵에 맛있는 베이컨을 얹어서 먹었네." 로예프스키가 쏘아붙였다. "나도 아주 맛있게 먹었다고. 그런데 그게 대체 지금 무슨······."

"중요합니다." 지우코프스카가 말을 막았다. "소시지를 아그니에 슈카 미할스카에게 받았습니다. 신세 한탄을 하면서 한참 같이 울고 나서 말입니다. 방금 만들어서 아직도 따뜻한 소시지였습니다. 아그니에슈카 말로는 시 외곽 제르니키 마을에 사는 시동생이 도시에서 무슨 일이 벌어지는지 듣더니 어제저녁에 돼지를 잡았다고 합니다. 늦은 밤까지 가족 전체가 달려들어 고기를 다듬었다고 들었습니다. 그리고 저희 가족은 아그니에슈카가 꾸러미를 싸 들고 집에 돌아온 지 15분 뒤에 소시지를 받았습니다."

"어제저녁이라고?" 로예프스키가 턱을 긁었다.

"어제저녁입니다."

"그러면 즉······." 준위가 의사를 바라보았다.

"어느 쪽으로든 해석할 수 있소." 베그네르가 미리 반박했다. "교도소 돼지가 죽었다가 다시 살아날지 말지는 도축을 해봐야 알 수 있소."

"하지만······."

"어제는 사람들이 떼 지어서 죽었다가 살아난 기억이 없는데 오늘 정문 앞에서 무슨 일이 벌어졌는지는 다들 직접 보셨잖소." 베그네르가 빈 술잔을 책상 위에 내려놓고 기대에 찬 눈으로 대위를 쳐다보았다.

"따라드리게." 오크루트니가 명령하고 이어서 말했다. "기다릴 필요 없네. 로예프스키, 브리핑 끝나고 돼지우리로 가게. 실습 교도관 두 명 데려가고. 실습생들한테 가장 작은 돼지를 고르라고 해서 예배당 뒤 산책장으로 데려가. 잔디밭에서 끌고 온 좀비들 가둬놓은 곳으로. 거기서 도축하게."

"어째서 산책장입니까?" 로예프스키가 놀랐다. "도축장에서 하면 될 텐데요."

"돼지가 만약에 되살아나면 산책장에서는 울타리 너머로 끌고 갈 필요가 없지만 도축장은 내 기억에 창고하고 부엌 바로 옆에 있으니까." 대위가 설명했다.

"옳으신 말씀입니다……." 준위가 동의했다.

모인 사람들은 세 번째로 술잔을 부딪쳤다.

"내가 말이오." 베그네르가 마치 쑥즙이라도 마시는 듯 오만상을 찌푸리며 입을 열었다. "사람들이 많이 모이는 것에 대해서 비에드지츠키가 했던 말을 생각하고 있소. X동에 400명, 여성 사동에 120명이 있소. 그만하면 많이 모인 거 아닙니까?"

"많죠." 대위가 동의했다. "하지만 그렇게 해야 하오. 최소한 하루이틀 정도는 말이오. 그 외에는 달리 사람들을 수용할 곳이 없소."

"알아요, 압니다." 베그네르가 고개를 끄덕였다. "바로 그래서 걱정이 되는 거요. 만약에 누가 죽으면 아주 큰 문제가 생길 테니."

"어째서 누가 죽습니까?" 로예프스키가 깜짝 놀랐다.

"왜냐하면 사람은 죽기도 하니까." 의사가 차분하게 대답했다. "심장마비, 뇌내출혈, 심지어 생선 가시가 목에 걸려도 사람은 죽을 수 있소. 여기 감방 안에 노인이나 기저질환자가 수십 명이나 있어도 우리가 전혀 모를 수 있다는 걸 잊지 마시오. 전혀 아무것도 모를 수도 있단 말이오. 그중 한 명이라도 몸이 약해지면……." 의사가 끝까지 말하지 않아도 사동 어딘가에서 이렇게 사람이 많이 모여 있는 가운데 좀비가 나타나면 어떤 지옥이 펼쳐질지 모두 완벽하게 이해했다.

로예프스키가 잠시 생각한 뒤에 제안했다.

"위급 상황에서 행동 요령을 사람들한테 알려주면……."

"생존자 거의 대부분은 군경이 아니고 여성과 아이들이네." 오크루트니가 당장 그의 말을 막았다. "하루 정도는 우리가 통제할 수 있을지 몰라도 한밤중에 무슨 일이 생겨서 깨면 분명히 다들 패닉에 빠질 거야. 가장 안전한 탈출로를 찾는 대신 우왕좌왕할 거고, 그러다 밟히는 사람은 모두 다……." 대위는 생각만으로도 몸을 떨었다. "예배당 아래에서 여자들이 어떻게 했는지 기억 안 나? 무서워서 굳어지지 않았다면 좀비들이 잔디밭을 가로막기 전에 다들 도망쳤을 걸세. 어쩔 줄 모르는 사이에 함정에 빠진 거야. X동 남자들이라도 상황은 똑같이 나빠질 거야. 더 나빠질지도 모르지, 그건 확실해."

"그러면 통로를 모두 잠글 수도 있습니다." 지우코프스카가 소심하게 제안했다.

"그게 무슨 소용이 있나?" 로예프스키가 고개를 저으며 물었다. "그러면 그때부터 사람들이 죽을 텐데."

지우코프스카는 풀이 죽었다. 깊이 생각하지 않고 말한 것이다. 통로 철문을 닫으면 계단으로의 접근이 차단되지만 그래도 사람들은 위층에서 안전그물로 뛰어내릴 수 있었다. 한두 명이라면 가벼운 부상으로 끝나겠지만 여러 사람이 그렇게 정신을 놓고 뛰어내린다면……. 그녀는 공포에 질린 엄마들이 안전그물로 아이들을 내던지는 광경을 상상하고 창백해졌다.

"그러면 어떻게 합니까?" 지우코프스카가 걱정스럽게 물었다.

"비에드지츠키의 제안을 진지하게 고려해 볼 가치가 있다고 생각합니다." 베그네르가 말했다. "문을 잠그라는 얘기 말입니다."

"여긴 감옥이오." 그 말에 대위가 재미있어하며 대답했다. "감방을 안에서 잠글 방법은 없소."

"나도 압니다!" 베그네르가 비난하는 눈초리로 대위를 쏘아보았다. "하지만 바깥에선 잠글 수 있잖아요."

"우리 가족을 범죄자처럼 가둬두란 말입니까?" 로예프스키가 웃었다. "그런 일은 절대로 없을 거라는 사실은 말씀드릴 필요도 없지 말입니다."

"어째서?" 베그네르가 놀랐다.

"왜냐하면 자유로운 사람들이니까 말입니다. 제정신이라면 절대로 아무도 수형자처럼 대해서는 안 됩니다!" 준위가 언성을 높였다. "선생님이라면 감방에 갇혀 있겠습니까?"

"방금 라디오에서 들은 얘기와 예배당 아래에서 본 걸 생각하면 난 바로 동의하겠소." 의사가 확고하게 대답했다. "물론 하룻밤이라면 말이오."

"낮에는 어떡합니까?" 로예프스키는 물러서지 않았다.

"낮에는 사람들에게 최대한 자유를 주어야 합니다. 야외에 나가게 하세요. 아니면 나머지 사동들을 거주용으로 바꾸는 일을 하게 두든가. 그러면 밤새 갇혀 있었던 경험의 부정적인 효과가 상쇄될 거요."

"흠……." 대위는 주의 깊게 의사를 쳐다보았다. "비에드지츠키가 종일 방송한다고 했지, 맞나?" 그는 지우코프스카를 보며 물었다.

"예. 24시간 계속합니다."

"그걸 우리 내부 방송망을 통해서 다시 내보낼 수는 없나?" 이제 대위는 로예프스키를 바라보고 있었다.

"가능합니다." 준위가 조심스럽게 대답했다. "하지만 그러려면 발전기를 돌려야 합니다."

"그러면 돼지 문제가 해결되는 대로 발전기 켜게. 위기센터 통신을 한 세 번 되풀이하기로 하지. 그런 뒤에 모두의 안전을 위해서 밤에는 내내 감방 문을 잠가야만 한다고 우리 방송망을 통해서 알리도록 하게."

20

1963년 8월 10일 토요일 11시 47분
트램 차고지 2호, 스워비안스카 거리 16-30번지

파비안 스프리하는 느긋하게 풀잎을 씹고 있었다. 구조된 여성들의 관대함을 이용해서 밥은 배부르게 먹었고 생수도 손 닿는 곳에 있었으므로, 아침부터 거의 완벽하게 인적이 없는 도시를 녹여 버릴 듯이 내리쬐는 불볕더위도 아랑곳하지 않았다. 해는 정점에 솟아 있었고 푸른 하늘에 구름 한 점 없었으나 여기, 달아오른 타르 냄새가 풍기는 지붕 위에서조차 스프리하는 아늑한 은신처를 쉽게 찾아냈다. 망을 보던 야니체크를 쫓아내고 조명등 시설 아래 그늘진 자리에 방금 배를 깔고 엎드린 것이다.

그는 울타리와 드문드문 솟아난 어린 포플러나무들 너머를 눈으로 훑었다. 지금 당장은 아무런 불만도 없었다. 그가 아침에 뚫고 들어가는 데 성공한 주택은 어느 회사 소유의 사원용 병원이라 스프리하는 매우 기뻤다. 특히 그 안에 의약품이 아주 잘 구비된 작은 의무실이 있어서 스프리하는—눈을 감고 손가락 끝으로 철제 서랍에 정리돼 있는 의료 도구들을 만지면서—아주 편안하고 아늑해졌다. 자기 집처럼 편한 게 아니라 강가의 인적 드문 곳에 있는 벙커 안에 온 것 같았는데, 그는 마지막 피해자들을 주로 그 벙커로 데려가 그들의 고통을 한껏 즐긴 뒤에 신선한 고기와 따뜻하고 달콤하고 꿀처럼 진한 피를 맛보았던 것이다…….

지금은 닿을 수 없게 된 쾌락을 회상하자 기분 좋은 소름이 끼쳤다. 감염병이 폭발하면서 스프리하는 이 호화로운 음식을 맛볼 수 없게 되었을 뿐 아니라, 오랜 시간 피해자를 고문하면서 피해 여성의 공포와 무엇보다도 고통스러워하는 모습을 한껏 즐길 때 느끼는 최상의 환희를 경험할 길도 함께 잃어버렸다. 이제 다시는 눈앞에서 죽어가는 여자의 허파 속에서 마지막 숨을 끌어낼 기회가 없을 것이다. 이제 다시는 가죽을 벗긴, 체액과 피로 끈끈하고 극한의 괴로움에 떠는 몸을 껴안고, 생물과 시체를 갈라놓는 그 죽음 직전의 섬세한 떨림을 느낄 수도 없을 것이다…….

이전의 즐거움에서 그에게 남은 것은—언젠가 다시 위험을 무릅쓰고 용기를 낸다면—단 한 가지, 가죽을 벗기는 것뿐이지만 그것조차 그가 이제까지 익숙해진 종류와는 확실히 다를 것이었다. 지금 스프리하는 이전에 선택했던 여자들 몇몇은 그로서는 절망스럽게도 너무 빨리 죽어버렸다는 사실을 기억하고 운명을 시험하지 않는 쪽을 택했다. 최소한 세 명이 팔 가죽을 다 벗기기도 전에 고리에 걸린 채 죽어버렸다. 한 명은…… 몸집이 꽤 커 보였는데도 첫 번째 칼질을 다 마치기도 전에 세게 불어 끈 촛불처럼 스러져 버렸다.

지금 와서는 희생자의 피부를 갑자기 벗겨냈을 때 평범하게 기절할지, 아니면 그것이 치명적인 변신의 원인이 되어 시체를 무심코 단 한 번 만진 것만으로도 희생자와 운명을 같이하게 될지 대체 어떻게 구분한단 말인가?

"대장, 들어보시오!"

방화범 야니체크의 엄숙한 속삭임 때문에 스프리하는 회상에서 깨어났다. 그는 야니체크가 가리키는 방향으로 가느다란 나무들과 오래된 울타리 너머를 바라보았다. 야니체크는 잃어버린 삶의 의미를 곱씹어 볼 필요가 없었으므로 명령받은 대로 주의 깊게 거리를 살피고 있었다. 아래쪽에서 상황이 변하기 시작했다는 걸 눈치챈 순간 야니체크는 지붕 위의 스프리하를 불렀고 그때부터 둘은 같이 사건의 진행을 지켜보았다.

좀비들은 이제 호송트럭 네 대 중 두 번째 트럭 주변에만 몰려 있었다. 앞에서 세 번째 트럭은 스프리하가 파수꾼을 세우기 전부터 내버려두었는데 그 트럭에서는 이미 오래전부터 아무 소리도 들리지 않았다. 안에 있던 수형자 중 누군가 죽었거나 아니면 절박해진 동료들에게 살해당해 좀비로 변했고, 그래서 학살이 일어나 스무 명이 전부 비극적인 죽음을 맞이했음을 암시했다.

대략 오전 11시 30분경 거리 쪽에서는 전부터 들려오던 신음 소리 외에도 선두의 호송트럭에서 억눌린 비명이 울려 퍼졌다. 바로 이 때문에 파수꾼이 놀라서 자칭 '대장'을 불러오게 된 것이다. 그러나 스프리하가 지붕 위로 올라가기 전에 좀비들이 그 첫 번째 트럭도 버려두고 이제는 잠재적인 마지막 희생물의 기척이 느껴지는 낡은 트럭 주변을 둘러싸고 빽빽이 모여 서 있었다.

스프리하는 구름 없는 하늘을 바라보았다. 이런 불볕더위 속에 야외에서 버티기란 쉽지 않았고 그것도 달아오른 쇠 상자 속에서는 더욱 견디기 어려울 것이다. 그러므로 그는 호송트럭 속에 갇힌 수형자들이 여전히 숨 쉬고 있다는 게 놀라웠다. 그의 소박한 의견으로는 저치들은 이미 한 시간 전에 숨이 넘어갔어야 했다. 그러나 보아하니 다들 꽤나 강인한 모양이다. 고통을 질질 끌면서 자기 자신뿐 아니라 스프리하의 삶까지도 복잡하게 만들고 있다.

"대장, 저기 보시오!" 야니체크가 말 없는 좀비 떼가 모여 선 곳의 가장자리를 가리켰다.

스프리하는 트럭 옆면을 향해 양팔을 뻗은 회색 형체들을 열심히 살펴보았다.

"어디?"

"저기 말이오, 운전석 앞에."

"거긴 시발 왜?"

"저거 대장이 말했던 그놈 아니오? 좀비들이 내장을 전부 찢어 버렸다던."

스프리하는 광목으로 만든 죄수복을 입은 익숙한 형체를 무리 중에서 찾아냈다. '그래, 저거 분명히 부갈스키야. 그렇지만······.' 그는 좀 더 주의 깊게 바라보며 좀비들이 발이 걸려 휘청거리고 몸을 기울일 때까지 기다렸다.

"아냐······."

해진 셔츠가 이제 부갈스키의 몸통을 드러냈지만, 가슴팍부터 사타구니까지 찢어진 게 아니라 울퉁불퉁하게 부어올라 마치 누군가 부갈스키의 창자를 아무렇게나 몸 안에 쑤셔 넣고 풀로 대충 붙여놓은 것 같았다.

"맞아요, 대장. 부갈스키예요." 야니체크는 스프리하가 이 순간 무슨 생각을 하는지 전혀 모르는 채로 고집스럽게 반복했다.

"그렇군." 스프리하가 내뱉었다.

"그런데 다친 데가 없어요."

"그것도 알아."

"그러면 아마 대장이 잘못 봐서 부갈스키가······."

"잘못 본 적 없어!" 극도로 짜증 난 스프리하가 언성을 높여 야니체크의 말을 끊었다.

"하지만……."

"그럼 네가 저기 가서 부갈스키한테 누가 그렇게 예쁘게 상처를 붙여줬는지 이름과 주소 알려달라고 부탁할래?"

"아뇨, 그건 싫어요……." 야니체크가 단호하게 고개를 저으며 대답했다.

"그럼 입 닥치고 그 얘긴 다시 꺼내지 마."

침묵이 흘렀다. 스프리하는 아직 산 사람들이 들어 있는 마지막 호송트럭을 다시 관찰하기 시작했다. 이제 더 이상 아무도 창밖으로 손을 내밀지 않았다. 도움을 청하는 비명도 이미 오래전에 불분명하고 거의 들리지 않는 신음으로 변했지만, 햇볕에 수십 도나 달아올라 화덕으로 변했을 트럭 짐칸 안에서 아직 아무도 숨이 끊어지지는 않은 것 같았다.

'얼마나 더 오래 갈까? 잘 모르겠지만 앞 차에 탔던 놈들을 생각하면 별로 오래 걸리지는 않겠지. 몇 분, 어쩌면 15분 정도. 확실히 한 시간까진 안 걸릴 거야…….' 누군가 온몸으로 잠긴 철문에 부딪치는 듯 둔탁한 충격음이 거리 쪽에서 들려와 스프리하는 몸을 떨었다. 호송트럭 차체가 한 번, 그리고 두 번 흔들렸다. 갑자기 누군가 앞 창문에 입을 갖다 댔다. 꿰뚫는 듯한 외침이 중간에 끊어졌다―그것이 그들의 귀에 들린 마지막 의미 있는 소리였다. 스위비안스카 거리에 죽은 듯한 정적이 내려앉았다.

좀비들은 차례로 손을 내리고 이제는 트럭 차체를 더 이상 할퀴지 않았지만 물러나지도 않았다. 삶의 목표, 혹은 뭐가 됐든 현재 그 상태의 목표를 잃은 듯이 그저 가만히 있을 뿐이었다. 다만 무리의 가장자리에 있던 몇몇만이 멀어지기 시작했는데 그마저도 몇 걸음 이상은 나아가지 않았다.

"설마 저들도……?" 야니체크가 갈라지는 목소리로 물었다.

"그래." 스프리하가 내뱉었다. "이미 끝났어. 차라리 다행이지. 드디어 우리 계획을 실행에 옮길 수 있게 됐어."

"그럼 대장이 짜낸 그 계획은 전에는 실행할 수 없었소?" 야니체크가 그를 쳐다보았다. "그랬으면 멀쩡한 사람들을 잔뜩 구해냈을 텐데."

"그럴 순 없었네." 스프리하가 잠시 궁리한 뒤에 대답했다. "지금 조건에서도 절대로 만만하지 않다는 걸 자네도 곧 알게 될 거야. 차 안에 산 사람이 하나라도 남아 있었다면 일평생 기다려도 저 좀비들이 차고지 앞에서 움직이지 않았을 거야. 몇 명 정도는 꼬여낼 수 있었겠지만 나머지는 전부 다 저 호송트럭들에 머릿니처럼 덕지덕지 달라붙어 있었을걸."

"그건 아마 그렇겠죠."

"좀비들한테서 눈을 떼지 마." 스프리하가 지시했다. "우리 동료들이 이젠 저들의 주의를 끌어주지 않으니까 바퀴 달린 통조림을 들여다보는 것보다 더 재미있는 일을 찾아다닐 수도 있어. 신호 기억하나?" 그가 확인했다.

"물론이죠, 대장."

"좋아. 그러면 여자들을 깨울 때가 됐군."

* * *

그는 트램 계단의 시원한 그늘에 앉아 지엘린스카가 감사의 표시로 마친스키에게 주었지만 그가 도로 뺏은 사과를 깎고 있었다.

지붕에서 내려오자마자 스프리하는 부하들에게 예의 바르게, 그러나 단호하게 명령했다. 그들이 구조한 여성들 모두, 그리고 그 전에 이미 의무실이 있는 주택에 두 아이와 함께 몸을 숨긴 비치아코바라는 여성을 불러오라고. 그 자신은 갓 새로 페인트칠한 트램 안에 문을 활짝 열고 편하게 앉아서 부하들이 명령대로 수행할 때까지 참을성 있게 기다렸다. 5분 이상 걸리지는 않았다. 여성들이 모두 왔으며 아이들은 병원용 주택에서 수이카와 즈고젤스키에게 맡겨두었다. 왜냐하면 스프리하가 이 둘을 끝까지 믿지 않았기 때문이다. 여자들은 어떻게 자신들을 구해준 사람이 보자는데 거절할 수 있겠는가. 게다가 무슨 일인지 궁금하기도 했을 것이다.

"존경하는 숙녀 여러분." 스프리하가 과즙 풍부한 사과 조각을 또 하나 잘라서 씹어 삼킨 뒤에 말하기 시작했다. "전에도 말씀드렸지만 또 한 가지 아주 커다란 부탁을 드리고 싶습니다. 여러분도 아시다시피 이 차고지는 충분하게 보호되지 않습니다. 옆집 마친스키 씨와 기억에 남을 그 대화를 할 때에 이 사실을 명백하게 설명했습니다. 오늘 아침에 알게 되었는데 크렝타 거리 쪽 출구에는 아주 단단한 철문이 있어서 사실 그렇게까지 나쁘진 않지만, 앞문은 여전히 문제입니다." 그는 방금 깎아낸 사과 조각으로 트램들 너머 보이는 어린 포플러나무 꼭대기와 검은 석조건물들을 가리켰다. "이유는 모르겠습니다만 저쪽 입구 하나가 열려 있습니다. 그리고 바로 그 건너편에 지금 저 저주받을 좀비들이 수백 명, 아니 그 이상 몰려 있습니다." 스프리하는 말을 멈추고 사과를 한 입 베어 물었다. "우리가 여기 계속 있으려면 그 앞문을 어떻게든 해야 합니다." 그가 입에 사과를 가득 문 채로 덧붙였다.

그는 여자들이 고개를 끄덕이는 것을 보고 미소 지었다. 여자들은 푹 쉬고 몸을 씻고 옷도 갈아입었다. 걸어 다니는 죽음의 손아귀에서 기적적으로 도망쳐 나온 겁에 질린 상처투성이 도망자의 모습은 흔적조차 없었다.

"어떻게 하실 건가요, 스프리하 씨?" 이전 활동에 참여하지 않았던 위엄 있는 여성 한 명이 물었다.

"곧 그 얘기를 할 겁니다, 우르슐라 씨." 스프리하가 환하게 미소 지으며 장담했다. "잠깐 이것부터 삼키고요." 여자들은 웃음을 터뜨렸지만, 그의 속셈을 감지하기 시작한 듯 조금 불안해 보였다. "우리가 할 수 있는 일은 하나뿐입니다." 스프리하는 입술에 묻은 사과즙을 핥은 뒤 선언했다. "놈들을 입구에서 최대한 먼 곳으로 끌어내야 합니다."

"끌어내다니 어떻게요?" 우르슐라가 다시 물었다.

"어떻게 하냐면요…… 누군가 거리로 나가서 저 짐승들의 이목을 끌어 놈들을 광장이나 옆 골목으로 유인해야 합니다. 그 골목 끝이 차고지로 바로 이어집니다."

"세상에!" 지엘린스카가 비명을 질렀다. "그건 거의 자살행위잖아요!"

"저도 그렇게 생각합니다." 스프리하가 좀 더 진지하게 동의했다.

"거기 가시면 안 돼요!" 요안나 클리메츠카가 백지장처럼 창백해지며 말했다.

"언제나 그렇듯이 클리메츠카 씨가 옳습니다." 스프리하는 또 사과를 깨물며 말했다.

"하지만……" 우르슐라의 얼굴에 근심스러운 표정이 나타났다.

"저희가 밖으로 나갈 수 없어서 제가 이런 생각을 해봤는데요……." 스프리하가 한순간 목소리를 낮추었다. "저희한테 신세 지신 게 있으니까, 여러분이 좀 해주셨으면 합니다. 존경하는 숙녀분들."

여자들 모두 순식간에 침묵했다. 자기 귀를 믿을 수 없다는 듯 스프리하를 쳐다볼 뿐이었다.

"저희가요?" 지엘린스카가 뒤에 서 있는 남자들을 불안하게 돌아보며 속삭이듯 물었다. "저희가 어떻게요?"

"평범하게요." 스프리하는 한 번 더 깨물 만한 곳을 찾아 사과를 들여다보았으나 찾지 못하자 사과 심을 땅에 버렸다. "두 명씩 짝지어 차례로 나가서 거리가 충분히 빌 때까지 놈들을 유인해 주시면 저희가 가서 호송트럭을 몰아 그걸로 앞문을 막으면 되지요."

"이거 농담인가요?" 오른쪽 끝에 서 있던 에바 샬라-동브로프스카가 불쑥 물었다.

"농담이라뇨, 무슨 말씀을." 스프리하는 앉아 있던 계단에서 벌떡 일어섰다. "바로 그런 목적으로 이 차고지에 여러분을 들여놓은 건데요."

"제정신이 아니군요!" 지엘린스카가 소리쳤다.

"어째서 그렇게 생각하시죠?" 스프리하는 마치 공격받아서 상처 입었다는 듯한 표정을 지었다. "이것이 어쨌든 우리 은신처의 안전을 확보할 유일한 방법이고, 우르슐라 씨가 아까 현명하게 말씀하셨듯이 거리에 나가는 건 확실히 자살행위니까요."

"안 돼, 안 돼요. 이건 뭔가 장난일 거예요……." 창백한 얼굴의 도로타 린스카-즈워흐가 중얼거렸다.

"린스카-즈워흐, 저는 아주 진지하다는 걸 확실히 말씀드립니다."

여자들은 다시 한번 그대로 굳어졌으나 한순간뿐이었다. 다음 순간 모두 신호라도 받은 듯 몸을 돌렸다. 그리고 즉시 말 없는 남자들의 벽에 부딪쳤는데, 남자들의 얼굴은 웃음 짓는 스프리하와는 달리 어떤 착각의 여지도 남기지 않았다. 그래서 여자들은 어떻게 해야 할지 모르는 채 그대로 서 있었고, 잠시 후에 커다란 웃음소리가 울려 퍼졌다.

비치아코바가 굉장한 농담을 들은 듯 눈에 눈물까지 글썽거리며 깔깔 웃고 있었다.

"참 위대한 구원자시네, 이 멍청한 년들!" 비치아코바가 잠시 후에 목쉰 소리로 말했다. "마친스키 씨가 너희들 들여보내지 말라고 했을 때 그 말을 들었어야 했는데. 나도 그 말을 안 들었으니. 그리고 댁 말인데." 비치아코바는 손가락으로 스프리하를 가리켰다. "댁은 절대로 철도 근무자가 아냐. 철도 직원들은 남색 작업복을 입는데 당신이 입은 회색 옷은 죄수복 같다고."

"브라보!" 스프리하가 환하게 웃으며 박수를 보냈다. "하지만 비치아코바 씨도 제가 이 연극을 아주 훌륭하게 해냈다는 건 인정하시겠죠. 우리 같은 놈들하고는 말도 섞지 않았을 테지만 눈앞에 무슨 고전 비극에나 나올 법한 공포와 절망의 광경을 맞닥뜨리니까……." 스프리하는 웃음을 터뜨렸지만 비치아코바만큼 큰 소리로 웃지는 않았다. "아시겠습니까, 존경하는 숙녀 여러분. 저는 잠재적인 적보다 항상 두 걸음, 심지어 세 걸음 앞서 나가려고 노력합니다. 그러니까 아직 살아 있는 거죠."

"저 울타리 밖으로 날 내보낼 방법은 없어요!" 지엘린스카가 그의 발밑에 침을 뱉으며 새된 소리로 외쳤다. "없다고요! 달군 쇠로 지지거나 날 갈갈이 찢는다고 해도……."

"아무도 댁한테 손가락 하나 대지 않아요, 조그만 날파리 씨." 스프리하가 한 손을 심장에 얹으며 달콤한 미소를 짓고 그녀를 안심시켰다. "스스로 나가게 될 테니까. 내가 시키는 건 뭐든지 다 하게 될 거요."

"대체 어떻게 그렇게 하겠다는 거예요?" 지엘린스카는 양손을 가슴에 모으고 오만하게 고개를 쳐들었다.

"쉽죠." 스프리하가 차분하고 상냥한 어조로 대답했다. "거부하는 사람은 저 괴물들이 자기 아이를 찢어 죽이는 모습을 보게 될 거고, 그다음에는 아이들과 같은 운명이 될 테니까."

그러자 또다시 여성들이 전부 그를 쳐다보았다. 믿을 수 없다는 듯, 겁에 질려, 분노에 찬 눈으로. 스프리하는 여자들의 눈을 보고 준비되었다는 사실을 알고 고개를 끄덕여 부하들에게 미리 정해둔 신호를 보냈다. 일당은 여성들이 미처 꼼짝도 하기 전에 제압했다. 뒤에서 붙잡아 팔을 비틀었고 다른 누군가가 발로 차거나 칼로 위협했다. 스프리하는 비명과 욕설이 잦아들 때까지 기다려야 했다. 여성들은 자기보다 훨씬 힘이 센 범죄자들에게 붙잡혀 더 이상 아무것도 시도할 수 없었다.

"이 썩어빠진 쓰레기 새끼야! 너도 오랫동안 고통스럽게 뒈져라!" 지엘린스카가 야쿠자의 강철 같은 팔에 붙잡혀서도 목쉰 소리로 외쳤다. "이 개······."

스프리하가 신호하자 울피크는 주먹을 써서 지엘린스카의 연설에 종지부를 찍었다. 스프리하는 미리 부하들에게, 완력을 써야 하는 상황이 된다면 힘을 조절해야 한다고 일러두었다. 이 여성들은 의식이 없거나 장애를 가진 상태가 아니라 온전하고 건강해야만 그에게 쓸모가 있었다. 지엘린스카는 정면으로 주먹을 맞고 휘청거리다가 방금 붕대를 감은 무릎을 바닥에 대고 쓰러졌지만 기절하지는 않았다. 울피크가 당장 지엘린스카의 목을 움켜쥐었지만 힘주어 붙잡은 손으로 지엘린스카를 바닥에서 일으켜 세웠다.

"아직 제 말 다 안 끝났습니다……." 스프리하가 지엘린스카 앞에 쭈그리고 앉았다. "말을 안 들으면 어떤 벌을 받게 되는지 제가 이렇게 흉한 방식으로 보여드릴 수밖에 없었지만 잘 생각하세요, 존경하는 여러분. 말 잘 들으면 상도 있습니다! 명령대로 잘 수행하고 살아남는 사람은 아이들을 데리고 여기서 나가도 됩니다. 약속하지요!" 스프리하는 다시 손을 심장에 댔다.

"거짓말이지, 사기꾼!" 클리메츠카가 흐느꼈다.

"이게 거짓말이면 저는 몇 날 며칠이고 고통 속에 죽어가도 좋습니다." 스프리하는 완전히 진지한 표정을 유지하며 대답했다. 그리고 다음 순간 그는 기운차게 일어섰다. "수다 떠는 건 이 정도로 하죠. 일 시작합시다. 첫 순서로 에바 씨가 가도록 하죠." 그는 에바 시아라-산프루흐를 가리켰다. "그리고오……." 스프리하는 그 다음 순서를 누구로 정할지 궁리하는 양 목소리를 낮추었다. "그 뒤에는 제가 사랑하는 우르슐라 씨가 가시도록 하죠."

그는 자기 생각에 살아남을 가능성이 가장 낮은 여자들을 가리켰다. 일의 난이도는 시도할 때마다 올라갈 것이고 그러므로 가장 강한 여자들은 끝까지 남겨두는 쪽이 나았다.

"안 돼요, 제발, 안 돼요!" 지명된 여자들은 몸부림치고 빠져나가려 했으나 그젤라크와 슈치그워 같은 우락부락한 자들과 맞서 이길 수는 없었다.

그들은 여자들을 앞쪽 경비원실 옆 출입구로 끌고 갔는데, 그곳은 스프리하가 마친스키에게 뺏은 열쇠로 이제 열 수 있었다. 나머지 여자들은 묶어서 트램 차량 한곳에 몰아넣었다. 그곳에서 여자들은 먼저 나간 동료들이 어떻게 되는지, 스프리하 작전의 최소한 첫 부분은 지켜볼 수 있었다. 나머지 남자들은—여자들을 지키는 울피크와, 여전히 몸 상태가 좋지 않은 마그지아레크를 제외하고—더 잘 보기 위해서 트램 지붕 위로 기어 올라갔다.

스프리하는 자신에게 선택받고 우는, 첫눈에 마치 자매처럼 보이는 여자들 앞에 섰다. 두 여자 모두 머리가 짧고 체격이 좋았고, 스프리하의 마지막 지시를 듣게 하기 위해서 그젤라크와 슈치그워가 억지로 꿇어앉히자 둘 다 똑같이 크게 소리치며 울었다.

"두 분이 할 일은 저 이름 모를, 알고 싶지도 않은 옆 골목으로 좀비들을 최대한 많이 끌어들이는 것입니다." 스프리하는 모서리의 석조 아파트 건물들 사이 빈 공간을 가리켰다. "광장 쪽도 아니고 기차역 쪽도 아니고 오로지 저쪽입니다. 잘 알아들으셨죠?" 여자들이 대답하지 않자, 그는 나머지 부하들이 뭘 하는지 확인이라도 하려는 듯 잠시 몸을 돌렸다. 이것은 미리 정해둔 신호였다. 그가 그젤라크와 슈치그워를 고른 이유는 이 둘이 만약 필요한 경우에 여성들을 가장 효과적으로 겁줄 수 있기 때문이었다. 그러면서 둘은 또한 스프리하를 아주 무서워했고, 그래서 스프리하는 이 둘이 자신이 허락하는 것 외에 지나친 행동을 하지 않으리라 완전히 확신했다. 그의 예상은 틀리지 않았다. 둘은 여자들을 세게 때렸지만 그저 멍을 남길 정도였다. "잘 알아들으셨죠?" 그는 두 여자의 얼굴에 점차 진하게 물드는 폭행의 흔적을 무심하게 들여다보며 다시 물었다.

"네……." 여자들은 차례로 속삭이듯 대답했다.

"아주 좋습니다. 사랑스러운 숙녀분들께 유용한 조언을 해드리죠. 보도 오른쪽에 붙어 계셔야 나중에 오시는 여자분들이 만약의 경우에도 살아남을 확률이 높아집니다. 아시겠습니까?"

"네……."

"훌륭합니다. 그러면 이제 거리로 나가시지요!"

그가 고개를 끄덕이자 두 여자는 출입문 밖으로 밀려났다. 출입문이 여자들의 등 뒤로 닫히면서 너무 큰 소리를 내서 사방을 둘러싼 침묵 속에 문 닫히는 소리가 마치 총소리처럼 울려 퍼졌다.

"딴생각은 하지도 마세요." 스프리하는 우르슐라가 등 뒤로 이제 거의 텅 빈 광장 쪽을 돌아보는 모습을 보고 덧붙였다. "뭐든 수상쩍은 행동을 하시면 캉가세이루가 애새끼들을 여기로 끌고 올 겁니다. 그러면 우리가 애들을 울타리에 묶어서 저 짐승들을 이쪽으로 꼬이는 데 쓰겠지요……." 그는 그 장면이 여자들의 머릿속에 들어박히도록 목소리를 낮추었다. 여자들은 차고지 건물에서 나온 마그지아레크를 비로소 처음 보았다. 그의 일그러진 얼굴만으로도 여자들이 남은 희망을 완전히 버리게 하기에 충분했다. "어느 편이 나을지 잘 생각해 보십시오. 가장 소중한 생명을 구하기 위해 희생하는 쪽일까요, 내 배로 낳은 아이들을 잔혹한 죽음으로 몰아넣었다는 사실을 알면서 죽는 쪽일까요?"

이렇게 말하고 스프리하는 부하들과 함께 트램 근처까지 물러났다. 만약 무슨 일이 생겼을 때 좀비들의 주의를 끌지 않기 위해서였다. 좀비들의 행동을 관찰하면서 그는 사람이 몇 미터 거리에 접근했을 때—앞이든 옆이든 뒤든 방향은 관계없이—비로소 좀비들이 반응하기 시작한다는 사실을 알아챘기 때문이다. 그는 몇 번 실험도 해봤는데, 큰 소리를 내거나 여러 가지 물건을 던지거나 심지어 좀비들의 시야에 들어갈 만한 곳에 서 있기도 했지만 결론은 한 가지뿐이었다. 감염자—라기보다는 실질적으로 걸어다니는 시체인 저 좀비들은 눈이 보이지 않고 소리를 듣지도 못하며 고통을 느끼지도 않는다. 다만 알 수 없는 방법으로 생명을 가진 모든 것의 존재를 느낄 뿐이다. 스프리하는 바로 이런 결론을 바탕으로 계획을 세운 것이다.

"캉가세이루!" 그는 울타리에 난 출입문 옆에 여전히 서 있는 여자들에게서 시선을 떼지 않고 불렀다. "저것들이 앞으로 5초 안에 움직이지 않으면 애새끼들 이리 데려와!"

"기꺼이." 마그지아레크가 기대 서 있던 트램에서 몸을 떼며 으르렁거렸다. "데려오다 좀 망가져도 화내지 않겠지, 대장?"

"마음대로 해, 살아 있기만 하면."

이 짧은 대화를 듣자 여자들은 울면서 거리로 나아갔다. 처음에는 둘이 손을 잡고 건물 벽에 붙어서 터덜터덜 걸었다. 그러다 잠시 멈추어 서서 겁먹은 듯 차고지를 돌아보았다. 마그지아레크가 아이들을 데리러 가지나 않았는지 확인하려는 것 같았다. 마그지아레크의 두들겨 맞아 보라색으로 멍든 얼굴이 여전히 그 자리에 있는 것을 보고 여자들은 헛된 희망을 가지게 된 것 같았다. 왜냐하면 둘이 어깨를 잔뜩 웅크린 채 건물 벽을 따라서, 마치 2차 세계대전 때 폭격을 피하려던 간호사들처럼 한없이 조심스럽게 다시 걷기 시작했기 때문이다. 그리고 여자들은 모퉁이에 도달하여 잠시 스프리하의 시야에서 사라졌으나, 그가 관찰용으로 세워놓은 사다리에 한두 걸음 올라가자마자 다시 여자들의 모습이 드러났다. 두 사람은 두 번째 트럭 뒤, 막다른 골목 한가운데 서서 있는 힘껏 소리치기 시작했다.

'바보들, 좀비가 소리를 듣지 못한다는 걸 아직도 모르는군.' 그러나 잠시 후에 여자들은 이런 방법으로는 별다른 성과를 거둘 수 없다는 사실을 금방 알아챘다.

"대장, 내기하겠소?" 스프리하가 트램 지붕을 점거한 부하들과 합류했을 때 네린크가 물었다.

"내기할 일이 뭐가 있는데?"

"저 여자들 중에서 누가 먼저 잡아먹힐지 말이오." 네린크가 설명했다.

"그렇다면 나는…… 우르슐라 씨에게 걸지."

"감이 좋아. 오늘 넉넉히 딸 것 같소." 카치마레크가 웃음을 터뜨렸다.

"그건 또 왜?"

"나하고 페레크 둘만 저 두 번째 여자한테 걸었거든. 대장도 보시오." 그가 고갯짓으로 거리를 가리켰다.

두 여자는 지금 호송트럭 주변에 몰려 있는 좀비들에게 천천히 다가가는 중이었다. 그러면서 언제든 또 다른 좀비 떼가 덤벼들지 모른다는 듯 계속해서 사방을 둘러보았다. 그러나 주변은 아무 기척도 없고 거의 완전한 침묵이 깔려 있었다. 좀비들은 아무런 소리도 내지 않았는데 움직일 때 땅에 끌리며 나는 소리와 가끔 자기 발이나 보도 연석에 걸려 넘어질 때 나는 쿵 소리만은 예외였다.

갑자기 에바가 멈춰 서서 우르슐라의 손을 붙잡아 뒤쪽으로 잡아당겼다.

"뭐 하는 거야, 저 굼벵이가!" 그젤라크가 고함쳤다. "애새끼들도 같이 내던져 달라는 거야?!"

다른 남자들의 웃음소리가 그 말에 화답했지만, 에바는 그 말을 못 들었거나 아니면 그의 위협을 한 귀로 듣고 흘린 것 같았다. 에바는 몸을 빼려고 애쓰는 불운한 동료의 손을 여전히 붙잡은 채 골목 안쪽을 가리키며 뭔가 설명했다. 우르슐라는 고개를 젓고 뭔가 짧게 내뱉고는 에바가 꽉 잡은 손을 빼내 단호한 걸음으로 좀비들 쪽으로 걸어갔다.

"용감한 아줌마!" 네린크가 그젤라크를 팔꿈치로 쿡 찌르며 우르슐라를 칭찬했다. "저걸 보니 후회되지?"

"그렇게 성급하게 좋아할 거 없어." 짜증 난 그젤라크가 받아쳤다.

상황은 그가 생각한 대로 전개되지 않았다. 우르슐라가 에바보다 더 적극적이고 이 상황에서 더 결단력이 강했다. 그리고 계속 이렇게 흘러간다면 우르슐라가 더 오래 버틸 수도 있었다.

좀비들은 이미 두 여자의 존재를 감지했다. 원의 바깥에 서 있던 좀비들은 잘못 조립한 오르골 인형처럼 돌아섰다. 휘청거리며, 끊어지는 동작으로, 팔을 활짝 벌려 허공을 휘저으며. 좀비들은 한 줄씩, 한 줄씩 막다른 골목 입구로 향했다.

"멈춰…… 좀 더 버텨……." 네린크가 중얼거렸다. 나머지 남자들도 입속말로 뭔가 웅얼거렸다.

이 순간에는 스프리하도 흥분에 휩싸였다. 사형선고를 받은 여자들은 아직 그를 놀라게 할 여지가 있었다. 여자들 쪽으로 이미 서른 명이 넘는 좀비들이 흔들흔들 다가가고 있었다. '망치지 말고. 망치면…… 아니, 안 돼!' 스프리하가 그렇게 생각한 순간 두 여자 모두 한꺼번에 뒤로 물러서기 시작했다. 잠시 후에 둘은 달려 도망쳤다. 짐도 들지 않고 아이들도 없으니 여자들은 휘청거리는 좀비들보다 훨씬 빨랐고 그래서 어렵지 않게 추적에서 벗어날 수 있었다. 좀비들은 처음에는 팔을 내리고 그다음에는 다시 멈추어 섰다. 단지 좀비 두 명만 계속 휘청거리며 걸어갔는데, 아마 관성의 힘인 것 같았다.

"당장 저기로 돌아가!" 스프리하가 양손을 입에 대고 고함쳤다. "안 그러면……." 그는 오른손으로 단독주택을 가리켰다.

여자들은 그의 말을 듣고 지시에 따랐지만 이번에는 두 여자의 접근법이 효과를 거두지 못했다. 좀비들이 골목 안에 한꺼번에 모여 있지 않았기 때문에 여자들은 처음에 시도했을 때처럼 많은 좀비를 끌어낼 수가 없었다. '그래도 괜찮아.' 스프리하는 남은 여자들을 강제로 내보내는 데 성공하면 앞으로 미끼가 다섯 명, 최대 여덟 명이나 남아 있다는 사실을 떠올리며 이렇게 생각했다.

그 사이에 좀비들은 추격을 시작했다. 에바와 우르슐라는 신경이 곤두서고 공포에 질린 와중에도 스프리하의 지시를 기억했다. 두 여자는 뒤쫓아오는 좀비들을 오른쪽 보도로 유인했고, 여자들이 교차로에서 멀어질수록 차로에는 더 많은 공간이 비었다.

"저거 대장도 보고 있소?" 네린크가 믿을 수 없다는 듯 고개를 저었다. "어쩌면 저……."

막다른 골목이 갑자기 소란스러워져서 그는 말하다 말고 멈추었다. 두 여자 모두 총탄 자국이 흉터처럼 그어진 거무스름한 석조건물 벽을 따라 물러서다가 갑자기 펄쩍 뛰었는데, 마치 스프리하보다도 더 사악한 악마라도 본 것 같았다. 석조건물에 더 가까이 있던 우르슐라가 에바와 맞부딪쳤고 에바는 도망치려고 몸부림치다가 골목 한가운데에서 굴렀다. 그러나 도망칠 기회는 전혀 없었다. 우르슐라는 보도 위에 쓰러진 에바의 팔에 걸려 그대로 넘어졌다. 그와 동시에 그 소란의 원인이 무엇인지 분명해졌다. 두 여자가 지나온 아파트 건물 철문에서 휘청거리는 걸음으로 어린 소녀가 걸어 나왔는데, 아무리 봐도 열 살이 안되어 보였다. 땋아 내린 금발 머리 한쪽이 다른 쪽보다 훨씬 낮게 매달려 있었고—뜯어진 두피 조각과 함께 늘어져 있었던 것이다—원피스 앞쪽은 거의 전체가 말라붙은 피에 덮여 있었다.

에바는 소녀를 보지 못했다. 그대로 일어서려고 양손으로 보도 포석을 짚었다. 죽은 아이가 마치 사랑하는 엄마를 껴안는 딸처럼 달라붙었을 때 에바는 그저 가느다란 비명을 질렀을 뿐이었다. 그러나 이 경우에 그것은 사랑의 포옹이 아니었다. 단 몇 초가 지나자 건강하고 체격 좋은 여성은 바람 빠진 풍선처럼 얼굴을 땅에 부딪치며 쓰러졌다.

"저거 보고 무슨 할 말 없소?" 카치마레크가 승리를 기뻐하며 웃음을 터뜨렸다.

"대장!" 네린크가 손가락으로 거리를 가리켰다.

스프리하는 울타리 너머를 바라보았다. 우르슐라는 유인해 낸 좀비들이 전부 자신의 기척을 눈치채고 있는데도 아랑곳하지 않고 차도 쪽으로 달리고 있었다. 우르슐라와 스프리하 모두에게 다행히도 그녀는 아주 빨라서 좀비들은 그녀를 미처 추격하지 못했다.

"저건 뭐야?!" 스프리하는 우르슐라가 출입문을 두드리기 시작하자 외쳤다.

"하라는 대로 다 했잖아!" 우르슐라가 외쳤다. "들여보내 줘요!"

"다 했어? 머리가 돌았군, 이 여자가! 거리로 도로 나가서 저 짐승들을 끌어내라고, 하라는 대로!"

"이미 다 했다고요!" 우르슐라는 굽히지 않았다.

"다 했는지 아닌지는 내가 결정해, 네가 아니고!" 스프리하는 점점 화가 치솟는 것을 느끼며 내뱉었다.

"저 애가 에바를 죽였어요! 내 눈앞에서…… 들여보내 줘요! 난다 했단 말이야!"

"캉가세이루!" 스프리하가 사다리를 타고 내려오며 외쳤다.

"알았소, 대장!" 마그지아레크가 차고지 건물로 갔다.

"마지막으로 경고하는데 도로로 나가!" 스프리하는 우르슐라를 노려보았다.

우르슐라는 출입문 앞에 쓰러져서 철문 틀에 용접된 납작한 쇠막대들을 움켜쥐고 울고 있었다. 캉가세이루가 우르슐라의 아들 둘을 모두 끌고 돌아올 때까지 그녀는 움직이지 않았다. 아이들의 비명을 듣고서야 우르슐라는 몸을 일으켜 앉았다.

"더 이상 아무것도 바라지 않아요." 우르슐라가 울면서 웅얼거렸다. "그냥 우리 애들만 놔줘요. 우리가 알아서 갈 테니까 그냥 애들만 놔줘요."

스프리하는 호송트럭 주변에 몰려선 좀비들을 가리켰다.

"하던 일 마저 해!"

"하라는 대로 이미 했잖아요! 저 괴물들을 끌어냈다고요!"

"너무 적고 너무 가까워!" 스프리하가 반박했다.

"저놈들이 나도 에바처럼 죽일 거예요!" 우르슐라가 흐느꼈다.

"당장 움직이지 않으면 우리가 네 애들 죽인다." 스프리하가 위협했으나 우르슐라는 그대로 앉은 채 일어서지 않았다. "내가 허풍치는 것 같아?"

"살려주세요……."

스프리하는 돌아보지도 않고 마그지아레크에게 고갯짓했다. 아이들의 비명이 더 커졌고 트럼 안에 갇힌 여자들의 고함 소리도 들려왔다. 여자들 모두 그에게 그만하라고 애원하고 있었으나 그는 귓등으로도 듣지 않았다. 지금 그만두면 저 여자들은 아무도 시키는 대로 하지 않을 것이다. 교훈을 주어야 하는 순간이 온 것이다. 죽을 때까지 기억할 교훈이다. 곧 죽을 때까지.

"그젤라크! 슈치그위!" 그는 부하들 중 가장 힘센 두 명을 부른 뒤 열쇠를 꺼냈다.

두 남자는 우르슐라가 일어나서 피하기도 전에 밖으로 나갔다. 우르슐라의 양팔을 잡고 가장 가까운 호송트럭 쪽으로 끌고 갔다. 그리고 그들은 모여 선 좀비들에게서 20미터 이상 떨어진 곳에서 멈추었는데, 좀비들이 기척을 눈치챌 수 있는 거리보다 몇 배나 멀었지만 그곳에서 우르슐라는 아이들이 처형당하는 모습을 똑똑히 지켜볼 수 있을 것이었다. 캉가세이루는 그동안 두들겨 맞고 줄에 묶인 아이들을 출입문 바로 아래까지 끌고 갔다. 셔츠를 벗긴 아이들을 철제 출입문에 묶었는데, 이 또한 좀비들이 너무 빨리 기척을 알아채지 못하도록 일정하게 거리를 두었다. 그리고 일을 마친 뒤에 마그지아레크는 기대에 찬 듯 스프리하를 바라보았다.

우르슐라는 이 준비 과정을 보았다. 그리고 무슨 목적인지 이해했다. 그러나 두 남자의 강철 같은 손아귀에 양팔을 잡혀 있었으므로 꼼짝도 하지 못하고 그저 애원했다.

"갈게요! 갈게요! 하라는 대로 할 테니까 아이들은 놓아줘요!"

"이미 늦었지요." 스프리하가 정중한 어조로 대답했다. "경고했지만 우르슐라 씨가 들으려 하지 않았으니 이제 다른 사람들을 위한 귀감이 되셔야겠습니다."

스프리하가 한 손을 흔들었다.

마그지아레크가 좀비 떼에게 좀 더 가까이 다가갔다. 좀비들이 그의 기척을 알아챌 만큼 가깝지는 않았고, 좀비들이 반응하기 전에 그는 펄쩍 뛰어 물러났다. 이 행동을 세 번 되풀이해서 그는 좀비 하나를 유인해 내는 데 성공했다. 그는 울타리를 따라 좀비를 유인해서 아이들이 묶여 있는 곳까지 갔고, 좀비가 아이들의 기척을 감지하자 마그지아레크는 그냥 뒤로 물러섰다.

그젤라크와 슈치그워는 몸부림치는 어머니의 머리를 힘겹게 붙잡고 끝까지 강제로 지켜보게 했다. 눈물에 가려 그녀가 얼마나 볼 수 있었는지는 모르겠지만 브와지오와 카지오가 자신을 부르는 소리는 전부 다 들었다. 여자들 모두 이 소리를 들은 것이 분명했다. 왜냐하면 피투성이 죄수복을 입은 형체가—스프리하는 그가 도망친 수형자로 피아세츠키라는 이름이었던 것을 기억했다—희생물들이 묶여 있는 자리로 휘청휘청 움직여 갈 때까지 여자들이 오랫동안 침묵을 지켰기 때문이다. 피아세츠키는 시간을 좀 끌었지만 결국 푸르스름한 손아귀가 울타리에 묶여 몸부림치는 어린 몸을 붙잡았다. 손톱에 찢어진 상처에서 피가 튀었다. 좀비의 힘이 너무 강해서 연약한 신체가 단번에 뜯겨 나갔다. 큰 아이를 끝낸 뒤에 좀비는 흐느끼는 작은 아이에게 다가가기 시작했다.

"바라던 대로 됐지!" 끔찍한 처형이 끝을 향해 가고 캉가세이루가 죽은 아이들을 좀비 떼 가까이 밀어낸 뒤에 스프리하가 고함쳤다. "여자 풀어줘!"

그젤라크와 슈치그워가 반쯤 정신이 나간 우르슐라를 보도로 밀어낸 뒤 서둘러 출입문 안으로 물러났다. 우르슐라는 쓰러진 곳에 그대로 있었다. 도망칠 기운도 의지도 없는 것 같았다. 스프리하는 나머지 여자들의 창백한 얼굴을 바라보았다. 한 번 훑어본 것만으로 그는 여자들이 더 이상 그에게 전혀 저항하지 못하리라는 것을 알았다.

"베로니카 비치아코바, 루치나 지엘린스카!" 그가 또 두 명의 이름을 불렀다.

부하들이 두 여자를 출입문 앞에 선 스프리하의 발 앞까지 끌고 왔고 스프리하는 여자들에게 무엇을 원하는지 설명했다.

"저 바보들 대신에 여러분이 일을 끝내는 겁니다. 앞선 두 명이 유인해 낸 좀비들을 골목 안쪽으로 데리고 가세요. 저기 오른쪽 빈터까지 말입니다." 그는 건물이 철거되어 비어 있는 지점을 가리켰다. "그런 다음에 놈들이 따라오지 못하게 왼쪽으로 붙어서 빨리 돌아오면 작업을 완수하는 겁니다. 저 괴물들을 최대한 많이 모아서 왼쪽으로 대략 저만큼 데려가야 합니다."

"어디로 돌아오라는 거죠?" 백지장처럼 창백한 베로니카가 물었다.

"알아서 하세요. 광장 쪽 지대를 돌아서 오든지, 반대편 벙커 쪽으로 오든지 마음대로. 하지만 이쪽으로 좀비를 한 놈이라도 끌고 오면……." 그는 우르슐라의 아이들이 좀비로 변해 울타리 옆에서 몸부림치는 광경을 손가락으로 가리켰다.

베로니카와 루치나는 스스로 출입문 밖으로 나갔다. 에바와 우르슐라처럼 시간을 끌지 않았다. 여전히 보도에 누워 있던 우르슐라 앞에서 잠시 멈추어 섰으나 우르슐라는 마치 두 여자가 자기 아이들을 죽인 악마에게 자발적으로 협조하기라도 한 듯 화를 내며 밀어냈다.

스프리하는 그동안 트램 지붕 위 자기 자리로 올라갔다.

"대장, 이번엔 누구한테 걸겠소?" 네린크가 즉시 물었다.

결정은 처음처럼 쉽지 않았다.

"넌 누구로 골랐어?" 스프리하가 카치마레크를 쳐다보았다.

"말하면 다들 그쪽에 걸 테니까 안 가르쳐줘요. 재밌자고 내기하는 건데."

"그것도 말이 되는군. 그러면 나는 저 베로니카를 고르지. 그가 밤새 안전한 곳에 숨어 있는 동안 우리 루치나 씨는 훨씬 많은 일을 겪었거든. 게다가 여기 어디 가까이 살았으니까 지대를 잘 알기도 하고." 그는 마친스키가 했던 말을 떠올렸다.

나머지는 대략 절반씩 나누어 걸었다. 카치마레크와 페레크는 이전 내기의 승리자로서 이번에는 마지막 순서로 선택하게 되었다. 둘 다 입을 모아 루치나를 골랐다.

작전의 첫 단계는 비교적 쉬웠다. 베로니카와 루차나는 옆 골목에서 무슨 일이 일어났는지 보았으므로 앞서 에바와 우르슐라가 저질렀던 실수를 되풀이하지 않기 위해 모든 노력을 했다. 보도 가장자리에 붙은 두 여자는 좀비 무리를 철문 두 개를 지난 곳까지 유인했고 그 뒤에 차로 반대쪽으로 달려가 재빨리 교차로로 돌아왔다. 베로니카와 루치나는 에바와 우르슐라에 비해 더 어리고 적응이 빠르고 무엇보다도 훨씬 더 결단력이 강해서 처음 두 여자에 비해 거의 두 배나 많은 좀비를 끌어내는 데 성공했다. 좀비들은 마치 양치기를 따르는 양 떼처럼 두 여자를 따라 나왔다. 그리고 이 결단력 있는 여성들을 단 한 번도 위협하지 못했다. 이런 점은 범죄자들의 마음에 들지 않았고, 이들은 두 여자가 능숙하게 작전을 수행하는 모습을 보며 계속 휘파람을 불고 욕을 했다.

두 번째 좀비 떼가 채 3분도 안 돼서 정해진 자리에 물러섰고 그런 뒤에 베로니카와 루치나는 좀비들을 유인하던 경로에서 벗어나 텅 빈 차로 한가운데를 따라 골목 반대 방향 출구로 뛰어갔다. 그러나 두 여자가 40, 50미터 정도 달려 나가기 전에 네린크가 벌떡 일어섰다.

"봐! 저기 봐!"

내기 결과에 실망한 범죄자들은 눈을 가늘게 떴다. 네린크가 가리킨 거리에는 석조건물이 없는 곳이 두 군데 있었다. 한군데는 여자들이 좀비 무리를 이끌어간 곳이고 또 한군데 빈터는 같은 방향으로 100미터 정도 더 간 곳에 있었다. 바로 이 두 번째 빈터에서 조금 전에 개 한 마리가 달려 나왔다. 흔한 잡종으로 몸집이 꽤 크고 흰색, 갈색, 검은색 털이 섞여 있었다. 개는 보도로 나와 겁먹은 듯 주위를 한두 번 둘러보더니 꼬리를 다리 사이로 말아 넣고 반대편에서 도망치는 여자들을 향해 천천히 걸어갔다. 여자들은 거의 즉시 개를 보았고 어떻게 해야 할지 몰라 차로 한가운데 멈추어 섰다. 여자들도 동물이 감염되어 좀비가 될 수 있는지 확실히 알지 못했던 것이다.

스프리하는 불안해하며 입술을 깨물었다. 몇 시간 전부터 그를 불안하게 하던 상당히 중요한 질문에 대한 대답을 우연한 행운으로 얻을 수 있게 된 것이다. 대략 스프리하와 부하들이 단독주택을 손에 넣은 직후에, 세 번째 호송트럭 사이드미러 위에 앉은 까마귀를 보았을 때부터 그는 이 질문을 생각하고 있었다. 좀비들이 당장 까마귀를 향해 손을 뻗었으나 까마귀가 그들보다 훨씬 빨라서 좀비들이 붙잡기 전에 비난하듯 까옥거리며 하늘로 날아올랐다.

그때 스프리하는 아침부터 새 우는 소리를 듣지 못했다는 사실을 깨달았다. 또한 언제나 시내에 수없이 돌아다니던 개나 고양이를 한 마리도 보지 못했다. 이 점을 더 깊이 생각하기 시작하자 스프리하는 심지어 겁이 났다. 사람을 피하기 위해 은신처를 찾아냈지만, 좀비가 된 동물이 들어오면 어떻게 할 것인가? 감염된 새는 그들이 건물 밖으로 코를 내밀기만 하면 언제든 어렵지 않게 덤벼들 수 있다. 감염된 쥐들은 차고지에 있는 건물 안으로 쉽게 들어올 수 있다. 파리나 모기는 더 말할 것도 없다……. 그는 익숙한 가려움을 느끼고 손바닥으로 목을 때렸다.

이제까지 해왔던 모든 일에 의미가 있는지에 대한 대답을 저 개가 해줄 수도 있다.

"시발." 그젤라크가 신음했다.

더 멀리 떨어진 아파트 건물 사이 공터에서 좀비 떼가 몰려나왔다. 최소한 100명이 깽깽거리는 잡종 개에게 덤벼들었고 개는 도망치지 못하고 어쩔 줄 모르며 빙빙 돌다가 마지막 순간에야 덤벼드는 좀비들 앞에서 펄쩍 뛰었다. 눈 깜짝할 사이에 골목에서 나가는 길이 좀비들로 막히고 그곳에 있던 두 여자도—긴말할 필요가 있겠는가—옴짝달싹할 수 없게 되었다.

두 여자의 등 뒤에는 스위비안스카 거리에서 유인한 좀비들이 있었고 앞에는 그보다 두 배는 더 많은 좀비가 개를 따라 달려오고 있었다. 이 상황에서 유일하게 할 수 있는 것은 건물 사이에 숨을 공간을 찾는 것뿐이었다. 그래서 두 여자는 서로 떨어져서 반대편 석조건물에 행운을 시험하러 달려갔다. 불행히도 여자들이 달려간 모든 철문은 단단히 잠겨 있었다. 골목에 있는 철문의 3분의 2 이상 확인하다가 마침내 베로니카가 기쁨의 함성을 지르며 불운의 동료를 불렀다. 두 여자는 계단의 어둠 속으로 사라졌지만, 단 한순간뿐이었다. 곧 차로 한가운데로 다시 나왔다. 베로니카는 넋이 나갔거나 아니면 술에 취한 듯 휘청거리고 있었다.

"숨어 있던 놈하고 맞닥뜨린 모양이군." 네린크가 승리를 예감하며 웃음을 터뜨렸다.

그러나 베로니카는 루치나의 부축을 받으며 천천히 정신을 차렸다. 개는 이미 고작 스무 걸음 뒤에 있었다. 그러므로 여자들은 거리를 벌리기 위해 물러나야만 했고 소중한 몇 초를 벌기 위해 그렇게 했다. 심지어 그 거리에서도 두 여성이 함께 결정을 내리려는 듯 길에 서서 의논하는 모습을 볼 수 있었다. 선택지는 별로 없었다. 여자들의 관점에서 당연히 가장 합리적인 선택은 좀 더 숫자가 적은 두 좀비 떼 사이로 지나가려 시도해 보는 것이었다. 그러나 차도에서 빈 공간은 넓이가 2미터도 되지 않았고 좀비들이 기척을 감지하기 전에 그 틈으로 달려 나가야 했는데 이 정도 거리에서는 불가능해 보였다.

그럼에도 불구하고 두 여자는 시도했다. 범죄자들은 두 여자가 성호를 긋는 것으로 작별 인사 하는 모습을 보았고, 그 뒤에 여자들은 몸을 낮게 숙인 채 전속력으로 뛰었다. 결단을 내린 두 인간 탄알이 죽음의 벽을 뚫고 나가려는 것이다.

"달려, 루치나." 베로니카의 죽음에 내기를 건 남자들이 응원했다.

"베-로-니-카! 베-로-니-카!" 나머지 남자들이 고함쳤다.

좀비들은 여자들이 선두에서 열 걸음 정도 거리까지 왔을 때 기척을 감지했다. 그들은 여느 때처럼 반응했으나 너무 느려서 가장 가까이 있던 좀비들도 탐욕스러운 손을 뻗어 달려가는 여자들의 등 바로 뒤 허공을 휘저었다.

무리의 뒤쪽에 있던 좀비들은 반응할 시간이 약간 더 있었다. 도망치는 여자들을 여기저기서 손가락으로 건드리는 것만으로 충분했다. 거리 절반쯤 갔을 때 여자들은 동력을 잃기 시작했다. 처음 넘어진 것은 루치나였다. 베로니카는 다음 순간 둘러싸였다. 두 좀비 떼 사이의 공간은 닫혔고, 그러므로 잡종 개도 도망칠 기회가 전혀 없었다. 개는 산사태처럼 몰려드는 좀비 떼 앞에서 무기력하게 빙빙 돌다가 회색 몸체들의 덩어리 안으로 사라져 버렸다.

"자, 제군. 이 몸이 또 이기셨다!" 카치마레크는 기쁨을 감추지 못했다.

"이젠 누굴 보내지?" 그젤라크가 물었다.

"지금은 잠시 쉬도록 하지." 스프리하가 골목에 몰려선 좀비들에게서 눈을 떼지 않으며 대답했다.

그는 새로운 희생자들을 물어뜯는 좀비들이 진정할 때까지 기다렸다. 살해당한 개가 루치나 혹은 베로니카처럼 되살아나는지 그는 확인하고 싶었다. 불행히도 좀비 떼가 너무 많아서 그 사이에 있는 동물을 볼 수가 없었다. 스프리하는 15분쯤 더 시간을 끌었으나 결국 어쩔 수 없이 다음 사람을 골라야만 했다.

이제 남은 여자는 세 명밖에 없었지만, 도주하려던 수형자들 때문에 좀비들의 거의 절반 정도가 여전히 스워비안스카 거리에서 헤매고 있었다. 반쯤 넋이 나간 우르슐라는 계산에 넣을 수 없었고, 게다가 스프리하는 우르슐라가 그에게 약점이 되지 않을지 우려하기 시작했다. 우르슐라는 아이들이 처형당한 뒤에 완전히 무기력한 상태가 되어 당장은 곧바로 정신을 차릴 것 같지 않았지만, 정신을 차린다면 그 머릿속에 무슨 생각이 떠오를지 아무도 알 수 없었다. 우르슐라가 즉흥적으로 끼어들기라도 한다면 그가 정교하게 구상한 계획을 망칠 수도 있었다.

"캉가세이루."

"예, 대장?"

"저 여자 처리해." 스프리하가 보도에 쓰러져 있는 여자를 가리켰다.

"그래도 돼요?" 마그지아레크는 얼굴이 퉁퉁 붓지만 않았다면 이를 활짝 드러내고 웃었을 것이다.

"마음대로 해. 하지만 거리에서는 안 돼. 저기로 끌고 가." 그는 새로 개조한 가까운 아파트 마당의 모래 놀이터를 가리켰다.

"알았소."

"그리고 조심해. 시체들하고 닿으면 어떻게 되는지 알지."

"그건 쉽지, 대장. 안 건드리겠소." 마그지아레크는 무거운 망치를 집어 들었다.

"잘난 체하지 마. 우린 아직 할 일이 있어."

이번에 마그지아레크는 대답하지 않았다. 빠른 걸음으로 울타리 밖으로 나가 보도에 누워 있는 우르슐라의 발목을 밧줄로 묶은 뒤 끌고 갔다. 처음에 우르슐라는 저항하지 않았지만—사랑하는 아이들을 잃고 여전히 쇼크 상태였다—아이들에게서 멀어질수록 점점 더 기운을 차리기 시작했다. 마침내 우르슐라는 자신에게 마그지아레크가 무슨 짓을 하려는 것인지 깨달은 듯 양팔을 벌렸다. 그리고 막다른 골목의 포석에 손톱을 박고 버틸 곳을 찾았으나 무자비한 범죄자에게 맞서기에 그녀는 너무 약했다. 그러나 우르슐라가 몸부림치자 마그지아레크의 걸음이 느려졌고, 마그지아레크는 아파트 건물에 닿기 전에 몸을 돌려 망치로 우르슐라의 갈비뼈를 때렸다. 우르슐라는 즉각 쓰러졌으나 마그지아레크는 상관하지 않고 다시 손을 들어 계속 내리쳤다.

"캉가세이루!" 스프리하가 경고하듯 외쳤는데, 폭행당하는 여자의 운명에 공감해서가 아니라 우르슐라가 차고지와 너무 가까운 곳에서 죽었을 때 일어날 문제가 신경이 쓰였기 때문이다.

마그지아레크는 진심으로 내키지 않는 듯이 망치 든 손을 내렸다. 게으름 피울 시간이 생긴 범죄자들은 동료가 반쯤 의식을 잃은 우르슐라를 처음에는 보도 위로, 그다음에는 맨땅과 잔디밭 위로 끌어 모래 놀이터까지 데려가는 모습을 지켜보았다. 마그지아레크는 나무판자로 네모나게 사방이 막힌 모래 놀이터 안에 우르슐라를 던져넣고 발로 뒤집어 엎드리게 한 뒤에 옆에 무릎을 꿇고 나머지 밧줄로 손목을 묶었다. 마그지아레크가 작업을 끝냈을 때 우르슐라는 몸부림을 쳤으나 아무 소용도 없었다. 마그지아레크는 다시 세게 당겨서 단번에 우르슐라를 일으켜 앉히고 바지 주머니에서 자루를 꺼냈다. 황마로 만든 흔한 자루이며 트램 제동장치에 쓰는 모래를 넣는 데 쓰는 물건이다. 마그지아레크는 자루를 여자의 머리에 씌우고 등을 곧게 펴더니 허리띠 뒤에 끼운 망치를 꺼냈다. 여자의 머리를 재빨리 내리치는 것으로 처형은 끝났다. 상당한 거리가 있는데도 범죄자들은 누르스름한 자루 표면에 빠르게 퍼져 나가는 어두운 얼룩을 볼 수 있었다. 마그지아레크는 자신에게 피가 튀지 않게 하려면 어떻게 해야 하는지 잘 알고 있었다. 그는 양손으로 잡은 망치를 모래 위에 누운 피해자에게 두 번째로 내리쳤다. 세 번째, 그리고 그 뒤로 몇 번 더 내리친 것은 순전히 마그지아레크가 기분을 풀기 위해서였다.

"그만하고 돌아와, 개새끼야!" 스프리하는 마그지아레크가 점점 더 도취되는 모습을 보고 외쳤다. "당장!"

마그지아레크가 무겁지만 여전히 깨끗한 망치를 내던지는 것을 확인한 스프리하는 나머지 여자들이 붙잡혀 있는 트램 앞문으로 다가갔다.

그는 여자들의 겁에 질린 얼굴을 훑어보았으나 그것은 그들을 더욱 겁주고 싶어서가 아니었다. 생각할 시간이 필요했다. 또다시 두 명씩 짝을 지어 거리로 내보내기에는 사람이 모자랐다. 지금부터 여자들은 한 명씩 행동해야만 했다.

"너!" 그는 도로타 린스카-즈워흐를 가리키고는 돌아서서 출입문 쪽으로 걸어갔다.

"대장, 왜 이러시오?" 네린크가 트램 지붕에서 소리쳤다. "여자 혼자서 저기로 가라고요?"

"왜, 갑자기 불쌍해졌어?" 방금 차고지 안으로 돌아온 마그지아레크가 땀투성이가 되어 씩씩거렸다.

"무슨 소리야?" 네린크가 쏘아붙였다. "한 명이면 내기를 걸 수가 없잖아."

"원한다면 저 여자하고 같이 가면 되잖아, 안 그런가 여러분?" 스프리하가 등 뒤로 내뱉었다.

범죄자들은 큰 소리로 웃으며 네린크에게 경쟁에 참가하라고 법석을 떨었다.

마그지아레크는 울피크가 밀어낸 여자를 받아 출입문으로 끌고 가서 스프리하가 새로운 지시를 내릴 때까지 기다렸다.

"저 괴물들을 옆 골목으로 유인해……." 스프리하가 말을 시작했다.

"하지만 저긴 벌써……."

"말 가로막지 마, 시발!" 그가 으르렁댔다. "저기 있는 놈들은 신경 쓰지 마. 네가 새로 끌고 와서 더 가까이, 대충 저 첫 번째 빈터 앞까지, 아니, 저쪽 아파트 건물 사이 공터까지 끌고 가. 내 시야에 보이지 않는 곳까지 끌고 가야 해, 알아들어?"

도로타는 열심히 고개를 끄덕였다. 앞서 나갔던 여자들보다 훨씬 더 쉬운 일을 맡았다는 사실을 그녀는 순식간에 이해했다. 골목 안쪽 공터까지는 스워비안스카 거리에서 50, 60미터 정도였고 돌아오는 길은 깨끗이 비어 있을 것이었다. 도로타는 자신이 해낼 수 있을 것이라 확신했고, 바로 그 확신 때문에 파멸했다.

시작은 아주 좋았다. 차고지 울타리와 호송트럭 사이에서 그녀는 거의 30명의 좀비를 유인해 냈다. 천천히, 좀비들보다는 아주 약간만 빨리 뒤로 물러나며 중간중간 멈추어 유인한 좀비들이 하나라도 중도에 길을 잃지 않게 했다. 물러서다가 종종 뒤를 돌아보며 뒤에 있는 거리에서 좀비가 나타나지 않는지도 확인했다. 도로타는 임무를 완수할 가능성이, 엄청난 가능성이 있었으나, 그러나……. 갑자기 어째서인지 알 수 없으나 이상한 소리가 들렸는데, 마치 멀지 않은 곳에서 작은 폭발물들이 차례차례 터지는 것 같은 소리가 들렸다. 너무나 갑작스러워서 도로타도, 그녀를 지켜보고 있던 남자들도 한순간 굳어져 굉음이 나는 곳을 겁에 질려 쳐다볼 뿐이었다. 소리는 차고지로부터 동남쪽에 있는 어딘가에서 들려온 것 같았다. 불운하게도 좀비들은 시각에도 청각에도 의존하지 않았으므로 정신을 차리지 못한 도로타의 짧은 망설임만으로도 미끼에게 덤벼들 시간은 충분했다. 뒤로 뛰어 물러서려는 시도는 도움이 되지 않았다—도로타는 바로 뒤에 있는 높은 보도 턱을 공포에 질려 제대로 보지 못했고 그것으로 끝이었다.

"요안나 클리메츠카 씨!" 스프리하는 이번에는 선택에 시간을 들이지 않았다.

"어떻게 이럴 수가 있죠, 스프리하 씨." 요안나는 마그지아레크가 출입문으로 끌고 가자 씩씩거리며 이렇게 말했다. "우리도 사람이에요."

"누가 우리 조그만 파리에게 그런 헛소리를 가르쳐줬을까?" 스프리하는 요안나의 말에 진심으로 재미있어하며 웃어댔다. "저기 봐." 그는 가까운 트램 지붕을 손가락으로 가리켰다. "저게 사람이야. 진짜 사람이지. 너와 저 여자들과 이 빌어먹을 도시의 나머지 모든 주민은 그저 벌레에 불과해. 단지 욕망을 만족시키기 위해서 우리가 살려두고 있을 뿐이야. 너희들은 나나 저 캉가세이루, 야쿠자, 심지어 저 젊은 애 같은 사람들이 강도질하고 두들겨 패고 죽일 대상이 필요하기 때문에 태어난 거야. 사람으로 태어나는 게 아니라 사람이 되는 거지만 그걸 해내는 자는 많지 않지. 내 말이 맞나?!" 그는 부하들 쪽을 돌아보며 목소리를 높였다.

"옳소!" 그들은 삶과 죽음의 투쟁이 아니라 숨바꼭질하는 아이들이라도 구경하는 듯 즐거워하며 차분하게 한목소리로 동의했다.

"너…… 너는……." 요안나는 말문이 막혀 씩씩거렸다.

"진정하고 내 기분을 건드리지 않는 게 좋아." 스프리하가 조롱했다. "조금이라도 개같이 굴면 말이지……." 그는 다정하게 미소 지었다. "저 옆집에 우리가 누굴 데리고 있는지 기억해."

"손끝 하나 건드리지 않겠다고 맹세했잖아, 이 쓰레기야!"

"그리고 난 그 말을 지킬 생각이지." 스프리하가 장담했다. "하지만 우리 요안나 씨, 무슨 말을 해도 나와 내 부하들은 전혀 아랑곳하지 않지만 요안나 씨는 계속 쨍쨍거리면서 나를 짜증 나게 하기 시작했거든, 알겠어?"

요안나는 그를 잡아먹을 듯 쳐다보았으나 몇 초 뒤에 시선을 내리깔았다.

"거리로 나가." 그는 요안나를 출입문 쪽으로 밀었다. "저 바보가 시작한 일을 끝내고 가까운 건물 앞 빈터에 좀비들을 모아."

요안나는 울타리 밖으로 나가자 얌전해졌다. 우르슐라의 아이들에게 일어난 일을 보고 그녀는 남자들의 위협을 마음 깊이 받아들인 것 같았다. 고개를 숙이고 조금 전에 도로타에게 덤벼들었던 좀비들을 향해 걷기 시작했다. 요안나의 태도는 도로타의 예상하지 못했던 적극성과는 완전히 반대였다. 징조가 좋지 않았지만 달리 어쩔 수 없었다―스프리하는 요안나에게 의존하는 수밖에 없었는데, 왜냐하면 트램 안에는 이제 여자가 한 명밖에 남지 않았기 때문이었다.

요안나는 대단히 조심스럽게 행동했고 좀비들에게 너무 가까이 가지 않았으며 순식간에 물러났는데, 그렇게 하면 빈터에 이르기 전에 도로타가 유인했던 좀비들을 대부분 뒤에 남겨두게 될 것이었다. 왜냐하면 좀비들은 일정하게 무리를 지어 움직이지 않았고, 요안나는 차고지 안에서 남자들이 소리쳐 지시했음에도 불구하고 좀비들을 다시 한 무리로 모을 수가 없었기 때문이다. 최초의 실수를 만회하려 할수록 좀비들은 더욱더 여기저기로 흩어졌다. 그 이유는 주로 요안나가 지나치게 겁을 먹었기 때문이다. 결국 좀비들이 차로를 거의 절반이나 차지했고 요안나가 있는 곳에서 아파트 건물 사이 빈터까지는 여전히 30미터 정도가 남아 있었다.

"저 여자 뭐 하는 거야?" 페레크가 짜증을 냈다. "우리 계획을 다 망치잖아."

"캉가세이루, 가서 저 여자 딸 데려와." 마그지아레크에게는 같은 말을 두 번 할 필요가 없었다. "다만 지난번 남자애들처럼 그렇게 패지 마!" 스프리하가 경고했다. "멀쩡하게 보여야 해!"

"말 안 듣고 버티면 어떻게 해요?"

"네 자식들에게 했듯이 엉덩이라도 때려줘!" 네린크가 충고했다.

"망치로 때리진 말고!" 그젤라크가 덧붙였다.

트램 지붕 위에서 즐거운 웃음소리가 들려왔다. 마그지아레크는 여기에 경멸에 찬 몸짓으로 반응했다.

"빨리 데려와!" 스프리하가 그의 등 뒤로 외쳤다. "너희들은 냄새나는 주둥이 다물어. 그리고 누가 작업장에 가서 축도기 끈 좀 가져와. 4, 5미터 길이로."

'젊은 애' 모라비에츠가 나이 많은 동료들에게 떠밀려 사다리를 내려왔다.

마그지아레크가 모라비에츠보다 조금 뒤에 숨을 헐떡이며 돌아왔는데, 그 뒤로 울고 있지만 겉보기에는 무사해 보이는 아나스타지아가 끌려왔다.

"울타리로 데려가는 거요?" 마그지아레크가 물었다.

"아니. 여기, 위로 올려."

스프리하는 어떻게든 요안나에게 동기를 부여해야 했다. 아이를 처형하는 것은 더 이상 불가능했는데, 왜냐하면 우르슐라의 경우에서 명백히 알 수 있듯이 그처럼 잔혹하게 처벌하면 여자가 더 이상 기능할 수 없게 되기 때문이었다. 그래서 스프리하는 다른 방법을 써서 요안나가 자기 말을 더 잘 듣게 할 생각이었다.

"존경하는 요안나 씨!" 스프리하는 모든 것이 준비되자 양손을 입에 대고 외쳤다.

요안나는 이 소리를 듣고 골목 안쪽으로 끌어들이려던 세 명의 좀비들을 피해 안전한 거리로 물러난 뒤, 목에 굵은 밧줄이 걸린 채 트램 지붕 가장자리에 서 있는 딸을 보고 그대로 굳어졌다. 밧줄은 견인케이블 위로 이어졌고 그 끝은 몇몇 범죄자들이 잡고 있었다.

"안 돼!" 요안나는 스프리하조차 소름이 끼칠 정도로 날카롭게 비명을 질렀다.

"요안나 씨가 적절한 일을 적절한 방식대로 하거나, 아니면……." 그는 소녀를 세게 밀었다. 한순간 균형을 잃은 아이는 숨을 헐떡거리며 눈을 크게 뜨고 묶인 양발을 허공에 휘둘렀지만 한번 흔들린 뒤에 제자리로 돌아왔다. 스프리하가 소녀의 머리채를 잡아 다시 지붕 위로 끌어올렸다. "요안나 씨가 결정하세요!"

요안나는 매달린 딸의 모습을 보고 넋이 나간 듯 잠시 그대로 서 있었으나 곧 정신을 차리고 행동을 개시했다. 스프리하는 사람을 조종하는 법을 잘 알았다. 어머니의 마음을 자극하자 기적이 일어났다. 이제 요안나는 좀 더 공격적으로 행동했지만 우르슐라의 대담성에 비하면 한참 멀었다. 그러나 우르슐라는 이제 그녀를 감염시킨 다른 좀비들과 함께 골목 안쪽으로 유인당하는 처지가 되어 있었다.

스프리하는 혼자 웃었다. 위험한 순간은 지나갔다. 시간이 좀 걸리기는 했지만 첫 번째 좀비 무리가 아파트 건물 사이, 스프리하가 원했던 곳으로 마침내 들어갔다. 그리고 요안나는 지시받은 나머지 일을 마치기 위해 숨을 헐떡이며 호송트럭으로 다시 달려갔다.

스워비안스카 거리에 좀비가 40명쯤 남아 있었다. 일부는 호송트럭 옆면과 차고지 울타리 사이에 서 있었고 나머지는 트럭 뒤에 있었으며 이 때문에 좀비들을 전부 한 번에 몰아오는 것은 불가능했다. 요안나는 이 트럭 뒤에 있는 나머지를 유인하는 쪽이 더 쉽다고 판단하고 이쪽을 먼저 시도하기로 한 것이다. 불행히도 요안나와 스프리하는 이 좀비들 쪽으로 다가가면 트램 지붕 위에 서 있던 딸이 울타리와 거기에 묶인 우르슐라의 아들들을 볼 수밖에 없다는 사실을 예상하지 못했다.

아나스타지아는 그때까지 마치 천식 발작이라도 일으킨 듯 숨을 몰아쉬며 트램 지붕 가장자리에 서 있었으나 갑자기 굳어졌다. 눈으로 엄마를 찾다가 소녀는 울타리에 묶여 몸부림치는, 반쯤 벌거벗은 두 소년의 모습을 보았다. 아나스타지아는 바로 30분 전까지도 같이 놀았던 소년들의 얼굴을 알아보았다. 드러난 몸통에 생긴 수많은 상처, 푸르스름한 살빛, 피, 그리고 감염되어 좀비로 변해버린 피해자들이 발작적으로 몸부림칠 때마다 흔들리며 번들거리는 내장을 보았다.

누군가 반응하기도 전에 겁에 질린 어린 소녀는 엄마인 요안나만큼 날카롭게 찢어지는 비명을 질렀다. 귀가 들리는 사람은 모두 소녀 쪽으로 눈길을 돌렸고 요안나도—불행하게도—똑같이 했다. 어린 딸의 공포에 질린 비명이 들려온 것은 요안나가 수많은 좀비 무리를 유인해 내고 있던 순간이었다. 다른 모든 일은 잊어버린 채 요안나는 굳어진 듯 서서 트램 차량 쪽만 쳐다보았다. 스프리하가 또 자기 딸을 괴롭힌다고, 어쩌면 죽이려 할지도 모른다고 그녀는 생각했다.

아나스타지아가 안전하다는 것을 보고 요안나가 안심할 틈이 있었는지는 알 수 없다. 좀비들은 시각도 청각도 갖지 못했다. 그들은 완전히 다른 감각에 의존해서, 생명이 깃들어 있는 곳을 향해 끊임없이 달려간다. 그리고 그들의 손이 닿는 곳에 있는 유일한 생명력의 원천은 이 순간에 그대로 굳어진 아나스타지아의 엄마뿐이었다. 요안나는 정신을 차리고 그들에게서 도망쳤지만 1미터 앞 보도에서 넘어졌다. 그리고 그곳에서 좀비 수십 명의 몸 아래 깔린 채 목숨이 끝날 때까지 딸의 비명을 들었다.

"봐, 너 때문에 저렇게 됐잖아. 이 미친 애새끼야!" 이 모든 광경에 역겨워진 스프리하가 소리쳤다. "보라고!" 그는 소녀의 고개를 돌려 교차로를 바라보게 했다. "네가 비명을 질러서 엄마가 죽은 거야. 끔찍한 아이 같으니라고! 잘돼 가고 있었는데!"

스프리하는 너무 화가 나서 소녀를 밀쳤고 이번에는 견인 케이블 뒤로 이어진 밧줄이 당겨졌을 때 붙잡지 않았다. 소녀는 발목과 양손이 묶여 있어 가까워 보이는 지붕을 붙잡을 수가 없었다. 그러나 교수대의 발밑 받침대가 열렸을 때 죄수가 떨어지듯 순식간에 떨어지지도 않았고, 몸무게가 무겁지 않아 목이 부러지지도 않았다. 그래서 소녀는 그대로 매달려 빙글빙글 돌며 오랫동안 숨 막혀 하다가 마침내 움직이지 않게 되었다.

"밧줄 풀어!" 기분이 상한 스프리하는 올바른 결정을 내릴 정도로만 정신을 차렸다. 소녀의 시신이 시멘트 바닥에 떨어지자 그는 몸을 숙여 내려다보며 불렀다. "마그지아레크, 저 애새끼 울타리 밖으로 끌고 나가! 모래 놀이터 가까운 어딘가가 좋겠지. 하지만 조심해, 이미 좀비가 됐을 테니까!"

마그지아레크는 여전히 움직이지 않는 시신 옆으로 돌아가서 손가락 굵기의 밧줄을 집어 팔뚝에 감고 질식당한 소녀를 출입문 밖으로 끌고 나갔다. 소녀는 가벼웠으므로 특별히 힘을 쓸 필요가 없었다. 아나스타지아는 더러운 모래 위, 피투성이로 몸부림치는 우르슐라에게서 2미터 떨어진 곳에서 안식을 찾았다.

"야쿠자, 마지막 남은 여자 데려와." 스프리하가 다시 출입문 앞에 내려가 서서 말했다.

그가 마지막까지 남겨둔 여자는 역시나 에바라는 이름이었고 '폴라'라는 딸을 둔 엄마였다. 이제 에바는 인간의 표정이라고 하기도 어려울 만큼 순수한 증오를 담고 스프리하를 바라보고 있었다.

"손 좀 보면 어떻소?" 역시 그 표정을 눈치챈 마그지아레크가 물었다.

"필요해지면 말하지." 스프리하는 제안을 거절하면서, 동시에 아직까지 기가 꺾이지 않은 여자에게 간접적인 위협을 가하며 대답했다. "뭘 해야 되는지 아마 알겠지." 그는 에바에게 곧바로 말했다. "요안나가 시작한 일을 끝내고 저 괴물들 나머지 무리를 끌어내서 옆 골목으로 데려가. 하지만 조심하는 게 좋을 거야. 수상쩍은 짓 하면 네 딸뿐만 아니라 남은 애들 전부 다 저 괴물들한테 던져줘서 뜯어 먹히게 할 테니까."

에바 샬라-동브로프스카는 스프리하가 하는 말이 신체적으로 아프기라도 한 듯 얼굴을 찡그렸으나 증오에 찬 시선은 머리털만큼도 수그러들지 않았다.

"내 남편이 널 붙잡을 거다, 짐승아." 에바는 거리에 나간 뒤에 이렇게 내뱉었다. "복무 중인 장교라고, 알아? 너희들 전부 끝장낼 거야!"

스프리하는 재미있는 농담이라도 들은 듯 쿡쿡 웃었다.

"그럼 네 남편한테 너희들이 여기서 죽었다는 얘기는 대체 누가 해주지?" 그가 힘겹게 웃음을 참으며 물었다.

"내가."

"그러려면 우선 살아남아야겠지만 앞서 나간 여자들이 어떻게 됐는지 보면 너도 별로 가능성 없어 보이는데."

"내가 성공하지 못하면 다른 누군가 정의로운 사람이 있을 거다. 이 집들 어딘가에 분명히 착한 사람들이 많이 살고 있을 테니까." 그녀는 가까운 아파트 건물들을 가리켰다. "그 사람들 중 일부는 아직 살아 있다. 그리고 너희들이 무슨 짓을 저지르는지 보고 있겠지. 군대가 들어오기만 하면……."

"아무도 아무 데도 안 들어올 거다, 멍청한 아줌마야!" 스프리하는 맞은편 건물들의 창문을 눈으로 훑으며 말을 가로막았다. 고개를 들었을 때 그는 몇 군데 창문에서 마치 누군가 서둘러 물러나는 것처럼 커튼이 흔들리는 것을 보았다. "총소리 들리나? 난 안 들리는데. 이 주변은 찬물 뿌린 것처럼 조용하다고. 그게 무슨 뜻인지 알아, 아줌마? 당신들 세계는 끝났어. 이제는 더 이상 군대도 없고 정부도 없고 아무것도 없어. 그리고 주변 건물들에 숨어 있는 저 겁쟁이 쥐새끼 놈들도 다 결국은 당하게 될 거라고. 두고 보란 말이야. 하지만 우선은 저것들을 이기고 살아남아야 해." 그는 좀비들 쪽을 고갯짓으로 가리켰다. "약속하지, 네가 잘 해내면 그 자랑스러운 남편한테 직접 가서 고자질할 수 있게 될 거다. 남편이 여전히 숨 쉬고 있을 때 얘기지만……." 스프리하는 소리내어 웃었다. "나를 실망시키면 저 애들 전부 죽는 건 네 책임이다." 그가 진지하게 말을 마쳤다.

"우리 애들을 죽이겠단 말이지." 에바가 성난 목소리로 말했다.

"잘못 알아들었군." 스프리하가 말했다. "난 절대로 약속을 어기지 않아. 골목에 남은 좀비들을 다 소탕하면 네 딸과 나머지 애들을 다 풀어주지."

에바는 경멸을 숨기지 않고 코웃음을 쳤지만 좀비들 쪽을 향해 걸어가다가 다시 걸음을 멈추었다.

"어째서 저들을 저 골목으로 데려가야 하지?" 그녀가 물었다. "기차역 쪽으로 쫓아내는 쪽이 더 쉽지 않나?"

"더 쉬울지 모르지." 스프리하가 대답했다. "하지만 난 놈들을 여기 데리고 있고 싶어."

"어째서?"

 그는 날카로운 눈으로 에바를 노려보았으나, 계속 모욕하거나 위협하는 대신 평범하게 대화하는 어조로 돌아갔다. '알고 싶으면 알게 해주지.' 그는 생각했다.

 "저 왼쪽 마지막 건물에 걸린 간판 보이나? 그래, 저기. 저건 '1번지'라는 술집이다. 우리가 완전히 손에 넣고 싶은, 가장 가까운 술집이지." 그가 설명했다.

 "사람을 그렇게 많이 죽인 이유가 술 마시고 싶어서였다고?"

 "내가 요안나에게 하는 말 못 들었나? 이 근처 거리에서 지난 한 시간 동안 아무도 죽지 않았어. 여러분의 희생 덕분에 모두 살아 있는 거다. 내 말 맞나, 제군?"

 "언제나 옳소, 대장!" 네린크가 고개를 끄덕였다.

 에바는 입속말로 욕을 하고 차고지 쪽으로 침을 뱉고는 몰려선 좀비들을 향해 곧장 걸어갔다.

 "대장, 그 말 진심이오?" 말소리가 들리지 않을 만한 거리로 에바가 멀어진 뒤에 마그지아레크가 물었다. "저 여자 놔줄 생각이오?"

 "내가 바보인 줄 아나?" 스프리하가 날카로운 눈으로 그를 쳐다보았다.

 "아니, 바보란 생각은 안 했는데요."

 "그러면 여기까지만 해."

 둘은 트램 지붕 위로 돌아갔다. 그 위에 있던 범죄자들 대부분이 거리에서 일어나는 일을 지켜보면서 무척 지루해하고 있어서 스프리하는 음식을 마련하라고 지시했다. 남은 식재료는 여자들이 남기고 간 분량을 합쳐도 많지 않았으나 그날 하루가 끝나기 전에 음식은 몇 배나 더 많아질 예정이었다. 그토록 원하는 술을 얻게 되는 것만이 아니었다. 스프리하는 에바가 주어진 일을 마친 뒤에 무엇을 해야 할지 짧게 정리하며 이 점에 대해 부하들에게 상기시켰다. 그는 에바가 최선을 다할 것이라 확신했으나 만약의 경우를 대비해서 가장 먼저 거리로 나갔던 또 다른 에바의 아들 미론을 데려오게 했다. 자신에게 얼마나 많은 것이 걸려 있는지 에바가 알고 있어야만 했다.

에바는 잘 해냈다. 요안나가 남긴 일을 어렵지 않게 끝내고, 다음으로 차고지 울타리 아래 모여 있는 마지막 좀비 무리를 유인하는 일을 시작했다. 이 또한 성공으로 끝났다. 앞선 여자들이 했듯이 중간에 잘못되지도 않았다. 좀비들은 한 무리로 모여 에바를 따라갔고 그 덕분에 에바는 좀비들을 골목 안쪽으로 이끈 뒤에 무리 없이 함정에서 빠져나올 수 있었다.

스프리하는 우르슐라의 짐에서 찾아낸 훈제 소시지를 빵과 함께 먹으며 에바의 활동을 지켜보았다. 에바가 생존을 향한 마지막 달리기를 시작했다. 좀비들 두 무리 사이를 누비며 뛰어오자 그는 마지막 한 조각을 삼킨 뒤 입을 문질러 닦고는 사다리를 향해 갔다. 에바가 출입문에 도착한 직후에 스프리하도 도착했다. 에바는 땀에 젖은 채 숨을 몰아쉬고 있었으나 눈은 세상 모든 빛이 담긴 듯 여전히 반짝였다.

"이젠 어떻게 할 건가?" 에바가 쉰 목소리로 물었다.

"이젠 내가 절대로 약속을 어기지 않는다는 걸 알겠지." 스프리하는 대답을 마치고는 서두르지 않고 출입문을 열었다.

21

1963년 8월 10일 토요일 12시 00분
시립동물원, 브루블레프스키 거리 1-5번지

'바리케이드 작전'은 계획대로 정확히 정오에 시작되었다.
공병대는 아홉 개 소대로 나누어졌고 그 소대들 안에서 또 공격팀이 있었으며 이들의 임무는 존재하는 통로를 막거나 파괴하는 것이었다. 그 수가 아홉인 이유는 다섯 개의 다리에 수문과 둑이 전부 연결되어 있기 때문이었다.
필요한 장비와 인력을 준비하는 데 베르나치아크는 겨우 두 시간을 받았지만—사실 두 시간이 채 안 됐다!—완벽하게 준비를 끝마쳤는데, 이것은 기적에 가까운 일이었다. 비에드지츠키 또한 그 시간 동안 멍하니 앉아 있었던 건 아니지만 약속대로 대위의 일거수일투족을 들여다보지는 않았다. 비에드지츠키는 다음 통신문을 쓰는 것만이 아니라 녹음도 해야 했으며 이것은 겉보기와는 달리 그렇게 쉬운 일이 아니었다. 지시 사항은 모든 측면에서 최대한 단순하고 알아듣기 쉽게 전달해야만 했다. 그러나 동시에 소령은 청취자들에게 너무 많은 세부 사항을 드러낼 수 있을 만한 표현이나 단어들을 전부 걸러내야 했다. 바로 그 때문에 이전에 니즈네르가 비에드지츠키에게 스스로 '장군'이라 칭하라고 제안했던 것이다.

살아남은 브로츠와프 시민들은 한 줌의 군인들이 아니라 군대 전체가 자신들을 구조하러 올 것이라는 인상을 받아야만 했다.

공병대를 소대와 공격팀으로 나누고 임무를 배정할 때도 비에드지츠키는 비슷한 목적을 염두에 두었다. 이어지는 일련의 폭발들이—그것도 필요한 숫자보다 더 많이 일으켜서 브로츠와프 주민들이 구조대가 온다는 환상을 더 쉽게 믿도록 해야 했다—통신문에 힘을 실어주고 민간인들의 사기를 북돋아 줄 것이라고 비에드지츠키는 믿었다. 줄을 치고 메모를 적어넣은 통신문을 손에 들고 마이크 앞에 앉았을 때 비에드지츠키의 머릿속에는 그 생각뿐이었다. 그는 한 가지 내용으로 그치지 않았다. 자리에 앉아서 그는 한 번에 세 가지 서로 다른 통신을 녹음했다. 처음에 작성한 주요 통신문과, 공병대가 첫 순서로 찾아갈 외곽 마을 거주자들에게 전하는 두 가지 통신문이다. 대령은 자치셰나 잘레시에 마을에서 집 안에 여전히 숨어 있을 사람들이 가까운 미래에 닥쳐올 일에 준비가 되어 있기를 바랐다. 작전 시작하기 15분 전의 마지막 순간을 비에드지츠키는 식사 시간으로 정했는데, 배가 고파오니 정신을 집중하기 힘들고 부실한 아침밥을 먹은 지도 벌써 다섯 시간이 지났기 때문이었다.

낮 12시 2분에 소령은 다시 지휘통제실에 들어갔다. 지휘관 책상 앞에 작전 활동 전체를 감독하는 베르나치아크 대위가 서서 그를 기다리고 있었다. 베르나치아크 외에도 느긋하게 흔들리는 천막 아래 부사관과 사병들이 열 명 정도 있었다. 그중 통신 담당 9명은 현장에 파견된 소대들과 연락을 유지하고 추격을 보조하는 임무를 맡았다. 나머지 사람들은 경계 강화 임무를 위해 파견되었는데, 좀 더 평범하게 말하자면 동물원 부지를 둘러싼 시멘트 담장 아래 참호를 파거나 흙을 쌓는 일을 하도록 여기저기 보내진 것이었다.

"슈치트니츠키섬 상황 보고입니다!" 비에드지츠키가 전략 지도에 꽂힌 표시들을 제대로 훑어보기도 전에 보고서 첫 장이 그의 손에 쥐여졌다.

보고 내용은 짧았다. 군인들이 고무보트를 이용해 동물원을 보호하는 둔덕들과 기술학교 부지 사이에 있는 조그마한 섬에 도착했는데, 이 섬은 오드라강과 슈치트니츠키 운하가 연결되는 삼각지였다. 그들이 경비해야 하는 수문 세 개 중 하나가 이 섬에 있었기 때문에 중요했다. 마찬가지로, 혹은 더욱 중요한 것은 운하 경찰대 초소를 접수하는 것이었다. 운하 경찰대는 최신식 순찰용 모터보트를 최소한 다섯 대 이상 보유하고 있기 때문이었다. 그러므로 이 작전에 참가하는 보트 세 대 중 두 대가 이쪽으로 향한 것은 놀랄 일이 아니었다.

* * *

보트 두 대는 거의 동시에 석재 제방 바로 건너편의, 잡초가 무성하게 자란 강둑에 도착했다. 보트를 강둑 위로 끌어 올리는 데에 시간이 조금 더 걸렸다. 전투복을 입은 군인 여덟 명이 옷소매를 높이 걷어붙인 채 허리까지 자란 풀 속에 쭈그리고 앉아 십수 미터 거리에 있는, 주름 잡힌 양철지붕의 허름한 오두막을 살펴보았다. 이들을 지휘하는 코르넬 다니엘레비치 상사가 고개를 조금 높이 들고 운하 쪽을 바라보았다. 운하 어귀에는 슈치트니츠키섬으로 보내진 마지막 인원이 기다리고 있었다. 상사는 부하들과 시선을 맞춘 뒤 정해진 신호를 보냈다—수문 쪽으로 손을 몇 번 빠르게 흔든 것이다. 보트에서 사병 두 명이 기운차게 노를 움직여 반쯤 열린 보조 철문을 향해 움직였다.

"미슈코프스키, 야진스키!" 이제 상사의 손은 가까운 운하 경찰대 초소를 가리켰다.

이름을 불린 두 군인은 빠른 걸음으로 풀을 헤치고 걸어나가 철조망 앞에 웅크리고 앉았다. 그리고 그들은 눈에 잘 띄지 않는 단층 건물을 둘러싼 철조망을 철사 가위로 능숙하게 몇 군데 잘라낸 뒤 철조망 구멍 양쪽에 한 명씩 앉아서 자른 곳을 강하게 밀었다.

"스타시아크, 베르친스키!"

이어서 두 명이 철조망 안으로 달려 들어갔다.

"마르친키에비치, 소푸신스키!"

세 번째 팀이 경찰 초소 옆을 돌아 섬 안쪽으로 달려갔다.

"그루비아크, 자네는 여기 남아 있어." 상사는 부하들을 따라 들어가기 전에 명령했다. "신속 대피해야 하는 경우를 대비해서 배를 준비해 둬."

파트리크 그루비아크 상병은 고개만 끄덕였다. 그리고 고무보트 두 대 모두 방향을 돌려놓고 노를 알맞은 자리에 둔 뒤에 잡초가 우거진 가파른 둔덕을 올라, 철조망 주위에 선 동료들의 등에 시선을 고정한 채 굳은 듯이 자리를 지켰다.

스타시아크와 베르친스키는 철조망 구멍으로 기어들어 가 즉시 반대편으로 움직였다. 스타시아크는 부두 근방 확인을, 베르친스키는 조그만 경비 초소 확인을 맡았다. 둘은 거의 동시에 돌아왔다.

"보고드립니다. 모터보트 전부 제자리에 있습니다." 로베르트 스타시아크가 숨을 몰아쉬며 상사 앞에 웅크리고 앉아 말했다.

"경비 초소는 삼중으로 잠겨 있습니다." 야레크 베르친스키가 보고했다.

"좋아." 다니엘레비치는 무전기를 꺼냈다. "여기는 논병아리 하나, 사자 들리나, 오버."

"여기는 사자, 논병아리 하나 보고하라, 오버."

"운하 경찰대 초소에 예상대로 아무도 없다. 모터보트 전부 부두에 위치해 있다, 오버"

"알았다. 잘했다, 다니엘레비치 상사. 이제 2호 목적물로 이동하라, 오버!"

"명령대로 실시한다, 이상." 상사는 무전기를 껐지만 마이크를 내려놓지는 않았다. 손에 마이크를 들고 잠시 생각하다가 그는 주파수를 바꾸어 다시 통화했다. "피에트라슈코, 그쪽은 어떤가, 오버?" 그는 마지막 고무보트 승무원을 불렀다.

대답은 잠시 후에 돌아왔다. 토마시 피에트라슈코는 심하게 숨을 몰아쉬고 있었다.

"수문 주변은 깨끗합니다. 동물원 쪽에서 들어가는 철문을 더 넓게 열어두었습니다. 지금 수문 맞은편 부두에 설치물 올려놓는 중입니다. 2, 3분쯤 더 걸릴 것 같습니다, 오버."

"수문 확보한 뒤에 보고하라, 이상."

마이크를 내려놓고 다니엘레비치는 진군 신호를 보냈다. 다음 건물은 나무로 빙 둘러싸이고 무성한 잡초로 덮여 있었다. 주위는 먹먹할 정도로 고요했다. 새소리도 들리지 않았고 심지어 곤충들도 어디론가 사라졌으며 생명체라면 무엇이든 형태에 관계없이 걸어 다니는 시체들을 피해 몸을 숨긴 것 같았다.

나머지 군인들이 건물마다 다가가서 창문을 들여다보고 문을 흔들어 보았지만 열려 있는 입구는 한 군데도 없었다. 그들에게 대답하는 사람도 한 명도 없었다. 감염이 시작된 것은 금요일 저녁이었고, 이 작업장과 수문에서 일하던 사람들은 모두 집으로 돌아간 뒤였다. 몇 안 되는 경비원과 수문 통신실 직원들만이 그 야만의 밤에 당직 근무를 하다가 첫 총소리가 들려오자마자 도망친 것이 분명했다.

'놀랄 일도 아니지.' 상사는 둘씩 짝지은 부하들이 조그만 섬의 모든 건물을 다 훑어보고 산 사람도 죽은 사람도 마주치지 못했다는 보고를 들었을 때 이렇게 생각했다. 이제 남은 것은 민간 부두에 정박한 내륙용 선박 몇 대뿐이었는데, 민간 부두는 운하 둑을 조금 내려간 곳에 있었다.

"논병아리 하나, 여기는 수문, 오버." 이동식 무선통신기 스피커에서 기계적으로 뒤틀린 피에트라슈코 상병의 목소리가 흘러나왔다.

"수문, 여기는 논병아리 하나. 보고하라, 오버." 다니엘레비치는 녹슨 저인망 어선으로 이어지는 좁은 제방 앞에 멈추어 서서 나머지 부하들에게 조금 더 멀리 떨어진 곳에 있는 바지선 수색을 시작하라고 신호했다.

"수문에 지뢰 설치 완료했습니다. 두 번째 철문도 저희가 손으로 활짝 열었습니다. 설치물 폭발 명령 기다립니다, 오버."

"폭발시켜도 좋다. 1번 집합 지점에서 만나자, 이상." 상사는 마이크를 내려놓고 손수건으로 땀투성이 이마를 닦았다.

그는 빠른 걸음으로 걸었으나 한 걸음 걸을 때마다 제방이 심하게 흔들렸기 때문에 곧 걸음을 늦추었다. 제방에서 강둑으로 이어진 밧줄을 지나자마자 그의 귀에 뭔가 고함 같은 것이 들려왔다. 상사는 주무진스키의 목소리를 들은 것 같았으나 무슨 말을 하는지 분별하기도 전에 연달아 터지는 폭발물의 큰 소리에 묻혀버렸다. 가까운 수문의 거대한 철문을 둘러싼 통행로 아래 설치한 지뢰들이 차례차례 터지면서 연푸른색 철제 구조물을 휘어진 막대기와 양철판 무더기로 바꿔버려서 그 사이로는 곡예사라도 지나갈 수 없게 만들었다.

상사의 귓가에서 뭔가 휘파람 같은 소리가 들렸다. 그의 앞에 있는 배 갑판에서 뭔가 흔들리고 있었고, 그것도 여러 군데가 한꺼번에 흔들리거나 내리찍는 듯했다. 갑자기 그는 누군가 그의 손에서 무전기를 뺏어가려는 듯 확 당기는 것을 느꼈다. 상사는 휘청거리다 넘어질 뻔했지만 재빨리 밧줄을 붙잡았다. 그리고 본능적으로 양팔을 들어 머리를 가렸으나 반응하기엔 이미 늦었다는 것을 그는 알고 있었다. 바지선과 저인망 어선에 지뢰 파편이 쏟아지는 굉음이 가라앉은 후 왼쪽 어딘가에서 억눌린 비명이 들렸다. 그러나 이것은 악몽의 시작에 불과했다. 비교적 조용한 순간은 몇 초밖에 유지되지 않았지만, 그 침묵은 다니엘레비치 상사를 너무나 무겁게 눌러서 마치 심장이 가슴속에서 튀어나올 것 같았다. 그런 뒤에 금속이 한계까지 휘어질 때의 지옥 같은 쇳소리가 울리더니 커다란 충격음이 이어지고 귀가 찢어질 듯한 마찰음으로 끝났다. 제방 주변의 물이 끓어올랐다.

"빌어먹을!"

'저 바보들이 폭발물을 너무 많이 썼어! 아니면 철문이 너무 심하게 녹슬어 있었던 거야!' 이유가 뭐가 됐든 간에 폭발은 의도했던 것보다 훨씬 더 많은 피해를 끼쳤다. 다니엘레비치는 물이 어째서 휘몰아치는지 순간적으로 이해했다. 수문 기계설비가 폭발로 인해 손상되어 수조실 안에 갇혀 있던 몇 미터나 되는 물의 벽이

주는 압력에 굴복해 버린 것이다.

상사는 무전기를 향해 손을 뻗었으나 손이 닿은 곳은 허공이었다. 무전기는 사라졌고 그의 어깨에는 조금 전까지 무전기가 달려 있던 끈만 나란히 뜯어진 채 걸려 있었다.

"강둑으로 돌아간다!" 그는 양손을 입에 대고 고함쳤다. "당장!"

예상하지 못한 폭발에 깜짝 놀란 군인들은 어째서 자기들 발밑의 갑판이 점점 더 심하게 흔들리는지 이해하지 못한 채로 조심스럽게 일어섰다. 상사는 계속 소리치면서 갑판 위에서 흔들리는 형체들을 세어보았다. '다행이다, 전원 다······.' 그러다 상사는 갑자기 굳어졌다. 배 위에 여섯 명이 있어야 하는데, 여덟 명이 있었다······.

"조심해!" 그는 더 큰 소리로 외쳤으나 수문 안에서 뿜어져 나오는 물의 엄청난 굉음에 그대로 묻혀버렸다.

이것은 자연재해급 사건은 아니었으나 수문 아래쪽에 있던 장비들이 마치 갑자기 살아난 듯 흔들리는 파도를 타고 치솟게 만들기에는 충분했다. 저인망 어선을 묶어놓은 팔뚝만큼 굵은 밧줄이 마치 바늘에 달린 실을 물어 끊을 때처럼 차례차례 터져나갔다. 건널다리는 처음에는 위로 1미터쯤 솟아올랐다가 순식간에 떨어지며 계속해서 소리치는 상사를 끌고 내려갔다.

수문 안에서 쏟아져 나온 물에 힘을 얻은 거대한 흐름이 너무나 빨라서 고박이 끊어진 배를 들어 올려 몇 미터 거리에 닻을 내려둔 커다란 바지선에 부딪혔다. 바지선에는 며칠 전에 선별한 진흙이 실려 있었다. 어선이 부딪친 충격이 너무 커서 양쪽 배의 갑판에 있던 모든 사람이 균형을 잃었다. 누군가 비명을 지르며 갑판 난간을 넘어갔고 다음 순간 두 번째로 비슷하게 물에 빠지는 소리가 들려왔다. 또 다른 누군가 배 사이에서 절박하게 도움을 요청했다. 배 앞머리에서 들려오던 찢어지는 비명 소리가 마치 칼로 자른 듯 갑자기 끊어졌다.

다니엘레비치는 물결치는 끈적한 물속에 허리까지 잠긴 채 이 모든 광경을 지켜보았다. 그는 건널다리를 고정한 밧줄을 계속 움켜쥐고 있었는데, 그 밧줄의 반대편 끝이 이제 운하 밑바닥에 가라앉아 있었다. 다행히 물의 힘은 수문이 완전히 열렸을 경우만큼 강력하지는 않았다. 구조물 윗부분이 깔때기 모양으로 벌어졌는데 그 높이는 3미터가 넘지 않았고, 그 덕분에 훨씬 더 심각한 재난은 피할 수 있었다. 물은 계속 빠른 속도로 흘러나왔으나 상사는 최악의 순간이 이미 지나갔다는 것을 알 수 있었다.

그래서 그는 맞은편을 바라보았다. 저인망 어선은 녹슨 바지선 옆면에 뱃머리를 처박은 채 여전히 강하지만 이제는 더 이상 전처럼 빠르게 흐르지 않는 물의 힘에 밀려 천천히 돌아가고 있었다. 운하 깊은 곳에서 들려오던 부글부글 소리는 차츰 조용해졌고 강변과 배의 갑판을 조금 전까지 이어주던 나무 건널다리도 이제는 말파리에 물린 말처럼 날뛰지 않았다. 그래서 상사는 가까운 강변을 향해 네발로 조심스럽게 기어가기 시작했다. 강변에 도착해서야 그는 용기를 내어 일어섰다. 고통은 느끼지 않았고 몇 군데 긁히고 까진 곳 외에는 아마 심각한 부상도 없는 것 같았다. 그는 무전기와 칼라슈니코프 소총을 잃었지만 당장은 그게 가장 큰 걱정거리가 아니었다. 바지선 갑판에 남아 있는 부하들을 구해내야 했다!

그는 부하들을 잘 볼 수 있었다. 넓은 뱃머리 가까운 쪽 난간에 다리를 넓게 벌린 베르친스키가 서 있었다. 제복 상의는 찢어졌고 이마와 가슴의 상처에서 피가 흘러나왔다. 그의 옆에서 갑판에 뒹

굴던 스타시아크가 간신히 일어섰는데, 그 모습도 베르친스키에 비해 별로 나아 보이지는 않았다. 조금 더 멀리 사람 형상 두 개가 있는 것도 보았는데, 전혀 모르는 사람들이었고 제복도 입지 않았다.

"좀비다!" 그는 여전히 넋이 나간 부하들에게 침입자를 가리켜 보이며 고함쳤다.

부하들은 그가 바라던 대로 반응하지 않았다. 심하게 충격을 받아 상사의 외침을 아예 못 들었을 수도 있었다. 상사는 주위를 황급히 둘러보았다. 운하 밑바닥에서 파낸 진흙으로 무거워진 바지선은 닻에서 떨어져 나왔으나 처음에는 물결, 그 뒤에는 저인망 어선과의 충돌 때문에 배의 각진 후미가 강변으로 밀려났다. 강변에 충분히 밀려 올라가 있었으므로 편평한 갑판에 올라갈 수 있을 것 같았으나 상사의 눈앞에서 바지선은 다시 운하 한가운데로 떠내려가기 시작했다.

생각할 시간이 없었다. 상사는 한때 좋은 시절을 누렸을 것 같은 바지선을 향해 전속력으로 달렸다. 가파른 강둑에서 힘껏 뛰어서 그다지 높지 않은 배 옆면 꼭대기에 굉음을 내며 온몸으로 달라붙었다. 부딪친 순간 숨이 턱 막혀서 매달린 채 호흡을 되찾으려 애썼다. 눈앞이 캄캄해졌지만 손을 놓지 않았다. 부상당한 부하들에게 자신이 마지막 구원의 뗏목이라는 사실을 그는 알고 있었다. 위기는 오래가지 않았고 몇 번 숨을 깊이 들이쉬자 다시 기운을 차릴 수 있었다. 딱 몸을 당겨 위로 올라갈 수 있을 정도만 말이다. 잠시 후 닻줄 구멍에 발을 디딜 수 있다는 것을 발견한 다니엘레비치는 단번에 더러운 갑판까지 올라가 난간 너머로 굴러떨어졌다.

미슈코프스키와 야진스키는 아무 데도 보이지 않았다. '그러니까 그 둘이 갑판 바깥으로 떨어진 게 분명해.' 상사는 조금 전에 들었던 비명과 물 튀기는 소리를 떠올렸다. 물살이 그렇게 빠른 데다 완전무장 상태였으니 둘은 헤엄칠 겨를도 없이 가라앉았을 것이다.

입속으로 욕설을 내뱉으며 상사는 녹슬고 휘어진 해치 손잡이를 잡고 몸을 일으키려 해보았다. 그는 일어나 앉은 채 눈으로 갑판의 나머지 부분을 훑으며 무릎으로 기어서 갑판을 따라 곧바로 멀리 있는 두 좀비를—아니, 지금은 셋이다—향해 빠르게 움직였다. 눈앞에 다리가 없고 내장이 사라진 마르쿠스 마르친키에비치의 시신이 있는 것을 보았는데, 그는 전직 세무공무원으로 운 나쁘게도 그 야만의 금요일을 글자 그대로 바로 며칠 앞두고 작전에 동원되어 입영한 다음 날 공병대에 배치되어 지옥의 한가운데 투입된 것이다. 그는 경험이 없었고 아마 운도 없어서 바지선 갑판에 우글거리던 좀비들의 손아귀에 첫 번째로 떨어졌으며, 이제는 악취를 풍기는 부대에 합류하여 무시무시한 부상을 입었음에도 불구하고 상사를 향해 곧바로 기어오고 있었다.

마르친키에비치가 기어 나온 해치 모서리 너머에 엄청나게 부서진 머리가 보였다. 얼굴이 너무 심하게 일그러져 상사는 한참이나 들여다본 뒤에야 미레크 소푸신스키를 알아보았다. 소푸신스키도 예비역이었으며 진군 명령이 떨어지기 몇 시간 전에 공병대에 들어왔다.

'그 둘이 여기로 보내진 건 엄청난 오류였던 거야. 하지만⋯⋯.'

다니엘레비치는 회상에 잠길 시간이 없었다. 화물칸 문틀을 차서 엉망진창이 된 마르친키에비치의 시신을 뛰어넘은 상사는 뒤를 돌아보지 않고, 뱃머리 쪽을 향해 휘청거리는 걸음으로 걸어가는 좀비와 그곳에 있는 부상당한 부하들을 향해 계속 달려갔다. 세 번째 좀비가 화물칸 사이의 좁은 통로에 서 있었다. 다니엘레비치 상사는 지금 이 세 번째 좀비와 맞붙을 필요가 없다는 사실을 알았다. 베르나치아크 대위가 현장으로 나가기 전에 감염자들은 대략 10미터 거리에서 산 사람의 기척을 감지할 수 있다고 설명했는데, 이 좀비는 그의 부하들에게서 30미터는 되는 곳에 있었다. 그래서 상사는 이 세 번째 좀비가 돌아서기 전에 지나쳐서 좀비의 시야가 닿는, 혹은 감지 가능한 범위에서 벗어났다.

그러나 상사는 저 마지막 좀비를 어떻게든 처리해야 베르친스키를 구할 최소한의 가능성이라도 확보할 수 있을 것이었다. 베르친스키는 이제 정신을 좀 차리고 심각한 부상을 입은 스타시아크를 돌봐주려 하고 있었다. 상사는 갑판 난간과 절반쯤 차 있는 화물칸 사이 갑판의 좁은 통로에서 터덜터덜 걸어가는 좀비를 향해 곧바로 달려갔다. 이 상황에서 어떻게 해야 살아서 빠져나갈지 전혀 알 수 없었기 때문이다. 더 나은 해결책을 찾지 못한 상사는 좀비가 그 괴상한 육감으로 자신의 존재를 감지하고 고개를 돌리기 시작하자 더욱더 서둘렀다. 그것은 목적이 있는 행동이라기보다 충동 혹은 본능적인 반응이었다. 다니엘레비치는 양손으로 어떤 구조물의 철제 기둥을 붙잡고 전력을 다해 매달린 뒤에 남은 힘을 전부 다리에 실어서 발차기를 날렸다. 무거운 전투화가 좀비의 어깨높이에 맞았고 좀비는 50센티미터 높이의 뱃머리 화물칸 입구까지 날아갔다. 좀비는 그 철제 장애물 너머로 굴러떨어져 반쯤 마른 진흙의 깊은 구덩이 속으로 크고 둔탁한 소리를 내며 사라졌다.

다니엘레비치도 마찬가지 방식으로 목숨을 잃지 않은 이유는 오로지 좀비와 접촉한 순간 그의 손에 힘이 빠졌기 때문이었다. 원심력에 밀려나서 그는 갑판의 좁은 틈으로 등부터 떨어졌고 몇 번 구른 뒤에 너무 아파서 씩씩거리며 거의 움직이지 못하게 되었다가 부하들과의 내기에서 최소한 500밀리리터짜리 보드카라도 딴 듯이 큰 소리로 웃음을 터뜨렸다. 좀비의 엉덩이를 차내고 자신은 살았으며, 가장 중요한 사실은 부하 두 명도 구해냈다는 것이다.

상사는 사지가 전부 쑤셨지만 어떻게든 일어섰으나 눈앞에 계속 조그만 불꽃이 날아다니는 것 같았다. 그는 휘청거리면서 뱃머리로 갔다. 베르친스키는 피투성이가 된 기둥에 기대앉은 스타시아크 옆에 여전히 앉아 있었다.

"다들 여기서 나가자, 안 그러면 저 괴물들이······." 그는 숨을 헐떡거리며 베르친스키의 어깨를 잡고 그의 몸에 가려진 스타시아크를 일으켜 세우려 했다.

여기까지 말했을 때 상사의 눈앞이 캄캄해졌다. 그가 마지막으로 본 것은 참살당한 군인의 푸르스름한 얼굴에 떠오른 끔찍하게 찡그린 표정이었고, 거기에는 생명의 기운이라곤 단 한 줌도 없었다······.

* * *

"논병아리 하나, 섬 상황 어떤가, 오버?!" 다니엘레비치 소대와의 연락을 맡은 무전병이 몇 번이나 되풀이해 호출했으나 당연히 대답은 없었다.

"젠장." 베르나치아크가 중얼거렸다. 그는 상사의 침묵이 무슨 의미인지 알고 있었다.

"아군 손실을 피할 수 없을 거요." 비에드지츠키가 베르나치아크의 눈을 쳐다보지 않은 채 내뱉었다. "중요한 건 그 수문을 폭파시켰다는 거요. 비록……." 비에드지츠키는 말을 맺지 못했다.

조금 전에 차례로 폭발하는 소리가 들렸고 그것으로 수문 차폐 작전은 끝난 것이 분명했다. 그러나 임무를 완수했다는 보고는 들어오지 않았다.

"대령님, 논병아리 둘입니다!"

논병아리 둘은 즈비에지니에츠키 다리를 확보하는 임무를 맡았다. 그곳은 아무 문제도 없을 것이었고, 그러므로 이 보고는 섬 상황에 관련되었을 수도 있었다. 섬은 동물원 근처 교두보에서 작업하던 공병들 시야 안에 있었기 때문이다.

"연결해!" 비에드지츠키는 책상 가장자리에 놓여 있던 수화기를 집어 들었으나 잠시 생각한 뒤에 수화기를 대위에게 넘겼다.

"논병아리 둘, 보고하라, 오버!" 베르나치아크는 힘겹게 감정을 억눌렀다.

"대위 동무, 크리스티안 바시크 상병이 보고드립니다. 수문에 나간 소대가 뭔가 잘못된 것 같습니다, 오버."

"그건 우리도 안다, 바시크 상병. 뭐가 보이는지 보고하라, 오버."

"수문이 폭파된 뒤에 철문이 열렸습니다, 오버."

"수문이 전부 날아갔나?" 대위가 언성을 높였다.

"아닙니다. 하지만 수문 윗부분이 심하게 휘었습니다. 벌어진 틈에서 물이 엄청나게 흘러나옵니다."

"아군이 보이나?"

잠시 동안 그저 소음만 들렸다.

"예, 대위 동무. 강변 고무보트 옆에 한 명 있습니다. 아마 그루비아크 같습니다."

"그루비아크 혼자인가?"

"예."

"둑 아래로 누구든 보내게. 그루비아크한테 캐물어서 상황이 어떻게 됐는지 이쪽에 보고해, 이상." 베르나치아크가 명령했다. 그는 규정대로 무사히 통신을 끝낼 수 있을 정도로 냉정해져 있었다. "문제가 뭔지 곧 알게 될 겁니다." 그는 대령을 향해 이렇게 덧붙였다. "민간 선박을 수색할 때 물결이 너무 심해서 놀란 것일지도 모릅니다."

비에드지츠키는 그를 가만히 노려보았다.

"수문을 폭파시키려고 차출한 공병이 두 번째 무전기를 가지고 있어야 했네." 비에드지츠키가 음울한 어조로 대위에게 상기시켰다.

둘은 길고 긴 몇 분간 기다리며 나머지 소대들의 보고를 들었다. 논병아리 셋은 슈치트니츠키 다리 교각 아래 폭발물 절반을 설치했으며 좀비 관련해서는 아무런 문제도 맞닥뜨리지 않았다. 좀비들 대부분이 이전 격리병동 주변과 광장 안에서 돌아다니고 있었으나, 다행히도 다리나 그 다리 너머에 있는 공원에는 좀비 중 누구도 관심을 가지지 않았다. 그 덕에 공병들은 세 번째 고무보트에 탄 인원도 포함해서 모두 조용히 집중해서 일할 수 있었다.

논병아리 넷, 다섯, 여섯은 이제 막 올림픽 경기장 수영장에 접근하고 있었다. 이 3개 소대는 커다란 호송차 1대에 다 같이 타고 큰 마을들을 전부 멀리 피해서 같은 경로로 각자 맡은 지점에 도달했다. 군인 100명, 장갑차 8대, 트럭 6대, 그중 2대는 고무보트를 운반했고 이 호송부대의 선두는 탱크가 이끌었는데, 모두 그때까지 넘을 수 없는 장애물은 전혀 마주치지 않았다. 무거운 장갑차와 탱크는 좀비와 마주치면 차 바퀴나 캐터필러로 으깨고 지나갔지만 그런 일은 몇 번 일어나지 않았다.

1, 2분 뒤에 호송대는 홍수 대비용 둑을 올라가 그 둑을 따라서 스보이치츠키 다리 교두보에 도달할 것이며, 그곳에서 임무에 따라 세 팀으로 흩어질 예정이었다.

논병아리 다섯 부대를 태운 장갑차 두 대는 제 자리에 남아 스보이치츠키 쪽 교차로를 지키기로 했다. 논병아리 여섯에 속한 군인들을 태운 장갑차 한 대는 섬의 동쪽 끝에 놓인 바르토쇼비츠키 다리와 조금 더 멀리 있는 오파토비체섬 근처 수문 장치로 향할 것이었다. 반면 나머지 차량은 뎁투흐 소위가 지휘하는 탱크를 따라 서쪽으로 이동해서 거의 2킬로미터 거리에 있는 야겔론스키에 다리로 향할 것이다.

"논병아리 둘입니다." 비에드지츠키가 호송차를 의미하는 표식을 전략 지도 위에서 경기장 쪽으로 밀어 옮기고 있을 때 무전병이 보고했다.

"여기는 사자, 보고하라!" 베르나치아크가 즉시 수화기를 들었다.

"미하우 코마르 상병 보고드립니다. 저희는 부두 앞에 있습니다, 대위 동무. 그루비아크와 이야기했는데 그루비아크도 아까 말씀드린 내용 외에는 상황을 전혀 모른다고 합니다……." 코마르 상병은 급히 말을 끊었으나 잠시 후에 다시 보고하기 시작했다. "대위 동무, 방금 고무보트 옆에 주무진스키와 피에트라슈코가 도착했습니다. 주무진스키가 부상당했는데 좀 심각합니다. 배에 맞았습니다. 지금 응급처치 시작합니다, 오버."

"가까이에 또 누가 있나? 혹시 좀비라도? 오버." 베르나치아크가 서둘러 물었다.

"잠시만 기다려주십시오, 대위 동무." 한동안 수화기에서 커다랗게 씩씩거리는 소리만 들려왔다. "강둑으로 올라왔습니다. 여기서 운하경찰 초소까지 다 보입니다. 보고드립니다. 시야 안에 아무도 없습니다, 오버."

"피에트라슈코한테 무슨 일이 일어난 건지 물어보게, 오버."

"예, 알겠습니다."

이번에는 씩씩거리는 소리가 조금 조용해졌다. 대령과 대위는 긴장한 채로 설명을 기다리며 현장에서 들려오는 다른 보고에는 대응하지 않았다. 호송대는 처음에 스보이치츠키 다리를 지났고 이제 막 '헤쳐 모여' 한 참이었다.

"여기는 논병아리 둘, 사자 나와라, 오버. 주무진스키가 도화선에 불을 붙인 직후에 수문 옆에서 어떤 아이를 보았다고 합니다. 아이한테 경고하고 쫓아내려고 하다가 배에 파편을 맞았습니다. 상태가 좋지 않습니다만 애들이 이미 보트를 물에 띄우고 있습니다. 강둑으로 위생병 보내주실 수 있습니까, 오버?"

베르나치아크는 논병아리 하나와 연락을 맡은 무전병을 쳐다보았다.

"강둑에 위생병 필요하다고 본관에 전달해! 당장!"

"예, 알겠습니다."

"여기는 사자, 논병아리 둘 나와라. 위생병이 가고 있다, 오버."

"시발……"

"코마르 상병!"

"대…… 대위 동무, 즈무진…… 둘 다…… 이런 시발!"

"그만 욕하고 무슨 일인지 말해!" 베르나치아크가 고함쳤으나 겁에 질린 상병은 제대로 말을 하지 못했다.

"그가 그들을, 그러니까, 그가……."

"그 세 명도 오늘 아군 손실 명단에 집어넣게." 비에드지츠키는 이 횡설수설하는 말이 무슨 뜻인지 완벽하게 알고 있었다. 지난밤에 비슷한 보고를 너무 많이 받아서 그는 더 이상 아무런 환상도 갖지 않았다. "자네의 그 주무진스키가 고무보트에서 좀비로 변했어."

"코마르 상병, 거기 있나, 오버?" 대위는 다시 한번 통신을 시도했다.

"예……."

"그루비아크, 주무진스키, 피에트라슈코 사망 확인하게, 오버."

"그게, 강둑에서 이미 3미터 떨어져 나와 있어서, 그래서……."

"조리 있게 보고하게, 상병. 안 그러면 화장실 청소하게 될 거다, 오버!"

"예, 알겠습니다, 대위 동무. 이미 어쩔 수 없습니다. 그루비아크가 보트에서 떨어져 마치 돌덩이처럼 물속으로 가라앉았습니다. 피에트라슈코도 뻣뻣한 채 그대로 빠졌습니다. 주무진스키만 아직도 움직입니다."

"보트가 아직도 강변 쪽을 향해 움직이는 건가, 오버?"

"아닙니다…… 이젠 아닙니다. 강물이 다리 쪽으로 보트를 싣고 가고 있습니다."

"물에 빠진 두 명을 계속 지켜보게, 코마르." 대위가 지시한 뒤에 수화기를 내려놓고 논병아리 둘과 연락을 담당한 무전병을 바라보았다. "자네는 슈치트니츠키 다리 아래 있는 애들한테 잠시 후에 달갑지 않은 손님들이 갈 수도 있다고 전하게."

"운이 조금 좋다면 수문으로 갈 수도 있지." 비에드지츠키가 지도를 꼼꼼하게 들여다보며 희망을 담은 어조로 말했다.

이 좀비들만은 자연이 알아서 돌봐주면 좋겠다고 그는 생각했다. 결과적으로는 이들을 마지막으로 처리해야 하는 사람은 그들의 친구나 동료들이었고 이런 일이 생길 때마다 이미 지난밤에 지옥을 겪어 그렇지 않아도 낮아진 사기가 더욱 푹푹 꺾였다.

"상황 어떤가, 오버?" 베르나치아크가 다시 코마르를 호출했다.

"고무보트가 천천히 강변에서 멀어집니다, 대위 동무." 몇 초 뒤에 코마르가 보고했다. "보트가 돌기 시작합니다……. 느려집니다……. 아, 물살이 보트를 수문 쪽으로 싣고 갑니다……. 예, 운하 안쪽으로 점점 더 빨리 들어갑니다. 강변이 안 보이게 될 것 같습니다. 이미 그 콘크리트 깐 돌출부 너머로 사라졌습니다."

"다행이군." 대령이 기뻐했다. "상병에게 위치로 돌아가라고 해. 그리고 위생병은 취소하게. 이런 시발!" 그가 갑자기 무전병을 돌아보았다. "실롱스크주 인민위원회에 연락해, 당장! 바지선 경비하라고 해! 저 물결이 수문 너머에서 뭘 싣고 왔을지 어떻게 알겠나." 그가 놀란 대위에게 설명했다.

이 모든 상황 때문에 대령은 1킬로미터도 채 안 되는 곳에 그들 모두를 위한 보급품을 가득 실은 바지선이 정박해 있다는 사실을 완전히 잊어버렸던 것이다.

"섬에 부대를 하나 더 보냅니까?" 베르나치아크가 상병에게 대령의 명령을 전달한 뒤에 물었다.

비에드지츠키는 입술을 깨물었다.

"그렇게 하게. 하지만 이번에는 더 많이. 그쪽에서 절대로 아무것도 기어들어 오지 않는다고 확신할 수 있어야 해."

"대령님, 니즈네르 소위입니다." 대령이 말을 마치자마자 무전병이 보고했다.

비에드지츠키는 예비 수화기를 들었다. 니즈네르는 공식적으로 뎁투흐 소위의 호송대에 참가해서 조선소 상황을 직접 확인하러 갔다. 그러나 비에드지츠키는 소위가 체코슬로바키아제 최신형 탱크를 조종해 보고 싶었던 것이라 짐작했다. 특별히 놀랄 일도 아닌 것이, 대령 자신도 사회주의 기술력의 결실인 그 탱크에 한번 타보고 싶었다.

"논병아리 넷, 여기는 사자, 오버."

"대령님, 좋은 소식입니다. 항해용 운하에 바지선이 최소한 열대여섯 대는 있습니다, 오버."

"어디서 그렇게 많이 나타났나, 오버?" 놀란 비에드지츠키가 물었다.

"어제부터 브로츠와프시 운하를 통과해 운항하려고 허가를 기다리고 있던 배들입니다. 대부분 실롱스크 지역 석탄을 싣고 있습니다만 최소한 두 척은 오폴레에서 곡물을 싣고 왔습니다, 오버."

"그걸 어떻게 아나?" 대령은 지침에 규정된 신호를 무시했다.

"선원들에게 물어봤습니다." 소위도 대령을 따라 보통 대화하듯 말했다.

"배에 선원이 있다고?"

"그렇습니다."

비에드지츠키는 이 정보를 소화하기 위해 잠시 시간이 필요했다. 시내 상황을 분석할 때 그는 여러 변수를 계산에 넣지 않았는데, 그중 하나가 실롱스크 북부 지역을 연결하는 대단히 이동성 좋은 항로였다. 배들이 다니는 이 길은 심지어 격리 기간 동안에도 브로츠와프를 통해 어마어마한 양의 물품을 운송했다. 베르나치아크가 그에게 전에 해준 말에 따르면 모터가 장착된 화물선이라면 어느 배나 화물을 최소한 몇백 톤은 운반할 수 있었다. 브로츠와프 바로 위로 흐르는 오드라강에는 이런 화물선이 지금도 최소한 20척, 혹은 그 이상 있을 것이었다. 게다가 선원들도 여전히 배 안에 있다는 사실이 중요했다. 그것은 즉 따로 사람들을 모아서 선박을 조종하는 법을 가르칠 필요가 없으며, 그렇다면 도시 정화 작전이 계획에 따라 불필요한 지연 없이 매끄럽게 흘러갈 수 있다는 의미였다.

"니즈네르, 인원 몇 명 빼서 따로 소대 만들어서 선원들 전원 대피 준비시켜! 선원이 대체 몇 명이나 되나?"

"모르겠습니다. 어쩌면 100명이나 그보다 더 많을지도……."

"100명이라고 했나? 좋아, 이렇게 하지. 그 곡물 실은 배들을 이쪽, 동물원 앞으로 끌고 와. 하는 김에 그 두 척에 나머지 선원들도 전부 태우고……."

"잠시만, 잠시만 기다려주십시오. 잠시만 말씀드리겠습니다, 대령님." 니즈네르가 그의 말을 막았다. "그게 가능할지 잘 모르겠습니다. 이런 화물선은 자동차가 고속도로에서 유턴하듯이 좁은 운하에서 방향을 돌릴 수가 없습니다. 잠시만 기다려주셔야……."

비에드지츠키는 얼굴을 심하게 찡그렸다. 그건 그렇다. 전략 지도에 따르면 운하 넓이는 대략 50미터 정도 되는데 그에 비해 화물선은…… 분명히 그보다 훨씬 더 길 것이었다. 대답을 기다리면서 대령은 계속 현장 보고를 받고 있는 베르나치아크에게 다가가 니즈네르 소위와 방금까지 나눈 대화를 요약해서 말해주었다.

"전형적인 화물선이라면 선원들이 조종 장비를 배의 반대쪽 끝으로 밀어내기만 하면 됩니다." 대위는 재빨리 절충안을 찾아냈다. "하지만 고정형 조종 장비라면 실질적으로 문제가 됩니다."

"화물선 전부 어떻게든 견인하면 안 되나?" 비에드지츠키가 물었다.

"안 됩니다, 대령님."

"어째서?"

"설명하려면 깁니다."

"짧게 얘기하면?"

"화물선은 미는 방식이지 끄는 방식이 아닙니다. 작동 원리가 완전히 다릅니다. 게다가 도중에 수문이 있습니다. 안 됩니다, 너무 위험합니다."

"대령님, 이 문제를 어떻게 해결하면 좋을지 알 것 같습니다." 수화기에서 니즈네르 소위의 약간 왜곡된 목소리가 흘러나왔다.

"말해봐!"

"선원 한 명이 방금 알려준 바에 따르면 운하에서 조선소로 들어가는 부분은 배들이 자유롭게 방향을 돌릴 수 있도록 특별히 넓혀 놓았다고 합니다. 거의 100미터입니다. 거기라면 어떤 화물선이라도 돌려세울 수 있습니다."

"훌륭해. 그렇다면 곡물 실은 배와 선원들 전부 신속히 여기로 데려와. 그 사람들 지금 잃어버리기에는 너무 귀한 자원이다."

"선원들에게 어디까지 말해도 됩니까?"

비에드지츠키는 잠시 망설였다.

"필요한 만큼. 진실을 숨길 필요는 없네만 공식적인 버전을 유지하는 게 좋겠지. 처음부터 선원들을 패닉에 빠뜨릴 필요는 없어."

"알겠습니다, 이상."

"니에시토 동지입니다, 소령 동…… 소령님." 무전병이 예비 무전기를 조작하며 말을 더듬었다.

"대응할 시간이 있었기를 바라네만?" 비에드지츠키는 상대방이 입을 열기도 전에 내뱉었다.

"간신히 해냈어, 친구! 간신히!" 니에시토의 목소리에는 분노가 서려 있었다. "자네 거기서 대체 무슨 짓을 하는 건가?"

"수문 상부가 폭발 때문에 손상됐어." 대령이 설명했다.

"난 자네가 전문 공병들을 보낸 줄 알았는데, 엉터리 아마추어가 아니라!"

"우리 애들이 잘못한 게 아냐. 민간 업체가 녹을 그때그때 제거하지 않고 그 위에 그냥 칠을 한 거야. 무슨 일이 일어났는지 빨리 말하는 게 좋을 거야."

"물결에 배가 몇 척 휩쓸린 게 천만다행이지. 그 배들이 아니었으면 지금 식량 500톤이 물에 홀딱 젖은 꼴을 보고 있었을 걸세. 그 빌어먹을 보트 다음에는 망할 어선이 나타나서 머리카락 한 올 차이로 우리를 비껴 지나갔어. 머리카락 한 올 거리였다고, 친구! 내가 탄 물 위의 식량창고 옆면을 그 어선이 긁고 가면서 났던 쇳소리를 자네도 들었어야 했는데! 다행히 큰 손상은 없었지만 자네 부하들이 탄 화물선이 여기 닿기 전에 우리가……."

"잠깐. 무슨 화물선? 무슨 부하들? 지금 무슨 소리야?" 비에드지츠키는 책상과 그 위에 놓인, 진행 중인 작전에 따라 병력의 위치를 실시간으로 표시한 지도에서 시선을 떼고 니에시토의 말을 막았다.

논병아리 여섯과 넷은 지정된 위치에 마지막으로 도착했다. 베르나치아크의 만족한 얼굴이 그 외에 별다른 이상은 없었다는 사실을 말해주었다.

"진흙 실은 화물선 말이야, 어선 지나가고 바로 뒤에 높은 물결에 실려왔어." 니에시토가 차분하게 설명하기 시작했다. "우리 애들이 좀비를 봤다는데 대부분 전투복을 입고 있었어. 자네 부하들일 수 있겠다고 생각했지."

"몇 명이나 되던가?"

"그게 중요해?"

"빌어먹게 중요하지."

"여덟 명 정도. 몇몇은 뱃머리에 있었고 둘 정도는 갑판 중간에 있었네."

소령과 대위는 서로 의미심장하게 바라보았다. 고무보트에 세 명, 화물선에 여덟 명—다니엘레비치의 소대 병력보다 한 명이 더 많다. 그러므로 섬에는 군인이 한 명도 남지 않았고, 몇 명인지 알 수 없는 좀비들만 숨어 있었으며 이들이 소대를 파멸로 이끈 것이다.

"다시 한번 혼란을 일으켜 미안하네." 비에드지츠키가 말했다. "작전의 이번 단계에서 우리가 자네 쪽을 놀라게 하는 건 이번이 아마 마지막일 걸세."

"그래야지. 우리 애들은 나보고 보급품을 더 많이 뭍으로 옮기라고 귀에 구멍이 뚫릴 정도로 들볶고 있어. 만에 하나 이 화물선을 잃게 되면……."

"알아, 길게 얘기할 필요 없네, 이상."

22

**1963년 8월 10일 토요일 12시 15분
트램 차고지 2호, 스위비안스카 16-30번지**

"아이를 돌려줘!" 에바는 증오에 찬 눈으로 스프리하를 노려보았다. "약속했잖아!" 이 마지막 말에는 울음이 섞였다.

"잠시 후에." 스프리하가 에바의 말을 막았으나 이미 이전의 공격성은 없었다. "먼저 부지가 안전한지 확인해야지. 저 괴물들이 여기에 또 기어들어 오는 건 너도 원하지 않을 테니까. 그렇게 되면 나는 너를 또 거리로 내보내야 하잖아, 우리 귀한 아주머니." 그는 절박한 에바가 교차로를 겁먹은 듯 돌아보는 모습을 보고 그녀가 포기할 것임을 알았다. "시작하자!" 그는 물러서서 동료들이 한 줄로 출입문을 통해 나가도록 비켜주었다. "자넨 이 여성분하고 같이 있어!" 그는 마그지아레크의 가슴에 손을 대고 막았다. "하지만 손끝 하나 건드리면 안 돼!" 마그지아레크가 망치를 들고 어떤 짓을 하는지 보았던 에바의 눈에 두려움이 서렸고, 스프리하는 그 모습을 보고 이렇게 덧붙였다.

"여기서 나한테 덤비면 어떡하라고?" 마그지아레크가 조금 덜 얻어맞은 왼쪽 눈으로 다정하게 에바에게 눈짓하며 물었다.

그의 얼굴 절반은 보라색으로 부어올라 알아볼 수 없었고, 말할 때 입의 절반밖에 움직일 수 없었지만 그렇게 해도 무척 아플 것이 분명했다. 그러나 마그지아레크는 아랑곳하지 않았고, 실제로는 어떻든 겉으로 아픈 티를 내지 않았다.

"덤비면 두들겨 줘도 좋지만 그런 일이 벌어질 거라고는 생각하지 않는데." 스프리하가 그 유명한 매력적인 미소를 에바에게 보냈다. "이 아주머니는 독실한 신자가 미사 시간에 주교님 말을 듣듯이 네 말을 잘 들을 거다." 그는 다시 마그지아레크를 바라보았다. "내가 움직이지 말라고 하면 움직이지 말아야 해, 알겠어? 이 여자한테서 1미터 떨어져서 이 여자가 움직이지 않으면 너도 눈도 깜빡하지 마. 야니체크가 널 지켜볼 거다." 스프리하는 차고지 건물 지붕과 그 위에 앉아 있는 관찰자를 가리켰다.

마그지아레크는 오랫동안 억눌러 왔던 피의 부름을 느끼는 모양이었고 이렇게 되면 무슨 일이든 벌어질 수 있었다. 스프리하는 그래서 나중에 후회하지 않기 위해 같은 말을 두 번 되풀이했다.

"그리고 넌 앉아서 꼼짝도 하지 마!" 그가 에바에게 명령했다.

에바는 시키는 대로 즉시 아무 말도 하지 않고 따랐으므로 스프리하는 마음 놓고 문밖으로 나갈 수 있었다. 마침 그젤라크가 가장 가까이 있는 호송트럭의 시동을 거는 중이었다. 야쿠자의 발이 다른 호송트럭 운전석에서 나와 있는 것이 보였다. 당장은 모든 일이 계획한 대로 흘러갔다. 첫 호송트럭 엔진이 부릉부릉 소리를 내다가 조용해졌다. 배기구에서 자극적인 연기가 덩어리져 뿜어 나와 거리의 절반을 채웠다.

"어떻게 하는 건지 지금 알고 하는 거야?" 도둑질 전문 카치마레크가 웃음을 터뜨렸다.

"이건 고급 승용차가 아니니까." 그젤라크가 투덜거리며 대답했다. "하지만 두고 보라고!"

그는 계기반 아래에서 서로 엉킨 전선 한 움큼을 꺼내 눈을 가늘게 뜨고 주의 깊게 들여다보더니 빨간색과 검은색 전선을 하나씩 집었다. 카치마레크에게 보란 듯이 전선을 들고 서로 연결했고 곧 전선에서 불꽃이 튀었다.

스프리하는 나머지 동료들과 함께 보도로 나갔다. 파란 하늘에 천둥 백 번이 동시에 울리는 듯 쩌렁쩌렁한 굉음이 울렸다. 가까운 건물 창문이 흔들렸다. 몇 개는 깨져서 산산이 부서졌다.

"시발, 대체 너 무슨 짓을 한 거야……?" 호송트럭 옆에 납작하게 엎드린 네린크가 중얼거렸다.

카치마레크도 다른 사람들에 비해 덜 놀란 것 같지는 않았다. 믿을 수 없다는 표정으로 지금은 서로 떨어뜨린 두 개의 전선을 바라보았다.

"나 아냐!"

"저기! 봐! 저기!" 위쪽에서 방화범 야니체크의 새된 목소리가 들렸다.

스프리하는 차고지 건물 지붕을 바라보았다. 야니체크는 일어서서 재건축한 아파트 건물 너머 어딘가를 가리키고 있었다.

"저기라니 어디?" 그는 대략 동쪽을 바라보며 물었지만 길거리에 선 채로는 흥미로운 일은 아무것도 볼 수 없었다.

"연기! 저기, 건물 너머 저기 멀리! 뭐가 터진 것 같소!" 야니체크가 고함쳤다.

"넌 이 부근에 좀비가 기어다니지 않는지 그거나 잘 봐!" 스프리하가 소리 질렀다.

돌아오면서 그는 울타리 너머를 돌아보았다. 에바는 땅에 쓰러져 있었고 겁에 질린 것처럼 보였다. 마그지아레크는 지금 일어서는 중이었는데 에바 바로 옆에 있었고 손에는 망치를 들고 있었다.

"캉가세이루!"

"난 아무것도……." 여전히 넋이 나간 채 마그지아레크가 내뱉었다.

"닥쳐!"

스프리하는 길이 갈라진 곳으로 나아갔다.

그젤라크가 다시 전선을 연결했다. 이번에는 처음처럼 보란 듯한 태도가 아니었다. 엔진이 펄쩍 뛰었고, 안정적으로 돌아가지는 않았지만 굴러가다 꺼질 것 같지도 않았다.

그젤라크는 후진기어를 넣었고 수이카의 안내에 따라 호송트럭을 담장 아래로 몰고 가서 옆 골목으로 들어가는 입구에 대각선으로 세웠다. 계획은 간단했다. 호송트럭 두 대를 한 줄로 세워 일종의 바리케이드를 만든다는 것이었다. 세 번째 트럭은 차고지의 잠글 수 없는 철문을 막고, 마지막 한 대는…… 그들이 도망쳐 나온 그 호송트럭은 이 작전의 마지막 단계를 실현하는 데 사용될 것이었다.

울피크도 트럭의 시동을 걸었으며 이 트럭도 네린크의 도움을 받아 정해진 자리에 세워졌다. 그러나 양쪽 트럭 사이에 거의 2미터 정도 거리가 벌어져 있었다. 스프리하는 동독 승용차 '바르트부르그'를 밀고 오는 마루트와 슈치그워에게 자리를 내주며 뒤로 물러섰는데, 이 베이지색 바르트부르그는 스워비안스카 거리 이쪽에 서 있던 두 대의 2인승 승용차 중 하나였다. 나머지 한 대는 흰색 폴란드제 '시레나'였는데 지금은 너무 멀리 있어서 여기까지 끌고 올 수 없었다. 이 시레나는 '1번지' 술집의 셔터로 잠긴 문에서 몇 미터 떨어진 곳에 주차되어 있었다.

"꼭 이래야겠소, 대장?" 그젤라크가 스프리하에게 다가가며 물었다. "저거 정말 괜찮은 물건인데……."

그는 신형 바르트부르그가 아까웠던 것이다. 택시 기사로 일할 때 동료들이 모두 그랬듯이 그도 딱 저런 차를 꿈꾸었다.

"더 좋은 생각 있나?"

그젤라크는 고개를 저었다.

"없지만 저렇게 좋은 차를 망가뜨리다니 아깝잖소."

스프리하는 웃음을 터뜨렸다.

"이젠 이 도시의 모든 차가 우리 거야. 자네도 좀 더 좋은 걸 찾아내겠지."

그의 신호에 따라 부하 다섯 명이 모여서 거리에 대각선으로 세워둔 차를 흔들기 시작했다. 다섯 번 흔든 것만으로 차는 옆으로 쓰러져 커다랗게 쇠 쓸리는 소리를 내며 공터를 막아버렸다.

이제는 호송트럭 주변 공간을 막는 일만 남았다. 스프리하는 이미 오래전부터 여기에 대해 계획을 세워두고 있었다. 부하들이 처음에는 트럭 두 대의 타이어를 모두 뚫어 트럭의 높이를 낮춘 뒤에 차량수리 작업장 뒤의 창고에서 찾아낸 남아도는 접이식 트램 문짝을 가져와 트럭 옆면에 늘어세우고 마지막으로 각목, 판자, 벽돌, 그리고 모래를 채운 자루를 쌓아 바리케이드를 보강했다.

그들이 바리케이드를 만드는 동안 또다시 강력한 굉음이 들려 깜짝 놀랐다. 이번에는 폭발음이 짧은 간격 두고 연달아 세 번 들려왔고 그 메아리가 근처 건물 벽에 부딪쳐 몇 번이나 울려 퍼졌다. 이 때문에 그들에게 폭발음이 실제보다 더 크고 더 가깝게 느껴졌다.

"아니 저게 대체 무슨 일이오?" 카치마레크가 손에 묻은 먼지를 바지에 문질러 닦으며 놀라서 묻고는 다시 보도에 주저앉았다.

그 외에는 단지 두 명만 똑같이 불안한 반응을 보였는데, 네린크와 에바였다.

"가서 확인할래?" 스프리하가 짜증을 내며 말했다. 그는 사실 겁에 질린 반응을 간신히 억눌렀지만 마찬가지로 불안해하고 있었다.

"그건 아니오." 카치마레크가 중얼거렸다.

"그럼 일이나 해."

그들이 거의 출입문 바로 앞까지 끌고 온 차량들에는 바리케이드 보강용 트램 부품과 20개가 넘는 무거운 모래주머니가 아직도 남아 있었다. 그들은 몇 분 만에 이 모든 것을 다 내렸다. 야쿠자가 그동안 세 번째 호송트럭을 울타리 앞에 주차하여 마지막 철문을 막았다. 그곳에서도 남자들은 트램 문짝과 판자와 모래 자루로 같은 작업을 되풀이했다. 보강재를 거리로 들고 나올 필요가 없고 미리 준비해 둔 재료가 호송트럭에서 고작 몇 미터 거리에 있었기 때문에 일은 좀 더 빨리 진행되었다.

"자 이제는, 존경하는 여러분……" 스프리하가 죄수 호송대의 마지막 트럭 운전대 층계에 올랐다. "엄청난 상을 받을 때가 왔다! 다들 트럭에 타!" 그는 차로에 뛰어내리며 명령했다.

"대장은 어디 가시오?" 그젤라크가 불렀다.

"금방 돌아올게!"

스프리하는 울타리를 따라 여전히 묶여 있는 좀비가 된 소년들을 피해서 걸었다. 출입문 앞에 서서 손가락을 까딱까딱 움직여 에바를 불렀다.

"이젠 내 아이를 줄 건가?" 에바는 언성을 높이지 않고, 여전히 망치를 든 채 혼잣말로 뭔가 중얼거리는 마그지아레크에게서 시선을 떼지도 않으며 물었다.

"아직 끝난 게 아냐." 그는 조금 물러서서 에바에게 길을 비켜주었으나 여자는 전혀 움직이지 않았다. "있잖아, 난 사실 아무래도 좋다고. 네가 나랑 같이 가거나 아니면 여기 남아 있거나." 그는 트럭 앞에서 기다리는 남자들 쪽으로 가면서 덧붙였다.

에바는 벌떡 일어나서 황급히 출입문 바깥으로 뛰쳐나왔다. 거리에 나오자 스프리하는 미리 정해둔 대로 마그지아레크에게 열쇠를 던져주었다.

"왜 날 보내주지 않는 거야?" 에바가 그를 쫓아 발걸음을 재촉하며 물었다. "하라는 대로 했잖아."

"그리고 나는 우리가 일을 마치는 대로 네 딸을 돌려주겠다고 약속했지." 스프리하는 다시 한번 확언했다. "이젠 한 가지만 남았어……. 저 술집에 들어가고 싶다고." 그는 골목 안쪽의 검은 석조 건물을 가리켰다. "그 말은 우리가 트램 차고지에서 상당히 멀리까지 가야 한다는 뜻이지. 있잖아, 에바 씨. 난 저 자식을 정말로 좋아한다고." 그는 트램 사이에 가려 사라지는 마그지아레크를 돌아보았다. "하지만 절대로 저놈을 위해서 목숨을 바칠 수는 없어. 우리하고 같이 가는 편이 정말로 좋을 거야."

그는 에바를 돌아보지 않았고, 그래서 이 말에 그녀가 어떻게 반응했는지 알 수 없었으며 그로서는 아무래도 상관없었다. 에바가 자기 스스로 따라와서 저항하지 않고 호송트럭 조수석에 타는 것이 중요했다. 운전석에 앉아 있던 울피크는 에바의 모습을 보고 얼굴을 찡그렸으나 아무 말도 하지 않았다. 그는 무리 안에서 자기 위치를 알고 있었고, 게다가 스프리하가 그 어떤 일도 즉흥적으로 하지 않는다는 사실을 이해했다. 여자를 굳이 끌고 온 것은 모두에게 미리 이야기해 둔 계획과 맞지 않았지만 분명히 어떤 숨은 목적이 있을 것이다.

그들은 대략 15초 뒤에 술집 앞에 도달했다. 나머지 사람들이 트럭에서 내리자 울피크는 트럭 뒷부분이 입구를 향하게 주차했다. 스프리하가 지시한 대로 트럭 범퍼에 쇠사슬을 묶어 술집 문을 가린 셔터를 부술 계획이었다.

"좀 기다려!" 스프리하가 트럭에서 뛰어내렸고, 부하들은 셔터의 손가락만큼 굵은 철막대에 사슬을 넣어 엮었다. "너!" 스프리하가 카치마레크를 가리켰다. "너 잔머리 잘 굴리니까 이 문도 어떻게든 열겠지?"

카치마레크는 거대하고 검고 아마도 독일인들이 지배하던 시대에 만들어진 것 같은 맹꽁이자물쇠를 눈으로 훑어보았다.

"망가뜨리지 말란 말이오?" 카치마레크가 구체적으로 물었다.

스프리하가 고개를 끄덕였다.

"뭐, 할 수 있겠지." 카치마레크는 잠시 궁리한 뒤에 대답했다. "하지만 정말로 시간이 꽤 걸릴 거요. 그리고 뭔가 연장이 있으면 좋겠군. 그냥 뜯어내는 쪽이 쉽지 않겠소? 그건 흔한 끌하고 손망치만 있으면 되는데."

"그럼 저 자물쇠들은?" 스프리하가 셔터 안의 문을 가리켰다.

카치마레크는 소리 내어 웃었다.

"저런 쓰레기는 평범한 철사로 열 수 있으니까 대장은 1, 2분만 기다리면 될 거요."

"좋아." 스프리하가 결정했다. "맹꽁이자물쇠 뜯고 문 자물쇠는 알아서 열어. 야쿠자, 여기 기병대한테 연장통 줘."

카치마레크는 양손을 비볐다. 그는 이 새 별명이 마음에 들었다. 스프리하는 자기 부하들에게 기억하기 쉬운 별명을 상당히 빠르게 붙여주곤 했다. 누군가에게 그것은 이전부터, 감옥 안에서도 사용하던 가명이었으나 안 지 얼마 안 된 사람들의 경우 스프리하는 자기 나름의 새로운 별명을 고안해 냈다. 그래서 야니체크는 '연기'가 되었고 마루트는 '오델로'가 되었으며 수이카는 '모이카', 네린크는 '그물', 모라비에츠는 '젊은 애', 즈고젤스키는 '피골' 그리고 페레크는 '청산가리'가 되었다.

한동안 자기들끼리 이야기할 때 그들은 때때로 진짜 이름을 쓰기도 했으나 서서히 별명에 익숙해졌고, 스프리하에게 가장 중요한 사실은 부하들이 별명에 제대로 반응한다는 것이었다.

"나무꾼, 가서 망봐!" 스프리하는 슈치그워를 고작 십수 미터 떨어진 골목 쪽으로 밀었다. "그젤라크, 넌 뒤를 맡아!" 그는 갱단의 다른 구성원을 술집에 가려면 반드시 지나야만 하는 교차로로 보냈다.

다행히 근방에 좀비가 별로 없었으나 스프리하는 골목에 개 한 마리가 나타났을 때 어떤 결과가 일어났는지를 떠올리며 모든 일을 확실히 해두는 편이 좋겠다고 결론지었다. 사실 또 다른 어떤 잡종 개가 그토록 힘겹게 몰아낸 좀비들을 또다시 끌고 들어올지 아무도 모르는 일인 것이다.

나머지 부하들은 호송트럭 양쪽에 나누어 서서 기병대가 맹꽁이자물쇠를 완전히 부수고 셔터 안쪽 문 자물쇠를 열 때까지 기다렸다. 카치마레크는 거짓말하지 않았다. 셔터는 그젤라크가 교차로의 지정된 자리에 도착하기 전에 열렸다. 셔터 안쪽 출입문은 더 빨리 열렸다. 1분도 되기 전에 스프리하는 반쯤 어둠 속에 잠기고 맥주와 절인 양배추 냄새가 풍기는 술집 안에 들어설 수 있었다. 그는 오른쪽 벽에 있는 스위치를 더듬어 찾아 망설이지 않고 눌렀다.

여섯 개의 더러운 전등에서 비쳐 나오는 환한 빛이 넓은 홀을 비추었는데 술집 안은 휘장과 리본과 풍선으로 장식되어 파티를 준비하고 있었던 듯한 모습이었다. 돈과 연줄을 든든하게 가진 누군가의 생일, 결혼식, 아니면 세례식 같았다. 감염병이 유행한 뒤 브로츠와프에서 인사할 때 악수하는 것조차 금지되었고 사람들은 남이 잡았던 손잡이를 만지려 하지 않았으며 사람이 많이 모이는 행사나 잔치는 이미 몇 주 전에 금지되었지만, 수형자들은 그런 일을 알 수 없었고 이 광경에 그저 놀랄 뿐이었다.

스프리하는 멋진 식탁보를 씌워 늘어세운 테이블 옆을 지나며 대단히 낡고 투박한 의자들의 등받이를 손으로 훑었다. 의자 중 두 개에는 레이스를 깔고 그 위에 '영원히 함께'라는 문구를 적은 장식판들을 세워두었다. '그러니까 결혼식이군. 결혼식 뒤의 피로연이다. 그리고 피로연이라면 절대 예외 없이 보드카가 강물처럼 흘러야만 하고 음식은 절인 양배추보다는 좋은 게 나올 예정이었겠지.' 스프리하는 꿈꾸었던 것보다 훨씬 더 많은 걸 얻으리라는 생각에 큰 소리로 웃었다.

"나쁘지 않아……." 그는 홀 반대편에 놓인 당구대 두 개를 눈으로 훑으며 결론지었다. 당구대는 술집 주인이 피로연에서 고객들이 춤출 공간을 마련하기 위해 벽으로 밀어놓았다. "그물, 청산가리, 가서 창문 전부 창살 제대로 박혀 있는지, 뒷문 같은 게 있는지 확인해." 스프리하는 눈으로 카운터를 꼼꼼히 뜯어보며 지시했.

먼지 쌓인 선반에는 이미 뚜껑을 딴 보드카가 몇 병 놓여 있었다. '시부하' '치스타 즈비크와' '발틱'―이런 동네 술집이니까 특별한 건 없다. 스프리하는 카운터 뒤를 들여다보고 비로소 환하게 웃었다. 손님들 눈길을 피한 깊은 곳에 유리병들이 줄지어 서 있었다. 소련제 샴페인 몇 병과 고급 '지트니아' 보드카 500밀리리터 병이 스무 개가 넘었다. 그 옆에는 상자에 가득 담은 '피아스트' 맥주병들이 솟아 있었다. 이 영업장 소유주는 결혼 피로연뿐 아니라 다가올 뜨거운 주말까지 잘 대비해 두었으나 불운하게도 근방 술 주정뱅이들의 지갑을 털려던 그의 대범한 계획은 감염병 때문에 틀어져 버린 모양이었다. '하지만 결과가 좋으면 다 좋다고 할 수 있겠지.' 스프리하는 부하들의 가장 강력한 열망을 채우게 해준 술집 주인과 신혼부부에게 마음 깊이 감사하며 이렇게 생각했다. 그는 부하들을 만족시키는 것이 그들을 겁먹게 하는 것만큼 중요하다는 사실을 알고 있었다. 그렇기 때문에 넉넉한 양의 술을 최대한 빨리 구하는 것이 그에게는 대단히 시급한 일이었다.

페레크와 네린크가 홀 안을 재빨리 전부 돌아보고 좋은 소식을 가져왔다.

"창문은 거의 우리 감옥만큼 단단하게 창살이 채워져 있소." 페레크가 짧게 보고했다.

"뒷마당은 더 좋소." 네린크가 덧붙였다. "뒷문은 이중문이고 안쪽 문이 쇠로 돼 있소. 자물쇠도 쇠막대 세 개가 문틀에 들어가는 데드볼트요."

"청산가리, 기병대한테 가서 그 자물쇠 안에서 잠그라고 해." 스프리하가 지시했다. "악마가 와도 절대로 안 열리게 하라고."

"대장, 얘기 좀 할 수 있소?" 울피크가 바깥으로 나가는 페레크에게 길을 비켜주며 물었다.

"말해."

"나는 아무래도 저기 저……." 야쿠자는 호송트럭 조수석을 가리켰다.

"여자가 왜?"

"대장이 모든 일을 전부 궁리해서 계획하고 그런 건 알지만, 그래도……." 울피크는 망설였다. "그러니까 저 여자를 없애버리지 말라는 얘기요. 대장도 알겠지만 지금은 홍등가에 갈 수도 없고, 애들이 언제 발정이 날지 모르는데 저 여자는 건강하고 젊단 말이오. 알겠소, 대장? 저 차고지 건물 안이면 딱 좋을 것 같고……." 그는 의미심장하게 목소리를 낮추었다.

스프리하는 술을 들고 나가는 부하들이 자신이 하는 말을 듣지 못하게 하려는 듯 울피크를 향해 몸을 기울였다. 처음부터 여자들을 너무 급하게 처형해 버렸다고 부하들이 비난할 수도 있다는 사실을 염두에 두고 있었으나, 울피크가 말했듯이 그에게는 계획이 있었다.

"그 주택에 있던 젊은 여자애 네 명을 바로 그러려고 남겨둔 거야." 스프리하가 말했다.

"애들이 이렇게 많은데 네 명 가지고 어쩌자는 거요?" 울피크도 목소리를 낮추었다. "우리는 대장 빼고도 열두 명이오." 울피크는 스프리하가 여자 한 명을 자기 몫으로 데려간다고 전제하고 덧붙였다.

"주변을 좀 봐." 스프리하가 대답했고, 울피크가 술집 벽을 훑어보기 시작하자 큰 소리로 웃었다. "술집 안이 아니라 이 근방을 보라고. 근처 아파트에 젊은 여자가 얼마나 많겠어. 어쩌면 처녀도 있을 거고. 망할 세상이 끝날 때까지 다 쫓아다니기 힘들 거다. 아니 생각해 봐, 이 빌어먹을 도시 전체가 우리 매음굴에 하렘을 합쳐놓은 거나 다름없어. 1, 2주만 있으면 먹을 게 전부 동이 날 거고 그러면 그 여자들은 우리가 하라는 대로 뭐든지 할 거라고, 알겠어? 정말로 뭐든지 할 거야."

"그 말도 맞는 것 같소." 울피크가 인정했다. "하지만 저 여자는 이미 우리 손안에 있으니까······."

"있지······." 스프리하가 다른 데 정신 팔린 어조로 울피크의 말을 되풀이했다. "손안에 있다니 말인데 저 여자 애새끼는 네가 돌볼 거냐?" 그의 질문에 울피크는 진심으로 깜짝 놀랐다.

"애새끼가 나한테 대체 무슨 소용이오?"

"네가 저 여자 애를 죽이면 저 여자가 너한테 다리 벌려줄 것 같아? 정말로? 건드리려고 제일 처음 나서는 놈 목을 물어뜯는다고 내기 걸어도 좋아."

"내 생각엔 벌릴 거요. 그런 일에 관해서는 우리가 뭐든지 다 해봤으니까, 히히히." 울피크는 주먹을 쥐어 여성을 폭력으로 강제하는 것이 그에게 낯선 일이 아니라는 것을 보여주었는데, 아마 이 범죄자들 최소한 절반은 그와 마찬가지일 것이었다.

그리고 그 점에서 둘은 달랐다. 스프리하는 그보다 더 잔혹한 범죄로 기소되었지만 여성과 강제로 성관계한 적은 한 번도 없었다. 여자들이 스스로 그에게 다가와서 파리 떼처럼 달라붙었기 때문에 그렇게 할 필요가 없었으며, 그래서 그는 희생자들을 마치 다정한 애칭처럼 들리는 '파리'라는 별명으로 불렀던 것이다. 이 문제에 관해서 스프리하는 정신을 잃을 정도로 두들겨 맞거나 술에 취해 시체처럼 늘어진 여자와 관계를 맺는 데서 어떤 즐거움을 취할 수 있는지 이해하지 못했다. 그것은 시골 정육점에서 견습생들이 관습적으로 하듯이 생간이나 다른 생고기에 성기를 집어넣는 것과 같은 짓이었다. 최소한 스프리하의 관점에서는 그렇게 보였다.

애초에 관계란 상호적인 것이며 상대방의 반응을 흠뻑 즐기는 것이다. 친밀한 접촉에서 가장 중요한 쾌락이 바로 그것 아닌가? 바로 그렇기 때문에 그는 희생자가 기절할 때마다 매번 깨웠고, 희생자가 가장 오래 버틸 수 있도록 살가죽 벗기는 속도를 조절하며 너무 일찍 죽어버리지 않게 하려고 그토록 애쓰지 않았던가? 바로 그것을 위해서 희생자들은 그가 저지르는 짓이 끝나는 마지막 순간까지 의식이 있는 상태여야만 하지 않았던가? 그렇지 않았다면 그는 아침부터 저녁까지 아무 생각 없이 살찐 수퇘지나 다른 짐승들의 가죽을 벗기고 살을 자르는 넋 나간 정육점 견습생과 무엇이 다르겠는가?

"내가 저 여자한테 약속을 했고, 나한테는 약속이 항상 돈보다 중요하다는 건 자네도 알지?" 스프리하는 접근 방식을 바꾸려고 시도해 보았다.

울피크는 눈을 둥그렇게 떴다가 이 주제로는 논쟁을 할 수 없다는 사실을 깨달았다.

"대장, 설마 저 여자를 안 놔줄 생각인 거요?" 울피크가 조심스럽게 물었다.

"그렇지."

"그러면 대체 어떻게……."

"그만 떠들고 나가지."

둘은 거리로 나왔고 그곳에서 스프리하는 그젤라크에게 휘파람을 불었으며 그젤라크가 뒤를 돌아보자 외쳤다. "이상 없나?"

그젤라크는 고개를 끄덕이며 엄지손가락을 들어 보였다. "월례

참전용사 전우회보다 더 조용해요." 그젤라크가 소리쳤다.

"좋아." 스프리하는 다시 울피크를 돌아보았다. "주택으로 가. 피골한테 애들 전부 모으라고 해. 그리고 둘이서 걔들 전부 다 여기로 데려와. 그러니까 술집으로. 빨리!" 어리둥절해진 울피크는 고개를 끄덕이고 몸을 돌리려다가 자기가 무슨 말을 들었는지 그제야 깨달은 듯 도중에 동작을 멈추었다.

"애들을 전부 다요?"

"그러면 애들 절반은 아껴뒀다 달에 보내려고? 가서 내 말대로 해, 이 길거리에 서서 쓸데없이 어정거리고 싶지 않으니까." 스프리하는 그에게 쏘아붙였다. "아, 그리고 캉가세이루한테 때가 됐다고 말해."

* * *

울피크가 아이들을 데려올 때까지 나머지 남자들은 술집 뒤쪽의 조그만 창고에서 웨딩케이크와 쌓여 있던 햄을 들어냈다. 그 뒤에 창문 없는 지하실로 내려갔는데, 술집 주인은 그곳에 양배추 절이는 통과 식초에 절인 오이를 넣은 유리병, 소금 절인 베이컨과 돌항아리에 넣은 돼지기름, 그리고 자루에 넣은 밀가루 등을 보관해 두었다. 보드카도 이 지하실에서 500밀리리터짜리를 거의 50병이나 찾아냈고 게다가 피아스트 맥주병이 가득한 상자를 또 열두 개, 그리고 수제 맥주를 큰 나무통으로 두 개 꺼냈다.

"이봐 청년들, 맥주잔하고 보드카 잔도 잊지 말라고!" 스프리하는 마지막 한 명이 전리품을 호송트럭에 싣는 것을 보며 외쳤다.

카치마레크는 당장 카운터 뒤로 뛰어들어 유리잔을 하나 가득

안고 나왔다. 선반이 전부 빌 때까지 그는 유리잔을 눈에 보이는 사람 모두에게 나누어 주었다.

"우리는 귀족처럼 마실 거다, 아가씨. 무지렁이가 아니고!" 그는 무기력한 에바 옆을 지나가면서 큰 소리로 웃었다.

술집 안으로 끌려온 에바는 이 말에 대답하지 않고 그저 경멸에 찬 눈으로 그를 바라볼 뿐이었다.

"원하든 건 여기 다 있어." 그녀가 스프리하를 돌아보며 내뱉었다. "이젠 내 아이를 돌려주고 나가게 해줄 건가?"

"그래."

이 짧고 예상하지 못했던 대답에 에바는 할 말을 잃었다. 잠시 후에야 정신을 차렸고, 다시 입을 열었을 때는 갈라지는 목소리로 힘들게 단어를 내뱉었다.

"……정말로?"

"그래. 이미 주택으로 사람을 보냈지. 곧 돌아올 거다." 이 말을 마치고 스프리하는 바깥에서 호송트럭 옆에 서서 기다리던 사람들의 얼굴에 놀라움이 서리는 것을 보았다. 그래서 그는 다정하게 웃음 지었다. "앉지." 그가 에바를 향해 의자를 밀었다.

그녀는 고개를 저었다.

"아이만 데려오면 난 사라질 거야."

"마음대로 해." 스프리하는 어깨를 으쓱했다. "하지만 우선 내가 할 말을 좀 들어보지. 부탁인데 앉아."

에바는 흔들거리는 낡은 의자에 조심스럽게 앉아 계속 스프리하의 눈을 똑바로 들여다보았으나 스프리하는 이 시선을 아무렇지 않은 듯 차분하게 되받았고 그래서 에바는 안심했다. 다음 순간 술집 안으로 아이들이 들어오는 모습을 보고 그녀는 놀라서 눈이 둥

그렇게 커졌다.

"무슨 수작이야?" 그녀가 창백해진 모습으로 속삭였다.

"아닌데."

"그럼 저 애들 전부 여기서 뭐 하는 거야?" 에바는 홀 안쪽 카운터 바로 옆으로 끌려와 울고 있는 아이들을 가리켰다.

"나도, 내 부하들도 절대로 너나 저 울보들을 건드리지 않을 거라고 맹세했으니까, 나는 언제나 약속을 지킨다는 걸 이제 알았겠지." 스프리하는 계속 다정하게 미소 지으며 대답했다. "피골, 에바 씨한테 따님을 돌려줘." 그가 뒤를 돌아보며 말하자 즈고젤스키가 그 지시에 따랐다. 스프리하는 즈고젤스키와 함께 물러서는 듯했으나 뒤쪽으로 딱 두 걸음만 떼고는 고개를 가볍게 기울이면서 마치 젊은 엄마가 유일한 자식과 다시 상봉하는 모습이 진심으로 기쁘다는 듯 바라보았다.

"야, 꼬맹이들!" 그가 나머지 아이들에게 즐거운 어조로 외쳤다. "봐라!"

그는 카운터 끝에 놓여 있던 골판지 신발 상자를 끌어당겨 양손으로 잡고 재빠른 동작으로 종이를 잘라 만든 하얀 나비 떼를 천장을 향해 뿌렸다. 결혼식 피로연 장식이 천장에 부딪혔다가 진짜 나비 떼인 양 팔랑팔랑 흔들리며 떨어지기 시작했다. 놀란 아이들이 입을 벌린 채 고개를 돌려 이 아름다운 풍경을 바라보았다.

스프리하는 치밀하게 잔꾀를 부렸던 것이다. 품에 딸을 껴안은 에바조차 캉가세이루가 두들겨 맞은 마친스키를 술집 안으로 밀어 넣었다는 사실에 곧바로 반응하지 못했다. 아이를 되찾고 곧 자유의 몸이 될 수 있다는 약속에 취한 에바는 한순간 경계를 풀었고, 팔랑거리며 떨어지는 나비 때문에 더욱더 마음이 풀어졌다. 스프리하는 바로 이것을 노렸다.

그는 술집 문 바로 앞에서 마그지아레크에게 잡혀 있는 마친스키를 돌아보았다.

"선생님은 아마 못 들으셨을 테니 방금 전에 했던 이야기를 다시 말씀드리겠습니다. 저도, 제 부하들도 이 어린이들과 조금 전에 주어진 임무를 완수한 여자분을 절대로 건드리지 않겠다고 맹세했지요……." 마친스키는 무슨 일인지 거의 이해하지 못한 채로 스프리하를 노려보았다. 그는 붙잡히자마자 곧바로 지하실에 처박혔고 그래서 지난 한 시간 동안 스워비안스카 거리에서 정확히 무슨 일이 일어났는지 알 수 없었다. 마그지아레크가 아이들에 이어 그를 옆문으로 끌고 나왔으므로 마친스키는 울타리에 묶여 있는 좀비가 된 소년들도, 건너편 아파트 안쪽 정원 모래 놀이터에서 좀비가 된 두 희생자들에 대해서도 알지 못했다. "바로 그렇기 때문에 선생님이 우리 대신 해주실 겁니다." 스프리하가 친절한 어조로 말을 마쳤다.

마친스키가 정신을 차리기 전에 스프리하는 손에 숨기고 있던 칼로 그의 목을 긋는 동시에, 펄쩍 뛰어 마그지아레크가 자기 피에 숨이 막혀 헐떡이는 마친스키를 홀 안쪽으로 밀어 넣도록 비켜주었다.

바로 다음 순간, 에바가 의자에서 벌떡 일어서기 전에, 아이들이 다시 울음을 터뜨리기 전에, 스프리하와 마그지아레크 둘 다 술집에서 빠져나가 밖에서 문을 닫았다. 셔터도 다음 순간 제자리에 닫혔고 지시대로 카치마레크가 굵은 철사를 셔터에 몇 겹이나 감았다. 그리고 카치마레크는 안에서 밀어낸 문짝이 철제 셔터에 부딪치기 전에 얼른 물러났다. 에바가 미칠 듯이 절박하게, 온 힘을 다

해 그 문에 몸을 부딪쳤으나 셔터로 막힌 문은 단 한 뼘도 열리지 않았다.

안에 갇힌 아이들의 겁에 질린 비명 소리가 에바의 욕설보다 크게 울렸으나 십수 초가 지나자 남자들은 셔터 안쪽에서 문이 더 이상 밀리지 않는 것을 알았다. 스프리하는 안쪽에서 둔탁하게 유리 깨지는 소리를 들었으나 거기에 특별히 신경 쓰지 않았다. 모든 창문에 창살이 있는지 이미 부하들이 확인했던 것이다. 아무리 몸부림치고 애써도 안에 있는 사람들이 탈출할 가능성은 전혀 없다. 마친스키가 그 자리에서 과다 출혈로 죽을 만한 방식으로 베었으므로 잠시 후에 '1번지'에도 무자비한 좀비 처형자가 나타나 에바와 그녀의 딸과 나머지 아이들을 처리해 줄 것이었다.

"보고 즐겨라, 여러분." 그는 아이들의 비명이 더욱 커지자 분명히 마친스키가 좀비가 되어 되살아난 증거라 생각하며 동료들을 돌아보고 말했다. "명예로운 사람만이 나처럼 언제나 약속을 반드시 지키······."

그는 말을 마치지 못했고, 시내 쪽에서 연달아 폭음이 들려오자 본능적으로 양팔로 머리를 감쌌다. 메아리 소리가 울리기도 전에 망을 보고 있던 슈치그워가 전혀 알아들을 수 없는 고함을 지르며 양팔을 휘둘렀다.

"여러분, 트럭으로!" 스프리하는 계획했던 쇼가 끝날 때까지 기다려서 아이들이 차례로 조용해지고 셔터 뒤의 문 안쪽에 죽음 같은 고요가 깃드는 것을 다 듣고 싶었다. 바로 그런 간접적인 만족감조차 그는 포기해야만 했다. 모퉁이 뒤에서 무슨 일인가 벌어지고 있었다. 슈치그워의 반응으로 판단하면 뭔가 대단히 불안한 일이다. 그래서 스프리하는 성공이 이토록 가까이 있으니 위험을 무릅쓰지 않는 쪽을 택했다. 나머지 남자들이 트럭 짐칸에 쌓인 상자와 자루 사이에 올라타자, 그는 그젤라크에게 승용차를 후진시켜 트램 차고지 안으로 들어가라고 손짓으로 신호했다. 식량과 술을 실은 트럭은 이전에 세워둔 계획대로 굴다리에 가까운 옆문으로 가야 했다.

"가자!" 그는 술집 안에서 여전히 수많은 아이의 비명이 들려온다는 사실에 화가 난 채 조수석에 올라탔다.

울피크가 즉시 가속페달을 밟았다. 호송트럭이 '나무꾼'이 기다리고 있는 교차로 근처에 닿기 전에 아파트 건물 모퉁이에서 말굴레가 떨어져 나왔다. 곧이어 말 두 마리가 입에 거품을 물고 반쯤 부서진 수레를 매달고 뛰어나왔다. 수레의 타이어가 빠진 오른쪽 앞바퀴가 보도 포석 위에서 불꽃을 튀겼다. 갑자기 튀어나온 호송트럭을 보고 말들이 놀라 방향을 돌리려 했고, 급하게 각도를 꺾으면서 끌려오던 수레가 뒤집혔다. 그 때문에 혼란은 더 심해지고 말들은 더욱 느려졌다. 앞에 달리던 말이 미끄러지면서 뒤의 말을 막 다른 골목으로 끌고 들어갔다.

"이런 빌어먹을." 야쿠자가 신음하며 몇 분의 1초도 안 되는 순간에 유일하게 합리적인 결정을 내렸다.

갑자기 제동을 걸면 짐칸에 있던 사람들 대부분이 죽을 것이고, 그러므로 그는 약간 왼쪽으로 꺾어 겁먹고 날뛰는 말들과 그 뒤에 달린 부서진 수레 사이로 지나가려 했다. 가능한 한 최대로 부드럽게 제동을 걸었으나 짐칸의 사람들이 이리저리 흔들리며 욕설을 퍼부었다. 그런 뒤에 울피크는 즉시 후진해서 교차로에서 차도를 점거한 좀비 떼에게서 멀어졌다. 다시 차를 세우고 망을 보고 있던 슈치그워까지 태우고 나서 울피크는 사이드미러를 보고 휘파람을 불었다. 나무꾼은 촌스러운 옷을 입은 젊은 여성 두 명을 트럭 쪽으로 데리고 왔다. 여자들은 더럽고 여기저기 상처 입고 피투성이였으나 생기 있게 움직였다.

"그러면 벌써 여섯이군." 조금 뒤에 여자들을 본 스프리하가 말했다.

울피크는 고개를 끄덕였고, 가도 좋다는 신호가 주어지자 다시 가속페달을 밟았다. 그러나 처음처럼 그렇게 마구 속도를 내지 않았는데, 뒤에는 여전히 겁을 먹고 넋이 나간 말들이 달렸고 앞에는 철문이 별로 멀지 않았기 때문이다. 게다가 그는 중요한 전리품을 잔뜩 실었으니 손실을 최대한 피할 생각이었다. 사람은 술이나 음식보다 덜 중요했다.

트럭이 젊은 애가 지키고 있던 활짝 열린 철문 안으로 들어서자, 굴다리 쪽을 엿보던 스프리하가 운전하던 울피크의 어깨를 잡았다.

"멈춰!" 그가 갑자기 소리쳤다.

울피크는 그 말에 따랐고, 새된 브레이크 소리가 조용해지고 나서 스프리하는 황급히 조수석에서 뛰어내려 큰길 쪽으로 달려갔다. 철문 앞에서 멈추지도 않고 그대로 차로 한가운데로 질주했다. 그곳에 서서 그는 방금 겁먹은 말들이 달려간 굴다리 방향을 쳐다보았다.

"대장!" 이전에 차고지를 이쪽에서 지키라는 지시를 받았던 네린크와 페레크가 소리쳤다.

스프리하는 한 손을 휘둘러 그들을 무시했다. 철길 바로 옆에 몰려서 있던, 100명도 넘는 좀비 무리 안으로 달려들어 살해당한 말들에게서 그는 한순간도 눈을 떼지 않았다. 겁에 질린 말들은 미친 듯이 몸부림치며 굼뜬 상대방을 밟아댔지만 그래도 빠져나오지 못했다. 사방에서 좀비들에게 둘러싸인 말들은 쓰러져 그 즉시 잡아뜯겼다. 스프리하는 이후 5분 동안 제자리에서 움직이지 않고 그저 무리에서 빠져나온 좀비가 혹시 몰래 기어들지 않는지 가끔 옆이나 뒤를 돌아볼 뿐이었다. 결국 불안해하던 마그지아레크가 그에게 다가왔다.

"여길 뜨는 게 좋겠소, 대장." 그가 스프리하의 옷소매를 당겼다.

"기다려 봐……."

"뭘 말이오?"

"다시 살아나는지 보려고."

"누가?" 마그지아레크는 아무것도 이해하지 못하고 주위를 두려운 듯 둘러보았다.

"누가가 아니고 뭐가."

"뭐요?"

"기다려 봐, 말해줄 테니." 스프리하는 마그지아레크의 손에서 벗어났다. "봐." 그는 말들 주위가 다시 텅 비었을 때 말했다. "저 길 보고 기뻐해라, 멍청아."

"대체 왜요?" 마그지아레크는 점점 더 불안한 표정으로 그를 바라보았다.

"우리가 살아남을 가능성이 방금 엄청나게 커졌으니까."

23

1963년 8월 10일 토요일 15시 00분
시립동물원, 브루블레프스키 거리 1-5번지

 마지막 차량들이 오후 3시가 되기 몇 분 전에 인민회관에 있는 본부로 돌아왔다. 바리케이드 작전은 완전한 성공으로 끝났다. 모든 팀이 주어진 임무를 완수했고 슈치트니츠키섬에 파견된 팀이 전멸한 것을 제외하면 심각한 상황은 전혀 보고되지 않았다. 득실 중에서 '득'에 속하는 것은 엄청난 양의 곡물과 또한—절대로 덜 중요하지 않은—내륙 항해의 모든 비밀을 아는 선원들이 100명 넘게 본부로 온 것이었다.
 비에드지츠키는 베르나치아크에게 나머지 활동의 감독을 맡기고 선원들이 배에서 내리자마자 찾아갔다. 대화는 짧았지만 유익했다. 영화 제작소 부지 안에 들어온 선원들 대부분이 폴란드 내 다른 지역 출신이었다. 그러므로 현실적으로 달리 선택의 여지 없이 동물원에 머무르며 작전에 협조해야만 했다. 브로츠와프 출신으로 몇 킬로미터만 가면 집과 가족이 기다리는 사람들도 실제로 위협의 규모가 얼마나 큰지 알고 나서는 저항하지 않았다. 동물원을 떠나서 자기 손으로 운을 시험해 보겠다고 결정한 사람은 브로츠와프에서 태어나 자란 여덟 명뿐이었고, 소령은 여기에 잠시 망설인 끝에 동의했다.

사실은 선원이 이렇게까지 많이 필요하지 않았다. 경험 많은 선원 10명이면 니즈네르 소위가 세운 계획을 실행하는 데 충분했겠지만, 지금의 100명이라면 소령은 예인선이나 바지선을 25대는 운영할 수 있었다. 그러므로—그렇게 해야 할 경우—금요일 저녁부터 오드라강 상류에 정박해 있는 선박들도 전부 항해용 운하에 띄울 수 있었다.

유익한 회합이 끝난 뒤 마테우시 가지진스키라는 이름의, 젊지는 않지만 그래도 잘생긴 선장 한 명이 군에서 제공한 무전기를 사용해서 브로츠와프와 오폴레 사이에 떠 있는 동료들과 연락했다. 오드라강의 해당 구간에 화물선이 열대여섯 척, 혹은 그 이상 떠 있을 것이라는 니즈네르의 예측은 틀리지 않았지만, 불행히도 니즈네르는 다른 문제에 있어서도 옳았다. 그 화물선 거의 대부분이 실롱스크 지역 내 광산에서 파낸 석탄을 싣고 오드라강을 따라 북쪽으로 올라가서 슈체친에 있는 항구로 향하는 중이었다. '검은 황금'은 매우 값지고 유용하지만 좀비들이 점령한 도시에서 여름 필수품 우선순위에 올라 있지는 않았다. 그래서 비에드지츠키는 이 가지진스키의 중재를 통해 다른 배의 선장들에게 닻을 아직 올리지 말고 사람들이 많이 모여 사는 강 유역에서 멀리 떨어진 비교적 안전한 물 위에서 며칠만 더 머무르기를 부탁했다.

그는 이 강 유역 거주자들을 '큰 섬'으로 데려오고 선박의 거의 대부분은 현재 떠 있는 그곳에 그대로 남겨둘 생각이었다. 브로츠와프에 화물선을 수십 대나 더 들어오게 하면 운하가 완전히 막힐 우려가 있었다. 게다가 '큰 섬'을 나머지 섬들로부터 고립시키기 위해 이제까지 했던 작전 활동을 무너뜨릴 것이었다. 운이 나빠서 어떤 예상치 못한 상황이 일어나, 바지선을 끌던 예인선 견인줄이 끊어지거나 배들끼리 충돌하거나 동력이 없는 바지선이 떠내려가 버리는 결과로 이어지는 상황을 그는 어렵지 않게 상상할 수 있었기 때문이다. 그런 경우 서로 가까이 있던 바지선들이 순식간에 강의 흐름을 막아 넓고 실질적으로 해체 불가능한 일종의 배다리를 형성하게 되는데 그 위로 좀비나 다른 불청객들이 이미 확보한 구역으로, 그것도 떼 지어 들어올 수 있을 것이었다.

소령은 영화 제작소를 나와서 미리 계획한 대로 페르골라 쪽에 있는 가장 먼 경비 위치들을 점검했다. 그곳도 역시 지금 같은 조건에 비해 놀라울 정도의 평온함이 지배하고 있었다. 거대한 인민회관 건물을 둘러싼 드넓은 공원은 이상적인 완충지대였다. 그 너머에 위치한 조그만 마을의 단독주택들은 주기적으로 보낸 정찰병들의 보고에 따르면 전부 다 비어 있는 것 같았다. 시내와는 달리, 구불구불한 마을 골목에는 잘해야 한두 명의 좀비들이 헤매고 있었다. 인민회관 주변 공원의 단단한 울타리와 철조망 인근에서 좀 더 많은 좀비가 보였으나 역시 시내 중심가로 진입했던 경찰과 군부대가 충돌했던 것과 같은 거대한 집단이 아니라 기껏해야 몇 명 정도의 작은 무리를 이루어 돌아다녔다.

이런 정보를 바탕으로 비에드지츠키는 인근 지역을 첫 번째로 정화해야겠다고 결정했다. 라디오를 통해 방송한 호출에 답이 없더라도 당장 내일 아침에 병력을 보내는 가능성도 염두에 두었다. 그는 살아남은 브로츠와프 주민들을 향해 다음 날 정오에 최대한 연기를 피울 수 있는 물건을 태우라고 부탁하는 방송을 녹음했다. 니즈네르가 이와 관련해서 연기를 피우는 법을 잘 모르는 시민들에게 아파트, 다락방, 정원이나 지하실에서 어떤 물건을 찾으면 좋은지 몇 가지 흥미로운 제안들을 미리 내놓았다.

거대한 회관 옥상에 얹힌 돔 지붕의 장엄한 위용을 눈앞에 보면서 소령은 저 위로 올라갈 생각에 두려움이 앞섰다. 고소공포증은 아니고, 공수부대 출신인 그에게 높은 곳은 전혀 문제가 되지 않았다. 다만 이튿날 정오가 지난 뒤에 푸른 하늘에 연기가 전혀 피어오르지 않거나 혹은 연기 신호가 너무 적어서 살아남은 군인들을 희생시켜 적은 인원을 마지막 순간에 섬으로 데려오는 것이 무의미해질지 모른다는 생각에 그는 마음이 무거웠다.

비에드지츠키는 현실을 받아들여야만 했다. 고귀하지만 무의미한 목적을 위해 목숨을 건 군인들을 강 건너로 보내기 전에 상황을 올바르게 이해해야 했다. 만약 이웃 구역을 정화하는 작업 중에 군인들이 목숨을 잃었는데―지금과 같은 조건에서 그것은 피할 수 없는 일로 보였다―아무도 구조하지 못하거나 고작 몇 명을 구조한다면 모든 일은 실패로 돌아갈 뿐이다. 거의 50만 명에 달하는 인구를 자랑하는 대도시에서 채 24시간이 지나기 전에 아무도 살아남지 못했다는 사실이 알려지면 그렇지 않아도 기록적으로 낮은 사기가 완전히 꺾일 것이다. 그 결과 탈영의 물결과 함께 좀비들이 아직 들어가지 못했거나 혹은 들어갈 수 없었던, 접근하기 어렵거나 인구가 적은 지역을 찾겠다는 비현실적인 희망을 가지고 도시를 떠나려는 시도가 이어질 것이다. 누가 알겠는가, 그 모든 것의 결과로 노골적인 폭동이 일어나거나 병력 일부를 잃거나―아마 그보다 더 나쁜 상황은―아렌지코프스키 박사의 연구팀이 해체되어 감염병을 정복할 마지막 희망마저 사라질 수도 있는 것이다.

마지막 중앙위원회 위원이 포로로 잡은 좀비들을 연구하는 장소는 소령이 오후에 실시한 점검 경로의 마지막 지점이었다.

* * *

 아렌지코프스키는 이 장소에 전혀 어울리지 않는 기묘한 빨간 벽돌 건물 바로 맞은편에 난 오솔길 한가운데 접이식 의자를 놓고 앉아 있었다. 둥근 탑들 꼭대기에 얹힌 장식적인 흉벽, 기둥이 있는 복도로 이어지는 계단, 윗부분을 멋지게 둥글린 격자창. 이 모든 것이 아렌지코프스키에게는 성탑을 좋아하는 아이의 눈으로 본 중세의 요새를 연상시켰다. 이 고전적인 시골 풍경에는 단 한 가지가 어울리지 않았다―좀비들이다. 의사 앞에 놓인 철제 우리 하나마다 안에 좀비가 한 명씩 들어 있었다. 꼭두새벽에 오우빈스카 거리에서 실려 왔거나 얼마 전 인민회관과 그 주변 구역을 정화할 때 잡혀 온 감염자들이다.
 "공주님한테 바칠 아름다운 성을 찾아낸 건가." 소령이 생각에 잠긴 의사에게 다가가 말을 걸었다.
 아렌지코프스키는 농담에 반응하지 않았다. 마베트가 데려다준 므워치츠카 간호사를 계속 주의 깊게 바라보고 있을 뿐이었다. 비에드지츠키도 따라서 바라보았다. 간호사의 모습이 어딘가 이상하게 느껴져서 그는 가까이 가려고 했으나 첫걸음을 떼기도 전에 아렌지코프스키가 그의 팔을 붙잡았다.
 "잠깐!" 의사가 외친 뒤에 다시 조용해졌다.
 아주 오랫동안 두 사람은 젊은 여성의 모습을 거의 잃어버린 형체를 바라보았다. 므워치츠카 간호사의 얼굴은 완전히 푸르스름했고 한때 숱 많고 약간 고수머리였던 금발은 여기저기 한 줌씩만 남아 있었다. 하얗게 변해버린 두 눈은 갈라진 피부와 마찬가지로 말라붙어 생기가 없었고 몸은 엄청나게 부어 있었다. 감염병의 첫 희생자에 속하는 므워치츠카는 몸을 잔뜩 수그리고 오른쪽 어깨를 벽에 기대고 있어 몹시 지친 듯 보였다. 그러더니 몸을 일으키기 시작했다……

아렌지코프스키가 바로 이 순간 움직였다. 그때까지 비에드지츠키의 눈에 보이지 않았던 다른 한 손을 들어 스톱워치를 눌렀다.

"36분." 의사는 생각에 잠긴 채 고개를 흔들며 중얼거렸다. "믿을 수 없군."

"설명 좀 해줄 수 있나?"

"36분 걸려서 팔이 새로 자라났어." 아렌지코프스키가 의자에서 일어서며 설명했다. "여덟 번째로."

"정말 믿을 수 없군." 비에드지츠키가 고개를 끄덕였.

이 괴물들의 재생 능력은 죽었어도 죽지 않는다는 사실만큼이나 그에게 놀랍게 느껴졌다.

"자넨 잘 모를 거야." 아렌지코프스키가 수첩에 뭔가 서둘러 적으면서 웅얼거렸다. "정말 믿을 수 없는 건 재생 과정이 지체되지 않는다는 거야." 그는 옆에 있는 우리를 가리켰다. "실험 대상 모두 재생하는 데 정확히 똑같은 시간이 걸린다고."

"36분이란 말이지."

"그래."

"그게 왜 그렇게 불안한지 얘기해 주겠나?"

의사는 누군가에게 신호하듯 한 손을 흔들었다. 뒤쪽 어딘가에서 벌써 오랫동안 기름칠을 하지 않은 경첩이 삐걱거렸다. 므워치츠카와 옆 우리 안에 갇혀 있던 다른 네 명의 좀비들이 가까이 다가오는 사람들의 기척을 감지하고 동시에 몸을 돌렸다. 아렌지코프스키와 비에드지츠키는 관람객용 오솔길을 가르는 잔디밭 너머,

작은 성 외벽에서 10미터 이상 떨어진 곳에 있었으므로 좀비들이 감지할 리는 없었다.

므워치츠카 간호사의 철장 안에 하얀 가운을 입은 남자 두 명이 나타났다. 한 명은 긴 손잡이가 달린 쇠스랑을, 다른 한 명은 커다란 도끼를 들고 있었다. 쇠스랑을 든 남자가 피에 젖은 쇠스랑 날을 좀비가 된 므워치츠카 간호사의 가슴에 꽂아 움직이지 못하게 하고, 그의 동료가 팔을 크게 휘둘러 도끼를 내리치는 모습을 비에드지츠키는 말없이 지켜보았다. 폭이 넓고 의심할 바 없이 무거운 도끼날이 므워치츠카의 어깨에 박혀 거의 겨드랑이까지 잘라냈다. 방금 새로 돋아난 팔이 짓밟힌 풀 위로 다시 떨어졌다. 그러나 예상과 달리 이 커다란 상처에서 피는 뿜어 나오지 않았다. 비틀거리는 좀비의 몸에서 남자가 쇠스랑을 뽑아 냈을 때 쇠스랑 날에도 새로운 핏자국은 찾을 수 없었다. 아렌지코프스키의 조수들은 므워치츠카가 다시 균형을 되찾기 전에 철장에서 나왔다.

"가자." 아렌지코프스키가 소령을 끌어당겼다.

두 사람은 잔디밭을 지나 왼쪽 첫 번째 우리로 갔다. 비에드지츠키는 가까이에서 이 건물에 일어난 변화를 알아볼 수 있었다. 예전의 곰 사육장에는 임시적이지만 아주 잘 관리된 울타리가 세워졌고 그 안에 철장들이 나란히 놓여 있었다. 철장마다 한 명씩 좀비가 들어가 있었다.

"피오트르 라고 씨일세." 아렌지코프스키가 자신을 향해 비틀거리며 다가오는, 몸통이 심하게 손상된 벌거벗은 좀비를 가리켰다. 이 좀비는 마치 몸이 뼈대에서 튀어나오려다가 마지막 순간에 그런 말도 안 되는 생각을 포기한 것처럼 보였다. "불행히도 이분은 우리 직원이야, 방사선과였지."

비에드지츠키는 어리둥절한 시선으로 의사를 쳐다보았다.

"그러니까 방사능을 연구했다는 뜻인가?"

의사는 고개를 저었다.

"아니, 방사선과는 새로운 의학 분야야. 짧게 말하자면 엑스레이 분야에서 내 조수였어."

"무슨 일이 일어난 건가?" 비에드지츠키가 끔찍하게 일그러진 남자에게서 시선을 돌리며 물었다.

소령은 오우빈스카 거리의 병원에서도 다른 곳과 마찬가지로 좀비들로 인해 사건이 벌어졌다는 사실을 전혀 모르고 있었다. 연구소는 도시 전체에서 가장 확실하게 안전이 보장된 장소라고 여겼는데, 바로 그 연구소 직원이 눈앞에 이렇게 있는 것이다…….

"대략 새벽 2시쯤에 당시 새로 발생한 감염자 한 명의 흉부 엑스레이 촬영을 하라고 지시했네. 남자였는데, 밤새 미친 듯이 날뛰었어. 정말이지, 저 친구는 불꽃 같은 사람이라 어딜 가든 눈에 띄었어. 그런데 실수를 했고, 정말로 작은 실수였지만 커다란 대가를 치른 거야. 엑스레이 기계 아래 들것을 놓을 때 감염자의 팔이 움직이지 못하도록 띠로 고정하지 않은 거야. 기계를 설정하려고 잠깐 등을 돌렸을 때 그만……. 누가 대응하기도 전에 이미 심장이 없어졌어. 우리 눈앞에서 그 괴물이 저 친구 심장을 뜯어내서 그 자리에서 주둥이에 처넣었다고. 상상이나 할 수 있나?"

"그래." 비에드지츠키는 그 광경이 어땠을지 생각하며 몸을 떨었다. "끔찍하지."

"경비 직원들이 좀 심하게 감정적으로 반응한 데다 사람 심장을 좋아하는 그 조그만 대머리 남자도 엑스레이 기계도 거의 남아나지 않아서 그냥 처리했어……." 의사는 학살의 기억을 떠올리며 잠시 침묵했다. "그래서 피오트르가 그 자리에 들어와서 연구 대상이 된 거야. 언제나 과학에 이바지하고 싶어 했지만 아마 이런 방식은 아니었겠지……." 아렌지코프스키는 철장 사이로 튀어나온 손아귀가 닿지 않도록 한 걸음 물러섰다.

"무슨 실험을 하고 있나?"

"여러 가지 산의 효과. 아쉽게도 신체를 완전히 녹일 만큼 산을 많이 보유하지는 못해서 국지적으로 여기저기 실험하고 있네."

비에드지츠키는 밀가루 반죽이 녹아버린 듯한 좀비의 몸을 다시 한번 쳐다보았다.

"므워치츠카처럼 재생이 잘되지 않는군." 소령이 논평했다.

"한 시간 전에 왕수* 300밀리미터를 적용했네."

"뭘 했다고?"

"처음에는 프라이팬 위의 베이컨처럼 녹기 시작했는데 20분 정도 지나니까 조직 와해 과정이 멈추더니 그다음에는 자발적으로 역전되기 시작했어. 그거야말로 정말 믿을 수 없는 광경이었지." 아렌지코프스키는 다른 우리를 향해 소령을 끌어당겼다. "하지만 군이 지켜보지 않는 편이 좋을 거야."

옆 우리에는 훌쩍 마른 남자가 서 있었다. 머리는 짧게 밀었고 얼굴에는 며칠 깎지 않은 수염이 돋아나 있었다. 피부가 아직 시체처럼 푸르스름한 색을 띠지 않은 것을 보니 죽은 지 얼마 되지 않은 듯했다. 그러나 더욱 흥미로운 점이 있었다. 남자는 피에 젖은 셔츠와…… 발목까지 오는 푸른 치마를 입고 있었다.

"이쪽은 소지하고 있던 신분증에 따르면 루드비크 올레시 씨라

---

* 왕수(王水)는 진한 질산과 염산을 1:3으로 섞은 용액으로, 산에 잘 녹지 않는 금이나 백금도 녹인다.

고 하네. 새롭게 감염된 경우인데 자네 부하들이 동물원으로 데려왔지."

"이 멍청이들을 눈물이 쏙 빠지게 밟아줘야겠군." 비에드지츠키가 으르렁거렸다.

"왜?" 아렌지코프스키가 놀랐다.

"이따위 바보 같은 장난을 치려고 목숨을 걸었으니까!" 비에드지츠키는 남자 좀비에게 전혀 어울리지 않는 옷차림을 가리켰다.

아렌지코프스키가 웃음을 터뜨렸다.

"이 말 들으면 놀랄걸. 나도 그게 이상해서 이미 자네 부하들과 얘기했지. 원래 발견했을 때부터 저 차림이었다고 하네. 어째서 치마를 입었는지는 모르겠지만 저것 때문에 죽었다는 것만은 확실해. 덤불 속에서 발견했는데 도망치려다가 치마가 다리에 엉킨 모양이라더군. 망할 천 조각을 벗기 전에 좀비들이 덤벼든 거야."

"흠……."

"내 생각에는 올레시 씨가 인근 주택가 어디에서 파티를 하고 있었던 것 같네. 요즘 하는 그런 거 알잖나. 보드카 대신 칵테일, 가면, 변장, 재즈 같은 거."

"저 사람에겐 뭘 실험했나?"

"전기충격. 이 철장 뒤에 분전반이 있다는 점을 활용했지."

"그래서 어떻게 됐나?"

"전기충격은 우리 실험 중에서도 막다른 골목이야." 아렌지코프스키가 다시 걷기 시작하며 요약했다.

두 사람은 포석이 깔린 오솔길에서 멈추어 다음 좀비……라기보다는 그 일부분을 바라보았다. 머리가 뜯겨나간 몸통이 우리 한가운데 놓여 있었고 비에드지츠키는 그의 사지를 한참 뒤에야 발견했는데 왜냐하면 팔다리는—아마도 의도적일 것이라 비에드지츠키는 짐작했다—구석 멀리 놓여 있었기 때문이다. 반면 불운한 사람의 내장은 관목 덤불을 온통 장식하고 있었는데 탑 아래 덤불은 꽤 많이 있었다.

"이건 또 뭔가?"

"므워치츠카에게 실험한 결과를 보고 훨씬 더 급진적인 시도를 해야겠다고 결정했네. 여기 보이치에흐 코와치키에비치 씨의 경우에는 거기서 한 걸음 더 나아가기로 했지. 신체를 의도적으로 토막내서 잘린 신체 부위에 접근할 수 없거나 접근이 어려운 경우에 좀비의 신체가 어떻게 행동하는지 확인하는 거야."

"그래서 결과는?"

"자세한 얘기는 생략하고 이번이 오늘 세 번째 실험이라는 것만 알려주지."

비에드지츠키는 한숨을 쉬었다. 잘린 사지가 좀비의 몸에 다시 붙을 수 있다는 것도, 몸이 근육과 여러 조직이 아니라 밀가루 반죽으로 만들어지기라도 한 듯 모든 상처가 도로 붙는다는 사실도 머리로 이해할 수 없었다. 이 걸어 다니는 시체들에 관한 한, 잘라내거나 도려낸 상처 등 대단히 위중한 부상조차 흔적도 남기지 않고 회복된다는 것은 이전에 보아서 알고 있었다. 목부터 사타구니까지 베어진 사람이라도 몇 시간이 지나면 어디를 베었는지 구분할 수조차 없었다. 그러나 토막이 났다가 다시 합쳐진다는 것은 전혀 다른 차원이었다.

"엄청나군……." 소령이 중얼거렸다.

"가지." 의사가 그의 팔을 당겼다. "우리 미하우 씨를 꼭 봐야 하네." 두 사람은 옆 우리와 그 안에 누워 있는 므워치츠카를 쳐다보지도 않고 지나쳐서 그다음 우리 앞에 멈추었다. 그 또한 의도적으로 둥근 탑 앞에 설치되어 있었다. 그 안에 잡혀 있는 좀비는 다른 좀비들이 모두 하듯이—물론 조각난 코와치키에비치만 제외하고—철장 바로 앞에 다가와 있지 않았다. 비에드지츠키는 철장 안쪽에 서 있는 좀비를 들여다보았다. 그와 좀비 사이 거리는 6미터가 채 되지 않았으므로 이 좀비는 잠재적 희생물의 기척을 이미 감지하고 다가왔어야 하는데 그렇게 하지 않았다.

"저쪽 벽 뒤에 자네 조수라도 서 있나?" 소령이 의심에 찬 목소리로 물었다.

"틀렸어." 아렌지코프스키가 재미있어하며 대답했다.

"그럼 무슨 동물이라도 데려다 놓았나?"

"더 틀렸네."

"그럼 저놈은 왜 우리를 죽이려 들지 않는 거야?"

"바로 그것이 문제란 말이지, 친구." 아렌지코프스키가 소령을 바라보며 철장에 등을 보이고 섰다. "보시다시피 여기 미하우 페츠케 씨는 뭔가 결핍돼 있어." 의사는 여전히 움직이지 않는 좀비를 가리켰다.

비에드지츠키는 좀비에게 왼팔이 없다는 사실을 그제야 눈치챘다.

"어떻게 된 건지 설명 좀 해주겠나?"

"이게 아마 오늘 우리의 가장 흥미로운 실험일 거야." 아렌지코프스키는 의기양양하게 웃었다. "미하우 씨의 왼팔을 잘라서 상자에 넣어 저쪽 벽 뒤에 갖다 두었지."

"잠깐······." 비에드지츠키가 의사의 팔을 꽉 잡았다. "그러니까 즉 저들이······."

"아냐." 아렌지코프스키가 그의 열기를 한마디로 잠재웠다. "내 말 끝까지 들어보게. 팔을 자른 직후에 실험 대상은 인간에 대해서 나머지 좀비들과 똑같이 반응했지만, 조수들을 안전한 거리로 물러나게 하자 철장에 붙어 있지 않고 저쪽 벽으로 돌아갔어. 그리고 여기서부터 가장 흥미로운 점이야. 절단 후 대략 세 시간이 지나자 미하우 페츠케 씨는 다음 미끼에게 눈에 띄게 느리게 반응했어. 지금 시간이……." 그는 시계를 바라보았다. "실험 다섯 시간째야. 메모에 따르면……." 그는 철장 옆 벽에 붙은 종이를 바라보았다. "미하우 씨는 지난 45분 정도 저기서 움직이지 않았는데 그동안 우리는 정말로 가까이 다가가서 몇 번이나 자극했단 말이네."

"하지만 그런 방식으로 좀비들과 싸울 수는 없어……." 소령은 풀이 죽었다.

"유감스럽지만 안 되겠지. 사지 중 하나를 잘라내면 저런 놈이 자네 부대를 네 시간 넘게 괴롭히지 않을 거라는 것 정도는 아마 확실하겠지."

"전투 환경에서 그런 건 허용할 수 없어." 비에드지츠키가 진지한 어조로 말했다. "우리가 고심했던 문제에 대해서 자네 실험으로 답을 찾아낸 건 좀 없나?" 그는 아렌지코프스키가 다음 우리로 다가가려고 몸을 돌리는 것을 보고 물었다.

"없어." 몇 초 뒤에 의사가 땀투성이 이마를 손수건으로 닦아낸 뒤에야 소령은 대답을 들었다. "자네가 여기서 본 것과는 달리 우리는 이 괴물들을 무력화하는 방법을 찾아내는 데 집중하는 게 아냐. 자네가 나한테 부탁한 건 기억하지만 구체적인 결과를 제시하려면 시간이 훨씬 더 많이 필요하네."

"그럼 지금 알고 있는 사실은 뭔가?" 소령은 굽히지 않았다.

아렌지코프스키는 무기력한 몸짓으로 양팔을 벌렸다.

"오늘 새벽에 비해 별로 더 많이 알게 된 건 없어. 첫 번째로 우리가 아는 그 어떤 방식으로도 좀비를 죽일 수 없는데 그 이유는 이미 죽었기 때문이다. 두 번째로 이 걸어 다니는 시체들은 통증도 피로도 느끼지 않는다. 세 번째로 이들은 놀라운 재생 능력을 가지고 있고 자네가 방금 보았듯이 그 원리를 이해하려면 계속 실험하고 정밀하게 연구해야 한다. 네 번째로 좀비들은 모든 형태의 생물체를 대략 10미터 거리에서 감지한다. 여기서 생물체란 당연히 식물이 아니라 동물이지. 다섯 번째로 이 괴물들은 자기 앞길에 들어서는 모든 존재를 공격하며 사람이건 동물이건 상관하지 않는다." 여기서 의사는 검지손가락을 세우며 목소리를 낮추었다. "하지만 선택의 여지가 있다면 언제나 우리 인간을 먼저 선택하지. 심지어 동물이 인간보다 몇 배나 더 큰 경우에도. 이런 행동 양태는 우리가 얼마 전에 발견한, 죽은 동물은 좀비가 되지 않는다는 사실과 긴밀한 관련이 있을지도 몰라. 솔직히 말해서 자네가 나간 뒤에 몇 가지 추가적인 실험을 해보았는데……"

"내 동의 없이?" 의사의 자백에 화가 난 소령이 으르렁거렸다.

"자네 머릿속을 더 복잡하게 하고 싶지 않아서, 그렇지만……"

"사육사들이 전부 떠나 버리면 이 동물원이 어떤 꼴이 될지 아나?"

"사육사들이 떠나지 않을 거라는 건 알지."

"그건 또 무슨 소리야?"

"사육사는 우리 의사들과 똑같이 열정으로 일하거든." 아렌지코프스키가 차분하게 설명했다. "이런 동물들을 돌보는 일이란 단순한 직업 그 이상이야. 소명이라고, 친구. 누구나 할 수 있는 일은 사실 아니지만 아침에 자네의 설득을 듣고 지금 우리와 함께 남아 있는 사육사들은 무슨 말을 하든, 자네가 몇 번이나 거짓말을 하든 간에 하던 일을 버리고 떠나지 않을 거야. 내 말 믿어도 좋아. 게다가 사육사들은 전문가라서 커다란 맹수들을 전부 살아 있는 채로 버리고 가면 그 끝이 어떻게 될지 자네나 나보다 더 잘 알고 있어. 바로 그렇기 때문에 몇 가지 핵심적인 실험에서 사육사들이 날 도와주는 거야."

소령은 자기 귀를 믿을 수 없었다.

"돌봐주던 동물을 죽이는데 그걸 도와줬다고?"

"무슨 소리야. 그런 건 내가 절대로 사육사들에게 부탁하지도 않을 거고, 여기로 줄에 묶은 들소나 그 비슷한 야생 초식동물을 데려오는 데 사육사들이 전혀 반대하지 않았다는 건 자네도 알고 있을 거 아닌가."

"자네 같은 사람들은 끝없이 날 놀라게 하는군." 비에드지츠키가 멍한 채로 중얼거렸다.

"하던 얘기로 돌아가지." 의사는 소령의 반응에 전혀 아랑곳하지 않고 말했다. "가장 최후의, 가장 중요한 문제를 논의하는 일이 남아 있지. 즉 저들이 어째서, 어떻게 우리를 죽이냐는 거야." 아렌지코프스키는 상대방이 자신에게 완전히 집중하게 만들려고 잠시 말을 끊었다. "우리가 확실히 아는 건 뭐지? 좀비들은 살아 있는 인간이 가진 어떤 종류의 에너지가 결핍돼 있어. 그걸 뭐라고 불러야 될지는 모르겠지만 가장 무리 없는 쪽으로 '생명 에너지'라고 하지. 좀비들은 그 생명 에너지를 산 사람에게서 빨아내거나 혹은 물리적인 접촉이 있을 시에 흡수하게 돼. 흥미로운 것은 그러기 위해선 평범하게 닿는 정도로도 충분하다는 거지."

"그러면 대체 왜 희생자를 짓뭉개는 건가?" 비에드지츠키가 물었다.

"평온한 흡입 과정은 최대 30초까지 걸릴 수 있어. 격리병동 진압 과정에 기록된 경우들을 묘사한 보고서를 보면 그런 결론을 내릴 수 있지. 반면 신체가 찢긴 희생자는 거의 즉각 사망하게 돼."

"그 흡입 과정을 강화하기 위해서 내장을 파낸다는 건가?"

"혹은 가속화하기 위해서. 솔직히 말하면 그 에너지를 이용해서 다시 살아나는지는 의심스럽네. 반면 그 에너지가 좀비의 몸을 재생하는 데 필요하다는 건 거의 확실해. 어째서인지 설명해 주지." 의사는 이전에 메모했던 수첩을 주머니에서 꺼냈다. "므워치츠카, 3회차. 재생에 평균적인 36분이 아니라 35분 11초가 걸린다. 변화의 이유는? 팔이 잘린 직후 므워치츠카의 우리 안에 줄로 묶은 영양을 집어넣었다. 간호사는 영양을 뜯어 죽인 뒤 그 위에 누워 팔이 잘린 부분을 대고 가만히 있었다. 희생물을 살해함으로써 재생 과정이 거의 1분 정도 빨라졌다. 5회차에서도 이와 유사하지만 조금 덜 유의미한 차이를 보였다. 나이 든 오소리를 살해한 뒤 6초 빨라짐. 차이는 적지만 과학의 관점에서 대단히 본질적인 차이이다. 그리고 좀 더 들어봐!" 아렌지코프스키는 입을 열려는 비에드지츠키의 입을 막고 수첩을 다시 주머니에 넣었다. "직접 목격자들의 증언에 따르면 몇몇 좀비들은 대단히 빠른 속도로 재생되었네. 내 조수 한 명이 감염병 최초 유행 후 몇 시간 동안 자네 책상 위로 날아든 보고서들을 그런 관점에서 훑어보았지. 거기서 열대여섯 개 경우를 발견했는데, 보고서에 묘사된 바에 따르면 희생자의 에너지를 빨아들인 경우 부상이 회복되는 속도가 빨라졌다고 하네."

"잠깐 좀 기다려!" 비에드지츠키가 이번에는 의사가 말을 가로막게 두지 않았다. "그러니까 자네 말은 좀비가…… 어떻게 말해야 하지……. 적정한 숫자의 희생자를 죽이고 나면 다시 살아 있는 상태로 돌아올 수 있다는 건가?"

"그렇게까지 멀리 나가진 않겠네. 좀비는 죽은 상태야. 내장 기관이 기능하지 않고 게다가 비가역적인 부패가 일어나고 있지. 그런 상태는 절대로 완전하게 되돌릴 수 없어." 그는 망설였다. "아마도. 이 모든 일을 어떻게 판단해야 될지 나도 이젠 모르겠네. 과학적이고 상식적인 관점에서 불가능해 보이지만, 지난밤에 우리 지식 상태에 대한 내 신념이 무너졌어. 내가 본 모든 일이 인식의 범위를 너무 크게 넘어서서, 도저히……." 의사는 말을 끊고 침묵했다.

"좋아. 저들은 그 측정할 수 없는 에너지를 얻기 위해 우리를 죽인다는 거지. 쉽게 말하기 위해서 그걸 영혼이라고 하세." 비에드지츠키가 요약했다.

"아냐."

"아니라니 무슨 말이야?"

"무슨 말이긴. 영혼을 뺏겼으면 다시 살아날 수 없었겠지."

"그 말도 맞군……." 소령은 점점 혼란스러워지기 시작했다. "그러면……."

"우리가 아직 알지 못하는 두 가지 생명 에너지가 존재한다고 가정해 보세. 당연히 그냥 가설이고 연구나 증명을 통한 뒷받침은 전혀 없어. 의미도 기제도 전혀 알지 못하는 몇 가지 현상들을 피상적으로 분석해서 내놓은 가설이라고. 하지만 좀비에게 살해당한 인간이 다시 살아난다는 사실을 더 잘 설명할 방법은 없을 걸세.

즉 살해당해도 그 사람 안에 뭔가 남아 있어야만 한다는 거지."

"그렇겠지." 비에드지츠키가 인정했다. "하지만 그게 뭘까?"

"그건 중앙위원회 연구소에 들어가지 않는 한은 알 수 없어." 아렌지코프스키가 말했다. "그런데 하긴……."

"다른 해결책이 있나?"

"아니. 연구소 장비를 사용하는 걸로는 모자랄지도 모른다고 생각했어."

"무슨 말인지 모르겠네."

"이런 과정들을 이해하려면 정밀한 연구를 수없이 진행해야 해."

비에드지츠키는 갑자기 자석의 같은 극이 맞닿은 듯 의사에게서 펄쩍 뛰어 물러났다.

"통제된 환경에서 사람 죽이는 걸 허용하고 싶은 건가?"

"대답을 알기 싫으면 묻지를 마."

"이보게! 이건 평생 들어본 말 중에서 가장 비윤리적인 제안이야."

"정말? 그러면서 매일같이 의학 발전의 혜택을 활용하지 않나? 활용하지." 의사는 강조하기 위해 고개를 끄덕였다. "그러면 현대의 의사가 가진 지식이 어떤 고통을 통해서 얻은 건지 아나?"

"무슨 헛소리야, 보그단……."

"솔직하게 진실을 말하는 거야. 간단한 예를 들어보지. 침술이라고 들어봤나? 질병을 고치는 이국적인 기술인데 동양에 기원을 두고 있지. 가느다란 바늘을 사람의 신경 체계에서 가장 중요한 지점에 꽂는 거야."

"세상에."

"수백만의 사람들이 매일같이 침술의 혜택을 받고 있지만, 오래전 의술의 거장들은, 그렇게 부를 수 있다면 말이네만, 그 침을 어디에 꽂아야 하는지에 대한 지식을 어떻게 얻었는지 아나? 내가 알려주지. 전쟁 포로들의 가죽을 벗겼네. 수백 명, 수천 명을 말이야. 산 채로!"

"하는 김에 요제프 멩겔레*의 유산도 거론해야지."

"선 넘지 말게!"

"내가 선을 넘었다고?"

"그래. 나는 인류를 구할 수 있는 연구에 대해서 얘기하는 거야. 그런 빌어먹을 인종차별주의 미치광이가 아니고. 그리고 난 내가 직접 그런 연구를 하거나 원한다고는 말한 적이 없네. 다만 우리가 이 문제를 해결하려면, 시발, 필요해질 거라는 말이야."

---

* 요제프 멩겔레(Josef Rudolf Mengele, 1911~1979), 아우슈비츠 강제수용소 내과의사. 강제수용소 피해자들을 대상으로 생체실험을 하여 '죽음의 천사'로 악명이 높았다.

24

1963년 8월 10일 토요일 15시 25분
트램 차고지 2호, 스워비안스카 거리 16-30번지

"여러분의 건강을 위하여!" 스프리하는 반쯤 채운 술잔을 들었다. "나는 자유를 약속했고, 이제 우리는 자유롭다!"

술 취한 환호가 그에게 답했고 남자들은 함성을 지르고 손바닥으로 테이블을 두드리고 여기저기서 휘파람을 불기도 했다. 판은 벌어진 지 얼마 되지 않았으며, 처음에는 말라 있던 흰 빵에 베이컨을 넉넉하게 얹어 먹는 것으로 시작해서 이미 보드카를 4리터째 마셔대는 중이었고 시간은 아직도 일렀다.

"스프리하와 그의 끝내주는 갱을 위하여!" 담장 아래 깔아둔 매트리스에 누운 채 카치마레크가 외쳤다.

"스프리하를 위하여!" 점점 더 커지는 함성은 남자들이 술잔을 기울일 때만 조용해졌다.

"잘 먹고 잘 마셨으니 이제 딱 한 가지 생각나는데……." 조용해진 틈에 야쿠자가 이렇게 입을 열어 의미심장하게 말을 끊었다.

"떡 치고 싶다고?" 이미 잔뜩 취한 야니체크가 내뱉었다.

"목마른 사람이 물 찾는 법이지." 슈치그워가 큰 소리로 웃었다. "한번 거하게 치고 싶은 생각이 들지 않나, 다들?"

"형제들, 이미 다 가진 거나 다름없어!" 울피크가 손등으로 입술을 닦았다. "그 여자들 어떻게 되는지 대장이 얘기하시오." 그는 편안하게 널브러져 앉은 스프리하를 살짝 풀린 눈으로 쳐다보며 팔꿈치를 탁자에 기댔다.

"뭐가 문제라고?" 스프리하가 거의 빈 술잔을 내려놓았다.

"여자가 여섯이고 우리는 열셋, 아니 대장 빼고 열둘이오." 야쿠자가 술집에서 논의했던 주제로 돌아와서 설명했다. "이 재료로 규칙 같은 걸 좀 정해야 하지 않겠소. 우리가 대충 어떻게 하면 꽤 괜찮은 떡방을 만들 수 있을 것 같으니까. 대장도 알잖소, 누가 먼저고 누가 나중이고, 누가 어느 여자하고 뭐 그런 거 말이오."

주택 1층에서 가장 큰 방에 놓인 탁자 주변에 갑자기 찬물을 뿌린 듯 침묵이 감돌았다. 모두 일제히 스프리하를 쳐다보았고, 술에 더 취한 사람도 있고 덜 취한 사람도 있었으나 그 시선에는 전부 엄청난 기대를 내비치고 있었다.

"너희 다 가져." 스프리하가 잠시 생각하는 척하다가 대답했다. 그는 이미 모든 것을 오래전에 계획해 두고 있었다. "잡은 물고기니 다들 마음대로 해. 하지만 여자가 뒈지면 그 순간 너희들도 전부 다 끝장이라는 거 기억하고……." 그도 마찬가지로 목소리를 낮추었다.

"그러지 말고 대장이 우리한테 여자들을 적당히 좀 나누어줄 수 없소?" 울피크는 물러서지 않았다.

"내가 무슨 포주인 줄 아나? 무슨 돈 알폰소쯤 되나?"

"아니, 그런 게 아니라, 대장. 인원이 이렇게 많으니 예민한 문제잖소. 내가 안단 말이오. 이렇게 서로 술잔 부딪치다가 자기 여자 건드렸다고 돌아서서 형제 등에 칼 꽂는 거 몇 번 봤소."

"좋아." 스프리하가 네린크에게 고개를 끄덕여 술을 따르라고 신호했고 베이컨 덮은 빵을 깨문 뒤에 낡아빠진 소파 위에 푹 널브러졌다. "여자를 더 찾아내지 않는다면 이렇게 나누지!" 그는 주머니에서 구겨진 종이조각을 꺼내 야쿠자 앞에 던졌다.

울피크는 타자기용 종이조각을 서둘러 펼쳤다. 다 읽기도 전에 그의 얼굴에 환한 미소가 떠올랐다.

"아니 대장, 정말 현명하시오."

"아부 그만하고 거기 뭐라고 쓰여 있는지 빨리 말해!" 마루트가 재촉했다.

"그게 그러니까……."

"문장을 '그러니까'로 시작하면 안 돼." 술에 푹 절어버린 페레크가 어째서인지 동료의 일상적인 말투를 마음에 안 들어 하며 이렇게 웅얼거렸다.

"바로 그런 이유로 쇤네가 문장을 '그게'로 시작했던 것입죠, 나리." 울피크는 페레크의 도발에 화를 내기에는 지나치게 기분이 좋았다. "잘 들어, 쓰레기들. 계획은 다음과 같다. 둘씩 짝을 짓는다. 예를 들어 나하고 그젤라크……."

"난 너하고는 떡 안 쳐. 넌 내 입맛엔 너무 거칠어!" 그젤라크가 웃음을 터뜨렸다.

"그러니까 짝이 아니고 두 명씩 조를 짠다." 야쿠자가 즉시 고쳐 말했다. "그리고 그 조 짠 대로 들어간다. 매일 다른 여자가 배정되고 이름 알파벳 순서로 돌아간다. 예를 들어 오늘은 베드나르코바 차례다. 내일은 얌로진스카, 화요일에는 칼리노프스카, 수요일에는 워파타……."

"아니 잠깐만, 워파타가 대체 누구야? 그런 이름은 기억에 없는

데?" 즈고젤스키가 물었다.

"차에서 떨어진 것들 중에서 키 작은 거 있잖아." 슈치그워가 설명했다.

"오늘 거리에서 잡아 온 여자들 말하는 거야?"

"바로 그거지."

"……목요일에는 포렝프스카, 금요일에는 사바토프스카." 울피크가 목록을 다 읽었다. "토요일부터는, 만약 새로운 여자를 잡아 오지 못하면……"

"……그러면 임질이다!" 그젤라크가 끼어들었다.

"……처음부터 다시 시작한다." 야쿠자가 말을 마쳤다.

"대장이 우리 조를 어떻게 나눴는지 좀 더 자세히 말해봐." 마루트가 부탁했다.

"왜, 벌써 술이 깨기 시작해?" 카치마레크가 코웃음 쳤다.

"그런 게 아니라……"

"축하한다, 존경하는 동료님. 난 아직도 깨려면 한참 멀었군." 야쿠자가 큰 소리로 웃음을 터뜨렸으나 옆에 앉은 남자들이 몇 번 쿡쿡 찌르자 이 기쁨의 함성을 빨리 멈추었다. "알았어, 알았어, 읽어줄게. 1조는 오델로와 나무꾼. 2조는 나와 그젤라크. 3조는 청산가리와 그물. 4조는 기병대와 피골. 5조는 모이카와 젊은 애. 6조는……"

이번에는 야니체크가 끼어들어 그의 말을 막았다.

"친애하는 대장, 아니 어떻게 이럴 수가 있소!" 그는 스프리하가 마치 자기 아버지라도 죽인 양 슬픔이 가득한 눈으로 쳐다보았다. "이런 놈하고 짝이 돼서 내가 뭘 할 수 있단 말이오? 저런 짐승 다음으로는 나무 자르러 가는 것도 겁나는데 하물며 여자를……"

"잘 기억해, 형제, 선착순이야! 마그지아레크가 널 앞지르게 내버려두지 마!" 카치마레크가 재미있어하며 충고했다.

"여자가 불평하거나 반항하면 곧바로 망치부터 휘두를 거 아니오." 야니체크는 카치마레크에게 휘둘리지 않았다.

"마그지아레크한테 노구는 넣어두라고 하면 되잖아!" 마루트가 충고했다.

"잘못 알아듣고 다른 걸 넣어두면 큰일이지만!" 슈치그워가 이렇게 끼어들어 나머지 일당을 즐겁게 했다.

"그렇게 잘난 체하지 마, 나무꾼. 너 우리 바로 다음 차례야. 그러니까 마그지아레크가 망치를 쓰면 너나 나나 똑같이 엿 먹는 거야."

전직 나무꾼은 시무룩했지만 대꾸는 하지 않았다. 이 회전식 체계에서 누구든 손해 볼 수 있다는 사실이 이제야 머리에 들어온 것이다. 반면 캉가세이루는 자신에 대한 비난에 그저 어깨를 으쓱하는 것으로 대응했는데, 이것은 야니체크가 제시한 예측에 동의한다는 뜻일 수도 있고 말도 안 된다는 의미일 수도 있었다.

"여러분의 우려는 알겠지만 확실히 말하는데 괜한 걱정이다." 스프리하가 다시 채운 술잔에 손을 뻗으며 대답했다.

"대장, 내기 걸겠소? 오늘 캉가세이루가 보여준 걸 생각하면……."

"내 말 아직 안 끝났어!" 스프리하가 언성을 높였다. 그저 조금 목소리를 높였을 뿐이지만 그것만으로도 상대방은 즉시 입을 다물었다. "마그지아레크가 정신 놓고 우리 파리들 중 하나를 죽이거나 불구로 만들면 이 일은 그때부터 영원히 중단이다. 알아들어?"

마지막 말은 탁자를 멍하니 쳐다보는 캉가세이루를 향한 것이었다.

"알아들었소." 남자들이 일제히 대답했다.

"이 원칙은 여러분 모두에게 해당된다." 스프리하는 나머지 일당을 눈으로 훑어보았다. "여자들을 돌려 쓴다. 더 잡아 오지 않는 한 절대로 고문하거나 불구로 만들면 안 된다. 몇 번이든 마음껏 해도 좋지만 거기까지다!"

"여자가 반항하면 어떻게 하라는 거요?" 그젤라크가 물었다.

"그런 경우 때려도 좋지만 자기 마누라 패듯 하면 안 돼. 이가 날아가거나 팔이 부러지거나 정신을 잃을 정도로 머리를 부딪치게 하는 건 금지다. 알겠나?" 남자들은 대답을 했으나 전과 같은 열정은 없었고 마지못해 순응했을 뿐이었다. 세상의 왕이 된다는 것은 그들이 생각하기에 이런 건 아닌 것 같았지만, 자칭 대장의 결정에 감히 반론을 내놓으려는 사람은 아무도 없었다. "그럼 잘됐군." 스프리하가 짧게 결론을 내리고 일어섰다.

"대장, 어디로 도망가려는 거요?" 네린크가 캐물었다.

"하느님의 것을 카이사르에게 돌릴 때다." 스프리하는 대답 대신 중얼거리고 문 쪽으로 향했다.

"우리가 물건을 사용하기 전에 대장이 맛을 보려는 거군." 슈치그위가 웃음을 터뜨렸다.

"옛날 체코슬로바키아 속담대로, 몸매를 유지하고 싶으면 물을 빼야 하지." 스프리하가 대답했다.

남자들이 그의 뒷모습을 보며 웃음을 터뜨리고는 다시 일제히 술잔을 들었다.

"자유를 위하여!" 야쿠자가 외쳤다.

* * *

"얘기 좀 할 수 있소, 대장?"

스프리하는 바로 등 뒤에서 청산가리 페레크의 목소리를 듣고 몸을 떨었다. 뒤에 그렇게 바짝 다가올 때까지 길거리의 바보처럼 멍하니 있었던 것이다.

"내가 뭐 하는지 안 보여?" 스프리하는 화가 잔뜩 나서 으르렁거렸다.

"이미 다 끝낸 줄 알았소."

스프리하는 바지춤을 여몄다. 실제로 그는 생각에 잠겨 물건을 밖에 내놓은 채 이 담장 앞에 그대로 멍하니 서 있었다.

"대체 뭐가 그렇게 중요해서 내가 도로 들어갈 때까지 기다리질 못하나?" 그는 페레크를 향해 돌아서며 물었다. "너도 짝을 지은 게 마음에 안 들어?"

"아니오, 대장. 앞에 누구든, 누구랑 같이하든 난 상관없소. 그런 건 그저 한순간이니까."

"그럼 무슨 일이야?" 스프리하는 페레크 옆을 지나 현관으로 향했다.

"폭발 말이오."

'이 자식이 내 생각을 읽었나!'

깜짝 놀란 스프리하는 걷다 말고 멈추었다. 조금 전에 멍하니 있었던 이유가 바로 이것 때문이었다. 누군가 뭔가를 폭파한다는 사실 자체가 정부가 아직도 포기하지 않았으며 어딘가, 지금으로서는 이 차고지에서 상당히 먼 곳에서 경찰이나 군부대가 할 일을 하고 있을 수도 있다는 뜻이었다. '그럴 수도 있지만 꼭 그렇다는 건 아니야.' 그는 소변을 보면서 억지로 마음을 가라앉혔다. 어쩌면 그들은 이런 경찰이나 군부대가 도망치면서 좀비 떼를 막거나 지연시키려는 목적으로 다리나 건물을 폭파하는 현장의 본의 아닌 목격자가 되었을 수도 있다. 스프리하로서는 그런 경우이기를 간절히 바라지만 확신할 수는 없었고, 그러므로 신중에 또 신중을 기하는 것이 최선이었다.

"그게 뭐?" 그는 페레크를 향해 돌아서서 물었다.

"그냥 생각해 본 거요. 누가 뭐 하러 폭발을 시키는지."

"그래서 어떻게 생각하는데?"

"좋은 일은 하나도 없을 것 같으니까 대장하고 얘기 좀 해야겠다고 생각했소."

"그럼 왜 안에서 다들 모여 있을 때 얘기하지 않았지?"

"저렇게 잘 노는데 뭐 하러 분위기 망치겠소?"

"그 말도 맞군." 스프리하는 페레크의 등 뒤로 이전에 폭발음이 들려왔던 방향을 바라보며 인정했다. "그럼 너는 이 상황을 어떻게 보는지 얘기해 봐."

"내 생각엔 저건 군대요. 어제저녁에 교도관들이 떠드는 걸 들었는데, 정부가 시내에 군부대를 몇 개나, 아니 사단 전체를 끌어들였다고 했소. 어쩌면 그중에 어느 부대가 브로츠와프에 들어온 거 같소."

"폭발이 지나가고 다시 조용해졌잖아." 스프리하는 이전에 궁리할 때 '군부대설'에서 발견한 허점을 상기시켰다.

"혹시 퇴로를 확보하고 내일 최전선으로 진격하는 거 아니오?"

이것은 대단히 설득력 있는 설명이었다. 군인들은 격리 지역으로 행군해 들어가지 않는 쪽을 원했다. 또한 분명히 이동하느라 지쳐 있고 지휘관들은 정찰과 첩보가 더 필요할 것이었다.

"그렇다면 우리가 바랐던 것만큼 여기가 안전하지 않다는 뜻이겠지." 스프리하는 몇 시간 전부터 그를 괴롭히던 의심을 소리 내어 표현했다.

"게다가 쏠 만한 무기가 아무것도 없으니 말이오." 페레크가 맞장구쳤다.

"총이 땅에서 저절로 자라나는 것도 아니고." 스프리하가 생각에 잠겨 말했다.

"그러게 말이오. 게다가 더 골치 아픈 게 뭐냐면 이 근방에서는 군대가 보이질 않소. 우리가 아는 바에 따르면 좀비들과의 전투는 대체로 시내 반대편에서 벌어졌소. 그렇게까지 멀리 가지는 않았으면 좋겠소. 특히 저기 철로에서 그런 광경을 본 뒤로는……."

"그럼 대체 어디서 무기를 구하려고?"

"난 대장이 뭔가 계획을 세워줄까 싶었소. 대장은 뭐든지 다 계획해 두니까."

스프리하는 미소 지었다.

"훌륭한 말씀이군." 그가 말했다. "어디 가서 무기를 충분히 구해올지 내가 알지. 빌어먹을 군인들이 여기 오든 말든 겁낼 필요 없게."

"정말이오?"

스프리하는 그의 어깨를 안고 반대쪽 구석으로 데려가서 그곳에서 대략 북서쪽을 바라보았다.

"우리가 떠나온 저곳에 무기가 많지." 그가 말했다.

"그럼 대장 설마……." 페레크가 말하기 시작했으나 스프리하가 중간에 끊었다.

"설마가 아니라 반드시야." 스프리하가 내뱉었으나 그도 권총뿐 아니라 소총으로 무장한 사람들을 맨손으로 공격하는 것이 내키지 않기는 마찬가지였다. "아니면 네가 더 좋은 생각을 말해보든가."

"내가 궁리해 봤는데 말이오, 대장……." 페레크가 불안한 듯 입술을 깨물었다.

"아, 빨리 말해. 보드카 식는다!"

"좀비 떼를 지나고 나서 바로 총소리 들은 거 기억하시오? 저쪽에서 났는데." 그는 광장 뒤의 거리를 가리켰다. "멀지 않았소. 우선 누가 총을 쐈고 그래서 어떻게 됐는지 확인해야 하지 않겠소?"

"좋은 생각이군……." 스프리하가 늘어선 건물들을 주의 깊게 바라보며 인정했다.

그는 그 순간을 다시 떠올려 보았다. 처음에 들린 총소리는 소총 최대 열네다섯 대였고, 그 뒤에는 누군가 중화기를 사용했는데 아마 기관총 같았으며, 마지막으로 들린 폭발은 아마 수류탄일 것이다. 그토록 많은 좀비에 비해 전투는 이상할 만큼 짧았고 그러므로 군인들이 졌다는 증거일 수 있었다. 군인들이 죽었다면 무기는 그곳에서 누군가 집어 가기를 기다리고 있을 것이다. 만약 살아남았다면 누구든 나서서 도와주려 할 때 양손을 들어 환영할 것이다. 그리고 우리에게 소총을 넘겨주기만 한다면…….

스프리하는 뒤에서 누가 세차게 쿵쿵거리는 소리를 듣고 몸을 떨었다. 주택에서 처음에는 울피크가 튀어나왔고 바로 뒤에 나머지 일당이 씩씩거리며 따라 나왔다.

"뭐야?" 스프리하가 대체 무슨 일이 일어났을지 황급히 예상하며 천둥같이 소리쳤다.

"미친놈이라고 대장한테 말했잖소!" 야니체크가 낑낑거렸다.

이것이 그의 의심을 충분히 뒷받침해 주었다.

"무슨 짓을 저질렀는데?"

"그 저기 그 여자, 누구냐, 그걸 때려서······."

"사바토프스카." 야쿠자가 스프리하가 준 종이에서 이름을 읽고 알려주었다.

"뒤에서 하려고 했는데 여자가 몸부림치고 덤비니까 망치로 때려서 죽여버렸소, 여기를." 그는 왼쪽 관자놀이를 가리켰다. "위층에 걸어 다니는 시체가 있단 말이오!"

"캉가세이루!" 스프리하가 가장 가까운 문가에 서 있는 마그지아레크를 손가락으로 가리키며 고함쳤다. "내가 경고했잖아, 빌어먹을 새끼야!"

"그 망할 여자가 나한테 덤볐단 말이오!" 보드카에 취해 멍청해진 마그지아레크가 투덜거렸다.

"차고지 건물로 가!" 스프리하가 옆 건물을 가리켰다. "오늘은 트램에서 자!"

"고작 이런 일로?" 마그지아레크가 성질을 냈다.

"빨리 꺼져! 그리고 내가 시간이 가면서 점점 더 화가 나지 않길 기도해라. 난 가죽 벗기는 걸 좋아하니까. 네가 잘 때 그 망치로 뭉개버릴 테다!"

"아니 대체 어떻게 맨몸으로 나가 자란 말이오?"

"한마디만 더 하면 못 나가게 해주지."

스프리하는 더 이상 소리치지 않았는데 이것은 위협을 행동에 옮기는 데 아주 근접했다는 뜻이었다. 그래서 마그지아레크는 마치 자기야말로 오해받은 진짜 피해자라는 듯 어깨를 으쓱하고는 몸을 돌려 차고지로 이어진 뒷문으로 발을 질질 끌며 나갔다.

"돌아와!" 스프리하가 다시 언성을 높였다.
"예, 대장?" 마그지아레크는 갑자기 활기를 되찾았다.
"그 여자를 끌어내서 어딘가 먼 곳으로 데려가야 해. 아파트 모래 놀이터가 가장 좋겠지. 작업장에서 필요한 것 챙겨서 해결하고. 그다음엔 진심으로 충고하는데 내 눈앞에서 사라져!"

25

1963년 8월 10일 토요일 22시 00분
1호 교도소, 클렝치코프스카 거리 35번지

로예프스키는 난간에 팔꿈치를 기대고 가장 높은 통로에 서서 대피자들이 배정받은 감방으로 차례차례 들어가는 모습을 지켜보았다. X동은 거의 완벽한 침묵에 잠겨 있었다. 아이들은 이미 오래전에 잠자리에 들었다. 어른들은 어제의 사건들과 얼마 전에 겪은 가족과 친지의 죽음 때문에 여전히 우울한 상태라서 대화를 그다지 원하지 않았고 즐거워하는 게 뭔지 잊어버렸다. 그래서 아래층에서는 가끔씩 기침 소리와 자물쇠 잠그는 소리만 들려왔다.

베그네르가 옳았다. 비에드지츠키의 통신문을 몇 번 반복해서 들은 뒤 사람들은 스스로 야간 통행금지 시간을 요청했고 다른 사람들에게서 고립되기를 원했다. 로예프스키는 여기에 특별히 놀라지 않았다. 그 자신도 예상하지 못한 소리를 들을 때마다 여전히 깜짝 놀랐고 술을 잔뜩 마셔도 신경이 가라앉지 않았는데, 오늘 그는 술을 상당히 많이, 주량보다도 몇 잔이나 더 마셨다. 지금 감방에 있는 이곳 거주민들도 거의 대부분 아마 비슷할 것이다. 악몽으로 뒤덮인 상황에서 알코올만이 유일한 선택지이자 효과적인 탈출구였다.

몇 시간 전부터 교도소 안은 완벽하게 조용했다. 예배당 뒤의 잔해 무더기 주위는 꼼꼼하게 울타리를 쳤고 잔해 아래에서 어떻게든 기어 나온 좀비들은 즉시 '철망 안'으로 잡혀갔다. 오후 4시에 따뜻한 식사가 제공되었다. 산책장에서 견습 교도관에게 도축당한 돼지는 모두의 우려와 달리 좀비가 되지 않았고, 그래서 다시 도축장으로 옮겨서 바로 해체하여 조금 묽긴 하지만 맛 좋은 굴래시를 끓였다. 다음 날 아침까지 교도소 안의 모든 사람을 먹일 수 있을 만큼 충분한 양이 남아 있었다.

400명. 그렇게 많지는 않지만 대피해 온 가족별로 나누자 거의 모든 감방이 다 찼다. 최상층 한 동만 비어 있었다—여기서 교도관들, 그러니까 브로츠와프에 가족이 없는 사람들이 행정 업무를 보았다. 파트리크 로예프스키 같은 사람들 말이다. 로예프스키는 수염이 덥수룩하게 자라난 턱을 쓰다듬었다. '이걸 깎아야 할 텐데. 하지만 오늘은 아냐.' 그는 결정했다. 내일 기상 벨이 울리고 나면 깎을 것이다.

"감방 전부 이상 없습니다, 준위 동무." 카츠페르 피야우코프스키가 규정대로 발뒤꿈치를 탁 소리 나게 모으며 보고했다.

"좋다. 어떻게 해야 하는지 알고 있겠지?"

"예, 그렇습니다!"

"해산."

로예프스키는 피야우코프스키가 근무 위치인 계단으로 돌아가는 모습을 바라보았다. 그 아래층에 있는 당직자들에게서 피야우코프스키는 감방 상황에 대한 보고를 수집했고, 이제 그 동료들이 그가 돌아오기를 기다리고 있었다. 그날 밤에 복도마다 교도관 두 명, 층마다 여섯 명이 당직을 섰다. 그들의 임무는 감방 안에 있는 사람들이 신호할 때 번개같이 대응하는 것이었다. 필요한 경우 몸 상태가 나빠진 사람은 통로로 데리고 나오게 되어 있었다. 다만 교도소에 들어온 지 얼마 안 되는 초짜 수형자들처럼 괴롭히기 위해서가 아니라 돕기 위해서였다. 교도관 가족들은 단 한 순간이라도 죄수 같은 기분을 느껴서는 안 된다고, 오크루트니 대위는 저녁 브리핑에서 명확하게 말했다. 대피해 온 가족들이 좁은 감방에서 문을 꼭 닫고 밤을 보내는 것을 힘들어하면 운동장으로 데리고 나가게 했다. 적응할 시간을 주는 것이다. 아무리 좋게 생각하려 해도 여기는 감옥이고, 처벌과 처형의 장소였다.

당장은 아무 문제도 없어 보였지만, 이제 감방 문을 닫았으니 많은 것이 달라질 수 있었다. 로예프스키는 텅 비고 조용한 복도를 둘러보았다. 눈이 따갑고 입안이 견딜 수 없이 말라붙었다. 당장이라도 머리를 베개에 눕히고 싶었지만 아직 조금 더 근무 위치를 지켜야 했다. 아래쪽에 차례로 불꽃이 나타났다. 불침번을 서는 당직자들이 석유등을 켰기 때문인데, 야간 통행금지를 알리는 종이 울린 지금, 그것은 건물 안의 유일한 불빛이었다. 8시가 지나 잠시 발전기가 가동되었으나 그의 신호로 중단되었다. 나중에 오크루트니에게 보고를 마친 뒤에 드디어 딱딱한 침상에 팔다리를 쭉 펴고 누울 수 있을 것이다.

아이들이 흥분할까 봐 그는 통행금지 신호를 오래 울리지 않았다. 손가락으로 빨간 버튼을 문지르자 그것만으로도 X동 안은 즉각 어두워졌다. 거의 동시에 바깥에서 비슷하지만 훨씬 더 작은 소리가 들려왔다. 여기보다 훨씬 적은 인원을 돌보는 아그니에슈카 메디그라우의 명령에 따라 여자 사동에 야간 통행금지 신호가 울린 것이다.

로예프스키는 통로 사이에 설치된 경비실로 들어가 무전기를 들어 상사를 호출했다.

"대위 동무, 로예프스키 준위가 보고드립니다. 여기는 지금 조용하고 이상 없습니다, 오버."

"계속 그랬으면 좋겠군." 오크루트니가 규정을 따르지 않고 대답했지만 로예프스키는 여기에 마음 쓰지 않았다.

* * *

그것은 자정 무렵, 어쩌면 밤 12시가 조금 지난 뒤, 당직자들이 전부 코를 골고 있을 때 시작되었다. 누군가 C동 경비실 바로 옆 316호 감방 문을 마구 두드렸다. 완벽한 고요 속에서 두드리는 소리는 몇 배나 크게 메아리쳐서 로예프스키까지 잠이 깰 지경이었다. 깊은 잠에서 깨어난 소위는 잠깐 움직이지 않고 누워서 자신이 어디에 있으며 어째서 이토록 깊은 어둠에 둘러싸여 있는지 이해하려 애썼다. 다행히 바로 옆 침상에서 자던 누군가처럼 벌떡 일어나지는 않았는데, 옆 사람은 위쪽 침대 틀에 머리를 부딪치고 입에서 나오는 대로 욕을 내뱉었다.

"입 다물어, 마트라스!" 로예프스키는 부하의 실수를 따라 하지 않기 위해 손으로 머리 위를 더듬으며 소리쳤다.

통로로 나와서 그는 즉각 혼란의 원인을 알아보았다. 석유 등잔의 흔들리는 불빛 속에 라데크 레나르트가 316호 앞에서 손에 열쇠 꾸러미를 들고 서 있었다.

"괜찮습니다, 진정하십시오!" 레나르트가 명백하게 패닉에 빠져 문을 두드리는 사람을 달래려 했다. "잠시만 기다리세요. 금방 문

엽니다!"

그렇게 당황한 채로는 올바른 열쇠를 찾기 힘들지만 레나르트는 결국 맞는 열쇠를 발견했다. 자물쇠가 익숙하게 쇠 긁는 소리를 내며 잠금이 풀렸다. 문이 세차게 밀려 벽에 부딪쳤고 감방 안에서 순식간에 사람이 튀어나와 그를 도우려던 교도관에게 부딪쳐 거의 쓰러뜨릴 뻔했다.

'패닉이다. 패닉이 딱 저런 모습이야.' 로예프스키는 모르는 남자가 통로에 쓰러지듯 꿇어앉아 난간을 절박하게 움켜쥐고 몸을 지탱하는 모습을 보며 깨달았다. 남자의 양 볼과 높은 이마에 구슬땀이 맺혀 있었다. 남자는 마치 지옥에서 악마에게 몇 시간이나 쫓겨 다닌 듯 숨을 몰아쉬었다.

"밖으로 나가시겠습니까, 쿠지민스키 씨?" 레나르트가 겁에 질린 남자 바로 앞에 서서 물었다.

그는 손을 내밀어 바닥에 앉아 있는 쿠지민스키의 어깨에 손을 얹으려 했다. 그때 문이 열린 감방 안쪽, 쿠지민스키의 등 뒤에서 울음소리가 들려왔다. 아이들, 그것도 몇 명이나 되는 아이들이 하나씩 차례로 아우성치기 시작했다. 애들 어머니는 홀쭉한 금발 여성으로 그 가녀린 모습이 감방의 쇠창살 달린 거대한 철문과 기묘하게 대비되었는데, 구겨진 잠옷을 입고 문간에 서서 남편에게 가야 할지 아이들을 달래야 할지 어쩔 줄 모르고 있었다.

"안으로 들어가십시오, 엘라 씨." 레나르트가 본인도 어쩔 줄 모르면서 부탁했다.

"콘라드?" 엘라 쿠지민스카가 새된 소리로 남편을 불렀다.

"난 별일 없어." 쿠지민스키가 숨을 몰아쉬었다. "나탈카를 돌봐줘."

엘라가 다시 안으로 들어가기 전에 두 소년이 복도로 나왔다. 소년들은 서로 손을 잡고 아버지 곁에 섰다. 한 아이가 다른 아이보다 나이가 조금 많았고 형 쪽이 먼저 아버지를 껴안았다. 로예프스키는 심리학 전문가가 아니었지만 아이가 안아주면 아버지는 안정될 수밖에 없다는 것 정도는 알고 있었으므로 어쩔 줄 모르며 아이와 남자와 감방을 번갈아 쳐다보는 레나르트 교도관에게 개입할 필요 없다고 명령했다. 그냥 두면 상황은 저절로 정리된다. 엘라는 이미 막내로 보이는 셋째 아이를 달래고 있었다. 다행히 이 소란도 차츰 가라앉…….

또다시 굉음이, 이번에는 세 칸 옆 감방에서 들려왔다. 그 소리는 더 다급했고 고함 소리,라기보다는 겁에 질린 비명 소리가 함께 들렸다. 레나르트는 입속말로 욕을 하며 이제 점점 마음을 가라앉히는 쿠지민스키를 버리고 달려갔다.

"미하우, 카츠페르 데리고 엄마한테 가라." 그는 두 소년 중 형에게 말했다.

그는 몇 년이나 친하게 지낸 이웃이었으므로 이 가족을 잘 알았다. 엘라의 남동생은 교통과에서 호송차 운전기사로 일해서 다행히—아니면 불행일지도 모른다—그날 브로츠와프에 없었다. 호송대의 일원으로 금요일 오후에 다른 도시에서 수형자들을 싣고 오기 위해 폴란드 중부로 떠났던 것이다. 엘라의 남동생이 지금 어디에 있는지는 알 방법이 없었으나 그의 가장 가까운 가족들은 전부 이 교도소 안에 대피해 있었다.

"소리 나는 건 저쪽이다!" 로예프스키는 꾸물거리는 듯 보이는 부하를 재촉했다.

이번 소란 때문에 확실히 더 많은 사람이 깨어났고 그러므로 벌집을 들쑤신 듯 예상외의 야단법석이 벌어질 가능성도 있었다. 잠은 모든 악을 고치는 약이며 최악의 순간을 견디게 해주지만 공황 상태에 빠진 사람들은 이렇게 수십 명에게 필수적인 잠을 다 깨워버렸다.

"진정하십시오, 비르스키 씨!" 레나르트는 문에 붙은 종이에 적힌 이름을 읽었다. "지금 문 엽니다!"

두드리는 소리는 찬물을 뿌린 듯 갑자기 멎었으나 감방 안에서 누군가 계속 비명을 지르고 있었다. 로예프스키는 맞은편, 그러나 아무래도 한 층 아래인 듯한 곳에서 문 두드리는 소리가 들려오자 욕설을 내뱉었다. '또 시작이군.' 그는 또 밤을 새야 할지 모른다는 생각에 화가 치밀었다. 제대로 서 있기도 힘든데 밤새 이리 뛰고 저리 뛰어야 할 것이 뻔했다. 이러다 교도소 전체가 소동에 휩쓸리지 않는다는 보장이 어디 있겠는가.

레나르트가 자물쇠를 열기 전에 감방 안이 다시 완전히 조용해졌다. 316호 상황이 다시 되풀이되었는데, 쿠지민스키와 심지어 체격도 비슷한 남자가 복도로 굴러 나왔으나 난간을 붙잡는 대신 문을 열어준 레나르트 교도관에게 매달렸다. 둘 다 비틀거리면서 난간 쪽으로 한 걸음 움직였다. 레나르트는 대위의 명령대로 제압하지 않았고, 최소한 로예프스키가 보기에는 그렇게 보였다. 그러나 뭔가 좀 이상하다…….

"시발!" 비르스키와 레나르트 둘 다 심하게 휘청거리다 난간 바깥으로 떨어지는 모습을 보고 준위가 내뱉었다.

로예프스키는 두 사람의 모습을 놓치지 않으려고 난간 밖으로 몸을 기울였다. 비르스키와 레나르트는 두 층 아래 쳐놓은 안전그물을 향해 감자 자루처럼 무기력하게 떨어졌다. 두 사람이 그물에 너무 세게 떨어져서 그 몸무게 때문에 그물이 거의 뚫어질 뻔했다. 그들 아래 바닥으로 피가 튀었다. 그럼에도 로예프스키는 비명도 신음도 듣지 못했다. 그는 굳어진 채로 시선을 들어 복도를 보았다. 쿠지민스키는 계속 꿇어앉아 숨을 몰아쉬며 천천히 정신을 차리는 중이었고, 아들들은 그의 바로 뒤에 서서 자신들을 향해 다가오는 또래 아이들 셋을 바라보고 있었다. 그 셋 중 가장 나이 많은 아이는 미하우보다 조금 더 키가 컸고 어쩌면 놀이터 같은 데서 전에 만났을 수도 있었다. 그 옆에 여자아이 둘이 따라가고 있었는데, 가장 어린 아이는 잘해야 서너 살 정도 되어 보였다.

"엄마, 야쿠프 입에서 피가 나요!" 카츠페르가 자신에게 다가오는 비르스키의 아이들을 가리키며 소리쳤다.

"엄마, 나디아는 한쪽 눈이 없어요!" 미하우가 한 걸음 뒤로 물러서며 새된 소리로 외쳤다.

이후의 사건들은 눈 깜짝할 사이에 벌어졌다. 로예프스키는 어떻게 된 일인지 깨달았고 대응해야 한다는 것도 알았지만 그대로 못 박힌 듯 서서 움직이지도 목소리를 내지도 못했다. 비르스키 가족이 누구인지는 모르지만 감염병이 그들을 덮쳤다. '하지만 어떻게? 대체 시발 어떻게 좀비가 된 거야. 저 사람들 감염자와 전혀 접촉하지 않고 감방 안에서 문 잠그고 격리돼 있었는데!'

엘라는 이 새로운 국면에 어리둥절해진 남편에게 지인의 아이들 둘이 매달린 순간 방에서 나왔다. 야쿠프가 손을 뻗어 무서워하는 미하우를 붙잡으려 했으나 엄마가 더 빨랐다. 엘라는 두 아들을 한번에 끌어당겨 감방으로 들어가며 도움을 청했다. 그러나 별 소용이 없었는데, 문을 닫을 수가 없었기 때문이다. 좀비가 된 어린아이는 팔을 허공에 휘둘러 균형을 잡은 뒤 몸을 돌려 공포에 질려 비명을 지르는 엘라를 향해 걸어갔다. 두 걸음 뒤에서 아이의 엄마가 따라왔다. 참혹하게 일그러지고 피투성이가 된 채 내장을 질질 끌고 있었다. 비르스카 부인도 희생자의 기척을 감지했으므로 좀비가 된 자기 아이들에게 물어뜯기며 괴로워하는 쿠지민스키는 아랑곳하지 않고 엘라를 향해 곧바로 움직여 갔다. 316호의 비명은 점점 커지다가 돌연히 조용해졌다.

로예프스키는 물에 젖은 개처럼 온몸을 떨었다. '대응해, 빌어먹을! 어떻게든 하라고, 너무 늦기 전에!' 익숙한 목소리가 그의 머릿속에서 고함쳤다. 그는 아래를 내려다보았다. 레나르트와 그의 살인자는 어색하게 몸을 비틀며 여기저기 뜯어지고 흔들리는 안전그물에서 일어서려 했다. 누군가 그들을 도와주려고 난간에서 몸을 내밀었다.

"그냥 둬, 브조스테크! 좀비다!"

등 뒤 어딘가에서 들려온 고함 소리에 소위는 현실로 돌아왔다. 이미 그물 위로 기어나갔던 야네크 브조스테크 교도관은 누가 소리쳤는지 보려고 고개를 들었다. 그것이 그를 파멸로 이끌었다. 레나르트는 사실 일어나지 못했지만 다시 한번 넘어지면서 손으로 동료의 신발을 붙잡았다. 브조스테크 교도관은 그 연약한 손길에서 벗어났지만 멍해진 모습이 분명하게 보였다. 그러므로 난간으로 돌아가려던 시도는 실패로 끝났다. 후들거리는 다리가 몸무게를 감당하지 못했고 브조스테크는 난간을 잡은 채 주저앉았다. 그리고 두 좀비가 안전그물 가장자리로 기어올 때까지 그대로 있었다.

로예프스키는 뒤를 돌아보았다. 그의 뒤에 조신스카가 부들부들 떨며 서 있었다.

"어떻게든 해, 멍청아!" 조신스카는 준위의 계급도 무시하고 씩씩거렸다.

정강이에 발길질까지 당한 로예프스키는 마침내 정신을 차렸다. "빌어먹을, 문 절대 열지 마!" 그가 온 힘을 다해 소리 질렀다.

그러나 이미 너무 늦었다. 좀비들은 B동 2층 오른쪽 통로와 A동 1층 통로 양쪽에서 쏟아져 나왔다.

이 구역들은 이미 끝장났고, 그곳에서 근무하고 있던 교도관들도 마찬가지였다. 비시니에프스키 교도관은 바닥에 쓰러진 어떤 할머니를 일으키려다 그 할머니에게 당했고, 드보르치크는 제때 상황을 파악하고 도망치려 했으나 도망칠 곳이 없었다. 그의 층 복도 두 곳 모두 좀비들이 점령했고 그 사이의 안전그물도 안전하지 않았다—위층에서 감염자들이 계속 떨어지고 있었다. 절박한 숨바꼭질이 한동안 계속되었으나 결국 드보르치크는 복도 철문에 가로막혀 그곳에서 살해당했는데, 왜냐하면 너무나 겁에 질려 열쇠를 열쇠 구멍에 넣을 수가 없었기 때문이다. 쿠흐타와 돔브로프스키도 비슷한 운명을 맞이했다. 카롤 쿠흐타는 좀비들이 감방 안으로 잡아끌었고 간신히 문을 열었지만 몇 초 뒤에 문턱에 마구 움직이는 다리만 남았다. 유레크 돔브로프스키는 자신을 향해 팔을 벌리고 덤벼드는 노인을 발로 찼으나 뒤로 물러서다가 손이 없는 여자에게 부딪쳤고 여자는 그의 목을 말 그대로 꺾어버렸다.

나머지 교도관들은 제때 정신을 차렸든 너무 놀라 굳어졌든 지금은 사방에서 정신없이 들려오는 고함과 비명에 반응하지 못한 채 자기가 담당한 복도에 서 있었다. 모두 다 중앙 경비실과 그 앞에 서 있는 로예프스키 준위만 바라보며 지시를 기다릴 뿐이었다.

* * *

로예프스키는 비명이 몇 겹이나 메아리쳐 돌아오는 소리를 들으며 역겨움에 난간 너머로 침을 뱉었다. 이제 거의 모든 층, 모든 복도에서 감방 문을 두드리는 소리가 들려왔다. 그는 자다 깨서 뛰어나온 듯한 차림으로 옆에 서 있는 조신스카를 바라보았다. 조신스카도 마찬가지로 준위를 바라보고 있었다. 어떻게든 결정을 내려야 했다. 수백 명의 운명이 그에게 달려 있었고, 게다가 그 수백 명 중에는 그가 잘 아는 사람들이 대부분이었다.

그러나 그는 침묵을 지켰다. 난간을 너무 세게 잡아서 손이 아플 정도였지만 입을 열 수가 없었다. 수십 개의 감방 안에 죽음이 깃들어 있고 그러므로 문을 열고 풀어주면 안 된다는 사실을 깨달았기 때문이다. 당직 교도관들은 감방 안의 사람들이 소란에 겁을 먹고 문을 두드리는지 아니면 좀비와 목숨을 걸고 싸우고 있는지 확인할 방법이 없었다.

"어떻게든 하세요, 준위님, 제발." 핏기 없이 창백한 조신스카가 속삭였다. "사람들이…… 사람들이 죽어요!"

준위는 고개를 저었다. '아니, 나한테서 아무리 명령을 짜내려고 해도 난 입을 열지 않을 거다.' 그는 복도에 서 있는 부하들에게서 시선을 떼지 않았다. 교도관들 모두 자기가 맡은 구역 안에 갇힌 사람들 중 최소한 몇 명을 개인적으로 알고 있었다. '그러니까 교도관 중 누군가 다만 몇 명이라도 구해내려고 위험을 무릅쓰고 문을 여는 상황도 일어날 수 있어. 하지만 그랬다가는……' 그의 등 뒤 어딘가 아래쪽에서 익숙한 쇠 긁는 소리가 들려왔다. 준위는 상처 입은 동물처럼 부르짖으며 난간에서 떨어져 나와 반대쪽 난간으로 달려갔다. 피야우코프스키가 부모를 복도로 데리고 나오는 중이었다. 다행히도 그의 부모는 그저 공포에 질려 있을 뿐이었다.

"꿈도 꾸지 마, 피야우코프스키!" 준위는 이 성공에 대담해진 피야우코프스키가 옆 감방 문을 향해 달려가는 모습을 보고 고함쳤다. "그 문 열지 마, 명령이다!"

세바스티안 로샤크 교도관이 피야우코프스키의 부모를 계단으로 안내했다. 조금 뒤에 계단 철문이 철컥 소리를 내며 그들의 등 뒤에서 잠겼다. 피야우코프스키 부부는 뒤도 돌아보지 않고 금속 계단을 달려 내려갔다.

"저기 보시라고요, 준위님!" 조신스카가 로예프스키의 제복 소매를 잡고 당겼다. "기회가 있어요……."

"조용히 해!" 그가 가로막았다. "있긴 뭐가 있어! 감방을 열었는데 안에 좀비가 없다고 어떻게 확신하나?!"

"물어보면 되잖아요!" 조신스카도 마찬가지로 언성을 높여 반박했다.

'그 말이 옳을지도 몰라.' 준위가 여기까지 생각했을 때 피야우코프스키가 다음 감방 문을 활짝 열었다. 복도에 익숙한 형체가 나타났다. 금발 여성이 대략 일곱 살 정도 되어 보이는 피투성이 남자아이를 데리고 나온 것이다.

"물어보라고?" 학살에서 도망치려는 사람은 열쇠를 가진 자가 듣고 싶은 대로 무슨 말이든 한다는 사실을 깨달으며 준위가 중얼거렸다. 한 번, 단 한 번의 실수로 인해 결국은……. 그는 조신스카에게 석유 등잔 세 개로 밝혀진 복도를 가리켰다. 피야우코프스키는 감방 문에서 펄쩍 뛰어 물러나려다가 자기 발이 걸려 넘어졌고 그 문 안에서는 지금 어떤 남자가 휘청거리며 걸어 나오고 있었다.

피야우코프스키가 넘어지지 않고 물러났더라도 살아남을 가능성은 없었을 것이다. 도망치던 여성이 뒤에서 들려오는 피야우코프스키의 끔찍한 마지막 비명 소리에 우뚝 멈추어 섰다.

"실비아!" 로샤크 교도관이 철문 앞의 자기 위치를 떠나, 멈추어 선 여성을 부르며 다시 도망칠 것을 재촉했다.

그러나 불운한 여성은 마치 소금기둥으로 변한 듯 움직이지 않았다. 채 10미터도 떨어지지 않은 곳에서 벌어지는 피투성이 학살에서 눈을 떼지 못했던 것이다. 그녀의 남편인 니에포렝츠키가 손톱으로 파헤친 피야우코프스키의 배를 물어뜯고 있었다. 로샤크가 여성에게 다가가 어깨를 건드리자 여성은 술에 취한 듯 비틀거렸고, 그녀가 돌아섰을 때 다친 아이를 꽉 붙잡고 있는 모습이 드러났다. 로샤크는 욕을 하며 몸을 굽혀 다친 남자아이를 안아 올리려다가 중간에 멈추더니 불에 덴 듯 펄쩍 물러섰다. 그와 동시에 실비아가 아주 천천히, 마치 공중에서 종이를 던진 듯이 바닥에 미끄러져 주저앉았다. 그녀에게서 두 걸음 떨어진 곳에 서 있던 로샤크는 입을 멍하니 벌린 채 여성을 바라보았다.

"빨리 뛰어, 로샤크!" 로예프스키가 고함쳤다. "철문! 철문 열고 나와!"

로샤크는 그의 말을 듣지 못했거나 아니면 쇼크 상태인 것 같았다. 몇 초가 지나서야 그는 실비아와 남자아이가 바닥에서 일어나기 시작했을 때 정신을 차렸다. 피야우코프스키와 니에포렝츠키도 이미 서 있었으나 다행히도 둘은 가장 가까운 감방과 아마도—모든 정황으로 미루어 보아—그 안에 아직 살아 있는 사람들을 향해서 걸음을 옮겼다.

"움직여, 로샤크!" 조신스카도 준위를 따라 고함쳤다.

로샤크는 통로 철문을 향해 달렸으나 너무 당황해 이성을 잃은 모습이 로예프스키가 있는 거리에서도 똑똑히 보였다. 로샤크는 손이 너무 떨려서 열쇠를 두 번이나 놓친 뒤에야 도망칠 길을 막고 있는 철문 앞에 제대로 설 수 있었다. 좀비로 변한 실비아와 그녀의 아들은 마치 희생자가 빠져나가지 못한다고 확신하는 듯 느긋하게 로샤크에게 다가갔다. 로샤크는 계속 뒤를 돌아보았고 그 때문에 철문을 여는 데 더욱 시간이 걸렸으며 도망칠 가능성은 점점 줄어들었다.

결국 그는 어떻게든 해야 한다는 사실을 깨닫고 주위를 둘러보다…… 의자 위에 세워둔 석유 등잔을 집어 들었다. 그리고 미친 듯이 포효하며 다가오는 좀비들의 발을 향해 바닥으로 내던졌는데, 살아 있는 적에게 하듯이 그 불이 좀비들을 막거나 시간을 벌어주기를 기대한 것 같았다. 그러나 좀비들은 한순간도 망설이지 않고 불길 속으로 걸어 들어갔다. 불꽃이 실비아의 허리까지 타올랐고, 그녀의 아들은 불 속으로 거의 완전히 사라졌다가 주황색 불길 속에서 다시 나타났을 때는 발에서 정수리까지 전부 불이 붙어 있었다. 깨진 등잔에서 새어 나온 석유가 아이와 엄마의 옷에 튀었는지 몇 초 뒤에는 둘 다 활활 불타는 채로 느릿느릿 걸어왔다.

로샤크는 이 모습을 보고 그대로 굳어졌다. 손에 힘이 풀렸는지 열쇠가 커다랗게 쨍그랑 소리를 내며 회색 돌바닥으로 떨어졌다. 로예프스키는 불타면서도 여전히 움직이는 시체들이 또다시 그의 부하를 덮치기 직전에 조신스카를 난간 안쪽으로 끌어냈다. 그는 조신스카가 다음 순간에 벌어질 일을 목격하는 것을 원치 않았다. 그런 광경은 몇 년이나, 때로는 평생 사람을 괴롭힐 수 있었다.

"내가 저 빌어먹을 문을 왜 열지 못하게 했는지 이제 알겠지?"

조신스카는 아래쪽에서 산 채로 불타며 좀비들에게 뜯어 먹히는 로샤크의 비명이 들려올 때마다 몸을 움츠리며 눈물로 흐려진 눈으로 준위를 바라보았다. 다행히 그 비명은 오래가지 않았다.

"알겠어?" 준위는 조신스카의 어깨를 잡고 흔들었다.

"예."

* * *

여자 사동이 X동과 달랐던 점은 지우코프스카가 불필요하게 숨막히는 분위기를 조성하지 않기 위해서 자신이 돌보는 사람들의 감방 문을 잠그도록 강제하지 않았다는 것이다. 여자 사동 안에는 현재 120명밖에 없었으며 대부분 아이가 여럿 딸린 가족이었다. 지우코프스카 상사는 가족끼리 서로 이웃한 감방을 쓰도록 허용해서, 예를 들어 부모가 둘만 한방을 쓰고 아이들은 아이들끼리 벽을 사이에 두고 바로 옆방을 사용했다. 대피해 온 사람들 대부분에게 이것은 그때까지 지냈던 주거 환경에서는 누릴 수 없었던 사치였다. 그러므로 열여섯 가족이 X동에서 여성 사동으로 옮기려 계획했던 것도 놀랄 일은 아니었다. 그러나 오크루트니는 그날 저녁 이사에 반대했다. 그는 그날 하루 동안 이미 혼란을 겪을 만큼 겪었고, 그 점에 있어서는 남자 사동이었던 X동을 임시로 감독하게 된 로예프스키도 마찬가지였다.

카타지나 지우코프스카 또한 거의 80명이 짐 옮기는 과정을 감독하는 일을 추가로 맡게 되는 게 반갑지 않았다. '남은 건 내일 하자.' 그녀는 야간 통행금지를 알리는 종이 울리자 이렇게 생각했다. 간단히 순찰을 하고 나서 지우코프스카는 당직자 책상으로 가서 몹시 지쳐버린 아그니에슈카 미할스카와 교대했다. 지우코프스카도 서 있기조차 힘들 정도였지만 오로지 신체적인 피로 때문만은 아니었다. 신경이 너무 날카롭게 곤두서서 지금은 무엇을 어떻게 해도 잠들 수 없을 것 같았다. 자신이 목격한 일들이 떠올랐고 계속해서 몸이 덜덜 떨렸다. 돌처럼 무표정한 얼굴을, 특히 동료들과 상사 앞에서는 유지하려 애썼지만 그들이 없는 지금은 아주 작은 일에도 그대로 무너질 것 같았다.

'좀비라고? 걸어 다니는 시체들을 어떻게 해도 죽일 수 없다? 내가 잘 알던 사람들을 학살하는 살아 있는 시체들? 이건 무슨 세상의 종말 같잖아!'

그녀는 교도소 벽과 담장이 자기 자신에게도, 그 안에 몸을 숨긴 사람들에게도 안전을 보장해 주지 못한다는 사실을 분명히 알고 있었다. 이 담장 안에서 비교적 평온하게 생존할 수 있는 건 일주일, 어쩌면 한 달이겠지만, 그 뒤는 어떻게 한단 말인가? 식량은 오크루트니가 최대한 빨리 배급을 시작한다고 하더라도 빠르건 늦건 다 떨어질 것이다—얼마 안 되는 보급품으로 거의 500명이나 되는 인원을 먹여 살리기는 쉬운 일이 아니다. 창고가 비기 시작하면 어떻게든 밖으로 나가서 먹을 것을 구해야 한다. 주변 아파트 건물 안에 음식이 많이 있을 것이라는 로예프스키 말이 옳았다. 사람들은 천천히 겨울을 대비해서 식량을 비축하기 시작했고, 채소나 과일을 절이고 감자를 포대 단위로 사두었다. 운이 조금만 따른다면 이런 비축 식량을 손에 넣어 몇 주는 더 버틸 수 있을지도 모르지만, 시간이 지나면 점점 더 시내로 깊숙이 들어가야 할 것이고 그러면 인명 손실이 늘어나게 될 것이다. 그리고 그 뒤에는…… 그 뒤에는 겨울이 오고, 그러면…….

나머지 사람들에게 어떤 일이 벌어지든 지우코프스카는 신의 운명이 정해진 것처럼 보였다. 그녀는 자신이 그런 악몽을 견디고 살아남을 것이라고 믿지 않았다. 단 하루가 지났는데도 갈대처럼 떨고 있는데, 이것은 아직도 그저 시작일 뿐이고 한없는 괴로움과 스트레스의 바다에 떨어진 물방울 하나이며 그녀는 그 바닷가에 강제로 세워진 것이다……

지우코프스카는 멀리 있는 감방에서 어떤 형체가 휘청거리며 나오는 모습을 보았다. 키가 작고 몸이 굽었고 충격적으로 말랐다. 흩어진 긴 머리카락으로 보아 여자아이 같았다. 어둠이 너무 짙어서 자세한 건 보이지 않았다. '또 한 명의 지친 영혼이군. 잠이 안 오는 모양이지.' 지우코프스카는 이렇게 생각하며 절망에 빠진 소녀에게 진심으로 공감했다. 소녀는 텅 빈 감옥 복도를 한동안 헤매다가 석유 등잔불이 켜진 당직자 책상 쪽으로 걸어오기 시작했다. 불확실하게 발을 질질 끌면서, 그러나 걸음을 옮길 때마다 조금씩 서두르며, 마치 나방이 불에 이끌리듯 걸어왔다. 지우코프스카에게서 몇 미터 거리까지 왔을 때 소녀가 고개를 들었다. 헝클어지고 뭉친 머리카락 아래에서 나타난 것은…… 끔찍하게 일그러진 덩어리였고, 거기서 아직 앳된 얼굴의 섬세한 이목구비를 찾는 것은 헛된 일이었다. 가느다란 팔이 굳어버린 지우코프스카를 향해 뻗어왔다. 이제 그 푸르스름한 손아귀에서 지우코프스카의 목까지 몇 센티미터밖에 남지 않았다……

지우코프스카는 벌떡 일어섰고 그 서슬에 의자가 뒤로 밀려 큰 소리를 내며 바닥으로 넘어졌다. 공포 때문에 목이 막혀버리지만 않았다면 분명히 온 힘을 다해 고함을 질러서 건물 안의 대피자 120명을 전부 다 깨웠을 것이다. 그녀는 미친 듯이 뛰는 심장이 갈비뼈

밖으로 튀어나오지 못하게 하려는 듯 양손으로 명치를 눌렀다.

빌어먹을 악몽! 너무 현실 같았다. 그녀는 자신이 언제 눈을 감았는지도 몰랐다. 방금 의자에 앉은 뒤로 고작 몇 분이 지난 것 같은데 시계를 보니 자정이 가까워졌다. 그녀는 멀리서 거무스름하게 보이는, 그러나 익숙한 다음 교대자의 모습을 보고 혼자서 조금 웃었다. 스트레스에 찌들어버린 뇌가 교대자의 발소리를 듣고 악몽으로 바꿔버린 것이다. '분명히 이런 악몽을 또 꾸겠지.' 지우코프스카는 아드레날린이 피로를 지워가는 것을 느끼며 화가 나서 이렇게 생각했다.

다가온 아그니에슈카 미할스카가 공황 상태에 빠진 상사를 보고 놀라서 굳어졌다. "지금은 괜찮아!" 지우코프스카가 말했다. "깜빡 잠들었어." 그녀가 변명했다.

"이러다 우리 모두 스트레스 때문에 죽을 거예요, 정말로." 미할스카가 옆으로 비키며 말했다. "저도 좀비들한테 둘러싸인 꿈을 꾸다가 깼어요."

"이런 것도 익숙해져야겠지." 지우코프스카가 의자를 바로 세웠다.

"아니면 베그네르 선생님한테 수면제를 처방받든가요."

"무슨 일인가?" 위쪽에서 나직하지만 또렷하게 메디그라우 상사의 목소리가 울렸다.

"아무것도 아닙니다. 의자에 걸려서 큰 소리가 좀 났습니다." 지우코프스카가 의자를 넘어뜨린 진짜 이유를 숨기고 대답했다.

"다음번엔 좀 더 조심해. 사람들 깨우지 말고."

"예, 알겠습니다."

메디그라우 상사는 다시 자기 감방으로 돌아갔다.

"이제 가세요." 미할스카가 책상 위에 낡아빠진 책을 놓았다.

"아니, 여기 있을래. 이런 악몽을 꿨으니 다시 잠들진 못할 거고 네 말동무나 할래."

미할스카가 지우코프스카 맞은편에 있는 다른 의자에 앉았다. 그리고 둘 사이에 놓인 석유 등잔의 심지를 돌려 불빛이 눈에 거슬리지 않도록 조절했다.

여성 사동 1층을 밝힌 것은 이와 비슷한 등잔 세 개뿐이었고 그 때문에 1층의 대부분이 칠흑 같은 어둠과 불길한 고요 속에 잠겨 있었다.

"그거 아세요?" 미할스카가 어느 순간 말을 걸었다.

"뭐?" 갑자기 현실로 돌아온 지우코프스카는 부하가 무엇을 염두에 두고 물었는지 알지 못했다.

"기침 소리가 이제 안 들려요."

두 사람은 가장 가까운 감방에서 가느다랗게 새어 나오는 코 고는 소리와 숨소리에 오랫동안 귀를 기울였다.

"정말이네." 지우코프스카가 인정했다. "그 남자가 진짜 잘하나 보네."

"의사 선생님 말이에요?"

"그래. 저녁 내내 우리 사동에 앉아서 사람들한테 뭘 달여서 먹였어. 그 앞에 서 있는 줄이 가전제품 상점에서 진공청소기 할인 판매할 때만큼 길었다니까. 사람들이 나중에 그거 아무 소용 없고 저 의사 돌팔이라고 욕했는데 전혀 도움이 안 되는 줄 알았더니 시간이 좀 걸리는 약이었나 보네······." 지우코프스카가 혼자 웃었다.

'다행이군. 조용하면 사람들도 그만큼 잠을 잘 자겠지.' 그녀는 생각했다. 지금 사람들에게는 잠이 절실하게 필요했다. 특히 노인과 어린이, 그러니까 이 사동 사람 거의 대부분에게 말이다.

"그래도 좀 주무셔야 하지 않아요?" 미할스카는 상사의 눈꺼풀이 점점 내려오고 시간이 지날수록 눈빛도 점점 흐려지는 것을 보며 제안했다.

지우코프스카는 젖은 개처럼 몸을 흔들었으나 별 도움은 되지 않았다.

"있잖아……." 말하기 시작했다가 그녀는 중간에 멈추었다. 미할스카의 등 뒤 어둠 속에서 너덜너덜한 두 팔이 뻗어 나오고 있었다.

다시 꿈을 꾸는 것이라 확신하며 지우코프스카는 고개를 흔들었지만 회색의 두 손은 사라지지 않았다. 미할스카는 목덜미에 차가운 손가락이 닿는 것을 느끼고 펄쩍 뛰었다. 큰 소리로 비명을 지르며 의자에서 벌떡 일어났다가 비틀거리더니 책상 위로 넘어졌다. 금방이라도 기절할 듯 미할스카의 다리가 풀어졌다. 공포에 질려 굳어진 지우코프스카는 미할스카와 눈이 마주쳤다. 둥글고 커다랗고 놀라움과 충격이 가득한 눈이었다.

이 혼란을 야기한 장본인은 10대였으며 지우코프스카에게는 얼굴이 눈에 익은 소녀였다. 그녀는 한 걸음 또 앞으로 다가오다가 넘어진 의자에 맨발이 걸려 그대로 쓰러지면서 계속 휘청거리는 미할스카의 왼쪽 다리를 붙잡았다. 다음 순간 두 명 모두 책상 옆에 쓰러졌다. 움직이지 않는 희생자 위로 좀비가 기어오르는 모습은 마치…… 뱀 같았다. 이런 연상 때문인지 지우코프스카의 머릿속에 갑자기 떠올랐다. 이 아이는 모니카 봉시*의 딸 가브리엘라다.

지우코프스카는 최면에 걸린 듯 그 광경을 바라보았다. 좀비의

---

* 봉시(Wąż)는 폴란드어로 뱀을 뜻한다.

공격이 어떻게 보이는지는 알고 있었으나 그래도 자기 눈을 믿을 수가 없었다. 이건 꿈이 분명하다. 전에 꾸었던 것 같은 악몽인데 그저 이번에는 더 깊이 잠들어 깰 수 없을 뿐이다.

어둠 속에 어떤 움직임이 있는 것을 포착하고 지우코프스카는 시선을 들었다. 침침한 어둠 속에서 또 유령 같은 형체들이 나타났다. 지우코프스카는 이들을 알아보았다. 앞에 선 것은 머리부터 발끝까지 피투성이가 된 모니카와 그 남편 발데크였다. 그들 뒤 어둠 속에서 이웃인 안카 차르니에츠카의 두 아들들이 나타났다. 작은 아이인 미하웨크는 일곱 살쯤 되었을 것이다. 큰 아이 카즈페르는 두 살 많다. 아이들의 피투성이가 된 입과 뒤집힌 눈을 보자 지우코프스카는 심장이 멎는 것 같았다. 아이들 뒤로는 부모의 귀신 같은 윤곽이 따라왔고 그들 모두 명백하게 죽은 채 곧바로 지우코프스카를 향해 오고 있었다. 그녀는 움직일 수도 목소리를 낼 수도 없었다. '제발, 이것도 그냥 꿈이라고 해줘!' 여기까지 생각했을 때 아이들이 무감각한 어른 좀비들보다 빠르게 양쪽에서 그녀에게 달라붙었다.

두려워했던 만큼 그렇게까지 아프지는 않았다. 그녀는 마치 살갗이 뜯어지는 것이 자기 팔이 아닌 듯 의식적으로 그것을 감각했다. 그녀는 자기 몸에서 멀어져 떠다니고 있었다. 석유 등잔의 흐린 불꽃에 잠긴 감옥 안이 물에 잠긴 듯 일렁거리고 한없는 어둠 속으로 녹아들기 시작했다. 모든 것이 검은 바다 속으로 잠겨버리기 직전에 지우코프스카는 안카 차르니에츠카가 옆구리에 갓난아기를 꼭 낀 채 책상 위로 넘어지는 모습을 기억했다. 그 충격으로 낡아빠진 책상이 부서졌다. 석유 등잔이 흔들리더니 뒤집혀 기울어진 책상 가장자리로 천천히 굴러가 미할스카의 시신과 그를 계속 뜯어 먹는 소녀 위로 떨어졌다.

* * *

조신스카는 숨을 헐떡이며 여성 사동에 뛰어들려다가 문을 두 걸음 앞에 두고 우뚝 멈추어 섰다. 어둠에 잠긴 건물 속에서 여러 개의…… 인간 횃불이 타오르고 있었다.

"아니 세상에 저게 대체 뭐야?" 마트라스 교도관이 그녀 바로 뒤에 멈추어 서며 숨을 몰아쉬었다.

로예프스키가 여성 사동 당직자들에게 경고하라고 그들을 보냈으나 모든 정황으로 보아 그들은 너무 늦었다. 입구에 들어서자마자 있는 당직자 책상 옆에 휘청거리는 걸음으로 움직이는 불타는 유령 같은 형체들이 보였다. 몇몇은 옷이 다 타서 연기가 나고 있었고 다른 형체들은 머리에서부터 발끝까지 포효하는 불길에 휩싸여 있었으나, 인간의 지방을 연료 삼아 거칠게 타오르는 불꽃의 탁탁 소리 외에 검은 구멍 같은 건물 안은 완벽하게 조용했다. 가장 끔찍한 것은 이 불길에 휩싸인 불운한 사람들의 대부분이 아이들이라는 사실이었다.

"우리 사동하고 똑같아." 조신스카가 이 지옥도를 바라보며 내뱉었다. "더 심할 뿐이지. 아주 심해."

"뭘까?" 마트라스가 한 걸음 물러서며 물었다.

"미쳤어?" 조신스카는 고개를 돌려 경멸에 찬 눈길로 그를 쏘아보고는 양손을 입에 대고 목청껏 외쳤다. "경보! 살아 있는 사람은 모두 일어나시오! 운동장으로 도망쳐요!"

마트라스도 합류했고 두 사람은 교도소 반대편에서도 들릴 만큼 계속해서 크게 고함을 질렀으나 불행히도 효과는 거의 없었다. 그저 위층 몇몇 감방에서 조그맣게 흔들리는 불빛이 나타나서, 누군가 양초나 카바이드등을 켰다는 사실을 알려줄 뿐이었다. 눈에 보이는 아래층에는—불타는 좀비들을 제외하면—꿰뚫을 수 없는 어둠과 완전한 침묵만 덮여 있을 뿐이었다.

"이런 빌어먹을……." 위층에서 아주 다채로운 욕설이 들려왔는데 그 목소리의 주인공이 누구인지는 듣는 순간 명백해졌다.

조신스카는 목을 쭉 빼고 올려다보았다. 메디그라우 상사가 3층에서 아래층의 불타는 좀비들을 내려다보고 있었다. 머리는 산발이고 제복 상의는 풀어졌고 첫눈에 보기에도 아주 깊은 잠에서 갑자기 깨어난 것 같았다. 몇 초 뒤에야 메디그라우는 깜짝 놀랐고 상황을 파악하자마자 호각을 불기 시작했다.

"그 새끼한테 가까이 가지 마!" 메디그라우가 불에 탔는데도 계속 움직이는 시체를 가리키며 고함쳤다. "거기 계시는 분들!" 그녀가 위층 복도에 모여 선 사람들을 바라보았다. "아래로 내려가요! 짐은 버리고!" 몇몇 사람들이 다시 감방 안으로 들어가는 모습을 보고 메디그라우는 서둘러 덧붙였다. "목숨이 아까우면 아래층으로 가요! 당장!"

이번에는 사람들이 지시에 따랐다. 떼 지어 계단으로 몰려간 것이다. 다행히 통로 철문은 감방 문과 마찬가지로 열려 있었지만 도망치는 사람은 불행히도 그다지 많지 않았다. 조신스카는 그 층의 인원이 대략 30명 정도라고 어림잡았는데, 이는 곧바로 도망치지 않은 사람들까지 합친 숫자였다. 저 바보들이 왜 바로 지시에 따르지 않는지 조신스카는 놀랐지만 잠시 후에 어쩔 도리가 없다는 사실을 깨달았다.

그렇게 움직이지 않는 사람 하나가 일곱 명으로 이루어진 가족 앞을 막고 있었다. 이 가족은 그 줄 마지막 두 개 감방에서 지내고 있었다. 가족의 어머니는 어린아이 넷을 끌고 가며 앞을 제대로 볼 수 없었고, 아버지는 다리를 심하게 절룩이는 할머니를 팔로 부축하고 있어 아주 느렸다. 모든 일은 순식간에 일어났다. 흐트러진 셔츠를 입은 마른 남자가 도망치는 사람들이 자기 감방 앞을 지나갈 때 좀비가 되어 나타났다. 그는 몸을 숙여 오른손으로 가족의 네 아이 중 하나를 잡아채면서 왼손으로는 어리둥절해진 어머니의 팔을 붙잡았다. 세 명 모두 한순간에 넘어지면서 통로를 가로막고 다른 아이들까지 넘어뜨렸다. 아버지는 이런 일련의 상황에 놀라서 처음에는 걸음을 멈추었고 그다음으로 한탄하는 할머니의 손에서 팔을 빼고 목숨을 걸고 싸우는 아이들 쪽으로 달려갔다. 그러나 아버지가 통로를 가로막은 사람 몸 무더기에 도달하기 전에 공포에 질린 아이들의 비명이 사라졌다. 조신스카는 절박해진 아버지가 한 층 위에 선 메디그라우 상사의 고함 소리에 아랑곳하지 않는 모습을 보았다. 죽음의 손아귀에서 가장 어린 아들을 빼내려는 시도는 조신스카의 예상대로 비극적으로 끝났다. 한 번 접촉한 것, 한 번 움켜쥔 것만으로도 거의 100킬로그램에 육박하던 남자가 의식을 잃고 이미 죽은 아이들 사이에 나무토막처럼 쓰러졌다.

  벽에 기댄 할머니는 몇 번이나 성호를 그었다. 할머니는 너무나 힘겹게, 너무나 천천히 움직였고 이미 좀비가 되어버린 가족은 할머니가 세 걸음도 걷기 전에 일어섰다. 조신스카는 이 드라마의 마지막 장면을 바라보면서 손바닥에서 피가 날 정도로 주먹을 꽉 움켜쥐었다. 겁에 질려 흐느끼는 할머니에게 좀비가 된 손자가 덤벼들어 순식간에 쓰러뜨렸다.

조신스카는 바로 등 뒤에서 커다랗게 부서지는 소리와 둔탁한 충격음이 들려 펄쩍 뛰었다. 그 소리의 원인이 무엇인지 알게 되자 조신스카는 날카롭게 비명을 질렀다. 서로 껴안은 채 얽혀 가장 위층에서 떨어진 세 명의 몸 아래 마트라스 교도관이 깔려 있었다. 이 세 명은 안전그물을 뚫고 1층으로 떨어져 바로 아래 서 있던 마트라스의 머리를 뭉개버렸다. 부서진 머리뼈에서 뼛조각과 뇌 조직이 튀어나와 넓게 흩뿌렸고 조신스카는 종아리에 튄 그것들에서 뿜어 나오는 온기를 느꼈다.

온기는 아주 빠르게 날카로운 냉기로 변해서 마치 마트라스 교도관의 조각들이 순식간에 얼어붙은 것 같았다. 그것이 실제로 무슨 의미인지 깨닫자 조신스카의 이마에 땀방울이 맺혔다. '내가 감염자에게 살해당한 사람의 유해와 접촉했어! 양이 많지는 않아. 넉넉잡아 수십 그램 정도일 거야, 하지만…….' 당황한 조신스카는 다리에 붙은 덩어리를 닦아내기 시작했고 동료의 뇌를 손바닥으로 떨치면서 불타는 기름에 닿은 듯 몸을 떨었다. 머리가 어지러워졌다. 쓰러질 것 같았지만 처음에는 한 손, 다음에는 양손으로 재빨리 몸을 지탱했다. 누군가 기운을 빨아낸 것처럼 힘이 빠졌다. 오른쪽 손목을 누군가 강하게 붙잡는 것을 느끼고 조신스카는 비명을 질렀다. 빠져나올 수 없었다. 조신스카가 더 이상 비명도 지를 수 없는 상태가 되었을 때, 위층 통로에서 떨어진 좀비 하나가 갈고리 같은 손가락을 그녀의 얼굴에 박아 넣고 눈을 뽑고 볼을 세 군데나 뚫어버렸다.

* * *

 메디그라우는 위층에서 이 모든 일을 보았지만 미친 사람처럼 소리를 질렀음에도 아무도 도울 수 없었다. 2층에서 가로막힌 모르는 가족도, 조금 전까지 그녀 뒤 복도에 있던 좀비들에게 뒤덮여 버린 조신스카와 마트라스 교도관도. 사실 그 좀비들은 언제 그녀 뒤에서 빠져나갔는지 눈치조차 채지 못했다. 좀비들이 그녀의 뒤에 있던 다른 사람에게 덤볐다는 사실이 그나마 다행이었다. 그 누군가는 목숨을 건지려 싸우다가 공격하는 좀비들을 끌고 난간 너머로 떨어졌다. 메디그라우 상사는 자신이 목숨을 부지할 수 있게 해준 사람이 누구인지 확신할 수는 없으나 아마도 자신이 옆 감방을 배정해 준 아드리안 피에트라네크 교도관이라 짐작했다. 피에트라네크는 오크루트니 대위가 여성 사동을 지키도록 차출해 준 교도관이었다. 메디그라우 상사 휘하 여성 교도관들은 지난 하루 동안 예배당 잔해 아래 갇힌 여성들을 돕다가 거의 모두 목숨을 잃었기 때문이다. 또한 이 여성 교도관들은 좀비의 위험성을 처음 알게 된 사람들이기도 했다.

 "고맙다, 피에트라네크 교도관." 메디그라우 상사는 아래층으로 떨어져 움직이지 않게 된 교도관에게서 시선을 돌리며 감사의 마음을 담아 중얼거렸다.

 도망치던 사람들, 그중에서도 1층까지 무사히 도달한 사람들이 지금 운동장으로 나가는 문 앞에 몰려 서 있었다. 다행히 숫자가 그다지 많지 않아서 불타는 좀비들이 그 뒤를 따라 출구를 막기 전에 건물에서 모두 나갈 수 있었다. 메디그라우 상사는 주위를 둘러보았다. 몇 안 되는 석유 등잔불로 밝혀진 공간에 느긋하게 흔들거리며 어색하게 움직이는 인간 형체가 수십 개쯤 보였다. 여성 사동 안은 다시 비교적 조용해졌고 가끔씩 어떤 소리, 마치 어린아이의 울음 같은 소리가 들려오곤 했다. 그것도 곧 칼로 자른 듯 갑자기 조용해졌다.

"거기 누구 있어요?" 메디그라우가 불렀다. 다음 순간 한 층 아래에서 카바이드등으로 밝혀진 감방 중 하나의 문이 열리며 누군가 움직이는 기척이 보였다. 그는 조심스럽게 복도를 내다보았으나 메디그라우의 목소리에 대답하지는 않았다. "괜찮아요, 놈들은 우리가 하는 말을 못 들어요!" 메디그라우는 그 사람이 뭘 두려워하는지 눈치채고 이렇게 덧붙였다.

'좀비들은 어떤 이상한 방법으로 산 사람의 기척을 감지하지만, 확실히 보지도 듣지도 못해.' 메디그라우 상사는 용기를 내기 위해 머릿속으로 이렇게 되뇌었다. '오크루트니 대위가 교도소 안을 정화하면서 작업 중에도 끝난 뒤에도 몇 번이나 확인했어.'

"확실합니까?" 낯선 남자가 이렇게 외쳤다.

"100퍼센트예요!" 상사는 목소리가 대체로 차분하게 나오도록 애쓰면서 대답했다. "명백합니다!"

그녀는 한 걸음 걸어 나와 복도를 둘러보았다. 메디그라우의 눈앞에서 죽음을 맞이했던 아이 넷 딸린 가족이 모르는 남자에게서 십수 미터 떨어진 곳에 여전히 머물러 있었고, 남자는 그 때문에 비교적 안전한 거리에 있었다. 그러나 이 상황에서 안심할 수는 없었다. 도망자들이 건물 안에 있던 좀비들을 거의 전부 계단 아래로 끌어모았고 그래서 그쪽 탈출로는 영원히 막혀버렸다. 메디그라우는 자신도 겁먹었다는 사실을 살아남은 남자가 눈치채지 못하도록 몰래 뒤를 살짝 돌아보았다. 등 뒤의 복도는 기적으로 텅 비어 있었다. 피에트라네크 교도관과 함께 떨어진 좀비들은 이웃한 감방에서 지내던 아는 사람들로 파트리차 도미니아크와 약혼자 오스카르 카민스키인데 둘의 아들인 티메크는 어떻게 됐을까? 멍청한 질문이다. '그 둘이 좀비가 되었으니 티메크도 분명 살아남지 못했을 거야……' 잠시 생각한 뒤에 메디그라우는 자신이 두 사람의 아들에게 신경 쓸 이유가 없다는 결론을 내렸다. 티메크는 아직 두 살도 채 안 됐고 그러므로 지금 메디그라우에게 위협이 될 수 없었다. 그러나 피에트라네크와 함께 여성 사동으로 차출된 또 한 명인 마르친스키 교도관 문제가 남아 있었다. 메디그라우는 그에게 이쪽 복도 끝 감방을 배정했다. 경보를 울린 이후로 마르친스키는 모습을 나타내지 않았지만 이런 소란에도 반응하지 않는다면 아마…….

"어떻게 해야 됩니까?" 충격에 빠진 남자가 아래층에서 물었다.

"잠시만 생각할 시간을 주세요." 메디그라우는 두 가지 일을 한꺼번에 생각할 수도 없고 그러고 싶지도 않아서 이렇게 대답했다. "괜찮을 거예요. 제가 어떻게든 궁리해 볼게요."

상사는 가능한 선택지들을 비교해 보았다. 아래층으로 내려가는 것은 불가능했다. 가장 가까이 있는 좀비들이 계단에서 3미터도 안 되는 곳을 막고 서 있다. 복도 끝까지 가기도 전에 그녀의 기척을 감지할 것이다. 예배당 쪽 계단은 무너진 잔해에 깔려 버렸다. 세 번째 탈출구는 건물 맨 끝에 있었는데 완전히 어둠에 잠겨서 상사가 지금 있는 장소에서는 제대로 볼 수가 없었다. 조신스카가 건물에 들어오면서 문 앞에 있던 카바이드등을 가지고 들어왔기 때문이다.

어찌 됐든 선택지는 많지 않았다. 위험을 무릅쓰고 남은 사람들을 여성 사동 끝까지 데리고 가거나 아니면 사람들에게 감방으로 돌아가서 문을 막고 새벽까지 기다리라고 하는 수밖에 없다.

하지만 기다린다고 뭔가 뾰족한 수가 생길까?

메디그라우는 X동 상황을 알지 못했지만 로예프스키가 그쪽 교도관들을 보낸 걸 보면 비슷한 일들이 벌어진 게 분명했다. 어쩌면 조신스카와 다른 교도관들이 X동에서 걷잡을 수 없게 된 상황을 진압하려고 그녀에게 도움을 청하기 위해 달려왔을지도 모른다. '아냐. 남자 사동 사람들은 살아남을 가능성이 더 컸어. 대피자들한테 감방 문을 잠그게 했으니까, 아마도······.' 메디그라우의 머릿속에서 여러 생각이 얽히는 동안 몇 분이 흘렀다. 아래층 남자가 당황하기 시작했다.

"이름이 뭐예요?" 메디그라우는 시간을 벌기 위해 이렇게 물었다.

"다니엘입니다. 다니엘 무니오프스키."

무니오프스키라는 성이 귀에 박혔다. '맞아, 저 사람 아내가 사무실에서 일했어······.'

"왜 다른 사람들이랑 같이 도망치지 않으셨어요?"

"나탈리아가 겁먹었어요. 방에서 데리고 나갈 수가 없었습니다."

"알겠어요. 방에 몇 명이나 계세요?"

"다섯입니다. 우리 부부하고 딸 셋하고요."

다섯 명. 한꺼번에 나가야 한다. 가족 숫자가 더 많으면 복잡해질 수도 있다. 특히 아이들은 이 상황에서 돌보기가 힘들다.

"이렇게 해요." 메디그라우가 결정했다. "제가 있는 쪽, 위층으로 대피하세요."

"하지만······." 남자가 항의하기 시작했다.

"말 끊지 마세요, 무니오프스키 씨! 저도 생각이 있어요. 위층으로 올라오세요. 이쪽 통로로 해서 건물 반대쪽으로 넘어가서 거기서 아래층으로 내려가요." 메디그라우 상사는 손가락으로 반대편 계단을 가리켰는데, 그 근처는 좀비가 고작 두 명만 휘청거리며 어슬렁대고 있었다. "제가 저들의 주의를 끌 테니까 무니오프스키 씨 가족은 뒤쪽 출구로 뛰세요." 메디그라우는 팔을 내밀어 칠흑 같은 어둠을 가리켰다. "출구 어디 있는지 아세요?"

"네……. 알 것 같습니다."

"여기 올라오시기 전에……." 메디그라우는 아래층 사람들이 너무 겁을 먹어서 뒷문 위치 같은 조그만 세부 사항을 기억 못 할지도 모른다고 뒤늦게 깨닫고 덧붙이려 했다.

"당직실 옆을 지나왔지요." 놀랍게도 무니오프스키가 차분하게 대답했다.

"맞아요. 그쪽으로 해서 밖으로 나갈 거예요."

"하지만 만약에 거기도 마찬가지로……."

"몇 명이나 대피했는지 보셨어요?" 메디그라우는 남자가 감방에서 얼굴을 내밀지 않아서 이 건물 안에서 지내던 100명이 넘는 대피자 중 단 한 줌만 살아남았다는 사실을 모르기를 바라면서 이렇게 물었다.

"아뇨."

남자의 대답을 듣고 상사는 안심했다.

"밖에서 무슨 비명 같은 거라도 들리나요?"

"아뇨."

"그러니까 밖에선 아무 일도 없는 거예요, 아시겠어요? 아무런 위협도 없다고요."

"만약에 그렇다면……."

"애들 데리고 위층으로 올라오세요. 짐은 다 두고 오세요!" 메디그라우가 경고했다. "아무도 도둑질 안 할 테니까요."

무니오프스키는 잠시 사라졌다가 다시 모습을 드러냈는데, 길고 검은 머리를 늘어뜨린 젊은 여성의 손을 잡고 있었다. 여성은 품에 서로 완전히 똑같이 생긴 네 살짜리 여자아이 둘을 안고 있었다. 맏딸인 릴카는 대략 열 살쯤 됐는데 엄마 치맛자락을 꽉 붙잡고 있었다. 복도에 있던 좀비들은―메디그라우가 예상한 대로―이 가족에게 반응하지 않았고 대피는 차분하게 이루어졌다. 조금 뒤에 무니오프스키 부부는 계단을 뛰어올라 조금 숨을 몰아쉬며 메디그라우 옆에 서 있었다.

"이제 제 말 잘 들으세요……." 가족이 한숨 돌린 뒤에 메디그라우가 그들에게 다가가서 말했다. "저쪽 통로로 최대한 빨리 뛰어가야 해요." 통로는 그들에게서 대략 30미터 정도 떨어져 있었다.

"왜 뛰어야 하는데요?" 나탈리아가 불안하게 물었다.

"왜냐하면 지나가는 감방 어딘가에 좀비가 있을지도 모르니까요." 메디그라우가 최대한 차분하게 설명했으나 이 말만으로도 젊은 부부는 공포에 질렸다. "운만 좀 따라주면……." 메디그라우 상사가 안심시키려 했다.

"운이요?" 무니오프스키가 날카롭게 말했다. "어제부터 여기 모두 다 운이 나빴다고요."

"다른 방법은 감방에 들어가 문을 잠그고 구조를 기다리는 것뿐인데, 너무 늦게 올지도 몰라요." 메디그라우는 고갯짓으로 아래층에서 불타는 좀비들을 가리켰다.

지금으로서는 불이 번지지 않았으나 좀비들이 계속 헤매고 돌아다니면서 심각한 화재가 일어날 위험도 있었다.

"제 곁에 붙어 계시고 절대로 속도 늦추지 마세요!" 그들을 밀어서 재촉하며 메디그라우가 외쳤다. "끝에서 세 번째 문 조심해요! 거기서 공격당할 수도 있어요."

그들 모두 복도를 달리며 열려 있는, 혹은 살짝 열린 문을 지나쳤다. 메디그라우는 마르친스키 교도관에게 배정된 감방 문을 불안하게 바라보았다. 무거운 금속 문은 이상하리 만큼 활짝 열려 있었다. 그것은 즉…….

파트리차 도미니아크에게 배정되었던 감방 앞을 지나가면서 메디그라우는 곁눈으로 뭔가 움직이는 것을 보았다.

"젠장." 상사는 몸을 기울여 빠르게 뻗쳐오는 손을 피하며 신음했다.

마르친스키는 뭔가 이유가 있어 이웃 감방에 갔던 것이 분명했다. 도움을 청하는 소리나 싸우는 소리를 들었는지도 모른다. 어찌 됐든 그는 달려 나갔고…… 그 대가로 목숨을 잃었다. 메디그라우는 도미니아크의 감방에서 좀비가 굴러 나오기 전에 피하는 데 성공했지만 뒤따라오던 무니오프스키 부부는 그렇게 운이 좋지 못했다. 좀비는 무니오프스키를 곧장 덮쳤다. 엄청난 힘으로 무니오프스키에게 부딪쳐서 둘 다 난간 너머로 굴러떨어져 버렸다.

나탈리아는 바로 한 걸음 앞에서 달려가던 남편을 좀비가 잡아채는 모습을 보고 그대로 굳어져서 산 채로 껍질이라도 벗겨지는 듯 절박하게 비명을 지르기 시작했다. 메디그라우는 몸을 돌려 나탈리아의 팔을 잡아끌었다. 이것이 생존으로 가는 길의 마지막 장애물이었다. 최소한 지금 이 층에서는 그랬다. 그러나 나탈리아는 저항하며 비명을 그치지 않았고 릴카와 쌍둥이도 엄마와 함께 비명을 질렀다. 메디그라우에게 뺨을 두 번이나 얻어맞고 나서야 나탈리아는 어느 정도 정신을 차리고, 자기만큼 겁먹었지만 살려는 의지가 결연한 메디그라우의 말을 듣기 시작했다.
"남편은 이미 도와줄 수 없지만 딸들을 위해서 살아야 해요. 애들을 생각하라고요!"
나탈리아는 흐느끼며 아래쪽 안전그물 위에서 여전히 좀비와 뒤엉켜 있는 남편을 내려다보고는 다시 고개를 들어 겁에 질린 딸들을 쳐다보았다. 라우라와 엘리자는 방금 아버지를 잃었다는 사실을 이해하기에는 아직 너무 어려서 금방 달랠 수 있었다. 그러나 릴카는 목이 터져라 울고 있었다. 불행히도 달래줄 여유가 없었다.
"엄마 꽉 잡아!" 나탈리아는 아이들에게 이렇게 말하고 메디그라우를 따라 통로로 달려가 건물 반대쪽으로 넘어갔다. 그쪽 감방은 전부 비어 있었고, 아래층까지 달려 내려가는 데는 1분도 걸리지 않았다. 아래층에 도착해서, 좀비들로부터 안전한 거리를 벌려놓고 나서야 두 사람은 잠시 멈추어 숨을 돌리고 이제 어떻게 할지 궁리하기 시작했다. 그리고 그곳에서 마침내 나탈리아는 큰딸을 달래줄 수 있었다.
곧 그들은 더욱 짙은 어둠을 지나 당직실 옆 좁은 계단으로 내려가 그 아래 있는 철문으로 나가야 했다. 메디그라우는 이 사동에서 10년이나 근무해서 눈 감고도 내려갈 수 있었으나, 나탈리아는 여성 사동 구조를 그렇게 잘 알지 못했고, 게다가 어둠 속에 뭐가 도사리고 있을지 떠올리기만 해도 겁에 질리기 시작했다.
메디그라우는 나탈리아의 손을 잡았다.
"우리, 뛰지 말아요. 천천히 차분하게 가요. 저기는 부딪칠 만한 게 아무것도 없으니까 겁내지 마세요."

나탈리아는 큰 소리로 마른침을 삼키고 여전히 망설이면서도 결국은 고개를 끄덕였다. 단호한 몸짓은 아니었지만 알아들었다는 의미로는 충분했다.

두 사람은 함께 첫걸음을, 또 다음 걸음을 뗐다. 열 걸음 나아가자 두 여자는 먹물 같은 새까만 어둠 속에 들어와 있었다. '앞으로 20미터만 더 가면 돼.' 메디그라우 상사는 만약을 대비해서 손을 앞으로 뻗으며 마음속으로 기뻐했다. 너무 어두워서 옆에 있는 나탈리아는 그 모습을 보지 못했을 것이고, 철문까지 아무것도 마주치지 않을 것이라는 확신보다는 두려움이 훨씬 더 컸다.

스무 걸음. 스물한 걸음. 메디그라우는 갑자기 뭔가 이상하다는 것을 느꼈다. 새까만 어둠 속에서 아무것도 볼 수는 없으나 어떤 사그락거리는 소리, 금속이 서로 부딪치는 조그만 소리 같은 게 들려왔다. 상사는 멈추어 섰다. 그녀의 움직임에 놀란 나탈리아는 당장 펄쩍 뛰며 새된 소리를 질렀다. 아이들이 다시 울기 시작했다.

"이런 젠장!" 메디그라우 상사가 내뱉었다.

이제는 겁에 질린 릴카와 네 살배기 쌍둥이가 울부짖는 소리 외에는 아무것도 들리지 않았다.

"무슨 일이에요?" 나탈리아가 거의 울먹이며 물었다.

"몰라요……." 거의 패닉에 빠진 메디그라우가 대답했다. 갑자기 뭔가 생각이 떠올랐다. "성냥 있어요?"

"네."

"주세요." 상사가 말했다.

"가방에 있어요."

메디그라우 상사는 자유로운 한 손으로 나탈리아의 옆구리를 더 들어 어깨에 걸린 가방에서 작은 상자를 꺼냈다.

상사는 망설이지 않고 그 상자에서 성냥을 몇 개 꺼내 상자에 대고 그었다. 불꽃은 별로 밝지 않았고 금방 꺼졌으나 어둠 속에서 그들을 향해 다가오는 열몇 개의 귀신 같은 형체들을 보기에는 충분했다.

출구에서 가장 가까운 감방에서 나온 좀비들을 뭔가가 이곳으로 유인했다. 아마도 도망자 몇 명이 반대편 문 앞에서 나갈 순서를 기다리지 못하고 이쪽 출구를 선택한 것 같은데, 메디그라우는 전반적으로 혼란스러운 와중에 그 점을 눈치채지 못했다. 좀비들이 벽을 제외한 세 방향에서 팔을 뻗고 그들을 포위했다.

남은 것은 성호를 그을 정도의 시간뿐이었다…….

* * *

"몇 명이라고?" 깜짝 놀란 오크루트니는 까맣게 수염이 자라난 양 볼을 손으로 문질렀다.

로예프스키는 조금 전에 중얼거렸던 말을 다시 되풀이하기 전에 바닥에 침을 뱉었다. 그 숫자를 생각만 해도 속이 안 좋아졌다.

"117명입니다. 여성 사동에서 탈출한 인원까지 합친 숫자입니다."

"117명? 500명이 넘는 사람 중에……. 어떻게 이럴 수가 있지?" 대위는 불이 환히 밝혀진 건물 안을 둘러보았다.

준위는 상사를 깨우기 전에 교도관 두 명을 보내 발전기를 돌리게 했다. 지금 이 상황에서는 뭐든 절약할 필요가 없다고 생각했기 때문이다. 고작 석유 등잔 몇 개의 불빛에 의지해서 좀비들을 물리칠 방법은 없었다.

"모르겠습니다. 의사 선생님이 더 잘 아실 것 같습니다." 로예프스키는 고갯짓으로 잠이 덜 깬 베그네르를 가리켰지만, 베그네르도 별로 확신에 찬 표정은 아니었다.

오크루트니도 준위 옆에 선 의사를 바라보았다.

"도대체 어떻게 해서 감염병이 이렇게 많은 사람을 덮친 겁니까?" 그가 물었다. "비에드지츠키의 지시에 따라 사람들 모두 격리돼 있었고 감염자와 접촉하지도 않았는데."

"그 후자는 잘 모르겠습니다." 베그네르가 내뱉었다.

"뭘 모릅니까?"

"감염자와 접촉하지 않았다는 것 말입니다."

"대피해 온 사람들 아닙니까. 작전에 참여하지 않았는데……."

"여기가 아닙니다." 의사가 그들이 서 있던 곳에서 가까운 감방으로 다가가면서 대위의 말을 가로막았다. "그 전에 말입니다. 시내에서요."

"그건 가능성 있습니다." 로예프스키가 잠시 생각한 뒤에 동의했다.

"하지만……." 대위는 계속 의심했다.

"잠시 생각할 시간을 좀 주십시오." 의사가 부탁한 뒤 로예프스키를 보고 물었다. "감염자가 나온 방에 십자로 표시를 하셨지요?"

"예. 불러도 반응하지 않는 곳은 전부 다 표시하라고 했습니다."

"알겠습니다."

세 명의 시야에 보이는 대부분의 문에 하얀 표시가 되어 있었다.

베그네르는 감방에 더 가까이 다가갔다. 안에서 굉음과 함께 뭔가 철문에 부딪치는 충격음을 들었을 때 몸을 떨었으나 멈추지 않고 계속해서 걸음을 옮겼다. 의사는 몸을 숙여 문에 붙어 있는 종이를 들여다보았는데, 거기에는 교도관들이 해당 감방을 배정받은 사람들의 성과 이름을 기록해 두었다. 안에서 들려오는 소음은 의사가 같은 표시가 있는 다음 감방 앞으로 걸음을 옮길 때까지 점점 커졌다. 그는 이렇게 감방 몇 군데를 더 점검했고 그러면서 앞으로 갈수록 교도관들은 점점 음울한 얼굴로 의사에게서 멀찍이 떨어졌다.

"겨우 117명만 살아남았다니." 오크루트니는 이 엄청난 손실을 여전히 믿을 수가 없었다. "왜 날 곧바로 깨우지 않았지?" 그는 비난의 눈초리로 로예프스키를 바라보며 물었다.

"시간이 없었습니다." 로예프스키가 감정 없이 차분하게 대답했다. "그리고 대위 동무를 깨웠다 한들 뭐가 달라졌겠습니까?"

그가 옳았다. 대위가 사건 현장에 있었다고 해도 아무 도움도 안 되었을 것이다. 시간이 지날수록 로예프스키는 감방 문을 잠그게 한 것만이 유일하게 합리적인 결정이었다고 점점 더 확신하게 되었다. 감염자와 함께 감방에 갇혀 있던 사람들을 내보냈다면 틀림없이 대혼란이 벌어졌을 것이지만, 문을 잠가둔 덕분에 그 대혼란 속에 죽어갔을 수도 있었을 수십 가족을 살려냈다. 여성 사동에서 벌어진 일이 완벽한 방증이었다. 메디그라우가 맡았던 대피자 120명 중에서 고작 17명이 목숨을 건졌다. 여성과 아이들은 경보가 울리기도 전에 대부분 사망했는데, 왜냐하면 좀비들이 완벽하게 소리 없이 감방에서 감방으로 옮겨 다니며 닥치는 대로 죽이고 좀비로 만들었기 때문이다. 자다 말고 깜짝 놀란 희생자들은 제대로 비명조차 질러보지 못하고 목숨을 잃었다.

B동 안쪽 어딘가에서 비명과 주먹으로 문 두드리는 소리가 들려왔다. 대위는 즉시 날카로운 눈으로 준위를 노려보았다.

"아직 안 끝난 건가?"

준위는 고개를 저었다.

"그런 게 아닙니다. 30분 전부터 새로운 희생자는 전혀 발견되지 않았습니다만 사람들이 계속 패닉에 빠지고 있습니다."

"어째서 아직도 가둬둔 건가?" 오크루트니가 놀라서 물었다.

"교도관이 네 명밖에 남지 않았습니다." 로예프스키가 설명했다. "우선 복도에 나와 있는 좀비들을 전부 소탕해야 합니다. 그런 다음에······."

대위는 손짓으로 그의 말을 막았다.

"여성 사동 생존자 중에 메디그라우 상사 휘하 교도관은 몇 명인가?"

로예프스키는 바로 대답하지 못했다. 고개를 숙이고 다시 바닥에 침을 뱉었다.

"없습니다. 그쪽으로 내보낸 애들도 전부 죽었습니다."

"이런 시발······." 대위가 양손으로 얼굴을 가렸다.

'잠자리에 들 때는 이제 최악의 상황이 지나갔다는 희망을 가졌는데, 한두 시간 지나고 우리 쪽이 겨우 한 줌밖에 남지 않았다니. 나머지 생존자는 다 민간인들이고. 또 다른 사건이 발생할 가능성도 배제할 수 없는데, 만약 그렇게 된다면······.'

"여러분!" 베그네르는 뭔가에 정신이 팔린 듯 보였다. "제가 뭔가 찾아낸 것 같습니다."

"말해보시오!"

"십자로 표시된 감방에 있던 사람들 이름을 확인해 보았습니다. 거의 대부분이 어제 기침 때문에 괴롭다고 저를 찾아왔던 사람들입니다. 확실히 말씀드리는데 피해자 명단을 제 환자 명단과 비교해 보면 일치하는 이름이 아주 많을 겁니다."

"감기 걸려서 죽진 않소." 로예프스키가 냉소적으로 말했다. "특히 여름에."

"감기가 아니오." 베그네르가 음울한 눈길로 그를 처다보았다. "그 사람들은 감염자 시신을 태우던 화장터 연기를 들이마신 거요."

"연기가 사람을 죽였다고?" 오크루트니가 눈을 둥그렇게 떴다.

"꼭 연기 때문이 아니라 그 안에 있던 독성물질 때문이오."

대위는 창백해졌다. 금요일 저녁에 순찰을 돌러 나갔을 때 느꼈던 기절할 것 같은 어지럼증을 떠올렸다.

"그 연기에 독성이 있었다면……." 대위가 말을 시작했다.

"……우리들도 언제든 죽을 수 있다는 겁니다." 베그네르가 대위 대신 말을 마쳤다. "다행히 그렇게 되려면 시간이 좀 걸립니다. 우선 일정한 증상이 나타나야 하고……."

"예를 들면 기침." 로예프스키가 속삭였다.

"예, 기침."

"이 모든 게 우리 탓이오." 오크루트니는 시무룩해져서 고개를 저었다.

"무슨 모든 일 말입니까?" 준위가 물었다.

"그러니까, 그……." 대위가 양팔을 넓게 벌렸다. "우리 가족을 여기로 데려와서 몇 시간이나 그 연기를 들이마시게 하지 않았다면……." 대위는 말을 끊었다.

"시내에 있었어도 상황은 똑같이 나빴을 겁니다. 어쩌면 더 나빴을지도 모르죠." 베그네르가 대위에게 말했다. "대위님이 아무것도 하지 않았다면 오늘 아침까지 아무도 살아남지 못했을 겁니다. 게

다가 대부분 노인, 여성, 아이들 아닙니까."

"지금은 아니오." 로예프스키가 낮은 목소리로 끼어들었다.

"예?" 의사가 어리둥절해서 그를 쳐다보았다.

"생존자 중에 미성년자는 몇 명 안 됩니다." 준위가 구체적으로 설명했다. "제 기록에 따르면 이번 감염병 공격에서 아이 딸린 가족은 단 한 가구도 살아남지 못했습니다."

26

1963년 8월 11일 일요일 11시 45분
시립동물원, 브루블레프스키 거리 1-5번지

    비에드지츠키는 관리용 창문을 통해 인민회관 옥상 끝에서 두 번째 플랫폼으로 나왔다. 철판으로 만든 둥근 지붕의 기울기는 그다지 크지 않아서 소령은 40미터가 넘는 높이에 서 있는데도 전혀 두려움을 느끼지 않았고, 특히 부하들 앞에서는 무슨 일이 있어도 겁먹은 티를 내지 않으려 애썼다. 그와 함께 건물 옥상에 두 명이 더 올라왔다. 동물원에 있는 중앙 지휘통제실과 연락을 유지하기 위해 필요한 무전병과 니즈네르 소위인데, 니즈네르는 지휘통제실 사람들이 '큰 섬' 밖으로 나갈 계획을 세울 때 확실한 자료로 활용할 수 있도록 시내 상황을 기록하는 사진을 찍는 임무를 맡았다.
    그러나 열댓 층을 오르는 것은 힘든 일이고 비에드지츠키는 이렇게 높은 층을 계단으로 오르는 데 익숙하지 않아서 금세 손바닥과 발바닥에 땀이 차는 것을 느꼈다. 그는 만약을 대비해서 위쪽 높은 곳에 일렬로 조명이 켜진 벽에서 너무 멀어지지 않으려 했다. 그가 지금 있는 곳에서 여러 칸으로 나누어진 둥근 지붕이 덮인 최상층으로 올라가는 사다리까지 15미터 정도 남아 있었다. 소령은 조심스럽게 발을 옮겨 약간 녹이 슨 사다리를 한 칸씩 올라 건물 지붕으로 나갔다. 다행히 인민회관 지붕은 가운데 있는 깃대까지 걸어 다닐 수 있게 만든 높은 외부 통로와 난간으로 덮여 있었다. 그 깃대 아래가 시내를 바라볼 수 있는 관찰 지점이었다.

비에드지츠키가 먼저 목적지에 도착했다. 니즈네르는 무전병을 먼저 보낸 뒤 마지막으로 위로 올라왔다. 소령이나 무전병과 달리 니즈네르는 지붕 위에 머무르지 않았다. 난간을 넘어 밖으로 나가더니 돔 지붕 끝으로 가서 소령의 사진을 찍기 시작했다.

"필름 낭비하지 말게." 비에드지츠키가 그에게 내뱉었다. 니즈네르가 떨어질까 걱정되어서라기보다는 부하가 자신의 불안한 표정을 영원히 기록으로 남기는 것이 짜증 났기 때문이다. 니즈네르가 떨어진다 해도 멀리 날아가진 못할 것이었다. 가장 높은 벽은 2미터 정도였고 돔 지붕은 실제로 둥글기는 했지만 경사가 그다지 급하지 않아서 아래로 굴러떨어질 위험은 크지 않았다.

"걱정 마십시오. 만약을 대비해서 필름을 여섯 통 가져왔습니다." 소위가 시내 쪽으로 돌아서면서 소령에게 대답했다. "아, 이건 정말……." 소위는 뾰족한 바늘 모양의 국토수복 기념탑 너머 바다처럼 드넓게 펼쳐진 녹색 숲과 건물 지붕들이 저 멀리 지평선까지 펼쳐진 모습을 보며 중얼거렸다. "올라온 보람이 있습니다."

비에드지츠키가 고개를 끄덕였다. 그는 땀에 젖은 양손으로 난간을 붙잡자 조금 덜 불안해졌고, 눈앞에 펼쳐진 파노라마는 실제로 숨이 막힐 듯 아름다웠다. 그날 도시 위의 하늘은 구름 한 점 없었고 무자비하게 내리쬐는 태양은 정점에 올라 있었으며 그 덕에 이 장엄한 도시 풍광은 물론 멀리 아련히 보이는 거대한 슐렝자산의 윤곽까지도 감상할 수 있었다. 그들은 정해진 시간보다 15분 일찍 인민회관 지붕에 올라왔는데, 우선 상황을 분석한 뒤에 연기 기둥이 보인다면 어느 쪽이 꺼져가는 화재에서 나오는 연기이고, 어느 쪽이 비에드지츠키의 라디오 통신에 대한 답변인지 구분하기 위해서였다.

　소령은 간이 지도를 손에 들고 여러 구역과 마을을 훑어보며 나중에 우선적으로 주의를 기울여야 할 장소들을 더 정확하게 구별할 때 도움이 되도록 기준이 될 만한 지점을 잡으려 애썼다. 시내 중심가 위로 열댓 개의 희뿌옇고 굵은 연기 기둥과 더 가느다란 연기가 두 줄 정도 피어오르고 있었으며, 화장터 근처에서 하늘로 타오르는 연기 기둥은 전혀 없었다. 군인들이 금요일 밤에 받은 명령을 드디어 수행하여, 선별진료소에서 감염자로 확인된 사람들의 유해를 묻은 구덩이를 다 덮는 데 성공한 것이다.

　정찰을 마친 뒤 비에드지츠키는 한 번 더 시계를 보았다. 정오까지 3분밖에 남지 않았다.

　"베르나치아크 연결해." 그는 바로 뒤에 선 무전병 라트케 상사에게 지시했다.

　"예, 알겠습니다!"

　조금 뒤에 소령은 무거운 검은색 수화기를 손에 들었다.

　"위쪽 상황 어떻습니까?" 대위가 즉각 물었다.

　"당장은 이상 없다. 하늘이 맑고 시야가 아주 좋다."

　"화재 있습니까?"

　"당연히 있다. 최소한 열댓 군데는 되지만 연기가 이미 희뿌연 색이고 별로 진하지 않아서 불이 이제 꺼져가고 있는 것으로 보인다."

　"좋습니다."

　"방송실에 송출 시작하라고 하게."

"예, 알겠습니다."

비에드지츠키는 무전병에게 수화기를 돌려주었다.

"준비하게, 니즈네르." 소령이 상기시켰다. 니즈네르 소위는 인민회관 동쪽에 있는 지역을 들여다보고 있었는데, 조만간 '큰 섬' 정화 작업을 시작하게 되면 가장 먼저 활동해야 할 곳이었다.

"예, 알겠습니다!"

그리고 세 명 모두 약속한 연기 신호가 나타나는지 움직이지 않고 지켜보았다. 아주 조그만 변화라도 혹시 일어나는지 잔뜩 긴장한 눈으로 지평선을 훑었지만 시간이 지나도 하늘은 이전에 본 연기 기둥들 외에는 수정같이 맑았다.

비에드지츠키는 다시 시계를 쳐다보았다. 12시 3분이다. 짧은 시곗바늘이 '폴됴트' 시계의 크림색 숫자판 위에서 쉬지 않고 일정하게 움직여 계속해서 1초, 1초가 지나는 것을 표시했다. 곧 12시 하고도 4분이 지났다.

"저기 보십시오, 소령 동무!" 라트케가 갑자기 외치며 셍폴노 마을이 있는 동쪽을 가리켰다.

모두 동시에 몸을 돌렸다. 대략 마을 한가운데, 집들의 지붕 위로 세 줄기, 아니 네 줄기의 검은 연기가 피어올랐다. 바람이 거의 즉시 연기를 흩어버렸으나 연기는 매 순간 더 굵어지고 좀 더 뚜렷해졌다. 세 사람은 주의 깊게 연기 줄기를 바라보면서 인근 두 개 마을에 펼쳐진 집들도 틈틈이 눈으로 훑었다. 모두의 바람과는 달리 그 이상은 깃털 같은 연기 줄기가 보이지 않았다.

"소령님!"

실망한 비에드지츠키가 니즈네르의 목소리를 듣고 시선을 돌렸다. 니즈네르는 이제 남쪽의 오드라강 너머를 보면서 그곳에서 차례차례 피어오르는 연기 신호를 가리키고 있었다. 그쪽 연기 신호는 열 개가 넘었고 서로 상당히 멀찍이 떨어져 있었다.

"소령 동무, 소위님!" 라트케 상사가 다시 비에드지츠키에게 수화기를 내밀었다.

"상황이 어떻습니까?" 베르나치아크의 목소리에서 긴장감이 느껴졌다.

"좋지 않네." 비에드지츠키가 사실대로 말했다. "당장은 새로 피어오르는 연기 기둥이 열댓 개 정도 되고 그것도 주로……." 그는 시내 쪽을 돌아보았다.

"주로 뭡니까?" 소령이 갑자기 말을 멈추자 놀란 대위가 물었다.

소령은 대답하지 않고 수화기를 놓고 지금 수십 개의 검은 연기 줄기가 피어오르는 미로같이 얽힌 지붕들을 바라보았다. 연기 줄기의 숫자를 세려 했으나 너무 많아서 금방 어디까지 세었는지 잊어버렸다. 그는 셍폴노 쪽으로 돌아섰다. 처음의 몇 줄기에 이제 굵다란 연기 스물 다섯 개 정도가 더 솟아오르고 있었다. 남쪽도 비슷했다.

"무슨 일입니까?"

"신호가 보여! 수십 개가 보인다!" 비에드지츠키가 소리치고는 주위를 두리번거리다 무전병에게 수화기를 돌려주었다. "대위한테 지금 보이는 광경을 보고하게. 그리고 자네, 니즈네르, 그러고 멍하니 보고 있지 말고 사진 찍어, 빨리!"

시간이 지날수록 도시 위의 하늘에 새롭게 검은 연기 줄기가 피어올랐다. 멀리, 그리고 가까이, 한 개씩 혹은 여러 개가 한꺼번에. 모든 마을과 모든 구역에서. 12시 10분이 되었을 때 연기 줄기는 이미 수백 개로 늘어나 있었다.

감염병이 브로츠와프를 몇 시간 만에 짓부숴버렸지만 모든 거주민을 다 죽이지는 못했다. 50만 명에 가까운 인구 중에서 1000분의 1, 어쩌면 100분의 1이 살아남았고, 어쨌든 그렇게 해서 수백 명, 어쩌면 수천 명을 구해낼 가능성을 비에드지츠키는 본 것이다.

"니즈네르, 우선 시내를 정확하게 전부 찍는 데 집중해." 그가 명령했다. "그런 뒤에 나머지 지역들 상황도 다 기록하게."

"예, 알겠습니다!"

니즈네르 소위는 기뻐하며 필름을 갈아 끼웠다.

비에드지츠키는 간이 지도를 난간에 기대 펼치고 가까운 마을에서 보이는 연기의 위치를 하나하나 표시하기 시작했다. 셍폴노에서는 연기가 수십 개였고, 비스쿠프 마을에서 피어오르는 연기의 수는 약간 적었으나 역시 여럿이었다. 반면 가장 가까운 주택가에서는 그저 하나씩 피어오르는 연기 몇 개가 보일 뿐이었다. 그러나 비에드지츠키는 그 점도 예상했다. 더 부유하고 인맥이 좋은 시내 주민들은 방공호에 들어갔거나 금요일 밤에 동쪽 검문소를 지키는 군경에게 뇌물을 주고 이미 도망쳤을 것이다. '잘한 일이지.' 소령은 잠시 생각한 뒤에 인정했다. '1차 대피자들을 그쪽 주택가에서 지내게 할 수 있으니까. 조금 더 운이 따른다면 최대 두 달이나 석 달 뒤에 '큰 섬'에는 다시 사람이 살게 되겠지. 그런 뒤에는……' 그 뒤에 생존자들은 새로운 현실 속에서 살아가는 법을 익힐 것이다. 한편으로는 수만 명의 피에 굶주린 좀비들에게 둘러싸인 채, 다른 한편으로는 넓은 강과 몇 킬로미터나 이어지는 홍수 대비용 둑 위에 공동의 힘으로 쌓아 올릴 방호 시설로 죽지 않는 적들의 지옥에서 보호받으며 비교적 안전하게.

가장 중요한 것은 싸울 이유가 생겼다는 것이다. 뭉게뭉게 피어오르던 연기는 금세 사라졌고 생존자 숫자는 감염병이 폭발하기 전의 인구 숫자와 비교하면 얼마 되지 않는 것이 분명했다. 그래도 단 1000명이라도 살릴 수 있다면, 그 안에 여자와 아이들도 있다면, 그러면 미래를 생각해 볼 수 있는 것이다…….

"소령 동무!" 무전병의 목소리가 비에드지츠키를 깊은 생각에서 깨웠다. "의사 선생님입니다."

"이봐, 비에드지츠키……." 소령이 대답도 하기 전에 아렌지코프스키가 말을 시작했다.

"자네 절대 못 믿을 걸세……." 비에드지츠키는 좋은 소식과 새로운 희망을 누군가와 나누고 싶어 그의 말을 가로막았다.

"탑 아래로 오게, 최대한 빨리." 신경이 곤두선 것이 분명한 아렌지코프스키가 그의 말을 잘랐다. "자네한테 보여줄 게 있어."

비에드지츠키의 기쁨은 순식간에 증발해 버렸다. 아렌지코프스키는 쉽게 당황하는 사람이 아니었고 그러므로 그가 뭔가를 불안하게 생각한다면 중요한 일이 틀림없었다.

"니즈네르!" 소령이 미친 듯이 사진을 찍고 있는 소위를 불렀다. "사진 다 찍은 뒤에 나 대신 지도에 연기 신호 표시를 해주게. 난 지금 급히 동물원으로 돌아가야 해."

"무슨 일 있습니까?" 니즈네르 소위가 불안하게 물었다.

"내가 걱정하는 종류의 일은 아니었으면 좋겠네." 비에드지츠키가 통로 아래로 내려가면서 대답했다.

* * *

아렌지코프스키는 의료상황실 건물과 동물원 모퉁이 사이의 오솔길에 있는, 이전에 곰 사육장이었던 좀비 연구장에서 소령을 기다리고 있었다. 멀리서도 의사가 대단히 흥분했다는 것을 알 수 있었다. 의사는 평소에 하듯이 서 있는 게 아니라 가까운 사육장 울타리에서 탑 벽 아래 덤불까지 불안한 걸음으로 계속 왔다 갔다 하고 있었다.

"무슨 일인가?" 비에드지츠키가 걱정을 숨기지 않고 물었다.

"이리 오게!" 아렌지코프스키가 그를 끌어당겼다.

"그냥 말로 해……."

"곧 자네가 직접 보게 될 거야."

비에드지츠키는 아렌지코프스키의 불안감이 옮아오는 것을 느끼며 입을 다물었다. 그들은 한순간도 걸음을 늦추지 않고 탑으로 갔다. 철장이 놓인 사육장 앞 공간은 알아볼 수 없을 정도로 바뀌어 있었다. 두 오솔길 사이 좁은 녹지에 있던 덤불은 전부 잘려 나갔다. 풀도 깎였고 자갈밭과 땅에 여러 개의 말뚝이 꽂혀 복잡한 모양을 이루고 있었다. 아렌지코프스키의 조수 두 명도 모두 불붙은 듯 일하고 있었다.

가까이 가서 소령은 거의 모든 사육장에 투포환이나 투창 경기에서 사용하는 것과 비슷한 깔대기형 도구가 꽂혀 있는 것을 보았다. 그런 육상 경기 도구와 너무 비슷했기 때문에 소령은 이 경우에도 뭔가 측정하는 것이 목적이라는 사실을 바로 이해했다.

"대체 무슨 일인지 이제는 좀 말해주겠나?" 소령이 또다시 이름을 잊어버린 간호사의 철장 앞에 서자마자 물었다.

"떠들지 말고 이리 와봐." 아렌지코프스키가 거리가 표시된 구역에 들어섰다.

비에드지츠키도 그를 따라 들어갔다. 철장에서 대략 5미터 정도 거리에 다가갔을 때 최면에 걸린 듯 철장 안쪽에서 흔들거리던 좀비 간호사가 그들 쪽으로 다가왔다. 철장에 막히자 좀비 간호사는 멈추어 서서 잠재적 희생자들을 향해 양팔을 뻗었다.

"자네가 가장 좋아하는 간호사는 요전 날 아침과 마찬가지로 안아주길 바라는 모양이군." 소령이 쓸쓸하게 내뱉었다. "대체 무슨 일인지 말을 안 해줄……."

"기다려봐!" 아렌지코프스키가 소령의 입을 막고는 뒤로 물러서면서 소령에게 똑같이 하라고 신호했다.

두 사람은 기운차게 물러서지 않고 유달리 천천히, 한 발씩 뒤로 끌며 물러났다. 그러면서 점점 걸음을 작게 했다. 그러다 끈으로 서로 연결한 말뚝 가까이에서 의사는 최대한 걸음을 늦추고 글자 그대로 1센티미터씩 물러나면서 움직일 때마다 발밑을 바라보았다. 땅 바로 위에 늘어진 끈 위로 넘어가면서도 의사는 이 괴상한 춤을 한순간도 멈추지 않았다. 비에드지츠키는 의사의 괴상한 움직임을 따라 할 이유를 이해하지 못했으므로 옆에서 평범하게 걸었다.

"정지!" 좀비의 반응을 주의 깊게 지켜보고 있던 조수가 어느 순간 외쳤다.

비에드지츠키는 시선을 들어 탑 쪽을 보았고, 좀비 간호사가 팔을 내리기 시작한 것을 알았다. 어떻게 감지하는지는 모르겠지만 두 사람은 방금 좀비가 살아 있는 인간을 감지할 수 있는 범위를 넘어선 것이다.

다른 조수가 즉시 아렌지코프스키에게 다가가 의사의 신발 뒤꿈치가 방금 디뎠던 곳에 쇠막대를 박아 표시했다.

"알겠어?"

쇠막대는 말뚝 사이에 늘어진 끈보다 약 3센티미터 뒤쪽에 박혀 있었다.

"측정하는 건 알겠는데. 무슨 의미야?"

"정말로 모르겠어?"

비에드지츠키는 양팔을 벌려 보였다.

"놈들의 감각이 예민해지고 있어." 의사가 소령의 눈을 지긋이 들여다보았다. "강해지고 있다고."

"잘해야 몇 센티미터 정도잖아. 측정 오류일 뿐이야."

"나도 그랬으면 좋겠네." 아렌지코프스키가 대답하는 어조가 너무나 심각해서 소령은 소름이 돋았다. 다시 목소리를 내기 위해서 소령은 침을 삼켜야 했다.

"그러니까 자네 말은……."

"그래, 아냐." 아렌지코프스키가 양손으로 머리를 감쌌다. "아직은 모르겠지만 내 이론이 확인된다면 빌어먹을 문제가 생길 거야. 자네 부대가 오우빈스카 거리에 처음 좀비들을 잡아 온 뒤에 우리는 할 수 있는 모든 측정을 다 했어. 실험 대상 1호가 사람을 감지하는 거리는……." 의사는 수첩을 꺼냈다. "……9미터 32센티미터였어. 오늘 아침에는 9미터 59센티미터에서 반응하기 시작했네."

"그래도 별로 큰 차이는 아니잖나." 비에드지츠키가 조심스럽게 대답했다.

"그렇지. 별것 아닌 듯하지만 내가 만약 옳다면 이건 어떤 과정의 시작이야."

"아니면 자네 실험의 부작용이겠지."

"그건 아닐 걸세!" 아렌지코프스키가 씩씩거렸다. 그는 비에드지츠키의 팔을 잡고 당겨 다른 철장 앞에 거리가 표시된 영역으로 데리고 갔는데, 그 철장 안에는 전날 가까운 공원에서 잡혀 온 좀비가 들어 있었다. 소령의 기억이 맞다면 이전에 그 철장에는 의사의 의료진 중 하나였던 '라고'인가 하는 남자가 갇혀 있었다. "이 좀비한테는 아직 아무것도 실험하지 않았어." 아렌지코프스키가 철장 몇 걸음 앞에 서서 좀비를 유인하면서 설명했다. "봐……." 의사가 물러서면서 첫 번째 끈을 가리켰다. "이건 어제저녁 측정치야. 그리고 이건 30분 전 결과야." 의사가 가리킨 두 번째 회색 끈은 거의 10센티미터쯤 더 뒤에 늘어져 있었다.

"측정 오류 때문에 일어난 결과일 수도 있지 않나. 애초에 이런 연구는 어떻게 하는 건가?"

"자네가 본 그대로야. 실험 대상을 철장 앞으로 유인하고 우리 연구진 중 한 명이 아주 천천히, 조금 전에 내가 했던 것보다 훨씬 더 천천히 뒤로 물러나지. 내가 했던 건 그냥 자네한테 보여주려던 목적이었으니까. 그런 뒤에 우리는 예상한 반응이 나타나길 기다리는 거야. 불필요하게 자세한 얘기는 하고 싶지 않으니 이렇게 요약하지. 좀비가 정확히 어느 순간에 우리를 더 이상 감지하지 못하게 되는지를 알아냈네. 그렇게 해서 2, 3센티미터 정도의 차이도 정밀하게 측정할 수 있게 됐지. 이 경우에 측정 오차 범위는 그 정도야."

"젠장!" 비에드지츠키는 더 멀리 떨어져 있는 두 개의 끈에서 시선을 떼지 못했다.

아렌지코프스키가 고개를 끄덕였다.

"하루에 20센티미터나 30센티미터라는 이 차이는 별것 아닐 수도 있지만 거기에 30일, 아니 365일을 곱해보게……." 의사가 목소리를 낮추었다. "1년 뒤에 저 짐승들은 우리를 100미터 거리에서도 감지할 수 있을 거라고! 그것도 감지 거리가 선형적으로 증가하는 경우를 가정한 거야, 기하급수적이 아니고!"

"왜 자꾸 불길한 시나리오를 가정하는 건가?"

"그러라고 자네가 날 여기 데려다 놓은 거잖아."

"그래 좋아, 하지만 자네의 가정이 전혀 안 맞을 수도 있어. 어쩌면 저들의 감지 거리가 시간이 지나면서 줄어들지도 모르지. 몇 년이 지나면 놈들이 2킬로미터 거리에서도 사람을 감지하게 될 거라고 말하려는 건 아니겠지!" 소령은 신경이 곤두서서 자기도 모르게 목소리를 높였다.

"그러지 말란 법이 어디 있나?" 아렌지코프스키가 되물었다. "상어는 몇백 미터 거리에서도 바다에 떨어진 피 한 방울을 감지할 수 있어. 매도 비슷한 높이에서 생쥐 정도 크기의 먹이를 감지할 수 있지. 그런데 저 빌어먹을 시체들은……." 의사는 철장을 가리켰다. "보통 짐승보다 더 뛰어나다고. 저들의 존재 자체가 우리가 생명에 대해 알고 있는 모든 지식에 어긋나잖아. 그러니 나중에 후회하기보다는 최악의 시나리오를 가정하는 편이 나아."

비에드지츠키는 이마의 땀을 닦아냈다. 식은땀이었다. 의사의 이 발견은 게임의 법칙을 바꾸었고, 그것도 정반대 방향으로 돌려놓았다. 인근 지역을 천천히 정화하려는 계획은 끝이다. 다른 것보다도 어쨌든 조심스럽게 진행한다는 원칙도 끝이다. '큰 섬'에서 최대한 2, 3주 안에 좀비들을 전부 소탕해야만 작전의 다음 단계를 시작해서 도시의 다른 지역에서 살아남은 사람들을 이곳으로 데려올 수 있다. 이 은신처로 셀 수 없이 많은 좀비 떼가 또 기어들어오기 전에 말이다. 그러면서 동시에 둑을 보강해야만 1년 뒤, 혹은 그보다 더 일찍 굶주린 좀비 무리가 강 건너에서 나타나 강바닥을 수천 구의 시체로 메우며 강을 건너왔을 때 막아낼 수 있다. 브로츠와프 안에 거의 50만 명의 좀비가 있었고, 이것은 살아 있는 사람들이 이곳에서 안전하지 않다고 느낄 만큼 충분히 많은 숫자였다. 봄이나 여름이 되기 전에 이 많은 좀비 중에서 몇이나 정화할 수 있을까? 어쩌면 수만 명 정도겠지만 수십만은 확실히 불가능할 것이다.

"자네가 틀렸길 바라네, 아렌지코프스키." 소령은 이렇게 내뱉으며 좀비 떼가 오드라강을 뒤덮고 홍수 방지용 강둑 위에 쌓인 원시적인 보강재 위로 겹겹이 기어오르는 광경을 눈앞에 떠올렸다. "자네 이론을 검증하려면 시간이 얼마나 필요한가?" 다시 목소리를 낼 수 있게 되고 나서 소령이 물었다.

"며칠, 혹은 일주일 정도. 그 정도면 정확히 측정해서 결론을 형성할 수 있을 거야."

"내가 어떻게 도와줄 순 없나?"

"없어. 실험 대상은 충분히 있네. 인력도 모자라지 않고……." 아렌지코프스키가 잠시 말을 멈추었다. "하지만 만약에 자네가 이 문제에 대해서 의견이 바뀐다면……."

"그건 또 무슨 문제인데?" 소령은 좀비 떼가 강을 건너오는 상상을 떨칠 수 없어 여전히 좀 정신이 팔린 상태였기 때문에 의사가 무슨 말을 하는지 바로 이해하지 못했다.

"그러니까 그 실험 말이네, 살아 있는……."

"잊어버려!" 소령이 언성을 높였다. "내가 죽지 않는 한 안 돼! 단 한 사람이라도 죽이도록 허락할 수 없어!"

"잠깐만." 의사가 방어적인 몸짓으로 양손을 들었다. "내 말 좀 끝까지 들어봐."

"안 돼. 안 된다고 말했어! 그걸로 이 얘긴 끝이야!"

비에드지츠키는 몸을 돌려 그곳을 떠났다.

27

1963년 8월 11일 일요일 12시 03분
트램 차고지 2호, 스워비안스카 거리 16-30번지

"대장! 대장!" 창밖에서 부르는 소리가 귓속을 파고들어 스프리하는 담요를 젖히고 일어날 수밖에 없었다.

게다가 자신의 유일한 약점을 부하들에게 보이게 되어 그는 두 배로 화가 났다. 그가 얼마나 쉽게 잠드는지 모두가 보게 된 것이다. 이렇게까지 되도록 내버려두지 말았어야 하는데, 힘든 하루에 다 너무 많은 일을 겪고 나니 그의 경계심마저 느슨해져 자신을 보호하지 않게 된 것이다. 그는 현실의 악몽에서 한순간이나마 벗어나고 싶어 정말로 몸을 웅크리자마자 의식을 잃었다. 다행히 나머지 남자들은 술판이 벌어지자마자 거리낌 없이 퍼마셨으므로 스프리하가 반쯤 마신 보드카 잔을 놓치면서 탁자 옆 안락의자에서 잠들어 버렸을 때 부하들은 제대로 일어설 수도 없는 지경이 되어 있었다.

스프리하는 숙취가 너무 심해서 아침부터 오이 절인 식초 물을 유리병째로 전부 들이켰는데, 민간요법을 믿는다면 그게 도움이 되어야 하겠지만 그의 경우 처음에는 입안의 역겨운 맛이 더 심해졌고 그 뒤에는 엄청나게 속이 쓰렸다. 트럭에 타기 전에 그는 별로 마시지 않았고 그저 예전부터 좋아하던 불가리아산 '햇빛 찬란한 강변' 코냑을 한잔했을 뿐이었다. 예전에 스프리하는 희생자들이 그와 데이트하러 나갈 때 집에 있는 금붙이를 몸에 전부 걸치고 나왔으므로 그런 사치를 부릴 여유가 있었는데, 지금은……

머리가 이렇게 아프지만 않았더라면 그는 슬픔에 고개를 절레절레 흔들었을 것이다. 대부분의 사치는 잊어버려야 할 것이고, 또한 감염병이 지나간 뒤 세상을 지배하는 새로운 법칙에 완전히 익숙해지기 전까지는 살인의 욕망을 채우는 일도 포기해야 할 것이었다. 그래도 내일이나 아니면 모레 정도 되면 근처 건물 어딘가에서 창고를 잘 채워놓은 술집을 찾아낼 수 있다는 생각으로 그는 마음을 달랬다. 원하는 대로 아무거나 가져가고 무슨 짓을 해도 그를 막을 사람은 없었다. 이 도시는 좀비들의 것이 아니라 그의 것이었기 때문이다.

"기다려!" 그는 안락의자에서 벌떡 일어나며 이렇게 소리치고는 즉시 후회했다. 두통이 너무 심해서 금방이라도 다시 토할 것 같았다. "어디 불이라도 났냐고!" 그는 열린 창문 사이로 들려오는 목소리를 향해 고함쳤다.

"그렇기도 하고, 아니기도 해요." 그는 두서없는 대답을 들었다.

'저거 아마 모이카겠지.' 그는 사람다운 목소리를 내려고 애쓰며 생각했다. '대체 저 시골뜨기 이발사가 왜 저렇게 고함을 질러대지?' 사정없이 째깍거리는 시계를 바라보았다. 방금 12시가 지났다. 창문에 비쳐오는 강렬한 빛을 잠시 쳐다본 것만으로도 눈 안쪽 어딘가 깊은 곳에서 손에 잡힐 것 같은 통증이 느껴졌다. 마치 햇빛이 시신경으로 인해 강해져서 그의 전두엽에 구멍을 뚫으려는 것 같았다.

"대장!"

"알았으니까 주둥이 닥쳐!" 그는 숙취가 덜 깬 사람이 누구나 그러하듯 신경질을 내며 고함질렀다. "간다고, 가!"

'불이 났다고?' 그는 불확실한 소식에 불안해졌다. '설마 방화범 야니체크가 열정을 이기지 못하고 차고지 어느 건물이나 이웃한 아파트에 불을 질렀나? 만약 그렇다면 그 망할 놈을 처벌해야 해. 어제 캉가세이루보다 훨씬 엄격하게 해서 본보기를 보여야지.' 그는 마그지아레크가 최근에 저지른 짓을 떠올리고 얼굴을 찡그렸다. '미친놈 같으니, 그놈도 고삐를 꽉 조여야겠어.' 그렇게 덩치 큰 불한당에게 보호받는 사람을 제정신으로 건드리려는 자는 아무도 없었으므로 마그지아레크 같은 남자를 옆에 두는 것은 편리했지만 개는 누가 자기 주인인지 알아야 하는 법이다. '누가 노려보기만 해도 죽이는 걸 그냥 내버려두면 결국 형제끼리 쓸데없이 피 흘리게 되고 만다고.'

스프리하는 나머지 부하들이 마그지아레크를 좋지 않게 보는 것을 이미 눈치챘다. 어제저녁의 밤샘 술판에서 그는 현명하게 빠져나왔지만 보드카 덕분에 대담해진 일당은 반감을 숨기지 않았다. 여자 하나를 둘이서 돌려 쓰는 게 전혀 기쁘지 않다는 건 스프리하도 인정해야 했지만, 마그지아레크는 나머지 동료들에게 해가 된다는 사실을 이해하지 못하는 듯 여자를 때려죽여 버린 것이다.

'그의 잘못을 고쳐야 해. 그것도 빨리, 오늘이나 늦어도 내일.' 그는 무거운 몸을 문 쪽으로 끌고 가며 생각했다. '이웃 방문을 가서 신선한 식료품을 챙기고, 몇몇 집에서 좀 더 세련된 여자들을 보충해야겠어. 그래, 한 명에 하나씩 여자를 붙여주면 부하들 기분도 곧장 나아질 거야.' 담장 너머에 공간은 많았고, 그는 부하들이 마음이 내키기만 하면 만족을 얻을 수 있도록 모든 일을 짜맞추려면 어떻게 해야 할지 이미 계획을 세웠다. 부하들이 자기 여자를 확보하고 나머지 사람들과 돌려 쓸 필요 없게 선택권을 줄 수도 있다……. '아냐.' 그는 잠시 생각한 뒤에 마음을 바꾸었다. '선택권은 안 줘. 여자라고 다 같은 여자가 아닌데 저놈들은 곧바로 제일 예쁜 여자를 자기가 갖겠다고 싸우기 시작할 거야. 회전문이 나아.' 그는 무시무시하게 삐걱거리며 어쩐지 흔들리는 것 같기도 한 계단을 천천히 내려가면서 결정했다.

'차고지 뒤 별관에 사무실이 충분히 많으니까 녀석들이 거기서 지낼 수 있겠지. 주택은 공용으로 쓰고. 저녁이면 거기서 다들 술을 마시고 마음이 내키면 여자하고 할 수도 있고. 방은 워낙 많으니까 필요할 경우에 여자를 열두 명은 집어넣을 수 있다. 입구에도 철문 있고 창문도 전부 쇠창살이 박혀 있으니까 여자들을 지키지 않아도 도망 못 칠 거야. 도망쳐서 어디로 가겠어? 시내로? 좀비 떼 한가운데로? 자기 집으로 돌아가서 가족들 전부 좀비와 합류한 뒤에 다시 끌려 나오려고? 그래 맞아, 그 쥐새끼들 몇 명을 본보기로 죽여야 계집들이 새끼 양처럼 얌전해지겠지. 어쩌면 자기 운명을 받아들일지도 몰라…….'

그는 밖으로 나와서 눈을 가늘게 떴다. 그의 얼굴에 엄청난 열기가 느껴졌는데, 불길에서 나오는 열기가 아니라 평범하게 내리쬐는 햇살 때문이었다. 스프리하는 그 일요일에 더위가 더 심해진 것인지 아니면 숙취 때문에 날씨가 더 짜증 나고 덥게 느껴지는 것인지 전혀 알 수 없었다. 어느 쪽이든 그는 대장간 화로 앞에서 달아오른 쇠를 꺼내는 것 같은 느낌을 받았다.

"날 왜 깨운 거냐, 멍청아?" 그는 두 걸음 떨어진 곳에 서 있는 수이카에게 씩씩거렸다.

"대장은 저거 안 보이시오?" 수이카가 손가락으로 어딘가 위쪽을 가리켰다.

스프리하는 눈에 위안이 되는 회색 보도에서 시선을 들었다. 철문 바깥쪽 거리에서 뭔가 타고 있었다. 낡은 천 조각이나 다른 쓰레기 같았다. 거기서 까맣고 짙은 연기가 흘러나오는 것이 누군가 그 쓰레기에 폐유나 석유를 적셔 불을 붙인 듯했다. 고개를 돌리니 스워비안스카 거리 쪽에서도 비슷한 연기 기둥이 여럿 피어오르는 것이 보였다.

"저게 대체 뭐야?" 그가 중얼거렸다.

"전혀 모르겠소, 대장." 수이카가 황급히 대답했다. "조금 전에 사람들이 불타는 넝마를 창문에 내걸기 시작했소. 마치 명령이라도 받은 듯."

'명령이라고? 흥미롭군.' 스프리하는 또다시 치밀어 오르는 구토증과 싸우며 생각했다. 위장이 목구멍으로 치솟아 오를 때는 문제에 집중하기가 힘들지만 스프리하는 구토를 억지로 누르는 데 성공해서 정신을 집중하려 애썼다.

주택 모퉁이 뒤에서 울피크가 숨을 몰아쉬며 나타났다.

"봤소?" 그가 말했다.

"그런 지저분한 걸 안 보는 게 더 힘들지." 스프리하는 울피크가 기차역 쪽에 있는 두 번째 철문을 지키고 있어야 했다는 사실을 떠올리며 중얼거렸다. "그쪽도 연기가 나나?"

"그쪽은 더 심해요."

그들은 더 넓은 시야를 확보하기 위해 기차역 옆 창고 근처 출입문까지 물러났다. 석조건물들 뒤로 오른쪽부터 왼쪽까지 하늘로 굵은 연기 기둥들이 피어오르고 있었다. 어떤 것은 희뿌옇고 어떤 것은 석탄처럼 새까맣고, 어떤 것은 불이 났을 때처럼 굵게 피어오르고 또 어떤 연기 기둥은 너무 가늘어서 잘 보이지도 않았다. 벌써 수십 개나 그런 연기 기둥이 피어올랐는데 계속 새로운 연기가 또 올라오고 있었다.

"대체 무슨 일이지?" 스프리하가 잠시 숙취를 잊어버리고 머릿속의 생각을 소리 내어 중얼거렸다.

"이건 틀림없이 어떤 조직적인 작전일 거요." 울피크가 확신에 차서 말하고는 마치 자기 말이 옳다는 듯 고개를 끄덕였다.

"하지만 이렇게 한꺼번에?" 수이카가 두서없이 반박했다.

"명백하잖아." 울피크가 내뱉었다. "사람들이 창문에 타다 만 천 조각을 걸어두는 관습은 내 기억엔 없었다고. 그것도 저렇게 많이. 하나둘이면 이웃끼리 약속했다고 생각할 수도 있지만 저렇게 많다고?" 그는 푸른 하늘을 가린 연기를 가리켰다.

"자네가 옳아." 스프리하는 마침내 숙취가 깨기 시작하는 것을 느끼며 동의했다.

"하지만 대체 누가 어떻게 사람들에게 명령한 거요?" 수이카가 입을 벌리고 멍하니 하늘을 쳐다보며 물었다.

그들은 잠시 말을 멈추고 이 문제에 대해 생각에 잠겼다. 그동안 또 다른 남자들 몇몇이 시내 주민들의 행동에 흥미를 가지고 그들에게 합류했다. 여러 구역에 걸쳐 이런 활동을 조직한다는 것은 전기도 끊어지고 거리로 나갈 수도 없게 된 상황에서 불가능해 보이므로, 아마도…….

"라디오." 스프리하가 내뱉었다.

울피크가 손바닥으로 땀에 젖은 자기 이마를 탁 쳐서 땀방울이 튀었다.

"바로 그거요. 대장, 이 집에 마친스키하고 같이 들어앉았던 여자 하나가 무슨 장군이 뭐 약속을 했다고 그랬던 거 생각나시오?" 울피크는 머리가 좋았고 술도 아주 잘 마셨으므로 그 덕에 아직도 숙취가 완전히 가시지 않은 스프리하보다 여러 가지 사실들을 쉽게 종합했다. "분명히 그 장군이 사람들한테 넝마를 태워서 내걸라고 명령했을 거요."

"하지만 뭐 하러?" 이 주장의 통찰력에 놀란 수이카가 중얼거렸다.

"저 빌어먹을 쓰레기가 불빛도 내고 연기도 내는 거 보면 누가 일부러 기름에 적신 거다." 스프리하가 말했다. "그러니까 즉……."

"……시내에 누구 살아남은 사람이 있는지 군대가 가장 쉬운 방법으로 확인하는 거요." 울피크가 그 대신 말을 마쳤다.

"아, 그런 묘수가 있었군." 미론 수이카가 놀라서 고개를 절레절레 저으며 중얼거렸다.

스프리하는 시간이 갈수록 점점 머리가 맑아졌다.

"그 여자가 장군이 하는 말을 들었으면 분명히 라디오를 가지고 있을 거야."

"사무실에 몇 개 있소." 이 대화를 성실하게 엿듣고 있던 '청산가리' 페레크가 귀띔했다. "하지만 대장도 알다시피 몇 시간 전부터 전기가 끊어졌소."

'중요한 지적이군.'

술판이 한창일 때 불이 꺼졌다. 처음에 남자들은 얼마 전부터 깜빡거리던 전구가 드디어 타버렸다고 생각했지만 전구는 멀쩡해 보였다. 그래서 남자들은 철사로 아무렇게나 감아놓은 스위치를 확인했는데 그러다 결국은 도시에 전기가 끊어졌다는 결론에 도달했다. 스프리하는 조만간 이렇게 될 것을 예상하고 있었다. 전기가 계속 들어오려면 사람들이 발전소에서 일을 해야 하는데 도시에 감염병이 들끓으면 일할 생각은 저 멀리 도망갈 수밖에 없기 때문이었다. '어쨌든 지금까지 발전소 사람들이 잘도 버텼군.' 스프리하는 인정했지만 한편으로는 발전 작업을 자동화했기 때문은 아닌지 확신할 수 없었다.

어느 쪽이든 중요한 것은 한 가지, 오늘부터 전기 없이 살아가야 한다는 사실이었다. 이는 스프리하의 관점에서 별로 큰 문제가 아니었다. 석탄은 충분히 있었다. 기찻길 옆에 있는 가까운 광장에 그 '검은 황금'이 몇 무더기나 쌓여 있었고 근처 여러 지하실에도 분명히 또 그만큼 있을 것이었다. 날이 추워진다 해도 음식 준비와 난방은 어렵지 않을 것이었다. 차고지 창고를 뒤지던 마루트가 등유 몇 통과 2차 세계대전 직후에 쓰던 것 같은 기름등잔을 한 아름 찾아냈으므로 어둠을 두려워할 필요도 없었다.

"여기 트랜지스터라디오 없었나?" 스프리하는 페레크를 향해 물었다.

"전원 꽂아 쓰는 소련제 라디오밖에 못 봤소." 페레크가 잠시 생각한 뒤에 대답했다. "경비 초소에도 진공관 라디오만 있소." 마루트만큼 꼼꼼하게 차고지 부지 안을 뒤지고 다닌 울피크가 맞장구쳤다.

"그러면 우리 더없이 다정하신 이웃사촌들을 한번 방문할 때가 되었군." 스프리하가 단번에 꿩 먹고 알 먹을 기회라고 생각하며 이렇게 말했다.

* * *

 일당 중 몇몇은 피골이 미리 점찍어둔 크렝타 거리 아파트 건물에 들러야 한다고 주장했지만 스프리하의 계획은 달랐다. 그가 연출하려는 쇼는 최대한 많은 사람이 보아야 했으므로 스워비안스카 거리에 있는 건물을 선택해야만 했다. 잠시 궁리한 뒤에 그는 14번지를 가리켰는데, 그곳은 호송트럭으로 가로막힌 차로에서 가장 가까운 건물이었다.

 그의 생각에 바로 이 주소가 반박할 수 없는 수많은 장점을 가지고 있었다. 첫 번째로 건물 옆 벽이 차고지 부지에 바짝 붙어 있어서 너무 멀리 갈 필요가 없었고 다시 돌아오기도 쉬울 것이었다. 심지어 반대편 아파트 건물을 재건축하는 인부들이 하듯이 썩어가는 오래된 벽돌을 부수고 그 벽을 통과해 차고지로 돌아올 수도 있었다. 그러나 스프리하는 그럴 필요까지는 없을 것이라 생각했다. 이미 스워비안스카 거리에 있던 좀비들을 소탕했으므로 건물 안에 있을지도 모르는 좀비 몇 정도는 제대로 무장하고 어떻게 해야 하는지 아는 남자들에게 별다른 위협이 되지 않을 것이었다. 두 번째 장점은 여섯 개의 발코니가 달린 건물 앞면이 맞은편 모든 아파트에서 보이기 때문에 그들이 준비한 연극을 못 보고 지나치는 사람이 아무도 없을 것이라는 사실이었다. 그리고 마지막으로 세 번째 장점은 막다른 골목과 창문 아래 보도에 까맣게 타버린 천 조각이 네 무더기나 쌓여 있는 것으로 보아 이 건물에 생존자가 충분히 많이 숨어 있으므로 그들이 원하는 목적을 이룰 수 있을 것이라는 점이었다.

 스프리하는 부하 일곱 명을 데리고 갔다. 슈치그워, 마루트, 네린크에게 무거운 소방용 도끼를 작업장에서 가져오게 했고, 혹시 건물 안에서 좀비를 마주쳤을 때 안전한 거리를 두고 밀어붙일 수 있도록 카치마레크는 긴 지렛대를, 그젤라크와 울피크는 긴 갈고리 손잡이를 가져갔다. 마지막으로 마그지아레크는 자기 망치 외에 다른 무기를 주지 않았지만 매우 만족했다. 마그지아레크는 또한 굵은 밧줄을 가져갔는데 벽에 구멍을 뚫어 탈출하게 된다면 이 밧줄을 타고 내려올 수 있을 것이었다. 스프리하는 그 어떤 것도 운에 맡기지 않았다.

거리는 금요일 오후의 인민 식료품점 선반처럼 여전히 텅 비어 있었으므로 일당은 겁내지 않고 밖으로 나왔다. 주변 아파트에 숨어 있는 주민들이 앞으로 펼쳐질 광경을 놓치지 않고 지켜보도록 내친김에 마음껏 시끄럽게 소리를 냈다. 잠긴 문은 카치마레크가 지렛대로 열었고 그런 뒤에 오른쪽 문짝을 여느라 일당은 조금 애를 써야만 했다. 왜냐하면 조심성 많은 주민들이 복도 가득 부서진 가구를 채워 바리케이드를 만들고 그 위에 석탄이 든 자루를 얹어 앞문이 쉽게 열리지 않도록 조치를 해두었기 때문이다. 양쪽 옆문도 비슷하게 부서진 서랍장이나 다른 쓰레기로 막혀 있었는데 이쪽은 당장 건드리지 않기로 했다.

넓은 복도는 기분 좋은 어스름 속에 잠겨 있었고 그곳을 통해 중앙 계단으로 곧바로 갈 수 있었다. 계단은 오래되어 쿰쿰한 냄새를 풍겼다. 칠이 벗겨져 벽에서 떨어지는 페인트는 토사물 같은 색깔이었고, 스프리하는 마음속으로 그 색깔을 그렇게 생각했는데, 왜냐하면 스프리하는 아직도 속이 쓰렸고 다행히 점점 가라앉기는 했지만 그래도 구토가 주기적으로 돌아오고 있었기 때문이다.

그럼에도 불구하고 그는 부하들을 이끌고 확신에 찬 걸음걸이로 흔들거리는 계단을 올라 2층 아파트를 향해 갔다. 2층에 있는 세 개의 문 중에서 그가 지정한 문을 마그지아레크가 부수었다.

"스스로 여는 게 좋을 거요. 어쨌든 우린 들어갈 거니까!" 갈색으로 칠하고 합판을 붙인 문이 별다른 저항 없이 열리고 마그지아레크가 물러서자 스프리하가 외쳤다.

안은 대답 없이 고요했다. 카치마레크가 몇 초 기다리다가 지렛대를 손에 쥐고 스프리하에게 질문하는 눈짓을 보냈다. 그러나 대장이 아주 천천히 고개를 젓고 손가락을 입술에 대며 나머지 일당에게 조용히 하라고 시키는 것을 보고 카치마레크는 자리에서 움직이지 않았다.

스프리하는 우편물함 뚜껑을 손가락으로 열고 그 틈에 오랫동안 귀를 대고 엿들었다. 뭔가가 우편물함 내부 덮개를 건드리자 그는 재빠르게 물러났다. 그가 일어서기도 전에 문이 마치 안쪽에서 누군가 두드린 것처럼 부르르 떨렸다. 다음 순간 모두 다 할퀴는 것 같은 소리를 들었다.

"좀비?" 네린크가 불안하게 물었다.

"그런 것 같지." 스프리하가 한 걸음 물러서며 동의했다.

"여기 사는 개새끼가 우릴 속이려고 하는 짓일지도 모르잖소?" 언제나처럼 의심 많은 그젤라크가 말했다.

"겁내지 마, 이 아파트 안에는 좀비들뿐이다. 설령 안에 있는 놈들은 아직 그걸 모르더라도 말이지!" 스프리하가 즐거워하는 어조로 일부러 목소리를 높여 말했다. "나중에 여기 돌아와서 저 안에서 쩍쩍거리는 게 뭔지 확인하겠지만 우선은 여기 온 목적부터 처리를 해야지."

2층에 있는 나머지 아파트에서도 아무도 대답하지 않았다. 그러나 첫 번째와는 달리 나머지 아파트에서는 문 안쪽에서 아무런 소리도 들리지 않았다. 그래서 그들은 첫 번째 아파트 오른쪽에 있는 집 문을 부수고 들어갔으나 안에는 사람이 아무도 없고, 살던 사람들이 엄청나게 급하게 짐을 싼 듯 그저 마구 열어젖힌 찬장과 사방에 내던져진 물건들만 보일 뿐이었다. 다른 한 아파트에서는 굶주린 고양이가 야옹거렸고 일당은 그 집을 건드리지 않았다.

3층에서 그들은 네 개의 문을 보았는데 여기서는 운이 더 좋았다. 마그지아레크가 망치를 들기 전에 문이 열렸다. 문턱에 미성년자인 게 분명한 키 큰 소년이 서 있었다.

"부모님 집에 계시니?" 스프리하가 정중한 어조로 말을 걸었는데 소년은 그저 고개만 저었다. 소년이 굉장히 겁에 질린 것이 눈에 보였다. 창백해진 얼굴로 식은땀을 흘렸고 양손은 심하게 떨렸다. "그러니까 집에 너만 있어?"

"부……부모님은 추……출장 가셨어요." 소년이 힘겹게 더듬거렸다.

"출장 가셨단 말이지." 스프리하가 카치마레크에게 고개를 끄덕였다. 카치마레크는 한마디도 하지 않고 소년 옆을 지나 아파트 안으로 들어갔다. "신경 쓰지 마라, 얘야. 거짓말하지 않으면 우리도 너 안 건드린다. 알겠니?"

"……네." 소년은 안에서 카치마레크가 발로 이 문 저 문 차서 여는 소리에 몸을 움츠리며 더듬거렸다.

"성이 리핀스키구나, 여기 보니까……." 스프리하는 문에 못으로 달아놓은 명패를 읽었다. "이름은 뭐니?"

"알레…… 알렉스……."

"알렉스, 좋은 이름이구나." 소년의 등 뒤에서 카치마레크가 현관으로 나왔다. 고개를 저어 집이 비었다는 사실을 알렸다. 스프리하는 이미 닳고 닳은 도둑인 카치마레크의 실력을 알았으므로 그의 보고를 믿었다. "네가 사실대로 말했으니까 겁낼 거 없다." 스프리하는 마치 설탕이나 소금을 빌리러 온 이웃인 양, 덜덜 떠는 소년에게 다정하게 웃음 지었다. "긴장 풀어, 아무것도 걱정할 거 없다." 그는 소년이 아직도 안심하지 못하는 것을 보고 덧붙였다. "우린 너 같은 애들은 건드리지 않아. 그리고 너도 모르는 어른을 어떻게 대해야 하는지 아는 것 같구나. 그런데 너만 괜찮으면 몇 가지 좀 물어봐도 될까?"

큰 소리로 마른침을 삼킨 알렉스는 이전보다 더 창백해졌다.

"먹을 거 있니?"

이런 질문은 확실히 예상하지 못한 것 같았다. 어쨌든 소년은 고개를 끄덕였다.

"아직 약간 남은 것 같아요. 하지만······."

"괜찮다, 애야. 우리는 먹을 걸 많이 가지고 있으니까 혹시 너희 집에 먹을 게 필요해지면 우리 쪽에 그냥 들러도 돼. 저기 있는 저 차고지에 나중에 놀러 오면 통조림을 한 아름 줄게. 그러면 괜히 위험한데 쓸데없이 바깥에 나가 돌아다닐 일이 없지. 이렇게 협조적인 청년한테는 기꺼이 음식을 나눠줘야지. 안 그래, 여러분?"

일당은 말없이 고개를 끄덕이며 스프리하의 말에 동의했으나 어째서 대장이 이런 어린애에게 아첨하는지 이해하지 못했다. 그들 일당이라면 이런 문제를 쉽게 해결했을 것이다. 얼굴이나 명치에 몇 대 먹여주면 상대는 물어본 말도 안 물어본 말도 모두 줄줄이 노래했을 것이다. 그러나 스프리하가 여기서 대장이었고 그가 이제까지 언제나 머릿속에 계획을 세워두고 행동했으므로 일당은 그를 방해하지 않았다.

"너네 아파트에서 몇 명이나 살아남았니?" 스프리하는 부하들이 무슨 생각을 하든 아랑곳하지 않고 계속 물었다.

"전 몰라······." 알렉스가 울먹이며 말하기 시작했다.

"서로 솔직해지기로 약속했지, 기억하지?" 스프리하는 소년의 말을 가로막으며 잠시 진지한 표정을 짓고 말했다. "누가 앞문을 아주 잘 막아놨더라. 너도 같이 일하지 않았다고는 말 못 하겠지?"

"위······위층 그······그우셰크 아······아저씨하고, 카시에르스키 아저씨하고 저희 이웃집을 도······도와드렸어요······." 소년은 맞은편 문을 가리켰다. "프······프로로크 아저씨예요."

"그래, 훨씬 낫구나." 스프리하가 칭찬했다. "그 아저씨들도 너처럼 혼자 있니, 아니면 가족이 있니?"

"그우셰크 아저씨는 가족이랑 다······."

"그게 누군데?"

"그우셰크 아저씨, 아줌마하고 애들 셋이에요."

"더 얘기해 봐."

"프로로크 아저씨는 혼자 살아요. 카시에르스키 아저씨 집에는 아줌마가 있는데, 아니 아직은 약혼녀일 거예요." 소년은 말을 더듬지 않고 점점 차분해지기 시작했다.

"그 사람들만 살아남았어?"

"아니에요. 5층에 부기엘 자매도 있는데 어제 아침부터 못 봤어요."

"그럼 나머지 사람들은?"

"시몬 그우셰크 아저씨가 어제저녁에 3층에서 다들 모였을 때 아파트를 전부 확인했는데 우리만 남았어요······. 그러니까 살아 있는 사람이요. 우리 아랫집, 8호하고 10호에는 가……감염……들이 있어요." 감염자라는 말을 소년은 완전히 발음하지 못했으나 스프리하는 신경 쓰지 않았다. "위층 문 중에 몇 개는 그우셰크 아저씨가 판자로 막아서 혹시라도 나오지 못하게 했지만 2층 문은 못이 모자라서 막지를 못했어요. 하지만 아저씨가 어떻게든 해결하겠다고 했어요."

"알겠다. 그런데 나머지 주민들은 어디로 갔니?"

"짐 싸서 어제 아침에 기차역으로 도망쳤어요. 방송에서는 그렇게 하지 말라고 했지만요. 하지만 아무도 안 돌아온 걸 보면 다른 도시로 도망칠 수 있었던 것 같아요."

"그렇지……. 쥐들은 언제나 가라앉는 배에서 도망치지." 스프리하는 소년의 착각을 굳이 바로잡아 주지 않았다. "그런데 라디오는 있니?"

"네. 제 건 아니고 부모님 게 있어요."

"알겠다. 보통처럼 전원 꽂아서 쓰는 물건이니 아니면 요즘에 새로 나온 그, 들고 다닐 수 있는 라디오니?"

"그냥 보통 라디오예요."

"유감이군……." 스프리하는 고개를 저었다. "정말로 유감이야. 그런데 잠깐, 이웃 중에 그렇게 들고 다니는 라디오 가진 사람 있니?"

"프로로크 아저씨가 건전지로 가는 라디오를 가지고 있어요. 오늘 아침에 아저씨 집에서 새 방송을 들어서 알아요."

"연기 신호 얘기 말이니?"

"네."

"장군님이 우리가 몇 명이나 살아남았는지 알고 싶어서?"

"네. 하지만 그 사람 사실은 장군 아니래요." 알렉스의 이 말에 스프리하는 놀랐다.

"넌 그걸 어떻게 알아?"

"그우셰크 아저씨가 말해줬어요. 금요일까지만 해도 비에드지츠키라는 사람은 그냥 소령이었대요."

"너희 이웃집 그우셰크 아저씨는 정말 별걸 다 아는구나. 요령도 좋고. 앞문 막을 생각도 그 아저씨가 한 거야?"

"네. 가족이 많으니까 아이들을 지키려고 여러 가지 하고, 그러면서 우리도 지켜줘요."

"기병대……."

"뭐요, 대장?" 현관에 계속 서 있던 카치마레크가 대답했다.

"너한테 한 말이 아냐." 스프리하는 손을 들어 카치마레크를 막았다. "그우셰크 아저씨라는 분은 진짜 기병대구나. 공무원이나 의사나 공학자겠지."

"아뇨, 그우셰크 아저씨는 겨……경……." 알렉스는 설명하기 시작했으나 단어 중간에 입을 다물고 마치 너무 많이 떠들었다는 사실을 지금에야 깨달은 듯 다시 창백해졌다.

"경찰관이야? 그래, 그래." 스프리하는 부하들의 반응을 예상하며 웃음을 터뜨렸다. "아주 좋아. 그우셰크 아저씨하고 얼른 얘기를 좀 해봐야겠구나. 사실 우리도 말이지, 어떻게 보면 그 아저씨하고 같은 분야에 있거든. 안 그런가, 여러분?"

일당은 여전히 대장이 무슨 꿍꿍이인지 어리둥절한 채 고개를 끄덕이고 혼잣말로 중얼거렸다. 그러나 그들도 이제 이런 방식으로 정보를 끌어내는 쪽이 더 효과적이라는 사실을 깨닫기 시작했다.

"하……하지만……." 혼란에 빠진 소년이 더듬거렸다.

"같은 분야 동료라고도 할 수 있지." 스프리하가 다정한 어조로 소년을 안심시켰다. "경찰 아저씨가 몇 호에 산다고?"

"저는……."

"솔직하게, 아가야." 스프리하가 상기시켰다. "솔직하기로 했잖아."

"저……정확히 우……우리 위……윗집이에요."

"거봐, 그렇게 어려운 일도 아니잖아." 스프리하가 소년의 어깨를 두드렸다. "그리고 진실을 말하면 항상 보상이 돌아오거든." 그는 마치 나가려는 듯 몸을 돌렸다가 중간에 멈추었다. "하나만 더 물어보자. 빨래는 아마 옥상에서 말리는 것 같은데 맞니?"

이 질문에 그의 부하들을 포함해서 모두 놀랐다.

"네……." 어리둥절해진 알렉스가 중얼거렸다.

"열쇠 있니?"

소년은 왼쪽에 있는 조그만 찬장을 바라보았다. 대답은 그것으로 충분했다.

"얘 붙잡고 있어, 카치마레크."

뒤에서 붙잡힌 알렉스 리핀스키는 전혀 저항하지 못했다. 스프리하의 태도가 갑자기 변한 데 너무 놀라서 뿌리치려는 시도조차 하지 않았다.

"나무꾼, 야쿠자, 열쇠 가지고 빨리 옥상으로 가. 빨랫줄 보이는 대로 다 걷어 와. 계단에서 너무 소란 피우지 말고!" 그는 슈치그워와 울피크가 계단을 두 개씩 뛰어올라 위층으로 올라가기 시작하자 경고했다.

"빌어먹을 빨랫줄은 왜요?" 네린크가 놀랐다.

"그 위층 그우셰크라는 남자 경찰이잖아." 스프리하가 차분하게 설명했다. "간부일지도 몰라. 총을 경찰서에 놓고 다니지 않는 놈일 거야. 그 집 들어가자마자 총알 먹고 싶어?"

"아니, 그런 건 아니오."

"그럼 입 닥치고 시키는 대로 해." 스프리하는 카치마레크에게 붙잡혀 움직이지 못하고 계속 끙끙거리는 알렉스를 향해 돌아섰다. "너도 입 다물고 소리 내지 마. 안 그러면……." 그는 위협적으로 말하며 주머니에서 접이식 칼을 꺼냈다.

소년은 곧바로 조용해졌다. 스프리하는 옆집 문 앞으로 가서 명패를 확인하고 피프홀에 손가락을 대고 네린크와 마루트를 불렀다. 고갯짓으로 그들에게 문 양옆에 서라고 신호했다. 두 사람이 양쪽에 버티고 서서 즉각 행동할 준비를 하자 스프리하는 문을 두드렸다.

대답 없이 조용했다. 그래서 그는 다시 한번, 이번에는 좀 더 고집스럽게 문을 두드렸다.

"문 여십시오, 프로로크 씨. 이렇게 훌륭한 문을 부수면 아깝지 않습니까. 이 문이 나중에 필요하실지도 모르잖아요!" 그는 날카로운 어조로 외쳤지만 이번에도 아무런 반응도 없었다.

스프리하는 몇 초 더 움직이지 않고 기다리다가 물러서서 두 부하에게 신호했다.

"부숴!" 그가 명령했다. "이 집 멍청이 찾아와! 라디오도!" 부하들이 옆에 와서 동시에 문을 발로 찰 준비를 하자 그가 덧붙였다. "상하게 하지 말고!"

"집주인 말이오, 라디오 말이오?" 네린크가 진지하게 물었다.

"집주인은 살아 있어야 하고 라디오는 작동해야 해. 알겠어?"

두 사람은 고개를 끄덕이고 문을 부수었다. 자물쇠는 겉보기에 단단해 보였지만 한 번 발로 차자 그대로 망가졌다. 이 아파트에서는 모든 것이 신뢰에 따라 유지되었는데, 다른 수많은 공동주택, 즉 누구의 소유도 아닌 주택의 경우와 마찬가지로 관리인도 주민도 몇 년이나 말만 하고 실제로 시설을 돌보지는 않았던 것이다.

스프리하는 문설주에 기대서서 수색의 결과를 기다렸다. 마침내 부서진 문 뒤에서 네린크와 마루트가 나타났는데, 반쯤 의식을 잃은 남자를 끌며 전리품인 휴대용 라디오를 의기양양하게 들고 있었다. 또한 옥상에 올라갔던 울피크가 돌아왔다.

"왜 이렇게 늑장을 부려?" 스프리하가 가죽케이스에 든 라디오를 받으며 그들을 쳐다보았다.

그는 라디오 스위치를 기운차게 돌리며 작동하는지 확인하고 곧바로 껐다.

"잔머리 굴려서 침대 밑에 숨겨뒀더라고." 마루트가 재미있어하며 설명했다.

스프리하는 얻어맞은 프로로크의 얼굴을 가까이서 살펴보았다. 눈 주위가 많이 부었고, 완력을 쓰는 타입보다는 정신노동을 하는 타입으로 보였으므로 정신을 차리려면 시간이 좀 걸릴 것 같았다.

"그래, 잘했군. 야쿠자, 줄 좀 이리 줘." 그는 울피크에게 칼을 건네 빨랫줄을 자르게 했다. "그리고 너희 둘은 이 집주인을 묶어, 돼지고기 묶듯이 단단하게. 그리고……"

스프리하가 어떻게 해야 하는지 설명하자 두 사람은 웃음을 터뜨렸다.

스프리하는 울피크를 데리고 리핀스키의 아파트로 가서 비슷한 방식으로 알렉스를 묶었다. 슈치그워가 울피크보다 더 많이 빨랫줄을 걷어 왔으므로 줄은 아직 많이 남아 있었으나, 스프리하는 남은 줄을 부하들에게 가져가라고 명령했다.

"계획이 어떻게 됩니까?" 상황의 이런 전개에 흥미가 솟은 그젤라크가 물었다.

"이젠 경찰 나리를 찾아뵈어야지." 스프리하가 빨랫줄에 묶인 소년을 무심하게 바라보며 대답했다.

* * *

그들은 그우셰크 경관의 아파트로 들어가는 문 양쪽에 도사리고 섰다. 노크할 생각은 없었다. 스프리하는 부하들에게 계획을 자세히 설명하고 자신은 만약의 총싸움을 대비해 옆으로 비켜서 안마당이 내려다보이는 창틀에 기대 그곳에서 신호를 보냈다.

그젤라크가 기름에 적신 천 조각을 태웠고 천 조각에서 제대로 연기가 나기 시작하자 문 아래로 던졌다. 카치마레크는 그동안 우편함 뚜껑을 지렛대 끝으로 시험 삼아 열어보았다. 나머지 사람들은 짙고 검은 연기가 바람에 실려 아파트 안으로 흘러들어 가는 모습을 관찰하며 차분히 기다렸다.

"지금이다!" 잠시 후에 스프리하가 외쳤다.

문틀 옆에 숨어 있던 카치마레크가 지렛대로 우선 맨 위의 경첩을, 다음은 중간, 마지막으로 맨 아래 경첩을 쳤다. 이런 일에 경험이 아주 많았으므로 그는 빠르고 능숙하게 작업했다. 스프리하는 자물쇠를 부수지 않는 쪽을 택했는데, 왜냐하면 그우셰크의 아파트 문은 좀 더 단단해 보이긴 했으나 마찬가지로 오래되었고 몇 군데는 합판을 덧붙인 곳도 있었기 때문이다. 게다가 자물쇠를 따려면 카치마레크는 경찰관이 총을 쏘았을 때 바로 맞는 위치에 설 수밖에 없고, 나무문이 아무리 두꺼워도 총알을 막을 것 같지는 않았기 때문이다. 작은 구경 권총에서 나온 총알이라도 말이다.

경첩이 전부 풀리고 나서 일당이 문짝을 밀자 문이 천천히 열리더니 커다란 소리를 내며 연기가 가득한 현관 안으로 문짝이 쓰러져 버렸다. 바로 그때 울피크, 마루트, 슈치그워, 네린크가 두 명의 인질을 방패 삼아 안으로 들어갔다.

스프리하의 발상은 간단했다. 빨랫줄로 묶은 포로들을 리핀스키 아파트의 식탁을 세워서 거기에 또 묶고, 범죄자 일당이 식탁 다리를 잡고 뒤에서 밀어 조종한다는 것이었다. 연기로 가득한 아파트 안은 시야가 몹시 안 좋았으므로 경찰관은 줄에 묶인 이웃들을 침입자로 쉽게 착각할 것이고, 스프리하는 바로 이 점을 노렸다.

일당이 아파트에 들어선 순간 안쪽에서 총알이 날아왔다. 귀가 먹먹해지는 발사음이 네 번 들려온 뒤에 공이가 빈 탄창을 때리는 찰칵찰칵 소리가 들렸다. 그러자 침입자들은 더 이상 살아 있지 않은 인간 방패를 내던지고 연기에 휩싸인 집 안으로 짓밟고 들어가 총을 쏘는 경찰관을 덮쳐 빠르게 제압했다.

엎치락뒤치락하는 소리는 오래가지 않았다. 힘세고 양심 없는 남자 네 명은 훈련된 경찰관의 유일한 강점이 사라지자 어렵지 않게 그를 덮쳐 눌렀다.

마그지아레크는 그동안 여전히 불타는 넝마를 한데 모으고 그 위에 아래층에서 가져온 큰 솥을 덮어 불을 껐다. 스프리하는 조금 전에 창문을 활짝 열어 최대한 빨리 환기를 시키고 따가운 연기가 나가도록 했고, 미리 부하들에게도 똑같이 하라고 지시했다.

쇼를 시작할 때가 되었다. 총알 네 발이 발사되는 굉음은 분명히 이웃한 아파트 주민들의 주의를 끌었을 것이다.

'잘된 일이지. 다들 창문 앞에 모여서 꼭꼭 닫아뒀던 커튼 뒤에서 겁먹고 훔쳐보라고 해. 아주 볼 만한 구경거리일 테니까. 생각이 많아지겠지.'

스프리하는 탄내가 진동하는 아파트 안에 들어가 여전히 신음하는 부상당한 인질들을 제대로 쳐다보지도 않고 짓밟으며 안방으로 들어갔다. 안방에는 그우셰크 가족이 모두 모여 있었고, 스프리하는 울피크와 그젤라크에게 이전에 설명한 계획대로 실행하도록 신호했다.

그리고 스프리하는 조그만 발코니에 나가서 햇빛에 달아오른 금속 난간을 양손으로 짚고 폐 속에 신선한 공기를 빨아들였다. 탄내와 연기 때문에 구역질이 더 심해졌으므로 그는 결정적인 순간에 토를 뿜어내지 않기 위해 최선을 다했다.

몇 번 깊이 숨을 들이쉬자 불쾌한 감각이 사라졌다. 두통도 나아지는 것 같았지만, 아주 조금뿐이었다.

"다 됐소, 대장." 울피크가 발코니 문에 서서 보고했다.

"아주 좋아."

스프리하는 방 안으로 들어가서 마그지아레크가 발코니 문과 유일한 창문 사이에 놓아둔 의자에 앉았다. 오른쪽에는 경찰의 가족이 있었다. 빨랫줄에 묶인 아내와 세 아이는 소파 위에 앉혀두었는데, 그 위에는 고전적인 무늬로 칠해진 벽에 걸린 커다란 결혼사진이 있었다. 그우셰크 부인만 비교적 느슨하게 묶어서 가장 어린, 6개월도 안 된 딸을 품에 안고 있게 했다. 스프리하는 이렇게 배려하는 것이 두 가지 측면에서 유용할 것이라 생각했다. 첫째로 아기가 계속 울어서 대화를 끊지 않을 것이고, 둘째로 경찰관이 이 겉보기에 매우 인간적인 행동에 속아서 헛된 희망을 가질 수도 있기 때문이다.

울고 있는 여자 옆에 일당은 리핀스키와 그의 이웃만큼이나 당황해서 어쩔 줄 모르는 남자아이 둘을 앉혔다. 어린 쪽은 네 살, 큰 애는 넉넉잡아도 여섯 살이다. 가족의 아버지도 단단히 묶였는데, 반대편 벽 아래 안락의자에 앉혀서 침입자뿐 아니라 자기 가족도 전부 볼 수 있게 했다.

스프리하는 경찰관의 증오에 찬 시선과 눈이 마주치자 한 손을 흔들었다. 울피크와 마루트가 여전히 현관에 누워 있는, 엄청나게 피를 흘렸지만 아직도 의식이 남아 있는 알렉스를 식탁에서 풀어 잡아끌고 몇 걸음 달려가서 도로 닫아둔 창문 쪽으로 던졌다. 기절 직전의 소년은 처음에는 머리가, 그 뒤에는 몸통이 이중 유리를 뚫고 나갔을 때 비명을 지를 기운조차 없었다. 1, 2초 정도가 지났을 때 아래쪽에서 수십 킬로그램의 몸이 땅에 떨어졌을 때 나는 특유의 둔탁한 충격음이 들려왔다.

마치 자기 아이가 살해당한 듯 그우셰크의 아내가 너무나 끔찍하게 비명을 질러서 스프리하는 알렉스가 떨어지는 소리를 듣기 위해 귀를 곤두세워야 했다. 이것으로 아직 끝이 아니라는 사실을 알고 있었으므로 그는 이 비명이 더없이 달콤하게 들리는 듯, 최고의 칭찬을 받은 양 혼자 웃음 지었다. 조금 뒤에 바로 그 창문으로 다른 부상자인 프로로크가 떨어졌고 그우셰크의 아내가 지르는 비명 소리가 다시 뒤따라 울렸다.

"자기 고향에서 예언자*로 살기란 힘든 일이지. 그렇지 않나, 친구?" 스프리하는 소파 위의 그우셰크 부인이 드디어 숨을 몰아쉬

---

* 프로로크(prorok)는 폴란드어로 예언자라는 뜻이다.

기 시작하자 농담을 던졌다.

그는 붙잡힌 경찰관의 퉁퉁 부은 얼굴에서 한시도 시선을 떼지 않았다. 다크서클이 깔린 그 눈에서 뿜어 나오던 증오는 마치 마술 지팡이로 건드린 듯 순식간에 사라지고 순수한 공포가 그 자리를 대신했다. '이 사람은 자기가 졌다는 걸 아는군. 그렇다면 이제 재미 좀 볼까.' 스프리하는 의자에서 몸을 돌려 여전히 흐느끼는 그우셰크 부인과 울고 있는 아기를 바라보았다.

"입 닥쳐. 그리고 애새끼도 닥치게 해. 안 그러면 창밖으로 날아가는 법을 가르칠 테니까." 스프리하가 위협적으로 내뱉었다.

"이 괴물!" 그우셰크 부인이 그를 향해 침을 뱉었으나 너무 심하게 떨고 있어서 그들 사이의 거리는 고작 50센티미터밖에 안 되었지만 맞힐 수가 없었다. "최악의 고통 속에 죽어라! 오래오래 고통받으며 죽어! 선하신 하느님께서 네가 이 모든 일의 대가를 치르게 하실 거다!"

"마제나!" 그우셰크가 외쳤다. 그는 아내가 계속 이렇게 소리치면 결국 어떤 일이 벌어질지 잘 알고 있었다.

그러나 스프리하가 제대로 쳐다보지도 않고 그에게 검지손가락을 겨냥했으므로 그우셰크는 곧 입을 다물었다. 스프리하는 공황 상태에 빠진 그우셰크 부인이 고함치다 지칠 때까지 기다렸다가 활짝 웃으며 어조에 악의라고는 한 점도 담지 않고 말했다.

"전쟁 났을 때 몇 살이었지, 조그만 파리야? 여덟 살, 열 살? 아마 그때도 다른 멍청이들 수백만 명이 했듯이 히틀러와 그의 썩을 놈들이 몇 주 동안 끝없는 고통에 괴로워하다 죽게 해달라고 그 똑같은 하느님한테 기도했겠지. 내기 걸어도 좋아. 그래서 주님이 6년이나 지나서 네 말을 들어주셨지만 어쨌든 그 쓰레기들은 졌지. 그런데 문제가 뭐냐면 너의 그 하느님이 히틀러 대신에 그보다 더 나쁜 빨갱이들을 보냈다는 거야. 그래서 또 너 같은 멍청이들이 떼 지어 무릎을 꿇고 소련의 손아귀에서 폴란드를 해방시켜 달라고 기도했겠지. 폴란드를 탄압하는 무신론자들을 올바르게 처벌해 달라는 얘기는 싹 잊어먹고 말이야. 잘 생각해 보면 하느님은 너희처럼 기도나 처해대는 사람들을 아주 싫어하실 거야, 조그만 파리야. 왜냐하면 기도에 답해준답시고 18년이나 지나서야 그보다 더 나쁜 감염병을 내려보냈으니까. 그리고 그 병에 걸리면 신실한 조그만 파리도 나만큼 잔혹한 괴물로 변해버리거든. 그러니까 내가 너였다면 또 기도하면서 뭘 해달라고 빌기 전에 잘 생각해 볼 거야. 하느님이 네 기도를 들어줄 때마다 이 땅이 점점 더 지옥으로 변해가니까……" 스프리하는 잔혹하게 웃음을 터뜨렸다.

그우셰크 부인은 입을 벌린 채 그의 장광설을 들으면서 그가 하는 말에 완전히 충격을 받았다. 그녀는 욕설이나 심지어 손찌검을 예상했는데 스프리하는 세상에서 가장 태연하게 그녀를 그저 비웃은 것이다. 하지만 그게 끝이 아닐지도 모른다……. 스프리하의 말에 일리가 있다는 사실을 이제 그우셰크 부인도 천천히 깨닫기 시작했다. 스프리하가 그우셰크를 향해 몸을 돌리자 그우셰크 부인은 고개를 숙였다. 그리고 스프리하가 시킨 대로 아기를 달래려 애쓰기 시작했다.

"우리가 왜 여기 들렀는지 아마 그게 궁금하겠지, 이웃 양반." 스프리하는 좀 더 편하게 고쳐 앉으며 그우셰크에게 말을 걸었다. "이유는 참 간단하게도 우리가 라디오를 좀 듣고 싶었기 때문이야."

그는 네린크에게 손가락을 튕겼는데, 네린크는 라디오를 지키는 역할을 맡고 있었다. 몇 초 뒤에 모두가 잡음으로 왜곡된 남자의 목소리를 들을 수 있었다. 라디오 속 남자는 아나운서치고는 서투른 방식으로 생존자들에게 시민으로서 노력해 준 데 감사하고 구조대가 이미 가고 있으니 다른 방송에서 내보낸 지시 사항을 정확히 따르도록 호소했다.

대략 1분이 지난 뒤에 스프리하가 다시 신호를 보냈고 네린크가 라디오를 껐다. 이미 아는 일을 되풀이해 듣느라 건전지를 낭비할 필요는 없었다.

"이렇게 하지." 스프리하가 경찰관에게 말했다. "비에드지츠키 소령님과 그의 작전에 대해서 아는 걸 다 말해주면, 그 내용이 만족스러울 경우 네 가족을 살려주겠다고 약속하지."

그우셰크는 잠시 말없이 스프리하를 주의 깊게 바라보았다.

"바깥의 저 아이들을 살려준 것처럼 말인가?" 그우셰크가 고갯짓으로 대충 '1번지' 술집 방향을 가리켰다.

스프리하는 한숨을 쉬었다. 그러니까 이 짭새가 애들을 처치하는 모습도 보았고 이 말이 무슨 의미인지도 이해했던 것이다. 그우셰크가 아무것도 스스로 말해주지 않으리라는 것이 확실해졌다. '당근을 치우고 다시 채찍을 꺼내야겠군.'

"이거 한 가지는 자네가 이해했으면 좋겠네, 친구. 우리 대화가 어떻게 끝나든 자네는 이미 걸어 다니는 시체지만 자네 가족은 아직 내일까지 살아남을 기회가 있어. 아는 대로 말해. 아니면 자네 애들을 죽일 거야."

그우셰크는 큰 소리로 마른침을 삼켰다. 너무 꽁꽁 묶여 있어서 공격이나 방어는 생각도 할 수 없었으나 그의 굳은 표정에서 이 범죄자 일당의 계획을 어떻게 망칠지 계속 궁리하고 있다는 사실을 읽을 수 있었다.

"내 아내나 아이들한테 손가락 하나라도 대면 난 한마디도 하지 않겠다. 한마디도!"

"경고했네, 친구." 스프리하가 무심한 어조로 내뱉고 그우셰크에게서 시선을 떼지 않은 채 오른손을 들어 검지를 세웠다.

소파와 발코니 사이에 서 있던 마그지아레크가 가장 가까이에서 흐느껴 우는 여섯 살짜리를 잡아채어 누군가 미처 반응하기도 전에 한 번의 능숙한 동작으로 난간 너머로 던졌다. 아이는 날카로운 비명을 지르며 아래로 떨어졌다. 아이가 이전 희생자들보다 가벼웠으므로 아이의 몸이 땅에 부딪히는 소리를 아파트 안에 있는 사람은 아무도 듣지 못했다. 마제나는 무슨 일이 일어나는지 보고 절망감에 휩싸여 짐승처럼 울부짖었는데 심지어 스프리하조차 한순간 소름이 돋을 정도였다. 소파 옆에 대기 상태로 서 있던 슈치그워가 마제나의 목을 세게 붙잡아 꽉 조였다.

"경고했잖아." 스프리하가 아이의 죽음이 그우셰크에게 끼친 영향을 보고 만족해하며 다시 말했다. "잘 기억해, 친구. 책임은 자네 손에 있어, 우리가 아니라. 그럼 이제……."

"한 가지는 네가 옳았다, 쓰레기 새끼야. 하느님은 없어." 카치마레크에게 붙잡힌 경찰관이 내뱉었다. "너 그 시발 식인종이구나, 감염병만 아니었으면 지난주에 사형당했을 텐데……."

"시몬!" 그의 아내가 슈치그워에게 목을 졸렸음에도 불구하고 쉰 소리로 말했다. "그만해요!"

스프리하는 몸을 돌리지 않고도 그우셰크 부인이 남은 아이들을 얼마나 걱정하는지 알 수 있었다.

"어차피 다 죽일 거야." 그우셰크가 씩씩거렸다. "여자들을 죽을 게 뻔한 길로 내보내고 애들을 어떻게 했는지 당신도 다 봤잖아?"

"내가 자네 입장이었다면 자기 자식을 어떻게 하는지 더 신경 쓸 텐데." 그우셰크의 태도에 스프리하가 재미있어하며 말했다. "하지만 이유는 모르겠지만 자기 아이들 따윈 아무래도 좋은 모양이지. 아니, 잠깐!" 스프리하는 갑자기 뭔가 깨달은 듯 손바닥으로 이마를 탁 쳤다. "왜 이걸 이제야 알았지? 자네 아들들이 어째 처음부터 이상하게 저 누구냐……." 그는 창문을 가리켰다. "이름이 뭐더라…… 프로로크? 그놈하고 비슷하더라니."

범죄자 일당은 웃음을 터뜨리며 대장의 재치에 감탄했고, 그우셰크는 당장 고혈압 발작을 일으킬 듯 얼굴이 보라색이 되었다.

"너……." 그우셰크가 으르렁거렸다.

"딴소리 한마디만 더 하면……." 스프리하가 그에게 경고하며 오른손을 들었으나 손가락은 세우지 않았다.

그우셰크는 아내가 흐느끼며 애원하는 소리를 듣고 입을 다물었다. 그는 일당들이 표정을 읽을 수 없도록 고개를 숙였지만, 스프리하는 그래도 이 남자의 머릿속에서 마지막 방벽이 무너지는 것을 알 수 있었다. 사람은 자기 자식을 살리기 위해서는 뭐든지 다 하는 법이다. 그래서 그는 이들이 헛된 희망을 붙잡을 기회라도 줘본 것이다. 이 아파트에 처음 들어올 때는 혹시 모를 생존자들에게 보여주기 위해 처형식을 거행할 생각이었으나, 알렉스 리펀스키와 잠시 이야기하고 그는 그동안 시내에서 무슨 일이 일어났는지 직접 목격한 사람에게서 아주 많은 귀중한 정보를 얻을 수 있다는 사실을 깨달았다. 그래서 이런 쇼를 연출한 것이다.

"뭘 알고 싶은데?" 그우셰크가 음울하게 물었다.

"우선 자네가 왜 다른 경찰들처럼 바깥에서 감염병과 싸우지 않고 집에, 그것도 사복을 입고 들어앉아 있는지부터 시작하지."

"내가 왜 감염병과 싸우지 않냐고?" 그우셰크는 코웃음을 쳤다. "말해주지. 금요일 저녁에 비상이 걸렸다. 명령대로 서에 출근해서 주 인민경찰 본부로 이동해 거기서 폭동 진압 장비와, 생각도 못 했던 추가 탄약을 지급받았다. 인민정부는 그룬발트 광장 격리 병동을 진압하라고 우리를 보냈다. 하지만 좀비 얘기는 아무도 해주지 않았고 경고도 없었다. 그저 무슨 일이 있어도 위치를 지키고 경계선을 넘어오려는 자는 전부 쏘라는 명령만 받았다. 우리는 그렇게 했고, 그 빌어먹을 놈들을 기어 오는 대로 전부 쐈지만 놈들은 총알에 머리통이 날아갔는데도 쓰러지질 않았어. 그때부터 많은 동료가 의심하기 시작했고 몇 명은 도망쳤지만 우리는 첫 두 시간 동안 병력의 거의 절반이 손실되었는데도 지원군이 올 때까지 어떻게 해서든 경계선을 지켰다. 모두 다 겁에 질려서 정신이 나갔는데도 우리가 왜 다 버리고 도망치지 않았는지 알아? 저 애들을 위해서 한 거야, 가족을 위해서……." 그는 고갯짓으로 소파를 가리키고 잠시 말을 멈추었다. "하지만 밤늦게 알게 됐지. 정부가 아무런 계획도 세우지 못했고 별 소용도 없이 그냥 계속해서 사람들을 죽음으로 내몰고 있다는 걸. 그래서 맨 처음에 현장에 함께 도착했던 동료 몇 명과 이야기했다. 60명이 넘는 병력이 광장으로 보내졌는데 몇 시간이 지나고 살아남은 사람은 네 명이었고, 현장에서 들어오는 보고는 전혀 낙관적이지 않았다. 군대가 시내로 진입해서 사방에서 총성이 들려왔다. 그래서 우리 위치를 더 이상 노출하지 않고 기회가 생기는 대로 도망치기로 했지. 한밤중에 작전 종료되었다. 다시 인민경찰 본부로 실려 가서 숨 돌리고 또 현장으로 나가라고 하더군……. 그래서 도망쳤다. 네 명 다. 가족이 살아 있을지 모른다는 희망을 가지고 집으로 돌아왔지. 다른 동료들도 나만큼 운이 좋았는지는 알 수 없어······." 그리고 그우셰크는 입을 굳게 다물었다.

"자네가 괜히 용감한 척하지 않고 처음부터 말했으면 아들이 죽는 꼴을 안 봐도 됐을 거 아냐." 스프리하는 그우셰크의 유일한 약점을 능숙하게 건드렸다. "비에드지츠키에 대해서 아는 대로 말해."

"젊은 소령이다. 출세 가도를 달리고 있었는데 웃대가리들이 도망치고 나서 이 난리통을 전부 떠맡게 됐지. 전날 밤에 인민경찰 본부에서 봤다. 똑똑한 사람 같았지만······." 그우셰크가 잠시 말을 멈추었다. "내 눈에는 사람들에게 희망을 주기 위해서 자기가 장군이라고 한 것 같다. 그 방송은······."

"방송이 뭐?"

"그냥 하는 말이고, 텅 빈 약속이다. 전화가 끊어지기 전에 여기저기 연락해 봤었다. 상황을 아주 잘 알고 있거나 안에 줄이 닿는 사람들. 내 연락이 닿았던 사람들 모두 좋지 않다고 말했다. 상황이 완전히 통제를 벗어났다고. 감염병이 경계선과 격리를 넘어서 이제 폴란드 전체로 퍼졌다고······. 그러니까 난 구조 따위는 없을 거라고 생각한 거다. 군대도, 정부도, 이젠 아무것도 없다. 살고 싶으면 자기가 알아서 해야 한다."

"그러니까 네 생각엔 이게 다 헛수고란 말이지?" 스프리하가 진심으로 관심을 가지고 물었다.

"전부 다는 아닐지 몰라도 대부분은 헛수고겠지. 비에드지츠키가 자기 휘하 부대를 일부 데리고 어딘가 안전한 장소에 숨었을지도 모르지만, 지원이 오는 대로 시내를 정화하겠다는 건 뻔한 거짓말이다. 시간을 벌려고 아무 말이나 하는 거다. 감염병을 정복할 가능성이 정말로 있었으면 벌써 한참 전에, 좀비는 한 줌이고 우리는 군대도 경찰도 다 멀쩡했을 때에 정복했을 테니까."

"그렇군……." 스프리하는 깊이 생각에 잠겨 고개를 끄덕였다. 그우셰크는 스프리하 자신도 벌써 짐작했던 내용을 다시 확인해주었을 뿐이고 구체적인 얘기는 전혀 해주지 않았다. 정말 값진 정보를 가지고 있기에는 전투 현장을 너무 일찍 떠나왔거나, 아니면 혹시……. 스프리하는 그우셰크의 눈을 똑바로 들여다보았다. "여기에 대해서 나한테 할 말은 그게 전부인가?"

"그래." 그우셰크가 망설이지 않고 대답했다.

"확실해?"

몇 초 동안 생각한 뒤 그우셰크는 다시 확실하게 그렇다고 대답했다.

"있잖아, 친구." 스프리하가 재미있어하며 말했다. "경찰이란 족속은 왜 그렇게 멍청하지? 정말로. 대체 무슨 수로 범죄자를 한 명이라도 잡을 수 있는지 난 이해를 못 하겠어."

그우셰크는 이 말을 듣고 어리둥절해졌다.

"뭐?"

"예를 들어 자네 말이야. 여기서 완전히 우리 손아귀에 있지. 우리가 무슨 말을 듣고 싶어 하는지도 알고, 직접 자네 눈으로 상황을 목격하기도 했고, 심지어 그 장군인지 소령인지 비에드지츠키하고 마주치기도 했는데, 자기가 엄청나게 값진 정보의 원천이라고 우리를 살살 구슬리는 대신 사실대로 다 털어놓았잖아. 사실상 아무것도 모른다고."

"내가 거짓말했으면 만족했겠나……?" 놀란 그우셰크가 중얼거렸다.

"무슨 그런 말씀을." 스프리하가 물러났다. "하지만 누가 알겠나. 우리를 잘 구슬렸으면 자네가 하는 말을 전부 믿었을지도 모르잖아. 내가 조금 전에 자네한테 했듯이." 그는 그우셰크가 창백해지는 것을 보며 웃음을 터뜨렸다. "그게 우리의 차이점이야, 친구. 바로 그 때문에 자네 같은 사람들은 항상 잡아먹히는 거야. 별로 아름다운 표현이 아니라서 미안하지만 이 상황에는 참 잘 어울리지 않나."

"하지만……." 완전히 당황한 그우셰크가 웅얼거렸다.

스프리하는 몸짓으로 그를 달랬다.

"나는 일종의 보너스 개념으로 뭔가 좀 더 알아내고 싶었지만, 현실적으로 우리가 당신들, 그러니까 이 아파트 주민들한테 교훈을 주려고 온 거야. 당신들을 본보기로 삼는 거지. 지금부터 우리가 여기를 지배하고, 우리 허락 없이는 아무도 손가락 하나 까딱하지 못해. 무슨 가짜 장군한테 신호를 하는 건 더 말할 나위도 없지."

스프리하가 다시 손을 들어 이번에는 손가락 두 개를 세웠다. 마그지아레크가 다른 남자아이를 잡아채어 눈 하나 깜짝하지 않고 아이의 형에게 했듯이 난간 밖으로 던져버렸다. 그우셰크는 또다시 얼굴이 자줏빛으로 변했으나 스프리하가 아무렇지 않게 세 번째 손가락을 세우자 퍼렇게 질렸다. 마그지아레크는 슈치그워가 여전히 붙잡고 있는 그우셰크 부인의 품속에서 아기를 빼앗아 어머니의 억눌린 비명에도 아랑곳하지 않고 발코니 난간 너머로 던졌다.

스프리하가 네 번째 손가락을 세우자 울피크와 마루트가 움직였다. 그우셰크 부인은 마그지아레크가 혼자 던지기에는 너무 무거웠지만 힘센 남자 두 명에게는 문제가 되지 않았다. 그러나 아기를 안고 있느라 팔을 느슨하게 묶었기 때문에 우선 그녀를 더 단단하게 묶어야 했다.

"대장……." 울피크가 잠시 스프리하 옆에 와서 섰다.

"뭐?"

"있잖소 대장, 저 여자를 주택으로 좀 데려가면 안 되겠소? 그러니까 저 대신……." 울피크는 목소리를 낮추며 고갯짓으로 마그지 아레크를 가리켰다.

"아이를 죽이면 엄마가 어떻게 된다고 내가 말한 거 기억 안 나?"

"아니 그건 그렇지만, 그래도……."

"그래도 따위 없어. 이 아파트 안에 젊은 여자가 셋이나 더 있어. 걔들 데려가."

울피크는 회의적인 것 같았지만 스프리하의 명령대로 했다. 일당이 빨랫줄로 몇 번 감고 나서 경찰관의 아내도 아이들을 따라갔다. 그우셰크는 남자들이 다가오자 아내처럼 발버둥치지도 않고 욕하지도 않고 비명도 지르지 않았다. 마지막 순간까지 눈에 증오를 담고 즐거워하는 스프리하를 노려볼 뿐이었다.

* * *

가장 위층에 있는, '부기엘'이라는 명패가 붙은 집에서 그들은 아무도 찾아내지 못했다. 알렉스 리핀스키의 말에 따르면 그곳에는 자매가 살고 있어야 했다. 이 자매가 범죄자 일당의 눈에 띄지 않게 아래층으로 내려가지는 못했을 것이라고 그들은 확신했으므로 위층 전체를 계속 뒤지다가 옥상으로 올라갔다. 그곳에서…… 하마터면 못 보고 놓칠 뻔했으나 슈치그워가 빨랫줄을 걸으면서 내던졌던 빨래가 뭔가 이상하다는 사실을 눈치챘다. 침대보와 옷가지가 벽 아래 무더기로 쌓여 있었으나 슈치그워는 그렇게 정리해 놓은 기억이 없었던 것이다. 나무 막대기로 그곳을 뒤져서 슈치그워는 겁에 질린 여자 하나를 찾아냈다. 파트리차 부기엘은 고집스럽게—심지어 여자 때리는 법을 아주 잘 아는 그젤라크에게 얻어맞은 뒤에도—파울리나는 스워비안스카 거리에서 무슨 일이 일어나는지 보자마자 브로츠와프에서 도망치려고 벌써 토요일에 떠났다고 주장했다.

스프리하는 그 말을 믿지 않았으나 파트리차는 모든 성인에게 맹세하며 같은 말만 되풀이했다. 여자가 부러진 치아를 세 개째 뱉어내고 나서 그는 마그지아레크가 때려죽인 여자를 대신하려면 이 여자가 필요하니까 그만두라고 명령했다.

일당은 이 결정을 진심으로 기뻐하며 알렉스가 말했던 마지막 주민을 찾아내기 위해 다른 집으로 향했다.

카시에르스키가 사는 곳을 짐작하기는 어렵지 않았다. 그의 집 문은 스프리하가 이전에 술집에서 보았던 것과 아주 비슷한 색색가지 리본과 풍선으로 장식되어 있었다. 여기서 스프리하는 한 가지 생각을 떠올렸다. 이번에 그는 부하들이 문을 차서 부순 뒤에 자신이 먼저 들어갔다. 신혼부부는 침실 안, 아마도 오래되어 보이는 커다란 침대 뒤, 집 가장 안쪽 구석에 서 있었다. 카시에르스키의 아파트는 그우셰크 가족과는 다른 방향에 있었고, 마당에서 떨어져 있었으므로 거리에 떨어지는 희생자들을 볼 수 없었겠지만 분명히 총소리와 뒤이은 처형의 비명 소리는 들었을 것이다. 그것만으로도 그들을 뼛속까지 겁주기에는 충분했다.

스프리하는 문간에 서서 가구를 훑어보았다. 길고 하얀 웨딩드레스는 흥미롭게도 소매가 없어서 고전적인 모양은 아니였지만 어쨌든 옷장 문에 걸려 있었고, 신랑 쪽의 타르처럼 새까만 턱시도도 마찬가지였다.

스프리하는 완전히 대머리인 턱수염 남자와 무감정해 보이는 금발 여성을 바라보았다. 이 '조그만 파리'가 마음에 들었으나 그는 불운하게도 이 기회를 활용할 수 없을 것이다……. 그러니까 자기식으로 말이다. 어쩌면 시간이 더 지난 뒤에, 시체가 다시 살아나 마그지아레크 같은 부류의 인간보다도 더 위험해진다는 사실에 익숙해지고 나면 부하들이 싫증 낸 여자 한두 명을 산 채로 부분적으로만 가죽을 벗겨볼 용기를 낼 수 있을지도 모른다. 살인을 할 때 그를 가장 흥분하게 했던 것, 즉 희생자가 마지막 숨을 내쉬는 그 순간을 이제 다시는 느낄 수 없을 것이라고 그는 유감스러워하며 생각했다.

그는 신혼부부를 바라보며 꿈결 같은 생각에 잠겼으나 곧 정신을 차렸다.

"질문이 있는데." 그는 소박하게 장식한 침실 안으로 들어서며 물었다. "'1번지' 술집에서 결혼 피로연을 한 게 댁들이오?"

깜짝 놀란 카시에르스키는 처음에는 눈을 둥그렇게 떴다가 고개를 끄덕였다.

"예······."

"단출한 잔치였겠군, 손님은 최대 열댓 명이고. 하지만 이런 상황에서는 이해할 수 있지." 스프리하가 부하들에게 길을 비켜주기 위해 더 안쪽으로 들어서며 요약했다. "감염병과 그에 따른 상황들. 하지만 산 사람은 살아야지, 안 그렇소? 아 그런데 참, 한 가지는 내가 감사드려야겠소. 술은 아끼지 않았더군. 음식도 나쁘지 않았지만, 내가 가장 마음에 든 게 뭔지 아시오?" 그는 대답을 기다리는 양 잠시 목소리를 낮추었다. "그 종이로 만든 나비 말이오. 아주 훌륭했어요. 아이들이 무척 좋아했지. 내가 감사드려야 할 것 같소."

"왜요?" 신부가 놀랐다.

"우리 일이 쉬워졌으니까." 스프리하는 마치 이것으로 충분히 설명했다는 듯 차분하게 대답했다. "그런데 이렇게 떠드는 동안……." 그는 경찰관에게서 빼앗은 시계를 흘끗 보았다. "시간은 흐르지. 잡담은 그만해야겠소. 갑시다."

마치에이 카시에르스키와 카롤리나 카시에르스카는 서로 더욱더 꼭 껴안았다.

"어디로?"

"알아서 따라오든지 아니면……." 스프리하는 카롤리나의 질문을 무시하고 눈짓으로 현관에 서 있는 부하들을 가리켰다. "댁들이 선택하시오."

"우릴 어디로 데려가는 거예요?"

스프리하는 그우셰크 가족에게 했듯이 거짓말을 하면서 이 놀이를 계속할지 아니면 신랑만은 살려줄지 한순간 고민했다. 두 번째 선택지가 그의 마음에 들었다. 두통이 더욱 기세를 올려 돌아오기 시작했고, 말을 너무 많이 해서 목구멍에 사하라사막 절반을 들이부은 듯 목이 말랐다.

"이런 농담 아시오?" 그가 겁에 질린 부부에게 말했다. "턱수염쟁이가 갱단 두목에게 가서, 방금 엄청난 여자를 알게 됐는데 어떻게 하면 좋을지 물었더니 두목이 이렇게 대답했다고 하지. 결혼하게, 총각, 그러면 우리한테 아내가 생기잖아."

그젤라크와 나머지 남자들이 웃음을 터뜨렸고 신혼부부는 그 이상 창백해질 수 없을 것 같았지만 더욱 창백해졌다. 해석할 여지가 별로 없는 이야기였으므로 바로 알아들은 것이다.

"우리한테 왜 이러는 거예요?" 웃음소리가 잦아든 뒤에 카롤리나가 속삭이듯 물었다.

"할 수 있으니까." 스프리하가 그젤라크에게 신호하며 말했다.

그젤라크와 울피크가 신혼부부에게 다가갔다. 카시에르스키는 놀랍게도 약혼녀 혹은 이미 아내가 된 여성을 보호하려는 듯 앞을 막아섰다―피로연만 했는지 혼인신고도 했는지 정확히 알기는 어려웠다. 범죄자 일당은 놀라는 동시에 재미있어했다. 무기를 든 장정 두 명에게 맨손으로 덤비겠다고?

"저놈 죽이지 마!" 스프리하가 명령했다. "창밖으로 던질 때 비명 소리를 들어야 하니까!"

"알겠소." 울피크가 지렛대를 양손에 번갈아 잡으며 중얼거렸다.

"여자도 유리잔처럼 다뤄!" 그젤라크가 자기 여자를 보호하려는 카시에르스키에게 덤비기 전에 스프리하가 덧붙였다.

몸싸움은 금방 끝날 듯 보였으나, 카시에르스키가 아주 결연하게 덤볐거나 아니면 범죄자들이 예상했던 것보다 그는 훨씬 더 능력이 있는 것 같았다. 어찌 됐든 그는 그젤라크의 오른손 주먹을 재빨리 피해 아래쪽에서 올려 쳐서 그젤라크의 턱에 주먹을 명중시켰다. 그젤라크가 카시에르스키보다 15킬로그램은 더 무거웠으나 이 한 방을 맞고 막대기처럼 넘어졌는데, 울피크도 가만히 있지는 않았다. 눈 깜짝할 사이에 쇠지렛대가 움직였고, 막으려 들었던 팔뼈를 부러뜨렸다. 카시에르스키는 고통에 울부짖으며 반걸음 뒤로 물러섰지만 여전히 포기하려 하지 않았다. 울피크가 한 번 더 내리치려 했으나 이번에는 허공을 갈랐다. 커다란 침대와 벽 사이에 누워 있는 그젤라크를 밟지 않고는 상대방에게 가까이 갈 수가 없었다.

"저놈 잡아!" 스프리하는 나머지 부하들이 어쩔 줄 모르는 것을 보고 소리쳤다. "도구를 써서 옴짝달싹 못 하게 하라고!" 그가 지시했다. "다쳐도 돼, 나을 테니까! 자기 신랑이 발코니에서 얼굴부터 떨어지는 꼴을 저 여자가 봐야 해!"

일당은 위치를 바꿔 다시 모여야 했고 여기에 몇 초 정도가 소요되었다. 여자는 이 순간을 이용해 약혼자 혹은 신랑에게 다가가 귀에 뭔가 속삭였고, 곧 성난 스프리하의 얼굴을 역겨운 듯 쳐다보며 처음의 그 구석으로 둘이 함께 물러났.

신혼부부의 눈에서 스프리하는 많은 것을 읽어낼 수 있었다.

"저것들 저거 못 하게……." 그는 여기까지만 말할 수 있었다. 카롤리나와 마치에이는 입 맞춘 뒤 함께 창틀 너머로 뛰어내렸고, 그러면서 연약한 꽃 화분 몇 개를 같이 떨어뜨렸다. "빌어먹을……." 스프리하는 욕설을 내뱉은 뒤 바닥에 아직도 쓰러져 있는 그젤라크를 있는 힘껏 걷어찼다.

이 멍청이가 그렇게 자신만만하게 덤비지만 않았어도 여자가 둘이 됐을 텐데. 게다가 그젤라크 자신이 눈독 들인 여자를 차지할 수 있었을 것이다.

울피크가 창밖을 내다보고 몇 초 동안 굳어지더니 몸을 펴고 의미심장하게 스프리하를 쳐다보았다. 잔디가 있든 없든 5층에서 떨어지면 죽는 수밖에 없으며 즉사하지 않더라도 금방 사망하게 될 것이다.

"이젠 어쩝니까?" 울피크가 바닥에 떨어뜨렸던 지렛대를 집으며 물었다.

"미리 정한 대로." 스프리하가 대답했다. "거리로 다시 나가서 저 쥐새끼들한테 여기서 누가 왕인지 보여줘야지."

* * *

일당은 시신을 모아서 좀비와 접촉할 걱정을 하지 않고도 다른 장소로 끌고 갈 수 있도록 줄줄이 묶었다. 범죄자들 모두 2미터가 넘는 줄을 잡고 스프리하를 따라 트램 차고지와 그 반대편에 있는, 이전에 마그지아레크가 망치로 때려죽인 여자의 시신을 버렸던 모래 놀이터 쪽으로 향했다.

스프리하는 멈추어 서서 어딘가 커튼 뒤에서 지켜보고 있을 생존자들에게 자신이 이 구역의 유일한 주인이며 지배자라고 소리쳐야 하지 않나 궁리했다. 그의 허락 없이는 숨 쉴 권리도 없다고. 그러나 잠시 생각한 뒤에 그는 쇼에서 이 부분은 공연하지 않기로 했다. 그러기에는 첫째로 머리가 너무 아팠고, 둘째로 14번지 아파트 거주자들에게 가르쳐준 교훈만 해도 충분히 의미가 전달된 게 분명했다. 그래서 그는 망가진 철문 앞에 멈추어 전리품이지만 쓸모없는 권총을 치켜들고 보란 듯이 총구로 창문들을 하나하나 가리켰다.

조금 전까지 학살을 지켜보던 가축들이 재빨리 아파트 안으로 물러나는 것을 보고 그는 혼자서 웃었다. 그의 몸짓을 모두가 이해했으리라고 그는 믿어 의심치 않았다.

28

1963년 8월 11일 일요일 13시 00분
시립동물원, 브루블레프스키 거리 1-5번지

"제 부하들이 지금 작전지에 도착하고 있습니다." 베르나치아크가 보고했다.

"준비되면 바로 시작해도 좋아." 비에드지츠키가 지도에서 눈을 떼지 않고 대답했다.

아렌지코프스키에게서 들은 말 때문에 불안해진 그는 어떤 결정도 나중으로 미루지 않기로 하고 오늘 당장 병력을 인근 지역으로 내보냈다. 시간이 가장 중요한 변수이므로 소령은 계획한 작전을 신속히 실행하기로 했다. 다행히도 첫날 밤처럼 그렇게 소란스럽게 진행되지는 않았다. 아직 좀비에 대해 모든 것을 다 알지는 못할 수도 있지만 군인들이 무지한 채로 맞서러 가는 것은 아니었다. 야만의 금요일 이후로 이 죽지 않는 적들에 대해 수집한 모든 지식이 지난 하루 동안 군인들에게 전달되었다. 또한 군인들은 위기 상황에서 어떻게 해야 하는지 지시를 받았고, 심지어 특정 구간의 조건이 지나치게 불리할 경우 작전상 후퇴하는 것도 허락받았다.

비에드지츠키가 현장에 내보낼 수 있는, 잘 훈련되고 무장한 인원은 한 번에 100명 남짓 정도였다. 나머지 인원은 선원들과 함께 좀비를 붙잡아 둘 때 필요해질 화물선을 비우고 위치를 옮기는 작업에 몰두했다. 그러나 이 단출한 병력만으로 국지 작전을 감당해야만 했다. 지금으로서는 외곽의 셍폴노나 비스쿠프까지 정화하는 일은 꿈도 꿀 수 없었는데, 이런 지역들에서는 경기장 옆 격리병동에 있는 좀비 떼를 포함하지 않아도 1만 5000명이 넘는 주민들이 좀비로 변했을 수 있기 때문이었다.

소령은 생각에 잠겨 입술을 깨물었다. 한 가지 변화만으로도 그의 나머지 계획들을 전부 뒤죽박죽으로 만들기에 충분했는데, 그는 앞으로 몇 주 동안 예상하지 못한 상황을 더 많이 마주치게 될 것이라 확신했다. 그래서 당직자들이 부대의 현재 움직임을 전부 표시해 둔 작전 지도를 대단히 불안해하며 들여다보았다.

"소령님, 잠시 한 가지 말씀드려도 됩니까?"

무전 통신기 앞에서 니즈네르는 걸음을 멈추었다.

"말해보게. 하지만 짧게 하게, 곧 시작할 테니까 내가 가서……."

"예, 알겠습니다." 소위는 지도 쪽으로 다가갔다. "어떤 문제에 대해 말씀드리고 싶습니다."

비에드지츠키는 베르나치아크 대위의 부대가 현재 있는 위치들을 표시한 지도에서 시선을 돌렸다.

"또 무슨 문제인가?"

"감옥입니다." 니즈네르가 간략하게 말했다.

"대체 무슨 감옥?" 소령이 놀랐다. "내가 아는 한 '큰 섬'에 감옥은 하나도 없어."

"그렇습니다만 제가 말씀드리는 건 1호 교도소입니다. 클렝치코프스카 거리에 있습니다." 소위가 지도 위로 몸을 숙이고 언급한 장소를 가리켰다.

비에드지츠키는 소위의 손가락이 가리키는 지역을 살펴보았다.

"여기서 몇 킬로미터 떨어진 곳인데 자네가 말하는 그…… 문제가 뭔지 모르겠네."

"여기에 거의 1500명이 갇혀 있었습니다."

"그래서?"

"여기서 무슨 일이 벌어지는지 우리가 전혀 모르고 있습니다. 금요일에는 아무도 관심 갖지 않았습니다만, 전화가 끊어지고 나서는 확인할 방법이……."

"니즈네르, 말 돌리지 말고 무슨 일인지 얘기하게. 몇 분 뒤에 작전 시작해야 해."

"짧게 말씀드려서 교도소 안에 1500명이 갇혀 있다는 게 문제입니다. 대부분 잡범이라 교도소에 갇힌 채 굶어 죽을 이유까지는 없습니다."

비에드지츠키는 놀란 눈으로 그를 쳐다보았다.

"어째서 굶어 죽는다는 건가?" 그가 물었다.

"2호 교도소보다 상황이 나을 거라고 보십니까? 제가 알기로 교도관들은 무슨 일이 일어나는지 깨닫자마자 줄행랑쳤을 것이고 교도소에는 식품 창고가 없습니다. 사람이란 말입니다. 살아 있는 사람입니다. 생각해 보십시오, 수백 명이 한곳에 모여서……." 니즈네르는 소령의 반응을 보고 고개를 끄덕였다. "예, 노동력을 보강하실 수 있습니다. 그러면 좀비와 싸울 인력도 두 배가 됩니다. 건물 방벽 공사를 하거나 바지선에 있는 군 병력도 전부 철수시키실 수 있습니다. 선원들도 사실 철수시키실 수 있고, 훈련도 받았으니 대부분 총기를 사용할 줄 압니다."

비에드지츠키는 수염이 자라기 시작한 턱을 손가락으로 쓰다듬었다.

'유혹적인 제안이군. 하지만 내 계획에서 너무 멀리 벗어나 있어. 게다가 섬 안으로 범죄자를 수백 명이나 데려오는 건 그다지 합리적인 결정으로 보이지 않아. 어쨌든 죄를 저지르고 법의 테두리 밖에서 사는 사람들이니까. 그런 사람들은 통제하기 아주 힘들어, 특히 이런 상황에서는.'

소령은 자신의 생각을 니즈네르에게 말했다.

"감옥 문을 열어주시라는 말씀이 아닙니다." 소위가 반박했다. "그쪽에 사람을 몇 명 보내서 상황을 파악할 만한 가치가 있다는 말씀입니다. 모터보트 한 대면 됩니다. 자치세 방향으로 강을 타고 가면 그쪽 둑 앞에 홍수 대비용 운하를 닫는 수문이 있습니다. 주변은 전부 텃밭입니다. 순찰병들이 우리 쪽 강변부터 얼마 전까지 초소가 있었던 바르샤프스키 다리 근처까지 좀비 활동을 전혀 못 보았다고 합니다. 가능하다면 수문을 손으로 열고 물이 가득 찰 때까지 기다렸다가 운하를 타고 감옥 바로 앞까지 가면 됩니다." 소위가 지도를 두드렸다. "그렇지 않을 경우 강의 본줄기를 따라 간 뒤 강둑에 있는 풀밭을 가로질러야 합니다만 거기에도 좀비가 그렇게 많지는 않을 겁니다."

"거기까지 모터보트로 가서 그다음에는 어쩌려고?"

"상황이 어떤지 볼 겁니다. 교도관 중에서 자리를 지키고 있는 사람이 있는지 알아낼 겁니다. 만약에 그렇다면 그 교도관에게 예비용 무전기를 하나 주면 됩니다. 소령님이 그쪽과 연락을 취하시고 다 함께 가능한 선택지를 논의하면 됩니다."

"죄수들이 감옥을 점령했으면 어떻게 할 건가?"

"포기하고 돌아올 겁니다." 니즈네르가 짧게 대답했다.

"흠……." 비에드지츠키는 다시 지도를 들여다보았다.

교도소는 운하에서 수십 미터 정도 거리에 있었다. 모터보트 병력은 대체로 안전할 것이고 설령 무슨 일이 생긴다 해도 서너 명 정도의 손실은 전체 병력에 대단한 영향을 주지는 않을 것이다.

"소령님, 제가 미리 다 생각해 두었습니다. 그쪽에 200명, 최대 300명 정도 이쪽으로 아무 일 없이 데려올 수 있는 인원이 있습니다. 위자료 안 주고 도망친 사람들, 우연히 범죄자가 된 사람들, 그리고 시골 소방서에서 일요일에 춤추다가 취해서 싸움 난 사람들 말입니다. 그리고 또 반동분자들도 있습니다." 소위가 의미심장하게 덧붙였다.

'정치범……. 인민정부가 쉽고 빠르게 기를 꺾기 위해서 강력 범죄자들과 함께 집어넣는 걸 좋아하지. 클렝치코프스카에도 꽤 많이 있을 거야.' 소령은 인정했으나 그래도 의심은 가시지 않았다.

"하룻밤 여유 두고 생각해 보겠네." 소령이 현장 첫 보고를 받으며 소위에게 말했다.

"예, 알겠습니다." 니즈네르가 작전용 탁자에서 물러났다. "하지만 너무 오래 고민하지 마십시오. 아직은 아무도 굶어 죽지 않았겠지만, 그 사람들이 교도관 없이 감옥에 갇혀 있다면 언제라도 지옥도가 펼쳐질 수 있습니다……. 특히 수형자 중에서 우리가 가장 관심을 갖……."

그는 중간에 말을 멈추었다. 총성이 너무나 크고 분명하게 들려서 소령도 소위도 모두 깜짝 놀랐다. 바로 옆, 동물원 안에서 누군가 총을 쏜 것 같다고 느꼈으나 연달아 총성이 들려오자 두 사람은 한때 시끌벅적했던 도시가 침묵에 덮였기 때문에 소리가 더 크게 들리는 것임을 깨달았다.

"오늘 저녁까지 답변하지." 비에드지츠키가 약속하고 정화된 외곽 마을에서 들어온 짧은 보고서를 읽기 시작했다.

* * *

"그래서 어떻게 됐나?" 묻는 목소리에서 조급함이 느껴졌다.
"아마 잘된 것 같아."
"동의했어?"
"아직은 아니지만 오늘 저녁에는 할 것 같아."
"아주 좋아. 훌륭해……. 하지만 소령이 아무것도 짐작 못 한 게 확실해?"
"진정해, 의사 선생. 말 돌려서 회유하는 건 내 특기니까……."

29

1963년 8월 11일 일요일 13시 25분
트램 차고지 2호, 스위비안스카 거리 16-30번지

"개새끼들." 또다시 침묵이 덮쳐왔을 때 피골이 이를 악물고 씩씩거렸다.

도시 반대편 어딘가에서 주기적으로 총소리가 계속 들려왔다. 금요일 밤 군인과 경찰들이 손에 잡히는 건 전부 동원해서 좀비들을 공격할 때처럼 총소리가 쏟아지지는 않았으나 확실히 적지 않은 인원이 전투에 참가하고 있었다. 스프리하의 눈에, 더 정확히는 귀에 따르면 수십 명은 되었으나 수백 명이나 수천 명은 아니었다. 몇 겹의 메아리가 되어 기침하듯 되풀이되는 모신 소총 소리, 다른 소리와 혼동할 수가 없는 마카로프 권총의 핑음, 토카레프 권총의 틱, 틱 소리. 몇 번부터 열몇 번까지 총소리가 연달아 이어졌고 가끔 중간에 끊어지기도 했으며 오랫동안 조용해졌다가 가끔은 서로 겹치는 총소리가 들려오기도 했다.

'누군가 생존자들을 위해서 쇼를 하고 있군.' 스프리하는 차고지 건물 뒤, 인근 아파트에서는 보이지 않는 장소에서 부하들 사이에 서서 이렇게 생각했다. 그는 부하들을 전부 그곳으로 모아두었고, 다만 모라비에츠와 야니체크만 각자 출입구를 지키고 있었다.

스프리하는 자기 일당이 멀리서 들려오는 총소리에 두려워하며 귀 기울이는 모습을 스위비안스카 거리와 크렝타 거리 주민들이 보지 못하기를 원했다. 오늘 누가 대장인지 알리기 위해 일부러 공연을 했는데 저 가축들이 이제 와서 지배자들도 두려워하는 게 있다는 걸 알게 할 수는 없었다.

총소리는 군인들이 의도한 대로 곧바로 그의 주의를 끌었다.

또다시 위기가 찾아오기 전에 어떻게든 해야 했다.

"이젠 어쩝니까, 대장?" 페레크가 불안하게 입술을 깨물며 물었다.

"어떻게 해야 할 것 같은데?" 스프리하가 되물었다.

"저기 저거 기분 좋은 소리가 아니지 않소······." 그들 뒤에 서 있던 그젤라크가 추임새를 넣었다.

"둘 다 냄새나는 주둥이를 잠시 닫아두면 좋을 것 같은데. 멍청한 헛소리 말고는 할 말도 없는 것 같으니." 스프리하가 농담하는 척하며 그들을 가로막았다. "그리고 생각을 좀 해, 신사 여러분. 빌어먹을, 생각하는 건 정말로 힘들지 않다고."

"저게 대체 뭐······?" 수이카가 마치 군대가 도시 반대편 어딘가가 아니라 옆 골목에서 좀비들을 몰아내기라도 한 듯 어리둥절한 표정으로 스프리하를 쳐다보며 중얼거렸다.

스프리하는 일당 전체가 동요하는 것을 알았다. 맨 처음에 저 망할 폭발 소리를 세계 종말의 예고편으로 착각했던 그때와 똑같다. 심지어 평소에는 좀 더 차분했던 사람들도 지금은 백지장처럼 창백해져서 겁쟁이처럼 서로 쳐다보고 있었다. 바로 그렇기 때문에 스프리하는 뭔가를, 뭐든, 당장 해야만 했다. 이 도시의 새로운 지배자들이 트램 차고지를 빨리 떠나서 브로츠와프 구석을 벗어나

저 멀리, 정부도 이미 없고 좀비들이 떼 지어 다니지도 않는 곳에서 행복을 찾는 쪽이 더 현명하지 않을까 진지하게 생각하기 전에.

"개소리." 스프리하는 이렇게 내뱉고 차고지 건물 너머 다른 구역에서 벌어지는 전투의 메아리가 들려오는 쪽으로 등을 돌렸다. "잘 들어봐. 뭐가 들리지?"

"그야 빌어먹을 오리 사냥이라도 나온 것처럼 보지도 않고 쏴대는 거 아뇨, 빌어먹을……." 네린크가 요약했다.

"뭘 쏘는데?"

"자동권총, 소총." 울피크가 거의 즉시 대답했다. 그는 군대에서 복무할 때 비슷한 소리를 실컷 들어서 최소한 지금 당장은 다른 동료 범죄자들만큼 두려워하지 않았다.

"그렇지." 스프리하는 울피크의 어깨를 두드렸다. 다른 감방 동료들과는 달리 울피크가 쉽게 무너지지 않아서 스프리하는 기뻤다. "개새끼들이 기관총이나 대포는 안 쏜다고. 그게 무슨 뜻인지 알겠어?"

일당은 조금 당황해서 서로 쳐다보았다. 대부분 고개를 저으며 마치 심각한 진단을 막 내놓으려는 의사를 보듯이 스프리하를 바라보았다.

"그럴 필요가 없을지도……." 즈고젤스키가 마침내 입을 열었다.

"아니면 저놈들도 쇼를 하는 거야." 스프리하가 패배주의의 씨를 뿌릴 수 없도록 그의 말을 가로막았다. "구조를 기다리는 가축들을 안심시키려고 별짓 다 하는 거다. 잘 들어보라고……. 금요일 밤에 전투 소리가 이렇게 들리던가? 아니지. 저기 어디 외곽에서 누가 좀비 한두 마리한테 그냥 기분풀이 하는 거야……. 오!" 그는 다시 몇 초 동안 고요가 찾아왔다가 총소리가 연달아 여덟 번 들려오자 손가락을 치켜들었다. "이제 알겠어? 도시에 뒤덮인 좀비 떼를 소탕하는 작업은 이렇게 들리지 않는다고. 그 경찰관이 말한 게 사실이었어. 저 비에드지츠키인가 하는 놈은 아주 굉장한 사기꾼이야. 사람들 사기를 북돋우려고 큰 규모로 작전을 진행하는 듯 꾸미는 거야. 총소리 숫자로 봐서 무장 군인은 많아 봤자 100명 정도야. 그런 병력으로는 집단농장 하나쯤 밟아줄 수 있을지 몰라도 브로츠와프는 무리다." 스프리하는 유일하게 이곳 출신인 카치마레크에게 몸을 돌렸다. "기병대, 넌 여기를 잘 알지. 저 정도 병력이 모여서 총격전 연출할 만큼 인적이 드물면서 여기서 제일 가까운 데가 어딘지 말해봐."

카치마레크는 레몬 하나를 삼키라는 말을 들은 것처럼 얼굴을 찡그렸다. 총소리를 들으면서, 그 메아리가 어디서 들려오는지 확인하면서, 도시의 외진 지역들 지리를 떠올리면서 그는 오랫동안 궁리했다.

"나보고 알아맞히라고 한다면 군부대가 인민회관 근처 슈치트니츠키 공원에 주저앉은 것 같소. 거기는 숲이 많은 데 비해서 주택가는 적으니까. 차 몰고 다니는 최고위층 나쁜 놈들이 쉽게 여행허가 얻어서 도시를 떴으니 빈집도 많을 거요."

"오드라강 건너편인가?" 스프리하가 좀 더 캐물었다.

"그렇소······." 카치마레크는 갑자기 뭔가 깨달은 듯한 표정을 지었다. "그러니까 아마 어느 섬일 거요······."

"섬?"

"아마 '큰 섬'일 거요, 내 기억이 맞다면." 카치마레크가 설명했다. "대장, 브로츠와프 절반은 크고 작은 섬이오. 브로츠와프가 괜히 북쪽의 베네치아라고 하는 게 아니오."

스프리하는 이 정보를 기억해 두었다. 코앞이 너무 위험해지거나 새 본부를 찾아야 하는 상황이 오면 이런 정보가 유용할지도 모르는데, 왜냐하면 이 트램 차고지는 벌써 전망이 좋지 않았기 때문이다. 임시 은신처로는 이상적이었지만 스프리하 자신처럼 장기적으로 내다보는 인물에게는 이 거대한 죽은 자들의 도시를 지배하는 긴 여정의 한 정거장일 뿐이었다.

"좋아, 스무고개 놀이는 그만하고 본론으로 돌아오지. 모든 정황으로 미루어볼 때 비에드지츠키가 다른 섬으로 영역을 넓히고 있다. 감염병이 돌기 전에 사람이 별로 살지 않았던 섬으로."

"아니, 그렇게까지 사람이 없었던 건 아닌데……." 카치마레크가 끼어들려다가 스프리하의 짜증 난 표정을 보고 서둘러 덧붙였다. "하지만 확실히 여기보다는 적죠."

"얼마 전에 폭발 났던 거 기억하나?" 스프리하는 양팔을 넓게 벌려 부하들에게 생각해 볼 것을 종용했다. "기억하는군. 내 생각에는 개새끼들이 다리를 폭파시켜서 좀비들이 기어들어 오지 못하게 한 거다. 말이 되나?" 그는 카치마레크를 의미심장하게 바라보았다.

"그런 것 같소, 대장."

"맞지. 그 자칭 비에드지츠키 장군이라는 놈이 정말로 엄청난 군대를 지휘하고 있다면 도시에서 고립되려고 다리를 끊을 리가 없다. 하지만 그렇게 했고, 놈의 부하들이 다리 폭파하는 소리를 우리 모두 다 들었지."

"그게 정말 다리였다면 말이오." 자기 무덤을 상상하는 듯 음울한 표정으로 수이카가 중얼거렸다.

"그래, 강둑 아무 데나 폭파하고 구멍 뚫어서 너 같은 시골 이발사들 전부 쑤셔 넣었을 거다. 좀비가 떼 지어 찾아와서 잡아먹으라고!" 스프리하가 비웃었다.

일당 중에서 최소한 절반은 그와 함께 웃음을 터뜨렸다. '잘 구스르면 나머지 절반도 곧 내 말에 넘어가겠지.' 스프리하는 생각했다. '사실 또 조금 지나면 이런저런 말이 나오겠지만 잠시라도 붙잡아 두는 게 어디야.'

"대장 말을 들으면 걱정할 게 없다니까······." 마루트가 재미있어하며 수이카의 어깨를 두드렸다.

"기병대, 너 그 다리가 있······ 그러니까 있었던 곳을 알지? 폭발 소리가 바로 그 자리에서 들려왔을 수 있나?"

이번에 카치마레크는 그렇게 오래 생각할 필요가 없었다.

"그렇소. 내가 기억하는 바로는 방향이 맞아떨어져요. 물론 대략적인 방향이지만······."

"그거 보라고." 스프리하가 즉시 의기양양하게 말했다. 실제로 그는 카치마레크가 그저 이 일당이 흩어지기를 원하지 않아서 자신을 지지하는지 아니면 사실을 말하는지 전혀 알지 못했다. 그는 나중에 카치마레크를 따로 불러서 차분하게 알아내기로 했다.

"지도가 없어서 아쉽군." 슈치그워가 슬픈 목소리로 말했다.

"없다니 무슨 소리야?" 울피크가 반박했다. "별관 위층 사무실에 트램 노선을 전부 표시한 커다란 도시 전체 지도가 있는데."

그 사무실에 일당이 들어간 것은 토요일이었으나 그때는 값나가는 물건을 찾고 있었으므로 이런 작은 세부 사항을 놓친 것이 이상한 일도 아니었다.

"앞장서!" 스프리하는 쇠뿔도 단김에 빼기로 결정했다.

***

"맞는 것 같군." 스프리하가 차고지 소장실이었던 사무실에 들어서서 벽을 절반이나 차지한 도시 지도를 보며 확인했다. 지도에는 브로츠와프 주요 거리와 그 거리로 지나가는 트램 노선이 전부 표시되어 있었다. 심지어 10킬로미터 이상 떨어진 외곽 마을로 이어지는 가장 긴 거리들도 빠짐없이 나와 있었다. 카치마레크는 거짓말하지 않았다. 이전에 폭발음이 들려온 방향은 대략 교각들이 모여 있는 곳이었다. "다들 보시다시피 우리는 걱정할 게 없다. 최소한 앞으로 몇 주 동안, 어쩌면 몇 달까지."

"하지만 저건 정규 군대였소." 페레크가 의견을 내놓았다. "그런 걸 막으려면 쇠지렛대와 도끼 같은 거 말고 좀 더 큰 걸 써야 할 거요."

"그 경찰관한테서 뺏은 총 말이오. 그걸로는 잘해야 누구 이빨밖에 못 맞혀요." 네린크가 맞장구쳤다.

"아니면 여자하고 애들을 겁주거나." 마찬가지로 음울한 그젤라크가 덧붙였다.

"여러분 말이 옳다." 스프리하가 저녁의 대화를 다시 생각하며 인정했다.

이제 눈앞에 도시 지도가 있으니 더 정밀하게 다음 움직임을 계획할 수 있었다.

"그러면 어떡할 거요?" 수이카가 물었다.

"탄약하고 총기를 손에 넣어야지."

"말은 쉽소." 그젤라크가 투덜거렸다.

"실행은 더 쉬워." 스프리하가 지도에 다가가며 웃었다. "기찻길에서 그 좀비 떼가 어디서 튀어나왔는지 기억하나?" 그는 부하들에게 등을 돌린 채 물었다. "우리가 지금 여기 있으니까…… 좀비들은 이쪽 거리로 갔고." 그는 손가락으로 지도를 가리켰다. "그리고 어떻게 됐지? 몇 분 뒤에 총소리가 들려왔지."

"맞아." 울피크가 재빨리 끼어들었다. "거기서 누가 아주 마음껏 쏴댔소, 심지어 기관총까지."

"여기서 그렇게 멀리 떨어진 곳은 아냐." 스프리하가 오드라강 건너까지 까만 선으로 이어지는 거리를 들여다보며 말을 이었다. "내가 차폐물을 쌓는다면 하나는 여기다 놓겠어." 그는 트램 차고지에서 대략 1킬로미터 정도 떨어진 바르샤프스키 다리를 가리켰다. 바르샤프스키 다리는 오드라강과 그 옆에 평행하게 흐르는 운하들까지 세 개의 물길 위를 모두 지나가는 유일한 다리로 둥근 지붕을 씌운 교각이었다. 스프리하는 나머지 부하들을 바라보았다. "좀비 떼한테 먹힌 군인들이 버린 기관총과 나머지 총기 전부 다 아직도 거기 있다는 데 내기해도 좋아."

"좀비 떼가 된 군인들도 거기 있겠죠." 슈치그워가 말했다.

"여러분도 이미 봤겠지만 거리에서 시체 떼를 지우는 건 아주 간단한 일이지." 스프리하가 미소를 띠며 다시 도시 지도를 쳐다보았다. "적당한 숫자의 미끼를 준비하고 요령이 좀 있으면 돼."

"대장, 설마 남은 우리 여자들도 거기로 보내려는 건 아니겠죠?" 네린크가 불안해했다.

"아니. 하지만 잠깐 정찰을 좀 해볼 때가 됐다고 생각해. 여러분, 기분 전환 삼아 산책 나가고 싶은 사람 없나?"

아무도 손을 들지 않았고 부하들 모두 입을 꼭 다물고 눈치만 보았다. 그래서 스프리하는 직접 골랐는데, 당연히 자기 생각에 이 임무에 가장 적절한 부하들을 선택했다.

"카치마레크, 울피크, 그젤라크." 그는 경찰관에게서 빼앗은 시계를 들여다보았다. "30분 뒤에 가자. 카치마레크, 어디서 머물러야 하는 경우를 대비해서 식량을 좀 챙겨." 그는 자동차를 잘 아는 그젤라크와 울피크를 향해 돌아섰다. "그리고 나머지 둘은 자동차 시동 걸 때 필요한 장비를 전부 챙겨."

그에게는 계획이 있었다. 야심 찬 계획이었고 만약 성공한다면 앞으로 오랫동안 마음의 평화를 가져다줄 계획이었다. 특히 부하들이 안심하게 될 것이다.

* * *

그들은 정찰하러 나갔다. 최소한 부하들이 물었을 때 스프리하는 그렇게 대답했지만 실제로는 할 수 있는 한 훨씬 더 화려한 일을 할 생각이었다. 그들은 뒷문을 통해 트램 차고지를 나와 기찻길을 따라서 좀비들을 최대한 멀리 피하며 걸었다. 여전히 기관차 차고지 주변을 맴도는 좀비들도 있었고 그보다 훨씬 많은 숫자가 지금은 여기저기 흩어져, 철로 옆 자갈 둑과 기차역 광장 공간 대부분을 차지하는 잡초로 뒤덮인 높은 무더기 사이에 아직도 틀어박혀 같은 자리를 맴돌고 있었다.

"저건 대체 뭐지?" 스프리하가 언덕을 가리키며 물었다.

"폐자재요." 카치마레크가 자신의 첫 정찰 작전에 긴장해서 간단하게 설명했다.

"무슨 폐자재?" 스프리하가 놀랐다.

"흔한 거요. 주변 건물을 철거하면 폐자재가 여기로 오니까. 아무 데도 쓸 수 없는 거 말이오. 대장도 알다시피 좋은 벽돌은 기차에 실어 바르샤바로 가져가서 도시 재건에 쓰니까." 카치마레크는 침을 뱉었다. 마치 자기 고향에서 부순 건물 벽돌을 누가 바르샤바에 가져가서 새집을 짓는다는 사실을 생각만 해도 기분이 나빠지는 것 같았다. "여기는 예전에 주변에 빽빽하게 건물이 서 있었소." 카치마레크는 몸짓으로 가까운 광장을 가리키며 말했다. "저기 가게 건물 있는 곳, 민족단합대로 저편, 저기 사무실 쭉 늘어선 저기 말이오. 45년 초에 브레슬라우 전투 때 전부 엿 됐소."

"폐자재란 말이지." 스프리하가 무더기를 바라보며 되풀이했다.

그랬다면 건물 잔해가 엄청났을 것이고 폭격으로 부서졌으니 재활용은 실질적으로 불가능했다. 인민정부는 그 잔해를 전부 흙으로 덮어서 자기 나름의 봉분을 세워 2차 세계대전 사망자들의 시신을 전부 묻으려 했으나 그곳에 묻힌 것은 시체 조각이 아니라 역사의 커다란 일부분이었다.

"이 도시에 저런 게 한두 개가 아니오. 대장이 보고 싶다면 말이오." 카치마레크가 주위를 조심스럽게 둘러보며 말했다.

이 구간에서 기찻길은 이전에 기차역에서 도망치던 사람들이 가장 큰 좀비 떼가 되어 달려나간 거리와 거의 평행하게 이어졌다. 그래서 스프리하는 부하들과 함께 아무 문제 없이 굴다리에 도착할 수 있었다. 가장 가까운 좀비들은 수십 미터 떨어진 곳에 있었으므로 그들은 좀비 떼를 겁낼 필요가 없었다. 그러나 이것이 스프리하의 이번 계획에서 가장 쉬운 부분이었다. 어떤 위협이든 아주 멀리서도 바로 눈치챌 수 있는 열린 공간을 300미터 정도 지나 그들은 빽빽한 덤불과 공장지대 사이로 들어섰다. 바로 오른쪽에는 기찻길과 산업 지대를 갈라놓은 담장이 있었고 왼쪽에는 앞서 말한 덤불이 있었는데, 그 뒤에는 뭐가 있는지 알 수 없었지만 다행히 철망 울타리로 막혀 있었다. 이 일대에 대해 묻자 카치마레크가 기꺼이 설명한 바에 의하면, 쭉 이어진 철물공장 창고와 작업장 뒤에는 욕실용 도자기 공장인 '파얀세'가 있었고 그 바로 뒤에는 피아스트 양조장이 있었다. '1번지' 술집에서 그들이 탈취했던 그 맥주를 만드는 양조장이다.

맥주 얘기를 듣고 울피크와 그젤라크가 너무나 흥분해서 덤불숲을 계속 살펴보는 것도 그만두었다. 스프리하도 그 장소가 전망 있어 보여서 어느 정도 관심을 가졌다. '거기가 우리 새 본부가 될 수도 있겠군.' 그는 생각했다. 전쟁 전에 지어진 양조장 건물은 튼튼할 것이다. 사실 뒤쪽 울타리는 트램 차고와 기찻길 사이 담벽과 별로 다를 게 없었지만, 최소한 벽돌 하나 정도는 더 높았고 그 위에는 가시 철망이 단단하게 얹혀 있었다. 인근 주민들이 공짜 맥주를 손쉽게 가져갈 수 없도록 양조장에서 신경을 쓴 모양이다. 카치마레크는 거리 쪽에서 보면 방비가 더 좋다고 장담했다. 굵은 쇠살을 용접해 만든 울타리가 벽돌로 만든 양조장 건물 벽을 쭉 둘러치고 파얀세 공장에서 홍수 대비용 운하 둑까지 이어져 있다고 했다. 게다가 양조장 동쪽은 바로 강가에 닿아 있었다.

일당은 양조장 옆문 앞에 오랫동안 서 있었다. 안에서는 효모가 발효하면서 내뿜는 날카로운 악취가 계속해서 풍겨왔다.

"저 문 안쪽은 천국이야." 그젤라크가 쭉 늘어선 알루미늄 술통을 멍하니 바라보며 중얼거렸다.

"하지만 잃어버린 천국이지……." 울피크가 여기저기서 헤매는 좀비들을 고갯짓으로 가리키며 슬픈 듯 덧붙였다.

그들 눈에 보이는 곳만 해도 좀비가 열댓 명은 되었는데 짙은 얼룩이 심하게 진 옷이나 가끔은 찢어진 데님 작업복을 입은 남자들뿐이었다. 좀비 하나가 마치 죽음의 신처럼 소리 없이 담장 오른쪽 모퉁이에서 빠져나왔다. 일당은 좀비가 발을 헛디뎌 시퍼런 얼굴을 곧바로 땅에 박으며 넘어질 때까지 전혀 눈치채지 못했다.

"난 이 위치가 마음에 들어. 인원을 더 많이 데리고 나중에 꼭 여기로 돌아와야겠군." 스프리하가 결론을 내렸다. 방금 좀비와 접촉할 뻔했다는 사실에 그는 심장이 조여드는 것 같았다. 스프리하는 좀비가 나왔던 쪽 담장에 가장 가까이 서서 굵은 쇠살을 손으로 잡고 얼굴을 바짝 들이밀어 안쪽을 열심히 살피고 있었다. 출입문이 설치된 각도 때문에 그 뒤로 연결된 울타리가 보이지 않았는데 바로 거기서 좀비가 튀어나와 그를 죽일 뻔했다. "지금은 상황이 어떤지 확인해야 하니 다리로 가자."

트램 차고지 소장실 벽에 걸린 지도를 보면서 결정한 애초 계획도 그것이었다. 그러나 현실이 그의 계획을 아주 빠르게 수정했다. 운하 위로 지나는 선로 두 개짜리 철로용 교각은 임시 바리케이드로 막혀 있었다. 살아서 생각하는 사람이라면 꽤나 쉽게 넘어갈 수 있었으나 뇌가 없는 좀비라면 넘을 수 없는 장애물이 될 것이었다.

불행히도 십수 미터 넓이의 운하 너머 홍수 방지용 둑 위에는 좀비들이 가득했다. 그 정도 거리에서 스프리하 일당이 공격을 걱정할 필요는 없었으나 이웃한 다리로 건너가려던 꿈은 포기해야 했다.

"여기까지인 것 같소." 실망한 카치마레크가 중얼거리며 철로 교각과 바르샤프스키 다리 사이 구간 전체에 기둥처럼 서 있는 거의 수백 개나 되는 유령 같은 형체들을 두려운 듯 바라보았다. 그 중 일부는 가파른 경사에서 굴러떨어져 운하 강변 바로 근처 진흙 속에 처박혀 있었으나 그들조차도 너무 거리가 멀어서 위협이 되지는 않았다.

스프리하의 의견은 카치마레크와 달랐다.

"그렇게 나쁘진 않아." 스프리하가 오른쪽을 보며 말했다.

교두보는 강변에 쳐놓은 밧줄보다 몇 미터 더 밖으로 튀어나와 있었다. 그 덕에 바리케이드 아래로 전에는 설탕공장이었고 지금은 맥주 양조장 창고가 된 건물이 서 있는 광장을 따라 그림자를 던지며 길게 이어진, 포석이 깔린 강둑 아래쪽을 볼 수 있었다. 잠긴 철문을 열면 그 아래로 내려갈 수도 있었고 실제로 바르샤프스키 다리 교두보까지도 갈 수 있었다. 가는 길 대략 중간에서 스프리하는 아마도 가로등을 달아놓는 용도로 보이는 기둥을 훑어보았는데, 필요할 경우 그것을 타고 위쪽으로 올라가 녹색으로 칠한 조그만 초소 옆으로 나갈 수 있었다.

"양조장에는 좀비들이 우글거리고 있소." 그젤라크는 스프리하의 새로운 계획을 듣고 항의했다.

"옆 골목에 하나, 둘 정도 돌아다니는 건 사실이지만 여기는 시체 한 마리도 보이지 않아." 스프리하는 자신의 말실수에 아랑곳하지 않고 차분하게 대답했다. "그리고 저쪽을 보게." 그는 손가락으로 위쪽을 가리켰다.

양조장은 넓었고 사방에 쇠살 박힌 울타리로 가려져 있어 처음에 그들은 스프리하가 무슨 말을 하는지 이해하지 못했다. 하지만 이내 늘어선 술통 사이로 어떤 움직임이 보였다. 쥐다. 고양이만큼 커다란 시궁쥐들이 벽 아래로 달려 숨었고, 넓은 양조장 마당에서 마치 아무것도 두려워하지 않는 듯 계속 사라졌다가 나타나기를 반복했다.

"저걸 보면 여긴 깨끗한 거야." 울피크가 조심스럽게 말했다.

"가서 확인해." 스프리하가 즉시 말했다.

"나 말이오, 대장?"

"그럼 누가 해, 내가 할까? 네가 우리 중에서 제일 가볍고 제일 민첩하니까 들어가."

울피크는 자기 고향 방언으로 뭔가 중얼거리며 카치마레크가 자물쇠를 여는 동안 기다렸다가 이미 오래전부터 사용되지 않은 계단을 통해 포석을 깐 둑으로 내려갔다. 어둠 속에서 그는 몸을 약간 웅크린 채 언제든 쓸 수 있게 지렛대를 들고 걸어갔으나 물 위에 움직임이라곤 전혀 없었다. 옛 설탕공장 지하로 내려가는 통로는 이미 옛날에 벽을 쌓아 막아버렸고, 그러므로 기둥까지 울피크는 장애물을 전혀 맞닥뜨리지 않았다. 울피크는 능숙하게 기둥을 기어올라 포석을 깐 광장으로 뛰어내리더니 울타리 앞에서 마치 뙤약볕 아래 햇살을 쪼이는 개구리처럼 네발로 엎드려 그대로 움직이지 않았다.

거의 1분간 기다리면서 울피크는 몇 미터 높이로 줄줄이 쌓여 있는 상자와 술통 사이 공간들을 들여다보았다. 아무것도, 소리도 움직임도 없었다. 심지어 쥐들도 사라졌는데, 분명 예상하지 못한 손님이 찾아와서 놀랐을 것이다. 조급해진 스프리하는 한 손을 흔들었으나 울피크는 보지 못했다. 카치마레크가 두 손가락을 입에 대고 날카로운 휘파람을 불었을 때에야 그는 일당 쪽을 돌아보았다. 울피크는 고개를 끄덕여 다음 지시를 이해했다는 신호를 하고 지렛대를 더 꽉 쥐고 술통과 상자 사이 어딘가로 사라졌다. 긴장으로 가득한 몇 분 동안 울피크는 보이지 않았고, 그동안 나머지 사람들은 멀리서 쉬지도 기세가 약해지지도 않은 채 들려오는 총소리에 귀를 기울였다. 마침내 울피크가 피라미드 모양으로 쌓아 올린 나무 상자 뒤에서 모습을 드러내고 엄지손가락을 들어 양조장이 깨끗하다는 신호를 했다.

"대장, 내가 생각이 있소." 스프리하가 철문 쪽으로 향할 때 그 젤라크가 불렀다. "위층에 그 빌어먹을 좀비들이 없다고 하니 담을 타고 거기로 갈 수도 있지 않겠소······." 그는 양조장의 콘크리트 담장을 가리켰다. "바리케이드에서 판자를 몇 개 빼서 사다리 같은 걸 만들고 저쪽에 상자 같은 걸 쌓으면 만약의 경우에 이쪽 길로 도망칠 수도 있을 거요. 가시철망은 잘라내고, 연장도 있으니까 말이오." 그는 어깨에 걸친 가죽 연장 가방을 툭툭 쳤다.

"좋은 생각이군." 스프리하가 칭찬했다. "하지만 나는 더 좋은 생각이 있지. 야쿠자!" 그가 불렀고, 울피크가 더 가까이 다가오자, 스프리하는 안쪽에서 빈 맥주 상자를 쌓아 일종의 계단을 만들라고 명령했다. 계단이 완성되자 울피크가 울타리 너머로도 나무 상자를 여러 개 집어 던져 바깥쪽에도 비슷한 계단을 만들 수 있게 했다. 이제 일당들은 필요할 경우 몇 초 안에 담을 넘을 수 있게 되었다.

스프리하는 뭐든지 확실히 하는 쪽을 선호했다. 특히 얼마 전에 철문 근처에서 좀비를 만난 뒤로는 더욱 그랬다. 이 때문에 그는 울피크의 상황 보고를 듣고 그는 양조장 마당 혹은 지난 몇 년 동안 사실상 쓰레기장이 된 안쪽 깊숙한 공간으로 이어지는 상자와 술통 사이 좁은 골목을 막는 편이 좋겠다고 결정했다. 넘기 힘든 장애물을 쌓아 올리기에 충분한 망가진 술통과 찌그러진 상자들이 손 닿는 곳에 있었다. 한 시간이 지나기 전에 그들은 기찻길에서 양조장 앞쪽 담장까지 쭉 이어지는 안전 통로를 만들었다.

그들이 그 통로를 통해 차고지로 돌아가지 않은 유일한 이유는 다리로 이어지는 넓은 길을 군용 장갑차 세 대가 막고 있었기 때문이다. 두 대만으로 넓은 교량을 막기에는 조금 짧아서 그 뒤에 세 대째를 세워 필요할 경우 사람이나 자동차를 통과시키기 위한 2미터가 넘는 사이 공간을 가린 것이다. 장갑차 주위에는 좀비 떼가 우글거렸다. 수백, 아니 수천 명의 좀비들이 믿을 수 없을 만큼 완벽한 침묵 속에 노동절 행진이라도 하듯 서 있었다. 양조장 앞쪽 담장에 10미터 미만 거리로 가까이 가면 좀비들의 주의를 끌게 될 것이었고, 이렇게 많은 좀비의 몸이 밀쳐대면 용접한 쇠살이라도 버텨낸다는 보장은 없었다.

안전한 거리에서 좀비를 관찰하며 스프리하는 다른 계획을 떠올렸다. 그는 앞쪽 담장에서 15미터 떨어진 곳에 쌓여 있는, 매우 안정적으로 보이는 상자 무더기에 조심스럽게 올라가서 꼭대기에 무릎 꿇고 앉아 거리 상황을 주의 깊게 바라보았다. 다리 입구는 철판을 씌운 트럭과 비슷해 보이는 차량 두 대가 막고 있었는데, 차량 위에는 기관총을 쏘기 위한 포탑이 설치되어 있었다. 차량 양쪽에 좀비 떼가 빈틈없이 모여서, 이 초소가 여러 방향에서 한꺼번에 공격당한 것 같았다. 스프리하는 좀비들이 그런 공격을 계획하고 실행할 수 있는 상태라고는 생각하지 않았다. 이제까지 관찰한 바에 따르면 이 뇌 없는 짐승들은 마그지아레크보다도 더 피에 굶주려 오로지 그 욕망에 따라서만 움직인다는 것이 유일하게 논리적인 결론이었다. 저 장갑차에 탔던 군인들은 그저 운이 나빠서, 반대쪽 강변에서 쫓겨온 도주자들의 물결이 기차역에서 도망치던 사람들을 뒤따라온 수천 명의 좀비들과 대략 같은 순간에 여기에 도착했던 것이다. 최소한 그렇게 보였다. 전투는 오래 지속되지 않았다. 군인들 대부분은 현장에서 전사했다—좀비 떼 맨 앞줄에 철모와 전투복이 보였다. 살아남은 군인들이 만약 있다면 이 얼마 안 되는 생존자들은 분명히 맞은편 아파트로 달려갔거나 살아남으려고 강물에 뛰어들었을 것이다.

스프리하는 다리 건너편에 있는 외톨이 건물을 바라보았는데, 그 입구 주변에도 좀비 떼가 우글거리고 있었다. 좀비들은 관목 사이 좁은 통로를 꽉 채워 밀고 들어갔지만 일부가 유리로 만들어진 입구 문은 부서지지 않았다.

스프리하는 아파트 위층을 훑어보았다. 꼭꼭 닫힌 창문 틈 사이로 사람 얼굴은 보이지 않았고, 그것은 즉 거주자들도 군인들과 운명을 같이했거나 아니면 학살이 벌어지기 전에 도망쳤다는 뜻이었다. 날씨가 너무 더워서 스워비안스카 거리 아파트의 가축들도 창문을 열고 바람을 들이다가 은신처를 노출했다. 그래서 만약의 경우를 대비해 페레크가 스프리하의 지시를 받아 열린 창문 위치를 스케치해 두었다.

비인간적인 더위에 생각이 미치자 스프리하는 두꺼운 작업복 셔츠 단추를 풀었다. 스프리하는 이 더위가 몹시 짜증이 났고, 특히 전날 술안주로 먹은 절인 오이를 담았던 식초 물도 다 마신 데다 프로로크의 아파트에서 찾아낸 아스피린을 두 알이나 먹었는데도 숙취가 아직도 가시지 않아서 더욱 그랬다.

다리 위를 정찰하러 가기 전에 스프리하는 슈치그워, 모라비에츠, 마루트에게 여자 셋을 데리고 14번지 건물에 가서 들어갈 수 있는 아파트를 전부 뒤지라고 지시했다. 값나가는 것은 전부 다 긁어모으고—주로 일당들이 여기에 대해서 계속 물었기 때문이다—그 외에 식량과 술, 그리고 옷가지도 가져올 수 있는 만큼 가져오게 했다. 특히 남자 옷이 필요했다. 악취를 풍기는 속옷과 이 날씨에는 너무 두꺼운 작업복을 걸치고 돌아다니는 것은 지긋지긋했다. 그리고 여자들에게도 갈아입을 옷을 주면 좋을 것이다. 설령 다른 사람의 옷이라 해도.

"어떻게 생각해?" 스프리하는 울피크가 옆에 올라와 앉아 좀비들에게 포위당한 장갑차들을 함께 바라보기 시작하자 물었다.

"멋진 장갑차요." 울피크가 고개를 끄덕여 감탄하며 대답했다. "저런 걸 한번 타본 적이 있소. 그러니까 내가 몰았지. 정말 용을 타고 달리는 거 같았단 말이오, 대장." 울피크가 솔직하게 경탄하며 말했다. "차가 아니라 짐승이오. 저 좀비 떼를 전부 밟고 넘어가도 창문 와이퍼조차 켤 필요가 없을 거요."

"BTR-152." 그젤라크도 울피크에 못지않게 꿈꾸는 듯한 어조로 덧붙였다. "여기서 끌고 나갈 방법이 없으니 유감이오. 보이쇼, 대장?" 그젤라크는 가까이 있는 장갑차의 탑승구를 가리켰다. "저기 저 상자는 탄약 두는 곳이오. 아마 대부분 꽉 차 있을 거요. 누군지 몰라도 SGMB* 둥지에 앉아 있던 놈이 두 번째 탄띠가 다 나가기도 전에 도망쳤으니까."

"무슨 둥지?"

"그거야 CKM** 말이오." 그젤라크가 고쳐 말했다.

"알아듣게 말해." 스프리하가 내뱉었다.

그는 부하가 자기보다 많이 아는 것을 좋아하지 않았고, 특히 군대에 대해서는 거의 아는 게 없었기에 더 그랬다.

"대장은 어디서 군복무 했소?" 울피크가 물었다. 그로서는 이렇

---

* 기관총 중에서도 장갑차나 탱크에 장착하여 사용하는 종류를 말한다.
** 폴란드어로 중형 기계식 소총, 즉 기관총의 약자다.

게 기본적인 일을 누군가 모른다는 것이 도무지 이해되지 않았다.

"해군이었소?"

"장군은 전쟁에 직접 나가지 않는 법이야." 스프리하는 말을 돌려 농담을 하려고 이렇게 중얼거렸다.

"아, 그런 경우라면야……."

전에는 원칙적으로 군복무를 회피하기 어려웠으나 연줄만 충분히 있으면 의사 소견서나 E급 판정을 받을 수 있었다. 심지어 이런 꼼수조차 쓸 필요가 없는 사람들도 있었으나 스프리하는 자세한 이야기는 하지 않는 쪽을 택했다. '내가 능수능란하게 전쟁을 피할 수 있었던 최상위층 행운아라고 생각하게 내버려두자…….'

"야쿠자, 저런 장갑차 운전할 수 있다고 했지?" 스프리하는 또다시 불편한 질문이 튀어나오기 전에 말을 돌렸다.

"뭐…… 할 수는 있소. 하지만……."

스프리하는 이미 계획을 세웠다.

"여기로 오는 길에 사다리가 쌓여 있었지." 그는 엄지손가락으로 등 뒤, 창고에서 근무하는 노동자들이 쓰던 도구가 있는 장소를 가리켰다. "그 사다리 하나를 저 귀퉁이에 있는 상자 더미에서 담장 위로 걸치고, 네가 그 사다리를 타고 제일 가까운 장갑차 뚜껑 위로 뛰어내려. 충분히 넓으니까……."

"나보고 뛰란 말이오? 저기로? 그러다 미끄러지면……?" 스프리하는 눈대중으로 장갑차와 상상의 사다리 끝 사이 거리를 재어보며 창백해진 울피크의 말을 가로막았다. "잘해야 4미터 정도 될 거야."

"세계 기록이 8미터 넘으니까 할 수 있을 거다." 그젤라크는 대장이 자신에게 목숨을 걸라고 명령하지 않은 데 만족해하며 농담을 던졌다.

"아주 차분하게 격려하는군." 스프리하가 웃었다. "제일 긴 사다리를 가져오면 담장 밖으로 1.5미터는 내밀 수 있을 거야. 카치마레크와 그젤라크가 이쪽 끝에서 사다리를 잡고 안정시키면 되겠지."

"하지만 좀비들이 저기 개미 떼처럼……."

"지금은 그렇지. 네가 뛰기 직전에 내가 놈들의 주의를 돌리면 어떨까."

"어떻게요?"

"담장으로 가는 거야." 스프리하는 장갑차로 가로막힌 다리 진입로에서 대략 30미터 정도 떨어진 지점을 가리켰다. "아니면 내가 담장을 따라서 산책하는 편이 더 낫겠지, 여기서 저기까지." 그는 손가락을 왼쪽으로 움직였다. "놈들이 분명히 나를 따라올 거고, 그렇게 하지 않더라도 너한테 등을 돌리고 서 있을 테니 운전석으로 들어갈 시간을 몇 초는 벌겠지."

담장 안쪽에는 공간이 충분히 많았기 때문에 스프리하는 굳이 쇠살에 가까이 갈 필요가 없었다. 운만 조금 따라준다면 울피크가 담 위에 도달해서 장갑차에 뛰어내리기 전에 좀비들을 장갑차에서 떼어낼 수도 있었다.

"문제는 시동을 걸 수 있냐는 건데, 그게 안 되면……." 그젤라크가 고개를 저었다.

"시동은 그렇게 어렵지 않아." 울피크가 반박했다. "게다가 저런 차량은 당장 움직일 수 있게 항상 준비해 둬야 한단 말이야. 이건 봉쇄가 아니고 평범한 검문 지점이라고. 군인들이 이쪽 시 경계선으로 빠져나가도 된다는 증명서를 가진 사람은 통과시켰단 말이야. 하지만 시체 떼가 덤비니까……." 울피크는 자기 생각에 혼자

동의하며 고개를 끄덕였다. "특별히 머리를 굴릴 필요도 없을 것 같은데."

스프리하가 끼어들었다. "만약을 대비해서 사다리를 두 개 쓰지. 조금이라도 뭔가 잘못되는 것 같으면 우리한테 신호하고, 그러면 담장 너머로 그 두 번째 사다리를 넘길 테니까 너는 무기를 모아서 이쪽으로 탈출하는 거야."

울피크와 그젤라크가 기꺼이 고개를 끄덕였다. 모든 일을 잘 기억할 뿐 아니라 문제가 생길 때마다 해결법을 아는 사람을 우두머리로 두었다는 사실이 두 명 모두 마음에 들었다.

* * *

작전의 첫 부분은 그들이 예상했던 것보다 쉬웠다. 나무 사다리는 겉보기에는 아주 묵직할 것 같았지만 실제로는 놀랄 만큼 가벼웠다. 그들은 미리 상자 무더기가 충분히 안정적인지 확인한 뒤에 사다리 두 개를 끌어올렸다. 담장에서 4미터가 채 안 되는 곳에 사람이 나타나니 당연히 좀비들이 주의를 돌렸으나 담장은 단단했다. 쇠살대는 수백 명의 좀비들이 몸으로 밀어도 꼼짝도 하지 않았다. 첫 번째 사다리가 제자리에 놓이자 스프리하는 계획을 약간 수정하기로 했다. 왜냐하면 사다리를 붙잡고 있는 남자들이 좀비들이 계속 감지할 수 있는 거리 안에 있으므로 장갑차 주변의 일부 좀비들은 끌어낼 수가 없다는 사실을 깨달았기 때문이다. 그래서 그는 울피크에게 좀 더 짧고 가벼운 두 번째 사다리를 가져오게 해서 그 사다리를 바로 담장과 장갑차 사이에 걸쳤다. 울피크는 반대하지 않았다.

울피크가 쇠못으로 고정시킨 사다리 칸을 전부 건너가는 데는 몇 초밖에 걸리지 않았다. 울피크는 쇠살대 위에 도달해서 꿇어앉아 만약의 불운한 경우에 도망치기 위한 두 번째 통로를 몇 번의 재빠른 동작으로 만들었다. 그보다 조금 전에 스프리하가 거리로 나가서 좀비들의 주의를 끌려 했으나 예상대로 그중 장갑차에서 멀리 서 있던 일부만 스프리하가 원했던 반응을 보였다. 그러므로 한 걸음, 또 한 걸음 다가가서 그를 향해 뻗친 손아귀에서 글자 그대로 몇 센티미터 거리에 서 있어야만 좀비들이 그제야 움직였다.

"아빠한테 와라, 시체 조각들아……." 스프리하는 겁내지 않는다는 것을 보여주기 위해 농담을 하려 했으나 시간이 지날수록 두려움이 점점 더 세게 그의 목을 조여서 실제 말소리는 상당히 불쌍하게 들렸다.

말을 마치자마자 스프리하는 이 작업에 부하 중 누군가를 보내지 않은 것을 후회했다. 쇠살대 중 하나가 나머지보다 약했다. 어쩌면 이전에 여기서 무슨 사고가 있었다가 쇠 울타리를 고친 것인지도 모르는데, 요즘 모든 일이 그렇듯이 당연히 엉망으로, 임시로 고친 것 같았다. 어찌 됐든 좀비들이 쇠살대가 달린 판 전체를 밀어서 가장 높은 부분이 몇 센티미터 정도 기울어졌는데, 이것만으로도 스프리하는 자신을 수천 마리의 굶주린 짐승들로부터 보호해주는 유일한 장애물이 얼마나 버틸지 의심하기 시작했고 자신감을 잃었다.

어디든 멀리 도망치고 싶었지만 스프리하는 그대로 돌아서지 않았다. 반대로 그는 불운한 철판이 기울어진 모습을 날카롭게 관찰하면서 몇 걸음 더 나아갔다. 좀비들이 그를 따라 움직이면서 무게가 옆 철판으로 옮겨가서 쇠살대가 더 이상 기울어지지 않는 것을 보고 마음 깊이 안도했다.

"지금이오!" 울피크가 조심스럽게 상자 무더기 위로 물러나서 미리 정해둔 신호를 기다리며 이렇게 외쳤다.

좀비들은 이미 모두 장갑차에 등을 돌렸고, 그러므로 울피크는 이미 두 번이나 건너다닌 사다리 위로 빠르지만 조심스럽게 움직여서 좀비들을 앞지르는 데 성공했다. 그가 두 번째 사다리에서 장갑차 위로 뛰어내려 기관총 포탑 옆 조종석 해치로 기어갔을 때까지도 좀비들은 어색한 몸짓으로 천천히 몸을 돌리는 중이었다. 그럼에도 울피크는 말 없는 좀비 떼가 자신을 향해 돌아서는 모습에 굉장한 불안감을 느꼈다.

그는 여기에 대해 생각하지 않으려고 장갑차 안으로 뛰어내려 재빨리 주위를 둘러보았다. 스프리하가 그에게 탄약이 얼마나 남아 있는지 확인하라고 지시했으므로 그는 몸을 숙이고 상자들의 무게를 손으로 재보았다. 예상대로 대부분이 꽉 차 있었다. 그러나 탄약과 누군가 버리고 간 철모 한두 개 외에는 아무것도 찾아내지 못했다―권총도 소총도 없었다. 울피크는 가장자리로 가서 옆 차량 안을 들여다보며 그 안에 혹시 총기가 있는지 찾아보았다. 운 나쁘게도 없었고, 열린 해치를 향해서 좀비들이 기어오기 시작했다.

울피크는 오랫동안 좀비들을 내려다보다가 이들이 장갑차를 기어올라 해치를 통해 안으로 들어올 가능성이 전혀 없다는 사실을 드디어 깨닫고 조심스럽게 밖으로 나갔다. 자신이 몰고 가려는 장갑차에 탄약을 전부 던져놓은 뒤에, 쇠를 긁는 시체 손가락에서 한 걸음 물러나서 마지막 장갑차를 바라보았다. 그곳에서 그는 지금 찾아낸 모든 발견물을 다 합친 것보다 훨씬 더 흥미로운 것을 찾아냈다. 납작하고 네모진 상자. 분명 수류탄이다. 그는 다시 한번 열린 해치와 그곳을 향해 뻗은 시체 손아귀를 바라보았다. 아니, 이쪽에서는 아무것도 위험할 게 없다. 그는 좀비들을 향해 침을 뱉고 이를 드러내며 웃었다. 오늘 그는 칭찬받을 일을 했고, 어쩌면 대장이 여자 하나를 그에게 혼자 쓰라고 내줄지도 모른다. 그거야말로 적당한 보상일 것이다.

그는 미리 내용물을 확인한 수류탄 상자 세 개를 옮겼다. 보통 탄약을 옮길 때 하듯이 아무렇게나 집어 던지지 않고 할 수 있는 한 가장 조심스럽게 들어 옮긴 후 안도감을 느끼며 해치 안으로 들어갔다. 그는 창문의 철갑 덮개를 미리 잠가놓은 누군지 모를 사람에게 감사하며 조종석에 앉았다. 그리고 여러 가지 시계와 스위치와 레버의 위치를 기억하려 애쓰며 안을 둘러보았다. 빨간 버튼을 누르기 전에 그는 눈을 감았으나 곧 활짝 웃으며 눈을 다시 떴다. 6기통 엔진은 기대한 대로 아름답게 움직였다. 물론 처음 버튼을 누르자마자 바로 전력으로 돌아간 건 아니었지만 어쨌든 이것은 잠자는 짐승과도 같은 장갑차이지 스포츠카가 아니었다. 그는 가장 가까운 기어를 잡고 몇 번 흔들어 1단으로 넣은 뒤 담장에 부딪치지 않도록 조심하면서 앞으로 2미터 전진했다. 그리고 그는 운전대를 돌리고 아주 천천히 후진했는데, 그러려면 굉장한 동력과 기술이 필요했다. 그런 뒤에 다시 조금 앞으로 나아갔을 때 차륜형 장갑차의 커다란 바퀴가 우드득 소리를 내며 뭔가를 짓이겼다. 울피크는 좀비를 인간으로 생각하지 않는 쪽을 택했다. 몇 미터씩 움직일 때마다 매번 좀비들을 치었는데, 장갑차가 거리에 대각선으로 정지했던 위치에서 완전히 벗어날 때까지 몇 번은 앞뒤로 왔다 갔다 해야만 했다. 그리고 울피크는 열댓 개의 시체를 밟고 나아가서 담장에 최대한 가까이 다가가 엔진을 끄지 않고 장갑차를 멈춰 세웠다.

그젤라크와 카치마레크가 그동안 사다리를 울타리에 기대 세웠고, 차례로 사다리를 타고 건너와서 장갑차 뒤쪽으로 올라탔다.

"됐다!" 스프리하가 성공에 기뻐하며 주먹으로 천장을 쳤다.

모든 일이 매끄럽게 흘러갔을 뿐만 아니라 이제까지는 그저 꿈만 꿀 수 있었던 물건을 손에 넣은 것이다. 권총도 소총도 없었던 것은 사실이지만 무기가 여기 어딘가 있을 게 분명했다. 그러므로 찾아내는 것은 시간문제였다. 특히 그는 이미 어떤 계획을 떠올리고 있었다…….

"연료가 얼마나 있지?" 그는 엔진의 굉음 속에서 있는 힘껏 소리쳤다.

"거의 꽉 차 있소." 울피크가 대답했다.

"훌륭해. 저놈들 밟고 넘어간 다음에 아주 천천히 움직여, 뒤에 있던 놈들도 우리를 쫓아올 수 있게."

울피크는 고개를 끄덕였다. 무슨 일인지 이해하지는 못했지만 상관없었다. 대장은 언제나 그보다 머리를 잘 굴렸으니까.

울피크가 기어를 바꾸자 장갑차가 심하게 흔들렸지만 일당은 다들 좌석에 자리 잡고 앉아 있어서 약간 흔들렸을 뿐이었다. 스프리하는 이 실수를 울피크의 운전 감각이 모자란 탓이라 여기고 용서해 주기로 했다. 어쨌든 이 차륜형 장갑차는 탱크처럼 강력하니까 말이다. 가장 중요한 것은 그들이 이미 보도를 지나 천천히 차도 쪽으로 꺾어 들어가고 있다는 점이었다. 차도의 포석은 고르게 깔려 있었으나 장갑차는 마치 비포장도로를 달리는 것처럼 진동했다. 울피크는 자신이 좀비를 몇 명이나 짓밟았는지 짐작도 할 수 없었지만 수십, 어쩌면 수백 명은 될 거라고 장담할 수 있었다.

마침내 흔들림이 멈추었다. 몇 초 뒤에 울피크가 앞창 가리개를 올리고, 좀 더 잘 보기 위해 옆쪽 가리개도 내렸다. 좀비 떼는 스프리하가 원했듯이 그들 뒤에서 따라왔고, 스프리하는 지금 장갑차 뒤쪽에 타서 미소 지으며 말없이 파도처럼 밀려오는 좀비 떼를 바라보고 있었다.

그의 장기적인 계획은 갱들의 본부를 양조장으로 옮기는 것이었고, 양조장은 앞에서 보니 더더욱 장엄했다. 19세기 양식의 벽돌 건물이 단단한 담장으로 둘러싸이고 철도와 강에 맞닿아 있어 영구적인 본부로 사용하기에 이상적인 장소로 보였다. 특히 기찻길을 따라 걸을 때 스프리하는 커다란 곡식 창고를 보았는데, 그것도 손에 넣을 가치가 있어 보였다. 그러기 위해서는 저 좀비 떼를 없애버려야만 했다. 그래서 그는 좀비들을 그냥 끌고 나가면 되겠다는 악마 같은 생각을 떠올린 것이다. 피리 부는 사나이가 처음에는 마을의 쥐들을 전부 없애고 나서 약속한 돈을 받지 못하자 아이들을 전부 데리고 나갔다는 동화처럼 말이다. 현실은 동화가 아니지만 이런 이야기들이 가끔은 영감을 주므로 지금 같은 경우에도 응용할 가치가 있었다.

좀비들이 걷는 속도에 맞춰 장갑차를 천천히 몰면 이들을 다리와 트램 차고지 사이 어딘가로 유인할 수 있고 거기서부터 갑자기 속도를 높이면 그대로 버려둘 수 있을 것이다. 스프리하는 오른쪽으로 꺾어서 학교 앞 혹은 뒤쪽 거리로 들어가, 좀비들을 언젠가 비에드지츠키가 지나갈 길에 데려다 놓는 것이 현명하지 않을지 궁리해 보았다. 소령이 정말로 이 도시를 구하기 위해 싸울 경우를 대비해서 말이다. 그러나 결국 스프리하는 모처럼 얻은 장갑차가 분명 연료도 탱크처럼 많이 태울 것이 분명하므로 아껴 쓰기로 결정했다. 그들이 시내뿐 아니라 시 경계선 너머의 상황도 더 잘 파악한 뒤에 언젠가 그런 계획을 실행할 때가 찾아올 것이다.

지금으로서는 그에게 분명한 건 단 한 가지, 라디오에서 오로지 브로츠와프 방송국의 방송만 들린다는 사실이었다. 폴란드의 다른 모든 방송국은 침묵을 지켰고 외국 주파수도 전혀 잡히지 않았는데, 스프리하는 사실 여기에 대해서 특별히 걱정하지 않았다. 휴대용 라디오는 감염병이 돌기 전에도 장파를 잘 잡지 못해서 바르샤바 방송국 외에는 전혀 수신하지 못했기 때문이다. '어딘가에 반드시 문명이 존재하겠지.' 그는 이렇게 생각하고는 곧 불안해져서 다리 건너를 바라보았다. '동쪽만 아니면 돼……'

그들은 학교를 지났다. 한 블록 더 가서 아주 길고 곧은 거리가 눈에 들어오자 스프리하는 오른쪽으로 꺾으라고 명령하려다가 어쩐지 그만두었다. '그냥 계획대로 하는 편이 나아.' 그는 결론지었다.

그는 다시 근방을 관찰하기 시작했다. 좀비 떼는 거리 전체에 퍼진 채 100미터가 넘게 길게 늘어서서 이제야 학교를 지나고 있었다. 몇 분만 더 지나면 좀비들은 다리와 양조장에서 안전한 거리에 있게 된다. 그들 뒤쪽 차로에는 울피크가 방향을 돌린 뒤 좀비 무리를 뚫고 나가느라 치고 지나간 시체들만 남았다. 짓이겨진 시체가 최소한 100구는 넘었지만 그들이 유인해서 끌고 나온 숫자에 비하면 바다의 물 한 방울도 되지 않았다. '좀비들이 재생할 시간을 준 다음에 여기 한 번 더, 당연히 길을 빙 돌아와 똑같은 방식으로 줄을 끌어당기듯이 죽 끌어내서 저 바로 옆 골목에 집어넣으면 되겠지……' 스프리하는 눈여겨본 골목의 이름을 지도에서 확인해야겠다고 생각했다.

"좋아, 이제 충분히 끌어냈다!" 그는 뒤를 돌아보며 외쳤다. "속도 내도 돼!"

"알았소!" 울피크가 소리쳤다.

조금 뒤에 끔찍한 쇠 긁는 소리가 한 번, 다시 한 번 울려 퍼졌고 그와 함께 울피크가 욕설을 쏟아냈다.

"뭐야?"

"이 빌어먹을 2단이 안 들어가요!"

"뭐?"

"속도를 더 낼 수가 없소."

"어째서?"

"모르겠소. 뭐가 망가졌겠지."

스프리하는 그젤라크를 쳐다보았다.

"가서 도와줘."

그젤라크가 고개를 끄덕이고 조종석 쪽으로 움직였다. 그는 지휘관석에 앉아서 울피크와 함께 기어박스의 막힌 곳을 푸는 작업을 시작했는데, 그 모습은 협조라기보다 말다툼처럼 보였다. 그동안 장갑차는 유일한 우회전 지점으로 들어섰고 그 뒤로는 건물 세 개를 지나기만 하면 기차역 광장과 폐자재 무더기, 그리고 그 뒤에 트램 차고지가 있었다.

스프리하는 모퉁이에 있는 이발소의 단순한 간판과 맞은편에 있는 '노병(老兵)'이라는 술집을 보았다. 술집 문 앞으로 좀비를 최소한 3000명을 끌어다 놓지만 않았더라면 들어가서 털었을 것이다. 게다가 마지막 블록을 지나고 나니 이제는 더 이상 방향을 돌릴 곳이 없었다.

"그럼 그 1단이라도 어떻게든 해서 빨리 가봐. 저놈들한테서 떨어져야 해!" 스프리하가 조종석에 다가가서 지시했다.

엔진이 커다랗게 포효했으나 속도는 별로 높아지지 않았다.

"더 빨리!"

"그런 건 안 했으면 좋겠소, 대장." 울피크가 거의 울먹이듯 신음했다.

"그러다간 엔진이 터져요!" 그젤라크가 당장 울피크를 지지했다.

"속도를 안 내면 오늘 저녁 술판에 불청객이 수천 명 덤벼들 거다!" 스프리하가 화를 냈다. "자기 내장을 안주로 먹고 싶어?"

"대장, 속도를 높이지 않으면 어디로든 갈 수가 있소." 울피크가 단호하게 반대했다. 그는 차 엔진에 대해 잘 알았고 이 기어가 어딘가 아주 잘못됐다는 것을 느끼고 있었다. "하지만 저 좀비 떼 한가운데 서버리면 아무도, 아무것도 우리를 도와줄 수가 없소."

"좋아, 그렇다면 넓은 길로 나가자마자 왼쪽으로 꺾어. 저놈들을 이 광장 안쪽으로 끌고 들어간 다음 최대한 빨리 차고지로 돌아간다."

이것은 아주 현명한 해결책은 아니었지만 이 순간 더 나은 방법은 없었다. 스프리하는 상황에 대해 오래 생각할수록 자기 욕심에 자기가 넘어갔다는 사실이 점점 더 확실해졌다. 상황이 이렇게 되어서야 그는 이미 오래전에 호송트럭을 몰고 다리로 가서 호송트럭으로 좀비 떼를 유인해 어디든 원하는 곳으로 끌고 갈 수 있었다는 걸 뒤늦게 깨달았다. 왜냐하면 이 철갑 덩어리 고물과는 달리 교도소 호송차량 엔진은 스위스 시계처럼 틀림없이 작동했기 때문이다.

"내가 더 좋은 생각이 있소, 대장." 울피크의 목소리에 스프리하는 생각에서 깨어났다.

"정말?" 스프리하는 냉소를 숨기지 못했다.

"진지하게 하는 말이오. 다들 앉아서 뭐든 최대한 단단히 잡으시오, 좀 흔들릴 테니까!" 울피크가 왼쪽으로 꺾으면서 경고했다.

그들은 곧장 차고지로 달렸다. 눈앞에 폐자재 무더기들이 나타났다.

"무슨 짓이야?" 스프리하가 가장 가까운 접이식 좌석에 주저앉으며 긴장해서 물었다.

"대장, 이거 쓰시오. 쓸모 있을지도 모르니……." 카치마레크가 철모를 건네주었다.

일당 중 몇 명이 넘어져 상자들 사이로 굴렀다.

"조심해!" 장갑차 앞바퀴가 가파른 비탈로 올라가기 직전에 울피크가 외쳤다.

차량이 기울어졌는데, 심하지는 않았으나 스프리하는 일어서지 않아도 장갑차 뒤에서 지치지도 않고 그들을 따라오는 회색 형체들의 물결을 볼 수 있었다. 엔진이 더더욱 끔찍한 비명을 질렀으나 장갑차는 이제 훨씬 더 느리게 나아갔다. 그럼에도 불구하고…… 좀비 떼는 점점 뒤처지기 시작했다. 그들은 가파른 비탈을 오르기에는 너무 서투르고 어색하게 움직였고, 게다가 폐자재 무더기 위로 올라가는 길이 너무 좁아서 좀비 중에서 일부만 들어설 수 있었다. 잡초가 자라난 비탈에서 장갑차 양옆에 덤벼들던 좀비들이 차례로 미끄러져 굴러떨어졌고, 떨어지면서 서로 잡아당기고 끌어당겨 함께 굴렀다. 그렇게 구르면서 아래에서 내려오던 좀비들을 넘어뜨렸다. 그러나 좁고 가파른 길에는 여전히 좀비들이 헐떡거리는 장갑차에 달라붙어 뼈를 물고 놓지 않는 개처럼 끈질기게 따라왔다. 좀비의 숫자는 이제 수천 명이 아니라 수백 명밖에 안 되었지만 그래도 심각한 위협이 되었다. 스프리하가 여기까지 생각했을 때 울피크가 사납게 웃음을 터뜨리더니 운전대를 날카롭게 꺾었다.

"내가 본때를 보여주지!" 울피크가 고함쳤다.

장갑차는 돌연히 속도를 내며 아래로 달려 내려갔다. 커다란 바퀴가 돌 때마다 차량이 속도를 더해갔는데도 이상하게도 엔진은 더 이상 헐떡거리거나 쇳소리를 내지 않았다.

"빌어먹을 클러치를 풀었소!" 목이 부러질 듯 흔들리며 비탈을 내려와 다시 평평한 땅을 달리게 되었을 때 울피크가 기뻐하며 설명했다.

속도는 다시 상당히 빠르게 줄어서 대략 이전처럼 느릿느릿 전진하게 되자, 울피크가 조심스럽게 클러치를 놓았다. 스프리하는 그동안 장갑차 뒤쪽으로 이동했다. 좀비들은 폐자재 무더기 위에 있었다. 좁은 길을 한 줄로 기어 올라온 좀비들 중 일부는 반대편으로 내려오는 장갑차를 따라오고 있었지만 가파른 경사면을 내려오는 것 또한 이 괴물들의 능력을 벗어나는 일이었으므로 산사태가 나듯 무기력하게 미끄러질 뿐이었다. 장갑차가 10미터 이상 멀어질 때까지 좀비들은 단 한 명도 일어서지 못할 것이 확실했고, 뒤쫓는 무리를 떼어내기에는 그것으로 충분했다.

스프리하는 얼굴에 의기양양한 미소를 띠고 좀비들이 목표물의 기색을 점차 감지할 수 없게 되어 방향을 잃는 모습을 지켜보았다. 장갑차가 다시 거리로 들어설 때쯤 차량 뒤에는 아무도 따라오지 않았다.

* * *

"보시오, 대장!"

스프리하는 조종석 해치로 고개를 내밀었다. 자기 눈을 믿을 수가 없었다. 스워비안스카 거리가 또다시 좀비 떼로 가득 차 있다! 그것이 수십 명의 형체를 보고 처음 떠오른 생각이었으나 몇 초 뒤에 눈앞에 있는 것이 좀비 떼가 아니라 근처 아파트 주민들이라는 사실을 이해했다. 그가 알 수 없는 이유로 주민들이 거리로 나와 있는 것이다.

"머저리들이 우리를 군인으로 착각했군!" 카치마레크가 스프리하를 앞질러 말했다.

사람들은 환호하며 손을 흔들고 트램 차고지를 향해 다가가는 장갑차를 향해 몰려들었다.

빨간 셔츠와 회색 바지를 입은 체격 좋은 남자가 앞장서서 주민들을 이끌었다.

"저기 있습니다, 장군님! 저기……!" 남자가 외치는 소리는 울피크가 장갑차를 세우고 나서 엔진 소리가 잦아들자 확실하게 들렸다. "트램 차고지예요! 열 명이 넘지 않아요! 탈출한 죄수들입니다! 우릴 다 죽이기 전에 쏴 죽이세요!"

"망할 고자질쟁이들." 그젤라크가 씩씩거렸다.

"기병대, 이런 상황에 어떻게 대응해야 하는지 아나?" 스프리하가 포탑에 장착된 기관총을 가리키며 물었다.

"물론 알죠."

"그럼 경고사격 해."

"저 사람들을 쏘는 거요?"

"아니." 스프리하가 잠시 망설이다가 대답했다. "머리 위로, 아파트 쪽 아무 데나 갈겨."

카치마레크는 그 명령에 따라 포탑으로 올라가서 손잡이를 잡고 기관총을 조금 돌린 뒤 발사하기 시작했다.

이 광경에 놀란 사람들은 굳어졌다가 기관총이 총알을 쏟아내기 시작하자 서 있던 자리에 그대로 엎드렸다. 기관총이 두 번째로 총알을 쏟아내기 시작했고 최소한 여섯 개의 창문 아래 맞아 회반죽을 부수었다.

"그만!" 스프리하가 뒷문을 열고 거리로 나갔다. 머리에는 여전히 철모를 쓰고 있었기 때문에 생존자들은 그를 바로 알아보지 못해 집으로 도망쳐 들어갈 순간을 놓쳐버렸다. "따라와!"

울피크는 쇠지렛대를, 그젤라크는 전리품인 야전삽을 손에 들고 장갑차에서 내렸다. 카치마레크도 일당의 뒤를 따랐다. 주민 중에는 한창때의 장정이 최소한 열다섯 명 모여 있었지만 그들 넷이 앞으로 지나가도 남자들은 아무도 나서지 않았다. 장갑차에서 내린 일당은 특별히 위협적이거나 무시무시하지 않았으므로 민간인들은 모두 함께 그들을 짓이길 수도 있었을 것이다. 그렇지만 이들은 공포에 질려 굳어져 있었다.

땅에 엎드린 남자들이 손이라도 까딱하기 전에 트램 차고지에서 나머지 일당들이 쏟아져 나왔다. 마그지아레크가 손에 망치 두 개를 들고 선두에 서서 달려 나왔고 나머지 범죄자들도 도끼부터 칼, 심지어 쇠스랑까지 되는대로 무기 삼아 들었다.

"기다려!" 스프리하가 손을 들어 이들을 멈춰 세웠다. "기병대, 다시 포탑으로 가서 기관총 잡아!" 그리고 스프리하는 땅에 엎드린 빨간 셔츠의 남자를 발로 찼다. "너희들은 일어나서 벽에 붙어

서! 빨리!"

그들은 스프리하가 예상한 것보다 빠르고 능숙하게 명령에 따랐다. 잠시 후에 스프리하는 소련 전쟁영화에 나오는 나치 장교처럼 야비한 미소를 띠고 한 줄로 늘어선 사람들 앞을 느긋하게 걸으며 그들의 공포에 질리고 눈물 젖은 눈을 보고 있었다. 갑자기 그는 엄청난 만족감을 느꼈다. 그가 바로 이 가축 떼의 삶과 죽음을 결정하는 지배자였다. 감염병보다도 더 끔찍한 죽음의 신. 비록 이전에 그의 희생자들이 겪었던 것과 똑같은 고통을 이 벌레들에게 제공해 줄 수는 없지만 스프리하는 이 가축들이 겁에 질려 며칠이나 진땀을 흘리도록 자신이 할 수 있는 일은 다 할 작정이었다.

그는 처음에는 한 방향으로, 다음에는 반대 방향으로, 아무 말도 하지 않고 그저 주민들을 바라보며 불길하게 웃으면서 걸었다. 마침내 그는 벽 앞에 선 서른다섯 명이 모두 그를 잘 볼 수 있도록 거리 한가운데로 물러났다.

"헛소리할 시간이 없으니 이렇게 하지……." 지난 두 시간 동안 겪은 일 때문에 스프리하는 아직도 불안정한 상태였으므로 14번지 아파트에서 했듯이 이 무리를 데리고 재미를 볼 생각은 없었다. "오늘은 더 이상 아무도 안 죽일 생각이었지만 다들 나한테 이렇게 예쁘게 부탁하셨으니 원하는 대로 해드리도록 하지. 여기 모인 명랑한 분들 중에서 한 명, 단 한 명을 골라서……." 그는 오른손 검지를 얼굴 앞에 들어 올렸다. "……그 사람의 가족이 이 야단법석의 대가를 치르게 하겠다. 가족 전체 말이다. 개, 고양이, 금붕어까지 다 합쳐서." 그는 사람들의 표정에서 안도감이 사라지는 모습을 지켜보았다. "그런데 대체 누구 때문에 이렇게 다들 길거리로 몰려나오셨을까?" 그는 대답하도록 격려하는 몸짓으로 양팔을 넓게 벌렸다.

"선생님 때문이겠죠?" 여성 한 명이 마침내 중얼거렸다.

"선생님이 아니라 선생님들이지." 그는 등 뒤에 모여 선 부하들을 가리켰다. "여러분이 자기 소굴에서 기어 나올 수 있게 우리가 빌어먹을 놈들 내장을 다 찢어줬는데 이렇게 보답하신단 말이지? 망할 거짓말쟁이 소령 장군님한테 연기 신호나 보내고? 장갑차가 보이자마자 불에 뛰어드는 나방처럼 뛰쳐나와서 당신들을 위해서 그렇게 애써준 우리를 밀고하고?" 그는 말을 멈추고 마치 믿을 수 없다는 양 고개를 저었다. "잡담은 이걸로 됐고! 스프리하 아저씨는 여러분이 미워졌어. 아저씨의 노력을 알아주지 않으니까 지금부터는 저 썩을 시체 새끼들하고 똑같이 취급할 거야. 봐주기 없기! 인정사정없기!" 그는 다시 늘어선 사람들 앞을 걸으면서 좀 어리고 예쁜 여자들의 머리채를 잡아 끌어냈다. 열세 명의 여자 중 그는 그렇게 일곱 명을 골랐다. "반대쪽으로 가." 그가 차고지를 가리키며 지시했다.

여자들은 여자답게 울기 시작했지만 그는 상관하지 않았다. 스프리하가 불러낸 범죄자 일당들이 재빨리 여자들을 울타리 아래로 끌고 갔지만 이 모든 것이 무슨 계획인지 알지 못했으므로 그곳에 멈춰 어쩔 줄 몰랐다. 그저 대장이 여자에 관한 한 자신들과 같은 생각이기를 바랄 뿐이었다.

그동안 스프리하는 나머지 주민들에게 줄을 좁혀 서도록 한 뒤에 다시 이쪽저쪽으로 걸어 다니면서 사람들 앞에 멈추어 서서 자세히 들여다보았다. 어느 마르고 안경 쓴 남자가 몇 초 동안 스프리하의 시선을 받다가 견디지 못하고 주저앉았고 일당들은 여기에 무척 재미있어했다. 결국 스프리하는 이 코미디를 그만하기로 했다. 그의 선택은 처음에 끝났고 나머지는 그저 보여주기일 뿐이었다.

"바구니 속에 누굴 숨기고 있니, 빨간 셔츠야?" 그는 자신과 부하들을 그토록 열심히 밀고했던 남자의 얼굴에 내뱉었다. "이 얘기가 어떻게 끝나는지 아나? 이제 나쁜 늑대가 네 집으로 가서 할머니뿐만 아니라 가족들 전부를 잡아먹을 거다, 알겠나, 개새끼야?" 남자는 대답하지 않고 그저 더욱 창백해졌다. "너!" 스프리하가 옆에 서 있는 여자를 가리켰다. "이 쓰레기가 어디 살고 이름이 뭔지 말해." 여자가 뭔가 웅얼거리기 시작하자 스프리하는 고개를 저으며 몸을 숙여 여자의 얼굴에서 글자 그대로 몇 센티미터 떨어진 곳까지 고개를 들이밀었다. "제대로 말하지 않으면 네 가족도 나쁜 늑대가 같이 잡아먹어 주마!"

"그 사람 성은 가……가블리크예요." 겁에 질린 여자가 더듬거렸다. "저, 저기, 시……19번지에 살아요. 아……아파트는…… 3호예요. 2……2층이에요."

"꺼져!" 스프리하는 한 걸음 물러서며 고함쳤고, 여자가 반응하지 않자 더 크게 소리 질렀다. "다들 집에 가서 살아서 숨 쉬는 놈들은 다 끌고 나와! 하지만 지저분한 꿍꿍이는 생각도 하지 마. 내 부하들이 집집마다 뒤질 테니까 수상한 짓 하는 놈들은 가족 모두 저 빨간 셔츠하고 똑같은 꼴이 될 거다. 10분 뒤에 여기 다시 모인다! 한 명도 빠짐없이 전부!"

* * *

정해진 시간이 지나기 전에 스프리하가 가블리크 가족의 아파트에 등을 지고, 마그지아레크와 다른 일당들이 엄청나게 겁에 질린 아파트 주민들을 트램 차고지 울타리 아래로 몰고 나오는 모습을 바라보며 전리품인 장갑차 위에 앉았다.

작업이 끝나갈 때쯤 스프리하가 물었다.

"누가 빠졌지?"

그는 창백한 얼굴들을 주의 깊게 들여다보았다. 지시를 어기면 어떻게 될지 분명하게 말했는데 이 겁쟁이들 중 누군가 그런 위험을 무릅쓸 것이라고는 생각하지 않았으나 스프리하는 언제나 숨은 목적을 가지고 있었으므로 주민들을 모두 확인하기로 했다.

"여기에 누가 빠졌는지 알려주는 사람은 우리 쪽에서 절대 건드리지 않겠다고 보장하지. 본인과 가족 모두. 게다가 내가 개인적으로 돌볼 것이다. 덤비려는 사람은 전부 모래 놀이터에 묻어주겠다." 그는 고갯짓으로 가까운 모래 놀이터를 가리켰다. "이 제안의 유효 시간은 앞으로……." 그는 시계를 보면서 목소리를 낮추었다. "1분이다."

그는 규칙적으로 1초, 1초를 측정하는 시곗바늘에서 눈을 떼지 않았다. 그우셰크 경찰관이 모범 근무자로서 지휘부에서 받은, 포상 각인이 새겨지고 17개의 보석이 들어간 시계는 이제 스프리하가 가장 아끼는 시계가 되었다. 눈금판을 볼 때마다 그는 자신이 처형대에 매달려 흔들리는 대신 이제는 이 시멘트와 벽돌 정글의 왕이라는 사실을 떠올렸다. 이제는 원하는 대로 뭐든지 할 수 있다. '아냐…… 뭐든지는 아니지, 아쉽게도.' 그는 못마땅하게 생각했고 그 때문에 기분이 더욱 나빠졌다. 그는 그 경험이 절박하게 부족했다, 이런…….

46초 지점에서 그는 소리치는 남자들의 목소리를 들었다. 동시에 고함지르고 있어서 알아듣기 힘들었지만 한 가지는 분명했다. 여러 남자가 같은 이름을 되풀이하고 있었다.

그는 시계에서 눈을 뗴었다. 사람들 속에서 두 남자가 동시에 뛰어나왔다. 한 명은 30대에 금발, 이마가 높고 특유의 스페인식 염소수염을 길렀고, 다른 남자는 아주 젊어서 아직도 아이처럼 보였으나 수염도 머리카락도 엄청나게 자라 있었다. 어리고 머리가 긴 것으로 보아 입고 있는 군복 바지와 티셔츠는 가족 중 누군가에게서 얻었거나 아니면 시장에서 산 것 같았다.

사람들은 마치 배신자를 바라보듯 그들을 노려보았다. 사실 그들은 배신자가 맞았다.

"다시 말해, 차례로." 스프리하가 남자들을 주의 깊게 들여다보며 내뱉었다. "너부터!" 그는 나이가 더 많은 쪽을 가리켰다.

"쿠흐노프스키네 딸이 안 보입니다."

스프리하는 어린 남자에게로 시선을 돌렸다.

"바르바라가 없어요." 어린 남자도 중얼거렸다.

"같은 사람 말하는 건가?" 스프리하가 되물었다.

두 남자는 고개를 끄덕였다. 이 광경을 보고 있던 구경꾼들이 분노에 차서 웅얼거렸다.

"쿠흐노프스키가 누구지?" 그는 모여 선 사람들을 훑어보았고, 그중 40대로 보이는 부부가 밀려 나왔다. 남자는 명백하게 경멸에 찬 시선으로 스프리하를 쳐다보고는 자신을 그토록 열심히 밀어낸 이웃들의 발밑에 침을 뱉었다. 전직 장교로 보였고, 살면서 여러 가지를 보고 겪어 쉽게 겁먹지 않는 것 같았다. 어쩌면 그래서 딸을 숨기기로 결정했는지도 모른다. 쿠흐노프스키도 처음에 장갑차를 멈춰 세우려고 거리로 달려 나왔던 사람들 중 하나였다. 그의 아내는 그렇게까지 강한 성격으로 보이지 않았다. 스프리하와 눈이 마주치자마자 쿠흐노프스카 부인은 울기 시작했다. "묶어서 가블리크 집으로 데려가." 스프리하가 이 공연을 더 길게 끌기 싫어서 명령했다. 아직도 할 일이 많았고 시간이 늦어지고 있었다. 그는 사람들의 겁먹은 얼굴을 바짝 들여다보았다. 한 명을 본보기로 골라낼 생각이었는데 둘이나 얻었다. 남자에게 칼을 주고 부하들에게 구경거리를 제공할까 하는 생각도 들었으나 그만두었다. 그런 싸움의 결과는 너무 뻔할 것 같았고, 배신자가 패배하면 이 가축 떼도 함께 즐거워할 것이다. 부부가 함께 있게 하자. 둘이 함께 있으면 혼자보다는 낫다고들 하니까.

"자넨 이름이 뭐지?" 그가 소년에게 물었다.

"다니엘이에요." 소년이 대답했다.

"그게 이름이야 성이야?"

"이름입니다, 대장. 성은 피에드차크예요."

"어디 살지?"

"17번지 맨 위층에요." 소년은 활짝 열린 창문을 가리켰다.

스프리하는 좀 더 나이 많은 남자를 바라보았다.

"너는?"

"토마시 사테르누스입니다. 크렝타 거리에 삽니다."

'잘됐군.' 스프리하는 생각했다. '서로 멀리 떨어져 사니까 아파트 주민들은 이 두 명이 나눠서 관리할 수 있겠어.'

"그런데 아까 말한 바르바라는 어디 살지?"

두 남자는 가블리크의 아파트 옆 동 철문을 가리켰다. 피에드차크와 같은 동이다.

"나무꾼, 그물, 우리 젊은 친구하고 같이 가. 어느 집 문을 두드려야 하는지 이 친구가 알려주겠지. 빨리 데려와. 그리고 여자가 기절하면 안 돼!"

슈치그워와 네린크는 다니엘을 쳐다보고 아파트 문을 향해 빠르게 걸어갔다. 쿠흐노프스카 부인은 이 모습을 보고 털썩 주저앉아 무릎을 꿇고 눈물에 젖어 뭔가 중얼거리기 시작했으나 방금 쿠흐노프스카의 양손을 묶은 그젤라크가 상황을 정리했다. 관자놀이에 한 대 맞은 그녀는 땅에 쓰러졌다. 남편 쿠흐노프스키도 이미 묶인 채로 스프리하가 알아듣지 못할 말을 뭔가 소리쳤으나 마루트의 반응으로 보아 뭔가 아주 모욕적인 말이 분명했다. 마루트는 그젤라크와 함께 쿠흐노프스키를 발로 차기 시작했고 처음 몇 번만에 남자가 더 이상 움직이지 않았는데도 계속 발길질해 댔다.

스프리하는 부하들의 기분이 풀릴 때까지 차분히 기다리다가 둘에게 쿠흐노프스키 부부를 위층으로 데려가서 거기에서 처치하라고 지시했다. 그 자리에 없는 소녀의 부모를 죽음으로 내몬 장본인인 사테르누스는 멀지 않은 곳에 서서 고개를 숙였으나 한 걸음도 물러서지 않았다. '저놈은 괜찮은 카포*가 되겠는데.' 스프리하는 만족해하며 생각했다.

"내 말 잘 들어, 빌어먹을 머저리들아." 그는 계속 울고 있는 여자들의 흐느낌 때문에 목소리를 높였다. "그리고 잘 기억해 둬, 두 번 말하지 않을 테니까. 이 스프리하한테 개수작 부리지 마라. 선택해, 우리 편에 붙거나, 아니면 모래밭에 묻어버린다……." 그는 상황이 이제 더 이상 그렇게 단순하지 않다는 사실을 깨닫고 입을 다물었다. 가까운 모래 놀이터는 그가 죽음에 이르게 했으나 죽지

---

* 나치 강제수용소에서 같은 유대인을 관리, 감시하던 유대인 수감자 대장을 말한다.

않은 사람들의 묶인 시체로 가득했다. 망상증처럼 들리는 얘기지만 사실이었다. "내가 뛰라고 하면 너희가 할 말은 하나뿐이다. '얼마나 높이 뛸까요, 대장님?' 알겠나?" 그는 몇 초 기다렸다가 대답이 들리지 않자 고함쳤다. "알겠나?"

"예!" 사테르누스가 본보기를 보였다. 갈라진 목소리들이 조용히 같은 대답을 되풀이했다.

스프리하는 경멸을 담아 코웃음 쳤다. 그는 언제나 자신이 남들보다 뛰어나다고 여겼으나 진짜 사람, 즉 자신과 부하들과, 이른바 '사회'라고 하는 나머지 벌레들의 차이가 무엇인지를 감옥에 들어가서야 깨달았다. 그것은 나머지 벌레들에게 양심이라는 게 있다는 사실이었다. 그는 이곳의 그런 사람들을 최대한 밟아줄 작정이었다. 부분적으로는 그가 그럴 권리를 가졌기 때문이지만 그보다 훨씬 더 중요한 이유는 스트레스를 풀고 싶다는 마음이었다. 장갑차를 타고 오는 동안 아무것도 확실한 게 없고 그 자신도 겁에 질린 순간들을 겪었기 때문이다.

"피에드차크 씨와 사테르누스 씨는 지금부터 불가침이다." 그는 모인 사람들에게 선언했다. "둘 중 한 사람한테 무슨 일이든 생기면, 문제를 일으킨 사람이 사는 아파트 전체를 씹어 먹겠다. 전부다, 심지어 너희들 절반이 같은 아파트에 살고 있어도 상관없다. 알겠나?"

이번에는 주민들이 아무도 독려하지 않았는데도 훨씬 더 기운차게 큰 소리로 대답했다. 그들 대부분이 전쟁을 기억하고 있었고 꼭 이 도시에서 2차 세계대전을 겪지 않았더라도 고생을 할 만큼 한 것이 분명했다. 나치에게 점령당했던 기간에는 점령자들에게 복종해야만 했고, 그 뒤에는 소련군에게 고개를 숙여야 했다. 소련군도

나치보다 별로 나을 게 없었고, 스탈린이 죽은 지 고작 몇 년이 지나 이제 삶이 조금 견딜 만해졌을 무렵 더욱 커다란 폭탄이 떨어진 것이다. 그렇다고 스프리하가 그들을 동정한 것은 아니었다. 그들이 더 나은 대접을 받을 자격이 없다고 여겼으며 그저 사실을 말했을 뿐이다.

슈치그워와 네린크가 날씬한 갈색 머리 소녀의 머리채를 잡고 돌아왔다. 다니엘 피에드차크가 그 뒤에서 목을 조금 웅크린 채로 따라왔다. 자신을 쳐다보는 이웃들의 증오에 찬 눈빛에 다니엘은 시선을 내리깔았으나 특별히 충격을 받은 것 같지는 않았다.

"이리 와!" 스프리하가 불렀고 다니엘이 장갑차 앞에 서자 그에게 다음 계획이 무엇인지 설명했다. 소년은 얼굴이 창백해졌지만 고개를 끄덕였다. "다들 왔으니 이제 시작하지." 스프리하가 일당에게 말했다.

그는 편하게 다리를 펴고 앉았다. 오늘의 모험을 위해 가지고 나갔던 사과를 주머니에서 꺼내 한 입 베어 물며 그는 떠들기 시작했다.

"친애하는 이웃 여러분. 이제 더 이상 극장도 영화도 라디오도, 그리고 저 끔찍한 기술의 산물인 텔레비전도 없으니 이런 매체 대신 오래된 전통적인 구경거리를 선사하겠다. 피가 얼어붙도록 무서운, 빨간 셔츠에 대한 이야기다. 옛날 옛적에 스프리하라는 이름의 늑대가 살았는데, 별로 크지는 않았지만 아주 욕심이 많았다. 어느 날 스프리하가 무리에게로 돌아왔는데 눈앞 오솔길에 빨간 셔츠를 입은 남자가 보였다. 오늘은 실컷 먹겠군, 이렇게 생각했는데 가까이 가서 보니 남자가 주머니에서 호루라기를 꺼내서 스프리하에게 이렇게 말했다. '너 나한테 아무 짓도 하지 마라. 이 호루라기를 불면 사냥꾼들이 사방에서 달려올 테니까. 멋진 모자를 쓰고 총을 들고 와서 빵빵 쏴서 너를 가루로 만들어버릴 거다.' 이 말은 그대로 사실이었기 때문에 늑대 스프리하는 겁을 먹었지. 호루라기 소리를 듣고 사냥꾼들은 사방에서 몰려들어 불쌍한 늑대들을 총알받이로 만들어버리곤 했으니까. 하지만 스프리하는 다음 날 다시 사냥하러 나갔을 때 오솔길에서 어제 봤던 남자가 말한 멋진 모자를 쓴 사냥꾼들을 보았어. 그래서 냄새를 맡고 뒤를 따라갔더니 어떻게 됐게? 사냥꾼들 모두 숲에서 도망쳐 버렸고, 너무 겁을 먹어서 멋진 모자에다 총까지 버리고 간 거야. 스프리하는 그때까지도 사냥꾼들이 왜 그렇게 겁을 먹었는지 몰랐지만 이렇게 생각했지. 궁금하군, 빨간 셔츠는 이제 뭐라고 말하려나? 그래서 들소 사냥은 그만두고 빨간 셔츠가 언제나 다니는 오솔길에 숨어 있었지. 기다리고 또 기다렸어. 배가 고파 뱃속이 꾸르륵거리기 시작했을 때 보니까 저기 나무 사이로 어떤 아가씨가 나타나는 거야……" 스프리하는 입을 다물고 다니엘을 의미심장하게 바라보았다.

다니엘은 바로 이야기에 뛰어들지 않았지만 별달리 상기시켜 줄 필요는 없었다. 그는 서둘러 고개를 끄덕이고는 마른침을 삼키며 중얼거렸다.

"그 애 이름은 요안나예요."

"……빨간 셔츠의 딸인 요안나가 나타나는 거야. 요안나가 미친 듯이 호루라기를 불었지만 늑대는 요안나를 찢어서 먹어버렸지. 왜냐하면 달려와서 구해주는 사냥꾼이 아무도 없을 거라는 걸 알고 있었으니까." 스프리하는 이야기를 마치고 다시 사과를 베어 물었다. 어느 순간에 마그지아레크가 가블리크의 맏딸을 창문에서 밀어 떨어뜨리는지 뒤를 돌아볼 필요도 없었다. 담장 아래 모인 사람들의 반응은 말로 할 수 없었고, 창문에 목이 매달린 여자를 바라보는 것보다 훨씬 더 스프리하를 자극했다. 그러나 어쨌든 그는 여자에게 손가락 하나 댈 수 없었다……. 그는 욕망을 억누르기 위해 이를 악물었다. 그로서는 다행히도 주민들은 이웃 가족의 처형에 너무 크게 충격을 받아 스프리하의 조그만 감정 변화에는 신경 쓸 겨를이 없었다. "늑대는 아주 슬퍼했어, 왜냐하면 잘못했다는 사실을 깨달았으니까. 요안나는 아주 맛있는 음식이었지만 분명히 가족이 있었을 테니까. 그것도 아주 많을지도 몰랐거든." 바로 그 순간 스프리하는 자신의 현재 희생자에게 자식이 몇이나 있는지 전혀 모른다는 사실을 깨달았다. 그저 외동은 아니기를 바랄 뿐이었다. "늑대는 요안나가 온 길을 따라서 도시로 가려고 했지만, 그 길에 다른 사람 냄새가 너무 많아서 금방 길을 잃고 시무룩해져서 숲으로 돌아왔지. 어떻게 빨간 셔츠를 찾을 수 있을까? 하루가 끝날 때까지 늑대는 화가 나고 배가 고픈 채로 생각에 잠겼는데, 머리를 장식으로 달고 있지는 않았으니까 결국은 어떻게 해야 할지 알아냈어. 버려진 사냥꾼 모자가 있는 곳으로 달려간 거지. 하나를 집어서 쓰고 어깨에는 사냥총을 메고 이렇게 변장한 모습으로 도시로 당당히 들어갔어. 얼마 지나지 않아서 가까운 집에서 빨간 셔츠가 달려 나왔지, 자기 딸이 숲에 갔다가 돌아오지 않았다고 사냥꾼에게 고자질하려고 말이야. 너 여기 있었구나, 늑대 스프리하가 기뻐했지만 바로 그때 바람이 불어서 머리에서 사냥꾼 모자를 벗겨버렸어. 그래서 먹잇감이 눈앞에 있는 게 정말로 누구인지 너무 빨리 알아버린 거야. 빨간 셔츠는 집으로 달려갔지만 늑대가 바로 뒤에서 쫓아와 곧 대문 안으로 들어와서…… 다미안을 붙잡았어." 그는 다니엘이 옆에서 때맞춰 귀띔해 준 이름을 능숙하게 이야기 속에 집어넣었다. "배가 너무 고파서 다미안을 그 자리에서 먹어버렸지. 순식간에 아이를 처치하고 늑대는 이제 계속 달려가는 거야. 오두막 안에는…… 야고다가 앉아 있어. '어째서 그렇게 눈이 크니?' 늑대가 놀라서 야고다에게 물었지. '네가 나를 먹어버리려는 것 같으니까.' 겁에 질린 소녀가 말했다. 멍청하진 않군, 늑대가 한입에 야고다를 삼키면서 이렇게 생각했어. 늑대는 모든 이성을 먹어버리는 걸로 유명했거든. 다 먹고 입술을 핥고 있는데 집 안에서 누가 방문을 열었어. 보니까 문간에…… 아만다가 서 있는 거야. '왜 그렇게 귀가 크니?' 늑대가 아만다에게 물었어. '누가 우리 언니를 먹어버리려는 소리를 듣고 이렇게 귀가 커졌어.' 아만다가 대답했어. 그래서 늑대는 아만다의 목을 꺾어서 재빨리 씹어 먹었는데, 야고다도 아만다도 그저 아이들일 뿐이고 아이들은 먹어 봤자 배가 안 부르니까. 좀 더 큰 뼈를 다 삼키기도 전에 이웃집에서…… 카샤가 나왔어."

'잘해나가고 있군.' 스프리하는 기뻐하며 이야기를 잠시 끊고 사과를 또 한 입 베어 물었다. 그는 이야기를 적절한 순간에 끝내고 싶어서 가블리크의 아내 이름을 미리 물어보았으므로 알고 있었다. "늑대는 이제 떠드는 것도 지겨워져서 아무것도 묻지 않고 카샤를 집어삼켰어. 이제까지 그저 한 입 거리 간식만, 그것도 점점 작아지는 아이들을 찾아냈는데 늑대가 원하는 건 주요리란 말이야. 그래서 늑대는 옆집을 들여다보았는데 거기 침대에 앉아서 책을 읽는 아이는…… 나타니엘이었어." 주민들은 눈을 꼭 감고 계속, 계속 성호를 그었다. 스프리하는 마그지아레크가 방금 또 한 아이의 목을 매달았을 것이라 짐작했는데, 아이들은 다 죽이고 나면 이 이야기도 끝내야만 할 것이었다. "조그만 간식거리지, 여러분도 보시다시피. 이렇게 어엿한 늑대에게는 한 입도 안 돼. 늑대는 더 주의 깊게 들여다봤고……." 스프리하는 이 동화에서 가장 재미있는 부분으로 넘어가는 듯 목소리를 낮추었다. "침대 이불 밑에 누가 숨어 있는 걸 알았어. 그래서 이불을 젖혔더니 딱 붙잡은 거야, 삼보르를……." 스프리하는 아이들을 처형하는 모습을 직접 보지 않겠다고 스스로 약속했지만 점차 흥미가 동하기 시작했다. "그래서 삼보르도 한입에 삼키고 계속해서 침대를 뒤졌어. 냄새로 보아하니 이게 끝이 아니었거든. 그렇게 해서 결국 베개 사이에서 누구를 찾아냈을까? 그래, 바로 다름 아닌…… 야스민카였지." 여자들은 담벼락 아래서 무릎을 꿇었고 남자들은 고개를 돌렸다. '좋아, 아주 좋아.' 스프리하는 생각했다. "그런데 빨간 셔츠 같은 남자는 도대체 아이를 몇이나 낳은 걸까. 여전히 굶주린 늑대 스프리하는 진심으로 놀라서 생각했어."

"방금 마지막이었어요." 다니엘이 친절하게 알려주었다.

스프리하는 손을 자유롭게 하기 위해 다 먹은 사과를 등 뒤로 던졌다.

"늑대는 커다란 오두막집의 나머지 방도 뒤지려고 했는데 누가 현관문 두드리는 소리가 들려왔어. 아니 설마, 손님이 온 거야. 집에 누가 찾아왔는지 여러분도 궁금하시겠지. 바로 쿠흐노프스키 부부였어. 기병대가 올 때까지 딸을 숨겨뒀다가 잘생긴 왕자에게 시집보내려고 했던 거야!" 가블리크의 아이들을 처치한 뒤에 잔꾀 쓰는 부부를 처형하기로 부하들과 미리 정해두었는데, 이때 끌려 나온 바르바라가 모든 것을 지켜보게끔 그젤라크가 붙잡고 있었다. "쿠흐노프스키 부부는 도시 사람들이 그렇듯이 좀 질기고 짰지만, 마침내 굶주림이 조금 가라앉은 늑대 스프리하는 이제 서두르지 않고 집 안을 돌아볼 수 있게 되었지. 처음에는 찬장을, 그다음에는 다락방과 옷장을 들여다보았어. 그런데 바로 거기에, 멋진 드레스 사이에…… 올리비아 부인이 숨어 있는 거야. '나를 먹지 말아 줘.' 올리비아 부인이 애원했지만 늑대의 식탐은 이길 수 없는 법이지. 게다가 늑대 스프리하는 마음씨가 고와서 아이를 모두 잃은 어머니가 그대로 살아가게 내버려둘 수 없었다. 냠냠, 하고 나니 빨간 셔츠의 아내도 이젠 없어. 하지만 빨간 셔츠는 대체 어디 숨어 있을까? 바로 그게 수수께끼야. 조급해진 늑대는 빨간 셔츠의 냄새를 맡을 수가 없었는데, 왜냐하면 집 안 전체에 그 새끼 냄새가 배어 있었거든. 그래서 헛간을 들여다봤지만, 비어 있어. 돼지우리를 들여다봤지만, 거기도 아무도 없어. 그래서 이제는 나가려는데 변소에서 이상한 소리가 들리는 거야. 거기 있었구나, 늑대는 생각했지. 그리고 맞았어. 빨간 셔츠는 똥간에 숨어서 자기 똥 냄새가 지혜로운 늑대의 코를 속이기를 바라고 있었던 거야. 하지만 그렇게 되지는 않았거든. 왜 그랬는지 알아? 내가 얘기해 주지. 삶은 동화가 아니고 강한 놈한테는 이길 수 없으니까. 끝."

스프리하는 앉은 자리에서 일어나며 부하들에게 사람들을 쫓아보내라고 신호했다. 1분도 지나지 않아 거리는 다시 텅 비었다. 이제 스프리하는 평온하게 자신의 최신 작품을 감상할 수 있게 되었다. 크림색 아파트의 창문 일곱 개에 입에 재갈이 물리고 손발이 묶인 가블리크 가족과 그들의 고집스러운 이웃이 매달려 있었다. 그는 골칫덩어리 빨간 셔츠의 자식이 그토록 많은 데에 다시 한번 놀랐다. 그러나 그는 자신이 올바른 선택을 했다고 여겼다. 벌레들은 쉽게 잊을 수 없는 교훈을 얻었을 것이다.

"대장은 말솜씨도 좋소." 야니체크가 그를 칭송했다. "미리 알았더라면 좋았을걸, 그랬으면 뭐라도 태웠을 텐데. 그 있잖소, 극적인 효과를 거두기 위해서 말이오."

"다음번에는 미리 알려주지." 스프리하가 약속했다.

"또 할 생각이오, 대장?" 페레크가 관심을 보였다.

"못 할 건 뭔가. 사람들한테 동화 구연하는 게 마음에 들었어. 이제는 영화도 텔레비전도 라디오도 없으니 오락거리를 찾기 힘들고, 게다가 『그림 형제 동화집』은 정말 피투성이야. 딱히 줄거리를 바꿀 필요도 없다니까." 스프리하는 아파트에서 나오는 부하들을 바라보았다. 마그지아레크는 무척 즐거워 보였고 나머지 사람들도 그다지 슬픈 것 같지는 않았다. 각자 뭔가 들고 있었다.

"그 새끼 집이 부자였던 모양이지." 스프리하가 그들에게 말했다.

"그럴 리가요, 대장." 슈치그워가 그 말을 듣고 재미있어하며 웃었다. "필요한 걸 다 갖추기 위해서 옆집 문을 부수고 들어가야 했소." 그가 설명했다. "오른쪽 창문 세 개만 가블리크 집이었소. 레닌 머리 속의 이처럼 방 두 개에 틀어박혀 있더군. 우리 감방보다도 더 좁았소. 다행히 이웃집은 벌써 도망치고 아무도 없었소."

"우리가 좋은 일을 해준 것 같군." 스프리하가 차갑게 중얼거렸다.

"대장, 내가 그 옆집에서 뭘 찾아냈는지 보시오." 네린크가 나머지 일당들 사이에서 밀고 나와 조그만 사진기를 내밀었다. "진짜 진품 조르카* 4요, 대장. 내 것하고 똑같소."

"축하하네." 스프리하가 중얼거리며 머릿속으로는 벌써 다음 계획을 구상하기 시작했다.

* 조르카(Zorka)는 소련 크라스노고르스크 기계 공장에서 1940년부터 1980년까지 생산된 조르키(Zokij) 카메라 시리즈의 폴란드식 이름이다.

"고맙소." 기쁨에 찬 네린크는 스프리하의 경멸하는 어조를 눈치채지 못했다. "대장, 있잖소, 내가 생각해 봤는데 이 사건을 기록으로 남겨야겠소. 최근에 여러 가지 일들이 일어났는데, 사진만이 시대의 유일한 목격자 아니겠소. 사람 기억력은 언제나 실망스러운 법이니까. 후대를 위해서 찍어둡시다."

"좋은 생각이오." 페레크가 맞장구쳤다.

나머지 사람들도 사진을 찍는다는 생각을 너무나 마음에 들어해서 스프리하도 잠시 생각한 뒤에 이 순간을 기록으로 남길 가치가 있겠다고 인정했다.

"그러면 찍어보게." 그가 말했다. "빨리 해, 아직 행복한 하루가 다 지나간 게 아니니까."

일당은 서로 소리치고 붙잡고, 사진에 전원이 다 나오게 하려고 망을 보기 위해 멀리 앉아 있던 모라비에츠까지 불러들였다. 네린크는 가장 넓은 시야를 확보하기 위해 담벼락 바로 아래 삼각대 위에 카메라를 설치하고 타이머를 켠 뒤 재빨리 나머지 일당 틈에 들어왔다. 앞줄에는 범죄자 일당 전원이 보이도록 늘어섰다. 그들 뒤에는 전리품인 장갑차가 보였다—구도가 대칭적으로 나오도록 울피크가 장갑차를 몇 미터 앞으로 몰고 온 것이다. 그 뒤로 아파트 건물과 창문에 매달려 끊임없이 몸부림치는 좀비들이 배경이었다.

"좋다, 제군." 스프리하는 찰칵 소리가 들리고 나서 말했다. "점심 먹고 일 시작하도록 하지."

"무슨 일 말이오?" 즈고젤스키가 놀랐다.

"아주 완벽한 우리 아지트를 찾아냈거든." 스프리하가 기대에 차서 양손을 비비며 대답했다.

30

1963년 8월 11일 일요일 15시 12분
시립동물원, 브루블레프스키 거리 1-5번지

"소령 동…… 소령니…… 소령입니다!" 통신병이 새로운 호칭에 적응하지 못하고 조금 혼란스럽게 보고했다.

니즈네르는 통신병이 건네는 쪽지 네 장을 받아 들고 경례를 받았으나 젊은 사병이 천막에서 나간 뒤에야 쪽지 내용에 눈을 돌렸다. 그의 천막은 이전에 어느 중앙아시아 초원에 살던 초식동물 사육장이었으며 단단한 울타리로 둘러싸여 있었다.

"그렇지!" 그는 만족해서 외치며 왼손에 힘주어 주먹을 쥐었다.

비에드지츠키는 고민하는 시간을 줄이고 예상보다 더 많은 것에 동의했다. 명령의 내용은 니즈네르 소위가 해 지기 전에 복귀하고 계속 무전기로 연락하기만 하면 오늘 당장이라도 보트를 타고 나가도 좋다는 것이었다. 니즈네르는 재빨리 시계를 보고 제때 임무를 마칠 수 있음을 확신했다. 예측하지 못한 복잡한 상황이 생긴다 하더라도 해 지기 한참 전에 돌아올 수 있을 것이다.

소령이 동의할 것이라고 확신한 그는 비에드지츠키와의 첫 회담 뒤에 이미 군인들에게 토요일에 입수한 모터보트를 한 대 준비하도록 했다. 꼼꼼하게 포장한 무전기와 전투식량 몇 상자, 구급약품이 모터보트로 옮겨졌다. 그러므로 인원을 모아 보트를 띄우기만 하면 되었다.

천막을 나와 불타는 태양 아래 선 그는 누구를 데려갈지 이미 정해두고 있었다.

"시내 산책 좀 하시겠습니까?" 니즈네르는 잔디 위에 누워 느긋하게 풀잎을 씹고 있는 마베트에게 권했다.

"저리 꺼져주게, 소위." 경위가 눈도 뜨지 않고 내뱉었다.

마베트는 얼마 전에 겪었던 브로후프에서 본부로, 그 뒤에 시내 중심가에서 동물원으로의 원정을 생각만 해도 피가 끓었다. 혼자서 그 십수 킬로미터를 지나오며 살아남았다는 사실은 기적이라 여겼고, 기적은 너무 자주 일어나지 않는 법이었으므로 그는 또다시 운명을 시험해 볼 의향은 전혀 없었다.

"진지하게 말씀드립니다."

"나도 진지하네."

"좋습니다. 제가 정확히 말씀드리지 못했나 봅니다." 니즈네르는 경위가 어째서 거부하는지 드디어 깨달았으므로 포기하지 않았다. "클렝치코프스카 거리에 있는 그 감옥에 진입해도 좋다는 허락을 받았습니다. 부지가 강을 끼고 있으므로 걷는 거리는 수십 미터밖에 안 됩니다. 그러나 관련 분야 인사가 함께하시면 좋겠습니다. 현지 사정을 더 잘 파악하기 위해서 말입니다."

"오드라강을 타고 거기로 가겠다고?" 경위가 눈을 뜨면서 좀 더 구체적으로 물었다.

소위가 설명할수록 제안은 경위에게 조금씩 더 흥미로워졌다. 누가 알겠는가, 1호 교도소를 관리할 수 있을지도 모른다. 고향에 돌아가는 기분일 것이다. 경찰 차량부대는 아무것도 모르는 징집

병 부대가 아니라 군경 체계에서도 엘리트 중의 엘리트다. '공산당의…… 아니, 문명의 무장한 오른팔.' 그는 머릿속으로 고쳐 생각했다. 마베트 자신이 아니라면 이 새로운 시대에 누가 교도소장으로 더 어울리겠는가?

"더 정확히 말씀드리면 홍수 대비용 운하를 타고 갑니다." 소위가 설명했다.

"그러면 상황이 달라지지. 언제 출발하나?"

"10분 뒤입니다. 즈비에지니에츠키 다리 부두입니다."

"인원은?"

"네 명입니다."

"좋아."

* * *

모터보트 승무원으로는 무전병 라트케 상사와 아렌지코프스키 의사 조수인 미레크 보이체프스키가 합류했다. 공식적으로는 교도소 상황이 예상했던 것보다 더 비극적인 경우를 대비해 의학적 경험이 많은 사람이 참가하기로 했으나, 실제로는 아렌지코프스키가 비에드지츠키와 또다시 부딪치기 전에 최대한 현장 지식을 얻으려는 것이 목적이었다.

날씨는 배를 띄우기에 이상적이었다. 해가 빛나고 동쪽에서 가벼운 바람이 불어왔고 양쪽 강둑은 인적 없이 반짝였다. 끊임없는 총소리가 아니었다면—진압 중인 지역 가장자리에서 겨우 수백 미터 떨어진 곳을 보트가 지나갔으므로 더 크게 들렸다—한적한 외곽의 아주 평범한 한여름의 일요일이라 생각할 수도 있었다.

물론 네 명 모두 이 평화가 겉보기뿐이라는 사실을 알고 있었다. 그들은 사람이 별로 없을 것으로 여겨지는 지대를 지나가고 있었으나 그렇다고 해서 실제로 아무도 없을 거라는 의미는 아니었다. 산 사람도 좀비도 마찬가지다. 이 지역 주민들은 금요일 밤의 소요가 벌어진 뒤에 분명히 아주 다양한 곳에 몸을 숨겼을 것이다. 그러므로 니즈네르는 도중에 절박한 도망자들 무리 혹은—정말로 운이 나쁠 경우—운명을 피하지 못하고 이미 좀비가 되어버린 사람들을 마주칠 가능성도 배제할 수 없었다.

그럼에도 니즈네르는 낙관적이었다. 왼쪽 강변에는 격리병동 바로 뒤에 성 바브지니에츠 공동묘지가 있었고 그 뒤에는 넓디넓은 텃밭이 펼쳐져 있었는데, 울타리로 단단히 가로막히고 밤이나 낮이나 잠겨 있어 바로 이웃한 공동묘지와 마찬가지로 조용하고 평온했다. 오른쪽 강변에도 텃밭이—물론 오우빈보다는 적었지만—몇 군데 있었고 그 뒤로는 수많은 단층 주택이 모인 여러 마을과 조그만 운동경기 시설 몇 군데가 있었다. 도시 외곽의 이 곳을 조용하다는 의미의 '자치셰'라 이름 붙인 데는 다 이유가 있었.

"말이지, 내가 생각해 봤는데." 어느 순간 마베트가 이런 말을 모두에게, 그러나 딱히 어느 누구에게도 향하지 않은 허공으로 내던지며 입을 열었다. "그 감염병이 지금 사망하는 사람만 변질시키는 건가?"

"어떤 의미이신지 잘 모르겠습니다?" 조타석에 앉은 니즈네르는 뒤도 돌아보지 않고 물었다.

"저기 왼쪽." 경감이 화려하게 가지를 펼친 나무들을 가리켰다. "내 기억이 맞다면 공동묘지가 있지. 격리병동의 그 괴물들처럼 매장한 사람들도 되살아나는지 그게 신경 쓰여."

"그런 건 확인하고 싶지 않습니다." 경위 옆에 앉아 있던 라트케가 몸을 떨었다.

"흥미로운 관점입니다." 보이체프스키는 라트케와는 전혀 다른 관점에서 문제를 바라보았다. "그 문제는 이제까지 다루어본 적이 없습니다. 의사 선생님께 경위님 의견을 반드시 전달하겠습니다."

"그게 왜 그렇게 흥미롭소?" 니즈네르가 물었다.

"예를 들어 시신이 만약에 되살아난다면 나중에는 무덤 속에서 기어 나올 수도 있지 말입니다."

"그렇군요." 소위는 그런 위협이 존재할 수 있다는 상상조차 못 해봤기 때문에 깜짝 놀라서 고개를 끄덕였다.

"아닙니다. 그런 건 불가능합니다." 라트케가 수면에서는 보이지 않는 공동묘지 쪽을 두려움에 찬 눈으로 바라보며 반대했다. "뼈만 남았을 거 아닙니까. 살이 없는 뼈대뿐일 겁니다."

"그 괴물들 재생하지 않나, 기억 안 나?" 마베트가 상사의 근거 없는 두려움에 조금 재미있어하며 반박했다.

"재생합니다만 그러려면 살아 있는 생명과 접촉해야 합니다." 니즈네르가 대답했다.

"땅에 생명이 얼마나 많습니까?" 생각에 잠긴 어조로 보이체프스키가 끼어들었다. "곤충, 두더지, 쥐도 있고 말입니다."

네 명은 마베트 경위의 예상하지 못한 이론이 자신에게 어떤 의미가 있는지 각자 생각하며 침묵했다.

니즈네르 소위가 먼저 생각에서 깨어났다.

"만약의 경우에 놀라지 않기 위해서라도 이 얘기는 기억해 둬야 겠습니다." 그가 말했다. "지난 수백 년 동안 저 묘지에 묻힌 사람이 지금 이 도시에 사는 사람보다 많습니다. 살았던 사람보다 말입니다." 그가 즉시 고쳐 말했다.

"묘비 없는 무덤에 묻힌 사람들은 말할 것도 없고." 마베트가 덧붙였다.

"브레슬라우 전투……." 보이체프스키가 혼잣말로 중얼거렸다.

"하느님 맙소사, 저는 이제 상황이 나아지고 있다고 생각했단 말입니다." 백지장처럼 창백한 무전병이 중얼거렸다.

"나아지고 있지." 마베트가 그의 어깨를 두드렸다. "그저 느리게, 그리고 모두에게 같은 상황은 아닐 뿐이지. 하지만 우리는 해낼 거야. 두고 보게."

"우리는 살아남을 거야." 니즈네르가 동의했다. "하지만 대체 어떤 삶이겠나?"

"개똥 같겠지, 긴말 필요 없이." 마베트가 고개를 끄덕였다. "하지만…… 하느님이 존재하시니 우리에겐 희망이 있지 않을까?"

이 신앙고백에 모두 다 놀랐다.

"신자이셨습니까?" 보이체프스키가 놀라움을 숨기지 못하며 물었다.

"나도 내가 뭔지 모르겠소." 경위가 인정했다. "금요일까지만 해도 뼛속까지 마르크스레닌주의자였고 군건하고 현실적인 유물론자였지만, 지금은……." 그가 잠시 말을 끊었다. "사람이 머리를 잡아 뜯긴 뒤에도 죽지 않는다는 걸, 물론 옛날 의미에서의 죽음이지만, 달리 어떻게 해석하겠소? 아니면 그 재생 말이오. 뜯어진 뱃속으로 내장이 도로 들어가는 걸 내 눈으로 봤소. 창자가 똬리를 튼 뱀처럼 말려서 제자리로 돌아갔단 말이오." 말하면서 경위는 스스로 몸을 떨었다. "그건 인간의 관념을 넘어서는 일이었소!"

"그렇죠." 보이체프스키가 동의했다. "하지만 그렇다고 해서 신의 뜻이 개입되었다는 의미는 아닙니다."

"그럼 무슨 뜻이오? 귀신의 뜻?" 마베트가 코웃음 쳤다.

"그저 인간이 이전에 한 번도 마주친 적이 없는 자연의 어떤 측면일 뿐입니다. 뭔가 이해할 수 없는, 완전히 환상적인 어떤 것을 마주한 건 사실입니다. 그러나 어쩌면 그냥 우리가 아직 대답을 찾아낼 만큼 성장하지 못한 것일 수도 있습니다."

"대답을 모르는 문제를 하나라도 아시오?" 경감이 불쾌해했다.

"물론입니다. 단순한 딜레마를 예로 들겠습니다. 우주는 유한할까요, 무한할까요? 만약 유한하다면 그 경계 너머에는 뭐가 있을까요? 무한하다면 대체 어떻게 그게 가능할까요?"

마베트의 표정으로 보아 자신에게 새로운 수수께끼를 이해하려고 애쓰는 듯했으나 대부분의 사람과 마찬가지로 그는 빠르게 포기했다. 니즈네르도 조금 더 고민하다 포기했으며 라트케는 아예 고민하려는 시도조차 하지 않은 것 같았다.

"의사 선생의 그 우주에도 신의 뜻을 개입시킬 수 있을 거요." 마침내 마베트가 확실하게 말했다.

"정말 그럴까요? 어떤 초월적인 존재가 단 하나의 유일한 행성에서 인간처럼 불완전한 동물에게 실험을 하려고 이 모든 것을, 우주 전체를 창조했단 말입니까?"

"신을 누가 이해하겠소?" 마베트가 그의 말을 잘랐다.

"아인슈타인을 누가 이해하겠습니까?" 보이체프스키는 그만두지 않았다. "우리를 둘러싼 세상을 우리가 전혀 모른다는 사실을 그냥 이해하는 쪽이 쉽지 않습니까? 지구는 우리가 아는 우주를 가득 채운 수많은 은하계에 반드시 존재할 것이 분명한 비슷비슷한 수백억 개의 행성 중 하나일 뿐입니다. 누군가 지성이 있는 존재가, 어딘가 예를 들어 몽골 같은 나라 오지에 있는 동굴을 무슨 망할 박테리아에 감염시키겠다고 마음먹고 지구를 창조했단 말입니까? 이런 비유는 사실 문제의 실제 스케일과는 비교도 할 수 없습니다! 박테리아 하나와 은하수 전체와 비교하는 쪽이 실제 비율에 가까울 겁니다."

"우리가 참 아름다운 시대를 살고 있군요." 니즈네르가 웃었다. "뼛속까지 무신론자에다 비전문가가 과학자에게 신이 존재한다고 설득하다니 말입니다."

"난 아무도, 아무것도 설득하지 않네." 마베트가 기분이 상해서 내뱉었다. "아마 성경에도 그렇게 적혀 있을걸."

"뭐가 적혀 있습니까?"

"그거야…… 이런 것 전부!" 경위가 양팔을 벌렸다. "저 좀비하고 기타 등등."

"진심이십니까?" 라트케가 더더욱 불안해했다.

"사람들이 그렇게 말하던데. 나도 사실 성경을 읽지는 않았지만 군인들이 아침 식사 때 이 얘기를 하는 걸 들었네. 그러니까 죽은 자가 부활해서 무덤에서 나온다고 예언이 적혀 있다더군. 그래서 내가 그 생각을 하기 시작한 거야."

"하느님!" 절망한 보이체프스키가 신음하며 손으로 눈을 가렸다.

이것이 아마 이 대화의 가장 적절한 요약일 것이다. 마베트가 미처 대꾸하기 전에 모터보트가 분기점에 도달해서 니즈네르가 강변에 배를 대기 위해 모터 회전을 줄였다.

보트 앞에는 몇 미터 높이에 석탄처럼 새까만, 닫힌 수문이 솟아 있었다. 니즈네르는 오른쪽 강변을 선택했는데, 모터보트를 섬 끝의 돌출부에 대는 쪽이 텃밭 쪽에 두는 것보다 안전한 선택이라 여겼기 때문이다. 시야에 좀비가 한 명도 보이지 않았지만 비에드지츠키는 그들에게 언제나 경계를 게을리하지 말라고 지시했고 그들 또한 쓸데없는 위험을 무릅쓰지 않는 편이 합리적이라고 여겼다.

라트케가 보트에 남았다. 그의 임무는 동물원에 있는 지휘본부와 연락을 유지하면서 맞은편 강변을 정찰하는 것이었다. 나머지 세 명은 수문에 맞닿은 둑 위로 올라갔다. 먼저 니즈네르가 조심스럽게 주변을 정찰한 뒤 나머지 두 명에게 나가도 좋다고 신호했다. 저 멀리, 가장 가까운 다리에서 이상하게 흔들거리는 사람 형체가 보였으나 다행히도 좀비들은 너무 멀어서 설령 이쪽을 향해 몰려온다고 해도 위협이 될 수 없었다.

"여기 수동 개폐 장치가 있습니다!" 소위가 커다란 손잡이를 가리켰다.

니즈네르와 마베트는 보이체프스키를 텃밭 쪽을 바라보는 매복 장소에 남겨두고 금속 절단기로 굵직한 맹꽁이자물쇠를 자른 뒤 햇빛에 달아오른 둥근 손잡이를 둘이 함께 움켜잡았다. 잘 유지된 기어 장치는 거의 곧바로 돌아갔으나 수문이 너무 거대해서 두 사람은 한껏 힘을 써야만 했다. 다행히 물의 저항이 그들을 도왔고, 몇 분 뒤에는 허리를 펼 수 있었다. 두 사람은 수문을 활짝 열지는 못했으나 2미터가 넘는 틈새를 만든 것만으로도 모터보트를 홍수 방지용 운하로 몰고 가기에 충분한 물이 흘러나왔다. 양쪽의 수위는 그다지 크게 변하지 않았다. 이 둑의 역할은 강물이 아주 크게 불어났을 때 그 물의 일부를 막아내는 것이었고 지금처럼 가물고 더운 날씨에 물의 양은 이미 오래전부터 평소 수량을 넘지 않았으며 오히려 반대로 평소보다 낮아 보였다. 그래서 10분 뒤에 그들은 다시 모터보트를 몰고 나아갈 수 있었다.

이제 그들은 넓이가 대략 40미터 정도 되는 강의 한가운데 위치를 유지하며 보트를 좀 더 천천히 몰았다. 바르샤프스키 다리 인근에는 2분 후에 도착했고 그곳에서 상황을 파악하기 위해 보트 속도를 더욱 늦추었다.

"여기 우리 검문소가 있을 자리인데……" 마베트가 혼잣말했다.

그는 좀비 몇 명이 이유는 알 수 없지만 물에 뛰어들어 이제 교각 바로 옆 운하 둑 아래에서 무릎까지 혹은 허리까지 오는 흐린 회색 물속에 서 있는 모습에서 눈을 떼지 않았다. 좀비는 열댓 명은 되었지만 그중 단 한 명도 옆으로 지나가는 모터보트에 관심을 보이지 않았다. 반대로 모터보트 탑승자들은 무리 중의 제복 입은 좀비 둘을 유심히 바라보았는데, 이 장소에 제복을 입은 좀비들이 있다는 것은, 즉 마베트가 말한 검문소가 비극적인 금요일 밤의 여러 사건을 견뎌내지 못했다는 사실을 의미했다.

비에드지츠키가 그들에게 이 장소를 정찰하라고 명령했으나 지금으로서는 강변으로 올라갈 수 있는 가능성이 보이지 않았다. 상륙하려면 최소한 몇 명의 좀비들에게 다가가야 했으며 그러면 좀비들과 싸워야 하는데 이런 조건에서는 어려운 일이었다. 라트케와 보이체프스키는 그때까지 최전선 작전에 참여한 적이 한 번도 없었고 진짜 위협이 닥치는 상황에서 이 둘이 어떻게 행동할지 예측하기 어려웠다. 게다가 이 임무의 목적은 정찰일 뿐이고 소령은 그들에게 위험한 일에 뛰어들지 말라고 분명히 지시했다. 그들은 다리의 콘크리트 교두보 아래로 보트를 돌려 조금 뒤에는 이미 반대편으로 가서 양쪽 강변을 조심스럽게 살펴보았다.

왼쪽 강변에는 좀비가 한 명도 없었다. 몇 가지 시설들이 강변을 차지했는지 인근에 울타리가 쳐져 있었으며 게다가 강둑은 두 층으로 이루어져 있었다. 아래층은 돌로 포장되어 일반 교량과 철도용 교량 사이로 연결되어 강까지 이어져 있었다. 그리고 여러 개의 벽돌 기둥이 대들보를 떠받친 형태의 콘크리트 천장이 이 아래층을 덮고 그늘을 드리우고 있었다. 그 위는 일종의 마당이었으며 낡은 상자와 통 등이 쌓여 있었다.

"사람!" 마베트가 갑자기 쌓여 있는 상자 쪽을 손가락으로 가리키며 소리쳤다. "살아 있다! 저기!"

니즈네르는 그때 맞은편 강변에 정신을 쏟고 있다가 갑자기 몸을 돌리면서 자기도 모르게 모터보트 조종간까지 같이 돌렸다. 잠시 후에 네 명 모두 상자 무더기를 바라보았고, 그 꼭대기에는 회색 바지와 아주 깨끗해 보이는 하얀 셔츠를 입은 남자가 쭈그리고 앉아 있었다.

"이보시오 거기, 강변!" 소위가 고함치고 나서 다시 조종간을 바로잡았다. "무서워하지 마시오! 비에드지츠키 장군이 보내서 왔소!"

모르는 남자는 그대로 굳어졌다. 마치 움직이지 않으면 그들 눈에 보이지 않을 것이라 생각한 듯했다.

"이름이 뭡니까, 친구?" 보이체프스키가 말을 걸었다.

"알아서 뭐 하려고?" 민간인이 내뱉었다.

"아무것도 안 합니다." 보이체프스키가 달랬다. "통성명하는 게 예의니까 여쭤봤지요. 어쩔 생각은 아닙니다. 얘기 좀 하고 싶을 뿐이에요."

상자 무더기 위의 남자는 꼼짝도 하지 않았다. 그저 말하는 좀비라도 보는 듯한 표정으로 그들을 바라볼 뿐이었다.

"배고프시오?" 니즈네르가 민간인에게 다른 방향에서 접근하려 시도했다. 내기까지는 걸지 않더라도 상대방이 음식 얘기를 들으면 불안하게 마른침을 삼킬 것이라고 그는 거의 확신하고 있었다. 갑자기 그는 뭔가 마음에 걸렸다. "좀비들한테 쫓겨서 여기로 온 거요? 그쪽 마당에 좀비들이 있소?"

남자는 놀랍게도 고개를 저었다.

"아니오."

"그러면 내려올 수 있소?"

"그거야 할 수는 있지."

"우리는 전투식량을 가지고 있소. 꽤 괜찮은 군용식량이오. 나눠 줄 수도 있소, 친구……. 대신 정보를 얻고 싶소." 그가 재빨리 덧붙였다.

비에드지츠키는 정찰을 지시했고, 현재 상황 정보를 얻기에 가장 훌륭한 정보원은 현지 사람이었다.

"하지만 난 아무것도 몰라요." 남자가 번개같이 대답했다.

남자는 깜짝 놀랐거나 심지어 겁에 질린 것처럼 보였다.

"여기 사시오?" 소위가 계속 물었다.

"여기?"

"아니 그 상자 위가 아니라, 이 근처 말이오."

"예."

"여기서 다리를 지키던 우리 군인들 어떻게 됐는지 아시오?"

남자는 교두보 쪽을 흘끗 보았다.

"좀비 떼가 토요일에 아침 일찍부터 덤벼들었소. 3000마리는 되겠던데……."

"무슨 말이오, 덤비다니?" 마베트가 남자의 말을 가로막으며 놀랐다. "좀비들은 우리처럼 체계적으로 움직이지 않을 텐데."

이렇게 말하면서 그는 성당 앞에서 일어났던 일을 떠올렸다.

"사실이오. 사람들이 기차역에서 도망쳤고, 처음에는 기찻길을 따라가다가 그다음에는 거리로 나갔는데 그 괴물들이 따라 나갔소."

"기차역에서⋯⋯." 마베트가 중얼거렸다. 브로후프 작전 뒤에 그것은 예상할 수 있는 일이었다.

모터보트의 나머지 세 명에게도 이것은 논리적이고 현실적인 설명이었다. 좀비 숫자가 그토록 많으면 완전 무장한 중대라도 맞서기 어려웠을 텐데, 이 검문소는 잘해야 소대 하나가 지키고 있었고 그것도 병력이 제한되어 있었을 것이었다.

"이보시오, 친구, 내가 저기로 올라가도 되겠소?" 니즈네르가 올라갈 수 있어 보이는 기둥을 가리키며 물었다. "그러니까 마당으로 말이오. 당신이 동의하지 않으면 가까이 가지 않겠소. 다른 상자 무더기로 올라가면 되니까. 다리 앞 상황이 어떤지 내 눈으로 보고 싶을 뿐이오. 그리고 하는 김에 그쪽에게 식량도 나눠주고!" 니즈네르는 회색 상자 무더기를 가리키며 약속했다. "겁내지 마시오, 그냥 내가 위로 올라갈 뿐이고 총은 보트에 두고 가겠소." 이렇게 말하며 니즈네르는 총집을 풀어서 마베트에게 건네주었다.

"좋소." 민간인 남자가 니즈네르의 제안을 이리저리 궁리한 뒤 몇 초가 지나서야 동의했다.

모터보트의 네 명에게 남자의 행동은 약간 이상해 보였으나, 민간인 입장에서 하루아침에 살아 있는 시체라는 알 수 없는 것과 목숨을 걸고 싸워야 하는 상황에 내몰렸으니 약간은 의심병에 걸릴 만도 하다고 이해했다. 모든 사람이 알고 있던 사회체제는 고작 몇 시간 만에 무너져 버렸고 약육강식의 법칙이 가장 순수한 형태로 그 자리를 대신했으니 말이다.

'저 사람이 비교적 안전한 은신처에 이르기 전에 무슨 일을 겪고 누구를 잃었을지 어떻게 알겠어.' 이제 그 은신처로 다가가면서 니즈네르는 생각했다. '무장한 약탈자들에게 피해를 입었을지도 모르지. 그러면 군인을 신뢰하지 않는 것도 이해가 돼.'

소위는 마베트에게 칼을 빌려 그것으로 식량 상자 하나를 서둘러 열고 밀봉된 전투식량을 꺼내 옆구리에 끼었다.

"내가 강변으로 나가면 내 동료들은 즉시 운하 한가운데로 배를 돌릴 거요. 우리 쪽은 전혀 위협이 되지 않을……."

"저 포격 소리 들립니까?" 보이체프스키가 니즈네르의 말 중간에 입을 열었다. "우리 군인들이 지금 '큰 섬' 정화 작전을 시작했어요. 이제 '큰 섬'에 생존한 민간인들을 위한 안전지대를 만들 겁니다."

"이제까지 무슨 일을 겪었든 정말로 우리를 겁낼 필요 없소." 니즈네르가 강변으로 뛰어내리며 남자를 안심시켰고, 그 뒤 모터보트는 겁먹은 남자의 눈앞에서 최대한 빨리 사라지겠다는 듯 운하로 나아갔다.

마베트가 조종간을 잡았다. 엔진이 웅웅거렸고, 모터가 반대 방향으로 돌며 조그만 보트를 운하 한가운데로 끌고 나갔다. 니즈네르는 그동안 기둥을 날쌔게 기어올라 그물망 위층에 도달해서 콘크리트 지붕 위로 뛰어내렸다.

"여기 음식 두고 가겠소." 그는 민간인에게 말하며 밀봉된 봉지들을 땅에 내려놓았다. "그리고 괜찮으면 나는 저쪽으로 올라가겠소." 니즈네르는 다리와 거리에 가까운 다른 상자 무더기를 가리켰다.

남자는 대답하지 않았다. 마치 이미 운하 한가운데 나간 모터보트가 자신에게 덤벼들까 겁내는 듯 보트 쪽만 계속해서 보고 있을 뿐이었다. 니즈네르는 남자에게 보일 만한 곳에 양손을 둔 채 조금씩 물러났다. 자신이 고른 상자 무더기 아래까지 가서야 몸을 돌려 몇 초 뒤에는 꼭대기에 올라가 있었는데, 그곳에서 교량으로 진입하는 길을 막고 있는 장갑차 두 대와 한때는 검문소를 보호하던 가시철망에 얽힌 좀비 몇 명, 그리고 이 시설의 울타리 부근에 누워 있거나 서 있는 좀비 150명 정도를 보았다.

"좀비 떼가 수천 명은 된다고 하지 않았소?"

"그게 사실이니까."

"그러면 거리가 어째서 이렇게 텅 비었습니까?" 니즈네르는 고갯짓으로 울타리 너머를 가리켰다.

"두 시간쯤 전에 누가 장갑차를 운전해서 그 시체 괴물들을 대부분 끌고 갔소."

'그래, 이 사람은 사실대로 말하고 있어. 장갑차가 앞을 막아선 몰려선 좀비들을 밟고 사지와 몸통과 머리를 으깨면서 지나간 길까지 짐작할 수 있겠군······.'

"그 뒤에는 돌아왔소?" 니즈네르는 다리 위의 차로를 거의 완전히 막은 채 뒷부분을 서로 맞대고 서 있는 장갑차 두 대를 한 번 더 쳐다보면서 남자에게 물었다.

그러면서 니즈네르는 두 장갑차 모두 포탑에 설치되었던 기관총이 사라진 것을 알았다. 장갑차들과 가시철망 사이 땅바닥 어디에도 기관총이나 다른 총기가 전혀 보이지 않았는데, 가시철망에 제복 입은 좀비가 네 명이나 얽혀 있는 것을 생각하면 이상한 일이었다.

"아니오." 민간인 남자가 잠시 망설인 뒤에 대답했다. "여기 원래 장갑차가 세 대 있었소."

"그렇군요." 이것은 좋은 소식이라고 니즈네르는 생각했다. 이곳으로 파견된 부대가 최소한 일부라도 살아남아 인근에 숨어 있을 수도 있는 것이다. "그 학살에서 살아남은 군인들이 어디에 있는지 혹시 아시오?"

남자는 단호하게 고개를 저었다.

"살아남은 사람 아마 없을 거요." 남자가 확실하게 말했다.

"그러면 누가 장갑차를 몰았다는 거요?" 니즈네르가 놀랐다.

"무슨 민간인들이었소. 난 장갑차가 떠나는 것만 봤소." 그는 니즈네르가 계속 질문하려는 것을 눈치채고 서둘러 덧붙였다.

"알겠소." 니즈네르는 이미 보고 싶은 것을 전부 보았고, 심지어 원했던 것보다 더 많이 알았다. "이 검문소는 이대로 놔두기로 하겠소." 니즈네르는 화제를 바꿨다. "이 근처에 산다고 했소?"

"말하자면 그렇소."

"그러면 이 근방에 생존자가 많소?"

"연기 신호 못 봤소?" 남자가 조금 더 대담해진 듯 웃으며 말했다.

"우리도 봤고 굉장히 기뻤소. 그렇게 많은 사람이 최악의 순간을 이기고 살아남았다니." 니즈네르가 화답했다. "그런데 친구, 기왕 이렇게 기회가 생겼으니 조금만 더 물어보겠소. 직접 목격자만큼 확실한 게 없으니까. 연기 신호를 보고 생존자가 있다는 걸 우리도 알게 됐지만 생존자들이 어떤 조건에서 버티고 있는지는 알 길이 없소. 음식은 가지고 있소?"

"그렇소. 아마 하루이틀은 버틸 거요."

"물은 어떻소?"

"수도에서 물 나와서 괜찮소."

"내 말 잘 들으시오. 물을 받아서 욕조나 양동이나 어디든 다른 통에 담아두시오. 수도가 언제까지 작동할 수 있을지 우리도 알 수가 없소. 실제로 이 지역과 상수원은 확보했지만 수도 시설에 대해서 아는 사람이 아무도 없소. 만약에 사고라도 난다면……." 니즈네르는 체념한 몸짓으로 고개를 저었다. "여기에 만약 수도 분야에서 일하는 사람이 있으면 오늘 당장이라도 우리가 데리고 나가겠소. 가족 모두 말이오, 당연히."

"그런 사람은 몰라요." 민간인 남자가 한동안 생각한 뒤에 대답했다. "이 동네에는 다 양조장 아니면 파얀세 공장 직원들만 살아요."

양조장과 파얀세 도자기 공장. '그거야 그렇겠지.' 소위는 혼자 웃음 지었다. 이 부근이 어떤 곳인지 그는 완전히 잊고 있었다. 이 민간인 남자가 여기서 무엇을 하고 있으며 어째서 뭔가 불법적인 일을 하다 들킨 양 행동하는지 니즈네르는 더 이상 놀랍게 여기지 않았다.

"고맙소, 친구. 난 이제 가겠소. 뭔가 더 필요한 게 없소?" 니즈네르는 아래로 내려가려다 멈추고 물었다.

민간인 남자가 니즈네르의 눈을 똑바로 쳐다보았다.

"권총이 있으면 좋겠는데." 남자가 마침내 아주 불확실한 어조로 말했다.

"저놈들한테는 총기가 소용없소." 니즈네르는 거리 쪽으로 한 손을 휘저었다. "그물처럼 구멍을 뻥뻥 뚫어도 계속 기어올 거요. 빌어먹을 살아 있는 시체들 말이오."

"그러면 군인 양반들은 왜 계속 쏘는 거요?" 상대방이 반박했다. "축포요?"

자치셰 쪽에서 들려오는 포격 소리도 니즈네르의 말에 반박하는 듯했다.

"총기는 좀비를 순간적으로 제압하는 데 도움이 되니까." 니즈네르가 설명했다. "무릎과 어깨 관절에 쏘면 사지를 움직이지 못하게 되고 그렇게 시간을 벌어서 우리도 포획······." 니즈네르는 말하다가 잠시 입을 다물고 이 남자에게 어느 정도까지 얘기해도 좋은지 생각했다. "여기 오래 앉아 있었소?"

"두 시간 정도." 남자가 대답했다.

"그러면 운하에 화물선이 항해해 오는 걸 분명히 보았거나 아니면 소리를 들었을 거요." 니즈네르는 오드라강 변 맞은편 둑을 가리켰다.

심지어 그 순간에도 강을 가르는 까만 돌벽 너머로 화물선 엔진이 규칙적으로 돌아가는 소리가 들려왔다. 또한 그 방향으로 지나가는 배의 굴뚝에서 올라오는 연기 줄기도 보였다.

"안 보기가 어렵죠." 남자가 동의했다.

"저것도 우리 작전의 일부요. 가까운 사람들에게 전하시오. 며칠 뒤면 우리가 다시 이 검문소와······ 양조장 부지를 인수할 거요. 여기는 우리 부대가 기지로 쓰기에 완벽하고 나중에는 대피 지점으로 사용할 거요." 그는 자신과 강물 사이에 있는 그물을 바라보았다. "장군께 말씀드려서 어떻게든 도시 정화를 이 지역부터 시작하자고 하겠소. 당신이나 가족을 위협하는 자는 누구든 후회하게 될 거요." 니즈네르가 의미심장한 어조로 덧붙였다.

민간인 남자가 총을 달라고 부탁한 이유를 니즈네르는 단 한 가지밖에 생각할 수 없었다. 공권력이 미치지 않는 곳에서 약육강식의 법칙이 지배하기 시작하고, 이 남자 같은 사람들은 그 사실을 고통스럽게 깨닫기 시작한 것이다. 그러나 남자는 니즈네르의 약속에도 전혀 만족한 것처럼 보이지 않았다.

"잠깐만 기다리시오." 니즈네르가 다시 강둑으로 내려가려 했을 때 남자가 불렀다.

"예?"

"나도 질문이 있소."

"말씀하시오."

"정말로 군인들이 그렇게 많아서 브로츠와프 전체에서 다시 질서를 잡을 수 있다는 거요?"

니즈네르 소위는 곧바로 대답하지 않았다. 소위는 민간인이 브로츠와프에 대해서만 묻는다는 사실을 귀담아들었는데, 이것은 즉 민간인 남자가 감염병이 전 세계로 퍼졌다는 사실을 전혀 모른다는 뜻이었다. 생존자들에게 이런 정보는 전혀 도움이 되지 않을 것이었다—겁에 질린 사람들은 구조를 기다리지 않고 자기 손으로 스스로 구원을 찾아 한때 인구가 밀집되었던 도시 외곽 지역으로, 그 뒤에는 시골로 도주하려 할 것이며 그러다가 대부분이 살아남지 못할 것이다. 군대가 조만간 진입해서 정화할 수 있는 곳에 가만히 앉아 기다리는 쪽이 낫다.

"그건 왜 물으시오?"

남자는 망설였다.

"사람들 얘기를 들었소." 남자가 마침내 용기를 내어 말했다. "당신네가 말하는 그 비에드지츠키 장군은 애초에 장군도 아니고 그냥 소령이라고 말이오. 그리고 라디오 통신도 전부 거짓말이라고."

"어떤 사람들이 그렇게 말합니까?"

"그게 그런 사람들이 있어요. 시청이나 경찰에서 온 사람들."

이것은 새로운 이야기였다. 니즈네르는 이 정보를 소화하는 데 시간이 조금 필요했다. 라디오 선전을 기획하면서 그는 생존자 중에 정부 관계자가 있을지 모른다는 생각은 하지 않았던 것이다. 공무원이나 인맥이 좋은 사람들 중에 고위 권력자에게 비밀리에 너무 많은 이야기를 들은 자들 말이다. 니즈네르는 잠시 생각한 뒤에 지금은 솔직할 때가 아니라고 결정했다.

"비에드지츠키 소령님은 국방부 결정으로 이틀 전에 특별 진급했소." 니즈네르는 거짓말했다. "더 높은 지휘관들이 수없이 사망한 뒤에 우리 지역에 주둔한 군부대 지휘권을 전부 이어받았기 때문에 비에드지츠키 장군으로 진급했소." 단어를 하나하나 내뱉을 때마다 니즈네르는 점점 더 힘을 주었고 그의 어조는 오만한 기색까지 띠게 되었다. "겁내지 마시오. 지금도 우리 숫자는 충분히 많고, 계속해서 새로운 인력이 합류하고 있소. 바로 어제 100명이 넘는 경험 많은 선원들이 장군의 부대에 합류했소. 게다가 정화가 끝난 지역 생존자들도 언제든지 합류할 거요. 우리는 선별된 자원자들에게 좀비와 싸우는 기술을 훈련시켜서 최전선으로 내보낼 예정이오. 이 작전은 몇 주, 어쩌면 몇 달이 걸리겠지만 한 가지는 확실히 말할 수 있소, 친구. 당신과 당신 가족들이 더 이상 좀비를 두려워하지 않아도 되는 날이 올 거요. 감염병으로부터 자유로운 '큰 섬'으로 당신이 넘어오든가 아니면 당신 지역에 좀비가 하나도 없도록 우리가 정화할 거요. 내 말 믿어도 좋소."

* * *

잠시 후에 니즈네르가 모터보트 조종간을 잡았고 민간인 남자는 강변을 떠나가는 모터보트의 탑승자들을 향해 불확실한 동작으로 손을 흔들어 작별 인사를 했다.

"저 남자 행동거지가 마음에 걸리지 않소?" 마베트가 남자의 인사에 대답으로 경찰모도 쓰지 않은 머리에 대충 손을 대어 경례하며 물었다.

"아니오." 소위가 대답했다. "저기가 뭐 하는 곳인지 아십니까?"

"내가 보기엔 피아스트 양조장입니다." 보이체프스키가 대답했다. 그는 오우빈스카 거리 병원에서 일했고 거기서 멀지 않은, 바르샤프스키 다리로 가는 긴 거리 맞은편 끝에서 살았기 때문에 이 구역을 잘 알았다.

"그렇지……." 마베트가 고개를 끄덕였다. "국가 재산을 훔치는 도둑놈을 우리가 현장에서 붙잡은 거군."

"그렇습니다. 그래서 제복, 특히 경위님 제복을 보고 무서워서 저렇게 이상하게 구는 겁니다."

"그리고 소위는 저열한 도둑을 체포하는 대신 음식을 선물했단 말이지……." 마베트가 불쾌해했다.

"그 군용식량은 정말로 값진 정보에 대한 대가로 준 겁니다. 시내 상황이 우리가 생각한 것보다 좋지 못합니다."

"무슨 뜻입니까?" 보이체프스키가 물었다.

"생존자들 사이에 비에드지츠키 소령에 대한 소문이 돌고 있습니다."

"소문이라니 무슨?"

"생존자 중에 공무원과 경찰도 여럿 있는 모양입니다. 우리 지휘관이 누구인지 아는 데다 더 큰 문제는 사방에 얘기하고 다닌다는 것입니다. 선전 전략을 바꿔야 할 것 같습니다. 라트케 상사?" 소위는 무전 담당자를 향해 말했다. "지휘통신실 연결하게. 이 사실을 최대한 빨리 알려야 해. 바르샤프스키 다리 검문소 상황도."

* * *

양조장을 뒤로하고 모터보트는 트셰브니츠키 다리를 지나서 다시 멈추었다. 이번에는 오드라강을 지나는 또 하나의 교두보에서 50미터 정도 떨어진 곳으로, 강변에서 한 블록 떨어진 곳에 있는, 지금 그들의 목적지인 교도소와 정확히 같은 높이에 있었다.

주변은 완전히 조용하고 아무 기척도 없었다. 여기서는 심지어 쉬지 않고 들려오는 총소리에도 귀가 아프지 않았다. 가장 가까이 있는 좀비들은 상당히 숫자가 많았고 주요 거리와 트셰브니츠키 다리 위에 서 있었다. 니즈네르는 쌍안경으로 좀비들을 관찰하며 고개를 끄덕였다. '잘했군.' 그는 수문을 연 것에 대해 이렇게 생각했다. 좀비들은 이제 홍수 대비용 운하와 이제는 아주 넓어진 오드라강 사이의 조그만 섬에서 절대로 나올 수 없게 되었기 때문이다.

"의사 선생님." 그는 교도소를 정찰하고 돌아오자마자 바로 떠날 수 있도록 모터보트 뒷부분을 강변에 대고 보이체프스키에게 말했다. "이제 선생님이 지휘하십시오."

마베트와 라트케는 놀라움을 숨기지 않았다.

"무슨 생각이오?" 마베트가 내뱉었다.

"우리가 어디 있는지 아십니까?" 네 명 모두 그다지 높지 않은 벽돌 담장 앞의 포석을 깐 거리에 올라와 선 뒤에 보이체프스키가 물었다.

"정확히는 모릅니다." 소위가 인정했다. "하지만……."

"그러면 우리와 교도소 사이에 뭐가 있는지는 아십니까?" 보이체프스키가 끈질기게 물었다.

"지도에 따르면 빈터입니다." 라트케 상사가 대답했다. 그는 지리를 익히기 위해 이 지역 지도를 들여다보는 데 많은 시간을 소모했다.

"그 빈터는 브로츠와프 의과대학 제2호 국립 임상병원 소유입니다."

"그래서 어쨌다는 거요?" 마베트가 어리둥절해서 물었다.

"크라셰프스키 거리로 가려면 저쪽을 통하거나……." 니즈네르는 가까운 다리를 가리켰다. "아니면 정신과 병원 부지를 통해서 갈 수 있습니다."

"'미치광이 집' 말이오?" 마베트가 입을 딱 벌렸다.

"일반적으로 부르는 이름에 따르면, 그렇습니다." 보이체프스키가 인정했다.

"보이체프스키 선생이 여기서 2년 넘게 일해서 이 일대를 자기 손바닥처럼 잘 압니다." 니즈네르는 지나치게 오랫동안 열린 공간에 멍하니 서 있는 데 짜증이 나서 끼어들었다. "그러니까 이제 의사 선생님이 지휘할 겁니다."

"상황이 그렇다면……." 마베트는 보이체프스키에게 길을 비켜 주었다. "하지만 이 수십 미터짜리 짧은 산책 중에 좀비보다 더 예측 불가능한 사람들을 마주칠지 모른다는 건 미리 얘기해 줄 수도 있었잖소."

보이체프스키는 이 말에 대답하지 않고 간이 지도를 꺼냈다.

"우리는 이 녹지대를 통해 넘어갈 거고, 좀비들이 기어들어 오지 않았다면 여기는 아무도 없을 겁니다. 저쪽에 관리동으로 가는 철문이 있습니다." 그는 쇠살대가 박힌 문을 가리켰는데, 그 뒤로 전형적인 빨간 벽돌로 짓고 지붕에 장식적인 금속 십자를 얹은 조그만 2층 건물이 보였다. "곧장 가면 작업장 옆 차량 출입구로 들어가는데 거기를 통해 크라셰프스키 거리로 나갈 수 있습니다. 정확히 반대편에 교도소 옆문이 있습니다. 모든 건물을 다 피해서 이 공원으로 가도록 하죠."

"공원." 마베트가 여전히 불퉁스럽게 중얼거렸다. "시야가 좁다 못해 없겠군."

"여기는 관리된 부지입니다." 의사가 장담했다. "환자들이 활용할 수 있는 잠재적인 은신처가 없도록 신경 써두었습니다."

"여기로 환자들을 내보냈단 말입니까?" 놀란 라트케가 물었다.

"물론입니다. 환자들은 공원에서 휴식할 수 있습니다." 보이체프스키가 말했다. "하지만 가장 차분한 환자들만 해당됩니다. 그리고 감염병 유행 이후에는 병동에서 환자들을 내보내지 않았을 테니 저쪽 거리로 가는 것보다는 여기로 가는 편이 누군가를 마주칠 확률이 정말로 적습니다." 보이체프스키가 다시 다리를 가리켰다. "그리고 이미 말씀드렸듯이 우리는 곧바로 교도소 옆문으로 들어갈 겁니다."

"설명은 그만하면 됐습니다!" 니즈네르가 철문 쪽으로 향했는데, 문은 잠겨 있었다. 다행히 병원 직원들은 쇠사슬로 묶어 단단한 맹꽁이자물쇠로 잠근 것으로 침입자를 막기에 충분하다고 생각하고 특별히 더 노력하지는 않은 듯했다. 니즈네르는 보이체프스키에게 미리 들어서 알고 있었으므로 잠긴 문을 열기에 적당한 도구를 가지고 왔다.

그들은 19세기에 포석을 깐 오래된 골목으로 나가서 재빨리 걸어 가까운 작업장에 도달했다. 마베트와 라트케의 걱정과 달리 왼쪽에 있는 공원은 그들과 다리 사이에 있는, 나무를 다 밀어버린 빈터와 마찬가지로 완전히 비어 있었다. 그러나 작업장 주변에는 불에 탄 곳이 몇 군데 있었다. 얕은 구덩이 중 한 군데는 안에 휘어진 고철이 쌓여 있었다.

"이게 뭐야?" 라트케가 괴상한 철물을 들여다보며 중얼거렸다.

"누가 알겠나. 아마 하늘에서 떨어진 것 같은데……." 마베트가 고개를 갸웃거렸다.

실제로 가지를 활짝 펼친 참나무 줄기 꼭대기에 수많은 구멍이 뚫려 뭔가 하늘에서 쏟아진 것처럼 보였다.

"교도소에 도착하면 어떻게 된 일인지 알 수 있을 겁니다." 니즈네르가 계속 걸어가며 동료들에게 말했다.

두 번째 문도 첫 번째와 마찬가지로, 혹은 더욱 빨리 처리했는데, 왜냐하면 이쪽은 자물쇠가 안쪽에 걸려 있어 무거운 금속 절단기를 쇠문 반대편으로 넘기는 노력을 하지 않아도 되었기 때문이다.

크라셰프스키 거리에는 코제니오프스키 둔치와 마찬가지로 좀비들이 떼 지어 몰려 서 있었으며 거리 쪽에도 몇 명 있었다. 불행히도 좀비들은 너무 가까이 있어서 다가오는 사람들의 기색을 즉시 감지했다.

"어떻게 합니까?" 좀비들이 차례차례 그들 쪽을 향해 어색하게 돌아서는 것을 보고 라트케가 속삭였다.

니즈네르는 서둘러 주위를 둘러보았다.

"놈들을 공원으로 유인해서 거기 버려두고 갑시다." 그가 제안했다.

"안 됩니다!" 보이체프스키가 반대했다. "그렇게 하면 환자와 병원 직원들이 위험에 처하게 됩니다……."

"아직 누군가 살아 있다면 말이오." 마베트가 코웃음 쳤다.

"그럼 저 맞은편 풀밭은 어떻습니까?" 니즈네르가 버려진 잡초밭을 가리키며 말했다. "저기로 유인하면 아무도 위험에 처하지 않겠죠."

그곳은 버려진 부지였으며 널찍했고 건물도 없었다. 단지 거리가 다리와 합류하는 지점에 단독주택이 한 채 있었으나 그 담장 안에 좀비 떼가 우글거리는 모습으로 보아 집 안에 아무도 없는 것이 분명했다.

"어떻게 할지 결정해 주십시오." 라트케가 이상하게 새된 목소리로 재촉했다.

"풀밭으로 합시다." 보이체프스키가 동의했다.

"그냥 쏴버리는 쪽이 쉽지 않소?" 마베트가 마카로프 권총을 총집에서 풀며 물었다.

"총을 쏘면 놈들이 그저 잠시 주춤할 뿐입니다." 니즈네르 소위가 일러주었다. "우리가 나갈 때도 안전한 탈출구가 뚫려 있어야 합니다."

"그것도 맞는 말이지만……."

"모두 공원으로 후퇴하십시오." 보이체프스키가 말했다. "제가 놈들의 주의를 끌어 저 풀밭 한가운데로 유인하겠습니다."

"안 됩니다." 니즈네르가 보이체프스키에게 간이 지도를 건넸다. "그건 내가 하겠습니다. 의사 선생님은 이 임무에 있어 너무 중요한 사람입니다."

"소위님은 더 중요합니다." 보이체프스키가 고집스러운 어조로 반박했다.

"아니, 안 돼, 난 이러려고 따라온 게 아니오!" 마베트가 항의했다. "다리가 또 말썽이란 말이오!" 그는 전날에 다친 허벅다리를 문지르며 일행에게 알렸다.

"다리를 절더라도 경위님이 저 괴물들보다 두 배는 빠를 겁니다." 니즈네르가 철문 쪽을 보면서 말했다. 가장 가까이 있던 좀비가 벌써 몇 걸음 거리까지 다가왔기 때문이다. "철문 밖으로 후퇴합니다! 당장!"

네 명 모두 병원 부지 안으로 돌아오자 소위는 금속 절단기를 꺼내 철문 쇠살대 사이에 꽂아 문을 막아서 다가오는 좀비들이 접근할 수 없게 했다.

"뭘 하시는 겁니까?" 보이체프스키가 놀랐다.

"데리고 나가기 쉽게 저놈들을 한데 모으는 겁니다." 니즈네르가 금속 절단기에 매달린 채 숨을 몰아쉬었다.

마베트가 니즈네르에게 달려가서 둘이 함께 무거운 금속 절단기를 잡고 버텼다. 함께 애쓴 보람도 없이 문은 천천히 열리기 시작했다. 좀비 네 명이 그 문에 매달려 밀어대는 데다 이 괴물들은 근육이 쇠로 만들어진 듯 힘이 셌기 때문이다. 라트케와 보이체프스키는 이전에 지시받은 대로 20미터 이상 물러나서 어느 건물 뒤로 숨었다.

"지금입니다!" 니즈네르가 씩씩거리며 마베트에게 말했다.

두 사람은 문에서 펄쩍 뛰어 물러났다. 금속 절단기는 도망칠 때 방해되지 않도록 내던졌다. 그들은 덤불로 둘러싸인 광장 안쪽으로 달려 들어가 한순간 좀비들의 감지망을 벗어났다. 그런 뒤에 갈라져서 니즈네르 소위는 계속 달려가고 마베트는 돌아섰다.

"나 여기 있다, 뒈진 놈들아!" 마베트가 좀비들로부터 열 걸음 거리에서 소리쳤다.

좀비들은 먹잇감의 흔적을 다시 발견한 맹수처럼 잠시 중단되었던 추적을 당장 다시 시작했다. 마베트는 좀비들이 너무 가까이 다가오지 않도록 주의했으나 너무 멀리 떨어지면 좀비들이 멈추어 서거나 흩어질 것이므로 8미터 정도 거리를 유지했다. 그렇게 그는 풀을 벤 지 며칠이나 된 잡초밭으로 좀비들을 유인했다. 동료들이 그에게 손을 흔들어 도망칠 때가 됐다고 신호했지만 마베트는 계속 나아갔다. 좀비 무리가 철문에서 40미터 이상 떨어진 뒤에야 그는 동료들 쪽으로 달려갔다.

가볍게 다리를 절면서 그는 좀비들의 감지망을 피해 멀리 거리를 두고 돌아서 갔다.

"그렇게 놈들은 풀밭에 남겨진 것이지." 마베트는 살짝 숨을 몰아쉬며 철문 앞에 다가가서 농담처럼 말했다.

"대체 어째서 그렇게 멀리까지 유인했습니까?" 니즈네르가 놀랐다.

"나도 아렌지코프스키 박사의 발견에 대해선 알고 있어." 마베트가 눈짓만으로 가까이 서 있는 무전병 라트케를 가리키며 짧게 대답했다. 다행히도 라트케는 좀비를 관찰하느라 정신이 팔려서 이 대화에는 신경 쓰지 않았다.

니즈네르 소위는 이 정보에 대해 조심스럽게 고개만 끄덕여 대답했다. '그래, 현명한 결정이야. 병원 안에 여전히 환자와 의사들이 있다면 담장 이쪽에서는 좀비 떼가 최대한 멀리 떨어져 있는 편이 낫겠지.' 니즈네르는 언제 또 이쪽으로 오게 될지, 혹은 이쪽으로 그렇게까지 자주 오게 될지 전혀 알지 못했다. 니즈네르 혼자만 죄수복의 특징적인 모양새를 곧바로 알아보았는데, 마베트가 풀밭으로 유인해 간 좀비 여섯 명 중에서 네 명이 죄수복을 입고 있었다. 즉 수형자들이 어떤 방식으로든 담장 밖으로 벗어났다는 뜻이었다.

크라셰프스키 거리로 돌아온 뒤 니즈네르는 즉시 쌍안경을 들고 거리 쪽을 살펴보았다. 그가 짐작했듯이 교도소에서 거리로 나가는 정문 부근에 죄수복을 입은 좀비들이 우글거리고 있었다. 니즈네르는 이 사실을 동료들에게 알려야만 한다는 사실을 깨달았다.

"여러분." 그는 쌍안경을 눈에서 떼지 않고 진술했다. "문제가 생긴 것 같습니다."

"무슨 일이지?" 마베트가 같은 방향을 바라보면서 다가왔다.

"저 좀비들 대부분이 죄수복을 입고 있습니다."

"이런 시발." 마베트가 신음했다.

나머지 두 명도 교도소를 둘러싼 담 쪽을 두려운 눈초리로 바라보았다.

"어떻게 합니까?" 보이체프스키가 물었다.

"공원으로 돌아가십시오. 저는 감옥 안에 있는 좀비들의 주의를 끌겠습니다. 그 안에 좀비들이 남아 있다면 말입니다. 뭔가 잘못되면 제가 이쪽 문을 통해 병원으로 나가서 놈들을 유인할 테니 여러분은 그동안 탈출하시면……."

"안 됩니다." 보이체프스키가 니즈네르에게 간이 지도를 내던졌다. "제가 하겠습니다."

"의사 선생님은 안 됩……."

"이 병원에서 좀비들한테서 몸을 숨기거나 감지망에서 벗어나려면 어디로 가야 하는지 충분히 잘 아는 사람은 저밖에 없습니다.

소위님은 금방 따라잡힐 겁니다. 제 말 믿으십시오. 게다가 간호사들도 저를 아니까 더욱 제가 가는 게 맞습니다."

"의사 선생 말이 맞소." 마베트가 동의했다.

보이체프스키가 말을 이었다. "놈들이 지금까지 우리 기척을 감지하지 못했다면, 그리고 제 생각에 놈들이 그럴 기회가 없었던 것 같습니다만, 제가 혼자 왔다고 생각할지도 모릅니다. 여러분은 공원 안쪽 깊이 숨어 있다가 필요할 경우 모터보트로 돌아가서 떠나거나 지원을 부르십시오."

"선생님을 여기 혼자 남겨두진 않을 겁니다!" 니즈네르가 흥분했다.

"수형자들이 의사 선생을 강제로 붙잡으면 어떻게 할 거요?" 마베트가 물었다.

보이체프스키는 폐 안으로 공기를 깊이 빨아들였다.

"흰 가운을 보여주며 저는 의사이고 병원 안에 감염자가 점점 늘어나서 도움을 청하러 왔다고 말하면 됩니다. 걱정 마십시오. 저는 이 지역을 잘 아니까 누구든 제 말을 믿을 겁니다."

그들은 좀 더 논의했으나 결국은 이 계획을 밀고 나가기로 했다.

"어떻게 이목을 끌 거요? 문을 아무리 두드려 봤자 저 썩은 시체 놈들은 듣지도 보지도 못하는데."

"권총 한 자루만 빌려주십시오."

마베트는 단호하게 고개를 저었고 라트케는 소형 총기를 가지고 있지 않았으므로 결국 모두 니즈네르를 쳐다보았다. 니즈네르는 몹시 내키지 않아 하며 자신의 토카레프 권총을 건네주었다. 보이체프스키는 니즈네르에게 탄창에 탄알을 두 발만 남겨달라고 부탁했다.

"놈들의 주의를 끄는 덴 그 정도로 충분할 겁니다." 보이체프스키가 설명했다. "좀비가 아니고 강도 떼일 경우 탄약 없는 빈 총은 별 쓸모가 없겠지요."

31

1963년 8월 11일 일요일 16시 03분
1호 교도소, 클렝치코프스카 거리 35번지

로예프스키는 안전장치를 푼 마카로프 권총을 들고 푸른색으로 칠한 철문에서 몇 걸음 떨어진 곳에 서 있었다. 이 철문은 오래전부터 거의 사용되지 않았고 보통 처형한 시신을 내보내는 출구로 썼다.

"이상 없습니다!" 그는 마지막 남은 부하 교도관인 마투시아크의 보고를 들었다.

"열어!" 그는 창고에서 가져온 교도관 제복을 입은 민간인들에게 외쳤다.

그는 교도관들의 아버지와 형제들을 차출해야 했는데, 이들은 교도소 업무를 완전히 알지는 못했지만 로예프스키가 믿을 수 있는 유일한 사람들이었다.

그렇게 차출된 두 명이 무거운 철문을 살짝 열어 거리에 서 있던 사람을 담장 안으로 들여보낸 뒤 즉시 철문을 도로 닫았.

보이체프스키는 미리 받은 지시대로 양손을 높이 들고 철문 한 걸음 앞에서 멈추었다. 제복을 입은 사람들이 자신을 꼼꼼하게, 그러나 서투르게 수색할 때도 보이체프스키는 저항하지 않았다. 또

한 보이체프스키는 두려워하지도, 불안해하지도 않았는데 로예프스키 준위에게는 이 상황에서 그런 모습이 이상해 보였다. 그러나 준위가 더욱 꺼림칙하게 생각한 것은 갑자기 나타난 이 남자가 시야에 들어오는 사람을 전부 다 주의 깊게 관찰한다는 사실이었다. 마치 감옥 안 상황을 정찰하라는 명령이라도 받은 것 같았다.

남자는 가지고 있던 권총을 두 발 쏜 뒤 로예프스키가 차량 출입용 옆문에 이웃한 건물 창문에서 내다보자마자 교도소 바깥쪽 거리에 버렸다. 로예프스키의 질문에 남자는 자신이 이웃한 정신과 병동에서 근무하는 의사라고 대답했고, 이어서 곧바로 교도소장 혹은 누구든 지휘관과 이야기하고 싶다고 덧붙였다. 그를 들여보내기 전에 마투시아크가 오래된 교도소 방식대로 조그만 거울을 바깥으로 내밀어 철문 양쪽 담장 바로 아래 이 낯선 남자의 일당이 숨어 있지는 않은지 확인했으나 자칭 의사라고 하는 이 남자는 자기 말대로 혼자였다.

"손 내려도 좋소." 로예프스키가 보안 검색이 끝난 뒤에 말했다. "무슨 일인지 말해 보시오."

"교도소장에게 데려가 주시오."

"지금 말하자면 내가 그 역할을 한다고 칩시다." 로예프스키는 낯선 남자의 요구를 들어주지 않을 요량으로 오만하게 말했다.

첫 번째로 로예프스키는 이 낯선 남자가 교도소를 정찰하러 왔다는 느낌을 떨쳐버릴 수 없었으므로 이 사람에게 철문 안과 바깥 사이 조그만 공간 외에 더 보여주고 싶지 않았다. 두 번째로 그는 아주 현실적인 이유에서 낯선 남자를 대위에게 데려갈 수 없었다. 오크루트니는 전날 저녁부터 술을 심하게 마시고 있었으며 여기에 아무도 특별히 놀라지 않았다. 대위는 너무 무거운 짐을 떠맡았고,

간밤의 학살을 겪고 나자 성냥개비처럼 부러져 버린 것이다.

대위가 이 교도소 담장 안으로 데리고 들어온 567명 중에서 400명 이상이 죽거나 좀비로 변했다. 생존자 146명 중 남자는 고작 32명이었고, 그중 절반은 나이가 60이 넘었으며 10명은 아직도 어린 아이였다.

그래서 로예프스키가 정말로 의지할 수 있는 사람은 전직 교도관이거나 군인 출신으로 총기를 다루는 데 익숙한 6명이 전부였다. 돼지우리에, 당연히 자물쇠로 잠가 가둬놓은 수형자 4명은 당연한 이유로 제외했다. 나머지 민간인들은—그날 오후 많은 사람에게 권총과 탄약을 나누어주기는 했지만—쓸모가 없다고 생각했다. 그들은 너무 나이가 많거나 경험이 없어서 위기의 순간에 의미 있는 지원 인력이 될 수 없었다. 그렇기 때문에 로예프스키는 이 낯선 손님을 대할 때 최대한 조심스럽게, 최대한 경계하기로 했다.

"당신이?" 보이체프스키는 로예프스키의 짧은 대답을 듣고 놀랐다.

"그렇소, 나요."

"좋습니다, 그러면 당신과 이야기하지요. 혹시 저기로 좀 가서……." 보이체프스키가 문 안쪽을 몸짓으로 가리켰다.

"안 됩니다!" 로예프스키는 다리를 넓게 벌리고 버티고 섰다. "더 이상은 안으로 들어오실 수 없습니다."

"어째서요?"

"어쨌든 안 됩니다."

보이체프스키는 포기하는 몸짓으로 양손을 들어 올렸다. 그의 눈에는 유일하게 진짜 교도소 근무자로 보이는 사람이 아주 이상하게, 완전히 수상하게 행동하고 있었다. 나머지 사람들은 첫눈에 보기에도 이전에는 교도관 제복을 입어본 적이 없는 것 같았다. '누군가, 정말 얼마 전에 저 사람들한테 교도관 제복을 입으라고 명령한 거야. 하지만 교도관다운 자세나 하다못해 기본적인 교육에 대해서는 생각을 못 한 거지. 그리고 저 머리카락도 교도관이라기엔 너무 길어.' 보이체프스키는 이렇게 생각했고, 상대방에게 이렇게 말했다.

"고집부리는 건 아닙니다. 그게 소위 동무의 뜻이면 여기서 이야기하지요. 물물교환을 하실 의향이 있는지 여쭤보러 왔습니다. 저희 쪽에는 약과 응급처치 물품이 넘쳐나고, 이쪽에는 확실히 음식이 모자라지 않는 것 같습니다. 남는 걸 서로 교환하면 어떨까요?"

"죄송하지만 공연히 위험을 감수하고 여기까지 오신 것 같소." 로예프스키는 마치 미리 거절하기로 결심한 양 전혀 망설이지 않고 바로 대답했다. "저희는 1500명이 넘는 인원을 먹여야 하는 데다 시내 상황이 어떤지는 의사 선생도 아실 거요."

"그거야 알지요." 보이체프스키가 동의했다.

그는 거절당해서 실망한 것 같지 않았다. 마치 그럴 줄 알았거나 아니면 교도소 안으로 침투할 구실을 만들기 위해서, 핑계 삼아 물물교환을 제안해 본 것 같았다. 이렇게 생각하자 소위의 의심은 더욱 커졌다.

"그러면 병원으로 돌아가서 우리가 그쪽 제안을 받아들일 수는 없어도 감사하게 생각한다고 전하시오. 인사를 받을 사람이 아직 살아 있다면 말이지만."

"그렇게 하지요." 낯선 손님은 이렇게 말하고 작별의 몸짓으로 고개를 끄덕였다.

그러나 그가 돌아서기 전에 안쪽 담장 철문 경첩이 무시무시한 쇠 긁는 소리를 내며 열렸다.

"마투시아크 교도관 말이 정신과에서 손님이 오셨⋯⋯." 베그네르 의사는 보이체프스키를 보고 그대로 굳어졌다. "미레크 보이체프스키? 너야?"

"로베르트 베그네르?"

"서로 아는 사이입니까?" 놀란 로예프스키가 베그네르에게 물었다.

"당연하지요." 베그네르가 기쁨에 얼굴을 빛내며 양팔을 활짝 벌리고 보이체프스키에게 다가갔다. 둘은 무척 반가워하며 껴안았고, 그런 뒤에 베그네르가 덧붙였다. "이 사람이 제가 그렇게 말씀드렸던 그 오우빈스카 거리 연구소에서 일하던 동료입니다. 중앙위원회 팩스를 저한테 보내주던 그 친구 말입니다."

"오우빈스카라고?" 로예프스키가 눈살을 찌푸렸다. "하지만⋯⋯."

"준위님이 딱딱하게 구는 건 신경 쓰지 마." 베그네르는 로예프스키를 무시하고, 급변한 상황에 마찬가지로 놀란 보이체프스키를 안쪽 담장 문 쪽으로 끌고 가며 말했다. "널 이렇게 만나다니 얼마나 반가운지 몰라. 여기서 얼마나 지옥 같은 일을 겪었는지 넌 모를 거야."

"잠깐, 잠시만!" 로예프스키가 두 사람 앞을 막아섰다.

"무슨 짓이오?" 베그네르가 불쾌해했다. "이 사람은 의사 미레크 보이체프스키란 말이오. 내가 신원을 보장할 수 있소!"

"하지만 이 사람은 자기가 정신과 병동에서 보내서 왔다고 했단 말이오!" 준위가 고함쳤다.

베그네르는 놀라서 동료를 바라보았다.

"왜 사실대로 말하지 않았어?" 베그네르가 비난하는 어조로 물었다. "왜 처음부터 날 부르지 않았지?"

"저 사람들 교도관 제복 입은 수형자 아니야?" 보이체프스키는 질문에 질문으로 답하며 어울리지 않은 제복을 입고 철문 앞에 서 있는 남자들을 가리켰다.

"설명하자면 길어, 친구." 베그네르가 한숨을 쉬며 손을 흔들었다. "아니, 수형자 아냐."

"정말로 여기 소장이오?" 보이체프스키가 로예프스키에게 물었다.

"준위님이?" 베그네르는 웃음을 터뜨렸다. "아니지. 교도소장이 부재중이라 오크루트니 대위가 소장 역할을 대신하고 있어." 베그네르가 설명했다. 그리고 보이체프스키와 로예프스키의 험악한 표정을 보고 덧붙였다. "준위님은 오크루트니 대위님의 오른팔이야."

"그러니까 나만 거짓말을 한 건 아니군." 보이체프스키가 씁쓸하게 대답했다.

"그래서 놀랐습니까?" 로예프스키가 마찬가지로 독살스러운 어조로 대꾸했다.

"아뇨, 조금도."

"내 방으로 가서 좀 앉아서 차 마시면서 얘기하지." 베그네르가 두 사람을 달래려 했다.

보이체프스키는 전혀 움직이지도 않고 계속 로예프스키의 눈을 들여다보고 있었다.

"교도소 전체를 통제합니까?" 그가 물었다.

"당연히 그렇소." 준위가 대답했다.

"그러면 근처 거리에 수형자들이 왜 저렇게 많습니까?"

"베그네르 선생이 말했듯이 설명하려면 깁니다."

"해보시오." 보이체프스키가 독려하듯 말했다.

"당신부터 하시오." 로예프스키가 맞받았다.

"좋습니다. 날 보낸 사람은……." 보이체프스키는 잠시 망설였다. "……비에드지츠키 장군이오. 장군의 부하 두 명이 거리 맞은편에서 내가 돌아오기를 기다리는 중이오. 내가 안전한 장소에 숨어 있으라고 했소. 우리는 이 교도소 상황을 살펴보라는 명령을 받았지만, 강변에 도착해 보니 죄수복을 입은 좀비 떼가 우글거려서 멀리 거리를 유지하고 최대한 조심하기로 했소. 그래서 나 혼자 와서 가까운 정신과 병동 근무자라고 한 거요."

"군대가 이 교도소에 관심이 있다고?" 준위가 놀랐다.

"설명하자면 깁니다." 보이체프스키가 이번엔 티 없이 해맑게 웃으며 대답했다.

32

1963년 8월 11일 16시 11분
트램 차고지 2호, 스워비안스카 거리 16-30번지

스프리하는 마친스키의 소파에 편안하게 널브러져 앉았다. 바로 조금 전에야 그는 자신이 더러운 채로 살아가는 데 익숙해졌다는 사실을 깨닫고 놀랐다. 몇 달 전만 해도 곰팡이와 땀과 담배 냄새로 찌든 이런 소굴에서 잠을 자기는커녕 발도 들여놓지 않았을 것이었다. 여기에 비하면 교도소마저 청결함의 오아시스였다.

세상은 무너지고 있고 그 점은 의심할 수 없지만, 사람은 돼지가 아닌데도 정말 무시무시한 환경에조차 적응한다. 스프리하는 어렸을 때 부모가 이렇게 말하는 걸 지겹도록 들었는데 이제는 직접 자기 몸으로 경험하고 있었다. 게다가 전혀 나쁘지 않았다. 이렇게 생각하고 그는 혼자 코웃음을 쳤다.

'굉장한 날이야, 이렇게 아름다운 날이라니!'

모든 일이 매끄럽게 진행되고 있었다. 장갑차도 손에 넣었고, 물론 좀 흠이 가긴 했지만 당장이라도 차고지 문 앞에 두 대가 더 들어올 것이었다. 새로운 은신처로 이상적인 장소도 찾아냈다. 그것도 외진 곳에 자리 잡고 있어 안전이 보장된 데다 잘 익은 맥주도 잔뜩 있는 것이다. 양조장 좀비들을 치우는 데 필요한 벌레 놈들도 모자라지 않았는데, 원하든 원하지 않든 그는 돌아오자마자 그 부분부터 해결했기 때문이다. 스위비안스카 거리와 크렝타 거리 주민들을 짓밟아 뭉개서 기를 완전히 꺾어놓았다. 스프리하가 가블리크 가족과, 이름을 기억하려고 시도조차 하지 않은 다른 지렁이들의 처형 쇼를 벌인 뒤에 나머지 가축들이 각자 집으로 돌아갈 때의 표정을 생각하면 그는 완전히 짓밟았다고 확신할 수 있었다.

게다가 꿩도 먹고 알도 먹는 데 성공했다. 이제 필요한 숫자보다 여자가 더 많아진 것이다. 여기서 유일한 문제는 이 새로운 여자들이 고분고분하지 않다는 점인데, 이 때문에 조만간 폭력 사태가 일어날 것 같았다—스프리하가 생각하기에 불필요한 폭력이 말이다.

남들이 뭐라고 하든 그에게는 자기만의 원칙이 있었다. 물론 여자들이 그의 피해자가 되었고 여자를 아주 많이, 그것도 진정 잔혹한 방법으로 죽였지만 스프리하는 강간처럼 역겨운 짓은 단 한 번도 해본 적이 없었다. 피해자의 가죽을 산 채로 벗기는 것은 의식의 일부분이며 숭배이고 세상 대부분의 미물이 알지 못하는 고양감의 원천이었다. 그는 손에 넣을 수 있는 여자라면 누구나 같이 잤고 가끔 몇 번이나 자기도 했지만 강제로 한 적은 없었다. 그는 에덴동산의 뱀이 이브를 꼬이듯이 유혹하고 다정한 말을 속삭이고 선물을 쏟아부어 마음을 산 뒤에 희생자가 안전하다는 거짓된 감각에 속아 환희에 차서 자신을 전부 내보였을 때 살아 있는 존재에게서 가장 값진 것을 빼앗았다. 천천히, 외과의사처럼 정밀하게 희생자에게 가하는 고통의 매 순간을 즐기면서.

그러므로 스프리하는 부하들이 여자들에게 폭력을 쓰든 말든 걱정하지 않았으나 문제는 새 여자를 끌어들이는 것이었다. 여자들에게 무슨 일이 생기면 새 여자를 찾으러 익숙하지 않은 이웃 거리를 돌아다녀야 할 것이었다. 스프리하는 이 점에 대해서 부하들에게 경고하기로 마음먹었다.

오늘 밤 술판은 이전처럼 도를 지나친 일이 일어나지 않을 것이라고 스프리하는 100퍼센트 확신하고 있었다. 차가운 술, 따뜻한 음식, 고분고분한 여자. 그것이 그가 부하들에게 내리는, 오늘의 성공에 대한 상이었다.

피골이 이전에 마친스키를 가두었던 그 가장 큰 지하실로 여자들을 전부 몰고 가서 지시받은 대로 여자들이 움직이지 못하게 단단히 묶어놓았다. 나머지 부하들에게 스프리하는 여러 가지 임무를 나누어주었다. 여섯 명은 근처 빈 아파트를 털러 갔다. 일당이 새 은신처로 옮기기 전에 값나가거나 혹은 앞으로 닥칠 암울한 시간을 버티기에 알맞아 보이는 물건들을 전부 모아서 가져가기로 결정했기 때문이다. 약탈 작업은 피에드차크와 사테르누스가 고른 집부터 시작되었다.

'고자질쟁이들······.'

스프리하는 코웃음 쳤다. 자신의 안목이 탁월했다고 그는 생각했다. 나이가 더 많은 쪽, 그러니까 크렌타 거리에 사는 토마시 사테르누스는 명백히 전에도 밀고를 해본 경험이 있는 것 같았다. 어쩌면 심지어 보안부 어느 부서에서 일했을지도 모른다. 그렇지 않고서야 보통 사람이 약탈하기에 가장 적당한 장소에 대한 질문을 받았을 때 아파트뿐 아니라 그곳에 이전에 살던 사람들에 대한 정보까지 꼼꼼하게 서면 보고서로 작성할 리가 없지 않은가?

나이가 젊은 쪽, 다니엘 피에드차크는 완전히 다른 문제였다. 다니엘의 가장 가까운 가족과 친구들은 모두 금요일에 좀비로 변했다. 사테르누스는 다니엘에 대해서도 따로 보고서를 제출했지만 스프리하는 그런 걸 읽을 시간도 흥미도 없었다. 그저 첫 부분만 흘끗 봤을 뿐이고, 그래서 다니엘의 아버지가 금요일 저녁에 심장 마비로 죽었으며 그 뒤로 모든 일이 최악으로 치달았다는 것 정도만 알고 있었다. 알 수 없는 위협이 피에드차크 가족을 하나씩 잡아먹었고 다니엘 혼자만 우연히 살아남았다. 아버지가 아직 살아 있을 때 저장식품을 가져오라고 다니엘을 지하실로 보냈다. 다니엘은 병조림을 자루에 넣다가 지쳐서 늦어졌고 그동안 아파트는 시체실로 변했다. 이웃들은 자기 문제가 너무 급해서 고아가 된 다니엘을 돌봐줄 여력이 없었으므로 다니엘은 지하실에서 지냈다. 위층에는 저장음식이 한 자루밖에 없었는데 지하실에는 음식이 충분했기 때문이다. 그러나 다니엘은 불안했고 누군가 더 강한 사람의 보호를 받고 싶었다—그 자리에 스프리하가 나타난 것이다. '아깝군, 이런 잠재력을 낭비해야 하다니.' 스프리하는 생각했다. '우리 일당 후보로 딱 좋았을 텐데.' 일당이 차고지를 떠나 양조장으로 옮겨간 뒤에 밀고자들의 운명은 정해져 있었으니 어쩌겠는가. 그렇다고 짐 덩어리를 끌고 갈 수는 없었다. 열두 명의 제자들만으로도 스프리하에게는 충분했다.

그러나 차고지에 있는 동안 그는 이 두 명에게 했던 약속을 지킬 생각이었다. 그들에게 얻은 정보 덕분에 여러 가지 필요한 물건들을 손에 넣을 수 있었고, 그중에는 그가 가장 좋아하는 코냑도 몇 병 있었다. 부하들도 많은 것을 얻었고, 한때 자신들과 체격이 비슷한 사람들이 살았던 아파트를 뒤져서 옷도 제대로 된 것으로 갈아입었다. 이제 아무도 죄수복을 입고 다니지 않았다. 이제는 다들 사람답게 보였다. 다림질한 재킷, 풀 먹인 셔츠, 윤을 낸 구두. 심지어 우아한 모자까지. 다들 신수가 훤해졌지만, 잘 어울린다고는 할 수 없는 한두 명이 있을 뿐이었다. 나머지 전리품은 임시로 본관 옆 별채에 옮겨놓았는데, 스프리하는 자기 숙소를 그곳으로 옮겼다. 단독주택에서 상당히 거리가 멀어서 앞으로 몇 시간 정도는 조용하게 지낼 수 있을 것이다.

그에게 그런 조용한 시간이 필요한 이유는 생각하기 위해서만은 아니었다.

숙소를 옮긴 뒤에 그는 건물 안의 선반들을 전부 뒤져서 쓸모 있어 보이는 연장을 모았다. 이곳의 도구들은 스프리하가 자신의 지하실에서 사용하던 것의 절반만큼도 훌륭하지 않았지만, 지금은 있는 물건으로 만족해야 했다.

그는 찾아낸 도구들을 에나멜 쟁반 위에, 항상 하듯 줄을 맞춰 정해진 순서대로 늘어놓았다. 정말로 모자라는 게 없는지 한 번 더 확인하고 그는 무거운 의사 가방을 집어 들었는데, 이 가방에 미리 구급 용품과 여러 가지 약을 욱여넣었다. 이렇게 준비를 마친 뒤 스프리하는 유쾌하게 휘파람을 불며 계단을 내려갔다.

지금까지 하루가 아주 성공적이고 풍요롭게 흘러가는 것 같았으므로 스프리하는 여러 가지 제약과 의심에도 불구하고 끝까지 가기로 마음먹었다. 즉 이 새로운 현실에서 가능한 정도로 끝까지 말이다.

그의 새로운 무대는 이 지하실이 될 것이다. 외지고 더럽고 어두운 지하실이다. 알전구 한 개가 암흑으로 가득한 지하실에서 딱 필요한 만큼의 공간을 비추고 있었다. 그 전구 빛의 밝은 반원 가장자리에 피골이 전문적으로 묶은 여자들을 반원형으로 배치해 놓았다. '피골은 아주 냉혹하고 단단한 놈은 아니지만 시키는 대로 군말 없이 한단 말이야.' 스프리하는 인정했다. '게다가 개새끼가 사람 묶는 법도 잘 알고······.' 여자들의 입에는 재갈이 단단히 물려서 현실적으로 전혀 소리를 낼 수 없었다. 목에 걸린 밧줄이 대들보에 못으로 박혀서 움직임도 제한되었다. 스프리하는 조용하고 평화롭게 작업하는 것을 좋아했으므로 이것이 마음에 들었다. 물론 당연히 그가 숭배하는 대상의 비명과 애원하는 소리만은 예외였다. 그것은 의식에서 뗄 수 없는 일부분이었고 그에게 굉장한 만족감을 주었다.

그는 전구 불빛 안의 유일한 가구인 조그만 테이블로 천천히 다가가 홈집투성이 표면 위에 처음에는 가방을, 다음으로 쟁반을 놓았다. 묶여 있는 여자들은 반응으로 보아 대부분 무슨 일이 일어날지 예측한 것 같았다. 다만 두 명은 어스름 속에서 번쩍이는 초점 없는 눈을 크게 뜬 채 너무 겁에 질려 아무것도 이해하지 못하고 그를 바라볼 뿐이었다.

'이 두 명은 운이 나쁘군.' 스프리하는 속으로 한숨을 쉬었다. '멍하고 무감각하면 재미가 없으니 빼야지.' 희생자는 처음부터 끝까지 완전히 의식이 선명해야 했고 그렇지 않으면 그는 인정할 수 없었다.

"안녕들 하신가, 조그만 파리 여러분." 그는 희생자를 선택하기 위해 여자들 앞을 왔다 갔다 하면서 말했다. "겁낼 거 없어, 또 옛날얘기를 하려는 건 아니니까. 단지 여러분의 해방자인 우리에게 감사의 마음을 보이지 않은 것이 얼마나 큰 잘못인지 알려주고 싶을 뿐이야. 그 귀감이 되실 분은 예를 들어······." 스프리하는 전구 바로 아래 서서 손으로 오른쪽과 왼쪽을 가리키다가 마침내 손가락으로 한 여자를 가리켰다. "이 아름다운 분."

그는 백지장처럼 창백한 포렝프스카에게 다가갔다.

그는 포렝프스카 목의 밧줄을 벗기고 돌려세웠다. 그 과정에서 다른 여자 두 명이 균형을 잃고 목 졸려 죽을 뻔했다. 스프리하가 여자들을 도울 생각이 전혀 없었기 때문에 여자들은 힘겹게 스스로 균형을 다시 찾아야 했다.

스프리하는 자신이 선택한 희생자에게 완전히 정신을 집중했다. 여자가 물 밖에 던져진 물고기처럼 몸부림쳤으나 아랑곳하지 않고 밧줄을 끌어 여자를 잡아당겼다. 그는 여자의 발목을 한 번 더 묶기 위해 엎드린 여자의 다리 뒤쪽을 무릎으로 눌러야만 했다. 여자를 단단히 묶은 뒤 그는 작업장에서 찾아내 지하실 대들보에 묶어 놓은 도르래로 다가가 천천히 조금씩 포렝프스카를 먼지로 두껍게 뒤덮인 바닥에서 들어 올리기 시작했다.

몇 초 뒤에 포렝프스카는 거꾸로 매달려 있었다. 발은 천장 아래, 머리는 스프리하의 가슴 높이에 있었다. 그는 여자의 손을 손목보다 조금 위에서 묶었으며 원래 매듭을 풀지 않고 그 위에 다른 밧줄을 겹쳐 묶어 도르래에 걸고 당겼다. 줄이 팽팽해지자 칼을 집어 들었다. 칼날이 전구 빛에 번쩍이자 여자들은 다시 한번 비명을 지르려 했으나 피골의 매듭 실력은 정말로 좋았다. 여자들의 목소리는 재갈에 억눌려 스프리하에게 전혀 방해가 되지 않았다.

그는 서두르지 않았다. 동작 하나하나에 마치 자기 인생이 달린 듯 주의를 집중했는데, 어떤 의미로 그것은 사실이었다. 그는 희생자가 움직이지 못하도록 손목을 묶은 밧줄을 잡아당긴 뒤 여자에게, 당연히 뒤쪽에서, 가까이 다가갔다. 주사를 놓을 때가 되었다. 우선 그는 여자에게 수면제를 조금 처치했다. 이것으로 최소한 시작할 때는 수많은 문제를 피할 수 있을 것이다.

재빠른 몇 번의 동작으로 재갈에 연결된 헝겊과 끈이 바닥에 떨어졌다. 여자는 입안에 돌돌 말려 있던 손수건을 즉시 뱉어냈다.

"제발 부탁이에요……." 여자는 침과 피가 범벅이 된 헝겊 조각이 망가진 수도꼭지까지 2미터도 채 날아가기 전에 중얼거렸다. "뭐든지 할게요……."

"아무 말도 하지 말아요, 조그만 파리 양." 스프리하는 상황에 어울리지 않게 정중한 어조로 말했다.

그는 다시 탁자로 가서, 의사 가방에서 커다란 상표가 붙어 있고 코르크 마개로 막은, 약국에서 자주 보는 갈색 유리병을 여러 개 꺼냈다. 여기에 더해 거즈와 붕대, 그리고 수술 집도를 연상시키는 여러 가지 다른 물건들도 이어서 모습을 드러냈다.

"맹세할게요……." 포렝프스카는 절박하게 주위를 둘러보았다. 그리고 손가락만큼 굵은 밧줄이 끊어질 가능성이 없다는 걸 알면서도 당겨보았다. 그러나 트램 작업용 밧줄의 거친 표면이 손목을 파고들자 벗어날 수 없다는 사실을 깨달은 것 같았다. "모든 성자를 걸고 맹세해요……."

"잘 보세요, 아가씨들." 스프리하는 절박하게 중얼거리는 희생자를 완전히 무시하고 거의 보이지 않는 관중을 향해 말했다. "여러분은 엄청나게 운이 좋은 거예요. 왜냐하면 조금 뒤에 저의 비밀 의식을 보게 될 테니까. 그 의식은 이전에 아무도 본 적이 없단 말이죠. 정말로. 분명히 지금쯤 이렇게 생각하고 있겠죠. 저 사람은 왜 가장 깊은 자기 비밀을 우리한테 알려주려 할까……?" 스프리하는 잠시 말을 멈추었다. "답은 간단해요. 여러분이 내가 말하는 대로 고분고분 따르지 않으면 어떻게 되는지 보여주고 싶기 때문이죠. 그래요, 잘 들었어요. 내 부하들이 단 한 마디라도 불평을 하면 우리는 여기, 이 지하실에서 다시 만날 거예요. 하지만 그때는 나하고 단둘이 좀 더 은밀한 환경에서 이 비밀스러운 놀이를 다시 즐기게 되겠죠…….."

말하면서 그는 이전에 경비 초소 탁자를 덮고 있던 식탁보로 만든 우비를 걸쳤다. 여기에다 머리에는 호송차 운전석에서 찾아낸 경찰용 헬멧을 썼다. 투명한 안면 보호대를 내릴 수 있는 무거운 헬멧으로 경찰이 폭동을 진압할 때 사용하는 것이다. 마지막으로 스프리하는 긴 고무장갑을 꺼냈는데, 이것은 차고지 건물 1층 청소용품 상자를 뒤져 찾아낸 것이었다.

거울이 없었으므로 그는 자기 몸을 최대한 훑어보았다. 멍청이 같아 보였지만 그건 중요하지 않았다. 중요한 건 철저하게 몸을 보호하는 것이었다. 그가 지금부터 하려는 작업은 피가 대량으로 흐르는 일이었고, 그가 허락하기 전에 여자가 죽지 않는다는 보장이 없었다. 그런데 죽은 사람의 체액과 접촉하는 것은 치명적인 위협이 된다는 사실을 그는 군대의 경고방송 덕분에 알고 있었다.

스프리하는 겁이 났다. 심지어 몇 시간 전에 장갑차에 있을 때보다 더 겁이 났다. 가장 작은 실수도 비극으로 이어질 수 있었으나 유혹이 너무 컸다. 이전처럼 완전하게 '숭배'할 수 없을 것이라고 그는 알고 있었지만 누가 알겠는가. 이번이 아니면 다음번에, 경험을 쌓고 죽음 뒤의 삶에 대해 더 많은 것을 알게 된 뒤에는 훨씬 더 먼 단계까지 나아갈 수도 있는 것이다.

그는 거즈를 집어 들어 알코올에 적신 후 끊임없이 꿈틀거리는 희생자의 왼쪽 팔뚝 피부를 꼼꼼하게 닦았다. 그는 일부러 피해자를 인간으로, 의식과 감정을 가진 존재로 생각하지 않으려 애썼다. 그의 앞에 매달린 순간 피해자는 물건, 아니, 더 정확히는 마약이 되었고 그 유일한 용도는 스프리하에게 황홀경에 가까운 고양감을 느끼게 해주는 것뿐이었다. 그는 온갖 더러움이 묻어 회색이 된 거즈를 내던지고 가져온 컵에 알코올을 따른 뒤 그 안에 메스 날을 집어넣어 소독했다.

여자의 손목에서 팔꿈치까지 길게 직선을 그리며 그는 확실한 동작으로 잘랐다. 피해자의 비명에 귀를 기울이며, 가장 아름다운 오페라 아리아를 듣듯이 한껏 즐겼다. 다시 이전으로 돌아간 것 같았고, 다시 그 황홀하기 짝이 없는 고양감이 느껴졌다……. 그러나 그는 도취되어 제정신을 잃지 않기 위해 얼른 자신을 억눌렀다. 자신이 지금 실험을 하고 있으며, 얇은 살얼음 위를 걷는 것과 같고, 조그만 실수라도 저지르면 이번이 마지막이 될 수 있다는 사실을 기억해야만 했다. 그는 이전에 누렸던 즐거움의 대부분을 포기할 생각이었으나 다음 기회가 있으리라 여겼으므로 후회하지는 않았다. 지금 그는 원하는 대로, 원할 때 원하는 곳에서 마음대로 할 수 있었다.

'첫 단계를 끝낼 때로군.' 그는 이렇게 생각하고 겸자를 집어 들었다. 겸자 끝으로 팔꿈치 아래 십자로 절개한 부분 바로 아래를 집고 당겨서 단호한 몸짓으로 넓이 5센티미터, 길이 30센티미터에 달하는 피부를 떼어냈다.

피해자의 비명 소리가 순간적으로 끊어졌다. 여자의 몸이 갑자기 축 늘어졌으나 스프리하는 여기에도 대비를 하고 있었다. 의식 도중에 피해자가 기절한 것은 이번이 처음이 아니었다. 스프리하는 각성용 소금을 집어 들었다. '이걸로 충분하겠…….'

누군가 문을 두드렸다.

"대장!"

그는 피골의 목소리임을 알았다.

"무슨 일이 있어도 방해하지 말라고 내가 말했지!" 그는 이 침입에 머리끝까지 화가 나서 고함쳤다.

"예, 하지만 제가……." 문 뒤에서 겁에 질린 피골이 중얼거렸다.

"하지만이 어딨어! 꺼져!"

"대장, 제가 하고 싶은 말은, 카치마레크하고 같이 갔던 애들이 돌아왔다는 겁니다. 대장하고 꼭 얘기를 해야 된다고 그래요."

"나 바쁘다고 말했나?"

"예."

"내가 뭘 하는지도 말했나?"

"예." 피골이 잠시 망설인 뒤에 대답했다. "하지만 계속 우겨요. 안 그랬으면 여기 내려오지도 않았을 거요."

스프리하는 한 손을 반쯤 치켜든 채 그대로 굳어졌다. 엔진 소음이 들리지 않는다는 사실을 지금에야 깨달았다. '이 지하실에 방음이 그렇게까지 잘되던가? 아냐. 잘 들어보면 멀리 어디선가 계속 총 쏘는 소리를 들을 수 있어. 그러니까 애들이 장갑차 없이 돌아온 거야. 무슨 일이 일어난 게 분명해. 뭔가 중요한 일이야. 나를 방해하면서까지 고집을 부리는 건…….'

그는 각성용 소금을 피해자의 코 밑에 댔고, 여자가 냄새를 맡고 컥컥거리기 시작했을 때 가장 커다란 칼을 집어 들었다.

"미안해, 조그만 파리야. 하지만 대장으로서 해야 할 일이 있어서." 그는 무감정하게 말한 뒤 맹장 부근에 칼을 꽂고 빠르게 배를 가로질러 칼날로 갈비뼈 부근까지 둥글게 베었다.

그는 정육사가 양을 손질하듯 여자의 내장을 꺼냈다. 갈라진 상처가 입을 크게 벌리자 피부에서 해방된 내장은 마치 공기를 주입한 튜브처럼 김을 내뿜으며 떨리는 몸을 타고 아래로 흘러내렸다.

스프리하는 포렝프스카가 목으로 흘러넘친 피에 질식했는지 아니면 심장이 먼저 멈추었는지 알지 못했다. 상관하지도 않았다. 그토록 오래 기다린 순간을 망쳐버린 것이다. 분풀이를 해야 했다. 그는 포렝프스카의 머리가 바닥에 흘러내린 창자에 닿을 정도로만 내려두었다.

"아직 거기 있나, 피골?" 스프리하가 피투성이 장갑을 벗으며 물었다.

"예, 대장."

"좋아. 이 여자가 다시 살아날 때까지만 거기서 기다려. 30분 이상은 걸리지 않을 거야. 이 여자가 다시 살아나면 나머지 여자들 여기서 데리고 나가고 캉가세이루 불러. 내가 좀비를 없애버리라고 했다고 전해. 나머지들이 있는 곳으로 데려가게 해. 알았나?"

"예, 대장."

우비와 장갑은 바닥에 놓여 있었고 피가 튀지 않은 헬멧은 탁자 위에 남겨졌다. 스프리하는 지하실을 나와 한꺼번에 계단을 두 개씩 올라서 현관으로 갔다. 카치마레크, 울피크, 그잘레크가 철문 앞에 서 있었다. 실제로 표정들이 좋지 않았다.

"뭐야?" 스프리하가 햇빛이 밝게 내리쬐는 마당으로 나오면서 고함쳤다.

"다른 데로 갑시다, 대장." 카치마레크가 부탁했다.

그가 여기, 남들 눈에 보이는 곳에서 이야기하기를 꺼린다는 사실이 의미하는 바는 한 가지였다. 정말로 즐겁지 않은 소식을 전해야만 하는 것이다. 스프리하는 쓸모없는 가축들이 자신의 반응을 보는 것을 원치 않았으므로 그저 고개만 끄덕이고 부하들을 건물 안, 트램 노선 지도가 걸려 있는 소장실로 데리고 갔다.

"그래. 얘기해 봐, 무슨 일인지!" 그젤라크가 문을 닫자 스프리하가 말했다.

"내 생각엔 그 양조장 포기하는 게 좋을 것 같소." 카치마레크가 머뭇거리며 말하기 시작했다.

"네 생각은 아무도 상관 안 해, 기병대. 무슨 일이 있었는지 얘기하라고. 그리고 너희가 가지러 갔던 장갑차는 어떻게 됐는지도."

"그건 내가 얘기하겠소." 울피크가 나섰다.

"짧게 말하는 게 좋을 거다!" 스프리하가 책상 모퉁이에 걸터앉으며 말했다.

"그러니까……." 울피크는 마치 마음만이 아니라 몸도 의지할 곳이 필요하다는 듯 벽에 기댔다. "대장이 시킨 대로 양조장 뒷마당으로 갔는데 뭔가 이상한 게 보이더란 말이오. 누가 그 세 번째 장갑차를 움직였더라고. 우리가 끌고 나간 장갑차가 있던 자리에 있더라니까. 그리고 또 자세히 보니까 포탑에 있던 기관총도 둘 다 없어지고 길거리에서 총도 싹 사라졌소. 그런데 그게 다가 아니오, 대장. 개새끼들이 배터리도 빼고 엔진에서 들어낼 수 있는 건 다 들어냈더란 말이오. 이제는 장갑차에 시동을 걸 수가 없게 됐소."

"누가 처음부터 우리를 지켜보고 있었던 게 틀림없소." 그젤라크가 끼어들었다. "저 맞은편 아파트 사람일 거요. 내기해도 좋소."

스프리하는 천천히 고개를 끄덕였다.

"자식들이 자기 나름대로 꾀를 썼군." 그는 부하들의 말에 동의했다. "하지만 한 가지는 생각하지 못했지."

"뭐요, 대장?"

"우리한테도 장갑차가 있다는 거야. 다른 장갑차를 움직이는 데 필요한 걸 우리가 가진 차에서 다 떼어내서 옮기면 돼!" 스프리하는 의기양양하게 미소 지었으나 부하들의 음침한 표정을 보고 곧 진지해졌다. "그렇게 할 수 있잖아?"

"물론이오." 울피크가 대답했다. "하지만 바퀴가 찢어지고 기름이 다 샌 건 그렇게 쉽게 바꿀 수 없어요. 대장, 놈들도 다 알고 한 거요. 저 두 대는 영영 움직일 수 없소." 울피크는 마지막 문장을 힘주어 말하고 입을 다물었다.

"잠깐." 스프리하가 중얼거렸다. "배터리를 빼낸 건 어떻게 알지?"

"내가 거리로 내려가서 확인했소." 울피크가 설명했다.

"자네한테 총 쏘던가?"

"아니오……."

"그럼 왜 동부전선에서 포위당한 독일군 같은 표정을 짓고 있는 거야?"

"할 얘기가 아직 남아 있으니까 그렇소, 대장." 카치마레크가 입을 열었다.

"그럼 말해봐."

"울피크가 장갑차를 뒤지고 있는데 강에 모터보트가 나타났소. 나는 그때 그 상자 위에 올라가 망을 보고 있었는데 놈들이 나를 봐서 도망칠 수가 없었소."

"장갑차 가지러 온 놈들인가?" 스프리하는 관심을 가졌다.

"아니오. 그 비에드지츠키 장군인지 소령인지 그놈 부하들이오. 자기들 초소가 어떻게 됐는지 확인하러 온 거요."

"그래서?"

"하나가 뭍으로 올라와서 전부 둘러보고 갔소."

"왜 처치하지 않았지?"

"뭘로 말이오?" 카치마레크가 반박했다. "맨손을 흔들어서 죽이거나 입냄새로 기절시키란 말이오? 모터보트에 나머지 놈들이 머리끝까지 무장하고 버티고 서서 날 계속 지켜보고 있었소. 뭍으로 나온 놈은 끊임없이 이것저것 캐묻고. 내가 어디서 왔고 몇 명이나 살아남았고 어떻게 버티고 있는지. 그런 쓸데없는 거 말이오."

"그럼 넌 그놈한테서 뭐 흥미로운 거 알아냈나?"

"당연히 알아냈소!" 카치마레크는 자랑스럽게 웃음 지었다. "내가 그 머저리 앞에서 어린애처럼 행동했지……." 카치마레크는 이야기를 시작했다가 그젤라크가 경멸하듯 코웃음 쳐서 말을 끊었다. "뭐?" 카치마레크가 내뱉었다.

"어린애처럼 말이지. 그놈 때문에 어린애가 됐어." 그젤라크가 웃음을 터뜨렸다.

"어린애처럼 흙덩이를 먹게 될 거다, 한 번만 더 끼어들면." 스프리하가 위협했다. "그래서 그 머저리가 뭐라고 했는데?"

카치마레크는 장교와의 대화를 짧게 요약했다. 스프리하는 그가 한 문장씩 말할 때마다 점점 더 음울해졌다. 비에드지츠키의 군인들이 양조장을 점령하고 자기들 기지로 사용할 계획이라면 스프리하와 일당이 나머지 장갑차와 충분한 무기를 손에 넣는다고 해도 군대를 막을 수는 없을 것이다. 범죄자 일당은 기세로는 절대로 지지 않았지만, 훈련을 받고 전투를 겪은 일반 군부대와 맞설 수는 없는 노릇이었다. 특히 일당에 비해 군인들의 숫자가 월등히 많을 테니 말이다. 범죄자 일당이 양조장을 지켜낸다 하더라도 시간이 지나면 양조장은 그대로 덫이 될 것이다.

오늘 성공의 단맛이 점점 씁쓸하게 변해갔다. 마치 누군가 목탄을 부은 듯, 그것도 많이.

"이렇게 되면 상황이 완전히 달라지는데." 스프리하가 인정했다. "군인들이 양조장에 언제 오는지 아나?"

"그 소위라는 사람 말로는 당장 오늘, 내일이라도 올 거라고 했소."

"그러면 시내 정화 작전도 거짓말이 아닐 거요." 울피크가 덧붙였다.

"그래……."

스프리하는 이제 다시 생각을 해야 했다.

그는 부하들에게 등을 돌리고 벽에 걸린 트램 노선도를 바라보았다. 한 가지는 확실했다. 이 트램 차고지에는 더 이상 머무르고 싶지 않았다. 군대가 양조장을 점거한다면 인근 주민 중 누군가, 예를 들어 해가 진 뒤에 트램 찻길을 따라 도망쳐서 군인들에게 달려갈 수도 있고, 그렇게 되면……. 스워비안스카 거리 주민들은 오늘은 기가 꺾여 있었고 스프리하는 그 점을 확신했으나, 아주 가느다란 희망의 그림자라도 보인다면 누군가 멍청한 짓을 하려 들지도 몰랐다.

"놈들 라디오를 전부 걷어 와야 해." 그는 자기도 모르게 중얼거렸다.

"누구 말이오?" 그젤라크가 놀랐다.

"아니야, 그냥 큰 소리로 생각했을 뿐이야." 스프리하는 한순간 정신을 놓았다는 사실에 스스로 화가 나서 성난 목소리로 내뱉었다.

울피크가 갑자기 선언했다. "내 생각에는 우리 여기서 튀는 게 좋겠소. 그것도 빨리, 새 이웃들이 나타나기 전에 말이오. 브로츠와프는 크니까 어딘가 강에서 멀리 떨어진 곳으로 가면 되겠지. 중앙역 뒤가 제일 좋겠소." 그는 도시 남쪽을 가리켰다. "놈들이 시내 이쪽을 다 정화하는 데 성공한다고 해도 앞으로 1년은 가까이 올 수도 없을 거요."

"놈들 머릿속에 생각이라는 게 있으면 그 섬에 틀어박혀 있을 거요." 카치마레크도 동의했다. "우리도 여기 보시다시피 일종의 섬에 있는 거나 마찬가지요."

"야쿠자 말이 옳소." 그젤라크도 울피크를 지지했다. "하지만 우선은 총과 탄약을 확보해야 해요."

"어디서?" 카치마레크가 되물었다.

스프리하는 앉아 있던 책상 모퉁이에서 벌떡 일어나 한참 전부터 자세히 들여다보고 있던 거대한 트램 노선도에 다가갔다. '이 생각을 못 했다니!'

"여러분, 잠시 감방으로 되돌아가는 건 어떻겠나?"

33

1963년 8월 11일 일요일 17시 04분
시립동물원, 브루블레프스키 거리 1-5번지

비에드지츠키는 로젠베르크 거리를 지나며 건물들을 흥미롭게 관찰했다. 보도나 풀밭 여기저기에 줄에 묶인 형체들이 늘어져 있었다. 멀리서 보면, 특히 자세히 들여다볼 시간이 없을 때 좀비들은 아주 평범한 사람같이 보였다. 그러나 소령은 그때까지 수많은 감염자를 너무 많이 보았기 때문에 눈앞에 좀비가 된 아이들이 있을 때조차 힘들이지 않고 완전히 냉정하게 행동할 수 있었다. 거리를 따라 수십 구의 시체들이 줄에 묶인 채 몸부림치고 있었다. 지원부대 군인들이 수송대가 옆길이나 골목으로 돌아서 가지 않아도 되도록 인근에서 진압한 좀비들을 모두 로젠베르크 거리로 끌고 나온 것이다.

전날 저녁에 도입한 시스템은 효과가 있는 것으로 확인되었으나 여러 가지 정황으로 보아 아직도 한참 수정할 곳이 많았다. 이번에 군대의 활동에는 혼란의 그림자조차 사라졌고 성급한 결정도, 미리 계획하지 않은 작전도 없었다. 순전한 실용성, 오로지 이것만이 효과를 나타냈다. 이 사실을 비에드지츠키는 이제 자기 눈으로 확인하고 있었다.

116명이 네 시간 동안 인민회관과 그 전날 폭파시킨 슈치트니츠키 다리 사이 지역을 전부 정화했다. 게다가 실질적으로 손실은 없었다. 한두 명이 부상을 입었지만 다행히 중상은 아니었다. 폭파된 교량에서 멀지 않은 거리 근처, 오드라강 변 아파트 단지에서 서둘러 후퇴하게 되었을 때 엄청나게 많은 감염자 무리와 맞닥뜨린 것이다. 그리고 그 안에는 20명이 넘는 경찰관도 섞여 있었는데, 토요일 새벽 경계선이 무너지면서 가장 가까운 건물 안에 안전이 아니라 죽음만 숨어 있다는 사실을 모르고 들어간 사람들이었다.

군인들은 니즈네르가 제안한 방식을 활용해서 이들을 하나씩 혹은 집단적으로 유인했는데, 이것은 정체불명의 민간인들이 바르샤프스키 다리 아래로 수천 명의 좀비 떼를 끌고 갔을 때 사용한 것과 같은 방법이었다. 그러나 이번 경우에는 장갑차가 아니라…… 자전거를 활용했다. 비에드지츠키는 현장에 지프차를 보내는 방법도 생각했으나 잠시 궁리한 끝에 단념했는데, 연료를 아껴서 나중에 제압한 좀비들을 싣고 가는 트럭에 기름이 모자라지 않게 해야 했기 때문이다. 좀비를 실은 트럭은 야겔론스키에 다리 교두보까지 쉬지 않고 운행했고, 잡힌 좀비들은 그곳에서 군인들이 화물선에 옮겨 실었다.

자전거는 충분히 빨랐고, 버리고 도망치기도 쉬웠다. 예를 들어 좀비를 유인하던 자원자들이 위험이 전혀 없는, 완전 정화된 지역으로 접어들었을 때 말이다. 그들이 유인해 온 좀비를 군인들은 비슷한 방식으로 최대한 흩어지게 한 뒤에 총을 쏘았다. 탄약을 낭비하지 않기 위해 몇 걸음 거리에서 정확히 조준해서, 처음에는 양 무릎에 한 발씩, 그 뒤에는 좀비가 쓰러진 뒤 양쪽 어깨 관절에 또 한 발씩 쏘아 팔을 움직이지 못하게 했다. 재생하는 과정은 다행히 꽤 느려서 이들을 묶는 작업을 하는 사람들은 지나치게 자신만만 해하지만 않으면 크게 위협받지 않았다.

베르나치아크는 마지막 보고에서, 19시가 되기 전에 미즈키에비치 거리와 '젊은 기병대' 대로 사이 건물들의 마지막 좀비를 전부 소탕하고 그런 뒤에 슈치트니츠키 공원 나머지 부분은 정화하겠다고 약속했다. 이날 저녁 베르나치아크의 부하들은 동쪽 마르스 경기장 인근에서 남쪽으로 이어지는 '5월 9일 거리', 푸게타 거리, 공동묘지 거리 숲 지대 가장자리까지 도달할 예정이었는데, 즉 '큰 섬' 4분의 1 이상을 군대가 통제하게 된다는 뜻이었다.

'말은 아주 멋지게 들리는군.' 비에드지츠키는 생각했다. '큰 섬 4분의 1을 하루 만에 접수하다니.' 선동 방송 내용으로 아주 이상적이지만 그 이상은 아니었다. 이것은 확실하고도 커다란 성공이었지만 앞으로의 작전 진행 속도에는 전혀 영향을 미치지 못했기 때문이다. 그는 인구가 가장 적고 거의 예외 없이 오래된—거의 대부분 이미 주민들이 떠나고 없는—단독주택과 넓은 공원만 있는 가장 쉬운 지역부터 작전을 진행했다. 이런 지역에서 많은 좀비를 진압하는 것은 어렵지 않았다. 얼마 전에 커다란 상실을 경험한 군인들의 사기를 북돋기 위해서 이 작전은 신속하게 진행되었다.

진짜 작전은 베르나치아크 대위의 부대가 서쪽으로 가서 비스쿠핀 마을과 솅폴노 마을의 좁은 골목에 진입했을 때부터 시작될 것이다. 강의 이쪽, 인구가 밀집된 지역을 진입하는 것은 군인과 그 지휘관들에게 상당히 어려운 일이 될 것이다. 이제까지 군대가 점거한 지역에 감염병이 돌기 전에 대략 1000명 정도가 살았다면 이런 마을에는 최소한 15배, 어쩌면 20배나 더 많은 사람들이 살았기 때문이다. 그리고 이것은 오드라강 건너 서쪽, 거의 50만에 가까운 브로츠와프 인구 중에서 잘해야 고작 몇천 명이 살아남은 시내로 들어갔을 때 일어날—그런 결정이 내려진다면 말이지만—전투에 비하면 맛보기에 불과했다.

좀비 50만 명—이 믿을 수 없는 숫자만 해도 사람이 확신을 잃게 만들기에 충분한데, 지금은 그저 시작이고, 진짜 문제의 겉핥기에 불과한 것이다…….

공동묘지 거리. 이 이름은 마치 어린아이가 마구 던진 장난감 공처럼 소령의 머릿속을 굴러다녔다. 비에드지츠키는 니즈네르 소위가 얼마 전에 했던 말을 떠올리고 몸을 떨었다. 땅속에는 그 세 배나 되는 시체들이 잠들어 있다. 공동묘지에, 그러나 또한 공원에도, 풀밭에도, 텃밭에도, 심지어 강 밑바닥에도. 브로츠와프에서는 사람들이 수없이 죽었다. 특히 2차 세계대전 막바지였던 1945년 2월부터 나치가 패망한 5월까지 마지막 석 달 동안 브로츠와프가 아니라 당시 독일 영토였던 '브레슬라우'가 소련군에 포위되어 있었기 때문에 사람이 가장 많이 죽었다. 조금 운이 좋았던 사람들은 그나마 장례를 치르고 매장되었지만 나머지는 아무 데나, 아무렇게나 묻혔다. 그 뒤에 이렇게 무덤을 만들었던 사람들도 죽었고 그와 함께 비석 없는 공동묘지의 기억도 그들과 함께 죽어갔다.

'만약 마베트의 추측이 아주 일부분이라도 옳다면 우리는 진짜 공포를 마주할 준비를 해야 해.' 비에드지츠키는 포석이 깔린 보도와 차도 사이에 이어진 넓은 풀밭에서 자라난 어린나무들을 역겨운 눈초리로 바라보았다. 그 아래에도 만약 시체가 묻혀 있다면 감염병으로 인해 다시 살아날지 모른다.

이것은 반드시 조사해야 했지만 불운하게도 '큰 섬'의 유일한 묘지는 멀리 북동쪽 가장자리, 한때 인구밀도가 높았던 솅폴노 마을 외곽 지역에 있었다. 그나마 다행인 것은 강둑에 직접 닿아 있어서 물길을 따라 어느 정도 안전하게 닿을 방법을 생각해 낼 수 있다는 점이었다.

'그것이 다음 할 일이군. 점점 길어지는 필수 활동 목록에 또 덧붙여 넣어야겠지.' 소령은 혼자서 생각했다. '시신 발굴은 아렌지 코프스키 휘하의 사람들이 맡았으니까 이 일을 꼭 언급해야 하는 순간이 올 때까지 비밀로 할 수 있을 거다. 그 순간이 최대한 늦게 오길 빌어야지!'

내일은 또 무슨 일이 일어날 것인가? 자연 혹은—하느님 맙소사—신의 뜻이 또 어떤 예상 밖의 상황을 꾸며내고 있는 것인가? 비에드지츠키는 이런 생각을 안 하는 쪽을 선택했다. 이미 머릿속에 충분히 많은 문제가 있었고 하나를 해결할 때마다 그 자리에 두 개가 새롭게 나타났다.

"소령님." 운전병이 부르는 소리에 소령은 생각에서 깨어났다. "중앙통제실입니다!"

차량을 몰던 군인이 그에게 무전기 수화기를 넘겨주었다.

"비에드지츠키다." 그는 수화기를 귀에 대고 말했다.

"소령님, 니즈네르가 보고드립니다." 그는 간결한 대답을 들었다. "감옥에 있습니다."

"무슨 일로 잡혀갔나?" 소령은 어두운 생각에서 절실하게 벗어나고 싶었기 때문에 이렇게 농담을 했다.

"잘 못 들었습니다?" 소위가 놀랐다.

"아니야. 보고하게."

"예, 알겠습니다. 상황은 다음과 같습니다. 교도소장은 자틸니와 중앙인민위원회 나머지 겁쟁이들과 함께 벙커로 내뺐습니다. 대신 오크루트니 대위라는 인물이 소장 임무를 대리하고 있는데, 이 대위가…… 자신과 이웃들의 이름으로 전체 사면을 선언했습니다."

"뭐라고?" 비에드지츠키는 자기 귀를 믿을 수 없었다.

"소련군 진입 예정 시각 직전에 수형자를 전부 풀어주고 대신 교도소 안에 자기 사람들, 즉 교도관과 근무자 가족들을 데려왔습니다. 이유는 소련 놈들이 들어오기 전에 구조하고 싶었기 때문이라고 합니다. 중앙인민위원회에서 누가 소문을 흘렸는데, 하, 서기장 동지가 소련 형제들에게 좀비들…… 그리고 산 사람들까지 전부 다 소탕해 달라고 도움을 요청했다는 겁니다."

"나도 그 비슷한 얘기는 들었네." 비에드지츠키가 인정했다.

"그래서 이 오크루트니 대위는 붉은 군대가 즉시 진입할 것이라 믿고 자기 사람들을 살릴 가능성을 높이기 위해서 수형자들을 내보냈습니다. 제가 들은 바에 따르면 교도소 안에 500명 넘게 대피시켰다고 합니다."

"자네가 들은 바에 따르면?" 소령이 놀랐다. "오크루트니와 직접 얘기한 게 아냐? 사망했나?"

"아닙니다. 사망하지 않았습니다. 술에 잔뜩 취해서 제 앞에 시체처럼 누워 있습니다."

"그럼 그냥 술판을 벌였을 뿐이라는 건가!" 비에드지츠키가 화를 냈다.

"그건 아닙니다, 소령님. 이 사람들이 무슨 일을 겪었는지 보셨으면 소령님도……." 니즈네르가 목소리를 낮추었다.

"우리보다 더 나쁘진 않았겠지."

"더 심했던 것 같습니다."

"그럼 보고하게, 말 빙빙 돌리지 말고!" 비에드지츠키가 짜증을 냈다.

"예, 알겠습니다. 수형자들을 내보내고 얼마 지나지 않아 학살이 일어났다고 합니다. 그 폭발 말입니다, 우리가 원자폭탄이라고 생각했던. 그 폭발이 여기서 가까운 부두 옆 철교에서 일어났습니다. 인근 지역 전체에 불타는 탱크 잔해가 떨어졌습니다. 그중 하나가 교도소 예배당을 직격했습니다. 수많은 사람이 현장에서 즉사했고 더 많은 사람이 부상자를 구하려고 달려갔다가 목숨을 잃었습니다. 하지만 그게 시작이었다고 합니다. 교도관들이 감염자 시신을 태우려고 했습니다……." 니즈네르가 의미심장한 어조로 덧붙였다.

"엿 됐나?"

"우리 쪽에서 경고 방송을 시작하기 전에 해버렸습니다. 아마 그런 것 같습니다. 어찌 됐든 시신을 태우는 연기를 들이마시면 어떤 위험이 있는지 전혀 몰랐던 게 분명합니다. 그리고 이 경우에는 그 연기가 상황에 더 큰 영향을 미쳤는지 논의해 볼 여지가 있습니다. 제가 들은 바에 따르면 금요일 밤부터 토요일 새벽까지 하룻밤 동안 이 지역 전체가 재로 뒤덮였다고 합니다."

"요약해, 니즈네르!"

"예, 알겠습니다. 토요일 밤부터 일요일 사이에 교도소 안에서 대규모 좀비화가 일어나 교도관과 민간인들이 대거 희생되었습니다. 학살의 생존자는 100명이 조금 넘습니다. 우리 방송에 따라 일부 사람들이 문을 잠그고 스스로 고립되었기 때문에 목숨을 건졌다고 합니다. 그러므로 우리 해결책은 확실한 것 같습니다……."

"확실하지. 문을 잠그지 않았으면 분명히 아무도 살아남지 못했을 거야."

"우리가 보기엔 당연합니다만 오크루트니 대위는 전부 자기 탓으로 생각합니다. 이 사람들이 그의 눈앞에서 죽은 겁니다. 유일한 탈출구를 잠그라고 명령한 게 오크루트니 대위였고 말입니다."

"그 덕분에 감염되지 않은 사람들이 살아남았지."

"그건 소령님도 아시고 저도 압니다만 대위는 죄책감에 시달리고 있습니다. 놀랍게도 교도관도 죄책감에 시달릴 수 있습니다."

"사람들이 파리 떼처럼 눈앞에서 죽어가는데 죄책감을 느끼지 않을 수는 없지." 비에드지츠키가 동의했다. "사실 생존율 20퍼센트는 엄청난 성공이라고도 할 수 있겠네만."

"성공이라고 하시니 말씀입니다만 여기 교도관들이 정말로 훌륭한 발상을 몇 가지 해내서 탄약 없이도 나머지 좀비들을 진압하는 데 성공했습니다……." 니즈네르는 소령에게 포획기, 좀비들을 산책장으로 유인한 작전, 돼지를 활용한 실험에 대해 보고했다.

"성공은 성공이네만 수형자를 풀어준 건 칭찬할 수 없네."

"멀리 도망치지는 못했을 겁니다. 대부분 가까운 기차역으로 가는 길거리에서 계속 헤매고 있습니다. 죄수복을 보면 알 수 있습니다."

"대부분이라면 나머지는? 잠깐, 잠깐!" 비에드지츠키가 어조를 바꾸었다. "상습범하고 최고형을 받은 수감자들은 어떻게 됐나? 평생 들어앉은 놈들하고 사형 기다리던 놈들 말일세. 적어도 거기 수백 명은 있었을 텐데."

"학살에서 살아남은 교도관 세 명 중에서 로예프스키 준위가 저에게 보고한 바에 따르면 최악의 범죄자들은 호송차에 집어넣고 잘 잠가서 소련군이 알아서 하라고 시내 어딘가에 버렸다고 합니다."

"잘 생각했군." 소령이 인정했다. "유감스럽게도 우리 둘 다 알고 있듯이 소련군의 개입은 이미 글렀네. 그 범죄자들 중에서 단 한 명이라도 달아났으면 오크루트니는 정말 곤란해질 거야."

"놈들은 우리 군경이 후퇴하던 때에, 꽉 잠긴 호송차 안에 갇혀 길가에 버려졌습니다. 호송차는 거의 장갑차 수준이라 수형자들이 탈출했을 것이라고는 생각하기 어렵습니다. 게다가 호송차에는 교도소 차량이라는 표시가 되어 있고, 토요일 아침에 제정신인 사람은 아무도 거리에서 헤매고 다니지 않았습니다. 연장을 구비한 열쇠공만이 자물쇠를 열 수 있었을 텐데, 토요일 아침에 그런 열쇠공이 하필 호송차 주변을 돌아다녔을 것 같지는 않습니다. 게다가 금요일부터 폭염이 이어졌으니……." 니즈네르는 말을 끝내지 못했다.

남자 20명이 거대한 화덕과 같은 차량 안에 여러 시간 갇혀 있었는데, 게다가 이들은 모두 양심이라고는 없는 범죄자들이니 이것은 학살로 가는 완벽한 계획이나 다름없었다. 그리고 첫 희생자는 아마…….

"호송차가 어디로 갔는지 아나?"

"모릅니다. 그건 오크루트니 대위만 압니다. 로예프스키 말로는 운전사가 10분, 15분 뒤에 돌아왔으니 멀리 가지는 않았을 것이라고 합니다만, 운전사들도 모두 죽어서 이제는 물어볼 수가 없습니다."

"그럼 그 술주정꾼을 깨워서 필요한 정보를 얻어내!"

"그건 불가능할 것 같습니다, 소령님. 깨우려고 해봤습니다. 얼음물 한 양동이를 퍼부었는데도 소용이 없습니다. 들소처럼 몸집이 큰데 스보이치츠키 보드카를 1리터 넘게 혼자서 들이켰습니다. 대화다운 대화를 할 수 있을 정도로 술이 깨려면 하루는 지나야 할 것 같습니다."

"좋아, 그럼 당장은 내버려두도록 하지. 지금 그게 가장 시급한 일은 아니니까. 미리 정해둔 대로 무전기는 로예프스키에게 넘기고 자네는 돌아오게."

"예, 알겠습니다. 하지만 한 가지 말씀드릴 게 있습니다······. 여기 남아서 교도소를 우리가 지휘해야 하지 않냐고 마베트 경위가 소령님께 여쭤보라고 했습니다. 마베트 경위를 여기 두고 오크루트니를 데려갈 수도 있습니다. 술이 깨면 소령님께서 직접 물어보실 수 있을 겁니다."

비에드지츠키는 이 제안을 궁리해 보았다.

"아니야. 마베트와 함께 돌아오게. 여기 훨씬 더 중요한 일을 마베트가 맡아줘야 해. 거기 남자는 몇이나 살아남았나?"

"무기 소지 가능한 사람 말입니까?"

"그렇지."

"많지 않습니다, 최대 열 명 정도일 것 같습니다. 나머지는 여자와 아이들입니다."

"젠장."

"소령님, 하지만 여자들도 무기를 잘 다룰 수 있습니다. 예를 들면 여기서 여성 교도관들이 훌륭하게 제 몫을 했습니다. 로예프스키 말로는 여성 교도관들이 남자들을 격려해서 몇 번이나 결정적인 역할을 했다고 합니다."

"나보고 여군 대장을 하란 말이군." 비에드지츠키가 빈정거렸다.

"제 생각에는 빠르든 늦든 여성들도 동원해야 할 것 같습니다."

"생각해 보겠네. 그 교도소가 기지 역할을 할 수 있을지 말해 보게."

"제가 보기엔 이상적입니다. 좀비들을 소탕하면 일종의 요새로 만들 수 있을 겁니다. 강에 접근하기 용이하고, 정신과 병원에 딸린 공원을 통해서 아무 문제 없이 여기까지 도보로 도착했습니다."

"병원……." 비에드지츠키가 무겁게 한숨을 쉬었다.

확인해야 하는 장소가 또 하나 늘었다. 의료시설은 어쨌든 감옥만큼 잘 보호되었고 환자들은 어떻게 해서든 살아남았다. 그리고 누군가 살아 있다면 천천히 굶어 죽게 내버려둘 수는 없는 것이다.

"그쪽 상황 알아보고……." 소령이 말하기 시작했다.

"보이체프스키가 이미 맡고 있습니다, 소령님." 니즈네르가 그의 말을 가로막았다. "그 병원에서 몇 년 전에 일했다고 합니다." 니즈네르는 설명하는 어조로 덧붙였다.

"그래서?"

"보이체프스키 말로는 모든 문에 누군가 '들어오지 마시오. 전부 죽었음'이라고 써붙였다고 합니다."

"이상하군. 거기라면 다른 어느 곳보다 생존자가 많을 텐데."

"제가 이렇다 저렇다 말씀드릴 수는 없습니다만 직원 중 누군가가 환자들의 고통을 빨리 덜어주려 한 것 같습니다. 보이체프스키도 같은 의견입니다."

"그게 무슨 말인가? 그건 야만적인 짓이잖아!"

"의사와 간호사 대부분이 도망친 상황에서 환자들만 남았습니다. 남은 환자들의 운명은 아마……." 니즈네르가 잠시 말을 끊었다. "보이체프스키가 추측한 바로는 그렇다고 합니다. 그나마 덜 끔찍한 선택이었다고 말입니다. 보이체프스키의 말에 동의하지 않기는 어렵습니다만 소령님 말씀도 이해할 수 있습니다. 제가 그런 입장이었다면 절대로 그런 결정은 내리지 않았을 겁니다."

비에드지츠키는 뭐라고 말해야 할지 알 수 없었다. 세상이 뒤집혔다. 그가 알고 있던 선은 오늘날 이전의 악보다 훨씬 더 나쁜 것이 되어버렸다. 병원 사람들이 해야만 했던 선택은 쉽지도 당연하지도 않았을 것이라는 사실을 소령은 조금씩 깨닫기 시작했다.

"좋아, 니즈네르, 난 끊어야겠네. 지금 최전선에 도착하고 있어." 소령은 잠시 말을 끊었다. "다들 모터보트로 돌아가. 그리고 복귀하는 길에 교도소 대피 및 확보 계획을 만들게. 교도소 안에는 최소한의 필수 인력만 남겨두지. 로예프스키하고 그가 업무에 필요하다고 하는 사람들 전부. 나머지는 며칠에 걸쳐 수로로 데리고 오게. 단독주택 단지를 우리가 이미 정화했고 학교도 이제는 우리 손에 있으니까……. 방학이라 학교 건물이 닫혀 있었고 여름 캠프도 천연두 때문에 오래전에 취소돼서 아무 저항도 없이 접수했네. 잘만 진행되면 내일부터는 대피자들을 받을 수 있을 거야. 지금은 인력이 필요해."

"예, 알겠습니다."

"그리고…… 그 포획기도 여기 하나 가져오게. 우리 군인들한테 견본으로 보여주게. 자네 말을 들어보니 그런 게 있으면 우리 일이 훨씬 쉬워질지도 모르겠어."

34

1963년 8월 11일 일요일 22시 00분
트램 차고지 2호, 스워비안스카 거리 16-30번지

 울타리를 넘는 것은 그다지 큰일이 아니었다. 특히 이 지역에서 태어나 몇 번이나 트램 차고지에 몰래 숨어들어 온 사람에게는 일상다반사였다. 파울리나 부기엘은 기억할 수 있는 한 언제나 이 울타리를 넘어 다녔다. 파울리나는 트램을 좋아해서 언니를 끌고 와서 같이 운전사 놀이를 하며 놀았다. 그러다 부주의해서 종소리를 너무 크게 울리거나 뭔가 다른 소란을 일으키면 경비원들이 몇 번이나 두 소녀를 쫓았다. 차고지에서 놀다 보면 그런 일은 쉽게 일어났지만, 붙잡힌 것은 언니 파트리차의 무기력함 때문에 단 한 번뿐이었고, 이번에도 그로 인해 둘 다 붙잡혔다.
 파울리나는 새처럼 민감했다. 처음에는 감염자를 두려워했고 경찰관 그우셰크와 다른 사람들이 자기 단지 거주자들의 안전을 보살피기 시작한 뒤로 파울리나는 사랑하는 트램 차고지를 점령한 사람들이 하는 행동을 점점 더 불안한 마음으로 지켜보았다. 그 사람들이 찾아왔을 때 파울리나는 준비가 되어 있었다. 층계참에 귀를 붙이고 그 사람들이 알렉스에게 여러 가지 캐묻는 것을 엿들었다. 자기 이름이 언급되었을 때 파울리나는 도망쳐야 한다는 것을 알았다.

"가야 돼, 파티 언니." 파울리나는 겁에 질린 파트리차에게 속삭이며 등 뒤로 아파트 문을 닫았다. "식량 가방 말고는 아무것도 가져가지 마. 저 사람들이 가고 나면 집으로 돌아갈 거야."

파울리나는 트램 차고지를 점령한 불한당들이 스워비안스카 거리에서 무슨 짓을 벌이는지 본 첫날부터 이런 상황에 대한 계획을 세워두었다. 가방 두 개를 준비해서 모아둔 식량 절반과 아버지의 주머니칼, 물통, 손전등, 몇 가지 약과 소독 용품, 붕대, 갈아입을 옷가지를 넣었다. 모두 집을 오랫동안 떠나 있어야만 하는 경우 살아남기 위해 필요한 물건들이었다.

파트리차는 고개를 끄덕이고 몇 번이나 연습했듯이 가방을 어깨에 걸쳤다. 신발을 막 신고 있을 때 바깥에서, 그들이 사는 층에서 여러 사람의 목소리가 들렸다. 파울리나는 마지막 순간에 언니에게 달려들어 손으로 입을 막았다. 두 자매는 어두운 현관 한가운데, 벽에 걸린 부모의 외투 사이에 괴상한 자세로 처박힌 채 굳어져서 계단에서 들려오는 모든 소리를 주의 깊게 듣고 있었다. 다행히 불한당들은 다락방을 찾고 있었고 어렵지 않게 옥상으로 나가는 길을 찾아 사라졌다.

두 자매는 현관문 우편함 뚜껑에 귀를 대고 오랫동안 기다렸다. 처음에는 한 남자가 등에 불이라도 붙은 듯 아래로 달려 내려갔고, 다음에 다른 남자가 욕설을 퍼부으며 뒤를 따랐다. 그리고 조용해졌다. 파울리나는 열까지 센 뒤 아주 천천히 현관문 고리 사슬을 벗기고 자물쇠 두 개를 조심스럽게 풀었다. 삐걱거리는 문을 조용히 열고 계단을 내다보았다.

아무도 없다.

파울리나는 입술에 손가락을 가져다 대며 언니에게 고갯짓했고 파트리차는 고개를 끄덕여 알았다고 신호했다. 파울리나는 옥상으로 나가는 출구 쪽으로 움직이기 시작했다. 아래로 내려가는 것은 안전하지 않았다. 아래층에서 들리는 소리로 보아 불한당들이 두 층 정도 아래 계단에 자리 잡고 있었으므로 그들 눈에 띄지 않게 빠져나갈 가능성은 없었다. 도망칠 길은 오로지 하나뿐이었다—지붕이다.

"미쳤어?" 파트리차가 새된 소리로 조용히 속삭였다.

둘은 자매였지만 자매치고는 아주 달랐다. 외모는 비슷했으나 성격은 정반대였고 심지어 체격이 비슷한데도 몸놀림이 달랐다. 파울리나는 아무것도 겁내지 않았고 파트리차는 자기 그림자에도 덜덜 떨었다.

"우릴 잡으러 오는 거야. 저 다른 여자들처럼 되고 싶어?" 단호한 파울리나가 누구 얘기를 하는지 더 설명할 필요는 없었다. 불행한 어머니들의 고난을 길 건너에서 관찰하면서 두 자매는 손목에서 피가 나도록 깨물며 한없이 울었다. "저 괴물들은 자비심이라곤 없어."

"하지만 난 떨어질 거란 말이야!" 파트리차가 고집을 부렸다.

"안 떨어져. 창문으로 나가서, 어느 창문인지 알지? 지붕 위 피뢰침 잡고 옆 아파트 지붕 꼭대기 굴뚝 뒤에 숨으면 돼. 거기라면 절대로 우리를 못 찾을 거야."

보통 때 옥상으로 나가는 길은 맹꽁이자물쇠로 잠겨 있었고 자물쇠는 정말로 크고 단단했으며 열쇠는 관리인만 가지고 있었으므로 두 사람은 더 어려운 길을 택해야 했다. 물론 자물쇠를 부수는 방법도 있고 심지어 집에 금속 자르는 톱도 있었지만 시간이 너무 많이 걸리고 굉장한 소리가 날 게 뻔했다.

"나 떨어질 거야, 파울리나. 아래를 내려다보는 것만으로도……." 파트리차는 한 걸음 걸을 때마다 멈추어 서며 중얼거렸다.

파트리차는 고소공포증이 엄청나게 심해서 창밖으로 나간다는 생각만 해도 손발에 진땀이 흘렀다. 이것은 문제였고, 그것도 커다란 문제였지만, 살고 싶으면 이 문제를 해결해야 했다.

"시도라도 해!" 파울리나도 고집스럽게 속삭였다.

파트리차는 큰 소리로 침을 삼키고 열린 창문으로 다가갔지만 바깥으로 고개를 내민 것만으로도 너무나 심하게 겁에 질려서 거의 주저앉을 뻔했다. 5층이나 되는 데다 1층도 높게 지어진 터라, 20미터 높이가 까마득하게 보였다. 파트리차에게는 히말라야산맥 같은 높이였다.

"못 하겠어."

"그럼 이렇게 하자." 파울리나가 제안했다. "내가 먼저 나가서 언니를 끌어줄게."

"안 돼……."

"내가 계속 언니 잡고 있을게."

"안 돼……."

"눈 감으면 할 수 있어. 더도 말고 1미터만 올라가면 돼. 피뢰침은 알렉스 몸무게도 견뎠는데 걔는 언니보다 두 배는 더 무겁단 말이야."

파울리나는 지붕 위에 올라간 적이 몇 번 있었다. 한번은 아랫집 아들도 설득해서 데려갔다. 알렉스는 파울리나를 따라 올라왔지만 표정으로 보아 그 결정을 후회하는 것 같았고, 파울리나와 나누었던 첫 입맞춤조차도 보상이 되지 않는 것 같았다. 그 뒤로 알렉스는 옥상 데이트는 무슨 일이 있어도 하려 들지 않았다.

"못 해, 파울리나……." 파트리차는 땀에 흠뻑 젖은 손을 동생에게 보여주었다.

"해야 돼!" 달래서 말을 듣지 않으니 위협해야 했다. "저 쓰레기들 손에 잡히느니 죽는 게 차라리 나아. 내 말 들어, 언니."

"하지만 난……."

"하다못해 노력이라도 해봐."

"잠깐만 기다려."

"그래. 억지로 하면 안 되지. 숨 깊이 들이쉬고. 괜찮을 거야, 우리 둘이 헤쳐나갈 거야, 언제나처럼." 파울리나는 할 수 있는 한 언니를 달랬다.

유전적으로 물려받은 고소공포증과 싸우는 것은 쉽지 않았고, 특히 파트리차는 동생의 설득에 못 이겨 지붕 위로 올라간 뒤에도 옆 건물로 뛰어내리는 것을 무서워했다. 그렇다고 여기 그대로 있는 것은 너무 위험한 일이었다. 불한당들이 언제든 다시 위층으로 돌아올 수 있었다. 그래서 부기엘 자매는 옥상 문 옆에 쭈그리고 앉아 혹시 다가오는 발소리가 들리지 않을까 귀를 기울였다.

아래층에서 몇 분 동안 시끄러운 소리가 나더니 조용해졌지만, 그 전에 누군가 가구를 뒤집어엎는 듯 엄청난 쿵쾅 소리가 났다.

"나갈까?" 불안해진 파트리차가 동생을 돌아보았다.

파울리나는 단호하게 고개를 저었다. 파울리나는 백지장처럼 창백했고 옥상 처마 밑에 깔린 어스름 속에서도 그 하얗게 질린 얼굴은 또렷이 보였다.

갑자기 탄내가 났다. '저 불한당들이 불을 냈어?' 이것이 두 자매의 머릿속에 처음 떠오른 생각이었지만 아무도 도망치지 않는 것을 보면 뭔가 다른 일이 분명했다. 잠시 후 아래쪽, 아마 바로 아래층에서 누군가 문을 부수기 시작했다. 총소리가 네 번 차례로 들렸다. 그런 뒤 끔찍한 비명이 울렸다.

"가자!" 파울리나가 언니를 창문 쪽으로 당겼다.

파울리나는 예전에 아버지가 부른 굴뚝 수리공이 연장통과 흙손을 들고 나갔던 것처럼 민첩하게 창밖으로 몸을 내밀었다. 우선 지붕 위로 자기 가방을, 그 뒤에 언니의 가방을 던졌다. 햇빛에 달아오른 철사를 단단히 붙잡고 좁은 난간에 발을 대고 중심을 잡은 뒤 지붕 가장자리로 양손을 뻗었다.

"얼마나 쉬운지 봤지?" 파울리나가 숨을 몰아쉬었다.

거짓말이었다. 빗물통 너머 지붕용 펠트로 덮인 공간으로 넘어가기 위해 파울리나는 있는 힘을 다 끌어내야 했지만 파트리차를 겁주지 않기 위해 아무런 소리도 내지 않고 해냈다. 그리고 바로 몸을 돌려 언니에게 손을 내밀었으나 파트리차는 당황해서 창문을 닫아버렸다.

"뭐 하는 거야?" 다급해진 파울리나가 소근소근 외쳤다.

"넌 도망쳐. 난 여기 숨을게." 파트리차가 대답했다.

"어디에? 저 악당들이 집을 전부 다 뒤지고 있는데. 저건 도둑과 살인자 무리야. 어디를 어떻게 찾아야 되는지 안단 말이야."

"난 여기 숨을래."

파트리차는 재빨리 옥상 위를 둘러보았다. 불한당들이 빨랫줄을 전부 걷어 갔지만 침대 시트와 수건과 말려둔 옷가지는 먼지투성이 바닥 위에 전부 쌓여 있었다. 빨랫감이 아주 많아서 언젠가 어린이 동화책의 모험 이야기에서 읽은 모래밭의 게들처럼 빨랫감을 한구석에 세로로 쌓아놓고 그 안에 숨을 수 있을 것 같았다.

화가 치솟은 파울리나는 그저 유리창 너머에서 언니가 옷가지와 침대 시트를 모은 뒤 자신에게 마지막 미소를 보내고 그 아래 숨는 모습을 지켜볼 수밖에 없었다. 불한당들이 들을까 겁이 나서 유리창을 열고 들어갈 수는 없었다. 유리를 깨는 것도 할 수 없었는데, 불한당들을 놀라게 할 뿐만 아니라 자신이 어디로 도망쳐 숨었는지 알려주는 셈이었기 때문이다.

그래서 파울리나는 모든 일에도 불구하고 자기 자리를 지키고 일이 어떻게 흘러가는지 지켜보기로 했다. 그다지 오래 기다리지 않았는데 불한당들이 올라왔다. 처음에 일당들은 아파트를 전부 뒤졌다. 그것도 빠르지만 체계적으로. 더위 때문에 창문이 활짝 열리고 파울리나가 바로 2, 3미터 위에 있었을 때 파울리나는 불한당들의 분노에 찬 고함 소리를 들었다. 마침내 그중 하나가 다시 옥상을 살펴봐야겠다고 말해서 파울리나는 겁에 질렸다. 그것은 파울리나가 도망쳐야 한다는 신호였다. 그녀는 번개같이 지붕 위로 올라가 가장자리에 매달렸다. '아니야.' 잠시 후에 파울리나는 생각했다. '누군가 여길 와서 둘러볼지도 몰라……'

가방 두 개를 다 움켜쥐고 파울리나는 할 수 있는 한 최대한 조심스럽게 모퉁이에 마주한 옆 아파트로 가서 넓은 굴뚝 뒤에 덜덜 떨면서 웅크리고 앉았다.

파트리차를 본 것은 잠시 후, 일당들에게 두들겨 맞고 눈물에 젖은 채 머리채를 잡혀 예전 보건 센터로 끌려가는 모습이었다. 파울리나가 지금 숨어들려고 하는 곳이다.

트램 차고지는 단 한 부분, 크렝타 거리 모퉁이만 제대로 된 담장이 아니라 평범한 울타리로 막혀 있었다. 그래서 파울리나는 해가 질 때까지 기다렸다가 불한당들이 다행히도 닫는 것을 잊어버린 창문을 통해 지붕에서 내려갔다. 파울리나는 약탈당한 아파트로 돌아가서 가진 것 중 최대한 어두운 색 옷으로 갈아입은 뒤 확실히 하기 위해서 부엌 재받이의 재를 얼굴과 손에 발랐다. 눈에 띄지 않기 위해서 파울리나는 최선을 다했다.

밤 10시가 지나 불한당 일당이 두 명만 경비 초소에서 망을 보고 나머지는 모두 단독주택을 나와 트램 차고지로 들어간 뒤에 파울리나는 아래층으로 내려갔다. 마당에서 놀이터로 몰래 나가서 크렝타 거리 반대편, 모퉁이의 울타리가 허술한 곳으로 달려갔다. 그곳에서 파울리나는 오랫동안 숨을 죽이고 기다렸지만 주변은 아무것도 없이 고요하고 평온하기만 했다. 파울리나는 울타리 안에 있는 크지 않은 건물 창문을 주의 깊게 바라보았다. 불한당들은 1층에 모여 있는 듯했다. 몇 년 전에 경비원에게 붙잡혔을 때 끌려갔던 곳이며, 그 경비원은 바로 불한당들이 얼마 전 '1번지' 술집으로 끌고 갔던 마친스키였다. 마친스키에게 붙잡혔을 때는 흔히 하듯 혼나고 부모님을 부르는 것으로 끝났다. 만약 지금 붙잡힌다면 결과는 훨씬 더 참혹할 것이다. 공연히 대담하게 굴었다가 목숨을 대가로 지불할 수도 있는 것이다. 그러나 파울리나는 단념할 생각이 없었다. 언니를 찾아내서 자신이 살아 있다는 걸 보여주고, 구하러 가고 있다는 신호를 주어야만 했다.

파울리나는 거리 맞은편으로 몰래 건너가서 학교 친구들이 가르쳐준 대로 단번에 몸을 날려 민첩하게 울타리를 넘었다. 덤불 사이 잔디밭에 내려앉았는데, 덤불이 망을 보는 범죄자들의 눈길은 물론 어딘가 창가에 서서 우연히 밖을 내다보는 사람의 눈길에서도 파울리나를 가려주었다. 검은 옷에 모자를 쓰고 까맣게 재를 바른 얼굴과 손이 주위의 어둠에 녹아들어 구분하기 어려웠으므로, 파울리나는 계속 조심하기만 하면 누군가 자기 쪽을 쳐다보더라도 눈에 띄지 않고 건물 바로 앞까지 다가갈 수 있을 것이라고 확신했다. 빽빽이 자라난 덤불이 작업을 도와줄 것이다. 더구나 전날 오후부터 마침 바람이 세게 불어서 나뭇가지와 이파리가 부풀고 흔들렸으므로 파울리나의 움직임도 가려질 것이었다.

파울리나는 몇 분간 천천히 기어서 단독주택 뒷벽 아래 도달했다. 불이 켜진 어느 창문 아래 칠이 벗겨져 가는 벽에 바짝 붙어 거미줄에 앉은 거미처럼 움직임을 멈추었다. 안에서는 차분하게 대화하는 말소리가 흘러나왔다. 단어를 하나하나 구분하기 위해 애를 쓸 필요도 없었다. 불한당들이 이번에도 더위를 이기지 못하고 창문을 열어두었기 때문에 안에서 목소리를 높이지 않아도 파울리나는 모든 말을 분명하게 들을 수 있었다.

* * *

스프리하는 소장실 벽에 걸려 있던 트램 노선도를 떼어 자기 방으로 옮기게 한 뒤에 오랫동안 들여다보았다. 그는 중요한 결정을 내려야 했고 성급하게 결단하고 싶지 않았다. 양조장으로 본거지를 옮긴다는 계획은 버려야 할 것 같았으나 그것은 여러 선택지 중 하나였을 뿐이고 최선은 아닌 게 분명했다. 그래서 그는 부하들에게 쉴 시간을 주고 자신은 몇 가지 다른 해결책을 찾기 위해 생각에 잠겼다. 밤 10시가 되기 전, 호화로운 저녁을 먹고 모두 배가 불러 여자들과 즐길 생각을 하고 있을 때 스프리하 부하들을 다시 식탁으로 불러 술과 안주를 앞에 놓고 새로운 계획을 제시했다.

"자 여러분, 이렇게 하자." 스프리하는 바깥 공기를 들이기 위해 창문을 열어놓은 뒤 말을 시작했다. 모두 모여서 배부르게 먹은 뒤였기 때문에 방이 너무 답답해서 슈치그워가 창문을 깨려고 들 지경이었다. "여기 계속 있을 수는 없다. 그건 분명해. 하지만 여기서 나가기 전에 무기와 탄약을 손에 넣어야 하는데 그게 가능한 곳은 단 한 군데······." 스프리하는 지도에 다가가 빨간 점으로 표시된 트램 차고지에서 멀지 않은 두 거리가 만나는, 거의 완전한 직각을 이루는 지점을 가리켰다.

"다른 방법은 없소?" 페레크가 언제나 그렇듯이 겁에 질려 물었다.

"새로운 의견도 환영한다." 스프리하가 부하들에게 제안하라고 격려하는 듯 팔을 넓게 벌리고 대답했다.

대답 대신 침묵이 흘렀다. 일당은 도시를 잘 알지 못했고 브로츠와프 출신인 카치마레크는 스프리하가 미리 이것저것 물어보았지만 뾰족한 해결책을 내놓지 못했다. 카치마레크는 포즈난스카 거리에 있는 창고를 떠올렸는데, 그곳은 보급품 창고가 다 그렇듯 평소에는 군대가 지키고 있었으며 무기뿐 아니라 다른 갖가지 장비와 엄청난 양의 탄약도 쌓여 있었다. 탄창도 하나 없이 그런 장소를 공격한다는 것은 자살 행위에 가까웠다. 게다가 포즈난스카 거리는 일당 모두가 완벽하게 잘 아는 교도소와 인근 지역에서 아주 멀리 떨어져 있었다.

"여러분도 보다시피 선택의 여지가 많지 않다. 정찰을 제대로 하고 놈들을 기습할 수만 있으면 쉬운 일이 될 수도 있다."

"감옥을 습격하잔 말이오? 이렇게 전면적으로?" 수이카는 보드카를 한 잔 비운 뒤에야 용기를 내어 입을 열었다.

"그래, 아냐." 스프리하도 술잔을 들며 차분하게 대답했다.

"그게 무슨 말이오?" 어리둥절해진 수이카가 불안하게 안경을 고쳐 쓰며 중얼거렸다.

"그래, 우리가 나왔던 그 감옥을 습격하자는 얘기다. 아니, 전면 공격을 하자는 얘기가 아니야, 그건 미친 짓이니까. 계속 내 말 가로막는 짓 좀 그만두면 계획이 뭔지 자세히 알려주지." 말 가로막기를 가장 좋아하는 일당들도 이번에는 입을 다물었다. "내일 아침 정찰하러 간다. 나, 기병대, 어쩌면 한 명 더. 만약의 경우에 어떻게 할지도 미리 정해둔다. 이쪽 거리 아파트 건물들에 안전하게 접근할 길이 있는지 확인할 거다." 그는 지도에서 클렝치코프스카 거리의 교도소에서 동쪽으로 한 블록 옆에 있는 건물을 가리켰다. "미리 경비원 배치와 순찰 경로 등등 전부 알아둔다. 그걸 바탕으로 계획을 구체화할 수 있을 거다. 전반적인 계획은 다음과 같다. 오크루트니가 교도소 안에 자기 사람들을 들여놓을 자리를 만들려고 죄수들을 내보낸 건 우리도 알고 있다. 우리 정보원이 그렇게 확언했고 믿지 않을 이유가 없다." 그가 집어넣은 끄나풀이 실제로 시킨 대로 다 해줬고, 덕분에 일당은 호송차에 있던 나머지 수형자들처럼 피에 굶주린 뇌 없는 시체 덩어리로 변하지 않고 트램 차고지에 앉아서 보드카를 마시며 자유를 즐길 수 있었다. "그러니까 밤에 담장 안으로 들어가 잘 숨어서 우리의 소중한 동료 '연기'가 교도관의 이목을 끌어줄 때까지 기다린다." 스프리하는 방화범 야니체크를 가리켰다.

"오, 그래, 그렇지." 야니체크가 활짝 웃었다. "이거 한 병 마시고 나서도 몇 잔 더, 그리고 등유 반병만 주면 놈들이 내다보기도 전에 교도소 반절은 태워버릴 수 있소."

"그냥 한쪽 구석에서 연기만 피워주면 돼. 작업장이나 창고 부근이 더 좋겠지. 보급품이 대부분 타버린다고 생각하면 놈들이 더 열심히 움직이고 더 큰 혼란이 일어날 테니까."

"하지만 먹을 게 있으면 우리도 좋지 않소, 대장." 그젤라크가 합리적으로 말했다.

"전부 다 타버리지는 않을 테니까." 스프리하가 별일 아니라는 듯 손을 저었다. "거긴 감자하고 다른 식량도 엄청나게 많고 게다가 돼지고기도 있어. 설령 우리가 간절히 원한다고 해도 거기 있는 식량을 절반도 가져올 수 없을 거야."

"그 말도 맞소." 울피크가 보드카 잔을 비우고 말했다.

"불이 난 걸 보면 다들 놀라서 불을 끄려고 덤벼들 거야. 그러면 우리가 살그머니 사람들 사이에 섞여서 교도관 가족인 척하면서 무장한 교도관만 한쪽으로 모을 거다. 우리가 한 명당 무기 하나씩만 확보해도 권총 열두 자루에다 어쩌면 기관총도 몇 자루 손에 넣을 수 있지. 미리 정한 신호가 떨어지면 목이나 갈비뼈를 그어서 개새끼들을 싹 소탕하고 좀비로 변하기 전에 무기를 뺏으면 된다. 다만 기억할 것은 조직적으로 움직여야 한다는 거다. 그래야 효과를 거둘 수 있다."

"하지만 어떻게 모두가 동시에 알 만한 신호를 준다는 거요?" 수이카가 솔직하게 궁금해하며 물었다.

"그거야말로 쉽지. 적당한 순간에 내가 수류탄을 던질 거다. 폭발 때문에 놈들이 더욱 놀랄 거고 여러분이 그 틈에 놈들을 처치하면 된다."

일당이 모두 고개를 끄덕였으므로 그는 한 잔 더 따르라고 명령했다.

"내가 수류탄을 잔뜩 꼬불쳐 뒀소." 울피크가 전리품을 자랑스러워하며 뽐냈다. "누가 신호만 해주면 사방으로 던질 수도 있소."

"그럴 수 있지만 하나나 두 개로도 충분해." 스프리하가 논의를 잘랐다. "하지만 만약의 경우를 대비해서 넉넉히 가져가도록 하지. 권총을 손에 넣으면 나머지 무장 교도관도 덮쳐보자. 전체적으로 혼란에 빠진 상태라면 사냥꾼이 오리 쏘듯이 쏴댈 수 있을 거야."

"우리 정체를 일찍 들키면 어떡하죠?" 페레크가 물었다.

일당 대부분이 그 말에 불안감을 드러냈다. 교도소 근무자 거의 전체가 그들의 얼굴을 알고 있었기 때문이다. 일당은 수형자들 중에서도 말하자면 '엘리트'였으므로 오크루트니의 부하 중 누군가 사람들 사이에 섞여 있는 그들의 얼굴을, 특히 가까이 접근했을 때 알아볼 위험은 언제나 있었다.

"혼란 속에, 밤에, 불이 나서 활활 타고 있는데 모르는 사람들 사이에서 우리를 분간한다고?" 스프리하가 웃음을 터뜨렸다. "그럴 가능성은 없어! 하지만 안전을 위해서 마당에 구경꾼이 충분히 많이 모인 다음에 숨어 들어가도록 하지."

"얼굴에 재나 진흙을 미리 발라둘 수도 있죠." 카치마레크가 제안했다.

"좋은 생각이지만 진흙은 그만두는 게 좋아. 재만 바르는 게 이런 상황에선 더 자연스럽지. 놈들은 우리가 올 걸 예상하지 못한다는 걸 기억해. 마른하늘에 날벼락처럼 덮치는 거야."

"대장은 배짱도 좋소······." 마루트가 놀라워하며 말했다.

나머지 일당도 동의하는 말을 중얼거리거나 고개를 끄덕였다.

"좋아, 그럼 다음 문제로 넘어가지." 스프리하는 부하들이 건강을 위해 건배하고 고기 조각을 베어 문 뒤에 말을 이었다. "새 은신처다. 양조장은 다들 알 만한 이유로 포기해야 한다."

"그럼 교도소를 점거하면 어떻소?" 야니체크가 신이 나서 제안했다.

"교도소는 오드라강에서도 가깝지." 스프리하는 지도에서 교도소 한 블록 거리에 평행하게 표시된 파란 줄을 가리켰다. "빌어먹을 군인 새끼들도 빠르든 늦든 교도소에 나타날 거다."

"교도소는 방어하기 쉬울 거요." 그젤라크가 끼어들었다. "식량도 많이 있을 거고. 창고를 다 태워버리지만 않는다면 말이오."

"무슨 포위된 성 안에 들어앉은 중세 시대 농민들처럼 담장 안에서 버티잔 말이야?" 스프리하가 코웃음 쳤다. "그게 미래의 계획이야? 난 싫은데."

"그럼 대장은 어쩔 생각이오?" 울피크가 물었다.

"생각해 봤는데……." 스프리하가 다시 지도에 다가가며 말했다. "이봐 기병대, 이 트램 노선은 왜 시 외곽으로 이렇게 멀리까지 이어지는 거지?"

카치마레크는 그가 가리키는 곳을 바라보았다. 처음에는 눈살을 찌푸리더니 그런 뒤에 표정을 풀고 마침내 이를 드러내며 웃었다.

"거긴 레시니차요, 대장. 브로츠와프에 속한 구역이지만 실제로는 독립된 마을이오. 조그맣고 벌판으로 둘러싸여 있소. 파브리치나 거리 끝에서 몇 킬로미터 더 가면 나오지. 딱 맞는 장소요. 왜 진작 그 생각을 못 했나 몰라. 거기에 성도 있소, 커다랗고 굉장한 요새요. 10년 전에 불이 났었는데 마을 사람들이 복구해서 문화의 집을 차렸소. 나도 건물 내부를 알아요. 한번 그 문화의 집 사무실을 청소한 적이 있어서."

"그렇단 말이지……."

"하지만 거긴 너무 멀지 않소, 대장." 마루트가 의견을 내놓았다.

"차도 있고 기름도 있으니 문제없이 갈 수 있어."

"우리를 다 태울 만큼 그렇게 차가 많은 건 아니오." 그젤라크가 말했다.

"호송트럭 네 대에 장갑차까지 있잖아." 스프리하가 반박했다.

"그 호송트럭 말인데, 세 대는 안에 우리 동료들…… 그러니까 좀비들이 들어차 있는데 어쩌려는 거요?"

"간단해. 뭔가 미끼 앞에 시체 놈들을 놔주기만 하면 호송트럭은 다시 텅 빌 테니까. 기병대, 호송트럭 자물쇠 열 수 있나?"

카치마레크는 오래 생각하지 않았다.

"적당한 연장도 있으니 어렵지 않겠지만 시간은 좀 걸릴 거요."

"그럼 됐군. 무기를 손에 넣고 나서 여기 주민들 대부분 정리하고……." 스프리하가 말하기 시작했다.

"왜 정리하려는 거요?" 수이카가 놀랐다.

"증인을 남겨서 어쩌려고? 군대한테 우리가 다 살아서 이렇게 잘 나가고 있다고 떠들게 하려고?"

"그건 그렇소. 그 생각을 못 했군."

"하지만 우선은 놈들을 이용해서 양조장 주변을 청소해야지. 트램 노선을 따라 호송트럭을 타고 가서 잘 익은 맥주 몇 통 확보하고. 나머지 주민들은 호송트럭에서 좀비를 끌어내는 미끼로 쓰겠지만, 그건 가장 마지막에 할 일이야."

"트럭 안은 말도 못 하게 엉망일 거요." 페레크가 얼굴을 사정없이 찡그리며 말했다. "빵재비들이 그 안에서 이틀이나 갇혀 있고 게다가 이 더위에……."

"그게 어쨌다고?" 그젤라크가 어깨를 으쓱해 보였다. "우리 아가씨들이 금방 차 안을 청소해 줄 텐데. 그리고 여자 얘기가 나와서 말인데 대장이 뭘 했는지 몰라도 효과가 아주 좋소. 어린 양처럼 얌전하다니까. 때리기가 아까울 정도요."

"그래서 내가 할 일을 한 거다. 너희들이 때려서 불구로 만들지 않게." 그젤라크의 말에 만족한 스프리하가 소파 위에 편하게 앉았다.

"여자들은 때려주지 않으면 내장이 썩는다고." 슈치그위가 농담하는 어조로 말했다.

"필요 없어." 그젤라크가 코웃음 쳤다. "이틀 뒤에 레시니차에 가면 거기서 또 새 여자들을 낚으면 돼."

"아니면 가는 길에 스스로 우리 차에 뛰어오르겠지." 마루트가 웃음을 터뜨렸다.

"우리 차라니 말인데." 스프리하가 울피크를 쳐다보았다. "그 고물 고칠 수 있겠나?"

"장갑차 말이오?"

"그렇지."

"할 수 있을 거 같소. 하지만 시간이 걸릴 거요."

"어디가 잘못됐는지는 아나?"

"기어박스가 주저앉았소. 소련제 쓰레기에선 흔한 일이지. 문제는 분해하지 않으면 확실한 얘기를 할 수가 없다는 거요. 하지만 대장, 내가 보기에 저건 완전 고철 덩어리요."

"총기를 구하는 대로 네가 고쳐봐. 장갑차 없으면 아무 데도 갈 수 없어."

"굴러가긴 굴러가요, 느려서 그렇지. 지금이라도 갈 수는 있소." 울피크가 확실하게 말했다.

"우리가 지나가는 구역 좀비들을 전부 레시니차로 끌고 가자는 거야?" 스프리하가 비꼬았다. "정말로 즈바라시 전투*를 재현하고 싶은 모양이군. 그것도 죽지 않는 소련 군대를 상대로 말이야."

일당은 모두 큰 소리로 웃음을 터뜨렸으나 절반 이상은 즈바라시가 무엇이고 소련군이 왜 나오는지 전혀 알지 못했다.

* * *

파울리나는 불한당들이 트램 차고지를 떠날 계획이라는 말을 듣고 처음에는 기뻐했으나, 이어서 이웃과 지인들을 전부 죽일 것이라고 말하기 시작하자 기쁨은 순식간에 충격으로 변했다. 이들이 냉혈한 범죄자에 살인자라는 사실은 알고 있었으나 살아남은 아파트 주민들을 괴롭히는 것으로 만족하고 시간이 지나면 놔줄 것이라는 희망을 가지고 있었다―심지어 독일군도 자신들에게 방해만 되지 않으면 평범한 사람들은 살려두었으니 말이다. 그러나 보다시피 파울리나가 잘못 알았다. 불한당들은 히틀러보다…… 그리고 좀비들보다도 훨씬 더 지독했다.

충분히 알았으니 이제 움직여야 한다는 사실을 파울리나는 금세 깨달았다. 파울리나는 모퉁이로 숨어 들어가, 피뢰침을 타고 석유등의 흔들리는 불빛으로 밝혀진 다른 창문으로 올라갔다.

"저기요!" 파울리나는 울고 있는 여자들의 주의를 끌기 위해 속삭였다.

세 번이나 속삭이고 나서야 쇠창살이 달린 창문으로 누군가 다

---

* 즈바라시(Zbaraż) 전투는 1649년 폴란드 군대가 소련 기병대에 맞서 한 달 반에 걸쳐 전투를 벌인 역사적 사건이다. 즈바라시는 현재 우크라이나 영토다.

가왔다.

"얘, 너 거기서 뭐 하니?"

파울리나는 그 목소리를 알아보았다. 옆집에 사는 엄마 친구 이레나 아줌마다.

"파트리차 언니를 찾아요, 이레나 아줌마." 파울리나가 소근거렸다.

"미쳤어? 저 망할 놈들이 널 보기라도 하면……."

"아줌마가 언니를 빨리 불러주면 저도 금방 갈 거예요." 파울리나는 쓸데없는 잔소리를 멈추기 위해 이레나의 말을 막았다.

이레나는 깊이 한숨을 쉬고 시야에서 사라졌다. 잠시 후에 쇠창살 안에 익숙한 형체가 나타났다.

"언니……." 파울리나는 두들겨 맞은 언니의 얼굴을 보자 목이 메어 말이 나오지 않았다.

한쪽 눈은 멍들어 부어올라서 완전히 감겼고, 눈만이 아니라 볼 아래로 턱까지 온통 멍투성이였다. 부어터진 입술 사이로 윗니 두 개가 없는 것이 보였다.

"어쩔 수 없었어……." 파트리차가 웅얼거렸다.

"대체 놈들이 무슨 짓을 한 거야?"

파트리차는 대답하지 않았다. 고개를 숙이고 조용히 흐느꼈다.

"우리한테 매일 몇 번씩 하는 짓이야." 대화를 듣고 있던 이레나가 끼어들었다. "모르는 게 나을 거다."

"미안해……." 파트리차가 눈물을 삼키며 속삭였다.

"사과하지 마. 나도 이해해……."

"넌 이해 못 해. 내가, 우리 모두가 지금부터 저지를 일을 용서해줘……."

이 말은 아주, 아주 불길하게 들렸다. 파울리나는 목뒤에 소름이 돋는 것을 느꼈다.

"무슨 소리야?"

"더 이상은 견딜 수가 없어. 우린…… 우린……."

"오늘 밤 스스로 목숨을 끊을 거야." 이레나가 우울한 어조로 말했다.

"안 돼……." 파울리나는 간신히 비명을 눌러 참았다. "그러면 안 돼. 저놈들이 하는 얘기를 들었어. 앞으로 계획도 다 알아. 저쪽에 가서 놈들이 덮치려고 한다고 알려줄 거야. 저쪽 사람들은 무기도 가지고 있어. 우릴 도와줄 거야."

"저쪽이라니?" 이레나가 물었다.

"클렝치코프스카 거리에 있는 감옥 교도관들 말이에요." 파울리나가 설명했다. "저 악당들이 거기서 도망쳤어요."

"얘가 꿈을 꾸는구나." 이레나가 코웃음을 쳤다. "혼자서 어떻게 교도소에 들어가겠다는 거니. 그것도 이 밤에? 거리에 좀비들이 득시글거리는데."

"해낼 거예요. 골치 아픈 곳에 기어들어 간다고 아빠한테 괜히 그렇게 혼난 게 아니에요. 제가 이 부근 지리를 제일 잘 안다고요."

"지리를 아는 건 아는 거지만 좀비들은 어쩌고?"

"저것들은 뇌가 없는 짐승일 뿐이에요. 절 붙잡진 못할 거예요."

"오만하면 몰락하게 된다……." 넋 나간 목소리로 이레나가 중얼거렸다. "오만하면 몰락하게 된다……."

파트리차가 부어오르지 않은 눈으로 동생을 쳐다보았다.

"하지 마." 파트리차가 말했다. "놈들이 날 엄청나게 때렸지만 네가 어디 있는지 끝까지 말하지 않았어. 놈들은 네가 도망쳤다고 생각하니까 넌 숨어서 살아남을 기회가 있어."

"우리 모두 살아남을 거야!" 파울리나가 절박하게 말했다.

"난 더 이상 살고 싶지 않아." 파트리차가 다시 고개를 숙이며 중얼거렸다. "이런 일을 겪고 나서는……."

이레나는 파트리차의 어깨를 감싸고 마치 진짜 혈육처럼, 가족처럼 품에 꼭 안았다. 비극을 겪으면서 이들은 급속히 가까워졌다.

"제발 부탁이에요. 기회를 주세요. 하루만 더 기다려주세요. 내일은 다 끝날 거예요. 저쪽 사람들이 여기로 와서 악당들을 쫘 죽이면 모든 일이 옛날처럼 될 거예요."

"절대로 옛날처럼 되진 않아." 이레나가 웃음을 터뜨렸지만 그것은 어딘가 슬픈 웃음이었다. "절대로……."

"제가 돌아올 때까지 바보 같은 짓 하지 않겠다고 약속해 주세요."

파트리차와 이레나는 생각에 잠긴 듯 아무 말도 하지 않았다.

"떠나면 넌 흔적도 없이 사라질 거야."

"아니에요. 새벽이 되기 전에 돌아올게요. 약속할게요."

"지킬 수 없는 약속은 하는 게 아냐."

"돌아올게요." 파울리나가 단호하게 되풀이했다.

"파울리나, 네가 이해해야 해. 스스로 목숨을 끊으면 우리는 상상하기도 싫은 악몽에서 벗어날 뿐만 아니라 저 쓰레기들도 몇 명쯤 함께 데려갈 기회를 가지게 돼. 놈들이 우리를 데리러 오면, 그리고 내 말 믿어, 반드시 우리를 괴롭히러 올 거니까, 그러면 우리는 조용히 고분고분하게 준비돼 있을 거야. 몇 놈 정도는 정말로 무서운 깜짝선물을 받게 되겠지."

"그랬다간 살아남은 놈들이 당장 아줌마 가족한테 복수할 거예요!" 절박해진 파울리나는 가장 예민한 곳을 건드렸다. "어쩌면 전부 다 죽일지도 몰라요."

"결국은 그렇게 되겠지. 늦든 빠르든. 최소한 우리가 결정하고 죽는 게 나아."

"죽는 게 아니에요, 감염자가 되는 거예요." 파울리나가 더욱 화난 목소리로 반박했다.

이레나는 오랫동안 말이 없었다. 여러 가지 생각을 하는 것이 분명했다.

"좋아, 가라. 여러분, 부탁이니 우리 하루만 더 버텨봅시다. 그렇지만 아침이 될 때까지 네가 뭔가 신호를 주지 않으면 우리는 계획대로 할 거야."

"좋아요. 그렇게 해요. 해 뜨기 전에 돌아올게요!" 파울리나가 약속했다.

"다시 못 만날지도 모르니까……." 파트리차가 말하기 시작했으나 파울리나가 성난 목소리로 언니의 말을 막았다.

"작별 인사 하지 마." 파울리나가 말했다. "언니를 꺼내줄 거야. 알잖아, 난 꼭 할 거야."

"알아, 하지만……."

"아침에 봐, 언니. 아침에 봐. 그때까지만 버텨, 제발."

* * *

파울리나는 약속해야만, 꼭 약속해야만 했다. 여자들이 지금 와서, 터널 끝에 불빛이 보이는데 목숨을 끊게 둘 수는 없었다. 이 모든 상황 속에서 파울리나는 자신이 무슨 일에 뛰어드는지 명확하게 알고 있었다. 새벽이 되기 전에 돌아오려면 당장 클렝치코프스카 거리로 가야만 했고, 특히나 불한당들이 아침이 되면 움직일 계획이라는 것을 알기 때문에 더욱 급했다. 일찍 교도소에 도착해야만 교도관들이 준비를 하고 악당들이 보면 안 되는 것을 숨길 수 있었다.

'말은 쉽지만 실제로는……'

교도소까지 직선거리는 700미터가 채 안 되었으나 도시에 전기가 끊어져서 사방은 칠흑 같은 어둠에 잠겨 있었다. 달은 보름이 지나서 이제 4분의 3밖에 보이지 않았고 그나마 지평선 위에 너무 낮게 걸려 있어서 구름이 정말 거의 없는데도 달빛이 아무것도 비추지 못했다.

파울리나는 차고지를 나와 기찻길 쪽에서 창고 지붕 위로 올라갔다. 이전에 스프리하가 좀비 떼에게서 도망치는 사람들을 구경하던 그 창고 지붕이다. 거기서 파울리나는 시멘트 담장으로 조심스럽게 내려갔다.

선택할 수 있는 경로는 세 가지가 있었다. 굴다리까지 가서 거기서 나도제역 쪽으로 계속 기찻길을 따라간다. 거기서 상황에 따라 왼쪽으로 꺾어져서 드넓은 비엘코폴스키 봉기 광장으로 나가 스타시츠 공원까지 가면 그 뒤에 바로 레이몬트 거리를 따라 교도소까지 간다. 아니면 기차역 뒤로 돌아 클렝치코프스카 거리까지 갈 수도 있다.

두 번째 경로는 가스공사 부지를 지나 트셰브니츠카 거리로 간다. 바로 거기서 클렝치코프스카 거리 끝과 연결되었는데, 이 거리는 굴다리 반대편으로 트램 차고지 뒷문에서 500미터도 되지 않는 지점에서 시작했다. 다만 가장 짧은 경로가 가장 위험한 경로였다.

빽빽이 들어선 오래된 아파트 단지들 사이를 지나가야만 했는데 그 부분에서는 좀비들을 제때 알아보지 못한다면 피하기가 무척 어려워질 것이었다. 사실 아파트 건물들 사이에 이전에 철거된 건물 자리가 여기저기 공터나 구덩이가 되어 남아 있었으나, 파울리나는 사방이 어두운 가운데 이런 빈터를 달려가는 것이 무서웠다.

세 번째 경로가 가장 긴데, 마찬가지로 가스공사 부지를 지나가지만 그 뒤에 트셰브니츠키 다리까지 이어지는 빈터를 지나가는 것이었다. 강변에서 코제니오프스키 대로로 꺾어져서 그 대로를 따라, 혹은 강가의 풀밭을 따라 정신과 병원으로 간다. 본관을 지나 조금 멀리 떨어진 공원을 가로질러 크라셰프스키 거리로 가면 교도소 뒤쪽에 도착할 수 있다.

파울리나는 가족 중에서 가장 호기심이 많은 성격이라 자기 지역의 모든 모퉁이와 모든 구멍에 고개를 들이밀곤 했기 때문에 이 지역을 자기 손바닥처럼 잘 알고 있었다. 아버지는 그런 파울리나를 비웃었고 '역마살'이라고 부르며 지나치게 돌아다닐 때마다 거침없이 야단쳤다. 반대로 어머니는 그저 걱정하면서 딸이 모험에서 돌아올 때마다 멍든 곳 하나, 긁힌 상처 하나에 신경을 썼다. 그러나 어린 시절 탐험의 시간은 헛되지 않았다. 아버지에게 혼나는 대가를 치르고 파울리나는 굉장한 지식을 얻었으며 이제 그 지식을 바탕으로 스스로 결심한 일을 해내려는 것이다.

파울리나는 경로를 선택하기 위해 오랫동안 고민하며 장단점을 모두 비교해 보았다. 우선 첫 번째 경로는 포기했다. 사실 100퍼센트 확실히는 알지 못했으나 가까운 기차역에서 학살을 겪은 뒤 사람들이 사방으로 달아나면서 그 뒤로 엄청난 좀비 무리가 따라갔고, 그러므로 좀비 떼도 근방에 여기저기 퍼져서 공원도 주요 도로도 모두 막고 있을 것이었다. 아파트 건물들 사이로 들어간다는 것도 위험을 무릅쓸 각오는 되어 있었으나 파울리나에게는 마찬가지로 마음에 들지 않는 선택이었다. 왜냐하면 클렝치코프스카 거리까지 가장 빠른 길은 교통기지의 교도소용 차고까지 가는 것인데, 교도소용 차고 지붕이 교도소 담에 맞닿아 있기 때문이었다. 거기서부터는 아무 문제 없이 반대쪽으로 넘어가거나 아니면 최소한 어떻게든 교도관들의 이목을 끌 수 있을 것이었다.

 그러나 과연 거리를 가득 채운 좀비들과 접촉하지 않고 차고 근처까지 갈 수 있을 것인가? 대낮이라도 쉬운 일이 아닌데 깜깜한 밤중에⋯⋯. 파울리나는 하늘을 쳐다보았다. 트셰브니츠카 인근 지역에 들어서기도 전에 달은 북쪽에서 흘러오는 구름에 가려질 것이다. 설령 그렇지 않더라도 5층 건물들 사이에 골짜기처럼 자리 잡은 아파트 단지 인근 거리는 무덤 속보다 어두울 것이다.

 그러므로 가장 현명한 방법은 교도소 뒤쪽으로 공터를 통해 가는 것인데, 공터에는 아무도 없어야 하겠지만 누군가 숨어 있다면 살아 있을 뿐 아니라 파울리나 자신보다도 훨씬 더 겁에 질려 있을 것이다. 불행히도 그쪽 방향에서는 높은 담장을 넘을 방법이 없었고 파울리나가 그 높은 담 바깥에서 부르는 소리를 안에서 누가 들으리라는 보장도 없었다. 하지만⋯⋯ 이틀 전부터 도시가 완전히 조용했으므로 귀가 들리는 사람이라면 파울리나의 절박한 외침에 어떻게든 반응할 수도 있었다. 어찌 됐든 파울리나는 어렸을 때부터 엄청난 소란을 피우는 재주가 있었으니 말이다.

 '그럼 교도소 뒤쪽으로 가자.' 파울리나는 이렇게 생각하며 다리를 잠시 뻗었다. 그런 뒤에 기찻길 한가운데 웅크리고 앉았다. 주변에 최대한 열린 공간을 확보하고 최대한 남의 눈에 띄지 않기 위해서였다. 그것이 파울리나가 지금 누릴 수 있는 유일한 사치였다.

그리고 파울리나는 어둠 속에 솟아오른 가스공장 굴뚝을 향해 움직이기 시작했다. 정상적인 상황이라면 공장 부지에 굳이 숨어 들어가려 하지 않았겠지만, 오늘 밤은 경비원도 경비견도 겁낼 필요가 없었다—경비원들은 가까운 기차역에서 무슨 일이 일어나는지 보자마자 도망쳤을 것이고 개들은 경비원이 데려갔거나 아니면 사육장에 넣어두었을 것이다.

파울리나는 가스공장 철망 울타리를 가린 덤불숲 앞에 멈추어 섰다. 이번에는 웅크리지 않고, 언제라도 전력으로 달려 도망칠 준비를 하고 옆걸음으로 덤불 속에 들어갔다. 그리고 귀를 바짝 세우고 조각상처럼 우뚝 멈췄다. 나뭇잎이 사각거리는 단조로운 소리가 마음을 안정시켰다. 이 덤불숲 안에는 분명히 좀비가 없었다. 확실히 하기 위해서 1분쯤 더 기다린 뒤에 파울리나는 천천히 걸어 숲을 헤치고 울타리로 갔다. 철망이 늘어진 부분을 당겨 올리고 그 아래로 미끄러지듯 안으로 들어갔다. 거기서 다시 멈추어 서서 귀를 기울였다.

다시 완벽한 고요가 주위를 감쌌다. 좀비가 다가올 때 들리는 발 끄는 소리, 옷이나 물건이 부스럭거리는 소리, 망가진 사지가 흔들리는 둔한 소리는 전혀 들리지 않았다. 파울리나는 좀비들이 스위비안스카 거리에서 죄수들을 호송하는 트럭을 둘러쌌을 때 집 창문에서 바라보았다. 그들이 어떻게 움직이는지 배울 시간이 충분히 있었고 그 지식은 지금 아주 요긴했다.

파울리나는 거대한 가스탱크가 있는 건물들 사잇길로 차분하게 들어섰다. 그 뒤에는 또 가시철망을 얹은 높은 담장이 있었는데,

불운하게도 파울리나는 이 담을 올라 넘어가야 했다. 다행히 파울리나는 준비가 되어 있었다. 집에서 최대한 두꺼운 담요를 가지고 나왔으므로 가시철망에 다칠 일은 없을 것이다.

파울리나는 가볍게 땅으로 뛰어내린 뒤 다시 그대로 동작을 멈추었다. 시간은 많으니까 괜한 위험을 감수할 필요는 없었다. 눈앞에 아무도 없는 땅이 몇백 미터나 펼쳐져 있었다. 파울리나는 독일군이 이 땅을 어떻게 사용했는지 몰랐다. 전쟁이 끝난 뒤에는 잡초와 덤불로 뒤덮인, 무슨 회관이나 작업장 같았던 건물의 토대만 남았다. 파울리나는 전쟁 후 재건의 열기 속에 완전히 잊혀버린 그 땅으로 들어섰다. '이 공터는 앞으로도 오랫동안 전쟁터처럼 보이겠지.' 파울리나는 조금 아쉽게 생각했다. '브로츠와프 시내 한가운데 시장 광장에도 아직까지 잔해가 무시무시하게 남아 있으니까.'

얼마 전까지만 해도 파울리나는 그 잔해를 생각하면 폴란드 정부가 자기 도시를 여전히 적의 땅으로 취급한다는 느낌에 무척 슬퍼졌지만 이제 그런 슬픔은 흔적도 남지 않았다. 정부가 외면한 덕분에 파울리나는 비교적 안전하게 강둑과 다리까지 도달할 수 있었기 때문이다.

여기까지 올 수는 있었지만, 꼭 와야만 했을까?

15분 뒤 파울리나는 자크와도바 거리 입구에 닿았다. 꼬불꼬불한 골목 앞에 서서 파울리나는 주위를 둘러보았다. 차로를 따라 늘어선 작업장들에는 생물의 흔적도 없었기 때문에 파울리나는 무척 안심했다. 잠시 생각한 뒤에 파울리나는 경로를 바꾸기로 했다. 트셰브니츠키 다리에는—파울리나가 기억하는 바에 따르면—이전에 검문소가 세워져 있었으므로 그쪽으로 가까이 가지 않고 트셰브니츠카 거리로 넘어가기로 했다.

자크와도바 거리에서 나가기 50미터쯤 전에 파울리나는 첫 번째 좀비를 보았다. 좀비는 나무 아래 서 있었는데 흉측하게 휘어진 나무줄기에 일부 가려져 있었다. 파울리나가 좀비에게서 대략 10미터 거리에 도달했을 때 좀비는 양팔을 펼치고 나무 뒤에서 기어 나왔고, 파울리나는 아직 거리가 떨어져 있었으므로 즉시 물러날 수 있었다. 잠시 후, 파울리나는 숨을 돌리고 두근거리는 심장을 달랜 뒤에 다시 움직이지 않고 굳어진 좀비를 멀리 피해서 지나갔다.

  교차로에 가까워질수록 좀비도 많아졌지만 그래도 도망쳐서 큰길까지 나갈 수 없을 정도는 아니었다. 큰길에는 독일인이 지은 옛 건물들을 철거한 뒤에 남은 커다란 잔디밭이 펼쳐져 있었고 그 옆으로 이어진 거리 이름이 코제니오프스키 대로였다.

  트셰브니츠카 거리를 뛰어 건너가면서 파울리나는 좀비 떼에 빽빽이 둘러싸인 군용 승용차와 지프차를 흘낏 보았다. 시내로 향하는 거리 안쪽에도 좀비가 많았고, 최소한 눈 닿는 곳 어디에나 있었다. 반면 강둑을 따라 이어진 산책로 쪽은 텅 빈 것 같았다. 거기에도 좀비들이 있다는 사실을 파울리나는 빽빽한 덤불숲을 지나서야 깨달았다. 미리 눈치채지 못했지만 거의 스무 명이나 되는 좀비들이 겨우 서너 걸음 거리에 있었다. 그래서 파울리나는 혼자서 욕설을 퍼부으며 순식간에 방향을 바꿨고 한껏 기운을 내서 오드라강 쪽으로 달리기 시작했다.

  좀비들과 거리를 벌려야 했으므로 파울리나는 무릎 위까지 닿는 잡초 안으로 곧장 뛰어들어 무작정 달려가는 위험을 감수했고 아주 빠르게 좀비들을 떼어놓을 수 있었다. 만약 그 잡초 안에 좀비들이 물어뜯다 남겨둔 시체 조각이 있었거나, 아니면 나무뿌리에 발이라도 걸려 다리를 삐었다면…… 파울리나는 그 결과가 어떻게 됐을지 생각하고 싶지 않았다. 이렇게 무모한 행동은 이번이 마지막이라고 스스로 약속했다. 그녀는 자기 목숨만을 위해 싸우는 게 아니었기 때문이다.

좀비들이 벌렸던 팔을 내리는 것을 보고 파울리나는 자신의 기척을 더 이상 감지하지 못한다는 신호로 알고 속도를 늦추었다. 그리고 얼마 가지 않아 멈추어서 다시 귀를 기울이기 시작했다. 운하의 물은 별로 빠르게 흐르지 않았고 거의 멈추어 있는 것처럼 보였으며 그 덕분에 강둑 풀밭에는 완전한 고요가 뒤덮여 있었다.

그래서 파울리나는 자기 쪽으로 아무것도 기어 오지 않는다고 확신했다. 몇 걸음에 한 번씩 멈추어 주위를 살피면서 파울리나는 풀밭을 건너서 마지막 좀비의 등 뒤로 20미터 정도 떨어져서 거리로 돌아왔다. 그리고 겁에 질려 몸을 웅크린 채 정신과 병원의 넓게 열린 철문을 지나, 병원 부지에 속한 공원을 둘러싼 담벽을 따라 재빨리 걸어서 또 다른 문에 도착했다. 철문이 잠겨서 넘어가야 할 것이라 예상했는데 놀랍게도 열려 있었다. 잘린 자물쇠가 쇠사슬과 함께 땅에 놓여 있었다.

그것을 보고 파울리나는 불안해졌다. 누군가, 그것도 얼마 전에 여기 왔었다. 그러나 불한당일 것이라고는 생각하지 않았다. 악당들은 이제 막 이쪽으로 들어올 계획을 짜고 있었다. 그래도 만약을 대비해서 파울리나는 더욱 느리게 움직이며 예배당 바로 뒤에 있는 포석을 깐 오솔길로 꺾어 들어갔다. 자물쇠를 끊고 병원에 들어간 사람이 아직도 근처에 있는 경우를 대비해 최대한 멀리 돌아서 오른쪽 잔디밭을 통해 크라셰프스키 거리로 들어갈 생각이었다.

파울리나는 주위를 조심스럽게 살피면서 잡초를 헤치고 나아갔지만, 자정이 지난 지금은 눈을 덮어 가린 것처럼 어두웠다. 갑자기 오른쪽 어딘가에서 시끄럽게 부스럭거리는 소리가 들렸다. 파울리나는 굳어졌다. 다시 같은 소리가 들렸고 잠시 후에 비슷한 소리가 겹쳐 들려왔는데, 마치 누군가 발을 질질 끌며 걷는 것 같았다.

'여기 있어! 좀비들이 내 앞에 있어! 최소한 다섯 명, 더 많을지도 몰라……!'

파울리나는 황급히 몸을 돌려 도망쳤다. 심장이 망치질하듯 두근거리고 가슴이 답답해졌지만 50미터 정도 달려 정신과 병동 공원을 가로지르는 오솔길에서 멀리 떨어진 뒤에야 비로소 숨을 돌렸다.

주위를 둘러싼 어둠보다도 조금 더 진한 색의 커다란 나무줄기 사이에서 파울리나는 멈추었다. 최대한 빨리 호흡을 골라야 했다. 귀를 기울이기 위해서, 또다시 깜짝 놀라지 않기 위해서. 파울리나는 최대한 눈에 띄지 않기 위해 몸을 작게 웅크리고 앉아 입을 꼭 다물고 눈을 감았는데 바로 그때…… 종아리에 뭔가 스치고 지나가는 것을 느꼈다. 부드럽고 짧은, 마치 꿈속 같은 느낌이었다.

파울리나는 있는 힘껏 비명을 지르고 그대로 정신을 잃었다.

* * *

파울리나는 눈을 떴다. 갑자기, 황급히. 죽음이 스치고 간 느낌과 정신을 잃고 어둠 속으로 빠져들던 순간을 기억했으나…… 파울리나는 여전히 자신이 어디에 있는지 알고 있었다. 하늘에는 나무 꼭대기 위로 반짝이는 별이 몇 개 보였고 셔츠를 뚫고 자신이 누워 있는 땅의 냉기가 전해졌다.
 '나…… 살아 있나?'
 이렇게 생각하며 파울리나는 놀랐다. 어쨌든 좀비가 그녀를 건드렸고, 좀비는 한번 붙잡으면 놓아주지 않는다. 절대로, 아무도.
 파울리나는 조심스럽게 몸을 일으켰고 주변 어딘가에서 부드럽고 익숙한, 마치 수족관 산소발생기가 벽 뒤에서 작동하는 것 같은 골골 소리를 들었다.
 '고양이가? 여기에?'
 파울리나는 고양이를 보았고, 그러자 고양이가 가까이 다가왔다. 파울리나가 움직이기 시작하자 고양이는 파울리나가 내던진 가방 옆에 앉아 욕심스럽게 핥기 시작했다. 고양이는 배가 고픈 게 분명했다. 파울리나의 가방 속에 소시지 조각이 들어 있었지만, 고양이는 두꺼운 가방 천을 뚫지 못해서 냄새만 맡고 있었다.
 "이런 말썽쟁이 털북숭이야." 파울리나는 굉장한 안도감을 느끼며 이렇게 중얼거리고 소리 내어 웃었는데, 여전히 충격을 받은 상태였으므로 그 웃음소리는 불행히도 상당히 미치광이처럼 들렸다.
 파울리나는 가방을 열어 고양이에게 소시지를 한 조각, 그리고 두 조각, 세 조각 던져주었다. 고양이가 하악거리거나 도망치지 않는 동안은 파울리나도 안전하다고 느꼈다.
 그때 어딘가 멀리서 불빛이 반짝였다. 밝은 전깃불이다. 누군가 전등을 켰다. 땅 바로 위가 아니라 어딘가 높이. 아주 높이.
 "이보쇼, 거기, 공원!" 파울리나는 선명한 남자 목소리를 들었다. "살아 있소?"
 파울리나는 한순간 멈추어 대답해야 할지 고민했다. 방향감각을 잃어서 자신에게 소리치는 사람이 병원에 있는지 교도소에 있는지 아니면 완전히 다른 쪽에서 외치는지 감을 잡을 수 없었다. 게다가 그게 누구인지도 알 수 없다.

"도움이 필요하면 소리 지르시오, 여자분!"

'여자분? 대체 그걸 어떻게…….'

그러나 생각해 보면 파울리나는 죽은 사람도 깨울 정도로 엄청나게 큰 소리를 질렀고, 그런 뒤에는 신경질적으로 소리 내어 웃음을 터뜨렸으니 파울리나를 잘 아는 사람이 아니라면 누군가 그 소리를 잘못 해석했을 수도 있는 것이다.

파울리나는 어둠에 익숙해진 눈으로 처음에는 나무줄기를, 그 뒤에 오솔길의 윤곽을 들여다보았다. 남자 목소리는 크라셰프스키 거리 쪽, 그러므로 거의 확실히 교도소 방향에서 들려오고 있었다.

"나랑 같이 갈래, 먹보야?" 파울리나는 네 번째 소시지 조각으로 고양이를 유혹하며 물었다. 그리고 땅에서 일어섰다. "저 여기 있어요!" 파울리나가 외쳤다. "아주 시급한 비상 상황이 있어요!"

35

1963년 8월 11일 일요일 23시 57분
1호 교도소, 클렝치코프스카 거리 35번지

파트리크 로예프스키 준위는 노크할 생각도 하지 않고 문을 활짝 열었다. 안에서 코 고는 소리가 너무 시끄럽게 들려와서 오크루트니가 방 안쪽이 아니라 마치 로예프스키의 바로 코앞에서 자고 있는 것 같았다. 게다가 준위는 1층 소방용품 장에서 가져온 엄청나게 무거운 양동이를 들고 있었으므로 쓸데없는 예의범절에 시간을 낭비할 생각이 없었다.

그가 한번 빠르게 팔을 움직이자 15리터 분량의 얼음물이 술 취해 잠에 빠진 대위의 머리와 어깨를 향해 넓게 흩뿌려졌다.

이번에는 기대한 효과가 나타났다. 이전에, 낮에 군인들이 찾아왔을 때 대위는 그저 핏발 선 눈을 굴리더니 축축한, 그러나 알아듣기는 어려운 트림을 내뱉고는 다시 침상에 쓰러져 잠에 빠졌다. 스보이치츠키 보드카는 전설적인 힘을 가지고 있었으나—사람들이 동네 식품점에서 단 한 병이라도 사려고 몇 주나 기다리는 것은 괜한 일이 아니었다—다행히 열두 시간의 잠이 알코올을 대부분 날려주었다.

오크루트니는 술기운에서 벗어나 간신히 정신을 차렸다. 그리고 침상에서 벌떡 일어나 마치 물에서 낚여 나온 물고기처럼 숨을 고르기 위해 절박하게 헐떡거렸다. 숨이 차지만 않았다면 오크루트니는 로예프스키를 머리부터 발끝까지 욕하고 그것도 모자라 로예프스키 가문에도 위로 3대나 4대 정도 먹칠을 했을 것이다. 그러나 오크루트니는 겉보기에는 머리끝까지 화가 나 있었으나—눈이 미친 듯이 번쩍거려 반쯤 감긴 눈꺼풀 밑에서 당장이라도 번개처럼 튀어나올 것 같았다—그저 이렇게 더듬거릴 뿐이었다.

"무슨 시…… 시…….”

"정신 차리고 저 따라오십시오!" 로예프스키는 잡아먹을 듯 더듬거리는 소리를 무시했다. "당장 말입니다, 빌어먹을!"

오크루트니는 입을 다물었다. 머릿속에 남아 있던 술기운이 충분히 날아갔고, 남아 있다 하더라도 얼마 되지 않아서 뇌세포가—스보이치츠키 보드카와 싸워 살아남은 몇 안 되는 세포들은—다시 제대로 기능하기 시작했다. 그래서 오크루트니는 무슨 일이 생긴 게 분명하다는 사실을 조금은 느리게 이해했던 것이다. 그의 직장 후배이자, 무엇보다도 부하인 로예프스키는 이렇게까지 과격한 방식으로 그를 대한 적은 단 한 번도 없었다. 게다가 로예프스키는 아주 교양 있고 원칙을 철저히 지키는 사람이라 보통 때는 누구에게도 함부로 행동하는 일이 없었다.

두 배로 놀란 대위는 물이 뚝뚝 떨어지는 침상에서 걸어 나와 고분고분 문 쪽으로 움직였으나 세 걸음쯤 휘청거리며 걷다가 멈추어 서서 잠시 망설인 뒤에 뒤로 돌더니 얼굴을 꼼꼼하게 닦아냈다. 검은 머리카락은 다행히 규정에 따라, 혹은 규정보다 더 짧게 깎았으므로 외모를 가다듬는 작업은 별로 오래 걸리지 않았다. 로예프스키는 그때 이미 문 뒤로 사라지고 없었으므로 아무도 대위를 재촉하지도 지켜보지도 않았다. 대위는 다시 침상에 누워 눈을 감아버리고 싶은 유혹을 재빨리 물리쳤다.

'무슨 일이 일어났다. 나를 억지로 깨워야겠다고 결정할 정도로 중요한 일이다……'

대위는 그다지 행복한 상황은 아니지만 그래도 준위가 적절히 행동했다고 생각했다. 얼굴을 찡그리며 거울을 재빨리 한 번 쳐다보고 다시 문 쪽으로 향했다.

준위와 베그네르 의사가 사무실에서 그를 기다리고 있었다. 그들 외에도 또 한 명, 대위가 본 적이 없는 젊은 여성, 아니 아직 소녀로 보이는 사람이 함께 있었다. 정확히 이 여성의 나이가 몇 살인지 짐작할 수 없었는데, 얼굴에 뭔가 검은 것을 바르고 있었기 때문이다. 코를 찌르는 냄새로 보아 아마도 구두약인 것 같았다.

'설마 멍청한 민간인들이 무슨 여름 캠프에서 벌칙 주듯이 멍석말이라도 한 건가?' 이런 생각이 대위의 머릿속에 떠올랐으나 대위는 즉시 그 생각을 떨쳐버렸다. 그런 바보 같은 상황일 리가 없었다. 그런 일이라면 로예프스키 준위가 손 하나 까딱할 필요도 없이 눈짓만으로도 벌써 처리했을 것이다.

"무슨 일인가?" 대위는 갈라진 목소리로 물었고, 목소리만은 어떻게 할 방법이 없었다. 거의 70도의 알코올에 절여진 목구멍에서 여전히 단어가 매끄럽게 흘러나오지 않았다.

"앉아서 들으십시오." 대위에게 로예프스키가 책상 뒤의 안락의자를 가리키며 말했다. "그리고 아가씨." 로예프스키가 파울리나에게 말했다. "우리한테 했던 얘기를 다시 전부 해주십시오."

"네 알겠습니다!" 조금 심하게 취하긴 했어도 진짜 대위가 눈앞에 나타나자 긴장한 파울리나는 생각을 가다듬어야 했다. "새벽 일찍, 아마 5시 반쯤에 우리 트램 차고지 앞에 호송대가 멈췄어요. 트럭 네 대하고 지프 한 대요. 운전사들도 전부 회색 제복을 입고……."

"자질구레한 사항은 좀 넘어가면 안 되겠나?" 오크루트니는 머리가 아파오기 시작해서 이렇게 부탁했다. 목구멍의 갈증도 심해졌는데 두통보다 갈증이 더 괴로웠다.

"네, 알겠습니다!" 모르는 여성은 거의 대위에게 열병식처럼 경례라도 붙일 기세였다. "운전사들이 지프차에 옮겨 타더니 트럭 네 대를 길 한가운데 남겨두고 떠났어요. 지프차가 모퉁이로 사라지자마자 트럭 한 대에서 문이 열리더니 길거리로 사람들이 쏟아져 나왔어요. 몇몇은 당장 도망쳤지만, 몇 명은 그 자리에 남아서……."

"잠깐!" 대위가 조금 늦게 반응했는데, 이것도 그 자리에 있는 사람들에게는 이해가 되었다. "무슨 말이오, 문이 열렸다니?"

"그냥 열렸어요." 이 질문에 놀란 파울리나가 물었다. "트럭 문이요."

"그건 불가능하오." 오크루트니가 준위와 의사를 번갈아 바라보며 씩씩거렸다. "바깥에서 잠갔단 말이오!"

파울리나는 당황했다.

"그건 몰랐어요, 하지만……."

"잠깐!" 대위가 로예프스키를 쳐다보며 다시 말을 막았다. "자넨 뭔가 짚이는 게 있나?"

로예프스키는 뭔가 깨달았다는 듯 고개를 끄덕였으나 즉시 대답하지 않았다.

"제 생각에 교도관 중 누군가 망할 트럭 문을 제대로 잠그지 않은 것 같습니다." 로예프스키가 내키지 않는 듯 대답했다.

"호송대 출발하기 전에 확인하라고 특별히 명령했잖아!" 오크루트니가 흥분했다.

"압니다. 제가 확인했습니다. 교도관들이 대위님 명령대로 따르는 것도 봤습니다."

"그렇다면……." 오크루트니는 말하다 말고 멈추었고 동시에 그의 눈에 깨달음의 빛이 떠올랐다. "누굴 매수했군, 썩을 놈들이!"

"그렇게 보입니다." 준위가 인정했다.

"트럭에서 내린 놈들……." 흥분한 오크루트니가 여성을 향해 황급히 몸을 돌렸다. "어떻게 생겼는지 말해보시오. 가장 눈에 띄는 두세 명이면 충분합니다."

"다들 죄수복을 입고 있었어요." 파울리나가 말하기 시작했으나 대위의 표정을 보고 그게 중요한 게 아니라는 사실을 깨달았다. "한 명은 의식이 없는 것 같아서 다른 사람들이 끌고 나와야 했어요. 마치 누가 두들겨 팬 것 같았어요."

"이마가 넓고 턱수염이 까맣고?"

"네, 몸집도 엄청나……."

"마그지아레크!" 오크루트니가 다시 파울리나의 말을 막았다. "그 새끼는 스프리하하고 같은 트럭에 처넣었는데." 대위가 기억을 떠올렸다.

"네, 그놈들 대장이 스프리하라고 했어요!" 이번에는 파울리나가 대위의 말을 막았지만, 대위는 같은 호송트럭에 또 누구를 태웠는지 기억을 더듬느라 최선을 다하고 있어서 그 사실을 눈치채지도 못했다.

"울피크, 수이카, 페레크, 그젤라크는 확실합니다." 파울리나의 말을 듣고 기억을 더듬을 시간이 훨씬 더 많았던 로예프스키가 음울한 어조로 이름을 나열했다. "그 도공, 이름이, 부갈스키…… 네린크, 마루트입니다. 우리 교도소 사형수들 중에서도 최고 중의 최고입니다.

"이런…… 시……발……." 오크루트니는 양손으로 머리를 움켜쥐었다. 두통도 숙취도 하찮게 느껴졌다. 그는 자신이 도시에 또 하나의, 어쩌면 더욱 끔찍한 감염병을 풀어놓았다는 사실을 깨달았다. 그리고 대위는 이 여성이 여기서 뭘 하고 있는지도 갑자기 이해했다. 분명히 도움을 청하러 온 것이고, 게다가 밤중에 혼자서 여기까지 오는 모험을 감행했다면 스위비안스카 거리 상황이 정말로 끔찍하다는 의미였다. "계속 말하십시오." 대위가 근심이 가득한 어조로 말했다.

"이미 말씀드렸듯이 몇 명은 도망치려고 했지만 멀리 가지는 못했어요. 한두 명은 감염자들 무리에 잡혔어요. 광장하고 근처 골목에 좀비 떼가 우글우글 몰려 있었거든요. 나머지 악당들은 그걸 보고 돌아왔고, 놈들이 트램 차고지 안에 숨으니까 좀비들이 그 앞까지 따라갔어요."

"범죄자들이 몇 명이나 살아남았습니까?"

"열세 명이요."

"좋지 않군." 오크루트니가 고개를 저었다.

"아주 나빠요!" 파울리나가 동의했다. "그건 짐승이지 사람이 아니에요. 심지어 좀비보다도 더 나빠요. 처음에는 양심이 있는 척 행동했어요. 좀비 떼가 기차역에서 사람들을 쫓아가니까 아이 딸린 여자들을 트램 차고지로 유인해서……."

대위는 스프리하 같은 인물의 경우 이 이야기가 좋게 끝날 리 없다는 것을 알고 있었으나, 파울리나가 좀비들을 유인하라고 아이 엄마들을 거리로 내보낸 일부터 가블리크 가족을 처형한 일까지 범죄자 일당의 행적을 말할수록 입이 점점 더 벌어졌다. 대위는 고개를 점점 더 깊이 숙이며 귀 기울여 파울리나의 모든 이야기를 들었다.

 이것은 그의 탓이었다. 그의 아주 큰 탓이었다.

 그 범죄자들이 설령 어느 교도관을 협박하거나 매수해서 탈주했다 하더라도 대위는 윤리적으로 모든 책임을 자신에게 돌렸다. 풀어줄 생각을 하지 않고 처음부터 최악의 수형자들을 X동 어딘가에 한데 모아 가둬서 나머지 사람들로부터 영원히 격리해 두었더라면…….

 그는 일당이 장갑차와 기관총을 입수한 이야기를 듣고 체념의 한숨을 쉬었다.

 "내가 상황을 이보다 더 망칠 수는 없었겠군." 파울리나가 이야기를 마치고 입을 다물자 대위가 중얼거렸다. 그는 스워비안스카 거리 상황뿐 아니라 교도소 안에서 벌어진 일들도 생각하고 있었다.

 "스프리하가 교도관을 매수했다는 걸 우리가 어떻게 알 수 있었겠습니까?" 로예프스키가 대위를 위로하려 했으나 별 효과는 없었다.

 "어느 새끼가 그 호송트럭을 담당했는지 기억해 보게." 오크루트니가 마음을 추스르며 말했다.

 "그건 도대체 왜요?" 준위는 어깨를 으쓱했다.

 "그게 누군지 우리가 알아야……."

 "알아서 어떻게 하실 겁니까? 대위님이 혹시 잊어버리셨을까

봐 드리는 말씀입니다만, 그 작전에 참여한 사람들은 모두 죽었습니다. 산책장에서 좀비를 찾아내서 총살이라도 할까요? 몇 번이나 합니까? 한 번? 두 번? 아니면 화가 풀릴 때까지 매일매일 총살할까요?"

준위의 어조에 깃든 냉소가 얼음물보다 더 효과적으로 대위에게 작용했다. '그래, 잘잘못을 따지는 건 지금 상황에선 아무 의미도 없어. 민간인을 돕는 방법에 집중해야 해.' 그러나 불행히도 그는 비관적이었다.

"도움을 드리는 것에 대해서는……." 그는 여성에게 상황을 어떻게 설명해야 할지 알지 못해서 불확실하게 말을 시작했다.

"잠시만요." 베그네르가 말을 막았다. "이분 말씀 끝까지 들어보시죠."

파울리나는 실제로 아직 할 말이 많이 남았다는 듯이 오크루트니의 얼굴을 고집스럽게 들여다보고 있었다.

"이게 끝이 아닙니까?"

그를 사로잡은 의문은 뚫을 수 없이 어두운 우울감보다 아주 조금 더 밝을 뿐이었다. 그는 무기력하게 주머니를 뒤져 교도소장 금고 열쇠를 찾으려 했다. 두꺼운 제복 천 아래 아무것도 느껴지지 않아 그는 당황했으나 준위의 얼굴을 한번 쳐다보자 말로 설명한 것보다 더 많은 것을 깨달았다.

이 슬픔은 보드카를 마신다고 해서 그렇게 쉽게 사라지지 않을 것이었다.

"범죄자들이 트램 차고지에 매음굴을 차렸어요. 그 안에 여자들이 열댓 명이나 갇혀 있어요. 우리 동네에서 끌려간 사람도 있고, 제가 보기에 몇몇은 기찻길에서 잡아 온 것 같아요. 그리고 어제는 우리 언니가 잡혀갔어요······." 파울리나는 숨을 몰아쉬었으나, 딱 한순간뿐이었다. "미리 알려드리려고 여기까지 왔어요. 그 스프리하라는 사람이 무기를 더 많이 손에 넣으려고 해요. 그다음 레시니차로 옮겨가서 거기에 무슨 성인지 궁전인지에다 새 은신처를 차릴 거래요. 여기 교도관들이 권총과 탄약을 가지고 있으니까 여기로 와서 뺏을 계획을 세우고 있어요."

"여기로?" 오크루트니가 놀랐다.

"네, 범죄자들이 교도소를 공격하려고 해요. 아침에 정찰을 하고, 그런 뒤에 밤에 모두 다 돌아와서······." 파울리나는 스프리하의 새로운 계획을 요점만 짚어 할 수 있는 한 정확하게 요약했다.

"그 빌어먹을 개새끼들이······." 대위는 파울리나가 다시 말을 마치자 중얼거렸다. 모든 내용을 소화하기 위해서는 시간이 좀 필요했다. "놈들이 여기로 기어들어 오면 또 사람이 엄청나게 죽을 거요." 대위가 마침내 말했다. "우리는 한 줌밖에 남지 않았고, 그렇다고 훈련받지 않은 민간인들에게 총기를 내주면 분명히 또 학살이 일어날 거요."

"비관하지 마시오." 베그네르가 목소리를 낮추어 끼어들었다. "군대에 도움을 요청합시다. 우리와 스위비안스카 거리 주민들을 위해서."

"어떻게?" 대위가 목쉰 소리로 웃었다. "이렇게?" 그는 책상 위에 있는, 작동하지 않는 전화의 수화기를 쳐서 떨어뜨렸다. "자, 어서 전화하시오. 하는 김에 무전도 치는 게 좋겠지. 바닥에 세 번, 창틀에 한 번."

"그 사람들이 주고 간 무전기로 교신하면 됩니다." 의사가 냉철하고 차분하게 설명했다.

오크루트니가 눈을 크게 떴다.

"누가 우리한테 무전기를 줬소?"

"비에드지츠키 소령이 보낸 사람들입니다." 로예프스키가 말했다. "오늘 오후에 모터보트를 타고 와서 상황을 보고 갔습니다. 유감스럽게도 대위님은 상당히…… 무기력하셔서, 그 사람들이 대위님이 술이 깨신 뒤에 연락해 달라고, 군인답게 단순한 표현이기는 해도 특별히 예의 바르게 부탁하고 갔습니다."

"그래……." 대위가 시계를 바라보았다. "그렇게 하지. 그 무전기는 어디 있나?"

"소장실에 있습니다."

* * *

책상 위에 낡았지만 아주 커다란 배낭 정도 크기에 녹색 캔버스 덮개와 어깨끈이 달린, 모습도 배낭과 비슷해 보이는 물건이 얹혀 있었다.

오크루트니는 교도소장 안락의자에 깊이 주저앉았고 나머지 사람들은 책상 앞에, 의도하지는 않았지만 대위를 바라보는 양심의 가책 같은 모습으로 서 있었다.

"호출 암호 같은 게 있나?" 대위가 물었다.

"예, '사자'입니다."

"우리 쪽에도 호출 암호를 줬나?"

"물론입니다. '철창'입니다."

준위는 언제나 그렇듯 간단명료했다.

"철창이라고……." 오크루트니는 수화기를 들고 눈으로 스위치

레버를 찾았다. 무전기가 켜지고 대위가 귀에 갖다 댄 수화기에서 조용히 잡음이 흘러나왔다.

"여기는 철창, 철창, 오버." 잠시 아무 소리도 들리지 않았으므로 오크루트니는 호출을 반복했다.

"여기는 사자, 어디로 연결하면 됩니까?" 이번에는 짧은 대답이 들려왔다.

"어……." 대위는 부탁하는 눈길로 준위 쪽을 바라보았다. "장군님은 부르지 않는 게 좋을 겁니다." 로예프스키가 현명하게 조언했다. "당직 장교부터 시작하십시오. 그쪽이 결정하면 됩니다."

"당직 장교 연결해 주시오."

"예, 알겠습니다."

5초간 침묵 뒤에 수화기에서 다른 목소리가 들려왔다.

"니즈네르 소위다, 잘 있었나 준위, 오버."

"여기는 오크루트니 대위다." 보이치에흐 오크루트니가 알렸다.

"아, 대위님…… 그래, 지금은 좀 어떠십니까? 아뇨, 아무 말도 하지 마십시오. 제가 맞춰보겠습니다. 머릿속은 깨질 것 같고 목구멍은 사하라사막이겠죠."

"지금 제정신이오, 소위 동무?" 오크루트니가 화를 냈다. "대위하고 얘기하고 있다는 사실을 내가 알려줘야만 하겠소?"

"앞으로도 모자에 별을 네 개 달고 계실지는 두고 봐야 할 겁니다. 이런 밤중이 아니고 정상적인 근무시간에 군법회의에서 뵙지요."

"알겠소……." 오크루트니는 힘겹게 침을 삼켰다.

군법회의에 대한 이야기에 그는 놀라지 않았다. 그러나 놀랍게도 별로 슬프지도 않았다. 파울리나 부기엘의 이야기를 들은 뒤라서 대위는 어제부터 그의 어깨를 짓누르는 짐을 마침내 누군가 벗겨준다는 소식에 안도감을, 그것도 엄청난 안도감을 느꼈다. 설령 그러기 위해서 강등이나…… 혹은 더 심각한 결과를 받아들여야 한다 해도 말이다.

"알겠다고 하시니 다행입니다. 만약에 대위님이 풀어주신 그 범죄자들이 혹시라도……."

"바로 그 때문에 연락드렸소." 오크루트니가 소위의 말을 끊었다.

"그렇습니까?"

"방금 어떤 여성이 우리 교도소에 왔는데, 내가 최악의 상습범과 사형수들을 실은 호송트럭을 버리게 했던 거리에 사는 사람이오."

"대위님 말씀은 설마……." 니즈네르가 당장 진지해졌다.

"불행히도 그렇소. 이 여성의 진술이 사실이라면 그 일당 중 열세 명이 살아남아 가까운 트램 차고지를 점령했고, 생존자들을 괴롭히고 있소. 우리가 들은 바에 따르면 이 일당이 마흔 명 정도의 생명을 해쳤소."

"대위님이 해치도록 놔주신 겁니다." 니즈네르가 목소리가 한 톨의 악의도 없이 고쳐 말했다. 그는 그저 사실을 확인하고 있었다.

"예, 알고 있소. 하지만 그게 다가 아니오."

오크루트니는 스프리하와 그의 일당이 세운 계획을 할 수 있는 한 짧고 알기 쉽게 설명했다. 그리고 파울리나의 부탁에 따라 스위비안스카 거리 상황을 알리고 군대의 개입을 요청했다.

니즈네르는 한 번도 말을 끊지 않고 대위의 진술에 귀를 기울였다. 대위가 이야기를 마친 뒤 무전기에 몇 초 동안 침묵이 흘렀다.

"잠시 기다리십시오. 필요한 사람들을 깨우겠습니다." 마침내 소위가 대답했다.

오크루트니는 오른쪽 귀에 수화기를 댄 채 그대로 앉아 있었다. 대략 5분이 지났고 그동안 대위는 수돗물을 유리잔에 가득 따라 두 번이나 들이켜 목을 축였다. 그의 목구멍은 정말로 햇빛에 달아오른 사막에서 모래와 함께 가시 돋친 선인장까지 집어삼킨 듯 불타고 있었다. 그 뒤에 무전기에서 사그락거리는 소리와, 둔탁하게 문을 여닫는 듯한 소리가 연달아 들려왔다. 백색소음도 더 커졌다.

"비에드지츠키요." 수화기에서 새로운, 약간 잠에 취한 목소리가 들려왔다. "소위가 우리에게, 그러니까 나하고 베르나치아크 대위에게 상황 알려주었소. 계속하시오. 하지만 외부 스피커로 바꿔 연결하시오."

"예, 알겠습니다, 장군 동무!" 오크루트니가 무전기 위로 몸을 숙이며 대답했다.

"그리고 동무가 아니오." 상대방이 고쳐주었다. "장군도 아니오. 난 여전히 소령이오. 가짜 진급은 라디오 선동 전문가들이 권했고, 공산주의식 호칭은 이제 다른 것들과 함께 바람에 실려 갔소."

"알겠습니다……." 오크루트니는 상대방이 제안하는 변화의 속도를 따라잡기 조금 버거웠으나 굳이 말하지는 않았다. "준비됐습니다." 외부 스피커 스위치를 찾는 데 성공하고 나서 그가 알렸다.

"상황을 어떻게 보고 있소?" 비에드지츠키가 바로 본론으로 들어갔다.

"제가 말씀드려도 됩니까?" 로예프스키가 수화기 쪽으로 손을 뻗었다.

"물론." 대위가 망설임 없이 그에게 수화기를 넘겼다. "로예프스키 준위가 소령님께 저희 쪽 관점을 말씀드리겠습니다. 아마 소령님도 알고 계시겠습니다만 교도관 중에서 살아남은 사람은 저까지 세 명입니다." 준위도 변죽을 울리지 않고 곧바로 요점부터 말했다. "민간인 중에서 은퇴한 교도관을 합쳐도 최대 네 명입니다. 나머지 생존자들은 한 번도 손에 총을 쥐어본 적이 없거나 너무 나이가 많아서 무기를 제대로 다룰 수 없습니다. 사실 교도관 가족 중에서 여성들도 무장시키자는 제안이 나왔습니다만 솔직히 말씀드리자면 소용없다고 생각합니다."

"어째서?"

"여자라서 못 한다는 말씀이 아닙니다……. 여성 사동 교도관 중에서 몇 명은 제 남성 부하들 대부분보다도 더 훌륭하게 활약했습니다만, 생존한 여성들은 교도관이 아니라 평범한 회계사나 조리사, 세탁 담당자입니다. 총격전에 투입되면 패닉에 빠질 겁니다."

"그러면 자네 말은 교도소가 공격당할 경우 방어할 방법이 없다는 건가?"

"그런 말씀은 아닙니다." 로예프스키가 반대했다. "교도소는 단단한 담장에 둘러싸여 있으니 고전적인 기습 공격을 감행하지 않고는 점령하기 힘들 겁니다. 게다가 감시탑에 조를 짜서 경비를 세울 수도 있습니다……. 감시탑마다 총기를 다룰 줄 아는 남자 한 명을 대장으로 하고 도와줄 사람을 두 명이나 세 명 붙이면 됩니다. 공격하는 쪽의 숫자가 적으면 분명히 그걸로 충분할 겁니다만……." 준위는 잠시 말을 멈추었다.

"하지만?" 비에드지츠키가 당장 물었다.

"저희가 막아내면 놈들이 훔친 장갑차를 몰고 돌아올 수 있습니다. 152호는 저희 담장 같은 건 문제없이 뭉갤 것이고 권총으로는 장갑을 뚫을 수 없습니다. 범죄자 일당이 소유한 수류탄과 기관총도 잊으면 안 됩니다. 놈들이 머릿속에 조금이라도 생각이 있다면 중화기로 방어전을 벌일 것이고, 그 경우 저희 쪽 경비 초소를 하나라도 무너뜨리는 것으로 충분합니다……."

"그렇지. 그 장갑차가 상황을 바꿔놓는군." 상대 쪽에서 누군가 동의했다. 아마도 비에드지츠키가 언급했던 베르나치아크 대위 같았다.

"놈들이 교도소 부지 안으로 진입하면 그 뒤로는 저희가 막을 수 없습니다." 로예프스키가 말을 이었다. "그 상황에서는 전투 능력과 침착함만이 필요한데 문제의 범죄자들 대부분이 사람을 여럿 죽인 살인자들입니다. 놈들이 감시탑 하나를 점령하고 무기를 탈취하는 것만으로 여기서 한 명도 살아남지 못할 겁니다. 그러니까 살아남는다는 게……."

"그 설명은 안 해도 되네. 무슨 말인지 우리도 아니까." 비에드지츠키가 준위의 말을 막았다. "즉 방어할 수 없다는 말이군."

"여기로 장갑차가 들어오면, 그리고 놈들은 문제없이 그렇게 할 수 있을 겁니다, 그러면 저희는 그대로 짓뭉개집니다." 로예프스키가 요약했다.

"그러면 우리가 어떻게 합동 작전을 할 수 있을지 생각해 보세."

"어떤 제안이나 생각 없나?" 베르나치아크가 당장 소령에게 맞장구를 쳤다. "말해보게. 여러분이 교도소 내 지리와 상황을 더 잘 아니까."

"가장 합리적인 건 트램 차고지를 공격하는 일인 것 같습니다." 파울리나가 소심하게 제안했다. "오늘 밤, 늦으면 아침이라도요. 그 때 일당 중에서 몇 명이 정찰하러 나간다고 했거든요."

준위가 파울리나의 제안을 전달했다. 군인들은 오랫동안 궁리하고 지도를 보며 논의했다. 교도소장실에 모인 사람들도 아주 명확하지는 않았지만 그 말소리를 들었다.

"그 여성분을 바꿔보게." 니즈네르가 마침내 지시했다. "몇 가지 구체적인 질문이 있어."

로예프스키 준위는 망설임 없이 지시에 따랐다.

"공산청소년단 단원 부기엘 보고드립니다, 오버." 예상치 못한 상황에 깜짝 놀란 파울리나가 수화기에 대고 중얼거렸다.

"그냥 평범하게 전화로 얘기하듯이 하면 돼요." 니즈네르가 안내했다.

"예, 알겠습니다!"

이 대답에 니즈네르는 침묵했다.

"우리가 아는 바로는 범죄자들이 장갑차를 훔쳐서 그 뒤로 좀비 떼를 수천 명이나 끌고 왔다던데." 비에드지츠키가 말했다.

"예, 맞습니다." 파울리나가 동의했다. "지붕 위에서 감염자들 무리를 봤습니다. 몇천 명은 되는 것 같았습니다."

"그 좀비들은 정확히 어디에 있나?"

"사실상 광장 절반을 뒤덮고 있었습니다. 일부는 계속 민족단합대로에 서 있지만 좀비 떼 가장 앞줄은 상당히 빠르게 움직여서 노보비에이스카 거리까지 갔습니다."

"그러면 바르샤프스키 다리 쪽에서는 우리가 뚫고 갈 수 없단 말이지?"

"안 될 것 같습니다. 하지만 범죄자 일당들은 철길을 따라 양조장으로 왔다 갔다 합니다." 파울리나가 조금 생각한 뒤에 말했다. "기차 철길요, 트램 철길이 아니고요."

"그 훔친 장갑차는 어디에 있나?"

"트램 차고지 수리장입니다."

군인들은 파울리나에게 범죄자 일당이 사용하는 건물 구조와 망을 보는 범죄자들의 숫자, 교대하는 시간 등 보통 사람이라면 일반적으로 신경 쓰지 않는 상세한 사항들을 한동안 물어보았다. 그러나 파울리나는 거의 모든 질문에 대답했다. 지붕 위에서 거의 하루 종일 있으면서 계속 범죄자 일당들을 관찰했기 때문이다. 게다가 파울리나는 언니를 구하기 위해서 도움이 될 만한 것은 전부 기억에 새겨두려 애썼다.

"부기엘 씨가 엿들었다는 그 범죄자 일당의 회의 말입니다만, 일당이 전부 거기 있었습니까?" 니즈네르가 마지막으로 질문을 던졌다.

"아마 그랬던 것 같아요."

"아마 그런 겁니까, 확실한 겁니까?"

"창문 안을 들여다볼 수가 없어서 100퍼센트 확실하다고는 말씀드릴 수 없지만 제가 들은 건……." 파울리나는 기억을 더듬어 세어보았다. "여섯 명이나 일곱 명 목소리였어요."

"그러면 몇 명은 거기 없었다는 거군요?"

"그건 아닐 거예요. 보통 한데 모여 있거든요."

"하지만 그 전에 양조장으로 누구를 보냈다고 하지 않았습니까?"

"그건 그래요." 파울리나는 앞뒤가 맞지 않는 부분을 부끄러워하며 고개를 끄덕였다.

"준위에게 수화기 넘겨주게." 비에드지츠키가 지시했다.

파울리나는 소령이 시키는 대로 했다.

"문제가 있네." 소령이 요점부터 말했다. "범죄자들이 양조장에 망볼 사람을 남겨뒀다면 우리가 들키지 않고 거기까지 보트를 몰 수가 없어. 그런데 스프리하처럼 잔꾀를 잘 쓰는 놈이라면 무슨 수를 쓰든 양조장을 지키려고 할 가능성이 아주 높지. 그럴 경우 오드라강을 보고 있던 범죄자 한 명이 트램 차고지로 달려가서 나머지에게 우리가 오고 있다고 알려주는 것만으로 충분해……."

소령이 끝까지 말할 필요가 없었다. 식인종인 스프리하, 혹은 살인범 마그지아레크처럼 양심이 없는 범죄자들은 어떤 저열한 짓도 할 수 있었다. 그러므로 그들은 자기 것을 지킨다는 생각에 보통 사람이라면 생각도 못 할 행동을 저지를 것이었다. 예를 들어 또 다른 생존자들을 좀비 떼 쪽으로 밀어내서 기찻길 쪽으로 유인해 자신들의 은신처에 접근하는 길을 완전히 막아버린다든가 하는 식으로 말이다.

"그러면 저희 쪽에서도 군대가 접근할 수 없다는 뜻입니다." 로예프스키가 냉정하게 말했다. "군인들이 보트를 타고 온다고 해도 범죄자들이 운하에서 발견하고 자기들끼리 알릴 것이고, 스프리하는 아주 잔머리가 빠른 사내이므로 군인들이 어디로 배를 모는지 쉽게 짐작할 겁니다."

"자네들 쪽은 문제가 간단하네. 우리가 어제부터 화물선을 시영 부두로 끌고 가고 있으니 그중 한 척에 기습조를 태워서 보내면 돼. 내가 본 바로는 철교 너머에서 항해용 운하들이 한 줄기로 모이니까 정신과 병원 부근에서 부하들을 내리게 하면 범죄자 일당들이 머무르는 양조장에서 너무 멀어서 보이지 않겠지."

"철교는 수백 명이 넘는 좀비들에게 막혀 있습니다." 준위가 상기시켰다.

"상관없네. 화물선에서 내려서 강둑까지 고무보트로 갈 테니까. 그 고무보트로 홍수용 운하도 건너면 돼. 철교에서 멀리 떨어진 지점으로. 니즈네르 말로는 강둑에서 교도소까지 갈 때 좀비와 접촉하지 않았다던데."

"그러면 저희 방어를 지원해 주실 겁니까?"

"그래. 그게 합리적인 해결책이야. 2개 소대를 그쪽으로 보내겠네. 총합 열 명이나 열두 명 정도 병력이야."

"열두 명이라고 하셨습니까?" 오크루트니는 실망한 것 같았다.

"그 이상은 내가 원한다고 해도 불가능하네. 여기에 우리도 우리 문제가 있어서."

"소령님, 선원들을 조직할 수는 없습니까?" 니즈네르가 끼어들었다.

"민간인이잖나." 비에드지츠키가 반대했다.

"하지만 대단한 사람들입니다. 단단하고, 가장 중요한 건 다들 일반 군복무를 마쳤다는 겁니다. 마베트 경위님 말로는 당이 경찰 부대에 보내는 자원자 절반은 그 선원들보다 못하다고 합니다. 당연히 감염병이 돌기 전 얘기입니다만." 니즈네르는 혼란을 방지하기 위해 덧붙였다.

"난 마음에 안 들어." 비에드지츠키는 생각을 바꾸지 않았다.

"마베트 경위님이 가장 능력 있는 열 명을 뽑아주시면 일정을 망치지 않고도 병력을 두 배로 늘릴 수 있습니다."

"마베트 깨워서 상황 알리게." 비에드지츠키가 명령하고 교도소 쪽 사람들에게 주의를 집중했다. "전부 잘 진행된다면 여러분은 더 많은 지원 병력을 받게 될 걸세. 그리고 구체적인 계획은 여러분에게 맡기겠네. 여러분이 인근 지리를 잘 알고 그 범죄자들이 어떤 놈들인지 예측할 수 있을 테니까. 이렇게 하지. 우리가 지금 병력과 장비를 준비해서 최대한 빨리, 동트기 전에 지원을 보낼 수 있도록 할 테니 여러분은 그동안 접근 가능한 선택지를 논의해 보게. 가능한 작전 계획이 세워지면 다시 보고하게."

"발언 허락해 주십시오, 소령님." 니즈네르가 끼어들었다.

"아직도 여기 있나?" 비에드지츠키가 짜증을 냈다.

"지금 갑니다. 그 전에 한 가지만 말씀드리고 싶습니다." 소위가 변명했다. "작전을 진행하실 때 그 범죄자들을 죽이지 않는 쪽으로 해주시면 안 됩니까?"

"어째서?"

"민간인들 한가운데서 놈들이 죽었다가 살아나면, 설령 가능한 위험에 대해서 모든 사람에게 미리 경고한다 하더라도 어떤 결과가 나올지 굳이 말씀드리지 않겠습니다. 제가 말씀드리고 싶은 것은 의사 선생님의 요청이 있어서……."

"또 그 얘기인가?" 비에드지츠키가 화를 냈다.

"누이 좋고 매부 좋은 해결책을 찾기 위해 노력하고 싶습니다. 아렌지코프스키 선생님에게 그 범죄자들을 보내면 더 이상 걱정할 필요가 없을 겁니다. 이제까지 들은 이야기로 보아 인간 취급할 필요가 없는 놈들 같습니다만."

"인간이니까 인간으로 취급하겠네만 한 가지는 동의하지. 그 범죄자들은 죽었다가 살아날 자격도 없어." 소령이 잠시 망설인 뒤에 동의했다. "하지만 이 모든 상황에도 불구하고 놈들을 정상적인 방법으로 처리하고 싶네."

"어차피 사형을 당할 자들이니 쓸모 있는 최후를 맞이하면 좋지 않겠습니까. 클렝치코프스카 거리의 교도소에서 놈들을 사살하면 그저 또 좀비가 늘어날 뿐입니다. 대부분이 무슨 일이 일어나는지 알기도 전에 죽을 것이 분명합니다만, 제 의견을 말씀드리자면 그 자들은 죽기 전에 공포를 겪어야만 합니다."

"소위 말이 옳습니다." 베르나치아크가 끼어들었다.

비에드지츠키의 침묵이 이어졌다.

"그리고 또 그 새로운 정황들이 다가올 겁니다. 잊지 마십시오." 니즈네르가 수수께끼처럼 말했다.

"놈들이 그거하고 무슨 상관인가?" 소령이 물었다.

교도소 측 사람들은 이 질문에 대한 대답을 듣지 못했다. 소위가 낮은 목소리로 대답했거나 아니면 비에드지츠키가 손으로 마이크를 가린 것이 분명했다. 모두 이 정보에 관심을 가졌으나, 대놓고 물어본다고 해도 만족스러운 대답을 듣지 못하리라는 사실을 알고 있었다. 군 기밀은 세계 멸망을 앞두고도 지켜야만 했다.

"좋다." 소령이 마침내 대답했지만 그의 목소리에서 명확한 망설임이 느껴졌다. "그렇게 하지. 로예프스키, 놈들을 최대한 많이 살려서 붙잡는 쪽으로 계획을 짜보도록 하게. 하지만 위험 부담이 너무 크면 포기해. 이건 명령이야."

"그렇게 하겠습니다." 로예프스키가 대답했다. "이상입니다."

그는 한동안 필요 없게 된 수화기를 책상 위에 내려놓았다.

"좋은 생각이나 제안 있습니까?" 그가 나머지 사람들을 바라보며 물었다.

오크루트니는 자신과 준위가 생각할 시간을 15분으로 지정했다. 베그네르나 파울리나 쪽에서 구체적인 계획을 내놓을 것이라고는 기대하지 않았다. 우선 베그네르는 교도소 내부를 속속들이 알고 있었지만, 그의 군사적 가치관이 어떤 방향인지 이미 보아서 알고 있었다. 한편 파울리나는 전혀 모르는 장소에 와 있었고, 스위비안스카 거리에서 크라셰프스키 거리까지 그것도 밤에 혼자 찾아오는 것으로 결단력과 능력을 증명하기는 했지만 교도관들이 대면한 문제를 해결하는 데는 도움이 될 수 없었다.

15분은 긴 시간이 아니지만 주제를 잘 알고 집중해서 생각하면 정말로 흥미로운 결과에 도달할 수 있다. 특히 압박을 받는 상황에서, 집중해 생각한 결과에 가족과 친지의 생명이 달려 있다면 말이다.

"상황 요약하지." 대위가 먼저 입을 열었다. "우리 쪽에 무장한 남자 열 명이나 열두 명이 있을 것이고 군대가 최대 열 명을 보낼 텐데, 스프리하는 바보가 아니니까 자기 부하들을 전부 한꺼번에 보내지는 않을 거다. 스프리하 본인은 최소한 한 명 이상의 부하와 함께 소굴에 남아 있을 거고 누군가 다른 놈이 훔친 기관총을 맡을 거다. 결론적으로 우리가 한번에 제압해야 할 인원은 최대 열 명이라는 얘기다."

"2대 1이네요." 파울리나가 갑자기 말해서 모두 놀랐다. "쉽죠."

"밤에 겁에 질린 군중 사이에서, 화재 진압 작전 중에는 쉽지 않습니다." 로예프스키가 반박했다. "그 범죄자들이 몇 명만 우리 사이에 숨어 들어와도 무시무시한 도살이 벌어질 것 아닙니까. 아니, 몇 명도 필요 없고 한 명만 그런 수를 써도 우리가 감당하지 못할 겁니다. 이 교도소에 있는 사람의 4분의 3이 민간인이라는 사실을 잊으면 안 됩니다. 최대한 접촉을 막고 민간인들을 보호해야 합니다."

오크루트니는 간간이 단어 하나씩 혹은 짧은 문장을 수첩에 적으면서 고개를 천천히 끄덕였다. 잠시 후에 그는 서랍장을 차례로 열어서 안을 뒤지기 시작했고 그러다가 도시 지도를 찾아냈다. 로예프스키가 무전기를 옆으로 치워 공간을 만들자 오크루트니가 책상 위에 지도를 펼쳐놓았다.

대위가 파울리나를 바라보며 지도를 가리켰다. "만약에 부기엘 양이 스프리하였다면 어떤 경로를 택하겠소?"

파울리나는 책상에 다가갔다. 교도관이 보여준 지도는 이상해 보였고 서점에서 파는 일반 지도보다 훨씬 더 상세했으며 또한 파울리나가 알지 못하는 여러 가지 상징과 부호들이 표시되어 있었다. 그래도 파울리나는 지도를 들여다본 끝에 나도제 기차역을 찾아냈다. 그런 뒤에 교도소와 트램 차고지를 찾아내는 것은 쉬운 일이었다.

"범죄자 일당은 도시 지리를 잘 몰라요. 그러니까 가장 쉽고 가장 짧은 길을 택할 거예요." 파울리나가 말했다.

"그게 어느 길이죠?"

"기찻길을 따라가서 가스공장 부지를 지나 클렝치코프스카 거리로 밀고 들어오려고 할 거예요. 그리고 덧붙여서 말씀드리자면 이쪽 방향 방어 지점이 취약해요." 파울리나는 교도소 차고 바로 앞의 담을 가리켰다.

"그게 어떻다는 거요?" 오크루트니가 어리둥절해서 물었다.

"차고 지붕을 통해서 문제없이 담을 넘어 교도소 안으로 뛰어내릴 수 있어요." 파울리나가 설명했다. "저라면 여기를 고를 거예요. 따로 연장을 챙겨서 끌고 올 필요도 없으니까요. 밧줄하고 철사 끊는 가위만 있으면 작업 끝이에요."

모두 다, 심지어 베그네르까지 지도를 들여다보았다. 그들은 이 교도소에서 몇 년이나 근무했지만 이렇게 간단한 사실은 전혀 모르고 있었던 것이다. 파울리나가 옳았다. 그곳은 범죄자들이 사다리도 사용할 필요 없이 교도소 부지 내로 들어올 수 있는 지점이었다. 일당들도 그 사실을 알고 있는 것이 분명했다. 미래의 탈출 계획을 짜면서 다들 자기 감방 창문으로 주변을 관찰했기 때문이다.

범죄자들이 숨어 있는 트램 차고지에서 교도소 차고 지붕까지 거리는 멀지 않았다. 남은 질문은 단 한 가지, 그 길에 좀비가 몇이나 서 있는지다. 그리고 어떻게…….

"우리가 한 가지 잊은 게 있다." 오크루트니가 중얼거렸다. "군대가 오늘 밤 안으로 스프리하 일당을 밟아놓지 않으면 또 다른 민간인들이 죽을 거다. 스프리하가 민간인들을 살아 있는 방패로 쓰거나 좀비들을 거리에서 치우기 위해 미끼로 쓰려고 할 테니까."

파울리나는 창백해졌다. 현실에서 그게 어떤 의미인지 보아서 알고 있기 때문이다. 또한 파울리나는 범죄자들이 정찰을 하고, 본격적인 공격을 한다면 누가 죽게 될지도 깨달았다.

"그건 막아야만 해요…….”

"소령님이 하신 말씀 들으셨죠." 로예프스키가 즉각 파울리나의 말을 막았다. "소령님은 절대로 저렇게 많은 좀비 앞으로 자기 부하들을 보내는 위험을 감수하지 않을 거요."

"어째서 그렇게 위험을 두려워해요?"

"우리가 생각하는 것보다 군 병력이 적은 것 같소." 로예프스키가 대답했다.

"왜 그렇게 생각하나?" 오크루트니가 관심을 보였다.

"아까 니즈네르 소위와 대화할 때 말하자면 제가 행간을 읽었습니다. 병력에 대해 직접적으로 물을 때마다 대답을 피했습니다. 그리고 소령님도 우리가 기대했던 것만큼 병력을 지원하려 하지 않습니다. 열 명이라고 하지 않았습니까? 너무한 거 아닙니까?"

"제가 느끼기에도 비에드지츠키가 군인을 더 보낼 수 없는 것 같소." 베그네르가 준위의 말에 동의했다. "스위비안스카 거리와 크렝타 거리 주민들 얘기로 돌아갑시다."

"생각할 시간을 주시오……." 오크루트니가 부탁하고 나서 준위를 흘끗 보고 덧붙였다. "보드카라도 좀 따라주겠나. 숙취에는 해장술이 최고라는 게 확실한 민간요법이니까."

"안 됩니다. 소령님 명령입니다." 거절의 답변은 빠르고 단호했다. "하지만 대위님이 원하신다면 의사 선생님이 좀 더 구체적인 처방을 내려주실 수도 있을 겁니다."

"충고 고맙네." 실망한 대위가 중얼거렸다. "내가 어떻게든 버텨보지. 그럼 첫 번째 문제부터 공략해 보세. 놈들이 거리에서 좀비들을 치우기 위해 민간인들을 확실히 죽음으로 내몰 텐데, 그 사람들을 어떻게 구조하지?"

모두들 입을 다물고 있을 때 베그네르 의사가 의미심장하게 헛기침했다.

"우리가 대신 해야 하지 않을까요?"

"민간인을 죽이는 것 말이오?" 오크루트니가 굳은 얼굴로 물었다.

"아니오." 의사가 고개를 저었다. "좀비를 거리에서 치우는 것 말이오."

"그걸 어떻게 할 생각입니까?"

"그놈들이 장갑차를 훔칠 때 사용한 것과 똑같은 전략을 적용하면 됩니다. 차량을 쓰는 겁니다. 예를 들면 베드나레크의 지프차나 누군가의 트럭이나, 대위님이 원하신다면 버스도 좋습니다. 할 수 있는 한 멀리까지 타고 가서 좀 기다렸다가 아주 천천히 레이몬트 거리 쪽으로 후진하는 겁니다. 좀비들이 분명히 반응해서 우리 뒤를 따라올 겁니다. 어떻게 하면 되는지 보셨지 않습니까, 산책장에서요. 한 놈만 사람의 기척을 감지하면 나머지는 줄줄이 따라서 움직일 겁니다. 마치 서로 교신이라도 하는 것처럼 말입니다."

"더 오래 기다릴수록 더 많이 따라오겠지." 대위가 짧게 말했다.

"트럭 짐칸에 몇 명을 태우면 좀비들이 더 군침을 흘릴 겁니다……." 로예프스키는 이런 생각도 마음에 들었다.

"생각해 볼 만한 제안이지만…… 자네도 스프리하를 알잖나. 교활하고 의심 많은 새끼야. 놈들을 위해서 길을 치워주면 뭔가 이상하다는 걸 눈치채고 계획을 바꿀 거야."

"그 말씀도 옳습니다." 준위의 대답에 파울리나는 실망했다. 파울리나는 이웃과 친구들의 목숨을 구할 방법을 찾았다고 생각하고 속으로 기뻐하고 있었던 것이다.

"나라면 그 정도 위험은 감수하겠소." 베그네르 의사가 진술했다.

"그 트럭에 타겠다는 거요?"

"그 얘기는 아니었지만 그렇다고 못 할 건 뭐요?"

"그럼 아까는 무슨 위험을 감수한다는 거요?" 오크루트니가 물었다.

"길에서 좀비를 치우는 것 말이오." 베그네르가 열띠게 대답했다.

"그게 놈들한테 아주 수상해 보일 수 있다는 말 못 들었소?"

"아니면 하늘이 준 선물이라고 생각할지도 모르지 않소." 의사는 포기하지 않았다. "모든 거리가 다 그 괴물들로 막혀 있는 건 아니니까 말이오."

이 마지막 문장이 무슨 뜻인지 이해하지 못해서 대위와 준위는 그저 베그네르를 쳐다보았으나 자신들의 무지를 드러내고 싶지 않아서 굳이 질문은 하지 않았다.

"거리 어느 한 부분에서 좀비들을 치우면 어떻습니까." 로예프스키가 아주 합리적인 타협안을 내놓았다. "그 경로가 범죄자 일당에게 매력적으로 보일 만큼 충분히 치워놓지만 좀비를 다 없애지는 않고 말입니다. 좀비들 일부는 있던 곳에 남겨둬서 스프리하가 괜히 의심할 이유를 만들지 않으면 됩니다."

"난 잘 모르겠는데……." 오크루트니가 털어놓았다.

"길거리에 좀비들이 몇 명 안 남아 있으면 스프리하가 미끼 노릇을 하라고 클렝치코프스카 거리로 내보내는 민간인들이 살아남을 확률도 그만큼 커집니다."

"그건 그냥 준위 생각이지."

"이상적인 해결책은 아닐지도 모릅니다만 다른 선택지는 더 나쁜 것밖에 없습니다." 준위가 단호하게 말했다. "오로지 이 방법으로만 민간인 손실을 최소화할 수 있고 동시에 범죄자들을 안심시킬 겁니다."

"알겠네." 오크루트니는 잠시 생각한 뒤에 이 제안에 동의했다. 그리고 이어서 1분 정도 지도를 가만히 들여다보았다. "그러면 계획이 나온 거지. 자원자를 모아서 가기로 하고, 의사 선생도 같이 갈 테니까 자원자 모집에 문제없겠지."

베그네르는 얼굴이 창백해졌고 큰 소리로 마른침을 삼켰다.

"지프차를 쓰지." 대위가 의사의 반응에 아랑곳하지 않고 말을 이었다. "트럭보다 훨씬 조용하고 민첩한 데다 가속하는 속도도 훨씬 빠르니까. 게다가 원하는 효과를 얻기 위해서는 지프차에 두 명만 태우면 충분하고."

"하지만 보호막이 거의 없습니다……." 로예프스키가 주의했다.

"그것도 사실이야……."

"그럼 만드세요!" 대위와 준위의 얼굴에 떠오른 불확실한 표정을 보고 파울리나가 외쳤다. "문 뒤에 철판이나 판자 같은 거라도 세우세요!"

마치 발명가 학교라도 다닌 듯한 이 창의성에 대위와 준위, 의사까지 모두 다시 놀랐다.

"그건 할 수 있습니다."

"다 좋습니다만……." 이제 베그네르가 이전의 돌발적인 발언을 후회하기 시작해서 반대 의견을 내놓을 생각이었다. "지프차를 타고 나가는 건 아무 문제가 없을 겁니다. 이 근처에는 길거리에 돌아다니는 좀비가 별로 없으니까요. 하지만 돌아올 때는 어떻게 합니까? 좀비들이 떼를 지어 우리를 둘러쌀 거 아닙니까. 클렝치코프스카 거리에서 다음 블록까지 좀비들이 몇이나 돌아다니는지 아무도 모르지 않습니까?"

"돌아오는 거야말로 전혀 어렵지 않소." 오크루트니가 대답했다. "레이몬트 거리 모퉁이 감시탑에 접근하면 우리가 밧줄을 내려주겠소. 직접 탑을 올라오거나 아니면 우리가 한 명씩 끌어 올리겠소."

이렇게 말하는 대위의 가벼운 어조에 의사는 조금 안심했으나 완전히 마음을 놓은 것은 아니었다.

"좀비들이 우리를 둘러싸고 길을 막으면 어떡합니까?"

운전자가 실수로 좀비들을 차 앞으로 들이는 경우도 배제할 수 없었다. 몇 명이라면 지프차를 막을 수 없겠지만 수십 명이 한데 몰려 있다면 문제가 달라진다.

"지프차를 윈치로 덤프트럭에 연결합시다." 오크루트니가 제안했다. "그렇게 해서 늪에 빠진 탱크도 끌어낸 적이 있으니까 좀비한테 둘러싸인 지프차도 끌어낼 거요. 케이블 길이가 200미터는 되니까 지프차가 따라갈 공간도 충분하고."

"두 블록 정도는 치워야 할 겁니다. 그러니까 시에미엔스키 거리까지 말입니다." 그동안에 지도를 보며 계산한 준위가 말했다. "우리 목적을 위해서는 그걸로 충분합니다. 그리고 스프리하 일당들이 보기에도 그쪽 길을 선택하는 게 딱 맞아 보일 겁니다."

"좋다." 대위가 고개를 끄덕였다. "그러면 작전 자체로 넘어가자. 놈들을 언제 어떻게 붙잡지?"

"담을 넘어오자마자 잡지요." 베그네르가 제안했다. "어느 쪽에서 넘어올지 우리가 아니까요. 망보는 놈들이 볼 수 없는 자리에 군인들을 숨겨두기만 하면 그다음에는……."

"베그네르 선생님을 우리 지휘관으로 세우면 나폴레옹처럼 알프스도 넘을 수 있겠군!" 대위가 웃었다.

"제가 뭔가 재미있는 말이라도 했습니까?"

"재미있소, 의사 선생님. 놈들은 무슨 야만인들이 중세의 요새를 기습하듯이 그렇게 휩쓸어 들어와서 담을 넘는 게 아니오. 이 여자분 이야기에 따르면 그 방화범 야니체크를 제일 먼저 들여보내 어디 창고에 불을 지르게 할 계획이라는 거요……. 내 생각에 스프리하가 말하는 건 여기, 지붕에 이어진 담장 바로 옆에 있는 보조 창고 건물인 것 같소."

"큰 창고가 아니고요?"

"그렇소. 큰 창고 앞 마당은 담 바깥에서 관찰할 수가 없으니 불을 내고 자기 일당이 몰래 숨어들게 하는 건 생각도 할 수 없소." 오크루트니가 설명했다. "여기라면 다르오." 대위가 거리 맞은편에 늘어서 있는 아파트 건물들을 가리켰다. "정찰 지점이면서 잠재적인 방화 지점으로 이상적인 장소요. 놈들이 무기만 좀 더 있었다면 오리 사냥하듯이 우릴 덮쳤을 거요."

"그렇습니다." 로예프스키가 교도소 동쪽과 남쪽에 있는 건물들을 지도에서 들여다보고 동의했다. "우리를 바깥으로 끌어내려면 반드시 이 보조창고 건물이어야만 합니다."

"그럼 다음으로 넘어가지. 우리가 한꺼번에 마당으로 나가고 나면 나머지 일당들이 그때부터 작전을 시작할 거요. 그러면 의사 선생님, 야니체크도, 다른 망보기꾼도 눈치채지 못하게 군인 스무 명을 숨기려면 어디가 좋겠소?" 대위가 아까 가리켰던 아파트 건물들을 다시 손가락으로 톡톡 치면서 물었다. "옥상이나 가장 높은 층에서 보면 교도소 이쪽 부분이 오페라극장 박스석에서 무대를 보듯이 훤히 보일 거요."

"그 야니체크인가 하는 놈이 창고로 간 뒤에 군인들을 그쪽으로 보낼 수도 있지 않습니까." 베그네르는 자기 의견을 굽히지 않았다.

"어디서 말이오?"

"어디서라니 무슨 말입니까?"

"어디서 보내라는 거요? 놈들이 군인들을 눈치채지 못하게 말이오."

"모릅니다." 베그네르가 화를 냈다. "대위님이 그런 건 더 잘 알지 않습니까. 대위님이 생각해 보십시오."

"좋소. 그럼 예를 들어 차고 임시 건물에 군인들을 숨긴다고 칩시다. 예배당 맞은편에 있는 거기 말이오······." 오크루트니가 말하기 시작했다.

"그러려면 바리케이드를 해체해야 합니다!" 준위가 항의했다.

그의 부하들이 한참 땀을 흘려 잔해 무더기 주위에 단단하게 울타리를 쳤고 그 덕분에 잔해 더미 아래에서 계속 기어다니는 좀비들이 살아 있는 사람들을 위협할 수 없었던 것이다.

"그냥 가정이야, 준위." 대위가 로예프스키를 안심시켰다. "예를 들어 방화범이 창고에 불 지른 뒤 나머지 범죄자 일당들이 나타나기 전에 군인들이 숨는 데 성공한다고 칩시다. 야외에서 범죄자 일당들을 어떻게 제압할 생각이오?"

"우리는 총기가 있고 놈들은 없지 않습니까!" 베그네르가 의기양양하게 진술했다.

"수류탄하고 기관총은 어떻게 할 거요? 스프리하가 문제 생겼을 때 그걸로 자기 일당을 방어할 생각이라지 않소." 대위가 대략 거리 중간에 있는 아파트 건물을 가리켰다. "만약에 놈이 무기를 여기 어디쯤 숨겨놓으면 몇 초 안에 군인들을 전부 쏘아 죽이거나 최소한 무력화시킬 수 있고 그러면 자유롭게 놈들 작전을 진행할 가능성이 있소. 그 범죄자들이 수류탄을 사방에 던지기 시작하면 어떻게 될지 아시오? 그리고 놈들은 앞을 막아선 군인과 교도관을 보자마자 틀림없이 수류탄을 던져댈 거요. 장담할 수 있소. 아니, 의사 선생, 위험 부담이 너무 커요. 비에드지츠키 부하들도 위험해지고, 놈들이 몰려 있는 사람들에게 기관총을 쏴대면······."

"그러면 야니체크가 창고에 불 지르게 놔두는 겁니까?" 로예프스키가 질문의 형태로 이 논쟁을 결정적으로 마무리 지었다.

"불 지르라고 해." 대위가 지도에서 교도소 북동쪽 모퉁이의 산책장 앞마당을 손가락으로 두드리며 대답했다. "값나가는 건 전부 미리 치워두지. 아침까지 시간이 있으니 식량과 장비를 안전한 곳으로 옮길 수 있어."

"알겠습니다. 그 뒤는 어떻게 합니까?"

"그 뒤란 말이지……. 내 생각엔 놈들이 우리 쪽으로 들어오게 내버려둬야 해. 화재 진압 작업이 최대한 자연스럽게 보이도록 신경 쓰고. 처음에는 선별된 사람들로 팀을 짜서 쭉 늘어서서 손에서 손으로 물 양동이를 옮기고 등등 말일세. 우리 교도관과 선원들 중에서 자원자를 뽑아서 경계선을 세우고 나머지 민간인들은 그 뒤로 대피시키게. 멀리서 보면 어린아이와 노인들도 평범한 교도관처럼 보일 거야. 특히 밤에, 불이 번지고 있을 때라면."

"그건 사실입니다."

"스프리하는 정찰을 마친 후 부하들에게 교도소 안으로 담을 넘어 들어가라고 시킬 거요. 틀림없이 그 순간에 아무도 안 보는 장소를 고를 거고 그러니 차고가 이상적인 침입로로 보일 거요." 그리고 대위는 파울리나 쪽으로 고갯짓했다. "저 아가씨 말에 따르면 놈들이 무기를 가진 사람에게 접근했다가, 정해진 신호가 떨어지면 아무것도 의심하지 않는 피해자를 칼로 공격해서 소총과 권총을 탈취하고, 그걸로 더욱 혼란을 일으켜 나머지 무장 교도관들을 사살할 거요."

"정확히 그런 계획이었습니다." 파울리나가 동의했다.

"그러면 우리가 원하는 곳으로 놈들이 가도록 계획을 짜면 되오. 교도관 제복을 입은 민간인들에게 총을 주는 거요, 당연히 빈 총이지만. 그들에게 구경꾼 앞을 가로막게 하고. 그런데 중요한 건 그 민간인들 사이에 비에드지츠키의 군인들을 숨겨놓는 거요. 범죄자 일당이 미끼들의 등 뒤에 서면 자기 발로 들어와서 한 놈당 우리 편 둘을 상대하는 상황이 될 거요. 그러면 놈들을 잡는 거요, 기습해서 한꺼번에 전부 다. 잘 진행하면 스프리하나 그 기관총을 담당한 놈이 자기들 일당이 진압당한 걸 알아채지도 못할 거요."

"그때쯤 뭔가 주의를 분산시키는 작전을 진행해도 좋겠습니다." 로예프스키가 덧붙였다.

"놈들은 수류탄이 터져서 우리가 전부 그쪽으로 정신이 팔린 틈을 노릴 거요······." 대위가 깊이 생각에 잠겨 중얼거렸다. "그런 경우 우리는····· 차 경적을 쓰면 될 거요."

모두 고개를 끄덕였다. 자동차 경적은 상당히 크고 특이한 소리여서 더 적당한 다른 소리는 생각할 수 없었다.

"남는 지프차 한 대를 산책장 뒤에 세워놓을 수도 있습니다." 로예프스키가 제안했다. "당일에 타이어를 빼거나 후드를 열어서 수리 중인 것처럼 보이게 하면 됩니다."

"그러면 의심받지 않겠습니까?" 베그네르가 물었다. "교통기지가 있고 그 안에 자동차 수리장도 있는데 말입니다."

"보호 판자를 추가로 장치하는 것처럼 속일 수도 있습니다." 파울리나가 말했다.

"훌륭한 생각입니다." 로예프스키가 동의했다. "창에서 쇠창살을 몇 개 떼서 용접하는 척하면 됩니다. 그러면 이상하게 보이지 않을 겁니다."

오크루트니는 대답하지 않고 마치 담장 너머를 바라보려는 듯 눈을 두리번거렸다.

"경적이 아니라 총소리로 신호할 수도 있소."

"그것도 좋은 생각입니다." 의사가 대위를 칭찬했다. "불이 아무리 크게 나도 총소리처럼 큰 소리를 못 들을 수는 없지요."

"누가 어디서 총을 쏩니까?" 준위가 물었다.

"스나이퍼." 오크루트니가 환하게 웃으며 대답했다.

"스나이퍼를 어디서 데려옵니까?" 베그네르가 어리둥절해서 물었다.

"비에드지츠키에게 한두 명 보내달라고 하죠." 대위가 별일 아니라는 듯 손을 흔들었다. "부대에 최소한 몇 명은 있을 것이고, 그렇지 않더라도 분명히 저격용 소총은 있을 거요. 100미터 거리에서 목표물에 총알을 박아 넣는 데 올림픽 금메달 선수는 필요 없소. 특히나 저격용 소총이 있다면 말이오. 여성 사동 감방에 저격수를 배치하고……."

"왜 지붕에 배치하지 않습니까?"

"거긴 스프리하가 먼저 눈치채기 쉽소. 잘 기억하시오. 그 새끼는 육감 같은 걸 가지고 있고 우리는 아주 작은 실수도 하면 안 된단 말이오. 그러니 저격수들이 어두운 감방 안 깊숙이 숨어 있는 게 더 낫소. 꼭대기 층 감방에서는 건너편 아파트들 전부 완벽하게 잘 보일 것이고 충분히 조심하면 누구의 눈에도 띄지 않을 거요. 저격수들이 망보는 놈과 기관총 담당하는 놈을 잘 볼 수 있도록 시간을 충분히 줍시다. 특히나 기관총은 관찰하기 쉬울 거요. 목표물을 조준했다고 저격수들이 보고하면 발포 명령을 내리면 되오."

"망을 봐서 사살하는 겁니까?" 로예프스키가 놀랐다. "군인들은 놈들 일당을 산 채로 붙잡고 싶어 하는데 말입니까?"

"한 놈이나, 최대 두 놈이네. 스프리하가 몇이나 남겨두냐에 달렸다. 나머지는 쟁반에 곱게 얹어서 비에드지츠키에게 줘야지." 대위가 안락의자에 편하게 몸을 펴고 앉았다.

계획은 점점 더 생기를 띠어갔다.

"기관총을 스프리하가 직접 쏘면 어떡합니까?" 로예프스키가 상관의 눈을 들여다보았다.

두 사람은 말하지 않아도 서로 이해했다. 둘 다 스프리하를 산 채로 잡고 싶은 것이다. 그러나 스프리하가 최전선에 직접 나서지 않을 것이라고 두 사람은 시간이 갈수록 점점 더 확신했다. 그런 건 스프리하의 스타일이 아니었다. 스프리하는 그림자 속에서 끈만 당겨 남을 조종하는 것을 좋아했다.

"놈에게 부상을 입히라고 저격수들에게 지시하지." 오크루트니가 마침내 대답했다. "도망칠 수 없을 정도로 심하지만 죽지는 않을 정도로 적당하게. 놈이 스위비안스카 거리에서 벌인 모든 짓에 책임지는 꼴을 봐야겠어."

"저도 그걸 꼭 직접 보고 싶습니다." 감정이 격해진 파울리나가 끼어들었다.

"그거야 당연히……."

"뭐, 좋습니다. 그런데 저격수들이 스프리하를 못 찾아내면 어떡합니까?" 베그네르가 물었다.

"저격병들은 훈련된 특수병이라 자기 분야를 잘 알고 적절한 장비에 쌍안경과 야간투시경도 가지고 있소. 충분히 잘 겨냥할 거요. 스프리하가 우리를 정찰하고 싶으면 모습을 드러낼 수밖에 없소."

"그래도 만약의 경우를 가정해 봅시다." 의사는 굽히지 않았다. "놈이 어디 다른 곳에 좀 멀리, 예를 들어 저 임대 아파트 어디에 숨으면……."

"거기서는 절대로 선명하게 정찰할 수 없을 겁니다." 준위가 의사의 말을 잘랐다. 준위는 지도를 볼 필요도 없이 자기 말이 옳다는 것을 알고 있었다.

"……아니면 대위님하고 똑같은 전략을 써서 마지막 순간까지 어두운 방 안 깊숙이 숨어 있을지도 모릅니다." 의사가 준위의 반대 의견에도 아랑곳하지 않고 말을 마쳤다.

"그렇게는 못 할 거요. 자기 부하들 활동을 조율해야 하는데 놈들에게는 무전기가 없지 않소."

"그러면 만약에 군대에 저격수가 없으면 어떡합니까?"

"비관하지 마시오." 오크루트니가 말을 잘랐다.

"비관이 아니오. 모든 측면에서 문제를 바라보는 거요. 비에드지츠키도 그렇게 하라고 했잖소."

"상황이 그렇게 전개되는 가능성도 배제할 수는 없습니다." 준위가 잠시 침묵한 뒤에 입을 열었다.

"배제할 수 없지." 오크루트니가 무겁게 한숨을 쉬고 동의했다. "그럼 이렇게 하지. 스프리하 일당이 우리 쪽에 들키지 않고 군중 사이에 숨어들면 내가 공중에 총을 쏘거나 자동차 경적을 울리지, 어느 쪽인지는 나중에 정하고. 민간인들에게는 그 소리가 나면 최대한 빨리 동쪽 담장으로 도망가라고 미리 경고하겠네. 거기라면 기관총 총탄을 피할 수 있어. 설령 놈들이 아파트 꼭대기에서 쏴대더라도, 우리가 기습하면 몇 초를 벌 수 있다. 그러면 충분히 유리해. 게다가 일당들이 발포하기 시작하면 저격수들이 순식간에 처치할 거야."

"스프리하를 처형하는 기쁨과 우리 쪽 병력이 또 손실되는 것 중에서 골라야 한다면 저는 스프리하를 처형하지 못해서 평생 아쉬워하는 쪽을 택하겠습니다."로예프스키가 선언했다.

"좋다!" 오크루트니가 양손을 비볐다. "계획을 세웠으니 사자와 통신하겠다."

"저 여자분은 어떡합니까?" 로예프스키가 파울리나를 가리켰다.

"우리 병력이 두 블록을 정화할 때까지 기다리게 해. 사실 시간이 좀 걸리겠지만 그래도……."

"전 기다릴 수 없습니다!" 파울리나가 큰 소리로 말했다. "전 지금 가야 합니다!"

"어째서요?"

"동트기 전에 돌아가지 않으면 거기 붙잡힌 여자들이 스스로 목숨을 끊을 겁니다! 제가 말씀드렸잖아요!"

"거기 주민들에게 구조대가 올 거라고 말해야 한다고 했습니다." 베그네르가 파울리나의 말을 고쳐주었다.

"돌아가겠다고 했단 말입니까?" 대위는 놀라움을 감추지 못했다. "뭔가 신호를 정하는 편이 쉽지 않았겠습니까? 예를 들면 미리 정해둔 순서대로 총을 연달아 쏜다든가…… 한 번 쏘고 쉬고, 두 번 재빨리 연달아 쏘고 다시 한 번이라든가."

"그 생각까지는 못 했어요." 파울리나가 부끄러워하며 토로했다. "돌아가는 길은 여기 올 때만큼 운이 좋지 않을 수도 있습니다."

"그래도 가야 해요." 파울리나는 시계를 보았다.

벌써 시간이 이렇게 늦었다는 것을 깨닫지 못했다. 해가 뜰 때까지 채 세 시간도 남지 않았다.

"아가씨하고 같이 보내줄 사람이 없어요." 대위가 잠시 생각한 뒤에 확고하게 말했다. "총도 내줄 수 없습니다. 만약에 놈들 손아귀에 붙들리면……." 대위는 이상한 눈길로 파울리나를 쳐다보고,

이어서 로예프스키를 바라보았다. "이 아가씨는 이제 우리 계획을 전부 알고 있어." 그가 속삭이듯 덧붙였다.

"젠장······." 준위가 욕했다.

"두 분 대체 무슨 말씀이세요?" 파울리나가 외쳤다. "전 그놈들 밀정이 아니라고요!"

"그런 말은 한 적 없소!" 대위가 즉시 반박했다. "하지만 산 채로 가죽이 벗겨지는데 아는 걸 전부 털어놓지 않는 사람은 본 적이 없소. 더군다나 스프리하는 그런 종류의 고문에는 아주 뛰어난 전문가란 말이오. 그놈 때문에 열댓 명의 여성이 바로 그렇게 잔혹한 방식으로 살해당했고, 게다가 그게 본인이 인정한 숫자요."

파울리나는 스프리하가 과거에 저지른 짓을 듣고 창백해졌다. 여자들 중 누군가가 범죄자들이 자신들을 아침에 지하실로 끌고 가 한 명에게 그와 비슷한 짓을 하면서 나머지 여자들의 기를 꺾으려 했다고 언급했던 것이 떠올랐다······. 무슨 채소 껍질 벗기듯이 자신의 가죽이 산 채로 벗겨진다면 과연 입을 꼭 다물고 버틸 수 있을까? 파울리나는 자신이 몇 초도 버티지 못하고 아는 대로 전부 털어놓으리라 확신했지만 그래도 파트리치아를 실망시킬 수는 없었다.

언니를 잃을 수는 없었다.

"제가 가지 않으면 언니가······ 우리 언니가······."

"위험 부담이 너무 커요."

"전 꼭 가야 돼요!" 파울리나는 마치 상상 속의 집게가 등에서 피부를 벗겨내기라도 하는 듯 있는 힘껏 고함쳤다.

"제안 하나 하지요." 대위가 말했다. "비에드지츠키 소령과 이야기를 마칠 때까지 기다리시오. 내가 상황을 보고하고 트램 차고지에 다른 부대를 보내거나 최소한 정찰병을 보내서 당신 언니와 나머지 여성들에게 당신이 여기까지 왔고 우리가 그 범죄자 일당을 소탕할 계획이라고 알리게 하겠소. 어쩌면 모든 일이 잘 해결돼서 당신이 직접 위험을 무릅쓰지 않아도 될 거요."

"비에드지츠키 소령이 동의하지 않으면요?"

"그럼 가시오."

파울리나는 오랫동안 음울한 침묵 속에 대위를 바라보다가 아주 천천히 고개를 끄덕였다. 단 한 번, 그것도 아주 불확실한 몸짓이었지만 어쨌든 수긍하는 표시였다. 그래서 대위는 몸을 돌려 무전기 수화기를 들었다.

36

1963년 8월 12일 월요일 03시 11분
트셰브니츠키 다리 인근

비에드지츠키는 거절했다. 정중하지만 단호하게. 오크루트니 대위가—로예프스키 준위와 베그네르 의사의 단단한 지원을 받아—정말로 강력하게 주장했으나 소용없었다. 궁지에 몰린 소령은 자기 부하들이 금요일 밤에 진정한 지옥을 겪었으며 동료 대부분의 목숨을 앗아간 학살에서 아직도 회복하지 못했기 때문에, 부하들이 위험을 감수하게 할 생각도 없고 할 수도 없다고 마침내 털어놓았다. 이 군인들을 무작정 밤에 어마어마한 좀비 떼가 있는 장소 근처로 보냈다가는—특히 충격적인 손실을 겪은 경우—이제 간신히 다시 살아나기 시작한 군인들의 사기를 완전히 꺾을 수도 있었다. 게다가 소령은 라디오 선동 방송에서 암시했던 것처럼 그렇게 많은 부하를 거느리고 있지도 않았다.

그렇다. 비에드지츠키는 어떤 위협이 도사리고 있는지 이해했으나 그의 생각에 이득과 손실을 계산한 결과는 자명했다. 비에드지츠키에게는 도시를 구하는 것이 몇 명의 목숨보다 수천 배나 더 중요했고, 아무리 잔혹하게 들려도 이것이 사실이었다. 특히 교도소 근무자들이 젊은 여성 정보원과 함께 실행할 작전이 트램 차고지 인근 지역 주민들의 손실을 최소화할 수 있고 심지어 손실이 전혀 없을 수 있는 경우에는 더더욱 그러했다.

그리하여 오크루트니가 제안한 계획은 몇 가지 사소한 주의 사항을 지키는 조건하에 즉각 받아들여졌다. 왜냐하면 소령의 생각에 자기 부하들의 위험은 최소화하면서 탈주자 대부분을 생포하거나 사살하는 것이 보장된다고 판단했기 때문이다. 비에드지츠키는 상대방이 자기 본거지를 떠나서 아무것도 모르는 채 오늘 밤에 당장 놓일 함정 안으로 들어온다는 부분이 특히 마음에 들었다.

군대에는 다행히 저격수가 두 명 있었고 이들은 스물한 명이나 되는 부대원으로 구성된 특수부대에 소속되어 있었다. 본래 열두 명이었던 병력에 마베트가 훈련시킨 선원 아홉 명이 합류했던 것이다. 이들은 새벽 2시 45분에 석탄으로 가득한 화물선을 타고 시내 중심가 쪽으로 항해하기 시작했다.

같은 시간에 파울리나는 1호 교도소를 떠났다. 대위와 준위가 그녀가 들어왔던 뒷문으로 데려다주었다. 대위는 이전에 반대했던 것과는 달리 파울리나에게 권총과 함께 탄약을 여섯 발이나 주었다. 그리고 파울리나는 꼭 필요한 순간, 예를 들어 범죄자 일당이 그녀를 붙잡으려 하는 경우에, 무슨 일이 있어도 그 여섯 발을 다 쏘겠다고 약속해야만 했다. 탄약이 범죄자들 손에 들어가게 할 수는 없기 때문이다.

파울리나는 범죄자들이 침입할 경우 불탈 위험이 있는 건물에서 대피하는 사람들 틈을 비집고 로예프스키의 뒤를 따라가서 뒷문을 통해 어둡고 인적 없는 거리로 나섰다. 작별 인사를 하기 위해 아주 잠깐만 멈추어 섰다가 재빠른 걸음으로 정신과 병원의 입 벌린 철문을 향해 곧장 걸어갔다. 파울리나는 거리 맞은편에 있는 공원이 텅 비고 안전하며 강변의 대로 대부분도, 강변과 오드라 운하 사이에 있는 풀밭도 마찬가지라는 사실을 알고 있었기 때문이다.

고양이는 교도소에 두고 왔다. 사실 파울리나의 고양이는 아니었지만 정말 믿을 수 없는 방식으로 만났기 때문에 파울리나는 고양이를 키울 생각이었다. 그러나 이 위험한 귀갓길에 당연히 고양이를 데려갈 수 없었다. 파울리나는 '살금이'라고 이름 붙인 새로운 반려동물을 돌봐달라고 준위에게 부탁했다. 로예프스키는 파울리나가 원하면 언제든 고양이를 데려갈 수 있을 것이라 약속했다.

밤은 여전히 무척 어두웠고, 일찍이 멀리 북쪽에서부터 몰려온 구름이 구시가지 위를 뒤덮고 두꺼운 이불처럼 별과 달을 전부 가리는 바람에 도시 위에 깔린 어둠은 오히려 더 짙어졌다. 그러나 파울리나는 글자 그대로 한 걸음 걸을 때마다 조심해야 하는데도 그 전처럼 어둠이 무섭지 않았다. 그녀는 좀비들이 떼 지어 모여 있는 곳을 알고 있었고, 그런 장소들을 잘 기억한 덕분에 이전보다 훨씬 더 빠르게 움직일 수 있었다. 그래도 깜짝 놀라는 일은 결코 원하지 않았으므로 지나치게 빠르게 걷지는 않았다.

파울리나는 너무나 막중한 책임을 짊어지고 있어서 그 어떤 사소한 실수도 저지를 수 없었다. 부어오르고 멍으로 뒤덮인 언니의 얼굴이 파울리나의 머릿속을 떠나지 않았다. 언니의 떨리는 입술, 눈물로 붉그스름해진 눈시울. 그리고 작별 인사를 할 때의 목소리와 언니가 했던 말이 문득 떠올라 갑자기 얼음장처럼 차가운 바람이 스쳐간 듯 등골이 서늘해졌다.

익숙한 철문 앞에 서서 파울리나는 코제니오프스키 대로에서 시야에 들어오는 곳을 최대한 훑어보았다. 이곳도 마찬가지로 평화롭고 조용했다. 파울리나는 강 쪽에 있는 보도 북쪽으로만 걸어서 안정된 걸음으로 300미터를 더 간 뒤에 속도를 늦추다가 마침내 멈추었다.

여기 어딘가에서 마지막 좀비 떼를 피하기 위해 들어갔던 코제니오프스키 대로의 좁은 잔디밭을 나와 거리로 돌아갔다. 이번에 파울리나는 강가로 내려가지 않을 작정이었다. 오랫동안 궁리한 끝에 오른쪽에 있는 풀밭을 지나가기로 결정했다. 왜냐하면 이전에 교도소로 갈 때 그녀를 쫓아왔던 좀비들이 널찍하게 늘어서서 거리 전체를 막았고 그중 몇몇은 가파른 강둑을 굴러 내려가 강변 잔디 위에 떨어졌기 때문이다. '이 괴물들이 강가까지 날 쫓아왔으니까, 공터 쪽으로 놈들을 피해서 가야 해.' 파울리나는 오래 궁리한 끝에 이렇게 결론지었다.

파울리나는 차로 반대편으로 건너가서 아주 느린 걸음으로 잡초가 웃자란 공터에 다가갔다. 그곳은 도시에 가득한 전형적인 잔디밭도 아니었고 그렇다고 건물을 짓지 않은 채로 남겨진 드넓은 풀밭도 아니었다. 예를 들어 가스공장 뒤에 있는 그런 공터는 1차 대전과 2차 대전 사이에, 당시에 인기 있었던 열기구와 비행선 착륙 장소로 사용되었다. 폭격 맞은 건물을 철거한 뒤 남은 드넓은 빈터에는 몇 년에 걸쳐 온갖 잡초가 사람의 손이 닿지 않은 채—그리고 지금으로서는 매우 불운하게도—매우 빽빽하게 자라 있었으나, 파울리나는 선택의 여지 없이 이 깜깜한 정글 한가운데로 들어가야만 했다.

위험한 상황만 아니었다면 파울리나는 이국적인 강가에 내던져진 청소년 모험소설의 주인공이 된 기분이었을 것이다. 실제로 현재 브로츠와프의 이쪽 지역이 파울리나가 좋아하는 소설 주인공이 헤쳐 나간 열대 정글보다 훨씬 더 위험했다. 이 사실을 파울리나는 몇 분 뒤에, 강변 거리에서 병원까지 이어지는 빈터를 지나고 나서 알게 되었다.

오른쪽 앞, 커다란 덤불숲 너머에서 커다랗게 부스럭거리는 소리가 들려왔다. 웃자란 덤불숲 안에서 뭔가 움직이고 있었다. 그것은 점점 더 큰 소리를 내면서 덤불 사이를 어기적거리며 헤치고 움직였다. 파울리나는 이 소리를 듣자마자 온몸이 굳어졌다. 아니, 분명히 좀비가 한 명은 아니었다. 어둠 속에서 계속해서 마음 불안해지는 소음이 들려왔지만 검은 어둠의 벽은 여전히 움직이지 않았고 더 정확히 말하자면 뚫을 수 없이 짙게 남아 있었다.

파울리나는 오래 생각하지 않았다. 정말로 선택지가 별로 없었다. 거리 안쪽으로 돌아간다면 전혀 얻는 게 없을 것이고, 계속 앞으로 뛰어간다면 지나치게 빽빽한 덤불을 뚫고 길을 내려는 좀비들 앞으로 달려가게 될 것이었다. 파울리나는 이 근방에서 헤매는 좀비들 중 누군가가 길을 막기 전에 트셰브니츠카 거리에 닿을 수 있다고 믿으며 두 번째 선택지를 택했다. 인근 주민들이 다져놓은 오솔길은 대각선으로 큰길과 정거장들로 이어졌다. 오솔길 양옆의 비교적 풀이 덜 자란 잔디밭은 넓이가 3미터도 되지 않았다. 걷다 보니 길의 폭이 그 절반으로 줄었지만 파울리나는 더 지체해 봤자 좀비들의 손아귀에 걸려들 위험만 커졌으므로 그저 나아가는 수밖에 없었다.

강가 쪽으로 뚫고 나가려는 시도는 성공할 가능성이 더 적었기에 파울리나는 한 번 더 성호를 긋고 사방에 깔린 어둠을 눈으로 훑으며 구부러진 길을 따라 움직였다. 오른손에는 대위가 준 권총의 거칠거칠한 손잡이를 꽉 쥐고 있었다. 좀비가 길을 막으면 어떻게 해야 하는지 준위가 세세하게 가르쳐주었다. 그러므로 파울리나는 우선 멈추어 서서 주의 깊게 겨냥을 하고 발사하되 머리나 심장이 아니라 곧장 무릎에 쏘아야 한다는 것을 알고 있었다.

파울리나는 머릿속으로 계속 이 순서를 되뇌었지만 오솔길이 꺾이는 지점 바로 앞 덤불 속에서 솟아오른 칠흑처럼 검은 형체의 윤곽을 보자 겁에 질려 방아쇠를 세 번 당겼다. 두 발은 빗나가고 세 번째 총알은 바로 1미터 앞에 선 좀비의 턱을 절반 날려버렸다. 파울리나로서는 다행히도, 두개골에 총알을 맞은 충격이 너무 커서 여성 좀비는 휘청거리다가 한순간 균형을 잃었다. 밤하늘처럼 새까만 외투를 입고 걸어 다니는 시체로 변한 이 여성 좀비는 쓰러지진 않았지만, 좀비가 다시 팔을 뻗기 전에 파울리나는 이미 5미터 앞으로 달려나가 있었다.

파울리나는 마음속으로 겁에 질려 무심결에 행동한 자신에게 욕을 퍼부었다. 준위가 가르쳐준 것을 잊어버렸기 때문에 탄약 절반을, 그것도 완전히 쓸데없이 낭비한 것이다. 방아쇠를 당긴 것은 제정신인 파울리나가 아니라 공포심이었다.

파울리나는 한순간도 더 걸음을 늦추지 않고 계속 달렸다. 공터를 50미터 달린 게 아니라 마라톤코스를 절반쯤 달린 양 숨이 찼다. 심장이 너무 큰 소리로 빠르게 뛰어서 귓가에 자기 피가 맥박 치는 소리 말고는 아무것도 들리지 않았다. 그러나 체념할 수도 돌아갈 수도 없었다. 결정을 내렸으니 그 결정대로 밀고 나가 계속 달리는 수밖에 없었다. 앞으로 고작 30미터 정도밖에 남지 않았다.

트셰브니츠카 거리의 넓은 보도까지 남은 길의 절반 정도 갔을 때 파울리나는 좀비 두 명과 마주쳤다. 이번에는 준위가 말한 대로 멈춰서 둘 중 가까운 쪽에서 3미터 이하로 거리를 두고 섰다. 파울리나에게 더 가까운 좀비는 젊은 남자였는데 피에 흠뻑 젖은 의사가운을 입고 있었다. 다른 한 좀비는 데님 작업복을 입고 의사 좀비보다 훨씬 더 체격이 컸으며 의사 가운을 입은 좀비보다 반걸음쯤 뒤에서 걷고 있었다. 총을 들어 올리자 파울리나의 손이 떨렸으나 곧 아드레날린이 솟구치며 떨림을 멈추는 데 도움을 주었다. 파울리나는 목표물을 겨냥하고 숨을 멈춘 뒤 운명의 순간이 다가온 것을 알고 방아쇠를 살살 당겼다. 총알은 좀비의 바짝 마른 관절을 종이처럼 뚫고 지나갔다. 남자는 키가 크지 않고 아주 마른 체격이었기 때문에 순간적으로 넘어졌다. 오솔길에 대각선으로 넘어지면서 남자 좀비는 자기 몸으로 파울리나가 지나갈 길을 막았지만 동시에 훨씬 더 체격이 큰 다른 좀비가 넘을 수 없는 장애물이 되었다.

파울리나는 기다리지 않고 다시 달리기 시작했다가 땅을 구르는 좀비들 바로 앞에서 뛰어올랐다. 다리를 거의 일자로 벌리며 좀비들 위로 날아올랐다가 확실하게 착지해서 아주 조금만 휘청거리고 곧 균형을 되찾았으며 스스로 정한 속도에서도 뒤떨어지지 않았다. 그 뒤로 마주친 좀비 여섯 명 모두 가까이 다가오기도 전에 파울리나는 거리로 뛰어나가 마침내 더 나은 시야를 확보했다.

파울리나는 느린 걸음으로 넓은 도로를 지나며 최대한 빨리 숨을 고르고 날카로워진 신경을 가라앉혔다. 그리고 교도소로 가는 길에 뒤를 따라온 좀비들을 멀리 피해서 지나갔다. 좀비들 중 두 명만 파울리나의 기척을 알아채고 반응할 정도로 가까이 있었으나 그 좀비들이 어색하게 몸을 돌리기 전에 파울리나는 그들 앞에서 벗어났다. 정확히 그들의 무엇에서 벗어난 것인지 파울리나는 알지 못했다. 시야에서? 좀비들이 자신을 보는지, 듣는지, 아니면 냄새를 맡는지 파울리나는 알지 못했고 사실 이제 와서는 상관도 없었다. 중요한 것은 열 걸음 이상 떨어져 있으니 이제 안전하다는 사실었다.

파울리나는 오는 길에 지나왔던 풀밭으로 꺾어 들어갔으나 또다시 걸음을 멈추어야 했다. 오는 길에는 아무도 없었던 곳에 이제는 열댓 명, 어쩌면 스무 명 정도의 형체가 어둠의 장벽 속에 서로 명확히 구분할 수 없이 서 있었고 그 모습은 다른 사람 혹은 다른 물체와 혼동할 수가 없었다. 좀비들이 언제, 어떻게, 왜 이곳에 왔는지 파울리나는 알지 못했고 알고 싶지도 않았다. 좀비들이 울타리로 구분된 작업장들 사이의 유일한 통로를 막고 있었기 때문에 어쨌든 파울리나는 거리로 돌아가지 않을 수 없었다. 다행히도 다른 길이 있었다. 자크와도바 거리를 따라 계속 가면 소규모 영업장 몇 곳을 지나서 텃밭 너머의 공터로 꺾어져 들어갈 수 있다. 그 진흙밭을 따라가면 기찻길이 나온다. 사실 이것은 시간이 더 걸리고 덜 안전한 길이었으며 좀비들이 점령한 증기기관차 차고 옆을 지나가야 했지만, 파울리나는 여기서도 재빨리 해결책을 찾아냈다. 텃밭을 임시로 나눠놓은 철망을 넘어가면 시간이 별로 걸리지 않을 것이다. 오솔길이 미로처럼 얽힌 곳으로 나아가기만 하면 빠르든 늦든 가스공장 부지에 도달하게 되어 있었다.

'누워서 떡 먹기야.'

이렇게 생각하며 파울리나는 생명 에너지를 빨아 먹으려고 자신을 바라보는 좀비들 셋을 전력 질주로 지나쳐 거리를 건넜다. 좀비들이 쳐들었던 팔을 내리자 파울리나는 포석이 깔린 꼬불꼬불한 골목길 한가운데서 다시 걸음을 멈추었다. 또다시 한숨 돌리고 마음을 가라앉히고 물을 마실 수 있었다. 가장 어려운 구간은 이미 지났다. 이제 울타리로 막힌 부지를 지나 텅 빈—제발 비어 있기를!—풀밭으로 나가기만 하면 된다. 이 거리에 좀비들이 몇이나 돌아다니는지 알지 못했으나 아주 많을 것이라고는 생각하지 않았다. 감염병이 돌기 전에도 이렇게 늦은 시간에 이 부근에서 사람을 마주치는 일은 거의 없었고 지금은 더욱이 아무도 없을 것이 분명했다. 이제까지 마주쳤던 몇 안 되는 예외는 파울리나가 굳게 믿고 있는 원칙이 맞다는 것만 증명해 주었다.

맥박 뛰는 소리가 귓가에서 울리지 않을 만큼 진정되었을 때 파울리나는 다시 걷기 시작했다. 그리고 동쪽을 바라보았다. 프시에폴레 위의 하늘은 여전히 칠흑처럼 검었다. 시간이 있었고, 그것도 많이 있었으며, 파울리나는 이미 길의 절반을 왔고, 그것도 어려운 부분은 다 지나왔다.

이제 다시 파울리나는 고요를 즐길 수 있었다. 그 정적 속에서 좀비들이 내는 가장 작은 바스락 소리도 잡아냈다. 그녀가 지나온 건물들은 화려했던 옛 모습을 잃고 폐가에 가까웠으나 대부분 개인 소유라서 제대로 울타리가 둘러쳐져 있고 얼마 전까지도 경비원이 지키고 있었다. 왜냐하면 인근 지역은 사람이 많지 않고 도둑들은 정부의 무관심 속에—삐딱한 사람들이 흔히 말하듯이 정부에 있는 도둑놈들이 굳이 동족을 잡아넣지 않기 때문일 것이다—엄청나게 활개 치고 다녔으며 쇠락한 지역일수록 더 심했기 때문이다.

이런 건물 사이로 들어섰을 때 눈에 들어온 것 때문에 파울리나는 다시 맥박이 빨라지는 것을 느꼈다.

파울리나가 교도소에 있었던 그 한두 시간 동안 무슨 일이 벌어진 것이 분명했다. 교도소로 가는 길에 코제니오프스키 대로 쪽을 향해서 이 길을 지났을 때는 좁은 차로에 좀비들이 몇 명만 돌아다니고 있었다. 지금은 파울리나가 잘 아는 풀밭으로 가는 길을 막은 좀비 무리보다도 더욱 많은 좀비가 뭉쳐 있었다.

조금 더 멀리, 거리 한가운데 파울리나는 거무스름한 형체가 있는 것을 보았다. 결단코 사람의 시신은 아니었고 사람보다 훨씬 큰 어떤 것이었다. 말? 소? 파울리나는 그것이 어떤 동물인지 알아볼 수 없었으나 아마도 이웃의 어느 소유지에서 이 인적 없는 장소로 도망쳐 오면서 가까이 오는 좀비들도 전부 끌고 들어온 것 같았다.

파울리나는 다시 선택의 기로에 섰다. 도로 돌아가서 공터 안으로 빙 돌아가는 다른 길을 찾을 것인지, 저 좀비들을 자기 쪽으로 유인한 뒤에 울타리를 뛰어넘어 도망쳐서 다시 거리로, 그러나 이 좀비 떼들에게서 먼 곳으로 나가는 시도를 할 것인지.

파울리나는 두 번째 경로를 선택했다.

왼쪽에는 거무스름하게 색이 변한 쇠 울타리가 있었는데 그 안에는 또 다른 개인 소유의 기계 작업장이 있었다. 오른쪽의 상당히 높고 가시철망이 꼭대기에 얹힌 벽돌 담장은 19세기에는 공장이었다가 얼마 전부터는 건축 자재 창고로 쓰이는 건물을 둘러싸고 있었다.

파울리나는 도망칠 경로를 준비하는 것부터 시작했다. 공장 담 아래에서 반쯤 차 있는, 비인간적인 악취를 풍기는 쓰레기통을 끌어냈다. 그 위로 올라가서 담장 위에 있는 가시철망 중에서 가장 심하게 녹슨 곳을 골라 세 군데 잘라내고, 넘어갈 위치에서 최대한 먼 담장 바깥쪽으로 늘어뜨렸다. 담을 넘다가 잘라놓은 가시철망에 다리를 찔리기는 싫었기 때문이다. 언젠가 파울리나는 이와 비슷한 모험을 한 적이 있었다. 즐거운 추억이라고는 할 수 없었고 종아리 안쪽에 이어진 긴 흉터는 파울리나의 매력을 북돋우지 못했다.

모든 준비가 끝나고 파울리나는 좀비들이 자신의 기색을 눈치챌 정도로 가까이 다가갔다. 그리고 좀비들이 네 걸음 정도 거리까지 비틀비틀 다가올 때까지 기다렸다. 좀비들은 커다란 동물을 둘러싸고 빽빽하게 무리 지어 있었기 때문에 한꺼번에 움직여야만 했다. 그 덕분에 파울리나는 좀비들의 걸음걸이에 맞춰 천천히 물러나면서 가장 멀리 있는 좀비를 맞은편 담장 모퉁이에서 20미터 정도 거리, 그러니까 파울리나가 거리로 돌아갈 때 넘어가려는 위치까지 끌고 갈 수 있었다.

'이 정도면 충분해.' 좀비 떼와 거리가 5미터 정도밖에 남지 않았을 때 파울리나는 결정했다. 남은 거리를 세 걸음 만에 뛰어넘은 그녀는 흔들거리는 쓰레기통 위에 민첩하게 뛰어올라 담장 위에 깔아놓은 담요에 배를 대고 도마를 넘어가는 기계체조 선수처럼 다리를 담 위로 넘겼다.

담장 안에는 더욱 짙은 어둠이 깔려 있었다. 건물 벽과 담 사이의 빈 공간은 잘해야 1.5미터 정도밖에 되지 않아서 파울리나는 자신이 어디로 뛰어내리는지 볼 수 없었다. 그러나 파울리나는 땅에 잔디가 깔려 있거나 최악의 경우라도 이 동네 전체에 깔려 있는 덤불이 있을 것이라 확신했다.

그러나 현실은 훨씬 고통스럽고 잔혹했다.

파울리나가 최악의 지점을 고른 것은 그저 불운, 세상에서 가장 흔한 불운이었다. 이것은 도둑들이 심어놓은 어떤 함정이 아니라 그저 무관심의 소산이었다. 한참 전에 하수구 맨홀을 청소하라는 지시를 받은 작업자가 맨홀 뚜껑을 제대로 고정시키지 않았다. 파울리나는 담에서 뛰어내리면서 한 발은 하수구의 시멘트 구조물에 부딪치고 다른 한 발은—굉장히 무겁지만 어른의 몸무게를 지탱할 만큼 안정적이지 못한—뚜껑을 디디면서 불안정하게 기울어진 뚜껑이 미끄러지며 하수구 안으로 빠진 것이다.

너무 갑작스럽고 전혀 예상하지 못한 상황이라 파울리나는 반응할 틈도 없었다. 심지어 비명도 지르지 못했다. 몸무게가 실린 다리의 무릎이 너무 지독하게 아파서 한순간 숨을 쉴 수도 없었다. 무릎의 통증뿐 아니라 파울리나는 바짝 조인 횡격막과 폐에 공기가 모자라 숨이 막히면서 더욱 강해지는 패닉과도 싸워야 했다.

하수구 안으로 완전히 빠지지 않은 것은 오로지 지금은 옆으로 서버린 뚜껑이 아까는 하수구 입구를 반쯤 덮어서 파울리나 정도의 체격인 사람은 마개처럼 딱 박힐 만큼의 공간만 열려 있었기 때문이다. 20초 정도 공황 상태에서 몸부림치다가 파울리나는 마침내 호흡을 되찾았다. 게걸스럽게 공기를 허파 속으로 끌어당긴 뒤에 파울리나는 물에 빠졌다가 마지막 순간에 떠오른 사람처럼 서둘러 몇 번 숨을 쉬었다. 그 순간 무릎의 통증이 파울리나의 온 정신을 지배했다. 파울리나는 한 손으로 불안정한 뚜껑을, 다른 손으로는 잔디 한 줌을 붙잡은 채 그대로 굳어졌다.

상당히 심하게 접질렸는지 다리의 통증은 가라앉지 않았다. 마치 상처 난 연골에 심장이 하나 더 생긴 듯 통증이 리드미컬하게 맥박쳤다. 다리를 쭉 펴려고 할 때마다 온몸을 꿰뚫는 듯한 고통이 지나갔고 그러면 파울리나는 상처 입은 맹수처럼 울부짖었다. 그래도 불운한 착지의 과정에서 부상당한 관절에 가해지는 압력을 최소화하기 위해 어떻게든 더 편한 자세를 찾아야만 한다는 걸 알고 있었으므로 몸을 빼려는 노력은 그만두지 않았다. 마침내 파울리나는 몸을 뒤쪽으로, 많이는 아니지만 한 50센티미터 정도 밀어서 등을 벽에 기댈 수 있었다.

사방을 칠흑 같은 어둠 속에 둘러싸여 아무것도 보이지 않았지만 파울리나는 다시 공황 상태가 찾아오기 전에 가방 속에 손전등이 있다는 걸 기억해 냈다. 등에 메고 있던 가방을 밀어서 간신히 열고 안에 있는 물건들을 손으로 더듬어 철사 손잡이가 달린 둥근 금속 원통 물체를 찾아냈다. 노르스름한 빛줄기가 융단 같은 어둠을 가르고 페인트를 칠하지 않은 벽과 각목, 그리고 파울리나의 다리를 눈앞에 드러냈다. 오른쪽 다리는 무릎까지만 보였고 나머지는 하수구 안에 가려져 있었다. 왼쪽은…… 무릎이 풍선처럼 부어올랐고 여러 군데에 피가 맺혀 있었으며 피부가 터진 곳도 있었다.

파울리나는 깊이 숨을 들이쉬고 이를 악문 뒤 부상당한 다리를 양손으로 잡고 빠른 동작으로 쭉 폈다. 잠시 말할 수 없는 고통에 시달린 뒤에 파울리나는 다시 눈물 고인 눈을 뜰 수 있었다. 다시 맑은 정신으로 생각할 수 있었다.

'진정해, 제일 중요한 사실은 내가 살아 있다는 거야.' 파울리나는 부어오른 다리를 살펴보면서 스스로 마음을 달랬다. 그러나 곧 불안감이 그녀를 사로잡았다. 파울리나는 얼른 시계를 보았다. 새벽 3시 40분이다. 해는 5시 반이 되어야 떠오를 테니, 나머지 길을 내내 다리를 질질 끌며 가야 한다고 쳐도 트램 차고지에 때맞춰 도착하기에 시간은 충분하다.

'하느님, 제발 제가 일어날 수 있게 해주세요. 걸을 수 있게 해주세요.' 파울리나는 마음속으로 기도하며 다친 곳을 조심스럽게 문질렀다. 쇼크 상태인 사람이 큰 부상을 입고도 뛰어다녔다는 이야기를 언젠가 읽은 적이 있었다. 그러나 그녀의 상황은 달랐다. 처음에 생각했던 것처럼 그렇게까지 커다란 쇼크 상태에 빠진 게 아니거나, 아니면 그 이야기 자체가 뜬소문인 것 같았다. 파울리나는 똑바로 서는 것은 물론 땅에서 몸을 일으킬 수도 없었고, 몇 번이나 시도했지만 그때마다 몸에서는 기운이 쭉 빠지고 정신은 거의 기절할 정도로 몽롱해졌다.

'접질린 무릎을 움직여야만 해! 그래, 비틀렸을 뿐이야. 아주 세게, 심하게 비틀렸지만 부러진 건 아니란 말이야. 아마도…….' 정신이 없는 와중에도 한 가지 확실한 사실은 응급처치 수업에서 이런 상처에는 반드시 관절을 고정시켜야 한다고 배웠던 것이었다. '가방 속에 붕대가 있어…….' 파울리나는 손전등으로 주변을 훑으며 전에 보았던 각목을 찾아 주위를 둘러보았다. 불행히도 각목은 건물 벽 아래 있어서 어떻게 해도 집을 수가 없었다. 하수구 바로 옆 풀 속에 나무판자가 보였다. 거무스름하게 썩었고, 길이는 1.5미터 정도 되는 좁고 기다란 판자였다. '부목으로 쓰기엔 안 좋지만 저걸 짚고 일어서서 목발 대신 쓸 수 있을지도 몰라.'

파울리나는 카펫처럼 주변 땅을 빽빽이 뒤덮은 잔디를 손으로 훑으며 혹시 좀 더 쓸모 있는 다른 물건이 안 보이는 곳에 숨어 있는지 찾아보았다. 보강용 철근 조각이 손에 닿았는데, 한쪽 끝이 살짝 휘었고 파울리나의 새끼손가락보다도 가늘었다.

'이것도 아무 쓸모가 없겠는데…….' 파울리나는 생각했다. '그래, 다리가 움직일 가능성은 없어.' 주위를 모두 훑은 뒤에 파울리나는 결론지었다. '부목 없이 혼자 해내야 돼. 최소한 지금으로서는. 여기 어딘가 분명히 목재가 더 있을 거야. 판자나 섬유판이나 합판 같은 거. 다친 다리를 고정시킬 수 있는 물건이라면 뭐든지 좋아. 여긴 건축자재 창고 아니냔 말이야!'

다시 일어서려 해보았지만 1초도 버티지 못하고 고통에 다시 주저앉았다.

'언니…… 파티 언니!'

파울리나는 이 한마디, 언니의 이름에 정신을 집중했다. 다른 모든 것은 더 이상 의미가 없었다―고통도, 좀비도, 범죄자 일당도. 파울리나는 괴물 같은 비명을 지르며 건강한 발로 하수구 가장자리를 차내고 기대 있던 건물 벽을 따라 등을 밀어 올렸다. 먼지투성이 벽돌의 거친 표면에 블라우스가 찢어지는 것도 아랑곳하지 않았다. 피부가 긁혀도 상관없었다. 일어서야만 했다! 걸어야만 했다!

15분이 넘게 말로 표현할 수 없는 고통을 견디며 몇 번이나 시도한 끝에 자기 힘으로 일어설 수 있었다. 또다시 숨을 몰아쉬며, 또다시 미친 듯이 맥박 뛰는 소리가 귀를 막고 눈물 때문에 앞이 보이지 않았다. 그러나 결국은 몸을 똑바로 펴고 미리 세로로 세워 놓은 판자를 붙잡을 수 있었다. '이제 첫걸음을 떼야 해…….'

파울리나는 판자 조각에 몸을 기대고 나무가 자기 몸무게를 지탱하기에 너무 썩어버린 게 아닌지 확인했다. '괜찮구나.' 파울리나는 안심했다. 그러나 이제 다리를 움직여야 할 차례였다. 파울리나는 임시 목발에 몸무게를 싣고 건강한 다리를 15센티미터 정도 앞으로 밀어서 팔짝 뛰는 듯한 움직임을 시도해 보았다. 눈앞에 별이 번쩍거리고 또다시 균형을 잃고 그대로 넘어질 뻔했다.

'파티…… 언니!'

한 걸음, 한 걸음씩 아주 느리게, 사이사이에 오랫동안 멈추면서, 파울리나는 철문을 향해 건물 벽을 따라 움직였다. 철문을 감은 쇠사슬에 달린 자물쇠가 워낭보다도 더 크고 두꺼운데 파울리나가 가진 것은 철사 끊는 흔한 가위였기 때문에 그 철문으로 나갈 수 없다는 건 알고 있었다. 하지만 지금 파울리나의 고통스러운 발걸음이 향하는 곳은 철문이 아니라 채 10미터도 떨어지지 않은 부지 끝자락에 놓인 상자들이었다. '하느님 감사합니다!' 파울리나는 생각했다. 있는 힘을 다해 애쓰면 그 상자들을 기어오를 수도 있고 그러면 담을 넘어서…….

갑자기 철문의 쇠살 사이로 튀어나온 푸르스름한 팔을 보고 파울리나는 굳어졌다.

'좀비다! 저 빌어먹을 놈들이…….' 너무 가까웠다. 좀비들은 그녀의 기척을 감지하고 거리 쪽에서 담을 따라 기어서 돌아온 것이다. 파울리나는 활짝 뻗은 갈고리 같은 손가락이 자신을 붙잡지 못하도록 펄쩍 뛰어서 물러났다. 아팠다. 견디기 힘들 정도로 아팠지만 잠시 아픈 쪽이 붙잡혀 좀비에게 죽는 것보다 나았다.

파울리나는 절룩거리며 방향을 바꾸고 좀비들이 닿지 못하도록 담에서 최대한 멀리 떨어졌다. 그러나 목표로 삼았던 담 모퉁이는 너무 가까워서 건물과 철문에서 잘해야 8미터 정도 떨어져 있었다. 좀비들을 떼어버리고 도망칠 기회를 얻으려면 놈들이 다시 쓰레기통 근처로 물러나게 해야만 했다. 하지만 어떻게? 건물이 너무 넓어서 그 주위로 돌아가면 좀비들이 그녀의 기척을 감지하지 못하게 될 것이고 그러면 확실히 철문까지 쫓아오지 못할 것이다.

'건물이다! 하!'

파울리나는 눈물 사이로 웃음을 터뜨렸다. 생각해 보니 건물을 빙 돌아갈 필요까지는 없고 그저 방향을 돌려 트셰브니츠카 거리 쪽 모퉁이까지만 가면 되었다. 그쪽으로 가면 건물 옆으로 철문까지 갈 수 있고 좀비들은 애초에 계획했던 곳에 떨어뜨려 놓을 수 있다.

그러나 그렇게 하면 시간이 걸리고 확실히 다리가 무척 아플 것이다…….

'언니…… 파티 언니!'

파울리나는 손전등으로 길을 밝히며 돌아서서 왔던 길로 천천히, 어쩌면 점점 더 천천히 걸어갔다. '절룩거리는 걸음으로도 최대한 고작 50걸음이고 그다음에는 벽 모퉁이가 나온다. 그 뒤로 돌면 건물과 담 사이의 좁은 길에서 멀어지기 시작한다. 30걸음만 더 힘내서 걸어가면 그다음 모퉁이로 꺾어진다.' 다 합치면 가야 하는 거리는 100미터 정도라고, 파울리나는 거리로 돌아갈 수 있는 지점을 바라보면서 계산했다. 다치지 않았다면 그 정도 거리는 순식간에 뛰어갔겠지만 지금 같은 상태로는 15분, 어쩌면 그 이상 걸릴 것이다. 모퉁이에 도달한 파울리나는 시계를 보았다. 4시 10분.

'세상에, 여기서 거의 한 시간을 낭비했잖아!'

시간은 일부러 더 빨리 흐르면서 파울리나에게 남은 희망을 없애는 데서 심술궂은 만족감을 느끼는 것 같았다. 파울리나가 건물 모퉁이를 돌면서 본 장면을 생각하면 운명도 이 놀이에 참여하는 것이 분명했다. 건물 대략 절반 정도 지점에 누군가 각목 더미를 1미터가 넘게 높이 쌓아두었다. 각목은 파울리나의 다리—당연히 건강한 쪽이다—정도 굵기였고 길이는 몇 미터나 되었다. 파울리나는 얼굴을 한 대 얻어맞은 느낌이었다. 그것도 손바닥이 아니라 오븐 장갑만 한 주먹으로 맞은 듯했다. 몇 시간이 아니라 몇 날 동안 애를 써도 넘어갈 수 없을 장애물을 마주친 것이다.

'게다가 이러면 다시 왔던 길로 돌아간다고 해도 내가 봐둔 지점까지 갈 수가 없어. 좀비들이 나를 쫓아올 거야. 내가 놈들보다 훨씬 더 느리니까…….' 그러므로 남은 선택지는 옛 공장 건물 뒤쪽, 목재 더미의 반대쪽 끝으로 돌아가서 달리 도망칠 길을 찾는 것이었다. 파울리나는 이미 그렇게 해야 할 거라 생각했지만, 담 너머에는 텃밭이 길게 펼쳐져 있었다. 즉 길고 먼 거리를 반드시 지나가야만 한다는 의미였는데 그럴 기운도 시간도 없었다. 파울리나는 다시 시계를 보았다. 대체 어느새 6분이나 지나간 거야?

'언니…… 언니!'

파울리나는 이를 악물고 건물 벽을 따라 철문 쪽으로 절룩거리며 걸어갔다. 할 수 있는 한 빨리 걸음을 옮겼고 더 이상 걷다가는 정신을 잃거나 쓰러질 정도가 되었을 때 마지막 순간에야 쉬었다. 아무것도 신경 쓰지 않고 하늘색 철문을 할퀴는 좀비들도 쳐다보지 않고 옛 공장 건물 뒤쪽으로 꺾어져 들어갔다.

'시간! 누가 이 끔찍하게 빠른 시간을 좀 붙잡아 줬으면!'

새로운 목표물에 도달하기까지 얼마 남지 않을 때 파울리나는 다시 한번 운명이 자신을 비웃고 있다고 생각했다. 건물 뒤에 벽돌, 판자, 그 외 여러 가지 건축자재가 쌓여 있었으나 담 아래에는 파울리나가 타고 올라갈 만한 물건이 아무것도 없었던 것이다.

"포기하지 않아!" 파울리나는 이제 전처럼 새까맣지는 않은 하늘을 향해 외치고 눈물을 흘렸다. "절대로!"

'언니…… 파트리차 언니!'

파울리나는 주위를 둘러보며 담을 넘는 데 쓸 만한 물건을 찾았다. 그리고 벽돌을 선택했다. 파울리나는 어깨 위 높이까지 쌓여 있는 벽돌 무더기에 몸을 기댔다. 그리고 손에 닿는 곳에 나무판자를 기대놓고 계속해서 진흙으로 구운 벽돌을 집어 3미터 거리에 있는 담을 향해 던지기 시작했다. 파울리나는 공산당에서 선봉 일꾼으로 상이라도 받을 정도의 속도로 움직였고, 최소한 자신은 그렇게 일한다고 생각했지만 갈수록 선명하게 보이는 담의 높이에

비해 파울리나가 던진 벽돌이 쌓이는 속도는 너무 느리게만 느껴졌다. 그래도 파울리나는 포기하지 않았다. 이미 계획을 세웠고, 아직 100개는 더 던져야만 했으며, 그런 뒤에는 일종의 계단 같은 형태로 벽돌을 쌓을 생각이었다. 그 계단이 담장의 절반 높이밖에 이르지 못한다 해도 말이다. 그렇게 하면 담 위의 가시철망을 자르고 반대편으로 몸을 던져 뛰어내릴 수 있을 것이다. 물론 아플 것이다. 무시무시하게 아플 것이다. 파울리나는 그 점을 확신했지만 머릿속에는 한 단어만이 울려 퍼지며 두려움을 잠재우고 통증을 눌러버렸다.

'언니이이이!'

이것은 미친 짓이라고, 파울리나는 절룩거리며 아무렇게나 던져둔 벽돌 더미에 다가가 첫 번째 벽돌을 집어 들기 위해 몸을 구부렸을 때 깨달았다. 몸을 굽혀 벽돌을 집는 것은 생각보다 힘들었고 더욱 심한 통증을 일으켰지만 파울리나는 완전히 기운이 빠질 때까지 작업을 멈추지 않았다.

파울리나는 열두 계단을 쌓아 올렸다. 위로 갈수록 계단은 좁아졌다. 담 높이의 절반에 이르렀는데, 다행히도 위로 올라갈수록 벽돌을 더 적게 쓸 수 있었다.

파울리나는 시계를 보았다. 4시 45분이다. 얼마나 시간이 더 필요할까? 동이 틀 때까지 시간이 얼마나 남았을까? 20분, 30분? 남은 시간 동안 담을 넘을 수 없다는 것이 분명했다. 하지만 파울리나는 언니와 다른 여성들이 결국은 잠이 들어서 이렇게 이른 시간에는 깨어나지 않을 것이고, 설령 깨어 있다 하더라도 곧바로 위협한 대로 행하지는 않을 것이라는 희망을 놓지 않았다. '아냐, 아냐. 그럴 리 없어.' 그런 일을 준비하려면 시간이 많이 필요할 것이다. 자기 목숨을 스스로 끊는 것은 그렇게 쉽게 내릴 수 있는 결단이 아니다. 절박한 상황이라도 말이다. 또한 파울리나는 파트리차가 마지막 순간까지 기다리라고 다른 여성들을 설득해 줄 것이라 믿었다. '언니는 그렇게 할 거야. 아직까지 내가 언니를 실망시킨 적이 한 번도 없으니까.' 이렇게 생각하며 파울리나는 이를 악물고 벽돌을 또 하나 집었다.

'트램 차고지에 갈 수 있는 시간이 아직 한 시간, 어쩌면 한 시간 반이 남아 있어.' 파울리나는 스스로 마음을 가라앉혔다. '기찻길까지만 가면 거기서 소리 지를 수 있어. 분명히 내 목소리를 들을 거야. 도움의 손길이 올 거라고 언니와 동료들이 알 수 있게끔 어떻게든 소식을 전할 거야. 그리고 나서……'

파울리나의 권총에는 아직 총알이 두 발 남아 있었다. 범죄자 일당들은 파울리나를 살아 있는 채로 붙잡지도 못하고 그녀에게서 아무것도 빼앗지 못할 것이다. '언니는 꼭 살아야 해!'

언니를 생각하자 다시 기운이 났다. 30분 뒤에 파울리나는 스스로 쌓아 올린 벽돌 계단을 올라갈 수 있었다. 가장 허술한 계단보다도 수천 배는 더 작고 허술하지만 파울리나에게는 세상에서 가장 중요한 계단이었다. 그 위에서 파울리나는 조그만 텃밭들이 펼쳐진 부지를 이제 막 떠오르는 분홍빛 햇빛이 비추는 광경을 바라보았다. 한 가지를 확실히 깨닫고 파울리나는 이를 악물었다.

담에서 뛰어내려 쓰러졌다가 최대한 빨리 일어나야 했다. 남은 길에 울타리를 최소한 세 개는 더 넘어가야 했기 때문인데, 다행히도 나머지는 평범하게 알루미늄 철사로 엮은 철망 울타리였다.

파울리나는 가시철망을 서둘러, 그러나 조심성을 잃지 않고 잘라냈다. 임시 목발을 잃지 않기 위해서 담장 반대편에 판자를 내리고 짧은 기도문을 읊은 뒤 담 위에 배를 대고 엎드렸다. 이번에는 땅에 닿는 순간 느낄 고통이 너무나 견딜 수 없이 무서웠기 때문에 아주 조심스럽게 담을 넘어 뛰어내렸다.

그리고 그 뒤는 파울리나의 예상과 같았다…….

* * *

마치 혼수상태에서 깨어나는 사람처럼 파울리나는 천천히 정신이 들었다. 한순간 자신이 어디에 있는지도 모를 정도였지만 해일처럼 덮치는 고통 때문에 기억이 빠르게 돌아왔다.

다친 다리를 보호하기 위해 할 수 있는 일을 다 했지만 그래도 파울리나는 부드러운 땅에 떨어진 것만으로 정신을 잃어버렸다. 이렇게까지 어마어마한 고통이 폭발할 것이라고는 예상하지 못했다. 그래서 몸 안에서 수류탄처럼 통증이 터지자 파울리나는 무기력하게 휩쓸렸다가 더 이상 견딜 수 없게 되자 기절하여 정신의 암흑 속으로 숨어버린 것이다.

눈꺼풀을 들어 올리자마자 눈이 불붙은 듯 쑤셨다. 고통이 가라앉을 때까지 다시 눈을 감아야 했다. 사방이 밝았다, 아주 밝았다. 마치 해를 똑바로 쳐다보는 듯한 느낌이었다!

파울리나는 공포에 질려 고개를 돌리고 눈을 질끈 감아 눈물을 짜낸 뒤 눈을 깜빡여서 남은 눈물도 흘려버렸다. 시계에 초점을 맞추려고 애를 썼지만 여전히 눈이 잘 보이지 않았다. 마침내 시곗바늘이 눈에 들어왔다. 시간은…… 6시 10분이었다!

'안 돼…… 안 돼, 안 돼, 안 돼! 시간을 너무 많이 잃었어. 일어나야 해. 계속 가야 해. 시간 맞춰 갈 수 있어. 시간 맞춰 가야만 해!'

머릿속으로 이렇게 주문을 외우듯 되풀이하면서 파울리나는 이전에 목발로 썼던 판자를 찾아 주위를 두리번거렸다.

텃밭을 지나가는 것은 별문제가 되지 않았다. 파울리나는 철망 울타리를 기둥 위쪽부터 거의 맨 아래까지 몸을 한껏 숙이면서 무릎은 굽히지 않은 채 손 닿는 곳 전체를 잘라냈다. 그녀가 기억하는 바에 따르면 식물이 마구 자란 노동자 텃밭은 단 한 군데, 남동쪽 증기기관차 차고에 바로 붙은 출구가 있었다. 기찻길이나 가스 공장과 맞닿은 남쪽에는 출구가 없었다.

국립 열차수리회사 부지 안에는 좀비가 된 철도 노동자들이 떼 지어 돌아다니고 있었다. 이전에 지붕 위에 있을 때 파울리나는 좀비들이 기찻길과 열차수리회사의 커다란 건물들 앞에 몰려 있는 것을 보았다. 그래서 파울리나는 이제 좁고 곧은 오솔길을 따라 점점 더 부어오르는 다리의 통증을 무시하며 우직하게 절룩거리면서 걸어갔다. 점점 그 통증에 익숙해지는 것 같다는 생각도 들었지만, 때때로 멈춰 서서 울타리에 기댄 채 비명을 지르지 않기 위해 이를 악물어야 하는 순간들이 있었다. 통증 때문에 다리가 굳어지는 데도 불구하고 계속해서 걸었다.

길이 갈라지는 곳을 지났고, 그중 오른쪽 길은 증기기관차 차고로 이어졌다. 파울리나는 가볍게 꺾어져 남쪽으로 이어지는 오솔길로 계속 갈 생각이었다. 열 번째로 멈추어 섰을 때 파울리나는 물을 마시고 나서 정신을 차리기 위해 남은 물로 얼굴도 씻었다. '괜찮아.' 머릿속으로 몇 번이나 이렇게 되뇌었다. 목적지까지 앞으로 100미터 정도밖에 남지 않았다.

'갈 수 있어. 틀림없이 때맞춰 갈 수 있어.'

파울리나는 시간이 얼마나 빨리 지나가는지 떠올리고는 두려워하며 다시 시계를 보았다. 그러나 시곗바늘이 어디를 가리킬지는 전혀 예상하지 못했다.

6시 10분.

무슨 일이 일어났는지 이해할 때까지 오랜 시간이 걸렸다. 시계가 멈춘 것이다. 이유는 알 수 없었다. 태엽을 충분히 잘 감지 않은 것인지 아니면 불운한 두 번의 추락을 견뎌내지 못한 것인지. 어찌 됐든 한 가지는 확실했다. 얼마 전부터 그녀의 조그만 소련제 '차이카' 시계는 시간을 제대로 알리지 않은 것이다.

파울리나는 고개를 들어 해의 위치를 확인했다.

그 사이에 해가 지평선 위로 얼마나 높이 떠올랐는지 보고 두 다리가 풀렸다. 완전히 확신할 수는 없었지만 대충 가늠해 보니 어쩌면 아침 9시가 넘었을 수도 있겠다는 생각이 들었다.

갑자기 세상이 돌기 시작했다. 목발이 겨드랑이 아래에서 미끄러졌다. 파울리나가 넘어지지 않은 것은 오로지 철망 울타리에 등을 기대고 있었기 때문이었다.

'9시? 대체 내가 그 담 아래서 얼마나 오래 쓰러져 있었던 거야?'

"파트리차…… 언니!"

파울리나는 자신이 실패했다는 사실을 믿지 못하며 외쳤다.

땅에 쓰러져서 파울리나는 야생동물처럼 괴성을 지르며 울었다. 그리고 오랫동안 멍하니 앉아 푸른 하늘과 그 속에 흘러가는 깃털 같은 구름을 바라보았다. 자연은 파울리나의 절망에 완전히 무관심했다.

'내가 실패했어. 바보 같은 실수를 하는 바람에……. 그것도 내 탓은 아니었지만 그래도 내가 좀 더 조심했더라면…….'

아니다. 그녀는 실패했다. 지금 중요한 사실은 그것뿐이었다. 세상에 마지막 남은 가족인 언니를 구하지 못했다. 그냥 시간을 보내는 바람에 파트리차가…….

 파울리나는 가방을 더듬어 권총을 꺼냈다. 총알은 두 발이 남아 있었다. 그 두 발을 파울리나는 요긴하게, 최선의 용도로 사용할 것이었다.

37

1963년 8월 12일 월요일 05시 25분
트램 차고지 2호, 스위비안스카 거리 16-30번지

"곧 동이 틀 거야." 이레나 아주머니가 창문에서 몸을 떼며 말했다.

"조금만 더 기다려요." 파트리차는 새벽 3시부터 있던 자리에서 페인트가 벗겨져 가는 녹슨 쇠창살에 얼굴을 바짝 댄 채 움직이지 않고 그대로 있었다. "조금만 더요. 15분만이라도."

"뭘 기다리자는 거야?" 카밀라 베드나레크가 방 안쪽 구석에서 물었다. 카밀라는 가장 처음에, 범죄자 일당이 트램 차고지를 점거한 날 아침부터 붙잡힌 여자들 중 하나였다.

카밀라는 새로 잡힌 여자들보다 고생을 훨씬 더 많이 했다. 그러므로 범죄자 일당 중 카치마레크라는 도둑에게 유달리 잔혹한 일을 당한 가브리엘라 얌로진스카가 내놓은 발상에 가장 열렬하게 동의한 것도 이상한 일은 아니었다. 가브리엘라가 무서운 일을 당한 것은 이번이 처음도 아니었다. 부러진 갈비뼈는 그녀에게 가장 큰 걱정거리가 아니었다. 밤새 피를 토했고 숨쉬기도 점점 어려워졌다.

"제 동생요." 파트리차가 차분하게 대답했다. "그 애는 반드시 약속을 지켜요."

"이번에는 성공하지 못할 거야······." 바르바라 쿠흐노프스카가 창가로 다가와서 파트리차의 어깨를 안아주었다.

바르바라가 붙잡혀 와서 시낸 시간은 아주 짧았지만, 자신들의 미래를 결정하는 짧지만 무거운 한마디를 듣고 전혀 반대하지 않았다.

"이렇게 계속 사느니 죽는 게 나아." 여자들이 아래층으로 끌려가서 일당에게 차례로 성범죄를 당하거나 혹은 일당 중 한 명에게 혼자 잡혀갔다가 그젤라크나 그를 돕는 울피크에게 끌려와서 여자들이 지내는 방에 내던져진 뒤에 가브리엘라가 이렇게 말했다.

"목숨을 끊겠다고?" 이레나 아주머니가 방의 다른 구석에서 물었다.

"생각 중이에요."

"너도 좀비가 되고 싶어?"

가브리엘라는 잠시 천장을 쳐다보면서 대답을 찾는 듯하더니 마침내 고개를 끄덕였다.

"차라리 그게 우리 운명보다 나아요. 좀비는 고통도 못 느끼고 문밖에서 발소리가 들릴 때마다 매번 겁에 질리지도 않으니까."

여자들 모두 침묵을 지켰다. 달리 할 수 있는 일이 없었기 때문에 여자들은 무기력함에 화가 나서 울었다.

"그럼 왜 안 해?" 바르바라가 잠시 후에 아주 이상한 어조로 물었다.

"여기 언니들한테 피해를 주기 싫으니까." 가브리엘라가 목소리를 높여 바로 대답하자 허파를 후벼 파는 듯한 기침이 그녀를 덮쳤다. "문제는 바깥에서는 놈들이 우리를 단단히 지킨다는 거야. 묶고 재갈을 물리고 아무것도 못 하게 붙잡고. 반면에 여기서 내가 목숨을 끊으면…….' 말을 끝마칠 필요가 없었다.

가브리엘라가 이 방에서 자살한다면 나머지 여자들도 그녀와 같은 운명을 맞이하여, 범죄자들 중 누군가 방에 들르기 전에 아마 서로 전부 죽일 것이다. 범죄자들이 여자들을 돕기 위해 서두를 리가 없기 때문이다.

"그놈들 몇 명 같이 데려가면 좋겠는데." 이레나 아주머니가 생각에 잠긴 채 난데없이 내뱉었다.

"무슨 말이야?" 카샤 칼리노프스카가 놀랐다. 카샤는 조용하고 온순했고 지금까지 지하실에 단 한 번 끌려갔다 온 것만으로 계속해서 흐느끼고 있었다.

"나도 너무 지긋지긋하단 말이야. 하지만 어차피 죽어야 한다면 이 세상 떠나기 전에 내 손으로 저놈들 단 한 명이라도 데려가고 싶어."

"떠난 후에……." 파트리차가 중얼거렸다.

"뭐?"

"떠난 후에요. 죽은 뒤에는 좀비가 되니까요."

"그것도 어쨌든 살아 있는 거잖아. 좀…… 다를 뿐이지." 카샤는 자기 의견을 굽히지 않았다.

"괜찮은 토론 주제를 찾아낸 모양이네." 가브리엘라가 두 사람에게 짜증을 냈다.

그 말 뒤에 다시 침묵이 찾아왔고 가끔씩 침묵을 깨는 것은 한숨 소리뿐이었다.

"있잖아." 이레나가 방 한가운데 섰다. "이 악몽이 끝나지 않기를 바라는 사람이 우리 중에 하나라도 있어?"

이레나가 불운의 동료들 얼굴을 주의 깊게 들여다보았으나 아무도 웅얼거리지 않았고, 아주 약간이라도 고개를 끄덕이는 모습조차 없었다. 이런 생각을 입 밖에 낸 지금, 잡혀 온 여자들 모두 끝이 없는 성폭력의 잔혹함뿐 아니라 이런 비인간적인 일을 겪고도 계속 살아야 하는 삶에서 도망칠 수 있는 탈출구가 있다는 사실을 명확하게 깨달은 것이다.

이레나가 던진 질문으로 인해 여자들 마음속에서 뭔가 터졌다. 비참하고 억울한 심정들이 솟아올라 타오르는 불꽃이 되어 여자들의 심장과 머릿속을 휩쓸고 마치 하룻밤 사이에 인구 50만의 도시를 뒤덮은 감염병처럼 번져 나갔다.

"준비된 사람?" 이다음 질문은 완벽한 침묵 속에 들려왔고 쿠흐노프스카의 소심한 "저요"라는 대답이 그것을 깼다. 이어서 열한 명의 조용하고 울음 섞인, 가끔은 알아듣기 힘든 목소리가 뒤따랐다.

모두 다 이 악몽에서 탈출하기를 원했다.

이 대화는 파울리나가 방문하기 몇 시간이나 전에 이루어졌고, 뜻밖에도 파울리나가 찾아왔기 때문에 여자들 중 몇몇은 다시 희망을 가지기 시작했다. 파울리나가 한 약속만 아니었더라면 범죄자 일당들의 저녁 술판은 완전히 다른 방식으로 끝났을 것이며 여자들은 또 한 번의 모욕과 고통을 당하지 않았을 것이다. 정신적인 의미에서도. 그러나 여자들은 파울리나의 약속을 믿고 새벽까지 결단을 미루었는데, 방금 동이 터버렸다. 어쩌면 구원의 가능성이…… 아니, 구원이 아니라 궁지에 빠진 범죄자들의 얼굴에 침을 뱉을 수 있다는 가능성…… 그것이 세상에서 사라져 없어지는 것보다 훨씬 더 유혹적으로 느껴졌던 것이다.

"모든 일엔 처음이라는 게 있는 법이야." 바르바라가 속삭였다.

"네?" 파트리차는 생각에 잠겨 있다가 바르바라의 말을 알아듣지 못했다.

"이번에 처음으로 네 동생이 실패한 거야." 바르바라가 조금 전에 했던 말을 다시 설명했다. "네 동생이 분명히 애썼고 할 수 있는 일은 다 했고, 심지어 할 수 없는 것도 시도했을 거라고 생각해. 하지만 이 도시는…… 예전 같지 않아. 군대와 경찰도 좀비를 감당하지 못했는데 어떻게 혼자서, 그것도 무기도 없는 여자애가 저 괴물들한테 맞섰겠어?"

"밤에 총소리를 몇 번 들었어요." 파트리차가 말했다. "오드라강 쪽에서요. 어쩌면 그게……."

"네 동생은 총이 없었잖아." 파트리차를 안았던 바르바라가 포옹을 풀고 자기 매트리스 위에 앉았다. "게다가 누가 총을 쐈든 이 트램 차고지까지 오진 못한 거야, 보시다시피."

"이젠 누구든 들키지 않고 우리가 있는 곳까지 숨어들어 오기엔 날이 너무 밝았어." 이레나 아주머니가 끼어들어 여자들 모두의 마음속을 괴롭히는 사실을 입 밖에 내었다.

파트리차는 눈을 꽉 감았다. 이레나가 옳다는 건 그녀도 알고 있었다. 파울리나는 굳세지만 처음부터 불리한 입장에 있었다. 교도소까지 가서 구조대를 데려오는 일은 기적에 가까웠다. '그런데도 죽을 줄 알면서 간 거야. 나를 구하기 위해서…….'

"15분만 더 기다려주세요." 파트리차가 애원했다. "저 불한당들은 아직 자요. 지금 특별히 서두를 이유도 없고, 어쩌면……."

아래층에서 잠긴 문이 열리는 둔탁한 소리가 들렸다. 누군가 주택으로 들어온 것이다. 목소리로 보아 범죄자들은 두 명이나 세 명인 것 같았다.

"실컷 즐기러 왔군." 아래층의 웃음소리가 조용해지자 카밀라가 체념한 어조로 내뱉었다. "항상 실컷 먹고 나서……." 카밀라는 끝까지 말하지 못했다.

"지금이 아니면 언제겠어?" 이레나가 자신을 바라보는 여자들의 얼굴을 훑어보며 물었다.

"미안해, 파트리차. 하지만 정말로 더는 기다릴 수 없어." 바르바라가 여전히 창밖을 바라보는 파트리차를 꼭 껴안았다. "저놈들을 단 한 명이라도 좋으니 같이 데려가자." 여자들 대부분이 어찌 됐든 잠을 잘 수 없었으므로 밤새 모든 일을 준비해 두었다. 범죄자 일당은 여자들이 문을 열더라도 도망칠 수 없도록 발목에 족쇄를 채워 두었지만 손은 자유로웠고 그 이상은 아무것도 필요하지 않았다.

가브리엘라가 방 한가운데 침대 사이 바닥에 무릎을 꿇고 앉아 다른 여자들이 자기 양손을 묶을 수 있도록 뒤로 돌렸다. 여자들은 가브리엘라의 손을 묶은 뒤 그 주위에 고르지 않은 원을 그리며 둘러앉았다. 파트리차만 혼자 창문 옆에 있었다. 여자들이 부르자 파트리차는 금방 가겠다고 대답했지만 실제로는 그 결정적인 순간을 미루기 위해서 최선을 다하고 있었다. 어쨌든 파트리차는 당장이라도 동생의 모습을 광장에서 혹은 덤불숲 사이에서 볼 수 있을 것이라고 무의식적으로 믿었다. 불행히도 해가 이미 지평선 밖으로 모습을 드러냈고 하늘은 또다시 눈물처럼 맑았으며 그러므로……

"아플까?" 겁에 질린 록사나 파블루스가 물었다. 파블루스도 새로 잡혀 온 여자들 중 하나였다.

"나는 아프겠지." 가브리엘라가 차분하게 대답했다. "언니들은 아냐."

"확실해?" 마르타 코탑스카가 마치 주택 안이 갑자기 아주 추워진 듯 온몸을 떨었다.

여자들이 다 함께 세운 계획은 간단했다. 범죄자 일당이 실컷 배를 채우고 나서 여자들을 데리러 왔을 때 기습하려면, 금요일 밤에 지겹도록 보았던 잡아 뜯긴 시체의 모습을 연상시켜서는 안 되었다. 다행히도—주로 군대의 방송 덕분에—여자들은 좀비가 건드리기만 해도 목숨을 잃게 된다는 것을 알고 있었다. 그래서 그들 중 하나가 단단히 묶인 뒤 자신을 희생해서 먼저 목숨을 끊어야 했다. 나머지 여자들은 변이가 시작되면 다가가서 죽은 여자의 시신을 만질 것이다.

파트리차로서는 놀랍게도, 정말로 고통스럽고 힘든 경험일 텐데도 첫 좀비가 되기를 원하는 여자들이 많았다. 혀를 깨물거나 동맥을 끊는 방법에 대해 오래 의논한 끝에 여자들은 기다란 못을 사용하기로 했다. 이것은 아직 다른 방식으로 도망칠 방도를 궁리하던 때에 절박하게 방을 뒤져 옷장 아래에서 끄집어낸 것이었다. 그러나 가브리엘라는 첫 좀비가 되는 영광을 내주려 하지 않았다. 자신이 먼저 그 생각을 내놓았으니 자신이 실행에 옮겨야 한다는 것이었다.

가브리엘라도 다른 여자들보다 덜 무서운 건 아니었지만 다른 여자들이 자신을 일으켜 세워서 벽 앞에 세우는 동안 겁나는 티를 내지 않으려 최대한 애썼다. 가브리엘라는 도와줄 사람이 필요했고 이보나 아주머니가 나섰다. 가브리엘라가 몸을 한껏 젖혔다가 앞으로 재빨리 숙이면 못이 정확히 눈에 박히도록 누군가 들고 있어야만 했다.

여자들은 연습을 해보기로 했다. 천천히 세 번 예행연습을 하고 네 번째에 본격적으로 실행할 예정이었다. 이보나의 눈에서 불안감을 감지한 가브리엘라는 이보나가 마지막 순간에 당황해서 움직일까 봐 두려웠다. 두 손가락으로 잡고 있던 못 끝이 뼈에 부딪히고 미끄러져서 죽지는 않고 그저 아주 고통스럽게 상처만 입게 될 수 있었다. 가브리엘라는 그럴 경우 다시 시도할 힘이 남아 있을지 확신할 수 없었으므로 다른 방안을 선택했다. 첫 번째 연습은 대체로 잘 진행되었다. 이보나는 눈을 감았으나 손은 떨리지도 않았다.

그래서 가브리엘라는 두 번째에서 몸을 뒤로 젖혔다가 예고 없이 있는 힘껏 고개를 앞으로 숙였다. 모두 깜짝 놀랐다. 이보나는 비명을 질렀지만 미리 입에 물려둔 재갈이 제 역할을 했다. 아래층에 있는 범죄자들은 그 소리를 못 들었을 게 분명했다.

가브리엘라는 소리가 나지 않게 깔아둔 매트리스 위에 그대로 쓰러졌다. 두려워했던 것과 달리 고통받지 않고 즉시 사망했다—어깨가 매트리스에 닿기도 전에 이미 죽어 있었다. 나머지 여자들은 아래층에 때 이른 기척을 내지 않기 위해 마찬가지로 입에 재갈을 문 채 벽에 등을 대고 서 있었다.

"끝났어?" 카롤리나 워파타가 가브리엘라가 쓰러지는 소리를 듣자마자 입안에 구겨 넣었던 손수건을 뺄고 물었다.

"그래……." 카샤가 떨리는 목소리로 대답했다.

이보나는 여전히 굳어진 듯 서 있었는데, 벽 앞에서 손을 들고 있었으나 손가락 사이의 10인치짜리 못은 사라지고 없었다. 여자들은 겁먹은 채, 불확실하게 차례로 몸을 돌렸다. 이제는 돌이킬 수 없다는 것을 잘 알고 있었지만 앞으로 일어날 일이 엄청나게 두려웠다.

단지 바르바라만이 차분해 보였다.

"때가 됐어, 파티." 바르바라가 여전히 창가에 붙어 서서 사시나무처럼 몸을 떠는 파트리차를 불렀다. "우리가 너보다 빨리 변이하면 너는 우리한테 갈기갈기 찢기면서 엄청나게 고통스러울 거야."

파트리차는 깊이 숨을 들이쉬고 눈물을 닦은 뒤 떠오르는 해를 마지막으로 한 번 쳐다보았다. 그러고는 여자들의 고르지 못한 원으로 들어가 덜덜 떠는 이보나 아주머니가 바닥에 앉도록 도왔다. 가브리엘라는 이미 매트리스 위에서 몸부림치고 있었으나 단단히 묶여서 빠져나올 수 없었다.

"지금이야!"

바르바라의 신호에 여자들 모두 좀비가 된 가브리엘라의 몸에 손을 얹었다.

***

잠이 덜 깬 스프리하는 문을 열어젖히는 소리에 이어 누군가 강하게 잡아당겼을 때 아직 눈도 뜨지 않은 상태였다. 상대가 팔을 너무 세게 잡아당기는 바람에 이불을 껴안고 더러운 리놀륨 바닥에 내팽개쳐진 스프리하는 아파서 비명을 질렀다. 그를 잡아당긴 사람이 누군지는 몰라도 뒤에서 스프리하를 잡고 빠른 동작으로 똑바로 세웠다.

"너……." 스프리하가 순식간에 몸을 숙여 탁자 위에 놓인 숟가락을 집으며 으르렁거렸다.

그 이상 아무 말도 필요 없었다. 그의 손에 잡히면 숟가락처럼 흔한 물건도 살인 무기로 변했다. 그것으로 상대방의 눈을 파내거나 좀 더 가느다란 손잡이를 콧구멍에 집어넣어 뇌까지 닿게 하거나 아니면 입에 넣어 질식이라도 시킬 수 있었다. 스프리하의 상상력은 여러 가지 해결책을 제시했다…….

그러나 그의 손가락은 그저 허공을 휘저을 뿐이었는데, 그를 공격한 사람이 더 빨랐기 때문이다. 스프리하는 허리띠를 잡혀서 말 그대로 마친스키의 방에서 내던져졌다. 잠시 후 복도에 쓰러진 채로 그는 더욱 충격적인 광경을 보았다. 계단 바로 앞, 채 1미터도 되지 않는 리놀륨 바닥에 여자 두 명이 누워 있었다.

좀비가 된 채로!

그러나 여자들을 본 것은 아주 짧은 찰나였고, 스프리하는 바로 붙잡혀 현관문 바깥으로 던져졌다. 거친 콘크리트 위에 엉덩방아를 찧었지만 그는 찍소리도 내지 못했다. 여전히 눈앞에 말라붙은 피로 뒤덮인 푸르스름한 얼굴과 하얗게 뒤집힌 눈, 자신을 향해 뻗은 손가락이 어른거렸다…….

"세상에, 대장!" 울피크가 현관문을 닫고 바깥쪽 철문까지 드라이버를 꽂아 막은 뒤에 스프리하의 옆 바닥에 주저앉아 숨을 몰아쉬었다. "하마터면 늦을 뻔했소!"

"대체 무슨 일이야?" 이런 취급에 여전히 어안이 벙벙한 채로 스프리하가 중얼거렸다.

"모르겠소, 대장. 하지만 큰일 날 뻔했소……." 울피크가 이마에서 땀을 닦았다.

'정말로 큰일 날 뻔했지.' 스프리하는 숟가락을 더 빨리 집어 들지 못한 것을 기뻐하며 생각했다. 그의 생명을 구해주려던 사람을 불구로 만들거나 심지어 죽일 뻔했던 것이다!

"날 꼭 그렇게 집어 던졌어야 했나?" 스프리하는 몸을 일으켜 세우며 불평했다. "말로 할 수는 없었어?"

"워낙 급했소." 울피크가 숨을 몰아쉬었다. "저 좀비들이 이미 아래층까지 내려왔었단 말이오, 대장."

스프리하는 속옷에서 흙을 털어냈다. 울피크가 속옷만 입은 그를 집에서 끌어냈기 때문이다. 이제까지 죽이고 도둑질해서 빼앗은 물건들이 전부 저 철문 안에 있었다.

"대체 어떻게 된 일인지 말해주겠냐고, 빌어먹을." 스프리하가 비난의 어조로 물었다. "처음부터 순서대로 말해!" 울피크가 입을 열기 전에 그가 덧붙였다.

"망보기 끝내고 교대해서 차고지 본관에 갔는데 왠지 잠이 안 오더란 말이오, 대장. 중요한 날이니 말이오, 안 그렇소?" 울피크가 이야기를 시작했다. "그젤라크와 모라비에츠도 비슷했던 것 같은데 둘은 목이 바짝 마르고 나는 배가 고프기 시작해서 주택으로 가자고 했소. 둘은 마실 걸 찾겠다고 했고 나는 뭘 좀 먹고 싶어서 말이오. 그리고 간 김에 위층에도 들를 수 있고. 모라비에츠는 부엌에 가자마자 여기까지 왔으니 한판 치고 싶다고 중얼거리지 뭐요. 그거 아시오, 대장? 그놈 위층에 하루에 네 번씩 기어들어 갔소, 그만큼 땡긴다고. 하지만 아직 젊으니까 이상한 일도 아니지."

"본론을 말해, 이 사람아." 스프리하는 리드미컬하게 충격음이 들리는, 철문으로 막힌 현관문을 바라보며 재촉했다. 문 안쪽에서 누군가 몸으로 부딪치고 있었다.

"본론으로 들어가고 있소." 울피크가 항의했다. "모라비에츠가 그 얘기를 하자마자 그젤라크가 바로 맞장구를 치던데. 그놈도 오로지 그 생각뿐이란 말이오. 보드카를 반 잔씩 마시고, 조심하려고 말이오, 절인 오이를 좀 먹고 둘은 위층으로 올라갔소. 나는 이미 대장한테 말했듯이 밤에 망보고 났더니 너무 배가 고파서 부엌에 남아 이른 아침을 먹었소. 그런데 무슨 끽끽 소리가 나더니 누가 쓰러진 것처럼 쿵, 하더란 말이오. 나는 또 여자들이 날뛰는 줄 알았지. 그리고 그젤라크는…… 대장도 알지 않소, 여자가 대드는 걸 얼마나 싫어하는지. 그러니까 또 누구를 쥐어패는 줄 알았지."

"내가 그렇게 다루지 말라고 말했는데."스프리하가 중얼거렸다. 그는 이제 위층에서 무슨 일이 벌어졌는지 이해할 것 같았다.

"소란이 벌어지는 걸 내가 무시했소. 그젤라크한테는 그게 보통이니까. 하지만 그 뒤에 또 쿵, 하는데 이번에는 더 큰 소리가 났소. 마치 누가 감자 자루를 계단으로 끌고 내려오는 것 같았소. 그래서 나도 사실 대장이 방금 말한 것처럼 그젤라크를 좀 진정시켜야겠다고 생각했소. 그렇게 여자를 정신 못 차리게 두들겨 패면 곤란하니까. 누가 불구나 식물하고 그 짓을 하고 싶어 한단 말이오, 안 그렇소?"울피크가 흐릿하게 미소를 지었으나 곧 진지해졌다. "하여간 그래서 복도로 나가서 계단 쪽에 대고 그만 좀 하라고 했는데 다시 큰 소리가 났소. 그래서 몇 계단 올라가서 보니까 저쪽 층계참에 여자 셋이 뱀처럼 구불구불해진 채 서로 겹쳐서 누워 있더란 말이오. 낯짝이 퍼렇고, 거의 보라색이었소. 양손하고 입은 피칠갑을 하고, 방금 누구 창자라도 뜯어 먹고 나온 것 같았소. 내 눈앞에서 또 하나가 계단으로 기어 내려와서 그 셋에 걸려 넘어지더니 벽에 부딪치고 내 바로 앞으로 굴러떨어졌소. 난 그대로 굳어졌소, 대장. 그게 날 건드릴 뻔했는데 다행히 내가 제때 정신을 차렸소. 펄쩍 뛰어 물러나서 그 빌어먹을 계단에서 도망쳤소. 위쪽까지 올라가지 않은 게 다행이지, 안 그랬으면 잡혔을 거요. 나오려고 하는데 그 망할 프시고다가, 그 여자였단 말이오, 그게 1층으로 내려왔소. 어쩌겠소, 그대로 튀려다가 생각해 보니까 대장이 여기 1층

방에 있는 게 생각이 나서 돌아왔소."

"그건 고맙네, 친구." 스프리하가 울피크의 아픈 어깨를 두드렸다. "정말로 고마워."

조금만 늦었다면 자기 방에서 그 여자들에게 갈가리 뜯길 뻔한 것이다! 하마터면 그젤라크나 모라비에츠 같은 꼴이 될 뻔했다고 생각하자 그는 소름이 끼쳤다. 그젤라크와 모라비에츠가 뜯어 먹혔다는 사실에는 의심의 여지가 없었기 때문이다. 그러니까 그젤라크에게 이전에 마그지아레크가 했던 것처럼 지나치게 힘을 쓰지 말라고 경고했던 것이다.

"천만의 말씀이오, 대장. 사람이 사람을 도와야 하지 않겠소?"

"옳으신 말씀."

두 사람은 현관문을 부술 듯이 두들겨 대는 좀비들에게서 멀어지기 위해 현관 계단에서 마당으로 내려왔다. 스프리하는 이제 다시는 돌아가지 않을 조그만 단독주택을 눈으로 훑어보았다. 그리고 울피크의 다분히 혼란스러운 이야기를 다시 한번 생각해 보았다. 뭔가 앞뒤가 맞지 않았기 때문이다. 마침내 그는 뭐가 문제인지 깨달았다.

"여자들이 전부 좀비가 됐다고?"

"그런 것 같소."

"하지만 그젤라크가 누구 하나를 때려잡은 뒤에 그렇게 됐으면 나머지 여자들이 비명을 지르고 소란을 부렸을 텐데."

"그거야 그랬을 거요." 놀란 울피크가 중얼거렸다.

"그렇다면 누구 하나가 밤사이에 숨이 끊어져서 나머지를 다 죽였고, 그젤라크와 모라비에츠는 아무것도 모르고 좀비들이 가득한 곳으로 기어들어 갔다는 거군……."

"그런 것 같소, 대장. 그럴 거요."

"그런데 그 벌레 같은 여자들이 왜 소란을 부리지 않았는지 여전히 이해가 안 돼. 창문이 전부 열려 있었는데. 그럴 일은 절대로 없지만, 내가 시체처럼 잠들어 있었다고 쳐도 너는 깨어 있었잖아. 뒷문에서 망을 봤지, 맞나?" 그는 몸을 돌려 날카로운 눈으로 울피크를 훑어보았다. "여자들의 비명과 도움을 청하는 소리가 틀림없이 들렸을 텐데!"

"자정부터 5시 정각까지 내가 뒷문 앞에 앉아 있었는데 말이오, 대장, 맹세하건대 아무 소리 못 들었소. 단 한 순간도 졸지 않았소, 내 말 믿으시오! 난 뭘 하면 양심적으로 하는 사람이오."

"그럼 어떻게 된 거야? 여자들이 너무 깊이 잠들어서 하나가 나머지들을 차례차례 죽이는데 아무도 깨질 않았단 말이야?"

"내가 잘 몰라서 어떻다고 말하긴 힘들지만 아무래도 그런 것 같소. 거기선 정말로 아무 일도 없었소. 그냥 조용했단 말이오."

"오늘 하루는 시작이 끝내주는군." 스프리하가 한숨을 쉬었다. "우는 소리 하긴 싫지만 작전 시작하기 전에 우리 편을 둘이나 잃었으니."

"게다가 떡방도 다 골로 가버렸고 말이오." 울피크가 아쉬워하는 목소리로 덧붙였다. 그는 스프리하에게 상황을 이야기하면서 작지만 중요한 사실 하나를 빼놓았다. 울피크도 배를 채운 뒤에는 동료들을 따라 위층에 올라가서 성욕을 풀 생각이었던 것이다.

38

1963년 8월 12일 월요일 08시 07분
브로츠와프 나도제 기차역 인근

스프리하는 굴다리 위, 바리케이드 바로 앞에서 멈추어 섰다. 강둑 아래 철문으로 내려가는 계단이 있는 곳이었다. 함께 온 일당과 마찬가지로 그는 거리를 따라 이어진 차로와 양쪽 보도를 점령한 좀비들의 주의를 끌지 않기 위해 계속 조심했다. 아침에 극적으로 잠이 깬 이래 벌써 한 시간이 지났지만 좀처럼 마음을 가라앉힐 수 없었다. 여자들이 전부 죽었다고 해서 화가 나지는 않았다―여자는 오늘이 아니면 내일, 여기가 아니면 어디 다른 곳에서 교체할 수 있는 소모품일 뿐이었다. 그러나 바로 작전에 돌입하기 전에 부하를 둘이나 잃었다는 생각만 해도 피가 끓었다.

모라비에츠는 크게 쓸모가 없었지만 딱히 흠잡을 데도 없었다. 처음에는 다른 일당처럼 확실하지 않다고 생각해서 믿지 않았다. 그래서 가장 중요한 활동에서는 제외했지만 모라비에츠가 앞에 나섰던 몇 안 되는 상황에서 스프리하는 그를 유심히 지켜보았다. 두말할 나위 없이 모라비에츠는 자기 사람으로 쓸 만했다. 그젤라크의 죽음을 받아들이는 것은 스프리하에게 더욱 큰 문제였다. 왜냐하면 그는 일당 중에서 울피크 다음으로 유능한 기계공이었고―자주 잘난 척을 하고 언제나 불평이 많아서 짜증 나기는 했지만—몇 번이나 능력을 드러내며 일당을 위해서 활약했다.

그러나 스프리하가 계속 화가 나는 주된 이유는 작전 시작 전에 인력이 줄었기 때문만은 아니었다. 그는 자신을 더욱 화나게 하는 이유를—최소한 당장은—부하들에게 털어놓지 않았다. 주택에서 일어난 사건에 대해 부하들에게 알리기 전에 그는 울피크에게 사다리를 붙잡게 하고 위로 올라가서 창문을 통해 여자들이 갇혀 있는 방을 살펴보았다. 안의 상황을 보고 그는 두려워하던 것을 확인했다—모라비에츠와 그젤라크는 살해당했고, 그것도 말 그대로 갈가리 찢겼다.

모라비에츠는 좀비가 된 여자들에게 양팔을 뜯기고 목이 돌아갔거나 아니면 물어뜯겨서 지금은 머리가 조그만 살가죽 한 조각에 매달린 채 모자처럼 늘어져 있었다. 그젤라크는 내장이 뜯겨나간 고깃덩어리가 되었다. 그젤라크가 아마도 마음에 드는 여자를 고르기 위해서 방 안으로 더 깊이 들어간 듯한데, 그 때문에 좀비들이 글자 그대로 파리 떼처럼 덤벼든 모양이었다. 그젤라크의 시신에서 남은 부분은 이제 계속 몸부림치는 한 여자의 몸에 덮여 있었다. 단독주택 위층에 남아 있던 좀비들이 창문을 통해 그의 기척을 눈치채고 달려오기 전 스프리하가 본 바에 따르면, 이 여자는 묶여 있었다. 지금까지도 스프리하의 눈앞에 여자의 일그러진 얼굴이 어른거렸다. 여자의 양쪽 눈꺼풀을 뚫고 뭔가 가늘고 까만 것이 튀어나와 있었고, 하얗게 뒤집힌 눈이 움직일 때마다 그 가늘고 까만 물체도 조금씩 함께 움직였다.

이러한 발견 때문에 그는 생각하게 되었다.

손발이 묶인 채로 여자 하나가 날카로운 물체에 목숨을 잃었다.

그날 밤은 완전히 조용했다고, 정문을 지켰던 수이카도, 단독주택으로 향한 창문을 열어놓았던 사테르누스도 모두 확언했다. 사테르누스는 얼마 전에 스프리하가 캐물었을 때 신경이 곤두서서 밤새 한잠도 잘 수 없었다고 했다. 사테르누스가 그날 밤에 들은 유일한 소음은 트셰브니츠키 다리 인근 어딘가에서 들려오는 총소리와, 한 시간이나 두 시간 정도 이어진 진동 소리였다—마치 자동차 엔진이 돌아가는 것 같았는데 이 역시 너무 멀어서 확실히 어디라고 짚어 말하기 어려웠다. 그러나 트램 차고지 안은 완벽하게 조용했다.

이런 진술로 미루어볼 때 아주 불안한 사실이 떠오르고 있었다—그 여자들이 계획을 한 것이다. 모두 같이 목숨을 끊어서 그에게 복수하려 한 것이다. 보통은 고분고분 도축장으로 가던 가축이 이런 일을 해내리라고는 상상하지 못했다. 그런데 지금 스프리하는 아픈 교훈을 한 가지 얻었고, 앞으로 그 교훈을 잘 활용할 작정이었다.

그는 트램 차고지 소장실에 모인 일당에게 상황의 공식적인 버전을 알려주었다. 그젤라크가 지난밤에 술을 너무 많이 마시고 여자를 때려서 여자가 밤사이에 죽었다가 좀비가 되었다. 그리고 죽은 듯이 자고 있던 나머지 여자들을 전부 죽였다. 울피크는 스프리하가 본 것을 알지 못했으므로 실제로 그랬다고 맹세했다.

스프리하는 인근 주민들에게는 여자들이 죽은 사실을 숨겨야 한다고 선언했다. 그날은 너무 중요한 날이었고, 여자들의 가족이 복수심에 휩싸여 작전에 나가는 일당의 등에 칼이라도 꽂게 할 수는 없었다. 일당들은 한 명도 남김없이 모두 작전에 나가고 트램 차고지는 지키는 사람 없이 비워둘 예정이었다. 그러므로 인근 주민들은 일당이 무기를 손에 넣는 순간까지 아무것도 몰라야만 했다. 그런 뒤에는 주민들의 저항이 아무 의미도 갖지 못할 것이고, 며칠 후에 울피크가 장갑차를 고치기만 하면 내일이나 모레라도……. 그러면 일당은 주민들을 쓸어버리고, 전부 없애버릴 것이다.

사테르누스가 뭔가 불어버릴지 모른다는 걱정은 전혀 하지 않았지만 그래도 만약을 대비해서 단독주택을 점령한 좀비 여자들 속에 던져지고 싶지 않으면 입을 꼭 다물고 있으라고 협박했다. 사테르누스는 기꺼이 이 지시에 따랐다. 소녀를 그들의 손아귀에 넘긴 뒤로 그는 이제 돌아갈 수 없었다. 그리고 그가 자기 목숨을 부지하기 위해 무슨 일이든 한다는 것은 그냥 봐도 명백했다. '그걸 이용할 가치가 있지.' 스프리하는 두 밀고자와 카치마레크와 다른 부하들 몇 명을 굴다리로 보내 정찰을 시키면서 이렇게 생각했다.

트램 차고지 소장실에 있던 커다란 지도를 단독주택에 있는 방에 옮겨 걸어놓는 바람에 가져올 수 없었던 것을 그는 매우 아쉽게 생각했다. 다행히 고분고분한 사테르누스가 재빨리 도시 관광지도를 구해 왔는데, 이 지도는 큰 트램 노선도보다 더 정확하면 정확했지 덜하지는 않았고 들고 다니며 사용하기에도 간편했다.

밀고자 사테르누스가 스프리하의 눈앞에 관광지도를 펼치고 자신들이 있는 장소를 가리켰다.

"네가 이 부근을 잘 알지." 스프리하가 말했다. "여기서 교도소까지 가려면 어느 길을 택하겠나?"

"이 블록에서 이어지는 골목 보이시죠?" 사테르누스가 오른쪽에 있는, 빨간 벽돌로 지은 오래되고 단단한 건물들 사이에 뚫린 길을 가리켰다. "저게 클렝치코프스카입니다. 교도소 정문까지 바로 이어지는 길입니다."

그는 손가락으로 지도에서 거리 끝에 있는, 아무 설명 없이 텅 빈 직사각형을 가리켰다.

"여기서 세 블록밖에 안 됩니다, 대장님." 다니엘이 덧붙였다.

"그래, 죽음으로 가득한 세 블록이지……." 스프리하가 아래쪽에 있는 형체들을 손짓으로 가리켰다.

스프리하는 이전에 망가진 수레를 끄는 말에게 덤비는 좀비들을 거기서 보았기 때문에 굴다리 아래에는 좀비들이 더욱 많다는 것을 알고 있었다. 트셰브니츠카 거리 멀리에도 좀비들이 떼 지어 있었다. 기차역 학살에서 살아남은 부상자들이 저기로 도망쳤다가 차례로 좀비가 되었고 그 후에는 도와주려고 다가온 다른 사람들을 덮쳤다.

'클렝치코프스카 거리 사정도 별로 낫지는 않을 거야.' 스프리하는 생각했다.

"우리가 조금만 더 멀리 서 있으면 저 괴물들이 우리 기색을 느끼지 않겠어요." 사테르누스가 사실 확인인지 질문인지 모르게 말했다. "그렇게 하면 굴다리 아래로 유인할 수 있을 겁니다."

사테르누스는 틀리지 않았고, 그런 방식으로 굴다리 인근에 좀비 떼를 모아서 커다란 무리로 만들 수 있을 것이었지만 그다지 도움이 되지는 않았다. 오히려 상황이 나빠질 뿐이었다.

"그 말은 맞지." 스프리하가 대답했다. "하지만 왜 그렇게 해야 하지?"

"거리를 청소해야지요."

"그다음엔? 좀비들이 전부 굴다리 아래 기어다니면 우리는 어떻게 거리로 내려가지?"

어린 밀고자, 즉 다니엘 피에드차크가 뜻밖의 말로 모두를 놀라게 했다.

"대장님, 저쪽 가스공장 울타리에 구멍이 있어요." 다니엘이 가까운 덤불숲을 가리켰다. "그리고 저쪽은요, 대장님도 보이시죠, 클렝치코프스카 거리 입구 바로 맞은편에 철문이 있어서 저기로 들어갈 수 있을 거예요. 거리가 좀만 더 비고 나면요."

일당 중에서 유일하게 브로츠와프 출신인 카치마레크가 이 말을 주의 깊게 듣고는 고개를 끄덕였다. 다니엘이 머리를 잘 썼다는 의견이었다.

스프리하는 트셰브니츠카 거리 상황을 주의 깊게 살펴보았다. 밀고자들의 계획이 마음에 들기 시작했다. 좀비들을 이쪽으로 끌고 와서 거리를 비우면 확실히 좀비 떼의 대부분이 굴다리 아래로 몰릴 것이다. 좀비들이 지금은 차로와 양쪽 보도에 흩어져 있지만 그래도 먹잇감의 출현에 반응할 정도로는 모여 있었다.

"흥미로운 생각이다." 스프리하가 인정했다.

"그럼 어떡할까요, 대장. 제가 저기로 나갈까요?" 사테르누스가 조급하게 제자리걸음을 했다.

스프리하는 허락할 참이었는데 누가 소매를 당기는 것을 느끼고 입을 다물었다.

"뭐야?" 그가 바로 옆에 선 네린크에게 내뱉었다.

네린크가 몸을 기울여 스프리하의 귀에 대고 잠시 뭔가 속삭이고는 기대하는 눈빛으로 그의 눈을 똑바로 바라보았다.

스프리하는 혼자 웃었다.

"안 돼." 그가 단호하게 대답했다.

깜짝 놀란 사테르누스는 자기 귀를 믿지 못했다.

"하지만……."

"어째서냐고?" 스프리하는 웃음을 터뜨렸다. "이유는 이거야. 재미가 없잖아? 이렇게 하지……." 그는 기찻길을 건너 석탄 하역장이 있는 오우빈스카 거리 쪽으로 가까이 가서 크렝타 거리의 조그만 건물들을 가리켰다. "저 집에서는 살아남은 사람이 있나?" 그가 물었다.

"예." 사테르누스가 서둘러 대답했다. "주민 대부분이 군대가 병원을 소개한 직후에 기차역으로 도망쳐서 탈출하려고 했지만……."

"잠깐." 스프리하가 관심을 보였다. "저기에 무슨 병원이 있다고?"

"예, 큰 병원입니다. 저쪽, 여기쯤……." 사테르누스는 트램 차고 뒷문 거의 바로 맞은편에 있는 건물을 가리켰다. "거기서 중앙위원회 그 의사가 근무했습니다. 난리가 나고 바로 군대가 그 의사하고 장비하고 전부 다 챙겨서 데려가는 걸 사람들이 봤다고 합니다."

"알았다, 그 눈물 나게 자세한 얘기는 빼놔도 좋아. 크렝타 거리에 몇 명이나 남았나?"

"여덟 명일 겁니다, 다 합쳐서." 사테르누스가 속으로 계산했다.

"여기로 두 명, 아냐, 네 명 데려와."

* * *

스프리하는 부하들이 원했던 재미를 좀 보여줄 생각이었다. 동료의 죽음 때문에 다들 고개를 푹 숙이고 있었다. 스프리하는 부하들이 좌절감을 마음껏 풀게 놓아둘 수는 없었지만 인근 주민들에게 분풀이하게 해서 조금이라도 사기를 북돋아줄 수는 있었다. 그는 부하들에게 아무 일도 없었던 척하라고 명령했으므로 일당은 아침부터 좋은 표정을 짓고 나쁜 연극을 하고 있었다. 차고지 안을 느긋하게 돌아다니거나 전날처럼 햇볕을 쬤지만 일당의 속은 타오르고 있었다. 그래서 스프리하는 네린크의 제안에 바로 동의했다. 그리고 자기 생각도 좀 덧붙였다.

사테르누스가 여성 한 명과 남성 세 명을 아파트에서 끌어냈다. 스위비안스카 거리 인근의 적은 인구가 더욱 줄어들 것이라는 사실을 아무도 모르도록 그들을 굴다리 위로 데리고 왔을 때 범죄자 일당은 신나게 웃음을 터뜨렸다.

줄줄이 묶이고 입에는 꼼꼼하게 재갈을 물린 피해자들은 앞에서 신나게 웃으며 즐거워하는 일당을 겁에 질린 눈으로 바라보았다. 스프리하는 이 사람들이 자신이 들려준 동화와 그 교훈을 완벽하게 기억한다는 것을 알 수 있었다. 주민들은 그래서 자신들의 불행한 운명이 결정되었다는 것은 알고 있었지만, 그 이유까지는 이해하지 못했다.

"저거!" 스프리하가 예술가나 학자처럼 보이는, 턱수염을 기르고 안경 쓴 남자는 가리켰다. "이름이 뭐지?"

"베자크입니다, 대장. 토마시 스테판 베자크." 사테르누스가 다정하게 속삭였다.

스프리하는 포로에게 몸을 기울였다.

"존경하는 베자크 선생님, 잠시 후에 우리가 대단히 중요한 실험을 할 예정입니다. 물론 베자크 씨도 참가하시고요." 스프리하는 조롱하는 어조로 말을 시작했고 부하들이 즐거워했다. "바로 여기에 존경하는 선생님을 매달 겁니다. 아니, 겁내지 마세요, 친애하는 선생님." 그는 베자크의 얼굴이 점점 공포에 질리는 것을 보며 덧붙였다. "예전의 그 빨간 셔츠와 가족들처럼 목을 매다는 게 아닙니다. 아니, 아니에요, 아니지요! 친애하는 선생님이 우리 앞에서 목매달려 죽는 걸 원하는 게 아니니까요. 우리 실험의 목적은 한 명분의 고기에 좀비가 몇 마리나 따라오는지 확인하는 것인데요, 물론 그 한 명분의 고기는 의심할 바 없이 선생님이 되실 거고요."

스프리하가 손을 흔들었다. 마그지아레크와 슈치그워가 뱀처럼 몸을 뒤트는 베자크를 난간으로 끌고 가서 난간 너머로 넘겨 떨어뜨린 뒤 미리 묶어놓은 밧줄을 늘어뜨렸다. 그들은 베자크의 발이 굴다리 아래 50명 이상 모여서 위를 향해 팔을 뻗은 좀비들에게서 20센티미터 이상 위에 떠 있도록 매달았다.

"저거!" 스프리하가 다음 희생자로 여성을 가리켰다.

"이사벨라 바르진스카입니다."

"이사벨라라고. 이국적이고 예쁜 이름이군. 사회주의 과학의 이름으로 자신을 희생하고자 하는 인물에게 딱 어울리는 이름이야. 그래, 조그만 파리 양." 스프리하는 몸을 기울여 커다랗게 뜬 갈색 눈을 똑바로 바라보며 덧붙였다. "선택받아서 기쁜가? 스프리하 아저씨한테는 그런 걸 숨길 수 없지. 다 보여, 앞으로 다가올 영광의 순간을 생각만 해도 기쁨의 눈물이 넘치는군."

부하들을 위해 시작한 일이었지만 스프리하도 이 놀이가 점점 즐거워지기 시작했다. 이것은 그가 그토록 갈망하는 이전의 범죄를 대신하는 일이었다. 그래서 스프리하는 피해자의 공포, 거의 시체 같은 창백함, 스프리하의 손짓 하나로 자신들이 '인생'이라 잘못 알고 있었던 하찮은 존재가 끝날 수 있다는 사실을 깨달았을 때 눈에서 배어 나오는 두려움을 게걸스럽게 빨아들였다.

일당은 바르진스카를 베자크에게서 8미터 이상 떨어진 트램 노선 반대편에 매달았다. 거리 전체의 좀비들을 끌어들이기 위해서였다. 스프리하는 굴다리 가운데 부분에 서서 양손을 난간에 짚고 있었다. 그는 마치 배의 선장처럼 좀비들이 파도치는 바다 위에 뜬 굴다리 갑판에서 거친 물결을 관찰하고 있었다.

좀비들은 그의 예상대로 반응했고 거리 위에 차례로 매달린 희생자들은 마치 물에 던진 돌멩이처럼 물결을 일으켜 그 파장이 점점 더 멀리멀리 퍼져나갔다. 좀비들은 굴다리 쪽으로 아주 천천히 어색한 몸짓으로 모여들어 매달린 사람들 아래 점점 더 커다란 무리를 지었다.

스프리하는 점점 더 많이 모여드는 푸르스름한 얼굴과 한껏 내민 손아귀를 관찰하는 데 금방 싫증이 났다. 그는 거리를 치우는 작업이 한 시간 혹은 그 이상 걸린다는 것을 알고 있었다. 그래서 기다릴 필요가 없다고 결정했다. 그는 손을 흔들어서 사테르누스를 불렀다.

"네가 말했던, 그 가스공장으로 가는 비밀 통로를 보여줘라." 그가 명령했다.

"저것들은 어쩌고요?" 남은 포로 두 명을 가리키며 마그지아레크가 묻는다기보다 으르렁거렸다.

스프리하가 그의 귀에 뭔가 속삭였고, 이내 옆에 서 있는 밀고자를 의미심장하게 바라보았다.

"오른쪽은 우카시 푸드워라고 합니다." 사테르누스가 대답했다. 그는 스프리하가 자신에게 뭘 기대하는지 잘 알고 있었다.

"그리고 그 옆에 계시는 다정한 이웃분은?"

"바르트워미에이 클람카입니다."

"클람카?" 스프리하는 소리 내어 웃었다. "이 무슨 운명의 장난이란 말인가. 존경하는 상자 씨와 문손잡이 씨가 그토록 고귀한 이름에 걸맞은 물건을 손에 넣도록 우리를 도와준다니?"*

일당이 큰 소리로 웃음을 터뜨렸다. 그들도 이 우연의 일치가 마음에 들었다. 문손잡이를 열고 상자를 꺼내는 것이 도둑이 하는 일이기 때문이다.

* * *

다니엘 피에드차크의 계획은 착착 들어맞았다. 가스공장 안에는 살아 있는 사람도 좀비도 전혀 없었다. 도시를 위해 매우 중요한 이 산업 설비를 지켜야 할 경비원들과 수많은 직원은 이미 금요일에 달아났다. 그러면서도 머릿속에 생각은 있었는지—아니면 상사가 두려웠는지도 모른다—그냥 나간 게 아니라 모든 문과 출입구를 잠가놓고 갔다. 이런 꼼꼼함 덕분에 스프리하는 평화롭게 거리 상황을 관찰하며 거리 끝에 있는 그의 궁극적인 목표물을 감상할 수 있었다.

"대장, 보시오!" 카치마레크가 어느 순간 기쁨에 들떠 외쳤다. "클렝치코프스카에 있던 놈들도 기어 나오기 시작했소!"

실제로 앞쪽 블록에 서 있던 좀비들이 트셰브니츠카 거리에서 우글거리는 다른 좀비들 쪽으로 움직이기 시작했다. 클렝치코프스카 거리 주요 부분에는 좀비가 그렇게까지 많지 않았지만 제자리에 서 있었다면 정찰 경로를 효과적으로 막았을 것이다. 그랬다면 그쪽 좀비들을 향해서 미끼를 열두 명은 보냈어야 스프리하의 부하들이 교도소 담 바로 옆에 있는 건물에 닿을 수 있었을 것이다.

---

* 폴란드어로 푸드워(pudło)는 상자, 클람카(klamka)는 문손잡이라는 뜻이다.

인근 주민들의 목숨을 희생하는 것은 스프리하에게 전혀 문제가 되지 않았지만 진짜 문제는 시간이었다. 정찰을 마친 뒤에 수집한 정보에 따라서 좀 더 구체적인 계획을 짜고 시간과 인력을 배분하려면 몇 시간은 있어야 했다.

"이상하네……." 스프리하가 담 너머의 상황을 더 잘 보기 위해 슈치그위의 등에 올라탔고 잠시 후 중얼거렸다.

나머지 부하들보다 빨리 그는 클렝치코프스카 거리 대부분이…… 비어 있는 것을 발견했다. 첫 블록 차로와 보도에 좀비들이 고작 몇 명만 보이는 것이 마치 누군가 비슷한 작전을 미리 진행한 것 같았다. 설마 교도소 근무자들이 스스로 인근을 소탕한 것일까? 만약 그렇다면 무슨 목적으로 트램 차고지로 이어지는 거리의 좀비들을 소탕했을까?

그는 훔친 장갑차에서 가져온 쌍안경을 꺼냈다. 멀리, 길고 곧게 뻗은 거리의 거의 반대편 끝에서 그는 사람의 형체가 떼 지어 선 것을 보았다. 스프리하는 혼자 웃었다. '교도관 놈들이 무슨 꼼수를 쓰려고 했지만 결과적으로 담 아래 좀비들만 더 많이 끌어들였군.' 그것은 문제가 되지 않았다. 그쪽 방향에서 교도소를 공격할 계획은 없었으며 그가 훨씬 더 관심을 가진 장소는 남동쪽 모퉁이와 특히 그곳에 있는 차고였다. 거기서부터 그의 부하들이 교도소 부지 안으로 어렵지 않게 숨어들 수 있을 것이었다―가장 가까운 감시탑에 경비교도관이 없다면 말이다.

오크루트니가 만약 담을 경비하게 했다면 들키지 않고 안으로 숨어든다는 계획은 아주 어려워질 수 있었으나 스프리하는 만약의 경우도 대비해 두었다. 차선책과 차차선책까지 준비해 두지 않으면 스프리하는 절대로 행동에 나서지 않았다.

"대장, 문제가 생긴 것 같소." 마루트가 외치는 통에 생각에 잠긴 스프리하는 정신을 차렸다.

"또 뭐?"

"좀비들이 너무 많이 기어 나와서 마지막 좀비 놈들이 클렝치코프스카 거리 끝에서 10미터도 안 되는 곳에 버티고 있소." 마루트가 흥분한 어조로 보고했다. "그리고 대장, 여기로 또 몇 놈이나 기어 오는지 보시오. 전부 떼를 지어 우리 경로를 막고 있소."

"그건 전혀 문제가 안 돼, 형제." 스프리하가 슈치그워의 등에서 내려와서 웃음을 터뜨렸다. "너도 보면 알아."

일당은 들어갔을 때와 같은 길로 나와서 굴다리 위로 돌아갔다. 가스공장 담장 안 부지 전체가 깨끗하다는 것을 미리 확인해 두었으므로 나오는 길에 조심하거나 주위를 둘러볼 필요가 없었다. 다니엘이 알려준 길을 따라가면서 슈치그워가 담장 앞 덤불숲을 일부 베어냈는데, 정말로 필요해서라기보다는 마음의 평화를 위해서였다.

스프리하는 이제 사테르누스가 혼자 지키고 있던 남은 포로들에게 지체 없이 다가갔다.

"자, 여러분도 때가 왔습니다, 존경하는 이웃분들." 스프리하가 말했다. "마그지아레크, 뭘 해야 하는지 알지?"

마그지아레크는 여전히 멍이 들고 부어오른 얼굴로 웃었다. 1분도 되지 않아 거의 50미터 너비의 굴다리 반대편에 남은 두 명의 희생자가 미끼가 되어 매달렸다. 스프리하는 그동안 차분한 걸음으로 베자크와 이사벨라가 매달린 바리케이드에 다가갔다. 주머니에서 접이식 칼을 꺼내 처음에는 베자크, 다음으로 이사벨라가 매달린 밧줄을 차례로 잘랐다. 완전히 잘라낸 건 아니고 몸무게로 인해 천천히 끊어질 정도로만 칼집을 냈다. 그런 뒤 두 걸음 뒤로 물러나 차례로 들리는 충격음과 뒤따르는 둔탁한 소음에 귀를 기울였다. 처음에 한 명, 곧 두 번째.

좀비들은 던져진 희생자들을 눈 깜짝할 사이에 찢어버리고는 이제 스프리하의 기척만을 감지하고 병아리가 암탉을 따라가듯 그를 따라 움직였다. 스프리하는 천천히 기찻길을 걸어 좀비들을 남은 두 명의 미끼 쪽으로 유인했다.

"저 50미터면 충분할 것 같소, 대장?" 스프리하가 재빠르게 굴다리에서 멀리 떨어져 있던 부하들 무리에 합류하자 마루트가 물었다.

"충분하지 않으면 또 저 괴물들에게 간식거리를 준비해 주면 되지."

"그건 알겠지만 어디에다 미끼를 매달 생각이오, 대장?"

"저기, 가로등 기둥." 스프리하가 수십 미터 떨어진 오우빈스카 거리 끝을 가리켰다.

* * *

그렇게까지는 할 필요가 없었다. 좀비 떼는 굴다리에서 떠나온 범죄자 일당이 있는 거리와는 너무 멀리 떨어져 있었으므로 스프리하도, 그의 옆에서 떼놓지 않는 마그지아레크, 카치마레크 그리고 인근 지리를 잘 알기 때문에 데려온 사테르누스도 아무 문제 없이 가스공장 부지에 들어설 수 있었다. 그리고 주변에 돌아다니던 좀비가 우연히 안으로 들어와 정찰하러 온 범죄자들이 탈출할 길을 막지 못하도록 마루트가 철문에 새 자물쇠를 채웠다. 그리고 안전한 거리로 물러나서 스프리하와 동료들이 돌아오기를 기다렸다.

스프리하는 부하들에게 하나하나 역할을 분담시켰다. 울피크는 장갑차 수리를 맡았고, 즈고젤스키와 수이카는 인근 주민들이 범죄자 일당의 행동에 변화가 일어난 것을 눈치채지 못하도록 트램 차고지 앞뒷문 경비를 맡았다. 야니체크는 트램 차고지 소장실에서 화염병과 다른 방화용 연료를 만들어 교도소 창고에 불을 낼 준비를 했다. 야니체크는 준비할 시간이 하루 종일 있었다. 페레크가 그를 도와주었는데, 페레크는 약물의 대가였으므로 화학도 조금 알았기 때문이다. 나머지 세 명은 다니엘 피에드차크를 따라 인근 아파트를 돌며 순찰하고, 야니체크에게 필요한 물품과 그냥 자기들 눈에 띄는 물건들을 징발했다. 스프리하는 그들에게 단 한 가지, 여자를 건드리는 것만은 금지했다.

정찰하러 간 범죄자들은 좀비들이 사라진 클렝치코프스카 거리를 순식간에 건너갔다. 스프리하의 신호에 따라 제가드워비치 거리 바로 앞 세 번째 블록 입구에서 멈추었다. 그곳에서 철거된 건물이 있던 공터를 통해 맞은편에 있는 정사각형 부지로 들어섰다. 스프리하는 더 이상 클렝치코프스카 거리를 따라 나아가는 것은 위험하다고 판단했는데, 거리 반대편에서 교도소 근무자 중 누군가가 주변을 감시하고 있을지 모르기 때문이었다.

그는 자신이 트셰브니츠카 거리에서, 그리고 그 전에 민족단합대로에서 했던 것과 아주 비슷한 방식으로 교도소 인근의 좀비들이 정리되었다는 사실에 딱 집어 말할 수 없는 불길한 느낌을 떨칠 수가 없었다. 텅 빈 건물들 사이로 걸어가면서 그는 오크루트니가 그에게 기회를 만들어준다는 인상을 받았다. '아니, 이건 진짜라기엔 너무 예쁜 모양새야.' 스프리하는 확실히 하기 위해서 두 밀고자, 사테르누스와 다니엘에게 트램 차고지 바로 맞은편에 있는 건물들을 전부 돌아다니며 정말로 사라진 사람이 없는지 확인하게 했다. 그래서 그는 이 가축들이 집에 틀어박혀 자기 일당 중 하나라도 마주칠 생각만 해도 덜덜 떨고 있다는 것을 확신했다. 다니엘과 사테르누스는 그 파울리나 부기엘인지 하는 여자만 없다고 했는데, 그 여자 하나 없는 건 별일도 아니었다. 게다가 스프리하가 교도소를 공격할 생각을 하기도 전부터 사라져 있었다.

'아냐.' 스프리하는 생각했다. '우리가 살아 있다고 누군가 오크루트니에게 알렸다니 그럴 리가 없어. 하지만……' 그의 확신은 비누 거품처럼 꺼졌다. 변절한 교도관이 다 털어놨을 수도 있는 것이다!

갑자기 이 가능성이 아주 그럴듯하게 느껴졌다. 그 멍청이가 죽기 직전에 털어놓았거나 아니면 뭔가 궁지에 몰린 상황에서 불어버린 것이다. 그러나 그가 매수했던 교도관이 자백했다고 해도, 클렝치코프스카 거리가 정리되었다는 것은 최악의 경우 교도관들이 스워비안스카 거리를 덮칠 준비를 시작했다는 의미였다.

'그래, 바로 그런 상황이야.' 스프리하는 사테르누스의 잠을 방해했던 그 끈질긴 소음을 떠올리고 이렇게 생각했다. '누군가 여기서 어젯밤에 자동차를 사용해서 좀비들을 거리 끝으로 유인한 거야.'

스프리하는 가증스러운 대위를 앞질러 먼저 기습해서 그 교활한—그러나 물론 상상력이 부족한—계획을 짓밟을 생각에 웃음지었다. 궁극적으로 대위의 목적은 아주 평범한 일, 예를 들어 도시의 다른 부분으로 대피하거나 이동하려는 허술한 시도일 것이기 때문이었다. 실제로 무슨 일인지는 스프리하가 교도소 정확히 맞은편에 있는 스트루크 거리 아파트에 도착하면 잠시 후 자기 눈으로 볼 수 있을 것이었다.

"대장, 보시오!" 카치마레크가 그의 팔을 잡았다.

그는 다른 한 손으로 오른쪽에 있는, 범죄자 일당들이 노리고 있던 아파트 창문을 가리켰다. 4층 아파트 두 곳에서 밧줄이 내려와 있었다. 굵고 단단한 밧줄 중간중간에 일정한 간격으로 매듭이 묶여 있었다. 스프리하는 모퉁이 너머를 내다본 후 위를 쳐다보고 마지막으로 건물 전체를 눈으로 훑었다. 맞은편 마당에 있는 나무들의 잎사귀가 바스락거리는 소리 외에 의심스러운 소리는 전혀 들리지 않았고 아주 작은 움직임조차도 느껴지지 않았다.

"누가 여기서 전문가적으로 탈출을 지휘했소." 옆에 서 있던 카치마레크가 중얼거렸다.

옆 건물 2층에 있는 몇몇 아파트에서 주민들은 침대 시트를 묶고 내려뜨려 탈출했다. 게다가 건물 세 개는 뒷문이 열려 있었다. 그 앞에 버려진 짐 가방과 형체가 일그러진 보따리들이 쌓여 있는 것이, 사람들이 도망치면서 목숨을 부지하기 위해 소지품을 버린 것 같았다. 제가드워비치 거리 쪽에서 건물들을 더 자세히 살펴본 뒤에 스프리하는 그쪽으로 생존자들이 도주했다는 사실을 확인했다. 사실 창문으로 밧줄이나 시트는 보이지 않았지만 한두 곳에 거무스름하게 발 디딘 흔적이 있었고 몇 군데에는 벽돌을 빼낸 곳도 있었다.

'대피했군.' 스프리하는 생각했다. '하! 오크루트니가 자기가 구할 수 있는 사람은 전부 담장 안으로 끌어들이는 거야. 그러니까 주변 거리를 정리했지. 교도관들이 클렝치코프스카 거리의 좀비들을 치워야만 이쪽 마당으로 들어와서 생존자들을 데려갈 수 있었을 테니까.' 이 가정은 그에게 아주 합리적으로 보였다. 스프리하도 양심이 있어서 다른 사람들을 돌보았다면 분명히 그렇게 행동했을 것이다.

교도소 안에는 1,500명의 수형자가 들어앉아 있었다. 그 미친 듯한 금요일 밤에 내보낸 수형자들의 자리에 교도관들이 자기 가족을 몇이나 들여놓을 수 있었을까? 분명히 원래 수형자 숫자의 절반도 안 될 것이다. 그러므로 대위는 수많은 빈 감방과 충분한 식량을 가지고 있을 테고, 오크루트니는 바보가 아니기 때문에 분명히 병력을 강화하고 자신의 그 잘못 의도된 호의로 구할 수 있는 사람은 전부 구하려 들 것이다.

'대위의 불운은 이 주변 소굴에 들어앉아 있던 벌레들을 대피시켜서 우리 일을 도와주는 꼴이 됐다는 사실을 예견하지 못했던 것이지. 낯선 자들이 나타났다고 밀고해 줄 주민들이 아파트에서 전부 사라졌을 뿐만 아니라 서둘러 도망치면서 민간인들이 밧줄을 남겨둬서 우리가 들키지 않고 아파트 꼭대기 층 빈집까지 올라갈 수 있을 테니까.'

***

마그지아레크가 앞장섰다. 밧줄에 매듭이 있어서 처음에 생각했던 것보다 훨씬 더 쉬웠으므로 그는 원숭이처럼 능숙하게 올라갔다. 아파트가 실제로 비어 있고 안에 아무도 함정을 놓지 않았다는 사실을 확인한 뒤, 마그지아레크는 계단으로 가서 거기에 좀비가 돌아다니는지도 살펴보았다. 좀비가 있었다. 바로 아래층의 열린 아파트 문과 현관에 남자, 여자, 아이들 좀비가 서 있었다. 최소한 두 가족이다. 저런 장애물을 뚫고 들어갈 수는 없었으므로 스프리하는 원하든 원하지 않든 마그지아레크가 했던 대로 밧줄을 타고 올라갈 수밖에 없었다―마그지아레크만큼 쉽게 해낼 수는 없었지만 어쨌든 그는 성공했다.

카치마레크는 사테르누스와 함께 망보며 뒤에 남았다. 또한 카치마레크는 사테르누스가 적의 영역에 이렇게 가까이 와서 뭔가 멍청한 짓을 하지 않도록 감시했다. 스프리하는 사테르누스가 위층으로 올라오는 것을 원하지 않았으며 범죄자 일당이 아닌 사람은 자신이 보고 알게 된 정보를 모르는 쪽을 원했다.

"반대쪽으로 열린 창문엔 안 가봤나?" 스프리하는 마그지아레크의 도움으로 창턱을 넘어 들어간 뒤에 물었다.

"대장이 하지 말랬잖소." 마그지아레크가 기분 상한 어조로 대답했다.

"자네가 하지 말라면 안 하는 사람이었으면 내가 물어보지도 않았지." 스프리하는 아픈 양손을 비볐다. 밧줄 때문에 물집이 생기고 있었다. "여기 창가에 있어. 카치마레크가 미리 정한 신호를 보내면 날 불러."

"알았소." 마그지아레크가 창턱에 편하게 앉아 가방에서 소시지를 꺼내며 중얼거렸다.

아침을 먹고 나서 시간이 꽤 흘렀으나 스프리하는 작전과 계획에 너무 정신이 팔려서 배가 고프다는 것도 잊어버렸다. 잘 훈제된 고기 냄새를 맡고 나서야 그는 배에서 꾸르륵거리는 소리가 난다는 걸 깨달았다. 가방 안에는 음식이 전혀 없고 연장뿐이었다. 그는 잠시 망설인 뒤에 돌아서서 마그지아레크의 소리 없는 항의에도 아랑곳하지 않고 맛있어 보이는 소시지를 한 조각 뜯어내어 가져왔다.

  스프리하는 자기 손 하나 까딱하지 않고 결혼 피로연에서 훔쳐 온 소시지를 먹으면서 아파트들을 하나하나 살펴보며 정찰하기에 가장 좋은 지점을 물색했다. 일당은 연달아 늘어선 아파트 중 가장 끝에 있는 건물에 들어와 있었다. 이 건물은 예배당 바로 앞에 있어서 그 뒤의 여성 사동과 운동장, 산책장, 창고 건물들까지 훤히 보였다. 차고에 닿아 있는 담과 그쪽을 감시하는 모퉁이 감시탑 두 개도 마찬가지였다. 몇 년 전 거리 맞은편에, 당연히 수형자들이 부지런히 일해서 심어놓은 어린나무들은 다행히 스프리하의 전망을 가리지 않았고, 그는 창문에서 멀찍한 곳에 가져다 놓은 의자에 앉아서 쌍안경을 눈에 대고 주변을 주의 깊게 정찰하기 시작했다.

39

1963년 8월 12일 월요일 11시 15분
1호 교도소, 클렝치코프스카 거리 35번지

"대위님, 반코프스키 교도관이 보고드립니다. 놈들이 미끼를 물었습니다. 시야에 잡혔습니다, 오버!"

오크루트니는 무전병의 보고를 듣고 몸을 떨었다. 비에드지츠키가 보낸 저격수가 스프리하의 부하 중 누군가, 혹은 스프리하 본인을 특정했다.

대위는 재빨리 수화기를 들었다.

"지금 놈들 어디에 있나, 오버?"

"2호 아파트 부엌입니다. 목표물 한 명이 보입니다. 쌍안경으로 교도소 부지를 관찰하면서 뭘 먹고 있습니다, 오버."

"상세하게 묘사할 수 있나, 오버?"

"죄송합니다만 불가능합니다, 대위님. 방 안 깊숙이 그림자 진 곳에 들어가 있습니다. 좀 마른 체격이라는 것만 말씀드릴 수 있습니다, 오버."

오크루트니는 입술을 깨물었다. 저 쓰레기가 바로 스프리하고 그가 없으면 일당이 뿔뿔이 흩어져 별다른 위협이 되지 않을 것이라 짐작했기 때문에 당장 쏴버리라고 명령하고 싶은 유혹이 강하게 느껴졌다. 그렇게 명령할 수 없다는 걸 알면서도. 오크루트니의 부하들은 범죄자 일당이 트램 차고지에서 나오기 전에 공격할 수 없었고 그렇다고 일당을 레시니차까지 추격하는 것은 불가능했다—지금도, 가까운 미래에도. 그리고 이 일당이 도망치게 놓아둔다면 대체 무슨 범죄를 또 저지를지 신만이 아실 일이었다.

'안 돼. 무슨 일이 있어도 계획을 바꿀 수는 없다.'

"목표물이 움직일 때마다 전부 보고하라, 오버." 대위는 수화기에 대고 말한 뒤에 안락의자에 무겁게 주저앉았다.

범죄자 일당이 눈독을 들일 만한 아파트에서 생존자들을 대피시키자는 발상은 소령이 제안했으나 정해진 아파트에 들어가기 쉽도록 밧줄을 내려뜨리는 것은 로예프스키의 작품이었다. 또한 준위가 작전 전체를 감독하고 교도소 안으로 거의 60명이나 되는 추가 생존자들을 대피시켰으며, 동시에 주민들이 황급히 도주한 듯 꾸며서 범죄자들이 클렝치코프스카 거리에서 좀비가 소탕된 이유는 민간인들을 보호하기 위한 목적이라고 믿도록 유도했다. 범죄자들이 정말로 그렇게 믿었는지는 자신할 수 없었다. 확실한 것은 단 한 가지, 놈들이 미끼를 물어서 저격수들이 관찰하고 있는 아파트 중 하나로 들어갔다는 사실이었다. 인근 아파트 단지 두 개와, 클렝치코프스카 거리 중 좀비가 정리된 구간의 맞은편에 있는 아파트들에 다행히 살아남아 있던 주민들이 전부 교도소 안으로 들어왔다. 마지막 한 명까지 전부 데려왔지만, 이들은 원래 이 건물들에 거주했던 전체 주민의 대략 5퍼센트뿐이었다!

오크루트니는 지금에 와서야 그가 실패라고 생각했던 결과가 실제로는 엄청난 성공이라는 확실한 증거를 얻었다. 그는 문제를 잘못된 방향에서 바라보고 있었다. 생존자를 헤아리는 대신 사망자

수에만 매달려 있었지만, 시내에서 살아남은 사람들에 비해 오크루트니가 지금 보호하고 있는 생존자들 수가 훨씬 많았다. 물론 인구 비율을 고려해서 말이다. 이것은 약간의 위안이었으나 오크루트니에게는 충분하지 않았다. 그럼에도 그는 약간이라도 자신감을 되찾기 위해 이 성공을 굳게 붙들었다. 이제 다가올 충돌에서 이겨서 스프리하와 그의 일당들을 자유롭게 놓아주었다는 심각한 실수를 만회하기 위해서라도 대위는 자신감이 필요했다.

"공연을 시작합니까?" 로예프스키가 조급함을 숨기지 못했다.

"시작하지."

그들은 준비를 마치고 범죄자들이 돌아오기를 기다리고 있었다. 일당을 위해 길을 치워준 것이 놈들을 함정으로 끌어들이기 위한 첫 번째 단계였다. 이제 다음 단계를 실행할 순간이 왔다. 생존자들 전부 어떻게 행동해야 하는지 세세하게 안내를 받았다. 그래서 여자들은 아침부터 대규모로 빨래를, 당연히 중앙 운동장에 모여서 진행했다. 남자들 중 일부는 꼭 필요한 작업은 아니었지만 잔해 무더기 주변의 바리케이드를 강화했고 한두 명은 산책장과 여성 사동 입구 사이에 세워놓은, 밤에 아주 중요한 역할을 할 예정인 지프차를 가짜로 '수리하는' 척했다. 그동안 아이들은 잔디밭에서 놀았는데, 그곳은 오크루트니가 친하게 지냈던 사람들이 좀비를 소탕하기 위해 그토록 많은 목숨을 바친 바로 그 잔디밭이었다.

로예프스키 준위가 경례하고 들어와서 계획의 다음 단계를 시행했다. 잠시 후에 준위가 선별한 남자들이 모퉁이에 있는 보조창고에 미리 비워둔 감자 자루와 통조림 상자들을 옮겼다. 이 상자에는 톱밥과 깃털과 여러 가지 쓰레기를 넣어두었다. 준위가 모은 사람들은 이 상자들을 트럭에 싣고 옮겨서 스프리하, 혹은 그가 정찰하라고 보낸 다른 범죄자가 가장 필요한 식량을 어디에 모아두었는지 볼 수 있게 했다. 범죄자 일당이 교도관들이 눈치채지 못하리라 짐작하는 곳, 혹은 정말로 눈치채지 못하는 곳으로 방화범 야니체크를 보내는 경우를 대비해서 이렇게 식량을 옮기는 듯한 모습을 가장한 것이었다.

"목표물이 옆 아파트로 들어갔습니다, 이상."

오크루트니는 긴장했다.

"지금 놈이 더 잘 보이나, 오버?" 그가 견디지 못하고 물었다.

"아닙니다, 대위님. 여전히 창문에서 멀리 떨어져 있습니다. 잠시만……." 저격수가 말을 멈추었다. "다가옵니다…… 빌어먹을……." 기계적으로 왜곡되었지만 저격수의 목소리에서 커다란 실망감이 느껴졌다.

"자세히 말하라, 오버!" 짜증 난 오크루트니가 내뱉었다.

"목표물이 커튼 한쪽을 걷고 쌍안경으로 내다보았습니다. 창문 바로 앞에 있습니다만 쌍안경 렌즈밖에 안 보입니다. 참고로 말씀드리면 장비가 좋습니다. 우리 장비입니다. 오버."

'그럼 틀림없이 스프리하다.' 대위는 생각했고, 즉각 호출 버튼을 눌러 그 짧은 명령을 내리고 싶어 근질근질해졌다. '하지만 안 돼…….' 그는 떨리는 손을 눌러 식빵 덩어리처럼 커다란 주먹을 쥐었다. 감정에 휩쓸려서는 안 된다. 곧 모든 빚을 되갚아줄 때가 올 것이고, 대위는 절대로 같은 실수를 두 번 저지르지 않고 결단코 이 범죄자들을 다시 놓아주지는 않을 것이었다.

너무 많은 사람의 희생이 대위의 양심을 짓눌렀다. 비록 그 잔혹한 짓을 저지른 것은 저 범죄자 일당이고, 저 범죄자 일당을 풀어준 것은 누군지 모를, 지금은 죽어버린 변절자였지만 말이다.

40

1963년 8월 13일 화요일 01시 36분
트램 차고지 2호, 스워비안스카 거리 16-30번지

그날 밤 일당은 술판을 벌이지 않았다. 그게 마음에 들지 않은 범죄자들도 있었지만, 스프리하가 부하들에게 트램 차고지를 떠나기 전에 사기를 북돋우기 위해 몇 잔 마시는 것은 허락했으므로 아무도 불평은 하지 않았다. 그보다 조금 전에는 배가 터지도록 먹었고 몇몇은 심지어 평소보다 더 풍성한 저녁을 먹고 바로 잠들어 버리기도 했다. 다만 페레크, 수이카, 즈고젤스키, 야니체크만은 잠들지 못했다. 페레크와 수이카, 즈고젤스키에게 교도소 습격은 첫 전투였기에 각자 자기 방식으로 의미를 되새기고 있었다. 반면 방화범 야니체크는 마침내 다시 불을 지를 수 있다는 생각에 너무나 신이 나서, 자기 방에 네 시간이나 꼬박 틀어박혀 그날 오후에 페레크의 전문적인 보조를 받아 준비한 혼합물을 가득 채운 병을 한 줄로 세워놓고 쓰다듬으며 기뻐했다.

그날 밤도 전날처럼 아주 깜깜했다. 이번에는 해 지기 전부터 구름이 깔렸으나 다행히 무거운 비구름이 아니라 평범한 구름이었고, 심지어 허약한 구름이라고도 말할 수 있었다. 얇은 커튼처럼 하늘을 가려 마치 위에서 내려다보는 신이 아래쪽 눈물의 계곡에서 벌어지는 광경을 보고 싶지 않아 구름을 깔아둔 것 같았다.

유감스럽게도 계획이 약간 지체되는 일도 있었다. 트셰브니츠카 거리 주민 몇 명이 거리에서 좀비들이 사라졌다는 사실에 용기를 내어 낮 동안 탈주를 시도했다. 이 주민들은 구조될 가능성이 별로 없다는 사실을 금방 알게 되었다. 다리는 여전히 막혀 있었고 오드라강으로 향하는 작은 골목들도 마찬가지로 전날 밤 파울리나가 좀비들을 유인해 놓았기 때문에 지나갈 수 없었다.

스프리하는 자신의 계획에 상당한 위협이 되는 이 상황을 간과했다는 사실에 속으로 욕설을 내뱉었다. 그러나 그로서는 다행스럽게도 도망자들은 클렝치코프스카 거리 쪽으로 도망갈 생각도 하지 못했다—굴다리 아래 모여 있는 좀비 떼의 모습이 효과적으로 그런 의도를 꺾어버린 것이다. 수가 얼마나 많았던지, 좀비 떼의 마지막 줄은 교도소로 가는 거리 반대편 끝에서 고작 15미터 떨어져 있었다. 도망치던 주민들 대부분은 그래서 뚫을 수 없는 요새처럼 튼튼한—혹은 최소한 본인들은 그렇게 믿고 있는—자기 아파트로 돌아갔다. 그러나 한두 명은 너무 느리거나 짐이 너무 많아서 결과적으로 좀비들을 뒤에 끌고 오게 되었다. 좀비 무리 중 겨우 하나가 범죄자 일당에게 어느 정도 위협이 될 수도 있었으나 결국은 별 위협이 되지 않았다. 스프리하는 실용적이고 조심스러운 사람이었기 때문에 교도소에서 돌아오는 길에 부하들이 가스공장에 고립될 위험을 무릅쓰지 않는 쪽을 택했다. 아침에 일어난 일을 생각하면 아직도 피가 차가워졌다.

대장의 사기가 꺾인 것을 눈치채고 마그지아레크가 일당을 한두 명 데리고 스워비안스카 거리에 가서 좀비들을 유인할 미끼를 데려오겠다고 제안했지만, 스프리하는 잠시 생각한 뒤에 그럴 필요가 없다고 결론지었다. 주민들에게 갑자기 미안해진 게 아니라 시간을 낭비하기 싫었던 것이다. 길을 확보하기 위해서는 몇 안 되는 좀비들을 트셰브니츠카 거리 안쪽으로 유인하기만 하면 충분했다. 그런 일은 한 사람이 어렵지 않게 해낼 수 있었다.

"우리 일당이 되고 싶나?" 그가 갑자기 사테르누스에게 물었다. 이미 사테르누스에게는 작전을 시작할 때까지 트램 차고지를 지키고 있다가 그 뒤에 (횟수는 많지만 대부분 조용한 항의를 무시하고) 스프리하의 팀에 합류하라고 명령했었다. "떳떳지 못한 밀고자 따위가 아니라 제 몫을 하는, 당당한 내 부하가 되고 싶어?"

사테르누스는 잠시 대답하지 못하다가 침을 꿀꺽 삼키고 고개를 끄덕였는데, 대장이 충성심의 증거로 자신에게 무엇을 요구할지 완벽하게 알고 있었기 때문이다.

"예……에…….." 사테르누스는 자신을 둘러싼 다른 범죄자들의 조롱 섞인 중얼거림을 들으며 꽉 막힌 목구멍에서 더듬더듬 대답을 짜냈다. "물론 되고 싶습니다."

"그러면 가서 저 좀비들을 저쪽으로 유인해!" 스프리하가 기다란 벽돌 건물 앞 정문 오른쪽에 있는 울타리를 가리켰는데, 그쪽에 두 번째 철문이 있었다. "겁내지 말고." 스프리하는 겁에 질린 사테르누스의 어깨를 두드리며 덧붙였다. "우리는 이쪽에서 기다릴 테니까, 놈들을 우리 쪽으로 끌고 오기만 하면 돼."

사테르누스는 고개를 끄덕였다. 엄청나게 긴장했지만, 꼭 해내는 것 외에 달리 방법이 없었다. 사테르누스는 아주 느린 걸음으로 거리로 나가면서 끊임없이 왼쪽을 쳐다보았다. 그쪽에는 굴다리 아래 어둠 속에 숨소리 하나 내지 않는 2000명이 넘는 좀비 무리가 모여 있었다. 그러나 그 좀비들이 공격할 가능성은 걱정할 필요가 없었다. 그의 오랜 이웃인 푸드워와 클람카가 좀비들을 충분히 멀리 붙잡아두고 있어서 사테르누스는 좀비들에게 기척을 감지당하지 않고 트셰브니츠카 거리 맞은편에 있는 아파트 건물까지 다가갈 수 있었다.

스프리하가 사테르누스를 작전에 데려가기로 한 데는 몇 가지 이유가 있었다. 우선 그날 아침 부하 두 명을 잃었는데 작전이 성공하려면 처음 기습할 때부터 최대한 많은 무기를 탈취해야만 했다. 혹시 기습 직후에 상황이 불리하게 돌아가면—스프리하는 조심스러운 사람이었으므로 그런 가능성도 배제하지 않았다—범죄자 일당은 상대방 몰래 공격한다는 유리한 고지를 잃게 되고, 그러면 일당과 숫자가 대체로 비슷한 나머지 무장 교도관들과 백병전을 벌이는 수밖에 없다. 그때는 주먹 하나, 총알 하나가 모두 필요해진다. 두 번째 이유는 필수적이지 않은 인물인 밀고자가 어느 순간, 예를 들면 지금 같은 때에 좀비들에게 고기 냄새를 풍겨줄 미끼로 쓸모가 있을 것이라는 예감 때문이었다. 사테르누스를 잃더라도 스프리하가 신뢰하는, 검증된 병력은 줄어들지 않는다.

지금 이 순간에 사테르누스를 위협하는 것은 전혀 없었다—자기 스스로 일을 망치지만 않는다면 말이다. 그가 유인해야 하는 좀비 떼는 그저 열댓 명 정도였고 서로 상당히 가까이 뭉쳐서 보도 위와 클렝치코프스카 거리 끝 차도에도 서 있었다. 사테르누스가 좀비들을 끌고 가야 하는 목적지인 철문이 거기서 별로 멀지 않았다. 사테르누스 본인이 좀비 떼에 합류하지만 않는다면 바로 그 철문까지만 가면 되는 것이다. 그러므로 그는 별다른 문제 없이 좀비들을 스프리하, 카치마레크, 마그지아레크가 서 있는 울타리 가까이 좀비들을 유인했다. 스프리하가 이전에 같은 일을 하도록 여자들을 보냈을 때 사테르누스는 꽤 열심히 관찰해서, 이제 엄청나게 긴장했음에도 이전에 보았던 가장 멍청한 실수들을 되풀이하지 않았다. 사테르누스의 단 한 가지 두려움은 이 임무가 끝났을 때였다. 울타리 반대쪽에 서 있는 범죄자 일당이 때맞춰 철문을 열고 자신을 들여보내 줄 것이라 완벽하게 확신할 수 없었다.

다행히 범죄자들은 즉각 문을 열어주었다.

"지금이다!" 스프리하가 좀비들을 끌고 오는 사테르누스가 울타리에서 세 걸음 거리에 도달했을 때 외쳤다.

마그지아레크가 문손잡이를 누르며 철문을 최소한으로 열었고, 좀비들에게서 도망치는 사테르누스가 안으로 들어오자마자 큰 소리를 내며 철문을 도로 닫았다. 나머지 범죄자들은 몇 미터 더 앞으로 가서 울타리에 접근해 건너편에 있는 좀비들의 주의를 끌었다. 좀비들이 진행 방향을 조금 바꿔 울타리에 다가오자 스프리하가 신호를 주었고, 네 명 모두 좀비들이 오래되고 녹슨 쇠 울타리에 밀어닥치는 곳에서 도망쳤다.

"잘했어!" 스프리하가 살짝 숨을 몰아쉬는 사테르누스의 등을 두드렸다. "이제 사람 노릇을 하겠군, 친구."

사테르누스는 범죄자 일당이 이미 자신에게 덜 적대적이라는 사실을 깨닫고 기쁜 표정을 지으며 활짝 웃었다. 혼자서 거리로 나가라는 말에 놀라 쓰러질 뻔했으므로 사테르누스는 범죄자들이 어느 정도는 필요해서, 그리고 어쩌면 재미있는 놀이로 즐기기 위해 자신을 이런 식으로 없애버리려는 것이 분명하다고 확신하고 있었다. 그러나 놀랍게도 스프리하는 약속을 지켰고, 흥미롭게도 범죄자들은 사테르누스를 더 이상 경멸하지 않았다. 스프리하의 고갯짓 하나, 혹은 그들의 변덕에 따라 언제든 눈 하나 깜빡하지 않고 자신을 죽일 수도 있다는 그 맹수 같은 번쩍임을 범죄자들의 눈빛에서 더 이상 볼 수 없었다.

그럼에도 그는 누군가 어깨에 손을 얹는 것을 느끼고 몸을 떨었다.

"가져." 스프리하가 사테르누스에게 칼을 주었다. 평범한 주방용 칼이 아니라 소련 비밀경찰이 사용했던 제대로 된 사냥용 단검이었다. "우리가 가는 곳에서 쓸 데가 있을 거야."

"하지만 저는……."

"겁내지 말고. 네린크가 금방 어떻게 쓰는지 가르쳐줄 거다. 겉보기만큼 그렇게 어렵지 않아."

사테르누스는 또다시 마른침을 삼켰고 그 때문에 꽉 조인 목구멍이 거의 막힐 것만 같았다. 범죄자 일당이 무슨 일을 할 작정이든—당연히 사테르누스에게는 자세한 계획을 밝히지 않았으나 그는 생각할 줄 아는 사람이었으므로 범죄자들이 살인할 계획임을 짐작했다—길잡이로서 그의 역할은 지금 여기서 끝났다. 이번에는 자기 손을 더럽혀야 했다. 피로. 좀비가 아니라 사람을. 사테르누스는 범죄자들이 눈치채지 못하도록 마음속으로만 깊이 한숨을 쉬었다. '살아남기 위해선 또 하나의 선을 넘어야 해.' 그는 슬프고 괴로운 마음으로 이렇게 생각했다. '이것이 마지막은 아니겠지만 예측하기 힘들군. 결국 저놈들처럼 되는 건 아니겠지…….' 사테르누스는 굴다리 쪽을 몰래 바라보았다.

범죄자들이 교차로 한중간에 도달하기 전에 어딘가 오른쪽에서 커다랗게 삐걱거리는 소리가 들렸다. 가장 가까운 아치형 철문, 이전에 좀비들이 모여 있던 바로 그 철문에서 수염이 덥수룩한 갈색 머리 30대 남자가 뛰어나왔는데, 안경을 쓰고 커다란 여행 가방을 두 개나 들고 있었다.

"사람을 만나서 너무 기쁩니다." 남자가 무거운 짐 가방을 보도에 던지고 숨을 몰아쉬었다. "저 괴물들이 날 잡아먹을 뻔했어요! 오…… 토마시 씨!" 남자는 사테르누스와 아는 사이인 듯 활짝 웃었다.

"존경하는 크시슈토프 씨께 인사드립니다." 사테르누스가 스프리하의 말투를 흉내 내려 애쓰며 자신 없는 말투로 대답했다.

깜짝 놀란 스프리하가 날카로운 눈으로 두 사람을 바라보았.

"이건 누구야?" 모르는 남자가 손수건으로 이마의 땀을 닦는 것을 보며 스프리하가 물었다.

"누구라니 무슨 말씀입니까? 대장, 이분은 카푸시친스키 판정관 아닙니까!" 사테르누스가 망설이지 않고 대답했다.

'판정'의 두 번째 음절이 잘 들리지 않았고 사테르누스는 말하자마자 이 실수를 깨달았다. 마그지아레크가 반사적으로 반응했다. 언제나 그렇듯이, 인정사정없이 순식간에. 손에서 떼지 않는 그의 망치가 공격을 예상하지 못했던 남자의 머리에 너무 세게 떨어져서 망치 손잡이까지 두개골 속으로 들어가 버렸다. 안경 쓴 남자는 번개를 맞은 듯, 얼굴의 미소가 사라지기도 전에 쓰러졌다.

"축구 심판이에요!" 오해에 대한 설명을 거의 즉시 내놓았지만 이미 너무 늦었다.

스프리하는 그저 고개만 저었다. 살해당한 남자가 이제 다시 움직이기 시작했는데, 확실히 사후의 일반적인 경련은 아니었다.

"가자!" 스프리하가 가장 가까이 있는 부하를 밀면서 내뱉었다.

"저놈은 어떡할 거요?" 수이카가 카푸시친스키의 시신을 가리키며 두려워하는 목소리로 물었다.

"어떡하긴. 여기 그냥 둬. 우리가 돌아올 때 저놈 혼자서 길을 막을 리는 없어."

일당은 교도소를 향해 다시 걷기 시작했으나 줄 끝에 서 있던 마그지아레크가 몇 걸음 걷다가 몸을 돌려 여전히 보도에서 몸부림치는 좀비를 향해 달려갔다. 그는 뛰어올라 뒤에서 덮쳐서 좀비가 몸을 돌리기 전에 깨진 두개골 속에 박힌 망치 손잡이를 붙잡았다.

"그냥 둬, 멍청아!" 성난 스프리하가 씩씩거렸다. "피투성이잖아! 너도 저놈같이 되고 싶어? 트램 차고지에 그거하고 똑같거나 더 나은 망치가 열두 개는 더 있어. 사방에 그 비슷한 게 굴러다닌다고!"

"하지만 이건 내가 제일 좋아하는 망치요." 마그지아레크가 항의했다.

"그냥 두고 오라고 했잖아!"

마그지아레크는 내키지 않았지만 좀비에게서 물러났다. 역겹다는 듯 좀비에게 침을 뱉고는 서둘러 다시 나머지 일당에게 달려왔다.

그 뒤로는 별다른 일 없이 제가드워비치 거리에 도달했다. 거기서 일당은 조를 나누었다. 마그지아레크가 슈치그위에게서 기관총과 여분의 새 탄띠가 든 상자를 받았다. 그리고 이전에 아파트 4층의 관찰 지점으로 올라갈 때 썼던 그 밧줄을 향해 스프리하를 따라서 움직였다.

스프리하는 처음에 했듯이 마그지아레크를 앞에 세웠다. 그에게서 기관총과 탄약을 넘겨받고 대신 둘둘 만 빨랫줄을 넘겨주었다. 마그지아레크가 위에 올라가면 쇳덩이답게 무거운 기관총과 그만큼 무게가 나가는 탄약 상자를 이 빨랫줄에 묶어서 끌어 올릴 예정이었다.

　나머지 일당은 보도 바로 앞 공터 안쪽, 아파트 벽 아래 쭈그리고 앉아서 정해진 신호를 기다렸다.

　스프리하는 창문으로 들어간 아파트에 그대로 남아 있을 생각이 아니었다. 같은 일을 반복하면 망한다는 사실을 알고 있었으므로 마그지아레크에게 맞은편 아파트로 넘어가라고 지시했다. 맞은편 아파트 문은 열려 있었는데, 이곳 주민들이 굉장히 서둘러 짐을 싸면서 필요하다고 생각되는 것은 모두 꺼냈지만 가져가지는 못한 듯 엄청나게 어질러져 있었다. 서둘러 안을 훑어본 결과 아파트는 비어 있었고 함정은 없었다. 마그지아레크가 현관에서 신발장을 끌고 나와 층계참에 갖다 놓아서 계단으로 나가는 길을 효과적으로 막았다. 혹시라도 이 새로운 은신처에서 10미터보다 가까이에 숨어 있던 좀비가 계단을 올라올 때를 대비한 바리케이드였다.

　스프리하는 마그지아레크가 소란스럽게 작업하는 모습을 냉정한 눈으로 지켜보았다. 작전을 시작하기로 정해둔 새벽 3시까지 아직 시간이 많았다. 공격을 감행하기에는 한밤중이 가장 이상적인 시간이었다. 보통 사람은 새벽 3시쯤에 가장 깊이 잠들어 있다. 그러므로 깨어나도 제정신으로 생각하기 힘들며 실수하기가 쉬웠다. 깊이 잠들었다가 깨어난 사람들은 신경질적으로 반응하고, 특히 위기 상황이나…… 정문을 지켜야 하는 상황이면 더더욱 그렇다. 그는 방금 전 있었던 불상사를 떠올리고 혼자 속으로 웃었다.

　'판관'이나 '판사' 혹은 그와 비슷한 단어들도 어떤 부하들에게는 황소에게 빨간 망토를 보여주는 것과 같은 효과를 일으켰다. 그래서 스프리하는 마그지아레크의 순간적인 반응에 놀라지 않았고 거기에 화를 내지도 않았다. 갑자기 튀어나온 그 축구 심판이라는 바보를 언젠가는 없애버려야 했으므로 나중에 궁리할 노력을 아껴 주었을 뿐이다. 목격자를 남겨서는 안 되기 때문이다.

자신의 영혼처럼 검고 어두운 주방에 앉아서 쌍안경을 눈에 꽉 붙이고 스프리하는 트셰브니츠카 거리와 클렝치코프스카 첫 블록 아파트에서 살아남은 주민들을 잊어버린 것에 대해 스스로 속으로 한 번 더 욕설을 퍼부었다. '그 가축들 중에서 누구 하나라도 교도소로 달려갔다면…….' 생각만 해도 소름이 끼쳤다. 다행히 즈고젤스키가, 전혀 다른 목적이기는 해도 전날 가스공장 부지에서 낮 동안 정찰을 했고, 그의 보고에 따르면 범죄자 일당이 떠나고 나서 거리로 기어 나온 주민들은 좀비 한 마리만 봐도 덜덜 떠는데 교도소 정문 근처에 좀비들이 떼 지어 모여 있는 모습을 보고는 예외 없이 전부 아주 빠르게 트셰브니츠카 거리 쪽으로 돌아갔다고 했다. '가축들은 이런 순간에 맑은 정신으로 계획을 세우는 것이 아니라 가장 단순한 자극에 반응할 뿐이지. 나에게는 다행이야.' 스프리하는 다시 한번 이렇게 생각하고 유쾌하지 않은 회상을 끝냈다.

그가 부하들을 여기로 이렇게 이른 시간에 이끌고 온 이유는 부지를 다시 한번 정찰하고 어떤 함정이라도 있는지 확인하기 위해서만이 아니었다. 감시탑 근무 일정에 뭔가 변화라도 생기지 않았는지 확인할 시간을 확보하기 위해서였다. 낮 순찰 시간표는 밤과는 완전히 다를 수도 있었으므로 스프리하는 자기 눈으로 최소한 교대 장면을 한 번은 보기 위해서 두 번째 감시탑 바로 앞에 자리를 잡았던 것이다.

이전에 관찰한 바로는 오크루트니가 모든 감시탑에 경비교도관을 세워두지 않는 것 같았고 그 점은 수상해 보이지 않았다. 교도소 담은 단단하고 높아서 그 담에 둘러싸인 교도관들은 좀비들이 밀고 들어올 걱정을 할 필요가 없었다. 살아 있는 사람이라면 당연히 위협을 느끼지 않았을 것이다. 그러므로 감시탑에 경비교도관을 두 명만 올리는 것으로 충분했다. 그들은 정해진 위치에 머무르는 게 아니라 순찰로를 돌면서 감시탑마다 올라가서 바깥을 정찰했다. 그러므로 스트루크 거리와 클렝치코프스카 거리 모퉁이에는 경비교도관이 한 시간에 두 번, 정각과 30분에 나타났다.

지금도 그런지 스프리하는 곧 확인할 수 있을 것이었다.

마그지아레크가 탁자 위에 기관총 거치대를 세우고 기관총을 올렸으나 스프리하는 이 임시방편의 발포 지점을 창문 가까이 옮기는 것은 금지했다.

"당분간은 바깥으로 고개를 내밀지 않을 거야." 그가 말했다.

"왜요?" 마그지아레크가 놀랐다.

"만약을 대비해서." 스프리하가 다시 쌍안경을 눈에 대면서 대답했다. "거의 전부 다 이상 없어 보이긴 하는데 뭔가 마음에 안 들어."

"조용하고 평화롭잖소." 마그지아레크가 스프리하의 등 뒤에서 창밖을 내다보았다. "개새끼들이 우리가 감방에 들어앉아 있을 때처럼 잘 자고 있소."

"겉보기하고는 다른 법이야, 친구." 스프리하가 설교하는 말투로 대답했다. "그리고 난 내가 직접 확인하기 전엔 절대로 뛰어들지 않아……."

어둠 속에서 스프리하는 차고 지붕까지 이어진 높은 담 아래 담뱃불을 붙이는 듯한 조그만 불빛을 보았다. 그는 시계를 보았다. 새벽 1시 53분이다. 감시탑으로 향하는 경비교도관은 바로 그 담뱃불이 있는 지점에 있을 것이다. 잠시 후에 바로 그 경비교도관이 감시탑에서 몸을 내밀었다. 이렇게 짙은 어둠 속에서는 못 보고 지나칠 것 같았지만 조그만 담뱃불이 계속 타오르고 있었고, 조금 뒤에는 전부 다 타서 땅에 떨어져 아주 작은 불꽃이 여러 개 튀었다가 사라졌다.

갑자기 주위가 훨씬 밝아졌다. 스프리하는 하늘을 쳐다보았고 머리 위에 별과 달이 뜬 것을 보았다. 완전한 어둠을 원했으므로 그는 혼잣말로 욕을 했으나, 북쪽을 쳐다보고 아직 전부 망한 것은 아니라는 사실을 확인했다—구름이 다시 모여들기 시작했고, 바람이 방향을 바꾸지만 않으면…….

'끝이 좋으면 모든 게 다 좋지.' 그는 생각했다.

잠시 주위가 밝아진 틈을 타서 그는 교도소 마당과 그 뒤에 있는 건물로 시선을 옮겼다. 모든 감방 창문이 까맣게 보여서 마치 안에 있는 누군가가 전부 먹물로 채운 것 같았다. 감방 안에 석유등은 물론 촛불 하나 켜진 곳도 없었다.

겁에 질린 가축들이 이전에 불을 켜고 잠들었다 해도 지금은 필요가 없는 것이다. 초는 녹게 마련이고 분명히 등유도 감방마다 다 태울 수는 없을 것이다. 야외에서 스프리하는 경비교도관 외에는 아무도 보지 못했으며 교도관도 담에 가려 갑자기 시야에서 사라져 버렸다. 부품이 전부 밖으로 꺼내진 지프차가 이전과 같은 장소에 서 있었다. 지금은 문 안쪽에 임시방편이지만 그래도 멀리서 보기에 정말로 단단해 보이는 보호판이 앞면, 바퀴, 문에 설치되어 있었는데, 이 때문에 지프차가 거추장스러워 보였다.

"어딜 타고 나가려고 준비하는 모양이오." 마그지아레크도 지프차를 보고 중얼거렸다.

"우리를 방문하시려고 하는지도 모르지." 스프리하가 마음속에 품고 있던 의심을 밖으로 꺼냈다.

"무슨 말이오, 여기로?" 마그지아레크가 불안하게 되물었다.

"아니, 스위비안스카 거리. 우리가 호송차 안에서 다 뒈졌는지 확인하려 들 테니까……." 스프리하는 가장 걱정되는 세부 사항 하나는 일부러 말끝을 흐려 숨겼다.

스프리하는 마음 한구석에서 오크루트니가 자신들이 이미 호송차에서 탈출했다는 사실을 알고 있을 것이라는 의심을 놓을 수가 없었다. 범죄자들을 교도소 담 밖으로 놓아주었다는 거대한 잘못을 만회할 목적으로 작전을 꾸미고 있는 듯했다. 스프리하는 범죄자들의 두목으로서 이런 생각은 혼자 간직하는 쪽을 택했다. 아무도 모르기는 했지만 스프리하는 미신을 굳게 믿는 사람이었다. '입 밖에 내지 않으면 말이 씨가 되지 않는다.' 이것이 그의 수많은 모토 중 하나였다.

이후 30분 동안 스프리하는 교도소 근무자들이 감시탑 근무 일정을 전혀 바꾸지 않았다는 사실을 확실하게 알았다. 부지를 순찰하는 다음 경비교도관들이 모퉁이 감시탑에 정확히 새벽 2시 30분에 나타났다. 대략 7분 뒤에 그들은 스트루크 거리와 크라셰프스키 거리 모퉁이에 도착하고, 그런 뒤에 레이몬트 거리 쪽으로 좀 더 걸어가면서 창고를 지나가는데, 이곳이 바로 낮에 준위와 부하들이 가장 중요한 물건들을 모아놓은 그 창고다.

야니체크는 이 2인 1조 경비교도관 중에서 다른 한 명이 지나갈 때 신호를 받을 것이다. 2시 55분이 되면 야니체크는 카치마레크와 함께 차고 아래 몸을 숨긴다. 10분 뒤에 담 안으로 넘어가서, 그때 감시탑에서 내려오는 경비교도관과 안전한 거리를 두고 들키지 않게 마당을 지나 정확히 3시 32분에 창고에 불을 지른다. 방화는 경비교도관 두 명이 다 즉각 대응할 수 없을 만큼 멀리 있는 순간에 해내야만 했다.

'그리고 불이 번지기 시작하면 아무도 우리를 막을 수 없지.' 스프리하는 계속해서 머릿속으로 계획을 짜면서 만족감을 숨기지 못했다.

오크루트니의 눈을 똑바로 들여다보며 그 눈빛에 나타나는 공포, 절망, 패배의 괴로움을 감상하고 싶었다……. 스프리하는 갑자기 활짝 웃었다. '대위는 분명히 자기 가족도 저 안으로 데려왔을 거야. 자기 마누라가 제일 먼저 들어오도록 신경 썼겠지…….'

예상과는 달리 먼저 그쪽과 놀이를 즐기게 될지도 몰랐다.

41

1963년 8월 13일 화요일 03시 31분
1호 교도소, 클렝치코프스카 거리 35번지

　여성 사동 감방 안은 물론, 꼼꼼한 지시를 받은 생존자들과 작전 준비를 마친 비에드지츠키의 군인들이 모여 있는 다른 모든 곳까지 엄청난 긴장감이 감돌았다. 오크루트니가 기억하는 2차 세계대전 최전선에서 부사관들이 유령처럼 참호 안을 돌아다니며 당장이라도 시작될 기습 공격에 모두 달려 나갈 준비가 되어 있는지 확인하던 때와 비슷하게 느껴졌다. 이런 비교는 실제로도 현실과 아주 동떨어지지 않았다. 현재 교도소 부지 안에 있는 많은 사람에게 앞으로 일어날 상황들은 일반적인 전투와 그다지 다르지 않을 것이었다. 그래서 대위는—준위와 정말로 길게 논의한 끝에—민간인 임시 선별이 반드시 필요하다고 결정했다.
　대위는 인근 아파트에서 대피해 온 사람들의 절반 이상, 주로 노인과 아이들을 좀비들을 소탕한 X동에 배정해서 전 수형자들과의 피할 수 없는 전투에서 최대한 멀리 떨어져 있도록 배려했다. 대위 자신과 함께 여기, 교도소 안에서 가장 힘든 순간들을 이겨낸 사람들에게는 선택지를 주었다. 토요일의 악몽을 이겨내고 생존한 150명 중에서 30명 정도가 작전에 참여하지 않는 쪽을 선택했다. 이들은 대부분 여성과 어린아이들이라 상황이 통제를 벗어났을 때……. 아니, '벗어났을 때'가 아니라 만약에…… 만약에 상황이 통제를 벗어나면 도움이 되기보다는 방해가 될 수 있었다.

그들은 이제 불길이 타오르기만을 기다리고 있었다. 저격수들은 30분쯤 전에 차고 지붕으로 몰래 숨어드는 배낭 멘 남자를 보았다고 보고했다. 이 남자는 밧줄을 타고 교도소 안으로 내려왔고 그 밧줄은 즉시 공범이 당겨서 가지고 갔다.

이후에는 1분, 1분이 잔인하도록 길게 늘어졌다. 오크루트니의 사무실에서 분위기가 너무 긴장되어 안에 있는 사람들 모두, 갑작스러운 동작 하나 혹은 조금 고집스럽게 내뱉은 단어 하나 때문에 다들 폭발해 버릴 수도 있다고 느꼈다.

"스프리하가 보낸 그 방화범이 일을 망친 거 아닙니까?" 마침내 군인들을 이끄는 슈나이더 상사가 입을 열었다. 그는 전직 탱크병이었고 그 뒤에는 공병대에서 개조한 소련제 탱크 T-54 운전병으로 복무했다.

"야니체크는 방화의 예술가이고 다른 범죄자와 비교할 수가 없소." 오크루트니가 즉시, 그것도 어조에 한 점의 경멸도 없이 대답했다. "시간만 충분하면 물에도 불을 붙일 수 있는 놈이오."

"슈나이더 상사님 말씀이 맞는 것 같습니다. 여기 불붙일 쏘시개가 무더기로 있는데 저 방화범이 벌써 15분째 뭉그적거리고 있습니다." 또 다른 군인인 시드워프스키 일병이 빈정거리는 어조로 끼어들었다. 시드워프스키는 브로츠와프에서 태어나 자랐고 본래 빈정거리기를 잘하고 냉소적인 성격인데 최근에는 예외적으로 시무룩하게 다녔다. 가족이 어떻게 됐는지 전혀 알 수 없었기 때문이다. 게다가 그의 가족은 하필 교도소에서 멀지 않은 곳에 살았다.

"그놈을 잘 알아서 하는 말인데 자기가 불을 붙여서 키우면 우리가 끌 수 없게끔 어떻게든 수를 쓸 거요."

오크루트니가 이 말을 마치자마자 바깥에서 날카로운 호각 소리가 들렸다. 경비교도관 누군가 불길을 보고 경보를 울린 것이다.

군인들이 당장 벌떡 일어났으나 대위가 손짓으로 그들을 다시 앉혔다.

"아직, 조금 더 기다리시오. 우리가 이것만 기다리고 있었다고 놈들한테 보여줄 작정이오?"

민간인 자원자들의 조장을 맡아 감독하는 선원들은 생존자들의 반응이 최대한 자연스러워 보이기 위해서 누구를 어느 순서로 마당에 내보내야 하는지 미리 지시를 받았다. 처음에는 감방에 손전등이 켜졌고 그런 뒤에야 석유등 불빛이 번쩍였다. 몇 분 사이에 사동의 창문 절반이 석유등 불빛으로 환해지기 시작했다. 심지어 빈 감방도 마찬가지였다. 사람들이 철창 사이로 내다보고 비명을 지르고 밖으로 뛰어나오기 시작했다. 스프리하가 이 모습을 보고 있다면 분명 만족했을 것이다. 그러나 지금으로서는 저격수들이 아무도 지정된 장소에서 스프리하를 발견하지 못했고, 대위는 이 점이 아주 불안했다. 그러나 계획대로 시행하는 수밖에 달리 방법이 없었다.

"지금이다!" 대위는 시계를 보고 나서 예정된 명령을 내렸다.

대위는 군인들과 함께, 군인들과 마찬가지로 옷차림이 흐트러진 모습으로, 바지만 입은 채 제복 상의와 허리띠는 옆구리에 끼고 셔츠 단추를 서투르게 끼우면서 달려 나갔다. 그들은 경보 때문에 방금 깨어난 사람들처럼 보여야 했다. 창고 앞 마당에 도달하기도 전에 교도소 모퉁이에 있는 이 2층짜리 창고 건물은 이미 횃불처럼 타오르고 있었다. 야니체크가 솜씨를 발휘했으니 이런 불은 일반 소방대가 와도 당장 끄기 어려울 텐데 갈고리와 양동이만 든 사람들이라면 더 말할 것도 없었다. '그 새끼가 이런 일에 재주……라고 해야 되나?' 오크루트니는 수형자의 범죄성향을 어떻게 정의해야 할지 알지 못했으나, 그 생각은 얼른 버리고 자신을 기다리는 가장 중요한 임무에 뛰어들었다.

"자네, 자네, 그리고 자네!" 대위는 미리 선정해서 지정된 장소에 서 있던 사람들을 가리켰다. "빨리 창고에 가서 양동이와 연장 가져와! 자네하고 자네!" 다음 민간인 두 명이 대위 앞에 섰다. "사람들 모아서 손잡고 세 줄로 서라고 하게. 한 줄은 여기 우물에, 다른 줄은 저쪽에, 세 번째는 가운데, 끝이 갈라지게 서서 양동이 전달해!" 대위는 마당을 가로지르며 계속 명령을 내리고 우는 여자들을 흔들고 우왕좌왕하는 남자들을 밀었다. 몇 초 안에 대위는 이들을 모아서 화재 진압을 위한 유능한 기계로 만들었으나 규모가 너무 작았다. 검은 연기가 불타는 창고의 여러 창문에서 뿜어져 나왔고 2층 창문까지 연기를 뿜고 있었으며, 몇몇 창문에서는 이미 불길이 폭발해서 벽돌 벽을 핥아 순식간에 새까맣게 태웠다.

이 건물은 이미 구할 수 없기 때문에 대위는 건물을 보존하려고 애쓰는 시도조차 하지 않을 생각이었다. 그 대신 창고 옆에 있는 작업장에 옮겨붙은 불을 끄는 데 인력을 집중했다. 이쪽이 훨씬 더 자연스러워 보일 것이었다. 게다가 나중에 가까운 아파트 창문에서 기관총 총알이 날아오는 경우 그 작업장 벽 아래가 가장 훌륭하고 가까운 대피장소가 될 터였다.

"소식 없나?" 그는 잠시 후에 지프차 보닛 위로 뛰어올라 물었다. 차량 안에 숨은 무전병이 고개를 흔들었다.

"완전히 조용합니다."

"저격병들에게 이웃한 아파트들과 옥상에 집중하라고 하게." 오크루트니가 지시하고 계속해서 사람들을 미리 지정한 위치로 새롭게 이끌기 위해 돌아섰다.

"스타프스키와 반코프스키 말씀입니까?" 저격병은 세 명이었으므로 대위가 이 세 명 모두 스프리하를 찾는 데 동원하려는 것인지 확인하기 위해 무전병이 다시 물었다.

"그래. 카민스키는 더 중요한 임무가 있다."

"스타프스키, 반코프스키, 새 명령이 떨어졌다. 2번지에 이웃한 아파트들 창문과 옥상을 정찰하라. 오버."

두 저격병 모두 즉각 명령을 수신했음을 확인했다.

마당에는 끊임없이 생존자들이 오가고 있었고 그 뒤에 모두가 기다리던, 가장 중요한 단계를 수행할 때가 왔다. 오크루트니는 교도관 제복을 입은 민간인들을 불러서 경계선을 치도록 명령하고, 그 안에는 구조 작전에 직접 참가하는 사람들만 들여보내라고 지시했다. 세 줄로 손을 잡고 선 사람들은 거의 50명이었다.

우물 앞에서 작업하는 남자들이 먼저 양동이들을 채워서 손에서 손으로 전달했고, 앞줄 사람들이 그것을 받아서 안에 든 물을 이미 깨진 창고 창문에 뿌리거나 불타는 창고 옆에 있는 건물에 최대한 많이 부으려 애썼다. 세 번째 줄인 가운데 선 사람들은 빈 양동이를 받아서 반대편으로 옮겨 우물 앞에서 쉬지 않고 일하는 사람들에게 전달했다.

대위는 계획을 알고 있는 자기 자신조차도 화재 현장을 보면서 전혀 의심스러운 점을 찾을 수 없다고 인정해야 했다. 다들 이런 상황에서 일반적으로 할 만한 일만 했다. 그리고 대위는 자다 깨서 깜짝 놀란 상황이어야 하므로 여러 가지 실수를 저지르고는 빠르든 늦든 다시 명령을 내려 그 실수를 만회해야 했다.

"차고 근처에 움직임이 있습니다." 마침내 저격수 카민스키 일병이 보고했다. 그는 범죄자들이 함정에서 빠져나가 도망치려 할 때 발포하는 임무를 맡은 터라 여성 사동 별관에 자리 잡고 있었다.

"몇 명이나 보이나?"

"카민스키, 대위님이 몇 명 보이냐고 물으신다." 지프차 뒷좌석 바닥에 납작 엎드린 무전병 라트케 상사가 물었다.

"하나씩 넘어옵니다." 카민스키가 조금 엉뚱하게 대답했다. "지금까지 여섯 명 봤습니다. 전부 사복 차림에 여러 가지 복장을 하고, 런닝셔츠만 입거나 셔츠 단추를 풀어 헤쳐서 우리 쪽과 구분할 수 없습니다."

"스프리하는 멍청이가 아니니까." 오크루트니가 중얼거렸다.

범죄자 일당은 군중 속에 녹아들어야 했으므로 이전의 죄수복을 입고 마당에 기어들 수는 없었다. 그 젊은 여성의 경고가 아니었다면 범죄자들은 아무것도 모르는 교도관들을 순식간에 처치했을 것이다. 그들의 계획은 좋았고, 심지어 훌륭했지만 오크루트니는 스프리하 같은 중범죄자에게 허술한 계획을 기대하지 않았다. 다행히 누군가 용기를 내어 밤중에 좀비들이 점령한 시내를 뚫고 와서 그 비밀을 알려준 것이다. 대위는 자기도 모르게 스위비안스카 거리 쪽을 바라보며 파울리나가 언니와 이웃들을 살리는 데 성공했을지 생각했다. 파울리나가 다시 떠난 직후에 대위는 총소리를 네 번 들었다. 첫 세 번은 제대로 조준했다기에는 너무 빠르게 연달아 들렸고, 그래서 잠시 후 네 번째 총성이 들렸을 때 대위는 이상하게 뱃속이 눌리는 듯한 느낌을 받았다.

'그 네 번째 총알로 자기 목숨을 끊은 것은 아니기를…….'

"아홉 명이 지붕을 넘어왔습니다. 일정한 시간 간격을 두고 움직였으니 아마 이게 전부인 것 같습니다." 카민스키가 보고했다.

"야니체크 포함인가 아닌가?" 대위가 화재 진압 작업에만 온 정신을 쏟는 듯이 계속 몸짓하면서 물었다.

"야니체크 빼고 아홉입니다." 라트케 상사가 대위의 질문을 전달하자 저격수가 대답했다.

"그러면 바깥에 놈들이 아직 세 명 남아 있다는 뜻이다. 기관총 담당 두 명과 스프리하다. 서로 다른 장소에 있을 수도 있다. 나머지 저격수들에게도 이 정보 전달하게."

"예, 알겠습니다!"

* * *

교도관 제복을 입은 사람들이 두 줄로 서서 그들 사이에 지나갈 통로가 있는 경계선을 만들었고, 이 경계선이 야외 공간을 전부 차지했으며, 그 뒤에 서 있는 겁에 질린 군중은 산책장 벽부터 안쪽 담까지 이제 120명이 넘었으므로 밖에 나와 있어야 하는 사람은 이제 전부 마당으로 나온 것이었다. 그러나 스프리하는 여전히 모습을 드러내지 않았고 기관총 담당자도 마찬가지였다.

"예배당 뒤 두 번째 아파트 어딘가에 있는 게 틀림없어." 오크루트니가 추정했다. "그쪽에서만 깨끗하게 사정 범위가 나온다."

"그 건물에 집중하라고 저격수에게 전달합니까?" 라트케 상사가 물었다.

"그래." 오크루트니가 한동안 생각한 뒤에 대답했다. "첫 번째 목표물은 무시하고 모든 움직임을 감시하라고 해. 2번지만이 아니라 다른 아파트 창문도."

그들의 시간은 끝나가고 있었다. 교도소 안으로 숨어든 범죄자들은 이미 군중 속에 섞였다. 대위가 서 있는 곳에서는 그들이 보이지 않았으나 여성 사동 안에 숨어 무전기를 담당한 사람들에게서 계속 보고를 들었다. 그들의 임무는 마당을 뒤쪽에서 지켜보는 것이었는데, 불길이 미친 듯이 타올라 루핑으로 덮은 지붕까지 번진 덕분에 범죄자들이 이용할 수 있는 유일한 출입문을 완벽하게 관찰할 수 있었다. 이들 또한 열 명의 목표물이 나타났다고 확인했다. 가장 눈에 띈 야니체크는 방화 작업을 마친 뒤 순찰로를 따라 돌아와서 나머지 일당에 합류했다.

*　*　*

우카시 코발스키는 이 임무를 수행하겠다고 자원한 여섯 명의 선원들 중 하나였다. 그는 키가 크고 체격이 좋았고, 높은 이마를 다른 남자들처럼 모자로 가리지 않고 군대식으로 그저 머리를 짧게 잘랐다. 석탄처럼 검은 턱수염은 언제나 잘 다듬어두었다. 화물선을 타고 항해하는 것은 쉬운 직업이 아니었으나 몇 가지 장점도 있었다. 그중 하나는 항해하는 동안 가족과 집에서 떨어져 있어서 자기 자신을 위한 시간이 부족하지 않다는 것이었다.

그 때문에 코발스키는 선원들을 훈련시킨 경찰 차량부대 경위가 한밤중에 깨워서 영화제작소 부지로 전부 집합시켰을 때 손을 들었다. 그는 무기력함을 즐기지 않았는데, 군인들은 선원들에게 가만히 앉아서 그다지 오래되지 않은 군대 기본훈련과 이후에 훈련장에 나가서 이미 알고 있는 것을 다시 훑어보라고만 했다.

사실 무엇에 유혹을 받았는지 코발스키 자신도 확실히 말할 수 없었지만 결정을 후회하지는 않았다. 그는 기꺼이 함께 목숨을 바칠 수 있는 사람들 사이에 서 있었고, 그것도 감염병 때문이 아니라 좀비보다 더 악랄한 쓰레기들 때문이었다. 몇 시간 전에 오크루트니가 진행한 브리핑을 듣는 동안 너무나 역겨운 범죄 이야기를 많이 들어서 허락만 받을 수 있다면 코발스키는 그 범죄자들의 목을 자기 손으로 차례로 꺾어버리고 싶었다. 그래서 코발스키는 대체 어째서 범죄자들의 계획에 넘어가는 척해야 하는지 대놓고 물어보았다. 그가 들은 대답은 단순하고 간결했으나 아주 만족스러웠다.

그래서 코발스키가 속 썩는 점은 이제 단 하나, 그 짐승들이 죽을 때 눈앞에서 볼 수 없다는 사실뿐이었다.

그의 파트너는 아르투르 보워토프였는데 동료 선원이었고 코발스키보다 체격이 훨씬 더 큰 레그니차 출신 남자다. 아내와 아이가 있었으며 스위비안스카 거리에서 일어난 처형에 대한 이야기를 듣자 확 끓어올랐다. 이상한 일도 아니었다. 그의 가족도 어딘가, 무척 가깝지만 그의 손이 닿을 수 없는 곳에 있었고 어쩌면 비슷한 범죄자 일당의 손아귀에 떨어져 있을지도 모르는 일이었다.

그들의 목표물은 도망친 죄수였는데, 그 죄수는 교도관 제복을 입은 민간인들이 친 경계선 중앙에 있는 마투시아크 교도관에게 다가올 것이었다. 선원들은 도망친 범죄자들이 누구인지 모르기 때문에 만약을 대비해서 미리 모든 범죄자의 수형자 사진을 봐두었다. 그래도 몇 년도 전에 입감될 때 찍은 사진이라 지금 모습은 전혀 다를 수도 있었다. 선원들은 주변을 둘러싼 진짜로 겁에 질린 사람들과 잘 구분되지 않도록 더럽고 대단히 흐트러진 모습으로 서로 거리를 두고 조용히 서 있었다. 그들은 군중 안에서 기다리고 있었는데, 목표물이 숨어들어 올 경계선 선두에서는 조금 멀리 떨어져 있었다.

지금으로서는 아무도 눈에 띄지 않았지만 대위가 두리번거리지 말라고 했으므로 선원들은 범죄자가 자신들을 지나치거나 옆에 설 때까지 참을성 있게 기다렸다. 마침내 코발스키가 이상한 움직임을 감지했다. 울고 있는 여자들 사이로 어떤 체격 작은 사람이 자기 몸보다 훨씬 큰 회색 셔츠를 입고 끼어들었다. 머리카락이 길었는데, 더 가까운 곳에서 보면 머리카락을 말아 올리거나 핀으로 집어 올려서 닳아빠진 챙 모자 안에 숨겼음을 알 수 있었다. 코발스키는 얼굴을 볼 수 없어서 이 사람이 범죄자인지 확신할 수 없었는데, 그 수상한 사람이 교도관 뒤에 가서 섰다. 그 순간 코발스키는 의심을 전부 버리고 자기 앞에서 있는 사람이 울피크임을 확신했다. 두꺼운 셔츠의 긴 소매를 내려 손목 단추를 꼼꼼하게 잠가 문신을 가렸는데, 울피크는—대위의 말에 따르면—감옥 전체에서 가장 문신이 많았기 때문에 팔을 드러냈다가는 범죄자라는 사실을 순식간에 들킬 것이었다. 코발스키의 파트너 보워토프도 울피크를 보았고 이미 자리에서 움직이고 있었다. 사람들이 살그머니 움직여 두 선원에게 길을 터주었다. 선원들이 누구인지 모두 알고 있었으며, 또한 담 밖에서 관찰하는 일당이나 더 가까운 곳으로 숨어들어 온 범죄자들이 마지막 순간까지 함정이 입을 벌리기 시작했다는 사실을 아무도 알아채지 못하게 하는 게 중요하다는 것을 알고 있었다.

코발스키는 연락을 담당한 여성의 어깨를 두드렸다. 여성은 눈물, 콧물을 흘리며 마치 식량이 타버리는 것을 진심으로 안타까워하는 듯 보였지만 즉시 돌아서서 군중 뒤쪽으로 움직였다. 이 여성의 임무는 산책장 담벽 뒤까지 넘어가서 무전병이 자기 모습을 볼 수 있게 하는 것이었다. 여성은 그곳에 서서 울거나, 다른 여성이나 좀 큰 아이들을 달래기로 돼 있었다. 이 여성과 아이들도 비슷한 역할을 맡았다. 열린 공간에 열 명이 모이면 오크루트니가 공격 신호를 줄 것이다. 수류탄이 터지는 순간까지도 범죄자들을 전부 특정하는 데 실패하면 선원과 군인과 민간인들은 할 수 있는 한 많은 범죄자를, 심지어 최대한 잔혹한 방법을 써서라도 제압하되 죽이지는 말아야 했다. 붙잡은 범죄자들을 가까운 담벽 아래로 데려가 기관총 사격이 미치지 못하는 곳으로 모두 대피하면 작전이 끝난다.

그동안 화재 진압조는 창고 옆 작업장 건물 안에 숨어 있기로 했으므로 미래의 은신처를 최대한 안전하게 확보하기 위해 계속해서 열심히 애쓰고 있었다.

* * *

"몇 명 특정했나?" 시간이 좀 흐른 뒤에 오크루트니가 물었다.
"아홉입니다." 라트케가 대답했다. "변동 없습니다."
"그 마지막 쓰레기는 대체 어디 있지?" 대위가 놀라며 중얼거렸다.
시간이 지나고 있었다. 군중 속에서 열 번째 여성이 나간 뒤로 3분이 흘렀다. 스프리하가 당장이라도 수류탄을 던져 공격 명령을 내릴 수 있었다.

"그 마지막 놈은 다른 역할을 하는지도 몰라." 오크루트니는 이렇게 말하고 결정을 내렸다. "군중 속에 숨어서 분명히 상황이 복잡해지면 나머지 놈들을 보호하는 역할을 맡을 거다."

"수류탄으로 말입니까?" 라트케 상사가 신음했다.

"아니길 바라야지. 카민스키한테 본관으로 자리 옮기라고 해. 군중을 관찰하는 데 집중하도록. 마지막 한 놈은 우리 신호를 모르니까 너무 놀라서 늦게 반응할 거고, 그걸로 충분히 특정할 수 있을 거다. 카민스키가 보기에 놀라서 어리둥절한 놈은 전부 쏘라고 해. 하지만 다리를 노리는 게 최선이다. 이 마당에 좀비가 생겨나면 어떻게 될지 생각도 하기 싫다." 오크루트니는 가쁜 숨을 들이쉰 뒤 넘어지는 척하며 손을 운전대에 기댔다.

날카로운 자동차 경적 소리가 불꽃이 타오르는 소리를 뚫고 울려 퍼졌다. 긴장해서 이 신호를 기다리던 사람들이 순식간에 달리기 시작했다. 마당은 마치 허리케인이 휩쓸고 지나간 것처럼 텅 비었다. 내던진 양동이와 함께 마당에 남은 것은 완전히 어리둥절해 보이는 남자였는데, 이 사람은 확실히 범죄자 일당이 아니었다. 저격수의 총소리가 기침 소리처럼 들렸지만, 대위는 카민스키가 성공했는지 확인할 시간이 없었다. 대위는 차에서 뛰어내려 바짝 마른 남자를 관찰자들의 눈길과 예견된 기관총 총알에서 가려줄 2미터 떨어진 담벼으로 끌고 갔다.

대위는 잔뜩 짓밟힌, 종이 같은 마른풀 위로 넘어졌으나 주위는 끊임없이 타오르는 불길 소리만 빼면 비교적 조용했다.

'뭐가 잘못된 거지?'

42

1963년 8월 13일 화요일 03시 35분
나도제

마그지아레크는 부엌 식탁에 앉아 옆에는 거치대 위에 설치한 기관총을 놓고 지루해하면서 신호를 기다렸지만, 스프리하는 계속 말이 없었다. 아파트 안쪽의 유일한 창문에서 약간 비낀 각도에 앉아 마치 누군가 자기를 볼까 봐 두려워하는 것 같았다.

"뭐가 잘못됐소?" 마침내 마그지아레크가 물었다.

"아직 몰라." 스프리하가 쌍안경을 눈에서 떼지 않고 조금 늦게 대답했다.

야니체크가 일으킨 엄청난 화재의 불길이 마당 전체를 밝히고 여성 사동 본관과 별관 벽까지 흔들리는 그림자를 드리우고 있었다. 오크루트니는 지프차에서 화재 진압조를 지휘했고 진압조는—대체로 합리적으로—강력한 불길과 싸울 엄두조차 내지 못했다. 대신 그저 옆 건물을 불길에서 보호하려고 애썼는데, 이 옆 건물은 스프리하가 기억하기로 교도소 작업장이었다. 나머지 가축들도 스프리하가 예상한 대로 입을 딱 벌리고 아무 생각 없이 미래가 연기와 함께 날아가는 모습을 그저 지켜보고 있었다.

모든 일이 매끄럽게 흘러갔으나 스프리하는 벌써 한 15분 전부터 익숙한 목덜미의 소름을 느끼고 있었다. 경찰이 심어둔 피해자의 집—이라고 나중에 알게 되었지만—에 들어가기 전에 그에게 경고했던 것과 같은 감각이다. 그때는 보통과 다른 점을 눈치채지 못했기 때문에 그 느낌을 무시했는데, 스프리하를 덮친 경찰도 교활하고 변장을 잘한다는 사실은 인정할 수밖에 없었다. 시간이 지나서 판결문을 보고야 진행된 작전의 모든 세부 사항을 알게 되었고 그날 자신이 좀 더 조심스럽고 예민했더라면 별문제 없이 이 함정을 피했을 것이라는 사실을 깨달았다.

어떤 것을 눈여겨봐야 하는가? 그림에 어울리지 않는 요소들, 겉보기에 혼란스러운 상황에 어긋나는 작은 일들이다. 체포되기 전에 그가 주위를 잘 둘러보았더라면 가능한 탈출 경로가 전부 일견 우연히 거기 있는 것처럼 보이지만 자기 자리에 완전히 어울리지는 않는 사람들로 막혀 있었다는 사실을 어렵지 않게 깨달았을 것이다. 여기서도 비슷하게 겉모습이나 행동에서 어긋나는 부분을 찾아야 했다.

스프리하는 쌍안경을 군중 쪽으로 향했다. 그는 울피크가 선두에 서서 가는 것을 보았다. 울피크는 이제 생존자들 사이로 들어가고 있었다. 스프리하가 지시한 대로 천천히, 가끔 멈추어 서거나 방향을 자꾸 바꾸면서 움직였다. 비극의 장면에 넋이 나간 전형적인 가축처럼 행동했다. 그렇게 위치에 도달해서 군중 맨 앞줄, 한 교도관의 바로 등 뒤에 섰다. '그런데 저건 뭐지?' 스프리하는 충분히 넓은 시야를 확보하고 있었기 때문에 남자 두 명이 군중 속에서, 서로 멀리 떨어져 서 있다가 거의 동시에 앞으로 나오는 것을 금방 눈치챘다. 마치 어떤 신호에 반응하는 것 같았다. 두 남자는 조심스럽지만 단호하게 움직였다. 그중 한 명이 지나가면서 어떤 여자의 어깨를 건드려 마치 길을 비키게 하려는 것 같았지만 여자는 몸을 돌리더니 군중 뒤쪽으로 물러나기 시작했다. 그리고 여자는 군중 속에서 나와 지금은 좀비들을 가두어둔 산책장을 둘러싼 벽 아래 고개를 숙이고 서 있었다. 산책장 안에는 수십 명의 좀비들이 있었고 그중 일부는 교도관의 회색 제복을 입고 있었다.

여자는 울고 코를 훌쩍이고는 주저앉는다. 잠시 후에 또 다른 여자가 다가와서 같이 운다. '아냐, 저건 별일 아닐 거야.' 스프리하는 생각하고 다시 군중 쪽으로 쌍안경을 돌렸다.

스프리하는 네린크가 카치마레크 뒤에서 걸어가는 모습을 찾아냈다. 카치마레크도 훌륭하게 일반인처럼 행동하고 있었다. 사람 많은 곳으로 밀고 나가야 할 때는 예의 바르게 사과하고, 여기서는 길을 비켜달라고 부탁하고, 저기서는 잠시 서 있는다. 마침내 카치마레크가 가장 앞줄로 나왔을 때 스프리하는 소름이 끼치는 것을 느꼈다. 또다시 남자 두 명이 겉보기에는 서로 아무 관련이 없는데 같은 순간에 움직여서 그의 부하 바로 뒤에 섰다. 둘 다 서로 전혀 신호를 보내지 않았는데 둘이 지나쳐 간 젊은 여성이 말없이 돌아서서…… 산책장 담벽 아래에서 울고 있는 다른 네 명의 여자들 옆으로 갔다.

다섯 번째 여자가 네린크가 앞줄로 나갔을 때 돌아서서 나갔다!
"이런 개새끼들이!" 스프리하가 혼자서 욕설을 내뱉었다.

그는 전체 그림에 맞지 않는 행동을 찾고 있었고 이제 그것을 찾아냈다. 이 세부 사항, 겉보기에 아무 의미도 없어 보이는 자질구레한 상황이 스프리하가 원했던 것보다 더 많은 정보를 알려주었다. 이것은 정교하게 짜인 함정이고 그 안으로 이미 부하들 절반이 들어가 있었다. 그리고 나머지도 지금 당장이라도 그 속으로 걸어 들어갈 것이다. 슈치그워가 이제 막 군중 안에 섞여 들었는데 담을 넘어 들어간 순서로는 일곱 번째였다. 사테르누스도 순찰로와 마당 사이에 있는 내부 철문을 이미 지나서 들어갔다. 마루트는 지금 막 차고 지붕에서 뛰어내렸다.

스프리하는 눈에서 쌍안경을 떼었다. 지금 당장 수류탄을 던져 부하들에게 신호해야 할지 생각했으나 잠시 궁리한 끝에 그 생각을 버렸다. 저들은 그의 계획을 너무 잘 알고 있었으므로 일당 안에 밀고자가 있거나 아니면…… 누군가 다른 사람이 어젯밤에 그들이 하는 말을 듣고 무슨 일을 꾸미는지 저 교도소 안 쓰레기들에게 전해준 것이다. 스프리하는 다시 한번 군용 쌍안경을 눈에 가져다 댔다.

여덟 번째 우는 여자가 앞서 모인 여자들 옆으로 다가갔다……. 그렇다, 이게 우연일 리가 없었다. 그는 시선을 들어 맨 앞줄을 바라보았다. 자기 부하들 한 명당 등 뒤에 남자 두 명씩 서서 마치 멀지 않은 곳에서 미친 듯이 타오르는 불길을 구경하는 것 같았지만, 위치와 모양새로 보아 앞에 선 범죄자들을 순식간에 죽이거나 제압할 수 있도록 맞추어 서 있었다.

"튀자!" 스프리하는 창가에서 물러나며 마그지아레크에게 외쳤다.

"위치 바꾸자고요?"

"아니, 차고지로 튀자고!"

"하지만……."

"멍청아, 그 고철 덩이 챙겨서 최대한 빨리 아래로 내려보내!"

"애들은 어떡하고요?" 마그지아레크가 미치광이를 보듯이 스프리하를 쳐다보았다.

"이미 늦었어. 이건 함정이다. 시발, 어째 시작부터 뭐가 이상했어."

"하지만 전부 대장이 원한 대로 흘러갔잖소……." 마그지아레크가 고집스럽게 말했다.

"아무것도 내 생각대로 흘러가지 않았어. 놈들이 애들을 전부 잡아냈다. 우리가 언제 어디로 들어올지 알고 있었어." 그는 쌍안경을 마그지아레크에게 건네주었고, 받지 않자 손에 쑤셔 넣었다. "저기 경계선에 서 있는 가짜 교도관을 네 눈으로 봐라. 아는 사람 있나? 저거 망할 놈들이 옷만 갈아입힌 거다. 총집에 총은 하나도 없고 오크루트니가 총을 줬더라도 총알이 없을 거다, 내기 걸어도 좋다."

"나야 대장 말을 믿소." 마그지아레크가 쌍안경을 돌려주고 기관총과 거치대를 분해하려 부엌으로 가면서 중얼거렸다. 그러다 다시 스프리하를 쳐다보았다. "그래도 애들한테 경고는 해줍시다. 수류탄 던져서……."

스프리하는 거의 코가 닿을 정도로 마그지아레크에게 바짝 다가갔다.

"카치마레크가 양조장에 있을 때 왔다던 그 모터보트 기억하지?"

"기억하죠."

"얘기 다 끝내고 나서 모터보트가 어디로 가던가?"

"그거야 어디 먼 데로 갔죠."

"거기 뭐가 있는지 아나?" 스프리하는 팔을 뻗어 병원 건물을 가리켰다.

마그지아레크는 고개를 저었다.

"오드라강 운하가 양조장 뒤로 흘러간다고. 그 빌어먹을 모터보트가 여기로 온 거다. 지금 여자 사동은 군인들로 들끓을 거고 저격수도 있을지 모르고, 망할 유탄 발사기나 대포가 있을지도 모른다고!"

"그건 아니오. 대포는 감방에 넣을 수 없을 거요……."

"가자!"

스프리하는 한마디로 이 영양가 없는 논의를 끝냈다. 쓸데없는 이야기에 휩쓸려 버렸고, 멍청한 마그지아레크는 얼마나 큰 위험이 닥쳤는지 이해하는 게 아니라 말꼬리를 잡기 시작했다. 자기 가족을 망치로 때려죽이고 30분도 채 되지 않아 체포된 것도 놀랄 일이 아니었다. 사람이 손톱만큼이라도 생각이라는 걸 할 수 있다면 살인의 광기 속에 피가 묻은 셔츠를 갈아입지도 않고 술집에 맥주 마시러 기어들어 갈 수 있단 말인가. 셔츠가 완전히 피투성이는 아니었다고 해도 몇 군데 튄 핏자국만으로도 동네 밀고자가 눈여겨 보고 경찰에 신고하기에 충분했다.

스프리하는 마그지아레크를 돌아보지 않고 빠른 걸음으로 현관으로 나가서 계단을 통해 건너편 아파트 창문으로 탈출할 준비를 했다.

짧은 순간 동안 스프리하는 모든 짐을 뭉쳐 덩어리로 만들었다. 저들은 스프리하가 자기 위치를 드러내기만을 기다리고 있다. 그는 처음에 자기 약점을 드러냈고, 마치 아이처럼 함정 속으로 걸어들어갔었다! 순진하고 멍청한 머저리처럼! 저들은 대피 후에 밧줄을 남겨두었다. 바로 그거다! 저들이 지켜볼 수 있는 곳에 스프리하가 있기를 원했고, 누가 알겠는가, 어느 스나이퍼의 목표물이 되어 있을지도 모르는 것이다. 낮이라면 저들이 분명히 훨씬 더 많은 것을 보았을 것이다…….

'만약에' '했더라면' 하고 있을 시간에 빨리 도망쳐야 했다. 그에게 마그지아레크가 남아 있었고, 망치처럼 둔한 사내지만 함께 아직도 많은 일을 할 수 있었다. 레시니차와 그 성이 유혹적이었고, 그곳에서 모든 일을 새로 시작할 수 있을 것이다. 어쨌든 어디에나 진짜 사람과 잡아먹을 가축들이 있는 법이고, 비에드지츠키나 오크루트니에게서 멀어질수록 스프리하는 자기 세상을 더욱 잘 구축할 수 있을 것이다.

복수? 그렇다, 그건 아쉽겠지만, 앞으로 이 모든 일이 어떻게 흘러갈지 누가 알겠는가. 어쩌면 한 달 뒤에, 혹은 심지어 일주일 뒤에 여기 있는 모든 사람이 다 뒈져서 길거리의 저 좀비 떼와 똑같이 산 사람의 내장을 파내려 기다리고, 주위에는 콘크리트, 아스팔트, 죽음만 남게 될 수도 있는 것이다. 산책장이 가득 찬 것은 담장이 감염병을 막지 못한다는 확실한 증거였다.

스프리하는 손바닥이 아픈 것을 무시하고 할 수 있는 한 최대한 빨리 밧줄을 타고 내려갔다. 그런 뒤에 마그지아레크를 기다리지 않고, 클렝치코프스카 거리와 교도소 정문까지 안전하게 관찰할 수 있는 아파트 사이의 공터로 달려갔다. 거기라면 언제든 도망칠 수 있다는 것을 그는 알고 있었다.

주위는 조용하고 아무 기척도 없었다.

'그 멍청이들이 아직도 내가 모습을 드러내길 기다리고 있겠지. 날 잡으려고……'

불길이 타오르는 굉음을 뚫고 날카로운 차 경적 소리가 들려왔다. 이어서 총소리가 한 번 들렸다. 스프리하는 얼굴을 찡그렸다. 마그지아레크가 고집을 부려 그를 따라오지 않고 자기 운을 시험하려 한 것인가? 스프리하는 마당 쪽 모퉁이로 돌아갔다. 아니, 다행히 마그지아레크는 영웅 흉내를 내지 않았다. 기관총을 내리고 나서 자신도 내려오려니 시간이 걸렸을 뿐이었다. 이미 2층 높이까지 내려와 있었다.

"빨리 움직여!" 스프리하가 재촉했다.

'놈들이 우리를 더 이상 기다리지 않으니 언제든 담을 넘어 덮치러 올 수 있어……'

* * *

아무도 그들을 쫓아오지 않았지만 스프리하와 마그지아레크는 가스공장 정문까지 계속 달려갔다. 정문 안에 들어간 뒤에야 그들은 잠시 멈추어 쉬었다. 마그지아레크는 땀범벅이 되어 숨을 몰아쉬며 주저앉았지만, 스프리하는 화가 너무 나서 앉지도 않고 마치 태엽 인형처럼 마그지아레크 앞을 원을 그리며 계속 걸었다. 어제까지만 해도 모든 일이, 뭐 거의 모든 일이 그의 생각대로 맞추어졌는데 단 하루, 빌어먹을 월요일 단 하루 만에 그렇게 열심히 작업했던 것을 모두 잃었다. 이제 스프리하는 열두 명의 부하를 거느리지도 않았고 안전한 은신처도 갖지 못했다―왜냐하면 군인과 교도관들이 사방에서 트램 차고지 안으로 어렵지 않게 침투할 수 있는 데다 기관총 한 대로는 은신처를 지킬 수 없었기 때문이다. 스프리하에게 남은 단 한 가지 선택지는 도망치는 것이었다.

'아니면…….'

스프리하는 굳어진 듯 우뚝 섰다. 아니, 마그지아레크와 둘이서 나머지 부하들을 되찾아올 방법은 없다. 기관총과 수류탄 몇 상자와 장갑차를 가지고 있고, 울피크의 자화자찬을 믿을 수 있다면,

어제저녁에 장갑차 수리가 끝났다고 해도 말이다. 저쪽에 병력이 몇이나 있는지, 어떤 무기를 가지고 있는지 스프리하는 알지 못했고 게다가 실행 가능한 계획을 짤 수가 없었다. '아냐. 음식, 1번지 술집에서 가져온 나머지 술, 약간의 옷, 이걸 전부 최대한 다 싸서 빨리 장갑차에 밀어 넣고 레시니차로 튀어야 해.' 지도는 주머니에 들어 있었고 스프리하는 장갑차의 시동을 걸려면 어떻게 해야 하는지, 울피크가 어떻게 운전했는지도 알고 있었다. 그런 지식이 언젠가 쓸모가 있으리라 예견이라도 한 듯 일부러 울피크가 운전하는 모습을 열심히 들여다보았던 것이다.

"이젠 다 끝장이야!" 마침내 스프리하가 내뱉었다. "놈들이 우릴 잡으러 오기 전에 트램 차고지에서 나가야 해!"

"그럼 대장 생각에는 놈들이……." 마그지아레크가 불안하게 중얼거렸다.

"그 지프차에 판자 댄 거 봤지?"

"봤소."

"괜히 그런 게 아니야."

"그 말도 맞소."

"기관총 챙겨 와. 우린 기찻길로 나간다. 일분일초가 급해."

두 사람은 울타리의 구멍으로 나갔다. 스프리하가 앞장섰는데, 생각에 잠겨 특별히 주위를 둘러보지 않았기 때문에 잡초와 덤불 가장자리, 슈치그워가 덤불숲을 쳐내어 만든 통로에서 몇 미터 떨어진 곳에 있는 형체를 곧바로 눈치채지 못했다.

스프리하는 이마에 따끔한 느낌과 함께 터지는 총소리를 듣고 불에 덴 듯 펄쩍 뛰었다. 총알이 말 그대로 머리카락 한 가닥 차이로, 혹은 그보다 더 가깝게 머리를 스쳐갔다. 뜨겁게 달아오른 납

총알이 1초도 안 되는 찰나 피부 위를 스쳐 지나간 자리에 1센티미터 길이의 화상 자국을 남겼다. 깜짝 놀란 스프리하는 군인과 교도관들이 벌써 자신의 은신처를 점거하고 이제 마지막 공격을 시작한다는 생각에 겁에 질려 기찻길에 엎드렸다.

바로 뒤에서 오던 마그지아레크는 별달리 궁리하지 않고 어깨에 메고 있던 기관총을 내리고 허리띠로 손을 뻗어 엄청나게 지저분하고 다리를 절룩이는 젊은 여성이 나무판자에 몸을 기댄 채 다음 총알을 어느 방향으로 보낼지 결정하기 전에 망치를 던졌다. 마그지아레크의 본능은 확실했다, 그건 인정해야 했다. 10미터 거리에서 그것도 상당히 어려운 각도에서 여자의 턱에 맞혔다. 몇 킬로그램이나 되는 무거운 쇳덩어리가 거대한 손잡이와 함께 살을 뚫고 뼈를 부수며 최소한 여섯 개의 치아를 부러뜨렸다. 망치에 맞은 여자는 고통에 울부짖으며 뒤로 넘어졌으나 의식을 잃지 않았고 손에서 총도 놓지 않았다.

정신 나간 여자가 덤볐다는 사실을 깨닫고 스프리하는 마음을 가라앉힌 뒤 마그지아레크가 싸움에 사용할 만한 도구를 아무것도 갖지 않았다는 사실을 깨달았다. 그래서 스프리하는 자기 주머니칼을 꺼냈다.

"저 여자 붙잡아서 찔러, 정신 차리기 전에!" 스프리하가 고함을 질렀다.

마그지아레크는 이미 쓰러진 여자를 향해 달려가며 스프리하가 던진 칼을 잡았다. 그러면서 마치 상처 입은 사자처럼 포효했는데, 마그지아레크는 사실 스프리하나 쓰러진 여자와는 달리 건강에 아무런 해도 입지 않았다. 여자가 자신 없는 동작으로 여전히 권총을 쥔 손을 드는 것을 보고 마그지아레크는 마치 물에 뛰어들 때처럼 뛰어올랐으나 별 도움은 되지 않았다. 여자는 마그지아레크가 사냥하는 매처럼 자신에게 뛰어들기 전에 총을 발사했다…….

마그지아레크는 철퍼덕 땅에 쓰러져서 발작적으로 한 번, 두 번 몸을 떨더니 그 자세로 움직이지 않게 되었다. 스프리하는 몇 초 기다렸으나 커다랗게 꾸르륵거리는 소리와 그 뒤에 좀 더 조용한 신음 소리를 듣고 조심스럽게 쓰러진 사람들 쪽으로 다가갔다. 마그지아레크가 쓰러지면서 정체 모를 공격자의 손에서 권총이 떨어졌다는 사실을 확인하고 그는 자신감을 얻었다. 다만 동료의 등에 난 피투성이 얼룩이 조금 슬퍼 보일 뿐이었다.

마그지아레크는 스프리하 자신을 겨냥한 총알을 대신 맞았다. 스프리하는 누가 자신에게 총을 쏘았는지, 어떤 이유인지 전혀 알지 못했으나 곧 모든 사실을 알게 될 것이라 생각했다.

우선 그는 권총을 확보했다. 불행히도 탄창도 약실도 비어 있었다. 다음으로 스프리하는 여자의 머리 옆, 다치지 않은 쪽에 쭈그리고 앉아 오랫동안 들여다보다가 큰 소리로 웃음을 터뜨렸다.

"네 얼굴 보니까 바로 알겠네, 조그만 파리야." 스프리하는 여자가 계속해서 두리번거리는 눈으로 자신을 볼 수 있도록 몸을 더욱 기울였다. "너 그 동생이지, 잠깐, 기억할 수 있어, 보…… 아냐, 부기엘. 그 도망친 여자애, 우리가 찾아낼 수 없었던 개구나." 스프리하는 여자의 엄청나게 부어오른 다리부터 죽어가는 마그지아레크의 몸통 아래에 나와 있는 얼굴까지 훑어보다가 갑자기 퍼즐의 마지막 한 조각이 올바른 자리에 끼워 맞춰지는 것을 느꼈다. "그럼 네가 교도소로 기어가서 오크루트니한테 경고했군!" 스프리하는 이 깨달음에 스스로 놀라 목소리를 높였다. "그래. 언니의 복수를 하시겠다고 네가 거기로 간 거구나." 스프리하는 믿을 수 없다는 듯 고개를 흔들었다. "아냐, 잠깐, 조그만 파리야, 언니를 구하겠다고 그 머저리들한테 달려간 거지!" 스프리하는 여자의 얼굴, 이라기보다 아직 사람 얼굴처럼 보이는 절반 부분의 표정이 변하는 것을 보았다. "전부 다 알고 있는 걸 보니 조그만 파리 씨가 저녁에 우리 얘기를 엿들은 게 분명하군. 그리고 곧바로 클렝치코프스카로 기어갔단 말이지. 바로 그래서 놈들이 새벽부터 우리를 맞이할 준비를 하고 있었지. 그래……." 스프리하는 입맛을 다셨다. "하지만 안타까운 얘기를 좀 해야겠네, 조그만 파리야. 네가 일을 망쳤어. 그것도 처음부터 끝까지. 제때 돌아오지 못해서 그 멍청한 계집들이 전부 다 아침에 단체로 자살을 했어. 하지만 끝이 좋으면 다 좋은 법이지. 언니에게서 고작 몇 걸음 떨어진 여기서 너도 곧 뒈질 테니까." 스프리하는 더욱 몸을 기울여 거의 고개를 땅에 대고 트램 차고지를 바라보았다. "잘 봐, 네 언니가 나를 감지하고 시체 팔을 내미는 게 보일 수도 있어. 조그만 파리야, 내가 또 먼 길 가기 전에 네 옆에서 좀 쉬어도 될까?" 스프리하는 재미있어하는 어조로 덧붙였다. "여기 너랑 같이 앉아서 내 친구가 죽었다가 살아나서 너도 같이 데려갈 때까지 좀 기다릴게. 그 작은 즐거움은 놓칠 수 없지……."

스프리하는 그렇게 몇 분간 말없이 생각에 잠겨 기다렸으나 마그지아레크는 계속 신음하며 피가 굉장히 많이 흘렀는데도 좀처럼 숨이 끊어질 기미가 보이지 않았다. 그래서 스프리하는 일어나서 상처를 살펴보았다. 피가 나오는 자리로 보아 총알이 폐를 관통한 것 같았고 분명히 중상이었으나 치명상은 아니었다. 정상적인 조건에서 병원에 데려가 수술을 받으면 살아날 수도 있었지만 여기서는 가망이 없었다. 몇십 분, 아니면 몇 시간씩 오래 걸려 죽는 수밖에 없다.

스프리하는 본능적으로 주머니에 손을 가져갔으나 자신이 아직도 소유한 유일한 무기인 주머니칼을 조금 전에 마그지아레크에게 던져줬다는 것을 깨달았다. 주위를 주의 깊게 둘러보았으나 칼은 아무 데도 보이지 않았다. 망치도 덤불 속에 떨어졌는데 스프리하는 그 안으로 들어갈 생각이 없었다. 기찻길에서 주운 돌멩이로는 들개나 쫓을 수 있을 뿐이었다. 그것도 주변에 개가 나타난다면 말이다.

여자는 여전히 정신을 차리지 못하는 모습이었으며 스프리하가 자신에게 무슨 말을 하는지 못 알아들었을 수도 있었다. 그러나 시간이 지나면 여자는 정신을 차릴 것이었고 어쩌면 위에 엎드린 마그지아레크의 숨이 마침내 끊어지기 전에 여자에게 감각이 돌아올지도 몰랐다. 스프리하가 운만 좀 좋다면 말이다.

"그런데 말이야, 조그만 파리야. 난 그 정도까지는 시간이 없어." 스프리하가 일어서면서 다정한 어조로 말했다. "그러니까 이렇게 하자……." 스프리하는 펄쩍 뛰었다가 착지하면서 여자의 다치지 않은 쪽 다리 발목 관절을 짓이겼다. 무거운 작업화 아래에서 뼈가 큰 소리를 내며 부러졌고 여자는 정신을 잃었으나 스프리하는 거기서 끝내지 않았다. 그는 여전히 신음하는 마그지아레크 위에 앉아 처음에는 여자의 한쪽 어깨를, 다음에는 다른 쪽을 부러뜨렸다. 마지막으로 스프리하는 쭈그리고 앉아서 여자의 코 아래 암모니아 소금을 밀어 넣었는데, 이것은 교도소 작전을 시작하면서 혹시 포로를 몇 명 잡아서, 예를 들어 오크루트니 혹은 그의 가족에게 사용할 수 있을지 모른다는 희망에 챙겨 온 것이었다. "조그만 파리야, 이젠 나한테 이렇게 중요한 날을 망쳐준 대가로 내가 너한테 지워준 짐에서 도망칠 수 없겠지. 네가 고통받으면서 저지른 짓을 전부 후회하길 바라. 넌 헛되이 죽는 거야. 봐라!" 스프리하는 몸을 쭉 폈다. "난 살아 있고 건강하지. 부하들을 몇 명 잃은 건 사실이지만 그런 사람들은 어디서나 찾을 수 있어. 정말이야, 무더기로 찾을 수 있지. 그런데 저 담 안의 네 이웃들은……." 스프리하는 새로운 생각이 떠올라 잠시 말을 멈추었다. "그들에게는 내가 폭탄급 깜짝선물을 준비해 주지. 어떤 선물인지 궁금하지, 조그만 파리야?" 스프리하는 다시 여자 옆에 앉았다. "그놈들의 소굴에 아마겟돈을 가져다줄 거다. 수천 마리 좀비 군단을 끌고 가서 마지막 한 명까지 다 씹어 먹게 할 거다." 스프리하는 여자의 눈을 보기 위해 더욱 몸을 기울였다. 여자는 반응했고, 아마 들을 수도 있고 말의 내용도 이해하는 것 같았다. "네 눈으로 볼 수 없다는 걸 아쉬워해라. 그런데 하긴…… 네가 운이 충분히 좋기만 하면 저쪽에서 마구잡이로 들리는 총소리가 귀에 들어올 때까지 이 쓰레기 같은 상태로 계속 살아 있을 수도 있지. 그 총소리는 내 계획이 성공했다는 신호일 거다. 너희들이 그때까지 단 한 명도 죽지 않기를 진심으로 바란다. 그러니 잘 버텨봐, 조그만 파리야. 만나서 대화하게 돼서 아주 반가웠다."

  스프리하는 일어나서 마그지아레크가 던져버린 기관총을 힘겹게 들어 올려 트램 차고지 쪽으로 느릿느릿 걸음을 옮겼고, 그의 행동을 관찰하는 또 한 쌍의 눈이 있다는 사실은 끝까지 모르고 있었다.

43

1963년 8월 13일 화요일 03시 46분
스워비안스키 광장

 안나 워예크는 그날 밤 잠들 수 없었다. 지난 하루 동안 일어난 사건들이 인근 아파트 나머지 주민들보다도 안나에게 더욱 깊이 충격을 주었다. 안나는 트램 운전사였고 정확히 말하자면 모터 전문가였으며, 가블리크 가족의 바로 아래층 이웃이었으므로 동이 틀 때까지 두 시간 정도 남은 지금도 눈을 감을 수가 없었다. 우선은 창에 매달려 좀비가 된 이웃들이 창문을 발로 두드리는 소리가 끊임없이 들려왔기 때문이고, 두 번째는 저 쓰레기들이 정직한 남자와 그의 가족들에게 저지른 짓 때문이었다. 침대 시트를 들고 마당에 인접한 방으로 옮겨 갔지만 별 도움은 되지 않았다. 그 방의 세입자는 이틀 전에 정부가 상황을 정리할 때까지 아무것도 하지 않고 계속 기다리기보다는 목숨 걸고 기차역에 가는 쪽을 선택했기 때문에 방은 비어 있었다.
 안나는 이 방을 빌려 쓰던, 마르친 즈비에슈호프스키라는 이름의 대학생이 중앙역으로 가는 모험에서 살아남았는지 알지 못했다. 하지만 거기서 무슨 일이 일어났든 자신이 지난 며칠 동안 견뎌야 했던 일들보다 나쁠 수는 없을 것이라고 생각했다.

우리에 갇힌 동물처럼 방 안을 돌아다니면서 안나는 가끔씩 트램 차고지 정문 앞 경비 초소 쪽을 바라보곤 했다. 저녁에 해질 때부터 불이 켜져 있었으나 안나의 관심을 끈 것은 망을 보는 범죄자가 어떤 행동을 하는 흔적이 전혀 보이지 않았다는 사실이었다. 전에는 언제나 경비원 역할을 하는 범죄자가 주기적으로 담배를 피우러 나오거나, 술꾼에 야만인답게 가까운 담벼락 아래 소변을 보러 나오곤 했다. 다른 일당이 경비 초소에 떼 지어 놀러오는 일도 자주 있었으므로 단독주택 안에서 술판을 벌이는 것만큼이나 시끄럽게 잔치를 벌이곤 했다. 그런데 오늘은 아무것도 없다. 죽은 듯이 조용하고, 싸움도 휘파람 소리도 술주정도 없다. 석유등 불빛이 아니었다면 안나는 아마 아무도 없다고 생각했을 것이다.

안나는 한참 전에 열어둔 창문 앞에 가서 앉았다. 계속 매달려 몸부림치는 가블리크와 그의 딸이 발로 창유리를 깨지 않게 열어둔 것이다. 안나는 좀비들이 살아 있는 사람의 기척을 대략 10미터 거리에서 감지한다는 것을 알고 있었다. 이 사실을 군대가 라디오 통신으로 알려주기 전에 안나는 혼자 알아냈지만, 이 경우에는 안나가 아파트 앞쪽에 있는지 마당 쪽 작은 방에 있는지 상관없는 것 같았다. 좀비가 된 가블리크 가족은 그들 아래와 위에 있는 아파트에 계속 사람이 있었기 때문에 끊임없이 몸부림을 쳤다. 아니, 지금은 아랫집에만 사람이 있다······.

잔인하게 살해당한 가족의 윗집에는 안나의 트램 운전 동료인 크시슈토프 오니시크와 전입신고를 하지 않고 그 집에서 얹혀사는 친구 시몬 가이다가 있었다. 가이다는 오폴레 출신의 열광적인 축구 팬으로 축구 경기를 보러 브로츠와프에 왔다가 출혈성 천연두가 유행하기 시작할 때 브로츠와프에 갇혀버렸다. 불운하게도 그는 브로츠와프에 올 때 출혈성 천연두 보균자로 의심되는 사람과 같은 객차에 앉았다. 가이다가 기차역에서 경찰에게 붙잡혀 나머지 승객들과 함께 격리병동으로 실려 갔다가 풀려난 것이 지난 금요일이었다. 어제저녁에 가이다는 술 취한 범죄자 한 명에게 붙잡혔다가 너무 심하게 얻어맞아 기절했다. 그의 친구 오니시크가 보도에서 가이다를 떠메고 집까지 끌고 왔으나 나중에 뭔가 잘못된 것 같았다. 자정 전에 아파트 주민들은 비명과 유리 깨지는 소리에 잠이 깼고 그런 뒤에 다시 사방이 조용해졌다. 그렇게 큰 소리가 난 이유를 알아내려 오니시크의 아파트 문을 두드려도 아무도 대답하지 않았다. 체념한 이웃들은 금방 자기 아파트로 돌아가서 문을 단단히 잠갔다.

안나는 식어버린 커피를 다시 한 모금 마셨다. '내가 이렇게 오래 여기 앉아 있었던가?' 안나는 시계를 보았다—이제 3시 15분이 지나가고 있었다. 안나는 평소에 점심과 저녁을 먹던 조그만 탁자를 덮은 화려한 색의 식탁보 위에 법랑 컵을 놓았다. 대략 한 시간쯤 전부터 경비 초소를 지켜보고 있었지만, 밖으로 사람이 나오기는커녕 안에서 누가 움직이는 모습조차 보지 못했다. 석유등 불빛 아래서 사람이 팔을 움직이거나 다리를 뻗는 동작은 그림자 극장처럼 선명하게 보이는데도 말이다.

안나는 움직임 없는 경비 초소가 궁금해졌다.

그녀는 범죄자 일당의 두목이 게으름뱅이를 용서하지 않는다는 것을 알고 있었다. 지난 며칠간 두 명이 농땡이를 부렸다는 이유로 두들겨 맞아서 그 요란한 소리에 귀가 썩을 지경이었다. 그중 한 명은 뭔가 부주의하게 내뱉는 바람에 입을 얻어맞았다.

그 장면을 기억하면서 안나는 다른 뭔가 떠올라서 생각에 잠겼다. 전날 밤에 옛 트램 회사 의무실로 쓰던 단독주택에서는 술판이 벌어지지 않았다. 창문이 열려 있는데도 술 취한 고함 소리가 들리지 않았다. 대체로 트램 차고지와 그 주변은 몇 시간 전부터 아주 조용해서 거기 있는 사람들 모두 잠들었거나 아니면 죽어버린 것 같았다. 그래도 몇몇 사무실 창문에 불이 켜져 있기는 했으나 오랫동안 관찰해도 그 창문 안에 전혀 그림자가 보이지 않았다. 마치 범죄자 일당이 거기 있는 척하려고 불만 켜둔 것 같았다.

'확인해 봐야겠어.' 안나는 생각했다.

안나는 재빨리 나갈 채비를 했고, 시간이 늦었지만 덥고 습해서 옷을 두껍게 챙겨 입을 필요가 없었다. 안나는 블라우스와 치마만 입고 거리로 나와 주위를 둘러보았다. 모래 놀이터에서 몸부림치는 좀비들 무더기 외에는 아무런 움직임도 보이지 않았다. 안나는 천천히 걸어서 울타리에 다가가 주위를 다시 한번 훑어보았다……. 아무것도 없고, 완전히 조용하고 평화로웠다. 범죄자들이 정문을 막으려 주차해 놓은 트럭을 지나 철문 손잡이를 눌러보았다. 범죄자들이 철문을 언제나 꼼꼼하게 잠가놓는다는 것을 알고 있었으므로 문이 열릴 것이라는 기대는 없었다. 심지어 낮에도, 범죄자들은 누군가 우연히 자기들 영역에 기어들어 오거나 좀비가 들어오지 못하게 하려고 철문을 잠가두었다.

안나는 울타리 모퉁이에 다가가 트램 차고지와 가까운 광장 사이에 있는 담장 너머를 내다보았다. 광장은 전쟁 후에 잔해를 대부분 폭파시킨 뒤부터 활주로만큼이나 거대하게 보였다. 여기서 안나가 생각하는 활주로는 독일군이 전쟁 말기에 슈치트니츠키 다리와 그룬발트 광장 사이에 있는 것은 전부 밀어버리게 하고 만든 것이었다. 시야가 닿는 곳 어디나, 그러나 보도에서는 충분히 먼

곳에 여전히 부자연스러운 몇몇 형체들이 서 있었다. 이 모습을 본 안나는 얼굴을 찡그리고 당장 몸을 돌렸다. 안나는 악마가 성수를 무서워하듯이 좀비를 무서워했는데, 왜냐하면 좀비는 기괴한 변이일 뿐만 아니라 성경 말씀이 사실이라는 증거라고 생각했기 때문이다. 좀비의 출현은 지옥에 저주받은 자들을 가둘 자리가 모자란다는 사실을 증명하며, 그러므로 곧 최후의 심판이 닥친다는 예고라고 안나는 믿었다.

안나는 빠른 걸음으로 울타리를 따라 걷다가 범죄자들이 죽인 그 불운한 여자의 아이들이 여전히 내장이 나온 채로 걸려 있는 쇠살을 지날 때는 두려움에 떨며 성호를 그었다. 어둠 속에서도 쇠울타리에 엉킨 끈이 조그만 시신들을 붙들고 있는 모습이 보였고, 그녀가 다가갈수록 시체들이 발작적으로 움직이는 것을 느꼈다. 좀비들이 아무리 안간힘을 써도 안나에게 손이 닿지 않았으나 죽음 뒤에도 삶이 존재한다는 증거의 현현 옆을 지나가고 있다는 생각은 충분히 우울한 것이었다.

트램 운전자가 모두 그렇듯 안나도 직장에 가장 쉽게 들어가는 길을 잘 알고 있었다. 울타리가 가장 낮은 부분이 보도에서부터 오우빈스카 거리 모퉁이까지 이어졌다. 그 뒤에 있는 빽빽한 덤불은 그녀의 모습을 그 쓰레기들의 눈길에서 효과적으로 가려줄 것이다……. 범죄자들이 여전히 거기 있다면 말이다.

안나는 스프리하와 그의 부하들이 군대가 언제라도 덮칠 것을 두려워한 나머지 밤의 어둠을 틈타 도망쳐서 그곳에 없기를 진심으로 바랐다. 역겨운 밀고자 두 명이 그렇게 친절하게 알려준 대로 동네 라디오를 전부 징발해 간 이유도 바로 그 때문이 아니었던가. 범죄자들은 군대가 도시의 다른 지역에서 무엇을 하는지 주민들이 모르게 하려는 것이다. 한편 안나는 이웃들과 마찬가지로 매일같이 들려오는 대포 소리만 들어도 해방이 멀지 않았다는 사실을 충분히 알 수 있었다.

원하는 지점에 도착해서 안나는 주위를 조심스럽게 둘러보았다. 밀고자가 사는 아파트의 창문 하나가 크렝타 거리의 이쪽 방향을 향했고, 창문이 열려 있었으나 그 창문 너머 아파트 안은 완전히 깜깜했다. '저 사테르누스는 우리한테 그런 짓을 하고 어떻게 잠을 잘 수가 있지? 저런 바리새인과 신을 모르는 인간들에게 자기 자신을 팔아치울 수 있다니 영혼이 없는 게 틀림없어.' 안나는 경멸에 차서 얼굴을 찡그리며 생각했다. 보도에 침을 뱉고 안나는 쇠로 된 낮은 울타리를 넘기 시작했다. 범죄자들이 처형 후에 끌고 간 아가씨들처럼 젊지는 않았지만 안나는 언제나 건강을 돌보고 몸에 좋은 음식을 먹고 술도 너무 많이 마시지 않았다. 그래서 안나는 시끄러운 소리를 내지 않을 정도로 능숙하게 울타리를 넘었다.

안나는 범죄자 일당이 술집 겸 매음굴로 만들어버린 단독주택 아래 쭈그리고 앉아 조심스럽게 귀를 기울이며 어두운 창문을 하나하나 훑어보기 시작했다. 으스스할 정도로 아무 소리도 들리지 않았다. 단독주택은 정문의 경비 초소나 트램 차고지 안의 사무실과 마찬가지로 버려진 것 같았다.

그래서 안나는 다른, 굴다리 쪽에 있는 경비 초소 아래 숨어들었으나 뒷벽 아래 10분이나 앉아 있었는데도 부스럭 소리 하나 들리지 않았다. 조금 대담해진 안나는 마찬가지로 석유등이 켜진 경비 초소 안을 들여다보았는데 의자 위에는…… 대략적으로 사람의 형태를 흉내 낸 인형이 앉아 있었다.

이 모습에 안나는 더욱 용기를 얻었으나 어둠 속에서 수십 미터 거리에 또 빽빽이 모여 선 좀비 무리가 있는 것을 보고 당장 철문 아래로 후퇴했다. 그 좀비들은 스프리하 일당이 '언덕', 즉 전쟁이 끝난 뒤 몇 년에 걸쳐 잔디밭에 모아둔 잔해 무더기 뒤로 끌고 온 바로 그 무리였다. '설마 그 일당이 퇴각한 진짜 이유를 내가 알아낸 걸까?' 안나는 좀비 무리를 눈으로 훑으면서 생각했다. 범죄자 일당은 두 개의 좀비 무리 사이에 끼어 있었고, 조금만 실수를 저질러도 저 지옥에서 온 괴물들에게 붙잡혀 모두 갈가리 찢길 테니 말이다.

잠시 생각한 뒤에 안나는 범죄자들이 갑자기 사라진 이유가 바로 이것이라 결론 내리고 기쁨을 느꼈으나, 그 기쁨은 화톳불에 떨어진 빗물 한 방울보다도 빨리 증발해 버렸다. 새로운 좀비 떼는 예전 무리만큼 커다란 위협이었다. '길 잃은 개나…… 아니면 쥐 한 마리만 나타나도 몰려오겠지.'

안나는 이렇게 생각하고 몸을 떨었다.

안나는 더 대담해져서, 광장 한가운데를 지나 단독주택으로 돌아왔다. 1층에 있는 창문 몇 개를 들여다보았으나 안은 어두웠고 아무것도 보이지 않았다. 그러나 누군가 바닥을 기거나 벽을 긁는 듯한 소음이 들려왔다. 어느 순간 유리가 쨍그랑거리는 소리가 들렸다. 술 취한 범죄자가 음식을 잔뜩 차린 식탁을 뒤집었을 때와 비슷했지만 이번에는 그 소리에 욕설이 따라오지 않았다.

안나는 몇 걸음 물러섰다. 침묵은 전혀 좋은 징조가 아니었다. 한편으로는 주택 안에—최소한 1층에는—그 범죄자 쓰레기들이 한 명도 없다는 사실을 확실히 알았지만 다른 한편으로는 끌려간 여자들이 같이 사라졌는지도 확인해야 했다.

범죄자들이 여자들을 위층에 가두었는데 그중에는 안나가 개인적으로 아는 이웃들도 있었다. 위층 창문은 활짝 열려 있었다. 안나는 일부러 쉿쉿 소리를 내고 작은 돌멩이를 유리에 던졌으나 아무런 반응도 얻지 못했다. 그래서 안나는 더욱 걱정이 되었다.

안나는 주위를 둘러보았다. 덤불숲에 사다리 끝이 튀어나와 있었다. 사다리는 무겁고 길었지만, 몇 분 뒤 안나는 사다리를 벽 아래 가로로 끌어다 놓고 한쪽을 붙잡아서 거칠거칠한 벽 페인트에 기대 세웠다. 안나는 끈기 있게 작업해서 무거운 사다리를 한 번에 십수 센티미터씩 움직였다. 사다리를 세로로 세우고 2층까지 타고 올라가 창문의 쇠창살 사이를 들여다볼 수 있게 되었다. 얼마 전부터 하늘이 조금씩 밝아져서 안나가 집을 나왔을 때보다 자세한 부분들이 더 많이 보였다. 게다가 눈이 이미 어둠에 익숙해져 있었으므로 안나는 이런 조건에서 깜깜한 1층보다 2층에서 더 많은 것을 관찰할 수 있으리라 믿었다.

안나가 충분히 높이 올라가서 여자들이 갇혀 있는 구석 방 창문에 몸을 들이밀기 직전에 쇠창살 안에서 두 팔이 뻗어 나왔다. 바로 그 순간 어딘가 멀리서 총성이 들려왔다. 겁에 질린 안나는 끓는 물에 덴 듯 비명을 질렀다. 도망치려 했지만 사다리의 두 번째인지 세 번째 단에서 발이 미끄러져 2미터가 넘는 높이에서 땅으로 떨어져 버렸다.

풀밭에 누운 채 공포와 고통에 마비된 안나는 범죄자들이 달려 나오기를 무의식적으로 기다리면서 동시에 공중을 휘젓는…… 손아귀를 바라보았다. 완전히 정신을 차리기도 전에 자신이 보고 있는 게 무엇인지 깨달았다. 상당히 심하게 떨어져 완전히 몸을 추스르기까지 오래 걸렸는데, 다행히 부러진 곳도 삔 곳도 없었다. 땅에서 일어나면서 안나는 자신이 완전히 혼자라는 사실을 확신했다. 주위는 아무 소리도 들리지 않는 침묵에 잠겨 있었다. 아무도 달려오지 않았고, 아무도 불을 켜지 않았다―심지어 사테르누스의 방도 여전히 어두웠다. 또한 멀리서 범죄자들이 서로 부르는 소리도 들리지 않았다.

'과연 선하신 하느님께서 저 범죄자들을 정말로 벌해주신 걸까?'

이런 생각에 잠겨 안나는 어깨가 아픈 것도 아랑곳하지 않고 서둘러 치마와 블라우스를 털었다.

'확인해야겠어.' 안나는 다시 사다리를 잡으며 이렇게 결심했다. 이번에는 더 천천히 올라가 쇠창살에서 튀어나온 손아귀가 잡을 수 없도록 더 낮은 곳에 멈추었다. 할 수 있는 최대한 몸을 뒤로 젖히고 안나는 자신을 붙잡으려는 좀비들의 얼굴을 보려고 애썼다.

'그래, 맞아, 맞아! 그 모자 쓴 쓰레기 범죄자야!' 안나는 그의 이름을 알지 못했지만 다른 일당이 '택시 기사'라고 부르는 것을 들은 적이 있었다. 다른 하나는 젊고 키가 작았고 트램 차고지를 나오는 일이 거의 없어서 안나는 그를 두 번쯤밖에 본 적이 없었다. 그 젊은 쪽은 이름이나 심지어 별명이 무엇인지도 전혀 알지 못했다.

'도대체 여기서 무슨 일이 벌어진 거야?'

사다리를 내려오면서 안나는 궁리했다.

범죄자 일당이 도망쳤다는 것은 이미 확실했다. 어둠을 틈타 달아나 버렸고 뒤에는 신의 처벌을 받은 놈들만 남았다. 옛 의무실 건물 안에 범죄자들이 몇이나 남아 있는지 안나는 궁금했다. '어쩌면 전부 다일지도 몰라? 오, 그건 사실이기엔 너무 아름다운데……. 하지만 다시 생각해 보면 어쨌든 다들 저녁밥으로 뭘 잘못 먹고 죽어버렸을지도 모르니까. 그 전날에 지하실과 아파트에서 통조림을 훔쳐 갔는데 그 안에 분명히 절인 버섯도 많이 있었으니

까. 독버섯이 그냥 통조림 안에 들어갔을 수도 있잖아?'

안나는 경멸에 찬 웃음을 지었다. '이 도시 사는 사람들 절반이 직장 야유회로 숲에 가는데 버섯만 보면 독버섯이고 식용버섯이고 구분 못 하고 따버리니까, 아마…….' 가톨릭교도답지 못하다고 생각하면서도 안나는 웃음을 터뜨렸다. '어쩌면 그놈들 중 하나가 죽도록 먹은 다음에 나머지를 전부 뜯어 먹었을지도 몰라.'

그러나 좀비가 된 택시 기사의 손이 여자들이 갇혀 있는 방 창문에서 튀어나와 있다는 사실을 깨닫고 안나의 기쁨은 순식간에 사라졌다. '저놈이 죽었으면 여자들도 같이…….' 안나는 다시 성호를, 이번에는 세 번 그었다. '하느님 맙소사, 놈들이 열두 명은 되었는데!' 이런 생각에 사로잡혀 안나는 트램 차고지의 나머지 부분을 둘러보았다. 사방이 텅 비었고, 숙소로 쓰던 방들은 문이 활짝 열려 있었다. 바닥에는 빈 잔, 구석에는 음식 찌꺼기가 널려 있어 사무실이 아니라 청소하지 않은 공중화장실만큼 더러웠지만 범죄자들은 한 명도 보이지 않았다.

'얼른 이웃들한테 전부 알려줘야지.' 안나는 사무실 건물을 나오며 생각했다. 트램 차고지 반대편까지 뛰어갈 생각은 없었고, 정문 쪽에 있는 훨씬 더 높은 울타리를 넘어갈 생각은 더더욱 없었으므로, 마당을 지나서 울타리가 낮은 곳을 향해 움직였다. 그러나 단독주택 근처에 이르기 전에 비명과 함께 엄청난 굉음이 들려서 안나는 우뚝 멈추어 섰다. 총성이 정말로 가까이, 트램 차고지 바로 뒤 기찻길 쪽에서 들려왔다.

'그 쓰레기들이 도망칠 길을 못 찾아서 돌아왔나……?'

겁에 질린 안나는 주위를 훑어보며 몸을 숨길 만한 곳을 찾았다. 또다시 총소리가 들리자 안나는 마당 한가운데 세워둔 장갑차 안으로 기어들었다. 트램 차고지와 가스공장 사이 기찻길에서 무슨 일인가 벌어지고 있었다. 들려오는 총소리로 보아 뭔가 무서운 일이었다.

다시 주위가 조용해지자 안나는 커다란 장갑차에서 뛰어나와 공포에 질려 주위를 둘러보았다. 자기 모습을 들키지 않으면서 기찻길을 볼 수 있는 유일한 장소는 십수 미터 떨어져 있었다. 너무 일찍 출근했거나 앞 교대조 근무자가 늦는 여름이면 그 양철판 건물 지붕 위에서 햇빛을 쬐기도 했다. 옆쪽 벽에 쌓아놓은 모래주머니를 밟고 올라가면 지붕 위로 갈 수 있었다.

안나는 젊은 시절처럼 능숙하게 기어 올라가 배를 깔고 납작 엎드려서 지붕의 가장 높은 부분의 가장자리에서 기찻길을 내다보았다. 건너편에, 가스공장 울타리 아래 웃자란 덤불숲 아래 사람 형체가 보였다. 누군가 땅에 누워 있었고, 한 명이 아닌 것 같았다. 점점 동이 트고 있었지만 세세한 형체는 잘 구분하기 어려웠다. 잠시 후 익숙한 목소리를 듣고 안나는 뒷목이 서늘해졌다.

저기 스프리하가 있었다. 말하고, 웃고……. 안나는 스프리하가 누군가를 괴롭히기 시작했을 때 눈을 꽉 감았다. 도저히 볼 수도 없고 듣고 싶지도 않았다. 안나는 숨을 몰아쉬며 조심스럽게 뒤로 물러났다.

안나는 충분히 모든 것을 보았고, 진정으로 악마 같은 발상을 떠올리게 되었다.

***

스프리하는 기관총을 장갑차 뒤에 던져 넣고 앞좌석으로 올라가서 창문을 전부 닫고 전등을 켠 뒤 운전석에 앉았다. 차량을 거리로 몰고 나가 광장까지 가기 위해서 그는 이전에 울피크가 시동을 걸 때 했던 행동을 전부 따라 했다. 처음에는 둔하게 윙윙거리는 소리, 그 뒤로 마치 거대한 기계 고양이가 골골대는 듯한 소리를 듣고 스프리하는 의기양양하게 웃음을 터뜨렸다.

스프리하는 엔진을 끄지 않고 앞좌석에서 뛰어내렸다. '공회전하면서 엔진을 좀 달구어주지.' 연료 걱정은 할 필요가 없이 충분히 있었고, 연료캔 절반은 이미 장갑차 안에 있었다. 게다가 떠날 준비를 하는 데 오래 걸리지도 않았다.

스프리하는 몸을 숙여 울피크가 장갑차 앞에 방수천을 깔고 차를 수리할 때 늘어놓은 연장들을 살펴보았다. 그리고 겉모습만 알 뿐 용도를 모르는 고철 더미 속을 뒤졌다. 울피크는 능력 있는 기계공일지 몰라도 일을 마치고 정리하는 것은 좋아하지 않았다. 범죄자 일당이 가까운 수리소에서 가져다준 물건들을 전부 그냥 무더기로 쌓아두었다.

스프리하는 납작한 열쇠 몇 개와 양철판, 렌치 등을 옆으로 꺼내 놓았다. 그에게는 이 모든 것이 최소한 잠재적인 무기로, 누군가를 해치거나 살해하는 데 사용할 수 있는 물건이었다. 실제로 어디에 쓰는 도구인지 스프리하는 전혀 알지 못했다. 마침내 스프리하는 무더기를 뒤져서 고전적인 실톱을 찾아냈다. 분명히 그런 이름이었다. 작고 거미줄처럼 가늘지만 날카로운 날이 달려 있다. 그에게는 그것이 필요했다.

스프리하는 기찻길로 돌아왔으나 마그지아레크나 그 아래 깔린 파울리나에게 향하지 않았다. 곧바로 굴다리로 가서 여전히 살아 있는 채로 밧줄에 묶여 내려뜨려져 있는 푸드워와 클람카의 밧줄을 잘랐다. 그들의 이름을 기억하는 이유는 그저 '상자'와 '문손잡이'라는 뜻의 단어들로 만든 말장난이 마음에 들었기 때문이다. 말 그대로 조금 전에 떠올린 새로운 계획을 실현하려면 스프리하가 원하는 바는 아니지만 이들의 고통을 중단시켜야만 했다.

그는 이 순간에도 자신의 명령에 의해 살아 있는 사람이 몇 시간이나 좀비 떼 위에 매달려 말로 할 수 없는 고통을 당하고 있다는 사실에서 엄청난 만족감을 느꼈던 것이다. 이 두 사람은 탈수증으로 죽어가며 어느 좀비의 손가락이 신발 바닥에 닿을 때마다 공포에 질려 아래를 내려다보고 재갈이 물려 있음에도 불구하고 도와달라고 외치려 애썼을 것이다. 스프리하의 발아래 깔린 자갈이 밟히는 소리를 듣고 푸드워와 클람카는 다시 기운을 차려 자비를 빌기 시작했다. 스프리하는 그들의 재갈에 짓눌린 애원 소리를 한껏 만족스럽게 듣고 있었으나 그것도 한순간뿐이었다.

해야 하는 일은 꼭 해야만 한다.

선택지가 있었다면 좀 더 시간이 지난 뒤에 이들의 목숨을 끊었을 것이다. 하지만 손 닿는 곳에 이렇게 맛있는 미끼가 둘이나 걸려 있으면 좀비들이 아무도 장갑차를 따라오지 않으리라는 것을 스프리하는 알고 있었다. 좀비를 무기로 쓰려면 이 두 명은 방해가 되었다. 그래서 그는 이전에 두 명의 미끼에게 했듯이 이번에도 밧줄을 끊어야만 했다.

스프리하는 난간 밖으로 몸을 내밀고, 미리 칼로 잘라둔 밧줄이 이제 머리카락만큼 가느다랗게 남아서 혹시 저절로 끊어지지 않는지 가까이서 관찰했다. '10분, 최대 15분이면 다 끝나겠군.' 그는 추정했다. 준비를 마치기 위해서도 대략 그 정도의 시간이 필요했다.

갑자기 스프리하는 두려워하며 교도소 쪽을 바라보았다.

'아직은 날 잡으러 여기까지 오지 않았군. 하지만 어쩌면 벌써 가까이 왔을지도 몰라. 안 돼!'

스프리하는 어두운 생각들을 떨쳐내려 고개를 흔들었다. 소름은 느껴지지 않았고, 이전에 스트루크 거리에서 첫 번째와 두 번째 방문했을 때처럼 경고해 주는 것은 전혀 없었다. 저들이 그를 잡기 위해 클렝치코프스카 거리로 오고 있다 해도 좀비들이 교도소에서 트램 차고지까지 가는 가장 짧은 길을 막았을 것이며, 저들은 인근 지리를 잘 알지 못하므로—그래야만 했다—상당히 고민에 빠질 것이다. 다른 길을 찾기 위해 한두 시간을 버려야 한다. 만약에 그를 정말로 추적하고 있다면 말이다. 저들은 서두를 필요가 없었다. 스프리하의 부하들을 거의 전부 체포했는데 이렇게 훌륭한 성공을 거둔 뒤에 무엇 때문에 기능하는 장갑차, 기관총, 몇 상자나 되는 수류탄과 스프리하가 마음대로 쓸 수 있는 사람 몇 명을 여전히 가지고 있는 그가 차려놓을 함정으로 들어온단 말인가. 그렇다, 사람 몇 명이다. 왜냐하면 군인과 교도관들은 그젤라크와 모라비에츠가 이미 죽었다는 사실을 모르기 때문에 분명히 최소한 세네 명의 저항을 예상하고 있을 것이다.

스프리하는 소리 내어 웃었다.

'그렇지, 오크루트니는 지금도 꽤나 골치를 앓고 있겠지. 얼마 되지 않아, 말 그대로 몇 초 뒤에는 더 큰 골칫거리가 떨어질 거다……'

스프리하는 매달린 남자들을 이미 결정된 운명에 맡겨두었다. 트램 차고지로 돌아오면서 스프리하는 길을 조금 돌아서 마그지아레크와 그 여자에게 조심스럽게 다가갔다. 둘 다 아직 살아 있었다. 마그지아레크는 숨을 쉴 때마다 발작적으로 그르륵거렸고 여자는 신음했다. 어두운 곳에서 보면 그 모습이나 소리는 스프리하가 얼마 전에 목격자이자 가해자였던 사건과는 전혀 다른 일이 덤불숲에서 벌어지는 것 같았다.

'종말 시대의 연인들이 마지막으로 재미 보고 있군!'

스프리하는 다시 웃음을 터뜨리고 손에 든 실톱의 무게를 느꼈다. 몇 군데 가볍게 베기만 하면 이들의 고통은 빨리 끝날 것이다. '하지만 안 되지.' 스프리하는 생각했다. '미끼로 썼던 놈들을 없애야만 했으니 이런 데서 소소한 만족감이라도 얻어야겠어.' 그는 반쯤 정신을 잃은 파울리나 옆에 무릎을 꿇었다. 그의 모습을 보고 파울리나는 더 큰 소리로 신음하며 고개를 돌리려 했으나 실제로는 잘 되지 않았다.

"있잖아, 조그만 파리야, 난 네 두려움을 사랑해." 그는 파울리나의 상처 입은 볼에 얼굴을 가까이 대고 속삭였다.

그는 마치 눈앞에 조그만 접시에 아주 귀한 음식이라도 놓여 있는 듯 코로 숨을 들이쉬어 허파 깊숙이 공기를 빨아들였다. 너무 오랫동안 송아지 고기를 맛보지 못했다. '이 여자는 분명히 굉장히 맛있을 거야. 잘 단련된 손으로 가죽을 벗겨 양념을 하고 제일 좋은 부위를 잘 구우면 말이지. 이렇게 근육질에 운동선수 체격이고 기름은 조금밖에 없으니 고기 조각이 더 쉽게 넘어가겠지…….'

스프리하는 무척 아쉬워하며 이 멋진 상상을 눌렀다. 저곳, 레시니차에 가면 잃어버린 즐거움을 조금이라도 되찾을 때가 올 것이라고 그는 확신했다. 그러나 지금은 떠날 준비를 마치고 최대한 빨리 길을 떠나야 했다. 그에게는 할 일이 있었다. 임무, 복수, 뭐라고 불러도 좋았다.

"잘 버텨봐, 다정한 연인들." 일어서면서 스프리하는 마그지아레크의 어깨를 두드리며 말했다. "먼저 가라, 친구. 스프리하 아저씨를 위해서 저 여자를 네가 물어 죽여."

마그지아레크는 반응하지 않았지만, 스프리하는 파울리나가 자기 말을 듣고 있다는 것을 알았다. 자신이 파울리나에게 무엇을 바라고 어떤 처벌을 내리는지 그녀가 알기를 원했다. 몇 분만 지나면 될 일이었고, 마그지아레크는 이제 경련하기 시작했다.

스프리하는 트램 차고지로 돌아가 기찻길로 이어지는 철문을 잠근 뒤 새로운 은신처에서 필요할 만한 물건들을 옮기기 시작했다. 트럭에 실려 있던 보드카와 맥주는 전부 장갑차로 옮겼지만 술통은 당연히 혼자서 장갑차로 옮기기에는 너무 무거웠으므로 남겨두었다. 사무실에서는 아파트 주민들에게서 빼앗은 약간의 옷가지와 통조림을 찾을 수 있는 한 최대한으로, 그러니까 몇 개 정도 옮겼다. 정말로 몇 개 없었다. 왜냐하면 확보한 식량 전체를 단독주택으로 옮기고 그곳에서 다 함께 세 끼 식사를 해결했기 때문이다.

주택으로 가서 문을 열고 좀비가 된 여자들을 밖으로 유인한 뒤 부엌으로 들어가야 하지 않을지, 아니면 최소한 식량을 모아놓은 방 창문의 쇠창살이라도 떼어내 봐야 할지를 두고 그는 고심했다. 첫 번째 해결책은 너무 위험해 보였고, 두 번째는 시간과 노력이 많이 들 것 같았다. '레시니차에 가면 식량이 엄청나게 많을 거야.' 스프리하는 궁리한 끝에 결정했다. 그곳은 행정상 브로츠와프의 한 구역이지만 실제로는 수백 헥타르나 되는 밭, 벌판, 숲으로 둘러싸여 고립된 독립적인 지역이었다. 스프리하처럼 무기와 결단력을 갖춘 사람이라면 확실히 그곳에서 굶어 죽지는 않을 것이다. 그 통조림 몇 개와 절인 오이를 넣은 병조림 정도면 길을 떠나고 도착해서 적응하는 시간 동안 충분할 것이다.

레시니차에서 어떤 상황에 맞닥뜨릴지 그는 알지 못했으나 한 가지는 확실했다. 연기의 달인으로서 스프리하는 어떤 환경에서나 녹아들 수 있었고, 열심히 일하면 그가 당연히 가져야 할 권력을 가질 수 있을 것이었다. 이것은 그의 세상이었고 누구든 다른 사람의 세상은 아니었다.

스프리하는 마지막으로 주위를 둘러보고 장갑차 운전석에 올라앉아 문을 닫고 기어를 넣었다. 그러니까 즉…… 기어를 넣었다고 생각했다. 세 번째 시도한 끝에 차량이 스프리하가 원한 곳으로 움직였다. 이 시대 폴란드 사람 대부분이 그렇듯이 스프리하도 운전면허가 없었으나, 그는 눈치도 배움도 빨랐으며 관찰력이 뛰어나 울피크가 했던 몇 가지 기본적인 작동법을 쉽게 익혔다. 당분간은 복잡한 기동을 할 필요가 없었으므로 해낼 수 있다고 그는 확신했다.

장갑차는 성난 말처럼 벌컥 흔들리며 움직이기 시작했다.

"달려라, 장갑차!" 만족한 스프리하는 손을 펴서 커다란 운전대를 손바닥으로 두드렸다. "달려!"

장갑차는 천천히 수리장을 지나기 시작했고 스프리하는 주위를 둘러보며 차량의 장갑 사이 가느다란 틈으로 얼마나 볼 수 있는지 확인했다. 그것은 운전하는 사람이 꿈꿀 만한 풍경은 아니었지만 그에게 더 많은 것은 필요 없었다. 길에서 다른 차량을 마주칠 리도 없고 만약 누군가 장갑차 바퀴 아래 말려든다면……. 스프리하는 어깨만 으쓱했다.

운전대 위로 몸을 기울이자 더 많은 것이 눈에 들어왔고, 심지어 충분히 많이 보인다고도 할 수 있었다. 갑자기 익숙한 소름이 돌아왔다. 스프리하는 외부 감시창으로 옆을 보고는 그대로 굳어졌다.

장갑차가 수리장 가장자리를 지나고 있었는데 그 뒤에 어떤 여자가 서 있었다. 여자는 웃고 있었고, 지나가는 장갑차가 아니라 스프리하를 쳐다보고 있었다. 심지어 작별 인사를 하듯이 그에게 손도 흔들었다. 스프리하는 저 아줌마가 여기서 뭘 하는지, 어디서 튀어나왔는지 알지 못했지만 한 가지는 확실했다―어디선가 본 적이 있었다.

여자는 분명히 근방 어딘가에서 살고 있었다. 그렇다, 스프리하가 '빨간 셔츠 동화'를 들려줄 때에도 거기 있었다. 군중 사이에 서서 다른 아줌마들처럼 울고불고했는데 지금은 트램 차고지에 기어들어 와 그가 없는 사이에 냄새를 맡으며 돌아다니고 있었다. 스프리하는 밤 동안 부하들에게 일어난 일을 인근 아파트 주민들이 알지 못하게 하려고 최선을 다했는데, 저 망할 아줌마가 보다시피 뭔가 냄새를 맡고 엿보러 들어온 것이다.

스프리하는 장갑차를 멈추고 눈으로 운전석 안을 훑었다. 조수석 뒤에 울피크의 쇠지렛대를 발견했다. 스프리하는 지렛대를 움켜쥐고 엄청나게 무거운 문을 밀어 열고서 땅으로 내려왔다.

여자는 사라졌다. 아까 있던 벽 앞에 이미 없었으므로 스프리하는 민감하게 주위를 둘러보고 장갑차에서 몇 걸음 달려 나오기도 했으나 여자의 모습은 흔적도 없었다. 그래서 스프리하는 천천히 차량을 향해 뒷걸음질 쳤다. 위험을 무릅쓰지 않는 쪽이 나았다. 여자가 혼자서 온 게 아니라 다른 사람들이 저 수리장과 오른쪽에 있는 건물 뒤에 숨어 그가 자기들 손아귀에 들어올 때만 기다리고 있을지 모른다.

'기다려봤자 소용없다, 이⋯⋯ 이 브로츠와프의 쥐들 같으니.'

그는 차량으로 돌아와서 더 이상 둘러보지 않고 수리장 마당과 공터 사이에 있는 담 쪽으로 움직였다. 그 담 뒤에 좀비 떼가 있었다. 스프리하는 이 장갑차가 얼마나 강력한지 확인하고 싶었다. 자신이 원하는 임무를 수행할 수 있는지. 스프리하는 여전히 기어를 바꾸지 않은 채 속도를 내서 콘크리트 담에 달려들었다. 그는 꼭두각시 인형처럼 흔들렸고 운전대에 처박혔지만 담이 무너지며 패널을 이어주던 기둥들이 땅에 깊이 박힌 콘크리트 덩어리가 아니라 잡초처럼 뽑혀 나왔다. 두꺼운 콘크리트판은 부서져 1미터가 넘는 바퀴에 으깨졌다.

"잘한다, 장갑차." 스프리하는 즐거워했다.

장갑차를 타고 울퉁불퉁한 곳을 넘어가는 경험은 유쾌하지 않았으나 스프리하는 서두르고 있었기 때문에 가까운 거리로 방향을 바꾸지 않았다. 잠시 후 새벽녘의 회색빛 속에서 스프리하는 좀비 떼를 보았는데, 좀비들은 잠재적인 먹잇감의 기척을 놓친 자리에 그대로 서 있었다. 멀리서 보면 마치 5월 1일 노동절 행진의 선두 같았고 그것도 수도에서 벌어지는 가장 큰 행진과 비슷했는데, 어떻게 보면 또 거대한 전투에 나아가는 중세 군대 같기도 했다. 좀비들이 누군가 혹은 뭔가의 기척을 감지하고 헛되거나 헛되지 않은 추적을 하기 위해 넓게 퍼진 부분까지 합치면 스프리하 앞에는 폭이 수백 미터나 되는 거대한 벤치가 펼쳐져 있었다.

'곧 너희들을 다시 모아주지, 나의 군사들이여.' 스프리하는 생각하고 방향을 꺾어 좀비 무리 바로 앞으로 지나갔다. 후진 기어를 어떻게 넣는지 몰랐고, 모르는 채로 시도했다가 잘못해서 엔진을 끄거나 또 기어가 막혀버릴까 봐 스프리하는 그저 아주 크게 반원을 그리며 방향을 돌린 뒤 좀비들의 속도에 맞춰 차량 속도를 늦추었다.

좀비들은 언제나 하듯이 차례차례, 마치 앞줄에 선 좀비들이 뒷줄에 먹잇감에 대한 정보를 전달이라도 해주는 듯 한 줄씩 움직였다. '실제로 그런 게 틀림없어.' 스프리하는 문득 깨달았다. 좀비들은 서로 의사소통을 하는 것이다—물론 글자 그대로 소통을 하는 건 아니겠지만 최소한 스프리하의 관점에서는 그렇게 보였다.

스프리하는 좀비들을 전부는 아니지만 충분히 많이 끌고 마치 군사를 이끄는 당당한 로마 황제 같은 기분으로 천천히 전진했다.

그리고 그는 좀비들이 따라잡을 수 있도록 중간중간에 차를 멈추었다가 좀비들이 차량 앞으로 너무 많이 나아가기 전에 다시 속도를 냈다. 좀비들을 치고 넘어가서 공연히 유용한 군사를 잃을 생각은 없었지만 필요하면 예외를 둘 수도 있다는 것도 스프리하는 알고 있었다. 그는 자기 구역인 트램 차고지에서 생쥐처럼 돌아다니던 그 아줌마의 얼굴에서 불길한 웃음을 지워버릴 작정이었고, 확실한 방법을 단 한 가지 알고 있었다. 당연히, 이런 상황에서 말이다.

여자의 눈빛을 떠올리고 스프리하는 다시 익숙한 불안감을 느꼈으나 여자와 그 나머지 가축 떼를 짓이겨줄 방법을 고안해 냈다는 만족감이 훨씬 더 강했다.

그는 좀비 떼를 스워비안스카 거리로 이끌었다—교도소로 가는 최단 거리이기 때문이지만 그 이유만은 아니었다. 저 고마운 줄 모르는 가축 떼에게 복수하는 것은 이 모든 계획의 화룡점정이 될 터였다. 스프리하는 트램 차고지 첫 출입구에 접근하면서 속도를 늦추었다. 그리고 좀비들이 장갑차를 둘러싸고 차량 앞 거리를 막을 때까지 기다렸다. 그러면서 앞좌석 천장의 해치를 열고 머리 위로 솟아오른 아파트 벽과 열린 창문들을 바라보았다. 몇몇 창문에서 창백하고 겁에 질린 얼굴들이 보였다.

"그래, 겁내라, 한심한 쥐새끼들아. 냄새나는 굴속에 숨어 있어라. 우리가 만난 기념으로 아름다운 선물을 남겨주지!" 이렇게 외치고 스프리하는 다시 차량을 출발시켰다.

더 높은 기어로 바꾸자 엔진이 포효했다. 이 기계의 힘은 믿을 수 없을 정도로 강했다. 장갑차는 콤바인이 곡식을 밀고 나가듯 한때 인간이었던 몸체의 빽빽한 무리를 짓이기며 나아갔다. 거리를 막고 있던 좀비 대부분이 장갑차 바퀴 사이로 들어갔고, 그곳은 별로 위험하지 않았지만, 그래도 장갑차는 끊임없이 굉음을 내며 폭넓은 타이어 바로 앞에 서 있던 좀비들을 짓뭉갰다.

스프리하는 한때의 이웃들에게 최대한 많은 선물을 남겨주기 위해 크렝타 거리 끝에서도 이 작업을 되풀이했다. 좀비들은 얼마간 시간이 지나면 재생한다. 한 시간, 어쩌면 두 시간 뒤에 좀비들 대부분은 다시 자기 힘으로 일어설 것이다. 트램 위에 숨어서 지켜보았던 그 창자가 비어져 나온 머저리처럼 말이다. 되살아난 좀비들은 떼를 지어 거리 전체를 효과적으로 막을 것이다. '놈들한테 좀비를 어떻게 치우는지 보여줬으니까 또 그렇게 하라지, 이번에는 자기들이 직접.' 그는 벌레 같은 아파트 주민들이 자신의 성공을 따라 하려 애쓰는 모습을 떠올리며 한껏 즐겼다. 심지어 오크루트니도 이렇게 되면 주민들을 대피시키는 데 애를 먹을 것이다. 여기까지 들어올 수나 있다면 말이다.

스프리하는 오우빈스카 거리 입구까지 좀비 떼를 2000명은 이끌고 갔다. 텅 빈 굴다리를 보고 그는 기뻐했다. 남은 미끼 두 명은 스프리하가 여기 도착하기 전에 이미 떨어졌고 새로운 먹잇감을 감지하고 새로운 좀비들의 무리가 트셰브니츠카 거리에서 모습을 드러냈다. 한순간에 스프리하는 자기 군대를 두 배로 키웠고 게

다가 이것이 끝이 아니었다.

스프리하는 기차역에서 도망친 자들을 맞은편에 있는 아주 큰 삼각형 잔디밭으로 모으고 싶어서 방향을 꺾어 보도를 따라 골목으로 갔다. 장갑차 방향으로 또 줄줄이 따라오는 새로운 수백 명의 좀비 떼의 모습을 즐기며 스프리하는 천천히 나아갔다. '여기에 오크루트니가 교도소 가까이 모아놓은 좀비들을 합치면······.' 좀비들이 교도소를 완전히 덮칠 것이고 물이 주전자를 채우듯이 담장 안 부지를 전부 채울 수 있을 것이다.

아직은 보이지 않는 레이몬트 거리 입구까지 200미터도 남지 않았고—스프리하는 사테르누스에게 받은 지도를 보면서 계속해서 자기 위치를 확인했다—한 블록도 가지 않아 그 저주받을 교도소를 둘러싼 담이 나올 것이다. 스프리하는 그 담을 무너뜨리고 건물 쪽, 그 빌어먹을 대위의 창문 바로 아래까지 밀고 들어간 뒤 훌륭한 부하들을 빼앗아 간 여성 사동과 마당까지 좀비 떼를 끌고 갈 작정이었다. 그곳에서 다시 바깥으로 밀고 나와 살짝 속도를 높여 좀비들을 깔아뭉갠다. 모두 다 교도소 부지 안에 남게 될 것이다. 수천 명의 피에 굶주린 좀비 떼가 오크루트니의 왕국을 무너뜨리고 비에드지츠키에게 이 구역 좀비 소탕을 위한 완벽한 교두보를 마련해줄 것이다. '정말로 저 가축 떼를 구조하고 싶다면 고생 좀 하라지.'

이것이 스프리하의 계획이었고 실현할 순간이 무척 가까웠다.

* * *

안나는 운이 좋았다. 범죄자 두목이 장갑차 앞에 아주 잠깐 모습을 드러내더니 도로 안으로 들어가서 시동을 걸고는 연장 무더기 속에서 뭔가 뒤져 찾아내더니 곧바로 기찻길로 돌아갔다. 이 예상하지 못한 움직임 덕분에 안나는 결심한 대로 계획을 실현할 시간을 벌었다. 범죄자가 다시 나타나기 전에 안나는 자기 할 일을 마치고 수리장 건물 뒤에 숨어서 스프리하가 사무실 건물 안으로 사라졌다가 뭔가 보따리와 가방을 몇 번이나 가지고 나오는 모습을 열심히 관찰했다. 스프리하는 모든 짐을 장갑차 뒤에 싣더니 다시 건물 쪽으로 걸어갔다. 옆에 서 있는 트럭 짐칸에서도 술을 전부 챙겨 장갑차로 옮겼다. 그가 보드카와 맥주 상자를 장갑차에 밀어 넣을 때 유리병이 날카롭게 쨍그랑거리는 소리를 냈다. 마지막으로 스프리하는 앞좌석에 앉아 장갑차 문을 닫았다. 차량이 천천히 움직였으나 강력한 바퀴는 한 번 돌아갈 때마다 점점 속도를 더했다.

   때가 될 때까지.

   안나 워예크는 수리장 건물 모퉁이에 서서 특별히 몸을 숨기려 하지 않고 장갑차의 뒷모습을 보고 있었다. 이제는 딱히 숨을 필요가 없었다. 어쩌면 범죄자가 자신을 보기를 원했는지도 모른다. 바로 그래서 일부러 더러운 손을 들어 흔든 것이다. 그러나 장갑차가 속도를 늦추기 시작하는 것을 보고 안나는 조금 놀랐다. 도망치는 사람에게서 이런 반응은 예상하지 않았다. 장갑차가 멈추기 전에 안나는 벽 뒤로 돌아가 스프리하가 자신을 보았던 장소에서 최대한 빨리 멀어지기 위해 덤불과 1미터 높이나 되는 쐐기풀을 뚫고 수리장 건물과 울타리 사이를 달렸다. 수리장 건물 맞은편 가장자리에 도착하기 전에 안나는 장갑차 모터가 더 빨리 돌아가는 소리를 들었다. 그녀는 안전했다.

스프리하가 곧장 담을 향해 장갑차를 몰고 가는 것에 안나는 놀라지 않았다. 이 범죄자는 바보가 아니므로 장갑차가 강력한 울타리와 충돌했을 때 어떻게 행동하는지 가장 먼저 확인하는 것이라고 안나는 이해했다. 실험이 성공하고 장갑차가 다시 속도를 늦추면서 공터로 굴러가자 안나는 숨어 있던 곳을 나와서 너무 늦지 않았기를 간절히 기도하며 온 힘을 다해 기찻길로 달려갔다.

그리고 안나는 쓰러져 있는 형체들에 아주 조심스럽게 다가갔다.

"아직 거기 있니, 파울리나?" 안나가 물었다.

대답은 들리지 않았으나 짓이겨진 파울리나 위에 쓰러진 남자에게서 들려오는 조용한 그르륵 소리를 듣고 안나는 조금 대담해졌다. 이 범죄자가 아직 숨이 붙어 있으니 그의 피해자도 아직 숨을 쉬고 있을 것이었다. 안나는 다친 범죄자의 다리를 잡고 끌어당겨 그 아래 갇힌 파울리나를 풀어주려 했다. 의식 없는 마그지아레크의 무기력한 몸은 너무 무거웠고, 굳어진 피로 뒤덮인 셔츠를 입은 마그지아레크의 상체가 파울리나의 배 위에서 몇 센티미터 움직이자 파울리나가 고통에 비명을 질렀다. 다행히 안나는 멍청하지 않았다.

'힘으로 이 남자를 움직일 수 없으면 다른 방법을 써야지.'

안나는 자신의 노력 때문에 범죄자가 죽지 않기를 기도하며 거의 죽어가는 범죄자의 팔을 잡았다. 안나는 가톨릭 신자였고 다섯 번째 계명인 '살인하지 말라'와 죽음에 이르는 죄가 무엇인지 아주 잘 알고 있었지만, 남자의 생명을 소중히 여겨야 한다는 생각 따위는 없었다. 그저 자신과 파울리나의 목숨을 생각하고 두려움에 떨 뿐이었다. 그의 팔을 붙잡고 있을 때 이 남자가 자신 때문에 죽는다면 세 명 모두, 그것도 순식간에 목숨을 잃을 것이다.

안나는 마그지아레크를 뒤집는 데 성공했다. 마그지아레크는 파울리나 위에 엎드려 있다가 이제는 파울리나 옆에 등을 대고 누워 자기 피에 숨이 막히는 듯 더욱 큰 소리로 다급하게 그르륵거렸다. 안나는 더 이상 신경 쓰지 않고 파울리나를 돌보는 데 집중했다. 조심스럽게 파울리나의 양쪽 겨드랑이를 잡고 2미터 정도 끌고 가면서 동시에 상처를 들여다보았다. 부서진 얼굴, 부러진 두 다리, 탈구된 어깨, 배도 완전히 피투성이였는데 그 피가 파울리나의 것인지 엎드려 있던 범죄자의 것인지 알 수 없었다. 이 불운한 어린 소녀에게 스프리하가 저지른 짓은 천벌을 받아 마땅했다.

"버텨야 해, 파울리나." 안나가 다시 한번 파울리나의 비명을 무시하고 양팔을 붙잡으며 애원했다. 파울리나가 정신을 잃고 어느 순간 비명을 멈추자 안나는 안심했다. '기절이 고통을 조금 덜어줄 수 있겠지.' 안나는 생각했다. "너를 저놈에게서 최대한 멀리 끌고 가야 해. 좀비로 변했을 때 우리 기척을 눈치챌 수 없게." 파울리나는 이미 듣고 있지 않았지만 그래도 안나는 설명했다. "그리고 도망친 다른 한 놈은 신경 쓰지 마. 자기가 한 짓에 전부 벌을 받게 될 거야. 신이 나의 증인이야. 버텨야 해, 파울리나. 이제 두 걸음, 세 걸음만 더 가……." 말하다 말고 안나는 멈추었다.

갑자기 눈앞이 깜깜해지고 다리가 물에 젖은 솜처럼 힘없이 풀렸다. 안나는 기찻길 전체에 깔려 있는 뾰족한 돌멩이 위에 주저앉았으나 찔린 통증에 신음할 힘도 없었고 그 통증조차 마치 뭔가 그녀의 몸에서 빨려 나간 듯 빠르게 사라졌다. 밤하늘이 갑자기 더욱 어두워졌고 주위 모든 것이 창백해지더니 희미해졌다. 수많은 별도, 동쪽에서 이제 막 희부옇게 동트는 하늘도. 끝없는 어둠이 세상을 뒤덮었다.

마지막으로 의식을 되찾은 순간 안나는 이것이 무슨 의미인지 알았다. 비명을 지르고 싶었지만 입에서 아무런 소리도 나오지 않았다. 안나는 고개를 숙인 자세로 굳어져 다리 위에 눕힌 죽은 파울리나의 얼굴을 들여다보았다. 몇 초 뒤에 다시 몸을 떨고는 휘청거리며, 마치 자신 없는 듯 몸을 일으켜 몇 미터 떨어져 있는, 사람이라고 알아보기 힘든 어두운 형체 쪽으로 거의 즉각 기어가기 시작했다. 다리를 누르고 있던 짐은 빠르게 밀어버리고, 거친 돌멩이에 양손의 살이 쏠리는데도 음울한 움직임을 멈추지 않고 다가가 죽어가는 마그지아레크의 살에 치아와 부러진 손톱을 박았다. 마그지아레크도 이것을 느낀 것이 분명했는데, 왜냐하면 최소한 그 마지막의 아주 짧은 순간 몸에 전기라도 통한 듯 굳어졌기 때문이다.

안나는 혼자 마그지아레크를 덮쳤다. 죽었다가 살아난 파울리나가 짓이겨진 관절을 재생하기 위해서는 시간이 좀 더 필요했다.

* * *

대략 잔디밭 한가운데에서 스프리하는 탄내를 맡았다. 고무 타는 냄새 같았다. 게다가 엔진에서 갑자기 이상한 소리가 나기 시작했다. 차량은 잘 다듬어진 잔디밭 사이 자갈 깔린 길이 아니라 뿌리 뽑힌 나무 위를 지나는 양 마구 흔들렸다. 스프리하는 생각에 잠겨 있다가 즉각 정신을 차렸다. 짜고 있던 계획은 잊어버리고, 오크루트니에게 이름 그대로 '잔혹한'* 복수를 할 때가 이토록 가

---

* 폴란드어로 '오크루트니(okrutny)'는 잔혹하다는 뜻이다.

까이 다가왔다는 상상에 즐거워하던 것도 멈추었다. 뭔가 잘못되었다. 그 빌어먹을 울피크가 장갑차를 전혀 안 고친 것이다!

'아냐, 잠깐. 이건 기어의 문제가 아닌데……. 엔진에 문제가 생긴 거야.' 스프리하는 제대로 차량 정비에 대해 배운 적이 없지만 얼마 안 되는 지식을 더듬으며 이렇게 생각했다.

속도를 더 늦추었지만 별 도움이 되지 않았다. 타는 냄새가 점점 더 견디기 어려워졌고 진동은 더 심해졌다. 그래서 스프리하는 기어를 중립에 놓고 장갑차를 세웠다. 이렇게 해서 상황이 해결되거나 최소한 좀 나아지기를 바랐다. 그렇지 않았다. 모터는 회전수를 줄였는데도 심장마비 환자의 심장처럼 행동했다. 장갑차 보닛의 두꺼운 철판이 마치 아래에서 뭔가 올려 치는 듯 끊임없이 튀어 올랐다. 몇 번 더 그르륵거리는 소리가 들리더니 커다랗고 둔탁한 소음이 울려 퍼지고 나서 장갑차가 마지막으로 세게 흔들리고 멈추었다.

"이런 시발……." 스프리하가 겁에 질려 창백해진 채 욕설을 내뱉었다.

다시 시동을 걸려고 아무리 애써도 소용이 없었고, 스프리하는 보닛 아래에서 쉭쉭 소리와 함께 짙은 흰색 연기가 올라오는 것을 보고 곧 포기했다. 머리를 부여잡고 이렇게 고장 난 이유가 무엇인지 알아내려 애썼으나, 모터나 엔진에 대해 아는 것이 너무 없어서 엔진오일이 다 새어나가 엔진이 멈춰버린 것이라는 사실을 이해할 수 없었다. 이런 사실을 모르는 채로 스프리하는 1분, 최대 2분간 기다린 뒤 엔진이 좀 식으면 다시 시도해 보기로 했다. 그것으로 충분하리라 생각했지만 이번에도 생각처럼 되지 않았다.

그때야 마침내 스프리하는 자신이 죽어버린 차량 안, 속도를 낼 수 없는 껍데기 속에 앉아 있다는 사실을 깨달았다. 그리고 차량 주변은 전부······.

스프리하는 좌석에서 일어나 위쪽 해치를 열고 내다보았다. 주위에 보이는 것은 나무 꼭대기와 그 아래로 흘러나와 물결치는 회색 얼굴들의 바다뿐이었다. 복수할 계획을 세우지 않았다면, 뭔가 잘못되었다는 사실을 눈치챈 순간 그냥 도망쳤다면, 아직 기회가 있었을지도 모른다. 어쩌면 이렇게까지 좀비들이 꽉 들어차지 않은 이 풀밭을 지나 멀리 보이는 저 아파트 어느 건물로 숨어들 수 있었을지도 모른다. 이제 와서는 불가능했다. 주위에는 최소한 5000명의 좀비가 모여들어 지름 100미터가 넘는 원형 고리를 형성했다. 풀밭에 솟은 나무까지, 어쩌면 더 멀리까지 모여 있었다. 그동안에 기차역 건물에서도 끊임없이 또 다른 좀비들이 스프리하가 이곳으로 끌고 온 좀비들을 따라서 떼 지어 나왔다.

스프리하는 다시 한번 오랫동안 주위를 둘러보며 어떻게든 해결책을 찾으려 절박하게 애썼지만 그럴 수 없었다. 그는 지옥 바다 한가운데에서 그의 피를 탐내는 아무 생각 없는 괴물들에게 사방으로 둘러싸여 있었다. 지금 당장, 여기, 장갑차 안에서는 안전했으나 그런 감각은 아무 가치가 없었다. 스프리하에게는 통조림 몇 개와 절인 오이 병조림밖에 없는데 그를 둘러싼 좀비들은 시간에 구애받지 않았고 망할 세상의 끝까지 여기서 버틸 수 있었다······.

그 순간 스프리하는 아무도, 아무것도 자신을 구해줄 수 없다는 사실을 깨달았으나 즉시 그 생각을 떨쳐냈다.

'내가 살아 있는 한 기회는 있어.' 그는 스스로 용기를 북돋았다. '가장 중요한 건 포기하지 않는 거야. 이 세계는 내 것이고 앞으로도 내 것이어야 해.'

스프리하는 좌석에 몸을 기댔다가 성이 나서 주먹으로 운전대를 때렸다.

"어째서?" 그가 외쳤다. "어어어째서어어어!"

그리고 갑자기 그의 귓가에 지엘린스카가 했던 말이 들려왔다. "이 썩어빠진 쓰레기 새끼야! 너도 오랫동안 고통스럽게 뒈져라!" 그 소리를 떨쳐내기도 전에 어떤 장면이 떠오르며 친숙한 소름이 함께 돋아났다. 트램 차고지의 그 여자……. 그 웃음을 생각하면 마음이 불안해졌다. 그리고 뭔가 더 있었다. 그에게 흔들어 보인 손이다. 전체가 까맣고 뭔가 끈적거리고 반짝이는 것으로 뒤덮여 있었다. 마치 그에게 신호하듯 손을 흔들었다. 그 손짓이 그다지 눈에 띄지 않아서 스프리하가 그 의미를 깨달았을 때는 이미 너무 늦었던 것이다……

44

1963년 8월 13일 화요일 07시 28분
성 바브지니에츠 공동묘지

비에드지츠키가 교도소 방어를 위해 차출했던 사람들이 모터보트를 타고 '큰 섬'으로 돌아왔다. 군인들은 자기 부대로 돌아갔고 선원들은 영화제작소로 돌아갔으며 모두 그날의 영웅이 되었다. 나머지 생존자들이 이 군인과 선원들을 좁은 원을 만들어 둘러싸고 작전에 대해 상세하게 캐물었다. 이야기는—선원들이 과장해서 말하는 경향이 있다는 속설대로—신화 속 거인들의 장렬한 전투에 맞먹을 정도로 빠르게 부풀었다. 그들이 서로 무슨 이야기를 지어냈든 간에 하나는 분명했다. 이들의 빛나는 활약 덕분에 위험한 범죄자 아홉 명이 체포되었고 동시에 아군 손실은 전혀 없었다는 것이다. 열 번째 범죄자는 교도관들이 모르는 사람이고 사냥꾼 앞의 오리처럼 그저 서 있었으며 저격수가 발포해서 붙잡았다. 나머지 일당이 어떻게 되었는지는 아무도 몰랐고, 어찌 됐든 스프리하가 탈주한 사실은 아무도 큰 소리로 말하지 않았다. 왜냐하면—최소한 장대한 전투를 겪고 온 선원들의 관점에서—이것은 작전 전체에 비해 별로 중요하지 않은 조그만 사건이었기 때문이다.

자원자들을 싣고 갔던 바로 그 모터보트가 바르샤프스키 다리 근처에 3인조 순찰대를 내려주었는데 이들의 임무는 피아스트 양조장 상황을 정찰하는 것이었다. 비에드지츠키는 범죄자 일당과 그 두목이 이 양조장을 새로운 은신처로 삼았을 것이라고는 믿지 않았으나 그래도 확인하는 쪽을 택했다. 그래서 비에드지츠키가 이 임무에 선별한 사람들은 경고 없이 발포해도 좋다는 지시를 받았다. 마주치는 적은 모두 소탕해도 좋다는 허락을 받은 것이다. 그러나 양조장이 범죄자들의 손아귀에 떨어지지 않은 것으로 확인될 경우 순찰대는 기찻길을 따라 시내로 더 들어가서 트램 차고지 인근 지역에서 다음 정찰 임무를 수행하게 되어 있었다.

체포된 범죄자들은 오크루트니와 그의 얼마 안 되는 교도관들의 감시 아래 임시로 교도소에 갇혔다. 비에드지츠키의 명령에 따라 범죄자들은 우선 족쇄를 차고 그런 뒤에 꽁꽁 묶여서 꼼짝도 할 수 없게 되었다. 사테르누스도 똑같은 취급을 면할 수 없었는데, 허벅다리에 입은 총상을 치료한 뒤 진통제를 엄청나게 투여받은 그는 완전히 멍해졌다.

체포된 일당은 교도소 뒤쪽으로 담 아래, 교도소 뒷문에서 멀리 떨어진 곳으로 끌려갔고, 굵직한 여름 소나기가 내리기 시작했을 때에도 그곳에 그대로 남아 있었다. 거기서 호송을 기다리기로 되어 있었다. 아무도 범죄자들과 말을 섞지 않았고 또한 아무도 그들의 비명이나 외침에 대답하지 않았다.

군인과 선원들이 모터보트를 타고 떠난 지 한 시간이 채 되지 않아 비에 흠뻑 젖은 정신과 병원 맞은편 강변에 모터보트 네 대가 차례로 도착했다. 그 안에는 보트 운전자가 한 명씩 운전해 왔다—교도소 근무자들이 이미 잘 아는 니즈네르 소위, 마베트 경위, 보이체프스키 의사와 이 팀의 유일하게 새로운 인물인, 이들을 지

지휘하는 베르나치아크 대위였다.

이전에 내려진 명령에 따라 그들은 죄수들을 전부 조그만 모터보트에 태웠고, 범죄자들이 도망치거나 스스로 목숨을 끊을 수 없도록 단단히 고정시켰다. 강둑에서 방수천으로 몸을 감싸고 기다리고 있던 비에드지츠키의 부관이 온몸이 흠뻑 젖은 오크루트니의 앞을 막았다.

"잠시만 기다리시오." 장교가 감정 없는 어조로 말했다. "대위도 우리와 함께 갑니다."

"아내에게 작별인사 정도는 해도 됩니까?" 오크루트니가 물었다.

"아니오."

이 짧고 단호한 대답에 오크루트니 대위는 놀랐지만 항의하지는 않았다. 그는 자신이 저지른 행위를 알고 있었고 결과를 감내해야 한다는 것도, 그 결과가 가볍지 않다는 것도 의식하고 있었다. 그래도 그는 군대가 자신을 좀 더 인간적으로 대해줄 것이라 예상했다. 그러나 상황은 정상적이지 않았고, 오크루트니는 운명을 받아들이는 것 외에 달리 선택지가 없었다. 그럼에도 아쉬움은 남았다.

"로예프스키, 루치나에게 말해줘. 내가……." 오크루트니는 망설였다.

아내에게 전하는 말이 감상적으로 들리는 것은 원하지 않았으나, 다시 여기 돌아올 수 없을지도 모른다는 사실도 알고 있었다. 본인 때문에 너무 많은 사람이 죽었으므로 군법회의가 자신을 총살 부대 앞에 세운다 해도 특별히 놀라지는 않을 것이었다.

"걱정 마십시오, 대위 동무. 무슨 말씀 전해드릴지 제가 압니다." 준위가 안심시켰다.

"교도소장 임무도 자네가 대리해 주게……." 오크루트니는 다시 망설였다. "……내 후임이 정해질 때까지."

대위와 준위는 마치 다시 군인으로 돌아간 듯 서로 동시에, 규정대로 뻣뻣하게 경례했다. 그런 뒤 로예프스키는 마투시아크와 다른 자원자들을 이끌고 교도소 쪽으로 향했다. 자원자들은 체포된 범죄자들을 교도소에서 오드라강 둑까지 끌고 왔으며 오는 길에 주먹질과 발길질도 아끼지 않았다. 교도소 사람들 모두가 스프리하 일당의 '업적'에 대해 들었으므로 남성 사동과 여성 사동에는 맨손이라도 좋으니 이 범죄자들의 가죽을 산 채로 벗기고 싶어 하는 사람들뿐이었다. 그러므로 범죄자들을 홍수 대비용 강둑으로 끌고 온 자원자들은 군대도 이 쓰레기들에게 자비를 베풀지 않을 것이라는 희망을 간직하고 있었다.

대략 그때쯤 동쪽에서 첫 번째 총소리가 들려왔으나 아무도 신경 쓰지 않았다. 아침부터 저녁까지 이어지는 총성은 생존자들에게 감염병 유행 전에 자동차 시동 거는 소리나 노선을 따라 다가오는 트램의 규칙적인 소음처럼 일상다반사가 되었다.

* * *

짧은 항해 동안 모터보트에서는 아무도 입을 열지 않았다. 죄수들조차 반항할 기운을 잃고 손을 등 뒤로 돌린 채 팔과 다리의 매듭을 추가로 연결한 밧줄 때문에 완전히 움직일 수 없게 되어 얼굴을 바닥에 대고 얌전히 엎드려 있었다.

보트 운전사들은 첫 번째 보트가 속도를 늦추기 시작하자 눈에 띄게 기운이 나기 시작했다. 홍수용 운하의 출구 댐을 지난 지 얼마 안 되어, 멀리 전문적으로 폭파시킨 슈치트니츠키 다리 교두보가 400미터 정도 거리에서 보이기 시작했을 무렵이었다. 그러나 예상외로 모터보트들은 '큰 섬'에 정박하지 않았다.

넓은 풀밭에 세 남자가 서 있었다. 마르고 겉보기만큼 그렇게 나이 들지 않은 소령, 그보다 키가 머리 반 개 정도 작고 대머리가 되기 시작한 민간인, 소령에게서 한 걸음도 떨어지려 하지 않는 무전 담당 라트케 상사다.

비에드지츠키는 가장 가까이 정박한 모터보트를 흘끗 보고 시선을 들어 참나무가 늘어선, 높고 상당히 가파른 강둑을 올려다보았다.

"한 명씩 데려간다." 소령은 현직 교도소장 대리인 오크루트니의 존재를 무시하고 결정했다. "스스로 걸을 수 있도록 족쇄를 풀고 팔다리를 연결한 줄도 늦추게." 소령이 오른쪽 보트에 엎드려 있는 울피크를 가리키며 지시했다.

그 보트를 담당한 마베트가 도와주러 온 니즈네르와, 교도소장 대리직을 임시로 넘겨받은, 오크루트니가 모르는 민간인과 함께 소령의 명령을 이행했다. 그런 뒤 울피크의 목에 교도관들이 좀비들을 산책장으로 데려갈 때 썼던 도구를 바탕으로 만든 포획기의 고리를 걸었다. 목을 꽉 조인 고리가 잡혀가는 범죄자를 효과적으로 제압했다. 특히 비가 내려 풀밭이 미끄러웠기 때문에 더욱 그랬다. 울피크는 몇 번이나 심하게 목이 졸렸는데, 꼭 도망치려고 들었기 때문은 아니었다.

잠시 후 마베트 경위와 니즈네르가 마루트를 데리러 왔다. 비에드지츠키는 그들이 서둘러 작업하는 모습을 차분하게 절제된 태도로 바라보며 마치 서두를 이유가 전혀 없다는 듯 재촉하지도 않고 추가로 지시하지도 않았다. 한 시간이 지나고 나서 마지막 죄수가 강둑 뒤로 사라지자, 소령은 그제야 돌덩이처럼 굳은 얼굴로 기다리고 있는 오크루트니 대위에게 시선을 돌렸다. 풀밭에는 지금 비에드지츠키, 민간인, 베르나치아크밖에 남지 않았다. 보이체프스키는 자신이 몰고 온 모터보트가 다 비자마자 강둑 위로 올라가 버렸고 무전병 라트케는 소령이 돌려보내서 이제 참나무 사이로 사라져 가고 있었다.

"오크루트니 대위……." 소령이 손짓으로 그를 강변으로 내려오라고 청했다. 오크루트니는 지시에 따랐다. 흔들리는 보트에서 강둑의 돌 위로 뛰어내리자 물이 사방으로 튀었으나 오크루트니는 상관하지 않았다. 군인들과 달리 그는 방수 우비를 착장하지 않았고, 아주 오래전부터 차가운 빗물이 등으로 흘러내리는 것을 느끼고 있었다. 제복은 비에 흠뻑 젖어서 중세 기사의 갑옷보다도 무겁게 느껴졌다.

오크루트니는 강변의 세 명 앞에 당당하게 몸을 똑바로 펴고 섰다. 이 세 명이 니즈네르가 말했던 군법회의라고 그는 짐작했다.

"대위가 받고 있는 혐의가 얼마나 중한지 아시오?" 비에드지츠키가 곧바로 본론으로 들어가서 물었다.

"예."

"죄를 인정하시오?"

"예."

"대위에게는 수형자들을 무조건 석방시킬 권리가 없었다는 것을 아시오?"

"압니다."

"풀려난 범죄자 일당이 저지른 모든 범죄의 책임이 대위에게 있다는 사실을 이해하시오?"

"이해합니다. 그리고 처벌을 받을 각오도 되어 있습니다." 오크루트니가 또박또박 대답했다.

"좋소." 소령이 말했다. "모든 일이 명백하니 이 회의를 질질 끌 이유가 없소. 여기 서시오." 소령이 오크루트니에게 조그만 곳 가장자리를 가리켰다. "베르나치아크 대위, 피고에게 결정된 판결을 읽어주시오."

베르나치아크가 헛기침하고 목소리를 가다듬었다.

"본 선고는······." 베르나치아크는 장엄하게 시작했다가 곧 말을 멈추었다. "정확히 무엇의 이름으로 이 선고를 내립니까?" 베르나치아크가 자신 없는 듯 비에드지츠키를 향해 물었다.

"폴란드 인민공화국은 분명히 아니겠지요. 그런 건 이미 없으니까요." 민간인이 중얼거렸다.

"그렇지." 소령이 짜증스럽게 인정했다.

"그러면 우리 조직의 이름으로 합니까?" 대위가 제안했다.

"우리가 조직이 있었나?" 비에드지츠키가 놀랐다.

"그게······. 이렇게 하면 됩니다. 구체적인 전략회의를 결성하거나, 아니면 더 큰 조직으로 할 수도 있습니다. 제가 알기로 우리는 이 지역에서 현재까지 기능하는 유일한 군사 조직입니다. 어쩌면 폴란드 전체에서 유일할지도 모릅니다."

"그걸 중심으로 합시다." 민간인이 제안했다. "이건 어떻습니까······. 민중생존군사위원회?"

"진정해, 니에시토." 소령이 쏘아붙였다. "어떻냐고? '민생군위'라니 거기 어딘가 '밥'도 좀 집어넣지 그러나? 그래야 더 웃기지."

"여러분, 그게 정말 그렇게 중요합니까?" 오크루트니가 세 남자에게 음울한 눈빛을 보냈다.

"절차가 없으면 질서가 없고, 질서가 없으면 나머지 체계 전체가 다 무너지니까요." 소령이 니에시토라고 불렀던 남자가 군인들을 대신해서 대답했다.

"솔직히 말씀드려서 지금 무너질 수 있는 건 이미 다 무너졌다고 봅니다." 오크루트니가 일리 있는 대답을 내놓았다.

"오크루트니 대위는 그러니까 '빨리 선고해서 이 수치를 면하게 해주십시오'라고 말하고 싶은 겁니다." 민간인이 마찬가지로 계속 길어지는 논의에 짜증이 나서 끼어들었다.

"좋습니다." 베르나치아크가 다시 차렷 자세를 취했다. "그렇다면 이렇게 하겠습니다. 비에드지츠키 소령, 베르나치아크 대위, 주인민위원회 제2서기보 크시슈토프 니에시토로 구성된 군법회의는 현재 군과 민간의 최고 권력을 대표하는 기구로서 앞서 명시된 혐의와 명시되지 않은 혐의에 대하여 총살형을 선고합니다!" 베르나치아크가 언성을 높여 판결을 마쳤다.

오크루트니는 마른침을 삼켰다. 엄격한 처벌을 예상하고 있었고, 짧은 시간 동안 그 사실을 마음으로 받아들였으나 이런 말을 실제로 듣는 것은 전혀 다른 문제였다. 그러나 두려움에 휩싸이지는 않았다. 자신이 저지른 잘못으로 인해 얼마나 많은 브로츠와프 주민이 해를 입었는지 알고 있었다. 죽음이라는 처벌은, 비록 이후에 좀비로 변하므로 일시적일 뿐이지만 그래도 안도감과 위안을 가져다주었다.

그래서 오크루트니는 고개를 들고 자기 앞에 선 재판관들을 바라보았다.

"마지막으로 할 말 있소?" 비에드지츠키가 물었다.

"제 팔다리를 묶어주실 수 있습니까?" 오크루트니가 잠시 망설인 뒤에 물었다. "저는 체격이 큽니다. 묶어두시면 제가 좀비로 변한 뒤에 다루기가 좀 더 편하실 겁니다. 저 때문에 또 누가 죽는 것은 원하지 않습니다."

"합리적인 제안이지만 찬성하지 않소."

"하지만……."

"우리는 예상 밖의 상황을 피하는 쪽을 원합니다." 니에시토가 설명했다.

그렇다. 대위는 그들 세 명보다 키가 크고 힘도 강했으므로 사형 선고가 떨어진 지금 뭔가 탈주 시도를 할 수도 있는 것이다―총기가 없어도 대위는 다가가는 사람에게 굉장한 위협이 되었다.

"알겠습니다."

"돌아서겠습니까?" 베르나치아크가 물었다.

"아닙니다."

"눈을 가려야 합니까?"

"필요 없습니다."

"그러시다면……." 소령과 베르나치아크가 권총을 들었다. 안전장치가 풀리는 불길한 찰칵 소리가 들렸다. 오크루트니는 하늘을 뒤덮는 회색 구름을 향해 시선을 들었고 따뜻한 빗방울이 볼과 눈꺼풀에 떨어지는 것을 느꼈다. 단 한 가지 아쉬운 점은 아내와 작별 인사를 할 수 없었다는 사실이었다. 고작 몇 분밖에 걸리지 않았을 텐데 어째서 그것을 허락하지 않았는지 대위는 알 수 없었다.

눈을 감은 채 대위는 죽기 전에 총소리가 들릴지 생각했다. 잠시 후 그의 등 뒤에서 들릴 그 총소리가 아니라…….

그는 들었다. 두 개의 총소리가 서로 엇갈려 울렸으나 빠르게 연달아 발사되어 하나의 커다란 굉음으로 합쳐졌다.

* * *

비에드지츠키는 아렌지코프스키 박사 옆에 파놓은 무덤을 내려다보며 서 있었다. 1미터가 넘는 구덩이 안에 즈고젤스키가 보였는데, 그가 파낸 흙을 양동이에 담으면 군인들의 총구 앞에 선 수이카와 야니체크가 양동이를 당겨 올려서 옆에 있는 흙무더기에 쏟아냈다. 니즈네르가 총을 겨누고 있는 다른 범죄자 세 명은 그 옆길에서 또 다른 무덤을 파는 중이었다. 나머지 일당은 인정사정없이 진흙에 뒤덮이고 또다시 발에 족쇄를 찬 채 대리석 묘비 사이에 무릎을 꿇고 앉아 음울하지만 단호한 눈빛으로 이 모든 작업을 바라보고 있었다. 당연히 마베트가 날카로운 눈으로 이들을 감시하며 새롭게 구두약 칠한 경찰화를 신은 발로 발길질을 아끼지 않으면서 이들에게 움직이거나 서로 대화하려는 시도는 매번 아주 고통스럽게 끝난다는 사실을 일깨워 주었다.

"그건 잔혹했군, 그렇게 말해도 된다면." 아렌지코프스키가 옆에 서 있는 소령을 보고 중얼거렸다.

"하지만 필요했지. 그놈이 경솔하게 결정을 내리는 바람에 너무 끔찍한 사태가 벌어져서 말하기도 힘들 정도니까."

"그건 사실이지만 좀 더 교양 있는 방식으로 해결할 수도 있지 않았나……." 아렌지코프스키는 세 걸음 정도 떨어진 곳에서 자신을 둘러싼 묘비들만큼 음울하게 고개를 숙이고 서 있는 오크루트니 대위를 고갯짓으로 가리켰다.

대위는 자신을 향해 날아온 총알 두 발이 모두 허공으로 사라졌다는 사실에 만족하지 않는 것 같았다.

"그걸 말이라고 하나." 비에드지츠키가 아렌지코프스키에게 여기까지 배를 타고 온 이유를 상기시켜주듯 중얼거렸다. "저놈은 교훈을 얻었고, 그게 사실 요점이었어. 게다가 저놈을 쏴 죽여버리는 게 더 나았을지 나도 모르겠네. 신체와 영혼이 있는 사람들이 얼마나 많이 얼마나 말로 다할 수 없는 고통을 겪었는지 알면서 살아간다는 게 분명 쉽지는 않겠지."

아렌지코프스키는 고개를 끄덕였다. 그는 교도소장 대리를 맡은 오크루트니에게 어떤 처벌이 예정되어 있는지 듣고 놀랐다. 그러나 비에드지츠키와 별달리 토론을 하지는 않았다. 왜냐하면 체포된 범죄자들과 그들을 실험에 사용해도 좋다는 허가를 받았다는 데 훨씬 더 관심이 있었기 때문이다. 그리고 실험은 당연히 비밀리에 모두의 눈과 귀를 피해 오드라강 반대편, 텃밭에 맞닿은 성 바브지니에츠 공동묘지에서 진행되고 있었다.

아렌지코프스키는 마베트의 이론을 확인할 생각이었다. 소령은 범죄자들을 최대한 고통스러운 방식으로 처치하기를 원했으므로 아렌지코프스키에게 넘겨야 한다고 주장했다. 그래서 이들은 범죄자 일당을 활용해서 감염병이 유행하기 전에 사망한 사람들도 좀비가 되어 되살아날 수 있는지 확인하기로 했다. 이 목적으로 보이체프스키가 이전에 첫 모터보트 팀에 참가해 교도소를 방문했던 것이었으나, 동반한 군인들에게는 어디로 무엇 때문에 가는지 보고하지 않고 슈치트니츠키 다리를 지나자마자 보트에서 내렸다.

보이체프스키의 기본 임무는 공동묘지 부지가 깨끗한지 확인하는 것이었다. 그보다 더 중요한 임무는 3개월 전, 1년 전, 2년 전에 죽어서 매장된 사람의 무덤을 골라내는 것이었다. 평범한 망자가 아니라, 싸구려 소나무 관이나 골판지 상자에 묻히지 않은 것이 분명한, 좀 더 유명한 사람들이어야 했다.

3개월 전, 그러니까 감염병이 번지기 직전에 사망한 사람의 첫 번째 관이 이미 발굴되었다. 비가 점점 세게 쏟아졌지만 두 번째와 세 번째 무덤에서도 작업은 만족할 만한 속도로 진행되었다.

즈고젤스키의 삽이 방금 뭔가 단단한 것에 부딪쳤다. 몇 분 뒤에 관 뚜껑이 한낮의 햇빛 아래 드러났다. 진흙투성이가 된 즈고젤스키가 밧줄을 타고 올라오는 것을 마루트와 야니체크가 도왔고, 그동안 윤이 나는 두꺼운 참나무 관 뚜껑에 들러붙은 나머지 진흙을 빗물이 씻어냈다. 범죄자 세 명은 잠시 후에 다시 묶여 움직일 수 없게 되었다. 범죄자들은 처음에 군인들이 무덤을 파라는 이유가 자신들을 묻기 위해서라고 생각했으나 시간이 지나며 그 두려움은 천천히 사라졌다.

"소위는 어떤가?" 비에드지츠키가 몇 구역 떨어진 곳에 서 있는 니즈네르에게 몸을 돌려 물었다.

"잠시만 더 기다려주십시오, 소령님. 양동이를 열 번, 열다섯 번만 더 움직이면 됩니다."

"내가 재촉하면 되겠소?" 마베트가 목소리에 희망을 담아서 물었다.

그의 팀은 특급 속도로 무덤을 다 팠다. 그런 뒤에 마베트는 대단히 지루해하고 있었으며, 비 오는 날씨를 싫어했기 때문에 점점 더 피곤하고 성급해지고 있었다.

"그럴 필요는 없습니다."

비에드지츠키는 아렌지코프스키와 함께 이 작전의 모든 세부 사항을 미리 정해놓았다. 비에드지츠키가 장비를 준비하고 인력을 골랐다—여기로 데려온 사람들은 마베트가 미리 공동묘지의 망자들에 대한 질문을 말했던 사람들뿐이었는데, 그 이유는 그들이 확인하는 것이 그 이후 계획 진행에 커다란 영향을 미칠 것이기 때문이었다. 소령은 부하들, 특히 좀 더 단순하고 미신을 잘 믿는 군인들이 공동묘지에서 시체가 되살아나면 어떻게 하나는 질문을 듣고 대규모로 탈영할까 두려웠다. 이미 사태는 정해졌으며 최후의 심판과 신의 처벌이 이 땅에 떨어질 순간이 눈앞에 왔고 신을 믿는 사람들은 주님의 뜻에 거스르면 안 된다는 결론을 내릴지도 모른다. 실험 결과 망자가 살아날 수도 있다는, 생존자들에게 불길한 결론이 나오는 경우 이 결과를 앞으로 몇 주 혹은 몇 달 동안 비밀로 해야만 상황이 비교적 차분하게 진행될 것이었다.

생존자들은 앞으로도 새로운 현실에 적응할 것이고 그러면서 더 저항력이 강해지고 또한 거칠어져서 분명히 구약성경에 나오는 헛소리를 받아들이지는 않을 것이다. 이들은 무덤에서 안식하던 사람들이 죽었다가 살아난다는 사실을 또 하나의 감염병으로 받아들일 것이지만, 공포에 질리지는 않고 그저 해야 할 일을 해서 가능한 한 유감스러운 결과를 막으려 애쓸 것이다. 어떤 방법으로 그렇게 할 것인지는 또 전혀 다른 문제였다. 지금 당장은 위협이 실재하는지 확인해야 했고, 구체적인 계획을 짜는 것은 나중 일이다.

"준비됐습니다!" 니즈네르 소위가 보고했다.

"놈들 다시 묶게."

베르나치아크와 보이체프스키가 달려가서 명령을 이행했다. 범죄자 일당이 모두 다시 묶여 한 줄로 서고 나자 아렌지코프스키가 첫 번째로 발굴된 무덤에 다가갔다.

그의 조수가 다리를 넓게 벌리고 구덩이 위에 섰다. 갈고리로 관

뚜껑 가장자리의 튀어나온 부분을 찍어서 당겼다. 반쯤 썩은 나무 뚜껑을 벗기는 것은 큰 문제가 아니었다. 1.5미터 깊이의 구멍 위에 모인 장교들은 아주 대략적으로만 인간의 형체를 연상시키는, 부어오르고 반쯤 부패했으며 엄청난 악취를 풍기는 덩어리를 보았다.

"그래서 어때?" 비에드지츠키가 즉각 물었다.

"시신의 외양으로 보아 정상이네." 아렌지코프스키가 약간 넋 나간 어조로 대답했다.

"보십시오!" 보이체프스키가 시체의 배에 박힌 갈고리 끝을 가리켰다. 그곳에는 하얀 구더기가 가득했다.

벌레들은 전혀 움직이지 않았고 군인들은 손전등을 비추어 이 사실을 확인했다.

"젠장." 아렌지코프스키가 중얼거렸다.

"시작합니까?" 마베트가 아렌지코프스키 옆에 서서 물었다.

"시작하죠."

마베트에게 더 이상의 설명이 필요 없었다. 경감은 줄지어 꿇어앉은 범죄자들에게 가서 첫 번째 범죄자의 팔을 잡아끌었다. 나머지는 군인들이 겨누는 총 앞에서 단단히 묶여 꼼짝도 할 수 없지만 당장 소리치기 시작했다. 세상을 저주하는 사람도 있고 한탄하는 사람도 있었으나 슈치그워는…… 귀신이 씌었거나 병든 짐승처럼 울부짖었다.

마베트는 한번 돌아보지도 않았다. 끌고 간 네린크를 무덤 바로 옆에 내던져서 그때쯤 이미 바깥으로 기어 나온 보이체프스키가 특별하게 매듭을 지어 고리를 만들어둔 밧줄로 묶게 했다. 마베트는 세 걸음 떨어진 곳에 서 있는 오크루트니에게 자신이 낀 것과 똑같은 두꺼운 장갑을 던져주었다.

대위는 어리둥절한 눈으로 장갑을 바라보았다.

"왜 그러시오. 예쁘게 장식한 초대장이라도 보내드려야겠소?" 경위가 삐딱한 어조로 물었다.

"서두르시오!" 소령이 두 사람 모두 재촉했다.

두 사람은 전혀 가볍지 않은 네린크를 마치 어린아이처럼 들어 올렸다. 오크루트니와 마베트 모두 키가 크고 체격이 좋았고 각자 두 명 몫의 힘을 쓸 수 있었다.

"너네들, 시발, 지금 뭐 하……" 네린크는 파헤친 무덤 바닥에 무엇이 있는지 보고 말을 멈추었다.

마베트와 오크루트니는 아주 천천히, 조심스럽게, 얼굴부터 아래로 해서 네린크를 무덤으로 내리기 시작했다. 밧줄을 내릴 때마다 고함 소리가 점점 커지고 욕설도 점점 상스러워지는 것은 아랑곳하지 않았다. 밧줄이 갑자기 헐렁해지면서 비명이 칼로 자른 듯 끊어졌다. 네린크의 움직임도 멈추었다.

"의식을 잃었나?" 소령이 무덤 위로 몸을 깊숙이 숙이고 물었다.

"그럴 수도 있지." 아렌지코프스키가 역시나 몸을 숙이고 대답했다. "잠깐 기다려야 해……"

밧줄을 잡은 대위와 경감이 몸부림을 한 번, 다시 한 번 느꼈으나 아래쪽에서는 아무런 소리도 들리지 않았다.

"이 냄새 때문에 기절한 건 아닌 것 같은데." 갑작스러운 몸부림에 대해 마베트가 빈정거렸다.

"끌어내십시오!" 아렌지코프스키가 명령했다.

좀비로 변한 네린크가 이웃한 묘비석 사이로 올라왔다. 대위와 경위, 의사들이 함께 깊이 판 무덤 위로 몸을 숙이고 손전등을 비추며 안에서 시신에 무슨 일이 생기는지 관찰했다. 여러 가지 일이 생기고 있었다. 젤리 같은 상태의 연조직이 마치 누가 흔든 것처럼 떨렸다. 여러 군데에서 거품이 나타나 점점 커지더니 작게 '픽' 소리를 내며 터졌다.

"내가 말하지 않았소?" 마베트가 중얼거렸다.

"망할 놈이 재생하고 있습니다." 깜짝 놀란 보이체프스키가 동의했다.

"갑시다, 여러분."

아렌지코프스키 박사가 다음 무덤으로 건너갔는데, 그곳에는 1년 전에 매장된 사람이 안식을 취하고 있었다. 그의 관은 심하게 썩어서 훨씬 더 쉽게 열렸다.

"경위님!"

마베트가 다시 몸부림치는 범죄자들 쪽으로 갔다. 이번에는 맨 끝에 있는, 아주 키가 크고 마르고 숱 많은 검은 머리의 페레크를 골랐다. 경위는 비명도 몸부림도 아랑곳하지 않고 페레크를 축축한 땅 위로 끌고 가서 쓰러뜨렸다. 페레크는 바짝 마른 시신 위로 늘어뜨려지기 위해 밧줄에 묶이는 동안 경감에게 수없이 얻어맞아 피투성이가 되었다.

페레크 또한 비명을 지르고 애원하고 그들 모두에게 온갖 욕설을 퍼부었으나 대위와 경위는 그에게 귀를 기울이지 않고 자기 할 일만 했다. 이번에는 이전 테스트의 결과를 받아들여 페레크를 좀 더 빨리 내려보냈으므로, 페레크는 누렇게 변한 뼈 위에 덮인 가죽 위로 커다랗게 충격음을 내며 떨어졌다. 시체에서 얼굴을 떼려고 어린아이처럼 몸부림쳤지만 밧줄에 단단히 묶여 그렇게 할 수 없었다.

"좋은 징조야." 아렌지코프스키가 시계를 보고 시간이 얼마나 지났는지 확인하며 중얼거렸으나, 이 말이 다 끝나기도 전에 페레크는 조용해졌다. 그 뒤로 두 번, 혹은 세 번 더 몸부림치더니 마찬가지로 움직이지 않게 되었다.

몇 초 뒤 페레크는 다시 몸부림치기 시작했으나 앞선 네린크처럼 그도 이번에는 완전히 조용했다.

대위와 경감은 페레크를 아무도 해칠 수 없는 곳에 던져 넣은 뒤 다시 무덤 위에 몸을 숙이고 까맣게 변한 시체를 들여다보았다. 전혀 아무 변화도 없었다. 아렌지코프스키가 보이체프스키를 쳐다보았고, 보이체프스키는 몸을 돌려 좀비로 변한 페레크를 관찰했다.

"겁에 질려서 죽은 거요, 뭐요?" 마베크가 얼굴을 적신 빗물을 닦아냈다. "다음 차례 데려오면 되오?"

"데려오십시오." 아렌지코프스키가 생각에 잠겨 대답했다. "이번에는 신경도 심장도 좀 더 강한 쪽으로."

경위는 나머지 범죄자 일당들을 내려다보며 생각했다. 몸을 굽혀 한 명씩 눈을 들여다보거나 혹은 그렇게 하려고 시도는 했는데, 범죄자들 대부분이 당장 눈을 내리깔았다. 마침내 마베트가 선택을 마쳤다. 그는 카치마레크의 목덜미를 잡아 마찬가지로 무자비하게 무덤으로 끌고 갔다.

카치마레크는 대위와 경위가 밧줄을 내리는 동안 수없이 욕설을 쏟아냈다. 그 욕설이 단 한 글자라도 현실로 이루어졌다면 그곳의 모든 사람이 당장 다 시체가 되어 쓰러졌을 것이고, 카치마레크는 그들의 가족, 개, 햄스터, 심지어 카나리아와 금붕어도 숨이 끊어졌을 것이라 맹세했다. 다행히 카치마레크는 입이 거칠기는 해도 목소리가 큰 평범한 도둑이었다. 대학 교수의 시신 위에 내려져서도 카치마레크는 입을 다물지 않았다. 20초 정도 지났을 때에도 여전히 상태가 멀쩡해서 경감이나 대위를 조롱하기도 했으나, 그러다 갑자기 목소리가 작아지고 약해지더니 혀가 꼬이기 시작했다…….

카치마레크는 잠시 후에 끌려 나왔으며 좀비로 변한 것이 확인되었다.

"이렇게 보면 시신이 매장된 지 오래될수록 시간이 더 많이 걸리는 것 같습니다……. 좀비화 가동이라고 해야 하나요?" 보이체프스키가 질문 같기도 하고 확인하는 것 같기도 한 말투로 말했다.

"그렇긴 한데 저 앞의 실험 대상은 좀 더 빨리 변했지……." 아렌지코프스키가 소리 내며 생각했다.

"어쩌면 우리가 놈의 필요를 충족시켜 주었는지도 모릅니다. 목격자들 말로는 좀비들이 희생자에게 덤벼든 뒤 잠시 움직이지 않고 마치 빨아들인 에너지를 소화하는 데 시간이 필요한 듯한 모습을 보였다고 합니다. 금요일부터 수십 건의 유사한 보고를 들었습니다."

"그것도 배제할 수 없지." 아렌지코프스키가 동의했다. "세 번째 실험 대상이 이 문제와 또 몇 가지 다른 질문에 대한 대답을 해주겠지."

이번에 마베트는 슈치그워를 끌고 갔다. 점점 더 겁에 질려가는 범죄자 일당을 놀리는 듯 이전보다 더 오랫동안 궁리한 끝에 슈치그워를 선택했다.

슈치그워는 인상적이게도 앞 사람들과는 달리 아무 말도 하지 않았다. 또한 몸부림치지도 않고 마치 자신에게 무슨 일이 일어나든 태연한 것 같았다. 오크루트니가 슈치그워에게 고리 모양으로 만든 밧줄을 걸자 슈치그워는 대위의 눈을 오만하게 들여다보기까지 했다. 곧 세상을 떠나야 하니 명예롭게 가기로 마음먹은 것이 분명했다. 명예가 뭔지 이해한다면 말이다. 아니면 너무 겁에 질려 아무래도 상관없게 되었는지도 모른다. 조금 전까지는 미치광이처럼 몸부림치고 짐승처럼 포효하며 입에 거품을 물고 눈을 뒤집었기 때문이다.

무덤가에 모여 선 군인과 의사들은 아무도 이런 데 신경 쓰지 않았다. 그들에게 범죄자들은 실험 대상일 뿐이며 자기 의지로 인간이기를 거부해 이제 다시 돌이킬 수 없게 된 인물들이었다. 슈치그워는 잠시 후에 다른 시신들과는 달리 회색 피부가 한두 군데쯤 해진 옷에 아직 감싸인 시신 위에 내려앉았다. 시체 위에 10분 내내 누워 있던 슈치그워는 목이 막히는 듯 컥컥거리기 시작했다. 갑자기 눈이 튀어나오고 얼굴이 시퍼렇게 되어 숨을 쉬지 못했다. 놀란 의사들은 이것이 뭔가 질병으로 인한 발작인지 아니면 부패가 한참 진행된 상태의 좀비와 접촉한 결과인지 알지 못해 서로 얼굴만 쳐다보았다.

이 건에 대해 자신할 수 없어서 의사들은 슈치그워의 경우 추가적인 확인이 필요하다고 서로 동의했다. 마베트 경위가 이제 몇 남지 않은 범죄자들 앞에 섰다. 결정을 내릴 수 없다는 듯 들여다보며 두 번 손을 뻗었다가 마지막 순간에 그만두었다. 범죄자들이 몸을 움츠리는 모습을 보고 마베트는 마침내 큰 소리로 웃음을 터뜨렸다.

"놀리는 거냐, 짭새야?" 울피크가 내뱉었다.

"무슨 말씀을." 마베트가 대답하며 눈가에서 눈물 혹은 빗물을 닦아냈다.

"넌 우리보다 잘 살 것 같냐?"

"아니. 하지만 내가 훨씬 더 잘생기긴 했지." 마베트는 즐거워하며 울피크에게 몸을 숙였으나 실제로는 옆에 꿇어앉은 마루트를 끌어냈다.

"안 돼, 부탁이오, 안 돼!" 마루트는 앞서 끌려 나간 일당과는 완전히 다른 어조로 소리쳤으나 그가 무슨 말을 하든 처형을 피할 가능성은 없었다.

무덤 속에서 마루트는 33초를 버텼고 그런 뒤 발작을 일으키며 숨이 끊어졌다.

"이젠 어떡하지?" 비에드지츠키가 물었다. 소령은 지금 부하들의 태도나 행동을 칭찬할 수 없었으므로 상당히 불편한 상태였다.

"이제는 기다려야지." 절제되고 차분한 태도로 아렌지코프스키가 대답했다.

"얼마나 오래?"

"나도 몰라. 자네만큼이나 나한테도 이 상황이 새롭네."

"하지만 대체 뭘 기대하는 건가?"

"재생." 의사가 고개를 끄덕였다. "저 세 가지 경우에서 재생 과정이 얼마나 빨리, 어느 정도 규모로 일어나는지 확인하고 싶어."

"그렇게 해서 얻는 게 뭔데?"

"이 실험 덕분에 시체가 무덤에서 살아나 우리를 위협할 수 있는지 확인하게 됐지. 지금 당장 내가 확실히 말할 수 있는 건 한 가지야. 이 시체들 전부 우리 발아래 땅속에서 살아 있다는 거야. 자네도 직접 봤잖나. 사망한 지 얼마 안 된 시신 위의 죽은 벌레도, 매장된 망자와 길든 짧든 접촉한 사람은 전부 다 좀비로 변이하는 것도. 모든 것이 우리 미래를 위해선 어마어마하게 의미 있는 지식이야."

"다음번에 또 자네 실험에 사람을 내줄 수는 없어." 소령이 선을 그었다.

"저것들은 사람이 아니지 않습니까." 이 대화를 듣고 있던 마베트가 끼어들었다.

"경위와 똑같은 사람이오!" 비에드지츠키가 반박했다. "경위, 지금 이 모든 일이 즐거운 것처럼 행동하고 있잖소."

경위는 웃음을 그치고 여전히 살아 있는 범죄자들을 돌아본 뒤 자기 말을 듣지 못한다는 것을 확인했다. 그리고 마치 늦게 온 아이에게 처음부터 전부 설명해야 한다는 듯 불쌍하다는 눈으로 비에드지츠키를 쳐다보았다.

"저는 소령님보다 저런 짐승들을 잘 압니다. 저놈들에게 지금 하는 작업은 전혀 즐겁지도 만족스럽지도 않지만, 우린 단 한 순간도 약한 모습을 보일 수 없다는 걸 저는 기억한단 말입니다. 그래서 놈들보다 더 못되게 구는 겁니다. 게다가 소령님도 말씀하시지 않았습니까. 저놈들은 우리가 지금 하는 것보다 100배는 더 고통스러운 죽음을 당해야 마땅하단 말입니다. 그리고 소령님도 완벽한 인간은 아니지 말입니다. 저 대위를 처형하는 척한 건 뭐였습니까? 연극 연습입니까?"

비에드지츠키는 이 비판을 말없이 받아들였다. 두 사람은 범죄자 일당에게서 충분히 멀리 떨어져 있어서 언성이 높아지더라도 범죄자들이 그들의 말을 들을 걱정은 하지 않고 자유롭게 대화할 수 있었다.

"부탁이니 센 척하는 건 적당히 하고 그만두시오." 소령은 이 말로 대화를 마쳤다.

점점 길어지는 침묵이 민망해지기 전에 멀리서 라트케 상사의 외침이 들려왔다.

"소령님!" 파헤친 무덤에서 먼 거리를 유지하며 무전병이 치켜든 수화기를 가리켰다. "정찰대에서 또 보고가 들어왔습니다!"

"내가 그리로 가겠네."

비에드지츠키는 그가 느끼기에 지저분한 장면에서 빠져나올 수 있게 되어 안도감을 느꼈다. 저 범죄자들이 수백 번이나 사형을 당해 마땅하다고 소령도 생각했으나 그 처형은 이것과는 다른 방식이어야 한다고 계속 생각했다. 더…… 인도적인 방식?

다른 한편으로는 이 새로운 현실에 감상이 들어설 자리는 없다는 사실을 받아들이기 시작했다. 자기 혼자 힘만으로 살아남는 사람들은 빠르든 늦든, 지금 이상하게 조용한 니즈네르 앞에 무릎을 꿇은 저 범죄자들과 비슷해질 수밖에 없을 것이다. 자신을 둘러싼 세상과 비슷해지고 자신을 잃어버리는 것이다. 살아남기 위해서 뭐든지 하는 포식자로 변해버린다.

"여기는 사자 하나, 오버." 소령은 수화기를 귀에 대고 말했다.

"여기는 유령 하나, 보고드립니다. 목표물 시각적으로 확인했습니다. 상황이 전략 보고서 결론과는 달라 보입니다. 바르샤프스키 다리와 트램 차고지 사이에 좀비 떼가 전혀 없습니다. 반면 스위비안스카 거리는 범죄자 일당이 소탕했다고 했지만 실제로는 여전히 좀비들로 가득합니다. 최소한 수백 명은 되어 보입니다. 트램 차고지 담이 무너져 있는데 누가 장갑차로 밀어붙인 것처럼 보입니다. 안에서 말입니다, 오버."

"보고 수신했다, 유령 하나. 2단계 실행하라, 이상."

비에드지츠키는 자신 외에 유일하게 사람처럼 행동하는 인물인 라트케 상사에게 수화기를 돌려준 후 다른 사람들이 있는 곳으로 돌아갔다.

"보고에 따르면 스프리하가 장갑차를 끌고 트램 차고지에서 도망친 것 같소. 아마 벌써 절반쯤은 레시니차로 갔을 거요." 소령은 방금 마친 대화를 요약해서 전달했다.

"어째서 제일 고약한 개새끼가 항상 도망치는 거요?" 마베트가 믿을 수 없다는 듯 고개를 흔들었다.

"기뻐하시오, 경위. 그게 아니었으면 우리는 오늘 만나서 얘기하고 있지도 않을 거요."

"농담도 잘하십니다." 경위가 투덜거렸다.

"경위가 저 범죄자들하고 하는 얘기보단 내 농담이 재미있지." 소령이 잘라 말했다.

"두 분 다 진정하시오!" 아렌지코프스키가 두 사람 사이에 끼어들었다. "오늘은 모든 게 다 신경을 건드리니까 일에만 집중하는 게 나을 거요. 이게 끝이 아닙니다. 그리고 자네, 비에드지츠키, 지금쯤은 제발 받아들이게." 아렌지코프스키는 소령의 눈을 똑바로 바라보았다. "우린 지금 장난치는 게 아냐. 우리는 우리 자신과 이 도시와, 어쩌면 또 훨씬 더 많은 것을 구하려는 거야. 그러려면 희생자가 필요해. 오늘 저 범죄자들에게 실험하는 편이 가까운 미래에 정직한 사람들이 비극을 겪고 목숨을 잃는 걸 보고 교훈을 얻는 것보다 낫네. 아니, 여자와 아이들에게 실험하고 싶다고 말하는 게 아냐. 생존자들 전부 우리의 무지 때문에 죽을 수도 있다는 얘기를 하는 거야. 어제였다면 자네는 죽은 사람들이 무덤에서 기어 나올 수도 있다는 말을 듣고 웃었겠지만, 오늘은 자네가 직접 보지 않았나……."

"그만하고 작업으로 돌아가지……."

"소령님!" 라트케가 또다시 무전기를 놓아두었던 나무 아래에서 튀어나왔다. "유령 하나 보고입니다!"

'이렇게 빨리?'

어리둥절해진 비에드지츠키가 라트케 상사에게 다가갔다. 부하가 상사에게 와야 하므로 두 번째로 규정을 어긴 것이었지만 비에드지츠키는 라트케 상사를 이해했다. 그를 지금보다 더 큰 늪으로 끌어들이고 싶지 않았다.

"여기는 사자 하나. 보고하라, 오버." 비에드지츠키가 약간 숨 가쁜 채로 수화기에 대고 말했다.

"여기는 유령 하나, 트램 차고지에 진입했습니다. 생존자들이 있습니다. 범죄자 중 한 명인 스프리하라는 자가, 제가 알아들은 바에 의하면 장갑차로 좀비 떼를 끌고 거리로 들어와서, 도망치기 전에 좀비 떼 일부를 치고 지나가 거리를 다시 막았다고 합니다. 대략 새벽 4시경의 일입니다만, 주민들은 대부분 잠을 안 자고 있어서 이 광경을 보고 도주했습니다. 트램 차고지는 인근에서 유일하게 비교적 안전한 장소라서 주민들이 임시로 이곳에 모였지만, 범죄자 일당이 돌아올 것이 두려워 조만간 떠날 예정이었다고 합니다……."

"소령님!"

비에드지츠키는 등 뒤로 자신보다 훨씬 키가 큰 오크루트니가 서 있는 것을 보았다.

"무슨 일이오?"

"범죄자 일당이 예전에 트램 회사 의무실로 쓰던 단독주택에 끌고 간 여성들이 어떻게 됐는지 확인해 주시겠습니까?"

비에드지츠키가 오크루트니의 질문을 정찰대 지휘관에게 전달했다. 답변은 즉시 돌아왔으나 소령이나 대위가 기대했던 내용은 아니었다.

"보고드립니다, 전부 사망했습니다. 단독주택 건물 안에 여성들 외에도 수배 중인 범죄자들이 몇 명 있습니다. 당연히 모두 좀비로 변했습니다. 최소한 수배자 두 명을 확인했습니다. 또 하나 보고드리자면, 생존자들이 자신들을 밀고한 어떤 소년에게 집단 폭행을 가했습니다. 단독주택 현관 위 창문 쇠창살에 소년을 매달았습니다. 오버."

'범죄자 두 명을 더 명단에서 지울 수 있겠군.' 비에드지츠키는 생각했다. 그러나 끌려가서 갇힌 여성들이 희생된 숫자를 생각하면 이 성공에는 정말로 값비싼 대가가 따랐다.

"실패했군." 오크루트니가 중얼거리는 소리에 비에드지츠키는 생각에서 깨어났다.

"누가 말이오?"

"파울리나 말입니다." 대위가 설명했다. "교도소에 찾아와 저희에게 경고해 준 여성입니다. 트램 차고지로 돌아가서 갇혀 있는 여성들에게 구조대가 온다고 전달하겠다고 했습니다. 갇힌 여성 중에 언니가 있다고 했습니다……."

"알겠소." 비에드지츠키는 대위의 목소리에 누구에 대한 비난이 깃들어 있는지 이해하고 뭐든 덧붙이고 싶었다. 그 여성들이 죽은 이유의 일부는 소령의 지나친 조심성 때문이었다. 그날 밤에 어둠 속으로 병력을 보냈더라면 여성들을 살릴 수 있었을지도 모른다. 깊이 숙고한 뒤에 소령은 그 생각을 떨쳐버렸다. 그런 작전을 수행했다면, 심지어 성공으로 끝났다 하더라도 그 과정에서 범죄자 일당이 흩어져 그중 일부만 체포하거나 사살할 수 있었을 것이다. 그럼 나머지는 지금도 자유롭게 활개 치며 도시의 다른 지역에서 생존자들을 괴롭힐 수도 있다. "대위에게 위로가 될지 몰라도 헛되이 죽은 건 아니오. 그 여성들이 범죄자를 최소한 두 명은 처치했소." 소령이 오크루트니에게 알렸다.

"처치하기 전에 우리가 체포할 수도 있었습니다."

"아닐 수도 있소. 예를 들어 스프리하는 도망쳤소. 아마 분명히 혼자일 거요. 챙길 수 있는 건 다 장갑차에 집어넣고 달아났고 그게 마지막으로 목격된 모습이오. 게다가 그 좀비 떼 전체를 바르샤프스키 다리 아래로 끌고 갔소……."

대위가 갑자기 백지장처럼 창백해졌다.

"로예프스키 연결하게." 대위가 라트케에게 말했다.

라트케는 소령을 바라보았다.

"대위가 하라는 대로 하게!"

로예프스키는 세 번째 신호 만에 답변했다.

"준위, 스프리하가 우리가 판 함정에 대한 복수를 하려는 것 같네……." 오크루트니는 단숨에 내뱉었다. "몇 시간쯤 전에 트램 차고지에서 도망쳤어. 장갑차를 타고 그 뒤로 좀비 떼 수천 마리를 이끌고 나갔네."

"좀비들을 담 안으로 끌고 올 거라고 생각하십니까?" 준위는 놀라움을 숨기지 않았다.

"분명히 그런 계획일 거야."

"기다려." 비에드지츠키가 끼어들었다. "스프리하는 새벽 4시쯤에 트램 차고지를 나갔네. 지금 거의 9시 반인데 거리는 수백 미터밖에 안 돼. 교도소를 공격할 생각이었으면 이미 오래전에 했을 걸세."

'사실이야. 교도소 안에 좀비 떼를 풀어놓으려 했다면 스프리하가 이 정도로 시간을 끌지는 않았을 거야.'

"어디 숨어 있는 것 아닙니까?" 대위가 불확실하게 말했다.

"그보다는 뭔가 이유가 있어서 계획을 바꿀 수밖에 없었겠지." 비에드지츠키가 제안했다.

"만약을 대비해서 내가 돌아갈 때까지 잘 지키고 있게." 대위가 수화기에 대고 말했다. "그리고 난 괜찮다고 루치나에게 전해줘."

"그럼 반역죄로 총살당하시는 게 아닙니까?" 군법회의에 대해 모르는 로예프스키가 안도하는 목소리로 농담했다.

"이미 총살당했네, 이상." 오크루트니가 우울한 어조로 대답하고 수화기를 무전병에게 돌려주었다.

"잠깐." 소령이 라트케를 멈춰 세웠다. "내 부하들이 생존자들을 트램 차고지에서 데리고 나올 수 있지만, 지리를 모르니 분명 기찻길을 따라 오드라강 철교 쪽으로 이동하게 될 걸세."

"그보다는 클렝치코프스카 거리를 따라 이동하는 게 낫습니다." 대위가 조언했다. "길에 좀비들은 소탕되었고 교도소가 훨씬 더 가깝습니다. 직진으로 700미터밖에 안 됩니다. 기찻길로 가면 가스공장 울타리에 구멍이 있습니다. 인근 주민들이 구멍 위치를 가르쳐 줄 것입니다. 가스공장 정문을 통하면 바로 클렝치코프스카 거리로 나갑니다. 길을 잃을 수 없을 겁니다."

"전달하겠소."

"소령님!" 보이체프스키가 첫 번째 무덤가에 서서 외쳤다.

잠시 후에 사람들이 그곳에 모여 관을 들여다보았을 때, 그 안에는 형체를 알아볼 수 없는 유해가 아니라 나이 든 남자의 푸르스름한—너무 푸르스름해서 거의 보라색으로 보이는—시신이 누워 있었다. 재생은 끝난 것 같았다. 또한 아렌지코프스키가 곰 사육장에서 연구한 실험 대상들보다 진행이 훨씬 더 빨랐고, 더욱 완전해 보였다.

"하느님 맙소사." 비에드지츠키가 창백해져서 중얼거렸다. "우리 엿 됐군······."

"꼭 그런 건 아냐." 아렌지코프스키가 즉시 상황 통제에 나섰다.

"안 보이나?" 비에드지츠키가 자신을 향해 팔을 뻗은 좀비를 가리켰다.

"저 사람에게는 우리가 한창 나이인 건강한 사람을 주었지만, 나머지는 앞으로 훨씬 오랫동안 벌레로 만족해야 할 거야. 그리고 벌레는 완전한 몸의 기능을 되찾을 수 있을 정도로 생명 에너지를 충분히 제공하지 않겠지. 하지만 한 가지는 자네가 옳아. 제때 적절한 대응을 하지 않으면 우리는 엿 될 거야."

"예를 들면 어떤 대응 말인가?"

"나도 몰라, 공동묘지 전체를 콘크리트로 덮거나 높은 담으로 둘러싸거나 찾을 수 있는 시체를 전부 파내서 어디 먼 곳으로 보내 버리거나."

"선생님!" 아렌지코프스키의 조수가 부르는 소리에 모두 얼어붙었다.

그들은 1년 전에 사망한 교수의 무덤가에 서 있었는데, 교수도 이제는 장례식 이후 자연스럽게 말라붙은 미라가 아니었다. 교수의 경우 재생의 결과는 똑같이 놀라웠다—거리에서 돌아다니는 저 좀비들과 그다지 다르지 않았다. 가장 오래된 세 번째 무덤의 상황은 더욱 안 좋았다. 혹은 관점에 따라 더 좋다고 해야 할지도 모른다. 이 무덤은 시신의 부패가 너무 많이 진행되어 범죄자 두 명의 에너지로도 망자를 옛 모습으로 돌려놓을 수 없었다. 이 망자는 해부학 수업 학생들이 공부하기 위해 적절한 처치를 끝낸 시신처럼 보였다. 피부는 거의 아무 데도 남지 않았고 근육도 일부 사라졌으며 무작위로 움직이는 머리에는 눈이 없었다.

"소령님, 보고입니다!" 라트케가 다시 비에드지츠키를 불렀다.

"여기는 사자 하나, 오버."

"여기는 유령 하나입니다, 보고드립니다. 기찻길에 있습니다. 좀비로 변한 범죄자 한 명과 역시 좀비인 여성 두 명을 마주쳤습니다. 여성들은 여기 주민이라고 합니다······."

"이름을 물어보게, 오버." 소령이 정찰대 대장의 말을 끊었다.

몇 초의 침묵 뒤에 대답이 들려왔다.

"안나 워예크와 파울리나 부기엘입니다, 소령님."

"젠장······." 비에드지츠키가 중얼거렸다.

조금 전 오크루트니가 이야기했던 그 여성은 목적지에서 그토록 가까이 있었다. 트램 차고지에서 고작 수십 미터 거리였다. 무슨 일이 일어났는지 어떻게든 알아내고 싶었으나 소령은 당장은 이 일을 파헤치지 않고 자기만 알고 있기로 했다.

"······그런데 그게 다가 아닙니다, 소령님." 정찰대 대장이 다시 보고하기 시작했다. "그 도난당한 장갑차를 저희가 특정한 것 같습니다. 기차역 앞 풀밭에서 수천 명의 좀비들에게 둘러싸여 있습니다, 오버."

이 소식에 비에드지츠키는 생기를 되찾았다.

"거기 잠시 더 남아 있게, 안전할 경우 말일세. 그리고 장갑차를 관찰해. 안에 누가 있는지 확인하게, 오버."

"안에 누가 있는 건 확실합니다, 소령님." 정찰대를 지휘하는 크시슈토프 크셰미엔 상사가 대답했다. "좀비들이 손톱으로 장갑을 뚫기라도 하려는 듯이 손아귀를 벌리고 있습니다. 하지만 소령님이 찾으시는 그 범죄자인지는 확인하기 어렵습니다, 오버."

"허공에 발포해 보게. 안에서 들으면 나올지도 모르지, 오버."

수화기에서 칼라슈니코프 소총의 특징적인 발사음이 들렸다.

"확인했습니다, 소령님." 몇 초 뒤에 크셰미엔 상사가 보고했다. "소령님이 찾으시는 범죄자가 맞습니다. 제가 놈을 보듯이 놈도 쌍안경으로 저를 보고 있습니다, 오버."

"좋은 소식이다. 하지만 어떻게 그 거리에서 놈을 볼 수 있나? 거기는 비가 안 오나? 오버." 비에드지츠키가 놀랐다.

"조금 전에 그쳤습니다, 오버." 크셰미엔이 대답했다.

"장갑차 안에 있는 게 그놈이 확실한가? 오버."

"100퍼센트 확실합니다, 소령님. 우리를 보고 엄청나게 놀랐습니다만, 차량에 시동을 걸진 않습니다. 좀비가 너무 많이 보여서 탱크가 아니면 빠져나갈 수 없기는 합니다."

"알겠네. 생존자들을 클렝치코프스카 거리로 이송하고, 거기로 돌아가서 지원이 올 때까지 계속 관찰하게, 오버."

"알겠습니다, 이상."

비에드지츠키는 나머지 사람들과 좋은 소식을 공유했으나 오크루트니 외에는 아무도 기운이 나지 않았다.

"그러면 이제 어떻게 합니까?" 소령이 말을 마치자 베르나치아크가 물었다.

"아직 실험 대상이 몇 명 더 남아 있으니 실험을 끝까지 진행합시다." 긴 침묵 뒤에 아렌지코프스키가 제안했다.

"또 무덤을 파자는 건가?" 비에드지츠키가 놀랐다.

"그래, 하지만 더 오래된 걸로. 훨씬 더 오래된 무덤."

"어째서?"

"어느 정도까지 시간을 거슬러 효과가 미치는지 확인해야 해. 경계선이 어디인지. 몇 명이나 더 되살아날 수 있는지."

모인 사람들 모두가 말없이 고개를 끄덕여 의사를 지지했으므로 비에드지츠키는 항의의 말을 꿀꺽 삼켰다. 반대하고 싶은 마음에도 불구하고 실험을 중간에 멈추지 말아야 한다는 것을 이해했다. 특히 이제까지의 시도가 아주 불안한 결과를 보여주었기 때문에 더욱 그랬다.

"다만 한 가지······." 베르나치아크가 냉정하게 말했다. "우리 스스로 나머지 작업을 진행해야 합니다. 이제는 이놈들한테만 의존할 수는 없습니다." 베르나치아크는 고갯짓으로 범죄자들을 가리켰다.

"나한테 시간을 조금만 주시오." 마베트가 제안했다.

경위는 이제 숫자가 대단히 줄어든 범죄자 일당 앞에 서서 또다시 얼굴에 조롱기 섞인 미소를 띠었다.

"이제 여러분에게 내 방식대로 빨간 셔츠 이야기를 해줄까." 마베트가 경멸하는 어조로 말했다. "여러분은 다섯 명이고, 우리는 아직 관을 두 개 더 열어야 한다. 그 두 개를 파내는 사람은 무덤 속에 들어가지 않는다. 죽은 사람의 먹잇감은 나머지 중에서 고를 거다, 이상."

누가 먼저라고 구분할 수도 없이 다섯 명 중에서 네 명이 순식간에 나서서 맨손으로라도 무덤을 파게 해달라고 애원했다. 심지어 기어다니기도 힘든 부상자도 마찬가지였다. 진통제는 이미 약효가 가셨으며 그래서 그는 무슨 일이 일어나는지 명료하게 의식하고 있었다. 오로지 문신이 많고 턱수염을 기른 남자만이 오만하게 입을 다물고 있었다.

"너하고 너." 마베트의 손가락이 즈고젤스키와 수이카를 가리켰다.

"경위 동무!" 범죄자들 몇몇은 행운에 기뻐하며, 나머지는 실패에 절망하며 잠시 입을 다문 순간 부상자가 외쳤다. "기다려주십시오. 제 말 좀 들어주십시오. 저는 이 일당이 아닙니다!"

"정말인가?" 마베트는 놀란 척했다.

비에드지츠키, 베르나치아크, 니즈네르와 마찬가지로 마베트 경위도 스워비안스카 거리에서 온 여성의 이야기를 알고 있었다. 그 여성이 쿠흐노프스키 가족을 죽음으로 몰고 간 밀고자 두 명을 상세하게 묘사했던 것이다.

"예, 제 이름은 토마시 사테르누스이고 크렝타 거리에 삽니다. 전 감옥에 갔던 적이 없습니다! 저 범죄자들이 위협하고 강요해서 저에게 길잡이 노릇을 하도록 억지로 시켰습니다."

마베트는 근심 가득한 표정으로 사테르누스에게 몸을 굽혀 마치 그의 말에 감동한 듯한 시늉을 했다.

"그 말을 믿을 수도 있는데 한 가지 조그만 일이 마음에 걸리네, 친구. 아주 조그만 한 가지, 파울리나라는 사람이지. 아마 자네도 알 거야. 자네들이 여기 있는 것도 파울리나 덕이라는 걸 알고나 있나? 파울리나가 교도소까지 찾아와서 우리에게 전부 다 말해줬어. 네가 누구이고 무슨 짓을 했는지도 말이야, 쓰레기야."

"그게 아닙니다!" 사테르누스가 항의했다. "제가 놈들의 정보를 캐고 있었습니다! 맹세합니다. 전 안보부 비밀 첩보원입니다. 직접 확인해 보십시오. 암호명 '토성'입니다. 6년 전부터 안보부에서 일하고 있습니다. 제가 경찰을 위해서 야니츠키 교수의 점조직을 특정하고 캐냈습니다! 제가 사는 아파트에 가보시면 거실 소파 밑에 보고서가 있을 겁니다. 거기에 놈들의 범죄를 상세하게 기록해 두었습니다." 사테르누스는 옆에 꿇어앉은 범죄자들을 고갯짓으로 가리켰다. "날짜, 피해자 이름, 누가 어떻게 죽였는지, 거기 전부 있습니다. 전부 다요."

"더러운 새끼야, 네가 대장한테 이웃들 하나하나 다 보고하고 누구를 어떤 순서로 처치해야 하는지 가르쳐줬다는 것도 기록해 놨냐? 히히히." 사테르누스의 애원에 울피크가 재미있어하며 물었다.

"기록했나?" 마베트도 물었다.

"경위 동무, 위장 근무가 어떤 건지 동무도 아시지 않습니까. 상대방의 호의를 얻고 친해져야 제대로 캐낼 수 있는 겁니다."

"하지만 여기에 캐낼 게 뭐가 있지?" 마베트가 웃음을 터뜨렸다. "반동적인 지하조직도 아니고 제국주의 첩자도 아니다. 수많은 이웃이 보는 앞에 대낮에 모든 일을 저지르지 않았나."

"경위 동무, 정부가 언젠가는 돌아올 거 아닙니까. 조직이 재건될 겁니다. 제가 필요하실 겁니다."

"너 같은 놈은 언제나 필요하지만 다행히도 수천 명이나 굴러다니지." 마베트가 한숨을 쉬었다. "그래, 좋다. 예를 들어 내가 그 주장을 받아들인다고 치자. 한 가지만 설명해 보게. 그러면 대체 교도소에서는 뭘 하고 있었지? 우리 군중 사이에 숨어서, 주머니에 칼을 넣고? 길잡이는 그런 작전에 대체로 참여를 안 할 텐데."

"스프리하가 저에게 억지로 시켰습니다만, 전 아무도 공격할 생각이 없었습니다. 제 목숨 걸고 맹세합니다. 이해해 주십시오……"

경위는 소령을 바라보았다. 소령도, 베르나치아크도, 오크루트니도 밀고자의 이야기에 전혀 관심이 없는 것 같았다. 이미 사테르누스가 얼마나 열심히 스프리하를 섬겼으며 그 결과가 어떻게 됐는지 파울리나가 구체적으로 이야기했기 때문이다.

"알겠다." 마베트가 다시 사테르누스에게 주의를 집중했다. "두 가지 소식을 알려주지. 하나는 나쁘고 다른 하나는…… 더 나쁜 소식이야. 네 동료, 그 젊은 애는 트램 차고지에서 고장 난 시곗바늘처럼 매달려 흔들거리고 있다. 하지만 넌 아직 선택지가 있지. 여기서 인생이 끝나든지, 아니면 목숨을 살려서 집에 데려다줄 테니 이웃들에게 네가 얼마나 열심히 비밀경찰에 복무했는지 이야기해 봐."

사테르누스는 할 말을 잃었다. 어느 쪽이 더 무서운지 그 자신도 알지 못했다.

"전 그저 스프리하의 지시에 따랐을 뿐입니다!" 마침내 사테르누스가 중얼거렸다.

"그리고 난 그저 비에드지츠키의 지시에 따를 뿐이지." 마베트가 아주 진지하게 대답하고 커다란 칼을 칼집에서 꺼내 선택한 범죄자들의 밧줄을 잘랐다.

"돌았나?" 소령은 마베트가 일 처리하는 모습을 보며 놀라움을 누르지 못했다. "놓아주겠다는 건가?"

"그럴 리가 없습니다." 비난받은 마베트가 불쾌해하며 말했다. "저희 경찰 차량부대에서는 그저 피의자를 때려서 정보를 쥐어짜기만 하는 게 아닙니다. 발전된 심리 전략도 자주 활용합니다. 예를 들어 밀고자에게 거짓말로 원하는 건 뭐든지 들어주겠다고 약속한 뒤 나중에 나머지 일당이 있는 곳으로 보낸 적도 있습니다.

일만 끝내면 이놈들은 소령님 원하시는 대로 처리하십시오."

비에드지츠키는 믿을 수 없어서 고개를 흔들었다.

"가끔 이런 걸 전부 집어치우고 휴양지로 떠났어야 하지 않나 생각하네. 경위 말을 듣다 보면 문명에 대한 신념이 사라져. 어쩌면 이런 식으로 재가동하는 게 지구에 필요할지도 몰라."

"그냥 두십시오, 소령님." 베르나치아크가 끼어들었다. "저 쓰레기 몇 명을 대가로 바쳐서 수천 명을 살릴 수 있습니다. 게다가 곧 일어날 일은 놈들이 마땅히 받아야 할 벌이기도 하고 말입니다."

비에드지츠키는 무겁게 한숨을 쉬고 한 손을 흔들었다. 이날 하루는, 설령 엄청난 성공으로 끝나더라도 그의 악몽 속에 되살아날 것이었다. 죽을 때까지 이 공동묘지를 잊지 못할 것이고, 눈이 멀더라도 계속 떠올리게 될 것이다.

즈고젤스키와 수이카는 번갈아 가며 땅을 미친 듯이 팠다. 비는 거의 그쳤고 그 덕에 작업이 더 수월하게 진행되었다. 보이체프스키는 그다음 무덤 세 개를 최대한 서로 가까이 붙어 있는 것으로 골랐다. 공동묘지 중심부에 가족이 나란히 매장된 묘가 여러 개 있었다. 부모의 묘 옆에 여러 해가 지난 뒤에 사망한 자식의 묘가 붙어 있는 경우가 많아서 무덤을 고르기는 어렵지 않았다.

아렌지코프스키는 생각 끝에 1950년대 초에 사망한 사람의 묘를 발굴하라고 지시했고, 그다음 순서로는 1940년대에 만들어진 무덤을 골랐다. 특히 이 두 번째 실험이 그에게는 아주 중요하게 느껴졌다. 왜냐하면 도시 전체에 비석이 없는—때로는 한 구덩이에 수많은 사람을 한꺼번에 묻은—2차 세계대전 희생자 수천 명의 무덤이 흩어져 있기 때문이다. 그들 대부분은 임시 무덤에서 걸어 나오지 않는 한 묻힌 위치나 시신의 신원을 확인하는 게 불가능하다. 그런 일이 앞으로 십수 년 사이에 일어날 수도 있지만 그것을 목격하는 사람의 삶은 진정한 공포로 변해버릴 것이다. 좀비 하나만으로도 지난 금요일 상황이 되풀이되기에는 충분한 것이다. 특히 오랜 시간이 지나 생존자들이 무뎌진 뒤에 좀비가 다시 나타난다면 말이다.

즈고젤스키는 이전 무덤들보다 훨씬 얕게 묻혀 있는 관을 금방 다 파냈다. 여러 세대가 사용한 무덤의 경우 이것은 흔한 일이었다. 사실 관에 대해 말하기는 어려운 것이, 어느 순간 삽이 완전히 썩어버린 나무 안으로 쑥 들어갔다. 이 모습을 보고 즈고젤스키는 구덩이 구석으로 펄쩍 물러나서 당장 자신을 끌어 올려달라고 애원하기 시작했다. 마베트가 결정을 바꾸겠다고 위협했지만 즈고젤스키는 어떻게 해도 다시 작업을 하려 하지 않았기 때문에 오크루트니가 밧줄을 내려주어야만 했다. 그와 교대해야 할 수이카도 구덩이로 내려가는 것 자체를 거부했다.

그래서 마베트는 그들을 아렌지코프스키가 선택한 다른 구역으로 데려갔다. 나머지 작업은 처음에는 보이체프스키가 맡았으며, 그는 오크루트니가 붙잡은 밧줄로 안전을 확보하고 나머지 관 위에 가느다랗게 남은 흙을 최대한 조심스럽게 치워 시신을 드러냈다.

두 번째 무덤도 똑같은 방식으로 얕게 매장되어 있었는데, 범죄자들은 마베트가 약속을 지킬 것이라 믿었기에 더 이상 패닉에 빠지지 않고 작업을 끝내고는 고분고분 손을 묶였다. 마베트는 처형의 자리에 야니체크를 끌어냈는데, 이번에는 아무런 논의도, 조롱하는 말도 하지 않았다. 마베트도 이 작업이 지겨워지기 시작했던 것이다. 그는 배가 고팠지만 아침에 먹다 만 고기 통조림을 열면 나머지 사람들이 어떻게 반응할지 생각조차 하고 싶지 않았으며, 고기 냄새가 지난 15분간 너무나 신경이 쓰여서 가방을 멀리 떨어진 천사 조각상에 걸어놓고 와야만 했다.

야니체크가 무덤 바닥에 내려가 뼈에 바로 내려앉았다. 이번에는 효과가 나타날 때까지 기다려야 한다는 것을 모두 다 알고 있었다. 그들의 짐작은 틀리지 않았다. 야니체크는 무덤 속에서 30분이 넘게 소리치고 신음한 뒤에야 땅속에서 거의 10년간 안식하고 있던 좀비와 접촉한 효과를 느끼기 시작했다. 그러나 야니체크가 죽을 때까지 위에서 꺼내주지 않았고, 이 경우 이전보다 훨씬 더 오래 걸려서 7분이나 필요했다.

아렌지코프스키는 수첩에 이 모든 정보와, 보이체프스키가 보고하는 몇 가지 사항들까지 전부 기록했다. 이 두 명은 의사로서 사람이 천천히 고통받는 모습을 지켜보는 것이―왜냐하면 야니체크는 불 지르기를 좋아하는 비뚤어진 성향에도 불구하고 어쨌든 피와 살로 이루어진 사람이었기 때문이다―나머지 사람들보다 쉬웠다. 두 의사는 이런 광경에 익숙했고 몇 년이나 끔찍한 질병과 그 환자들과 접촉하면서 무감각해져 있었다. 군인들, 특히 전쟁이 끝날 당시에 아직 어려서 거의 기억이 없는 젊은이들은 사람의 고통을 지켜보는 것을 상당히 괴로워했다. 왜냐하면 자신을 죽이려는 적을 쏘는 것과 앞으로 무슨 일이 벌어질지 알면서도 죽을 운명을 벗어날 수 없는 사형수의 한탄을 계속 듣고 있는 것은 전혀 다른 일이었기 때문이다.

야니체크가 들어간 무덤 위에 서서 군인들은 정도의 차이만 있을 뿐 함께 고통받았다. 그래서 이 사실을 눈치챈 보이체프스키가 이후에 실험 대상이 되는 범죄자들에게 재갈을 물리자고 제안했다. 마베트조차도, 자신과 상관없는 사람이 해를 입는 데 무관심한 것처럼 보였음에도 불구하고 이 제안에 두 손 들어 찬성했다.

"내 생각엔 이 경우 완전히 분명해졌다고 생각하네." 아렌지코프스키는 좀비로 변한 아니체크가 가까운 묘비 사이에 안착하고 나서 이렇게 진술했다. "저기에 두 번째 범죄자를 집어넣지 말기로 하세. 한 사람의 생명 에너지를 빨아들이면 어떤 효과가 나타나는지 지켜보기로 하지."

울피크는 마베트가 파헤친 마지막 무덤으로 자신을 끌고 가려 하자 마베트를 화나게 하려고 온갖 수를 썼다. 울피크는 욕설을 생각해 내는 데 엄청난 재능이 있음을 증명했고 몇 가지는 너무나 모욕적이라 심지어 듣고 있던 비에드지츠키조차 저 불한당에게 한 방 먹여주고 싶은 충동을 느꼈다. 마베트는 울피크가 던지는 모든 욕에 그저 웃을 뿐이었다. 보이체프스키가 이 문신투성이 불한당의 입안에 거즈를 두 뭉치쯤 쑤셔 넣고 얼굴을 두꺼운 붕대로 감은 뒤에야 다행히 고함 소리는 멈추었다.

"여러분, 이런 상황에서 뻔뻔한 냉혈한으로 보이고 싶진 않습니다만." 마베트는 울피크가 발굴된 무덤 바닥에 내려앉아 어느 독일 상인의 유해 사이에서 조용해졌을 때 말했다. 이 독일 상인은 운이 좋아서 소련인들이 브로츠와프를 점령하기 2년쯤 전에 사망했다. "한 시간이나 저놈 신음 소리를 듣고 있기보다는 뭘 좀 먹었으면 합니다."

마베트는 장교들, 특히 소령이 화를 낼까 두려웠으나 놀랍게도 아무도 반대하지 않았다. 그들은 1인당 15분씩 공평하게 돌아가면서 감시 근무를 서고, 그사이에 나머지 사람들은 라트케가 무전기를 내려놓은 나무 밑에서 쉬기로 결정했다. 꽁꽁 묶인 범죄자들은 무덤 사이에 일당들끼리, 그러나 항상 군인들의 눈에 보이는 장소에 남겨두었다.

범죄자들은 총 여덟 명이었는데 그중 여섯 명이 실험에 참여했다. 라트케 상사가 그들을 지켜보기로 했는데, 왜냐하면 당장은 무전병이 할 일이 없었기 때문이다. 그 뒤에 니에시토는 너무 겁을 먹어서 감시 근무를 거부했다. 그는 첫 번째 발굴한 무덤을 한번 보더니 즉각 모든 활동에서 물러났다. 감시 근무를 서려면 인간의 유해를 주의 깊게 들여다보아야만 했는데 니에시토는 도저히 할 수 없었다. 그래도 현장에 브로츠와프 정부의 유일한 민간인 대표가 반드시 있어야 했기 때문에, 니에시토는 다른 사람들에게서 멀지 않은 곳에 머물러 있었다. 게다가 그는 어쨌든 아렌지코프스키 박사의 실험 결과에 무척 관심이 있었다. 니에시토가 살고 있는 브로츠와프 시내가 진정한 지뢰밭이라는 사실을 깨달았기 때문이다. 사람들이 허공으로 폭발해 날아가는 대신 전혀 예상하지 못한 순간에 땅속에서 기어 나온 괴물들에게 뜯어 먹힐 수 있다는 게 지뢰와 좀비의 유일한 차이점이었다.

나머지 사람들은 근무 서는 순서가 한 번 돌 동안 쉬면서 기다렸고, 순서가 두 번째로 한 바퀴 돌았고, 그런데도 울피크는 계속 그럭저럭 살아 있었다. 무덤 바닥에 그를 내려놓은 지 세 시간이 지났음에도 울피크는 오래전에 조용해지기는 했지만 상처 난 옆구리를 갈고리로 찌르면 언제나 똑같은 방식으로 반응했다. 군인과 경찰에게 욕을 하고 싶은 충동보다 고통이 훨씬 더 강했던 것이다.

사실 여기서 끝냈어야 하지만 아렌지코프스키가 이미 충분히 알아낼 것을 다 알아냈다고 선언했을 때 마베트가 입을 열어 또 한 번 모두를 놀라게 했다.

"예, 좋습니다. 오래된 시신들은 어느 정도까지 되살아나는지 알아봤습니다만 매장한 지 얼마 안 된 시신들은 어떻게 합니까?"
"뭘 말이오?"
"이 망할 감염병이 돌기 직전에 죽은 사람들 말이오. 예를 들어 일주일 전쯤. 정상적이라면 아직 시체가 완전히 썩어 흩어지지 않은 경우들 말이오."
그들은 서로 쳐다보았다. 의사들은 의미심장하게, 나머지 사람들은 불안하게. 그들은 이미 이 공동묘지에 다섯 시간 넘게 들어와 있었고 처음에 예상했던 것보다 훨씬 더 오래 머물러 있었는데, 마베트 경감은 그들이 이 무덤 사이에서 또 그만큼 머물러야 할지도 모른다는 사실을 일깨워 준 것이다.
"확인이 필요합니다." 아렌지코프스키가 거의 즉각 선언했다. "보이체프스키 선생, 매장한 지 얼마 안 된 무덤을 몇 기 찾아주시오. 그리고 경위님, 저 두 명을 풀어서 매장한 지 며칠 된 무덤을 파게 합시다. 일이 어떻게 되는지 지켜보죠."
"알겠습니다." 마베트는 배도 불렀고 또다시 유명한 의사의 허점을 찔러서 만족해하며 신난 걸음걸이로 수이카와 즈고젤스키 쪽으로 갔다.
"저 문신투성이는 어쩌지?" 비에드지츠키가 그때까지 발굴이 끝난 무덤 중에서 마지막 구덩이를 가리키며 물었다.
"어쩌긴? 저기 들어가 있으라고 해. 재생이 우리 예상보다 느리게 진행되는 경우를 대비해서 말이야. 새 실험이 끝나고 나면 그때 생각하지." 아렌지코프스키가 대답했다.
이 제안에 모두 찬성했다. 범죄자들 또한 관이 아직은 새것인 무덤을 파내게 되자 이전보다 훨씬 저항이 적었다. 무덤을 파는 범죄자들에게는 아무도 특별히 주의를 기울이지 않았고 범죄자 자신도 관이 드러나기까지 아직 50센티미터는 더 파내야 할 것이라 생각하며 평온하게 삽을 흙 속에 밀어 넣었다. 그렇게 또 양동이 하나를 흙으로 채워 올려보내고, 녹슨 삽자루에 기대 서서 이마의 땀을 닦고 있을 때 그의 발 아래 땅이 떨렸다. 눈에 띄지는 않았지만 당사자는 느낄 수 있었다. 한 번, 그리고 두 번. 진동은 주기적으로 반복되었다. 마치 누군가 관 뚜껑을 때리는 것 같았다……. 안쪽에서.

"장교님들!" 즈고젤스키가 고개를 치켜들고 외쳤다.

"뭐야?" 마베트가 내뱉었다.

"기어 나옵니다!" 겁에 질린 즈고젤스키가 구덩이 가장자리에 바짝 달라붙었다. "저 꺼내주십쇼!"

"진정해, 친구." 마베트는 그에게 밧줄을 내려줄 생각이 전혀 없었다. "저 시체가 관에서 나올 수는 없고, 손톱으로 판다고 뚜껑을 뚫을 리가 없어. 네가 계속 일해서 저놈을 파내야 돼."

"하지만 저게……."

"헛소리하지 말고……." 경감이 말하기 시작했으나 바로 그 순간 자신을 간절한 눈으로 바라보는 범죄자 바로 뒤에서 싱크홀이 생기거나 산사태가 날 때처럼 땅이 열리는 것을 보았다.

즈고젤스키는 마베트가 자신의 등 뒤 어딘가를 바라보며 놀라는 모습을 보고 돌아보려 했으나 고개를 돌리기도 전에 발목을 꽉 붙잡혔다.

"하느님 맙소사!" 수이카가 외쳤다.

다리에 계속 족쇄가 채워져 있지 않았다면 분명히 도망쳤을 것이다. 유감스럽게도 족쇄는 일어서거나 잘해야 뒤뚱뒤뚱 잔걸음을 걷는 정도만 허용했는데, 수이카는 이 사실을 완전히 잊었기 때문에 첫걸음을 떼려다가 그대로 길게 쓰러졌다. 쌓아놓은 흙에 엎어져 몸부림치다가 그대로 무덤 안으로 쓸려 들어가 이제 막 좀비로 변이하는 즈고젤스키의 등을 덮쳤다. 수이카는 마지막 비명을 지르고 바로 목숨이 끊어졌다.

위에서 관찰하던 사람들은 즈고젤스키와 수이카가 이미 끝장난 뒤에야 무슨 일이 벌어진 건지 이해했다.

"이런 시발……." 마베트가 무덤에서 물러서며 씩씩거렸다.

"흙을 덮읍시다!" 니에시토가 가장 먼저 정신을 차리고 바로 땅에 무릎을 꿇고 엎드려서 맨손으로 파낸 흙을 던지기 시작했다.

"기다려!" 비에드지츠키가 강제로 그를 일으켜 세웠다.

"저놈이 기어 나오게 해선 안 돼!" 니에시토가 고함쳤다.

"그냥 둬야 해. 세 놈이 각각 돌아다니게 하는 것보다는 단번에 제압하는 쪽이 나아. 이미 시작됐으니까 어떻게든 밖으로 기어 나올 거야."

포획기와 갈고리와 몇 미터나 되는 튼튼한 밧줄을 가지고 있었으므로 소령은 좀비를 충분히 제압할 수 있다고 확신했다. 그들은 좀비가 두 범죄자의 시신 사이로 기어 나올 때까지 기다리다가 자신들을 향해 뻗은 팔에 밧줄로 묶은 고리를 하나 던지고 다른 하나는 목에 걸어 구덩이 밖으로 끌어낸 뒤에 밧줄을 겹겹이 둘러 묶었다. 꽁꽁 묶인 좀비는 다시 자기 무덤으로 던져졌다.

"즐거운 일은 아니군." 위기가 해결되고 나자 비에드지츠키가 말했다.

"그렇게 나쁘지도 않아." 아렌지코프스키가 대답했다.

"진심인가?" 소령이 화를 냈다. "자넨 방금 저 꼴을 못 봤나?"

"봤지." 의사가 말했다. "하지만 자네와는 달리 난 그사이에 몇 가지 사실을 분석했어. 무엇보다 중요한 건 놈들이 저 아래에서도 우리 존재에 반응한다는 거야. 누군가 공동묘지 안에 들어오지만 않으면 놈들은 다시 살아나더라도 불활성인 채로 남아 있게 돼. 10미터 법칙, 기억하지? 거리에 있는 놈들도 결혼식 피로연에서 춤추는 사람들처럼 떼로 몰려 있잖나."

비에드지츠키는 고개를 끄덕였으나 곧 다시 의심에 휩싸였다.

"자네, 그거 확실한가?"

"그래." 아렌지코프스키가 차분하게 대답했다. "증명해 주지. 경위님, 그 문신투성이 범죄자가 아직 살아 있으면 무덤에서 꺼내주시고, 그 마지막 범죄자 좀 이리 데려오십시오." 이어서 그는 조수에게 향했다. "보이체프스키 선생, 새로 만든 무덤 두 기를 찾아주시오. 며칠 정도 된 걸로. 하지만 서로 최소한 30미터는 떨어져 있어야 해요."

지시한 대로 전부 이루어지자 아렌지코프스키는 수이카의 시체와 울피크를 30센티미터 정도 깊이로 아주 얕게 판 구덩이에 각각 앉혔다. 그러곤 모두 물러나서 양쪽 무덤을 잘 볼 수 있는 곳으로 피했다.

"시간이 좀 걸릴지도 모릅니다." 아렌지코프스키가 말했고, 그가 옳았다.

그들은 1시간 반 정도 기다렸는데, 헛수고는 아니었다. 어느 순간 울피크가 발버둥을 치기 시작했고 재갈 사이로 억눌린 신음 소리를 내뱉었으며 이것은 그가 뭔가 느꼈다는 증거였다. 15분 뒤에 울피크는 움직이지 않게 되었고, 그런 뒤에…… 침묵이 깃들었다. 밧줄에 묶인 울피크의 허리를 움켜잡은 손은 마치 생명을 거두는 것이 존재의 유일한 이유인 양 피로 뒤덮인 손가락을 쫙 벌렸다.

몇 분 뒤 비슷한 광경이 다른 무덤에서도 펼쳐졌으며 이번에도 좀비는 땅 밑에 머물러 있었다. 흙을 파내도록 이끌었던 유일한 자극이 사라지자 좀비는 더 이상 땅을 파고 나오려 하지 않았다.

군인들은 무덤 사이의 잘 다져진 땅을 불안한 눈으로 바라보았다. 니즈네르는 심지어 무덤 위에 덮은 편편한 묘지석 위에 올라가기까지 했다.

"저들의 영원한 안식을 우리가 방해하지만 않으면 저들도 우리를 내버려둘 겁니다." 아렌지코프스키가 결론지었다.

"길 잃은 개나 고양이가 들어오기만 해도 충분하네."

"그것도 사실이지만 자네 생각처럼 그렇게까지 나쁜 건 아냐. 아주 심각한 문제가 일어나기까지는 최소한 1년이나 아니면 2년은 남아 있어."

"이젠 가도 되나?" 니에시토가 소심하게 물었다.

"그래. 여긴 더 이상 할 일이 없습니다, 여러분. 이제 가서 도시를 구해야 합니다."

45

1963년 8월 24일 토요일 11시 38분
바르샤프스키 다리

    카롤 슈뢰더는 강둑으로 난 조그만 발코니 문 밖에 꺼내놓은 안락의자에 편하게 몸을 펴고 앉았다. 홍수용 운하 위에 솟아오른 단 한 채의 아파트 건물에 그는 2주 전에 숨어들어 왔고, 최근에 이 아파트는 '구역'에서 가장 중요한 장소 중 하나로 부상했다. '구역'은 인근 주택가에 흩어진 생존자들이 만든 조그만 현지 공동체를 이르는 말이었다.
    오우빈에 있던 좀비 떼가 떠나고 나서 비교적 평화로운 시기가 찾아왔다. 이전에 초등학교 건물에 주둔했던 생존 군인들의 부대가 다시 교두보를 막은 검문소를 운영하기 시작했고, 비에드지츠키 장군이 곧 거리 반대편에도 자기 부대를 위한 일종의 기지를 만들 것이라는 소문이 돌았다. 한편 피아스트 양조장은 군인들이 이제 막 좀비를 소탕한 '큰 섬'에 이주시키는 생존자들을 위한 임시 캠프로 변했다. 또한 시내 중심가 인근 지역에서 좀비 소탕 작전을 위해 활동하는 군대의 교두보 역할을 했다. 오우빈이나 다른 마을들도 결국은 섬에 있었으므로 이것은 합리적인 선택이었다.
    가장 가까운 미래에 무슨 일이 벌어지든, 삶은 천천히 안정을 되찾는 것처럼 보였다. '안정'이라고 말할 수 있다면 말이다. 사람들은 전기나 수도 없이 생활해야 했고 거리와 풀밭, 광장, 대부분의 아파트와 계단을 점거한 수천 명의 좀비들을 처리해야 했다. 이 도시뿐 아니라 세상 전체를 휩쓴 감염병의 희생자가 되지 않으려면 생존자 모두 뒤통수에도 눈을 달고 다녀야 했다.

라디오는 내내 침묵을 지켰다. 수신 가능한 유일한 방송은 현지 공용 통신뿐이었는데, 처음부터 비에드지츠키 장군의 사람들이 접수하고 방어했다. 다른 주파수에서 잡을 수 있는 것은 단파, 중파, 장파 모두 우울한 소음뿐이었다. 그래도 군대는 훨씬 더 좋은 장비를 가지고 있어서 매일같이 라디오 통신을 내보내 여러—때로는 아주 멀리 떨어진—장소와 연락이 닿았다고 선언했다. 팬데믹의 규모와 수백만 명의 희생자에도 불구하고 인류는 여전히 싸우고 있으며 다른 모든 위기와 마찬가지로 이 재난에서도 살아남을 수 있다고 알렸다. 군대는 민간인들에게, 현재 상황이 비록 절망적으로 보이더라도 희망을 잃지 말라고 독려했다.

슈뢰더는 이런 낙관적인 장담을 완전히 믿지 않았.

이것은 정상적인 사람이 살면서 아이들을 키울 수 있는 세상이 아니고 앞으로도 절대 그런 세상이 될 수 없을 것이다…….

슈뢰더는 아내를 잃었고 북부 실롱스크에 남아 있던 다른 가족들이 어떻게 됐는지 전혀 알지 못했다. 그에게 남은 것은 아들들 중 하나인 카유스뿐이었고, 오늘도 또 아주 일상적이고 평범한 하루인 양 지금 옆방에서 놀고 있었다. 슈뢰더는 아들의 그런 천진무구함이 부러웠다. 지난 2주 동안 일어난 사건들을 잊을 수만 있다면 어떤 대가라도 치를 수 있을 것 같았다.

그 2주 동안 슈뢰더는 담장 아래 버려진 장난감처럼 순식간에 이 세상에 홀로 남겨진 노인들을 알게 되었다. 몇 시간 사이에 형제자매, 부모, 할아버지와 할머니를 모두 잃은 아이들도 만났다. 죽은 남편이나 좀비로 변한 아이들을 애도하는 여자들, 아무도 도울 수 없는 사람들도 알게 되었다. 구역 안에 있는 사람은 전부 누군가를, 아니면 모두를 잃었다.

바로 그런 사람들이 카롤 슈뢰더를 자기 가족처럼 받아들였다. 슈뢰더는 다른 도시에서 왔고 실롱스크 북부 지역의 특징적인 방언으로 말했으며 다른 사람들이 브로츠와프를 고향이자 유산으로 여기는 것과 달리 그는 이 도시에 아무런 친밀감을 느끼지 않는데도 말이다. "상관없어." 구역 사람들은 말했다. "세상이 변했으니 우리도 다르게 살아야지. 옛날식 구분은 의미가 없어. 이젠 모두 다 평등해."

비극의 규모가 너무나 엄청났기 때문에 보통 사람이 이런 일을 겪은 뒤에 다시 일어서는 것이 과연 가능한지 의심한 적도 한두 번이 아니었다. 두 번의 세계대전이 무시무시한 규모로 세상을 파괴했으나 좀비만큼 엄청난 위협을 탄생시키지는 않았다. 누구나 예상하지 못하게, 글자 그대로 몇 초 만에 적으로 변해버릴 수 있었다─낯선 사람이든 친한 사람이든 관계없었다. 집에서, 거리에서, 사방에서. 그리고 언제 어느 때나. 사람이 죽기만 하면 그렇게 되었다. 혹은 요즘 하는 말로는 '죽지 않게 되면' 말이다. 죽음은 다들 알다시피 하늘 아래 가장 평범한 일이고 아무도 영원히 살 수는 없으며 사람들은 사고를 당했다. 특히 이렇게 한 치 앞을 알 수 없는 시기에는 사고가 더욱 흔했다.

"거긴 어때?"

방 안쪽에서 프시에 폴레의 술집 주인 코노폴의 목소리가 들려와 슈뢰더는 몸을 떨었다. 코노폴은 슈뢰더보다 조금 앞서 다리 근처에 도달했고 이후의 학살에서 살아남은 몇 안 되는 생존자 중 하나였다.

그 사건 때문에 두 사람은 가장 가까운 혈족보다도 더 친해졌다. 서로 살아온 삶은 완전히 달랐지만 둘 다 이제 타인들 사이에 남겨졌다. 두 사람 모두 이전의 삶과 연결시켜 주던 것을 전부 잃었다. 변해버린 세상에 고립되어, 두 사람은 세상의 모습을 완전히 바꿔버린 폭풍의 한가운데 던져졌다.

그래서 두 사람은 이전 주민들이 떠나버린 이 아파트에 새로 자리를 잡았다. 군인들이 바르샤프스키 다리 앞에 다시 검문소를 세우자 길 잃은 군인들과도 아파트 건물을 공유하게 되었다.

"아무것도 없어요. 고요, 침묵. 어제나 그저께하고 똑같아요." 슈뢰더가 시계를 보며 대답했다.

감시 근무 교대 시간이 다가오고 있었다. 아파트 건물 꼭대기 층에서 돌아가며 보초를 섰는데 이것은 그들의 구원자인 대위의 지시에 따른 것이었다. 대위는 마치 주민들을 자신의 조각나 버린 부대에 받아들인 듯 돌봐주었다.

"아이 데리고 자네 집으로 가." 코노폴이 가까운 텃밭에서 따온 사과로 가득한 양동이를 식탁에 올려놓았다. "가져가고 싶은 대로 집어 가. 아이도 비타민을 먹어야지. 나머지는 내가 진짜 괜찮은 술을 담글 거야."

슈뢰더는 안락의자에서 일어나 느긋하게 기지개를 켰으나 방으로 들어가지 않았다. 뭔가 그의 주의를 끌었는데, 간신히 들리는 아주 작은 소리였다.

"뭐가 이상해?" 코노폴이 불안하게 물었다.

"모르겠어요……." 슈뢰더는 강을 보고 서서 주의 깊게 귀를 기울이며 맞은편 강둑을 훑어보기 시작했다.

멀리서 폭풍이 오는 것처럼 낮게 진동하는 소리가 들려왔으나 하늘은 구름 한 점 없이 맑고 깨끗했다.

'아니, 저건 확실히 천둥이 아냐, 저 소리는 너무 일관되고 한순간도 그치지 않아.' 슈뢰더는 생각했다.

코노폴이 그의 옆에 와서 섰다. 그도 마찬가지로 불안한 진동 소리를 알아챈 것이다.

"엔진이야……." 코노폴이 잠시 후에 중얼거렸다. "하지만 흔한 자동차 같은 건 아닌데……."

두 사람은 맞은편 강변의 강둑에서 크로메르 광장까지 늘어선 아파트 건물들을 하나하나 가만히 바라보았다. 그 너머에서 이상한 소리가 들려왔기 때문이다.

"저기다!" 코노폴이 손가락으로 가리켰다.

슈뢰더가 쌍안경을 꺼냈다. 정확한 장소를 찾아내어 바라보기까지 몇 초가 걸렸다.

"하느님……." 슈뢰더는 신음하며 어떻게든 더 자세히 보려는 듯 발코니 난간 너머로 한껏 몸을 내밀었다. "군대예요."

"우리 군?"

"아뇨."

"그럼 누구야?"

"소련군……." 슈뢰더는 자기 눈을 믿지 못하는 채 말을 멈추었다.

장갑차 두 대가 작은 아파트 건물들이 줄지어 선 거리 끝에 멈추었다. 다리를 막은 체코제 BTR 장갑차처럼 크지는 않았지만, 바퀴가 여덟 개씩 달리고 매끄러운 차체 앞부분에 포탑이 솟아 있었다. 그 포탑에 장착된 기관총이 잠시 후에 인근에서 배회하던 몇 안 되는 좀비들에게 우박처럼 총알을 쏟아내기 시작했다. 기관총이 멈추고 나자 거리에 트럭이 줄지어 들어왔다. 그 안에서 올리브색 제복을 입은 수십 명의 남자들이 뛰어내렸다. 어쩌면 100명은 될 것 같았다. 장교의 지휘에 따라 남자들은 능숙하게 여러 소대로 나누어져 몇 군데 아파트에 동시에 진입했다. 몇 초 뒤에 강 건너에서 총소리가 들려왔다.

슈뢰더는 그대로 굳어진 채 오드라강 맞은편에서 일어나는 일들을 지켜보았다. 소련군이 아파트에서 가지고 나올 수 있는 것은 전부 다 끌고 나왔다. 감자 자루, 훔친 물건을 넣은 짐 가방, 침대 시트, 양팔에 가득 든 옷가지. 또한 소련군은 서로 부축하는 여자들도 끌고 나왔다. 카롤이 보는 앞에서 이 약탈을 지휘하는 장교가 자신의 딸이나 아내를 보호하려던 남자에게 총을 두 번 발사했다. 죽이지는 않고 배를 쏘아 부상자가 너무 빨리 죽지 못하게 했다.

"학교 가서 대위님 불러요!" 겁에 질린 슈뢰더가 속삭였다.

에필로그

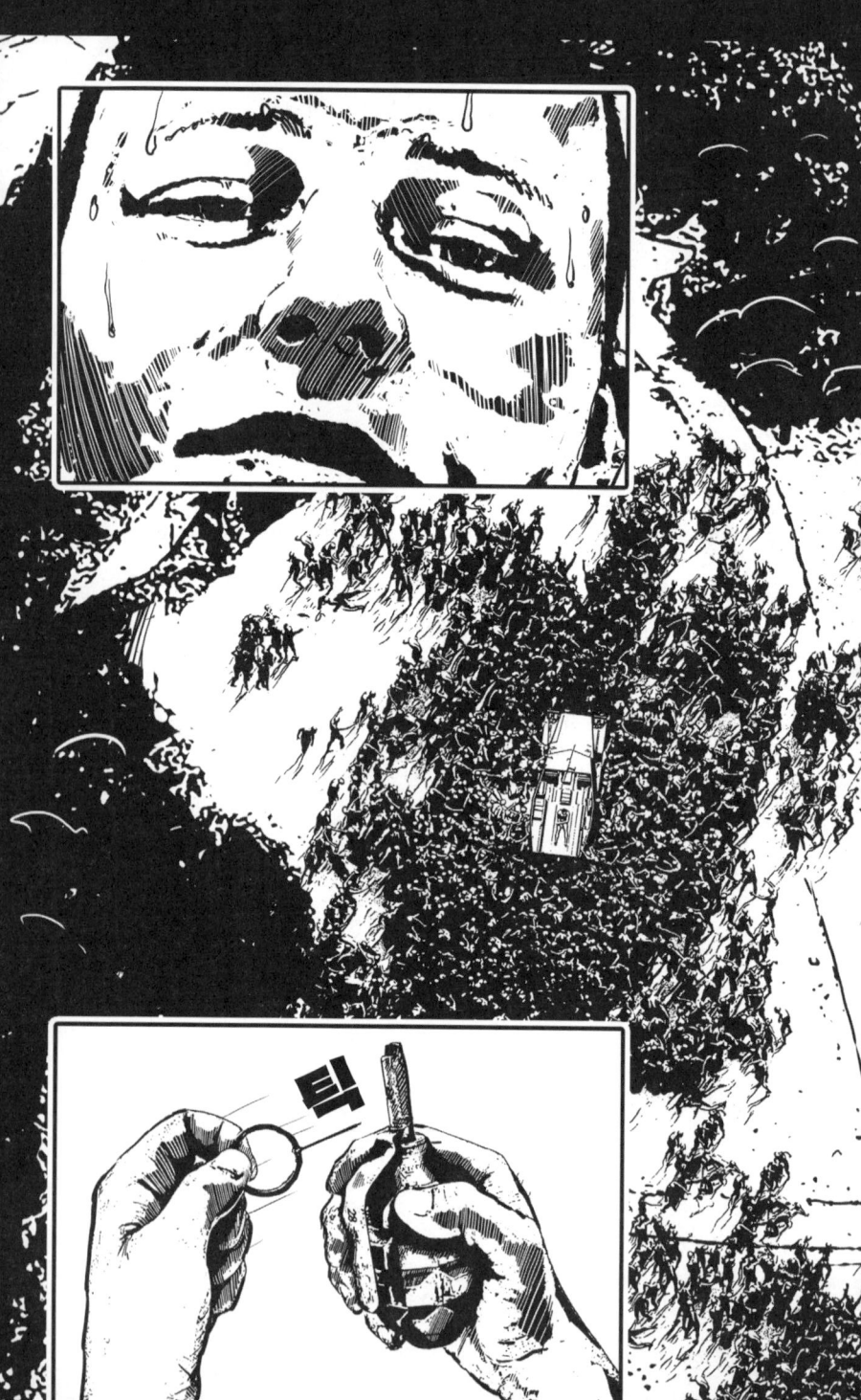

브로츠와프의 쥐들: 철창

초판 1쇄 인쇄 2025년 9월 15일
초판 1쇄 발행 2025년 9월 23일

지은이 로베르트 J. 슈미트
옮긴이 정보라
펴낸이 김선식

부사장 김은영
콘텐츠사업2본부장 박현미
책임편집 이한민 **책임마케터** 오서영
콘텐츠사업6팀장 임경섭 **콘텐츠사업6팀** 정지혜, 곽수빈, 조용우, 이한민, 이현진
마케팅1팀 오서영, 권오권, 문서희
미디어홍보본부장 정명찬 **브랜드홍보팀** 오수미, 서가을, 김은지, 박장미, 박주현
채널홍보팀 김민정, 정세림, 고나연, 변승주, 홍수경 **영상홍보팀** 이수인, 염아라, 이지연
편집관리팀 조세현, 김호주, 백설희 **저작권팀** 성민경, 이슬, 윤제희
재무관리팀 하미선, 임혜정, 이슬기, 김주영, 오지수
인사총무팀 강미숙, 이정환, 김혜진, 황종원
제작관리팀 이소현, 김소영, 김진경, 이지우, 황인우
물류관리팀 김형기, 김선진, 주정훈, 양문현, 채원석, 박재연, 이준희, 이민운
외부스태프 디자인 스튜디오 수박@studio.soopark

펴낸곳 다산북스 **출판등록** 2005년 12월 23일 제313-2005-00277호
주소 경기도 파주시 회동길 490
전화 02-704-1724 **팩스** 02-703-2219
이메일 dasanbooks@dasanbooks.com
홈페이지 www.dasan.group **블로그** blog.naver.com/dasan_books
용지 신승INC **인쇄 및 제본** 정민문화사 **코팅 및 후가공** 제이오엘엔피

ISBN 979-11-306-7123-9 (03890)

· 책값은 뒤표지에 있습니다.
· 파본은 구입하신 서점에서 교환해드립니다.
· 이 책은 저작권법에 의하여 보호를 받는 저작물이므로 무단 전재와 복제를 금합니다.